L'ARCHE
DES OMBRES

DU MÊME AUTEUR
CHEZ LE MÊME ÉDITEUR

LA CITADELLE DES OMBRES *

LA CITADELLE DES OMBRES **

LA CITADELLE DES OMBRES ***

ROBIN HOBB

L'ARCHE DES OMBRES

*

roman

Traduit de l'anglais par
A. Mousnier-Lompré

Pygmalion

Titre original : *The Liveship Traders : Ship of magic*

Cet ouvrage a paru en langue française sous les titres suivants :

Le Vaisseau magique, Paris, 2001.
Le Navire aux esclaves, Paris, 2001.
La Conquête de la liberté, Paris, 2002.

réunis ici en un seul volume sous le titre :

L'Arche des Ombres *

Texte intégral

ISBN 2-7564-0017-3

CET OUVRAGE EST DÉDIÉ

Au *Devil's Paw*
Au *Totem*
Au *E J Bruce*
Au *Free Lunch*
Au *Labrador* (Des écailles ! Des écailles !)
Au (bien nommé) *Massacre Bay*
Au *Faithful* (Ohé des Ours en Gélatine !)
A l'*Entrance Point*
Au *Cape St. John*
A l'*American Patriot* (et cap'taine Wookie)
Au *Lesbian Warmonger*
A l'*Anita J* et au *Marcy J*
Au *Tarpon*
Au *Capelin*
Au *Dolphin*
Au *Good News Bay* (pas très bonnes, les nouvelles !)
Et même au *Chicken Little*

Mais particulièrement à *Rain Lady*
où qu'elle soit aujourd'hui

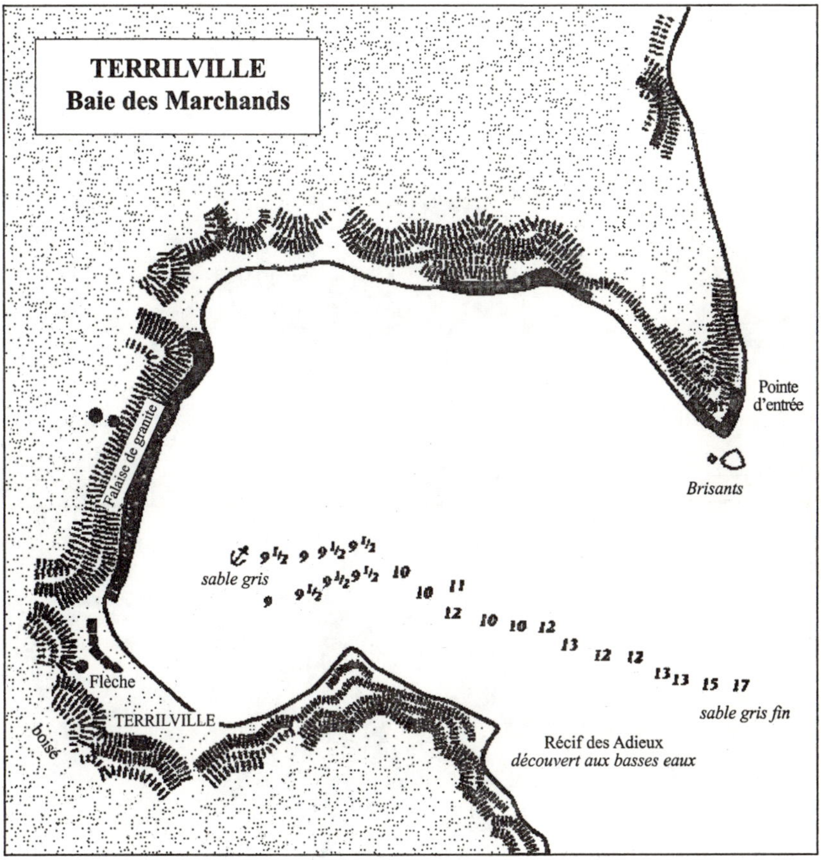
TERRILVILLE
Baie des Marchands
Falaise de granite
Pointe d'entrée
Brisants
sable gris
9 1/2 9 9 1/2 9 1/2
9 9 1/2 9 1/2 9 1/2 10
10 11
12 10 10 12
13 12 12
13 13 15 17
sable gris fin
Flèche
TERRILVILLE
boisé
Récif des Adieux
découvert aux basses eaux

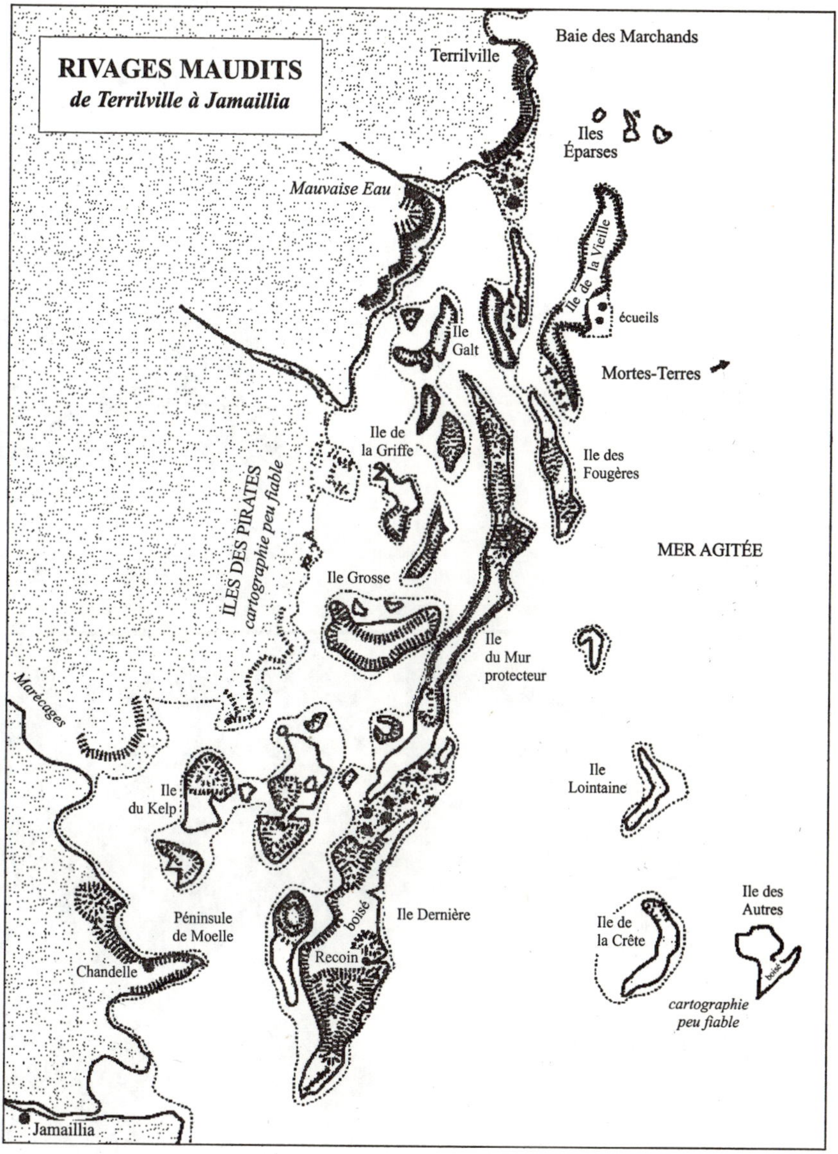
RIVAGES MAUDITS
de Terrilville à Jamaillia
Terrilville
Baie des Marchands
Iles Éparses
Mauvaise Eau
Ile de la Vieille
écueils
Ile Galt
Mortes-Terres
Ile de la Griffe
Ile des Fougères
ILES DES PIRATES
cartographie peu fiable
MER AGITÉE
Ile Grosse
Ile du Mur protecteur
Marécages
Ile Lointaine
Ile du Kelp
Ile des Autres
boisé
Ile Dernière
Ile de la Crête
Péninsule de Moelle
Recoin
Chandelle
cartographie peu fiable
Jamaillia

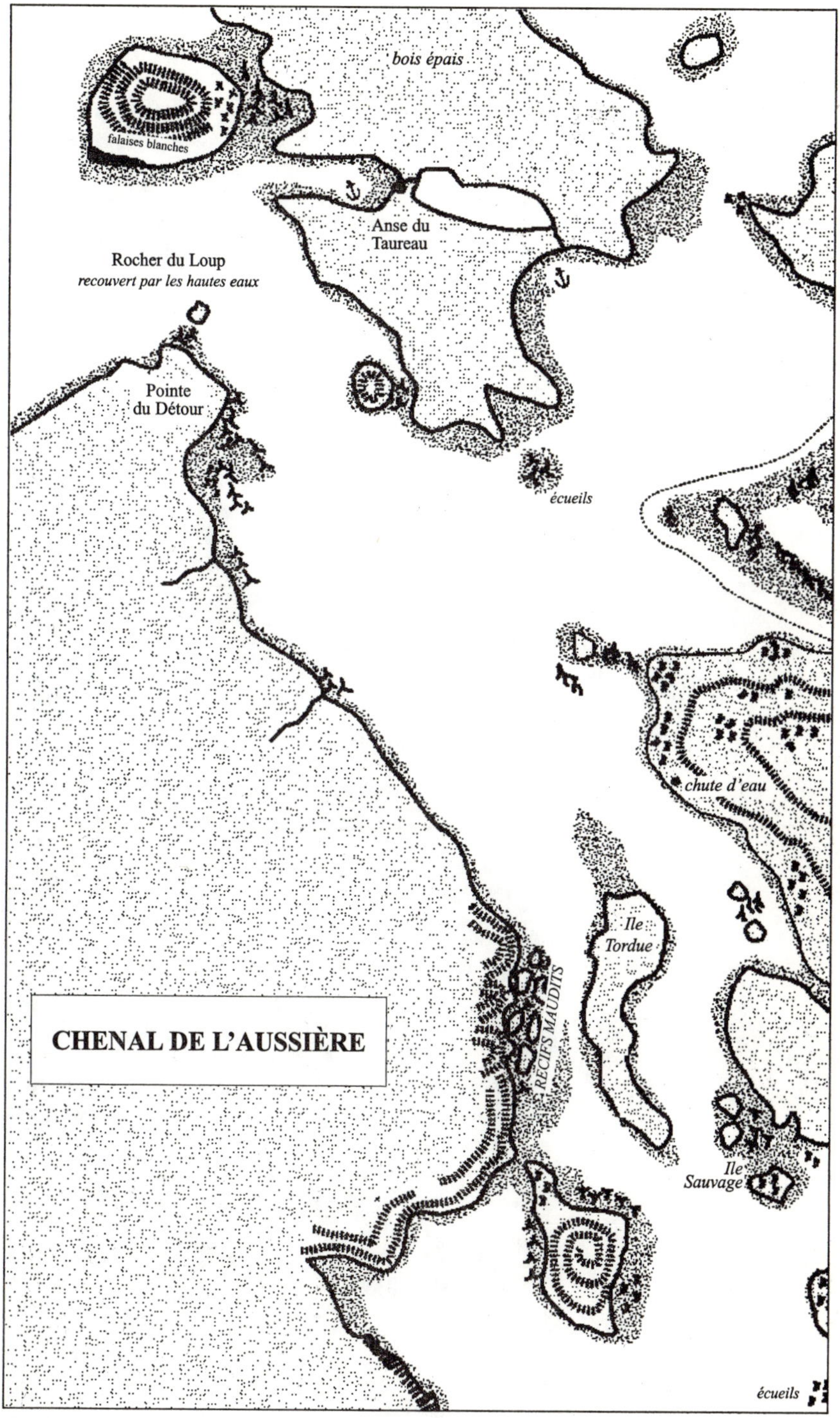
bois épais
falaises blanches
Anse du
Taureau
Rocher du Loup
recouvert par les hautes eaux
Pointe
du Détour
écueils
chute d'eau
Ile
Tordue
RECIFS MAUDITS
CHENAL DE L'AUSSIÈRE
Ile
Sauvage
écueils

I

Le Vaisseau magique

PROLOGUE

LE NŒUD

D'un mouvement puissant qui souleva un épais nuage de débris, Maulkin s'éleva de la fange dans laquelle il se vautrait; des lambeaux de mue s'éloignèrent de lui, emportés par les tourbillons de sable et de boue, tels les vestiges d'un songe au réveil. Paresseusement, son long corps sinueux dessina une boucle et se frotta contre lui-même pour arracher les derniers restes de son ancienne peau. Tandis que la vase retombait lentement, il se tourna vers la vingtaine d'autres serpents étendus dans les sédiments qui les grattaient agréablement. Il secoua la crinière de sa grande tête puis banda son long corps musclé. « Il est temps, trompeta-t-il de sa voix profonde. L'heure est venue. » Du fond de la mer, tous levèrent dans sa direction leurs grands yeux verts, or et cuivre qui ne cillaient jamais. Shriver, parlant au nom du groupe, demanda: « Pourquoi? L'eau est chaude, ici, et la nourriture abondante. L'hiver n'est pas venu depuis cent ans. Pourquoi faut-il partir? »

Maulkin s'enroula de nouveau sur lui-même. Ses écailles nouvellement mises à nu étincelaient dans la lumière bleue et tamisée du soleil. Le frottement aviva les teintes des faux yeux couleur or qui couraient tout le long de son corps et le désignaient comme l'un des détenteurs de la vision d'autrefois: Maulkin possédait des souvenirs, des souvenirs du temps d'avant le temps d'aujourd'hui; ses perceptions manquaient de logique et de clarté car, comme beaucoup de ceux qui se trouvaient pris entre les époques, il était souvent distrait et incohérent. Il secoua sa crinière jusqu'à ce que son poison paralysant forme un nuage pâle autour de sa tête; alors il avala sa propre toxine et la recracha par les ouïes pour affirmer la véracité de ses dires. «Parce qu'il est temps!» lança-t-il d'un ton pressant, et il fit brusquement volte-face pour foncer droit vers la surface, s'élevant plus vite que les bulles d'air. Très loin au-dessus du groupe, il creva le plafond, bondit brièvement dans le grand Vide avant de replonger et de se mettre à nager éperdument en rond, rendu muet par le sentiment d'urgence qu'il éprouvait. «Certains nœuds sont déjà partis, dit Shriver d'un ton pensif. Pas tous, pas même la plupart, mais assez pour constater leur absence quand nous montons chanter dans le Vide. Il est peut-être temps.» Sessuréa s'enfonça davantage dans la boue. «Ou bien non, répondit-il d'une voix indolente. A mon sens, nous devrions attendre que le nœud d'Aubren s'en aille. Aubren est plus... stable que Maulkin.»

Près de lui, Shriver s'extirpa brusquement de la vase. Sa nouvelle peau avait une saisissante couleur écarlate par contraste avec les lambeaux marron qui pendaient encore de son corps. Elle en attrapa un grand morceau dans sa gueule et l'engloutit avant de répliquer: «Il vaudrait peut-être mieux que tu rallies le nœud d'Aubren si tu doutes de la parole de Maulkin. Pour ma part, je compte le suivre vers le Nord. Je préfère partir trop tôt que trop tard, si cela doit nous éviter d'arriver en même temps que des vingtaines d'autres nœuds et d'être obligés de nous battre pour manger.» Souplement, elle fit une boucle de son corps pour arracher les derniers fragments de sa mue, puis elle secoua sa crinière et dressa la tête. Son barrissement strident ébranla les eaux: «Je viens, Maulkin! Je t'accompagne!» Et elle s'élança pour rejoindre le chef qui poursuivait sa danse tournoyante au-dessus d'elle.

Alors, l'un après l'autre, les grands serpents quittèrent la boue collante en y laissant leur peau morte. Tous, même Sessuréa, montèrent des profondeurs pour se joindre au ballet du nœud dans l'eau chaude juste en dessous du plafond du Plein. Ils allaient partir vers le Nord pour retrouver les eaux d'où ils étaient venus, dans le temps lointain dont bien peu se souvenaient.

PLEIN ÉTÉ

1
PRÊTRES ET PIRATES

Kennit marchait le long de la ligne de marée sans prêter attention aux vagues salées qui venaient baigner ses bottes en effaçant ses empreintes sur la plage. Il ne quittait pas des yeux l'alignement désordonné d'algues, de coquillages et de morceaux de bois qui indiquait la plus haute limite de la mer. La marée commençait à redescendre et les vagues implorantes relâchaient peu à peu leur emprise sur la terre. A mesure que l'eau se retirait du sable noir, elle allait découvrir les molaires d'ardoise usée et les enchevêtrements de kelp encore dissimulés sous les flots.

Sur le côté opposé de l'île des Autres, son deux-mâts était mouillé dans la baie Trompeuse. Il y avait ancré le *Marietta* en profitant des vents matinaux qui avaient débarrassé le ciel des derniers vestiges de la tempête ; la marée montait encore à ce moment-là, et les récifs acérés de la baie de sinistre renom disparaissaient à contrecœur sous sa verte dentelle d'écume. Après avoir raclé les rochers tapissés de bernacles, le canot du navire avait déposé Kennit et Gankis sur un petit croissant de plage noire que les vagues engloutissaient quand les vents de tempête les poussaient au-delà de la ligne de marée haute. Au-dessus d'eux se dressaient des falaises d'ardoise, et des conifères si sombres qu'ils en semblaient presque noirs se penchaient dans le vide comme pour défier les vents dominants. Malgré ses nerfs d'acier, Kennit avait eu l'impression de s'avancer dans une gueule à demi ouverte.

Ils avaient posté le mousse, Opale, près du canot pour le protéger des accidents bizarres qui survenaient si souvent aux embarcations lorsqu'on les laissait sans surveillance dans la baie Trompeuse. Kennit avait ordonné à Gankis de l'accompagner, au grand désarroi du jeune garçon, inquiet de se retrouver seul. Au dernier coup d'œil que lui avait jeté Kennit, le mousse, perché sur le canot échoué, lançait tour à tour des regards effrayés au sommet boisé de la falaise et au *Marietta* qui tirait sur son ancre pour rejoindre le rapide courant à l'entrée de la baie.

Les dangers d'une visite sur l'île étaient légendaires ; ils ne s'arrêtaient pas à l'hostilité du « meilleur » mouillage de ce bout de terre ni aux curieux malheurs réputés advenir aux navires et aux explorateurs : toute l'île baignait dans l'étrange magie des Autres. Kennit en avait perçu l'attraction sur le chemin qui menait de la baie Trompeuse à la plage aux Trésors ; nulle feuille morte, nulle plante n'encombrait le sentier de gravier noir, pourtant peu fréquenté ; de part et d'autre, les arbres se ressuyaient de la pluie de la tempête nocturne sur des fougères déjà surchargées de gouttelettes cristallines. L'air était frais et vif ; des fleurs aux couleurs éclatantes, qui ne poussaient jamais à moins d'une longueur d'homme du chemin, défiaient la pénombre de la forêt, et leurs parfums capiteux flottaient dans la brise matinale comme pour inciter les deux hommes à oublier le but de leur venue et à explorer leur monde. Plus malsains d'aspect, des champignons orange s'étageaient le long de nombreux troncs ; leur éclat outrageux évoquait pour Kennit des parasites affamés. Une toile d'araignée, alourdie comme les fougères de gouttelettes scintillantes, était tendue en travers du chemin et obligea les deux hommes à se courber pour passer en dessous ; l'araignée immobile à l'extrémité des fils était orange comme les champignons et presque aussi grosse qu'un poing de bébé. Une grenouille verte, habitante des arbres, se débattait dans les fils gluants de la toile, sans pour autant paraître intéresser l'araignée. Gankis émit un petit gémissement d'effroi en passant sous le piège.

Le sentier traversait le cœur du royaume des Autres ; là, pour peu qu'il eût l'audace de quitter la route clairement délimitée attribuée aux humains, le visiteur pouvait franchir les frontières nébuleuses de leur territoire et aller à leur recherche dans la forêt. Dans l'ancien temps, selon la tradition, des héros se rendaient sur l'île, non pour suivre le chemin mais pour s'en écarter et aller braver les Autres dans leurs tanières, trouver la sagesse de leur déesse emprisonnée dans sa caverne ou exiger des dons, manteaux d'invisibilité ou épées bordées de feu, capables de pourfendre n'importe quel bouclier. Les bardes qui avaient eu cette hardiesse s'en étaient retournés chez eux dotés d'une voix si puissante qu'elle pouvait crever les tympans, ou si bien maîtrisée qu'elle faisait fondre le cœur des auditeurs. Chacun connaissait l'histoire de Kaven Bouclecorbel qui avait séjourné un demi-siècle chez les Autres et qui était revenu comme s'il ne s'était écoulé pour lui qu'une journée, mais avec les cheveux dorés, des yeux comme des braises et des chansons qui parlaient de l'avenir en rimes entrelacées. Kennit eut un petit rire ironique à part lui : tout le monde racontait de telles fables d'autrefois, mais, si quelqu'un s'était risqué à s'écarter du chemin du vivant de Kennit, il n'en avait jamais dit mot ; peut-être n'était-il jamais revenu pour s'en vanter. Le pirate chassa le sujet de son esprit : il ne s'était pas rendu sur l'île pour quitter le sentier, mais pour le suivre jusqu'à son extrémité, où chacun savait ce qui se trouvait.

Kennit et Gankis avaient cheminé sur la piste de gravier qui serpentait entre les collines boisées de l'intérieur de l'île jusqu'à une pente menant à un replat d'herbe rude qui bordait une vaste plage incurvée. Ils avaient atteint l'autre côté de l'îlot. D'après les légendes, le navire qui mouillait là n'avait plus d'autre destination que les enfers, et Kennit n'avait trouvé nulle part mention d'un bâtiment qui eût osé braver cette rumeur. Si cela s'était produit, le bateau avait emporté sa témérité vers les enfers.

Le ciel était d'un bleu vif, lavé de tout nuage par la tempête de la nuit précédente. Seul un ruisseau d'eau douce, tranchant la haute berge herbue, interrompait la longue courbe de pierre et de sable de la plage, et, sinuant, allait se perdre dans la mer. Au loin, de grandes falaises d'ardoise noire fermaient le croissant de la grève ; semblable à un croc, une tour de schiste s'élevait au large de l'île, raccordée à la falaise par une étroite bande de sable ; entre les deux apparaissait un ciel d'azur au-dessus d'une mer agitée.

« On a eu un gros grain la nuit dernière, capitaine. Il y en a qui disent que le meilleur endroit de la plage aux Trésors, c'est sur les dunes herbues, là-haut... D'après eux, pendant une bonne tempête, les vagues y rejettent des choses, des trucs fragiles que les pierres mettraient en mille morceaux, mais qui atterrissent tout en douceur sur les joncs. » Gankis haletait, obligé d'allonger le pas pour rester à la hauteur du grand pirate. « Un de mes oncles – enfin, il était marié à ma tante, la sœur de ma mère – disait qu'il connaissait un homme qui avait trouvé un petit coffre en bois là-haut, noir, luisant et tout décoré de fleurs. Dedans, il y avait une statuette de femme en verre avec des ailes de papillon ; mais elles n'étaient pas transparentes, non : les couleurs des ailes faisaient comme des tourbillons dans le verre lui-même. » Gankis s'interrompit et pencha la tête en jetant un regard circonspect à son capitaine. « Vous savez ce que ça voulait dire, d'après l'Autre ? » demanda-t-il d'un ton prudent.

Du bout de la botte, Kennit éventra doucement une ride du sable humide et fut récompensé par un éclat doré. D'un air détaché, il se baissa et glissa les doigts dans une chaînette en or ; comme il la tirait à lui, un médaillon surgit de sa tombe sableuse. Le pirate l'essuya sur son pantalon de toile fine, puis, à gestes adroits, fit jouer le petit crochet de fermeture ; l'objet s'ouvrit en deux moitiés. L'eau salée avait réussi à s'infiltrer, mais le portrait d'une jeune femme sourit néanmoins au capitaine avec une expression à la fois joyeuse, sévère et réservée. Avec un grognement, Kennit fourra sans autre forme de procès le médaillon dans la poche de son gilet broché.

« Cap'taine, vous ne pourrez pas le garder, vous le savez bien. Personne ne rapporte rien de la plage aux Trésors, observa Gankis, mal à l'aise.

– Ah oui ? » répondit Kennit. Il avait glissé une note d'amusement dans sa réplique afin d'obliger Gankis à se demander s'il s'agissait d'autodérision ou d'une menace. Le vieux marin se déplaça subrepticement afin de se mettre hors de portée du poing de Kennit.

« C'est ce que tout le monde dit, cap'taine, fit-il d'un ton hésitant. Qu'on n'emporte pas ce qu'on trouve sur la plage aux Trésors. Ce que je sais, moi, c'est que c'est arrivé à un ami de mon oncle : l'Autre a regardé ce qu'il avait découvert, il lui a dit la bonne aventure et puis il l'a conduit à une falaise au bout de la plage – sans doute celle-là, là-bas. » Gankis tendit le doigt vers les lointains à-pics d'ardoise. « Et dans la pierre il y avait des milliers de petits trous, des... comment ça s'appelle, déjà...

– Des alcôves, intervint Kennit d'une voix presque rêveuse. Ça s'appelle des alcôves, comme tu le saurais si tu étais capable de parler ta propre langue.

– Oui, cap'taine, des alcôves. Et, dans chacune, il y avait un trésor, sauf dans celles qu'étaient vides. L'Autre l'a laissé se promener le long de la falaise pour voir tous les trésors, et il y avait des trucs qu'on ne peut même pas imaginer : des tasses en porcelaine toutes décorées de boutons de rose, des coupes en or bordées de pierres précieuses, des petits jouets en bois peints de couleurs vives, bref, des centaines de choses incroyables, et une dans chaque alcôve, cap'taine. Et puis l'ami en question a trouvé un trou qui avait la bonne forme et la bonne taille, il y a mis la dame-papillon, et il a dit à mon oncle que jamais il n'avait eu l'impression de faire aussi bien qu'en déposant ce petit trésor dans cette niche. Il l'a laissé là et il a quitté l'île pour rentrer chez lui. »

Kennit s'éclaircit la gorge, et il y avait dans ce simple bruit plus de mépris et de dédain que dans tout un chapelet d'injures. Gankis baissa les yeux. « C'est lui qui le raconte, cap'taine, pas moi. » Il remonta son pantalon usé et ajouta presque malgré lui : « Il rêve un peu, ce type-là : il donne le septième de ce qu'il gagne au temple de Sâ, et il y a placé aussi ses deux aînés. Un gars comme ça, il ne pense pas comme nous, cap'taine.

– Quand il t'arrive de penser, Gankis », repartit Kennit. De ses yeux pâles, il suivit au loin la ligne de marée en plissant les paupières contre le soleil du matin qui se reflétait sur les vagues. « Monte donc sur la berge, Gankis, et suis-la en fouillant les joncs. Tu me rapporteras tout ce que tu découvriras.

– Bien, cap'taine. » Le pirate s'en fut à pas lourds, jeta par-dessus son épaule un regard lugubre à son jeune commandant, puis escalada avec agilité la levée de terre pour gagner le replat qui bordait la plage. Il se mit en marche parallèlement à la berge en examinant le terrain devant lui, et repéra presque aussitôt un objet. Il courut vers lui, s'en saisit et le leva à hauteur de ses yeux. L'objet jetait des éclats dans la lumière du soleil, et le visage sillonné de rides du pirate était illuminé d'admiration. « Cap'taine ! Cap'taine, vous devriez voir ce que j'ai trouvé !

– Je le verrais peut-être si tu me l'apportais comme je te l'ai ordonné ! » répliqua Kennit d'un ton irrité.

Tel un chien bien dressé, Gankis revint auprès de son capitaine. Dans ses yeux bruns brillait une étincelle enfantine, tandis qu'il descendait de la berge d'un pas alerte, sa découverte serrée entre ses mains. Dans sa course, ses souliers bas soulevaient de petits nuages de sable. Le front de Kennit se plissa fugitivement : le vieux marin était toujours prêt à courber l'échine devant lui, mais il n'aimait pas plus partager son butin que quiconque dans le métier. Kennit n'avait pas prévu que Gankis lui rapporterait de son plein gré ses trouvailles, et il avait même projeté de l'en délester à la fin de leur visite ; aussi, voir Gankis se hâter vers lui, rayonnant comme un jeune campagnard qui s'apprête à donner un bouquet de fleurs à sa fille de ferme bien-aimée, était tout à fait inattendu.

Néanmoins, Kennit conserva son habituel sourire ironique sans laisser transparaître son étonnement. Sa pose soigneusement étudiée suggérait la grâce languissante d'un félin en chasse ; non seulement sa haute taille lui permettait de dominer Gankis mais l'expression amusée qu'il affichait toujours persuadait son entourage que nul ne pouvait le prendre par surprise. Son but était de convaincre ses hommes qu'il était en mesure d'anticiper leurs moindres mouvements et leurs moindres pensées : les risques de mutinerie étaient ainsi réduits, et, même si la révolte grondait, nul membre de l'équipage n'aurait envie de faire le premier pas.

Il garda donc son air détaché pendant que Gankis s'approchait de lui et laissa le marin lui présenter le trésor dans ses mains tendues ; même alors, il ne fit pas un geste pour s'en emparer et examina l'objet d'un œil amusé.

Pourtant, dès l'instant où il le vit, Kennit dut faire appel à toute sa maîtrise de soi pour ne pas s'en saisir aussitôt : jamais il n'avait eu sous les yeux une œuvre aussi artistement réalisée. C'était une bulle de verre, une sphère absolument parfaite dont la surface ne portait pas la moindre égratignure ; la matière avait une légère teinte bleue, insuffisante néanmoins pour occulter la merveille qu'elle recelait : trois figurines, vêtues d'habits bariolés et le visage peint, qui se tenaient sur une scène minuscule et devaient être liées les unes aux autres car, quand Gankis faisait bouger la boule dans ses mains, les personnages se mettaient en mouvement ; l'un pirouettait sur la pointe des pieds, l'autre exécutait une série de soleils autour d'une barre, et le troisième hochait la tête au rythme de leurs évolutions, comme si tous trois réagissaient à quelque joyeuse mélodie audible uniquement à l'intérieur de la sphère.

Kennit laissa Gankis lui en faire la démonstration à deux

reprises, puis, sans un mot, il tendit d'un geste gracieux une main aux longs doigts, et le marin déposa le trésor au creux de sa paume. Le capitaine pirate conserva fermement son sourire pensif en mirant d'abord la boule au soleil, puis en faisant danser à son tour les petits personnages. L'objet n'emplissait pas complètement sa main. « Un jouet d'enfant, fit-il d'un ton dédaigneux.

– Si l'enfant était le prince le plus riche du monde, observa Gankis non sans audace. C'est trop fragile pour le laisser à un gamin ; il suffirait qu'il le laisse tomber pour...

– Et pourtant cette boule a survécu aux vagues d'une tempête et à une arrivée brutale sur une plage, rétorqua Kennit avec une affabilité calculée.

– C'est vrai, cap'taine, c'est vrai, mais c'est la plage aux Trésors, ici. Presque tout ce que la mer y dépose est intact, à ce que j'ai entendu dire ; ça fait partie de la magie de cette île.

– La magie... » Kennit se permit un sourire un peu plus large tout en fourrant la sphère dans la vaste poche de sa veste indigo. « Tu crois donc que c'est la magie qui apporte ce genre de babiole sur ce rivage ?

– Que voulez-vous que ce soit d'autre, cap'taine ? Normalement, ce truc devrait être en mille morceaux, ou au moins complètement éraflé par le sable ; et pourtant il a l'air de sortir de chez le joaillier. »

Kennit secoua la tête d'un air attristé. « La magie ? Non, Gankis, il n'y a pas plus de magie ici que dans les mascarets des hauts-fonds d'Orte ou le courant des Epices qui pousse en avant les navires en route pour les îles et les freine au retour. C'est un effet du vent, du courant et des marées, rien de plus, et c'est par le même effet qu'un bateau qui tente de mouiller de ce côté-ci de l'île a toutes les chances de se retrouver à terre et brisé avant la marée suivante.

– Oui, cap'taine », répondit Gankis, docilement mais sans conviction, et il ne put empêcher ses yeux de se porter vers la poche où son commandant avait enfoui la boule de verre. Le sourire de Kennit s'élargit imperceptiblement.

« Eh bien, ne reste pas ici à traînasser. Retourne sur la berge et vois ce que tu peux dénicher d'autre.

– A vos ordres, cap'taine. » Et, avec un dernier regard de regret en direction de la bosse que faisait la sphère dans la veste de Kennit, le marin remonta vivement sur le replat. Le chef pirate glissa la main dans sa poche et caressa la boule de verre froid en reprenant sa marche sur la plage, imité par les mouettes qui, dans le ciel, glissaient sur le vent en cherchant du regard quelque friandise dans les vagues. Kennit ne se pressait pas, mais il n'oubliait pas non plus que, de l'autre côté de l'île, son navire l'attendait dans des eaux traîtresses ; il parcourrait toute la longueur de la plage comme le voulait la tradition, mais, une fois qu'il aurait entendu l'oracle de l'Autre, il n'avait pas l'intention de s'attarder – ni d'abandonner les trésors qu'il pourrait découvrir. Un vrai sourire tirailla les coins de sa bouche.

Tout en marchant, il retira sa main de sa poche et toucha distraitement son poignet. Sous la manchette en dentelle de sa chemise de soie blanche se dissimulait une double lanière de fin cuir noir qui maintenait une plaquette de bois au contact de la peau. Un visage y était sculpté, percé au front et à la mâchoire inférieure afin de l'appliquer fermement contre le poignet, exactement sur le pouls. Autrefois, le visage était peint en noir ; avec le temps, la teinture avait presque entièrement disparu, mais les traits demeuraient parfaitement visibles : ils composaient un visage moqueur, gravé avec un soin exquis, sosie de celui de Kennit. La commande lui avait coûté extraordinairement cher : même s'ils avaient le courage d'en voler un morceau, tous ceux qui savaient sculpter le bois-sorcier n'acceptaient pas tous les travaux.

Kennit se rappelait nettement l'artisan qui avait gravé le visage minuscule, car il était resté assis de longues heures dans son atelier, sous la froide lumière du matin, tandis que l'artiste imprimait laborieusement ses traits dans le bois dur comme le fer. Ils n'avaient pas parlé : le sculpteur en était incapable, Kennit s'en était abstenu. L'homme avait besoin du silence absolu pour se concentrer, car il ne travaillait pas seulement le bois, mais élaborait en même temps un sortilège destiné à obliger l'amulette à protéger des enchantements celui qui la portait. De toute façon, Kennit n'avait rien à lui dire ; il lui avait versé une avance exorbitante des mois auparavant, puis il avait attendu le message lui annonçant que l'artiste s'était procuré un morceau du bois précieux et jalousement gardé, après quoi l'homme avait eu le front d'exiger encore de l'argent avant de commencer la sculpture et la préparation du charme ; Kennit en avait été indigné, mais il avait souri de son petit sourire ironique et déposé dans la balance des pièces, des pierres précieuses, des chaînes d'or et d'argent jusqu'à ce que, d'un signe de tête, l'artisan indique qu'il avait atteint le prix requis. Comme nombre de ses confrères de Terrilville qui travaillaient dans des domaines illicites, l'homme avait fait depuis longtemps le sacrifice de sa langue pour assurer sa discrétion à ses clients. Bien que n'étant pas convaincu de l'efficacité d'une telle mutilation, Kennit appréciait le geste. C'est pourquoi l'artiste, lorsqu'il eut achevé son œuvre et attaché l'ornement au poignet du pirate, ne put que hocher la tête avec véhémence pour exprimer son extrême satisfaction devant la qualité de son propre travail, tout en touchant avidement le bois du bout des doigts.

Ensuite, Kennit l'avait tué. C'était la seule mesure raisonnable à prendre, et Kennit était un homme éminemment raisonnable. Il avait récupéré la somme supplémentaire que l'artisan lui avait extorquée, car il ne supportait pas qu'on ne respecte pas les termes d'un marché ; pourtant, ce n'était pas pour ce motif qu'il l'avait tué mais afin de préserver son secret : si ses hommes apprenaient qu'il portait un fétiche pour écarter les enchantements, ils risqueraient de s'imaginer qu'il craignait son propre équipage ; or il ne pouvait laisser croire qu'il redoutait quoi que ce fût. Sa bonne fortune était légendaire ; tous ceux qui lui obéissaient s'y fiaient, certains davantage que Kennit lui-même, et c'était pourquoi ils lui obéissaient. Jamais ils ne devaient avoir l'impression qu'il avait peur de perdre sa chance.

Depuis un an qu'il avait assassiné l'artiste, il se demandait si ce meurtre n'avait pas abîmé l'amulette, car elle ne s'était pas animée ; quand, à l'origine, il avait demandé au sculpteur combien de temps il faudrait pour que la gravure s'éveille à la vie, l'homme avait eu un haussement d'épaules éloquent et indiqué avec force gesticulations que ni lui ni personne ne pouvait le prédire. Kennit avait patienté un an dans l'espoir que la gravure prendrait vie afin d'être sûr que le charme était complètement activé, mais, passé ce délai, il n'avait plus pu attendre· il avait senti instinctivement qu'il était temps de se rendre sur la plage aux Trésors et de voir ce que l'océan lui apporterait. Ayant décidé de courir le risque sans attendre l'éveil de l'amulette, il avait dû s'en remettre une fois de plus à sa chance pour le protéger, comme elle l'avait toujours fait ; après tout, ne l'avait-elle pas aidé le jour où il avait tué l'artiste ? De façon imprévisible, l'homme s'était retourné à l'instant où Kennit dégainait son épée.

Le capitaine avait la conviction que, si le sculpteur avait encore eu sa langue, il aurait crié beaucoup plus fort.

Kennit chassa ce souvenir de son esprit. Ce n'était pas le moment de songer à l'artisan ; il n'était pas sur la plage aux Trésors pour ressasser le passé, mais pour trouver un objet précieux qui assurerait son avenir. Les yeux fixés sur la ligne de marée sinueuse, il continua sa marche. Il n'accordait nulle attention aux coquillages luisants, aux pinces de crabe, aux enchevêtrements d'algues ni aux morceaux de bois, grands ou petits, rejetés par la mer : son pâle regard bleu ne s'intéressait qu'aux objets manufacturés et aux épaves. Au bout de quelques pas, son application fut récompensée : dans un petit coffre de bois en mauvais état, il découvrit tout un service de tasses ; elles n'étaient sans doute pas de main d'homme et nul humain ne les avait jamais touchées. Au nombre de douze, faites d'os d'oiseaux évidés, elles étaient décorées de minuscules images bleues aux lignes si fines qu'on les eût dites dessinées à l'aide d'un pinceau à un seul poil. Elles avaient visiblement beaucoup servi : les représentations étaient si effacées qu'il était impossible d'en reconnaître le motif original, et les anses en os étaient affinées par l'usure. Kennit prit la petite boîte au creux de son bras et poursuivit sa déambulation.

Il avançait sous le soleil et contre le vent, et ses bottes élégantes laissaient des empreintes nettes dans le sable humide. De temps en temps, il levait un regard détaché sur l'étendue de la plage, sans laisser paraître ses espérances sur son visage. Soudain, alors qu'il ramenait ses regards sur le sable devant lui, il découvrit un petit coffret en cèdre gauchi par son séjour dans l'eau salée, si bien que, pour l'ouvrir, le pirate dut le frapper sur une pierre comme une noix. A l'intérieur, il trouva des ongles de nacre munis de minuscules agrafes pour les fixer sur les ongles ordinaires, et d'un évidement à l'extrémité qui permettait peut-être d'y conserver une dose de poison. Il y en avait douze. Kennit les fourra dans sa poche où ils cliquetèrent au rythme de ses pas.

Les objets qu'il avait découverts n'étaient manifestement pas de facture humaine et n'étaient pas conçus pour des hommes, mais Kennit n'en était pas étonné : il avait eu beau se moquer de Gankis et de sa croyance en la magie de la plage, il savait comme tout un chacun que les vagues qui s'échouaient sur ces rivages rocheux ne provenaient pas toutes du même océan. Un navire qui avait la mauvaise idée de faire relâche près de l'île avait toutes les chances de disparaître sans laisser la moindre trace, et les vieux marins disaient qu'il avait été enlevé de ce monde pour être déposé sur les mers d'un autre. Kennit était convaincu qu'ils ne se trompaient pas. Il jeta un coup d'œil vers le ciel qui demeurait d'un bleu immaculé ; le vent était vif, mais le pirate ne doutait pas que le beau temps se maintiendrait en lui laissant le loisir d'arpenter toute la plage aux Trésors, puis de retraverser l'île pour regagner son navire ancré dans la baie Trompeuse. La chance ne l'abandonnerait pas, il en était sûr.

Le troisième objet qu'il trouva fut le plus troublant de tous : c'était un sac de cuir cousu, rouge et bleu, à demi enfoui dans le sable. Le cuir, solide et fait pour durer, avait été taché par l'eau de mer qui avait fondu les couleurs l'une dans l'autre, bloqué les boucles de cuivre qui fermaient le sac et raidi les sangles qui les reliaient. A l'aide de son poignard, Kennit défit une couture et découvrit une portée de chatons parfaitement formés, avec de longues griffes et des taches de poil irisé derrière les oreilles. Tous les six étaient morts. Maîtrisant son dégoût, le pirate saisit le plus petit et retourna le corps flasque dans ses mains ; il avait la fourrure bleu pervenche, les paupières roses, et il était très menu. L'avorton de la portée, probablement. Le petit cadavre était trempé, glacé et répugnant. Un clou en rubis, semblable à une grosse tique, décorait une de ses oreilles. Kennit avait envie de se débarrasser de l'animal sans attendre, mais c'était ridicule ; il défit le clou d'oreille et le laissa tomber dans sa poche. Puis, mû par une impulsion qu'il ne comprit pas, il remit les petits corps bleus dans le sac qu'il abandonna près de la ligne de marée, et il reprit sa marche.

*

L'émerveillement et la révérence circulaient en lui au rythme de son sang. Arbre. Ecorce et sève, odeur du bois et parfum des feuilles qui tremblaient au-dessus de lui. Arbre. Mais aussi terre et eau, air et lumière ; tout allait et venait au travers de l'être connu sous le nom d'arbre. Il se déplaçait avec ces éléments et connaissait par intervalles une existence d'écorce, de feuille, de racine, d'air et d'eau.

« Hiémain. »

Lentement, le jeune garçon quitta des yeux l'arbre qui se dressait devant lui. Par un effort de volonté, il porta son regard sur le visage souriant du jeune prêtre. De la tête, Bérandol lui fit un signe d'encouragement. Hiémain ferma un instant les paupières, retint sa respiration et s'arracha à sa tâche. Quand il rouvrit les yeux, il inspira brusquement comme s'il émergeait d'une plongée profonde. Les mouchetures de lumière, l'eau douce et la brise caressante disparurent soudain, et il se retrouva dans la salle de travail du monastère, vaste pièce fraîche aux murs et au sol de pierre. Le pavé froid glaçait ses pieds nus. Une dizaine de tables de pierre meublaient la grande salle, et, à trois d'entre elles, de jeunes garçons comme lui travaillaient avec des mouvements lents qui trahissaient leur état de transe. L'un tressait un panier, les deux autres façonnaient de la glaise entre leurs mains grises d'argile.

Hiémain regarda les morceaux de verre scintillant et de plomb éparpillés sur la table devant lui. La beauté du vitrail qu'il avait composé l'étonna lui-même, bien qu'elle n'atteignît pas à l'émerveillement d'avoir été l'arbre représenté dans le verre. Il caressa son œuvre du bout des doigts, suivit le tronc et les branches gracieuses. Il connaissait si bien l'image qu'en suivre les contours était comme toucher son propre corps. Derrière lui, il entendit le petit hoquet d'admiration de Bérandol. Dans l'état de conscience élevée où il se trouvait encore, il sentit la révérence qu'éprouvait le prêtre s'unir à la sienne, et ils demeurèrent quelque temps muets à se réjouir des miracles de Sâ.

« Hiémain », répéta Bérandol à mi-voix ; il tendit la main pour suivre du bout de l'index la silhouette du petit dragon qui pointait la tête parmi les plus hautes branches, puis la courbe luisante d'un serpent presque entièrement dissimulé par les racines tortueuses. Enfin, il posa la main sur l'épaule du jeune garçon et l'éloigna avec douceur de la table. Comme il le faisait sortir de la salle de travail, il le gourmanda sans méchanceté. « Tu es trop jeune pour demeurer dans un tel état toute une matinée. Tu dois apprendre à mesurer tes efforts. »

Hiémain frotta ses yeux soudain piquants. « Je suis resté là tout ce temps ? demanda-t-il d'un air hébété. Je n'en ai pas eu l'impression, Bérandol.

– Je m'en doute, mais la fatigue que tu ressens à présent va sûrement t'en convaincre. Il faut être prudent, Hiémain. Demain, prie un surveillant de te réveiller au milieu de la matinée. Un talent comme le tien est trop précieux pour le consumer d'un seul coup.

– J'ai des courbatures, maintenant, en effet», fit Hiémain. Il se passa la main sur le front, repoussa de ses yeux une mèche de cheveux noirs et fins et sourit. «Mais l'arbre en valait la peine, Bérandol.»

Le prêtre acquiesça lentement de la tête. «A plus d'un titre: la vente d'un tel vitrail rapportera assez d'argent pour refaire la toiture de la maison des novices – si la mère Delliti consent à laisser le monastère se séparer d'un tel chefs-d'œuvre.» Il hésita, puis ajouta: «J'ai constaté que le dragon et le serpent sont de nouveau apparus. Tu n'as toujours aucune idée... » Il se tut, laissant la question en suspens.

«Je ne me rappelle même pas les avoir intégrés au vitrail, répondit Hiémain.

– Bon.» Il n'y avait pas trace de jugement dans le ton de Bérandol; on n'y sentait que de la patience.

Dans un silence amical, ils suivirent un moment les couloirs de pierre froide du monastère. Peu à peu, les sens de Hiémain s'émoussèrent jusqu'à un niveau normal: il ne percevait plus l'odeur du sel des murs, il n'entendait plus les infimes mouvements des vieux blocs de roche taillée. Le contact râpeux de sa robe de bure redevint supportable sur sa peau nue. Quand ils franchirent la grande porte de bois et pénétrèrent dans les jardins, il était rentré dans son corps; il se sentait vacillant comme s'il venait de s'éveiller d'un long sommeil, et pourtant épuisé comme s'il avait passé une journée à biner les pommes de terre. Comme le voulait la coutume du monastère, il marchait en silence à côté de Bérandol; ils croisèrent des hommes et des femmes vêtus de la coule verte des prêtres confirmés et d'autres habillés de blanc, couleur des acolytes. A chaque rencontre, chacun hochait la tête en guise de salut.

Comme ils se dirigeaient vers la remise à outils, Hiémain eut soudain la certitude inquiétante qu'il allait passer le reste du jour à s'occuper du jardin baigné de soleil. En toute autre occasion, il aurait accueilli cette perspective avec plaisir, mais ses récents efforts dans la salle de travail avaient rendu ses yeux sensibles à la lumière. Il ralentit le pas et Bérandol lui jeta un coup d'œil par-dessus son épaule.

« Hiémain, fit-il d'un ton de doux reproche, refuse l'appréhension. Quand tu t'inquiètes de l'avenir, tu oublies l'instant présent dont tu dois jouir. Celui qui craint ce qui risque d'advenir perd le moment qu'il vit par peur du suivant, qu'il empoisonne par ses préjugés. » La voix de Bérandol se fit un peu plus tranchante. « Tu te laisses aller trop souvent à préjuger. Si la prêtrise t'est refusée, c'en sera sans doute la cause. »

Hiémain regarda Bérandol avec des yeux horrifiés, et, l'espace d'un instant, son visage fut un masque de pure affliction. Puis, il vit le piège et il répondit avec un grand sourire auquel Bérandol fit écho : « Mais si je m'inquiète de cette éventualité, j'aurai préjugé de mon échec. »

Bérandol donna un coup de coude bon enfant à l'adolescent élancé. « Exactement. Ah, que tu grandis et apprends vite ! J'étais beaucoup plus âgé que toi – j'avais au moins vingt ans – quand j'ai appris à appliquer cette Contradiction à la vie quotidienne. »

Hiémain haussa les épaules d'un air embarrassé. « Je l'ai méditée hier soir avant de m'endormir. "Il faut faire des projets et anticiper l'avenir sans le craindre." Vingt-Septième Contradiction de Sâ.

– Treize ans, c'est bien jeune pour en être déjà à la Vingt-Septième Contradiction, remarqua Bérandol.

– A laquelle en es-tu ? demanda ingénument Hiémain.

– A la Trente-Troisième. Toujours la même depuis deux ans. »

Hiémain eut un petit haussement d'épaules. « Je n'en suis pas encore là de mes études. » Ils déambulaient à l'ombre de pommiers dont les feuilles pendaient sous la chaleur du soleil. Des fruits mûrissants alourdissaient les branches. Au bout du verger, des acolytes passaient d'arbre en arbre avec à la main des seaux d'eau tirée de la rivière.

Un prêtre ne doit pas se croire permis de juger s'il ne sait pas juger comme Sâ, avec une justice et une compassion absolues. Bérandol secoua la tête. « J'avoue ne pas voir comment cela est possible. »

Le jeune garçon avait déjà tourné son regard vers l'intérieur et seul un mince pli barrait son front. « Tant que tu crois cela impossible, tu fermes ton esprit à la compréhension. » Il s'exprimait d'une voix distante. « A moins, naturellement, que ce ne soit justement ce que nous devons découvrir : qu'en tant que prêtres nous ne pouvons pas juger, car nous n'avons pas en nous le sens de la justice et de la compassion absolues. Notre rôle se borne peut-être à pardonner et à consoler. »

Bérandol hocha la tête avec étonnement. « En quelques instants, tu as atteint le point auquel il m'a fallu six mois pour parvenir. Néanmoins, quand je regarde autour de moi, je constate que de nombreux prêtres se font juges ; les Errants de notre ordre ne font guère que résoudre les différends qui opposent les gens ; ils doivent donc avoir, j'ignore comment, maîtrisé la Trente-Troisième Contradiction. »

Le garçon leva vers lui un regard empreint de curiosité. Comme il s'apprêtait à parler, il rougit soudain et garda le silence.

Bérandol observa son protégé. « Je ne sais pas ce que tu voulais dire, mais vas-y. Je ne te rabrouerai pas.

– L'ennui, c'est que c'est moi qui allais te rabrouer », avoua Hiémain. Puis son visage s'illumina quand il ajouta : « Mais je me suis retenu à temps.

– Et qu'allais-tu me dire ? » insista Bérandol. Comme le garçon secouait la tête, son tuteur éclata de rire. « Allons, Hiémain, je t'ai demandé de me révéler ce que tu avais sur le cœur ! Me crois-tu injuste au point de mal prendre tes paroles ? A quoi pensais-tu ?

– J'allais te dire que tu devrais calquer ton attitude sur les préceptes de Sâ et non sur ce que tu vois les autres faire. » L'enfant s'était exprimé avec franchise, mais il baissa soudain les yeux. « Ce n'est pas à moi de te le faire remarquer, je le sais. »

Bérandol paraissait trop perdu dans ses réflexions pour se froisser des propos de Hiémain. « Si je suis les préceptes et que mon cœur m'affirme qu'il est impossible pour un homme de juger comme Sâ, avec une justice et une compassion absolues, je dois conclure... » Son débit se ralentit comme si sa pensée renâclait à se manifester. « Je dois conclure que les Errants possèdent une profondeur spirituelle bien supérieure à la mienne – ou bien qu'ils n'ont pas davantage que moi le droit de juger. » Il regarda le verger sans le voir. « Se pourrait-il que toute une branche de notre ordre existe sans rectitude ? Cette idée même n'est-elle pas preuve de déloyauté ? » Son regard troublé se posa de nouveau sur le jeune garçon à ses côtés.

Hiémain lui adressa un sourire serein. « Si les pensées d'un homme suivent les préceptes de Sâ, elles ne peuvent s'égarer.

– Il faut que j'y réfléchisse davantage, conclut Bérandol avec un soupir, et il contempla Hiémain avec une affection non feinte. Je bénis le jour où l'on t'a confié à moi comme étudiant, même si, en vérité, je me demande souvent qui est l'élève et qui est le professeur entre nous. Tu me manqueras. »

Une brusque inquiétude envahit le regard de Hiémain. « Je te manquerai ? Tu t'en vas ? On t'envoie si vite en mission ?

– Il ne s'agit pas de moi. J'aurais dû t'annoncer la nouvelle avec plus de ménagement mais, comme toujours, tes propos ont conduit mes pensées loin de leur point de départ. Ce n'est pas moi qui pars, mais toi. Si je suis venu te chercher aujourd'hui, c'est pour te demander de faire tes paquets, car ta présence est requise chez toi. Un message est arrivé de ta grand-mère et ta mère pour annoncer que ton grand-père est mourant ; elles désirent t'avoir auprès d'elles en cette circonstance. » Devant le visage décomposé du jeune garçon, Bérandol ajouta : « Pardonne ma brutalité ; tu parles rarement de ta famille et je ne te croyais pas si attaché à ton grand-père.

– Ce n'est pas le cas, répondit Hiémain avec simplicité. A dire le vrai, je le connais à peine. Quand j'étais petit, il se trouvait toujours en mer, et, quand il revenait à terre, il me terrifiait, non pas à cause de sa cruauté mais de... de sa puissance. Tout en lui paraissait trop grand, depuis sa voix jusqu'à sa barbe. Même quand j'étais enfant et que j'entendais d'autres personnes parler de lui, on aurait dit qu'elles évoquaient une légende ou un héros. Autant que je me souvienne, jamais je ne l'ai appelé Bon-Papa ni même Grand-Père. Quand il rentrait de ses voyages, j'avais l'impression que le vent du nord se mettait à souffler dans la maison, et, la plupart du temps, je me cachais de lui au lieu de me réjouir de sa présence ; lorsqu'on me traînait de force devant lui, tout ce que je me rappelle, c'est qu'il trouvait toujours à redire sur ma taille. “Pourquoi cet enfant est-il si chétif ? demandait-il d'un ton mécontent. Il ressemble à mes mousses, mais en deux fois plus petit ! Ne lui donnez-vous donc pas de viande ? Ne mange-t-il pas bien ?” Puis il m'attirait près de lui et me tâtait les bras, comme si on m'engraissait pour la table ; je me sentais alors honteux de ma taille comme si c'était une tare. Depuis qu'on m'a destiné à la prêtrise, je l'ai vu encore moins souvent mais l'impression qu'il m'a laissée n'a pas changé. Cependant, ce n'est pas de revoir mon grand-père que je redoute, ni même de le veiller sur son lit de mort : c'est de retourner chez moi, Bérandol. C'est trop... bruyant. »

Le jeune prêtre fit une mimique compatissante.

« Je n'avais même pas appris à réfléchir avant de venir ici, je crois, poursuivit Hiémain. La maison n'était pas assez silencieuse et trop pleine d'agitation ; je n'avais pas le temps de penser. Du moment où Nana nous tirait du lit le matin à celui où nous avions pris notre bain, enfilé notre chemise de nuit et réintégré nos draps pour la nuit, nous n'arrêtions pas un instant : on nous habillait pour sortir, il y avait les leçons, les repas, les amis en visite, et puis on nous changeait de vêtements et nous assistions à d'autres repas... c'était sans fin. Tu sais, quand je suis arrivé ici, je n'ai pas quitté ma cellule de deux jours : sans Nana, Grand-Mère ou maman toujours sur mes talons, je ne savais plus quoi faire. Et puis ma sœur et moi ne faisions qu'un depuis toujours. "Les enfants" doivent faire leur sieste, "les enfants" doivent déjeuner. J'ai eu l'impression de perdre la moitié de moi-même quand on nous a séparés. »

Bérandol souriait d'un air entendu. « C'est donc ça, l'existence d'un petit Vestrit. Je me suis toujours demandé comment vivaient les enfants des Premiers Marchands de Terrilville. Dans mon cas, c'était très différent et en même temps très semblable. Nous étions porchers dans ma famille. Je n'avais pas de nounou pour m'emmener en promenade, mais il y avait tant de corvées que nous n'avions pas le temps de nous ennuyer. Maintenant que j'y pense, nous passions notre temps à essayer de survivre, tout simplement : nous faisions plusieurs repas d'un seul, nous réparions des objets dont n'importe qui d'autre se serait débarrassé depuis longtemps, nous nous occupions des porcs... Chez nous, les cochons étaient mieux soignés que nous-mêmes. Personne n'avait jamais songé à se séparer d'un enfant pour la prêtrise ; et puis ma mère est tombée malade, et mon père a promis que, si elle se rétablissait, il donnerait un de ses enfants à Sâ. Alors, quand elle s'est remise, c'est moi qu'on a choisi. J'étais l'avorton de la portée, si l'on peut dire, le plus jeune enfant qui ait survécu, et avec un bras mal formé. Ç'a été un sacrifice pour eux, je n'en doute pas, mais pas aussi grand que s'il s'était agi d'un de mes solides grands frères.

– Un bras mal formé ? fit Hiémain, étonné.

– Autrefois, oui. Je suis tombé dessus étant petit, il a mis longtemps à guérir, et, une fois guéri, il n'a plus jamais été aussi fort qu'il aurait dû l'être. Mais les prêtres m'ont traité : ils m'ont fait entrer dans l'équipe d'arrosage du verger, et le prêtre qui nous supervisait m'a fourni des seaux de contenance inégale, en me faisant porter le plus lourd de mon bras le plus faible. Je l'ai d'abord cru fou : mes parents m'avaient toujours appris à me servir du plus fort en toute occasion. Ç'a été ma première introduction aux préceptes de Sâ. »

Hiémain fronça un instant les sourcils, puis un grand sourire illumina son visage. « *Car il suffit au faible d'éprouver sa force, et alors il sera fort.*

– Exactement. » D'un geste, le prêtre désigna le bâtiment long et bas devant eux. Ils se dirigeaient vers les cellules des acolytes. « Le messager a été retardé en chemin. Tu vas devoir emballer rapidement tes affaires et te mettre en route sans tarder si tu veux arriver au port avant le départ de ton navire. La route est longue, à pied.

– Un navire ! » La consternation qui s'était un instant effacée des traits de Hiémain réapparut soudain. « Je n'y avais pas pensé. J'ai horreur de voyager par mer. Mais, de Jamaillia à Terrilville, il n'y a pas d'autre moyen. » Il fronça davantage les sourcils. « A pied ? Ne m'a-t-on pas envoyé une voiture et un cocher ?

– Reprends-tu donc si vite les habitudes de la fortune, Hiémain ? » ironisa Bérandol. Comme le garçon baissait le nez, penaud, il reprit : « Non, le message disait qu'un ami avait offert la traversée et que la famille l'avait acceptée avec reconnaissance. » D'un ton plus doux, il ajouta : « J'ai l'impression que l'argent n'est plus aussi abondant chez toi qu'il l'était naguère. La guerre du Nord a fait beaucoup de mal à de nombreux clans marchands, dont les produits ne descendaient plus la Cerf et ne se vendaient plus ici. » Il poursuivit, la voix rêveuse : « Et notre jeune Gouverneur n'accorde plus autant de grâces à Terrilville que son père et ses grands-pères ; de leur point de vue, apparemment, ceux qui avaient le courage de coloniser les Rivages Maudits avaient droit à une part généreuse des trésors qu'ils y découvraient. Ce n'est plus le cas avec Cosgo ; selon la rumeur, il trouve qu'ils ont assez longtemps récolté la récompense des risques pris, que les Rivages sont bien colonisés et que la malédiction s'est à présent dispersée ; il a non seulement exigé de nouvelles taxes des anciens colons, mais aussi accordé des terrains autour de Terrilville à certains de ses favoris. » Bérandol secoua la tête. « Il enfreint la promesse de ses ancêtres et impose des privations à un peuple qui a toujours respecté son serment avec lui. Il ne peut rien sortir de bon de cette situation.

– Je sais. Je devrais me réjouir de ne pas avoir à parcourir tout le chemin à pied. Mais il est dur, Bérandol, d'accepter un voyage pour une destination que je redoute, et surtout par mer. Je vais être en piteux état pendant tout le trajet.

– Tu souffres du mal de mer ? demanda Bérandol avec étonnement. Je ne pensais pas que les membres de familles de marins en étaient atteints.

– Le mauvais temps peut retourner l'estomac de n'importe qui. Mais non, il ne s'agit pas de ça. C'est le bruit, l'agitation, la presse, l'odeur – et les marins. Ce sont de braves gens à leur façon, mais... » Le jeune garçon haussa les épaules. « Ils ne sont pas comme nous. Ils n'ont pas le temps de parler de ce dont nous discutons ici, Bérandol ; et, même dans le cas contraire, ils auraient des idées aussi primaires que celles des plus jeunes acolytes. Ils vivent comme des animaux et raisonnent comme des animaux. Je vais avoir l'impression de me trouver au milieu de bêtes. Mais ce n'est pas de leur faute, naturellement », ajouta-t-il en voyant le jeune prêtre froncer les sourcils.

Bérandol ouvrit la bouche comme pour se lancer dans un discours, puis il se ravisa et, au bout d'un moment, déclara d'un ton pensif : « Tu n'es pas retourné chez tes parents depuis deux ans, Hiémain. Deux ans au cours desquels tu n'as pas quitté le monastère, où tu ne t'es pas mêlé aux travailleurs. Ouvre les oreilles et les yeux, et, à ton retour, dis-moi si tu es toujours d'accord avec l'image que tu viens de dépeindre. Je te charge de t'en souvenir, car moi je ne l'oublierai pas.

– Je ne l'oublierai pas non plus, Bérandol, promit le garçon avec sincérité. Et tu vas me manquer.

– Sans doute, mais dans quelque jours, car je dois t'escorter jusqu'au port. Allons, viens, nous devons préparer nos affaires. »

⋆

Longtemps avant de parvenir à l'extrémité de la plage, Kennit avait senti que l'Autre l'observait. Même s'il s'y attendait, le fait l'intriguait, car il avait souvent entendu dire que c'étaient des créatures de l'aube et du crépuscule qui se déplaçaient rarement tant que le soleil était haut dans le ciel. Un autre que Kennit aurait pu ressentir de la crainte. Mais un autre que lui n'aurait pas joui de sa chance – ni de son talent à l'épée. Il poursuivit sa marche d'un pas mesuré le long de la plage sans cesser de ramasser çà et là quelque objet. Tout en feignant d'ignorer la présence de la créature, il avait l'étrange sensation que son attitude ne la trompait pas. Un jeu à l'intérieur d'un jeu, se dit-il, et il eut un petit sourire.

Aussi est-ce avec une profonde irritation qu'il accueillit quelques instants plus tard l'arrivée à pas lourds de Gankis, qui venait le prévenir d'un voix hachée qu'un Autre le surveillait.

« Je sais », répondit-il d'un ton sec au vieux marin. Une seconde après, il avait repris la maîtrise de sa voix et de son expression. D'un ton affable, il expliqua : « Et lui aussi sait que nous nous savons surveillés. Cela étant, je suggère que tu n'y prêtes pas attention, comme moi, et que tu achèves de fouiller la berge. As-tu découvert autre chose d'intéressant ?

– Quelques trucs », avoua Gankis de mauvaise grâce. Kennit se redressa et attendit la suite. Le marin enfonça les mains dans les poches spacieuses de son manteau usé. « Il y a ça », dit-il en sortant à contrecœur un objet en bois peint de couleurs vives. Il s'agissait d'un enchevêtrement de tiges et de disques, dont certains portaient un trou en leur centre.

Pour Kennit, cela n'avait ni queue ni tête. « Sans doute une espèce de jeu d'enfant, jugea-t-il, puis il haussa les sourcils en regardant Gankis.

– J'ai trouvé ça aussi », dit le matelot, acculé, en tirant un bouton de rose de sa poche. Kennit le saisit délicatement, en évitant de se piquer sur les épines. Il l'avait cru réel jusqu'à l'instant où il l'avait pris en main et avait senti la dureté de la tige. Il soupesa l'objet : aussi léger qu'une véritable rose. Il le fit tourner dans sa main en s'efforçant de déterminer de quel matériau il était fait, mais il dut conclure qu'il n'en avait jamais rencontré de tel. Plus mystérieux encore que sa structure était son parfum, chaud et épicé comme celui d'une rose épanouie dans un jardin d'été. Avec un haussement de sourcils à l'intention de Gankis, il fixa la rose au revers de sa veste, où les épines aiguës la maintinrent fermement. Le marin pinça les lèvres mais il n'osa pas dire un mot.

Kennit jeta un coup d'œil au soleil, puis aux vagues qui descendaient peu à peu. Il lui faudrait plus d'une heure pour regagner l'autre côté de l'île ; il ne pouvait donc s'attarder trop longtemps sans risquer d'échouer son navire sur les écueils découverts par le reflux de la marée. L'indécision obscurcit ses pensées, chose qui lui arrivait rarement. Il ne s'était pas rendu sur la plage aux Trésors seulement pour y découvrir du butin ; non : il venait chercher l'oracle de l'Autre, assuré que la créature s'adresserait à lui. Il lui fallait la confirmation de l'oracle, et c'est pour cela qu'il s'était fait accompagner de Gankis en guise de témoin. Le marin était un des rares hommes du bord qui ne brodait pas sur ses aventures, et Kennit savait que, non seulement son équipage, mais tous les pirates de Partage accorderaient foi au récit de Gankis. En outre, si l'oracle dont Gankis serait témoin ne convenait pas aux desseins de Kennit, il ne serait pas difficile de se débarrasser du vieux marin.

Une fois encore, il calcula le temps qui lui restait. Un homme prudent cesserait ses recherches sur la plage, affronterait l'Autre puis se hâterait de retourner à son bateau ; mais un homme prudent ne s'en remettait jamais à sa chance, tandis que Kennit avait décidé depuis longtemps de s'y fier afin qu'elle grandisse. C'était une conviction personnelle, qu'il avait découverte pour son propre usage et qu'il ne voyait pas de raison de partager avec autrui. Il n'avait jamais rien réussi de glorieux sans courir de risques ni se fier à sa chance. Peut-être, le jour où il deviendrait prudent et précautionneux, sa chance s'en offenserait-elle et le quitterait-elle. Avec un petit sourire ironique, il songea que c'était là le seul risque qu'il ne courrait jamais : il ne laisserait pas sa chance décider seule de l'abandonner.

Cette logique contournée lui plaisait. Il continua d'avancer à pas lents le long de la ligne de marée. Comme il approchait des crocs rocheux qui marquaient la fin de la plage incurvée, tous ses sens réagirent à la présence invisible de l'Autre. D'abord d'une suavité séduisante, l'odeur de la créature devint brusquement rance et cadavérique quand le vent tourna et forcit. Elle était si puissante qu'elle fit naître comme un goût âcre au fond de la gorge de Kennit, et il se sentit sur le point de vomir. En outre, il n'y avait pas que la puanteur de la créature : Kennit sentait son contact sur sa peau. Ses oreilles se débouchèrent et il perçut l'haleine de l'Autre comme une pression sur ses yeux et sur son cou. Il n'avait pas l'impression de transpirer, et pourtant il découvrit son visage soudain couvert de sueur, comme si le vent avait transporté une substance issue de la peau de l'Autre et l'avait plaquée sur la sienne. Kennit lutta contre le dégoût qu'il ressentait et qui confinait à l'horreur ; il refusait de laisser transparaître cette faiblesse en lui.

Il se redressa de toute sa taille et arrangea discrètement son gilet. La brise fit danser à la fois le panache de son chapeau et les boucles noires et luisantes de sa chevelure. Dans l'ensemble, il avait belle allure, il le savait, et il jouait amplement de l'impression qu'il faisait sur les hommes et les femmes. Il était grand, et musclé en proportion ; la coupe de sa veste mettait en valeur ses épaules et sa poitrine larges et son ventre plat. Il appréciait également son visage. Il se sentait bel homme avec son front haut, sa mâchoire ferme et son nez droit au-dessus de lèvres finement dessinées. Sa barbe était taillée en pointe, comme le voulait la mode, et le bout de ses moustaches méticuleusement ciré. Le seul trait en lui qui lui déplaisait était ses yeux, qu'il tenait de sa mère, bleu pâle et délavés. Quand il croisait son propre regard dans le miroir, il y voyait sa mère malheureuse et larmoyante devant sa vie dissolue. Ses yeux lui paraissaient vides, comme ceux d'un idiot déplacés au milieu de son visage hâlé. D'un autre homme, on aurait dit qu'il avait le regard doux et interrogateur ; Kennit, lui, s'efforçait de cultiver un regard bleu de glace, tout en sachant que ses yeux étaient trop pâles pour y parvenir ; aussi ajouta-t-il une petite moue dédaigneuse à ses lèvres en posant le regard sur l'Autre qui l'attendait.

Apparemment peu impressionnée, la créature rendit son regard à Kennit d'une hauteur presque égale à celle du capitaine, lequel se sentit étrangement rassuré de constater l'exactitude des légendes. Les doigts palmés aux mains et aux pieds, la flexibilité évidente des membres, les yeux plats de poisson dans leurs orbites cartilagineuses, jusqu'à la peau écailleuse et souple : tout correspondait à ce qu'attendait Kennit. La tête de l'Autre, arrondie et chauve, était comme mal formée, ni humaine ni ichtyoïde. L'attache de la mâchoire inférieure se situait sous les trous auriculaires et formait une bouche assez vaste pour engloutir la tête d'un homme. Les lèvres minces ne dissimulaient pas les rangées de petites dents aiguës ; les épaules étaient courbées vers l'avant, mais cette attitude évoquait davantage la force brute que la mollesse. La créature portait une sorte de manteau d'un azur pâle et d'un tissage si fin qu'on n'y voyait pas plus de texture que sur un pétale de fleur, et qui la drapait d'une façon qui évoquait la fluidité d'un liquide. Oui, Kennit retrouvait bien tout ce qu'on lui avait décrit. En revanche, il ne s'était pas attendu à l'attraction qu'exerçait la créature ; quelque effet de la brise avait dû jouer un tour à son flair, car l'odeur de la créature suggérait maintenant un jardin en plein été, son haleine, le bouquet subtil d'un vin rare ; ses yeux indéchiffrables recelaient toute la sagesse du monde. Kennit eut soudain envie de se distinguer devant elle afin de se montrer digne de sa considération ; il voulait l'impressionner par sa bonté et son intelligence et il souhaitait de toutes ses forces se faire bien voir d'elle.

Derrière lui, il entendit le léger crissement des pas de Gankis sur le sable. L'espace d'un instant, l'attention de l'Autre hésita : les yeux plats quittèrent Kennit et, à cette seconde, l'enchantement se rompit. Le pirate faillit sursauter, puis il croisa les bras de façon que le visage de bois-sorcier appuie fermement sur sa poitrine ; vivante ou non, l'amulette semblait avoir rempli sa fonction en tenant en respect l'attirance qu'exerçait la créature ; et, à présent que Kennit avait pris conscience du but de l'Autre, il était en mesure d'opposer sa volonté à cette manipulation. Alors même que la créature ramenait son regard sur Kennit pour ne plus l'en détacher, le capitaine vit la créature telle qu'elle était : froide et squameuse, issue des profondeurs. Elle parut sentir qu'elle avait perdu son emprise sur lui car, lorsqu'elle emplit d'air les poches situées derrière ses mâchoires et éructa ses premiers mots, Kennit y perçut une trace de sarcasme.

« Bienvenue, pèlerin. La mer a bien récompensé tes recherches, je vois. Veux-tu faire une offrande de bon cœur et entendre l'oracle déchiffrer le sens de tes trouvailles ? »

La créature avait une voix sifflante et hoquetante qui couinait comme une porte mal graissée. Une partie de Kennit admirait l'effort qu'elle avait dû faire pour apprendre à former des mots humains, mais une autre, plus dure, n'y voyait que servilité : il avait devant lui une créature étrangère à l'humanité dans tous les domaines, il se tenait sur son territoire, et pourtant elle se soumettait à ses ordres, elle parlait sa langue, elle implorait des aumônes en échange de prophéties. Néanmoins, si l'Autre le reconnaissait comme supérieur, pourquoi ce sarcasme dans son ton ?

Kennit chassa cette question de son esprit. Il prit sa bourse et en tira les deux pièces d'or qui constituaient l'offrande coutumière. Tout en paraissant aller au hasard afin que Gankis ne se doutât de rien, il avait recherché précisément ce à quoi il pouvait s'attendre : la chance opère mieux quand il n'y a pas de surprises. Aussi resta-t-il imperturbable quand l'Autre déroula une longue langue grisâtre pour recevoir les pièces, et c'est sans broncher qu'il les y plaça. La créature ramena brusquement sa langue dans sa gueule. Si elle fit autre chose qu'avaler l'or, Kennit n'en vit rien. Cela fait, l'Autre fit une sorte de révérence raide, puis aplanit une zone de sable afin d'y recevoir les objets que Kennit avait ramassés.

Le capitaine prit son temps pour les y déposer. Il sortit d'abord la boule de verre aux acrobates ; à côté, il plaça la rose, puis fit autour un demi-cercle soigneux des douze ongles. A l'extrémité de l'arc, il posa le coffret aux tasses minuscules, puis, dans un creux, une poignée de petites sphères de cristal. Il les avait ramassées en arrivant au bout de la plage. A côté d'elles, il mit une plume de cuivre qui semblait peser à peine plus qu'une vraie. Puis, de la tête, il fit signe qu'il avait fini et recula d'un pas. Avec un regard d'excuse à son capitaine, Gankis plaça d'un geste emprunté le jouet en bois peint à une extrémité de l'arc, puis il recula à son tour. L'Autre considéra un moment l'éventail d'objets déposés devant lui, puis il releva ses yeux étrangement plats et les planta dans ceux de Kennit. « C'est bien tout ce que vous avez trouvé ? » demanda-t-il enfin, avec une note d'insistance sur *tout*.

Kennit eut un infime mouvement des épaules et de la tête qui pouvait signifier aussi bien oui que non, ou encore rien du tout, mais il ne répondit pas. Gankis agita les pieds dans le sable, mal à l'aise. L'Autre remplit bruyamment ses sacs à air.

« Les hommes n'ont pas le droit d'accaparer ce que l'océan apporte ici. Les eaux rejettent les objets sur cette plage parce que c'est ici que les eaux veulent qu'ils se trouvent. Ne vous dressez pas contre la volonté des eaux, car nulle créature sage n'agit ainsi. Aucun humain n'a le droit de garder ce qu'il découvre sur la plage aux Trésors.

– Ces objets appartiennent donc aux Autres ? » demanda Kennit calmement.

Malgré leur différence d'espèce, Kennit observa sans difficulté qu'il avait déconcerté l'Autre, qui prit un instant pour se ressaisir, puis répondit gravement : « Ce que l'océan rejette sur la plage aux Trésors appartient toujours à l'océan. Nous ne sommes ici que des gardiens. »

Un mince sourire étira les lèvres fines de Kennit. « Dans ce cas, vous n'avez nulle inquiétude à avoir. Je suis le capitaine Kennit et je ne suis pas le seul à pouvoir vous affirmer que je puis écumer l'océan tout entier ; en conséquence, tout ce qui appartient à l'océan m'appartient aussi. Vous avez reçu votre or, faites votre prophétie et ne vous occupez plus de ce qui ne vous appartient pas. »

A ses côtés, Gankis émit un hoquet d'effroi, mais l'Autre ne manifesta aucune réaction à ces mots. Il inclina solennellement son buste vers Kennit, comme obligé de reconnaître le pirate comme maître ; puis il releva la tête et ses yeux de poisson se fixèrent sur l'âme de Kennit sans plus d'hésitation qu'un doigt sur une carte. Quand il parla, ce fut avec une note basse dans la voix, comme si ses propos venaient du plus profond de lui-même.

« Cette lecture est si évidente que même un membre de votre engeance pourrait l'effectuer. Vous prenez ce qui n'est pas à vous, capitaine Kennit, et vous vous l'appropriez. Quoi que vous ayez entre vos mains, vous n'êtes jamais rassasié. Ceux qui vous accompagnent doivent se contenter des babioles et des jouets que vous rejetez, tandis que vous conservez ce que vous percevez comme le plus précieux et le gardez pour vous-même. » Le regard de la créature se planta un instant dans les yeux exorbités de Gankis. « Par ses estimations, vous êtes à la fois trompé et appauvri. »

Kennit n'aimait pas du tout la tournure qu'avait prise la divination. « L'or que je vous ai remis me donne droit à une question, n'est-ce pas ? » demanda-t-il avec audace.

L'Autre ouvrit grand la bouche – non pas en signe d'étonnement, mais peut-être de menace, car ses rangées de dents étaient véritablement impressionnantes. Puis il la referma brusquement, et ses lèvres minces bougèrent à peine lorsqu'il éructa : « Oui.

– Obtiendrai-je ce à quoi j'aspire ? »

Les sacs à air de l'Autre se mirent à palpiter, comme s'il réfléchissait. « Vous ne souhaitez pas préciser davantage votre question ?

– Les signes exigent-ils que je sois plus précis ? » demanda Kennit d'un ton patient.

L'Autre posa de nouveau le regard sur l'éventail d'objets posés devant lui : la rose, les tasses, les ongles, les acrobates dans leur boule de verre, la plume, les sphères de cristal. « Vous obtiendrez ce que votre cœur désire », dit-il succinctement. Comme un sourire apparaissait sur le visage de Kennit, la créature poursuivit d'un ton plus sinistre : « Vous réaliserez ce que vous êtes le plus poussé à réaliser. Cette mission, ce haut fait, cet exploit qui hante vos rêves fleurira entre vos mains.

– Suffit », gronda Kennit, soudain pressé. Il abandonna l'idée de demander audience à la déesse des Autres : il ne souhaitait pas pousser trop loin leurs dons de divination. Il se baissa pour ramasser les objets, mais la créature étendit soudain au-dessus d'eux ses mains aux longs doigts dans un geste protecteur. Une goutte de venin vert se mit à sourdre au bout de chaque doigt. « Les trésors restent naturellement sur la plage aux Trésors. Je veillerai à les ranger moi-même.

– Eh bien, merci », répondit Kennit d'une voix pleine de mélodieuse sincérité. Il se redressa lentement, puis, comme la créature se détendait, il planta soudain le pied sur la boule de verre aux acrobates. Elle s'écrasa avec un tintement qui évoquait un carillon éolien. Gankis poussa un hurlement comme si Kennit venait d'assassiner son premier-né, et même l'Autre recula devant cet acte de destruction gratuite. « Quel dommage ! fit le capitaine en se détournant. Mais si je ne puis le posséder, pourquoi un autre l'aurait-il ? »

Sagement, il se retint de faire subir le même traitement à la rose : il soupçonnait sa délicate beauté d'être modelée dans un matériau qui ne céderait pas à la pression de sa botte, et il ne tenait pas à perdre sa dignité à essayer en vain de la piétiner. Les autres objets avaient pour lui peu de valeur : l'Autre pouvait faire ce qu'il voulait de ces babioles. Il fit volte-face et s'éloigna.

Derrière lui, il entendit le sifflement rageur de l'Autre. La créature gonfla ses sacs à air et déclara : « Le talon qui détruit ce qui appartient à la mer appartiendra à son tour à la mer. » Puis ses mâchoires dentues se refermèrent sur cette dernière prophétie. Gankis se précipita aussitôt pour rattraper Kennit : celui-là préférerait toujours un danger connu à un péril inconnu. Au bout de cinq ou six enjambées, Kennit se retourna et cria à l'Autre, toujours accroupi au-dessus de ses trésors : « Ah, oui, il y avait encore un autre signe sur lequel vous auriez peut-être voulu méditer. Mais, à mon avis, l'océan l'a rejeté à votre intention, pas à la mienne, et c'est pourquoi je l'ai laissé où je l'avais découvert. Il est de notoriété publique, il me semble, que les Autres n'aiment pas les chats ? » De fait, la terreur que leur inspirait la gent féline était presque aussi légendaire que leur autorité en matière de prophétie. L'Autre ne daigna pas répondre, mais Kennit eut la satisfaction de voir ses sacs à air se gonfler d'inquiétude.

« Vous les trouverez plus loin sur la plage. Toute une portée de chatons rien que pour vous, avec un très joli pelage bleu, enfermés dans un sac en cuir. Il y avait sept ou huit de ces mignonnes petites créatures ; la plupart paraissaient en mauvais état après leur séjour dans l'océan, mais ceux que j'ai libérés se remettront sans doute très bien. N'oubliez pas qu'ils appartiennent à la mer et non à vous. Je suis sûr que vous les traiterez avec bonté. »

L'Autre émit un son étrange qui ressemblait à un coup de sifflet. « Emportez-les ! s'écria-t-il d'un ton implorant Emportez-les tous, je vous en supplie !

- Emporter de la plage aux Trésors ce que l'océan a décidé d'y déposer ? Vous n'y pensez pas ! » rétorqua Kennit d'un ton outragé. Et, sans rire ni même sourire, il se détourna de l'être visiblement désemparé, et se surprit à fredonner une chanson assez leste à la mode à Partage. Il marchait à si grandes enjambées que Gankis ne tarda pas à haleter à ses côtés.

« Capitaine ? fit Gankis, le souffle court. Une question, si vous permettez, cap'taine Kennit.

– Pose ta question », répondit gracieusement Kennit. Il s'attendait à demi à ce que le marin le prie de ralentir, et il refuserait : ils devaient regagner en toute hâte le navire s'ils voulaient le manœuvrer jusqu'au large avant que les écueils émergent de la marée descendante.

« C'est quoi ce que vous allez réussir à obtenir ? »

Kennit faillit céder à la tentation de tout révéler au marin, mais non : il avait prévu son plan avec trop de soin, il l'avait trop souvent répété mentalement ; il attendrait que le *Marietta* soit en route et que Gankis ait eu le temps de fournir à l'équipage sa version des événements de l'île. Cela ne devrait pas prendre longtemps : le vieux matelot était bavard et, après leur absence, les hommes seraient dévorés de curiosité sur leur visite dans l'île. Une fois qu'ils auraient le vent dans les voiles et qu'ils seraient bien en chemin pour Partage, Kennit ferait appeler l'équipage sur le pont. Emporté par son imagination, il se voyait le visage baigné de lune tandis qu'il s'adressait aux hommes réunis en dessous de lui dans le passavant. Ses yeux pâles s'allumaient à l'évocation de cette scène.

Ils traversèrent la plage beaucoup plus vite que lorsqu'ils y cherchaient des trésors, et, peu de temps après, ils escaladaient la sente escarpée qui menait à l'intérieur boisé de l'île. Kennit se gardait bien de manifester devant Gankis l'inquiétude que lui inspirait le *Marietta* : les marées montaient et descendaient dans la baie avec une amplitude qui ne devait rien aux phases de la lune. Un navire qu'on pensait ancré en sécurité dans la baie pouvait soudain se retrouver à racler des écueils qui n'étaient pas là lors de la précédente marée basse. Kennit ne voulait pas courir de risques avec son *Marietta* : le bateau aurait laissé la terre loin derrière lui bien avant que la marée de cette baie maléfique pût l'échouer.

A l'abri des arbres qui coupaient le vent de la plage, le jour avait toujours un aspect doré. La chaleur des rais de soleil qui traversaient les branches évasées se combinait aux parfums qui montaient de l'humus pour former un mélange qui incitait à la somnolence. Kennit sentit son pas se ralentir à mesure que la sérénité du bois doré pénétrait en lui. Plus tôt, alors que les feuilles s'égouttaient encore de la tempête, la forêt, humide, encombrée de ronces et de branches qui giflaient le visiteur, semblait moins attirante. A présent, il avait la certitude absolue que c'était un lieu de merveilles, qui recelait des trésors et des secrets tout aussi tentants et inaccessibles que ceux de la plage aux Trésors.

L'impatience de retrouver le *Marietta* s'évanouit, rejetée, et il se planta au milieu du chemin de gravillons. Aujourd'hui, il allait explorer l'île ; les lieux magiques des Autres s'ouvriraient pour lui, pleins de prodiges, parmi lesquels un homme pouvait passer cent ans en une seule nuit sublime. Bientôt, il connaîtrait l'île et en serait le maître ; mais, pour le moment, il devait se contenter de rester immobile et de respirer l'air doré. Rien ne venait contrarier son plaisir, sauf Gankis, qui ne cessait de jacasser à propos de la marée et du *Marietta*, et moins Kennit faisait attention à lui, plus le marin le bombardait de questions. « Pourquoi on s'est arrêtés ici, cap'taine Kennit ? Vous allez bien, cap'taine ? » L'intéressé voulut le chasser d'un geste de la main, mais le vieux loup de mer n'en tint pas compte; Kennit chercha alors quelque mission qui éloignerait de lui le marin bruyant et son fumet. Comme il fouillait ses poches, il sentit sous ses doigts le médaillon et la chaîne. Avec un sourire sournois, il sortit l'objet.

Il interrompit les bavardages imbéciles de Gankis. « Ah, c'est trop bête ! Regarde ce que j'ai emporté de la plage par accident. Sois gentil, cours rapporter ça à l'Autre et veille à ce qu'il le mette en sécurité. »

Gankis le regarda, bouche bée. « On n'a plus le temps ! Laissez ce truc ici, cap'taine ! Il faut retourner au navire avant qu'il s'échoue sur les écueils ou que l'équipage doive appareiller sans nous ! Il n'y aura pas d'autre marée qui permette au *Marietta* de mouiller avant un mois dans la baie Trompeuse. Et on ne survit pas à une nuit sur cette île. »

L'homme commençait à porter sur les nerfs de Kennit; sa voix forte avait effrayé un petit oiseau vert qui s'apprêtait à se poser non loin. « Va, te dis-je ! Va ! » Il fit claquer le fouet et tinter les fers dans son ordre, et, à son grand soulagement, le vieux marin s'empara du médaillon et partit en courant sur le chemin qu'ils venaient de suivre.

Une fois son compagnon hors de vue, Kennit sourit largement, puis il se mit en marche d'un pas vif sur le sentier qui montait vers l'intérieur boisé de l'île. Il comptait mettre quelque distance avec l'endroit où il avait quitté Gankis, et alors il s'écarterait de la piste. Gankis ne le retrouverait jamais, il serait obligé de partir sans lui, et, de cet instant, toutes les merveilles de l'île des Autres appartiendraient à lui seul.

« Pas exactement : c'est toi qui leur appartiendrais. »

C'était sa propre voix qui avait parlé, dans un murmure si bas que l'ouïe fine de Kennit l'avait à peine capté. Il se passa la langue sur les lèvres et promena son regard autour de lui. Les mots avaient vibré en lui comme un réveil brutal. Il avait été sur le point de faire quelque chose, mais quoi ?

« Tu étais sur le point de te jeter dans leurs bras. Le pouvoir opère dans les deux sens sur ce chemin : la magie t'encourage à y demeurer, mais elle ne peut être pratiquée pour attirer un humain sans qu'elle repousse également l'Autre. La magie qui met leur monde à l'abri du tien te protège aussi tant que tu ne quittes pas le sentier. S'ils te persuadent de t'en écarter, tu te trouveras à leur portée. Ce ne serait pas très malin. »

Kennit leva le poignet à hauteur de ses yeux : sa propre miniature lui adressait un sourire moqueur. A l'activation de l'amulette, le bois avait pris des couleurs : les anneaux gravés étaient aussi noirs que les siens, le visage aussi hâlé, et les yeux d'un bleu tout aussi trompeur. « Je commençais à me demander si tu n'étais pas un mauvais marché, finalement », dit Kennit à l'amulette.

Le petit visage eut un rictus dédaigneux. « Si tu me considères comme un mauvais marché, j'en ai autant à ton service, fit-il. J'avais fini par me croire attaché au poignet d'un crétin naïf, destiné à mourir sous peu. Mais, apparemment, tu t'es débarrassé des effets du charme – ou, plus précisément, je l'ai réduit à néant.

– Quel charme ? » demanda Kennit d'une voix tendue.

Les lèvres de l'amulette se retroussèrent en un sourire méprisant. « L'inverse de celui que tu as senti en venant ici. Tous ceux qui suivent ce chemin y succombent. La magie des Autres est si puissante que nul ne peut traverser leur territoire sans la percevoir et en ressentir l'attraction ; alors ils ont imprégné ce sentier d'un charme de temporisation : le visiteur sait que leur pays l'appelle, mais il remet son exploration au lendemain. Toujours au lendemain, et, par conséquent, à jamais. Mais ta petite menace avec les chatons les a un peu troublés ; toi, ils aimeraient te détourner du chemin et t'employer comme moyen de se débarrasser des chats. »

Kennit se permit un petit sourire de satisfaction. « Ils n'avaient pas prévu que je disposais d'une amulette qui me protégerait de leur magie. »

Le petit visage fit la moue. « Je n'ai fait que te rendre conscient du charme. Avoir conscience d'un charme est la meilleure arme contre ses effets. Par moi-même, je ne possède pas de magie pour contre-attaquer ni pour annuler la leur. » Les yeux bleus regardèrent à droite, puis à gauche. « Et nous risquons encore notre vie si tu restes planté là à discuter avec moi. La marée descend ; bientôt, le second maître va devoir choisir entre t'abandonner ici ou laisser les rochers dévorer le *Marietta*. Tu ferais bien de te dépêcher de retourner à la baie Trompeuse.

– Gankis ! » s'exclama Kennit, consterné. Il émit un chapelet de jurons mais se mit à courir : inutile de retourner chercher le vieux marin ; il allait devoir le laisser sur place. Et il lui avait confié le médaillon d'or, en plus ! Quel fou il avait été de se laisser flouer par la magie des Autres ! Maintenant, il avait perdu son témoin et le souvenir qu'il comptait rapporter ; mais qu'il soit pendu s'il perdait en plus sa vie ou son navire ! Ses longues foulées avalaient le chemin sinueux. La journée jusque-là si attrayante et nimbée d'or s'était muée en un après-midi chaud qui semblait, malgré tous ses efforts, bloquer l'air dans ses poumons.

Devant lui, les arbres s'éclaircissant l'avertirent qu'il approchait de la baie. Quelques instants plus tard, il entendit le battement des pieds de Gankis derrière lui, et resta pantois quand l'homme le dépassa sans une hésitation. Kennit aperçut brièvement son visage ridé tordu de terreur, puis il ne vit plus que les bottes du marin qui faisaient sauter le gravier dans leur course. Kennit s'était cru incapable de courir plus vite, pourtant il donna un brusque coup de collier et déboucha des arbres pour arriver sur la plage.

Il entendit Gankis crier au mousse de les attendre. Manifestement, le garçon avait désespéré du retour de son capitaine, car il avait poussé le canot par-dessus les algues échouées et les roches encroûtées de bernacles jusqu'au bord de la mer descendante. Une clameur monta du navire à la vue de Kennit et de Gankis sur la plage. Sur la dunette, un matelot se mit à leur faire des signes frénétiques pour qu'ils se hâtent. Le *Marietta* se trouvait en grave posture : dans son retrait, la marée l'avait laissé presque au sec, et des hommes s'échinaient déjà sur le guindeau. Kennit, le cœur serré, vit le *Marietta* s'incliner légèrement sur le bord, puis déraper sur un écueil découvert lorsqu'une vague le souleva brièvement. Après lui-même, c'était à son navire qu'il tenait le plus.

En glissant sur des kelps visqueux et des bernacles écrasées, il dévala la plage rocheuse en direction du mousse et du canot. Gankis l'avait déjà précédé. Sans qu'un seul ordre fût nécessaire, les trois marins saisirent les plats-bords et transportèrent l'embarcation jusque dans les vagues ; tous se retrouvèrent trempés avant que le dernier fût monté à bord. Gankis et le mousse s'emparèrent des avirons et les placèrent dans les tolets tandis que Kennit s'installait à la proue. L'ancre du *Marietta* remontait déjà, festonnée d'algues. Les rames rivalisaient avec les voiles et la distance qui séparait les deux embarcations diminuait peu à peu. Enfin, le canot se colla le long du navire, les palans furent descendus et accrochés, et quelques instants plus tard Kennit se retrouva sur son pont. Sorcor, le second maître, était à la barre et, dès qu'il vit son capitaine en sécurité à bord, il fit tourner la roue en beuglant les ordres qui donneraient son cap au navire. Le vent gonfla les voiles du *Marietta* et le projeta contre la marée inverse jusque dans le courant puissant qui le secouerait durement mais l'emporterait loin des crocs dénudés de la baie Trompeuse.

D'un coup d'œil, Kennit s'assura que tout était en ordre sur le pont. Le mousse se recroquevilla quand le regard du capitaine passa sur lui. Kennit se contenta de poser les yeux sur lui, et le garçon comprit que son commandant n'oublierait pas et ne laisserait pas passer sa désobéissance. Quel dommage ! Cet enfant avait la peau du dos si douce et si lisse ; demain, il n'en serait plus ainsi. Demain, il serait bien assez tôt de s'en occuper ; que le mousse passe la nuit à imaginer ce qui l'attendait et savoure à l'avance les cinglures que sa lâcheté allait lui valoir. Kennit adressa un simple hochement de tête au second maître et se rendit dans ses quartiers. Malgré l'échec qui avait failli le frapper, il sentait son cœur cogner triomphalement : il avait battu les Autres à leur propre jeu ! Sa chance ne l'avait pas abandonné, comme toujours ; l'onéreuse amulette qu'il portait au poignet s'était éveillée et avait prouvé sa valeur. Et, plus important que tout, il disposait de l'oracle des Autres eux-mêmes pour habiller ses ambitions du manteau de la prophétie. Il allait devenir le premier roi des îles des Pirates.

2

VIVENEFS

Le serpent avançait sans effort dans le sillage du navire. Son corps écailleux luisait comme celui d'un dauphin, mais d'un bleu plus irisé. La tête qu'il levait au-dessus de l'eau était bordée de piquants agressifs et de barbillons qui rappelaient ceux d'un poisson-rat. Ses yeux croisèrent ceux de Brashen et s'agrandirent comme ceux d'une femme qui fait la coquette ; puis la gueule de la créature s'ouvrit tout grand, rouge vif et munie de plusieurs rangées de crocs incurvés vers l'intérieur. Béante, elle était assez vaste pour qu'un homme s'y tînt debout. Les barbillons se raidirent soudain autour de la tête du serpent, crinière léonine de dards empoisonnés. La gueule rouge fonça sur lui pour l'engloutir.

Les ténèbres entouraient Brashen, et il sentit la puanteur de charogne froide de la gueule de la créature. Il se rejeta éperdument en arrière en poussant un cri inarticulé. Sa main se posa sur du bois et, aussitôt, le soulagement l'envahit : ce n'était qu'un cauchemar. Il prit une inspiration tremblante, puis écouta les sons familiers du navire, les craquements des membrures de la *Vivacia*, la respiration des autres matelots endormis et le clapotis de l'eau contre la coque. Au-dessus de sa tête, il entendit le bruit des pas nus de quelqu'un qui se précipitait pour répondre à un ordre. Tout était normal, tout allait bien. Il s'emplit les poumons de l'air lourd d'odeurs de goudron des membrures, fumet d'hommes ayant vécu longtemps dans des quartiers exigus et, sous-jacentes, discrètes comme le parfum d'une femme, fragrances épicées de leur chargement. Il s'étira en poussant le plus possible ses épaules et ses pieds contre les bords étroits de sa couchette de bois, puis se renfouit dans ses couvertures. Il n'était de quart que dans plusieurs heures, et, s'il ne dormait pas maintenant, il le regretterait plus tard.

Il ferma les yeux dans l'obscurité du gaillard d'avant, mais les rouvrit au bout d'un moment : Brashen sentait son rêve rôder juste sous la surface du sommeil en attendant de s'emparer à nouveau de lui. Il poussa un juron étouffé. Il avait besoin de dormir, mais il préférait ne pas se reposer s'il ne faisait que retomber dans les abîmes du rêve au serpent.

Le songe récurrent était désormais presque plus réel que le souvenir et venait le troubler aux moments les plus inattendus, en général quand il devait prendre une grande décision. Dans ces périodes, le rêve jaillissait des profondeurs de son sommeil pour planter ses longs crocs dans son âme et tenter de l'entraîner dans les abysses. Il avait beau être adulte, aussi bon marin que tous ceux qu'il avait côtoyés et meilleur que les neuf dixièmes d'entre eux, quand le cauchemar le saisissait, il régressait jusqu'à son enfance, à l'époque où chacun, et lui-même, le dédaignait.

Il s'efforça de déterminer ce qui le troublait le plus. Son capitaine le méprisait, c'était exact, mais Brashen n'en était pas moins bon marin pour autant. Il avait été second du navire avec le capitaine Vestrit auquel il avait démontré sa valeur ; quand Vestrit était tombé malade, Brashen avait osé espéré qu'on lui confierait le commandement de la *Vivacia*, mais le vieux marchand l'avait remise à son beau-fils, Kyle Havre. Bah, la famille passait avant tout, et Brashen pouvait accepter ce qui s'était passé ; mais alors le capitaine Havre avait usé de son droit de choisir son propre second, et il ne s'agissait pas de Brashen Trell. Néanmoins, on ne pouvait blâmer le nouveau capitaine de ce rude coup, et tous les matelots du navire – non, tous les marins de Terrilville – le savaient pertinemment. Il n'y avait pas de honte à avoir : Kyle désirait simplement choisir lui-même son second. Brashen, après réflexion, avait jugé préférable de servir comme lieutenant sur la *Vivacia* que comme second à bord de n'importe quel autre vaisseau. Il avait pris lui-même sa décision et ne pouvait en faire reproche à personne d'autre qu'à lui-même. Même après qu'ils eurent quitté le port et que le capitaine Havre eut tardivement décidé de nommer lui-même son lieutenant, ce qui avait encore fait descendre Brashen d'un cran, le marin avait serré les dents et obéi à son capitaine. Mais, malgré les années passées à bord de la *Vivacia* et la gratitude qu'il éprouvait pour Ephron Vestrit, il pressentait que ce serait le dernier voyage qu'il ferait sur le navire.

Le capitaine Havre ne lui avait pas caché qu'en tant que membre d'équipage il n'était ni bienvenu ni respecté. Durant la dernière étape du voyage, rien de ce qu'il faisait ne satisfaisait le capitaine : s'il remarquait une corvée à effectuer et mettait des hommes à l'œuvre, il outrepassait son autorité ; s'il se contentait d'exécuter les tâches que son rôle lui assignait, ce n'était qu'un imbécile doublé d'un tire-au-flanc. Chaque jour passant, Terrilville se rapprochait, mais Havre se montrait aussi plus désagréable. Quand ils s'amarreraient au port d'attache et si Vestrit n'était pas prêt à reprendre le commandement, Brashen descendrait du pont de la *Vivacia* pour la dernière fois. Cette pensée lui serrait le cœur, mais il se rappelait alors qu'il existait d'autres navires, dont certains excellents, et Brashen jouissait désormais d'une bonne réputation. Le temps était passé où, débutant, il avait dû accepter n'importe quelle place à bord du premier rafiot venu ; à l'époque, survivre à un voyage était tout ce qui comptait. Cette première sortie, cette première traversée et le cauchemar étaient intimement liés dans son esprit.

Il avait quatorze ans la première fois qu'il avait vu un serpent de mer. C'était dix longues années plus tôt, et il était novice dans le métier : il y avait moins de trois semaines qu'il servait à bord de son premier navire, un sabot chalcédien qui roulait bord sur bord et se nommait l'*Embrun*. Même sur une mer d'huile, le bateau se déplaçait avec la grâce d'une femme enceinte en train de pousser un brouette, et, par une mer de l'arrière, nul ne pouvait prédire où allait se trouver le pont l'instant suivant. Brashen avait eu le mal de mer, et mal tout court aussi, à la fois à cause du travail auquel il n'était pas habitué et d'une raclée bien méritée que le second lui avait flanquée la veille. Il était fâché aussi, car, dans le noir, Farsé le visqueux était venu s'accroupir près de lui pendant qu'il dormait dans le coqueron avant, pour lui offrir quelques paroles de compassion au sujet de ses meurtrissures, puis passer une main tâtonnante sous sa couverture. Brashen avait rembarré Farsé, mais non sans humiliation : le marin pansu avait une puissante musculature sous sa couche de lard, et il avait longuement tripoté le jeune garçon qui avait essayé de se défendre à coups de poing et en s'éloignant avec force tortillements. Aucun des autres marins qui dormaient dans le coqueron n'avait seulement frémi, encore moins proposé de lui venir en aide. Il n'était pas populaire auprès des autres matelots, car il manquait de cicatrices sur le corps et son langage était trop châtié pour eux. «L'étudiant», l'avaient-ils surnommé, sans se douter à quel point ils avaient touché juste et à quel point il en souffrait. Ils savaient qu'on ne pouvait pas lui faire confiance: il ne connaissait pas le métier, il ignorait comment le pratiquer, et un matelot de ce genre à bord d'un navire est un matelot qui provoque des accidents mortels.

Aussi, quand il eut fui le coqueron avant et Farsé, il se rendit sur la dunette où il s'assit, les genoux sous le menton, enveloppé dans sa couverture, et se mit à renifler. L'école, les maîtres et les leçons interminables qui lui avaient paru si insupportables avaient désormais pour lui l'attrait du chant des sirènes et lui rappelaient des lits moelleux, des repas chauds et des heures qui n'appartenaient qu'à lui seul. Sur l'*Embrun*, si on le surprenait à ne rien faire, il recevait un coup de fouet. Même en cet instant, si le second le rencontrait là, il lui donnerait l'ordre de redescendre ou une tâche à accomplir. Il aurait dû essayer de dormir, il le savait, mais non: il contemplait l'eau huileuse qui se soulevait dans leur sillage et sentait une agitation similaire dans l'estomac. Il aurait encore vomi s'il lui était resté quelque chose dans le ventre. Il appuya son front sur le bastingage et s'efforça de capter un souffle d'air qui n'eût pas un relent de goudron ni d'eau saline.

C'est alors qu'il regardait l'eau noire et brillante qui s'éloignait de l'étrave en roulant qu'il envisagea une autre possibilité. Il n'y avait jamais pensé jusque-là, mais, à présent, elle l'attirait, simple et logique: se laisser glisser dans l'eau. Quelques minutes désagréables, et puis tout serait fini. Il n'aurait plus jamais de comptes à rendre à quiconque; il ne sentirait plus jamais le coup de cordage sur son flanc; il n'éprouverait plus ni humiliation, ni colère impuissante, ni impression de stupidité. Et, mieux que tout, sa décision ne prendrait qu'un instant et tout serait dit. Pas de tourments de l'âme, pas de prière pour s'en retenir: il lui suffisait de trouver une seule seconde de détermination.

Il se leva et se pencha par-dessus le bastingage en cherchant au fond de lui-même cette force qui lui permettrait de prendre en main son propre sort. Mais, alors qu'il inhalait profondément afin de se donner la volonté de se jeter par-dessus bord, il vit le serpent. Il glissait le long du navire, silencieux comme le temps, son grand organisme sinueux dissimulé par le bourrelet du sillage du navire. Le mur de son corps suivait à la perfection l'arc de l'eau déplacée : sans la lune qui avait trahi un instant un flanc aux écailles scintillantes, Brashen ne se serait jamais douté de la présence de la créature.

Le souffle se bloqua dans la poitrine de Brashen, dur et douloureux. Il avait envie de crier à la cantonade ce qu'il avait vu, d'appeler le second quart pour confirmer ses dires. A l'époque, apercevoir des serpents était rare, et beaucoup de terriens affirmaient qu'il ne s'agissait que de contes de matelots. Mais Brashen savait aussi ce que les marins disaient des grands serpents : celui qui en voit un voit sa propre mort. Avec une brutale certitude, Brashen comprit que, si quelqu'un apprenait la vision qu'il avait eue, l'équipage y verrait un mauvais présage pour le navire tout entier, et il n'y aurait qu'un seul moyen de contrer une telle malchance : peu après, Brashen dégringolerait du haut d'une vergue parce qu'un marin ne tendait pas assez la toile battante, il tomberait dans un panneau ouvert et se romprait le cou, ou bien il disparaîtrait purement et simplement pendant un long quart.

Alors qu'un instant auparavant, il jouait avec l'idée de suicide, Brashen eut soudain la certitude qu'il ne voulait pas mourir, ni de sa propre main, ni de celle d'un autre. Il désirait survivre à ce voyage trois fois maudit, retourner à terre et se débrouiller pour retrouver son ancienne existence. Il irait voir son père, il ramperait devant lui et supplierait comme il n'avait jamais fait auparavant, et on le réintégrerait dans la famille. Peut-être perdrait-il sa place d'héritier de la fortune des Trell, mais cela lui était égal ; qu'elle revienne à Cerwin : Brashen se satisferait amplement de la part d'un puîné. Il cesserait de jouer, il cesserait de boire, il cesserait de prendre de la cindine ; il se plierait à tous les désirs de son père et de son grand-père. Il s'accrochait soudain à la vie aussi fort que ses mains couvertes d'ampoules s'agrippaient au bastingage, tandis qu'il regardait le cylindre de chair écailleuse glisser sans effort dans le sillage du navire.

Alors était venu le pire, ce qui restait le pire dans ses

cauchemars. Le serpent avait senti sa défaite ; par quelque sens inconnu, il avait compris que Brashen ne succomberait pas à son artifice ; le jeune garçon, avec le même saisissement que quand il avait senti la main de Farsé sur son entrejambe, sut alors que sa volonté de suicide ne venait pas de lui, mais de la suggestion du serpent. D'une torsion, l'animal s'écarta du sillage qui le dissimulait pour exposer à la vue de Brashen toute la taille de son corps sinueux. Il faisait la moitié de la longueur de l'*Embrun* et brillait de couleurs scintillantes. Il se déplaçait sans effort, comme si le navire le tirait dans l'eau. Il n'avait pas la tête plate et triangulaire d'un serpent de terre, mais bombée, le front courbe comme celui d'un cheval, avec des yeux immenses de part et d'autre du crâne. Des piquants toxiques pendaient sous sa mâchoire.

Soudain, la créature roula de côté dans l'eau, exposant ses écailles ventrales aux teintes pâles, pour poser sur Brashen le regard d'un grand œil. C'est ce regard qui avait épouvanté le jeune garçon, l'avait fait s'écarter brusquement du bastingage et s'enfuir jusqu'au coqueron avant ; c'est ce regard qui le tirait encore en sursaut de ses cauchemars. Immense, dépourvu de sourcils et de cils, cet œil bleu et rond qui le regardait d'un air moqueur avait quelque chose d'horriblement humain.

*

Althéa mourait d'envie d'un bain d'eau douce. Comme elle gravissait péniblement l'escalier des cabines, elle se sentait des courbatures dans tous les muscles et l'air dense de la cale arrière lui donnait la migraine. Mais enfin elle avait achevé sa tâche : elle allait se rendre à la cabine, se décrasser avec une serviette mouillée, changer de vêtements et peut-être même faire une petite sieste. Ensuite, elle irait affronter Kyle. Il y avait trop longtemps qu'elle remettait ce moment, et plus elle attendait, plus elle se sentait mal à l'aise. Elle dirait ce qu'elle avait à dire et supporterait ce que cela lui vaudrait.

« Maîtresse Althéa. » Elle avait à peine posé le pied sur le pont que Clément vint se planter devant elle. « Le cap'taine veut vous voir. » Et le mousse lui fit un grand sourire, moitié chagriné, moitié ravi d'avoir à transmettre une telle nouvelle.

« Très bien, Clément », répondit-elle à mi-voix. Très bien,

répéta l'écho au fond d'elle-même. Pas de décrassage, pas de vêtements propres et pas de sieste avant l'affrontement. Très bien. Elle prit un moment pour ramener ses cheveux en arrière et renfoncer sa vareuse dans son pantalon ; avant de commencer la tâche qu'elle s'était fixée, c'était sa tenue de travail la plus propre ; à présent, sa vareuse en coton grossier lui collait au cou et dans le dos à cause de la transpiration, tandis que son pantalon était maculé d'étoupe et de goudron à force de se frotter dans les confins exigus de la cale. Et elle avait le visage barbouillé aussi, elle le savait. Eh bien, que Kyle jouisse de son avantage ! Elle se baissa comme pour renouer un lacet défait, mais plaqua la main sur le bois du pont. L'espace d'un instant, elle ferma les yeux et laissa la force de la *Vivacia* pénétrer en elle par sa paume. « Oh, navire, murmura-t-elle aussi bas que si elle priait. Aide-moi à lui résister. » Puis elle se redressa, sa résolution retrouvée.

Comme elle traversait le pont dans la pénombre du crépuscule, aucun regard ne voulut croiser le sien ; tous les marins avaient soudain trouvé une corvée urgente à accomplir ou bien avaient simplement les yeux tournés ailleurs. Elle se retint de se retourner pour voir si on l'observait par-derrière, carra les épaules, releva le menton et se dirigea vers son destin.

Elle frappa sèchement à la porte du capitaine et attendit sa réponse revêche. Quand elle l'entendit, elle entra, puis s'arrêta au milieu de la pièce en laissant ses yeux s'accommoder à la lumière jaune de la lanterne. A cet instant, elle fut soudain prise de nostalgie, non pour une maison au bord de la mer, mais pour la pièce telle qu'elle était naguère. Un vertige de souvenirs l'envahit : les cirés de son père étaient pendus à ce crochet et l'odeur de son rhum préféré parfumait l'air ; il avait accroché le hamac d'Althéa dans ce coin, quand il lui avait permis de vivre sur la *Vivacia*, afin de pouvoir mieux la surveiller. Une brusque bouffée de colère la prit devant la pagaille de Kyle qui dissimulait l'aspect familier et douillet de ces quartiers. Un clou de botte avait laissé toutes sortes d'éraflures sur le plancher poli. Ephron Vestrit n'avait jamais laissé traîner de cartes, et n'aurait jamais toléré la présence d'une chemise sale négligemment jetée sur le dossier du fauteuil. Il ne supportait par le désordre sur son bateau, et cela incluait ses propres quartiers. Apparemment, son gendre Kyle ne partageait pas ces valeurs.

Althéa enjamba ostensiblement un pantalon étalé à terre pour se présenter devant son capitaine, assis à sa table. Kyle fit semblant de ne pas la remarquer et continua d'étudier une notation sur une carte – une notation rédigée de l'écriture précise de son père, comme l'observa Althéa, et elle y puisa quelque énergie alors même qu'elle brûlait de colère à l'idée que Kyle eût accès aux cartes de la famille. Les cartes d'une famille de Marchands faisaient partie de ses biens les plus jalousement gardés ; autrement, comment conserver pour soi les trajets les plus rapides pour traverser le Passage Intérieur, et les ports de commerce des villages les moins connus ? Néanmoins, père avait confié ces cartes à Kyle, et ce n'était pas à Althéa de mettre sa décision en cause.

Kyle feignait toujours de ne pas l'avoir vue, mais Althéa refusait de mordre à l'hameçon. Muette et patiente, elle ne se laissait pas démonter par l'apparent désintérêt du capitaine. Au bout d'un moment, il finit par lever les yeux vers elle ; leur couleur bleue était aussi différente du calme regard sombre de son père que ses cheveux blonds et indisciplinés l'étaient du catogan lisse et noir du capitaine Vestrit, et, une fois de plus, elle se demanda avec dégoût ce qui avait pris sa sœur aînée de désirer un tel homme. Son sang chalcédien transparaissait autant dans ses manières que dans son aspect. Elle s'efforçait d'effacer toute trace de dédain de son visage, mais sa maîtrise de soi s'amenuisait : il y avait trop longtemps qu'elle était en mer en compagnie de cet homme

Ce dernier voyage avait été interminable : Kyle avait transformé ce qui aurait dû être une simple tournée de deux mois le long des côtes chalcèdes en un trajet long et pénible de cinq mois, plein de haltes inutiles et de traversées tout juste profitables. Althéa était convaincue que Kyle s'efforçait ainsi de montrer à son père ce dont un marchand matois était capable ; elle, en tout cas, n'avait pas été impressionnée. A Défense, il avait fait relâche pour acheter des œufs de canards marins en saumure, cargaison toujours délicate, puis s'était arrêté à Pont le temps de les vendre avant qu'ils ne soient pourris ; à Pont, il avait embarqué des balles de coton en quantité suffisante non seulement pour remplir les cales à ras bord, mais aussi pour embarrasser en partie le pont du navire. Althéa n'avait pu que regarder sans rien dire l'équipage risquer sa vie à grimper sur les lourdes balles, puis un grain tardif était arrivé qui avait trempé et sans doute abîmé cette partie de la cargaison. Althéa n'avait même pas demandé à Kyle le montant du profit, si profit il y avait eu, quand il avait fait halte à Dursé pour la vendre aux enchères. Dursé avait été le dernier port où ils avaient fait relâche, et il avait fallu encore une fois déplacer les tonneaux de vin pour une cargaison achetée sur un coup de tête. A présent, en plus des vins et des eaux-de-vie qui constituaient leurs marchandises d'origine, la cale était bourrée de caisses de noix de comefère. Kyle avait longuement péroré sur le bon prix qu'elles rapporteraient, tant à cause de l'huile odorante de leur noyau que l'on employait pour fabriquer du savon que de la splendide teinte jaune qu'on pouvait tirer de leur coque. Althéa s'était dit que, s'il dissertait encore une fois sur le profit supplémentaire que cette cargaison rapporterait au voyage, elle allait l'étrangler. Mais il n'y avait nulle autosatisfaction dans le regard qu'il posa sur elle : il était froid comme l'eau de mer et scintillant de petites étincelles de colère.

Sans sourire ni proposer un siège, il demanda simplement : « Que faisiez-vous dans la cale arrière ? »

Quelqu'un était allé cafter au capitaine. Althéa conserva une voix ferme. « Je réarrimais la cargaison.

– Tiens donc. »

C'était presque une accusation en soi ; mais, comme il ne s'agissait pas d'une question, aucune réponse n'était nécessaire, et Althéa demeura parfaitement rigide sous le regard perçant du capitaine. Il s'attendait à ce que, comme Keffria, elle bredouille des explications et des excuses. Elle le savait ; mais elle n'était pas sa sœur ni l'épouse de Kyle. Il abattit brutalement la paume sur la table, et, bien qu'elle bronchât sous le bruit soudain, elle ne dit toujours rien. Elle l'observa qui espérait un mot d'elle, puis éprouva un étrange sentiment de victoire quand la colère du capitaine éclata.

« Avez-vous eu la présomption d'ordonner aux hommes de modifier l'arrimage de la cargaison ? »

Elle répondit doucement, d'un ton très calme : « Non. J'ai effectué le travail moi-même. Mon père m'a enseigné qu'à bord d'un navire chacun doit voir les tâches à exécuter et les exécuter. C'est ce que j'ai fait : j'ai disposé les tonneaux comme l'aurait fait mon père s'il était parmi nous. Ils sont maintenant arrimés comme l'a toujours été une cargaison de vin depuis que j'ai dix ans, bondonnés, à l'abri de l'eau de cale, à l'avant comme à l'arrière, et coincés contre les flancs. Ils ne bougeront pas, et, s'ils n'ont pas été gâtés à force d'être secoués, on pourra les mettre sur le marché en arrivant à Terrilville. »

Les joues de Kyle rougirent, et Althéa se demanda comment Keffria pouvait supporter un homme dont les joues rougissaient quand il était en colère. Elle se raidit, et, quand Kyle répondit, ce fut d'une voix égale mais saccadée dans laquelle on sentait l'envie de hurler.

« Votre père n'est pas ici, Althéa. C'est tout le problème. Je suis maître à bord de ce navire et j'ai donné des ordres sur la façon d'arrimer la cargaison ; mais, comme d'habitude, vous avez contremandé mes ordres dans mon dos. Cette interférence entre mon équipage et moi ne peut pas continuer. Vous semez la discorde.

– J'ai agi seule, de mon propre chef, répliqua-t-elle à mi-voix. Je n'ai donné aucun ordre à l'équipage ; je n'ai même pas dit un mot de ce que je comptais faire. Je n'ai rien fait pour m'interposer entre l'équipage et vous. » Et elle ferma la bouche avant d'en dire davantage : que ce qui séparait Kyle de ses hommes était son propre manque de savoir-faire. Des marins qui auraient été prêts à donner leur vie pour le capitaine Vestrit parlaient maintenant ouvertement sur le gaillard d'avant de chercher un autre navire la prochaine fois qu'ils débarqueraient. Kyle risquait d'éparpiller l'équipage trié sur le volet que son père avait passé la dernière décennie à constituer.

Kyle paraissait furieux d'être ainsi contredit. « Il suffit que vous ayez agi contre mes ordres ! Il n'en faut pas plus pour défier mon autorité ! A cause de votre mauvais exemple, l'équipage s'agite et je suis forcé de lui imposer ma discipline. Vous devriez avoir honte de ce que vous lui infligez, mais non : ça vous est bien égal ! Vous êtes au-dessus du capitaine ! Althéa Vestrit est sans doute même au-dessus de Sâ le tout-puissant ! Vous avez affiché devant l'équipage entier votre total irrespect de mes ordres. Si vous étiez un vrai matelot, je ferais un exemple de vous, qui prouverait que mes ordres sont les seuls valables sur ce navire ; mais vous n'êtes rien d'autre que la gosse gâtée d'un marchand. Je vais donc vous traiter en tant que telle et épargner la peau de votre échine, mais seulement tant que vous ne me mettrez plus de bâtons dans les roues. Prenez cet avertissement au sérieux, fillette. Je suis le maître de ce navire et ma parole y fait loi. »

Althéa ne répondit pas, mais ne détourna pas non plus les yeux. Elle soutint le regard de Kyle en s'efforçant de garder une expression la plus neutre possible. Le rouge s'étendit au front du capitaine, et il prit une inspiration pour récupérer son sang-froid. Ses yeux transpercèrent la jeune fille. « Et vous, qu'êtes-vous, Althéa ? »

Elle ne s'attendait pas à une telle question ; les accusations et les remontrances, elle pouvait les traiter par le silence ; mais, en l'interrogeant, il exigeait une réponse qui risquait, elle le savait, d'être considérée comme une provocation délibérée. Tant pis. « Je suis la maîtresse de ce navire, dit-elle avec toute la dignité qu'elle put rassembler.

– C'est faux ! » Cette fois, il avait crié ; mais il se ressaisit en un instant. Il se pencha sur la table et cracha presque les mots suivants. « Vous êtes la fille du propriétaire ! Et, même si vous étiez le propriétaire lui-même, ça ne ferait pas la moindre différence : ce n'est pas lui qui commande le navire, c'est le capitaine. Vous n'êtes pas le capitaine, vous n'êtes pas le second, vous n'êtes même pas un vrai matelot. Tout ce que vous faites à bord, c'est occuper une cabine qui devrait revenir au lieutenant et exécuter les tâches qui vous plaisent. Le propriétaire de ce navire est Ephron Vestrit, votre père ; c'est lui qui m'a donné le commandement de la *Vivacia*. Si vous êtes incapable de me respecter, moi, respectez au moins le choix de votre père !

– Si j'avais été plus âgée, c'est moi qu'il aurait choisie. Je connais la *Vivacia* ; c'est moi qui devrais la commander. »

A peine eut-elle prononcé ces mots qu'Althéa les regretta. Cette expression de ce qu'ils savaient tous les deux exact, c'était l'ouverture que Kyle attendait.

« Encore une fois, c'est faux. Vous devriez vous trouver à terre, mariée à quelque godelureau aussi gâté que vous. Vous ne possédez pas la moindre notion de la façon de commander un navire. Vous croyez que, parce que votre père vous a laissée jouer au matelot, vous connaissez toutes les ficelles du métier, et vous vous êtes convaincue que vous étiez destinée à commander le navire de votre père. Eh bien, vous vous trompiez : votre père vous a embarquée uniquement parce qu'il n'avait pas de fils ; c'est lui-même qui me l'a révélé, à la naissance de Hiémain. Si la *Vivacia* n'était pas une vivenef qui requiert un membre de la famille à son bord, je n'aurais pas toléré vos prétentions un seul instant ; mais n'oubliez pas ceci : tout ce qu'il faut au navire, c'est un membre de la famille, et ce n'est pas obligatoirement vous. Si ce bateau exige un Vestrit à bord, il peut en embarquer un qui s'appellera Havre. Dans les veines de mes fils coule autant du sang de votre sœur que du mien, et ils sont autant Vestrit que Havre. La prochaine fois que ce navire quittera le port de Terrilville, un de mes garçons prendra votre place à son bord. Vous, vous resterez à terre. »

Althéa se sentait devenue blême. Cet homme n'avait aucune idée de ce qu'il lui disait, du péril de sa menace, et cela prouvait seulement qu'il ne possédait pas de vraie notion de ce qu'était une vivenef. Jamais on n'aurait dû lui confier l'autorité à bord de la *Vivacia* ; si seulement le père d'Althéa avait été en meilleure santé, il s'en serait rendu compte.

Son désespoir et son esprit de défi avaient dû transparaître sur ses traits, car la bouche de Kyle Havre se fit dure. Althéa se demanda s'il réprimait un sourire en ajoutant : « Vous êtes confinée dans vos quartiers pour le reste du voyage. A présent, sortez. »

Elle ne bougea pas. Autant tout déballer à présent, maintenant que la situation était claire. « Vous avez déclaré que je n'étais même pas matelot à bord de ce navire. Très bien : dans ce cas, s'il en est ainsi, je ne suis pas à vos ordres. Et j'ignore d'où vous tirez l'idée farfelue que vous aurez autorité sur la *Vivacia* lors de son prochain voyage. A notre retour à Terrilville, je m'attends que mon père se sera rétabli et reprendra son commandement – et le conservera jusqu'au jour où le navire et son commandement seront à moi. »

Il posa sur elle un regard impassible. « En êtes-vous persuadée, Althéa ? »

Les joues de la jeune fille blêmirent de haine, car elle avait cru un instant qu'il se moquait de sa confiance dans le rétablissement de son père. Mais il poursuivit : « Votre père est un bon capitaine, et quand il apprendra vos frasques, à contremander mes ordres, à semer la zizanie parmi les hommes, à me ridiculiser dans mon dos...

– A vous ridiculiser ? » fit Althéa, effarée.

Kyle eut un grognement dédaigneux. « Croyez-vous pouvoir vous enivrer à en perdre la tête et parler à tort et à travers dans Dursé sans que ça me revienne aux oreilles ? Cela ne fait que prouver votre sottise ! »

Frénétiquement, Althéa fouilla ses souvenirs erratiques de Dursé. Elle s'était enivrée, certes, mais une fois seulement, et elle se rappelait vaguement s'être plainte de sa situation à certains compagnons de bord. Mais qui ? Leurs visages étaient brouillés dans sa mémoire ; cependant, c'était Brashen qui l'avait réprimandée, elle en était sûre, en osant lui ordonner de fermer son écoutille et de garder pour elle ses problèmes privés. Elle ne se souvenait plus exactement ce qu'elle avait répondu, mais à présent elle avait une idée assez précise de celui qui avait cancané.

« Alors, quelles histoires vous a racontées Brashen ? » demanda-t-elle d'un ton aussi calme que possible. Dieu des poissons, qu'avait-elle bien pu dire ? Si cela avait un rapport avec les affaires de la famille et que Kyle rapporte ces déclarations à la maison...

« Il ne s'agissait pas de Brashen ; mais cela confirme mon opinion de lui : il est prêt à vous écouter dégoiser des horreurs. En voilà un qui vous ressemble, un fils de Marchand qui joue au matelot. J'ignore pourquoi votre père l'a accepté à bord de ce navire, sinon peut-être pour en faire un parti pour vous. Eh bien, si j'ai les coudées franches, je le laisserai à terre à Terrilville, lui aussi ; ainsi, vous pourrez continuer à jouir de votre compagnie mutuelle. C'est probablement ce qui se rapprochera le plus d'un mari pour vous ; vous avez intérêt à le harponner tant que vous en avez l'occasion. »

Kyle se laissa aller contre le dossier de son fauteuil. Il paraissait s'amuser beaucoup du mutisme bouleversé qu'Althéa observait devant ses conclusions. Quand il reprit la parole, ce fut d'une voix douce où perçait la satisfaction. « Eh bien, petite sœur, on dirait que vous n'appréciez pas mes paroles ; vous comprendrez donc peut-être ma réaction quand le charpentier du bord, un peu éméché par le grog, est revenu en racontant à qui voulait l'entendre que, d'après vous, j'avais épousé votre sœur dans le seul but de m'approprier le navire familial, parce qu'autrement un homme comme moi n'aurait jamais l'occasion de commander une vivenef. » Sa voix jusque-là posée était devenue rauque de fureur.

Althéa reconnut ses propres paroles. Elle devait être beaucoup plus ivre qu'elle ne le croyait pour exprimer tout haut de telles pensées ! Tu peux te montrer lâche ou menteuse, se dit-elle. Tu peux accepter ces propos comme les tiens tout en feignant de les dédaigner, ou bien mentir et prétendre ne les avoir jamais prononcés. Mais, malgré tout ce que Kyle pouvait affirmer sur elle, elle était la fille d'Ephron Vestrit. Elle rassembla son courage.

« C'est vrai. Je l'ai dit, et c'est la vérité. Alors, en quoi la vérité vous ridiculise-t-elle ? »

Kyle se dressa brusquement et contourna la table. Il était grand et, alors même qu'Althéa commençait à battre en retraite, il lui assena une gifle qui la fit reculer en chancelant. Elle se retint à une cloison et demeura debout par pure volonté. Kyle, le visage blême, retourna s'asseoir dans son fauteuil. Trop loin : ils avaient été tous deux trop loin, comme Althéa l'avait toujours redouté. L'avait-il craint, lui aussi ? Il paraissait trembler aussi fort qu'elle.

« Ce n'était pas pour moi, dit-il d'une voix âpre. C'était pour votre sœur. Vous vous enivrez comme un soldat dans une taverne publique et vous la traitez pratiquement de putain ! Vous en rendez-vous compte ? Croyez-vous vraiment qu'elle aurait eu besoin, pour attirer un homme, de lui faire miroiter la possibilité de commander une vivenef ? C'est une épouse dont tout homme serait fier, même s'il n'y avait pas une pièce de cuivre attachée à son nom ! Ce n'est pas votre cas : vous, il faudra vous acheter un mari, et vous feriez bien de prier les dieux que les affaires de votre famille s'améliorent, car il vous faudrait offrir la moitié de la ville en dot avant qu'un homme digne de ce nom pose le regard sur vous ! Regagnez vos quartiers avant que ma colère n'éclate vraiment. Dehors ! »

Elle voulut se retourner pour s'avancer dignement vers la porte, mais Kyle se leva, fit le tour de la table et la propulsa d'une brutale poussée vers la sortie. Alors qu'elle quittait les quartiers du capitaine, elle vit Clément qui ponçait diligemment un bastingage proche. Ce garçon avait des oreilles de renard ; il avait dû tout entendre. Bah, elle n'avait rien fait ni dit dont elle pût avoir honte, tandis que Kyle ne pouvait sans doute pas en affirmer autant. La tête haute, elle se dirigea vers l'arrière pour retrouver la petite cabine qui était la sienne depuis qu'elle avait douze ans. Alors qu'elle refermait la porte derrière elle, elle prit soudain la pleine mesure de la menace de Kyle de la débarquer.

Elle était chez elle, ici ! Il ne pouvait pas l'obliger à s'en aller de chez elle, tout de même !

Elle adorait cette pièce depuis toujours, et elle n'oublierait jamais le sentiment de possession de droit qui l'avait saisie la première fois qu'elle y était entrée et qu'elle avait déposé son sac de marin sur la couchette. Cela s'était passé presque sept ans plus tôt, et, pour elle, cette cabine symbolisait le logis et la sécurité. Elle grimpa sur la couchette et s'y roula en boule, le visage contre la cloison. La joue lui cuisait mais elle refusait d'y porter la main. Il l'avait frappée : qu'une meurtrissure apparaisse et s'assombrisse ! Peut-être alors, quand elle rentrerait à la maison, sa sœur et ses parents prendraient-ils conscience de la vermine qu'ils avaient accueillie dans leur sein quand ils avaient uni Keffria à Kyle Havre. Il n'était même pas d'origine marchande ; c'était un corniaud, moitié chalcédien, moitié rat des quais. S'il n'avait pas épousé la sœur d'Althéa, il n'aurait rien aujourd'hui. Rien ! Ce n'était qu'une crotte de chien et il n'était pas digne de ses larmes, seulement de sa colère. Seulement de sa colère.

Au bout d'un moment, les battements désordonnés de son cœur se calmèrent. Sa main caressa distraitement le cache-nez que Nana lui avait tricoté. Puis elle se retourna pour regarder par le hublot de l'autre côté de la cabine : la mer grise et illimitée en bas, le vaste ciel dans le tiers supérieur. C'était la vision du monde qu'elle préférait, toujours la même et pourtant toujours changeante. Quittant le hublot, son regard se promena sur la cabine : le petit bureau fermement boulonné à la cloison, avec son rebord pour retenir les papiers par gros temps ; son étagère à livres et à manuscrits était fixée tout à côté, munie d'une barrière pour empêcher le contenu d'en tomber fût-ce dans les pires grains. Elle disposait même d'une petite table pliante et d'une sélection de cartes, car son père avait exigé qu'elle apprenne à naviguer et même à relever la position du navire ; les instruments destinés à cet usage étaient enfermés dans une petite boîte capitonnée qui s'accrochait à la paroi. Ses vêtements de mer pendaient à leurs crochets. La seule décoration de la pièce était un tableau de la *Vivacia* qu'elle avait commandé personnellement ; l'auteur en était Jared Pappas, ce qui en soi aurait suffi à donner de la valeur à la peinture, mais c'était son sujet qui le rendait cher au cœur d'Althéa. Telle qu'elle était représentée, la *Vivacia* avait les voiles gonflées de vent et sa proue tranchait proprement les vagues.

Althéa tendit les bras vers le haut et appuya la paume de ses mains sur les membrures de la *Vivacia*. Elle sentit la quasi-vie frémir en elles ; il ne s'agissait pas seulement des vibrations du bois du navire qui fendait l'eau, du choc des pieds des matelots sur les ponts ni des cris des mouettes qui chantaient en réponse aux ordres du second. C'était la vie de la *Vivacia* elle-même, tout près de s'éveiller.

La *Vivacia* était une vivenef. Soixante-trois ans plus tôt, sa quille avait été déposée, et cette longue pièce d'un seul tenant était en bois-sorcier. Sa figure de proue était faite du même matériau, arraché au même grand arbre, tout comme les planches de sa coque. C'était l'arrière-grand-mère Vestrit qui avait commandé la fabrication du navire et signé le droit de nantissement contre les biens de la famille, droit que le père d'Althéa, Ephron, payait toujours. Cela se passait en une époque où les femmes pouvaient encore se permettre de telles attitudes sans soulever le moindre scandale, avant que la coutume stupide venue de Chalcède, voulant qu'on fît étalage de sa fortune en maintenant son épouse dans l'oisiveté, eût pris racine à Terrilville. Cette arrière-grand-mère, comme le père d'Althéa le répétait souvent avec affection, n'avait jamais laissé l'opinion d'autrui s'immiscer entre son navire et elle ; elle avait commandé la *Vivacia* trente-cinq ans durant, au-delà de son soixante-dixième anniversaire, et puis, par une étouffante journée d'été, elle s'était simplement assise sur le gaillard d'avant, avait déclaré : « Ça suffit, garçons », et elle était morte.

Bon-Papa avait alors pris le commandement du navire. Althéa se souvenait vaguement de lui : c'était un homme sombre, fort comme un taureau, la voix toujours pleine du rugissement de la mer même quand il se trouvait à la maison. Il était mort quatorze ans plus tôt, sur le pont de la *Vivacia* ; il avait soixante-deux ans, et Althéa quatre à peine, mais elle s'était tenue à côté de sa civière avec le reste de la famille Vestrit, avait assisté à son trépas, et avait perçu le vague frémissement qui avait traversé la *Vivacia* à cet instant. Elle avait compris que ce frémissement exprimait à la fois du regret et un accueil ; la *Vivacia* pleurait son hardi capitaine, mais elle recevait avec plaisir le flux de son anma dans ses membrures. Par sa mort, le capitaine l'avait menée un peu plus près de l'éveil.

Et aujourd'hui, seule manquait la mort du père d'Althéa pour achever cet éveil. Comme toujours lorsqu'elle y songeait, la jeune fille se sentit en proie à des émotions contradictoires ; la mort de son père l'emplissait à l'avance de crainte et d'horreur ; elle ne se remettrait jamais de sa disparition. Et s'il passait avant qu'elle fût majeure et que l'autorité revînt à sa mère et à Kyle... En hâte, elle repoussa cette idée en touchant le bois de la *Vivacia* pour se protéger de la malchance que de si tristes pensées pouvaient lui apporter.

Pourtant, elle ne pouvaier nier attendre avec impatience l'éveil de la *Vivacia*. Combien d'heures n'avait-elle pas passées, allongée sur le beaupré, aussi près de la figure de proue que possible alors que le navire labourait la mer, à regarder les paupières de bois qui fermaient les yeux de la *Vivacia* ? La sculpture n'était pas en bois peint comme la figure de proue d'un navire ordinaire : elle était en bois-sorcier. Elle était peinte, actuellement, c'était vrai, mais à l'instant de la mort d'Ephron Vestrit sur ses ponts, la dorure de ses cheveux en cascade se transformerait en boucles d'or et ses hautes pommettes perdraient leur maquillage pour rayonner du rose de la vie. Elle aurait les yeux verts, Althéa en était sûre ; naturellement, tout le monde affirmait impossible de connaître la couleur des yeux d'une vivenef avant que ses paupières s'ouvrent à la suite de la mort de trois générations. Mais Althéa en était certaine : la *Vivacia* aurait les yeux aussi verts que la laitue de mer. Déjà, rien qu'à songer à l'effet de ses yeux d'émeraude en train de s'ouvrir, Althéa ne put s'empêcher de sourire.

Mais son sourire s'effaça au souvenir des paroles de Kyle. Ses projets étaient évidents : débarquer Althéa et la remplacer par un de ses propres fils ; et quand Ephron mourrait, il tenterait de conserver le commandement du navire, il maintiendrait son fils à bord comme gage de la présence d'un Vestrit afin de satisfaire le navire. Mais c'était sûrement une menace en l'air : aucun des deux garçons ne convenait. L'un était trop jeune, l'autre était destiné à la prêtrise. Althéa n'avait rien contre ses neveux mais, même s'il n'avait pas été trop petit pour vivre à bord d'un navire, Selden avait l'âme d'un fermier ; quant à Hiémain, Keffria l'avait donné aux prêtres des années plus tôt. Hiémain ne s'intéressait pas à la *Vivacia* et ne connaissait rien à la navigation ; Keffria y avait veillé. Et puis il devait devenir prêtre. Kyle n'en avait jamais été enthousiasmé, mais la dernière fois qu'Althéa avait vu le garçon, il lui était apparu évident qu'il ferait un bon prêtre. Petit, les membres grêles, le regard toujours lointain, un vague sourire aux lèvres, la tête pleine de Sa : tel était Hiémain.

Cependant, Kyle se soucierait comme d'une guigne des vœux du garçon, et n'hésiterait même pas à revenir sur le don de son fils aîné à Sâ. Les enfants qu'il avait eus de Keffria n'étaient pour lui que des instruments, le sang dont il avait besoin pour obtenir la propriété du navire. Eh bien, il s'était un peu trop démasqué cette fois-ci : quand il regagnerait le port, Althéa ferait en sorte que son père soit mis au courant des manigances de Kyle et des mauvais traitements qu'elle avait dû subir de sa part. Peut-être alors son père reconsidérerait-il la décision selon laquelle Althéa était trop jeune pour commander le navire. Que Kyle aille se chercher un morceau de bois mort à promener sur les mers et remette la *Vivacia* aux bons soins d'Althéa, où elle trouverait abri et respect. Par les paumes de ses mains, elle eut la certitude de sentir une réaction du bateau : la *Vivacia* était à elle, en dépit de tous les coups bas que préparait Kyle. Il ne la posséderait jamais.

Elle s'agita de nouveau sur sa couchette, désormais trop petite pour elle. Il fallait qu'elle demande au charpentier de venir refaire la cabine. Si elle accrochait la couchette à la cloison, sous le hublot, elle pourrait y faire ajouter une main en longueur. Ce ne serait pas grand-chose, mais ce serait mieux que rien. Son bureau irait contre ce mur... Soudain, elle fronça les sourcils en se rappelant que le charpentier l'avait trahie. Bah, de toute façon, elle ne l'avait jamais apprécié, et c'était réciproque ; elle aurait dû se douter que, si quelqu'un devait apporter le trouble entre Kyle et elle en rapportant, c'était bien lui.

Et elle aurait dû savoir aussi qu'il ne s'agissait pas de Brashen. Il n'était pas sournois, quoi que pût en penser Kyle. Non, Brashen avait dit à Althéa, bien en face et sans prendre de gants, qu'elle n'était qu'une petite morveuse fauteuse de troubles et qu'il lui saurait gré de ne pas l'approcher pendant son quart. Les souvenirs revenaient toujours plus nombreux de cette fameuse soirée à la taverne. Il lui avait frotté les oreilles comme à un novice, en l'avertissant qu'elle n'avait pas à critiquer le capitaine devant l'équipage, ni à évoquer ses affaires de famille en public. A cela, elle avait su répondre : « Tout le monde n'a pas honte de parler de sa famille, Brashen Trell ! » Elle n'avait rien d'autre à ajouter ; elle s'était levée de table et s'en était allée.

« Qu'il rumine ça et qu'il s'en étouffe ! » s'était-elle dit. Elle connaissait l'histoire de Brashen, et elle aurait gagé que c'était valable pour la moitié de l'équipage, même si personne n'osait en discuter devant lui. Le père d'Althéa l'avait secouru alors qu'il était déjà sur le seuil de la prison pour dettes. La seule façon d'en sortir aurait été de signer un contrat d'engagement, car chacun savait que sa famille ne supportait plus ses manières de propre à rien ; or nul n'ignorait ce qui attendait celui qui avait signé de force un contrat d'apprentissage : sans Ephron Vestrit, il aurait sans doute fini en Chalcède, le visage couvert de tatouages d'esclave. Et pourtant, il avait eu l'audace de s'exprimer ainsi devant Althéa ! Ce Brashen pensait beaucoup trop à lui-même, comme la plupart des Trell. Au bal des Moissons des Marchands, son cadet avait eu le front de demander deux fois à Althéa de danser avec lui. Même si Cerwin était aujourd'hui l'héritier Trell, il n'aurait pas dû se montrer si hardi. Althéa eut un petit sourire en revoyant la tête qu'il avait faite quand elle avait refusé froidement. Il avait poliment accepté la rebuffade, mais toute son éducation n'avait pas suffi à empêcher le rouge de lui monter aux joues. Cerwin avait des manières plus raffinées que Brashen, mais il était mince et ne possédait pas la musculature de son frère. D'un autre côté, le cadet Trell avait eu le bon sens de ne rejeter ni le nom de sa famille ni sa fortune, à la différence de Brashen.

Althéa l'écarta de ses pensées. Elle éprouva un léger remords à l'idée que Kyle allait sans doute se débarrasser de lui à la fin du voyage, mais elle ne serait pas particulièrement attristée de le voir partir. En revanche, le sentiment de son père sur l'affaire était une autre paire de manches ; il avait toujours plus ou moins pris Brashen sous son aile, du moins à terre. La plupart des familles de Marchands avaient cessé de le recevoir quand les Trell l'avaient déshérité, mais Ephron Vestrit avait déclaré en haussant les épaules : « Héritier ou non, c'est un bon marin, et un marin de mon équipage qui n'a pas sa place chez moi n'a pas sa place sur mon pont. » Cependant, Brashen ne venait pas souvent à la maison, ni même ne partageait leur table ; et en mer, ses rapports avec le père d'Althéa restaient strictement ceux d'un matelot avec son capitaine. Ephron n'avait dû évoquer que devant sa fille son admiration pour le sens pratique qui avait permis au garçon de se reprendre et de faire quelque chose de lui-même, et elle n'en dirait rien à Kyle : qu'il commette encore une erreur devant son père, que son père constate tous les changements qu'il apporterait sur la *Vivacia* si on ne le retenait pas.

Elle était fort tentée de monter sur le pont rien que pour braver l'ordre de Kyle. Que pourrait-il y faire ? Ordonner à un matelot de la reconduire dans sa cabine ? Il n'y avait pas un homme sur le bateau qui oserait porter la main sur elle, et ce n'était pas seulement parce qu'elle s'appelait Althéa Vestrit : la plupart l'appréciaient et la respectaient, et, cela, elle l'avait gagné toute seule, elle ne le devait pas à son nom. Quoi qu'en dît Kyle, elle connaissait le navire mieux qu'aucun marin de son bord ; elle le connaissait comme seul peut connaître un bateau un enfant qui a grandi à bord ; elle savait des endroits des cales où un homme adulte ne pouvait s'introduire ; elle avait escaladé les mâts et s'était balancée sur les gréements comme d'autres enfants s'amusent dans les arbres. Même s'il ne lui avait pas été attribué de quart régulier, elle connaissait le travail de chaque marin et elle était capable de l'exécuter. Elle n'était pas en mesure d'épisser aussi vite que leurs meilleurs gabiers, mais elle était capable de faire une belle épissure bien solide, de couper et de coudre de la toile aussi bien que n'importe quel matelot. Elle se doutait bien que telle était l'intention de son père en la prenant à son bord : lui faire apprendre le navire et toutes les tâches nécessaires pour le faire naviguer. Kyle, dans son mépris, pouvait bien ne la considérer que comme la fille de la famille, mais elle ne craignait pas que son père la plaçât en dessous des trois fils de la famille emportés par la Peste sanguine. Elle n'était pas le substitut d'un fils : elle devait devenir l'héritière d'Ephron Vestrit.

Elle savait pouvoir braver l'ordre de Kyle sans encourir le moindre risque ; mais il s'en prendrait alors sans doute aux matelots et les punirait de n'avoir pas obéi aussitôt à ses instructions de la confiner dans sa cabine. Non, elle ne leur imposerait pas ce sort. La dispute ne regardait que Kyle et elle, et elle la réglerait toute seule, car, malgré ce qu'il avait affirmé, elle ne pensait pas qu'à elle-même. La *Vivacia* méritait un bon équipage et, en dehors de Kyle, son père avait bien choisi chacun de ses éléments. Il les payait bien, plus que le taux habituel, pour conserver à son bord des marins capables et prêts à obéir. Althéa ne donnerait pas l'occasion à Kyle de débarquer aucun d'entre eux ; à nouveau, elle eut un élancement de remords à l'idée d'avoir joué un rôle dans le sort malheureux de Brashen.

Elle s'efforça de le chasser de ses pensées mais il refusa de bouger. Elle le voyait dressé devant elle, les bras croisés, les yeux baissés sur elle dans une attitude qu'elle connaissait bien, les lèvres pincées par la désapprobation, ses yeux bruns étrécis au point de n'être plus que des fentes, jusqu'au chaume hérissé de sa barbe qui trahissait son agacement. C'était peut-être un bon marin et un second prometteur, pourtant il possédait aussi un certain état d'esprit : il avait rejeté le nom des Trell mais pas leurs manières aristocratiques. Elle respectait le fait qu'il ait gravi les échelons jusqu'à la position de second, mais elle trouvait irritant qu'il ne pût s'empêcher de se déplacer et de parler comme si commander était chez lui un droit de naissance. Cela avait peut-être été vrai autrefois, mais, en rejetant son passé, il aurait dû aussi se débarrasser de ses façons orgueilleuses.

Soudain, elle roula à bas de sa couchette et atterrit avec légèreté sur le plancher. Puis elle s'approcha de son coffre et ouvrit le couvercle. Là se trouvaient des affaires qui pourraient chasser toutes ces pensées déplaisantes de son esprit. Les babioles qu'elle avait achetées pour Selden et Malta l'agaçaient maintenant un peu : elle avait dépensé du bon argent pour ces présents destinés à ses neveux, mais, bien qu'elle les aimât beaucoup, elle ne voyait en eux pour l'instant que les enfants de Kyle et d'éventuels remplaçants. Elle déposa de côté la poupée aux habits élaborés qu'elle avait choisie pour Malta, ainsi que la toupie multicolore de Selden. En dessous apparurent les coupes de soie rapportées de Défense ; la gris argent était pour sa mère, la mauve pour Keffria ; encore en dessous se trouvait la soie verte qu'elle avait choisie pour elle-même.

Elle la caressa du dos de la main : le tissu était doux, presque liquide. Elle sortit la dentelle crème qui devait le border. Dès son arrivée à Terrilville, elle avait l'intention de se rendre à la rue des Tailleurs et de se faire confectionner une robe pour le bal de l'Eté par maîtresse Violette. Ses services n'étaient pas donnés, mais une soie de cette qualité méritait une couturière de talent. Althéa désirait une robe qui mette en valeur sa longue taille et ses hanches rondes, et lui permette ainsi d'attirer un partenaire de danse plus viril que le petit frère de Brashen. Pas trop serrée à la taille, se dit-elle : les danses du bal de l'Eté étaient vives, et elle souhaitait pouvoir respirer ; un bas ample qui ondoierait au rythme des pas complexes, mais pas trop large afin de ne pas se prendre les pieds dedans. La dentelle encadrerait son modeste décolleté et lui donnerait peut-être l'air plus avantageux. Elle porterait ses cheveux noirs relevés, cette année, et se servirait de ses barrettes d'argent pour les maintenir en place. Elle avait les cheveux aussi rudes que ceux de son père, mais leur épaisseur et leur somptueuse couleur compensaient amplement ce défaut. Peut-être sa mère lui permettrait-elle enfin de porter les perles d'argent que sa grand-mère lui avait léguées. Officiellement, elles appartenaient à Althéa, mais sa mère semblait rétive à renoncer à leur garde, et donnait souvent leur rareté et leur valeur comme prétextes pour ne pas les arborer à n'importe quelle occasion. Elles iraient bien avec les boucles d'oreilles en argent qu'elle s'était offertes à Pont.

Elle se redressa, secoua la soie, puis la plaqua contre elle. Le miroir de la cabine était petit et elle ne voyait que son visage hâlé au-dessus du tissu vert drapé sur son épaule. Elle lissa la soie sur laquelle ses mains rugueuses accrochèrent. Elle secoua la tête : elle allait devoir les poncer tous les jours à la maison afin d'en effacer les cals. Elle adorait travailler sur la *Vivacia* et sentir le navire réagir aux tâches des marins ; mais ces voyages coûtaient cher à ses mains et à sa peau, sans parler des meurtrissures et contusions de ses jambes. C'était, en deuxième position, la grande objection de sa mère au fait qu'elle navigue avec son père : cela lui donnait un aspect affreux en société ; la principale était qu'Althéa aurait dû se trouver chez elle à s'instruire sur la gestion d'une maison et des terrains attenants. Le cœur serré, Althéa se demanda si sa mère obtiendrait un jour gain de cause. Elle laissa tomber la coupe de soie et tendit les mains vers le haut pour toucher les épais madriers qui soutenaient les ponts de la *Vivacia*.

« Oh, mon navire, on ne peut pas nous séparer, après toutes ces années, alors que tu es si près de t'éveiller ! Personne n'a le droit de nous faire ça ! » Elle murmurait, sachant l'inutilité de parler tout haut tant le bateau et elle étaient intimement liés. Elle aurait pu jurer sentir en réponse un frémissement de la *Vivacia*. « Ce lien qui nous unit était lui aussi voulu par mon père ; c'est pourquoi il m'a fait embarquer alors que j'étais encore toute jeune, afin que nous parvenions à l'âge adulte en nous connaissant déjà. » Il y eut un nouveau frémissement des membrures du navire, si faible qu'un autre ne l'aurait pas perçu ; mais Althéa connaissait trop bien la *Vivacia* pour s'y laisser prendre. Elle ferma les yeux et livra à son bateau ses angoisses, sa colère et ses espoirs, et, en retour, elle éprouva la faible agitation de l'esprit encore inconscient de la *Vivacia*.

Dans les années à venir, une fois que la *Vivacia* se serait éveillée, c'est à elle que le navire préférerait s'adresser, ce serait à sa main sur la barre que le bateau réagirait le plus vite. Althéa savait que, pour elle, il courrait avec plaisir devant le vent, qu'il combattrait des mers adverses de tout son cœur. Ensemble, ils rallieraient des ports de commerce et rapporteraient des cargaisons avec lesquelles aucune marchandise de Terrilville ne saurait rivaliser, des merveilles qui dépasseraient même celles des habitants du désert des Pluies. Et, quand elle mourrait, ce serait son fils ou sa fille qui monterait à la barre, et non un des rejetons de Kyle. Elle s'en fit la promesse, tant à elle-même qu'au navire. Elle essuya ses yeux pleins de larmes, puis ramassa la soie tombée à terre.

*

Il somnolait sur le sable. Somnoler : tel était le terme toujours employé par les humains, mais il n'avait jamais reconnu que son état pût être comparable au sommeil auquel ils se laissaient aller. Il ne pensait pas qu'une vivenef pût dormir. Non, même ce moyen d'évasion lui était interdit ; en revanche, il pouvait se rendre quelque part ailleurs dans son esprit et s'immerger si profondément dans ce moment du passé que l'ennui mortel du présent battait en retraite. Il existait un épisode de son passé dont il se servait le plus fréquemment pour cela, bien qu'il ne fût pas absolument certain de ce qu'il se rappelait : depuis qu'on lui avait pris ses journaux de bord, sa mémoire allait s'amincissant ; des brèches s'y ouvraient de plus en plus souvent, des endroits où il était incapable de relier les événements d'une année à ceux d'une autre. Il se disait parfois qu'il valait peut-être mieux s'en réjouir.

Ainsi, somnolant au soleil, il décida de se rappeler une sensation de satiété et de chaleur. Le doux raclement du sable sous sa coque se traduisit par une impression similaire mais fugitive qui refusa de remonter clairement à la surface de son esprit. Il ne s'y efforça pas très fort : il lui suffisait de se raccrocher à ce souvenir ancien où il se sentait rassasié, satisfait et au chaud.

Des voix d'hommes l'en tirèrent. « C'est ça ? Vous dites qu'il est là depuis combien de temps ? Trente ans ? » Un accent faisait chanter les mots. « Jamaillien, songea Parangon ; et de la capitale, Jamaillia, elle-même. » Ceux des provinces du sud avalaient les consonnes finales ; il s'en souvenait sans savoir d'où il tenait sa science.

« C'est lui, répondit une autre voix, plus âgée.

– Il n'y a pas trente ans qu'il est là, affirma la plus jeune. Un bateau laissé à sec sur une plage pendant trente ans serait criblé de trous de vers et couvert de bernacles.

– Sauf s'il est en bois-sorcier, répliqua son interlocuteur. Les vivenefs ne pourrissent pas, Mingslai, et elles n'excitent pas l'appétit des bernacles ni des vers foreurs. C'est une des raisons qui rendent ces navires si chers et si recherchés : ils durent des générations entières sans les travaux d'entretien de la coque qu'exigent les autres bateaux, ou à peine. Sur les mers, ils veillent à leur propre sauvegarde, ils avertissent l'homme de barre s'ils aperçoivent un danger sur leur route ; certains même naviguent presque seuls. Quel autre type de navire peut vous prévenir qu'une cargaison s'est déplacée, ou que vous l'avez trop chargé ? Un bateau en bois-sorcier est une merveille à voir en mer ! Quel autre bateau...

– D'accord. Alors, dites-moi pourquoi on a tiré celui-ci à sec et qu'on l'a abandonné ? » Le plus jeune avait un ton extrêmement sceptique : Mingslai ne faisait pas confiance à son guide, cela était évident.

Parangon eut presque l'impression de voir l'aîné des deux hommes hausser les épaules. « Vous savez quels superstitieux sont les marins ; or ce navire a une réputation de malchance, de grande malchance. Autant que je vous le dise tout suite, parce que quelqu'un d'autre s'en chargera de toute façon : le *Parangon* a tué tout un tas d'hommes, y compris le propriétaire et son fils.

– Hum ! fit Mingslai d'un ton pensif. Ma foi, si je l'achète, ce ne sera pas pour le remettre à la mer. J'espère bien d'ailleurs ne pas payer le prix d'un navire. Pour être tout à fait franc, c'est le bois qui m'intéresse ; j'ai entendu raconter bien des choses étranges à ce propos, et pas seulement que les vivenefs s'éveillent un jour et se mettent à bouger et à parler. Ça, je l'ai vu dans le port ; un étranger comme moi n'est pas le bienvenu sur la digue nord, là où s'amarrent les vivenefs, mais je les ai vues se déplacer et je les ai entendues parler. A mon sens, si on peut faire ça avec une figure de proue, on doit y arriver avec une sculpture plus petite du même bois. Avez-vous une idée de ce qu'on payerait pour un prodige pareil à Jamaillia ? Une sculpture qui bouge et qui s'exprime ?

– Non », répondit l'autre d'un ton hésitant.

Le plus jeune éclata d'un rire méprisant qui évoquait un reniflement. « Bien sûr que non ! Ça ne vous est jamais venu à l'idée, n'est-ce pas ? Allons, mon vieux, soyez franc : pourquoi ne l'a-t-on jamais fait jusqu'ici ?

– Je n'en sais rien. » L'homme avait répondu trop vite pour être crédible.

« Tiens donc ! répliqua Mingslai d'un ton sceptique. Depuis tout le temps qu'existe Terrilville sur les Rivages Maudits, personne n'a jamais pensé à vendre du bois-sorcier à d'autres qu'aux résidents de la ville ? Et seulement sous forme de bateaux ? Où est l'attrape ? Il faut que l'objet soit grand comme ça pour s'éveiller ? Doit-il rester immergé dans l'eau de mer un certain temps ? Quoi ?

– Ça... ça ne s'est jamais fait, c'est tout. Terrilville est une cité bizarre, Mingslai. Nous avons nos propres traditions, nos propres contes, nos propre superstitions. Quand nos ancêtres ont quitté Jamaillia il y a bien des années pour essayer de coloniser les Rivages Maudits, ma foi... la plupart sont partis parce qu'ils n'avaient pas le choix ; certains étaient des criminels, d'autres avaient déshonoré ou ruiné leur famille, d'autres encore n'étaient pas dans les petits papiers du Gouverneur lui-même. Ça a presque été un exil. On leur a dit que, s'ils survivaient, chaque famille pourrait s'approprier deux cents leffères de terre et verrait son passé amnistié. Le Gouverneur nous a aussi promis de nous laisser en paix, avec le monopole du commerce sur tout ce que nous pourrions trouver à marchander. En retour, il exigeait cinquante pour cent de nos profits. Ce marché a bien fonctionné pendant des années.

– Et aujourd'hui c'est fini. » Mingslai éclata d'un rire moqueur. « Comment pouvait-on croire qu'un tel marché tiendrait éternellement ? Les Gouverneurs sont humains, et le Gouverneur Cosgo trouve le contenu de ses coffres trop réduit pour les habitudes de plaisir qu'il a acquises en attendant la mort de son père. Les herbes chalcédiennes ne sont pas données, et, une fois qu'on s'y est accoutumé, ma foi, celles de moindre qualité ne s'y comparent pas. C'est pourquoi il a vendu, à mes amis et à moi, de nouvelles concessions de commerce et de terres pour Terrilville et les Rivages Maudits ; nous nous y sommes rendus et vous nous avez très mal reçus : vous vous comportez comme si nous venions vous voler le pain de la bouche, alors que, chacun le sait, les affaires engendrent les affaires. Tenez, regardez-nous : ce bateau pourrit ici depuis trente ans, du moins le prétendez-vous, sans servir à rien ni à son propriétaire ni à personne ; mais, si je l'achète, le propriétaire en obtiendra un bon prix, vous vous taillerez vous-même sans doute une généreuse commission, et moi j'aurai une bonne quantité de ce mystérieux bois-sorcier. » Mingslai se tut et Parangon entendit le silence grandir entre les deux hommes.

Au bout d'un moment, Mingslai reprit d'un ton mécontent : « Mais j'avoue être déçu ; je croyais vous avoir entendu dire que le navire s'était éveillé ; je pensais qu'il allait nous parler. Vous n'aviez pas mentionné qu'il avait été mutilé. En est-il mort ?

– Le *Parangon* ne s'exprime que quand il en a envie ; mais ça m'étonnerait qu'un seul mot de notre conversation lui ait échappé.

– Hum ! Est-ce exact, le bateau ? As-tu entendu tout ce que nous avons dit ? »

Parangon ne vit pas de raison de répondre. Au bout d'un moment, le plus jeune des deux hommes émit un bruit de dégoût, et ses pas décrivirent un cercle lent autour du navire, tandis que son compagnon le suivait plus lourdement.

Peu après, Mingslai déclara : « Eh bien, mon ami, je crains bien de devoir rabaisser substantiellement mon offre pour le bateau. Mon estimation première se fondait sur l'idée que je pourrais décrocher la figure de proue, l'emporter à Jamaillia et vendre le bois éveillé pour une somme considérable ; ou, plus probablement, en faire "don" au Gouverneur en échange de plus grandes concessions de terres. Mais, dans les conditions présentes... bois-sorcier ou non, voici une sculpture singulièrement laide ! Qu'est-ce qui a pris l'artiste de tailler ce visage comme à coups de hache ? Peut-être un autre artisan pourrait-il lui donner un aspect plus plaisant ?

– Peut-être, concéda son compagnon, mal à l'aise. Mais je ne sais si ce serait avisé. Je croyais que le *Parangon* vous intéressait en tant que tel, non comme source de bois-sorcier ; et vous devez ne pas oublier, comme je vous en ai prévenu, que je n'ai pas encore soumis aux Ludchance l'idée de le vendre. Je ne souhaitais pas aborder le sujet avant d'être sûr de votre intérêt.

– Allons, Davad, vous ne me croyez tout de même pas si naïf? Qu'est-ce donc que ce bateau, sinon une carcasse échouée ? Les propriétaires seront sans doute soulagés de s'en débarrasser. Si ce navire était en état de naviguer, il ne serait sûrement pas laissé ainsi à l'abandon sur une plage !

– Hum ! » Un long silence. « A mon avis, rien ne saurait forcer même les Ludchance à le vendre s'il devait être découpé en morceaux. » Un silence. « Mingslai, je vous préviens, ne mettez pas votre projet en pratique. Acheter un navire et le réarmer est une chose ; ce que vous évoquez en est une autre. Aucun des Premiers Marchands n'acceptera de commercer avec vous si vous agissez comme vous l'entendez ; quant à moi, je serai totalement ruiné.

– Il vous faudra donc faire preuve de discrétion là-dessus quand vous présenterez mon offre, tout comme j'ai tu mon intention d'acheter cette coque. » Mingslai prit un ton condescendant. « Je sais que les Marchands de Terrilville ont de nombreuses superstitions bizarres, que je n'ai pas l'intention de railler. Si mon offre est acceptée, je remettrai le navire à flot et le ferai remorquer à l'écart avant de le démanteler. “Loin des yeux, loin de l'esprit”, comme dit le proverbe. Cela vous satisfait-il ?

– Il faut bien, grommela l'autre. Il faut bien.

– Allons, ne prenez pas cet air morose ! Venez, retournons en ville, je vous invite à dîner chez Souska. Avouez que c'est une belle proposition, car je connais les prix qu'on y pratique et je vous ai vu manger. » Mingslai éclata de rire, très content de son propre humour. Son aîné ne l'imita pas. « Ensuite, ce soir, vous vous rendrez chez les Ludchance et vous leur présenterez mon offre – discrètement. Tout le monde y trouve son compte : de l'argent pour les Ludchance, une commission pour vous, une vaste provision de bois rare pour mes commanditaires. Indiquez-moi où se trouve la malchance dans tout cela, Davad.

– Je ne le puis pas, répondit l'intéressé à mi-voix. Mais je crains que vous ne la découvriez vous-même. Qu'il s'exprime ou non, ce navire est conscient et il possède son propre esprit. Essayez de le découper en morceaux et je suis sûr qu'il ne gardera pas longtemps le silence. »

Le plus jeune éclata d'un rire joyeux. « Vous ne dites ça que pour piquer mon intérêt, Davad, je le sais bien ! Allons, rentrons en ville, chez Souska. Certains de mes commanditaires sont très impatients de faire votre connaissance.

– Vous aviez promis de rester discret ! s'exclama son aîné.

– Oh, mais je le suis resté, je vous l'assure ! Cependant, vous n'espérez tout de même pas qu'on m'avance de l'argent sur ma seule parole. Ces gens veulent savoir ce qu'ils achètent et à qui ; mais ils sont tous très discrets, je vous le promets. »

Parangon écouta longtemps décroître le bruit de leurs pas, qui finit par se perdre dans celui, plus présent, des vagues et les cris des mouettes.

« Découpé en morceaux. » Parangon prononça la phrase à voix haute. « Ma foi, voilà qui n' . pas l'air agréable. D'un autre côté, ce serait au moins plus intéressant que de rester inerte sur cette plage. Et cela me tuera peut-être. Peut-être. »

Cette perspective lui plaisait. Il laissa ses pensées dériver à nouveau et jouer avec cette idée nouvelle. Il n'avait rien d'autre pour s'occuper l'esprit.

3

EPHRON VESTRIT

Ephron Vestrit se mourait. Ronica regarda le visage émacié de son époux et grava cette image dans son esprit. Ephron Vestrit mourait. Elle sentit une vague de colère la balayer, suivie d'une autre d'agacement : comment pouvait-il lui faire cela ? Comment pouvait-il mourir en la laissant tout régir toute seule ?

Quelque part sous le flux et le reflux de ces émotions superficielles, elle savait que le profond courant de sa douleur cherchait à l'attirer et à la noyer, et elle se battait impitoyablement pour s'en libérer, pour continuer à n'éprouver que colère et irritation. « Plus tard, se dit-elle ; plus tard, quand j'aurai franchi ce passage et fait tout ce que j'avais à faire, je prendrai le temps de me laisser aller à mon chagrin. Mais plus tard. »

Les lèvres pincées par l'exaspération, elle trempa un tissu dans de l'eau chaude parfumée à la balsamine et, à gestes doux, baigna d'abord le visage de son mari, puis ses mains flaccides. Il réagit faiblement à ses soins, mais ne reprit pas conscience ; elle s'y était attendue. Elle lui avait déjà donné deux fois aujourd'hui du sirop de pavot dans l'espoir de tenir la souffrance en respect ; pour le moment, peut-être, la douleur n'avait aucune emprise sur lui. Elle l'espérait.

Elle lui essuya doucement la barbe encore une fois. Cette maladroite de Rache avait de nouveau laissé le brouet lui dégouliner de la bouche. On eût dit que cette femme était incapable de faire les choses correctement. Ronica aurait dû la renvoyer à Davad

Restart, mais cette idée lui faisait horreur car la femme était jeune et intelligente. Elle ne méritait assurément pas de finir esclave.

Davad l'avait amenée un soir, et Ronica avait supposé que c'était une de ses parentes ou une invitée, car, quand elle ne regardait pas dans le vide avec un air lugubre, sa diction et ses manières distinguées suggéraient qu'elle était de bonne naissance. Aussi Ronica était-elle restée pantoise quand Davad lui avait brutalement proposé la femme comme servante, sous prétexte qu'il n'osait pas la garder dans sa propre maison. Il n'avait jamais vraiment expliqué ce que signifiait cette déclaration, et Rache refusait de prononcer le moindre mot sur le sujet. Ronica supposait que, si elle la rendait à Davad, celui-ci se contenterait de hausser les épaules et de la faire convoyer jusqu'en Chalcède où elle serait vendue comme esclave. Tant qu'elle restait à Terrilville, elle possédait le statut de servante sous contrat, et elle avait encore une chance de se bâtir une existence personnelle pour peu qu'elle s'en donnât la peine ; mais Rache refusait purement et simplement de s'adapter à sa nouvelle position : elle obéissait aux ordres mais sans grâce ni bonne volonté.

Et même, à mesure que les semaines passaient, Ronica avait eu l'impression que Rache accomplissait ses devoirs de moins en moins bon gré. La veille, Ronica lui avait demandé de s'occuper de Selden pour la journée, et la femme avait alors pris une expression de complète détresse. Le petit-fils de Ronica n'avait que sept ans, mais Rache paraissait lui vouer une étrange aversion. Elle avait fait non de la tête, violemment, sans rien dire, les yeux baissés, jusqu'à ce que Ronica la renvoie à la cuisine. Peut-être essayait-elle de voir jusqu'où elle pouvait pousser sa nouvelle maîtresse avant de se faire punir ; eh bien, elle s'apercevrait que Ronica Vestrit n'était pas du genre à faire rosser ses domestiques ni réduire leurs rations. Si Rache était incapable d'accepter de vivre confortablement dans une maison bien installée, avec des devoirs relativement légers et une maîtresse clémente, ma foi, il faudrait qu'elle retourne chez Davad, pour finir aux enchères et voir ce que le sort lui réservait. Ce n'était pas plus compliqué – mais c'était dommage car elle avait des possibilités.

Il était aussi dommage que, malgré la gentillesse qu'avait eue Davad d'offrir les services de la femme aux Vestrit, l'Ancien

Marchand frôlât dangereusement la traite d'esclaves. Ronica n'aurait jamais cru voir une des vieilles familles se laisser séduire par un commerce aussi vil. Elle secoua la tête et chassa Rache et Davad de ses pensées. Elle avait plus important à faire que de songer au tempérament revêche de Rache et aux tripatouillages de Davad dans des métiers semi-légaux.

Après tout, Ephron était à l'agonie.

Encore une fois, cette idée la piqua douloureusement. C'était comme une écharde dans le pied qu'on n'arrive pas à trouver ni à extraire ; le petit poignard frappait à chacun de ses pas.

Ephron mourait. Son grand et hardi époux, son jeune et beau capitaine si fringant, le père solide de ses enfants, le compagnon de son corps n'était soudain plus que cette chair avachie qui suait, gémissait et pleurnichait comme un enfant. Quand ils s'étaient mariés, les deux mains de Ronica ne faisaient pas le tour du bras musclé de son jeune époux ; aujourd'hui, ce bras n'était plus qu'un bâton d'os recouvert de peau flasque. Elle regarda son visage. Son teint avait perdu son hâle de mer et de vent, et s'approchait désormais de la couleur du drap sur lequel il reposait. Ses cheveux étaient toujours aussi noirs, mais tout lustre les avait désertés et les avait laissés ternes, quand ils n'étaient pas collés de transpiration. Non, il n'était pas facile de retrouver la moindre trace de l'Ephron qu'elle connaissait et aimait depuis trente-six ans.

Elle reposa sa cuvette et son tissu. Elle devait le laisser dormir, elle le savait ; c'était tout ce qu'elle pouvait pour lui désormais : le maintenir propre, le barricader contre la douleur et le laisser dormir. Avec amertume, elle songea aux projets qu'ils avaient faits ensemble, aux petits complots qui les avaient tenus éveillés jusqu'à l'aube, étendus dans leur vaste lit, les couvertures étouffantes rejetées et la fenêtre grande ouverte pour laisser entrer la fraîche brise de l'été.

« Quand les filles seront majeures, lui avait-il promis, qu'elles seront mariées et qu'elles auront leur vie à elles, alors, mon amour, nous retrouverons notre propre existence. J'ai envie de t'emmener aux îles Parfumées. Cela te plairait-il ? Douze mois d'air pur chargé de sel et rien à faire qu'à jouer à la dame du capitaine ? Et puis, une fois arrivés, nous remettrons l'embarquement du fret à plus tard ; nous nous rendrons ensemble aux montagnes Vertes. Je connais un chef de tribu qui m'a souvent invité à venir visiter son village. Nous pourrions monter les drôles de petits ânes qu'ils ont là-bas et aller jusqu'au bord du ciel, et...

– J'aimerais mieux rester à la maison avec toi, répondait-elle toujours. Je préférerais t'avoir chez nous toute une année, regarder un tour complet des saisons avec toi à mes côtés. Nous pourrions aller dans nos exploitations des collines pendant le printemps ; tu n'as jamais vu les arbres couverts de fleurs rouges et orange, sans une seule feuille. Et, une fois, rien qu'une, j'aimerais que tu souffres en même temps que moi pendant la récolte du mafe : debout tous les matins avant l'aube, réveiller les journaliers, les persuader de cueillir les fèves avant que le soleil ne les racornisse... Nous sommes mariés depuis trente-six ans et pas une fois je ne t'ai eu près de moi pour ce travail. Et, maintenant que j'y pense, depuis notre mariage, tu n'as jamais été présent à la floraison de notre arbre d'épousailles ; tu n'as jamais vu les boutons verts se gonfler, puis s'ouvrir, pleins de parfum !

– Oh, nous aurons tout le temps pour cela, tout le temps pour les bouquets et le travail de la terre, quand les filles seront grandes et les dettes remboursées.

– Et, alors, je t'aurai à moi pour un an, rien qu'à moi », avait-elle répondu d'un ton menaçant. Et toujours il lui avait promis : « Un an rien qu'à toi... Tu en auras probablement par-dessus la tête de moi avant la fin de l'année, et tu me supplieras de reprendre la mer pour que tu puisses enfin dormir en paix ! »

Ronica enfouit son visage dans ses mains. Elle l'avait eue, son année avec lui à la maison ; mais, tristes dieux, quelle façon de voir s'exaucer son vœu ! Il était resté un automne, saisi de quintes de toux et grincheux, fiévreux, les yeux injectés de sang, couché dans leur lit toute la journée ou, quand il était assez bien pour s'asseoir, à la fenêtre, le regard tourné vers la mer. « Il a intérêt à prendre soin d'eux », grommelait-il lorsqu'un nuage noir apparaissait dans le ciel, et Ronica savait que ses pensées ne quittaient pas Althéa ni la *Vivacia*. Il avait renâclé à remettre le navire à Kyle : il voulait le donner à Brashen, jeune homme sans expérience, et Ronica avait dû discuter avec lui pendant des semaines à le convaincre de la façon dont la ville prendrait sa décision. Kyle était son gendre, et il avait prouvé ses capacités de commandant sur trois autres navires. Si Ephron lui était passé par-dessus la tête pour nommer Brashen capitaine de la *Vivacia*, cela aurait été un véritable soufflet pour l'époux de sa fille, sans parler du reste de sa famille ; même si les Havre ne faisaient pas partie des Marchands de Terrilville, ils étaient néanmoins des vieilles familles de la ville, et, vu comment se portaient les affaires des Vestrit à cette époque, mieux valait éviter de vexer quiconque. C'est ainsi que, l'automne précédent, elle avait persuadé son mari de confier sa précieuse *Vivacia* à Kyle et de ne pas l'accompagner afin de revigorer ses poumons.

Comme l'hiver noircissait le ciel et blanchissait les rues, il avait cessé de tousser. Elle avait alors cru qu'il se remettait, sauf qu'il ne faisait plus rien. Il avait commencé à perdre le souffle rien qu'en parcourant la longueur de la maison ; bientôt, il s'arrêtait pour reprendre sa respiration entre leur chambre et le salon, et, à la venue du printemps, il ne pouvait plus parcourir la distance qu'appuyé sur le bras de son épouse.

Enfin, il s'était trouvé chez lui pour la floraison de leur arbre d'épousailles. Comme l'année se réchauffait, l'arbre avait donné des boutons, et, l'espace de quelques semaines, si Ephron n'allait pas mieux, au moins ne s'affaiblissait-il plus. Ronica restait assise près de son canapé et cousait ou faisait les comptes pendant qu'en bon marin il fabriquait de petits objets de fantaisie ou des paillassons de cordage pour le seuil des portes. Ils parlaient de l'avenir et il s'inquiétait pour son navire et sa fille. Les seules fois où ils s'étaient disputés, c'était justement à propos d'Althéa, mais il n'y avait rien d'original à cela : depuis qu'ils l'avaient conçue, ils n'avaient jamais eu le même point de vue sur elle.

Ephron n'avait jamais pu reconnaître qu'il gâtait leur dernier enfant. La Peste sanguine avait emporté tous leurs fils, l'un après l'autre, au cours de cette atroce année de maladie, et, aujourd'hui encore, presque vingt ans plus tard, Ronica sentait son cœur se serrer quand elle y pensait. Trois fils, trois brillants petits garçons, disparus en moins d'une semaine. Keffria y avait tout juste survécu. Ronica avait cru qu'elle et son époux allaient devenir fous à voir ainsi l'arbre de leur famille dépouillé de toutes ses fleurs mâles, mais, au contraire, Ephron avait brusquement reporté toute son attention et toutes ses espérances sur l'enfant que Ronica abritait dans son ventre. Prévenant comme il ne l'avait jamais été lors de ses précédentes grossesses, il avait été jusqu'à laisser le navire à l'amarre deux semaines de plus pour être certain d'être chez lui quand l'enfant naîtrait.

Lorsqu'il s'était avéré qu'il s'agissait d'une fille, Ronica avait cru qu'Ephron ferait montre de déception, mais non : il avait continué à accorder toute son attention à sa jeune enfant, comme si, par quelque miracle de la volonté, il pouvait faire d'elle un homme. Il l'avait encouragée dans sa nature indisciplinée et obstinée au point que Ronica avait fini par désespérer d'elle ; Ephron, lui, affirmait toujours qu'il s'agissait seulement de la preuve de la vitalité d'Althéa. Il ne lui refusait rien, et, quand Althéa avait exigé un jour de l'accompagner lors de son prochain voyage, même à cela il avait consenti. Le trajet avait été court, et Ronica avait attendu le navire sur le quai, convaincue de récupérer une fille qui avait eu plus que sa mesure des rudes conditions de vie à bord. Mais c'est un singe surexcité qu'elle avait vu dans le gréement, ses cheveux noirs taillés en brosse, les pieds et les bras nus. Depuis, Althéa voyageait avec son père. Et, à présent, elle voyageait sans lui.

Sur ce sujet-là aussi, ils avaient eu des mots. Il avait fallu à Ronica toute sa persuasion, aidée en cela par les douleurs d'Ephron, pour convaincre son époux de rester à la maison, et elle avait naturellement supposé qu'Althéa aussi demeurerait à terre. Qu'avait-elle à faire sur le navire sans son père ? Mais, quand elle en avait parlé à Ephron, il avait eu l'air épouvanté.

« Notre navire familial, quitter le port sans quelqu'un de notre sang à bord ? Sais-tu quelle malchance tu nous attirerais ainsi, ma femme ?

– La *Vivacia* ne s'est pas encore éveillée. Kyle, qui est notre parent par le mariage, devrait suffire ; il est l'époux de Keffria depuis près de quinze ans ! Qu'Althéa reste à la maison quelque temps ; cela lui ferait un bien énorme aux cheveux et au teint, et lui donnerait l'occasion de se montrer en ville. Elle a l'âge de se marier, Ephron, ou du moins de se faire courtiser. Mais, pour la courtiser, il faudrait qu'on la voie ! Elle ne sort qu'une ou deux fois l'an, au bal du Printemps telle année, au rassemblement des Moissons la suivante. On la reconnaît à peine dans la rue, et, quand les jeunes gens des familles de Marchands l'aperçoivent par hasard, elle est en pantalon et en vareuse, avec une queue de cheval qui lui tombe dans le dos et une peau qui ressemble à du cuir tanné ! Ce n'est certainement pas ainsi qu'il faut la présenter si elle doit bien se marier.

– Bien se marier ? Qu'elle soit plutôt heureuse en mariage, comme nous. Regarde Keffria et Kyle ; tu te rappelles les rumeurs qui ont circulé en ville quand j'ai permis à un petit capitaine arrogant, en partie de sang chalcédien, de commencer à courtiser mon aînée ? Mais je savais que c'était un homme. Keffria savait ce qu'elle avait dans le cœur, et ils sont assez heureux ; et leurs enfants pleins de vie comme des mouettes ! Non, Ronica : s'il faut attacher Althéa au bout d'une laisse, l'attifer et la poudrer pour qu'elle attire l'œil d'un homme, eh bien, je ne veux pas de ce genre d'homme à renifler autour d'elle ! Qu'on la remarque à cause de sa vivacité et de sa force. Elle devra bien assez tôt s'installer, devenir une dame, une épouse et une mère, et il m'étonnerait qu'elle trouve à son goût ce genre d'existence monotone. Alors, laissons la petite mener sa vie tant qu'elle le peut. » Après ce discours, Ephron s'était laissé aller contre ses coussins, le souffle court.

Et, parce qu'il était malade, Ronica avait ravalé sa colère devant cette description dédaigneuse de sa propre existence, et repoussé la jalousie qu'elle ressentait à l'égard de la liberté et des manières insouciantes de sa fille. Elle n'avait pas mentionné qu'étant donné l'état des affaires de la famille il serait peut-être nécessaire qu'Althéa trouve un parti fortuné. Amèrement, Ronica songea que si l'on parvenait à dompter sa fille, on pourrait peut-être la marier à un de leurs créditeurs, de préférence généreux, qui renoncerait à la dette comme cadeau d'épousailles. Ronica secoua doucement la tête. Non : à sa façon subtile, Ephron avait porté la conversation sur le point faible de sa femme. Elle avait épousé Ephron parce qu'elle l'aimait, tout comme Keffria avait succombé aux charmes blonds de Kyle. Et, malgré ce qu'affrontait la famille, elle espérait que, lorsqu'Althéa se marierait, ce serait par amour. Le cœur serré mais avec affection, elle regarda l'homme qu'elle aimait toujours.

Le soleil de l'après-midi qui se déversait par la fenêtre faisait froncer les sourcils à Ephron dans son sommeil, et Ronica, sans bruit, alla tirer un rideau. Elle n'appréciait plus la vue qu'on avait de cette baie. Autrefois, c'était un grand plaisir de contempler le tronc et les branches solides de leur arbre d'épousailles. À présent, il se dressait, nu, dépouillé de toute feuille dans le jardin d'été, nu comme un squelette. Ronica sentit un frisson lui parcourir le dos quand elle tira le rideau sur ce tableau.

Ephron avait anticipé avec tant de plaisir de voir l'arbre en fleur ! Mais, ce printemps, la maladie des bourgeons qui l'avait toujours épargné avait frappé de toutes ses forces; les fleurs brunissaient et tombaient mollement au sol; pas une seule ne s'ouvrait, et l'odeur des pétales en décomposition évoquait les herbes funéraires. Aucun des deux époux n'en avait parlé comme d'un mauvais signe: ni l'un ni l'autre n'avait l'esprit religieux. Mais, peu après cet épisode, Ephron s'était remis à tousser, petite toux faible d'oisillon d'où ne sortait rien, jusqu'au jour où il s'était essuyé la bouche et le nez, puis avait froncé les sourcils en voyant des traces de sang sur la serviette.

Cela avait été l'été le plus long de toute la vie de Ronica. Les journées étouffantes étaient une torture pour Ephron; il avait déclaré que respirer l'air lourd et humide ne valait pas mieux que respirer son propre sang; puis, après une quinte de toux, il avait craché des caillots glaireux comme pour prouver ses dires. Ses muscles avaient fondu, et il n'avait ni l'appétit ni la volonté d'absorber de quoi se soutenir. Cependant, ils ne parlaient pas de sa mort; elle planait dans toute la maison, plus oppressante que l'air humide de l'été, et Ronica ne voulait pas lui donner davantage de substance en évoquant ce sujet.

En silence, elle souleva une petite table et la déposa près du fauteuil de chevet, puis alla chercher ses grands livres de comptes, son encre et sa plume, et une poignée d'encaissements qu'elle devait noter. Elle se pencha sur son travail, les sourcils froncés. Les inscriptions qu'elle portait de sa petite écriture précise ne la réconfortaient nullement; pour une raison qu'elle ne comprenait pas, son ouvrage la déprimait d'autant plus qu'Ephron, elle le savait, exigerait d'étudier le livre à son prochain réveil. Pendant des années, il s'était désintéressé presque complètement de la gestion des fermes, des vergers et des autres propriétés. « Je les laisse entre tes mains compétentes, ma chérie, répondait-il chaque fois qu'elle tentait d'aborder ses soucis devant lui. Je m'occupe du navire et je veille à ce qu'il se rembourse lui-même tant que je suis en vie. Le reste, je te le confie. »

Disposer ainsi de la confiance de son époux l'étourdissait et l'effrayait à la fois. Qu'une épouse gère la fortune qu'elle apportait en dot n'avait rien d'inhabituel, et bien des femmes autrefois s'occupaient discrètement de bien plus que cela; mais, quand Ephron Vestrit avait remis ouvertement la direction de toutes ses propriétés à sa jeune épouse, Terrilville s'en était montrée presque scandalisée. Il n'était plus à la mode que les femmes prennent part à l'aspect financier des affaires, et revenir à de telles coutumes rappelait trop l'ancienne existence des pionniers. Les Premiers Marchands de Terrilville avaient toujours été connus pour leur propension à l'innovation mais, à mesure qu'ils s'enrichissaient, maintenir les femmes à l'écart de ces tâches était devenu un symbole de fortune ; aujourd'hui, il était considéré à la fois comme plébéien et ridicule de confier les richesses d'un Marchand à l'une de celles-ci.

Ronica avait compris que ce n'était pas seulement sa fortune qu'Ephron lui remettait, mais aussi sa réputation, et elle avait fait vœu de se montrer digne de cette confiance. Plus de trente ans durant, leurs propriétés avaient été florissantes ; certes, il avait fallu affronter de mauvaises moissons, des maladies des épis, des gels tant précoces que tardifs, mais, toujours, une bonne récolte de fruits avait compensé le manque de grain, ou bien les brebis avaient prospéré quand les vergers souffraient. S'ils n'avaient pas eu la lourde dette de la construction de la *Vivacia*, ils auraient été riches. Néanmoins, telle qu'était la situation, ils n'avaient manqué de rien, et joui certaines années de beaucoup.

Il n'en était plus ainsi depuis les cinq dernières années : durant ce laps de temps, ils étaient passés de l'abondance à l'aisance, puis à ce que Ronica décrivait comme l'inquiétude. L'argent sortait presque aussi vite qu'il entrait, et Ronica avait l'impression d'être sans cesse en train de prier un créancier d'attendre un jour ou une semaine qu'elle puisse le payer. A plusieurs reprises, elle avait demandé à Ephron de lui donner des conseils, mais il était resté de marbre en lui répondant de vendre ce qui n'était pas profitable pour béquiller ce qui le restait. Mais c'était tout le problème : la plupart des fermes et des vergers produisaient plus que jamais, cependant leurs produits se trouvaient en compétition avec le grain et les fruits bon marché de Chalcède, où l'on employait des esclaves, sans parler des maudites guerres contre les Pirates rouges qui anéantissaient tout commerce avec le Nord, ni des pirates trois fois maudits du Sud. Les cargaisons envoyées ne parvenaient plus à leurs destinations, et les profits attendus ne rentraient plus. Ronica craignait constamment pour la sécurité de son époux et de sa fille qui passaient leur temps en mer, mais Ephron paraissait ranger les pirates dans la même catégorie que les tempêtes : ils faisaient simplement partie des dangers qu'un bon capitaine doit affronter. Certes, il lui arrivait de revenir de voyage et de raconter des histoires effrayantes où il avait dû fuir devant de sinistres navires, mais elles se terminaient toujours bien. Aucun bateau pirate ne pouvait espérer rattraper une vivenef. Quand Ronica tentait de lui expliquer à quel point la guerre et les pirates affectaient le reste des affaires de la famille, il éclatait d'un rire bon enfant et répondait qu'il n'avait qu'à travailler plus dur avec la *Vivacia* en attendant que la situation se rétablisse. A l'époque, il ne manifestait nul intérêt pour les livres de comptes ni pour les nouvelles de mauvais augure des autres marchands et négociants. Non sans exaspération, Ronica se rappelait qu'il ne voyait apparemment que les succès de ses voyages, leurs arbres croulant sous les fruits et le grain mûrissant sur les tiges, comme toujours. Il faisait une rapide tournée d'une des propriétés, jetait un coup d'œil distrait sur les comptes et reprenait la mer avec Althéa en laissant Ronica se débrouiller seule.

Une fois seulement, elle s'était enhardie à lui suggérer de reprendre le commerce sur le fleuve du désert des Pluies. Ils détenaient les droits, ils avaient les contacts et la vivenef; du temps de la grand-mère et du père d'Ephron, cela avait été la source principale de leur commerce; mais, depuis l'époque de la Peste sanguine, il avait toujours refusé de remonter ce fleuve. Il n'existait pourtant aucune preuve tangible que la maladie venait du désert des Pluies, et, d'ailleurs, qui pouvait dire d'où provenait une maladie? Il ne leur servait à rien de se faire des reproches et de se couper de la partie la plus profitable de leur métier. Néanmoins, Ephron avait secoué la tête en faisant promettre à Ronica de ne plus jamais proposer cette solution. Il n'avait rien contre les Marchands du désert des Pluies, et il reconnaissait que leurs produits étaient à la fois beaux et exotiques; mais il s'était mis en tête qu'on ne pouvait commercer dans la magie, même de façon périphérique, sans en payer le prix. Il préférait voir sa famille dans l'indigence, avait-il dit, que courir ce risque.

D'abord, elle avait dû se séparer du verger des pommiers, et avec lui du petit chai qui faisait sa fierté. La treille aussi avait été vendue, et cela avait été dur pour Ronica: elle l'avait acquise alors qu'Ephron et elle étaient jeunes mariés; c'était sa première entreprise, et elle s'était réjouie de la voir prospérer. Cependant, il aurait fallu être fou pour la garder malgré le prix qu'on lui en avait offert. Cela avait suffi à maintenir à flot leurs autres exploitations pendant un an. Et cela avait continué : à mesure que la guerre et les pirates resserraient le nœud coulant sur Terrilville, elle avait dû vendre entreprise sur entreprise pour maintenir les autres la tête hors de l'eau. Elle s'en sentait humiliée ; elle était née Carrock et, comme les Vestrit, les Carrock faisaient partie des familles d'origine de Terrilville ; or ses craintes n'étaient certes pas apaisées de voir les autres vieilles familles s'effondrer tandis que de jeunes marchands aux dents longues s'installaient à Terrilville, rachetaient d'anciennes exploitations et modifiaient les coutumes de la cité. Ils avaient apporté les esclaves : tout d'abord, comme une marchandise qui s'en allait dans les Etats Chalcèdes ; puis, plus tard, il était apparu que ce flux qui transitait par Terrilville dépassait celui de tout autre commerce. Mais les esclaves faisaient plus que passer désormais : de plus en plus de champs et de vergers en employaient. Naturellement, les propriétaires terriens les appelaient « serviteurs sous contrat » ; mais chacun savait que ce genre de « serviteurs » étaient rapidement envoyés en Chalcède et vendus s'ils renâclaient au travail. Bon nombre d'entre eux portaient des tatouages d'esclave sur le visage ; c'était là une autre coutume chalcédienne qui semblait avoir pris à Jamaillia et commençait à se voir acceptée à Terrilville aussi. C'était la faute de ces « Nouveaux Marchands », songeait Ronica non sans amertume : ils avaient peut-être rallié Terrilville en venant de Jamaillia, mais leurs bagages provenaient directement de Chalcède.

En façade, il restait illégal à Terrilville de posséder des esclaves, sinon comme marchandise de passage, mais cela ne paraissait pas déranger les Nouveaux Marchands. Quelques pots-de-vin aux quais des Taxes, et les agents financiers du Gouverneur devenaient soudain très naïfs, plus que prêts à croire que des gens avec des chaînes et des tatouages faciaux étaient des serviteurs sous contrat et non des esclaves, lesquels n'auraient de toute manière rien gagné à exposer la vérité sur leur situation : le conseil des Premiers Marchands s'était plaint en vain, et, aujourd'hui, quelques-unes des anciennes familles s'étaient mises elles-mêmes à contourner la loi sur l'esclavage – des Marchands comme Davad Restart, se dit Ronica amèrement. Sans doute agissait-il ainsi, supposait-elle, pour demeurer à flot en ces temps difficiles ; ne le lui avait-il pas laissé entendre le mois dernier, alors qu'elle s'inquiétait tout haut de ses champs de blé ? Il lui avait pratiquement proposé de réduire ses coûts en faisant travailler les champs par des esclaves ; il avait même sous-entendu qu'il pouvait tout arranger contre une petite partie des profits ainsi réalisés. Non sans honte, Ronica se rappelait à quel point elle avait été tentée de suivre ses conseils.

Elle en était à la dernière inscription, toujours aussi monotone, dans ses livres de comptes quand le bruissement des jupes de Rache brisa sa concentration. Elle leva les yeux vers la servante, lasse de toujours voir le même mélange de colère et de chagrin sur ses traits. Elle avait toujours l'impression que cette femme attendait quelque chose d'elle pour réparer son existence. Ne se rendait-elle pas compte que Ronica avait son content de difficultés entre son mari à l'agonie et ses finances vacillantes ? Davad pensait bien faire en insistant pour envoyer Rache l'aider ; mais, parfois, Ronica avait envie que cette femme disparaisse, purement et simplement. Malheureusement, il n'existait pas de moyen convenable de se débarrasser d'elle, et, si agacée que Ronica pût être, il lui était impossible de la renvoyer à Davad. Ephron avait toujours désapprouvé l'esclavage ; Ronica, elle, pensait que la plupart des esclaves ne devaient leur sort qu'à eux-mêmes ; mais il aurait été irrespectueux envers Ephron de condamner cette femme à l'asservissement alors qu'elle avait aidé à s'occuper de lui pendant son agonie – même si elle s'y était très mal prise.

« Eh bien ? fit Ronica d'un ton revêche comme Rache restait plantée devant elle sans rien dire.

– Davad est ici et désire vous voir, ma dame, grommela Rache.

– Le Marchand Restart, voulez-vous dire ? » la reprit Ronica.

Rache hocha la tête en silence. Ronica serra les dents, puis renonça « Je vais le recevoir dans le salon », dit-elle avant de suivre le regard morose de la femme jusqu'à l'encadrement de la porte où se trouvait déjà Davad.

Comme toujours, il était parfaitement soigné de sa personne, et, comme toujours, il y avait quelque chose de subtilement disgracieux dans sa vêture. Ses jambières faisaient de vagues poches à ses genoux, et le laçage juste un petit peu trop serré abîmait les lignes de son pourpoint brodé : son ventre modeste en était exagéré. Il s'était bouclé les cheveux avec de l'huile, mais la plupart des boucles étaient tombées, si bien que sa chevelure pendait en ondulations grasses – et, même si les boucles étaient restées en place, c'était un style plutôt adapté à un homme beaucoup plus jeune.

Ronica trouva le sang-froid nécessaire pour lui rendre son sourire tout en reposant sa plume et en refermant son livre de comptes. Elle espéra que l'encre avait eu le temps de sécher. Elle voulut se lever mais, d'un geste, Davad lui fit signe de ne pas bouger; d'un autre petit mouvement, il renvoya Rache pendant qu'il s'approchait du chevet d'Ephron.

« Comment va-t-il? demanda-t-il en atténuant sa grosse voix.

– Comme vous voyez », répondit-elle à mi-voix. Elle mit de côté son irritation de voir Davad se croire le bienvenu dans la chambre de malade de son époux; elle chassa aussi de son esprit son embarras à se trouver surprise à additionner des colonnes de chiffres, de l'encre sur le côté de la main, le front encore plissé à force de contempler ses comptes soigneusement rédigés. Davad ne pensait pas à mal, elle en était sûre; mais comment avait-il réussi à grandir dans une des premières familles de Marchands de Terrilville sans acquérir plus qu'une vague notion des bonnes manières? Elle n'en savait rien. Sans attendre qu'on l'y invite, il tira à lui un fauteuil pour s'asseoir de l'autre côté du lit d'Ephron; Ronica fit la grimace quand le meuble racla le plancher, mais Ephron ne réagit pas. Une fois installé, le Marchand ventru indiqua d'un geste les livres de comptes.

« Et eux, comment vont-ils? demanda-t-il d'un ton familier.

– Ni mieux ni moins bien que ceux de n'importe quelle famille de Marchands à notre époque, je n'en doute pas. » Elle éludait son indiscrétion. « La guerre, la nielle et les pirates nous gênent tous; nous ne pouvons que persévérer en attendant des jours meilleurs. Et comment allez-vous aujourd'hui, Davad? » demanda-t-elle en tentant de lui rappeler ses bonnes manières.

D'un geste éloquent, il posa sur son ventre une main aux doigts écartés. « J'ai connu mieux. Je sors de la table de Fullerjon; son cuisinier se sert abominablement des épices, et Fullerjon n'ose pas lui en faire la remarque. » Il s'adossa dans son fauteuil et prit un air de martyr pour soupirer. « Mais il faut être poli et manger ce qui nous est servi, j'imagine. »

Ronica ravala son irritation et indiqua la porte. « Nous pourrions continuer notre conversation sur la terrasse. De plus, un verre de petit-lait contribuerait peut-être à régler votre indigestion. » Elle fit mine de se lever, mais Davad ne bougea pas.

« Non, non, merci. Je ne suis ici que pour une petite commission. Toutefois, un verre de vin ne serait pas malvenu. Ephron et vous avez toujours eu une des meilleures caves de la ville.

– Je ne souhaite pas qu'on dérange Ephron, répondit-elle carrément.

– Oh, je ferai attention de parler doucement. Néanmoins, pour être franc, je préférerais lui présenter cette offre à lui plutôt qu'à son épouse. Pensez-vous qu'il va se réveiller bientôt ?

– Non. » Ronica perçut le tranchant de sa voix et toussota comme si ce ton était le résultat d'une gorge sèche. « Mais si vous désirez me révéler les termes de votre offre, je la présenterai à Ephron dès qu'il se réveillera. » Elle fit semblant d'avoir oublié que Davad avait demandé du vin. C'était mesquin, mais elle avait appris à savourer certaines petites satisfactions quand elle le pouvait.

« Certainement, certainement. Tout Terrilville sait que vous tenez les cordons de la bourse chez lui – et que vous avez toute sa confiance, si je puis me permettre, naturellement. » Et il sourit d'un air jovial comme s'il venait de lui faire un grand compliment.

« Cette offre ? insista Ronica.

– Elle émane de Fullerjon, évidemment. Je pense que c'était son seul but en m'invitant à partager son déjeuner, si vous pouvez le croire. Ce petit arriviste s'imagine que je n'ai rien de mieux à faire que de jouer pour lui les intermédiaires avec les meilleures familles de la ville. Si je n'étais pas persuadé qu'Ephron et vous pourriez tirer profit de sa proposition, je l'aurais envoyé sur les roses ; mais, en l'état actuel des choses, je ne souhaitais pas me l'aliéner, comprenez-vous. Ce n'est qu'un petit marchand avide, mais... » Il eut un haussement d'épaules éloquent. « Il est difficile de faire du commerce sans eux, à Terrilville, de nos jours. »

Ronica le relança : « Et quelle était son offre ?

– Ah oui ! Vos terres alluviales. Il souhaite les acheter. » Il lorgna une assiette d'amuse-gueule posée au chevet d'Ephron et prit un biscuit.

Ronica était bouleversée. « Mais elles font partie de la concession originale du Gouverneur à la famille Vestrit ! C'est le gouverneur Esclepius lui-même qui nous a accordé ces terres !

– Eh oui, vous et moi connaissons l'importance de ces propriétés, fit Davad d'un ton apaisant, mais les nouveaux venus comme Fullerjon... »

Ronica le coupa.

« Les connaissent aussi ! La concession de ces terres est ce qui a fait des Vestrit une famille de Marchands ; elle était incluse dans l'accord passé entre le Gouverneur et les Marchands : deux cents leffères de bonne terre pour toute famille qui acceptait de partir vers le Nord et de coloniser les Rivages Maudits, et bien rares ceux qui étaient prêts à courir le risque à l'époque : chacun savait que l'étrangeté roule dans le fleuve du désert des Pluies aussi vite que l'eau. Ces terres alluviales et une part du monopole sur les marchandises du fleuve ont fait des Vestrit une famille de Marchands. Croyez-vous sincèrement qu'une telle famille vendrait ses terres à la légère ? » Elle était furieuse, à présent.

« Inutile de me donner un cours d'histoire, Ronica Vestrit, la gourmanda Davad d'un ton mesuré. Dois-je vous rappeler que ma propre famille est venue ici par la même expédition que la vôtre ? Les Restart sont Marchands autant que les Vestrit. Je sais l'importance de ces terres.

– Alors, comment pouvez-vous seulement me présenter cette offre ? demanda Ronica d'un ton mordant.

– Parce que la moitié de Terrilville sait que la situation est devenue désespérée pour vous. Ecoutez-moi, ma chère : vous ne possédez pas le capital nécessaire à employer des ouvriers pour exploiter convenablement ces terres ; Fullerjon, si. Et, en les achetant, il accroîtrait ses terrains au point qu'il aurait qualité à postuler à un siège au conseil de Terrilville. Entre nous soit dit, je pense que c'est tout ce qu'il vise. Il n'est pas nécessaire que vous lui cédiez vos terres alluviales, même si c'est ce qu'il désirerait ; offrez-lui autre chose, il vous l'achètera probablement. » Et Davad se radossa d'un air mécontent. « Vendez-lui les champs de blé ; de toute manière, vous ne pouvez pas les exploiter comme il faut.

– Ainsi, il aura son siège au conseil, afin de voter pour l'importation d'esclaves à Terrilville et de leur faire exploiter les terres que je lui aurai cédées ; il pourra vendre alors le grain qu'il fera pousser moins cher que je ne puis me le permettre – ou vous, d'ailleurs, et tout autre Marchand honnête. Davad, servez-vous de votre tête : cette offre ne m'obligerait pas seulement à trahir la famille Vestrit, mais nous tous. Le conseil de Terrilville compte déjà bien assez de petits négociants avides, et le conseil des Premiers Marchands parvient tout juste à les tenir en respect ; je ne serai pas celle qui aura vendu des terres et un siège au conseil à un autre nouveau venu aux dents trop longues. »

Davad s'apprêta à répondre puis se maîtrisa visiblement. Il croisa ses petites mains sur son ventre. « Cela arrivera de toute façon, Ronica. » Elle perçut un regret non feint dans sa voix. « Les jours des Premiers Marchands touchent à leur fin ; les guerres et les pirates nous ont fait trop de mal. Et, maintenant que ces guerres sont pour la plupart achevées, ces marchands arrivent et se mettent à grouiller sur nous comme des puces sur un lapin à l'agonie. Ils vont nous saigner à blanc. Nous avons besoin d'argent pour nous remettre sur pied, alors ils nous forcent à vendre à bas prix ce qui nous a coûté si cher en sang et en enfants. » Un instant, sa voix hésita, et Ronica se rappela soudain que l'année de la Peste sanguine avait pris à Davad tous ses enfants et l'avait laissé veuf. Il ne s'était jamais remarié.

« Cela arrivera, Ronica, répéta-t-il. Et ceux d'entre nous qui survivront seront ceux qui auront appris à s'adapter. Quand nos familles se sont installées à Terrilville, elles étaient pauvres, affamées et oh combien adaptables ! Nous avons perdu cette capacité ; nous sommes devenus ce que nous avions fui : des traditionalistes gros et gras qui s'accrochent de toutes leurs forces à leurs monopoles. La seule raison pour laquelle nous méprisons ces nouveaux marchands qui ont commencé à s'installer est qu'ils nous renvoient une image de nous-mêmes, ou plutôt de nos trisaïeuls et des histoires que nous avons entendues à leur sujet. »

Un instant, Ronica se sentit presque encline à tomber d'accord avec lui, mais, soudain, une bouffée de colère l'envahit. « Ils n'ont rien de commun avec les Marchands d'origine ! Nos ancêtres étaient des loups, eux ne sont que des charognards ! Quand le premier Carrock a posé le pied sur ce rivage, il risquait tout ; il avait vendu tous ses biens pour obtenir sa part du navire, et hypothéqué la moitié de ses gains futurs pour les vingt années suivantes au bénéfice du Gouverneur. Et tout cela pour quoi ? Pour un bout de terrain et la garantie de sa participation au monopole. Quelle terre ? Celle qu'il pourrait s'approprier ! Quel monopole ? Celui sur tous les produits qu'il pourrait découvrir et qui s'avéreraient vendables ! Et où lui avait-on accordé ces merveilleuses concessions ? Sur un bout de côte connu depuis des siècles sous le nom de Rivages Maudits, une région où les dieux eux-mêmes ne prétendaient pas régner ! Et qu'y ont trouvé les colons ? Des maladies inconnues jusque-là, une étrangeté qui rendait les hommes fous du jour au lendemain, et un destin qui fait que la moitié de nos enfants ne naissent pas humains. »

Davad pâlit soudain et fit signe à Ronica de se taire ; mais elle poursuivit implacablement : « Savez-vous ce que ressent une femme, Davad, quand elle porte un être en elle pendant neuf mois sans savoir s'il s'agit de l'enfant, de l'héritier qu'elle appelle de ses prières, ou d'un monstre difforme que son mari devra étrangler de ses propres mains ? Ou d'une créature mixte ? Vous devez savoir ce que ressent un homme dans ce cas. Si j'ai bonne mémoire, votre Dorill a été enceinte trois fois, et pourtant vous n'avez eu que deux enfants.

– Et la Peste sanguine les a emportés tous les deux », répondit Davad d'une voix brisée. Il enfouit soudain son visage dans ses mains, et Ronica fut prise de remords de tout ce qu'elle avait dit, et de peine pour cette triste enveloppe d'homme qui n'avait pas d'épouse pour lui dire de relacer sa tunique et tancer le tailleur qui avait mal coupé son pantalon. Elle se sentit pleine de pitié pour eux tous, nés à Terrilville pour mourir à Terrilville, et qui devaient entre-temps poursuivre le marché maudit que leurs ancêtres avaient conclu. Le pire, peut-être, dans ce marché, était qu'ils avaient tous fini par tomber amoureux de Terrilville, des collines et des vallées qui l'entouraient, riches d'une jungle verdoyante, d'une terre noire et généreuse, de rivières cristallines et de gibier dans les forêts ; la région offrait une abondance qui dépassait les rêves des immigrants, las de la mer et d'une vie sans but, qui avaient eu les premiers le courage de mouiller dans le port de Terrilville. En fin de compte, le vrai contrat avait été signé, non avec le Gouverneur qui se disait maître des lieux, mais avec le pays lui-même. Sa beauté et sa fertilité compensaient la maladie et la mort.

Et ce n'était pas tout, s'avoua-t-elle. Il y avait un certain cachet à s'appeler Marchand de Terrilville, à braver l'étrangeté qui roulait dans le fleuve du désert des Pluies, et même à en tirer fierté. Les Premiers Marchands avaient essayé d'établir leur colonie à l'embouchure de ce fleuve ; ils avaient bâti leurs maisons sur ses bords en se servant des racines des arbres-pilotis comme fondations et de ponts de cordage pour relier les habitations entre elles. Le fleuve qui s'enflait et redescendait roulait sous leurs planchers, et les vents violents des tempêtes secouaient pendant la nuit les maisons exhaussées. Parfois, la terre elle-même se soulevait et tremblait, puis il arrivait que l'eau du fleuve devînt laiteuse et mortelle pendant un jour ou un mois.

Les colons avaient vécu là deux ans, malgré les insectes, les fièvres et le fleuve rapide qui dévorait tout ce qu'on y laissait tomber. Pourtant, ce ne furent pas ces difficultés mais l'étrangeté qui finit par les chasser. La petite colonie de Marchands avait été repoussée vers le Sud par les maladies, les imprévisibles crises d'affolement qui pouvaient saisir une femme en train de pétrir son pain, la folie autodestructrice qui pouvait prendre un homme occupé à ramasser du bois et l'inciter à sauter dans le fleuve. Des trois cent sept familles qui composaient le groupe originel des Marchands, soixante-deux avaient survécu aux trois premières années. Aujourd'hui encore, il subsistait entre Terrilville et l'embouchure du fleuve du désert des Pluies une suite de villages abandonnés qui marquaient les différentes tentatives de colonisation des Premiers Marchands. Enfin, à Terrilville, sur les rives de la baie des Marchands, ils s'étaient trouvés à une distance tolérable du fleuve et de tout ce qu'il charriait. Moins on en disait des familles qui avaient décidé de demeurer sur le bord du fleuve, mieux cela valait ; les Marchands du fleuve du désert des Pluies étaient tous apparentés, tout comme, obligatoirement, une partie de ceux de Terrilville, Ronica le reconnaissait – pour l'instant.

« Davad ? » Elle tendit le bras au-dessus d'Ephron pour toucher doucement le bras de leur vieil ami. « Je regrette ; j'ai parlé trop durement d'événements qu'il vaut mieux taire.

– Ce n'est pas grave », mentit-il, le visage toujours dans les mains. Il leva un visage blême et croisa le regard de Ronica. « Ce dont nous autres Marchands ne discutons pas entre nous est un sujet de conversation courant chez les nouveaux venus. Avez-vous noté combien sont rares ceux qui se font accompagner de leurs épouses et de leurs filles ? Ils ne viennent pas s'installer. Ils sont prêts à acheter des terres, certes, à siéger au conseil et à tirer toute la fortune possible de Terrilville, mais entre-temps ils retournent à Jamaillia. C'est là qu'ils se marieront et laisseront leurs épouses, là que naîtront leurs enfants, là qu'ils passeront leurs années de vieillesse en envoyant ici un fils ou deux pour gérer les affaires.» Il eut un grognement méprisant. «Je puis éprouver du respect pour les immigrants des Trois-Navires : ils sont arrivés chez nous et, quand nous leur avons annoncé franchement le prix que leur coûterait notre asile, ils sont quand même restés. Mais cette vague de nouveaux venus espère seulement récolter la moisson que nous avons arrosée de notre sang.

– Le Gouverneur est aussi fautif qu'eux, convint Ronica. Il a enfreint la promesse que nous avait faite Esclepius, son ancêtre. Il nous avait juré qu'il n'accorderait plus d'autres concessions aux nouveaux venus, sauf si notre conseil les approuvait. Les immigrants des Trois-Navires sont venus les mains vides, mais prêts à travailler dur, et ils se sont fondus dans notre communauté. Mais cette dernière vague vient s'emparer des concessions terriennes et de leurs leffères sans considération pour ceux qu'elle fait souffrir. Felco Trives a mis la main sur les terres à flanc de colline au-dessus de la vallée où le Marchand Drur produit de la bière et il y a installé du bétail à paître ; à présent, les sources de Drur, jusque-là si limpides, sont jaunes comme de l'urine de vache, et sa bière est à peine consommable. Et, quand Trudi Fells est arrivé, il s'est approprié la forêt où chacun avait le droit de couper du bois pour le feu, du chêne pour les meubles, et...

– Je sais, je sais tout cela, la coupa Davad d'un ton las. Ronica, nous ne tirerons qu'amertume à ressasser ces idées ; et il ne sert à rien de vouloir croire que tout redeviendra comme avant : c'est faux. Nous sommes face à la première vague de changement, et nous pouvons la chevaucher ou nous laisser submerger. A votre avis, le Gouverneur ne va-t-il pas continuer à vendre des concessions terriennes, une fois qu'il se sera aperçu que les nouveaux venus prospèrent ? D'autres viendront, et la seule façon de traiter avec eux est de nous adapter à eux, d'apprendre d'eux si c'est possible – et d'adopter leurs coutumes quand c'est nécessaire.

– Oui.» La voix d'Ephron évoquait un gond rouillé qui se débloque soudain. «Nous pouvons apprendre à tant apprécier l'esclavage qu'il nous devienne égal que nos petits-enfants y soient réduits à cause des dettes excessives d'une année. Quant aux serpents de mer que les navires esclavagistes attirent dans nos eaux en les amadouant grâce aux cadavres qu'ils jettent par-dessus bord, eh bien, accueillons-les dans la baie des Marchands et nous n'aurons plus jamais besoin de cimetière. »

C'était un long discours pour un malade. Aux premiers signes de son réveil, Ronica était allée chercher le lait de pavot. Elle ôta le bouchon de la lourde bouteille brune, mais Ephron secoua lentement la tête. « Pas tout de suite », lui dit-il. Il reprit son souffle avant de répéter : « Pas tout de suite. » Il tourna ses yeux fatigués vers Davad, que la faiblesse d'Ephron consternait trop visiblement. Ephron eut une petite toux.

Davad pencha la tête et tenta de sourire. « Ça fait plaisir de vous voir éveillé, Ephron. J'espère que notre conversation ne vous a pas dérangé. »

Pendant quelques instants, Ephron se contenta de regarder son interlocuteur ; puis, avec la grossièreté insouciante de ceux qui sont vraiment malades, il se désintéressa de lui, et ses yeux ternes se posèrent sur son épouse. « Des nouvelles de la *Vivacia* ? » demanda-t-il. A son ton, on eût cru un homme affamé qui réclame à manger.

A contrecœur, Ronica secoua la tête en reposant la bouteille de lait de pavot. « Mais elles ne devraient plus tarder. Le monastère nous a appris que Hiémain est en route pour nous rejoindre. » Elle avait annoncé cette dernière nouvelle d'un ton vif, mais Ephron laissa seulement retomber sa tête de côté sur l'oreiller.

« Et que va-t-il faire ? Prendre l'air solennel et mendier une offrande pour son monastère avant de repartir ? J'ai renoncé à cet enfant lorsque sa mère l'a sacrifié à Sâ. » Ephron ferma les yeux et resta un moment à respirer, tout simplement. Il ne rouvrit pas les paupières quand il reprit la parole. « Fichu Kyle ! Il devrait être rentré depuis des semaines... à moins qu'il ait envoyé la *Vivacia* par le fond, et Althéa aussi. Je savais que j'aurais dû confier le navire à Brashen. Kyle n'est pas un mauvais capitaine mais il faut avoir du sang de Marchand pour vraiment sentir les réactions d'une vivenef ! »

Ronica se sentit rougir ; elle avait honte d'entendre son époux parler ainsi de leur gendre en présence de Davad. « As-tu faim, Ephron ? ou soif ? demanda-t-elle pour changer de conversation.

– Ni l'un ni l'autre. » Il se mit à tousser. « Je suis mourant ; et j'aimerais que mon fichu navire soit là afin que je puisse mourir sur ses ponts et l'éveiller, pour n'avoir pas vécu ma chienne de vie pour rien! Je suis né pour accomplir un rêve. Est-ce trop demander qu'il s'achève comme je l'ai toujours prévu?» Il eut une inspiration rauque. «Le pavot, Ronica. Le pavot, maintenant.»

Elle versa le médicament sirupeux dans une cuillère qu'elle porta aux lèvres d'Ephron, et il avala le contenu sans se plaindre. Après quoi, il reprit son souffle et indiqua du doigt le pichet d'eau, dont il but dans un gobelet par petites gorgées, puis il se laissa aller contre ses oreillers avec un soupir sifflant. Déjà les rides de son front s'apaisaient, sa bouche se faisait plus molle. Ses yeux papillotèrent vers Davad, mais ce n'est pas à lui qu'il s'adressa.

«Ne vends rien, mon amour. Tiens bon le plus possible. Que je meure sur les ponts de la *Vivacia*, et tu verras que la *Vivacia* te servira bien. Elle et moi trancherons les vagues comme aucun navire auparavant, rapides et sûrs. Tu ne manqueras de rien, Ronica, je te le promets. Garde simplement ton cap et tout ira bien.»

Sa voix s'atténuait, de plus en plus grave et lente à chaque mot. Elle retint un instant sa respiration alors qu'il reprenait une goulée d'air. «Garde ton cap», répéta-t-il, mais ce n'était plus à elle qu'il s'adressait, pensa-t-elle; peut-être le pavot avait-il déjà ramené ses rêves sur le pont de son navire bien-aimé.

Elle sentit monter à ses yeux les larmes haïssables et les refoula; elles luttèrent contre sa détermination et l'étouffèrent jusqu'à ce que la boule douloureuse de sa gorge faillît l'empêcher de respirer. Elle lança un regard oblique à Davad: pas assez courtois pour détourner les yeux, il avait au moins la grâce de se montrer mal à l'aise. A sa propre surprise, elle dit d'un ton amer: «Son navire! Toujours son satané navire; il n'y a que ça qui lui a jamais tenu à cœur!» Elle se demanda pourquoi elle désirait faire croire à Davad que c'était là-dessus qu'elle pleurait plutôt que sur la mort d'Ephron. Elle renifla terriblement fort, puis céda, prit son mouchoir et s'essuya les yeux.

«Il faut que je parte, fit Davad, comprenant avec retard.

– Oh, vraiment?» répondit Ronica par pur réflexe. Elle trouva au fond d'elle-même la discipline appropriée à la situation. «Merci beaucoup d'être passé chez nous. Permettez-moi au moins de vous raccompagner jusqu'à la porte», ajouta-t-elle avant que Davad change d'avis et décide de rester.

Elle se leva et tira une couverture légère sur Ephron. Il

marmonna quelques mots où il était question de hunier. Davad prit Ronica par le bras en sortant de la chambre du malade et elle se contraignit à tolérer cette marque de courtoisie. Elle cligna des yeux en quittant la pénombre de la chambre : elle avait toujours été fière de sa demeure pleine de lumière et bien aérée ; à présent, le soleil qui pénétrait à flots par les grandes fenêtres lui paraissait dur et aveuglant. Elle détourna les yeux quand ils passèrent devant l'atrium ; c'était autrefois sa joie et sa fierté ; aujourd'hui, dépouillé de ses attentions, c'était une friche désolée de plantes grimpantes qui viraient au marron et de couvre-sol en débandade. Elle essaya de se faire la promesse qu'une fois Ephron mort elle trouverait le temps de s'en occuper à nouveau, mais soudain cette idée lui parut ignoble et déloyale, comme si elle souhaitait que son époux trépasse rapidement afin qu'elle puisse soigner son jardin.

« Vous êtes bien silencieuse », dit Davad sans ménagement. A la vérité, elle avait oublié sa présence malgré son bras croisé au sien.

Cependant, avant qu'elle pût formuler une excuse polie, il ajouta d'un ton bourru : « Mais, si je me souviens bien, à la mort de Dorill, il ne me restait plus guère de sujets de bavardages. » Il se tourna vers elle alors qu'ils arrivaient à la grande porte blanche et surprit Ronica en lui prenant les mains. « Si je puis faire quoi que ce soit... et je parle au sens propre... m'en ferez-vous part ? »

Il avait les mains moites et l'haleine chargée des épices de son déjeuner, mais le pire était l'absolue sincérité de son regard. C'était son ami, elle le savait, mais, sur l'instant, elle ne voyait que ce qu'il allait advenir d'elle-même. Du vivant de Dorill, Davad était un homme influent de Terrilville, bien habillé, prospère, qui donnait des bals dans sa grande résidence, réussissant dans ses affaires aussi bien que socialement ; à présent, sa grande maison n'était plus qu'une suite de pièces poussiéreuses, mal rangées, dont s'occupaient des serviteurs d'autant plus malhonnêtes qu'on ne les surveillait pas. Ronica le savait. Ephron et elle étaient un des rares couples qui pensaient encore à Davad quand ils lançaient des invitations pour des bals ou des dîners. Ephron disparu, allait-elle devenir comme Davad une laissée-pour-compte, une veuve trop âgée pour se faire courtiser et trop jeune pour rester assise tranquillement dans un coin ? Sa peur s'exprima par une soudaine amertume.

« Quoi que ce soit, Davad ? Eh bien, vous pourriez toujours payer mes dettes, moissonner mes champs et trouver un mari convenable pour Althéa ! » Elle s'entendit parler avec une sorte d'horreur et vit les yeux de Davad s'agrandir au point de s'exorbiter. Brusquement, elle retira ses mains de son étreinte moite. « Excusez-moi, Davad, fit-elle avec sincérité. Je ne sais ce qui m'a prise de... »

Il l'interrompit hâtivement. « Peu importe. Vous parlez à un homme qui a brûlé le portrait de son épouse afin de ne plus devoir contempler ce qu'il ne pouvait pas voir. En de telles circonstances, on dit des choses qui... Peu importe, Ronica. Et j'étais sincère ; je suis votre ami et je verrai ce que je puis faire pour vous. »

A pas pressés, il s'en alla le long d'une allée au bout de laquelle l'attendait son cheval sellé. Ronica, sans bouger, le regarda monter maladroitement sur la bête. Il leva une main en signe d'au revoir et elle lui rendit son geste. Il s'éloigna en suivant l'allée, puis Ronica baissa les yeux pour contempler Terrilville. Pour la première fois depuis qu'Ephron était tombé malade, elle observa la ville. Elle avait changé. La demeure de Ronica, comme nombre de celles des Premiers Marchands, se situait sur une douce colline qui dominait le bassin du port. A travers les arbres en contrebas, elle apercevait les rues pavées, les bâtiments de pierre blanche de Terrilville et, au-delà, le bleu de la baie des Marchands. De là où elle se trouvait, elle ne voyait pas le grand Marché, mais elle ne doutait pas plus de son animation que du lever du soleil. Les larges avenue pavées suivaient la ligne en fer à cheval de la baie. Le grand Marché était vaste et aéré, aussi soigneusement conçu que la résidence d'un noble ; des bosquets étendaient leur ombre sur de petits jardins où des tables et des fauteuils invitaient l'acheteur fatigué à se détendre un moment avant de repartir au travail. Cent vingt boutiques aux vastes vitrines et aux larges portes accueillaient des marchandises venues de près comme de loin. Par un jour ensoleillé comme celui-ci, les bannes aux couleurs vives devaient être étendues au-dessus des trottoirs pour inciter les promeneurs à se rapprocher des portes des négociants.

Ronica sourit. Sa mère et sa grand-mère lui avaient toujours affirmé avec fierté que Terrilville ne ressemblait pas à une ville arrachée à coups de hache à la jungle de cette côte froide et sauvage, mais à toutes les villes décentes du dominion du Gouverneur. Les rues étaient droites et propres, les déchets et les eaux sales relégués dans les allées et les égouts à l'arrière des boutiques – et même ces zones étaient régulièrement nettoyées. Quand on sortait du grand Marché et qu'on s'éloignait des Petits Commerces, la ville présentait toujours une façade polie et civilisée : les maisons blanches brillaient au soleil, des orangers et des citronniers embaumaient l'air de leurs parfums, même s'ils poussaient en bacs et devaient être rentrés pour l'hiver. Terrilville était le joyau des Rivages Maudits, le plus lointain de ceux du Gouverneur, mais néanmoins l'un des plus éclatants. C'est du moins ce qu'on avait toujours dit à Ronica.

Prise un instant d'amertume, elle songea que, désormais, elle ne saurait jamais si sa mère et sa grand-mère avaient dit vrai. Une fois, Ephron lui avait promis qu'ils feraient un pèlerinage à Jamaillia la sainte, qu'ils visiteraient les futaies de Sâ et qu'ils verraient le palais luisant du Gouverneur lui-même. Encore un rêve parti en fumée. Elle repoussa ces pensées et regarda une nouvelle fois Terrilville. Rien ne paraissait avoir changé ; quelques navires de plus ancrés dans le port, un peu plus de monde qui marchait à pas pressés dans les rues, mais cela n'avait rien d'inattendu. Terrilville avait grandi, n'ayant jamais cessé de croître depuis sa naissance.

C'est en levant les yeux pour contempler les collines alentour qu'elle se rendit compte des vraies modifications : la butte du Forgeron, jusque-là couronnée de grands chênes, ne montrait plus qu'un sommet chauve. Elle la regarda, effarée. Elle avait appris qu'un des nouveaux venus s'était approprié ce terrain et allait employer des esclaves pour abattre et débiter des arbres ; mais elle n'avait encore jamais vu de colline à ce point déboisée. La chaleur du jour tapait impitoyablement sur l'éminence nue ; les quelques plantes qui subsistaient paraissaient brûlées et pendaient.

La butte du Forgeron avait subi les changements les plus frappants, mais c'était loin d'être la seule. A l'est, quelqu'un avait dégagé un espace sur le versant d'une colline et y faisait bâtir une maison – non, se reprit Ronica, une résidence. La taille de la demeure la laissait pantoise, mais aussi le nombre d'ouvriers employés à sa construction. Ils grouillaient sur le chantier comme des fourmis vêtues de blanc dans la chaleur du soleil de midi.

Sous ses yeux, le cadre de bois d'un mur fut hissé en place et fixé. Loin à l'ouest, une nouvelle route coupait tout droit à travers les collines. Ronica n'en voyait que des tronçons à travers les arbres, mais elle était large et fréquentée. L'inquiétude l'envahit ; le raisonnement de Davad était plus exact qu'elle ne l'avait cru : peut-être les modifications que subissait Terrilville ne s'arrêtaient-elles pas à un simple accroissement de la population ; et, s'il avait raison sur ce point, peut-être ne se trompait-il pas non plus en affirmant que la seule façon de survivre à la vague des nouveaux marchands consistait à les imiter.

Elle se détourna de Terrilville et de ses pensées inquiètes. Elle n'avait pas le temps de réfléchir à ces événements pour l'instant ; elle devait se débrouiller pour supporter son propre désastre et ses propres craintes. Terrilville devrait s'occuper seule d'elle-même.

4

PARTAGE

Kennit humecta son mouchoir dans de l'huile citronnée et s'en lissa la barbe et la moustache, puis il s'observa dans le miroir au cadre doré au-dessus de sa cuvette. L'huile leur donnait un lustre supplémentaire mais ce n'était pas l'effet qu'il recherchait. Le parfum de citron ne suffisait pas encore à empêcher la puanteur de Partage d'accéder à ses narines. Entrer dans Partage, se dit-il, revenait à se faire remorquer à quai dans les remugles musqués d'une aisselle d'esclave.

Quittant ses quartiers, il émergea sur le pont. L'air à l'extérieur était aussi étouffant et moite qu'à l'intérieur, et la pestilence encore pire. Il observa avec dégoût les côtes les plus proches de Partage. Le refuge des pirates avait été bien choisi : pour le découvrir, il fallait non seulement connaître la route, mais, en capitaine consommé, faire remonter à son navire un cours d'eau qui conduisait dans les terres. La rivière limpide qui menait à ce lagon n'avait rien de plus attirant que la dizaine d'autres qui sinuaient à travers les multiples îles de la côte Changeante jusqu'à la vraie mer ; mais celle-ci possédait un chenal profond, quoique étroit, dans lequel un bateau à voiles pouvait naviguer, et un lagon placide où l'on pouvait mouiller à l'abri des tempêtes, même les plus violentes.

Autrefois, le paysage avait dû être magnifique. Aujourd'hui, des quais et des jetées moussus pointaient de toute terre ferme. La végétation luxuriante qui surplombait la rivière avait été tellement taillée qu'il n'en restait qu'un sol fangeux. Le flot du courant pas plus que la brise ne suffisaient à disperser les déchets et la fumée des chaumières groupées, des masures et des boutiques de la cité pirate. Un jour ou l'autre, les pluies d'hiver viendraient nettoyer brièvement la ville et le lagon, mais, par une chaude journée d'été, le port de Partage avait tout le charme et la séduction d'un pot de chambre plein.

Jeter l'ancre le long d'un quai pour plus de quelques jours revenait à inviter la mousse et la pourriture sur la coque du navire ; boire l'eau des puits, sauf de quelques-uns, donnait la diarrhée – et même la fièvre, si on jouait de malchance. Pourtant, alors que Kennit regardait le pont de son navire, il voyait son équipage travailler bien et de bon cœur ; même ceux qui, dans les chaloupes, remorquaient le *Marietta* vers le port tiraient sur leur rames avec énergie car, pour eux, la puanteur régnante était le doux parfum du bercail et celui de la paie. Suivant la tradition, le butin serait partagé sur le pont dès que le *Marietta* serait amarré. D'ici quelques heures, ils pataugeraient jusqu'au nombril dans la bière au milieu des putains.

Eh oui, et avant le lever du soleil, le butin qu'ils s'étaient approprié avec tant de mal serait passé dans les mains des aubergistes mielleux, des maquereaux et des marchands de Partage. Kennit secoua la tête d'un air apitoyé et tapota une fois de plus sa moustache avec son mouchoir parfumé au citron. Il se permit un petit sourire : au moins, cette fois, non contents de répandre le résultat de leurs pillages à travers la ville, ses hommes sèmeraient les graines de l'ambition de Kennit. Avant demain matin, il était prêt à parier que la moitié de Partage aurait entendu l'histoire de l'oracle du capitaine Kennit sur l'île des Autres. Il avait l'intention de se montrer exceptionnellement généreux avec son équipage quand viendrait l'heure de la répartition du butin ; sans ostentation, il ne s'octroierait qu'une double part cette fois-ci : il voulait que ses hommes repartent les poches alourdies par leur paie ; il désirait que tout Partage remarque et se rappelle que les hommes de son navire paraissaient toujours rentrer au port avec des bourses bien pleines, qu'on l'attribue à la chance et à la largesse de leur capitaine, et qu'on se demande si un peu de cette chance et de cette largesse ne finirait pas par profiter à Partage tout entier.

Le second vint se planter respectueusement près de Kennit accoudé au bastingage.

« Sorcor, tu vois ce bout de falaise, là-bas ? Une tour dressée là commanderait la rivière sur une longue distance, et une baliste ou deux à son pied pourraient la défendre contre tout navire qui aurait découvert notre chenal. Non seulement Partage serait avertie largement à l'avance d'une attaque, mais elle pourrait se défendre elle-même. Qu'en penses-tu ? »

Sorcor se mordit la lèvre inférieure mais resta impassible par ailleurs. Chaque fois qu'ils entraient au port, Kennit émettait la même proposition, et, chaque fois, le second amariné répondait de la même façon. « Si on trouvait assez de pierres dans ce marécage, on pourrait peut-être bâtir une tour, et hisser des rochers pour les projeter. Ce serait peut-être possible, cap'taine. Mais qui paierait pour ça, et qui surveillerait les travaux ? Partage ne cesserait jamais assez longtemps de se bouffer le nez pour construire et garnir d'hommes un bâtiment pareil.

– Si Partage avait un chef assez fort, il pourrait y arriver ; il pourrait d'ailleurs accomplir bien d'autres choses. »

Sorcor jeta un regard circonspect à son capitaine ; cette fois, la discussion glissait vers un nouveau terrain. « Partage est une ville d'hommes libres. On n'a pas de chef.

– C'est exact », convint Kennit. A titre d'expérience, il ajouta : « Et voilà pourquoi c'est la cupidité des marchands et des maquereaux qui nous gouverne. Regarde autour de toi : ici, le moindre marin risque sa vie pour ses gains ; cependant, le temps de mouiller l'ancre, où est son or ? Plus dans ses poches ! Et qu'a-t-il à la place ? Rien qu'un bon mal de tête, à moins qu'il n'ait eu la malchance d'attraper en plus des morpions dans un bordel. Plus on a à dépenser à Partage, plus cher coûtent la bière, le pain et les femmes. Mais tu as raison : ce n'est pas d'un chef que Partage a besoin, mais d'un meneur, d'un homme capable d'inciter les autres à se gouverner eux-mêmes, de les réveiller afin de leur faire ouvrir les yeux et voir ce qu'ils pourraient posséder. » Kennit reporta son regard sur le dos des hommes courbés sur les rames tandis que les embarcations remorquaient le *Marietta* à quai. Rien dans son attitude ne pouvait indiquer à Sorcor qu'il venait d'entendre un discours soigneusement répété. Kennit appréciait son second ; ce n'était pas seulement un bon marin mais un homme intelligent malgré son instruction limitée. Si Kennit parvenait à l'ébranler par ses propos, d'autres aussi commenceraient peut-être à l'écouter.

Il prit le risque de ramener les yeux sur Sorcor. Le second avait le front plissé, ce qui tirait sur sa cicatrice luisante, vestige de son tatouage d'esclave. Après avoir laborieusement réfléchi, Sorcor déclara : « On est des hommes libres, ici. Ça n'a pas toujours été vrai ; plus de la moitié de ceux qui sont venus ici étaient des esclaves, ou allaient le devenir. Beaucoup portent encore un tatouage, ou la marque d'un ancien tatouage ; les autres, eh bien, les autres se retrouveraient devant un nœud coulant ou un fouet, ou peut-être les deux, s'ils retournaient là d'où ils sont venus. Un soir, il y a quelques jours, vous parliez d'un roi des pirates. Vous n'êtes pas le premier à en parler, et on dirait que plus il y a de marchands qui s'installent ici, plus cette idée leur trotte dans la tête. Mais on en avait un là d'où on est venus et, pour la plupart, c'est pour ça qu'on est arrivés ici au lieu de rester là-bas. Personne chez nous ne veut d'un homme qui nous dise ce qu'on peut faire et ne pas faire. On y a déjà bien assez droit à bord d'un navire – sauf votre respect, capitaine.

– De rien, Sorcor. Mais on peut considérer l'anarchie comme une oppression désorganisée. » Kennit scruta le visage de Sorcor, et la perplexité qu'il y lut lui dit que le choix de ses mots était mauvais ; manifestement, il fallait encore qu'il s'exerce à la persuasion. Il eut un sourire enjoué. « C'est en tout cas ce que diraient certains. Pour ma part, j'ai plus confiance dans mes semblables et j'aime mieux les mots simples. Qu'avons-nous à Partage, actuellement ? Une collection de brutes. Te rappelles-tu le temps où Podée et sa bande passaient leur temps à casser la tête des gens et à leur voler leur bourse ? On regardait comme presque normal que, si un marin se rendait à terre sans ses compagnons de bordée, il se fasse rosser et dépouiller avant minuit ; et, s'il se faisait accompagner, le mieux qu'il pouvait espérer était une rixe avec la bande de Podée. Si trois bordées de navires n'étaient pas tombées sur le dos de Podée et de ses hommes, on y serait encore. Aujourd'hui même, il existe au moins trois tavernes où un homme qui entre dans une chambre sombre a autant de chances de prendre un coup de gourdin derrière les oreilles que de profiter de la pute qu'il a payée. Mais personne n'intervient : ce sont les affaires de celui qui s'est fait assommer et dépouiller. » Kennit jeta un regard par en dessous à Sorcor. Le second avait toujours le front plissé mais il hochait la tête. Avec une étrange petite émotion, Kennit se rendit compte que l'homme de barre prêtait autant d'attention à leur conversation qu'à maintenir le navire sur son cap. En toute autre occasion, Kennit l'aurait réprimandé, mais cette fois il ressentait comme un petit triomphe. Cependant, Sorcor avait remarqué l'attitude de l'homme en même temps que son capitaine.

« Eh, toi, là ! Tu es là pour guider le navire, par pour écouter tes supérieurs ! »

Et Sorcor se précipita sur l'homme avec un air menaçant. Le matelot se raidit en attendant un coup de poing, mais il ne recula pas ni ne bougea de son poste. Tandis que le second traitait l'homme de barre d'idiot et de bon à rien, Kennit alla vers l'avant ; sous ses bottes, les ponts étaient aussi blancs que le sable et la pierre ponce pouvaient les rendre ; où qu'il regardât, tout n'était que précision et industrie ; chaque matelot s'occupait d'une tâche, et toute pièce d'attirail qui n'avait pas d'usage immédiat était soigneusement rangée à sa place. Kennit sourit à part lui : tel n'était pas le cas quand il avait posé pour la première fois le pied sur le *Marietta* cinq ans plus tôt ; c'était alors un sabot malpropre digne des autres bateaux de la flotte pirate, et le capitaine, qui l'avait accueilli à bord d'un mot ordurier et d'un coup mal placé, était aussi indiscernable de son équipage crasseux et grossier qu'un bâtard au milieu d'une meute de chiens des rues.

Mais c'était la raison pour laquelle Kennit avait choisi de monter à bord du *Marietta*. Il avait de belles lignes sous les débris accumulés pendant des années et la toile mal ravaudée de ses voiles. De plus, le capitaine était mûr pour la retraite : un maître à bord qui n'avait pas l'autorité nécessaire pour laisser à son second le soin des jurons et des cris était un homme dont le règne touchait à sa fin. Il avait fallu sept mois à Kennit pour renverser le capitaine, et quatre mois de plus pour passer aussi son second par-dessus bord. Quand il prit le commandement du *Marietta*, ses marins ne demandaient qu'à le suivre. Il choisit Sorcor avec soin, et presque tous les hommes courtisaient l'homme pour devenir son fidèle subordonné. Une fois maîtres du navire, Sorcor et lui l'avaient mené au large, loin de la vue des côtes, et là, il éliminèrent les éléments malsains de l'équipage comme un joueur se débarrasse de ses cartes sur la table. Seuls capables de lire une carte ou de désigner un cap, ils étaient quasiment immunisés contre toute mutinerie ; cependant, Kennit ne permit jamais à Sorcor de franchir la limite de la violence abusive ; il était convaincu que la plupart des hommes sont heureux sous une main ferme, et si cette main fournissait aussi la propreté et la sécurité d'un abri connu, les hommes n'en étaient que plus satisfaits. Ceux dont on pouvait faire des matelots le devinrent ; ils naviguèrent jusqu'aux derniers biscuits du bord et en se guidant aux étoiles que Sorcor et Kennit connaissaient.

Le temps qu'ils parviennent à un port si lointain que même Sorcor en ignorait la langue, le *Marietta* avait pris le déguisement d'un petit navire marchand propret, et l'équipage obéissait au doigt et à l'œil au capitaine et au second. Là, Kennit passa une longue période à dépenser les portions de butin qu'il conservait depuis longtemps pour remettre son navire en état de marche. Quand le *Marietta* quitta cette côte, ce fut pour se permettre un mois de piraterie de précision sur des petits ports qui n'avaient jamais subi de telles attaques, puis rentrer à Partage débordant d'objets et de pièces aux estampilles inconnues. Les marins qui revinrent étaient plus riches que jamais et fidèles comme des chiens. En un seul voyage, Kennit s'était procuré un navire, une réputation et une fortune.

Cependant, alors qu'il descendait sur les quais de Partage, croyant avoir réalisé l'ambition de sa vie, toute sa joie tomba comme de la peau brûlée. Il regarda ses matelots fanfaronner sur les quais, vêtus de soie comme des seigneurs, leurs baluchons remplis de pièces, d'ivoire et de joyaux curieusement taillés ; et il sut que ce n'étaient que des marins et que leur butin finirait englouti dans la gueule de Partage d'ici quelques heures ; et, tout à coup, les ponts immaculés, les voiles proprement cousues et la peinture refaite de frais du *Marietta* lui parurent un triomphe aussi bref et superficiel que la fortune de son équipage. Il rejeta la compagnie de Sorcor et passa la semaine à boire dans la pénombre de sa cabine. Il n'aurait jamais cru être à ce point découragé par la réussite. Il se sentait floué.

Il lui fallut des mois pour se remettre. Il se mouvait dans une noirceur insensibilisante, abasourdi par le désespoir qui le saisissait. Une lointaine partie de lui-même lui disait qu'il avait bien fait de choisir Sorcor. Le second se comportait comme si tout se passait normalement et ne s'enquit pas une fois de l'état du capitaine ; si l'équipage sentait que quelque chose n'allait pas, il n'en avait aucune preuve. Selon la philosophie de Kennit, sur un navire bien géré, le capitaine n'avait jamais à s'adresser directement aux hommes mais devait simplement faire connaître ses désirs au second et lui faire confiance pour les exécuter. Cette habitude lui fut fort utile durant ces jours de désespoir. Il ne ressentait plus rien le matin où Sorcor frappa à sa porte pour annoncer qu'ils avaient un beau gras vaisseau marchand en vue. Le capitaine désirait-il qu'on le poursuive ?

Non seulement ils le poursuivirent, mais ils lui lancèrent des grappins et l'abordèrent, puis s'approprièrent une belle cargaison de vins et de parfums. Kennit laissa le pont du *Marietta* à la charge de Sorcor tandis qu'il menait lui-même son équipage sur le marchand. Jusque-là, il considérait les batailles et les tueries comme des aspects malpropres de la carrière qu'il s'était choisie ; mais, pour la première fois ce jour-là, son cœur s'enflamma de la fureur du combat. Il tua et tua encore sa colère et sa déception jusqu'à ce que, ahuri, il s'aperçoive qu'il n'avait plus d'adversaires. Il tourna le dos au dernier qu'il avait tué et vit ses hommes réunis par petits groupes qui le contemplaient avec une sorte de fascination. Il n'entendit pas un murmure de leur part, mais l'horreur et l'admiration qu'il lut dans leurs yeux suffisaient. Il avait cru conquérir ses hommes par la discipline, mais ce fut ce jour-là qu'ils lui donnèrent vraiment leur cœur. Ils ne s'adresseraient pas à lui de façon familière et ne le considéreraient pas avec affection ; quand ils iraient boire et faire ripaille à Partage, ils vanteraient sa stricte discipline de bord qui les désignerait comme des hommes résistants, et sa violence à l'épée qui ferait de leur navire un bateau à respecter.

De ce jour, ils s'attendirent que leur capitaine mène leurs attaques. La première fois où il les retint et obtint la reddition d'un capitaine marchand, les hommes firent preuve de mauvaise humeur jusqu'à ce qu'il partage entre eux la plus grande partie de la rançon du navire et de son fret. Alors, tout avait été bien ; on arrive presque à tout en satisfaisant l'avidité d'un équipage pirate.

Au cours des années suivantes, il assit son petit empire. En Chalcède, dans les ports les plus miteux, il noua des relations avec des marchands qui achetaient habituellement sans poser de questions, et avec de petits seigneurs chalcédiens qui ne se faisaient pas scrupule à jouer les intermédiaires dans la mise à rançon de navires, de cargaisons et d'équipages : contre des frets volés, on obtenait d'eux bien plus qu'à Partage ou à Port-Crâne.

Les derniers mois, Kennit s'était pris à rêver que ces hobereaux chalcèdes l'aidaient à faire reconnaître les îles pirates comme un domaine légitime, une fois qu'il aurait convaincu les habitants de l'accepter comme meneur. Il pointa de nouveau ce qu'il avait à proposer aux deux camps : pour les pirates, la légitimité, sans la menace d'un nœud coulant autour du cou, et le commerce libre avec les autres ports. Une fois qu'il aurait unifié les îles et les villes pirates, ils pourraient agir de concert pour mettre fin aux attaques d'esclavagistes sur leurs cités ; une brève inquiétude le traversa : ce programme suffirait-il à les rallier tous ? Mais il chassa bien vite cette idée. Pour les marchands de Chalcède et les négociants de Terrilville, les profits étaient plus évidents : cabotage sûr le long de la côte jusqu'à Terrilville, Chalcède et les terres au-delà. Ce ne serait pas gratuit, bien sûr ; rien n'était gratuit. Mais la sécurité serait là. Un sourire flotta sur ses lèvres. Ils allaient apprécier ce changement.

Il fut tiré de sa rêverie par une soudaine activité lorsque les hommes se dépêchèrent de lancer des lignes et de les attacher ; ils firent virer le navire en positionnant les chameaux de chanvre afin d'empêcher le *Marietta* de racler contre le quai. Kennit se tenait muet et dédaigneux en écoutant Sorcor brailler les ordres nécessaires. Tout autour de lui, on nettoyait le navire et on arrimait tout. Il ne dit rien et ne bougea pas tant que tout l'équipage ne fut pas rassemblé dans le passavant à ses pieds, attendant nerveusement le partage du butin. Quand Sorcor vint le rejoindre sur le pont, il lui adressa un bref hochement de tête, puis se tourna vers les hommes.

« Je vous fais la même proposition qu'aux trois derniers ports. Ceux d'entre vous qui le désirent peuvent prendre leur part et l'emporter pour l'échanger et la vendre le mieux possible ; ceux d'entre vous qui ont de la patience et du bon sens peuvent en prendre une partie et nous laisser, le second et moi, disposer plus profitablement de la cargaison. Ceux qui choisiront cette solution pourront revenir au navire après-demain récupérer la partie restante de ces profits. » Des yeux, il balaya les visages de ses hommes ; certains soutinrent son regard et d'autres s'intéressèrent soudain à leurs voisins. Tous raclaient des pieds comme des gamins énervés : la ville, le rhum et les femmes les attendaient. Kennit s'éclaircit la gorge. « Ceux qui ont eu la patience de me permettre de vendre leur cargaison à leur place peuvent vous dire qu'ils en ont tiré davantage que s'ils avaient marchandé dans leur coin. Un négociant en vins paiera plus pour tout un fret d'eau-de-vie que ce que vous obtiendrez d'un seul tonneau en discutant avec un aubergiste. Les balles de soie, vendues en lots à un tailleur, reviennent à un prix bien supérieur que vous n'en tireriez d'une seule coupe pour une putain. »

Il se tut. A ses pieds, ses hommes s'agitaient impatiemment. Kennit serra les mâchoires. Il n'avait cessé de prouver à tous que son système était plus profitable ; ils le savaient, chacun d'entre eux était prêt à l'admettre, mais à l'instant où ils s'amarraient au quai, tout bon sens les abandonnait. Il se permit un bref soupir d'exaspération, puis s'adressa à Sorcor. « Le pointage de nos gains, second. »

Sorcor le tenait prêt. Sorcor était toujours prêt pour tout. Il déroula le parchemin et fit semblant de le lire, mais Kennit savait qu'il avait en réalité mémorisé ce dont ils s'étaient emparés : il n'était même pas capable de lire son propre nom, mais, si on lui demandait quelle part revenait à l'équipage sur un ensemble de quarante balles de soie, il répondait sur l'instant. Un murmure appréciateur parcourut les hommes tandis qu'on lisait tout haut le pointage. Les maquereaux et les filles libres qui s'étaient rameutés sur le quai poussaient des huées et des coups de sifflet ; et certaines filles annonçaient déjà leurs offres sur les marchandises. Les hommes s'énervaient comme des animaux à l'attache, et leurs yeux ne cessaient de passer de Sorcor à tous les plaisirs qui les attendaient sur le quai et le long de la route boueuse. Quand Sorcor eut fini, il dut hurler par deux fois pour obtenir le silence avant que Kennit prenne la parole.

« Ceux d'entre vous, fit-il d'une voix délibérément basse, qui souhaitent jouer une part de ce qui leur revient contre ce que notre fret nous rapportera peuvent faire la queue devant ma cabine pour me voir seul à seul. Les autres iront voir Sorcor. » Il se tourna et descendit l'escalier jusqu'à sa cabine. Il trouvait plus pratique de laisser Sorcor s'occuper des autres, qui devraient simplement accepter du second les équivalences d'un tiers d'une balle de soie, des deux cinquièmes d'un tonneau d'eau-de-vie et d'une demi-mesure de cindine. S'ils n'avaient pas la patience d'attendre pour obtenir leur part sous forme de pièces sonnantes et trébuchantes, ils étaient obligés d'accepter l'équivalent que Sorcor jugeait équitable. Sorcor était juste. Jusque-là, nul n'avait murmuré contre sa façon de partager ; ou bien, comme Kennit, ils ne remettaient pas en cause son honnêteté, ou bien ils n'osaient pas rapporter leur mécontentement au capitaine. Dans les deux cas, cela convenait à Kennit.

La file qui se forma pour recevoir de l'argent était courte, et c'était décevant. Kennit remit à chacun cinq shelders ; à son sens, c'était suffisant pour avoir des femmes, à manger et à boire toute la soirée, plus un lit convenable, s'ils décidaient de ne pas revenir au navire. Dès qu'ils avaient leur argent en main, ils quittaient le bâtiment. Quand Kennit émergea sur le pont, il vit le dernier marin sauter sur le quai bondé, et il lui vint l'image d'un paquet de viande sanglante jeté aux requins. Les gens du quai tournoyaient et s'attroupaient autour de lui ; les filles libres offraient leur marchandise alors que les jeunes maquereaux s'égosillaient à lui dire qu'un bourlingueur riche comme lui pouvait se payer mieux, une femme dans un lit toute une nuit, et, oui, une bouteille de rhum sur la table de chevet. Avec une résolution moindre, des apprentis vendaient à la criée du pain, des sucreries et des fruits mûrs. Le jeune pirate souriait de toutes ses dents, jouissant de leur cupidité ; apparemment, il avait oublié que, dès qu'il n'aurait plus une pièce en poche, on se contenterait de l'abandonner dans un caniveau ou au fond d'une ruelle.

Kennit se détourna de l'agitation et du bruit. Sorcor avait déjà achevé son partage, et, debout sur le haut pont près de la barre, il contemplait la ville. Kennit fronça légèrement les sourcils : le second aurait dû savoir à l'avance quels hommes désiraient leur part sous forme de biens et déjà calculé ce qu'il allait leur donner. Soudain, le front du capitaine se déplissa : cette manière de faire était plus efficace, comme toujours avec Sorcor. Kennit lui tendit une bourse pleine et le second la prit sans un mot. Au bout d'un moment, il fit rouler ses épaules et se tourna vers son capitaine, qui dit : « Eh bien, Sorcor, m'accompagnez-vous pour changer notre fret contre de l'or ? »

D'un air gêné, le second fit un pas de côté. « Si ça ne dérange pas le capitaine, j'aimerais mieux prendre du temps pour moi-même. »

Kennit dissimula sa déception. « Ça m'est égal », mentit-il. Puis il ajouta doucement : « J'ai bien envie de renvoyer ces hommes qui exigent toujours leur part sous forme de biens. Plus j'ai à vendre en gros, meilleur est le prix que je peux en tirer. Qu'en dites-vous ? »

Sorcor déglutit avec peine, puis il toussota : « C'est leur droit, cap'taine, de prendre leur part sous forme de biens. On a toujours fait comme ça à Partage. » Il s'interrompit le temps de se gratter une joue couturée de cicatrices. Kennit savait qu'il avait soigneusement pesé ses mots avant même qu'il les prononce. « Ce sont de bons marins, cap'taine, de bons matelots, de vrais compagnons de bord et aucun ne rechigne au travail, que ce soit à l'aiguille ou au sabre. Mais ils ne sont pas devenus pirates pour vivre sous la loi d'un autre, même si cette loi est bonne pour eux. » Non sans difficulté, il croisa le regard de Kennit et ajouta : « On ne devient pas pirate pour se retrouver sous la botte d'un autre. »

Son ton hésitant s'accrut alors qu'il continuait : « En plus, il faudrait payer des salaires d'enfer pour les remplacer. Ce sont des vieux de la vieille, pas des raclures de plancher de bordel. Si vous vous promeniez en demandant des hommes prêts à vous laisser vendre leurs prises, vous obtiendriez des hommes qui n'auraient pas l'énergie d'agir seuls. Ce serait le genre à rester en arrière pendant que vous attaqueriez un autre navire et à ne passer sur son pont qu'une fois la victoire assurée. » Sorcor secoua la tête, plus pour lui-même que pour son capitaine. « Ces hommes vous sont dévoués corps et âme, cap'taine. Ils sont prêts à vous suivre. Mais vous auriez intérêt à ne pas essayer de les obliger à renoncer à ce qui leur revient. Toutes ces histoires de roi et de meneur les mettent mal à l'aise. Vous ne pouvez pas forcer quelqu'un à se battre pour vous... » La voix de Sorcor mourut et il leva soudain les yeux vers son capitaine comme s'il se rappelait à qui il s'adressait.

Une brusque rage glacée s'empara de Kennit. « Vous avez sans doute raison, Sorcor. Veillez à ce qu'on monte bonne garde à bord, car je ne rentrerai pas de la nuit. Je vous laisse en charge du navire. »

Sans un mot de plus, Kennit pivota sur ses talons et s'en fut. Il ne jeta pas un regard en arrière pour déchiffrer l'expression du second. Il venait de le confiner à bord pour la nuit, car l'accord qui les liait spécifiait que l'un d'eux dormirait sur le navire quand le *Marietta* était à quai. Eh bien, qu'il grommelle tout son soûl ! Sorcor venait d'anéantir tous les espoirs que Kennit berçait depuis plusieurs mois. Tout en traversant les quais, il se demanda avec amertume quelle bêtise l'avait pris de faire ces rêves. Voici qu'il resterait toujours le capitaine d'une bande de vauriens qui ne verraient jamais plus loin que le bout de leur queue.

D'un bond aisé, il sauta sur le quai. Aussitôt une foule de vendeurs se précipita sur lui, mais, d'un froncement de sourcils, il les fit reculer. Au moins, il avait ce genre de réputation à Partage, mais cette pensée l'aigrit encore davantage. On lui laissait le passage... Tu parles d'une réputation ! Autant s'admirer dans une flaque d'urine ! Il était capitaine d'un navire, mais pour combien de temps ? Tant que les roquets à ses pieds croyaient en ses poings et en son épée. Dans dix ans, ils se trouveraient un homme plus grand ou plus vif, et alors Kennit pouvait s'attendre à faire partie des mendiants à la barbe grise qui se déplaçaient furtivement dans les ruelles pour voler les soûlards et qui passaient des heures devant les tavernes à implorer des restes.

La colère grossissait en lui comme du poison dans son sang. Il aurait mieux fait de trouver un endroit isolé en attendant que son humeur noire passât, il le savait, mais sa haine soudaine de lui-même et de son monde était telle que la sagesse n'avait plus de place en lui. Il détestait la boue noire et collante des rues et des ruelles, il méprisait les flaques d'eau sale qu'il contournait ; la puanteur et le bruit de Partage ne lui inspiraient que dégoût. Il aurait aimé pouvoir se venger de ce monde et de sa propre stupidité en détruisant tout. Ce n'était pas le moment d'aller marchander, il le savait, mais cela lui était égal ; les courtiers prenaient de telles parts que ce n'était pratiquement pas la peine de traiter avec eux. Kennit et son équipage s'en étaient mieux tirés quand il s'étaient défaits de leurs marchandises en Chalcède. Toutes les prises qu'ils avaient faites entre Chalcède et ici, ils les avaient quasiment données à ces vautours. Dans son humeur irréfléchie, il laissa la soie pour la moitié de sa valeur ; mais, quand le négociant essaya de faire une bonne affaire sur l'eau-de-vie et la cindine, il découvrit la fureur glacée de Kennit et finit par payer plus que la normale pour empêcher le capitaine de déplacer son fret ailleurs. Le marché fut conclu d'un simple hochement de tête, Kennit dédaignant de serrer la main de l'homme ; l'or serait payé le lendemain, quand le courtier enverrait ses débardeurs décharger la cargaison. Kennit quitta le salon du courtier sans un mot.

Dehors, le crépuscule de l'été était tombé. Les bruits et les cris rauques qui sortaient des tavernes avaient augmenté, tandis que les stridulations des insectes et les coassements des grenouilles des marais environnants formaient un chœur d'arrière-plan. Dans l'air rafraîchi, il sembla à Kennit qu'un nouveau régiment d'odeurs assaillait ses narines ; à chacune de ses grandes enjambées, la fange graisseuse de la rue émettait un bruit de succion. Il prenait garde de rester au milieu de la chaussée, loin des ruelles sombres et des prédateurs qui devaient y rôder, la plupart assez désespérés pour attaquer le premier qui passait à leur portée. Comme s'il se souvenait d'un rendez-vous oublié, il lui revint qu'il avait faim et soif. Et qu'il était fatigué – et triste.

La marée de sa colère avait reflué, et l'avait laissé échoué dans la lassitude et la détresse. Sans grand espoir, il tenta de découvrir le responsable de sa situation, et il lui déplut de se rendre compte qu'il n'avait comme toujours qu'à s'en prendre à lui-même. Il n'y avait personne d'autre à qui faire des reproches, personne d'autre à sanctionner. Il avait beau s'acharner à extirper ses défauts, de nouveaux semblaient toujours apparaître à leur place.

Ses pas l'avaient porté au bordel de Bettel. De la lumière s'échappait de sous les volets des fenêtres basses ; on entendait faiblement de la musique à l'intérieur, ainsi que le soprano un peu rauque d'une femme. Il existait peut-être une dizaine de bâtiments de plus d'un étage à Partage, et celui de Bettel en faisait partie. Peinture blanche, petits balcons et toit aux tuiles rouges : on eût dit qu'on avait pris et laissé tombé un bordel chalcédien dans la fange de Partage. Des pots de fleurs sur les marches s'efforçaient de parfumer l'air, tandis que deux lanternes en cuivre brillaient de manière tentante de part et d'autre de la porte verte et dorée. Les deux spadassins de garde lui firent un sourire entendu. Tout à coup, il les détesta d'être si grands et si stupides, de gagner leur vie grâce à leurs seuls muscles ; ils croyaient que ce serait toujours suffisant, mais il n'était pas dupe. Il eut envie de les saisir à la gorge, de cogner leurs visages souriants l'un contre l'autre, de sentir leurs crânes se défoncer mutuellement, os contre os ; il eut envie de sentir leur trachée s'écraser sous ses doigts, d'entendre leur dernier soupir fuir de leurs gorges broyées.

Kennit leur rendit leur sourire. Ils le regardèrent et leurs sourires se muèrent en rictus gênés. Enfin, ils le laissèrent monter en se ratatinant presque, et s'écartèrent de la porte afin qu'il passe.

Les portes du bordel se refermèrent derrière lui, en laissant dehors la boue et les remugles de Partage. Il se tenait sur le tapis d'un hall d'entrée sous la lumière atténuée d'une lampe jaune. Le parfum familier de Bettel flottait dans l'air, ainsi que l'odeur piquante de la cindine brûlée ; le chant et le doux tambourinement qui l'accompagnaient étaient plus forts. Un jeune domestique se tenait devant Kennit et désigna sans un mot ses bottes boueuses ; sur un bref hochement de tête du capitaine, il bondit en avant avec une brosse pour enlever le plus gros de la fange, après quoi il procéda à un nettoyage soigneux à l'aide d'un chiffon. Ensuite, il versa de l'eau fraîche dans une cuvette et la présenta à Kennit. Celui-ci prit le tissu drapé sur le bras du garçon et s'essuya la figure et les mains de la sueur et de la poussière de la journée. Enfin, le garçon regarda Kennit sans mot dire, et le capitaine pirate ne put que lui donner une tape affectueuse sur la tête ; il lui fit un sourire rayonnant et traversa rapidement la pièce pour ouvrir la deuxième porte.

Comme le battant blanc pivotait lentement sur ses gonds, le chant devint plus audible. Une femme blonde était assise en tailleur sur le sol et s'accompagnait de petits tambours tout en chantant quelque fadaise à propos de son amour vaillant disparu en mer. Kennit lui accorda tout juste un regard : ce n'était pas elle ni ses chansons sirupeuses qu'il venait chercher ; mais, avant qu'il songeât à s'impatienter, Bettel s'était levée de son trône de coussins pour lui prendre doucement le bras. « Kennit ! s'écria-t-elle d'un voix où perçait une désapprobation amicale. Enfin vous voici, méchant que vous êtes ! Il y a des heures que le *Marietta* est au port ! Qu'est-ce qui vous a retenu ? » Elle avait teint ses cheveux noirs au henné et son parfum pesait sur toute sa personne aussi lourdement que ses bijoux. Ses seins tremblaient dans son décolleté comme des vagues prêtes à inonder le bastingage.

Il n'écouta pas ses réprimandes. Il savait que ses attentions avaient pour but de le flatter, et cela ne faisait que rendre plus irritante la scène que Bettel lui jouait. Naturellement, elle se souvenait de lui : il la payait pour cela ! Il jeta un coup d'œil alentour pour examiner la salle meublée avec goût et la poignée d'hommes et de femmes bien faits assis sur les fauteuils et les canapés à coussins. Deux femmes lui sourirent ; c'étaient des nouvelles ; aucun des autres personnages ne croisa son regard. Kennit revint à Bettel et interrompit le flot de son bavardage flatteur :

« Je ne vois pas Etta. »

Bettel fit une moue désapprobatrice. « Quoi, vous vous croyez le seul à l'honorer ? Elle ne pouvait pas vous attendre. Si vous arrivez en retard, maître Kennit, vous devez bien...

– Faites-la chercher et envoyer dans la chambre supérieure. Attendez ! Qu'elle se baigne d'abord pendant que je mangerai. Dépêchez-moi un bon repas avec du pain frais ; pour le reste, je vous fais confiance. Et n'oubliez pas le vin, Bettel. J'ai le palais fin. Ne me servez pas le raisin en décomposition que vous m'avez donné l'an dernier, ou bien ce sera la dernière fois que votre maison me verra !

– Maître Kennit, croyez-vous possible que je frappe à une porte pour annoncer à un de mes autres clients qu'Etta est attendue ailleurs ? Croyez-vous que votre argent se dépense plus facilement que celui d'un autre ? Si vous vous présentez tard, vous devez choisir entre... »

Sans prêter attention à ses propos, il gravit l'escalier incurvé qui partait du coin de la salle. Un instant, il resta immobile au premier étage ; les bruits qu'il entendait lui évoquèrent un mur plein de rats, et il eut un grognement de dégoût. Il ouvrit une porte qui donnait sur un palier mal éclairé et monta une nouvelle volée de marches. Là, sous les gouttières, se trouvait une chambre qui n'avait de mur mitoyen avec aucune autre. Elle possédait une fenêtre qui donnait sur le lagon, et, par habitude, il alla se planter devant elle. Le *Marietta* tanguait légèrement près de son quai, une seule lanterne éclairait son pont. Tout allait bien.

Il se retourna quand un serviteur tapa à la porte. « Entrez », répondit-il d'un ton bourru. Les habits de l'homme qui apparut semblaient mal convenir à son personnage. Les cicatrices de nombreuses rixes de taverne marquaient son large visage, mais c'est avec une grâce discrète qu'il alla préparer un feu dans la petite cheminée à l'autre bout de la pièce, puis alluma deux bougies pour Kennit. A leur chaude lumière, celui-ci prit conscience de l'obscurité qui avait accompagné la nuit d'été. Il s'écarta de la fenêtre et prit place sur les coussins d'un fauteuil. La soirée n'avait pas besoin d'être réchauffée, mais il aimait le doux parfum du pin résineux et la lumière dansante des flammes.

Un second choc à la porte annonça deux autres serviteurs. L'un d'eux déposa un plateau sur la nappe immaculée d'une petite table tandis que l'autre présentait à Kennit un bol et un broc d'eau fumante parfumée à la lavande. Au moins, se dit-il, Bettel s'était-elle souvenue de ses goûts, et, malgré lui, il s'en sentit flatté. Il se lava de nouveau la figure et les mains, puis fit signe aux domestiques de se retirer avant de s'installer devant son repas.

Il n'était pas nécessaire que la cuisine fût très bonne pour surpasser la chère du bord, mais le présent repas était excellent : la viande tendre baignait dans une sauce sombre, le pain avait été cuit de frais, et la compote de fruits épicés qui accompagnait les plats faisait un contrepoint agréable à leurs saveurs. Le vin n'avait rien d'exceptionnel, mais il était plus qu'honorable. Kennit prit son temps pour manger ; il se laissait rarement aller aux plaisirs physiques, sauf quand il était d'humeur amère ; alors il profitait de tous les petits efforts qu'il faisait pour se réconforter. Les distractions qu'il s'offrait actuellement lui rappelaient d'une certaine façon la manière dont sa mère le dorlotait quand il était malade. Ses propres pensées lui inspirèrent un grognement de dédain et il les repoussa en même temps que son plateau. Il se versa un second verre de vin, ôta ses bottes devant le feu et s'adossa dans son fauteuil. Il plongea le regard dans les flammes et prit soin de ne penser à rien.

Un coup à la porte annonça le dessert. « Entrez », fit-il d'un ton distrait. Le bref divertissement du repas s'était évaporé, et le puits de désespoir qui béait devant lui était sans fond. Tout était inutile, tout ; inutile et éphémère.

« Je t'ai apporté de la tarte aux pommes chaude et de la crème fraîche », dit Etta à mi-voix.

Il ne tourna que la tête pour la contempler. « C'est gentil », répondit-il d'un ton monocorde. Il la regarda s'approcher de lui. Droite et fine, se dit-il. Elle ne portait qu'une robe blanche ; elle était aussi grande que lui, avec de longs membres flexibles comme une baguette de saule. Il se radossa à son fauteuil et croisa les bras pendant qu'elle posait l'assiette de porcelaine blanche et le dessert devant lui. L'odeur de cannelle et de pomme de la préparation se mêlait au parfum de chèvrefeuille d'Etta. Elle se redressa et il la considéra un instant. Son regard noir rencontra sans passion celui de Kennit ; sa bouche n'exprima rien.

Il eut soudain envie d'elle.

« Enlève tout ça et va t'allonger sur le lit ; ouvre les draps d'abord. »

Elle obéit sans une hésitation. C'était un plaisir de la regarder bouger à son commandement, rabattre les couvertures pour dénuder les draps blancs, et puis se redresser et attraper l'ourlet de son décolleté pour soulever sa robe et la passer par-dessus sa tête. Elle la plaça soigneusement sur une commode basse au pied du lit. Kennit ne cessa de l'observer, de regarder ses flancs longs et étroits, le discret arrondi de son ventre, sa poitrine modeste. Elle portait les cheveux courts et lisses, coupés au carré comme ceux d'un garçon. Même les méplats de son visage étaient longs. Sans tourner les yeux vers Kennit, elle s'allongea soigneusement sur le lit et ne dit rien en l'attendant.

Il se leva et se mit à déboutonner sa chemise. « Tu es propre ? demanda-t-il d'un ton insensible.

– Aussi propre qu'on peut l'être avec du savon et de l'eau », rétorqua-t-elle. Elle restait parfaitement immobile. Avait-elle peur de lui ?

« As-tu peur de moi ? demanda-t-il, et il s'aperçut alors qu'il ne s'agissait pas de la même question.

– Parfois », répondit-elle. Elle maîtrisait sa voix, ou alors elle était indifférente. Il accrocha son manteau à la colonne de lit ; sa chemise et son pantalon pliés rejoignirent la robe sur la commode. Il lui plaisait de la faire attendre pendant qu'il ôtait soigneusement ses vêtements et les posait de côté. Le plaisir retardé, se dit-il, comme la tarte tiède et la crème sur le plateau près du feu. Cela aussi l'attendait.

Il s'assit sur le lit et caressa sa peau lisse. Elle avait une légère chair de poule. Elle ne parla ni ne bougea : elle avait appris, les années passant, ce qu'il exigeait. Il payait pour sa satisfaction personnelle ; il ne désirait ni encouragements ni enthousiasme. C'était pour son plaisir à lui, pas à elle. Il observa son visage en y passant une main douce. Les yeux d'Etta ne cherchèrent pas les siens. Elle scrutait le plafond de même qu'il étudiait son visage.

Il n'y avait qu'un défaut à la peau d'Etta : dans son nombril, petit comme un pépin de pomme, se trouvait un minuscule crâne blanc. L'amulette de bois-sorcier y était attachée par un mince fil d'argent ; la moitié de ses gains allait à Bettel pour la location de cette babiole. Au début, où elle et lui avaient fait connaissance, elle lui avait dit que cela la gardait de la maladie et de la grossesse. C'était la première fois qu'il entendait parler de bois-sorcier comme amulette, ce qui l'avait amené à acheter le visage accroché à son poignet. Ces pensées lui firent songer que le visage ne s'était plus exprimé depuis qu'ils avaient quitté les eaux de l'île des Autres. Encore du temps et de l'argent gaspillés, un autre signe de sa stupidité. Il serra les dents, et Etta broncha légèrement. Il s'aperçut qu'il lui avait serré la cuisse au point de la meurtrir. Il relâcha sa prise et la caressa. Laisse tomber ; concentre-toi sur ce que tu fais.

Quand il fut prêt, il lui ouvrit les jambes et la monta. En une dizaine de va-et-vient, il se vida en elle. Toute tension, toute colère, toute frustration refluèrent. Un moment, il demeura allongé sur elle à se reposer, puis il la prit à nouveau, plus calmement. Cette fois, Etta l'agrippa, cette fois, ses hanches montèrent à la rencontre de celles de Kennit, et il comprit qu'elle y trouvait sa propre détente. Il ne lui refusa pas ce plaisir tant qu'il ne gênait pas le sien. Il se surprit lui-même quand il l'embrassa par la suite. Elle eut soin de ne pas bouger à ce moment-là. Il y songeait alors qu'il se retirait d'elle. Embrasser une pute ! Bah, il en avait le droit s'il en avait envie : il payait pour tout ce qu'il avait envie de faire avec elle. Il ne put toutefois s'empêcher de se demander où avait été la bouche de la putain cette nuit-là.

Il y avait une robe de soie dans le tiroir de la commode. Il la prit, l'enfila, puis traversa la pièce jusqu'à la table. Etta resta au lit, à sa place. Il avait avalé deux bouchées de tarte aux pommes quand elle prit la parole. « Quand j'ai vu que tu étais en retard, j'ai eu peur que tu ne viennes pas. »

A la fourchette, il se coupa une nouvelle part de la tarte : la croûte était croustillante et l'intérieur rempli de fruits épicés. Il y versa de la crème et mâcha lentement. Une fois qu'il eut avalé, il demanda : « Crois-tu que je me soucie de ce que tu crains ou penses ? »

Les yeux d'Etta faillirent croiser les siens. « Je crois que tu t'en soucierais si je n'étais pas ici, de même que je me suis inquiétée la dernière fois que tu n'es pas venu. »

Il termina une nouvelle bouchée de tarte. « Cette conversation est stupide. Je n'ai pas envie de la poursuivre.

– D'accord », dit-elle, et il ne sut pas si elle acceptait son ordre ou bien si elle était de son avis. C'était sans importance. Elle se tut pendant qu'il finissait sa tarte. Il se versa un nouveau verre de vin, s'adossa à son siège et se remémora les semaines passées. Quel idiot ! il aurait dû remettre à plus tard de se rendre à l'île des Autres, et, après avoir entendu l'oracle, il avait été stupide de faire part à l'équipage de ses ambitions. Imbécile ! Crétin ! A l'heure qu'il était, il devait être la risée de Partage. Il imaginait d'ici les moqueries dans les tavernes et les auberges. « Roi des Pirates ! » devait-on dire. Comme si on voulait de lui comme roi, comme si on avait besoin d'un roi ! Et on devait éclater de rire.

La honte l'engloutit. Il s'était encore une fois humilié, et, comme toujours, c'était de sa faute. Mais qu'il était donc bête ! Son seul espoir de survie était que personne ne s'aperçoive à quel point il était stupide. Il resta assis devant le feu, à faire tourner sa bague autour de son doigt, le regard plongé dans les flammes. Il jeta un coup d'œil à l'amulette en bois-sorcier accrochée à son poignet ; son sourire sardonique se moquait de lui. S'était-elle jamais animée, ou bien était-ce encore un tour de la magie des Autres ? Il avait fait une erreur en se rendant sur leur île ; sans doute son équipage en pensait autant et considérait son capitaine comme une femme stérile ou un fanatique à la recherche d'un oracle. Pourquoi ses plus grands espoirs débouchaient-ils toujours sur ses plus grandes humiliations ?

« Veux-tu que je te masse les épaules, Kennit ? »

Il tourna vers Etta un regard noir. Interrompre ainsi ses réflexions ! Pour qui se prenait-elle ?

« Qu'est-ce qui te fait croire que ça me ferait du bien ? » demanda-t-il d'un ton glacé.

Elle répondit d'une voix monocorde : « Tu paraissais troublé, fatigué et tendu.

– Et tu penses pouvoir savoir tout cela de moi rien qu'en me regardant, putain ? »

Les yeux noirs de la femme soutinrent ceux de l'homme. « Une femme sait cela rien qu'en regardant un homme, quand elle l'observe depuis trois ans. » Elle se leva et vint se placer près de lui, toujours nue. Elle posa ses longues mains étroites sur ses épaules et les massa à travers la soie fine de la robe. C'était très bon. Un moment, il resta immobile et toléra son contact. Mais alors elle se mit à parler tout en malaxant ses muscles noués.

« Tu me manques quand tu pars pour ces longs voyages. Je me demande si tu vas bien, et parfois si tu vas rentrer. Après tout, qu'est-ce qui te rattache à Partage ? Je sais que je ne t'intéresse guère; tu veux seulement que je sois là et que je me comporte comme tu le souhaites. Je pense que Bettel ne me garde qu'à cause de ta préférence pour moi. Je ne suis pas... ce que désirent la plupart des hommes. Comprends-tu à quel point cela te rend important dans mon existence? Sans toi, Bettel me mettrait à la porte et je serais obligée de travailler comme fille libre. Mais tu viens, tu me demandes par mon nom, tu prends la plus belle chambre pour notre usage, et tu payes toujours en bon or. Sais-tu comment les autres m'appellent ici? La putain de Kennit.» Elle eut un petit rire bref et amer. «Autrefois, cela m'aurait humiliée; aujourd'hui, j'aime cette phrase.

– Qu'est-ce que tu racontes?» La voix de Kennit trancha dans ses réflexions comme un couteau. «Tu crois que je te paie pour t'écouter parler?»

C'était une question, elle avait donc le droit de répondre. «Non, fit-elle à mi-voix. Mais je pense qu'avec l'or que tu donnes à Bettel, je pourrais nous louer une petite maison. Je l'entretiendrais, j'y ferais le ménage; tu pourrais toujours y revenir, et elle serait toujours prête et propre. Je jure que jamais tu ne sentirais l'odeur d'un autre homme sur moi.»

Il s'esclaffa. «Et tu crois que ça me plairait?

– Je n'en sais rien, répondit-elle à voix basse. Moi, je sais que ça me plairait; c'est tout.

– Ce qui te plaît ou ne te plaît pas m'indiffère», dit-il, et il ôta les mains d'Etta de ses épaules. Le feu avait chauffé sa peau. Il quitta son fauteuil et se tourna face à la femme, passa la main sur sa peau nue, fasciné un moment par la chair réchauffée par les flammes. Cela l'excita de nouveau. Mais, quand il leva le regard vers son visage, il resta interdit devant les larmes qui coulaient sur ses joues. C'était intolérable.

«Retourne au lit», lui ordonna-t-il avec dégoût, et elle obéit, docile comme toujours. Il resta debout devant le feu avec le souvenir de la peau lisse sous ses doigts et le désir de s'en servir à nouveau, mais interloqué par son visage mouillé et ses yeux pleins de larmes. Ce n'était pas pour ça qu'il payait une pute! Justement, il en payait une pour éviter ce genre de scène! Sacrebleu, il avait payé! Sans se retourner, il dit brusquement: «Mets-toi sur le ventre!»

Il l'entendit bouger entre les draps, et il s'approcha d'elle rapidement à travers la pièce assombrie. Il la prit ainsi, le visage dans l'oreiller, comme un garçon, mais il la monta comme une femme. Que nul, pas même une putain, ne puisse dire que Kennit ignorait la différence entre les deux.

Il savait qu'il n'avait pas fait montre de rudesse, et pourtant elle pleura, même quand il s'écarta d'elle. Sans qu'il comprît pourquoi, les pleurs presque silencieux de la femme à ses côtés le troublèrent, et ce trouble se mêlait à l'humiliation et au dégoût qu'il s'inspirait plus tôt. Qu'avait-elle donc ? Il l'avait payée, non ? De quel droit attendait-elle davantage de lui ? Après tout, ce n'était qu'une pute. C'était le marché qu'ils avaient passé.

Brusquement, il se leva et se mit à enfiler ses vêtements. Au bout d'un moment, elle cessa de pleurer, et elle se retourna soudain dans le lit. « Je t'en prie, fit-elle d'une voix rauque. Je t'en prie, ne t'en va pas. Je regrette de t'avoir déplu. Je vais me tenir, maintenant, je te le promets. »

Le désespoir de sa voix fit écho à celui que Kennit sentait au fond de son cœur, acier contre acier. Il devrait la tuer ; il devrait la tuer plutôt que de la laisser lui adresser de telles paroles. Mais il enfonça la main dans la poche de son manteau. « Tiens, voici pour toi », dit-il en tâtonnant à la recherche de quelque petite pièce à lui donner. L'argent leur rappellerait à tous deux ce qu'ils faisaient dans cette chambre. Mais le sort l'avait trahi, car il n'y avait rien dans sa poche, tant il avait quitté le *Marietta* en hâte. Il faudrait qu'il retourne au navire pour payer Bettel, et c'était extrêmement embarrassant. Il savait que la putain le regardait, en attente. Quelle plus grande humiliation que de se tenir sans le sou devant la putain qu'on vient d'utiliser ?

Mais, à cet instant, dans un coin de sa poche, il sentit un objet, un objet tout petit qui le piqua sous l'ongle. Il se l'arracha, agacé : c'était sans doute une épine ou un petit caillou, mais il extirpa en fait le minuscule clou d'oreille du chaton bleu. Le rubis scintillait, mais il n'avait jamais aimé les rubis. Cela irait bien pour Etta. « Tiens », dit-il en lui mettant le bijou dans la main. Il ajouta : « Ne quitte pas la pièce ; garde-la jusqu'à demain soir. Je reviendrai. » Il sortit avant qu'elle pût répondre. Son geste lui coûtait, car il s'attendait que Bettel demandât une rançon de petit roi pour garder la pièce et la fille de côté toute une nuit et un jour en plus. Eh bien, qu'elle exige : il savait ce qu'il devrait ; et cela lui éviterait d'avouer à Bettel qu'il n'avait pas de quoi payer pour la soirée qu'il venait de passer. Il éviterait au moins cette humiliation.

Il descendit sans discrétion l'escalier et passa la porte. « Je veux qu'on garde la chambre et la fille telles qu'elles sont », dit-il à Bettel au passage. En une autre occasion, il se serait presque réjoui de la consternation qui se peignit sur le visage de la maquerelle. Il s'était déjà bien engagé dans la rue quand il sentit sa bourse taper contre sa poche gauche. C'était ridicule : il ne la plaçait jamais là. Il envisagea de faire demi-tour et de payer Bettel sur-le-champ, mais préféra s'en abstenir. Il n'aurait l'air que d'un imbécile s'il revenait en disant avoir changé d'avis. Un imbécile... Le mot laissa une trace brûlante dans son esprit.

Il allongea le pas dans l'espoir d'échapper à ses propres pensées. Il avait besoin de bouger. Comme il suivait la rue pleine de fange collante, une petite voix s'éleva de son poignet. « C'était sans doute le seul trésor qu'on ait jamais emporté de l'île des Autres, et tu l'as donné à une putain.

– Et alors ? fit-il en approchant le petit visage du sien.

– Alors, peut-être jouis-tu de chance et de sagesse à la fois. » Le petit visage lui fit un sourire moqueur. « Peut-être.

– Que veux-tu dire ? »

Mais le bois-sorcier n'ajouta rien ce soir-là, pas même lorsque Kennit lui donna une chiquenaude. Les traits gravés demeurèrent aussi durs et immobiles que de la pierre.

Il se rendit au salon d'Ivro. Il ignorait qu'il y allait jusqu'à ce qu'il se trouvât devant sa porte. A l'intérieur, tout était sombre. Il était beaucoup plus tard qu'il ne le croyait. Il donna des coups de pied à la porte jusqu'à ce que le fils d'Ivro, d'abord, puis Ivro lui-même, lui hurlent de cesser.

« C'est Kennit, annonça-t-il dans le noir. Je veux un autre tatouage. »

Une faible lumière s'alluma dans la maison. Au bout d'un moment, Ivro ouvrit brusquement la porte. « Pourquoi perdre mon temps ? lança le petit artisan d'un ton furieux. Allez demander ailleurs, chez un lourdaud muni d'une aiguille et de cendre et qui se fiche de son travail. Ensuite, vous pourrez faire cautériser son tatouage le lendemain ; comme ça, vous n'aurez rien détruit de valeur ! » Il cracha en manquant de peu les bottes de Kennit. « Je suis un artiste, pas une putain ! »

Kennit se retrouva les doigts serrés autour de la gorge de l'homme, à le tenir sur la pointe des pieds et à le secouer comme un prunier. « J'ai payé, maudit que vous êtes ! cria-t-il. J'ai payé et j'en ai fait ce que j'ai voulu ! C'est compris ? »

Il reprit son sang-froid aussi vite qu'il l'avait perdu. Le souffle court, il remit l'artiste sur ses pieds. « C'est compris ? » gronda-t-il plus doucement. Il lut de la haine dans le regard de l'homme, mais aussi de la crainte. Il obéirait ; il obéirait pour le bon or qui cliquetait dans la bourse que Kennit lui montra. Les artistes et les putains, l'or les achetait toujours. Un artiste n'était jamais qu'une putain bien payée.

« Entrez, alors », dit Ivro d'une voix funèbre. Avec un frisson dans le dos, Kennit se rappela que le petit homme lui donnerait de la douleur aussi bien que de l'art ; Ivro ferait en sorte que ses minuscules aiguilles fussent aussi acérées que possible. Mais il était aussi assez artiste pour rendre son tatouage, Kennit le savait, aussi parfait qu'il le pourrait. La douleur et la perfection : c'était le seul chemin qu'il connût vers la rédemption ; et, s'il avait jamais eu besoin de refaire sa chance, c'était bien ce soir. Kennit suivit l'homme dans son salon et déboutonna sa chemise tandis qu'Ivro allumait chandelier sur chandelier. Il plia soigneusement sa chemise et s'assit sur un tabouret, sa chemise et sa veste sur les genoux. Il ressentit un terrible avant-goût de délivrance tandis qu'Ivro se déplaçait dans la pièce pour redresser les chandelles et rapprocher ses outils.

« Où et quoi ? » demanda Ivro. Sa voix était aussi froide que celle de Kennit quand il s'adressait à une prostituée.

« Ma nuque, répondit doucement Kennit. Et un Autre.

– Un autre quoi ? » rétorqua Ivro d'un ton irrité. Il tirait déjà une table à lui ; de petits pots aux encres vives s'y alignaient en rangs précis. Il plaça un tabouret derrière Kennit et y prit place.

« Un Autre, répéta Kennit. Comme ceux de l'île des Autres. Vous savez bien ce que je veux dire.

– Oui, répondit Ivro d'un ton âpre. C'est un tatouage qui porte malchance, et je suis plus qu'heureux de vous le piquer dans la peau, fils de chien. »

Du bout des doigts, il arpentait doucement la peau de Kennit. A Jamaillia, un propriétaire avait le droit d'imprimer sa marque sur le visage d'un esclave, et, même si l'esclave rachetait sa liberté, il lui était interdit d'ôter les marques de sa servitude. Dans les îles des Pirates, en revanche, le même homme pouvait décorer toute partie de son corps comme il l'entendait. D'anciens esclaves, tels Sorcor, préféraient faire brûler leurs tatouages ; d'autres faisaient retravailler leurs marques en nouveaux symboles de leur liberté par des artistes comme Ivro.

Du bout des doigts, le tatoueur toucha les deux cicatrices qui ornaient déjà la nuque de Kennit. « Pourquoi les avoir fait brûler ? J'ai travaillé des heures sur ces tatouages, et vous me les aviez bien payés. Ils ne vous plaisaient plus ? » Puis : « Penchez la tête. Votre ombre me gêne.

– Ils me plaisaient bien », marmonna Kennit. Il sentit la première piqûre dans sa peau. La chair de poule l'envahit et son cuir chevelu tressaillit sous la douleur. Plus doucement, il ajouta : « Je préférais les cicatrices.

– Vous êtes fou », fit Ivro, mais sa voix était distraite. Kennit n'était plus rien pour lui, à présent, ni un homme, ni un ennemi ; rien qu'un tissu pour son travail passionné. Les petites aiguilles perçaient sans cesse. La douleur faisait se tendre la peau de Kennit. Il entendit Ivro pousser un petit soupir de satisfaction.

C'était la seule façon, se dit-il, la seule façon de purger la malchance. Se rendre sur l'île des Autres avait été une mauvaise décision, et il devait à présent la payer. Mille piqûres d'aiguilles, et un tatouage cuisant le jour suivant ; puis, la souffrance purifiante du fer rouge pour brûler l'erreur et faire comme si elle n'avait jamais été commise, tout cela pour conserver sa chance en état, se dit Kennit en serrant les poings. Derrière lui, Ivro fredonnait, appréciant à la fois son œuvre et sa vengeance.

5
TERRILVILLE

Dix-sept jours... Par le petit hublot de sa cabine, Althéa regardait Terrilville approcher ; les mâts nus des caravelles et des caraques se dressaient au-dessus des quais qui bordaient la paisible baie ; des embarcations de moindre taille faisaient activement la navette entre les navires à l'ancre et la terre. A la maison, enfin !

Elle avait passé dix-sept jours enfermée, ne quittant sa cabine que lorsque c'était nécessaire et aussi pendant les quarts où Kyle dormait. Les premiers temps, elle bouillait d'une rage entrecoupée de crises de larmes contre l'injustice de son sort ; de façon puérile, elle avait juré de supporter la restriction de Kyle rien que pour pouvoir s'en plaindre à son père à la fin du voyage. « Regarde ce que tu m'as fait faire ! » se disait-elle, et puis elle avait un petit sourire : c'était la vieille exclamation de son enfance, quand elle se disputait avec Keffria. Un plat ou un vase brisé presque sans le faire exprès, un seau renversé, une robe déchirée : « Regarde ce que tu m'as fait faire ! » Keffria avait crié cette phrase à une exaspérante petite sœur aussi souvent qu'Althéa à une persécutrice plus grande qu'elle.

C'est ainsi qu'avait commencé sa retraite. Elle avait tour à tour boudé et tempêté en songeant à tout ce qu'elle dirait à Kyle s'il avait le front de se présenter à sa porte, que ce fût pour s'assurer qu'elle suivait ses ordres ou pour lui annoncer qu'il regrettait sa décision. En attendant, elle avait relu tous ses livres et ses manuscrits ; elle avait même sorti la coupe de soie et envisagé de commencer à se confectionner une robe elle-même. Mais ses talents de couturière allaient plus à la toile de marine qu'à la soie, et le tissu était trop fin pour courir le risque de faire du mauvais travail ; aussi avait-elle préféré ravauder ses vêtements de bord. Mais même cette tâche s'était achevée un jour, et elle s'était aperçue qu'elle ne supportait pas les longues heures oisives qui s'étendaient devant elle. Un soir, énervée par sa couchette trop petite, elle avait jeté sa literie par terre et s'y était allongée en relisant *Le Journal d'un marchand* de Deldom. Elle s'était alors endormie et avait rêvé.

Enfant, elle faisait souvent la sieste sur les ponts de la *Vivacia* ou passait la soirée allongée sur le plancher des quartiers de son père à lire ses livres. L'assoupissement lui amenait toujours des images et des rêveries réalistes. Quand elle avait grandi, son père l'avait gourmandée d'un tel comportement et avait veillé à ce qu'elle eût toujours assez à faire pour ne pas avoir le temps de somnoler sur le pont. Lorsqu'elle se rappelait ses anciens rêves, elle les mettait sur le compte de l'imagination trop vive d'une enfant ; mais, ce soir-là, sur le plancher de sa propre cabine, les couleurs et les détails des songes de son enfance lui revinrent. Son rêve était trop réaliste pour provenir de son propre esprit.

Elle vit son arrière-grand-mère, morte avant sa naissance ; mais, dans son rêve, elle connaissait Talley aussi bien qu'elle se connaissait elle-même. Talley Vestrit arpentait les ponts à grands pas en criant des ordres aux matelots qui pataugeaient dans un enchevêtrement de toile, de cordages et de morceaux de bois brisés au milieu d'une formidable tempête. En un instant aussi rapide qu'un souvenir, Althéa comprit ce qui s'était passé : une grande lame avait emporté le mât et le second, et le capitaine Vestrit elle-même s'était jointe à l'équipage pour y ramener l'ordre et l'équilibre par ses braillements assurés. Elle ne ressemblait en rien à son portrait ; Althéa n'avait pas devant elle une femme docilement assise dans un fauteuil, l'air collet monté, vêtue de laine noire et de dentelle blanche, avec un époux à la mine austère debout à côté d'elle. Depuis toujours, Althéa savait que c'était son aïeule qui avait commandé la construction de la *Vivacia* ; dans ce rêve, toutefois, il ne s'agissait pas seulement de la femme qui avait discuté avec les banquiers et les constructeurs, mais soudain de celle qui avait aimé la mer et les bateaux, et qui avait hardiment déterminé le cap de ses descendants par sa décision de posséder une vivenef. Ah, avoir vécu en une telle époque, où une femme détenait une telle autorité !

Le rêve fut bref et sec, comme l'image qui demeure après un éclair, et pourtant, quand Althéa se réveilla, la joue et les paumes pressées contre le bois du plancher, elle ne doutait pas de sa vision : trop de détails restaient imprimés dans sa mémoire. Dans le songe, la *Vivacia* était montée avec un gréement à voile aurique, ou du moins ce qu'il en restait après la fureur de la tempête ; or Althéa ne l'avait jamais connue ainsi gréée. Elle saisit aussitôt les avantages d'un tel système et, tant que dura le rêve, elle partagea la confiance qu'y portait son arrière-grand-mère.

Elle avait été si complètement immergée en Talley qu'elle fut prise d'un étourdissement en se réveillant Althéa. Des heures plus tard, rien qu'en fermant les yeux, elle était capable de revoir la tempête, les souvenirs de Talley mêlés aux siens comme une carte étrangère à un paquet. Ce rêve lui venait de la *Vivacia* ; il ne pouvait en être autrement.

Cette nuit-là, elle s'était préparée à dormir à même le sol de sa cabine. Le plancher poli et huilé n'était pas confortable ; cependant elle n'y posa ni couverture ni coussin, et la *Vivacia* l'avait récompensée de sa confiance : Althéa avait passé une après-midi en compagnie de son grand-père pendant qu'il négociait avec prudence un des chenaux les plus étroits des îles aux Parfums. Par-dessus son épaule, elle l'avait vu repérer les rochers en saillie, mettre à la mer un canot pour tirer plus rapidement le navire par un point qui ne peut se franchir qu'à une certaine heure de marée. C'était le secret du grand-père, et il avait donné aux Vestrit le monopole sur la sève d'un certain arbre qui, en séchant, se transformait en gouttelettes aux somptueuses fragrances. Plus personne n'avait remonté le chenal pour commercer avec les villages au-delà depuis la mort du grand-père ; comme tout capitaine, il avait emporté dans le trépas plus qu'il ne pouvait transmettre à ses descendants. Il n'avait dessiné aucune carte, mais le savoir n'était pas perdu, puisqu'il demeurait dans la *Vivacia* et qu'il ressurgirait avec elle lorsqu'elle s'éveillerait. Déjà, Althéa se sentait en mesure de faire franchir ce chenal au navire tant il lui avait transmis ses secrets en détail.

Nuit après nuit, Althéa se coucha sur le plancher du bateau et rêva avec lui. Même le jour, elle s'allongeait, la joue appuyée contre le bois, et songeait à son avenir. Peu à peu, elle s'accorda à la *Vivacia*, depuis les frissons de son corps de bois lorsqu'elle luttait pour obéir à un subit changement de cap jusqu'au son paisible qu'émettaient les membrures quand le vent la poussait droit et régulièrement. Les cris des marins, le léger tonnerre de leurs pieds sur ses ponts n'avaient guère plus d'importance que les piaulements des mouettes qui se posaient parfois sur elle. En de tels moments, Althéa avait l'impression de ne faire plus qu'un avec le navire, consciente de tous les petits hommes qui escaladaient ses mâts comme seule peut l'être une grande baleine des bernacles qui s'accrochent à elle.

Le navire était bien plus que les hommes qui travaillaient sur lui. Althéa ne connaissait pas de mots pour exprimer les fines différences qu'elle éprouvait désormais dans le vent et les courants. Il y avait du plaisir à œuvrer avec un bon timonier et de l'agacement à être aux ordres de celui qui effectuait sans cesse des ajustements infimes et inutiles, mais c'étaient des émotions superficielles à côté de ce qui se passait entre le navire et l'eau. L'idée que l'existence d'un navire pût dépasser ce qui se produisait entre son capitaine et lui fut une révélation capitale pour Althéa. En l'espace de quelques nuits, toute sa conception de ce qu'était une vivenef subit un bouleversement complet.

Au lieu d'un confinement obligatoire dans ses quartiers, les jours qu'elle passa enfermée dans sa cabine devinrent une expérience totale. Elle se rappelait bien certain jour où elle avait ouvert sa porte sur un matin éclatant au lieu de la douce soirée à laquelle elle s'attendait. Le cuisinier avait eu le culot de la prendre par l'épaule et de la secouer lorsqu'elle s'était mise à rêvasser dans la coquerie lors d'une de ses visites pour se restaurer. Plus tard, des coups incessants frappés à sa porte l'avaient dérangée; quand elle avait ouvert, ce n'était pas Kyle qu'elle avait trouvé devant elle mais Brashen. Il avait paru mal à l'aise de l'interroger mais n'en avait pas moins demandé si elle allait bien.

« Naturellement, je vais bien, avait-elle répondu en essayant de refermer la porte, mais il l'avait maintenue ouverte, le bras tendu.

– Vous n'en avez pas l'air. D'après le coq, on dirait que vous avez perdu cinq ou six livres et j'ai l'impression qu'il a raison. Althéa, j'ignore ce qui s'est passé avec le capitaine Kyle, mais la santé de l'équipage fait encore partie de mes attributions. »

Elle regarda son front plissé, ses yeux sombres et troublés et ne vit en lui qu'un gêneur. « Je ne suis pas membre de l'équipage, s'entendit-il répondre. Voilà ce qui s'est passé entre le capitaine Kyle et moi ; et la santé d'une simple passagère ne vous regarde pas. Laissez-moi tranquille. » Et elle tenta de refermer la porte.

« La santé de la fille d'Ephron Vestrit me regarde, en revanche. Je le considère autant comme un ami que comme un capitaine, Althéa. Regardez-vous. On a l'impression que vous ne vous êtes pas peignée depuis des jours ; et, selon plusieurs hommes, quand ils vous ont vue sur le pont, vous erriez comme un fantôme avec des yeux aussi vides que l'espace entre les étoiles. » Il paraissait vraiment inquiet. Pas étonnant : un rien pouvait déclencher la mutinerie d'un équipage qui supportait depuis trop longtemps un capitaine trop strict, et une femme ensorcelée se promenant sur les ponts pouvait précipiter les hommes dans Sâ sait quels troubles. Néanmoins, elle n'y pouvait rien.

« Les marins et leurs superstitions ! fit-elle d'un ton ironique, mais sans trouver beaucoup de vigueur à mettre dans son ton. Laissez-moi, Brashen. Je vais bien. » Elle poussa de nouveau la porte et, cette fois, il la laissa la refermer. Kyle n'était pas au courant de cette visite, elle en aurait mis sa tête à couper. Elle s'était rallongée sur le plancher et, les yeux fermés, était rentrée en communion avec le navire ; elle sentit Brashen qui demeurait encore quelques instants devant sa porte, puis qui s'en allait vivement retrouver ses tâches propres. Althéa l'avait déjà chassé de ses pensées et s'était perdue dans le gazouillis de l'eau de part et d'autre de l'étrave du navire tandis que le vent pur lui faisait trancher les vagues.

Des jours plus tard, la *Vivacia* sentit les eaux de son port, reconnut le courant qui la poussait doucement vers la baie des Marchands et se réjouit de l'abri de la baie elle-même. Quand Kyle ordonna qu'on mette deux canots à la mer pour tracter la *Vivacia* jusqu'à son mouillage, Althéa se réveilla soudain. Elle se leva pour regarder par le hublot. « Enfin rentrés ! » se dit-elle, puis : « Père ! » Elle sentit en réponse la vibration de plaisir anticipé de la *Vivacia* elle-même.

Elle se détourna du hublot et ouvrit son coffre de marin ; tout au fond se trouvaient ses habits de port, vêtements « décents » à porter des quais jusqu'à la maison. C'était une concession que son père et elle avaient faite à sa mère des années plus tôt.

Quand le capitaine Vestrit allait en ville, il était toujours vêtu d'une tenue resplendissante, pantalon et manteau bleus par-dessus une épaisse chemise blanche chargée de dentelle. Cela convenait à un Ancien Marchand et à un capitaine connu; Althéa, elle, ne tenait pas à une telle vêture pour elle-même, mais sa mère répétait que, quelle que soit sa façon de s'habiller à bord du navire, elle devait porter des jupes au port et dans les rues. Cela servait au moins à la différencier des domestiques de la ville; et sa mère ne manquait jamais d'ajouter qu'à voir ses cheveux, son teint et ses mains, nul ne la prendrait pour une dame, et encore moins pour la fille d'une famille de Premiers Marchands. Pourtant, ce n'était pas l'insistance de sa mère mais un simple mot de son père qui l'avait convaincue d'obéir: «Ne fais pas honte à ton navire», avait-il dit à mi-voix. Il n'en avait pas fallu plus.

Aussi, au milieu de l'agitation de l'équipage qui jetait l'ancre et arrangeait la *Vivacia* pour son séjour au port, Althéa s'en alla chercher de l'eau chaude à la marmite du coqueron et prit un bain dans sa cabine; puis elle enfila ses vêtements de port: jupon, jupe, corsage, gilet, plus un châle crocheté et un ridicule filet en dentelle pour contenir sa chevelure. Pour couronner le tout, et à son grand dam, un chapeau de paille orné de plumes. Elle venait de fermer la ceinture de sa jupe et laçait son gilet quand elle se rendit compte que Brashen avait raison: ses vêtements pendaient sur elle comme sur un épouvantail. Son miroir lui montra des cernes noirs sous ses yeux et des joues presque creuses. Le gris tourterelle de sa vêture à l'ourlet bleu pâle lui donnait l'air encore plus maladif. Même ses mains avaient maigri, et les os de ses poignets et de ses phalanges saillaient à présent. Curieusement, cela ne la dérangea pas; ce qu'elle avait vécu, se dit-elle, n'était pas différent du jeûne et de l'isolement qu'on peut pratiquer pour rechercher la gouverne de Sâ; simplement, au lieu de Sâ, c'était l'esprit même du navire qui l'avait possédée. Cela en valait la peine, et elle éprouvait presque de la reconnaissance envers Kyle de le lui avoir imposé. Presque.

Elle sortit sur le pont en clignant des yeux à cause de l'éclatante réverbération du soleil de l'après-midi sur les eaux calmes du port. Elle leva le regard et observa les murailles du bassin. Terrilville s'étendait le long du rivage comme les marchandises aux couleurs vives sur sa place du marché. Althéa sentit l'odeur de la terre l'imprégner tout entière. Les quais des taxes grouillaient de monde, comme d'habitude: les navires qui arrivaient à Terrilville avaient l'obligation de s'y présenter en priorité, afin que les agents du Gouverneur puissent inspecter et imposer le fret au fur et à mesure qu'on le déchargeait. La *Vivacia* devrait attendre son tour; apparemment, le *Dune-d'Or* était presque prêt à s'en aller: elle prendrait donc sa place dès qu'il serait dégagé.

D'instinct, Althéa chercha sa maison du regard: elle aperçut un coin de ses murs blancs; le reste était caché par des arbres. Elle fronça un instant les sourcils à la vue des modifications qui apparaissaient sur les collines environnantes, puis elle les chassa de son esprit: la terre et la ville ne l'intéressaient guère. A son impatience de revoir son père et à son inquiétude pour sa santé se mêlait une étrange répugnance à quitter la *Vivacia*. La yole du capitaine n'avait pas encore été mise à la mer; par tradition, elle devait y embarquer pour regagner la terre. L'idée de revoir Kyle ne l'enchantait pas, et encore moins d'effectuer une traversée en sa compagnie; mais à présent c'était un désagrément moindre que cela ne l'aurait été une semaine ou quinze jours plus tôt. Elle savait maintenant qu'elle ne pourrait jamais se séparer de la *Vivacia*; elle était liée au navire, et le navire lui-même ne tolérerait pas qu'on quitte le port sans elle. Kyle l'irritait toujours mais ses menaces n'avaient plus de poids: une fois qu'elle aurait parlé à son père, le vieux capitaine comprendrait ce qui s'était passé; il reprocherait à Althéa ce qu'elle avait dit sur les raisons du mariage de Keffria et de Kyle – en y repensant, elle-même fit la grimace; il serait en colère contre elle et elle le méritait; mais elle le connaissait trop bien pour redouter qu'il la sépare de la *Vivacia*.

Elle se retrouva sur le gaillard d'avant, étendue au maximum sur le beaupré pour regarder la figure de proue. Les yeux sculptés restaient fermés mais c'était sans importance: Althéa avait partagé ses rêves.

« Faites attention de ne pas glisser.

– Rien à craindre, répondit-elle à Brashen sans se retourner.

– D'ordinaire, non; mais, pâle comme vous l'êtes, j'ai peur que vous n'ayez un étourdissement et passiez par-dessus bord.

– Non. » Elle ne lui avait même pas jeté un coup d'œil; elle aurait voulu qu'il s'en aille. Quand il reprit la parole, ce fut d'un ton plus formaliste:

« Maîtresse Althéa, avez-vous des bagages que vous souhaitez qu'on porte à terre?

– Rien que le petit coffre près de la porte de ma cabine. » Il renfermait la soie et les petits cadeaux pour sa famille. Il était prêt depuis plusieurs jours déjà.

Brashen s'éclaircit la gorge, mais ne s'éloigna pas. Althéa se tourna vers lui avec une certaine irritation. « Quoi encore ?

– Par ordre du capitaine, je dois vous aider par tous les moyens nécessaires à enlever vos affaires de... euh, de la cabine du second. » Brashen se tenait très droit ; il regardait juste au-delà de l'épaule d'Althéa, et, pour la première fois depuis des mois, elle le vit vraiment. Combien lui avait-il coûté de rétrograder de lieutenant à simple matelot, uniquement pour demeurer à bord du navire ? Elle n'avait supporté qu'une fois la violence verbale de Kyle ; en revanche, elle ignorait combien de fois lui ou son second avait semoncé Brashen ; et pourtant il était toujours là, obligé d'obéir à un ordre déplaisant dont la sagesse ne lui apparaissait pas, et il faisait de son mieux pour l'exécuter comme un vrai officier.

Elle répondit, en s'adressant plus à elle-même qu'à Brashen : « Il tire sûrement grand plaisir à vous assigner cette tâche. »

Il se tut. Les muscles de sa mâchoire saillirent un peu plus mais il garda le silence. Il refusait malgré tout de critiquer les ordres de son capitaine ; il était désespérant.

« Rien que le petit coffre, Brashen. »

Il prit une inspiration qui semblait peser le poids d'une ancre. « Maîtresse Althéa, j'ai pour ordre de faire enlever toutes vos affaires de cette cabine. »

Elle détourna le regard de Brashen. L'attitude de Kyle la fatiguait soudain terriblement ; qu'il s'imagine avoir les coudées franches ! Le père d'Althéa y mettrait bientôt bon ordre.

« Dans ce cas, faites, Brashen ; je ne vous en voudrai pas. »

Il resta comme foudroyé. « Vous ne désirez pas ranger vos affaires vous-même ? » Il était trop interloqué pour ajouter « maîtresse Althéa ».

Elle lui fit un pâle sourire. « Je vous ai vu arrimer du fret. Je suis sûre que vous ferez du travail propre. »

Il resta encore un moment auprès d'elle, comme s'il espérait qu'elle reviendrait sur sa décision ; mais elle ne lui prêta aucune attention, et, au bout de quelque temps, elle l'entendit se détourner et s'éloigner discrètement sur le pont. Elle reprit son examen du visage de la *Vivacia*. Et, agrippée au bastingage, elle jura fermement au navire de ne jamais l'abandonner.

« La yole vous attend, maîtresse Althéa. »

D'après le ton de l'homme, il s'était déjà adressé à elle, peut-être plusieurs fois, sans résultat. Elle se redressa et mit avec réticence ses rêves de côté. « J'arrive », dit-elle d'une voix sans énergie, et elle suivit le marin.

Elle gagna la ville dans la yole, assise face à Kyle mais le plus loin possible de lui. Nul ne lui adressa la parole. D'ailleurs, en dehors des ordres nécessaires, nul ne dit rien. A plusieurs reprises, elle surprit les marins aux avirons qui lui jetaient des regards gênés ; Grig, toujours plus hardi que les autres, alla même jusqu'à lui lancer un clin d'œil et un sourire complices. Elle tenta de lui rendre son sourire, mais elle avait l'impression d'avoir oublié comment on s'y prenait. Un grand calme l'avait envahie dès qu'elle avait quitté le bord, une sorte d'attente de l'âme, pour voir ce que le sort lui réservait.

Lors des rares occasions où son regard croisa celui de Kyle, l'expression de son beau-frère la laissa perplexe. La première fois, il paraissait presque frappé d'horreur ; un deuxième coup d'œil le lui montra profondément pensif, mais la dernière fois où elle le surprit en train de la regarder fut la plus glaçante, car il lui adressa un hochement de tête avec un sourire affectueux et encourageant. Il avait la même expression qu'il aurait eue pour sa fille Malta si elle avait particulièrement bien appris ses leçons. Le regard vide, elle détourna les yeux et contempla les eaux placides de la baie des Marchands.

La petite embarcation toucha le quai du nez, et Althéa supporta qu'on l'aide à monter sur le môle comme si elle était invalide : c'était l'ennui des jupes, des châles et des chapeaux qui gênent la vue. Elle parvint enfin sur le quai, et Grig, à son grand agacement, la tint par la taille plus longtemps que nécessaire. Elle s'écarta de son bras et se tourna vers lui en s'attendant à voir briller une étincelle espiègle dans ses yeux ; mais elle y lut de l'inquiétude, qui s'accrut quand un instant de vertige la fit se raccrocher à son bras. « Il faut simplement que je reprenne le pied terrien », s'excusa-t-elle, et elle s'éloigna de lui encore une fois.

Kyle avait donné des instructions à l'avance et un cabriolet ouvert à deux roues les attendait. Le garçon efflanqué qui le conduisait leur laissa le siège abrité du soleil. « Pas de bagages ? » demanda-t-il d'une voix croassante.

Althéa secoua la tête. « Pas de bagages, cocher. Conduisez-nous à la résidence Vestrit. C'est au carrefour des Marchands. »

Le garçon à demi nu acquiesça et lui offrit sa main tandis qu'elle grimpait tant bien que mal sur le siège. Une fois que Kyle l'y eut rejointe, le cocher bondit agilement sur sa petite jument et lui adressa un claquement de langue. Les sabots ferrés de l'animal se mirent à sonner sur les planches de l'appontement.

Althéa garda le regard braqué devant elle tandis que le cabriolet quittait les quais pour les rues pavées de Terrilville, et ne fit aucun effort de conversation : il lui était déjà bien assez désagréable de devoir être assise à côté de Kyle, elle n'allait pas en plus se fatiguer à bavarder avec lui. L'animation générale, les gens et les véhicules qui allaient et venaient, les cris de marchandage, les odeurs des restaurants et des salons de thé, tout cela lui paraissait curieusement lointain. Quand son père et elle appontaient, sa mère en général était là pour les accueillir ; ils quittaient les quais à pied pendant que sa mère, presque sans respirer, faisait à son père un compte rendu de tout ce qui s'était produit depuis son départ ; ils s'arrêtaient souvent à un salon de thé pour manger des petits pains au lait tout chauds et boire du thé glacé avant de reprendre la route de leur demeure. Althéa soupira.

« Althéa ! Allez-vous bien ? demanda Kyle.

– Aussi bien que je puis le souhaiter, je vous remercie », répondit-elle d'un ton guindé.

Il s'agita sur son siège, puis s'éclaircit la gorge comme s'il s'apprêtait à ajouter un commentaire. Althéa en fut sauvée par le cocher qui tira les rênes devant la maison ; il se trouva à côté du cabriolet, la main tendue à l'adresse d'Althéa, avant même que Kyle pût bouger le petit doigt. Elle sourit au garçon tout en descendant et il lui rendit son sourire. L'instant suivant, la porte de la résidence s'ouvrit à la volée et Keffria en sortit en courant et en criant : « Oh, Kyle, Kyle, que je suis heureuse de te voir de retour ! Tout va très mal ! » Selden et Malta trottinaient sur les talons de leur mère qui alla se jeter dans les bras de son époux. Un autre garçon les suivait gauchement. Il avait un air étrangement familier : sans doute un cousin en visite ou quelque chose comme ça.

« Moi aussi, je suis contente de te revoir, Keffria », marmonna Althéa d'un ton ironique, et elle se dirigea vers la porte.

A l'intérieur régnaient l'ombre et la fraîcheur. Althéa s'arrêta un instant à l'entrée en prenant plaisir à laisser sa vision s'accommoder à la pénombre. Une femme qu'elle ne reconnut pas apparut avec une cuvette d'eau parfumée et une serviette, et commença à lui offrir l'accueil de la maison. Althéa la repoussa d'un geste. «Non, merci. Je m'appelle Althéa et j'habite ici. Où est mon père? Dans son salon?»

Il lui sembla distinguer un éclair de compassion dans les yeux de la femme. «Il y a des jours qu'il n'est plus assez bien pour profiter de cette pièce, maîtresse Althéa. Il se trouve dans sa chambre et votre mère est auprès de lui.»

Ses talons sonnant sur le pavage, Althéa enfila le couloir en courant. Avant qu'elle atteignît la porte, sa mère apparut dans l'encadrement, le front plissé par un froncement de sourcils inquiet. «Que se passe-t-il?» demanda-t-elle sèchement, puis, comme elle reconnaissait Althéa, elle s'écria d'un ton soulagé: «Ah, tu es revenue! Et Kyle?

– Il est dehors. Père est encore malade? Depuis tant de mois, je pensais qu'il...

– Ton père est mourant, Althéa», dit Ronica.

Tout en reculant devant la brutale franchise de sa mère, la jeune fille vit aussi son regard terne. De nouvelles rides étaient apparues sur son visage; elle avait la bouche tombante et les épaules plus voûtées qu'autrefois. Alors même que son cœur semblait s'arrêter de battre dans sa poitrine, Althéa comprit que les mots de sa mère n'étaient pas cruels mais désespérés: elle lui avait annoncé la nouvelle rapidement, comme si, en agissant ainsi, elle pouvait épargner à sa fille la douleur d'une lente et progressive compréhension.

«Oh, mère!» fit Althéa en se rapprochant d'elle, mais Ronica la fit battre en retraite d'un geste. Althéa s'arrêta aussitôt: les étreintes larmoyantes et les pleurs sur l'épaule n'étaient pas du genre de Ronica Vestrit. Le chagrin l'avait peut-être courbée, mais elle ne s'était pas encore déclarée vaincue.

«Va voir ton père, Althéa, dit-elle. Il te demande presque toutes les heures. Je dois m'entretenir avec Kyle. Il y a des dispositions à prendre, et guère de temps pour cela, je le crains. Allons, va le voir. Va!» Par deux fois, elle tapota vivement le bras de sa fille, puis s'en alla d'un pas pressé. Althéa entendit le claquement de ses chaussures et le bruissement de ses jupes dans le couloir. Elle jeta un coup d'œil à sa silhouette qui s'éloignait, puis ouvrit la porte de la chambre de son père.

La pièce ne lui était pas familière : enfant, elle n'avait pas le droit d'y pénétrer. Quand son père rentrait de voyage, sa mère et lui y passaient des heures, et Althéa s'offensait de ces matinées où on lui interdisait de déranger leur repos. En grandissant, elle avait fini par comprendre pourquoi ses parents tenaient tant à ces moments en tête-à-tête lors des brefs passages de son père à la maison, et elle avait évité la chambre de son plein gré. Néanmoins, elle en conservait le souvenir d'une grande pièce lumineuse, avec de hautes fenêtres, somptueusement ornée de meubles exotiques et de tissus rapportés de nombreux voyages. Sur les murs étaient fixés des éventails en plumes, des masques de coquillages, des tapisseries de perles et des paysages en cuivre martelé. Le lit avait un dosseret en teck sculpté, et, en hiver, l'épais matelas était toujours recouvert d'un amoncellement de piqués en plume et de couvre-lits de fourrure. L'été, un vase de fleurs trônait sur la table de chevet et le lit était tendu de frais draps de coton parfumés à la rose.

La porte s'ouvrit sur la pénombre. L'essence de fleurs ne parvenait pas à cacher la lourde odeur âcre d'une chambre de malade ni celle des médicaments. Les fenêtres étaient closes, les rideaux tirés pour empêcher l'éclat du jour de pénétrer. Althéa fit quelques pas hésitants dans la chambre pendant que ses yeux s'habituaient au manque de lumière. « Papa ? » fit-elle d'un ton indécis devant le lit immobile. Il n'y eut pas de réponse.

Elle se rendit à la fenêtre et tira les épais rideaux de brocart pour laisser entrer la clarté oblique de l'après-midi. Un coin de soleil tomba sur le lit, éclairant une main jaune et décharnée sur les couvertures. Althéa eut l'impression de voir la serre maigre et recroquevillée d'un oiseau mort. Traversant la pièce, elle s'assit sur la chaise de chevet en sachant que c'était le poste habituel de sa mère. Malgré toute son affection pour son père, elle éprouva un instant de révulsion en prenant la main inerte dans la sienne : elle n'avait plus ni muscle ni cal. Althéa se pencha sur le visage de son père. « Papa ? » fit-elle encore une fois.

Il était déjà mort – ou du moins le crut-elle lors de ce premier coup d'œil à son visage. Soudain, elle entendit une inspiration râpeuse. « Althéa... » fit-il d'une voix encombrée par les glaires. Ses paupières collantes parvinrent à s'ouvrir. Toute trace du regard noir et acéré avait disparu : ces yeux-là étaient enfoncés dans leur orbite, injectés de sang, le blanc devenu jaune. Il leur fallut un moment pour situer Althéa. Il la dévisagea et elle s'efforça éperdument d'effacer toute horreur du regard qu'elle lui rendit.

« Papa, je suis revenue », lui dit-elle avec un enjouement feint, comme si cela pouvait faire quelque différence pour lui.

La main de son père s'agita faiblement dans la sienne, puis ses yeux se refermèrent. « Je suis en train de mourir, fit-il d'un ton où se mêlaient le désespoir et la colère.

– Oh, papa, non, tu vas te remettre, tu vas...

– Tais-toi. » Ce n'était guère qu'un murmure, mais l'ordre émanait à la fois de son capitaine et de son père. « Une seule chose compte. Amène-moi sur la *Vivacia*. Il faut que je meure sur ses ponts. Il le faut.

– Je sais », répondit-elle. La douleur qui avait commencé à grandir dans le cœur d'Althéa se figea soudain. Ce n'était pas le moment. « Je vais tout préparer.

– Tout de suite », ajouta-t-il. Son chuchotement rendait un son de gargouillis, comme s'il se noyait. Une vague de désespoir balaya Althéa, mais elle se reprit.

« Je ne te ferai pas faux bond », promit-elle. La main de son père tressaillit encore une fois, puis tomba de celle d'Althéa. « J'y vais immédiatement. »

Comme elle se levait, il s'étouffa, puis réussit à dire d'une voix étranglée : « Althéa ! »

Elle se figea sur place. Il s'étrangla encore un peu, puis aspira une goulée d'air. « Keffria et ses enfants... ils ne sont pas comme toi. » Il reprit frénétiquement son souffle. « J'ai dû pourvoir à leurs besoins. Il le fallait. » Il chercha encore de l'air pour continuer, mais n'y parvint pas.

« Bien sûr, dit Althéa. Tu as parfaitement subvenu à nos besoins. Ne te soucie pas de ça. Tout ira bien, je te le promets. »

Elle avait quitté la chambre et traversé la moitié du couloir quand elle se rendit compte de ce qu'elle lui avait dit. Qu'entendait-elle par cette promesse ? Qu'elle veillerait à ce qu'il meure sur la vivenef qu'il avait si longtemps commandée ? Belle définition de « Tout ira bien » ! Puis, avec une certitude inébranlable, elle sut que, quand son tour viendrait de mourir, si elle pouvait le faire sur les ponts de la *Vivacia*, tout irait bien pour elle aussi.

Elle se frotta le visage avec la sensation de se réveiller. Ses joues étaient humides : elle pleurait. Ce n'était pas le moment, pas le moment d'éprouver des émotions, pas le moment de pleurer.

Comme elle sortait en coup de vent dans le soleil éclatant, elle faillit se cogner au groupe de gens réunis à l'entrée. Elle battit un instant des paupières et se rendit bientôt compte qu'il s'agissait de sa mère, de Kyle, de Keffria et des enfants. Ils la dévisageaient en silence. L'espace d'un instant, elle leur rendit leur regard effaré, puis déclara : « Je descends préparer le navire. Laissez-moi une heure, et puis amenez papa. »

Kyle fronça les sourcils, l'air sombre, en s'apprêtant à répondre, mais la mère d'Althéa le devança en hochant la tête et dit d'une voix éteinte : « Vas-y. » Elle s'étrangla sur ces mots et Althéa vit qu'elle s'efforçait de rajouter quelque chose malgré sa gorge nouée par le chagrin. « Dépêche-toi », fit-elle enfin ; Althéa acquiesça et commença de descendre l'avenue à pied. Le temps qu'on envoie un coursier en ville lui chercher un cabriolet, elle serait déjà presque au navire.

« Faites-la au moins accompagner d'un domestique ! » s'exclama Kyle dans son dos d'un ton furieux ; et, plus doucement, sa mère répondit : « Non. Qu'elle y aille, qu'elle y aille. Nous n'avons plus le temps de nous soucier des apparences, je le sais. Venez m'aider à préparer une litière pour Ephron. »

Quand Althéa parvint aux quais, sa robe était imprégnée de transpiration. Elle maudit le destin qui avait fait d'elle une femme condamnée à porter de tels atours ; l'instant suivant, elle remerciait le même Sâ à qui elle venait d'adresser d'amers reproches, car un espace s'était libéré au quai des taxes et la *Vivacia* s'y introduisait lentement. Elle attendit impatiemment la fin de la manœuvre, puis, soulevant ses jupes, elle bondit sur le pont alors qu'on amarrait le navire.

Gantri, le lieutenant de Kyle, se tenait sur le gaillard d'avant, les mains sur les hanches ; il sursauta à la vue d'Althéa. Il avait peu de temps auparavant été mêlé à une rixe, car tout un côté de son visage était enflé et commençait à virer au violet. La jeune fille négligea ce détail : c'était au second de veiller au comportement de l'équipage ; or les humeurs pouvaient être disputailleuses le premier jour au port : la liberté était à portée de main, et, en outre, les équipages des navires et les équipes des quais ne s'entendaient pas toujours bien. Mais l'air renfrogné que prit l'homme semblait dirigé contre elle. « Maîtresse Althéa ! Que faites-vous ici ? » Il paraissait indigné.

En toute autre circonstance, elle aurait pris le temps de se froisser de son ton, mais elle se contenta de répondre : « Mon père est à l'agonie ; je viens préparer le navire pour le recevoir. »

Si l'expression de l'homme ne s'adoucit pas, c'est d'une voix déférente qu'il demanda : « Quels sont vos ordres ? »

Elle porta ses mains à ses tempes. Qu'avait-on fait à la mort de son grand-père ? C'était il y avait si longtemps ! Mais on attendait d'elle qu'elle sache que faire. Elle prit une grande inspiration afin de se calmer, puis s'accroupit soudain pour poser la main à plat sur le pont. *Vivacia*... si proche de l'éveil... « Il faut dresser un pavillon de toile là-bas ; installez-le de façon que la brise puisse rafraîchir mon père.

– Pourquoi ne pas le mettre dans sa cabine ? demanda Gantri.

– Ce n'est pas ainsi qu'on procède, répliqua la jeune fille d'un ton sec. Il faut qu'il soit ici, sur le pont, sans rien entre le navire et lui. Il faut aussi de la place pour la famille. Dressez quelques bancs de planches pour ceux qui assisteront à la veillée funèbre.

– J'ai un bateau à décharger, déclara brutalement Gantri, et une partie du fret est périssable. Il faut la sortir le plus vite possible. Comment voulez-vous que mes gars y arrivent s'ils doivent installer en plus un pavillon et travailler sur un pont encombré de gens ? » Il posa la question à la vue et à l'ouïe de l'équipage tout entier, et on sentait du défi dans sa voix.

Althéa le regarda bouche bée en se demandant ce qui lui prenait de discuter avec elle juste à ce moment. Ne se rendait-il donc pas compte de l'importance... ? Non, sans doute pas : il avait été choisi par Kyle et ne connaissait rien du processus d'éveil d'une vivenef. Comme si son père se tenait à côté d'elle, elle s'entendit formuler l'ordre habituel qu'il donnait toujours à Brashen en cas de difficulté. Elle se redressa.

« Débrouillez-vous », ordonna-t-elle succinctement. Elle jeta un coup d'œil aux alentours : des matelots avaient interrompu leur tâche pour suivre l'échange ; chez certains, elle lut de la compassion et de la compréhension, chez d'autres, seulement la curiosité avide de qui assiste à une lutte entre deux volontés. D'un ton un peu plus menaçant, elle ajouta : « Si vous n'en êtes pas capable, laissez Brashen s'en occuper. Il saura s'y prendre. » Elle s'apprêtait à se détourner quand elle se ravisa. « C'est d'ailleurs la meilleure solution : confiez à Brashen l'installation du capitaine Vestrit ; c'est son lieutenant, c'est parfait. Vous, occupez-vous du déchargement de la cargaison de votre capitaine.

– Il ne peut y avoir qu'un seul commandant à bord », fit remarquer Gantri. Il regardait ailleurs, comme si ce n'était pas à elle qu'il s'adressait, mais elle décida de répondre tout de même.

« C'est exact, matelot ; et, quand le capitaine Vestrit est à bord, il n'y a qu'un seul commandant. Il m'étonnerait que vous trouviez grand monde sur ce navire pour remettre cette évidence en question. » Ses yeux quittèrent l'homme pour aller se poser sur le charpentier du bord. Bien qu'il ne lui inspirât plus guère de sympathie, sa loyauté envers son père avait toujours été absolue. Elle croisa son regard et elle lui ordonna : « Aidez Brashen de toutes les façons qu'il souhaitera. Faites vite : mon père va bientôt arriver. Si c'est la dernière fois qu'il doit monter à bord, j'aimerais qu'il voie la *Vivacia* en ordre et l'équipage affairé. »

Cette demande suffit : le visage du charpentier prit soudain une expression de compréhension, qui se répandit au reste des hommes par le simple coup d'œil qu'il leur jeta : c'était vrai et c'était urgent. Le commandant sous lequel ils avaient servi, certains depuis plus de vingt ans, venait mourir à bord. Il se vantait souvent d'avoir les meilleurs hommes à faire voile hors de Terrilville, et, Sâ le savait, il les payait mieux qu'ils ne l'auraient été sur aucun autre navire.

« Je vais chercher Brashen », assura le charpentier et il s'en alla d'un pas décidé. Gantri prit son souffle comme pour le rappeler, mais il hésita un instant, puis se mit à aboyer des ordres pour le déchargement de la cargaison ; il pivota juste assez pour qu'Althéa ne soit plus dans son axe de vision : il l'avait chassée de son esprit. Par réflexe, elle faillit se mettre en colère, puis elle se rappela qu'elle n'avait pas le temps de s'occuper de son attitude insolente : son père se mourait.

Elle alla trouver le voilier pour lui commander une pièce de toile neuve, et, quand elle regagna le pont, elle y vit Brashen qui parlait avec le charpentier ; de la main, il indiquait le gréement tout en discutant de la manière d'y accrocher le pavillon. Quand il se tourna vers elle, elle découvrit une bosse au-dessus de son œil gauche ; c'était donc avec lui que le lieutenant s'était pris de querelle. Eh bien, quel qu'en ait été le sujet, elle s'était réglée à la manière habituelle.

Il ne restait plus grand-chose à faire qu'attendre. Elle avait chargé Brashen de s'occuper de la situation et il avait accepté ; or elle avait retenu un enseignement de son père : quand on nomme un homme responsable d'une tâche, on le laisse tranquille pendant qu'il l'effectue ; de plus, elle n'avait pas envie d'entendre Gantri grommeler qu'elle gênait le travail ; en conséquence, sans autre endroit où se rendre sans manquer d'élégance, elle descendit à sa cabine.

Il n'y restait plus rien à part le tableau de la *Vivacia*. La vue des étagère vides faillit lui déchirer le cœur. Toutes ses affaires avaient été proprement rangées serré dans diverses caisses à claire-voie encore ouvertes ; des bordés, des clous et un marteau gisaient par terre. Telle était donc la tâche dont elle avait détourné Brashen. Elle s'assit sur le matelas de coutil de sa couchette et regarda les caisses ; en elle, une part industrieuse souhaitait qu'elle s'accroupît pour clouer les couvercles, tandis qu'une autre, provocatrice celle-là, la poussait à déballer ses affaires et à les remettre à leur place légitime. Ainsi tiraillée entre ces deux impulsions, elle demeura un moment immobile.

Puis, avec une soudaineté qui la prit par surprise, le chagrin l'étouffa. Ses sanglots ne parvenaient pas à sortir et elle n'arrivait même plus à respirer tant elle avait la gorge nouée. Son besoin de pleurer faisait en elle une douloureuse constriction qui la suffoquait littéralement. Assise sur sa couchette, elle restait la bouche ouverte à essayer de reprendre son souffle. Quand elle réussit enfin à faire passer une goulée d'air dans ses poumons, elle ne put que se mettre à sangloter. Les larmes sillonnaient ses joues, et elle n'avait pas de mouchoir, rien que sa manche ou ses jupes, mais quel manque de cœur fallait-il pour seulement songer à un mouchoir en de telles circonstances ? Elle enfouit son visage dans ses mains et se laissa aller à pleurer, tout simplement.

*

Ils s'éloignèrent en caquetant entre eux comme une troupe de poulets, et Hiémain ne put que les suivre. Il ignorait que faire d'autre. Il se trouvait à Terrilville depuis cinq jours et il ne savait toujours pas pourquoi on l'avait rappelé ; son grand-père était mourant, il était naturellement au courant, mais il ne voyait pas ce qu'on espérait qu'il y fît ni même quelle réaction on attendait de lui.

Dans l'agonie, le vieillard était encore plus intimidant que dans la vie. Quand Hiémain était enfant, c'était la vitalité brute de l'homme qui l'effrayait; à présent, c'était la noirceur de la mort imminente qui sourdait de lui et vidait ses ténèbres dans la chambre. Sur le bateau qui le ramenait chez lui, Hiémain avait pris la ferme résolution d'apprendre quelque chose de son grand-père avant sa mort, mais il était désormais trop tard: ces dernières semaines, tout ce qu'Ephron Vestrit possédait de lui-même avait été appliqué à s'accrocher à la vie; il s'agrippait avec acharnement à chaque respiration, et cela n'avait rien à voir avec la présence de son petit-fils. Non: il attendait seulement le retour de son navire.

De toute manière, Hiémain n'avait guère passé de temps en compagnie de son grand-père. A son arrivée, sa mère lui avait à peine laissé le temps de se laver le visage et les mains de la poussière du voyage avant de le faire entrer dans la chambre et de le présenter. Désorienté par son voyage en mer et le trajet assourdissant par les rues torrides et affairées de la ville, c'est tout juste s'il avait saisi que cette femme aux cheveux sombres et courts était la maman qui le dominait jadis de toute sa taille. Les rideaux de la pièce dans laquelle elle l'avait fait pénétrer si vite étaient clos pour empêcher la chaleur et l'éclat du jour d'entrer; une femme était assise dans un fauteuil au chevet du lit. Il régnait dans la chambre une âcre odeur de renfermé, et il avait dû faire un grand effort sur lui-même afin de ne pas s'enfuir quand la femme s'était levée pour le serrer contre elle. Elle l'avait agrippé par le bras dès que sa mère l'avait lâché, puis elle l'avait attiré auprès du lit.

« Ephron, avait-elle murmuré. Ephron, Hiémain est ici. »

Et, dans le lit, une forme avait remué, toussé puis marmonné ce qui était peut-être une phrase indiquant qu'elle avait compris. Hiémain était resté sans bouger, le poignet menotté par la main de sa grand-mère, et avait déclaré au bout d'un moment seulement: « Bonjour, grand-père. Je suis en visite à la maison. »

Si le vieillard l'avait entendu, il ne s'était pas donné la peine de répondre. Quelque temps après, il avait toussé de nouveau, puis demandé d'une voix rauque: « Navire ?

– Non. Non, pas encore », avait répondu son épouse d'une voix douce.

Ils étaient restés encore un peu, Hiémain, sa mère et sa grand-mère; puis, comme le vieillard ne faisait pas mine de bouger ni de s'intéresser à leur présence, sa femme avait dit: « Je pense qu'il désire se reposer maintenant, Hiémain. Je t'enverrai chercher plus tard, quand il se sentira un peu mieux. »

Cette occasion ne s'était pas présentée, et voici que son père était rentré, mais apparemment seule la mort imminente d'Ephron Vestrit occupait son esprit. Il avait jeté un regard à Hiémain pendant qu'il étreignait sa mère, ses yeux s'étaient brièvement agrandis et il avait adressé un hochement de tête à son fils aîné, mais à cet instant son épouse Keffria s'était mise à s'épancher de toutes les mauvaises nouvelles et de leurs complications. Hiémain s'était tenu à l'écart, comme un étranger, tandis que sa sœur Malta puis son frère cadet Selden se jetaient dans les bras de leur père. Enfin, les plaintes de Keffria s'étaient interrompues, et Hiémain s'était avancé, d'abord pour s'incliner devant son père, puis pour lui serrer la main.

« Voici donc mon fils le prêtre », dit Kyle en guise de formule d'accueil, et Hiémain ne parvint pas à savoir s'il ne s'y cachait pas une ombre de dérision. Les paroles suivantes de son père ne l'étonnèrent pas. « Ta petite sœur est plus grande que toi; et pourquoi portes-tu une robe comme une femme?

– Kyle! » s'exclama son épouse, mais il se détourna de Hiémain sans attendre sa réponse.

A présent, sa tante partie, il suivait sa famille. Les adultes discutaient déjà de la meilleure façon de transporter Ephron jusqu'au navire et de ce qu'il faudrait ensuite enlever de la *Vivacia* ou y apporter. Les enfants, Malta et Selden, marchaient derrière eux en s'efforçant de poser toute sorte de questions à leur mère, en vain, car leur grand-mère les faisait taire sans cesse. Quant à Hiémain, en retrait, il suivait le groupe, sans se sentir ni adulte ni enfant, sans éprouver le sentiment de participer à ce carnaval d'émotions.

Durant le trajet qui l'amenait à Terrilville, il s'était rendu compte qu'il ignorait à quoi s'attendre, et, depuis son arrivée, cette impression n'avait fait que se renforcer. Le premier jour, il avait surtout conversé avec sa mère, qui n'avait cessé de s'exclamer sur sa maigreur ou d'évoquer des souvenirs attendris qui commençaient invariablement par: « Tu ne te rappelles sans doute pas, mais... »

Malta, jadis si proche de lui qu'on eût presque dit son ombre, lui en voulait aujourd'hui d'être revenu et de détourner si peu que ce fût l'attention de leur mère. Elle ne s'adressait pas à lui mais parlait de lui, prétendument aux domestiques ou à Selden, et ne se privait pas de faire des remarques désobligeantes quand sa mère n'était pas là pour l'entendre. Pour ne rien arranger, à douze ans elle était plus grande que lui et ressemblait déjà plus à une femme que Hiémain à un homme adulte. Nul n'aurait jamais deviné qu'il était l'aîné. Selden, qui n'était guère plus qu'un bébé quand il était parti, le traitait comme un parent en visite qu'il n'était pas très intéressant d'apprendre à connaître, puisqu'il allait sûrement repartir bientôt. Hiémain priait avec ferveur pour que Selden eût raison. Attendre impatiemment la mort de son grand-père afin de pouvoir retrouver son monastère n'avait rien d'honorable, il le savait, mais il n'ignorait pas non plus que nier ce sentiment aurait constitué un mensonge d'une autre sorte.

Tout le monde s'était arrêté devant la porte du mourant, et chacun avait baissé le ton, comme s'il échangeait des secrets avec les autres, comme s'il ne fallait pas parler tout haut de la mort de l'homme dans la chambre. Pour Hiémain, cela ne rimait à rien : le vieillard attendait certainement ce moment depuis longtemps. Par un effort de volonté, il se concentra sur la conversation.

« Je pense qu'il vaut mieux ne rien évoquer de tout cela », disait sa grand-mère à son père ; elle tenait le bouton de la porte mais sans le tourner : on avait presque l'impression qu'elle empêchait son gendre d'entrer. A voir ses sourcils froncés, il était manifeste que Kyle Havre ne partageait pas le point de vue de sa belle-mère ; mais son épouse Keffria lui avait saisi le bras et levait vers lui un regard suppliant en hochant la tête comme une poupée articulée.

« Ça ne ferait que le bouleverser, fit-elle.

– Et pour rien, enchaîna sa mère comme si elles partageaient une même pensée. Il m'a fallu des semaines pour le convaincre de voir la situation comme nous, et il a fini par l'accepter, mais à contrecœur. Vos plaintes ne feraient que rouvrir la discussion ; or, quand il a mal et qu'il est fatigué, il peut se montrer étonnamment entêté. »

Elle se tut et les deux femmes regardèrent Kyle comme si elles lui ordonnaient d'acquiescer. Il ne hocha même pas la tête, mais finit par concéder d'un ton aigre : « Je ne mettrai pas tout de suite le sujet sur le tapis. Descendons-le d'abord à son navire ; c'est le plus important.

– Exactement », fit grand-mère Vestrit, et elle ouvrit enfin la porte. Ils entrèrent, mais, quand Malta et Selden voulurent les imiter, elle leur barra vivement le passage. « Non, les enfants ; courez demander à Nana de vous emballer des vêtements de rechange. Malta, va vite dire à la cuisinière qu'elle nous prépare un panier de provisions, puis qu'elle prenne ses dispositions pour nous faire envoyer des repas. » Elle considéra un moment Hiémain en silence, comme si elle se demandait que faire de lui ; puis elle hocha la tête. « Hiémain, toi aussi, il te faudra de quoi te changer. Nous allons rester à bord du navire jusqu'à... oh, grands dieux ! »

Elle devint soudain livide et son visage exprima une lugubre prise de conscience. Hiémain connaissait cette expression : il avait souvent accompagné les guérisseurs lorsqu'on les appelait, et souvent aussi leurs herbes, leurs toniques ou leurs mains restaient impuissants ou presque pour les mourants ; dans ces occasions, ce qui comptait le plus était ce que lui, Hiémain, pouvait faire pour les survivants en proie au chagrin. Les mains de sa grand-mère se portèrent telles des serres au col de sa robe et ses lèvres se tordirent de douleur. Le jeune garçon sentit sourdre en lui une compassion sincère pour elle. « Oh, grand-mère ! » fit-il dans un soupir, et il tendit les bras vers elle. Mais, alors qu'il s'avançait pour l'étreindre et, d'un contact, lui ôter une partie de son chagrin, elle recula et lui tapota les mains d'un geste presque répulsif. « Non, non, je vais bien, mon chéri. Ne t'inquiète pas pour ta grand-mère. Va chercher tes affaires pour être prêt en même temps que nous. »

Et elle lui ferma la porte au nez. Il resta un moment planté là, sans parvenir à croire qu'elle ait refusé son aide ; puis, quand il recula, il s'aperçut que Malta et Selden le regardaient. « Ah... » fit-il d'une voix morne. Puis, dans une crise de désespoir qu'il n'analysait pas complètement, il essaya de ressentir un lien de parenté avec son frère et sa sœur. Il planta ses yeux dans les leurs. « Notre grand-père est en train de mourir, déclara-t-il solennellement.

– Ça dure depuis le début de l'été », répliqua Malta d'un ton dédaigneux. Elle secoua la tête devant la sottise de Hiémain, puis se détourna de lui comme s'il n'existait plus. « Viens, Selden. Je vais demander à Nana d'empaqueter nos affaires.» Et, sans un regard en arrière, elle emmena le petit garçon en laissant Hiémain dans le couloir.

Un instant, il essaya de ne pas se sentir froissé: ses parents n'avaient pas eu l'intention de le diminuer en l'excluant et sa sœur était sous le coup du chagrin. Et puis il sut qu'il se mentait à lui-même; il s'attacha donc à voir ce qu'il éprouvait sous tous ses aspects afin de le comprendre. Sa mère et sa grand-mère étaient préoccupées; son père et sa sœur avaient cherché exprès à lui faire mal et il leur avait permis d'y parvenir. Mais ces épisodes qui s'étaient produits et les sentiments dont il faisait à présent l'expérience n'étaient pas des défauts à éradiquer; il ne pouvait nier les sentiments en question, et il ne devait pas essayer de les modifier. «Accepte et grandis», se dit-il, et il sentit la douleur s'apaiser. Il alla emballer des vêtements de rechange.

*

Brashen contempla Althéa sans arriver à croire ce qu'il voyait. Il n'avait vraiment pas besoin de ça aujourd'hui, songea-t-il stupidement; puis, il se raccrocha à la colère sous-jacente à cette pensée pour refouler l'affolement qui le menaçait. Il referma la porte et s'agenouilla près d'Althéa. Il était entré dans la cabine après qu'elle eut refusé de répondre lorsqu'il avait frappé à la porte, d'abord doucement, puis avec plus de vigueur. En poussant le battant, il s'était attendu à trouver la jeune fille tout feu tout flamme contre lui, mais non: il l'avait découverte étendue par terre, exactement comme les héroïnes des théâtres à un sou lorsqu'elles s'évanouissent; sauf qu'au lieu de reposer gracieusement, le visage sur les mains, Althéa gisait les doigts presque crispés sur le plancher comme si elle s'efforçait de les enfoncer dans le bois.

Elle respirait. Il hésita, puis lui secoua doucement l'épaule. «Maîtresse, fit-il, d'abord avec gentillesse, puis d'un ton plus agacé: Althéa, réveillez-vous!»

Elle gémit vaguement mais ne réagit pas. Brashen la considéra d'un œil noir; il aurait dû appeler à grands cris le médecin du bord, mais, comme Althéa elle-même, il ne tenait pas au scandale. Elle préférerait qu'on ne la vît pas ainsi, il en était sûr – du moins aurait-ce été le cas de l'Althéa de naguère: perdre connaissance et se retrouver allongée sur le plancher ne lui ressemblait pas plus que l'humeur mélancolique dont elle avait fait preuve dans sa cabine pendant tout le long voyage de retour. Brashen s'inquiétait aussi de sa pâleur et de la maigreur de son visage. Il jeta un coup d'œil à la cabine vide, puis prit Althéa dans ses bras et la déposa sur le matelas nu de la couchette. « Althéa ? fit-il d'un ton insistant, et, cette fois, elle battit des paupières avant de les ouvrir.

– Quand le vent emplit les voiles, on peut trancher les vagues comme du beurre avec un couteau chauffé », lui dit-elle avec un sourire affable. Elle le regarda et ses yeux avaient une expression lointaine et extatique. Brashen faillit lui rendre son sourire, pris tout à coup dans l'intimité qui sous-tendait ses doux propos, mais il se ressaisit.

« Vous vous êtes évanouie ? » demanda-t-il d'un ton bourru.

Le regard d'Althéa devint brusquement circonspect. « Je... Non, pas exactement. Je n'arrivais simplement plus à me tenir... » Sa voix mourut et elle quitta la couchette ; elle fit un pas chancelant, mais, à l'instant où il tendait la main pour la soutenir, elle prit appui contre une cloison. Elle contempla la paroi comme si elle y voyait une scène parfaite. « Lui avez-vous préparé une place ? » demanda-t-elle d'une voix rauque.

Il acquiesça. Elle hocha la tête à l'unisson, et Brashen déclara avec hardiesse : « Althéa, je partage votre douleur. Il comptait beaucoup pour moi.

– Il n'est pas encore mort », répliqua-t-elle d'un ton sec. Elle se passa les mains sur le visage et repoussa ses cheveux en arrière ; puis, comme si elle considérait qu'elle avait ainsi remis en état son apparence dépenaillée, elle passa devant Brashen à grands pas et sortit de la cabine. Il la suivit quelques instants plus tard. C'était typique d'Althéa : elle ne comprenait pas qu'il existait d'autres personnes en dehors d'elle-même. Elle avait rejeté la peine qu'il ressentait comme si la formule qu'il avait employée était de pure courtoisie. Il se demanda si elle avait jamais pris le temps de songer à l'importance que la mort de son père pouvait avoir pour lui ou pour n'importe quel homme de l'équipage. De tous les commandants de Terrilville, le capitaine Vestrit était le plus généreux et le plus juste ; Althéa se rendait-elle compte à quel point il était rare qu'un capitaine se soucie du bien-être de son équipage ? Non, elle en était incapable, naturellement : elle n'avait jamais voyagé à bord d'un navire où les rations se résumaient à du pain charançonné et à du porc salé, gluant et presque toxique ; elle n'avait jamais vu un homme se faire quasiment tuer à coups de poing par le second simplement parce qu'il n'avait pas réagi assez vite à un ordre. Certes, le capitaine Vestrit ne tolérait pas le relâchement, mais il se contentait de se débarrasser au premier port venu de ceux qui avaient cette habitude ; il n'avait jamais recours à la violence. Et il connaissait son équipage : il ne prenait pas n'importe qui sur les quais quand il avait besoin d'un équipage ; il disposait d'hommes qu'il avait formés et éprouvés lui-même, et dont il n'ignorait rien.

Ces hommes avaient connu eux aussi leur commandant et avaient eu foi en lui. Brashen en savait certains qui avaient refusé des postes plus élevés sur d'autres navires pour rester avec Vestrit. Certains marins, selon les critères de Brashen, étaient trop vieux pour travailler sur un pont, mais Ephron les avait gardés à cause de l'expérience de leurs années, et il avait trié sur le volet les matelots jeunes et forts qu'il leur avait confiés afin qu'ils apprennent du savoir de leurs aînés. Il avait remis le sort du navire entre leurs mains et, en retour, ils avaient remis leur avenir entre les siennes. A présent qu'Althéa allait hériter de la *Vivacia*, Brashen priait Sâ qu'elle eût assez de morale et de bon sens pour les maintenir à bord et bien les traiter. Beaucoup, parmi les plus vieux, n'avaient d'autre domicile que la *Vivacia*.

Brashen en faisait partie.

6

L'ÉVEIL DE LA *VIVACIA*

On porta le capitaine à bord sur une litière. C'est ce spectacle qui serra le cœur de Brashen et lui fit soudain monter les larmes aux yeux ; au moment où il vit la forme inerte sous les draps de toile, la vérité toute nue lui apparut : son commandant remontait sur la *Vivacia* pour mourir. Son secret espoir qu'Ephron Vestrit ne fût pas aussi mal qu'on le disait, qu'il se remettrait grâce à l'air marin et aux ponts de son navire, n'était qu'un rêve d'enfant naïf.

Il se tint respectueusement à l'écart pendant que Kyle surveillait la montée de la litière sur la passerelle d'embarquement ; les hommes la déposèrent sous le dais que Brashen avait improvisé. Althéa, aussi pâle que si elle était sculptée dans l'ivoire, l'y attendait. La famille suivait le capitaine en file indienne, tels des moutons égarés ; ses membres prirent place autour de la litière d'Ephron Vestrit comme s'ils eussent été les invités d'un banquet et lui la table dressée. Son épouse et sa fille aînée avaient une expression à la fois affolée et ravagée. Les enfants, parmi lesquels un garçon plus âgé que les deux autres, paraissaient surtout un peu perdus. Kyle restait en retrait, l'air désapprobateur, comme s'il examinait une voile mal réparée ou le mauvais arrimage d'une cargaison. Au bout de quelques minutes, Althéa sembla émerger de sa stupeur ; elle s'en alla discrètement et revint avec une carafe d'eau et une timbale, puis elle s'agenouilla sur le pont au chevet de son père et lui offrit à boire.

S'agitant pour la première fois sous les yeux de Brashen, le capitaine tourna la tête et réussit à prendre une petite gorgée d'eau ; puis, d'un geste vague de sa main décharnée, il rappela à tous qu'il fallait l'ôter de sa litière et le déposer sur le pont de son navire. A ce signal, Brashen s'avança sans même réfléchir, comme il avait si souvent réagi aux ordres de son commandant. Il entrevit le froncement de sourcils de Kyle avant de s'accroupir près de la litière d'Ephron Vestrit.

« Si vous permettez, capitaine », dit-il à mi-voix, après quoi il attendit le petit hochement de tête qui lui indiqua que son commandant l'avait reconnu et acceptait ses services. Aussitôt, Althéa s'approcha et passa les bras sous les jambes squelettiques de son père, tandis que Brashen se chargeait du reste du corps du vieillard – vieillard qui n'était pas si lourd, et qui n'était pas non plus très âgé, songea Brashen en posant doucement le corps émacié sur le plancher nu du pont. Au lieu de se plaindre de la dureté des planches, le capitaine soupira comme si une grande souffrance venait de lui être enlevée. Il battit des paupières et son regard se dirigea vers Althéa ; une trace de son ancien éclat y était visible lorsqu'il lui ordonna doucement : « Althéa, la cheville de la figure de proue. »

Les yeux de sa fille s'agrandirent un instant dans une sorte d'horreur. Puis elle carra les épaules, se leva pour lui obéir et s'éloigna de la litière, les lèvres si serrées qu'elles en étaient blanches. Instinctivement, Brashen commença à se reculer. Le capitaine Vestrit n'aurait pas demandé la cheville de la figure de proue s'il n'avait pas senti la mort toute proche ; le temps était venu qu'il demeurât seul avec sa famille. Mais, comme Brashen se retirait, il sentit soudain une main étonnamment ferme lui saisir le poignet ; les longs doigts du capitaine s'enfoncèrent dans sa chair et le forcèrent à revenir. Il émanait de lui une forte odeur de mort mais Brashen, sans broncher, s'approcha pour entendre ce qu'il disait.

« Accompagne-la, fils ; elle va avoir besoin de ton aide. Reste auprès d'elle dans cette épreuve. » Sa voix n'était qu'un murmure rauque.

De la tête, Brashen indiqua qu'il avait compris, et le capitaine Vestrit le laissa aller. Mais, alors qu'il se redressait, le mourant reprit : « Tu as été un bon marin, Brashen. » Il s'exprimait à présent clairement et d'une voix singulièrement forte, comme s'il désirait que tous et pas seulement sa famille entendissent ses propos.

Il inspira péniblement. «Je n'ai à me plaindre ni de toi ni de ton travail.» Nouvelle inspiration. «Si je pouvais encore naviguer, c'est toi que je prendrais comme second.» Sur les derniers mots, sa voix se cassa et se transforma en sifflement. Ses yeux laissèrent Brashen pour se porter sans hésitation sur Kyle, qui n'avait pas quitté sa mine renfrognée. Avec difficulté, le vieux capitaine prit une goulée d'air. «Mais je ne naviguerai plus. La *Vivacia* ne m'appartiendra plus.» Ses lèvres bleuissaient: malgré tous ses efforts, il ne parvenait plus à reprendre son souffle. Il serra le poing et fit un geste violent qui aurait été incompréhensible pour tout autre, mais Brashen se releva d'un bond et se rua vers la proue pour ramener Althéa d'urgence.

Que la figure de proue recelât une cheville n'était connu que de quelques personnes, et Ephron l'avait confié à Brashen peu après l'avoir nommé second: dans les boucles abondantes de la figure se dissimulait un crochet qui, une fois ouvert, permettait de sortir une longue cheville du même bois gris soyeux que la sculpture. Ce n'était pas une nécessité, mais la croyance voulait que, si le mourant tenait cette cheville au moment où sa vie s'échappait, le navire s'imprégnait davantage de son savoir et de son essence. Ephron l'avait montrée à Brashen et lui avait indiqué comment l'extraire de sa cachette, de façon que, s'il lui arrivait un accident lors d'une catastrophe, son second pût lui apporter le morceau de bois même pendant ses derniers instants. C'était là une tâche que Brashen avait souhaité avec ferveur n'avoir jamais à exécuter.

Il découvrit Althéa pratiquement suspendue au beaupré, la tête en bas, alors qu'elle s'évertuait à sortir la cheville de son logement. Sans un mot, il se pencha au-dessus du bastingage, la saisit par les hanches et la fit descendre de façon à lui faciliter la manœuvre. «Merci», grogna-t-elle en extrayant la cheville, et, là-dessus, Brashen la remonta sans effort et la déposa sur le pont. Elle se précipita aussitôt vers son père, le précieux morceau de bois serré dans le poing et Brashen sur les talons.

Il était temps: l'agonie d'Ephron Vestrit n'allait pas être agréable. Au lieu de fermer les yeux et de partir en paix, il luttait contre la mort comme, sa vie entière, il avait lutté contre tout ce qui s'opposait à lui. Althéa lui tendit la cheville et il s'en empara comme si elle devait le sauver. «Je me noie, fit-il d'une voix étranglée. Je me noie sur un pont au sec.»

Pendant quelque temps, l'étrange tableau demeura figé : Althéa et son père tenaient chacun une extrémité de la cheville ; le visage ravagé de la jeune fille était sillonné de larmes, ses cheveux emmêlés collaient à ses joues, et ses yeux grands ouverts, à l'expression concentrée et pleine de tourment, plongeaient dans le regard noir de son père où ils se réfléchissaient. Elle ne pouvait plus rien pour lui, elle le savait, mais elle ne faiblissait pas.

La main libre d'Ephron tâtonna le pont comme s'il cherchait une prise sur les planches poncées. Avec un gargouillis, il parvint à inspirer encore une fois en s'étouffant. Une écume rouge apparaissait aux coins de sa bouche. D'autres membres de la famille se rapprochèrent ; la sœur aînée s'agrippait éperdument à sa mère, muette de chagrin, mais la mère lui parlait doucement dans les cheveux tout en la serrant contre elle. La gamine pleurait, prise d'une sorte de terreur, et se raccrochait à son petit frère qui paraissait perdu. Le petit-fils aîné du commandant se tenait en retrait de sa famille, le visage pâle et fermé comme lorsqu'on supporte une grande douleur. Kyle se trouvait aux pieds du mourant, les bras croisés, et Brashen n'avait aucune idée des pensées que cachait cette pose immobile. Un second cercle s'était formé à distance respectueuse du dais : l'équipage, visages de marbre, s'était réuni, le chapeau à la main, pour assister à la mort de son capitaine.

« Althéa ! » fit soudain l'épouse du commandant à sa fille ; en même temps, elle poussa son aînée vers leur père. « Il le faut, dit-elle d'une voix basse, d'un ton bizarre. Il le faut, tu le sais bien. » Elle s'exprimait avec une étrange résolution, comme si elle s'astreignait à exécuter une corvée des plus pénibles. L'expression de sa fille aînée – Keffria, oui, c'est ainsi qu'elle s'appelait – paraissait un mélange de honte et de défi ; elle se laissa brusquement tomber à genoux à côté de sa sœur, puis tendit une main pâle et tremblante. Brashen crut qu'elle voulait toucher son père, mais non : elle saisit fermement la cheville entre les mains d'Althéa et du capitaine. A l'instant où, en s'emparant du morceau de bois au-dessus de la main d'Althéa, Keffria s'appropriait indéniablement le navire, sa mère l'appuya à voix haute.

« Althéa, lâche la cheville. Le navire appartient à ta sœur par droit d'ordre de naissance – et par la volonté de ton père. » Elle s'exprimait d'une voix tremblante, mais claire.

La jeune fille, l'air incrédule, suivit des yeux le bras dont la main tenait la cheville jusqu'au visage de sa sœur. « Keffria ? fit-elle, égarée. Ce n'est pas vrai, n'est-ce pas ? »

La femme prit une mine incertaine et jeta un coup d'œil à sa mère. « Si ! déclara Ronica Vestrit presque avec violence. Il doit en être ainsi, Althéa. Il doit en être ainsi pour notre bien à tous.

– Papa ? » fit Althéa d'une voix brisée.

Les yeux noirs de son père ne l'avaient pas quittée. Il ouvrit la bouche, ses lèvres remuèrent, et il prononça une dernière phrase : « ... lâche la cheville... »

Brashen avait autrefois travaillé sur un navire dont le second se servait un peu trop de l'épissoir ; il l'employait surtout à frapper par derrière les marins qui, selon lui, ne s'appliquaient pas assez à la tâche. Bien des fois, et il s'en serait volontiers passé, Brashen avait vu l'expression de l'homme à l'instant où l'outil s'abattait sur l'arrière de son crâne, où la douleur se transformait en inconscience. Althéa eut la même expression en entendant les paroles de son père. Ses doigts se détachèrent de la cheville et sa main retomba, mais s'arrêta pour saisir le bras décharné de son père, auquel elle s'agrippa comme un marin à un débris de son navire lors d'une tempête. Elle ne regarda ni sa mère ni sa sœur ; elle maintint simplement sa prise sur le bras de son père qui hoquetait, la bouche grande ouverte, tel un poisson hors de l'eau.

« Papa », murmura de nouveau Althéa. Le dos de son père s'arqua et sa poitrine s'enfla de l'effort qu'il faisait pour trouver de l'air. Sa tête roula et il fit face à sa fille avant de retomber lourdement sur le pont. La longue lutte était terminée ; l'ultime lueur de vie et de combativité quitta soudain son regard, son corps se détendit, flasque, sur le pont, comme s'il se fondait au bois. Sa main lâcha la cheville. Tandis que sa sœur Keffria se redressait, Althéa s'effondra en avant, la tête sur la poitrine de son père, et, là, sans vergogne, elle se laissa aller à pleurer et à gémir d'une voix désespérée.

Aussi ne vit-elle pas ce dont Brashen fut témoin : Keffria, une fois debout, remit la cheville à son époux, qui l'accepta, sous le regard effaré de Brashen. Puis Kyle s'éloigna, le précieux morceau de bois à la main comme s'il avait réellement le droit de le détenir. L'espace d'un instant, Brashen faillit le suivre, mais il se ravisa : il préférait ne pas être témoin de ce qui allait se passer.

Avec ou sans cheville, le navire allait s'éveiller; Brashen avait déjà l'impression de sentir une différence, et la remise en place de la cheville ne ferait que hâter le processus. Mais la promesse qu'il avait faite à son capitaine prenait désormais un sens nouveau.

Accompagne-la, fils; elle va avoir besoin de ton aide. Reste auprès d'elle dans cette épreuve. Le capitaine Vestrit ne parlait pas de la cheville ni de sa propre mort. Le cœur serré, Brashen s'efforça de déterminer ce à quoi sa promesse l'engageait.

*

Des mains se posèrent sur les épaules d'Althéa, qui s'écarta sans chercher à savoir à qui elles appartenaient. En l'espace de quelques instant, elle avait perdu son père et la *Vivacia*; elle aurait préféré perdre la vie, même si elle ne mesurait pas encore toute sa douleur. Ce n'était pas juste, se disait-elle stupidement; il ne devrait se produire qu'un seul événement inconcevable à la fois: elle aurait alors trouvé le moyen de les affronter l'un après l'autre. Mais, dès qu'elle songeait à la mort de son père, au moment où elle était sur le point d'en comprendre l'ampleur, la perte du navire prenait soudain toute la place dans son esprit; cependant, elle ne se donnait pas le droit d'y penser à côté de la dépouille de son père, car elle serait alors obligée de se demander comment cet homme qu'elle idolâtrait avait pu la trahir ainsi; or, si le chagrin l'accablait, elle redoutait bien davantage sa propre colère qui risquait de la consumer entièrement et de ne laisser d'elle que cendres au vent.

Les mains revinrent se poser sur ses épaules voûtées et les agrippèrent fermement. « Allez-vous-en, Brashen », dit-elle d'une voix sans énergie; la volonté lui fit défaut et elle ne put même pas hausser les épaules pour se libérer. La poigne tiède et solide évoquait trop celle de son père: parfois, alors qu'elle était à la barre, il montait sur le pont – il était capable, quand il le désirait, de se déplacer sans plus de bruit qu'un fantôme, et tout l'équipage le savait; il n'ignorait pas non plus que nul ne pouvait prévoir quand le capitaine allait apparaître en silence et, sans rien dire, observer d'un œil exercé le travail de l'un ou de l'autre. Althéa se tenait au gouvernail, les paumes sur la roue, conservant un cap fixe, et ne s'apercevait de sa présence qu'à l'instant où elle sentait le contact ferme et approbateur de ses mains sur ses épaules ; ensuite, il s'éloignait sans bruit, ou bien il allumait sa pipe et observait la nuit et la mer, et sa fille qui pilotait son navire entre les deux.

Curieusement, ce souvenir rendit un peu de vigueur à Althéa. Jusque-là aiguë, sa douleur se transforma en un battement sourd. Elle redressa le dos, carra les épaules. Elle n'y comprenait rien, ni comment son père avait pu mourir et la laisser seule, ni, surtout, comment il avait pu lui arracher le navire pour le donner à sa sœur. « Mais, vous savez, il aboyait souvent des ordres et je n'en percevais pas le sens ; mais si j'y obéissais aussitôt, tout devenait clair. Tout devenait toujours clair. »

Elle se retourna en s'attendant à voir Brashen. Mais non : c'était Hiémain qui se trouvait derrière elle. Elle en fut étonnée, et presque furieuse. Qui était cet enfant pour oser la toucher aussi familièrement, sans parler de ce pâle fantôme du sourire de son père qu'il lui adressait ? Il ajouta à mi-voix : « Je suis sûr que cela reviendra, tante Althéa, car accepter la tragédie et la déception est la volonté non seulement de votre père, mais aussi de Sâ. Si nous supportons avec joie ce qu'il nous envoie, il nous récompense toujours.

– Remballe tes discours ! » répondit-elle violemment d'une voix grondante. Comment avait-il l'audace de lui servir des platitudes en cet instant, ce fils de Kyle qui allait s'emparer de tout ce qu'elle avait perdu ? Naturellement, ce sort ne devait pas être difficile à supporter pour lui ! L'air effaré de l'enfant faillit la faire éclater de rire. Il ôta les mains des épaules de la jeune fille et recula d'un pas.

« Althéa ! » lança Ronica d'un ton à la fois bouleversé et furieux.

Althéa essuya ses larmes du revers de sa manche et soutint le regard plein de reproches de sa mère. « Ne croyez pas que j'ignore qui a eu l'idée de faire de Keffria l'héritière du navire ! lui dit-elle avec emportement.

– Oh, Althéa ! » s'exclama Keffria avec une peine qui paraissait presque authentique. Le chagrin et la consternation qui se peignaient sur son visage faillirent faire fondre la jeune fille. Elles étaient si proches autrefois...

Mais, à cet instant, Kyle arriva au milieu d'elles et annonça d'une voix furieuse : « Quelque chose ne va pas ; la cheville ne rentre pas dans la figure de proue ! »

Tout le monde le dévisagea. Son irritation et son impatience contrastaient trop avec la pitoyable dépouille étendue sur le pont. Il y eut un moment de silence, puis Kyle eut l'élégance de prendre une expression honteuse ; il se tenait, la cheville gris argent dans la main, et jetait des coups d'œil tout autour de lui comme s'il ne savait où poser le regard. Althéa prit une inspiration longue et tremblante, mais, avant qu'elle pût dire un mot, elle entendit la voix de Brashen, dégoulinante d'ironie :

« Vous ignorez peut-être qu'il faut un membre du sang de la famille pour éveiller une vivenef ? »

On eût dit qu'il se tenait au milieu d'un champ pendant un orage et appelait la foudre à tomber sur lui. Le visage de Kyle se convulsa de rage et rougit intensément.

« Qu'est-ce qui vous donne le droit de parler ici, chien ? Je vous ferai chasser de ce navire !

– Je n'en doute pas, répliqua Brashen d'un ton calme. Mais pas avant que j'aie rendu mon ultime service à mon capitaine. Il s'est exprimé très clairement, pour un homme à l'agonie. "Reste auprès d'elle dans cette épreuve", m'a-t-il dit, et vous n'avez sûrement pas manqué de l'entendre. Je compte lui obéir. Remettez la cheville à Althéa, qu'au moins l'éveil du navire lui revienne. »

Il ne sait jamais quand se taire : c'était la principale critique du capitaine Vestrit à l'encontre de son jeune second, mais on sentait toujours de l'admiration et du respect dans sa voix, ce qu'Althéa avait trouvé bizarre jusque-là. A présent, elle comprenait. Dépenaillé comme tout matelot à la fin d'un long voyage, il faisait front à l'homme qui avait commandé le navire et qui continuerait sans doute à le commander. Il avait été publiquement congédié et n'avait pas bronché. Althéa savait que Kyle n'accéderait jamais à sa demande ; elle-même n'avait plus le courage d'en avoir envie. Mais, par cette exigence, Brashen lui avait soudain donné un aperçu de ce que son père avait vu en lui.

Kyle se tenait devant lui, exaspéré. Du regard, il balaya le cercle de la famille en deuil, mais, Althéa en était sûre, il avait aussi conscience du cercle plus large des membres de l'équipage, et même des badauds qui s'étaient assemblés sur le quai pour assister à l'éveil d'une vivenef. Pour finir, il décida de ne pas prêter attention aux paroles de Brashen.

« Hiémain ! lança-t-il d'une voix qui claqua comme un fouet. Prends la cheville et éveille ce navire ! »

Tous les yeux se tournèrent vers l'adolescent, qui blêmit et dont les yeux s'agrandirent. Ses lèvres frémirent, puis il se ressaisit et prit une profonde inspiration. « Je n'en ai pas le droit. »

Il n'avait pas parlé fort, mais sa jeune voix portait.

« Par tous les diables, n'es-tu pas Vestrit autant que Havre ? Tu en as le droit ! Le navire sera un jour à toi ! Prends la cheville et éveille-le ! »

L'adolescent regarda son père avec un air d'incompréhension, et, quand il répondit, ce fut d'une voix tremblante qui se brisait par instants et montait dans les aigus : « Je suis destiné à devenir prêtre de Sâ. Un prêtre ne peut rien posséder. »

Une veine se mit à battre sur la tempe de Kyle. « Je me moque de Sâ ! C'est ta mère qui en a décidé ainsi, pas moi, et je te reprends ! Et maintenant prends la cheville et éveille le navire ! » Tout en parlant, il s'était avancé pour saisir son fils aîné par l'épaule. Le garçon essaya de ne pas reculer, mais sa détresse était évidente. Même Keffria et Ronica paraissaient choquées du blasphème de Kyle, ce qui n'avait rien d'étonnant.

Le chagrin d'Althéa semblait s'être mis en retrait, la laissant engourdie mais douée d'une singulière sensibilité. Elle observa ces inconnus qui criaient et se disputaient pendant qu'un cadavre se rigidifiait lentement à leurs pieds, et une grande clarté envahit son esprit : avec une certitude absolue, elle sut que Keffria ignorait tout des intentions de Kyle à l'égard de Hiémain, et l'adolescent aussi, manifestement : le bouleversement qui se lisait sur ses traits était trop grand alors qu'il regardait, l'air égaré, la cheville d'un gris soyeux que son père lui mettait de force entre les mains.

« Allons ! » ordonna Kyle, et, comme si l'adolescent avait cinq ans au lieu d'être à l'orée de l'âge adulte, il le fit pivoter sur lui-même et le poussa en avant. Le reste de la famille le suivit, telles des épaves dans le sillage d'un bateau. Althéa regarda le groupe s'éloigner, puis elle s'accroupit et prit la main de son père. « Heureusement que tu n'es plus là pour assister à ça », lui dit-elle d'une voix douce. En vain, elle tenta de refermer les paupières du mort sur ses yeux qui ne voyaient plus rien ; au bout de plusieurs tentatives, elle se résigna à laisser son père le regard braqué sur le dais de toile.

« Relevez-vous, Althéa.

– Pourquoi ? » Elle ne se retourna même pas vers Brashen.

« Parce que... » Il s'interrompit, chercha ses mots, puis reprit : « Parce que même s'ils peuvent vous dépouiller de l'héritage du navire, cela n'efface pas ce que vous devez à la *Vivacia*. Votre père m'a demandé de vous aider dans cette épreuve. Il n'aurait pas voulu qu'à son éveil le navire ne voie que des visages inconnus.

– Kyle sera là », répondit-elle d'un ton monocorde. La peine revenait, ressuscitée par les paroles sans fioritures de Brashen.

« Le navire ne le reconnaîtra pas. Il n'est pas du sang de sa famille. Allons, venez. »

Elle baissa les yeux sur la dépouille. La mort œuvrait rapidement et creusait dans les traits de son père des rides et des méplats qu'il n'avait jamais eus de son vivant. « Je ne veux pas le laisser seul.

– Althéa, ce n'est plus le capitaine, ce n'est que son cadavre. Il est mort. Mais la *Vivacia*, elle, est toujours là. Venez ; vous savez que vous devez le faire : faites-le bien. » Il se pencha et lui dit à l'oreille : « En avant, jeune fille. L'équipage vous regarde. »

A ces mots, elle se redressa à contrecœur. Elle observa les plis du visage de son père, essaya de capter son regard une dernière fois, mais ses yeux ne la voyaient plus, ils ne contemplaient plus que l'infini. Elle carra les épaules et releva le menton. « Très bien, dans ce cas. »

Brashen lui offrit son bras, comme s'il l'escortait au bal de présentation de Terrilville ; sans réfléchir, elle posa une main légère sur son avant-bras comme on le lui avait enseigné, et se laissa conduire vers la proue du navire. L'attitude solennelle de Brashen lui rendit un peu d'énergie. Alors qu'elle commençait à entendre la voix basse et furieuse de Kyle, une étincelle jaillit en elle comme produite par le choc d'un silex contre de l'acier. Il réprimandait Hiémain.

« Ce n'est pas compliqué : le trou est là, voici la cheville et ici le crochet. Pousse le crochet de côté, fourre la cheville dans le trou et lâche le crochet. C'est tout. Je te tiendrai, comme ça, tu n'auras pas à craindre de tomber dans la baie, si c'est ce qui t'inquiète. »

La réponse de l'adolescent fut trop aiguë, encore une fois, mais douce et sans faiblesse. « Père, je n'ai pas dit que je ne pouvais pas le faire, mais que je ne le voulais pas. Je ne pense pas que j'en aie le droit, ni qu'il soit convenable, en tant que serviteur de Sâ, que je m'approprie ce navire. » Seul un léger tremblement à la fin de son discours trahit la difficulté du jeune homme à garder son sang-froid.

« Tonnerre ! Tu vas faire ce que je t'ordonne ! » gronda Kyle. Althéa vit sa main se lever, menace classique d'un coup à venir, et elle entendit Keffria s'écrier d'une voix étranglée : « Oh, Kyle, non ! »

En deux enjambées, Althéa s'interposa entre Kyle et l'adolescent. « Ce n'est pas une façon de se conduire le jour de la mort de mon père, et ce n'est pas ainsi qu'on doit traiter la *Vivacia.* Avec ou sans cheville, elle est en train de s'éveiller. Tenez-vous à ce que les premières choses qu'elle entende soient des querelles et des disputes ? »

Et la réponse de Kyle trahit son ignorance totale de ce qu'était une vivenef. « Je l'obligerai à s'éveiller par tous les moyens ! »

Hors d'elle, Althéa s'apprêtait à riposter quand elle entendit Brashen murmurer d'une voix pleine de révérence : « Oh, regardez-la ! »

Tous les regards se portèrent vers la figure de proue. Sur le gaillard d'avant, Althéa ne distinguait pas grand-chose du visage, mais elle vit la peinture tomber en écailles de la sculpture en bois-sorcier. Les boucles de cheveux luisaient d'un noir de jais sous la dorure qui se désquamait, et la chair polie commençait à prendre une teinte rosée. Le grain fin et soyeux du bois-sorcier demeurait et subsisterait toujours sans jamais devenir aussi moelleux que la chair humaine, et pourtant il était manifeste que la vie palpitait à présent dans la figure de proue. Pour la conscience affinée d'Althéa, le navire tout entier abordait différemment les vaguelettes du port. Elle imaginait à présent ce que devait ressentir une mère la première fois qu'elle voyait la vie qu'elle avait portée en elle.

« Donnez-moi la cheville, s'entendit-elle dire d'une voix calme. Je vais éveiller le navire.

– Et pourquoi donc ? » demanda Kyle, l'œil soupçonneux.

Mais Ronica intervint.

« Remettez-lui la cheville, Kyle, ordonna-t-elle sans élever le ton. Elle va le faire parce qu'elle aime la *Vivacia.* »

Plus tard, Althéa devait se remémorer les paroles de sa mère, et elles devaient porter sa colère à son paroxysme : Ronica savait tous ses sentiments, et cela ne l'avait pas empêchée de lui prendre le navire. Mais, sur l'instant, ce qui comptait était que la *Vivacia* restait bloquée inconfortablement entre bois et vie. Elle lut de la méfiance dans les yeux de Kyle quand, de mauvais gré, il lui tendit la cheville. Que croyait-il qu'elle allait en faire ? La jeter par-dessus bord ? Elle prit le morceau de bois et s'avança à plat ventre sur le beaupré pour atteindre la figure de proue. Comme elle n'arrivait pas tout à fait à la toucher, elle gagna encore un cran en chancelant à cause de ses jupes encombrantes, mais elle ne parvint toujours pas à son but.

« Brashen ! » fit-elle, et ce n'était ni une prière ni un ordre. Sans même lui jeter un coup d'œil, elle resta sur place en attendant de sentir ses mains la saisir à la taille, et il la fit descendre à la force des bras jusqu'à ce qu'elle pût toucher les cheveux de la *Vivacia*. A son contact, la peinture s'écailla du crochet à ressort. La chevelure de la figure était étrange : elle cédait sous la main, mais les boucles sculptées demeuraient d'une pièce au lieu de se séparer en cheveux distincts. Un instant, Althéa ressentit comme un malaise, puis sa conscience de la *Vivacia* l'envahit, plus forte que jamais. C'était comme une chaleur, mais ce n'était pas une sensation épidermique ; ce n'était pas non plus la brûlure de l'alcool dans l'estomac. Cette conscience allait et venait en même temps dans son sang, dans son souffle, dans tout son corps.

« Althéa ? » Brashen avait la voix tendue. Elle se ressaisit en se demandant combien de temps elle était restée ainsi la tête en bas. L'esprit encore embrumé, elle se rendit compte qu'elle avait confié tout son poids à Brashen, et elle tenait toujours la cheville. Elle soupira et sentit le sang battre à ses tempes. D'une main, elle écarta le crochet, et de l'autre elle fit glisser sans difficulté la cheville dans son logement. Quand elle lâcha le crochet, il sembla disparaître comme s'il n'avait jamais existé. La cheville faisait maintenant partie intégrante de la figure de proue.

« Pourquoi est-ce si long ? » lança Kyle.

– C'est fait », dit Althéa dans un souffle, et seul Brashen dut entendre sa réponse ; mais, comme sa prise sur elle s'affermissait et qu'il commençait à la remonter, Vivacia se tourna soudain vers elle. Elle leva les bras et ses mains puissantes saisirent celles d'Althéa. Ses yeux verts se plantèrent dans ceux de la jeune fille.

« J'ai fait un rêve des plus étranges », fit-elle avec douceur ; puis elle fit à Althéa un sourire à la fois espiègle et joyeux. « Merci de m'avoir éveillée.

– De rien, répondit la jeune fille à mi-voix. Oh, tu es encore plus belle que je ne l'avais imaginé !

– Merci », répondit le navire avec le sérieux sans artifice d'un enfant. Il lâcha les mains d'Althéa pour ôter des écailles de peinture de ses cheveux et de sa peau comme s'il s'agissait de feuilles mortes. Brashen remonta brusquement Althéa sur le pont et la remit sur pied sans douceur. Il avait les joues très rouges, et Althéa se rendit brusquement compte que Kyle s'exprimait d'une voix basse et venimeuse.

« ... et ce pont vous est interdit pour toujours, Trell. Dès maintenant.

– En effet, je m'en vais. » Par le jeu de son timbre de voix, Brashen avait transformé le congédiement de Kyle en un départ dédaigneux. « Adieu, Althéa », fit-il, sa politesse retrouvée ; puis, comme s'il quittait une réunion sociale, il se retourna et, d'un ton formaliste, prit congé de Ronica, que son calme parut ébranler, car, même si ses lèvres remuèrent, aucun son n'en sortit ; cependant, Brashen s'éloigna d'un pas léger sur le pont comme s'il ne s'était rien produit. Avant qu'Althéa fut revenue de l'attitude du second, Kyle se tourna vers elle.

« Avez-vous perdu la raison ? Qu'est-ce qui vous a prise de le laisser vous toucher ainsi ? »

Elle ferma les yeux, paupières plissées, puis les rouvrit. « Ainsi ? » fit-elle d'un ton vague. Elle se pencha par-dessus le bastingage pour observer Vivacia. La figure de proue se tourna pour lui adresser un sourire indécis, comme celui d'une personne mal réveillée lors d'un splendide matin d'été. Althéa lui rendit tristement son sourire.

« Vous savez fort bien de quoi je parle ! Il vous tripotait tant qu'il pouvait ! Que vous ressembliez à une souillon est déjà désagréable, mais vous laisser toucher par un matelot alors que vous êtes suspendue pratiquement la tête en bas...

– Il me fallait remettre la cheville en place, et c'était la seule façon d'y parvenir. » Son regard quitta le visage marbré de rouge de Kyle pour se porter vers sa mère et sa sœur. « Le navire est éveillé, annonça-t-elle d'une voix basse mais avec solennité. La vivenef *Vivacia* est à présent consciente. »

« Et mon père est mort. » Elle ne prononça pas ces mots, mais leur réalité la blessa à nouveau, plus profondément et plus douloureusement. Elle avait l'impression que, chaque fois qu'elle s'habituait à sa mort, le fait la frappait encore plus durement quelques instants plus tard.

« Que va-t-on penser d'elle ? » chuchotait Kyle à Keffria. Les deux petits regardaient ouvertement Althéa tandis que l'aîné, Hiémain, détournait les yeux des personnes qui l'entouraient, comme si se trouver près d'elles le mettait affreusement mal à l'aise. Althéa, elle, avait le sentiment de comprendre tout ce qui se jouait sur le pont : trop d'événements s'étaient produits, et trop vite. La tentative de Kyle pour la chasser du navire, le décès d'Ephron, l'éveil du navire, le congédiement de Brashen et, à présent, la colère de Kyle pour un acte qu'elle devait absolument accomplir ; elle avait l'impression de ne pouvoir tout affronter à la fois, mais, en même temps, elle sentait un vide terrifiant en elle. Elle chercha ce qu'elle avait oublié ou négligé.

« Althéa ? »

C'était Vivacia qui l'appelait d'un ton inquiet. Presque avec un soupir, la jeune fille se pencha sur le bastingage pour la regarder.

« Oui ?

– Je connais ton nom : Althéa.

– Oui. Merci, Vivacia. » Et, en cet instant, elle comprit ce qu'était ce vide qu'elle ressentait : c'était tout ce qu'elle avait pensé éprouver, la joie et l'émerveillement devant l'éveil du navire. L'instant si longtemps espéré était parti comme il était venu ; Vivacia était éveillée, et, à part le premier élan de triomphe, elle n'avait rien ressenti de ce qu'elle attendait. Le prix était trop élevé.

A la seconde où elle se fit cette réflexion, elle regretta de ne pouvoir l'oublier. C'était la trahison suprême de se tenir sur ce pont, non loin de la dépouille de son père, et de se dire que le prix à payer était trop élevé, que la vivenef ne valait pas la mort d'Ephron Vestrit, ni de son grand-père ni de son arrière-grand-mère. De plus, c'était une pensée injuste, elle le savait : avec ou sans navire, ils seraient morts de toute façon. Vivacia n'était pas la cause de leur trépas, mais plutôt la somme de leurs legs ; en elle, ils continuaient à vivre. Althéa se sentit un peu apaisée. Elle se pencha par-dessus bord et s'efforça de trouver une phrase d'accueil cohérente à délivrer à cette nouvelle créature. « Mon père aurait été très fier de toi », dit-elle enfin.

Ces simples mots réveillèrent sa peine. Elle aurait voulu poser le front sur ses bras et se laisser aller à pleurer, mais elle se l'interdit de crainte d'inquiéter le navire.

« Il aurait été fier de toi aussi. Il savait que cette épreuve serait difficile pour toi. »

La voix du navire s'était modifiée : en quelques instants, elle était passée d'un timbre aigu et enfantin à celui, riche et rauque, d'une femme adulte. Quand Althéa regarda son visage, elle y lut une compréhension insupportable, et, cette fois, elle ne fit rien pour empêcher ses larmes de couler. « Je ne comprends pas », dit-elle au navire d'une voix brisée. Puis elle se tourna vers sa famille qui, comme elle, se penchait sur le bastingage pour observer le visage de Vivacia.

« Je ne comprends pas, répéta-t-elle plus fort, bien que sa gorge nouée l'empêchât de formuler clairement les mots. Pourquoi a-t-il fait ça ? Pourquoi, au bout de tant d'années, a-t-il donné Vivacia à Keffria sans rien me laisser ? »

Elle s'adressait à sa mère dont le visage exprimait une détresse austère, mais ce fut Kyle qui eut le front de répondre. « Peut-être voulait-il la remettre à des mains responsables ; peut-être voulait-il la confier à quelqu'un qui s'était montré digne de confiance, solide et qui ne s'occupait pas seulement de soi-même.

– Ce n'est pas à vous que je parle ! hurla Althéa d'une voix suraiguë. Vous ne pouvez donc pas vous taire ? » On eût dit un enfant hystérique, elle le savait et cela lui faisait horreur ; mais elle avait eu trop à supporter ce jour-là. Elle ne se maîtrisait plus ; si Kyle lui adressait encore une fois la parole, elle se jetterait sur lui pour le réduire en morceaux.

« Silence, Kyle, ordonna Ronica d'un ton ferme. Althéa, reprends-toi. Ce n'est ni l'heure ni le lieu pour ce genre d'exhibition. Nous parlerons de tout cela, plus tard, à la maison, entre nous ; d'ailleurs, il faut que j'en discute sérieusement avec toi : je souhaite te faire comprendre les intentions de ton père. Mais, pour le moment, nous devons nous occuper de sa dépouille et de la présentation officielle du navire. Les Marchands et les autres vivenefs doivent être mis au courant de la mort d'Ephron, et il faut louer des bateaux, les sortir de la baie et assister à ses obsèques en mer. Et... Althéa ! Althéa, reviens ici tout de suite ! »

La jeune fille ne se rendit compte qu'elle s'était éloignée à grands pas qu'en entamant la descente de la passerelle. Elle était passée près du corps de son père sans même le remarquer, et ce qu'elle fit alors, elle devait le regretter toute sa vie : elle quitta Vivacia, elle ne l'accompagna pas lors de son voyage de baptême pour voir le corps de son père glisser dans l'eau loin du port. Elle ne pensait pas pouvoir supporter de voir ses pieds attachés à l'ancre de rechange et son corps enveloppé de toile passer par-dessus bord. Par la suite, elle devait avoir des remords de ne pas avoir été présente pour lui faire ses derniers adieux.

Mais, sur l'instant, elle savait seulement ne pas pouvoir endurer la vue de Kyle un moment de plus, et encore moins entendre sa mère débiter des horreurs d'un ton raisonnable. Elle n'eut pas un regard pour l'effarement qui s'était peint sur les visages des membres d'équipage ni pour Keffria qui s'accrochait désespérément au bras de Kyle pour l'empêcher d'aller la ramener de force. Elle ne supportait pas l'idée de voir Vivacia quitter le quai avec Kyle comme capitaine. Elle espérait que le navire comprendrait – non, elle était sûre qu'il comprendrait. Voir Kyle commander le navire de famille lui avait toujours répugné ; à présent que Vivacia était éveillée et consciente, cette idée lui faisait encore plus horreur ; c'était pire qu'abandonner un enfant aux mains de quelqu'un qu'on méprise, mais elle savait aussi qu'elle n'y pouvait strictement rien. Pour le moment, en tout cas.

*

L'agent maritime occupait un petit bureau sur les quais. Il avait été légèrement étonné de voir Brashen se pencher sur son comptoir, son sac de marin sur l'épaule.

« Oui ? » fit-il d'un ton poli et sérieux.

A part lui, Brashen songea que l'homme lui évoquait un moine-copeau bien élevé, probablement à cause de la barbe qui lui remontait sur les joues et de la façon dont il se redressait brusquement avant de parler. « Je suis venu chercher ma paie », dit-il à mi-voix.

L'homme se tourna vers une étagère, étudia plusieurs livres avant d'en prendre un plus épais que les autres. « J'ai entendu dire que le capitaine Vestrit avait été porté à bord de son navire », fit-il d'un ton circonspect tout en suivant du doigt une colonne de noms. Il leva les yeux vers Brashen. « Vous faites partie de son équipage depuis longtemps. J'aurais cru que vous voudriez rester avec lui jusqu'à la fin.

– C'est ce que j'ai fait, répondit Brashen. Mon capitaine est mort; la *Vivacia* appartient désormais au capitaine Havre, et nous ne nous aimons guère. J'ai été réformé. »

L'agent fronça les sourcils. « Mais c'est sûrement sa fille qui va prendre le commandement, non ? Celle que le capitaine a prise sous son aile depuis des années, la plus jeune, Althéa Vestrit ? »

Brashen émit un bref grognement. « Vous n'êtes pas seul à vous étonner qu'il n'en soit pas ainsi ; maîtresse Vestrit en est aussi, à son grand bouleversement et pour son plus grand chagrin. » Soudain, prenant brusquement conscience qu'il avait trop évoqué les douleurs de chacun, il ajouta : « Je suis venu chercher ma paie, monsieur, pas pour colporter des potins sur mes supérieurs. Je vous prie de ne prêter nulle attention aux paroles d'un homme en colère.

– Très bien, je n'en tiendrai pas compte », l'assura l'agent. Il se redressa, une cassette entre les mains, et déposa trois petits tas d'argent sur le comptoir devant Brashen. L'ancien second les regarda : c'était considérablement moins que ce qu'il touchait quand il était au service du capitaine Vestrit. Ma foi, ainsi allait la vie.

Il se rappela tout à coup qu'il avait une autre demande à formuler. « Il me faut aussi une confirmation de second », dit-il à voix lente. Il n'avait jamais pensé en avoir besoin en descendant de la *Vivacia*, et, d'ailleurs, il avait jeté toutes ses anciennes cartes plusieurs années plus tôt, convaincu de n'avoir plus jamais à démontrer ses compétences à quiconque. Il regrettait aujourd'hui de ne pas les avoir conservées. C'étaient de simples étiquettes de cuir avec en bosse le tampon du navire, le nom du marin gribouillé et parfois sa position, qui prouvaient qu'il avait exécuté ses devoirs de façon satisfaisante. Une poignée de ces étiquettes lui aurait permis de trouver un nouveau poste beaucoup plus facilement ; mais même une seule confectionnée sur une vivenef aurait eu du poids à Terrilville.

« Vous devez vous procurer une de ces fiches auprès du capitaine ou du second, fit l'agent maritime.

– Hum ! Ça m'étonnerait. » Brashen éprouvait soudain l'impression d'avoir été dépouillé : il avait bien travaillé à bord du navire pendant des années, et il ne disposait que de ces petits tas d'argent pour le prouver

L'agent s'éclaircit brusquement la gorge. « Pour ma part, je sais parfaitement que le capitaine Vestrit vous estimait beaucoup, vous et votre travail. S'il vous faut une recommandation, ne vous gênez pas pour envoyer le demandeur à mon bureau. Je m'appelle Nyle Hashett; je veillerai à ce qu'on vous confie un bon poste.

– Merci, monsieur», répondit Brashen d'un ton humble. Cela ne valait pas une étiquette, mais c'était au moins quelque chose. Il prit un moment pour s'emparer des pièces – une partie dans sa bourse, une autre dans sa botte et la troisième dans le mouchoir serré autour de son cou: inutile de permettre à un voleur à la tire de tout lui dérober d'un coup. Puis, avec un grognement, il remit son sac de marin à l'épaule et quitta le bureau. Il avait dressé mentalement la liste de ce qu'il devait faire: d'abord, trouver une chambre dans une maison en meublé pas trop chère – avant, il vivait à bord de la *Vivacia* même quand elle était à quai; à présent, toutes ses possessions se trouvaient dans le sac qui ballottait sur son dos. Ensuite, il se rendrait chez un banquier; le capitaine Vestrit l'avait assez souvent incité à mettre de l'argent de côté à chaque voyage, mais il n'en avait jamais tenu compte: quand il naviguait avec Vestrit, son avenir lui paraissait assuré. Aujourd'hui, il regrettait amèrement de n'avoir pas plus tôt suivi son conseil. Eh bien, il allait commencer dès maintenant, et il n'oublierait pas cette dure leçon.

Et après? Ma foi, il allait profiter de toute la nuit au port avant de chercher un nouvel emploi; de la viande fraîche, du pain nouvellement cuit et une nuitée de bière et de bonne camaraderie dans les tavernes. Sâ savait qu'il avait bien mérité quelques menus plaisirs lors de son voyage, et il avait bien l'intention de les savourer. Demain, il serait bien assez tôt pour s'inquiéter de la suite de son existence. Il éprouva un instant de honte à l'idée des réjouissances qui l'attendaient alors que son capitaine était mort; mais jamais Kyle ne le laisserait remonter à bord pour rendre ses derniers hommages à Ephron Vestrit. Le mieux qu'il pouvait faire pour son capitaine était de ne pas jouer les éléments discordants durant ses funérailles; qu'il s'enfonce dans la mer depuis un pont paisible. Ce soir, Brashen boirait chacune de ses chopes à sa mémoire; ce serait sa façon personnelle de lui rendre hommage. D'un pas décidé, il se dirigea vers la ville.

Mais, alors qu'il sortait de l'ombre du bureau, il aperçut Althéa qui descendait vivement la passerelle, l'air furieux. Elle suivit les quais à grandes enjambées si bien que ses jupes flottaient derrière elle comme des voiles déchirées pendant une tempête.

Son visage était sillonné de larmes, ses cheveux en désordre, et ses yeux noirs brûlaient d'une colère presque effrayante. Des têtes se tournèrent pour la regarder passer. Gémissant à part lui, Brashen accrocha fermement son sac sur son épaule : il avait promis de veiller sur elle. Avec un gros soupir, il la suivit.

7

LOYAUTÉS

Les funérailles de son grand-père prirent toute la journée. On envoya des coursiers dans toute la ville pour avertir les amis et les voisins, et le service funèbre fut annoncé sur les marchés publics des quais. Hiémain s'étonna du nombre de personnes qui se présentèrent et de la rapidité avec laquelle elles s'assemblèrent. Commerçants et capitaines, Premiers Marchands et négociants, tous délaissèrent leurs tâches pour converger vers le navire à l'amarre. Les proches de la famille montèrent à bord de Vivacia, tandis que les autres suivaient sur des navires d'amis. Toutes les vivenefs présentes dans le port se placèrent dans le sillage de Vivacia qui emportait son défunt maître pour le rendre à la mer.

Hiémain se sentit mal à l'aise durant toute la cérémonie, incapable de faire le tri de ses sentiments. Il éprouvait une certaine fierté de ce que tant de gens honorent son grand-père, mais il lui paraissait un peu grossier que tant d'entre eux présentent d'abord leurs condoléances, puis leurs félicitations pour l'éveil du navire. Tous ceux qui s'arrêtaient devant la dépouille du capitaine pour lui rendre un ultime hommage ne manquaient pas de se rendre ensuite à l'avant pour saluer Vivacia et lui souhaiter bonne chance ; sa grand-mère se tenait près de la figure de proue, et elle seule paraissait se rendre compte du malaise de Hiémain. A un moment, elle lui murmura qu'il était resté trop longtemps loin de Terrilville et de ses coutumes : qu'on la félicite pour le navire ne diminuait en rien pour ces gens la peine que leur causait le décès d'Ephron ; simplement, les habitants de Terrilville ne s'appesantissaient pas sur le côté tragique de la vie. Après tout, si les fondateurs de la ville avaient passé leur temps à pleurer sur leurs malheurs, ils se seraient noyés dans leurs propres larmes. Hiémain acquiesça, mais ne changea pas d'avis.

Le fait de se tenir sur le pont à côté du corps de son grand-père, la proximité des autres navires aux vastes voiles qui sortaient ensemble du port pour rendre hommage à l'immersion de son grand-père, tout cela lui faisait horreur. Il lui semblait extrêmement compliqué, et périlleux en plus, de faire naviguer tous ces navires avant qu'ils jettent l'ancre en cercle afin que les spectateurs puissent se presser contre les bastingages pour voir le cadavre enveloppé de toile glisser sur une planche et s'enfoncer dans les vagues.

Après cela se déroula une cérémonie complètement incompréhensible durant laquelle Vivacia fit officiellement connaissance avec les autres vivenefs. La grand-mère de Hiémain y présida avec solennité ; dressée sur le gaillard d'avant, d'une voix forte elle présenta Vivacia à chaque navire qui passait devant sa proue. Aux côtés de son père toujours renfrogné, Hiémain s'étonna de voir sa grand-mère sourire et des larmes courir sur ses joues. Manifestement, le fait qu'il fût né Havre était une erreur. Même sa mère avait assisté à la cérémonie d'un œil noir, tandis que ses deux puînés, près d'elle, saluaient de la main, à tour de rôle, chaque bateau qui passait.

Mais c'était là la cérémonie publique. A bord de Vivacia, un rituel d'une espèce complètement différente s'était tenu. Kyle avait pris possession du navire. Même pour l'œil néophyte de Hiémain, c'était évident : il aboyait des ordres à des hommes qui avaient plusieurs dizaines d'années de plus que lui et les injuriait carrément quand il pensait qu'ils n'obéissaient pas assez vite à sa volonté. Plus d'une fois, il annonça d'une voix forte à son second qu'il avait l'intention de modifier la façon dont le navire était gouverné. La première fois, une grimace de douleur passa sur les traits de Ronica Vestrit. Hiémain l'avait ensuite observée toute l'après-midi et avait vu la mine de la vieille femme devenir de plus en plus grave, comme si la mort de son époux s'enracinait en elle et grandissait d'heure en heure.

Hiémain n'avait guère à dire à quiconque et la réciproque était encore plus vraie. Sa mère était occupée à ne pas lâcher des yeux le petit Selden et à empêcher Malta d'échanger fût-ce de simples regards avec les matelots les plus jeunes ; la plupart du temps, sa grand-mère se tenait sur le gaillard d'avant, l'œil fixé sur la mer. Quand il lui arrivait de parler, c'était à la figure de proue, et à voix basse. A cette idée, Hiémain sentait un frisson lui parcourir l'échine : la vie qui animait ce morceau de bois sculpté n'était pas naturelle et ne relevait nullement du véritable esprit de Sa. Il ne percevait rien de mauvais en elle, mais rien de bon non plus. Il était heureux d'avoir refusé de remettre la cheville en place, et il évitait le gaillard d'avant.

Ce fut seulement au moment du trajet de retour que son père parut se rappeler qu'il avait un fils aîné. Dans un sens, c'était la faute de Hiémain : il entendit le second hurler un ordre incompréhensible à deux matelots, et, en essayant de ne pas gêner leurs mouvements, il recula et heurta un troisième homme qu'il n'avait pas vu. Ils tombèrent tous deux, Hiémain avec une violence suffisante pour lui couper le souffle. Un instant plus tard, le marin s'était relevé d'un bond pour se ruer à sa tâche. Hiémain se redressa plus lentement, en se frottant le coude et en essayant de reprendre sa respiration. Quand il fut enfin debout, il se trouva face à son père.

« Regarde-toi ! » gronda Kyle, et, quelque peu perplexe, Hiémain baissa les yeux sur ses habits en se demandant s'il s'était sali. Son père lui donna un léger coup à l'épaule.

« Ce n'est pas de tes vêtements de prêtre que je parle, mais de toi ! Regarde-toi ! Tu as l'âge d'un homme, le physique d'un adolescent, et l'intelligence d'un terrien. Tu n'es même pas fichu de t'écarter de ton propre chemin, et encore moins de celui d'un autre. Hé, Torg ! Hé ! Charge-toi de lui trouver une corvée utile, qu'au moins on ne l'ait plus dans les jambes ! »

Torg était le lieutenant du navire. Musculeux et d'assez grande taille, il avait des cheveux blonds coupés court et des yeux gris délavés. Ses sourcils étaient blancs ; Hiémain le crut d'abord chauve tant tout était pâle chez lui. Pour mettre Hiémain à l'écart, Torg eut l'idée de l'envoyer sous le pont enrouler des cordages et suspendre des chaînes dans leur armoire. Les rouleaux de cordages déjà présents parurent convenables à Hiémain, mais Torg lui ordonna d'un ton bourru de les réenrouler proprement, et en vitesse. C'était plus facile à dire qu'à faire, car, une fois dérangées, les cordages s'emmêlaient de façon inquiétante et paraissaient renâcler à se remettre à plat. Les torons râpeux ne tardèrent pas à lui rougir les mains et les rouleaux étaient beaucoup plus lourds qu'il ne s'y attendait. L'air confiné de l'armoire aux chaînes et l'absence de lumière, en dehors de celle qu'émettait une lanterne, se combinaient pour lui retourner l'estomac; néanmoins, il resta à la tâche pendant ce qui lui parut des heures. Pour finir, ce fut Malta qui vint lui annoncer sans aménité qu'ils étaient à quai, amarrés, et qu'il pouvait sortir s'il avait envie de descendre à terre. Il lui fallut toute sa maîtrise de soi pour se rappeler qu'il devait se conduire en futur prêtre de Sâ et non en frère aîné exaspéré.

En silence, il reposa le rouleau de cordages sur lequel il s'acharnait. Tous les cordages auxquels il avait touché paraissaient moins bien arrangés qu'à son arrivée. Ma foi, Torg pourrait les réenrouler lui-même, ou bien se décharger de la tâche sur quelque malheureux marin. Dès le début, Hiémain savait qu'il s'agissait d'une corvée difficile, mais il ne parvenait pas à comprendre pourquoi son père cherchait à l'humilier et à l'irriter. Cela tenait peut-être à ce qu'il avait refusé de replacer la cheville qui devait éveiller le navire: son père avait alors prononcé des paroles malsonnantes. Enfin, tout était terminé, à présent: son grand-père était mort et avait été confié à la mer, la famille avait ouvertement refusé son réconfort, et il allait rentrer chez lui dès que possible. Le lendemain matin, se dit-il, voilà qui ne serait pas trop tôt.

Il monta sur le pont et rejoignit sa famille qui remerciait et saluait les membres du cortège funèbre du bord. Nombre d'entre eux dirent aussi adieu à la figure de proue. Le crépuscule de l'été tournait à la nuit quand le dernier descendit sur le quai; la famille demeura un peu plus longtemps, silencieuse et fatiguée, tandis que Kyle donnait l'ordre au second de reprendre le déchargement dès le point du jour; puis il revint vers le groupe familial pour annoncer qu'il était temps de rentrer. Il prit le bras de son épouse et Hiémain celui de sa grand-mère. En son for intérieur, il fut soulagé de voir qu'une voiture les attendait: il n'était pas certain que la vieille femme parviendrait à monter les rues pavées et mal éclairées qui conduisaient à sa maison.

Mais, alors qu'ils s'apprêtaient à quitter le gaillard d'avant, la figure de proue demanda soudain: « Vous partez ? » Elle avait un ton inquiet. « Tout de suite ?

– Je reviens à l'aube », répondit Kyle. On eût dit qu'il s'adressait à un matelot qui aurait discuté son jugement.

« Vous vous en allez tous ? » demanda de nouveau le navire. Sans trop savoir à quoi il réagissait, peut-être à l'affolement dans la voix de Vivacia, Hiémain affirma :

« Tout ira bien. Tu es en sécurité, amarrée aux quais. Tu n'as rien à craindre.

– Je ne veux pas rester seule. » La plainte était celle d'un enfant, mais la voix celle d'une femme indécise. « Où est Althéa ? Pourquoi n'est-elle pas ici ? Elle ne me laisserait pas toute seule !

– Le second va rester à bord, ainsi que la moitié de l'équipage. Tu ne seras pas seule », répliqua Kyle d'un ton énervé, qui éveilla des échos d'enfance chez Hiémain. Son cœur alla vers la vivenef.

« Ce n'est pas pareil ! » s'exclama-t-elle, quand il proposa : « Je pourrais rester à bord si elle le désire. Pour cette nuit, en tout cas. »

Kyle fronça les sourcils comme si son fils avait contremandé son ordre, mais sa grand-mère lui pressa doucement le bras et lui sourit. « C'est le sang qui parle, dit-elle à mi-voix.

– Il ne peut pas demeurer à bord, déclara Kyle. Je dois lui parler dès ce soir.

– Dès ce soir ? répéta Keffria d'un ton incrédule. Oh, non, Kyle, pas ce soir. Plus rien ce soir : nous sommes tous trop fatigués et sous le coup du chagrin.

– Je pensais que nous pourrions tous nous réunir pour discuter de l'avenir, dit Kyle lourdement. Nous sommes peut-être las et peinés, mais demain n'attendra pas.

– Que demain fasse ce qu'il veut, moi, je vais me reposer », fit Ronica pour couper court à la querelle. Elle avait pris un ton impérieux qui, un instant, évoqua des souvenirs d'enfance chez Hiémain. Alors que son père s'apprêtait à répondre, Ronica reprit : « Et si Hiémain est prêt à dormir à bord en donnant à Vivacia tout le réconfort possible, je considérerai cela comme une faveur personnelle. » Puis, s'adressant à la figure de proue, elle ajouta : « Mais je vais avoir besoin de lui pour m'escorter jusqu'à la voiture. Supporteras-tu de demeurer seule quelques instants, Vivacia ? »

Hiémain avait eu vaguement conscience de l'inquiétude avec laquelle le navire avait suivi leur conversation ; pourtant, un sourire rayonnant étira ses traits sculptés. « Je suis certaine que je m'en tirerai très bien, Ronica. Tout ira bien.» Elle braqua son regard sur Hiémain et le plongea dans ses yeux si profondément qu'il en fut presque effrayé. «Quand tu monteras à bord, accepteras-tu de dormir sur le gaillard d'avant, là où je pourrai te voir?»

L'adolescent jeta un coup d'œil hésitant à son père. Apparemment, ils restaient les deux seuls qui fussent conscients qu'il n'avait pas donné sa permission. Hiémain opta pour une approche diplomatique. «Si mon père m'y autorise», fit-il d'un ton circonspect. Il devait encore lever les yeux pour voir ceux de Kyle, mais il se contraignit à ne pas les détourner.

Son père avait toujours sa mine renfrognée, mais Hiémain crut distinguer un vague respect dans son regard. «Je t'y autorise», répondit-il enfin, et chacun comprit qu'il considérait cette décision comme la sienne. Il toisa son fils. «Quand tu monteras à bord, présente-toi à Torg. Il te fera remettre une couverture.» Kyle jeta un coup d'œil au lieutenant, qui hocha la tête en signe de compréhension

Keffria poussa un long soupir comme si elle avait retenu sa respiration. «Eh bien, si la question est réglée, rentrons donc à la maison.» De façon inattendue, sa voix se brisa sur ce dernier mot, et de nouvelles larmes strièrent ses joues. «Oh, mon père!» murmura-t-elle, comme si elle réprimandait le mort. Kyle tapota la main de sa femme, qui reposait sur son bras et la fit descendre du navire; Hiémain les suivit plus lentement avec sa grand-mère. Ses frère et sœur les dépassèrent précipitamment et se ruèrent vers l'avant de la voiture.

Ronica se déplaçait avec tant de lenteur que Hiémain la crut à bout de forces jusqu'au moment où elle prit la parole; il comprit alors qu'elle les avait retardés exprès pour avoir un moment d'intimité avec lui. Elle parlait à voix basse et lui seul pouvait l'entendre.

«Tout t'a semblé étrange et difficilement compréhensible aujourd'hui, Hiémain. Pourtant, à l'instant, tu as parlé comme un Vestrit, et j'ai cru reconnaître ton grand-père dans ton visage. Tu attires le navire.

– Grand-mère, je regrette, mais j'ignore de quoi vous parlez, avoua-t-il à mi-voix.

– Vraiment?» Elle s'arrêta et se tourna vers lui. Petite mais très droite, elle leva le regard vers lui. «Tu prétends ne pas comprendre, mais ce n'est pas ce que je vois, dit-elle au bout d'un moment. Si tu ne savais pas déjà, au fond de toi, tu n'aurais pas défendu le navire comme tu l'as fait. Tu y viendras, Hiémain. N'aie crainte, tu finiras par y venir. »

Il eut un mauvais pressentiment. Il aurait voulu les raccompagner tous, ce soir-là, et parler à cœur ouvert à son père et à sa mère. Ils avaient manifestement discuté de lui ; il ignorait sur quoi avait porté la conversation, mais cela l'inquiétait. Puis, avec sévérité, il s'interdit tout préjugé. Sa grand-mère n'ajouta rien ; il l'aida à descendre la passerelle et lui donna la main pour la conduire à sa voiture. Tous les autres y étaient déjà installés.

« Merci, Hiémain, lui dit-elle gravement.

– Je vous en prie », répondit-il, mal à l'aise car il la soupçonnait de ne pas seulement le remercier de l'avoir menée à la voiture. Ce qu'elle imaginait de son avenir lui agréerait-il ? se demanda-t-il au moment où le cocher fit claquer sa langue et que les chevaux s'éloignèrent, leurs sabots sonnant sur les planches de bois des quais. Après que la voiture eut disparu, il demeura sur place, à la recherche du calme de la nuit.

A la vérité, ce calme n'existait pas : Terrilville et les quais ne dormaient jamais vraiment. Au bout de la courbe du port, il voyait les lumières et entendait les sons lointains du marché nocturne ; une rafale de vent lui apporta quelques bribes de musique, fifres et sonnettes à poignet. Un mariage, peut-être, avec des gens qui dansaient. Plus près, les torches goudronneuses accrochées aux supports du quai formaient des cercles espacés de lueur fluctuante. Les vagues heurtaient rythmiquement les piliers, et les bateaux amarrés raclaient le bois en craquant. On eût dit de grands animaux sculptés, songea Hiémain, puis un frisson lui parcourut l'échine en se rappelant que la vivenef était consciente ; ni bête ni bois, se dit-il, mais mélange impie des deux, et il se demanda pourquoi il s'était porté volontaire pour passer la nuit à son bord.

Comme il se dirigeait vers l'emplacement de Vivacia, la lumière dansante des torches et l'eau mouvante se combinèrent pour distordre sa vision et rendre son pas incertain. Quand il parvint au bateau, la fatigue de la journée l'avait rattrapé.

« Ah, te voilà ! »

Il sursauta en entendant la voix du navire, puis se reprit. « Je t'avais dit que je reviendrais », lui rappela-t-il. Il éprouvait une curieuse impression à se tenir sur le quai et à lever la tête vers la sculpture. La lumière des torches jouait bizarrement sur elle, car, bien que ses traits fussent humains, la lumière se reflétait sur sa peau comme sur du bois. De là où il se trouvait, il était clair qu'elle était beaucoup plus grande que nature ; de ce point de vue aussi, ses amples seins nus étaient nettement plus dessinés ; involontairement, Hiémain évita de les regarder et, par contrecoup, de croiser les yeux de la figure. Un navire en bois, se répétait-il, rien qu'un navire en bois. Mais, dans la pénombre, quand elle souriait, elle ressemblait davantage à une jeune fille penchée à sa fenêtre dans une pose aguichante. C'était ridicule.

« Tu ne montes pas à bord ? lui demanda-t-elle avec un sourire.

– Si, bien sûr, répondit-il. Je te rejoins dans un instant. »

Alors qu'il montait la passerelle, puis se dirigeait à tâtons sur le gaillard d'avant plongé dans l'obscurité, il s'étonna : on ne trouvait de vivenefs qu'à Terrilville, et son instruction de prêtre de Sâ n'en avait jamais fait mention ; pourtant, on l'avait prévenu de certaines magies qui allaient à l'encontre de la sainteté de Sâ. Il se les repassa mentalement : la magie qui dépouillait un être de sa vie pour la donner à un autre, celle qui en faisait autant pour augmenter le pouvoir de quelqu'un, celle qui apportait le malheur chez autrui afin d'améliorer l'existence du magicien ou de quelqu'un d'autre... Aucune ne paraissait s'appliquer exactement à ce qui éveillait une vivenef ; son grand-père serait mort, que le navire existât ou non, et Hiémain jugea donc que son grand-père n'avait pas été dépouillé de son existence dans le but d'éveiller le bateau. A cet instant, il trébucha sur un rouleau de cordages ; en essayant de reprendre son équilibre, il se prit les pieds dans l'ourlet de sa robe de novice et s'étala de tout son long sur le pont.

Quelque part, quelqu'un éclata de rire. Peut-être n'était-ce pas de lui qu'on se moquait ; peut-être, sur le pont plongé dans l'ombre, des marins étaient-ils de quart ensemble et se racontaient-ils des histoires drôles pour passer le temps. Peut-être... Hiémain se sentit rougir tout en réprimant sa colère de s'être exposé au ridicule. Sottise, se dit-il ; sottise que de se mettre en rage contre quelqu'un d'assez lourd d'esprit pour trouver sa chute comique, et sottise encore plus grande de s'énerver alors qu'il ne savait même pas si c'était bien le cas. La journée avait été trop longue, c'était tout. Il se releva et prit prudemment la direction du gaillard d'avant.

Une couverture y avait été déposée en tas ; elle portait l'odeur du dernier marin qui s'en était servi, et elle était mal tissée ou bien raidie de crasse par endroits. Hiémain la laissa retomber sur le pont. L'espace d'un instant, il envisagea de s'en dispenser : la nuit d'été n'était pas froide et peut-être n'aurait-il pas besoin de couverture. Il suffisait de laisser passer l'insulte : il n'aurait plus affaire à ces gens après demain. Néanmoins, il ramassa la couverture : il ne faisait pas face au malheur d'une grêle précoce, ni à une inondation, ni à une catastrophe naturelle qu'il fallait supporter stoïquement ; il affrontait la cruauté des hommes, et un prêtre de Sâ ne devait pas l'accepter sans réagir, que la victime en fût lui-même ou quelqu'un d'autre.

Il carra les épaules. Il savait comment les hommes le considéraient : comme le fils du capitaine, comme un enfant, un avorton, envoyé dans un monastère pour y apprendre la bonté et la douceur. Beaucoup d'entre eux, il le savait, y voyaient de la faiblesse ; pour eux, les prêtres et les prêtresses de Sâ étaient des nigauds asexués qui passaient leur existence à se promener en répétant comme des perroquets qu'on pouvait faire du monde un lieu de paix et de beauté. Hiémain, lui, avait connu l'envers de cette vie ; il avait pansé des prêtres qu'on avait ramenés au monastère, mutilés par la cruauté qu'ils combattaient, ou mourant de maladies contractées alors qu'ils en soignaient les victimes. La voix claire et l'œil vif, se conseilla-t-il à lui-même ; il drapa l'odieuse couverture sur son bras et se dirigea à pas prudents vers le gaillard d'arrière où brûlait une lanterne de nuit.

Trois hommes y étaient assis en rond, chichement éclairés, un jeu de chevilles éparpillé entre eux sur le pont. Hiémain renifla l'odeur âcre de l'alcool bon marché et fronça les sourcils ; la petite flamme outragée qui brûlait en lui grandit soudain. Comme possédé par l'anma de son grand-père, il s'avança hardiment dans le cercle de lumière, et, jetant la couverture sur les planches, il demanda d'un ton brusque : « Depuis quand le quart de nuit de ce navire boit-il ? »

Les trois hommes reculèrent avant de se rendre compte qui avait parlé.

« C'est le petit prêtre », fit l'un d'eux d'un ton méprisant, et il reprit sa pose relâchée.

De nouveau, la colère de Hiémain se ralluma. « Je suis aussi Hiémain Havre du lignage Vestrit, et, à bord de ce navire, les marins de quart ne boivent ni ne jouent. Ils montent la garde ! »

Les hommes se levèrent lourdement. Ils dominaient Hiémain de toute leur taille et ils possédaient une musculature développée d'adultes. L'un d'eux eut l'élégance de prendre l'air honteux, mais ses camarades, poussés par l'alcool, ne parurent pas repentis.

« On garde quoi ? demanda insolemment un gaillard à la barbe noire. On monte la garde pendant que Kyle s'approprie le bateau du vieux et remplace l'équipage par ses lèche-bottes ! On monte la garde pendant que toutes les années où on a bossé, et fidèlement, s'il vous plaît, passent par-dessus bord et ne valent plus un clou ? »

L'autre homme reprit la litanie du premier. « Est-ce qu'on doit monter la garde pendant qu'un Havre vole le bateau qu'un Vestrit devrait commander ? Althéa n'est peut-être qu'une petite teigne morveuse, mais au moins c'est une vraie Vestrit. C'est elle qui devrait avoir ce bateau, femme ou pas ! »

Mille réponses possibles se présentèrent à l'esprit de Hiémain, et il choisit celle qui lui parut la meilleure. « Rien de tout ça n'a de rapport avec le fait de boire pendant le quart. C'est une bien piètre façon d'honorer la mémoire d'Ephron Vestrit. »

Cette déclaration parut avoir sur les hommes plus d'effet que tout ce qu'il avait dit jusque-là. Celui qui avait pris l'air honteux s'avança d'un pas. « C'est moi qu'on a assigné de quart et j'ai rien bu. Les deux autres étaient juste là pour bavarder et me tenir compagnie. »

Ne sachant que répondre, Hiémain hocha gravement la tête ; puis son regard tomba sur la couverture et il se rappela sa mission d'origine. « Où est le lieutenant ? Torg ? »

Le barbu émit un grognement de dédain. « Il est trop occupé à installer ses affaires dans la cabine d'Althéa pour faire attention au reste. »

L'homme de quart lui lança un regard étonné. « Le navire est éveillé, maintenant. Si un inconnu montait à bord, il le signalerait rapidement.

– Etes-vous sûrs qu'il sache quoi faire si un inconnu s'introduit dans le navire ? »

L'air incrédule de l'homme de quart s'accrut. « Comment ne le saurait-il pas ? Il conserve tout ce que savaient de la vie à bord le capitaine Vestrit, son père et sa grand-mère.» Il détourna le regard et ajouta d'un ton léger: «Je croyais que tous les Vestrit savaient comment se passait la vie à bord.

– Merci, dit Hiémain sans prêter attention à la dernière remarque de l'homme. Je vais chercher Torg. Continuez votre travail.»

Il ramassa la couverture et, d'un pas prudent, quitta le cercle de lumière en laissant sa vue s'accommoder à la pénombre qui s'approfondissait. Il trouva la porte d'Althéa entrouverte; un rai de lumière s'en échappait. Les caisses qui n'avaient pas encore été emportées avaient été empilées à la va-comme-je-te-pousse sur un côté. Le lieutenant était occupé à arranger proprement ses propres affaires.

D'un coup sec, Hiémain frappa à la porte en s'efforçant de ne pas se réjouir quand Torg se retourna d'un air presque coupable.

«Quoi? fit l'homme en se plantant devant lui.

– Mon père vous a demandé de me fournir une couverture, déclara calmement Hiémain.

– J'ai l'impression que c'en est une que vous avez là, observa Torg, incapable d'effacer de son œil une lueur d'amusement. Ou bien le petit prêtre trouve que ce n'est pas assez bon pour lui?»

Hiémain laissa tomber la couverture offensante. «Je ne l'accepte pas, dit-il à mi-voix. Elle est pleine de crasse. Qu'elle soit usée ou raccommodée ne me dérange pas, mais la crasse est insupportable.»

C'est à peine si Torg lui lança un coup d'œil. «Si elle est sale, lavez-la.» Et, ostensiblement, il se remit à ranger ses affaires.

Hiémain refusa de se laisser intimider. «Je vous rappelle qu'elle n'aurait pas le temps de sécher, remarqua-t-il d'une voix atone. Je vous demande simplement d'obéir à l'ordre de mon père. Je viens passer la nuit sur le navire et j'ai besoin d'une couverture.

– J'ai obéi à l'ordre de votre père et vous avez votre couverture.» A présent, Torg dissimulait moins bien le cruel amusement qu'il éprouvait, et Hiémain y répondit plutôt qu'à ses propos.

«Pourquoi trouvez-vous drôle de vous montrer discourtois? demanda-t-il avec une curiosité sincère. En quoi cela vous gênerait-il de me fournir une couverture propre et de ne pas m'obliger à mendier ce dont j'ai besoin?»

La franchise de la question prit l'officier en défaut, et il dévisagea Hiémain sans rien dire. Comme beaucoup de gens qui font ponctuellement preuve de méchanceté, il ignorait la raison de son attitude: il lui suffisait d'en être capable. C'était très probablement une brute dès son plus jeune âge, et il le resterait jusqu'à ce qu'on le confie à la mer dans un suaire de toile. Pour la première fois, Hiémain examina l'homme avec attention: tout son destin était écrit sur lui. Il avait de petits yeux ronds, bleus comme ceux d'un porc; la peau de son cou commençait déjà à pendre, et le mouchoir qui y était attaché s'était souillé avec l'âge; l'intérieur du col de sa chemise rayée blanc et bleu était marron, et il ne s'agissait pas des marques de la saleté et de la sueur d'un travail honnête, mais de la crasse de l'indolence: il ne prenait même pas la peine de se soigner. C'était déjà visible par la disposition désordonnée de ses affaires dans sa cabine: dès le lendemain, ce serait un taudis rempli de vêtements sales et de débris de nourriture.

A cet instant, Hiémain décida de laisser tomber la discussion. Il dormirait dans ses vêtements sur le pont, situation inconfortable mais à laquelle il survivrait; inutile de prolonger la querelle avec cet homme qui ne comprendrait jamais pourquoi Hiémain trouvait dégoûtante et insultante la couverture souillée. Il se morigéna intérieurement de ne pas l'avoir perçu dès l'abord; cela aurait peut-être évité de vaines frictions.

«Peu importe», laissa-t-il tomber d'un ton désinvolte, et il se détourna. Il battit deux ou trois fois des paupières pour permettre à sa vision de s'accommoder à l'ombre, puis reprit le chemin du gaillard d'avant. Il entendit le second gagner la porte de la cabine pour le regarder s'éloigner.

«Bébé va sûrement se plaindre à son papa, fit Torg dans son dos d'un ton moqueur. Mais, à mon avis, il va s'apercevoir que son père cherche des hommes qui ne pleurnichent pas à cause de quelques taches sur une couverture!»

Peut-être était-ce exact, s'avoua Hiémain, mais il ne se donnerait pas la peine de se plaindre auprès de son père pour le savoir: inutile de se lamenter sur l'inconfort d'une seule nuit. Son silence parut agacer Torg.

«Vous croyez que vous allez m'attirer des ennuis avec vos pleurnicheries, c'est ça? Eh bien, ça ne marchera pas! Je connais votre père mieux que ça!»

Hiémain ne jugea pas nécessaire de répondre au sarcasme de Torg: à l'instant où il avait décidé de cesser la dispute, il avait renoncé à tout investissement émotionnel dans la situation ; il avait intériorisé son anma, comme on le lui avait enseigné, tout en la dépouillant de sa colère et de son outrage. Ces émotions n'avaient rien d'indigne ni d'inapproprié, mais elles ne servaient à rien contre un homme comme Torg. Hiémain effaça de son esprit toutes ses réactions envers la couverture sale, et, le temps qu'il parvienne sur le gaillard d'avant, il avait retrouvé non seulement son calme mais aussi sa complétude.

Appuyé au bastingage, il contempla l'eau du port. D'autres navires étaient ancrés loin des quais, illuminés de lanternes jaunes. Il les examina, et sa propre ignorance l'étonna. Les bateaux étaient pour lui des objets inconnus, alors qu'il descendait de plusieurs générations de négociants et de marins. La plupart de ceux qu'il avait sous les yeux étaient des marchands, entre lesquels on distinguait quelques bateaux de pêche et d'abattage. Dans leur majorité, les marchands possédaient un arrière à tableau avec un château dont la hauteur atteignait parfois celle de leurs deux ou trois grands mâts qui pointaient vers la lune.

Sur le rivage, les bruits et les lumières indiquaient que le marché nocturne battait son plein ; la chaleur de la journée dissipée, des feux de cuisine flambaient dans la nuit tandis que la graisse de la viande embrochée grésillait sur leurs braises. Une brise passagère porta jusqu'aux narines de Hiémain l'odeur de la chair épicée, et même celle du pain qui cuisait dans les fours en plein air : les bruits eux aussi s'aventuraient sur l'eau par bribes, rires aigus, bouts de chanson, cris. Les eaux reflétaient, telles des banderoles mouvantes, les lumières du marché et des navires. « Et pourtant, il y a de la paix dans tout cela, dit Hiémain à voix haute.

– Parce que tout est à sa place », fit Vivacia. Son timbre de voix était celui d'une femme, et elle avait la même obscurité veloutée que la nuit, le même soupçon de fumée. A l'entendre, un plaisir chaud inonda Hiémain, ainsi qu'un sentiment de pure allégresse. Il lui fallut un moment avant de s'étonner de sa propre réaction.

« Qu'êtes-vous ? demanda-t-il avec une révérence retenue. Quand je suis loin de vous, je crois devoir vous craindre, ou au moins me méfier de vous ; mais maintenant que je suis à bord et que j'entends votre voix, c'est comme... comme être amoureux, du moins je l'imagine.

– Vraiment ? fit aussitôt Vivacia sans parvenir à réprimer un petit frémissement de plaisir dans sa voix. Dans ce cas, vos sentiments sont semblables aux miens. Mon éveil a été si long... il a duré des années, toute l'existence de votre père et de votre grand-père, bref, du jour où votre trisaïeule s'est confiée à ma garde. Et puis aujourd'hui, quand j'ai pu enfin bouger, ouvrir les yeux sur le monde, vous goûter, vous sentir, vous entendre tous par mes propres sens, j'ai été prise d'un violent émoi. Qui êtes-vous, créatures de chair, de sang et d'os, nées dans votre propre corps et destinées à périr quand cette chair fait défaut ? Et quand je m'interroge ainsi, j'ai peur, car vous m'êtes très étrangères et je ne puis prévoir ce que vous allez me faire. Cependant, quand l'un de vous se trouve près de moi, je sens que nous sommes tissés du même fil, que nous ne sommes que des extensions d'une vie fractionnée, et qu'ensemble nous nous complétons. J'éprouve de la joie en votre présence parce que je sens ma vie se déployer quand nous sommes proches l'un de l'autre. »

Hiémain, appuyé au bastingage, ne bougeait pas plus ni ne faisait plus de bruit que s'il eût écouté un poète inspiré. Elle ne le regardait pas ; elle n'en avait pas besoin pour le voir ; comme lui, elle contemplait au-delà de l'eau les lumières festives du marché nocturne. Même nos yeux observent un spectacle identique, se dit-il, et son sourire s'élargit. En de rares occasions, des mots avaient touché au plus profond de lui et enfoncé leur vérité comme des racines dans une terre fertile ; certains des meilleurs professeurs du monastère savaient éveiller cette révérence en lui quand ils exposaient par des paroles simples une vérité qui flottait, inexprimée, au fond de lui. Quand les propos de Vivacia se furent dissipés dans la chaleur de la nuit d'été, il répondit :

« Ainsi que la corde d'une harpe, fortement pincée, peut réveiller ses sœurs, ou qu'une note pure émise par une voix aiguë peut faire frémir le cristal, ainsi tu as suscité la vérité en moi. » Et il éclata de rire, à sa grande surprise, car il avait l'impression qu'un oiseau longtemps resté en cage dans sa poitrine venait soudain de s'envoler. « Ce que tu dis est si simple, reprit-il, seulement que nous nous complétons l'un l'autre, que je ne vois pas de raison d'en être aussi ému. Mais je le suis. Je le suis.

– Il se produit quelque chose ici, cette nuit. Je le sens.

– Moi aussi. Mais j'ignore ce que c'est.

– Tu veux dire que tu n'as pas de nom pour le désigner, le reprit-elle. Mais il nous est impossible de ne pas savoir ce qui se passe : nous grandissons. Nous devenons. »

Involontairement, Hiémain sourit dans la nuit. « Nous devenons quoi ? » demanda-t-il.

Elle se tourna vers lui, et les méplats ciselés de son visage reflétèrent les lumières lointaines. Elle lui sourit, les lèvres entrouvertes sur des dents parfaites. « Nous devenons nous-mêmes, répondit-elle simplement. Nous-mêmes, ce que nous sommes destinés à être. »

Althéa ne s'était jamais doutée que le malheur pouvait toucher à la perfection. Ce n'était que maintenant, assise devant son verre vide, qu'elle percevait à quel point son monde était faussé. La situation avait été grave, voire malsaine, mais ce n'était qu'aujourd'hui qu'elle avait accumulé les choix stupides jusqu'à parvenir à une pagaille indescriptible. Sa propre idiotie lui fit secouer la tête. Tout en jouant avec les dernières pièces de sa bourse aplatie, puis en levant sa chope pour la faire remplir à nouveau, elle examina ses décisions d'un œil critique : elle avait cédé du terrain quand elle aurait dû se battre, elle s'était battue quand elle aurait dû reculer ; mais le pire était d'avoir quitté le navire. Débarquer de Vivacia avant même que le corps de son père eût été confié aux vagues était plus que de la stupidité, pire qu'une erreur : c'était de la trahison. Elle s'était montrée parjure envers tout ce qu'elle jugeait important.

Elle secoua de nouveau la tête. Pourquoi avait-elle agi ainsi ? Elle avait quitté le navire non seulement sans avoir immergé la dépouille de son père, mais aussi en laissant son bateau à la merci de Kyle, alors qu'il ne comprenait pas Vivacia, qu'il ne savait pas vraiment ce qu'était une vivenef ni ce dont elle avait besoin. Le cœur de la jeune fille se serra de désespoir. Après avoir attendu des années, en cet instant critique elle avait abandonné Vivacia. Qu'est-ce qui lui avait pris ? Où était son intelligence, où était son cœur pour avoir ainsi fait passer ses émotions avant celles du navire ? Qu'en aurait dit son père ? Ne lui avait-il pas toujours répété : « Le navire d'abord, et le reste suivra » ?

Le tavernier apparut subitement près d'elle, prit sa pièce, l'examina de près, puis remplit sa chope ; il lui glissa quelque chose à l'oreille, d'un ton dégoulinant de fausse sollicitude, et elle l'écarta de sa main qui tenait la chope, dont le contenu faillit se renverser. Elle l'avala rapidement de crainte de le gaspiller.

Elle ouvrit grand les yeux comme pour s'éclaircir les idées et elle regarda ce qui l'entourait : qu'aucun des clients de la taverne ne partage sa détresse lui paraissait injuste. Selon toute apparence, cette partie de Terrilville n'était pas encore au courant de la disparition d'Ephron Vestrit ; les gens tenaient les mêmes propos qu'au cours des deux années passées : les nouveaux venus ruinaient Terrilville, le délégué du Gouverneur non seulement outrepassait son autorité en inventant des impôts, mais il acceptait des pots-de-vin pour ne pas voir les bateaux esclavagistes qui s'ancraient sous son nez dans le port, les Chalcédiens exigeaient du Gouverneur que Terrilville baisse leurs taxes d'eau, ce que le Gouverneur leur accorderait sans doute à cause des herbes à plaisir que Chalcède lui faisait parvenir si généreusement. Toujours les mêmes vieux griefs, se dit Althéa, mais bien rares les habitants de Terrilville prêts à se dresser contre ces iniquités.

La dernière fois qu'elle s'était rendue au Conseil des Premiers Marchands en compagnie de son père, il s'était levé pour demander qu'on mette tout simplement ces pratiques hors la loi. « Terrilville est notre ville, avait-il déclaré d'un ton résolu, pas celle du Gouverneur. Nous devrions tous contribuer à posséder notre propre navire de patrouille et interdire tout bonnement aux bateaux esclavagistes l'accès à notre port. Renvoyons aussi les cargaisons de grain des Chalcédiens s'ils refusent de payer la taxe sur l'eau et l'approvisionnement chez nous. Qu'ils se ravitaillent ailleurs, dans une des villes pirates par exemple, et ils verront s'ils y sont mieux traités. »

Une grande clameur avait accueilli ces mots, mélange d'incrédulité et d'approbation, mais, le vote venu, le conseil s'était refusé à agir. « Attends un an ou deux, avait dit son père à la jeune fille en quittant les lieux. C'est le temps qu'il faut ici à une idée pour prendre racine. Ce soir déjà, la plupart savent que j'ai raison ; simplement, ils n'osent pas faire face à l'inéluctable : le fait qu'il y aura des confrontations si Terrilville doit demeurer Terrilville et ne pas se laisser absorber par la Chalcède du Sud. Par la sueur de Sa, ces fichus Chalcédiens contestent déjà notre frontière septentrionale ; si nous les laissons faire, ils s'introduiront chez nous par d'autres moyens détournés : des esclaves au visage tatoué qui travailleront dans les champs de Terrilville, des filles mariées à douze ans, et tout le train de leur corruption. Si nous ne réagissons pas, ils vont nous détruire, et tous les Premiers Marchands le savent au fond de leur cœur. D'ici un an ou deux, je soulèverai à nouveau le sujet, et ils seront tous d'accord avec moi. Tu verras. »

Mais il n'en avait rien été : son père était mort, Terrilville était plus pauvre et plus faible que jamais, et personne ne s'en rendait compte.

Une fois de plus, les yeux d'Althéa s'emplirent de larmes, et, une fois de plus, elle les essuya du revers de sa manche. Les poignets de son corsage étaient trempés, et son visage comme sa coiffure devaient être affreux : Keffria et sa mère seraient scandalisées à sa vue. Eh bien, à leur aise ! Si elle faisait honte à la famille, elles-mêmes avaient fait bien pire ! Elle avait agi impulsivement, puis était allée s'enivrer tandis qu'elles avaient longuement manigancé, comploté, non seulement contre elle mais, tout bien considéré, contre le navire familial : elles se rendaient sûrement compte de ce qui les attendait en remettant Vivacia aux mains de Kyle, un homme qui n'avait aucun lien de sang avec elle-même. L'ombre glacée du doute s'insinua soudain en elle : sa mère n'était pas née Vestrit. C'était une branche rapportée, tout comme Kyle, et peut-être, comme lui encore, n'éprouvait-elle rien pour le navire. Non ! Non, ce ne pouvait être vrai après tant d'années passées auprès de son père. Sévèrement, Althéa s'interdit de voir quelque vérité dans cette idée. Keffria et sa mère devaient savoir ce que Vivacia représentait pour leur famille et toute cette affaire n'était sûrement qu'une revanche prise sur elle, étrange et cruelle, mais temporaire ; revanche contre quoi, elle l'ignorait ; peut-être contre le fait d'avoir aimé son père davantage que quiconque dans la famille.

A nouveau, les larmes lui montèrent aux yeux. C'était sans importance ; rien n'avait d'importance. Ils seraient obligés de revenir sur leur décision et de lui rendre le navire. Même, se dit-elle sombrement, même si elle devait pour cela servir sous le commandement de Kyle. L'idée lui faisait horreur, et pourtant elle s'y raccrocha brusquement. Oui ! C'était cela qu'ils voulaient : l'assurance que le côté commercial serait mené selon leur volonté. Au point où elle en était, cet aspect de la situation restait parfaitement indifférent à Althéa ; Kyle pouvait bien faire le commerce des œufs en saumure et des noix à teinture tant qu'il le désirait, du moment qu'elle-même pouvait se trouver à bord de Vivacia et s'intégrer à elle.

Althéa se redressa tout à coup sur son siège et poussa un grand soupir de soulagement, comme si elle venait de résoudre une question. Pourtant, rien n'avait changé, se dit-elle. Un instant plus tard, elle niait également cette pensée, car il y avait bien eu un changement, un changement radical : elle s'était découverte prête à s'avilir bien davantage qu'elle ne le croyait, prête à quasiment tout pour remonter à bord de Vivacia. A tout.

Elle jeta un coup d'œil autour d'elle, puis émit un petit gémissement atterré : elle avait trop bu, trop pleuré, elle avait mal à la tête et elle ne savait même pas dans quelle gargote à matelots de Terrilville elle se trouvait ; une des plus sordides, certainement. Un homme s'était endormi et avait glissé à bas de son siège ; cela n'avait rien d'inhabituel, mais il y avait d'ordinaire quelqu'un pour tirer ce genre de client hors du passage. Les taverniers les plus cléments les laissaient ronfler près de la porte, tandis que les sans-cœur ne se gênaient pas pour les jeter dans les venelles ou les rues, à la merci des trafiquants de marins. On prétendait même que certains taverniers s'acoquinaient avec ces racoleurs, mais Althéa n'y avait jamais vraiment cru. Pas à Terrilville, en tout cas ; dans d'autres ports, oui, sûrement, mais pas à Terrilville.

Elle se leva en chancelant. La dentelle de ses jupes s'accrocha au bois brut de la table ; elle se libéra d'une traction sans se soucier des déchirures du tissu : de toute façon, elle ne porterait plus jamais cette robe ; qu'elle s'en aille en charpie ce soir, elle n'en avait cure. Avec un dernier reniflement, elle frotta ses yeux las de la paume des mains. A la maison et au lit ! Demain, elle ne savait comment, elle ferait face à la situation et la réglerait ; mais pas ce soir, doux Sâ, pas ce soir ! Elle forma le vœu que tout le monde fût couché quand elle rentrerait.

Elle se dirigea vers la porte, mais dut enjamber le marin endormi par terre. Le sol paraissait danser sous ses pas, à moins qu'elle n'eût pas encore retrouvé son pied terrien. Elle lança la jambe en avant pour compenser le roulis, faillit tomber et se retint au montant de la porte. Elle entendit quelqu'un éclater d'un rire moqueur, mais refusa de sacrifier sa dignité en se retournant pour voir qui était le railleur. Elle ouvrit tant bien que mal le battant de bois et sortit dans la nuit.

L'obscurité et la fraîcheur de l'air eurent sur elle un effet à la fois agréable et déconcertant. Elle resta un moment immobile sous le passage couvert devant la taverne pour inspirer profondément à plusieurs reprises. A la troisième, elle crut qu'elle allait vomir ; elle agrippa la balustrade, ne bougea plus et se mit à respirer à petits coups, les yeux écarquillés, jusqu'à ce que la rue cesse ses embardées. Derrière elle, la porte s'ouvrit en grinçant et un autre client sortit. Althéa se retourna prudemment vers lui. Dans la pénombre de la rue, il lui fallut un moment pour le reconnaître. « Brashen, fit-elle.

– Althéa », répondit-il d'un ton las. Involontairement, il demanda : « Vous allez bien ? »

Elle demeura un instant à le regarder en silence. « Je veux retourner sur Vivacia », dit-elle enfin. Et, alors qu'elle formulait sa pensée sous le coup de l'impulsion, elle sut qu'elle devait la mettre en pratique. « Je dois voir le navire ce soir même. Je dois lui parler, lui expliquer pourquoi je l'ai quitté aujourd'hui.

– Demain, suggéra Brashen ; une fois que vous aurez dormi et cuvé. Vous ne voulez tout de même pas que Vivacia vous voie ainsi, n'est-ce pas ? » Althéa perçut la note de ruse dans la voix de Brashen quand il ajouta : « Ça ne lui ferait sûrement pas plus plaisir qu'à votre père.

– Non, elle comprendrait. Nous nous connaissons trop bien. Elle comprendrait tous mes actes.

– Alors, elle comprendrait aussi bien si vous alliez la trouver demain matin, propre et l'esprit clair », répliqua Brashen d'un ton raisonnable. Il paraissait très fatigué. Ils se turent tous deux un moment, puis il lui offrit son bras. « Venez. Je vais vous raccompagner chez vous. »

8

CONVERSATIONS NOCTURNES

Dans l'entrée de la maison, les genoux de Ronica fléchirent et elle s'effondra. Kyle demeura sans réaction, se contentant de secouer la tête, et ce fut Keffria qui se chargea de mettre sa mère au lit. La chambre que Ronica avait si longtemps partagée avec son époux sentait la maladie et la mort, et, plutôt que d'étendre sa mère sur le lit pliant où elle avait passé tant de nuits de veille, la jeune femme ordonna à Rache de lui préparer une chambre d'amis. Puis, elle resta assise à côté de sa mère en attendant que la servante installe sa maîtresse, totalement inexpressive, dans le lit. Ensuite, elle alla voir Selden qui pleurait. Il avait demandé sa mère, et Malta lui avait répondu qu'elle avait trop à faire pour s'embarrasser d'un bébé pleurnichard ; sur quoi elle l'avait laissé assis au bord de son lit sans même appeler un domestique pour s'occuper de lui. L'espace d'un instant, Keffria en voulut à sa fille, avant de se rappeler que Malta n'était elle-même guère plus qu'une enfant : on ne pouvait pas attendre d'une gamine de douze ans qu'elle prenne en charge son frère de sept ans après la journée qu'ils venaient de vivre.

Elle calma donc le petit garçon, l'aida à enfiler sa chemise de nuit et resta près de lui jusqu'à ce que ses yeux se ferment peu à peu. Quand elle le quitta enfin pour regagner son propre lit, elle songea que toute la maisonnée devait déjà dormir. Tandis qu'elle suivait les couloirs familiers, la lueur dansante de la bougie la conduisit à penser aux fantômes et aux esprits, et elle se prit soudain à se demander si l'anma de son père n'occupait pas encore la chambre où il avait souffert si longtemps ; un frisson lui parcourut le dos et elle sentit ses cheveux se dresser sur sa nuque. Puis elle se réprimanda : l'anma de son père ne faisait plus qu'un avec le navire, désormais ; et, même si son esprit hantait encore la maison, son père ne lui voudrait sûrement pas de mal. Ce fut néanmoins avec soulagement qu'elle se glissa dans la chambre où Kyle dormait déjà. Elle souffla la bougie pour ne pas le déranger et se déshabilla dans le noir en laissant tomber ses vêtements en tas sur le plancher ; elle trouva la chemise de nuit que Nana lui avait préparée et l'enfila en s'imprégnant de sa fraîcheur. Et enfin, enfin, au lit ! Elle souleva la couverture et le drap et s'allongea doucement à côté de son époux.

Il ouvrit les bras pour l'accueillir : il l'avait attendue sans s'endormir, et, malgré la longue journée qu'elle venait de connaître, malgré sa fatigue et son chagrin, elle s'en réjouit. Elle eut l'impression qu'au contact de Kyle, des nœuds de douleur qui l'étranglaient depuis des jours se défaisaient. Un moment, il la tint serrée contre lui, lui caressa les cheveux et la nuque jusqu'à ce qu'elle se détende, puis il lui fit l'amour, simplement et avec douceur, sans un mot, dans le clair de lune d'été qui tombait des hautes fenêtres. Sa clarté était presque assez forte pour donner des couleurs à tout ce qu'elle touchait, aux draps crème du lit, aux cheveux de Kyle qui semblaient d'ivoire, à sa peau dont les deux tons d'or terne indiquaient les endroits exposés au soleil et ceux qui ne l'étaient pas. Ensuite, son corps épousant celui de son mari, elle posa la tête sur son épaule, et tout ne fut que silence pendant quelque temps. Keffria écouta les battements du cœur de Kyle, sentit l'air qui gonflait sa poitrine, et elle en fut heureuse.

Tout à coup, elle se jugea égoïste et indélicate de posséder tant et de pouvoir en profiter la nuit même du jour où sa propre mère avait perdu son époux et, avec lui, toute intimité physique et toute forme de partage sur ce plan. Encore détendue et tiède d'avoir fait l'amour, elle ressentit la disparition du mari de sa mère comme le sort le plus terrible qui pût exister. Elle ne s'écarta pas de Kyle, mais sa gorge se serra douloureusement et une larme roula sur sa joue pour tomber sur l'épaule de son époux. Il y porta la main, puis caressa le visage de sa femme.

« Non, fit-il avec douceur, arrête. Il y a eu assez de pleurs et de tristesse aujourd'hui. Oublie tout pour l'instant, que rien ni personne ne vienne s'interposer entre nous deux. »

Elle reprit son souffle. « Je vais essayer. Mais ce qui arrive à ma mère... Je viens seulement de me rendre compte de ce qu'elle a perdu – tout ça. » Et, de sa main libre, elle parcourut le corps de Kyle de l'épaule à la cuisse ; il la saisit et l'amena à ses lèvres pour y déposer un baiser.

« Je sais ; j'y pensais moi aussi en te touchant. Je me suis demandé si, un jour, je ne revenais pas, ce que tu ferais...

– Ne dis jamais ça ! » s'exclama-t-elle d'un ton suppliant. De la main, elle obligea doucement Kyle à tourner son visage vers elle dans le clair de lune. « Je ne suis toujours pas certaine que nous ayons bien fait, déclara-t-elle soudain d'une voix altérée. Nous en avons discuté, je sais, nous avons tous convenu que c'était le mieux, que chacun se trouverait ainsi à l'abri. Mais l'expression qu'elle a eue quand j'ai pris la cheville... et ensuite son départ précipité... Je n'aurais jamais cru ça d'Althéa : quitter les funérailles de cette façon... Je pensais qu'elle aimait davantage papa.

– Hmm... fit Kyle d'un ton pensif. Je ne m'y attendais pas non plus. Pour ma part, je pensais qu'elle aimait le navire, sinon son père, davantage que ça, et je prévoyais que nous aurions à nous battre avec elle ; j'ai été bien soulagé qu'elle cède si facilement. J'étais sûr qu'elle nous ferait des scènes tout au long des funérailles ; au moins, elle nous aura épargné ce spectacle. Mais je suis inquiet, je l'avoue, de l'endroit où elle se trouve en ce moment : une jeune fille doit être chez elle la nuit de la mort de son père et non courir les rues d'une cité comme Terrilville. » Il se tut, puis reprit avec une sorte de circonspection : « Je ne peux pas la laisser s'en tirer ainsi, tu le sais ; il faut la réprimander ; quelqu'un doit la reprendre en main avant qu'elle gâche complètement sa vie.

– Papa disait toujours qu'Althéa se comportait mieux si on lui laissait un peu la bride sur le cou, répondit Keffria, qu'il fallait lui permettre de commettre ses propres erreurs car apparemment elle n'apprenait qu'ainsi. »

Kyle émit un grognement dédaigneux. « Pardonne-moi, mon amour, mais je pense que ton père se justifiait de cette façon de ne pas adopter une véritable attitude paternelle avec elle. Elle est gâtée ; depuis que je la connais, on lui passe tout, et ça se voit :

elle croit toujours pouvoir agir comme ça lui chante, et ça la rend égoïste, sans égard pour les autres. Mais il n'est pas trop tard. Découvrir son caractère m'a causé un choc plus grand que tu ne peux l'imaginer. Au voyage de retour, quand je suis sorti de mes gonds et que je l'ai cantonnée dans sa cabine pour le reste du trajet, je ne pensais pas qu'elle m'obéirait. J'étais en colère et je l'ai congédiée avant de perdre complètement mon sang-froid; mais elle s'est pliée à ma volonté, et, à mon avis, tout ce temps d'isolement lui a donné l'occasion de réfléchir. Tu as vu son attitude quand nous sommes arrivés: repentante, elle n'a pas dit un mot, et, lorsque nous avons débarqué, elle était vêtue comme une dame, du moins autant qu'elle en est capable.»

Il s'interrompit un moment, secoua la tête en emmêlant ses cheveux blonds sur l'oreiller. «J'étais stupéfait; je m'attendais à ce qu'elle relance la dispute à tout instant – et puis j'ai compris; c'était ce qu'elle espérait depuis toujours: quelqu'un qui pose les limites, qui la prenne en main et l'oblige à se conduire comme il faut. Jusque-là, à mon avis, elle essayait seulement de voir jusqu'où elle pouvait aller avant que quelqu'un abatte ses voiles et jette l'ancre.» Il s'éclaircit la gorge. «Je respectais ton père, tu le sais. Mais, quand il s'agissait d'Althéa, il était... aveugle; il ne lui interdisait jamais rien, ne lui disait jamais non. Quand je suis arrivé et que je me suis opposé à elle, le résultat a été spectaculaire. Naturellement, quand elle a débarqué au port et que ma responsabilité envers elle a pris fin, elle a recommencé un peu à jouer au cheval échappé.» Il haussa les épaules. Pendant quelque temps, le silence régna dans la chambre tandis que les deux époux songeaient à Althéa et à ses étranges comportements.

Kyle prit une profonde inspiration et soupira longuement. «Jusqu'ici, je pensais qu'il n'y avait aucun espoir pour elle, qu'elle ne nous apporterait que de l'affliction et qu'elle-même finirait mal; mais aujourd'hui, quand elle nous a tous vus faire front commun pour le bien de la famille, elle ne s'est pas vraiment dressée contre nous. Au fond d'elle-même, elle sait ce qui est bien; il faut employer le navire pour la prospérité de tous. Tu es l'aînée: il est juste et normal que tu hérites de la source de richesse de la famille; en outre, tu as des enfants aux besoins desquels tu dois subvenir, ce que nous permettra le navire. Qui Althéa a-t-elle à charge? Elle-même, c'est tout, et je pense que nous pouvons veiller à ce qu'elle ait toujours de quoi manger, se vêtir et se loger. Mais, si la situation était inversée et que le navire lui ait été confié, elle aurait quitté le port à bord de la *Vivacia* sans un regard en arrière, en prenant sans aucun doute ce bon à rien de Brashen comme capitaine. »

Il s'étira légèrement sans déloger Keffria. Il referma le bras sur elle et la serra contre lui. « Non, Keffria, je ne crois pas que tu aies de doute à avoir : nous avons agi pour le mieux aujourd'hui. Nous pourvoirons aux besoins d'Althéa et nous tirerons ta mère de ses embarras financiers. Serais-tu prête à affirmer sans hésitation qu'Althéa s'occuperait de ta mère, sans parler de nous deux et de nos enfants ? Je pense qu'à la fin ton père lui-même s'est rendu compte qu'il était plus sage de te léguer le navire, si dur qu'il lui fût de froisser les sentiments de sa petite chérie. »

En soupirant, Keffria se rapprocha de son mari. Ce qu'il disait était cohérent, et c'était d'ailleurs une des raisons qui l'avaient poussée à l'épouser : sa faculté de réfléchir avec soin et logique lui donnait une grande impression de sécurité. Lorsqu'elle s'était mariée, elle avait une certitude : il n'était pas question qu'elle vive unie à un homme aussi impulsif et fantasque que son père, car elle en avait vu les effets sur sa mère, vieillie prématurément. D'autres femmes chefs de famille menaient des existences calmes et prospères, soignaient leurs jardins de roses et s'occupaient de leurs petits-enfants, tandis que Ronica se levait chaque jour pour affronter la charge de décisions et de travail qui revenait à un homme, et il ne s'agissait pas seulement de tenir les comptes et de discuter pied à pied des accords avec d'autres Marchands : bien souvent, elle se rendait à cheval dans les champs pour vérifier de ses propres yeux ce que lui rapportaient les contremaîtres.

Depuis sa plus tendre enfance, Keffria détestait la saison de la récolte du mafe. Quand elle était petite, tout ce qu'elle comprenait de cette période était que sa mère était déjà partie quand elle se réveillait et qu'elle ne la verrait qu'une heure avant d'aller au lit, voire pas du tout ; puis elle avait grandi et, pendant quelques années, sa mère l'avait traînée dans les champs écrasés de soleil, au milieu des longues rangées de buissons piquants, vert foncé, couverts de haricots mûrissants ; elle avait dû apprendre comment les récolter, à quoi ressemblaient les insectes qui les attaquaient, à arracher sans perdre de temps les buissons malades et à les brûler, à bassiner laborieusement les autres d'une puissante décoction de moisissure de feuilles et de crottin de cheval. Keffria avait horreur de toutes ces tâches. Dès qu'elle eut l'âge de se préoccuper de ses cheveux et de son teint, elle se rebella, refusant de se laisser tourmenter davantage; cela se passait, elle s'en souvenait, l'année où elle avait décidé de ne jamais épouser un homme qui partirait en mer en lui confiant de telles charges. Elle trouverait un mari prêt à assumer son rôle d'homme, un mari aimant qui lui assurerait la sécurité et la tiendrait à l'écart de tout souci. «Et j'ai finalement épousé un marin», dit-elle tout haut. Mais le ton affectueux dont elle prononça cette phrase en fit un compliment.

«Hmm?» fit Kyle d'une voix ensommeillée qui venait du plus profond de sa poitrine. Keffria posa la main sur son torse et prit plaisir à voir, dans la clarté lunaire, le contraste de sa propre peau olivâtre avec celle, blanche, de son époux.

«Je regrette seulement que tu sois si souvent absent, fit-elle doucement. Maintenant que papa est mort, te voici l'homme de la famille. Si tu n'es pas là...

– Je sais, répondit-il d'un ton pondéré. J'y ai pensé non sans inquiétude. Pourquoi crois-tu que j'insiste pour que Hiémain voyage avec moi? Il est temps qu'il prenne sa place d'homme de la maison et assume sa part de responsabilités.

– Mais... et sa prêtrise?» objecta Keffria d'une petite voix. Il lui était très difficile de s'opposer à son mari, mais jusque-là, sur ce point précis, il lui avait toujours laissé toute liberté, et elle avait du mal à concevoir qu'il ait pu changer d'avis.

«Tu sais que je n'ai jamais approuvé toutes ces bêtises, déclara-t-il à mi-voix comme en réponse aux pensées de sa femme. Donner notre premier fils à Sâ... c'est bon pour les gens riches de Jamaillia; pour eux, c'est une façon d'étaler leur fortune que de se passer d'un fils pour le travail sans que ça les gêne. Il n'en va pas de même pour nous, ma chérie; mais je savais que tu y tenais, je t'ai laissée faire et le petit est entré au monastère. Si ton père avait vécu encore quelques années, il aurait pu y rester; mais ton père est mort, et Selden est trop jeune pour prendre la mer. Le fait est que Hiémain est beaucoup plus nécessaire à notre famille qu'à un quelconque monastère de Jamaillia. Sâ pourvoit à nos besoins, comme tu le répètes souvent; eh bien, considère notre situation de ce point de vue: il y a treize ans, il nous a pourvus d'un garçon dont nous avons aujourd'hui besoin.

– Mais nous lui avons fait une promesse », fit-elle timidement. Elle sentait comme une souffrance en elle ; la prêtrise de Hiémain, son don à Sâ, revêtaient pour elle une grande importance. Tous les garçons offerts à Sâ n'étaient pas acceptés ; certains se voyaient renvoyés chez leurs parents avec les remerciements du monastère et une lettre courtoise les informant que leur fils ne convenait pas à la prêtrise. Mais Hiémain avait été choyé dès le début, il avait rapidement obtenu sa bure marron de novice et s'était vu transféré du monastère annexe de Kall à celui de Kelpiton, sur la péninsule de Moelle. Les prêtres n'envoyaient pas souvent de comptes rendus, mais ceux que Keffria avait reçus étaient des plus favorables, et elle les conservait, fermés par leurs rubans dorés d'origine, dans un coin de son coffre à vêtements.

« C'est toi qui lui as fait cette promesse, pas moi, rétorqua Kyle. Attends, laisse-moi me lever. » Il se dégagea de l'étreinte de sa femme et quitta les draps. Son corps avait l'aspect de l'ivoire sculpté dans le clair de lune. Il tâtonna au pied du lit, trouva sa chemise de nuit et l'enfila.

« Où vas-tu ? » demanda-t-elle à mi-voix. Elle savait que sa réaction lui avait déplu, mais jamais il ne l'avait laissée seule dans le lit pour dormir ailleurs.

Il la connaissait par cœur et, comme s'il avait perçu son inquiétude, il repoussa doucement les cheveux du visage de sa femme. « Je reviens. Je vais seulement jeter un coup d'œil dans la chambre d'Althéa pour voir si elle est rentrée. » Il secoua la tête. « Quelle idiote ! C'est incroyable ! J'espère qu'elle n'est pas en train de se donner en spectacle à Terrilville : quand elle est éméchée, elle est capable de raconter n'importe quoi ; or nous n'avons surtout pas besoin d'un scandale en ce moment. La famille doit se montrer stable et unie tant que nous n'avons pas réglé nos problèmes financiers ; si Althéa se met à parler à tort et à travers, nos créanciers risquent de s'affoler et de vouloir récupérer ce qu'ils peuvent chez nous tant qu'il en est encore temps. Nous avons eu notre content de soucis et de chagrin pour ce soir ; essaye de dormir. Je reviens dans un instant quoi qu'il arrive. »

Un long moment, Brashen craignit qu'Althéa refuse de se laisser escorter. Elle tituba légèrement tout en le lorgnant d'un œil trouble, et il lui rendit son regard sans ciller. Par Sâ, dans quel état s'était-elle mise! Ses cheveux défaits lui tombaient sur le visage et les épaules, et, sur sa figure barbouillée de poussière, les larmes avaient laissé de nombreux sillons. Seule sa robe la désignait comme une dame de qualité, bien que le tissu chiffonné donnât l'impression de provenir d'un tas de rebuts. Brashen se dit amèrement qu'elle avait plus l'air d'une catin à la recherche d'une culbute dans le foin que de l'orgueilleuse fille d'une famille de Marchands de Terrilville. Si elle tentait de rentrer seule chez elle, tout pouvait lui arriver dans la frénésie du marché de nuit.

Mais elle finit par pousser un grand soupir. « D'accord », dit-elle, et, avec un nouveau soupir, elle prit le bras que lui offrait Brashen. Elle s'appuya lourdement sur lui, et il se réjouit de s'être délesté de son sac de marin plus tôt dans la journée : le tavernier qui le lui gardait était une vieille connaissance, et Brashen s'était séparé de plusieurs piécettes pour s'assurer que ses affaires resteraient en sécurité. Il préférait ne pas songer à l'argent qu'il avait dépensé en plus à suivre Althéa de taverne en taverne : davantage qu'il ne l'avait prévu, mais toutefois pas autant que lors d'une bordée nocturne en ville. Il n'était même pas vraiment ivre ; c'était la sortie la plus sinistre qu'il eût jamais connue dans son port d'attache. Enfin, c'était presque fini : il n'avait plus qu'à reconduire la jeune fille chez elle, et il aurait ensuite quartier libre pendant les quelques heures qui le sépareraient de l'aube.

Il parcourut la rue des yeux : elle était faiblement éclairée par quelques torches largement espacées, et presque déserte. Ceux qui étaient encore en état de boire se trouvaient dans les tavernes et les autres devaient ronfler ici ou là. Néanmoins, des pendards rôdaient sûrement dans les environs dans l'espoir de rafler les dernières pièces d'un matelot. Mieux vaudrait faire preuve de prudence, surtout avec Althéa en charge.

« Par ici, dit-il, et il voulut emmener la jeune fille d'un pas vif, mais elle trébucha presque aussitôt. Etes-vous ivre à ce point ? lui demanda-t-il avec agacement avant de pouvoir retenir sa langue.

– Oui », répondit-elle avec un petit rot. Puis elle se baissa si brusquement qu'il crut qu'elle allait s'écrouler sur les planches du trottoir ; mais non : à gestes brusques, elle ôta l'une après l'autre ses chaussures enrubannées à haut talon. « Et ces saletés n'arrangent rien. » Elle se redressa et les jeta dans la rue obscure, après quoi elle se retourna vers Brashen et lui reprit le bras. « Allons-y, maintenant. »

Pieds nus, elle progressait beaucoup plus aisément, il dut le reconnaître. Il eut un sourire amusé : il avait eu beau passer des années à se débrouiller seul, il demeurait en lui un petit côté collet monté typique des Trell, car il avait eu une réaction horrifiée devant l'indécence d'une fille de Marchand allant nu-pieds par la ville. Bah, étant donné son état général, ce ne serait sans doute pas la première chose qu'on remarquerait chez elle, et, de toute manière, il ne comptait pas lui faire traverser le marché ; il emprunterait des rues moins fréquentées en espérant ne rencontrer personne qui pût les reconnaître dans la pénombre. Il devait bien cela à la mémoire d'Ephron Vestrit.

Mais, comme ils parvenaient à un carrefour, elle le tira par le bras pour le diriger vers les rues illuminées du marché nocturne. « J'ai faim, déclara-t-elle d'un ton à la fois surpris et agacé, comme si c'était la faute de Brashen.

– Je suis fauché, désolé », répondit-il en mentant sans vergogne, et il s'efforça de l'entraîner dans la direction inverse.

Elle le dévisagea d'un air soupçonneux. « Vous avez si vite bu votre paie ? Par le cul de Sâ, je savais qu'à terre vous étiez un ivrogne, mais je ne pensais pas que vous y laissiez votre argent à cette allure !

– Je l'ai laissé aux putes », dit-il d'un ton irritable, en inventant au fur et à mesure.

Elle le toisa à la lumière dansante d'une torche. « Oui, ça vous ressemblerait », fit-elle en se parlant à elle-même. Elle secoua la tête. « Vous êtes capable de tout, hein, Brashen Trell ?

– Pratiquement », répondit-il, décidé à mettre fin à la conversation. Encore une fois, il la tira par le bras mais elle résista.

« Je connais plein d'endroits où on me fera crédit. Venez, je paierai pour vous aussi ! » Elle était passée de la critique à l'effusion en un clin d'œil.

Brashen résolut d'aller droit au but. « Althéa, vous êtes ivre et dans un état épouvantable. Vous ne pouvez pas vous montrer ainsi en public. Allons, je vous raccompagne chez vous. »

Elle perdit toute velléité de résistance et le suivit par les rues sombres. Ils se trouvaient dans un quartier commerçant aux boutiques louches ou trop pauvres pour payer le loyer élevé d'un emplacement au marché de nuit. Une lumière diffuse tombait des lanternes de celles qui étaient encore ouvertes : salons de tatouage, échoppes d'encens et de médicaments, maisons dédiées à la satisfaction d'appétits charnels hors du commun. Brashen se réjouit de constater que les clients étaient rares, mais, alors qu'il croyait ses épreuves terminées pour la nuit, il entendit Althéa pousser un long soupir tremblant, et il comprit qu'elle pleurait, presque sans bruit.

« Qu'y a-t-il ? demanda-t-il d'un ton las.

– Maintenant que mon père est mort, plus personne ne sera jamais fier de moi. » Elle secoua la tête, s'essuya les yeux sur sa manche, et reprit d'une voix étranglée : « Avec lui, c'était ce dont j'étais capable qui comptait ; avec eux, c'est mon apparence ou ce qu'on pense de moi.

– Vous avez trop bu », dit-il doucement. Par ces mots, il cherchait à la réconforter, à lui faire comprendre que ces pensées ne lui pesaient qu'à cause de l'alcool qui abattait ses défenses ; mais ils sonnèrent comme une réprimande. Elle se contenta de courber la tête en signe d'acquiescement et le suivit docilement ; Brashen jugea préférable de ne pas insister. Manifestement, il n'avait aucune chance de lui remonter le moral, et, en toute franchise, il n'était pas sûr d'en avoir envie ni de vouloir en prendre la responsabilité. Althéa avait été condamnée par sa famille, certes, mais pouvait-elle s'adresser à lui en oubliant que lui-même avait été complètement rejeté par la sienne ? Quelques semaines plus tôt, elle le lui avait lancé à la figure ; elle n'avait pas le droit d'espérer la moindre compassion maintenant que la situation s'était inversée.

Ils marchèrent quelque temps en silence, puis Althéa prit la parole : « Brashen, dit-elle à mi-voix, mais d'un ton grave, je vais récupérer mon navire. »

Il émit un bruit de gorge qui ne l'engageait à rien : inutile de lui répondre qu'à son avis elle se racontait des histoires.

« M'avez-vous entendue ? demanda-t-elle.

– Oui, je vous ai entendue.

– Eh bien, n'avez-vous rien à déclarer ? »

Il éclata d'un rire bref et amer. « Quand vous récupérerez votre navire, j'espère bien retrouver ma place de second.

– Tope là ! » fit-elle pompeusement.

Brashen grogna. « Si j'avais su que c'était si facile, j'aurais exigé de devenir capitaine.

– Non. Non, c'est moi qui serai capitaine. Mais vous pouvez avoir le poste de second ; Vivacia vous apprécie. Quand je serai capitaine, je ne prendrai à bord que des gens qui nous plaisent.

– Merci », fit Brashen, gêné. Il n'aurait jamais cru qu'Althéa l'appréciait. Savoir que la fille du capitaine l'aimait bien, finalement, le toucha curieusement.

« Quoi ? demanda-t-elle d'une voix pâteuse.

– Rien, rien du tout. »

Ils tournèrent dans la rue des marchands du désert des Pluies ; là, les magasins étaient plus ornés, et tous, sauf un ou deux, étaient fermés pour la nuit. Les produits exotiques et onéreux dont ils faisaient commerce s'adressaient aux riches, pas aux jeunes gens dissipés et insouciants qui formaient la principale clientèle du marché nocturne. Des volets protégeaient les hautes vitrines et des gardes loués, lourdement armés, faisaient les cent pas devant, l'œil aux aguets ; plus d'un jeta un regard peu amène au couple qui suivait le trottoir en planches. Les articles derrière les volets détenaient un peu de la magie du désert des Pluies, et Brashen trouvait toujours à cette rue une atmosphère à la fois inquiétante et enjôleuse, qui lui faisait dresser les cheveux sur la nuque en même temps qu'elle lui nouait la gorge. Malgré la nuit qui dissimulait les produits mystérieux du sombre commerce du fleuve, l'aura de magie, glacée comme l'argent, envahissait l'air nocturne. Althéa partageait-elle son impression ? Il faillit le lui demander ; puis la question lui parut à la fois trop grave et trop légère pour l'exprimer tout haut.

A mesure que le silence grandissait entre eux, Brashen ressentait de plus en plus la main d'Althéa comme un signe d'intimité qui le mettait mal à l'aise, et, quand il reprit la parole, ce fut davantage pour dissiper cette impression que pour toute autre raison. « Eh bien, elle a rapidement trouvé sa place », fit-il tout haut alors qu'ils passaient devant la boutique d'Ambre, et, de la tête, il indiqua une devanture à l'angle de la rue du désert des Pluies où Ambre en personne était installée derrière un jeu de panneaux de verre de Yicca qui valaient une fortune. Limpides comme de l'eau, ils avaient des châssis délicatement sculptés et dorés qui donnaient à la femme l'air d'une œuvre d'art encadrée. Le fauteuil dans lequel elle était assise était en osier blanc ; elle portait une longue robe brune simplement retenue aux épaules, qui l'enveloppait plus qu'elle ne mettait en valeur ses formes minces. Les vitrines de sa boutique n'étaient pas fermées par des volets ni barrées, et nul garde ne veillait alentour. Peut-être Ambre comptait-elle sur l'étrangeté de sa propre personnalité pour décourager les voleurs. La mèche allumée dans l'huile d'une coupe posée à terre près d'elle émettait une douce lumière jaune. Le brun profond de sa robe drapée rehaussait l'or de son teint, de ses cheveux et de ses yeux. Ses orteils passaient sous son long vêtement, et elle observait la rue avec des yeux impavides de chat.

Althéa s'arrêta pour lui rendre son regard. Elle vacillait légèrement et, sans réfléchir, Brashen lui passa un bras sur les épaules pour la soutenir. « Que vend-elle ? » demanda tout haut Althéa, et Brashen fit la grimace, certain que la femme l'avait entendue malgré la vitrine ; mais l'expression d'Ambre ne changea pas et ses yeux impassibles restèrent posés sur la jeune fille dépenaillée. Althéa ferma les paupières, puis les rouvrit toutes grandes comme si entre-temps la scène avait pu se modifier. « On la dirait sculptée en bois – en érable doré. »

La femme l'entendit manifestement, car Brashen vit un petit sourire apparaître sur ses lèvres. Mais quand Althéa ajouta d'un ton plaintif : « Elle me rappelle mon navire. La belle Vivacia, avec toutes les couleurs de la vie dans le grain soyeux du bois-sorcier », le visage d'Ambre exprima soudain un profond dégoût. Sans même chercher à savoir pourquoi ce mépris patricien l'inquiétait tant, Brashen saisit Althéa par le coude et l'entraîna fermement dans la rue obscure.

Au carrefour suivant, il lui permit de ralentir le pas. Elle s'était mise à claudiquer, et il se rappela le bois mal dégrossi des trottoirs. Althéa n'en dit mot, mais demanda une nouvelle fois : « Que vend-elle ? Elle ne fait pas partie des Marchands de Terrilville qui pratiquent le commerce sur le fleuve du désert des Pluies ; seules celles qui possèdent une vivenef le peuvent. Alors, qui est-elle et pourquoi tient-elle boutique dans la rue du désert des Pluies ? »

Brashen haussa les épaules. « Elle est arrivée il y a deux ans à peu près. Elle avait une petite échoppe du côté de Départ et de la place Bodequine ; elle fabriquait des perles en bois et les vendait – rien d'autre : uniquement de très jolies perles en bois. Beaucoup de gens en achetaient pour faire faire des colliers à leurs enfants. Puis, l'année dernière, elle a déménagé pour un meilleur emplacement et s'est mise à vendre... disons, des bijoux; mais ils sont tous en bois.

– Des bijoux en bois?» s'esclaffa Althéa. Elle semblait retrouver sa personnalité habituelle; marcher à pied avait dû commencer à la dégriser. Tant mieux; peut-être aurait-elle le bon sens d'arranger son apparence avant d'entrer pieds nus chez son père.

«J'ai eu la même réaction avant des les voir. Je ne pensais pas qu'un artisan pouvait tirer tant du bois; elle se sert des petits nœuds pour fabriquer des visages, des animaux et des fleurs exotiques, et parfois elle ajoute des incrustations. Mais sa réussite tient autant au bois qu'elle choisit qu'à sa technique; elle doit avoir un œil extraordinaire pour voir tout ce qui se cache dans un bout de bois.

– Ah! Travaille-t-elle aussi les bois-sorcier? demanda Althéa sans détour.

– Peuh! s'exclama Brashen avec mépris. Elle est peut-être nouvelle chez nous, mais elle connaît assez bien nos coutumes pour savoir qu'on ne le tolérerait pas! Non, elle n'emploie que des essences ordinaires, cerisier, chêne et je ne sais trop quoi encore, de toutes les couleurs et de tous les grains...

– Pourtant, il y a beaucoup d'artisans qui travaillent le bois-sorcier à Terrilville sans le déclarer», observa Althéa d'un air sombre. Elle se gratta le ventre. «C'est un sale petit trafic, mais si on en veut un morceau sculpté et qu'on a de quoi payer, on peut l'obtenir.»

Ce ton sinistre mit Brashen mal à l'aise, et il s'efforça d'alléger la conversation. «Bah, n'est-ce pas ce qu'on dit de Terrilville? Que si on imagine quelque chose, on peut le trouver ici?»

Elle eut un sourire torve. «Et vous en avez entendu le pendant, non? Que personne ne peut vraiment imaginer le bonheur, et que c'est pourquoi le bonheur n'est pas à vendre ici.»

Le ton brusquement morne qu'elle avait pris laissa Brashen à court de mots. Le silence qui s'ensuivit paraissait à l'unisson de l'air fraîchissant de la nuit d'été. Comme ils quittaient les rues des marchands et des boutiquiers pour s'engager dans les voies sinueuses des quartiers résidentiels de Terrilville, l'obscurité se fit plus profonde; les lanternes étaient plus espacées et plus en retrait de la chaussée. Des chiens aboyaient d'un air menaçant derrière des clôtures ou des haies. Les rues étaient plus cahoteuses, les trottoirs gravillonnés, et, quand Brashen pensait aux pieds nus d'Althéa, il faisait une grimace de compassion ; cependant, elle ne se plaignait pas.

Dans le silence et l'ombre de la nuit, le chagrin qu'il éprouvait pour la disparition de son capitaine trouva la place de grandir, et, plus d'une fois, il battit des paupières pour chasser une larme. Mort... le capitaine était mort, et avec lui l'occasion de Brashen de refaire sa vie. Il aurait dû mieux profiter de tout ce que l'Ancien Marchand lui proposait de son vivant ; il n'aurait jamais dû croire que la main qu'il lui tendait demeurerait toujours disponible. Eh bien, maintenant, il ne lui restait plus qu'à refaire sa vie tout seul. Il jeta un coup d'œil à la jeune fille toujours accrochée à son bras : elle aussi devrait se débrouiller seule, ou bien accepter le destin que sa famille lui préparait ; on lui trouverait sûrement le plus jeune fils d'une famille de Marchands prêt à l'épouser malgré sa réputation – peut-être même son propre petit frère, à lui, Brashen. Cerwin serait sans doute incapable de tenir tête à Althéa, mais la fortune des Trell se marierait bien avec celle des Vestrit. Brashen se demanda comment le caractère aventureux d'Althéa s'accommoderait du traditionalisme étroit de Cerwin, et il eut un sourire sinistre : qui serait le plus à plaindre ?

Il s'était déjà rendu chez les Vestrit, mais seulement de jour, pour faire part au capitaine Vestrit de certaines affaires concernant le navire ; de nuit, le chemin paraissait beaucoup plus long. Le brouhaha lointain du marché nocturne finit par s'éteindre derrière eux ; ils longèrent des haies dont les fleurs de nuit parfumaient l'air, et une sérénité singulière envahit Brashen. La journée écoulée avait vu la fin de bien des choses ; une fois encore, il se retrouvait à la dérive sans pouvoir compter sur nul autre que lui-même. Le lendemain, pas d'obligations, pas d'horaire, pas d'équipage à diriger, pas de fret à décharger... La situation était-elle si terrible, finalement ?

La résidence des Vestrit était située très en retrait de la chaussée. Les jardins et les pelouses abritaient des insectes et des grenouilles qui chantaient dans la nuit estivale, seuls sons en dehors du crissement des pas de Brashen qui remontait l'allée gravillonnée. Ce fut une fois à la porte d'entrée blanche, cette porte familière devant laquelle il avait parfois attendu qu'on l'introduise pour parler des affaires du navire, que le chagrin lui noua de nouveau la gorge. « Plus jamais », se dit-il. C'était sans doute la dernière fois qu'il se tenait devant cet huis. Au bout d'un moment, il remarqua qu'Althéa n'avait pas lâché son bras. Là, loin des ruelles étroites et des boutiques, le clair de lune éclairait nettement la jeune fille. Ses cheveux – ou, du moins, une partie - s'étaient échappés de la résille en dentelle qui les maintenait serrés. Elle ôta soudain sa main du bras de Brashen, se redressa et poussa un grand soupir.

« Merci de m'avoir raccompagnée, dit-elle d'un ton aussi égal et formaliste que s'il l'avait escortée dans une voiture après une fête des Marchands.

– Je vous en prie », répondit-il à mi-voix, et, comme si ces paroles avaient réveillé en lui le garçon aristocratique que sa mère envoyait à l'école, il s'inclina profondément devant elle. Il faillit lui baiser la main ; mais à la vue de ses propres souliers éculés et de son pantalon de coton au bas effiloché, il se rappela qui il était. « Tout ira bien ? fit-il, et c'était autant un ordre qu'une question.

– Je pense », répondit-elle d'un ton vague. Elle se détourna et posa la main sur le loqueteau, mais à cet instant la porte s'ouvrit violemment devant elle.

Kyle apparut dans l'encadrement. Il était en chemise de nuit, pieds nus et ses cheveux pâles ébouriffés, mais sa fureur était telle que son aspect n'avait rien de ridicule. « Que se passe-t-il ici ? » fit-il d'une voix tendue. Il avait parlé d'un ton bas comme pour préserver un secret, mais l'intensité de ses émotions en faisait un hurlement. Instinctivement, Brashen se raidit devant l'homme sous lequel il avait servi ; quant à Althéa, elle commença par reculer d'effroi, puis se reprit vivement.

« Ça ne vous regarde pas », déclara-t-elle, et elle tenta de le contourner pour entrer. Il la saisit brutalement par le bras et l'obligea à se tourner vers lui. « Nom de Sâ ! s'écria-t-elle sans faire le moindre effort pour parler bas. Enlevez vos pattes de moi ! »

Sans l'écouter, Kyle lui infligea une secousse qui la fit danser comme un poids au bout d'un fouet. « Cette famille me regarde ! gronda-t-il. Cette famille et sa renommée me regardent, comme elles devraient vous concerner ! Voyez-vous donc ! Pieds nus, avec l'air et l'haleine d'une catin ivre, accompagnée d'un ruffian qui vous suit à la trace comme une putain de bas étage... Est-ce pour ça que vous l'avez amené ici, à la demeure de votre famille? Comment osez-vous? Le soir même de la mort de votre père, comment avez-vous pu nous humilier tous ainsi?»

A l'écoute de ces accusations, Althéa avait découvert les dents comme un renard. Elle griffa la main qui la tenait fermement. «Je n'ai rien fait! s'exclama-t-elle violemment, et sa voix exprima trop clairement son abus de boisson. Je n'ai rien fait d'humiliant! C'est vous qui devriez avoir honte, espèce d'escroc! Vous m'avez volé mon navire! Vous m'avez volé mon navire!»

Brashen restait pétrifié d'horreur. Il n'avait surtout pas envie de se trouver mêlé à cette affaire, mais, quoi qu'il fît, l'un des protagonistes le prendrait mal. Le pire, cependant, était de rester planté sans réagir. Allons, autant se faire condamner pour un bélier que pour un agneau. «Capitaine Kyle, laissez-la, elle n'a rien fait de pire que s'enivrer un peu. Etant donné ce qui s'est passé pendant la journée, ça n'a rien d'étonnant. Lâchez-la, bon sang, vous lui faites mal!»

Il n'avait pas levé la main, n'avait nullement donné l'impression qu'il avait l'intention d'attaquer Kyle, mais celui-ci rejeta brusquement Althéa de côté et s'avança d'un air menaçant vers le marin. «Vous espériez peut-être mieux, mais pas nous.» Derrière Kyle, dans le couloir obscur, Brashen aperçut une lampe qu'on allumait et entendit une voix féminine qui posait une question. Kyle voulut attraper Brashen par le devant de sa chemise, mais son vis-à-vis recula. Derrière lui, Althéa avait repris son équilibre; elle pleurait, inconsolable comme un enfant perdu. Elle s'accrocha à l'encadrement de la porte, son visage courbé caché par ses cheveux, et elle continua de sangloter. Kyle ne cessait de tempêter. «Oui, vous espériez qu'elle s'enivrerait, espèce de sale corniaud! Et vous la suiviez dans l'espoir d'autre chose. Je vous ai vu l'observer sur le navire et je sais à quoi vous pensiez! Vous n'avez pas pu attendre que le corps de son père repose au fond pour lui courir après, hein?»

Kyle ne cessait d'avancer vers Brashen, qui cédait peu à peu du terrain. Physiquement, Kyle, pourtant plus grand que lui, ne l'effrayait pas, mais le nouveau capitaine ne jouissait pas que de ses poings pour se battre: il avait tout l'avantage d'une lignée de Premiers Marchands pour l'appuyer. S'il tuait Brashen, on ne mettrait guère en doute son récit de l'événement. Brashen se convainquit donc que ce n'était pas par lâcheté, mais par simple bon sens qu'il reculait, les mains levées en signe d'apaisement, et déclarait : « Il ne s'agissait pas du tout de ça ; je raccompagnais simplement Althéa chez elle pour lui éviter des ennuis. C'est tout. »

Kyle lui envoya un coup de poing que Brashen esquiva sans difficulté, mais ce simple mouvement lui permit de jauger son adversaire : le capitaine Havre était lent, et il se déséquilibrait excessivement ; il avait beau être plus grand, posséder une meilleure allonge et peut-être plus de force que Brashen, celui-ci savait pouvoir le battre, et sans mal.

A la seconde où il se demandait s'il allait devoir lui rendre ses coups, une voix de femme s'éleva à la porte. « Kyle ! Brashen ! » Malgré son âge et sa peine, ou peut-être à cause des deux, on eût dit que Ronica Vestrit réprimandait deux enfants indisciplinés. « Arrêtez ! Arrêtez tout de suite ! » La vieille femme, les cheveux noués pour la nuit, s'accrochait à l'encadrement. « Qu'y a-t-il ? J'exige de savoir ce qui se passe !

– Ce fils de porc... » commença Kyle. Mais la voix égale et basse d'Althéa rauque à force de pleurer – en dehors de cela, la jeune fille se maîtrisait parfaitement – coupa court à son indignation.

« J'étais folle de douleur ; j'ai trop bu, puis j'ai rencontré Brashen Trell dans une taverne, et il a insisté pour me raccompagner à la maison. Et c'est tout ce qui s'est produit ou allait se produire quand Kyle est apparu comme une furie en nous traitant de tous les noms. » Althéa releva soudain la tête et jeta un regard noir à Kyle, le mettant au défi de la contredire.

« C'est exact », fit Brashen à l'instant où Kyle s'exclamait d'un ton plaintif : « Mais regardez-la, regardez-la ! »

Brashen ne put savoir qui Ronica Vestrit croyait, car la femme d'acier que l'on connaissait refit surface quand elle déclara simplement : « Kyle et Althéa, allez vous coucher. Brashen, rentrez chez vous. Je suis trop fatiguée et trop en peine pour m'occuper de cette affaire dès maintenant. » Comme Kyle s'apprêtait à protester, elle ajouta pour l'apaiser : « Demain, ce sera bien assez tôt, Kyle. Si nous réveillons les domestiques, ils répandront ce scandale dans tout le marché ; il ne m'étonnerait d'ailleurs pas que l'un d'eux écoute déjà derrière la porte. Cessons donc cette querelle immédiatement ; que les affaires de famille restent entre nos murs. C'est ce que disait toujours Ephron. » Elle se tourna vers Brashen. « Bonne nuit, jeune homme », fit-elle en guise de congédiement, et il ne fut que trop heureux de s'en aller ; sans un au revoir ni un bonsoir, il s'éloigna d'un pas vif dans la nuit. Quand il entendit la lourde porte se refermer derrière lui, il eut l'impression d'avoir clos un chapitre de son existence.

A grandes enjambées, il se dirigea vers le bassin du port et Terrilville proprement dite. Tout en descendant, il perçut les premiers pépiements prudents des oiseaux de l'aube ; il leva les yeux vers l'est, vers un horizon qui commençait à se teinter de lumière, et il se sentit soudain très las. Il songea à l'étroite couchette qui l'attendait sur Vivacia, puis se rappela soudain la journée écoulée : plus aucune couchette ne l'attendait nulle part. Il envisagea de prendre une chambre dans une auberge, avec un lit moelleux, une courtepointe propre et de l'eau chaude pour la toilette du matin, puis il eut un sourire qui était en même temps un rictus : voilà qui aplatirait rapidement sa bourse. A la fin de cette nouvelle journée, quand il aurait l'occasion de profiter d'une nuit complète, il se paierait peut-être une chambre ; mais, ce matin, il ne dormirait que quelques heures avant que la lumière, le bruit et la chaleur du jour le rattrapent. Pas question de dépenser de l'argent pour un lit dont il jouirait à peine.

Mû par une longue habitude, il était revenu au port. Il secoua la tête et tourna ses pas vers la rue des Manieurs, sortit de la ville et descendit vers les plages rocheuses sur lesquelles les pêcheurs les plus pauvres tiraient leurs embarcations ; là, Parangon l'hébergerait pour la journée, en retour de quoi il jouirait de la compagnie de Brashen. Il serait toujours temps de récupérer son sac de marin et de chercher du travail et un logement dans l'après-midi ; pour l'instant, il allait se reposer quelques heures, loin des Vestrit et des Havre.

*

Maulkin s'arrêta sur place. Ses mâchoires s'ouvrirent et se refermèrent pour goûter la nouvelle atmosphère. Le nœud, fatigué, s'enfonça dans la vase molle du fond, soulagé de ce répit dans un trajet obstiné. Avec une sorte d'affection, Shriver regardait leur chef apprécier la saveur saline de ce Plein. Sa collerette se déploya autour de son cou dans une attitude mi-provocatrice, mi-interrogatrice. Quelques serpents grondèrent à cette vue en s'agitant, l'air mal à l'aise.

«Nul ne nous défie ici, fit Sessuréa. Il s'amuse avec des bulles.

– Non, répondit Shriver avec une calme assurance. Ce sont ses souvenirs. Il s'efforce de les retrouver; c'est ce qu'il m'a dit. Ils brillent devant son esprit comme un banc de capelans et obscurcissent sa vue par leur multitude. Comme tout pêcheur avisé, il doit ouvrir grand la gueule et plonger dans la masse en espérant attraper une proie en refermant la mâchoire.

– Il n'attrapera sans doute que de la boue», dit Sessuréa à mi-voix.

Shriver hérissa sa collerette à son tour, et Sessuréa se détourna vivement d'elle pour se frotter la queue du nez comme s'il se nettoyait. Quant à Shriver, elle s'étira de tout son long en faisant des grâces pour bien montrer qu'elle ne le craignait pas. «Les tubicoles, observa-t-elle comme à elle-même, se contentent d'une vision du monde qui ne change jamais.»

Les autres, elle le savait, commençaient à remettre en question les qualités de chef de Maulkin, mais pas elle. Certes, ces derniers temps ses idées paraissaient plus confuses que d'habitude; il trompetait étrangement dans ses rêves pendant les brefs repos qu'il accordait à sa troupe, et il se parlait à lui-même plus souvent qu'à ceux qui l'accompagnaient.

Mais ce qui les effrayait le plus était les signes qui convainquaient Shriver qu'il les menait sur le bon chemin. Plus ils le suivaient vers le nord, plus Shriver avait la certitude qu'il était de ceux qui détiennent les souvenirs d'autrefois. Justement, elle le regardait: ses grands yeux couleur cuivre protégés par leurs paupières laiteuses, il faisait des boucles sur lui-même jusqu'à ce que ces faux yeux d'or brillent. Certains des autres serpents observaient la scène avec mépris, comme s'ils croyaient que Maulkin stimulait ses sens par simple plaisir. Shriver, elle, le regardait avec envie; si le reste du nœud n'avait pas prêté tant d'attention à la danse de leur chef, peut-être aurait-elle osé se joindre à lui, tresser son corps au sien et tenter de partager les souvenirs qu'il recherchait.

Mais elle aspira discrètement de l'eau saline dans sa gueule à demi ouverte et la laissa s'échapper lentement par ses branchies, en en savourant au passage le goût étrange. L'eau était imprégnée de sels inconnus à l'intensité presque piquante. Elle goûta aussi les sels du corps de Maulkin qui continuait à se frotter contre lui-même. Elle ouvrit les paupières qui lui bouchaient la vue, et, l'espace d'un instant, elle rêva : le Manque était le Plein, et elle s'y élevait librement.

Avant de pouvoir se maîtriser, elle rejeta la tête en arrière et trompeta triomphalement : « Le chemin est dégagé ! » puis elle se rendit compte de son geste. Les autres la regardaient maintenant avec la même attention qu'ils observaient Maulkin. Décontenancée, elle rabattit sa collerette sur son cou. Maulkin plongea à pic vers elle et soudain l'enveloppa fermement dans toute la longueur de son corps. Sa collerette se souleva en émettant des toxines qui l'endormirent et l'intoxiquèrent à la fois ; il la tenait avec une formidable puissance, barbouillait ses écailles de musc, assaillait ses sens des lambeaux de souvenirs qu'il avait retrouvés. Puis, tout à coup, il la laissa aller et s'éloigna d'un coup de queue. Lentement, maladroitement, elle se posa au fond en essayant de reprendre son souffle.

« Elle partage, annonça Maulkin à son groupe. Elle voit et elle est ointe de mes souvenirs – de nos souvenirs. Viens, Shriver, relève-toi et suis-moi. Le temps du rassemblement est proche. Suis-moi jusqu'à la renaissance. »

9

CHANGEMENT DE FORTUNE

Le crissement de pieds chaussés, sur le sable entre les rochers, éveilla aussitôt sa vigilance. Malgré ses années de cécité, il leva la tête et tourna les yeux vers l'origine du bruit : à part ses pas, le nouvel arrivant se déplaçait en silence. Ce n'était pas un enfant ; eux marchaient avec plus de légèreté et, en outre, ils venaient souvent en groupe pour passer devant lui à toute allure en lui criant des insultes et en se jetant mutuellement des défis. Un temps, ils lui avaient lancé des pierres jusqu'à ce qu'il apprenne à ne plus les éviter ; alors, devant son stoïcisme, ils avaient fini par s'ennuyer et s'en étaient allés chercher des petits crabes ou des étoiles de mer à tourmenter. D'ailleurs, les pierres ne lui faisaient pas si mal, et la plupart ne le touchaient même pas. La plupart.

Il gardait les bras croisés sur sa poitrine couturée de cicatrices, mais cela exigeait un effort de volonté de sa part : quand on craint de recevoir un coup sans savoir de quel côté il va venir, il est difficile de ne pas essayer de se protéger le visage, même si tout ce qui reste de ce visage est une bouche, un nez et une ruine pleine d'échardes qui ont été des yeux avant qu'une hache ne les détruise.

La dernière marée haute l'avait presque atteint. Parfois, il rêvait d'une gigantesque tempête qui l'enlèverait du sable et des rochers pour le remmener en mer, ou, mieux encore, qui le soulèverait, puis le fracasserait sur les cailloux, le réduirait en planches, en poutres et en morceaux d'étoupe que les vagues et les vents éparpilleraient à leur guise. Il se demandait alors si cela lui apporterait l'oubli ou bien s'il continuerait à vivre sous la forme d'un bout de bois-sorcier sculpté, dansant pour toujours sur les vagues. Quelquefois, de telles réflexions pouvaient accroître sa folie; en d'autres occasions, gisant sur la plage, incliné sur tribord, il sentait les vers foreurs et les bernacles dévorer son bois et s'y enfoncer peu à peu, sauf dans la quille et le vaigrage en bois-sorcier. Non, là, jamais. Telle était la beauté du bois-sorcier: il restait insensible aux assauts de la mer. Mais c'était une beauté qui était aussi une damnation éternelle.

Il ne connaissait qu'une seule vivenef qui eût péri: Tinestre était mort dans un incendie qui avait rapidement gagné tout son fret de barriques d'huile et de peaux sèches, et qui l'avait consumé en quelques heures à peine, quelques heures où le navire n'avait cessé de hurler et d'appeler à l'aide. La marée était basse, alors, et, même quand l'embrasement avait perforé sa coque, qu'il avait coulé et que de l'eau s'était enfin déversée sur le feu interne, la mer n'était pas assez profonde pour éteindre les foyers des ponts. Son être en bois-sorcier avait brûlé lentement en émettant une fumée noire et grasse dans le ciel bleu du port, mais il avait bel et bien brûlé. Peut-être était-ce la seule paix accessible à une vivenef? Les flammes et une lente combustion? Il s'étonna que les enfants n'y eussent jamais songé: pourquoi jeter des pierres alors que, depuis belle lurette, ils auraient pu incendier cette coque pourrie? Devrait-il le leur suggérer un jour?

Les pas s'étaient rapprochés. Ils s'interrompirent et les chaussures crissèrent sur la roche couverte de sable. « Hé, Parangon ! » Une voix d'homme amicale et rassurante. Au bout d'un petit moment, il la reconnut.

« Brashen ! Ça faisait longtemps !

– Plus d'un an, répondit l'homme; peut-être deux. » Il s'avança et, un instant plus tard, Parangon sentit la tiédeur d'une main humaine effleurer son coude; il décroisa alors les bras et tendit sa main droite; Brashen s'efforça de la serrer de sa petite main de chair.

« Un an... toute une rotation de saisons. C'est long, pour vous, les hommes, non ?

– Bah, je ne sais pas. » Brashen poussa un soupir. « Ça me paraissait très long quand j'étais petit, mais maintenant chaque année qui passe me semble plus courte que la précédente. » Il se tut un instant. « Alors, comment vas-tu ?

Parangon sourit dans sa barbe. « Voilà une bonne question. Réponds-y toi-même. Je reste le même depuis, quoi ? trente de vos années ? Au moins, oui, je pense. Le passage du temps n'a guère de signification pour moi. » A son tour, il se tut. « Eh bien, qu'est-ce qui t'amène à venir rendre visite à une vieille épave comme moi ? »

L'homme eut l'élégance de prendre un ton embarrassé. « Comme d'habitude : j'ai besoin d'un abri où dormir ; d'un abri sûr.

– Et tu n'as jamais entendu dire qu'on ne pouvait trouver pire malchance qu'à bord d'un navire comme moi ? » C'était une vieille conversation entre eux, mais il y avait longtemps qu'ils ne l'avaient pas tenue et Parangon se sentait réconforté d'y mener à nouveau Brashen.

L'intéressé éclata d'un rire bref, puis serra encore une fois la main de Parangon avant de la relâcher. « Tu me connais, vieille carcasse. J'ai déjà affronté toute la malchance du monde ou à peu près ; ça m'étonnerait de trouver pire auprès de toi, et, au moins, je pourrai dormir sur mes deux oreilles en sachant qu'un ami veille sur moi. Permission de monter à bord ?

– Permission accordée et bienvenue ; mais fais attention où tu mets les pieds : la pourriture a dû bien gagner depuis ta dernière venue. »

Le navire entendit Brashen le contourner, puis bondir, et, un instant plus tard, il sentit l'homme se haler par-dessus le vieux bastingage. Quelle étrange impression de percevoir de nouveau les pas d'un homme sur ses ponts au bout de si longtemps ! Pourtant, Brashen ne les parcourait pas aisément : le *Parangon* échoué sur le sable gîtait abondamment, et c'est plus à quatre pattes que debout que Brashen gagna la porte du gaillard d'avant. « Il n'y a pas plus de pourriture que la dernière fois, observa-t-il tout haut, d'un ton presque enjoué, et il n'y en avait pas beaucoup. C'est presque effrayant de voir à quel point tu es resté en bon état après toutes les intempéries que tu as dû subir.

– Effrayant, oui, répondit Parangon en s'efforçant de ne pas prendre un ton lugubre. Personne n'est monté à bord depuis ta dernière visite, donc tu retrouveras tout comme tu l'avais laissé, je pense – en un peu plus humide, c'est tout. »

Il entendit et sentit l'homme se déplacer dans le gaillard d'avant, puis pénétrer dans les quartiers du capitaine. « Hé, s'exclama Brashen, mon hamac est encore là ! Et en bon état, en plus, on dirait. Je l'avais complètement oublié. Tu te rappelles, je l'avais fabriqué la dernière fois que je suis venu ici.

– Je m'en souviens », répondit Parangon, et un rare sourire illumina son visage au rappel d'un ancien plaisir. A l'époque, Brashen avait allumé un petit feu sur la grève et appris au navire l'art du tissage, d'une voix empâtée par l'alcool. Les mains de Parangon, beaucoup plus grandes que celles d'un homme, avaient considérablement gêné Brashen pour lui enseigner au seul toucher les nœuds à connaître. « Mais on ne t'a donc jamais rien appris ? s'était exclamé Brashen d'un ton d'ivrogne tandis que Parangon s'efforçait d'effectuer les mouvements simples qu'il lui demandait.

– Non, rien. Du moins, rien de tel. Quand j'étais jeune, je l'ai vu faire, mais personne ne m'a proposé d'essayer », avait répondu Parangon. Combien de fois, depuis, s'était-il rappelé ce souvenir pour passer les longues heures de la nuit ? Combien de fois avait-il tendu ses mains vides devant lui et exécuté à l'aide de cordages imaginaires le tissage simple d'un hamac ? C'était une façon de tenir à distance sa folie profonde.

Il sut que Brashen avait ôté ses chaussures dans les quartiers du capitaine, car elles glissèrent jusque dans le coin où tout finissait par se retrouver. Mais le hamac était solidement arrimé à des crochets fixés par Brashen lui-même, si bien qu'il demeura horizontal pendant que l'homme s'y installait avec force grognements. Parangon sentit le tissage se tendre sous le poids, mais les crochets tinrent bon. Brashen l'avait bien dit : la pourriture avait étonnamment peu gagné. Comme s'il percevait la soif de compagnie du navire, il cria : « Je suis franchement fatigué, Parangon ! Laisse-moi dormir quelques heures et je te raconterai mes aventures depuis ma dernière venue. Mes mésaventures aussi !

– Je peux attendre. Repose-toi », répondit le navire d'un ton affable, sans savoir si Brashen l'avait entendu ou non. Ce n'était pas important.

Il sentit l'homme s'agiter dans le hamac, puis trouver enfin une position confortable. Ensuite, le silence fut presque total : le navire ne percevait plus que la respiration du dormeur. Cela ne lui faisait guère de compagnie, mais c'était toujours mieux que ce que Parangon connaissait depuis plusieurs mois. Il croisa ses bras plus commodément sur sa poitrine nue et se concentra sur la respiration de Brashen.

*

Kennit faisait face à Sorcor qui se tenait assis, mal à l'aise, de l'autre côté de la table du capitaine, recouverte d'une toile de lin blanche. Le second portait une nouvelle chemise en soie rayée rouge et blanc, et des boucles d'oreilles voyantes : des sirènes avec une perle dans le nombril et des yeux en verre émeraude. Sorcor paraissait s'être laborieusement lavé au-dessus de sa barbe et il avait lissé ses cheveux en arrière avec une huile qui se voulait sans doute aromatique, mais qui, pour Kennit, évoquait le poisson et le musc. Cependant, il ne laissa pas cette opinion transparaître sur son visage : Sorcor était déjà assez dans ses petits souliers. Adopter une attitude convenue lui était déjà rude, alors s'il devait s'y rajouter la désapprobation du capitaine, cela risquait de lui paralyser entièrement l'esprit.

Le *Marietta* grinça doucement contre l'appontement. Kennit avait fermé le petit hublot de la cabine pour empêcher la puanteur de Partage de pénétrer, mais les bruits de débauche nocturne se faisaient néanmoins entendre sous la forme d'une cacophonie lointaine. Le bateau était désert, en dehors du mousse pour assurer le service à table et d'un homme de quart sur le pont. « Ça suffira, dit brusquement Kennit à l'enfant. Fais attention en nettoyant ces assiettes ; c'est de l'étain, pas du fer-blanc. »

Le mousse quitta la cabine, son plateau à la main, et referma la porte derrière lui fermement mais avec respect. Pendant quelques instants, un silence presque complet régna dans la confortable pièce pendant que Kennit observait celui qui lui servait non seulement de bras droit, mais aussi de sonde pour connaître l'humeur de l'équipage.

Kennit s'écarta légèrement de la table. Les bougies blanches en cire d'abeille s'étaient consumées d'un tiers environ ; Sorcor et le capitaine s'étaient partagé un quartier d'agneau de belle taille, dont le second avait dévoré la plus grande part : même l'étiquette ne parvenait pas à l'empêcher de s'empiffrer quand on lui présentait un menu supérieur à l'ordinaire. Toujours muet, Kennit se pencha de nouveau en avant pour saisir une bouteille de vin et remplir leurs verres à pied. Il s'agissait d'un millésime que le palais de Sorcor était sans doute incapable de savourer; cependant, ce soir, ce n'était pas la qualité du vin que Kennit voulait ostensible mais l'opulence du repas. Quand les deux verres furent remplis presque à ras bord, il leva le sien et attendit que le second en fît autant; puis il se pencha pour faire sonner les deux récipients l'un contre l'autre. «A des jours meilleurs», fit-il à mi-voix, et, d'un geste de sa main libre, il indiqua les modifications récentes de sa cabine.

Sorcor était resté ébahi en y pénétrant. Kennit avait toujours eu le goût du luxe mais, par le passé, il l'avait bridé sauf dans certains domaines tout pragmatiques: il préférait porter des boucles d'oreilles d'or de taille réduite mais incrustées de pierres précieuses sans défaut plutôt que des ornements de bronze décorés de verre vulgaire; il possédait quelques habits de coupe et de tissu excellents plutôt qu'une garde-robe trop voyante. Il n'en était plus ainsi maintenant. La simplicité de sa cabine avait laissé place à un clinquant et à une splendeur dans lesquels il avait laissé jusqu'aux dernières pièces de sa part à Partage. Certains articles n'étaient pas de première qualité mais la ville n'avait rien de mieux à proposer, et ils avaient eu l'effet voulu sur Sorcor: derrière l'abasourdissement qui se lisait dans les yeux du second étaient apparues les prémisses de l'envie. Il avait suffi d'exposer Sorcor au désir.

«A des jours meilleurs, répéta le second d'une voix de basse, et ils burent ensemble.

– Et bientôt; très bientôt», ajouta Kennit en se laissant aller contre les coussins de son austère fauteuil de chêne sculpté.

Sorcor reposa son verre et dévisagea son capitaine. «Vous avez une idée précise en tête, fit-il.

– Je n'en connais que la fin; reste à réfléchir aux moyens. C'est pourquoi je t'ai invité à dîner avec moi, afin que nous puissions faire des plans pour notre prochain voyage et examiner ce que nous voulons en retirer.»

Sorcor fit la moue, puis se suça une dent creuse d'un air pensif. «Moi, je désire en retirer ce que j'en ai toujours retiré: un beau butin, bien abondant. Qu'est-ce qu'on peut vouloir de plus?

– Beaucoup, mon cher Sorcor. Beaucoup, beaucoup plus: le pouvoir et la célébrité, la sécurité de sa fortune, le confort, des résidences et des familles à l'abri du fouet des esclavagistes.» Ce dernier souhait n'entrait aucunement dans la liste des désirs personnels de Kennit, mais il savait pertinemment que c'était le rêve de nombreux marins, rêve qu'ils trouveraient rapidement étouffant s'il était exaucé, il n'en doutait pas. Mais c'était sans importance : ce qu'il offrait à son second était ce que Sorcor croyait désirer. Kennit lui aurait aussi bien offert des poux au sucre s'il avait été persuadé qu'ils feraient un meilleur appât.

Le second affecta maladroitement la nonchalance. « On peut avoir envie de tout ça, bien sûr ; mais on ne l'a que si on est né dans le bon milieu, dans la famille d'un noble, d'un seigneur ou un truc comme ça. Ça ne sera jamais pour moi, ni pour vous, sauf votre respect.

– Ah, mais si, justement ! Ce sera pour nous si nous avons le cran de nous en emparer. Il faut être né seigneur ou noble, dis-tu ; mais un jour il a dû bien exister un premier seigneur ; un jour, dans le passé, quelqu'un a dû s'emparer de ce qu'il voulait et le garder pour lui. »

Sorcor prit une nouvelle gorgée de vin et l'avala aussi vite que s'il s'agissait de bière. « Oui, j'imagine, concéda-t-il, j'imagine que tout a dû commencer un jour. » Il reposa son verre et regarda son capitaine. « Mais comment faire ? » demanda-t-il enfin comme s'il redoutait la réponse.

Kennit eut un léger haussement d'épaules. « Comme je te l'ai dit : en prenant ce que nous voulons.

– Mais comment ? répéta Sorcor avec entêtement.

– Comment me suis-je procuré ce navire et cet équipage ? Comment ai-je trouvé la bague que je porte au doigt, et toi tes boucles d'oreilles ? Notre façon d'agir n'aura rien de différent de celle d'aujourd'hui, sauf en ce qui concerne l'échelle : nous placerons nos buts un peu plus haut. »

Sorcor s'agita sur son siège, puis dit d'une voix dangereusement douce : « A quoi pensez-vous ? »

Kennit sourit. « C'est très simple ; il nous suffit d'oser ce que personne n'a osé avant nous. »

Sorcor fronça les sourcils, et Kennit songea que le vin commençait à affecter ses esprits. « C'est encore cette histoire de roi dont on a déjà parlé, non ? » Et, avant que Kennit pût répondre, son second secoua lentement la tête. « Ça ne marchera pas, cap'taine ; les pirates ne veulent pas de roi. »

Kennit maintint son sourire tout en secouant à son tour la tête devant l'accusation de Sorcor. Il sentit alors les cloques s'ouvrir sous le bandage qu'il portait à la nuque, et qui devint humide. C'était ce qu'il fallait. « Non, mon cher Sorcor, tu as pris mes paroles d'alors beaucoup trop au pied de la lettre. Que crois-tu ? Que je compte m'asseoir sur un trône, le front ceint d'une couronne d'or incrustée de pierres précieuses, pendant que les pirates de Partage s'agenouilleront devant moi ? C'est de la folie ! De la folie pure et simple ! A la vue de Partage, nul ne peut imaginer une telle scène. Non ; ce que j'ai en tête est ce que je t'ai dit : un homme vivant comme un seigneur, avec une belle maison et de beaux objets, qui sait qu'on ne les lui dérobera pas et que sa femme peut dormir en sécurité dans leur lit. » Il prit une petite gorgée de vin, puis replaça le verre sur la table. « Voilà qui nous suffirait comme royaume, n'est-ce pas, Sorcor ?

- Quoi, moi ? Moi aussi ? »

Et voilà. Il l'avait enfin ferré. Kennit proposait à Sorcor de partager sa fortune, et son sourire s'élargit. « Naturellement, toi aussi ; pourquoi pas ? » Il eut un rire désapprobateur. « Sorcor, crois-tu que je te demanderais de te lancer dans cette aventure, de tout risquer à mes côtés, si je ne pensais qu'à ma propre richesse ? Bien sûr que non ! Tu n'es pas stupide ! Non ; mon idée est que nous nous emparions tous deux de cette fortune – et pas seulement pour nous deux : quand nous en aurons fini, tout l'équipage en bénéficiera. Quant à Partage et aux autres îles pirates, si elles décident de nous suivre, elles en profiteront elles aussi. Mais personne ne sera obligé de nous prêter main-forte ; ce sera une libre alliance d'hommes libres. Eh bien ? » Il se pencha vers son second. « Qu'en penses-tu ? »

Sorcor battit des paupières et détourna le regard de celui de son capitaine ; mais ainsi il ne put qu'observer la pièce bien arrangée, les somptueuses décorations que Kennit avait déployées pour l'occasion. Nulle part il ne pouvait poser les yeux sans que la cupidité s'éveillât dans son cœur.

Mais, au tréfonds de son âme, Sorcor était plus prudent que ne le pensait Kennit. Ses yeux noirs revinrent se planter dans ceux, pâles, du capitaine. « Vous parlez bien, et je ne vois pas de raison de ne pas répondre oui ; mais je sais aussi qu'il y en a peut-être une. » Il appuya les coudes sur la table et posa lourdement le menton sur les mains. « Parlez franchement : que faut-il faire pour arriver à votre résultat ?

– Oser», répondit Kennit, laconique. La flamme de la victoire qui le léchait ne le laissait pas tranquille ; il tenait l'homme, même si Sorcor ne le savait pas encore. Il se leva pour arpenter la petite cabine, son verre de vin à la main. «D'abord, nous capturons l'imagination des pirates et leur admiration par nos actions audacieuses. Nous amassons des richesses, certes, mais comme nul ne l'a fait avant nous. Regarde, Sorcor : je vais te montrer une carte. Tout le trafic qui vient de Jamaillia et des Terres du Sud doit passer devant chez nous avant d'atteindre Terrilville, ou Chalcède, ou les Etats au-delà. Est-ce exact ?

– Naturellement.» Faisant un effort pour déterminer à quoi menait cette évidence, le second fronça les sourcils. «Aucun bâtiment ne peut rallier Jamaillia à Terrilville sans passer par les îles pirates, à moins d'être inconscient au point de prendre par l'Extérieur et d'affronter les mers Hurlantes, ou bien d'emprunter la passe Intérieure avec ses chenaux et ses courants traîtres et nous autres, les pirates. C'est ça ?»

Kennit fit un signe d'approbation. «Par conséquent, navires et capitaines n'ont qu'une alternative : mettre le cap sur la passe Extérieure, où les tempêtes venues de la mer Hurlante sont les plus violentes, les serpents en plus grand nombre et le chemin plus long, ou bien s'aventurer dans la passe Intérieure et risquer les chenaux et les courants traîtres, ainsi que nous, les pirates. Exact ?

– Et puis n'oublions pas les serpents, remarqua Sorcor. On en trouve presque autant dans la passe Intérieure que dans l'Extérieure, aujourd'hui.

– C'est vrai, n'oublions pas les serpents, reconnut Kennit sans difficulté. A présent, mets-toi dans la peau d'un capitaine marchand devant cette alternative. Quelqu'un se présente et t'annonce : "Capitaine, contre une commission, je peux vous faire traverser sans crainte la passe Intérieure. J'ai un pilote qui connaît les chenaux et les courants comme sa poche, et aucun pirate ne s'en prendra à vous pendant la traversée." Que répondrais-tu ?

– Et les serpents ? répliqua Sorcor.

– "Les serpents ne sont pas pires dans la passe protégée qu'au-dehors, et le navire a une meilleure chance de les combattre, les tempêtes et eux, que dans la passe Extérieure. De plus, nous serons peut-être accompagnés d'un navire d'escorte, bourré d'archers et chargé de feu de Ballé, et si les serpents vous attaquent, l'escorte les emmènera sur une fausse piste pendant que vous prendrez la fuite." Qu'en dis-tu, capitaine marchand ? »

Sorcor plissa les yeux d'un air soupçonneux. « Je demanderais combien ça va me coûter.

– Exactement. Et je t'annoncerais une grosse commission que tu serais prêt à accepter, parce que tu arriverais à bon port pour vendre tes marchandises. Payer gros une assurance vaut bien mieux que de faire voile librement en courant le risque de tout perdre

– Ça ne marcherait pas, rétorqua Sorcor.

– Et pourquoi pas ?

– Parce que les autres pirates vous tueraient si vous divulguiez le secret de nos chenaux, ou alors ils vous laisseraient faire affaire avec un gros navire plein à ras bord et ils vous tomberaient dessus à bras raccourcis à votre passage. Pourquoi devraient-ils vous regarder vous enrichir sans lever le petit doigt ?

– Parce que chacun aurait sa part. Tout navire passant chez nous devrait cracher au bassinet et tout le monde en profiterait. De plus, nous ferions promettre aux marchands qu'ils ne tenteraient plus d'attaques contre nous ni nos logis ; ainsi, les nôtres pourraient dormir sur leurs deux oreilles en sachant que leurs pères et frères reviendraient sains et saufs et qu'aucun navire du Gouverneur ne viendrait incendier leurs villes et les asservir. » Il s'interrompit. « Regarde-nous, pour l'instant : nous gaspillons notre existence à courir après des navires, et, quand nous en rattrapons un, c'est un véritable massacre, parfois pour rien. Quelquefois, le navire sombre corps et biens, ou bien nous nous battons pendant des heures, et pour quoi ? Pour une cale remplie de coton de mauvaise qualité ou une autre denrée bon marché. Pendant ce temps, les navires et les soldats du Gouverneur, en représailles de notre piraterie, envahissent nos villages et nos villes et se saisissent de qui ne se sauve pas pour l'embarquer comme esclave. Et maintenant, observe mon point de vue : au lieu de mettre nos vies en péril pour attaquer un navire sur dix qui passe, au risque de revenir bredouilles, nous tirerions une part de la cargaison de tous les bateaux empruntant nos eaux ; nous les contrôlerions tous, et sans danger pour personne, sauf ceux qu'affronte normalement un marin. Entre-temps, nos maisons et nos familles gagneraient en richesse. La fortune que nous accumulerions ne profiterait qu'à nous. »

La lueur d'une idée s'alluma lentement dans les yeux de Sorcor. « Et nous interdirions les esclavagistes. Nous pourrions couper la gorge aux trafiquants d'esclaves. Pas d'esclavagistes dans la passe Intérieure ! »

Kennit resta un instant désarçonné. « Mais les moutons les plus faciles à tondre sont justement les navires esclavagistes ; ce sont eux qui paieraient le plus pour traverser nos eaux le plus vite et le plus facilement possible pour garder leur cargaison vivante et en bonne santé. Le pourcentage de leur marchandise qu'ils nous verseraient... »

Sorcor le coupa d'un ton rude.

« Des hommes, des femmes et des enfants ne sont pas des marchandises. Si vous aviez été à bord d'un de ces navires – et je ne veux pas dire sur le pont mais dedans, enchaîné dans la cale –, vous ne parleriez pas de "marchandise". Non, pas d'esclavagistes, Kennit. Ils ont fait de nous ce que nous sommes, et si on doit tout changer, nous commencerons par leur infliger le sort qu'ils nous ont réservé : nous leur volerons leur existence. D'ailleurs, ils ne sont pas qu'un mal isolé : ils traînent les serpents aussi derrière eux ; c'est la puanteur des esclavagistes qui a attiré les serpents dans nos chenaux. En éliminant les esclavagistes, peut-être qu'on se débarrassera du même coup des serpents. Par les enfers, cap'taine, ils les appâtent dans nos îles et nos passes avec les corps des esclaves morts. En plus, ils apportent des maladies inconnues ou que nous n'avons jamais attrapées, qui se développent dans ces cales pleines de pauvres misérables et se répandent chez nous ! Chaque fois qu'un de ces navires s'amarre pour faire de l'eau, le mal arrive dans son sillage. Non ! Pas d'esclavagistes !

– Très bien, fit alors Kennit d'un ton mesuré, pas d'esclavagistes. » Jamais il ne se serait douté que Sorcor nourrît la moindre idée dans son crâne, et encore moins qu'il pût éprouver des sentiments d'une telle passion. Mauvais calcul, ça. Il regarda son second d'un œil neuf en songeant qu'il lui faudrait peut-être l'écarter de son projet, non pas tout de suite ni avant un certain temps, mais il y aurait un moment dans l'avenir où il risquait de perdre toute utilité. C'était une éventualité qu'il fallait conserver à l'esprit, et qui l'obligeait à ne plus tirer de plans fondés sur les connaissances de Sorcor. Il sourit. « Tu as raison, naturellement. Beaucoup chez nous partagent sûrement ton opinion et on peut les gagner à notre cause avec ton idée. » Il hocha de nouveau la tête comme s'il réfléchissait. « Oui : pas d'esclavagistes. Mais tout cela est encore bien loin. Si nous devions exprimer tout haut nos projets, nul ne nous écouterait ; on les considérerait comme impossibles, ou bien chacun s'y attaquerait seul en rivalisant avec ses voisins. Chaque navire entrerait en conflit avec les autres, et ce n'est pas ce que nous désirons. Nous devons donc tenir notre projet secret jusqu'à ce que nous ayons gagné le respect de tous les pirates des îles et qu'ils soient prêts à entendre ce que nous avons à leur dire.

– Sans doute, acquiesça Sorcor après un instant de réflexion. Alors, comment on s'y prend pour qu'ils nous écoutent ? »

Enfin la question vers laquelle il le menait depuis le début ! Kennit revint aussitôt près de la table, garda un moment un silence théâtral, posa son verre et déboucha la bouteille. Il remplit la coupe de Sorcor et ajouta une goutte à la sienne, déjà presque pleine. « Nous leur faisons croire que nous pouvons l'impossible, par des actes qu'ils estiment impossibles, tels que, disons, capturer une vivenef et nous en servir comme navire principal. »

Sorcor se rembrunit. « Kennit, mon vieil ami, c'est de la folie. Aucun navire en bois ne peut attraper une vivenef. Elles sont trop rapides. D'après ce que j'ai entendu dire, elles sont capables de sentir un passage dans un chenal et de l'indiquer au timonier, de percevoir un lof du vent, de le prendre et d'utiliser un souffle d'air qui ne ferait pas bouger un autre navire. En plus, même si on en trouvait une et qu'on tuait tout son équipage, elle ne nous servirait à rien : ces navires n'obéissent qu'aux membres de leur famille, et ils se retournent contre les autres. Elle irait s'échouer, ou bien elle se jetterait sur des écueils, ou encore elle chavirerait. Prenez l'exemple de ce bateau de la mort... comment s'appelait-il, déjà ? Celui qui est devenu fou et qui s'en est pris à sa famille et à son équipage ? Il a roulé sur lui-même en emportant tous les hommes avec lui, non pas une fois, mais trois, à ce qu'on m'a dit ; et, la dernière fois qu'on l'a vu, il entrait la quille en l'air dans le port de Terrilville. Il y en a qui affirment que son équipage fantôme l'avait ramené chez lui, d'autres qu'il était revenu montrer aux Marchands ce qu'il avait fait. On l'a tiré au sec, on l'a laissé échoué sur la plage et il y est resté depuis. Le *Paria*, voilà, c'était son nom : le *Paria*.

– Le *Parangon*, le reprit Kennit avec un sourire mi-figue mi-raisin. Il s'appelait le *Parangon*, bien que ceux de sa propre famille aient pris l'habitude de le surnommer le *Paria*. Oui, j'ai entendu tous les vieux mythes et légendes qui courent sur les vivenefs, mais c'est tout ce que c'est : des mythes et des légendes. Pour ma part, je pense qu'on peut s'emparer d'une vivenef et l'utiliser ; et, si on pouvait gagner son cœur à notre cause, on disposerait pour la piraterie d'un navire avec lequel aucun autre bateau ne pourrait rivaliser. Ce que tu dis à propos des courants et des vents est exact ; il est vrai aussi qu'elles perçoivent la présence d'un serpent longtemps avant qu'un homme le repère. Une vivenef constituerait le navire parfait pour des pirates, et pour cartographier de nouvelles passes entres les îles aux Pirates, ou pour combattre les serpents. Je ne prétends pas qu'il faut tout laisser en plan pour partir à la chasse à la vivenef : uniquement que, si jamais nous tombons sur l'une d'elles, au lieu de renoncer d'avance, il faut la poursuivre. Si nous nous en emparons, tant mieux ; sinon, ma foi, bien d'autres navires nous échappent aussi. Nous n'aurons rien perdu dans l'affaire.

– Mais pourquoi une vivenef ? demanda Sorcor d'un air égaré. Je ne comprends pas.

– Parce que... j'en veux une. Voilà pourquoi.

– Alors, moi, je vais vous dire ce que je veux. » Pour quelque raison mystérieuse, Sorcor avait l'impression qu'ils étaient en train de passer un marché. « Chaque fois que nous apercevrons une vivenef, nous lui donnerons la chasse, même si je ne vois pas bien à quoi ça sert. Mais je ne le reconnaîtrai pas devant les hommes ; pour eux, je ne démordrai pas du gibier plus qu'un molosse sur une piste. Mais en échange, pour chaque vivenef que nous pourchasserons, nous poursuivrons l'esclavagiste suivant, nous jetterons ses hommes aux serpents et nous ramènerons les esclaves au port le plus proche. Sauf votre jugement, cap'taine, je crois que si nous tuons assez d'esclavagistes et que nous éliminons leurs équipages, nous gagnerons plus vite le respect de nos hommes qu'en capturant des vivenefs. »

Kennit ne fit rien pour dissimuler son froncement de sourcils. « A mon avis, tu surestimes la vertu et la morale de nos camarades de Partage, et il est aussi probable qu'ils nous prendront pour des ramollis du cerveau de perdre notre temps à pourchasser des esclavagistes rien que pour libérer leur cargaison. »

Peut-être l'excellent vin était-il monté à la tête de Sorcor plus vite qu'un millésime moindre, à moins que Kennit n'eût touché sans le faire exprès le seul point sensible du second, mais la voix de son compagnon était d'une basse mortelle quand il observa : « Vous pensez comme ça uniquement parce que vous n'avez jamais été enchaîné par les mains et les pieds dans une cale puante quand vous étiez à peine plus qu'un gosse. On ne vous a jamais coincé la tête dans un étau pour vous empêcher de bouger pendant que le tatoueur appliquait la marque de votre nouveau maître sur votre figure. »

Les yeux de l'homme étincelaient, perdus dans une obscurité qu'il était seul à pouvoir percer. Il reprit lentement son souffle. « Ensuite, on m'a mis au travail dans une cuve de tannerie à gratter des peaux ; les surveillants se fichaient pas mal des effets des produits sur ma propre peau ; j'ai vu des hommes plus vieux que moi qui crachaient le sang. Tout le monde s'en moquait, et je savais que dans peu de temps je serais comme les autres. Alors, une nuit, j'ai tué deux hommes et je me suis enfui. Mais où aller ? Au nord, où il n'y a que de la glace, de la neige et des barbares ? Retourner au sud, où mon tatouage ferait de moi un esclave en fuite, qui rapporterait une somme rondelette à celui qui m'assommerait et me ramènerait à mon propriétaire ? Ou bien me rendre sur les Rivages Maudits et y vivre comme un animal jusqu'à ce qu'un démon me saigne à blanc ? Non. Il ne me restait que les îles aux Pirates et l'existence d'un forban. Mais ce n'est pas ce que j'aurais voulu, Kennit, si j'avais eu le choix. On est sacrément peu ici à avoir choisi de vivre cette vie. » Sa voix s'éteignit en même temps que la lumière dans ses yeux et son regard se perdit un long moment, par-delà Kennit, dans un coin sombre de la cabine. Soudain, il reporta les yeux sur son capitaine. « Pour chaque vivenef que nous chasserons, nous attraperons un esclavagiste. C'est tout ce que je demande. Je prête la main à votre rêve, vous prêtez la vôtre au mien.

– Ça me paraît équitable », répondit Kennit avec brusquerie. Il savait quand tous les termes d'un marché avaient été étalés sur la table. « Oui, c'est équitable : pour chaque vivenef, un esclavagiste. »

*

Hiémain sentit un froid glacé l'envahir. Il s'était empli l'estomac et, à présent, son repas s'agitait au fond de lui ; il en tremblait littéralement et cela rendait sa voix chevrotante, ce qui lui faisait horreur : on eût dit un enfant sur le point d'éclater en sanglots alors qu'il cherchait seulement à défendre sa cause rationnellement et avec calme, comme il y avait été formé – comme on le lui avait enseigné dans son monastère bien-aimé. Sans prévenir, le souvenir des couloirs de pierre fraîche dans lesquels la sérénité flottait dans la brise remonta en lui. Il voulut y prendre des forces, mais il ne s'en sentit qu'affaibli : il n'était pas là-bas, il se trouvait dans la salle à manger familiale. La table basse en chêne doré, patinée à en briller, les bancs et les canapés rembourrés qui entouraient la pièce, les murs lambrissés et les tableaux représentant des navires et des ancêtres de la famille lui rappelaient où il était : à Terrilville. Il s'éclaircit la gorge et tenta d'affermir sa voix tout en regardant tour à tour son père, sa mère et sa grand-mère. Tous étaient assis à la même table que lui, mais groupés à un bout, tel un jury prêt à prononcer son jugement – ce qui était peut-être le cas. Il prit son souffle.

« Quand vous m'avez envoyé devenir prêtre, ce n'était pas mon choix. » Encore une fois, il regarda chaque visage à son tour dans l'espoir d'y trouver un souvenir de ce jour affreux. « Nous nous tenions dans cette même salle ; je m'agrippais à vous, maman, et je vous promettais d'être toujours sage si vous ne m'obligiez pas à partir ; mais vous m'avez répondu que je le devais, qu'en tant qu'aîné j'étais dédié à Sâ depuis mon premier souffle. Vous avez dit que vous ne pouviez enfreindre la promesse faite à Sâ, et que vous me remettiez au prêtre errant qui m'emmènerait au monastère de Kall. Vous en souvenez-vous ? Vous étiez là aussi, père, près de cette fenêtre, et la journée était si radieuse que je ne voyais de vous que votre ombre dans l'éclat du soleil. Grand-mère, vous m'avez dit de me montrer courageux, et vous m'avez donné un petit paquet de gâteaux de la cuisine pour la route. »

A nouveau, ils les regarda l'un après l'autre à la recherche d'une expression de malaise devant le sort qu'ils lui réservaient, d'une trace de remords qui dénoncerait la conscience du tort qu'ils lui causaient. Seule, sa mère montrait un soupçon de gêne. Il tenta de capter son regard pour la forcer à exprimer ses sentiments, mais elle détourna les yeux vers son mari. L'homme paraissait taillé dans la pierre.

« Je vous ai obéi, dit Hiémain avec simplicité, mais d'un ton qui sonnait geignard. J'ai quitté la maison et je suis parti avec un inconnu. Le chemin qui menait au monastère était dur et, une fois arrivé, tout m'était étranger. Mais je suis resté, j'ai fait des efforts, et, au bout d'un moment, je me suis senti chez moi là-bas et j'ai compris que votre décision était la bonne.» Les souvenirs qu'il conservait des débuts de son noviciat étaient doux-amers, et il se sentit à la fois envahi d'une impression d'étrangeté et d'évidence. Il reprit, les larmes aux yeux: «J'aime servir Sâ. J'ai appris beaucoup, j'ai grandi beaucoup, en des façons que je ne puis vous exprimer; et je sais que je n'en suis qu'au commencement, que je viens seulement d'entamer mon épanouissement. C'est comme... » Il chercha une métaphore appropriée. «Quand j'étais plus jeune, c'était comme si la vie était un cadeau merveilleux, enveloppé d'un papier superbe et décoré de rubans, et je l'aimais, même si je n'en connaissais que l'emballage. Mais, depuis un an à peu près, j'ai commencé à me rendre compte qu'il se trouve un présent encore plus beau à l'intérieur; j'apprends à voir au-delà des emballages clinquants jusqu'au cœur des choses. Je suis juste au bord; je ne puis m'arrêter maintenant.

– Nous avions tort», concéda soudain son père. Mais, alors même que le cœur de Hiémain bondissait de joie, le capitaine poursuivit: «Je savais que nous avions tort de t'envoyer là-bas. Je n'ai rien dit et j'ai laissé faire ta mère parce que cela paraissait important à ses yeux; et puis, Selden avait beau être très jeune, c'était un brave petit gars et je savais que j'aurais un fils pour me succéder.»

Il quitta la table et traversa la salle pour regarder par la fenêtre, comme des années plus tôt. Kyle Havre secoua la tête. «Mais j'aurais dû écouter mon instinct; je savais que c'était une mauvaise décision, et ça s'est avéré. Le temps est venu où j'ai besoin, où notre maison a besoin qu'un jeune fils prenne sa place sur le navire familial, et nous n'y sommes pas préparés. Selden est encore trop jeune; d'ici deux ans, un an peut-être, je pourrai le prendre comme mousse à bord.» Il se retourna vers la table. «C'est notre faute à tous, par conséquent nous devons supporter sans nous plaindre la souffrance que nous impose la correction de cette erreur. Cela signifie que vous, les femmes, allez devoir vous débrouiller ici encore un an; il faut vous arranger pour faire attendre encore nos créanciers et tirer ce que vous pouvez de nos propriétés. Celles qui ne sont pas profitables doivent être vendues pour étayer celles qui le sont. Cela signifie pour moi encore une année de voyage, et une année dure, car nous allons devoir agir vite et faire commerce de ce qui se vend le mieux. Quant à toi, Hiémain, je devrai t'enseigner en un an tout ce que tu aurais dû apprendre au cours des cinq dernières années, pour faire de toi un homme et un marin. » Tout en parlant, il arpentait la salle en faisant le décompte de ses ordres et de ses buts sur le bout de ses doigts, et Hiémain comprit soudain qu'il s'adressait ainsi à son second à bord du navire, en soulignant les corvées à effectuer. Il avait devant lui le capitaine Havre, habitué à une obéissance sans faille, et qui allait certainement resté cloué d'étonnement devant ce qui allait se passer.

Hiémain se leva en repoussant délicatement sa chaise. « Je retourne au monastère. J'ai peu d'affaires à emballer et j'ai fait ici tout ce que j'avais à y faire. Je partirai demain. » Il promena son regard sur les occupants de la table. « En la quittant ce matin, j'ai promis à Vivacia d'envoyer quelqu'un passer avec elle le reste de la journée. Je propose qu'on réveille Althéa pour lui demander d'y aller. »

Aussitôt, son père devint écarlate de rage. « Assieds-toi et cesse de raconter des âneries ! aboya-t-il. Tu vas faire ce qu'on te dira de faire ! Ce sera ta première leçon ! »

Hiémain avait l'impression que les battements de son cœur faisaient trembler tout son corps. Avait-il peur de son propre père ? Oui. Il lui fallait tout son courage pour rester debout, et il était incapable de parler. Pourtant, alors qu'il soutenait le regard de son père et demeurait immobile tandis que l'homme en furie s'avançait vers lui, une part calme et singulière de son esprit observait : « Oui, mais il ne s'agit que de la peur physique de la force physique. » Cette idée enveloppa toute sa pensée dans ses rets, si bien qu'il ne fit pas attention à sa mère qui poussait un cri, puis hurlait : « Oh, Kyle, non, je t'en prie, non ! Parle-lui, convaincs-le, non, je t'en supplie, non ! », ni à sa grand-mère qui, d'une voix de commandement, s'exclamait violemment : « Nous sommes ici chez moi et il n'est pas question que vous... »

Puis, le poing le frappa sur le côté du visage avec un craquement assourdissant. Il tomba à la fois vite et lentement, ahuri et honteux de n'avoir pas levé une main pour se défendre ni de s'être sauvé, sans cesser d'entendre quelque part un prêtre philosopher : « La peur physique, oui, je vois, mais il en est une autre, et que faut-il pour me la faire ressentir ? » Puis le dallage le heurta, dur et frais malgré la chaleur montante de la journée. Perdre conscience fut comme s'enfoncer dans le sol, ne plus faire qu'un avec lui comme cela lui était arrivé avec le navire, sauf que le sol ne pensait qu'à des ténèbres profondes. Hiémain aussi.

10

CONFRONTATIONS

« Kyle, c'est intolérable ! »

L'exclamation de Ronica résonna clairement dans le couloir dallé, et sa stridence donna envie à Althéa, qui souffrait de migraine, de s'en détourner, alors même que la mention du nom de Kyle la poussait à foncer dans la bataille. Prudence, se conseilla-t-elle ; tout d'abord, elle devait découvrir par quel genre de temps elle naviguait, et elle ralentit en suivant le couloir qui menait à la salle à manger.

« C'est mon fils et je le disciplinerai comme bon me semblera ! Ma conduite vous paraît peut-être dure aujourd'hui, mais plus vite il apprendra à obéir, et à obéir promptement, moins il aura de mal à s'adapter à la vie à bord. Il va se remettre et vous verrez qu'il n'a pas grand mal ; il sera sans doute plus secoué qu'autre chose. »

Même Althéa perçut une vague note d'inquiétude dans la voix de Kyle ; quant au son étouffé qu'elle entendait, ce devait être sa sœur en train de pleurer. Qu'avait fait Kyle au petit Selden ? Une terrible angoisse monta en elle, mêlée au désir de fuir cette vie domestique sens dessus dessous et de retourner... où ? Au navire ? Ce n'était plus un refuge. Elle se figea sur place en attendant que passe la vague de détresse qui lui faisait tourner la tête.

« Vous ne vous conduisez pas comme un père qui apprend la discipline à son fils, mais comme un matelot dans une bagarre d'ivrognes, et ce genre de comportement n'a pas sa place chez moi! Hier soir, j'étais prête à me montrer indulgente envers vous; la journée avait été éprouvante et l'aspect d'Althéa était choquant. Mais ceci, sous mon propre toit, entre personnes du même sang... non! Hiémain n'est plus un enfant, Kyle, et, même si c'en était un, le brutaliser n'aurait pas constitué la bonne réaction. Il ne faisait pas une crise de rage, il s'efforçait de vous faire part de son point de vue. On ne donne pas la fessée à un enfant qui exprime poliment une opinion, et on ne frappe pas non plus un homme pour cela.

– Vous n'avez rien compris, dit Kyle sans ambages. Dans quelques jours il vivra à bord d'un navire, où la seule opinion qui compte est la mienne. Il n'aura pas le temps de discuter mes ordres, il n'aura même pas le temps de réfléchir. Sur un navire, un matelot obéit instantanément. Hiémain vient d'apprendre pour la première fois ce qui l'attend s'il ne suit pas cette règle.» D'un ton radouci, il ajouta: «Un jour, ça lui sauvera peut-être la vie.»

Althéa entendait le bruit de ses bottes alors qu'il arpentait la salle. «Allons, relève-toi, Keffria. Il va revenir à lui dans quelques minutes et je ne veux pas te voir aux petits soins pour lui à ce moment-là. Ne l'encourage pas dans un comportement que je ne tolère pas; s'il nous croit divisés sur ce sujet, il se battra d'autant plus, et, plus il se battra, plus il s'étalera sur le sol.

– Tout cela me fait horreur, dit Keffria d'une petite voix sans timbre. Pourquoi faut-il qu'il en soit ainsi? Pourquoi?

– Ce n'est pas obligatoire, intervint sa mère, et ça ne le sera pas. Je vous le déclare formellement, Kyle Havre, je ne tolérerai pas votre conduite. Dans notre famille, nul n'a jamais traité personne de la sorte, et nous n'allons pas commencer le jour de la mort d'Ephron. Pas chez moi!» Le ton de Ronica Vestrit ne laissait pas place à la discussion.

Mais ce n'était pas le ton à employer avec Kyle, Althéa aurait pu en prévenir sa mère. Se dresser face à lui ne ferait qu'exacerber sa violence, et c'est ce qui se produisit.

«Parfait! Dès qu'il reprendra connaissance, je l'emmènerai au navire, où j'aurai tout loisir de lui enseigner les bonnes manières. C'est d'ailleurs la meilleure solution, sans doute: s'il apprend un peu comment fonctionne un bateau au port, il aura moins de mal quand nous serons en marche – et je ne serai pas forcé d'écouter des femmes qui discutent le moindre de mes ordres!

– Il est chez moi et il sera sur mon navire, fit Ronica. Mais Kyle la coupa et ses paroles emplirent Althéa d'une colère à la fois brûlante et glacée.

– Il sera sur le navire de Keffria, et sur le mien, puisque je suis son époux. Ce qui se passe sur la *Vivacia* ne vous regarde plus, Ronica. En outre, je crois, selon les lois de succession de Terrilville, que cette maison appartient aussi à ma femme, et que nous pouvons la diriger comme bon nous semble. »

Un silence terrible se fit. Quand Kyle reprit la parole, il y avait une trace d'excuse dans sa voix. « Il pourrait en être ainsi, en tout cas, mais à notre détriment à tous. Je ne propose pas que nos chemins se séparent, Ronica ; il est évident que la famille prospérera davantage si nous œuvrons de concert, dans une maison commune et vers un but commun. Mais je n'y parviendrai pas les mains liées, vous devez vous en rendre compte. Vous vous en êtes très bien tirée, pour une femme, toutes ces années ; mais les temps changent, et Ephron n'aurait pas dû vous laisser vous débrouiller toute seule. J'avais beau respecter l'homme... ou peut-être parce que je le respectais, je dois apprendre de ses erreurs. Il n'est pas question que je fasse voile dans le soleil couchant en laissant Keffria tout gérer en attendant mon retour. Je dois m'assurer de pouvoir demeurer à terre et diriger nos affaires ; et je n'ai pas l'intention de laisser Hiémain monter à bord de la *Vivacia* et s'y conduire comme un prince gâté. Vous avez vu ce qu'est devenue Althéa : c'est une tête de mule qui s'intéresse si peu au sort des autres qu'elle en est inutile – non, pis, qu'elle est sur le point de ruiner le nom et la réputation de la famille. Je vous le dis carrément, j'ignore si vous êtes capables, l'une ou l'autre, de lui fixer les limites dont elle a besoin. Peut-être le plus simple serait-il de la marier, de préférence à quelqu'un qui n'habite pas Terrilville... »

Alors, toutes voiles dehors, Althéa pénétra dans la salle. « Auriez-vous le front de répéter vos insultes devant moi, Kyle ? »

L'homme ne parut pas étonné de son apparition. « Il me semblait bien avoir vu votre ombre. Depuis combien de temps écoutez-vous notre conversation, petite sœur ?

– Depuis assez longtemps pour savoir que vous ne voulez le bien ni de notre famille ni de notre navire. » Althéa s'efforçait de ne pas se laisser ébranler par le calme de Kyle. « Qui vous croyez-vous donc pour parler sur ce ton à ma mère et à ma sœur, pour leur annoncer tranquillement vos intentions, votre volonté de revenir “diriger” les affaires ?

– Je suis l'homme de la famille à présent, il me semble », déclara-t-il sans prendre de gants.

Althéa eut un sourire glacial. « Vous pouvez jouer à l'homme de la famille tant qu'il vous plaira, mais si vous croyez que vous allez garder mon bateau, vous vous trompez ! »

Kyle poussa un soupir théâtral. « Et moi qui m'imaginais que seuls vos prétendus cousins du désert des Pluies croyaient que répéter un souhait assez souvent suffisait à le réaliser ! fit-il, ironique. Petite sœur, vous êtes une sotte : non seulement la loi commune de Terrilville reconnaît Keffria comme unique héritière, mais le fait a été consigné par écrit et ratifié par votre père lui-même. Comptez-vous contrecarrer sa volonté même en cela ? »

Ces mots anéantirent Althéa. Elle eut l'impression que tout ce qui l'avait soutenue jusque-là venait de lui être arraché ; elle était presque arrivée à se convaincre que la scène de la veille avait été un accident, que son père ne pouvait pas consciemment vouloir la déshériter du navire – il n'avait agi ainsi que parce qu'il souffrait trop. Mais apprendre qu'il l'avait couché par écrit et scellé... NON ! Elle regarda sa mère, puis reporta les yeux sur Kyle. « Peu m'importe ce qu'on a induit mon père à rédiger sur son lit de mort, dit-elle d'une voix basse mais furieuse. Je sais que Vivacia est à moi, à moi comme elle ne sera jamais à vous, Kyle. Et je vous le dis : je n'aurai de cesse de l'avoir sous mon commandement...

– Votre commandement ! » Kyle éclata d'un rire qui évoquait un aboiement. « Vous, commander un navire ? Vous n'êtes même pas bonne à servir à bord d'un rafiot ! Vous vous faites des illusions sur vos compétences, vous vous prenez pour un marin, mais c'est faux ! Votre père vous emmenait avec lui pour vous éviter d'avoir des ennuis à terre, voilà ce que je comprends ! Vous n'êtes même pas bon marin ! »

Althéa s'apprêtait à répondre quand Hiémain, étendu par terre, poussa un gémissement qui attira tous les regards sur lui. Keffria s'élança mais Kyle l'arrêta d'un geste. Ronica, en revanche, ne prêtant nulle attention au regard et au bras tendu de son gendre, s'approcha du garçon. Il se redressa sur son séant, manifestement sonné, en se tenant la tête à deux mains ; avec effort, il regarda sa grand-mère en essayant d'accommoder sa vision. « Je vais bien ? demanda-t-il d'un ton incertain.

– J'espère», répondit-elle gravement. Elle poussa un petit soupir. «Althéa, veux-tu m'apporter un linge mouillé?

– Ce gosse se porte à merveille», grogna Kyle, mais Althéa ne l'écouta pas. Elle sortit de la salle en coup de vent pour chercher un torchon humide, tout en se demandant pourquoi elle obéissait ainsi: elle soupçonnait sa mère d'avoir trompé son père, d'avoir obtenu de lui une signature qu'il refusait. Pourquoi donc se pliait-elle si docilement à sa volonté aujourd'hui? Elle n'en savait rien, sinon peut-être que cela lui permettait de s'éloigner un moment de Kyle et d'éviter de le tuer.

Tandis qu'elle descendait à la pompe, elle se demanda ce qu'il était advenu de son monde; jamais on n'avait vu de telles scènes chez elle: entendre des gens s'insulter à tue-tête était déjà étonnant, mais Kyle avait carrément assommé son fils! Elle n'arrivait pas à le croire; de tels comportements étaient trop étrangers pour elle, si choquants qu'elle ignorait comment y réagir et que ressentir. Elle actionna la pompe, passa une serviette sous l'eau glacée, puis l'essora consciencieusement. Une domestique se tenait dans la pièce, l'air inquiet.

«Voulez-vous que je vous aide?» demanda-t-elle dans un quasi-murmure.

Althéa s'entendit mentir calmement: «Non. Non, tout va bien. Le capitaine Havre s'est simplement mis en colère.» *Tout va bien*, songea-t-elle; ce n'était vraiment pas le sentiment qu'elle éprouvait; elle avait plutôt la sensation d'être une massue de jongleur en train de virevolter en l'air sans savoir quelle main allait la rattraper et la relancer en cadence. Mais peut-être n'y aurait-il pas de main: elle allait peut-être s'envoler, hors de toute maîtrise et ne plus jamais faire partie de la famille. Cette image ridicule la fit sourire amèrement, et elle déposa le linge humide dans une jatte en terre avant de la porter dans la salle à manger. Quand elle arriva, Hiémain et sa grand-mère étaient assis à un angle de la table basse; le jeune garçon paraissait pâle et bouleversé, Ronica déterminée. Elle tenait les mains de son petit-fils entre les siennes et lui parlait d'un ton grave.

Kyle se tenait les bras croisés près de la fenêtre. Il tournait le dos à la salle mais Althéa sentait l'indignation qui émanait de lui; Keffria, debout à côté de lui, le regardait d'un air suppliant, mais il ne semblait pas avoir conscience de sa présence.

«... tout est entre les mains de Sâ.» Ronica s'adressait d'un ton solennel au neveu d'Althéa. «Je crois que ce n'est pas sans raison qu'il t'a renvoyé chez nous et créé ce lien entre le navire et toi. Il doit en être ainsi, Hiémain. Peux-tu l'accepter, comme tu as autrefois accepté la façon dont nous t'avons voué à la prêtrise?»

Un lien entre Hiémain et le navire... C'était impossible. Le cœur d'Althéa se glaça dans sa poitrine mais, curieusement, son corps continua d'avancer et ses yeux de voir; Hiémain portait toute son attention sur sa grand-mère; il ne la quittait pas du regard. Son ascendance Havre était manifeste dans son menton relevé et la colère qui brûlait dans ses yeux. Puis, comme elle déposait la jatte au linge humide près de lui, Althéa vit le jeune garçon reprendre sa maîtrise de soi: en cinq ou six respirations, il détendit ses traits et, l'espace d'un instant, Althéa remarqua chez lui une forte ressemblance non seulement avec le capitaine Vestrit mais aussi avec l'image que lui renvoyait son propre miroir. Elle en resta pantoise.

Quand il prit la parole, ce fut d'un ton mesuré et raisonnable. «J'ai entendu ce discours mille fois: c'est la volonté de Sâ. Qu'il s'agisse du mauvais temps, de tempêtes tardives, d'enfants mort-nés, c'est la volonté de Sâ.» Il saisit le linge humide, le plia soigneusement et l'appliqua sur sa joue, qui commençait déjà à virer au violacé; le jeune garçon paraissait encore secoué et son esprit un peu confus. Ses mots manquaient de tranchant, et Althéa supposa qu'il avait du mal à s'exprimer. Mais il ne paraissait pas fâché, ni intimidé, ni effrayé: on eût dit seulement qu'il cherchait à atteindre sa grand-mère par ses paroles, comme si, en la gagnant à sa cause, il pouvait sauver sa propre existence. C'était possible.

«Les tempêtes et le mauvais temps sont peut-être effectivement de son fait; les enfants mort-nés aussi – sauf quand le mari a battu sa femme la veille... » Sa voix s'éteignit comme s'il se remémorait quelque souvenir désagréable, puis ses yeux se reportèrent sur le visage de sa grand-mère. «Je crois que Sâ nous a donné notre existence et que sa volonté est que nous la vivions bien. Il place des obstacles sur notre chemin, c'est vrai... J'ai entendu des gens enrager contre sa cruauté et demander: "Pourquoi? Pourquoi?" Mais, le lendemain, ces mêmes personnes prennent leurs scies et s'en vont couper des branches de leurs arbres fruitiers, déraciner de jeunes baliveaux et les replanter loin de là où ils avaient poussé. "Ils croîtront mieux et ils donneront davantage", affirment les ouvriers des vergers ; mais ils ne restent pas auprès des arbres pour leur expliquer que c'est pour leur bien. »

Il retira le linge de sa joue et le plia différemment pour lui redonner de la fraîcheur. « Mon esprit divague, fit-il d'un air mécontent, au moment où je voudrais m'adresser le plus clairement à vous, grand-mère. Je ne pense pas que ce soit la volonté de Sâ que je quitte le séminaire et que je vive à bord d'un navire afin que notre famille prospère financièrement. Je ne suis pas non plus certain que ce soit votre volonté à vous ; c'est celle de mon père. Pour obtenir ce qu'il veut, il se propose de violer une promesse et de violer mon cœur. De plus, je me rends bien compte que ce "cadeau" qu'il me fait et dont je ne veux pas a été arraché, hier seulement, à ma tante Althéa. »

Pour la première fois, il regarda l'intéressée. Malgré la douleur qu'elle lut sur son visage meurtri, elle eut l'impression un instant de se trouver devant les yeux de son père, devant cette patience infinie qui capitonnait une volonté de fer. Elle se disait, stupéfaite, que ce n'était pas un jeune garçon fragile, un novice timide qu'elle avait devant elle, mais un homme enfermé dans le corps d'un adolescent en pleine modification.

« Votre propre fils constate l'injustice de votre conduite, dit-elle à Kyle d'un ton accusateur. Me dépouiller de Vivacia n'a rien à voir avec votre conviction que je suis ou non capable de la commander ; c'est votre cupidité qui vous fait agir.

– Ma cupidité ? cria Kyle avec dédain. Ma cupidité ? Ah, elle est bien bonne ! C'est par cupidité que je voudrais récupérer un navire tellement grevé de dettes que j'aurai de la chance si je les rembourse avant ma mort ? C'est la cupidité qui me pousse à prendre la responsabilité d'une famille incapable de gérer correctement son argent ? Althéa, si je pensais que vous aviez la moindre chance de vous rendre utile à bord de la *Vivacia*, je sauterais sur l'occasion de vous y faire travailler, pour changer. Non, mieux que ça : si vous étiez capable de me montrer le moindre signe de compétence en tant que marin, si vous aviez ne seraitce qu'une étiquette de recommandation à votre ceinture, je vous ferais présent de ce fichu bateau et de toutes ses dettes ! Mais vous n'êtes rien d'autre qu'une gamine gâtée !

– Menteur ! s'exclama Althéa avec dégoût.

– Par Sâ, je ne dis que la vérité ! rugit Kyle, hors de lui. Si un seul capitaine digne de ce nom acceptait de témoigner de votre aptitude de marin, je vous remettrais le navire dès demain ! Mais tout Terrilville sait ce que vous êtes : une dilettante qui se prend pour ce qu'elle n'est pas !

– Le navire serait prêt à témoigner en sa faveur », intervint Hiémain d'une voix hésitante. Il porta une main à son front comme pour empêcher sa tête d'éclater. « S'il se portait témoin pour elle, tiendriez-vous parole ? Car, par Sâ, vous avez fait un serment et nous l'avons tous entendu ; vous seriez obligé de le tenir. Je ne puis croire que mon grand-père voulait toutes ces disputes et cette violence, alors qu'il est très simple de rétablir un équilibre. Si Althéa montait à bord de la *Vivacia*, je rentrerais avec bonheur dans mon monastère, et chacun de nous retrouverait sa place, là où nous étions heureux... » Sa voix mourut quand il s'aperçut que tous les regards étaient fixés sur lui. Les yeux de son père étaient noirs de fureur, et Ronica Vestrit avait porté la main à sa bouche comme si le discours de Hiémain l'avait touchée au vif.

« J'en ai assez de toutes ces pleurnicheries ! » explosa soudain Kyle. En quelques enjambées, il s'approcha de la table, y prit appui et foudroya son fils du regard. « Est-ce ça que tu as appris chez les prêtres ? A tout déformer pour obtenir ce que tu désires ? J'ai honte de voir un garçon de mon propre sang employer de telles pratiques sur sa grand-mère ! Lève-toi ! » aboya-t-il. Comme Hiémain ne bougeait pas et continuait de le dévisager sans un mot, il hurla : « Debout ! »

Le jeune novice hésita un instant, puis se redressa. Il ouvrit la bouche, mais son père le prit de vitesse. « Tu as treize ans, même si tu en parais dix et que tu te conduis comme si tu en avais trois ! Treize ans : selon la loi de Terrilville, le travail d'un fils revient à son père jusqu'à ses quinze ans. Si tu t'opposes à moi, j'invoquerai cette loi. Je me fiche que tu portes une robe marron ou qu'il te pousse des andouillers sacrés sur le front : jusqu'à quinze ans, tu travailleras sur ce navire. Est-ce clair ? »

Même Althéa fut choquée par le quasi-blasphème que constituaient les paroles de Kyle. Hiémain avait la voix tremblante, mais ce fut droit comme un i qu'il répondit : « En tant que prêtre de Sâ, je ne suis tenu par les lois civiles que si elles sont justes et respectent la vertu. Vous invoquez une règle civile pour enfreindre votre promesse ; quand vous m'avez donné à Sâ, vous avez aussi donné mon travail à Sâ. Je ne vous appartiens plus.» Il jeta un coup d'œil à sa mère puis à sa grand-mère, et ajouta presque d'un ton d'excuse: «Je ne fais même plus vraiment partie de votre famille. J'ai été donné à Sâ.»

Ronica voulut s'interposer, mais Kyle l'écarta avec une force qui fit trébucher la vieille femme. Un cri aux lèvres, Keffria se précipita vers sa mère. Pendant ce temps, Kyle agrippa Hiémain par le devant de sa bure et le secoua à lui en faire ballotter la tête; sous l'effet de la fureur, sa voix était méconnaissable. «A moi! rugit-il. Tu es à moi! Tu vas te taire et faire ce qu'on t'ordonne! Tout de suite!» Il cessa de secouer le garçon et le hissa sur la pointe des pieds. «Descends au navire et présente-toi au second. Dis-lui que tu es le nouveau mousse et n'ajoute rien de plus. Le mousse! Compris?»

Althéa avait assisté à la scène avec une fascination horrifiée. Elle avait vaguement conscience que sa mère serrait contre elle une Keffria sanglotante, à demi hystérique, et tentait de la consoler. Deux serviteurs, incapables de contenir leur curiosité, observaient discrètement la salle par la porte ouverte. Althéa devait intervenir, elle le savait, mais les événements dont elle était témoin étaient si loin de son expérience qu'elle ne pouvait rester que bouche bée. Dans les cuisines, on murmurait qu'il se produisait des scènes semblables dans certaines maisons, ou bien on avait entendu parler de Marchands qui mettaient leurs fils en apprentissage contre leur volonté; Althéa elle-même savait que, selon la rumeur, une discipline de fer régnait sur certains bateaux; mais cela ne concernait absolument pas les Premiers Marchands et leurs familles - ou, sinon, on n'en parlait pas.

«Est-ce que c'est clair?» hurla Kyle, comme si crier devait rendre ses propos plus compréhensibles. Etourdi, Hiémain réussit à acquiescer, et Kyle lâcha sa robe. Le garçon chancela, puis se rattrapa à l'angle de la table. Il resta appuyé là, la tête penchée.

«Et quand je dis tout de suite, c'est tout de suite!» aboya Kyle d'un ton où se mêlaient la fureur et le triomphe. Il tourna la tête vers la porte, où se tenait un domestique. «Toi, Welf! Cesse de bayer aux corneilles et accompagne mon fils jusqu'à la *Vivacia*. Veille à ce qu'il emporte toutes les affaires avec lesquelles il est venu, parce qu'à partir de maintenant il va vivre sur le navire!»

Tandis que Welf entrait précipitamment pour prendre Hiémain par le bras et le conduire hors de la salle, Kyle se tourna vers

Althéa d'un air menaçant. Avoir réussi à se faire obéir de son fils paraissait avoir accru son assurance, car il déclara d'un ton de défi : « Etes-vous assez avisée pour tirer une leçon de cette scène, petite sœur ? »

D'une voix basse et monocorde, Althéa répondit : « Ça m'étonnerait beaucoup que nous n'ayons pas tous appris quelque chose sur vous, Kyle ; surtout que vous êtes pratiquement prêt à tout pour assurer votre mainmise sur la famille Vestrit.

– Ma mainmise ? » Kyle la dévisagea, incrédule, puis regarda les deux autres femmes pour voir si elles partageaient sa stupéfaction ; mais Ronica lui rendit un regard noir pendant que Keffria sanglotait sur son épaule. « Vous croyez que c'est mon but ? Prendre la direction absolue de la famille ? » Il secoua la tête, puis éclata d'un rire incertain. « Mon but, c'est de sauver ce qui peut encore l'être. Sacrénom, je ne sais pas pourquoi je me donne tant de mal ! Vous me considérez toutes comme un voleur, alors que j'essaye seulement de maintenir la famille à flot ! Keffria ! Tu le sais bien, toi ! Nous en avons parlé ! »

Il se tourna vers sa femme, qui finit par lever vers lui son visage sillonné de larmes ; mais il n'y avait aucune compréhension dans ses yeux. Il secoua la tête d'un air perplexe. « Que dois-je faire, selon vous ? demanda-t-il à la cantonade. Nos propriétés perdent de l'argent tous les jours, nos créanciers menacent de les saisir, et vous paraissez tous penser, en prenant une tisane autour d'une table, que votre bonne éducation vous interdit d'y prêter attention. Non, ça, je le retire. Althéa a l'air de vouloir accélérer notre ruine en conservant la vivenef comme jouet, pendant qu'elle passe ses soirées à s'enivrer avec les voyous du coin, à se bagarrer et à se faire tripoter.

– Arrêtez, Kyle ! l'avertit Ronica à voix basse.

– Arrêter quoi ? De vous dire ce que vous savez déjà mais que vous refusez de reconnaître ? Ecoutez-moi tous un instant ! » Il se tut et prit une longue inspiration, comme s'il s'efforçait d'écarter sa colère et sa frustration. « Je dois penser à mes enfants, Selden et Malta ; comme Ephron, moi aussi je mourrai un jour, et je n'ai pas l'intention de ne leur laisser que des dettes et une mauvaise réputation. Ephron ne vous a pas donné de garçon pour vous protéger, Ronica, d'homme pour prendre en charge la gérance des propriétés. Je me présente donc, comme un beau-fils digne de ce nom, pour accomplir ce qui doit l'être, si pénible cela soit-il. J'ai beaucoup réfléchi ces derniers mois, et je pense pouvoir nous remettre sur pied. J'ai noué un certain nombre de contacts avec des Chalcédiens qui sont prêts à traiter avec nous ; c'est un projet qui n'a rien d'inhabituel ; nous devons employer le bateau, et l'employer au maximum, pour transporter les frets les plus profitables le plus vite possible. Entre-temps, il faut évaluer toutes nos propriétés, sans faire de sentiment, et ne garder que celles qui peuvent nous rapporter du bénéfice cette année. Mais, plus important, il ne faut pas affoler nos créanciers. Si nous vendons à tout vent, ils vont croire que nous coulons et ils se jetteront sur nous pour tirer une fraction de ce qui reste avant que tout soit parti ; et, franchement, s'ils voient Althéa boire et bambocher sans cesse avec des hommes de mauvaise vie comme si la famille avait perdu tout espoir et tout sens de la dignité, cela aura son effet : salissez votre nom, Althéa, et vous salissez celui de ma fille en même temps. Un jour, j'espère que vous verrez Malta faire un bon mariage, mais les hommes honorables se détourneront d'elle si vous passez pour une ivrognesse et une souillon. »

Althéa gronda :

« Comment osez-vous...

– J'ose beaucoup pour mes enfants. Hiémain deviendra un homme, qu'il le veuille ou non, même si plus tard il croit me détester. Je rendrai une base financière solide à cette famille, même si je dois employer la vivenef comme vous n'auriez jamais pu vous y résoudre. Si vous vous souciiez autant que moi des vôtres, ne fût-ce qu'à moitié, vous vous reprendriez, vous vous présenteriez comme une dame et vous chercheriez un mariage acceptable pour redresser la fortune de la famille. »

Une rage froide monta en Althéa. « Je dois donc faire la pute auprès du plus offrant, du moment qu'il m'appelle son épouse et propose un bon prix de mariage ?

– Ça vaudrait mieux qu'au moins offrant, comme vous sembliez vouloir le faire hier soir », répliqua Kyle d'un ton glacé.

Althéa prit son souffle et se hérissa comme un chat en colère, mais sa mère intervint dans sa querelle avec Kyle.

« Assez. »

Ce seul mot, prononcé calmement, suffit. Comme si elle déposait une pile de linge sur un lit, la vieille femme conduisit Keffria à un fauteuil proche et l'y fit asseoir. Le ton péremptoire de son intervention avait fait taire toute l'assemblée ; même les sanglots de Keffria cessèrent. Sa mère, de taille réduite, le teint sombre, paraissait encore plus petite dans ses habits noirs de deuil, mais quand elle s'interposa entre Althéa et Kyle, ils reculèrent tous les deux. « Je n'ai pas l'intention de crier, leur dit-elle, et je n'ai pas l'intention non plus de me répéter; je vous conseille donc de faire attention et de graver mes paroles dans votre mémoire. Althéa, c'est à toi que je m'adresse en premier parce que je n'ai pas eu l'occasion de te parler vraiment depuis que tu as mis pied à terre. Kyle, ne m'interrompez pas, même si vous êtes d'accord avec moi. Allons-y. »

Elle prit une inspiration et parut hésiter un instant. Puis, elle s'approcha d'Althéa et prit ses mains dans les siennes. « Ma fille, tu as l'impression qu'on t'a causé un préjudice, je le sais; tu pensais hériter du navire. C'était ce que voulait ton père. Mais il est mort et, même si cela me cause de la peine, je vais te parler franchement: il t'a toujours traitée comme les fils que nous avons perdus. Si tes frères avaient survécu à la peste... Mais ce n'a pas été le cas. Cependant, de leur vivant, il disait toujours que les terres reviendraient à ses filles et le bateau à ses fils; et, bien qu'il ne l'ait jamais déclaré franchement, après la mort de nos fils, je crois qu'il comptait donner les propriétés à Keffria et le navire à toi. Mais il pensait aussi vivre vieux, voir payées les dettes sur le navire et les créances sur nos terres, et te voir épouser un homme qui commanderait la *Vivacia*. Non, ne dis rien! fit-elle d'un ton âpre pour couper court à l'objection qu'Althéa s'apprêtait à formuler. C'est déjà assez dur d'évoquer ces événements. Si on m'interrompt, je n'en finirai jamais », reprit-elle d'un ton radouci. Elle redressa la tête et regarda fermement sa fille. « Si tu veux reprocher à quelqu'un ta déception, prends-t'en à moi, car, lorsque je n'ai plus pu me cacher que ton père se mourait, j'ai envoyé chercher Curtil, notre vieux conseiller juridique, et, à nous deux, nous avons couché sur le papier ce qui nous paraissait la meilleure solution, puis j'ai persuadé ton père de signer le document. Je l'ai persuadé, Althéa, je ne l'ai pas trompé. Même ton père a fini pas se convaincre de la sagesse de ce que nous avions décidé. Si la fortune de la famille était divisée, aucun de nous ne survivrait. Keffria étant l'aînée qui doit pourvoir aux besoins de ses enfants, j'ai suivi la tradition et j'ai fait d'elle l'unique héritière. » Ronica Vestrit quitta le regard bouleversé d'Althéa pour contempler son autre fille. Keffria était toujours assise sur le banc, le front sur la table, mais ses pleurs s'étaient apaisés. Kyle s'approcha pour poser une main sur l'épaule de sa femme ; Althéa ne put savoir s'il cherchait à la réconforter ou s'il s'agissait d'un geste d'appropriation. Sa mère reprit : « Keffria était au courant de son héritage. Elle le sait aussi, le document établit clairement qu'elle doit continuer à pourvoir aux besoins de sa sœur jusqu'à son mariage, auquel moment elle recevra en dot une somme importante. Keffria est donc tenue, non seulement par le sang, mais aussi par écrit, de bien te traiter. »

Le regard effaré d'Althéa n'avait pas changé. « Althéa... fit sa mère d'un ton implorant. Essaye de considérer la situation d'un point de vue impartial ; je me suis montrée aussi juste que je le pouvais ; si on t'avait laissé Vivacia, tu aurais eu à peine de quoi la faire marcher : il faut de l'argent pour approvisionner un navire, engager un équipage, pour l'entretien et les réparations, et un voyage profitable aurait risqué de t'obliger à faire des pieds et des mains pour payer les dettes et garder assez d'argent pour reprendre la mer. Et si tu ne faisais pas de profit, que se passerait-il ? La reconnaissance de dette du bateau est liée aux propriétés terriennes ; il n'existait aucun moyen raisonnable de diviser l'héritage ; il faut utiliser les deux pour nous tirer de notre situation financière.

– Par conséquent, je ne reçois rien, dit Althéa d'un ton calme.

– Althéa, ta sœur ne te laisserait jamais manquer... », répondit sa mère, mais, et elle en fut choquée, la jeune fille la coupa. « Je m'en fiche. Que je sois pauvre ou riche, je m'en fiche. C'est vrai, j'ai rêvé que Vivacia serait un jour à moi – parce qu'elle est à moi, maman, d'une façon que je ne peux te faire comprendre, de la même manière que les chevaux de Seddon Dib tirent sa voiture, mais que leurs cœurs, comme tout le monde le sait, appartiennent à son garçon d'écurie. Le cœur de Vivacia est à moi, et le mien est à elle. Je ne veux pas de meilleur mariage. Gardez l'argent que Vivacia rapportera, que chacun affirme qu'elle appartient à Keffria, mais laissez-moi naviguer sur elle. C'est tout ce que je demande, mère, Keffria ! Laissez-moi naviguer avec elle et je ne vous ferai plus d'ennuis, je ne remettrai pas en question votre volonté pour tout le reste. » Son regard éperdu se fixa d'abord sur sa mère, puis sur le visage mouillé de larmes de Keffria levé vers elle. « Je vous en prie, souffla-t-elle. Je vous en prie...

« Non. » C'était Kyle qui avait parlé. « Non. J'ai déjà donné l'ordre qu'on ne vous laisse plus monter à bord du navire, et je ne changerai pas d'avis. Vous voyez comment elle est, ajouta-t-il en se tournant vers Ronica et Keffria. Elle n'a pas une seule idée pratique. Elle veut n'en faire qu'à sa tête, comme auparavant. Elle resterait la fille têtue de son père à bord de la *Vivacia*, elle ne prendrait aucune responsabilité sinon de jouer au matelot, et, une fois au port, elle ferait les boutiques, s'achèterait les breloques qui lui plaisent en les faisant mettre sur le compte de son père. Seulement, à partir d'aujourd'hui, ce compte serait celui de sa sœur et le mien. Non, Althéa. Votre enfance a pris fin avec la mort de votre père ; il est temps que vous vous conduisiez comme il sied à une fille de cette famille.

– Ce n'est pas à vous que je m'adresse ! éclata Althéa. Vous n'avez aucune idée de ce dont je parle ! Pour vous, Vivacia n'est qu'un bateau comme un autre, même s'il vous parle. Pour moi, c'est un membre de ma famille, plus proche de moi qu'une sœur ; il a besoin de moi à son bord, et j'ai besoin de naviguer avec lui. Elle affronterait la mer avec moi comme elle ne le ferait jamais avec vous, le cœur au vent !

– Fadaises de gamine ! s'esclaffa Kyle. Bêtises que tout ça ! Vous l'avez quittée furieuse le jour où elle s'est éveillée et vous avez laissé Hiémain passer la première nuit avec elle. Si vous éprouviez tous ces grands sentiments pour la *Vivacia*, jamais vous n'auriez agi ainsi. Elle a l'air d'apprécier Hiémain, et il sera à bord pour lui tenir compagnie ou je ne sais quoi ; et il apprendra à œuvrer comme un vrai marin au lieu de délirer à propos du navire ou de s'enivrer dans des ports étrangers. Non, Althéa, il n'y a pas de place pour vous à bord de la *Vivacia*, et je ne veux pas que vous semiez la discorde ni que vous souleviez une rivalité avec Hiémain pour les faveurs du navire.

– Maman ? » fit Althéa, désespérée.

Sa mère eut l'air peinée. « Si je ne t'avais pas vue hier soir, ivre et dépenaillée, je m'opposerais à Kyle sur ce sujet ; je considérerais qu'il est beaucoup trop dur avec toi. » Elle poussa un profond soupir. « Mais je ne peux nier ce que j'ai vu de mes propres yeux. Althéa, je sais que tu aimes la *Vivacia*. Si ton père vivait encore... mais il ne sert à rien de se poser la question. Il est temps, peut-être, de te détacher du navire. Je l'ai vu, Hiémain a tout ce qu'il faut pour faire un homme de qualité. Il traitera bien le navire.

Laisse-le faire. Il est temps, grand temps que tu prennes la place qui te revient à Terrilville.

– Ma place est à bord de la *Vivacia*, répondit Althéa d'une voix faible.

– Non, dit Kyle, et sa belle-mère lui fit écho en secouant la tête.

– Alors, je n'ai de place ni dans cette famille ni à Terrilville.» Althéa s'entendit prononcer ces mots avec une sorte d'étonnement. Elle sentit leur ton définitif et elle en fut choquée. Elle avait l'impression d'avoir lâché un caillou dans une eau calme, car elle ressentit la sensation vertigineuse de ses propos qui s'éloignaient d'elle comme des ondes toujours grandissantes, et qui changeaient toutes les relations autour d'elle, qui modifiaient à jamais les jours à venir. L'espace d'un instant, elle resta le souffle coupé.

«Althéa ? Althéa !»

La voix de sa mère résonna fort derrière elle. Elle marchait dans le couloir et la maison lui paraissait soudain inconnue. Il y avait des années, elle s'en rendit soudain compte, qu'elle n'y avait passé plus d'un mois à la fois ; depuis combien de temps cette tapisserie était-elle suspendue là ? Quand ces carreaux avaient-ils été fêlés ? Elle l'ignorait ; elle n'était pas là ; non, rien ne changeait vraiment, puisque il y avait des années qu'elle ne vivait plus dans cette maison. Ce n'était plus son foyer depuis longtemps. Elle reconnaissait simplement la réalité, elle ne la créait pas. Seulement couverte des vêtements qu'elle portait, elle franchit la porte d'entrée et se lança dans le vaste monde.

«Si elle revient ivre encore une fois, je l'enferme dans sa chambre pour une semaine. Il faut qu'elle comprenne qu'elle ne peut pas noircir le nom de sa famille et sa réputation à Terrilville.» Kyle était maintenant assis près de Keffria, sur le banc, un bras protecteur autour de ses épaules.

«Kyle, taisez-vous.» Ronica s'entendit prononcer ces mots d'un ton sec mais avec calme. Tout s'effondrait autour d'elle, sa famille, sa maison, ses rêves d'avenir. Althéa ne plaisantait pas ; Ronica avait reconnu le ton d'Ephron dans ses propos. Sa fille ne se représenterait pas au seuil de la maison ce soir, ivre ou Sâ savait dans quel état ; elle était partie. Et tout ce que savait faire cet idiot que Keffria avait épousé était monter sur ses grands chevaux et chercher à exercer sa nouvelle autorité. Elle poussa un long soupir : c'était peut-être le seul problème qu'elle avait à résoudre pour le moment ; et, en le résolvant, peut-être trouverait-elle la solution des autres. « Kyle, je n'ai rien dit devant Althéa, car elle n'a pas besoin qu'on l'encourage à se rebeller, mais vous vous êtes conduit stupidement ce matin. Comme vous l'avez fait remarquer avec tant de tact, je ne puis faire grand-chose pour intervenir entre votre fils et vous ; mais ma fille, Althéa, c'est une autre affaire. Elle n'est pas sous votre autorité, et j'ai trouvé extrêmement offensante votre volonté de la corriger. »

Elle s'attendait à ce qu'il prenne au moins un air contrit. Mais son visage se durcit sous l'affront, et elle se demanda encore une fois si elle ne s'était pas complètement méprise sur le discernement de cet homme quand elle avait remis la fortune de la famille entre les mains de sa fille aînée. La déclaration qu'il fit alors confirma ses pires craintes. « Je suis l'homme de la famille, aujourd'hui. Comment pouvez-vous dire qu'Althéa n'est pas sous mon autorité ?

– C'est ma fille, pas la vôtre ; c'est la sœur de votre femme, pas la vôtre.

– Et Althéa partage le même nom que vous deux, et ses actes affectent ce nom. Si Keffria et vous n'arrivez pas à lui faire entendre raison, je vais devoir la réfréner par des moyens plus fermes. Nous n'avons pas le temps de cajoler ni de choyer Hiémain et Althéa ; ils doivent accepter leur devoir de gré ou de force et l'exécuter convenablement.

– Pour ce qui est d'Althéa, ce n'est pas à vous de décider quels sont ses devoirs. » La résolution de fer qui lui avait si souvent servi à la table de marchandage lui venait en aide à présent.

« C'est peut-être votre avis, mais ce n'est pas le mien. Vous m'avez confié son entretien, et à la vue de l'entretien dont elle a vraiment besoin, je suis peut-être en mesure de plier sa conduite selon des critères décents. »

Il s'exprimait d'un ton calme et rationnel, mais ses propos piquèrent Ronica au vif.

« Quand vous critiquez la comportement de ma fille, vous critiquez l'éducation que lui ont donnée ses parents. Vous pouvez ne pas être d'accord avec la façon dont Ephron et moi avons élevé Althéa, mais vous n'avez pas à l'exprimer. J'ajoute que je n'ai pas confié à Keffria de réfréner Althéa, mais uniquement de déterminer ce que notre budget nous permettait de lui allouer. Il n'est pas normal qu'une sœur s'occupe de sa sœur, et encore moins que le mari d'une sœur joue les protecteurs. En outre, il n'a jamais été dans mes intentions de forcer Althéa à quitter la *Vivacia*, mais seulement de l'encourager à se trouver une nouvelle existence, une fois qu'elle aurait vu le navire en de bonnes mains. »

Ronica se laissa tomber sur le banc près de la table et secoua la tête en constatant la faillite de ses projets. « Ephron avait raison, à propos d'elle : il faut lui laisser la bride sur le cou. On ne peut la forcer à faire ce qui est le mieux pour elle. Hier soir, elle pleurait son père ; et, quel que soit votre avis sur Brashen, Ephron le tenait en haute estime. Peut-être ne l'a-t-il raccompagnée que pour lui éviter des ennuis, comme il sied à un gentilhomme devant une jeune fille en détresse.

– Et peut-être avaient-ils passé la journée à boire du thé, tant qu'on y est », fit Kyle avec une lourde ironie.

Ce fut une grave erreur. Des yeux, Ronica fixa Keffria derrière Kyle jusqu'à ce que sa fille s'en rende compte et croise brièvement son regard.

« Keffria, dit sa mère à mi-voix, tu connaissais mon intention en faisant rédiger ces documents. Il serait malhonnête de ta part de profiter de ta sœur, d'utiliser ton héritage pour la plier à ta volonté. Dis-moi que tu ne le permettras pas.

– Elle a des enfants auxquels elle doit penser, intervint Kyle.

– Keffria... répéta sa mère sans pouvoir effacer une note de supplication de sa voix.

– Je... » Les yeux de Keffria quittèrent le visage de sa mère pour le regard de granit de son époux. Elle avait le souffle court comme un animal acculé. « Je ne peux pas prendre parti ! Je ne peux pas ! cria-t-elle, bouleversée, et elle se tordit éperdument les mains sur sa poitrine.

– Ce n'est pas nécessaire, l'assura Kyle. Les papiers ont été signés devant témoins. Tu le sais, ce que nous avons convenu est le mieux pour Althéa ; nous ne voulons que son bien. Aie confiance en toi, Keffria ; aie confiance en moi, ton époux. »

Une dernière fois, Keffria croisa le regard incrédule de sa mère avant de baisser les yeux vers la surface polie de la table. Ses mains en caressèrent nerveusement le bois. « J'ai confiance en toi, Kyle, dit-elle dans un souffle, crois-moi. Mais je ne veux pas faire souffrir Althéa. Je ne veux pas être cruelle envers elle.

– Tu n'as rien à craindre de ce côté-là, répondit-il vivement, tant qu'elle-même ne nous fait pas souffrir. Ce n'est que justice.

– En effet, cela semble... n'être que justice», dit-elle d'un ton hésitant. Du regard, elle chercha l'approbation de sa mère, mais le visage de Ronica était fermé; elle avait toujours cru sa fille aînée la plus forte des deux; après tout, Keffria n'avait-elle pas choisi une vie qui exigeait de la solidité, tandis qu'Althéa s'en allait s'amuser, accrochée aux basques de son père? Keffria avait pris époux, avait eu des enfants, géré sa propre famille et aidé à diriger les plus grandes propriétés – du moins était-ce l'impression de Ronica quand elle avait rédigé les documents sur l'héritage. Aujourd'hui, il lui semblait que Keffria s'était surtout occupée des affaires intérieures de la maison, qu'elle avait décidé des menus, des listes de commissions et organisé les réceptions; du coup, c'était Ronica qui exécutait les véritables tâches qu'exigeait la gérance des propriétés. Comment avait-elle pu ne pas se rendre compte que Keffria devenait peu à peu une simple maîtresse de maison qui suivait les instructions de sa mère, obéissait à son époux, mais prenait rarement position? Ronica tenta de se rappeler la dernière fois où Keffria avait proposé un changement ou pris une initiative, mais rien ne lui vint.

Pourquoi, mais pourquoi donc fallait-il que ces éclairs de compréhension surviennent à ce moment précis? Par Sâ, elle venait de placer les rênes de son existence entre les mains de Keffria! Selon les coutumes et les traditions de Terrilville, quand un homme décédait, ce qu'il possédait était transmis à ses enfants; pas à son épouse: à ses enfants. Certes, Ronica avait le droit de garder la gérance des propriétés qu'elle avait apportées lors de son mariage avec Ephron, mais il n'en restait guère. Le cœur glacé, elle prit soudain conscience que ce n'était pas seulement sa puînée qui se trouvait à présent à la merci de ce que Kyle considérait comme convenant à une femme: la même menace pesait sur elle.

Elle jeta un vif coup d'œil à son gendre en se composant un visage inexpressif. Elle pouvait seulement prier Sâ qu'il ne se fût pas encore rendu compte de ce dont elle s'était aperçue, sans quoi elle risquait de tout perdre; ne pouvait-il pas la mettre au pas en l'étranglant financièrement?

Elle prit une profonde inspiration et maîtrisa sa voix. «Cela paraît équitable, en effet», concéda-t-elle. Elle ne devait pas donner soudain l'impression d'être trop soumise. «Nous verrons avec le temps si cela se réalise.»

Elle soupira ostensiblement, puis se frotta les yeux comme si elle était lasse. «Nous avons tant de sujets de réflexion, à présent. Pour le moment, je vous laisse vous occuper d'Althéa; quant à la *Vivacia*, comme l'a dit Kyle, elle doit reprendre la mer aussitôt que possible. Ce doit être notre principal souci pour l'instant, je pense; puis-je vous demander quels ports et quels frets vous avez choisis, et dans combien de temps vous comptez partir?» Elle espérait que son envie de le voir s'en aller le plus vite possible ne transparaissait pas trop dans sa question. Déjà, elle réfléchissait à la meilleure façon d'œuvrer en son absence; elle pouvait au moins veiller à ce qu'à sa mort Althéa hérite de ce qui restait de ses propriétés. Elle n'en ferait part à personne: elle avait soudain jugé qu'il valait mieux ne pas paraître s'opposer à Kyle; et, seule avec Keffria, elle aurait le temps de travailler au corps sa fille aînée.

Kyle parut soulagé par la diversion qu'apportait sa question. «Comme vous l'avez dit vous-même, nous devons nous mettre en route rapidement, et pas seulement pour nos finances: plus tôt j'éloignerai Hiémain des distractions de la vie à terre, plus vite il acceptera son sort. Il lui reste beaucoup à apprendre et, même si ce n'est pas sa faute, il parvient à ce stade alors qu'il est presque un homme et non plus un enfant. Il doit s'y mettre le plus rapidement possible.»

Il se tut assez longtemps pour permettre aux deux femmes d'acquiescer, Ronica rongeant son frein, car son gendre paraissait sous-entendre qu'elle avait mal éduqué son fils. Quand il fut convaincu de leur accord, il reprit: «Quant aux ports et aux frets, ma foi, nous en avons tous convenu: nous devons faire commerce le plus vite possible des marchandises les plus profitables.» Encore une fois, il attendit qu'elles hochent la tête.

«Il n'existe donc qu'une seule possibilité, dit-il. Je vais conduire la *Vivacia* vers le sud, à Jamaillia, pour embarquer les meilleures marchandises que nous pourrons payer; puis j'irai au nord jusqu'en Chalcède aussi rapidement que possible.

– Et la cargaison?» demanda Ronica d'une voix défaillante. Déjà la certitude de la réponse lui serrait le cœur.

«Des esclaves, naturellement. Des esclaves instruits, pas des voleurs à la tire, des brigands ni des meurtriers, mais des asservis qui vaudront un bon prix en Chalcède comme précepteurs, contremaîtres et gouvernantes ; nous prendrons aussi des artistes et des artisans. Il faut acheter ceux que les dettes ont conduits à la vente aux enchères plutôt que ceux qui ont été condamnés à l'esclavage pour un délit quelconque. » Il se tut, plongé dans ses réflexions, puis secoua la tête. « Ils n'auront pas autant de caractère, évidemment ; il nous faudra peut-être donc équilibrer la cargaison avec une cale pleine de... de ce que nous aurons les moyens d'acheter : prisonniers de guerre, esclaves de naissance et que sais-je encore. Le lieutenant, Torg, a déjà travaillé sur des transports d'esclaves et connaît beaucoup de négociants aux ventes aux enchères. Il devrait pouvoir nous permettre de faire quelques affaires.

– L'esclavage est illégal à Terrilville », remarqua Keffria d'un ton incertain.

Kyle éclata d'un rire qui évoquait un aboiement. « Pour le moment ! Mais pas pour très longtemps encore, à mon avis ! Et tu n'as aucune crainte à nourrir, ma chérie : je n'ai pas l'intention de faire halte à Terrilville avec eux. Je vais aller tout droit à Jamaillia par la passe Intérieure, puis je repartirai et passerai devant Terrilville vers le nord jusqu'en Chalcède. Personne ne nous fera d'ennuis.

– Les pirates ? fit Keffria timidement.

– Ils ne s'en sont jamais pris à la *Vivacia*. N'as-tu pas souvent entendu ton père vanter sa vitesse de réaction, son agilité à suivre un chenal ? Maintenant qu'elle est éveillée, ce sera encore plus vrai. Les pirates savent que donner la chasse à une vivenef est une perte de temps ; ils nous laisseront tranquilles. Essaye de ne pas t'inquiéter pour des choses auxquelles j'ai déjà réfléchi ; je n'aurais pas fait ce choix si je le jugeais dangereux.

– La cargaison elle-même risque d'être dangereuse pour une vivenef, observa Ronica à mi-voix.

– Que redoutez-vous ? Un soulèvement général ? Non : ils se trouveront sous les panneaux et solidement attachés à fond de cale pendant tout le trajet. » Apparemment, Kyle commençait à s'agacer des réserves des deux femmes envers son projet.

« Cela pourrait s'avérer encore plus dangereux, dans ce cas. » Ronica s'efforçait de s'exprimer avec douceur, comme si elle donnait une opinion au lieu de décrire un péril dont Kyle aurait dû avoir clairement conscience. « Les vivenefs sont des créatures sensibles, Kyle, et Vivacia ne s'est éveillée que récemment. De même que vous n'exposeriez pas Malta aux... inconforts que les esclaves doivent supporter pendant leur transport, il vaudrait mieux en préserver la *Vivacia.* »

L'expression de Kyle s'assombrit, puis s'adoucit. « Ronica, je n'ignore pas les traditions qui entourent les vivenefs, et, tant que nos finances nous le permettront, je les respecterai. Hiémain se trouvera à bord et il lui sera alloué du temps chaque jour, simplement pour converser avec le navire ; il pourra ainsi l'assurer que tout va bien et qu'aucune de nos activités n'a de rapport avec son bien-être. Je n'ai pas non plus l'intention de me montrer cruel sans nécessité ; il faut maintenir les esclaves enfermés et contenus mais, en dehors de cela, ils seront bien traités. Vous vous faites du souci pour rien, je crois, Ronica. En outre, même si la *Vivacia* ressent quelque angoisse, ce ne sera que passager. Quel mal peut-il en sortir ?

– Apparemment, vous avez tout envisagé. » Ronica s'efforça de prendre une voix raisonnable et de remplacer la colère qu'elle éprouvait par un ton préoccupé. « On raconte des histoires, naturellement, sur ce dont est capable une vivenef tourmentée par l'angoisse. Certaines, dit-on, avancent contre leur gré, laissent le vent échapper à leurs voiles, s'échouent là où, apparemment, elles devraient flotter sans mal, et laissent traîner leur ancre... Mais, sans doute, un équipage vif et bien formé doit pouvoir en venir à bout. Dans certains cas plus graves, on prétend que des navires mal employés peuvent devenir enragés. Le *Paria* n'est que le plus célèbre d'entre eux ; on parle de certains autres, de vivenefs qui ont quitté le port et ne sont jamais revenues parce qu'elles se sont retournées contre leur propriétaire et leur équipage...

– Et chaque saison des navires ordinaires ne reviennent pas. Les tempêtes et les pirates expliquent, aussi bien qu'une crise de nerfs, qu'une vivenef ne regagne pas son port, la coupa Kyle d'un ton impatient.

– Mais avec Hiémain et toi à bord, je pourrais perdre la moitié de ma famille d'un seul coup, intervint soudain Keffria, des larmes dans la voix. Oh, Kyle, crois-tu que ce soit sage ? Papa gagnait de l'argent avec la *Vivacia*, et il n'a jamais embarqué de cargaisons illégales ni dangereuses ! »

Kyle se rembrunit encore davantage. « Keffria, ma chérie, ton père ne gagnait pas assez; c'est précisément ce dont nous sommes en train de discuter: comment éviter les erreurs qu'il a commises et rendre à notre famille sa santé économique et sa respectabilité; et, sous cet aspect, une autre de ses bizarreries saute aussitôt à l'esprit.» Il dévisagea soudain Ronica et observa: «Si le commerce des esclaves vous déplaît, nous pourrions commercer le long du fleuve du désert des Pluies. C'est assurément de là que proviennent les articles les plus recherchés; toutes les autres vivenefs y font du négoce; pourquoi pas nous?»

Ronica soutint calmement son regard. «Parce que, il y a des années, Ephron a décidé que la famille Vestrit n'y commercerait plus; et c'est ce qui s'est passé. Nos contacts avec les négociants du désert n'existent plus.

– Et Ephron n'est plus, aujourd'hui. Je suis prêt à affronter ce qu'il craignait. Remettez-moi les cartes du fleuve du désert des Pluies et je nouerai mes propres contacts, dit Kyle.

– Ce serait signer votre arrêt de mort», répondit Ronica avec une profonde conviction.

Kyle émit un grognement méprisant. «Ça m'étonnerait. Le fleuve du désert des Pluies est peut-être dangereux, mais j'ai déjà remonté des rivières en bateau.» Il s'interrompit, puis prononça les mots fatidiques: «Je vais prendre ces cartes dès maintenant. Elles appartiennent de droit à Keffria, vous ne pouvez plus nous empêcher d'y accéder, et alors tout le monde sera satisfait: pas d'esclaves à bord de la *Vivacia* et un commerce profitable le long du fleuve du désert des Pluies.»

Ronica mentit sans hésiter. «Ce serait peut-être possible si de telles cartes existaient; mais elles ne sont plus, Kyle. Ephron les a détruites il y a des années, quand il a décidé de rompre nos contrats commerciaux avec le fleuve. Il voulait mettre fin au négoce de la famille Vestrit avec le fleuve du désert des Pluies, et c'est ce qu'il a fait.»

Kyle se leva brusquement. «Je ne vous crois pas! gronda-t-il. Ephron n'était pas stupide, et seul un imbécile aurait détruit des cartes de cette valeur! Vous voulez nous empêcher de nous en emparer, c'est ça? Vous les gardez pour votre précieuse Althéa et le rebut que vous trouverez pour l'épouser?

– Me faire traiter de menteuse m'importe peu», siffla Ronica. Et cela, du moins, était la vérité.

«Et qu'on me prenne pour un imbécile m'importe peu!

rétorqua Kyle, furieux. Nul dans cette famille ne m'a accordé le respect que je mérite ! J'acceptais de le supporter de la part du vieil Ephron ; c'était un homme et mon aîné de bien des années. Mais je ne le tolérerai pas de qui que ce soit d'autre sous ce toit ! Une fois pour toutes, je veux la vérité ! Pourquoi Ephron a-t-il rompu les contrats commerciaux de la famille avec le fleuve du désert des Pluies, et comment s'y prendre pour les renouer ? »

Ronica se contenta de le regarder sans répondre.

« Sacrebleu, s'écria Kyle, vous ne comprenez donc pas ? A quoi bon posséder une vivenef si nous ne nous en servons pas pour exploiter le commerce du fleuve ? Chacun sait que seules les familles qui détiennent une vivenef peuvent pratiquer le négoce dans le désert des Pluies ! Nous sommes une famille de Premiers Marchands, mais qu'a fait votre époux de ce privilège et de cette dette ? Il a vendu des soieries et de l'eau-de-vie, comme n'importe qui en est capable avec un radeau et une voile, tout en regardant croître notre dette chaque année. L'argent coule plus vite que l'eau dans le fleuve du désert des Pluies, mais vous préféreriez nous obliger à rester sur ses berges à crever de faim ! »

Ronica s'entendit répondre : « Il y a pire sort que mourir de faim, Kyle Havre.

– Quoi, par exemple ? » demanda-t-il d'une voix tendue.

Elle ne put se retenir. « Avoir comme gendre un crétin cupide. Vous ignorez de quoi vous parlez lorsque vous évoquez le fleuve du désert des Pluies. »

Kyle eut un sourire glacial. « Pourquoi ne pas donner les cartes, dans ce cas, que je me rende compte par moi-même ? Si vous avez raison, vous serez débarrassé de votre gendre, et vous aurez tout loisir de noyer vos enfants et vos petits-enfants dans les dettes.

– Non ! hurla Keffria en sursautant. C'est insupportable ! Ne discutez pas de ces choses ! Kyle, il ne faut pas remonter le fleuve. Le trafic des esclaves est bien préférable ; emmène Hiémain si tu le dois, mais ne remonte pas le fleuve ! » Elle regarda tour à tour sa mère et son mari d'un air implorant. « Il n'en reviendrait pas, tu le sais comme moi, maman. Papa vient à peine de mourir et tu parles maintenant de laisser Kyle se faire tuer !

– Keffria, tu es excédée de fatigue et tu réagis excessivement. » Le regard qu'adressa Kyle à Ronica sous-entendait que c'était sa faute, qu'elle jouait avec l'imagination de sa fille. Une petite étincelle de colère s'alluma dans le cœur de Ronica, mais elle l'étouffa fermement, car sa fille regardait son époux avec des yeux pleins de douleur. C'est l'occasion, se dit-elle. C'est l'occasion.

« Permettez que je m'occupe d'elle, proposa-t-elle d'un ton apaisant à Kyle. Vous avez sûrement beaucoup à faire pour préparer le navire. Viens, Keffria, allons dans mon salon. Je vais demander à Rache de nous apporter de la tisane. Pour dire la vérité, je me sens fatiguée, moi aussi. Viens. Laissons un moment Kyle s'occuper de ses affaires. »

Elle se leva, passa un bras autour de la taille de Keffria et la fit sortir de la salle. *Je sauverai ce que je pourrai*, murmura-t-elle intérieurement à Ephron. *Je sauverai ce que je pourrai de ce que tu m'a laissé, mon chéri. Au moins une fille que je garderai en sécurité auprès de moi.*

11

CONSÉQUENCES ET RÉFLEXIONS

« Et si je voulais contester ces documents ? » demanda Althéa d'une voix lente. Elle s'efforçait de garder un ton calme et impartial mais, au fond d'elle, elle tremblait de colère et de ressentiment.

A contrecœur, Curtil se gratta les rares cheveux gris qui lui restaient. « Le cas est prévu : celui ou celle qui conteste ce dernier testament en est automatiquement exclu. » Il secoua la tête presque comme s'il s'excusait. « C'est une procédure classique, dit-il avec douceur. N'allez pas imaginer que votre père pensait spécifiquement à vous quand nous l'avons rédigé. »

Elle leva le regard de ses doigts entremêlés et planta fermement les yeux dans ceux du vieil homme. « Et c'est vraiment ce qu'il désirait, à votre avis ? Que Kyle s'empare de Vivacia et que je me retrouve dépendante de ma sœur ?

– Ma foi, je doute qu'il ait envisagé la situation ainsi », répondit Curtil d'un ton raisonnable, et il avala une gorgée de tisane. Althéa se demanda s'il s'agissait d'une tactique pour gagner du temps, afin de se laisser l'occasion de réfléchir. Soudain, le vieillard se redressa dans son fauteuil comme s'il venait de prendre une décision. « Mais je crois que c'était sa volonté ; nul ne l'a dupé ni ne lui a forcé la main : jamais il ne l'aurait accepté. Votre père désirait que votre sœur soit son unique héritière ; il n'avait pas pour but de vous sanctionner, mais plutôt de protéger les intérêts de sa famille tout entière.

– Eh bien, il a manqué son coup dans les deux cas ! » fit Althéa d'un ton hargneux ; puis elle baissa son visage dans ses mains, honteuse d'avoir ainsi parlé de son père. Curtil garda le silence. Quand elle releva la tête un moment plus tard, elle dit : « Vous devez me considérer comme un charognard ; mon père est mort hier et je viens aujourd'hui disputer une part de ce qu'il possédait. »

Curtil lui tendit son mouchoir, qu'elle accepta avec reconnaissance. « Non, répondit-il. Non, ne croyez pas cela. Quand le point d'appui de son monde disparaît, il est naturel de se raccrocher à ce qui reste, de faire tout son possible pour que la situation demeure aussi proche que possible de ce qu'elle était. » Il secoua la tête d'un air peiné. « Mais nul ne peut arrêter le temps.

– J'imagine que non. » Althéa poussa un profond soupir, puis elle réfléchit au petit fétu d'espoir qui lui restait. « Marchand Curtil, selon la loi de Terrilville, quand quelqu'un prête serment devant Sâ, ne peut-on l'obliger à tenir sa parole comme dans le cas d'un contrat légal ? »

Curtil fronça ses sourcils broussailleux. « Ma foi, cela dépend : si, dans un accès de colère, dans une taverne, je jure par Sâ de tuer Untel, cela n'a rien d'une valeur légale, et par conséquent... »

Althéa décida de parler franchement. « Si Kyle Havre jurait devant témoins que, si j'étais capable d'apporter la preuve que je suis un matelot digne de ce nom, il me rendrait Vivacia, s'il le jurait devant Sâ, pourrait-on l'obliger à respecter sa parole ?

– Eh bien, techniquement, le navire est la propriété de votre sœur, pas la sienne...

– Elle lui en a cédé le commandement, le coupa Althéa d'un ton impatient. Ce genre de serment a-t-il une valeur légale ? »

Curtil haussa les épaules. « Il vous faudrait passer devant le Conseil des Marchands, mais, oui, je pense que vous auriez gain de cause ; ils sont conservateurs et les vieilles coutumes comptent beaucoup à leurs yeux. Un serment prêté devant Sâ devrait être légalement honoré. Vous en avez des témoins ? Au moins deux ? »

Althéa se laissa aller contre le dossier de son fauteuil avec un soupir. « Un, peut-être, qui soutiendrait mes dires. Les deux autres... je ne sais plus à quoi m'attendre de la part de ma mère ni de ma sœur. »

Curtil secoua la tête. « Les disputes de famille comme celle-ci sont compliquées. Je vous conseille de ne pas continuer, Althéa ; vous n'arriverez qu'à créer de nouvelles déchirures, encore pires.

– Je ne pense pas que la situation puisse devenir pire», fit-elle d'un ton lugubre avant de prendre congé.

Fille de son père, elle s'était rendue aussitôt aux bureaux de Curtil ; le vieillard n'avait pas eu l'air étonné de la voir. Dès qu'il l'avait conduite dans ses appartements, il avait sorti plusieurs documents enroulés ; l'un après l'autre, il les lui avait montrés en lui faisant comprendre que sa position était intenable. Elle devait reconnaître que sa mère n'avait rien laissé au hasard : les documents étaient aussi solides que l'arrimage d'une cargaison en prévision d'une tempête. Légalement, Althéa n'avait rien ; elle dépendait entièrement de la bonne volonté de sa sœur.

Légalement... Elle n'avait pas l'intention que sa vie ait le moindre rapport avec cette légalité. Elle refusait de vivre aux crochets de Keffria, surtout si elle devait se plier à la volonté de Kyle ! Non : qu'ils continuent à croire que son père était mort sans rien lui laisser ; c'est là qu'ils se tromperaient. Elle conservait en elle tout ce qu'il lui avait enseigné, tout son savoir du commerce à la voile et ses observations sur sa façon de négocier. Si elle n'arrivait pas à s'en tirer avec ça, elle méritait de mourir de faim dans un coin. Avec résolution, elle songea que le premier Vestrit arrivé à Terrilville en savait à peine plus qu'elle, et il avait quand même fait son chemin. Elle devait donc être capable d'y parvenir.

Non, sacrénom, elle ferait mieux : elle apporterait la preuve qu'elle était ce qu'elle prétendait être, et elle obligerait Kyle à respecter son serment ! Hiémain la soutiendrait, elle en avait la certitude ; il n'avait pas d'autre moyen d'échapper à l'autorité de son père. Mais sa mère et Keffria ? Elles ne l'appuieraient certes pas de bonne grâce, mais, d'un autre côté, elles ne mentiraient pas devant le Conseil des Marchands. Sa résolution s'affirma ; d'une façon ou d'une autre, elle affronterait Kyle et récupérerait ce qui lui revenait de droit.

Les quais étaient bondés. Althéa se faufila jusqu'à l'endroit où la *Vivacia* était amarrée, en évitant des brouettes, des chariots que tiraient des chevaux écumants, des marchands de chandelles qui livraient l'approvisionnement de navires en partance et des négociants qui se hâtaient d'examiner les cargaisons entrantes avant d'en accepter la livraison. Naguère, l'activité de la mi-journée sur les quais l'aurait surexcitée, mais aujourd'hui elle lui paraissait pesante. Elle se sentit tout à coup exclue de ces existences, mise à l'écart, invisible. Quand elle arpentait les quais vêtue comme il convenait à la fille d'un Marchand de Terrilville, aucun matelot n'osait faire mine de la remarquer, encore moins la saluer joyeusement. Quelle ironie ! Ce matin, elle avait choisi la robe noire toute simple et les sandales lacées comme une forme d'excuse envers sa mère pour son comportement malséant de la veille, mais elle ne s'était pas attendue à ce que ces vêtements constituent sa seule fortune quand elle était partie à l'aventure dans le monde.

Comme elle suivait les quais, elle sentit sa confiance en elle l'abandonner : comment employer le savoir qu'elle possédait pour se nourrir ? Comment aborder un capitaine ou un second, habillée comme elle l'était, et le convaincre qu'elle était un matelot bon pour le service ? Les femmes marins n'étaient pas rares à Terrilville, mais elles n'étaient pas non plus fréquentes. On en voyait souvent s'activer sur les ponts des navires des Six-Duchés quand ils venaient à Terrilville ; de nombreux immigrants de Trois-Bateaux s'étaient faits pêcheurs et, chez eux, la manœuvre de l'embarcation était l'affaire de toute la famille ; en conséquence, même si les femmes marins n'étaient pas inconnues à Terrilville, Althéa devrait prouver qu'elle était aussi solide, voire plus, que les hommes aux côtés desquels elle devrait travailler ; mais on ne lui en laisserait même pas l'occasion, vêtue comme elle l'était. Comme la chaleur croissante du jour rendait de plus en plus inconfortables le poids et l'ampleur de ses jupes noires et de sa veste pudique, elle se prit à regretter de ne pas porter un simple pantalon de toile, une chemise et une veste de coton.

Enfin, elle parvint auprès de la *Vivacia*. Elle leva les yeux vers la figure de proue ; n'importe qui aurait cru que le navire somnolait au soleil, mais Althéa n'eut même pas besoin de la toucher pour savoir qu'en réalité les sens et les pensées de Vivacia étaient tournés vers l'intérieur et qu'elle suivait son déchargement. Le travail avançait rapidement ; un flot de débardeurs descendait sa passerelle, chargés de ses différents frets, tels des fourmis fuyant un nid détruit ; ils ne prêtaient guère attention à Althéa, badaude parmi les autres spectateurs sur le quai. Elle s'aventura près de la *Vivacia* et posa la main sur son vaigrage tiède de soleil. « Bonjour, dit-elle à mi-voix.

– Althéa ! » Le navire avait une chaude voix de contralto. La figure de proue ouvrit les yeux et sourit à sa visiteuse, puis elle tendit une main vers elle mais, allégée de sa cargaison, elle flottait trop haut pour que leurs doigts se touchent. Althéa dut se contenter des sensations qu'elle percevait par le biais du bordage rêche où reposait sa paume. Déjà, son navire avait une plus grande conscience de soi ; il était capable de parler avec Althéa tout en restant conscient du déplacement de son fret dans ses cales ; en outre, comme Althéa s'en rendit compte avec un pincement au cœur, sa vigilance se concentrait davantage sur Hiémain. Le garçon se trouvait dans la soute aux chaînes, occupé à enrouler et à ranger des cordages. Il faisait une chaleur étouffante dans la petite pièce, et l'odeur lourde du navire lui donnait la nausée. L'angoisse qu'il ressentait s'était répandue dans le navire sous la forme d'une tension dans le vaigrage et d'une raideur dans les espars. A quai, ce n'était pas très grave, mais en pleine mer un navire devait être capable de jouer avec les pressions de l'eau et du vent.

« Il s'en tirera bien, dit Althéa à Vivacia pour la réconforter, malgré la jalousie que lui inspirait l'inquiétude du navire. C'est une corvée dure et sans intérêt pour un bleu, mais il y survivra. Tâche de ne pas songer au malaise qu'il ressent pour l'instant.

– C'est pire que ça, fit le navire à mi-voix. Il est pratiquement prisonnier à bord. Il n'a pas envie d'être là, il veut devenir prêtre. Au début, nous commencions à devenir d'excellents amis, mais j'ai l'impression aujourd'hui qu'on fait tout pour qu'il me déteste.

– Personne ne peut te détester, lui assura Althéa en s'efforçant de prendre un ton confiant. C'est vrai, il souhaiterait se trouver ailleurs ; il ne servirait à rien que je te mente là-dessus : ce qui lui déplaît, c'est de ne pas être là où il le voudrait. Mais il ne peut pas te détester, c'est impossible. » S'armant de courage comme si elle allait plonger la main dans le feu, elle ajouta : « Tu peux lui donner ta force, tu sais ; dis-lui que tu l'estimes et que tu te réjouis de le savoir à bord, comme tu l'as fait autrefois pour moi. » Néanmoins, elle eut beau se maîtriser, sa voix se brisa sur ces derniers mots.

« Mais je suis un navire, pas ton enfant, dit Vivacia, répondant à la pensée informulée d'Althéa plus qu'à ses propos. Tu n'abandonnes pas un bébé qui n'a aucune connaissance du monde ; par bien des aspects, je le sais, je suis encore naïve, mais je dispose de toute une masse de souvenirs et de renseignements. Il suffit que je les mette en ordre et que je voie comment ils se relient à ce que je suis maintenant. Je te connais, Althéa, je sais que ce n'est pas de ton propre choix que tu m'as quittée; mais tu me connais aussi, et tu dois comprendre à quel point je souffre de savoir Hiémain forcé de rester à mon bord, obligé d'être mon compagnon et mon ami de cœur alors qu'il désire se trouver ailleurs. Nous sommes attirés l'un vers l'autre, Hiémain et moi, mais la colère que lui inspire sa situation le pousse à résister à ce lien, et j'ai honte de si souvent tendre mon esprit vers le sien. »

Le déchirement du navire était terrible à ressentir. Vivacia combattait son propre désir de la compagnie de Hiémain et se forçait à un isolement semblable à un brouillard; Althéa le percevait presque comme un lieu effrayant, battu par la pluie, froid et d'un gris uniforme. Elle en fut épouvantée. Comme elle cherchait des paroles de réconfort, une voix d'homme retentit, autoritaire, par-dessus les cris et les bruits habituel du quai. « Eh, vous ! Oui, vous ! Eloignez-vous du bateau ! Ordre du capitaine : vous ne devez pas monter à bord ! »

Althéa leva la tête en se protégeant les yeux de l'éclat du soleil, et elle dévisagea Torg comme si elle ne reconnaissait pas sa voix. « Le quai est à tout le monde, monsieur, fit-elle calmement.

– Peut-être, mais pas ce navire. Alors, du vent ! »

Moins de deux mois plus tôt, Althéa aurait fait un esclandre; mais le temps qu'elle avait passé avec Vivacia et les événements des trois derniers jours l'avaient transformée. Elle n'avait pas meilleur caractère, se dit-elle avec détachement, mais sa colère avait acquis une terrible patience. A quoi bon s'en prendre à un lieutenant mesquin et tyrannique ? Ce n'était qu'un petit roquet, alors qu'elle était une tigresse. Inutile de gronder après une créature qui présentait si peu d'intérêt : il suffisait d'attendre de pouvoir lui briser les reins d'un coup de dents. En maltraitant Hiémain, il avait scellé son destin; sa grossièreté envers Althéa serait rachetée par la même occasion.

Dans une vague de vertige, Althéa se rendit compte à cet instant que, sa paume plaquée sur le vaigrage du navire, elle partageait les pensées de Vivacia et réciproquement. Avec retard, elle s'écarta de la coque avec la sensation se retirer sa main d'une mélasse épaisse. « Non, Vivacia, dit-elle à mi-voix. Je ne veux pas que ma colère devienne la tienne; laisse-moi me venger seule :

ne te souille pas. Tu es trop grande, trop belle ; ce n'est pas digne de toi.

– Ce n'est pas digne de mon pont, alors, répondit Vivacia d'une voix basse et amère. Pourquoi dois-je tolérer une vermine comme Kyle alors que tu restes à quai ? Ne me dis pas que c'était ainsi que le capitaine Vestrit traitait ceux de sa famille.

– Non, en effet, lui assura précipitamment Althéa.

– Je vous ai dit de dégager ! » cria Torg du pont au-dessus d'elle. Althéa lui jeta un coup d'œil : penché par-dessus le bastingage, il agitait le poing dans sa direction. « Allez-vous-en, ou je vais vous faire bouger d'ici !

– Il ne peut rien, en réalité », assura Althéa au navire. Mais, à cet instant, un cri étouffé retentit, suivi d'un choc sourd dans la cale de Vivacia. Quelqu'un jura abondamment sur le pont, et Torg se mit à brailler juste après. Une voix jeune s'éleva : « Ce palan s'est détaché de la poutre, lieutenant, et pourtant je jurerais qu'il était bien accroché quand on s'est mis au travail ! »

Torg disparut et Althéa entendit sa course sur le pont. Le déchargement de Vivacia cessa peu à peu alors que la moitié de l'équipage venait regarder, bouche bée, la palette et les caisses fracassées, et les noix de comefère éparpillées sur le plancher. « Ça devrait l'occuper un moment, fit Vivacia d'un ton suave.

– Il faut quand même que je te quitte », décida précipitamment Althéa ; si elle restait, elle devrait demander au bateau s'il avait une part de responsabilité dans l'histoire du palan et des caisses brisées. C'était un secret trop lourd ; elle pouvait plus facilement supporter ses soupçons que vivre en sachant la vérité. « Fais attention à toi, dit-elle à Vivacia ; et occupe-toi aussi de Hiémain.

– Althéa ! Tu vas revenir ?

– Naturellement. J'ai seulement quelques petites affaires à régler, mais je serai de retour avant que tu partes.

– Je n'imagine pas de naviguer sans toi », dit Vivacia d'un ton désolé, et la figure de proue leva les yeux vers l'horizon comme si elle se trouvait déjà loin de Terrilville. Un souffle d'air agita les lourdes boucles de sa chevelure.

« Moi aussi, j'aurai de la peine à demeurer sur les quais en te regardant t'éloigner. Mais au moins Hiémain sera à ton bord.

– Hiémain qui ne me supporte pas. » Le navire paraissait soudain très jeune, et très malheureux.

« Vivacia, tu sais que je ne peux pas rester, mais je vais revenir. Sache que je cherche un moyen de nous réunir. Cela va me prendre un peu de temps, mais je te retrouverai ; jusque-là, tiens-toi tranquille.

– S'il le faut, soupira Vivacia.

– Parfait ; à bientôt. »

Althéa s'en alla d'un pas vif. Elle avait failli s'étrangler en tenant ces propos trompeurs, et elle se demanda si le navire avait été dupe une minute. Elle l'espérait, mais tout ce qu'elle pressentait de la *Vivacia* lui disait qu'on n'abusait pas le navire si aisément. Il devait savoir à quel point elle était jalouse de la place de Hiémain à son bord ; il sentait sûrement la profonde colère qu'éprouvait Althéa devant la situation ; et pourtant Althéa espérait qu'il n'en était rien, que Vivacia n'avait rien à voir avec le palan décroché, et elle priait fermement Sâ que le navire ne tente pas de redresser lui-même les torts commis.

Comme elle s'apprêtait à s'éloigner, elle se prit à penser que Vivacia était à la fois telle qu'elle s'y était attendue et différente ; elle avait rêvé d'un bateau doté de toutes les qualités d'une femme belle et fière ; cependant, elle n'avait pas réfléchi que Vivacia avait hérité non seulement de l'expérience de son père mais aussi de celles de sa grand-mère et de sa trisaïeule, sans parler de ce qu'Althéa elle-même y avait ajouté, et elle craignait à présent que le navire s'avère aussi obstiné que les Vestrit, aussi lent à pardonner, aussi acharné à n'en faire qu'à sa tête. *Si j'étais à bord, je pourrais la guider comme mon père lorsque je faisais montre d'entêtement. Hiémain n'aura pas la moindre idée de la façon de s'y prendre avec elle.* Une petite idée obscure s'infiltra dans son esprit. *Si elle tue Kyle, il l'aura bien cherché.*

Un frisson de dégoût la parcourut à l'idée qu'elle pût nourrir une telle pensée. Elle se courba vivement pour cogner ses phalanges contre le bois du quai, afin d'empêcher la *Vivacia* d'accomplir un acte aussi horrible ; comme elle se redressait, elle se sentit observée. Elle leva les yeux et découvrit devant elle Ambre qui la dévisageait ; la femme aux cheveux blonds portait une longue robe simple couleur de gland mûr, et elle avait tressé ses cheveux en une natte scintillante. Le tissu de son vêtement formait des plis depuis ses épaules jusqu'à l'ourlet du bas et dissimulait les contours de son corps ; à l'instar d'une femme noble, elle portait des gants, mais ils servaient à cacher les cicatrices et les cals des mains d'un artisan. Au milieu de l'agitation du quai, elle se tenait immobile, aussi peu touchée par elle que si elle se trouvait à l'intérieur d'une bulle de verre. L'espace d'une seconde, ses yeux fauves croisèrent ceux d'Althéa, et la bouche de la jeune fille s'assécha : il y avait chez cette femme quelque chose qui n'était pas de ce monde. Tout autour d'elle, des gens allaient et venaient, affairés, mais elle ne bougeait pas, immobile et concentrée. Son cou était orné d'un collier de simples perles de bois qui brillaient de tous les tons de brun existants. Malgré la distance, Althéa les remarqua et se sentit attirée vers elles : qui les voyait ne pouvait manquer de les désirer.

Elle reporta les yeux sur Ambre, et encore une fois leurs regards se croisèrent. Ambre ne sourit pas ; elle tourna lentement la tête d'un côté puis de l'autre comme si elle invitait Althéa à admirer son profil, mais la jeune fille ne remarqua que ses boucles d'oreilles dépareillées : elle en portait plusieurs à chaque lobe, mais celles qui attirèrent l'attention d'Althéa étaient des serpents entrelacés en bois luisant dans l'un et un dragon brillant dans l'autre. Chacun était aussi long qu'un pouce d'homme et si artistement sculpté qu'on s'attendait presque à voir la vie frémir en eux.

Althéa s'aperçut qu'elle les fixait du regard depuis un long moment et, involontairement, elle croisa de nouveau le regard d'Ambre. La femme lui adressa un sourire interrogateur, mais, comme Althéa gardait les traits figés, la femme prit un air de dédain, et, sans changer d'expression, elle toucha de ses doigts longs et fins son ventre plat ; comme si cette main gantée s'était posée sur sa taille, Althéa sentit une angoisse glacée l'envahir. Elle jeta encore une fois un coup d'œil au visage d'Ambre, à présent fermé et résolu ; elle regardait Althéa comme un archer sa cible. Parmi l'agitation générale, elles se trouvèrent soudain seules, se fixant des yeux, insensibles à la foule. Avec un effort aussi grand que si elle eût voulu échapper à une main qui l'eût crochée, Althéa se détourna et s'enfuit sur les quais en direction du marché de Terrilville.

Elle courut gauchement parmi la presse du marché d'été, heurta des gens, se cogna contre une table couverte d'écharpes, en se retournant pour regarder par-dessus son épaule : elle ne vit pas trace d'Ambre. Elle continua d'un pas plus ferme le long du trottoir ; son cœur se calma et elle s'aperçut qu'elle transpirait sous le soleil d'été. Sa rencontre avec le navire puis avec Ambre l'avait laissée la bouche sèche, et presque tremblante. C'était absurde ! Ridicule ! La femme n'avait fait que la regarder ; pourquoi s'était-elle sentie menacée ? Jamais elle n'avait été sujette à se sauver ainsi sans raison. C'était sans doute la tension des deux derniers jours ; en outre, elle ne se rappelait pas depuis quand elle n'avait pris de repas digne de ce nom. Maintenant qu'elle y pensait, à part de la bière, elle n'avait rien absorbé depuis l'avant-veille ; voilà probablement ce qui n'allait pas.

Elle trouva une table à l'arrière d'un petit salon de tisane et y prit place. Elle éprouva un tel soulagement à échapper au soleil qu'elle se sentit comme amollie. Quand le serveur s'approcha, elle commanda du vin, du poisson fumé et du melon ; il s'inclina puis s'en alla, et c'est alors seulement qu'elle se demanda si elle aurait assez d'argent : elle n'y avait pas pensé en se vêtant avec soin ce matin. Sa chambre à la maison était d'une propreté immaculée, comme toujours quand elle revenait de voyage, et quelques pièces et billets traînaient dans le coin d'un tiroir ; elle s'en était emparée et les avait fourrés dans les poches de sa jupe avant de les refermer, plus par habitude que par précaution. Même si elle possédait assez pour payer ce simple repas, la somme était sûrement insuffisante pour s'offrir une chambre d'hôtel. Si elle ne voulait pas rentrer chez elle l'oreille basse, elle avait intérêt à réfléchir pour assurer son avenir.

Elle en débattait encore avec elle-même quand on lui présenta son repas. Avec audace, elle demanda de la cire et y appuya le cachet de son anneau sur la baguette de comptes ; c'était sans doute la dernière fois qu'elle pourrait se permettre d'envoyer la facture chez son père. Sachant cela, elle aurait dû se faire offrir un repas plus raffiné par Keffria ; mais le melon était craquant et sucré, le poisson bien fumé et le vin, ma foi, buvable. Elle avait connu pire par le passé et connaîtrait sans doute bien pire plus tard. Il lui suffisait de s'accrocher et la situation s'arrangerait avec le temps. Il le fallait.

Alors qu'elle finissait son vin, elle prit soudain conscience que son père était mort et le resterait jusqu'à la fin de ses propres jours. Cette partie de son existence ne s'arrangerait jamais. Elle s'était presque habituée à son chagrin, et, à ce sentiment renouvelé de perte, ses genoux se mirent à trembler ; c'était là une façon douloureuse d'envisager son existence à laquelle elle n'avait jamais songé : si longtemps qu'elle parvienne à s'accrocher, Ephron Vestrit ne rentrerait plus jamais pour mettre bon ordre à la situation. Nul n'allait rien arranger sinon elle-même. Elle doutait de la compétence de Keffria pour gérer la fortune familiale ; sa sœur et sa mère auraient pu se débrouiller, mais Kyle allait lui aussi touiller dans la marmite. Si elle restait en dehors de tout cela, quelle gravité pouvaient atteindre les événements pour les Vestrit ?

Ils pouvaient tout perdre.

Même Vivacia.

Ce n'était encore jamais arrivé à Terrilville, mais la famille Devouchet n'en était pas passée loin ; elle était grevée de dettes à tel point que le Conseil des Marchands avait convenu que ses créanciers principaux, les Marchands Conry et Risch, avaient le droit de s'emparer de la vivenef Devouchet ; le fils aîné devait rester à bord comme serviteur sous contrat jusqu'à ce que les dettes fussent remboursées, mais, avant que l'accord eût été conclu, ce même fils était rentré à Terrilville avec une cargaison d'une valeur suffisante pour satisfaire les créanciers. Toute la ville s'était réjouie de son triomphe et en avait fait quelque temps une sorte de héros. Mais Althéa ne voyait pas Kyle dans ce rôle, non : il était plus probable qu'il remettrait navire et fils à ses créanciers, en disant à Hiémain que c'était sa faute.

Avec un soupir, elle se força à repenser à ce qui l'inquiétait le plus : que devenait Vivacia ? Le navire venait seulement de s'éveiller ; la tradition prétendait que sa personnalité se développerait au cours des semaines à venir, et chacun s'accordait à dire qu'il était impossible de prévoir le tempérament d'une vivenef : elle pouvait tenir de ses propriétaires, ou bien être extraordinairement différente d'eux. Althéa avait perçu chez Vivacia un côté implacable qui lui glaçait les sangs ; dans les semaines suivantes, ce caractère s'affirmerait-il ou bien le navire manifesterait-il tout à coup le sens de la justice et de la loyauté du père d'Althéa ?

Elle songea au *Kendry*, navire notoirement entêté ; il ne tolérait pas de fret vivant dans ses cales et détestait la glace. Il faisait volontiers voile vers le sud et Jamaillia, mais les marins déclaraient que travailler sur ses ponts vers le nord et les Six-Duchés ou au-delà était comme naviguer sur un navire en plomb ; en revanche, avec une cargaison parfumée et une destination méridionale, le navire se pilotait tout seul, rapide comme le vent. Une telle rétivité n'était pas si terrible pour un navire.

Sauf s'il devenait enragé.

Althéa piqua le dernier morceau de poisson dans son assiette. Malgré la chaleur de la journée d'été, elle se sentait glacée. Non ! Vivacia ne ressemblerait pas au *Parangon* ; c'était impossible ! Elle avait été convenablement éveillée au milieu d'une cérémonie de bienvenue, après que trois existences de navigateurs avaient été intégrées en elle, alors que la cupidité des propriétaires avait fait du *Parangon* une vivenef enragée et semé la mort et la destruction dans leur famille ; chacun savait que c'était ce qui avait causé la perte du navire.

Une seule existence avait imprégné le *Parangon* quand Uto Ludchance avait pris son commandement ; tout le monde déclarait que Palwick, le père d'Uto, était un excellent Marchand et un grand capitaine ; d'Uto, en revanche, tout ce qu'on pouvait dire de plus aimable sur lui était qu'il était matois et retors – et qu'il aimait jouer. Impatient de rembourser la vivenef de son vivant, il avait toujours trop chargé le *Parangon* lors de ses voyages, et rares étaient les marins prêts à embarquer une deuxième fois car Uto se conduisait comme un véritable tyran, non seulement avec ses subordonnés mais aussi avec son jeune fils Kerr, le mousse. Selon certaines rumeurs, le navire, pas encore éveillé, était difficile à manœuvrer, bien qu'on mît généralement ce défaut sur le compte de la trop grande quantité de voile utilisée et le manque d'accastillage, dus à Uto et à son âpreté au gain.

Et l'inévitable s'était produit : un jour d'hiver, pendant la saison des tempêtes, le *Parangon* fut déclaré en retard. Setre Ludchance avait erré sur les quais en demandant des nouvelles à tous les navires entrants mais nul n'avait vu le *Parangon* ni ne savait rien sur son époux ni sur son fils.

Six mois plus tard, le *Parangon* rentra au port ; on le découvrit flottant à l'entrée du port, la quille en l'air. Tout d'abord, personne ne reconnut l'épave ; son bois indiquait simplement qu'il s'agissait d'une vivenef. Dans des doris, des volontaires remorquèrent le navire jusqu'à la plage et l'y ancrèrent jusqu'à ce que la marée basse l'échoue et laisse voir le désastre. Quand l'eau se retira, le *Parangon* apparut tout entier : une tempête d'une rare violence avait arraché ses mâts, mais la vérité la plus cruelle se trouvait sur son pont : attachés si solidement qu'aucun grain ni aucune lame n'aurait pu les arracher, on voyait les restes de son dernier fret, et, emmêlées dans le filet de la cargaison, les dépouilles d'Uto Ludchance et de son fils Kerr dévorées par les poissons. Le *Parangon* les avait ramenés chez eux.

Mais plus horrible que tout, peut-être, le navire s'était éveillé. La mort d'Uto et de Kerr à son bord avait achevé le décompte des trois vies nécessaires. Comme l'eau descendait en découvrant la figure de proue, le féroce guerrier barbu sculpté dans le bois s'était écrié d'une voix d'enfant : « Maman ! Maman, je suis rentré ! »

Avec un grand cri, Setre Ludchance avait perdu connaissance. On l'avait ramenée chez elle, et, par la suite, elle avait toujours refusé de se rendre sur la digue du port où le *Parangon*, remis d'aplomb, était amarré. Affligé, effrayé, le navire inconsolable avait sangloté et appelé des jours durant ; tout d'abord, les spectateurs avaient fait preuve de compassion et fait des efforts pour le réconforter ; on avait attaché le *Kendry* près de lui pendant près d'une semaine au cas où le navire, plus âgé, pourrait l'apaiser, mais, au contraire, il était devenu agité, difficile et on avait dû finalement le déplacer. Et Parangon continua de pleurer. Le spectacle de ce farouche guerrier barbu aux bras musclés et à la poitrine velue, qui sanglotait comme un enfant apeuré en appelant sa mère, avait un côté terrible. De compatissants, les gens devinrent apeurés puis furent pris d'une sorte de colère. C'est alors que Parangon gagna un nouveau nom : le *Paria*, le rejeté. Nul équipage ne voulut plus s'amarrer près de lui : il portait malchance, murmuraient les marins entre eux, et ils le laissaient livré à lui-même. La pourriture amollit les amarres et les bernacles les alourdirent qui l'attachaient aux quais ; le *Parangon*, pour sa part, se tut, en dehors d'imprévisibles crises de jurons et de pleurs violents.

A la mort de Setre Ludchance, encore jeune, la possession du *Parangon* passa aux créanciers, pour lesquels il n'était qu'un boulet, un navire impossible à faire naviguer et qui occupait une cale de chargement onéreuse dans le port. Le temps passant, plusieurs cousins acceptèrent à contrecœur une propriété partagée du navire s'ils parvenaient à le convaincre de reprendre du service. Deux frères, Cable et Sedge, se présentèrent pour prendre possession du bâtiment, ce qui donna lieu entre eux à une féroce compétition, mais Cable était le plus âgé de quelques minutes. Il obtint gain de cause et promit de récupérer la vivenef familiale ; il passa des mois à parler avec le *Parangon*, et finit apparemment par établir une sorte de lien avec lui. Il affirmait que le navire était comme un enfant effrayé avec lequel il fallait user de cajolerie. Ceux qui détenaient une créance sur la vivenef prorogèrent le crédit de Cable en marmonnant qu'ils jetaient leur argent par les fenêtres, mais ils étaient incapables de résister à l'espoir de récupérer leurs pertes. Cable engagea des ouvriers en leur payant des salaires exorbitants pour obtenir des marins qu'ils s'approchent du navire néfaste ; il lui fallut une année presque entière pour regréer le *Parangon* et pour recruter un équipage en mesure de le manœuvrer. On le félicita vivement d'avoir sauvé le navire car, au cours des jours qui précédèrent son départ, le *Parangon* se fit connaître comme un bateau modeste mais poli, parlant peu mais dont le rare sourire faisait fondre les cœurs. Par une belle matinée, ils quittèrent Terrilville. On n'eut plus jamais de nouvelles de Cable ni de son équipage.

Quand on aperçut enfin le *Parangon*, c'était une épave, son gréement fracassé et sa toile en lambeaux. On reçut à Terrilville des rapports sur la catastrophe bien des mois avant qu'il y parvînt lui-même ; il flottait bas, ses ponts presque inondés, et nul ne répondait aux appels des autres bateaux de passage. Seule la figure de proue, l'œil noir et le visage de pierre, rendait leur regard à ceux qui se risquaient assez près pour constater d'eux-mêmes que personne ne travaillait sur les ponts. Il revint à Terrilville, à la digue où il était resté amarré bien des années. Les premières et uniques paroles qu'il prononça, paraît-il, furent : « Dites à ma mère que je suis rentré à la maison. » Vérité ou légende, Althéa ne pouvait que le deviner.

Quand Sedge eut le courage d'amarrer le navire et de monter à bord, il ne trouva pas trace de son frère ni d'aucun matelot, vivant ou mort. La dernière inscription du journal de bord parlait de beau temps et de la perspective d'un bon profit sur leur fret ; rien n'indiquait pourquoi l'équipage aurait abandonné le navire. Dans la cale se trouvait une cargaison de soieries détrempées et d'eau-de-vie ; les créanciers s'approprièrent ce qui était à sauver et laissèrent le navire maudit à Sedge. Toute la ville le prit pour un fou quand il récupéra le *Parangon* et engagea sa maison et ses terres pour le remettre en état.

Sedge avait ensuite effectué dix-sept voyages sans ennuis avec le *Parangon*. A ceux qui lui demandaient comment il y était parvenu, il expliquait qu'il ne prêtait nulle attention à la figure de proue et pilotait le navire comme s'il était en bois ordinaire ; pendant toutes ces années, la figure de proue resta en effet muette, quoiqu'elle jetât des coups d'œil sinistres à ceux qui la regardaient ; ses bras musclés restaient croisés sur sa poitrine puissante, ses mâchoires aussi serrées que lorsqu'elles étaient en bois ; quels que fussent les secrets que connût le navire sur le sort de Cable et de ses hommes, il les gardait pour lui. Par son père, Althéa avait appris que le navire avait presque été accepté dans le port ; que, selon certains, Sedge avait délié la malchance qui entourait le *Parangon.* Sedge lui-même se vantait de sa maîtrise du bateau, et emmena sans crainte son fils aîné en voyage ; il racheta les hypothèques sur sa maison et ses terres, et fit une existence confortable à sa femme et à ses enfants. Certains des anciens créanciers commencèrent à murmurer qu'ils avaient agi trop précipitamment en lui rendant le navire.

Mais le *Parangon* ne revint jamais du dix-huitième voyage de Sedge. Cela avait été une année de tempêtes, et, d'après certains, le destin de Sedge n'avait pas été différent de celui qu'avaient subi bien des marins à ce moment-là : un gréement lourdement chargé de glace peut aisément faire chavirer un navire, vivant ou non. La veuve de Sedge arpentait les quais et regardait l'horizon, l'œil vide ; mais vingt ans plus tard, elle s'était remariée et avait eu d'autres enfants avant que le *Parangon* fît son retour.

Une fois de plus, il apparut la coque en l'air et pénétra lentement dans le port en défiant vent, marées et courants. Lors, quand la quille argentée fut aperçue, on sut presque aussitôt de quel navire il s'agissait. Nul volontaire n'accepta de le remorquer, nul ne voulut le retourner pour découvrir ce qu'il était advenu de l'équipage ; même parler de lui passait pour porter malheur. Mais quand son mât se prit dans la vase épaisse du port et que sa coque devint un danger pour les bateaux de passage, l'officier de port mit ses hommes à l'œuvre ; avec force jurons et sueur, ils dégagèrent la vivenef et, à la marée la plus haute du mois, ils la treuillèrent sur la grève aussi loin que possible. Les marées descendantes la laissèrent complètement à sec, et tous purent voir alors que les hommes du *Parangon* n'avaient pas seuls connu un sort terrible : la figure de proue elle-même avait été sauvagement mutilée à coups de hache entre le front et le nez. Du regard sombre et renfermé du navire, rien ne demeurait que des débris de bois ; une curieuse étoile à sept pointes, aussi livide qu'une cicatrice de brûlure, marquait sa poitrine. Le plus terrible était qu'il jurait plus violemment que jamais et que ses mains tâtonnantes se tendaient comme pour déchiqueter quiconque passerait à sa portée.

Ceux qui eurent le courage de monter à bord décrivirent un navire dépouillé jusqu'à l'os. Il n'y avait nulle trace des hommes du bateau, pas une chaussure, pas un couteau, rien ; même les journaux de bord avaient disparu, et, privée de tous ses souvenirs, la vivenef marmonnait, éclatait de rire et jurait toute seule, avec des discours dont tout sens s'était échappé comme le sable d'un sablier brisé.

Le *Parangon* était demeuré ainsi toute la vie d'Althéa. Il arrivait que le *Paria*, ou le *Bon-à-Rien*, comme on l'appelait parfois, soit presque soulevé par une marée exceptionnellement haute, mais l'officier de port avait ordonné qu'on l'ancre fermement aux falaises de la grève : il ne tenait pas à ce que la coque se libère et s'en aille en mer où elle représenterait un risque pour les autres bateaux. Officiellement, le *Paria* appartenait désormais à Amis Ludchance, mais Althéa doutait qu'elle eût jamais été voir l'épave échouée de la vivenef. Telle une parente démente, on la gardait cachée et on ne l'évoquait qu'à voix basse, si toutefois on l'évoquait. Althéa imagina un tel sort advenant à Vivacia et frissonna d'horreur.

« Encore du vin ? » demanda le serveur d'un ton appuyé. Althéa refusa promptement en se rendant compte qu'elle s'était beaucoup trop attardée à la table. Ce n'était pas en restant assise à ruminer les tragédies des autres qu'elle allait améliorer sa propre condition ; elle devait agir. Ce qu'elle pouvait faire, tout d'abord, était avertir sa mère du trouble apparent de la vivenef et la convaincre, par quelque miracle, de la laisser voyager à bord. Ensuite, elle décida de se trancher la gorge avant d'agir comme une enfant pleurnicharde.

Elle quitta le salon de tisane et se promena par les rues animées du marché. Plus elle cherchait à se concentrer sur ses problèmes, plus elle avait de difficultés à déterminer lequel affronter en premier. Elle avait besoin d'un gîte, d'un couvert et d'une perspective d'emploi. Son navire bien-aimé se trouvait entre des mains insensibles et elle n'y pouvait rien ; elle essaya de songer à des alliés qui pourraient l'aider et n'en vit aucun ; elle se maudit alors de n'avoir jamais cultivé la compagnie des fils et filles d'autres Marchands. Elle n'avait pas de galant vers qui se tourner, pas de meilleure amie qui l'abriterait quelques jours. A bord de la *Vivacia*, elle avait son père comme fréquentation pour parler sérieusement, et les marins comme amis avec qui plaisanter. A Terrilville, elle passait ses journées à la maison à jouir du luxe d'un vrai lit et de repas chauds composés d'aliments frais, ou bien elle accompagnait son père lors de sorties d'affaires. Elle connaissait Curtil, son conseiller juridique, plusieurs agents de change et un certain nombre de Marchands qui leur avaient acheté des cargaisons au cours des années. Apparemment, elle ne pouvait se tourner vers aucun d'entre eux dans ses difficultés présentes.

Elle ne pouvait pas non plus rentrer chez elle sans donner l'impression de s'aplatir, et nul ne pouvait prévoir la réaction de Kyle s'il la voyait sur le seuil, même si elle ne venait que reprendre ses affaires ; il serait capable d'essayer de l'enfermer à clé dans sa chambre, comme une enfant mal élevée ! Pourtant, elle se sentait une responsabilité envers la *Vivacia* même si le navire avait été déclaré ne plus lui appartenir.

Elle finit par apaiser sa conscience en hélant un coursier ; pour un sou, elle obtint une feuille de mauvais papier, un crayon au fusain et la promesse d'une remise du message avant le coucher du soleil. Elle rédigea un mot hâtif à sa mère mais ne trouva guère à lui apprendre, sinon qu'elle se faisait du souci pour le navire, que Vivacia paraissait malheureuse et inquiète. Elle ne demanda rien pour elle, seulement que sa mère aille voir personnellement la *Vivacia* afin de l'encourager à s'exprimer franchement et à révéler l'origine de sa détresse. Sachant que cela aurait l'air dramatique à l'excès, elle n'en rappela pas moins à sa mère le triste sort du *Parangon*, en ajoutant souhaiter que le navire familial ne le partageât pas. Ensuite, elle relut sa missive, les sourcils froncés à cause de son côté trop poignant ; elle songea néanmoins qu'elle ne pouvait faire mieux, et que sa mère était du genre à descendre au moins sur les quais pour se rendre compte elle-même des affirmations de sa fille. Althéa scella le message avec une goutte de cire dans laquelle elle imprima son cachet de travers, puis elle envoya le garçon le porter à destination.

Cela fait, elle releva la tête et promena son regard sur les alentours. Elle se trouvait maintenant dans la rue du désert des Pluies, dont le quartier avait toujours été le préféré de son père et le sien. Une fois leurs affaires conclues, ils avaient presque toujours inventé un prétexte pour parcourir l'avenue bras dessus, bras dessous en prenant plaisir à attirer chacun l'attention de l'autre sur tel ou tel produit exotique et récent. La dernière fois qu'ils s'y étaient promenés, ils avaient passé presque toute une après-midi dans un magasin de cristallerie, dont le tenancier proposait une nouvelle harpe éolienne ; le moindre souffle de vent la déclenchait et elle jouait, non pas des notes au hasard, mais une mélodie insaisissable et infinie, trop délicate pour qu'une langue humaine la fredonne et qui subsistait étrangement dans l'esprit par la suite. Ephron avait acheté à sa fille un petit sachet de violettes et de pétales de rose enrobés de sucre, ainsi qu'une paire de boucles d'oreilles en forme de poisson-pèlerin ; elle l'avait aidé à choisir parmi des pierres précieuses parfumées pour l'anniversaire de sa mère, puis l'avait accompagné chez l'orfèvre pour les faire monter en bague.

On affirmait que la magie coulait dans les eaux du fleuve du désert des Pluies, et, de fait, les objets que les familles du désert faisaient parvenir en ville en étaient merveilleusement empreints. Quelles que fussent les sombres rumeurs concernant les hommes qui avaient choisi de rester dans la première colonie bâtie sur le fleuve, leurs produits tenaient toujours du prodige. De la famille Verga provenaient des biens qui fleuraient bon l'antiquité : tapisseries fines qui représentaient des êtres pas tout à fait humains aux yeux lavande ou topaze, bijoux travaillés dans un métal à l'origine inconnue et aux formes extraordinaires, charmants vases en poterie, à la fois aromatiques et gracieux. Les Soffron commercialisaient des perles aux profondes teintes orange, améthyste et bleues, des récipients de verre glacé qui ne se réchauffaient jamais et qu'on employait pour refroidir le vin, les fruits ou la crème. D'autres familles vendaient des kwazis, fruits dont la peau rendait une huile capable d'apaiser les souffrance les plus graves et dont la pulpe donnait une drogue dont l'effet durait plusieurs jours. C'étaient les boutiques de jouets qui attiraient toujours le plus Althéa : là, on pouvait trouver des poupées dont les yeux humides et la peau douce et tiède imitaient ceux d'un véritable nourrisson, des jouets mécaniques si efficacement fabriqués qu'ils fonctionnaient pendant des heures, des oreillers bourrés d'herbes qui assuraient des rêves surnaturels, et des pierres lisses et merveilleusement sculptées qui luisaient d'une lumière intérieure pour éloigner les cauchemars. Ces objets étaient onéreux même à Terrilville, et atteignaient des prix exorbitants une fois embarqués pour d'autres ports. Ce n'était pourtant pas à cause de leur prix qu'Ephron refusait d'acheter ces jouets, même pour Malta, sa petite-fille qu'il gâtait scandaleusement. Quand Althéa avait insisté, il s'était contenté de secouer la tête. « On ne touche pas à la magie sans en être souillé, avait-il affirmé d'un ton grave. Nos ancêtres ont jugé le prix trop élevé et ils ont quitté le désert des Pluies pour fonder Terrilville ; nous-mêmes ne faisons pas le commerce des produits du désert. » Quand elle l'avait pressé davantage, il avait à nouveau secoué la tête et répondu qu'ils en discuteraient quand elle serait plus grande. En attendant, ses craintes ne l'avaient pas empêché d'acheter les pierres parfumées qui faisaient tellement envie à son épouse.

Quand elle serait plus grande...

Eh bien, si grande qu'elle devienne, c'était là une discussion qu'ils n'auraient jamais. L'amertume de cette idée fit éclater ses pensées plaisantes et la ramena dans l'après-midi finissant. Elle quitta la rue du désert des Pluies, mais non sans un regard d'appréhension au magasin d'Ambre, à l'angle ; elle s'attendait presque à voir la femme dans la vitrine en train de la dévisager ; cependant, le présentoir ne montrait que ses articles drapés artistiquement sur un plaid de tissu d'or étendu sur le canapé. La porte de la boutique était ouverte, tentante, et des gens entraient et sortaient. Son affaire prospérait donc. Althéa se demanda avec quelles familles du fleuve du désert des Pluies elle s'était alliée et comment elle s'y était prise. A la différence de la plupart des autres magasins, son enseigne n'arborait nul signe d'une famille de Marchands.

Dans une ruelle tranquille, Althéa décrocha ses poches de ses jupes et contempla leur contenu. C'était bien ce à quoi elle s'attendait : elle pouvait s'offrir une chambre et un repas le soir même, ou manger frugalement quelques jours avec ce qu'elle possédait. Elle songea de nouveau à revenir simplement à la maison, mais ne put s'y résoudre – du moins, tant que Kyle s'y trouverait. Plus tard, quand il aurait repris la mer, si elle n'avait pas trouvé de travail ni de gîte, elle serait peut-être obligée de retourner chez elle pour récupérer au moins ses vêtements et ses bijoux personnels ; cela, elle pouvait sûrement le demander sans atteinte à son orgueil. Mais tant que Kyle serait là, jamais ! Elle laissa tomber ses pièces et ses billets dans sa bourse qu'elle resserra fermement en regrettant l'argent qu'elle avait dépensé à boire de façon si insouciante la veille. Comme elle n'y pouvait rien, mieux valait prendre soin de ce qui restait ; elle suspendit à nouveau les poches à l'intérieur de ses jupes.

Elle quitta la ruelle et se mit à marcher d'un air décidé. Il lui fallait trouver quelque part où dormir cette nuit et une seule idée lui venait. Elle s'efforça de ne pas penser aux nombreuses fois où son père l'avait sévèrement mise en garde contre le fait de le fréquenter, jusqu'au jour où il lui avait carrément interdit d'aller le voir. Elle ne lui avait plus parlé depuis des mois, mais, quand elle était enfant, avant de commencer à naviguer avec son père, elle avait passé bien des après-midi d'été en sa compagnie. Les autres enfants de la ville le trouvaient effrayant et répugnant, mais la crainte avait vite quitté Althéa. Elle s'était sentie triste pour lui, à la vérité ; il était effrayant, c'était exact, mais le plus effrayant chez lui était ce que d'autres lui avaient infligé. Une fois qu'elle eut compris cela, une amitié hésitante s'en était suivie.

Comme le soleil de l'après-midi s'éteignait en une longue soirée d'été, Althéa sortit de Terrilville et se mit à suivre la grève criblée de cailloux où le *Parangon* échoué reposait sur le sable.

12

ÉPAVES ET NAVIRES ESCLAVAGISTES

Sous l'eau, pas seulement le temps d'un souffle, restant au ras de la surface malgré le passage d'une vague, mais la tête en bas, les cheveux ondulants, les poumons n'aspirant que de l'eau salée. *Je suis noyé, je suis mort*, se dit-il. *Noyé et mort comme avant.* Devant lui ne s'ouvrait que l'univers éclairé de vert des poissons et de la mer. Il lui ouvrit les bras, les laissa pendre sous ses épaules et bouger au gré des vagues. Il voulait être mort.

Mais c'était une escroquerie, comme toujours : tout ce qu'il désirait, c'était arrêter, cesser d'être, mais on ne le lui permettait jamais. Même ici, sous les eaux, ses ponts exempts du bruit des pas et des ordres, ses cales pleines d'eau salée et de silence, la paix n'existait pas. L'ennui, oui, mais pas la paix. Les bancs argentés des poissons l'évitaient ; ils venaient vers lui comme des phalanges d'oiseaux marins, puis viraient soudain, toujours en formation, lorsqu'ils percevaient le bois-sorcier impie de ses os. Il se déplaçait seul dans un monde de sons atténués et de couleurs délavées, sans respirer, sans dormir.

Puis vinrent les serpents.

Ils étaient attirés, apparemment, à la fois repoussés et fascinés par lui. Ils se moquaient de lui, l'observaient en ouvrant et refermant leur gueule pleine de crocs tout près de son visage et de ses bras. Il voulut les chasser mais ils se mirent à le houspiller, et ses poings avaient beau les frapper de toute leur violence, ils ne paraissaient rien ressentir de plus que le faible coup de queue d'un poisson. Ils parlaient de lui entre eux à grands barrissements qu'il comprenait presque; c'était le plus effrayant: qu'il les comprît presque. Ils le regardaient droit dans les yeux, enlaçaient sa coque dans leurs étreintes sinueuses, le serraient d'une façon à la fois menaçante et qui lui rappelait... il ne savait quoi. Le souvenir rôdait aux confins de sa mémoire, vestige trop familier et trop terrifiant pour être rappelé à la surface. Ils l'étreignirent et s'enfoncèrent avec lui, toujours plus bas, si bien que la cargaison enfermée en lui et plus légère que l'eau le déchira pour se libérer. Et encore et toujours ils l'accusaient avec une furieuse exigence, comme si leur colère pouvait l'obliger à les comprendre.

« Parangon ? »

Il émergea en sursaut d'une vision qui plongeait dans l'enfer éternel des ténèbres. Il voulut ouvrir les yeux; malgré les années passées, il essayait encore pour voir qui s'adressait à lui. Gêné, il baissa ses bras levés et les croisa dans un geste protecteur sur sa poitrine balafrée pour y dissimuler sa honte. Il avait l'impression de reconnaître la voix. « Oui ? demanda-t-il d'un ton méfiant.

– C'est moi, Althéa.

– Ton père va être très en colère s'il te trouve ici. Il va te gronder.

– Ça, c'était il y a très longtemps, Parangon; je n'étais qu'une petite fille, alors. Je suis venue te voir plusieurs fois depuis, tu ne t'en souviens pas ?

– Si, je pense; tu ne viens pas souvent. Et ce que je me rappelle le mieux, c'est ton père qui nous criait après quand il t'a découverte en ma compagnie. Il m'a traité de "saleté d'épave" et de "pire porte-guigne qu'on puisse trouver". »

Elle paraissait presque honteuse en répondant : « Oui, je m'en souviens aussi très bien.

– Sans doute pas aussi clairement que moi. Mais, d'un autre côté, tu as sûrement plus de souvenirs à te rappeler. » Il ajouta d'un ton irrité : « On n'en acquiert guère quand on est échoué sur une plage.

– Je suis sûre que tu as vécu bien de grandes aventures en ton temps.

– Sans doute. J'aimerais pouvoir m'en rappeler une. »

Il l'entendit s'approcher. D'après le secteur d'où venait sa voix, il estima qu'elle s'était assise sur un rocher de la plage. « Tu évoquais ce dont tu te souvenais ; quand j'étais petite et que je venais ici, tu me racontais toutes sortes d'histoires.

– Des mensonges, la plupart, sans doute. Je ne me rappelle rien. Peut-être à l'époque, mais plus aujourd'hui. Je crois que mon esprit devient confus. D'après Brashen, ce pourrait être parce que mon journal de bord a disparu. Il dit avoir l'impression que je ne me rappelle pas autant de mon passé qu'autrefois.

– Brashen ? » Il y avait une surprise aiguë dans sa voix.

« Un autre ami », répondit Parangon d'un ton insouciant. La choquer en lui apprenant qu'il avait un second camarade lui plaisait ; parfois, il s'irritait de ce que ces visiteurs l'imaginent heureux de leur venue, comme s'ils étaient les seules personnes qu'il connût. Même si c'était vrai, ils n'avaient pas à s'en sentir si sûrs, comme si une épave comme lui n'était pas capable d'avoir fait d'autres connaissances.

« Ah ! » Au bout d'un moment, Althéa ajouta : « Je l'ai beaucoup côtoyé. Il servait sur le navire de mon père.

– Ah oui ! La... *Vivacia*. Comment va-t-elle ? S'est-elle éveillée ?

– Oui. Il y a deux jours seulement.

– Vraiment ? Alors je m'étonne que tu sois ici. J'aurais cru que tu aurais préféré rester avec ton bateau. » Brashen lui avait appris tout ce qui s'était produit, mais il éprouvait un curieux plaisir à obliger Althéa à lui raconter.

« Ce serait sûrement le cas si c'était possible, reconnut la jeune fille à contrecœur. Elle me manque terriblement ; j'aurais tellement besoin d'elle en ce moment ! »

Sa franchise prit Parangon par surprise. Il avait pris l'habitude de considérer les gens comme des bourreaux involontaires : ils pouvaient se déplacer librement et mettre fin à leur vie quand ils le décidaient ; aussi avait-il du mal à comprendre qu'elle pût ressentir un chagrin aussi profond que l'indiquait sa voix. L'espace d'un instant, quelque part dans le labyrinthe de sa mémoire, un jeune garçon atteint du mal du pays sanglota sur une couchette. Parangon ramena brutalement sa conscience sur l'instant présent. « Parle-m'en », proposa-t-il à Althéa. Il n'avait pas vraiment envie d'entendre le récit de ses malheurs, mais c'était au moins un moyen de maintenir les siens à distance.

Sa surprise s'accrut quand elle obéit. Elle parla longtemps, de tout, depuis la trahison de Kyle Havre envers la confiance de sa famille jusqu'à son deuil incomplet de son père. Tandis qu'elle s'exprimait, il sentit la dernière chaleur de l'après-midi se retirer et la fraîcheur de la nuit monter. A un moment, elle quitta son rocher pour venir s'adosser au vaigrage argenté de sa coque. Elle cherchait sans doute à profiter de la chaleur du jour qui s'attardait dans son bois, mais la proximité de son corps suscita aussi un plus grand partage de ses paroles et de ses sentiments. C'était presque comme s'ils étaient parents. Se rendait-elle compte qu'elle cherchait sa compréhension comme s'il était sa propre vivenef? Non, sans doute, se dit-il âprement. Il lui rappelait probablement la *Vivacia*, tout simplement, et elle étendait ses émotions à lui; c'était tout. Il ne comptait pas vraiment pour elle.

Il ne comptait vraiment pour personne.

Il se força à ne pas l'oublier, ce qui lui permit de rester calme quand, après un temps de silence, elle déclara : « Je n'ai nulle part où dormir cette nuit. Pourrais-je coucher à bord?

– Il doit y régner un désordre nauséabond, la prévint-il. Oh, ma coque est encore assez saine, mais il n'y a pas grand-chose à faire contre les tempêtes; quant au sable soufflé part le vent et aux poux de plage, ils pénètrent partout.

– Je t'en prie, Parangon; ce n'est pas grave. Je trouverai sûrement un coin sec pour m'y rouler en boule.

– Très bien », dit-il; puis il dissimula son sourire dans sa barbe en ajoutant: « Si tu ne vois pas d'inconvénient à partager ton espace avec Brashen. Il revient ici tous les soirs, tu sais.

– Ah bon? » On sentait de la consternation dans sa voix.

– Il s'installe ici presque chaque fois qu'il fait relâche à Terrilville. C'est toujours pareil: la première nuit, c'est parce qu'il est tard, qu'il est ivre, qu'il n'a pas envie de payer une nuit entière dans une auberge pour quelques heures de sommeil et qu'il se sent à l'abri ici; et il me récite toujours la même chanson: il va économiser sur son salaire et n'en dépenser qu'un peu cette fois, si bien qu'un jour il aura mis assez de côté pour monter sa propre affaire. » Parangon se tut pour savourer le silence choqué d'Althéa. « Il ne s'y tient jamais, naturellement; chaque nuit, il rentre en titubant, les poches un peu plus vides, jusqu'à ce que tout son argent ait fondu. Et, quand il n'a plus rien à dépenser pour boire, il retourne en ville et travaille sur le premier navire qui veut bien de lui en attendant de repartir en mer.

– Parangon, le reprit doucement Althéa, Brashen est à bord

de la *Vivacia* depuis des années, et il dormait toujours à bord, il me semble, quand il était au port ici.

– Ah... oui, mais... mais je parlais d'avant. D'avant aujourd'hui. » Sans l'avoir voulu, il exprima tout haut sa pensée : « Le temps s'écoule d'un même courant et s'emmêle quand on est aveugle et isolé.

– J'imagine. » Elle appuya la tête en arrière contre le navire et poussa un profond soupir. « Bon, eh bien, je crois que je vais entrer pour essayer de trouver un coin où m'installer avant que la lumière ait complètement disparu.

– Avant que la lumière ait complètement disparu, répéta lentement Parangon. Donc, il ne fait pas encore complètement nuit.

– Non. Tu sais combien les soirées sont longues en été ; mais il fait sans doute noir comme dans un four à l'intérieur, alors ne t'inquiète pas si je trébuche de temps en temps. » Elle se tut, embarrassée, puis alla se placer devant le navire. Penché comme il l'était sur la grève, sa grande main était facilement accessible ; Althéa la tapota gentiment, puis la serra. « Bonne nuit, Parangon, et merci.

– Bonne nuit, fit-il à son tour. Ah oui ! Brashen occupe les quartiers du capitaine.

– D'accord. Merci. »

Elle grimpa maladroitement le long du flanc du navire, et il entendit le bruissement d'une grande quantité de tissu qui parut la gêner pour traverser le pont incliné et s'insinuer dans la cale. Fillette, elle était plus agile ; un été, elle était venue lui rendre visite presque tous les jours. Elle habitait quelque part sur le versant de la colline qui le surplombait ; elle évoquait la marche qu'elle effectuait dans les bois derrière sa maison, puis les falaises qu'elle descendait pour arriver jusqu'à lui. Cet été-là, elle avait appris à bien le connaître et joué à divers jeux à l'intérieur de sa coque et autour de lui, en disant qu'il était son navire et elle son capitaine, jusqu'au jour où son père avait eu vent de ses activités. Il l'avait suivie un jour, et, quand il l'avait découverte en train de parler au bateau maudit, il les avait fermement réprimandés tous les deux, puis il avait ramené la petite chez elle à coups de badine. Pendant longtemps après cet épisode, elle n'était plus venue le voir ; quand elle lui rendait visite, c'était brièvement, à l'aube ou le soir. Mais cet été-là, elle avait appris à bien le connaître.

Elle paraissait en avoir conservé quelques souvenirs, car elle traversa l'intérieur jusqu'à l'espace arrière où les hommes suspendaient habituellement leurs hamacs. Curieux, comme de la sentir en lui réveillait sa mémoire ; Crenshau était roux et se plaignait toujours de l'ordinaire ; il était mort là ; la hache qui avait mis fin à sa vie avait aussi laissé une profonde entaille dans le planchéiage et son sang avait taché le bois...

Elle se pelotonna contre une cloison ; elle aurait froid, cette nuit : la coque était peut-être saine, mais cela n'empêchait pas l'humidité d'y pénétrer. Parangon percevait Althéa, immobile et petite contre lui ; elle ne dormait pas. Elle avait sans doute les yeux ouverts dans le noir.

Du temps passa, une minute ou presque toute la nuit ; difficile à dire. Brashen arriva ; Parangon reconnut ses grands pas et sa façon de marmonner quand il avait bu. Ce soir, l'inquiétude rendait sa voix sombre, et Parangon supposa qu'il approchait de la fin de ses fonds ; demain, il se morigénerait longuement de sa stupidité, puis il irait dépenser le reste de son argent. Alors, il devrait reprendre la mer.

Il manquerait presque à Parangon : avoir de la compagnie était intéressant et mettait de l'animation dans sa vie – mais c'était aussi agaçant et dérangeant. Brashen et Althéa lui faisaient penser à des événements qu'il valait mieux laisser tranquilles.

« Parangon, le salua Brashen en s'approchant. Permission de monter à bord ?

– Accordée. Althéa Vestrit est ici. »

Un silence. Parangon avait presque l'impression de voir les yeux exorbités de Brashen. « C'est moi qu'elle cherche ? demanda l'homme d'une voix pâteuse.

– Non : moi. » Le navire éprouva un singulier plaisir à cette réponse. « Sa famille l'a jetée dehors et elle n'avait nulle part où aller ; du coup, elle est venue.

– Ah ! » Nouveau silence. « M'étonne pas. Ma foi, plus vite elle renoncera et rentrera chez elle, plus ce sera avisé ; mais j'imagine qu'il lui faudra un moment avant d'en arriver là. » Brashen bâilla à s'en décrocher la mâchoire. « Elle sait que j'ai mes quartiers à bord ? » Le ton était circonspect, comme s'il appelait une réponse négative.

« Naturellement, répondit mielleusement Parangon. Je lui ai annoncé que tu avais pris la cabine du capitaine et qu'elle devrait se débrouiller autrement.

– Ah ! Bien joué. Bien joué. Allons, bonne nuit. Je suis sur les genoux.

– Bonne nuit, Brashen. Dors bien. »

Quelques instants plus tard, l'homme se trouvait dans les quartiers du capitaine ; au bout de deux ou trois minutes, Parangon sentit Althéa se déplacer. Elle s'efforçait de ne pas faire de bruit, mais elle ne pouvait se dissimuler de Parangon. Quand elle atteignit enfin la porte de la cabine du gaillard d'arrière où Brashen avait accroché son hamac, elle s'interrompit, puis frappa très doucement sur le panneau de bois. « Brash, fit-elle précautionneusement.

– Quoi ? », répondit-il aussitôt. Il ne dormait pas, n'était même pas sur le point de s'assoupir. L'avait-il attendue ? Comment aurait-il pu savoir qu'elle viendrait chez lui ?

Althéa prit une profonde inspiration. « Puis-je vous parler ?

– Puis-je vous en empêcher ? » rétorqua-t-il d'un ton bourru. D'évidence, c'était une réponse habituelle, car elle ne parut pas troubler Althéa. Elle posa la main sur la poignée, puis l'ôta sans ouvrir la porte, contre laquelle elle s'appuya pour demander : « Avez-vous une lanterne ou une bougie ?

– Non. C'est de ça que vous vouliez parler ? » Sa voix prenait des accents brusques.

« Non ; je préfère voir la personne à qui je m'adresse, c'est tout.

– Pourquoi ça ? Vous savez de quoi j'ai l'air.

– Vous êtes impossible quand vous êtes ivre !

– Avec moi, au moins, c'est seulement quand je suis ivre. Vous, c'est tout le temps. »

Au son de sa voix, Althéa parut nettement agacée. « Je ne sais pas pourquoi je me fatigue à essayer de vous parler !

– Dans ce cas, nous sommes deux », fit Brashen en aparté. Parangon se demanda soudain s'ils savaient avec quelle clarté il percevait leurs paroles et leurs mouvements. Constituait-il un public invisible ou bien se croyaient-ils vraiment seuls ? Brashen, tout au moins, devait prendre le bateau en compte.

Althéa poussa un long soupir et posa la tête contre la porte à panneaux qui les séparait. « Je n'ai personne d'autre à qui m'adresser, et j'ai vraiment besoin de... Ecoutez, puis-je entrer ? Ça m'énerve de parler à travers cette porte !

– Elle n'est pas verrouillée », répondit-il à contrecœur. Il ne bougea pas de son hamac.

Dans l'obscurité, Althéa poussa la porte. Elle resta immobile dans l'entrée, hésitante, puis pénétra dans la pièce à tâtons, en suivant la paroi, les jambes tendues pour éviter de tomber sur le plancher pentu. « Où êtes-vous ?

– Par ici, dans un hamac. Vous feriez mieux de vous asseoir avant de vous casser la figure. »

Ce fut sa seule manifestation de courtoisie. Althéa obéit en prenant appui des pieds sur la pente du sol et en s'adossant à une cloison. Elle inspira pour se donner du courage. « Brashen, toute ma vie s'est effondrée au cours des deux derniers jours. Je ne sais plus quoi faire.

– Rentrez chez vous, répondit-il sans compassion. Vous finirez par y être obligée, vous le savez bien ; plus vous remettrez ce moment, plus ce sera difficile ; alors, faites-le tout de suite.

– C'est facile à dire, mais difficile à réaliser. Vous devriez le comprendre ; vous n'êtes jamais rentré chez vos parents, vous ! »

Brashen éclata d'un rire bref et amer. « Ah non ? J'ai essayé, mais on m'a simplement jeté dehors à nouveau, parce que j'avais attendu trop longtemps. Donc, vous savez maintenant que je vous donne un bon conseil. Rentrez chez vous tant que c'est encore possible ; en vous aplatissant et en obéissant humblement, vous y gagnerez le gîte et le couvert. Attendez trop, laissez votre réputation d'infamie s'installer, laissez-les s'habituer à vivre sans le fauteur de troubles de la famille et ils ne voudront plus de vous, même si vous les suppliez à genoux. »

Althéa garda longtemps le silence, puis elle demanda : « C'est vraiment ce qui vous est arrivé ?

– Mais non, voyons ; j'ai tout inventé, répliqua Brashen d'un ton aigre.

– Je regrette », fit Althéa au bout d'un moment. D'un ton plus résolu, elle reprit : « Mais je ne peux plus revenir chez moi, du moins tant que Kyle est au port ; et, même quand il sera parti, si je retourne à la maison, ce ne sera que pour y prendre mes affaires. »

Brashen se déplaça dans son hamac. « Vos robes et vos babioles, vous voulez dire ? De précieux souvenirs de votre enfance ? Votre oreiller préféré ?

– Et mes bijoux. Si j'y suis contrainte, je pourrai toujours les vendre. »

Brashen se rejeta en arrière dans son hamac. « Pourquoi perdre votre temps ? Vous vous apercevrez vite que vous ne pouvez pas traîner partout ce barda. Quant à vos bijoux, pourquoi ne pas vous dire que vous les avez déjà récupérés, vendus difficilement un à un, que vous avec dépensé tout l'argent obtenu et qu'il ne vous reste plus qu'à vous débrouiller vraiment pour vivre votre existence ? Ça vous économisera du temps et tous vos bijoux demeureront au moins dans votre famille – si Kyle ne s'est pas déjà occupé de les faire mettre sous clé. »

Un lourd silence suivit la suggestion amère de Brashen, tandis que Parangon restait plongé dans ses ténèbres sans étoiles. Ce fut d'un ton empreint de détermination qu'Althéa répondit :

« Vous avez raison, je le sais. Je dois agir sans attendre un événement salvateur. Il me faut du travail, et le seul travail que je connaisse concerne la navigation ; or c'est la seule façon dont je remonterai à bord de la *Vivacia*. Mais jamais on ne m'engagera vêtue ainsi... »

Brashen émit un grognement méprisant. « Soyez réaliste, Althéa : on ne vous engagera jamais quels que soient vos vêtements. Vous faites face à trop d'obstacles : vous êtes une femme, vous êtes la fille d'Ephron Vestrit, et Kyle Havre en voudra à qui vous acceptera à son bord.

– Pourquoi le fait d'être la fille d'Ephron Vestrit jouerait-il contre moi ? » Althéa s'exprimait d'une toute petite voix. « Mon père était un homme probe.

– Exact ; c'était un homme très probe. » Un instant, le ton de Brashen s'adoucit. « Mais vous devez l'apprendre : ne plus être la fille – ou le fils – d'un Marchand n'a rien de facile. De l'extérieur, les Marchands de Terrilville semblent former une alliance indestructible ; mais vous et moi sommes originaires de ce monde et ce monde joue contre nous. Vous, par exemple, vous êtes une Vestrit. Très bien ; certaines familles négocient donc avec vous et en tirent profit ; d'autres sont en concurrence avec vous, et d'autres sont alliées à vos concurrents... Nul n'est vraiment ennemi avec personne. Mais quand vous vous mettrez en quête de travail, ce sera comme pour moi : "Brashen Trell, hein ? Le fils de Kelf Trell ? Eh bien, pourquoi ne travaillez-vous pas pour votre famille, mon garçon ? Ah, vous êtes brouillé avec elle ? Ma foi, je n'ai pas envie de me mettre votre père à dos en vous engageant." On ne vous l'annonce pas toujours aussi carrément, bien sûr ; parfois, on vous renvoie en vous disant : "Revenez dans quatre jours", seulement il n'y a personne quand vous vous présentez. Quant à ceux qui ne s'entendent pas avec votre famille, ils ne vous engagent pas parce que ça leur fait plaisir de vous voir vous traîner dans la boue. »

La voix de Brashen se faisait plus lente, plus grave et moins audible. Il s'endort en parlant, comme souvent, songea Parangon ; il a sans doute oublié jusqu'à la présence d'Althéa. Parangon n'était que trop familier des longues litanies de Brashen sur les torts et les injustices qu'il avait subis. Il était encore plus habitué à l'entendre se traiter d'un ton caustique de crétin et de moins que rien.

« Alors comment avez-vous survécu ? demanda Althéa d'un ton empreint de rancœur.

– Je suis allé là où mon nom n'avait pas d'importance. Le premier bateau sur lequel j'ai embarqué était chalcédien ; les hommes se fichaient de qui j'étais du moment que j'acceptais de travailler dur et pour pas cher ; c'était la bande de salauds pourris la plus minable avec laquelle j'aie navigué. Ils n'avaient aucune pitié pour le gamin que j'étais. J'ai sauté du bord au premier port où nous avons fait relâche et je suis reparti le même jour sur un autre navire. Ce n'était guère mieux, mais un peu quand même... Et puis nous... » La voix de Brashen mourut. Un moment, Parangon le crut endormi ; il entendit Althéa s'agiter pour s'asseoir plus confortablement sur le plancher incliné. « ... quand je suis revenu à Terrilville, je m'étais amariné. Ah ça, oui ! Mais rien n'avait changé : le petit Trell ceci, le fils Trell cela... Je croyais m'être construit une existence ; je suis même allé voir mon père pour essayer de nous réconcilier, mais il n'a pas eu l'air impressionné par ce que j'étais devenu par moi-même, pas du tout ! Quel cul de vache... Alors je me suis rendu dans chaque navire du port – dans chacun. Aucun ne voulait du fils de Kelf Trell. Arrivé à la *Vivacia*, j'ai enfoncé mon mouchoir sur mon front et gardé les yeux baissés sur le pont, et j'ai demandé un travail honnête pour un marin honnête – et votre père a dit qu'il me prenait à l'essai, en ajoutant qu'un homme consciencieux pouvait lui servir. A sa façon de répondre... j'ai été certain qu'il ne m'avait pas reconnu et qu'il me virerait si je lui apprenais mon nom. Pourtant, c'est ce que j'ai fait. Je l'ai regardé et j'ai dit : "Je m'appelle Brashen Trell. J'étais le fils de Kelf Trell." Et il a répondu : "Ton quart n'en sera pas plus long ni plus court d'une minute, matelot." Et vous savez quoi ? Eh bien, c'était vrai !

– Les Chalcédiens n'engagent pas de femmes », fit Althéa d'un ton morne. Parangon se demanda ce qu'elle avait écouté de l'histoire de Brashen.

« Pas comme matelots, convint Brashen. Ils croient qu'une femme à bord attire les serpents, parce que les femmes saignent, vous comprenez. C'est ce que disent beaucoup de marins.

– C'est ridicule ! s'exclama-t-elle, dégoûtée.

– Ouais. Beaucoup de matelots sont des crétins. Regardez-nous. » Sa plaisanterie le fit éclater de rire, mais elle ne l'imita pas.

« Il y a d'autres femmes marins à Terrilville. Quelqu'un m'embauchera.

– Peut-être, mais pas pour ce que vous espérez, répondit durement Brashen. C'est vrai, il existe des femmes marins mais la plupart de celles que vous voyez sur les quais travaillent sur leurs navires familiaux, avec leur père et des frères pour les protéger. Essayez de naviguer sur un autre bateau, et vous aurez intérêt à choisir rapidement avec quels compagnons de bord vous voulez coucher ; avec de la chance, ils seront assez possessifs pour empêcher les autres de vous approcher ; sinon, ils tireront un maximum de vos services avant d'atteindre le port suivant. Et la plupart des capitaines et des seconds feront semblant de ne rien voir, afin de maintenir l'ordre sur le bâtiment – du moins s'ils ne prennent pas leur part eux-mêmes. » Il s'interrompit, puis ajouta d'un ton bourru : « Et vous le saviez déjà ; vous ne pouvez pas avoir passé votre adolescence au milieu de matelots sans l'avoir appris. Alors, pourquoi envisager une telle solution ? »

La fureur envahit Althéa. Elle eut envie de hurler qu'elle ne le croyait pas ou d'exiger de savoir pourquoi il fallait que les hommes soient de tels porcs. Mais elle le croyait, et elle savait que Brashen ne pouvait pas plus répondre à sa question qu'elle-même. Le silence s'épaissit dans l'obscurité qui les séparait, et sa colère s'apaisa.

« Alors, que dois-je faire ? » demanda-t-elle d'un ton pitoyable. Parangon n'eut pas l'impression qu'elle s'adressait à Brashen, mais le jeune homme répondit tout de même.

« Trouver un moyen de renaître sous la forme d'un garçon, de préférence qui ne porte pas le nom de Vestrit. » Brashen s'agita dans son hamac et prit une profonde inspiration qui sortit sous forme d'un ronflement nasillard.

Dans son coin, Althéa soupira, puis elle appuya la tête contre le bois dur de la cloison et resta immobile et muette.

*

Le navire esclavagiste formait une silhouette sombre sur le ciel nocturne. S'il se sentait en danger de poursuite, il n'en montrait aucun signe : il arborait une quantité respectable de voile mais l'œil perçant de Kennit ne dénotait à son bord aucune activité anormale qui indiquât le besoin d'une vitesse extrême. La nuit était parfaite ; une brise égale soufflait sur la mer et les vagues semblaient comme des bêtes de somme qui portaient le bateau. « Nous le rattraperons avant l'aube, dit-il à mi-voix à Sorcor.

– Oui », répondit le second dans un souffle. On sentait dans sa voix une surexcitation à cette perspective que son capitaine ne ressentait pas. Par-dessus son épaule, il indiqua doucement au timonier : « Maintiens-la près de la côte, à la serrer comme ta grand-mère. Si leur vigie regarde par hasard de notre côté, je ne veux pas qu'on soit visibles en pleine eau.. » Au mousse, il ajouta sur le même ton : « Descends et refais passer le mot : pas un geste, pas de bruit, pas de mouvement sauf pour répondre à un ordre. Et pas une lumière, pas la moindre étincelle. Vas-y et discrètement.

– Des serpents suivent sa proue, observa Kennit.

– Ils attendent les esclaves morts qu'on jette par-dessus bord, dit Sorcor d'un ton acide, et aussi ceux qui sont trop faibles pour que ça vaille la peine de les nourrir. Ceux-là aussi passent à l'eau.

– Et si les serpents décidaient de se tourner contre nous pendant le combat ? demanda Kennit.

– Pas de danger, lui assura Sorcor. Les serpents apprennent vite ; ils vont nous laisser nous entre-tuer en sachant bien que les morts leur reviendront sans avoir à y laisser une écaille.

– Et après ? »

Sorcor eut un sourire carnassier. « Si on gagne, ils seront si pleins de l'équipage de l'esclavagiste qu'ils ne pourront plus nous suivre. Si on perd... » Il haussa les épaules. « Ça n'aura plus grande importance pour nous. »

Kennit s'accouda au bastingage, muet, la mine revêche. Plus

tôt dans la journée, ils avaient repéré l'*Anneau-d'Or*, une belle et vieille vivenef qui avançait cahin-caha, lourdement chargée, et s'enfonçait dans l'eau de presque toute la taille de Kennit. Ils avaient eu l'avantage de la surprise; Kennit avait fait mettre dehors toute la toile que le gréement pouvait supporter, et cependant la vivenef s'était soulevée et s'était enfuie comme si une brise propre la poussait. Sorcor était resté muet pendant que Kennit était d'abord demeuré sans mot dire, incrédule, puis avait piqué une violente colère devant la tournure des événements. Quand l'*Anneau-d'Or* avait contourné l'île Ronde pour y attraper un courant favorable et disparaître au loin, le second s'était risqué à remarquer: «Le bois mort n'a aucune chance contre le bois-sorcier. Les vagues elles-mêmes s'ouvrent devant lui.

– Sois maudit! lui avait lancé Kennit d'un ton farouche.

– Ça m'arrivera sans doute, cap'taine», avait répondu Sorcor d'un ton imperturbable. Il avait probablement déjà flairé la trace d'un navire esclavagiste.

Ou bien c'était par sa chance infernale qu'ils avaient levé celui-là si vite. C'était le bâtiment esclavagiste chalcédien typique, la coque profonde et la taille large pour mieux le bourrer de chair humaine. Jamais Kennit n'avait vu Sorcor se mettre à une chasse avec tant de convoitise, prendre tant de peine à surveiller sa proie; les vents eux-mêmes paraissaient le favoriser, et c'est bien avant l'aube que le second ordonna qu'on sortît les rames. Les balistes étaient déjà tendues, chargées de boulets et de chaînes pour déchiqueter le gréement de l'adversaire, et les grappins étaient prêts à saisir leur victime infirme.

«Voulez-vous conduire les hommes, cap'taine? demanda Sorcor alors que les vigies de l'esclavagiste lançaient les premières alertes.

– Oh, je vais te laisser cet honneur, je pense», répondit Kennit sèchement. Accoudé, oisif, sur le bastingage, il abandonna la poursuite et le combat au seul Sorcor. Si le second fut déconcerté par le manque d'enthousiasme de son capitaine, il le cacha bien. Il bondit à l'avant pour crier ses ordres à ses hommes sur le pont. Ils partageaient sa soif de combat, car ils obéirent vivement, si bien que le mât parut se couvrir brusquement de toile en plus et fleurir sous le vent nocturne. Egoïstement, Kennit se réjouissait de cette brise, car elle emportait la plus grande partie de la puanteur de l'esclavagiste.

Il se sentit presque faire partie de l'équipage quand le *Marietta* se rapprocha du navire. Dans une tentative désespérée de lui échapper, l'esclavagiste augmentait sa toile et son gréement était plein d'hommes qui grouillaient comme des fourmis. D'un juron, Sorcor exprima sa joie et donna l'ordre qu'on déclenche les balistes. Selon Kennit, il s'y était pris trop tôt, mais les deux lourds boulets munis d'une épaisse chaîne, longue, hérissée de pointes et de lames, s'envolèrent, déchiquetèrent les voiles et les cordages et poursuivirent leur œuvre de destruction en retombant sur le pont. Une demi-douzaine d'hommes churent avec eux en hurlant jusqu'à ce qu'ils s'écrasent sur le bois ou disparaissent dans les flots. Leurs cris avaient à peine pris fin que Sorcor fit lancer un nouveau jeu de boulets et de chaînes ; celui-là provoqua moins de dégâts, mais l'équipage harcelé de l'esclavagiste était trop occupé à présent à surveiller l'arrivée de nouveaux projectiles pour manœuvrer efficacement les voiles, tandis que la toile et les cordages tombés encombraient le pont et rendaient difficile de ferler de nouvelles voiles. Une pagaille totale régnait sur les ponts de l'esclavagiste quand Sorcor ordonna qu'on lançât les grappins

Avec détachement, Kennit regarda les malheureuses victimes se faire solidement ligoter. Comme l'aurore se risquait sur les eaux, Sorcor et ses pirates, en vociférant leur soif de sang, franchissaient d'un bond ou accrochés à un cordage la courte distance qui séparait les deux vaisseaux. Kennit, pour sa part, avait porté sa manche à son nez et respirait à travers le revers pour éviter d'inhaler la puanteur de l'esclavagiste. Il était resté à bord du *Marietta* avec un équipage réduit et manifestement exaspéré d'avoir été frustré du carnage ; cependant, quelqu'un devait bien demeurer à bord pour se tenir prêt à repousser les abordeurs ou décrocher les grappins si la situation se retournait.

Kennit assista au massacre des hommes de l'esclavagiste ; ils n'étaient guère préparés à une attaque de pirates, pour lesquels leur fret ne présentait en général pas d'intérêt. La plupart des forbans, tels Kennit, préféraient les marchandises de valeur, non périssables et, si possible, facilement transportables ; or ce navire-ci ne renfermait sous ses ponts que des esclaves enchaînés. Même si les pirates avaient accepté d'effectuer le trajet monotone jusqu'en Chalcède pour les vendre, une telle cargaison exigeait un œil vigilant et un estomac solide. Il fallait surveiller et nourrir ce genre de cheptel, l'abreuver et lui fournir un système sanitaire rudimentaire. Kennit songea que le navire en lui-même aurait quelque valeur, bien que la puanteur qui s'en échappait présentement lui donnât à tout instant des haut-le-cœur.

L'équipage de l'esclavagiste ne possédait que les armes dont il se servait pour maintenir l'ordre dans le fret et guère plus. Ces gens-là, se dit Kennit, ne paraissaient pas se faire une bonne idée de la façon dont on combat un pirate armé et en bonne santé ; on devait s'habituer, supposa-t-il, à frapper des hommes enchaînés et à leur donner des coups de pied, et à oublier comment faire face à un autre type d'adversaire.

Plus tôt, il avait tenté de convaincre Sorcor que l'équipage et le navire pourraient représenter quelque valeur de rançon, même sans leur cargaison. Le second s'était farouchement opposé à cette idée. « On tue l'équipage, on libère la cargaison et on vend le navire – mais pas à d'autres esclavagistes ! » avait-il stipulé d'un air altier.

Kennit commençait à regretter d'avoir laissé l'homme le regarder comme son égal ; il devenait beaucoup trop exigeant et ne paraissait pas se rendre compte à quel point cette conduite était odieuse à son capitaine. Kennit plissa les yeux en réfléchissant à la félicité avec laquelle l'équipage accueillait les délires idéalistes de Sorcor ; cela l'eût étonné que les hommes partagent ses grandes idées de suppression de l'esclavage ; ils devaient plutôt se réjouir à l'avance des carnages à venir. En voyant deux de ses meilleurs matelots balancer un homme vivant par-dessus le bastingage dans la gueule d'un serpent, il hocha lentement la tête. C'étaient ces bestiales effusions de sang qui leur plaisaient ; peut-être avait-il trop bridé ses hommes pour la rançon que rapportaient des captifs vifs. Il mit cette pensée de côté pour y songer plus tard. Comme quoi, il pouvait apprendre de n'importe qui, même de Sorcor ; il fallait laisser courir les chiens de temps en temps. Mais l'équipage ne devait pas s'imaginer que seul Sorcor était capable de fournir de telles fêtes.

Il se lassa rapidement de contempler le massacre final. L'équipage de l'esclavagiste n'arrivait pas à la cheville du sien ; il n'y avait aucune organisation dans la défense de leur navire, rien qu'une bande d'hommes qui essayaient d'échapper à la mort, en quoi ils échouèrent. La masse de ceux qui firent front au groupe d'abordage se réduisit vivement en petits groupes de défenseurs encerclés par un ennemi implacable. Le dénouement était évident et la victoire n'eut rien d'une surprise. Kennit s'en détourna. Les hommes, en mourant, se ressemblaient tous et cela l'ennuyait plus que cela ne l'écœurait ; les hurlements, le sang qui jaillissait ou ruisselait, les ultimes combats frénétiques, les supplications inutiles, tout cela, il l'avait déjà vu. Il était beaucoup plus éclairant d'observer les deux serpents.

Il se demanda s'ils n'escortaient pas le navire depuis quelque temps déjà ; peut-être même le considéraient-ils d'un œil amical, comme une sorte de fournisseur de proies faciles. Ils s'étaient écartés lors de l'attaque du *Marietta*, apparemment effrayés par la soudaine agitation ; mais quand les bruits des combats et les cris des mourants s'étaient élevés, ils étaient promptement revenus, et ils tournaient à présent autour des bateaux accrochés l'un à l'autre comme des chiens mendiant à table, en se battant pour les morceaux de choix. Kennit n'avait jamais eu l'occasion d'observer un serpent aussi longtemps et d'aussi près. Ces deux-là ne paraissaient pas connaître la peur. Le plus gros était d'un pourpre scintillant tacheté d'orange ; quand il dressait la tête et le cou hors de l'eau en ouvrant la gueule, une collerette de piquants apparaissait autour de sa gorge et de sa tête telle une crinière de lion ; c'étaient des appendices charnus qui rappelaient à Kennit les bras urticants de l'anémone ou de la méduse. Il aurait été fort étonné qu'ils ne distillent pas quelque poison paralysant. En tout cas, quand la plus petite des bêtes se disputait une proie avec la plus grande, elle évitait de toucher la collerette de l'autre.

Le moins grand des serpents compensait sa taille inférieure par une plus forte agressivité ; il osait s'approcher beaucoup plus près du flanc du navire, et, quand il dressa la tête à la hauteur du bastingage de l'esclavagiste, il ouvrit la gueule, dénudant des rangées sans fin de crocs. Alors, il siffla en projetant un léger nuage de salive venimeuse qui engloba deux hommes en plein combat. Tous deux abandonnèrent aussitôt la bataille et s'écroulèrent sur le pont en hoquetant et en se tordant dans un effort vain pour aspirer l'air dans leurs poumons. Ils retombèrent bientôt inertes tandis que le serpent frustré battait en écume l'eau près du navire, furieux que ses proies demeurent à bord. Kennit le supposa jeune et inexpérimenté.

Le plus grand avait une attitude plus philosophe : il se contentait de nager le long de l'esclavagiste, aux aguets des hommes qui portaient des corps jusqu'au bastingage ; il ouvrait alors la gueule et engloutissait tout ce qu'on lui jetait, mort ou encore en mouvement. Il saisissait un corps entre ses mâchoires mais ne cherchait pas à le broyer : ses dents ne semblaient servir qu'à déchirer. Inutile de démembrer ces petits morceaux de viande : le serpent rejetait la tête en arrière et ouvrait sa gueule plus largement que Kennit ne l'aurait cru possible ; puis le corps disparaissait avec les bottes et le reste, et le pirate distinguait sa progression dans le gosier par la distension de la gorge sinueuse de la créature. C'était un spectacle à la fois glaçant et fascinant.

Ses hommes paraissaient partager sa révérence, car, comme le combat diminuait d'intensité et qu'il ne restait plus que des cadavres et des prisonniers dont se débarrasser, ils disposèrent leurs victuailles à serpents sur le haut gaillard d'arrière du navire et, de là, nourrirent les bêtes à tour de rôle. Certains des captifs ligotés pleuraient et hurlaient, mais leurs cris étaient noyés par les rugissements d'approbation de l'équipage chaque fois qu'un corps passait par-dessus bord. Il devint bientôt un jeu de balancer chaque victime ou cadavre non pas à un serpent, mais entre les deux, pour voir les grandes bêtes se battre pour un morceau. Les hommes demeurés sur le *Marietta* se sentaient frustrés d'être exclus de ce passe-temps, car, même s'ils exécutaient leurs devoirs sur le bateau, c'était avec de nombreux regards en direction de leurs camarades. Les serpents perdant leur appétit, leur agressivité fondit et ils se contentèrent de manger à tour de rôle.

Comme les derniers captifs passaient par-dessus bord, les premiers esclaves émergèrent sur le pont ; ils sortirent par les panneaux en toussant et en clignant des yeux dans la lumière du matin. Ils serraient leurs haillons contre leur corps décharné pour se protéger du vent vif. Comme on ôtait un panneau de cale après l'autre, l'odeur fétide de l'air augmenta, comme si la puanteur était un génie maléfique enfermé trop longtemps sous les ponts. Kennit eut un haut-le-cœur en constatant l'état de ces hommes ; la maladie lui avait toujours inspiré une grande horreur, et il envoya précipitamment un homme prévenir Sorcor qu'il était temps que les navires se séparent : il désirait une bonne distance d'eau propre entre cette coque pestilentielle et lui-même. Son messager réagit promptement, plus que volontaire pour assister de près au spectacle ; quant à Kennit, il quitta le gaillard d'arrière et descendit dans sa cabine, où il alluma des chandelles parfumées pour couvrir l'odeur qui s'était infiltrée de l'extérieur.

Quelques instants plus tard, Sorcor frappait alertement à la porte.

« Entrez ! » répondit Kennit d'un ton brusque.

Le solide second obéit, les mains rouges et l'œil brillant. « Victoire complète ! annonça-t-il au capitaine, à bout de souffle. Victoire complète ! Le navire est à nous, ca'ptaine, et on a libéré plus de trois cent cinquante hommes, femmes et enfants de sous ses vilains ponts !

– D'autre fret valable ? » demanda Kennit sèchement quand Sorcor se tut pour reprendre sa respiration.

Le second eut un sourire complice. « Apparemment, le capitaine appréciait les vêtements raffinés ; mais il était corpulent et son goût des couleurs un peu étrange.

– Alors, peut-être trouveras-tu ses habits à ton goût. » Au ton glacé de Kennit, Sorcor se raidit. « Si nous en avons fini avec ce navire, je propose que nous postions un équipage réduit à son bord et que nous envoyions notre "butin" au port, quelque part, puisque nous n'avons que cette coque de bois en récompense du travail de cette nuit. Combien d'hommes perdus ou tués ?

– Deux morts, cap'taine, et trois légèrement blessés. » La question n'avait manifestement pas plu à Sorcor ; il s'était stupidement attendu à ce que Kennit partage son exubérance.

« Je me demande combien nous en perdrons encore de maladie. Rien que la puanteur suffit à donner la dysenterie, sans parler des autres contagions qui sont nées dans ce sabot.

– Ce n'est pas la faute des gens qu'on a sauvés si on tombe malade, cap'taine, observa Sorcor d'un ton guindé.

– Je n'ai pas dit ça. J'en fais plutôt reproche à notre idiotie. Bien, nous avons un navire comme récompense du mal que nous nous sommes donné, et peut-être arriverons-nous à le vendre, mais seulement une fois débarrassé de sa cargaison et récuré à fond. » Il regarda Sorcor et, avec un sourire prudent, formula la question qui lui brûlait les lèvres : « Que proposes-tu de faire des misérables que tu as sauvés ? Où allons-nous les libérer ?

– On ne peut pas simplement les relâcher sur la terre la plus proche, cap'taine. Ce serait un meurtre : la moitié sont malades, les autres tiennent à peine debout, et on ne peut pas leur laisser d'outils ni de provisions, à part des biscuits.

– Un meurtre, fit Kennit d'un ton affable. Ah, voilà un concept qui nous est étranger, à toi et à moi. Encore que je n'aie pas jeté de gens aux serpents de mer, dernièrement.

– Ils n'ont eu que ce qu'ils méritaient ! » Sorcor paraissait commencer à s'énerver. « Et mieux que ça, parce que leur sort a été rapide ! » D'un poing charnu, il se frappa la paume de l'autre main, et foudroya presque le capitaine du regard.

Kennit poussa un petit soupir. « Ah, Sorcor, je ne le discute pas. J'essaye simplement de te rappeler que nous sommes, toi et moi, des pirates, de méchants meurtriers qui sillonnent la passe Intérieure pour nous emparer de vaisseaux et de butins, pour piller et rançonner. Nous agissons ainsi pour notre propre profit ; nous ne sommes pas des infirmières pour esclaves malades, dont la moitié méritent sans doute autant leur sort que l'équipage jeté aux serpents ; nous ne sommes pas non plus d'héroïques sauveurs des opprimés : des pirates, Sorcor. Nous sommes des pirates.

– C'était notre marché, répondit le second, opiniâtre : pour chaque vivenef qu'on pourchasse, on attaque un esclavagiste. Vous avez donné votre accord.

– En effet ; j'espérais qu'après t'être frotté à la réalité d'un "triomphe" tu en verrais la futilité. Regarde-toi, Sorcor. Imaginons que nous épuisions notre équipage et nos réserves pour ramener ce navire sordide à Partage ; crois-tu que les habitants vont nous souhaiter la bienvenue et se réjouir de nous voir déposer à terre trois cent cinquante épaves à demi mortes de faim, en haillons et maladives, qui infesteront leur ville comme mendiants, putains et voleurs ? Crois-tu que ces esclaves que nous avons "sauvés" vont nous remercier de les abandonner à leur sort sans un sou ?

– Ils nous sont tous reconnaissants, déclara Sorcor, entêté. Et je sais qu'à mon époque, cap'taine, j'aurais été sacrément content qu'on me dépose à terre n'importe où, avec ou sans une bouchée de pain, des vêtements ou non, du moment que j'étais libre et que je pouvais respirer de l'air pur.

– Très bien, très bien ! » Kennit capitula ostensiblement avec un soupir résigné. « Montons cet âne jusqu'au bout, s'il le faut. Choisis un port, Sorcor, et nous les y amènerons. Je n'y mets qu'une condition : sur le trajet, ceux qui en seront capables commenceront à récurer cette coque de noix. Et j'aimerais me mettre en route le plus vite possible, tant que les serpents sont rassasiés. » Mine de rien, son regard quitta celui de Sorcor. Il ne fallait pas le laisser se vautrer dans la gratitude des rescapés. « J'aurai besoin de toi à bord du *Marietta*, Sorcor. Mets Rafo en charge de l'autre navire et assigne-lui quelques hommes. »

Sorcor se raidit. « Bien, cap'taine », répondit-il d'une voix traînante, et il sortit d'un pas lourd ; ce n'était plus le même homme qui était entré plein de sa victoire. Il referma la porte sans bruit derrière lui. Kennit resta un moment à fixer le panneau du regard : il forçait la fidélité de l'homme, il le savait ; le lien qui les rattachait tenait surtout à la loyauté de Sorcor. Kennit secoua la tête : c'était peut-être sa faute. Il avait pris un simple matelot sans instruction, mais avec un don pour le calcul et la navigation, et l'avait élevé au statut de second en lui faisant sentir l'effet de commander des hommes. Commander entraînait naturellement la réflexion ; mais Sorcor commençait à trop réfléchir, et Kennit allait bientôt devoir décider ce qui comptait le plus pour lui : la valeur du second pour contrôler l'équipage, ou bien sa propre maîtrise à lui, Kennit, de son navire et de ses hommes. Il poussa un profond soupir. Les outils s'émoussaient rapidement dans ce métier.

II

Le Navire aux esclaves

PLEIN ÉTÉ

1

CHANGEMENTS

Brashen s'éveilla avec les yeux collés et un torticolis. Le soleil du matin se déversait par les fenêtres en saillie qui prenaient toute une extrémité de la cabine ; c'était une lumière glauque, brouillée par les algues qui recouvraient l'extérieur des vitres, mais de la lumière néanmoins, assez forte pour signaler à l'homme que le jour était levé et qu'il était temps d'en faire autant.

Il descendit de son hamac. Des remords... Il avait des remords... D'avoir dépensé toute sa paye après s'être juré de faire plus attention cette fois ? Certes, mais c'était habituel ; il y avait autre chose, aux dents plus tranchantes. Ah oui ! Althéa ! Elle était présente la veille et le suppliait de la conseiller, ou alors il avait rêvé d'elle, et il lui avait donné ses conseils les plus amers, sans un mot d'espérance ni la moindre proposition d'aide.

Il essaya de chasser ce souci de son esprit. Après tout, que devait-il à cette gamine ? Rien, rien du tout. Ils n'étaient même pas vraiment amis. Le fossé social entre eux était trop grand. Il était simple second sur le navire de son père, tandis qu'elle était la fille du capitaine ; l'amitié n'avait pas sa place dans cette relation. Quant au vieux, ma foi, oui, Ephron Vestrit lui avait donné un bon coup de main, il lui avait offert l'occasion de prouver sa valeur alors que personne d'autre ne voulait rien entendre, mais il était mort, à présent, et il n'y avait plus qu'à tirer l'échelle.

En outre, aussi amers qu'aient pu être ses conseils, ils étaient parfaitement exacts : si Brashen avait pu remonter le temps, il ne se serait jamais disputé avec son père ; il aurait poursuivi ses interminables études, il se serait soumis à ses fonctions sociales, il se serait tenu à l'écart de la boisson et de la cindine, il aurait épousé celle qu'on aurait choisie pour lui, et il serait aujourd'hui l'héritier de la fortune Trell à la place de son frère cadet.

Cette pensée lui rappela que rien de tout cela ne s'était réalisé, qu'il avait dépensé la veille ce qui lui restait d'argent, à part quelques pièces, et qu'il ferait mieux de s'inquiéter de son propre sort plutôt que de celui d'Althéa. Il faudrait qu'elle se prenne seule en charge. Elle devait rentrer chez elle, voilà tout. Quel était le pire qui pouvait lui arriver, de toute façon ? On la marierait à un homme convenable, elle vivrait dans un logis confortable avec des domestiques et de bons repas, elle porterait des vêtements taillés sur mesure et elle participerait à la ronde infinie de bals, de thés et de réceptions, apparemment essentiels à la société de Terrilville en général et à celle des Marchands en particulier. Il émit un discret grognement de mépris : lui-même aurait aimé qu'un sort aussi cruel lui soit réservé. Il se gratta la poitrine, puis la barbe ; il se passa les deux mains dans les cheveux pour les aplatir et les écarter de son visage. Il était temps de trouver du travail, et donc de faire un brin de toilette puis de se rendre sur les quais.

« Bonne matinée ! » lança-t-il à Parangon en contournant la proue du navire.

La figure de proue paraissait éternellement mal à son aise, fixée qu'elle était à l'avant du bâtiment fortement incliné. Brashen se demanda soudain si elle avait des douleurs dans le dos, mais il n'eut pas le courage de poser la question. Ses bras musculeux croisés sur sa poitrine nue, Parangon faisait face aux eaux scintillantes sur lesquelles d'autres bateaux entraient dans le port et en sortaient. Il ne se tourna même pas vers Brashen. « Après-midi, le corrigea-t-il.

– En effet, répondit le jeune homme. Et il est donc plus que temps que j'aille sur les quais. Il faut que je cherche un nouveau boulot.

– Je ne pense pas qu'elle soit rentrée chez elle, déclara Parangon. Sinon, elle aurait suivi le même chemin qu'autrefois, par les falaises et à travers le bois ; mais, après m'avoir dit au revoir, je l'ai entendue s'éloigner sur la plage en direction de la ville.

– Althéa, tu veux dire ? » fit Brashen en s'efforçant de prendre un ton détaché.

La figure de proue aveugle hocha la tête. « Elle s'est levée dès l'aube. » On eût presque dit un reproche. « Je venais d'entendre le premier chant des oiseaux quand elle s'est réveillée et qu'elle est sortie. Elle n'avait d'ailleurs pas beaucoup dormi cette nuit.

– Elle avait matière à réflexion, c'est vrai. Elle s'est peut-être rendue en ville ce matin, mais je parie qu'elle sera rentrée chez ses parents avant la fin de la semaine. Après tout, où peut-elle aller d'autre ?

– Seulement ici, j'imagine, répondit le navire. Eh bien, tu vas chercher du travail aujourd'hui ?

– Si je veux manger, je dois travailler. Je m'en vais donc aux quais ; je vais essayer les pêcheurs, je crois, ou les navires-abattoirs au lieu des marchands. Il paraît qu'on peut gagner rapidement du galon à bord d'un baleinier ou d'un delphinier ; en plus, ils embauchent facilement – c'est du moins ce qui se raconte.

– Surtout parce qu'on y meurt beaucoup, fit Parangon sans prendre de gants. C'est ce que j'avais entendu dire à l'époque où j'étais en position de partager ce genre de rumeur : ces navires restent trop longtemps en mer, les capitaines les chargent excessivement et engagent plus d'hommes qu'il ne leur en faut parce qu'ils ne s'attendent pas à ce que tous survivent aux voyages.

– On m'a rapporté des ragots de cette espèce aussi », reconnut Brashen à contrecœur. Il s'accroupit, puis s'assit sur le sable à côté du bateau échoué. « Mais quelle autre solution ai-je ? J'aurais dû écouter le capitaine Vestrit depuis le début ; j'aurais un peu d'argent de côté, aujourd'hui. » Il éclata d'un rire sans joie. « Je regrette que personne ne m'ait conseillé, il y a tant d'années, de ravaler mon stupide orgueil et de rentrer chez moi. »

Parangon fouilla dans ses souvenirs. « Si les regrets étaient des chevaux, les mendiants n'iraient pas à pied, déclara-t-il avant de sourire, l'air presque content de lui. Voilà un aphorisme que je ne m'étais pas rappelé depuis bien longtemps.

– Et qui est parfaitement exact, acquiesça Brashen, maussade. J'aurais donc intérêt à me rendre aux quais et à trouver un boulot sur un de ces bateaux-abattoirs puants ; on y pratique plus la boucherie que le métier de marin, paraît-il.

– Et c'est du travail dégoûtant, fit Parangon. Sur un honnête marchand, on se salit les mains dans le goudron ou on se retrouve trempé d'eau de mer glacée, c'est vrai, mais sur un navire-abattoir, on est souillé par le sang, la tripaille et l'huile ; qu'on se coupe le doigt et l'infection emporte toute la main – si on n'y passe pas carrément. Et sur les bâtiments qui font en plus commerce de viande, on passe la moitié de son temps de sommeil à tasser de la carne dans des bacs de sel. Sur les navires avides, les marins finissent par dormir à côté de leur cargaison puante.

– C'est fou ce que tu es encourageant ! dit Brashen d'un ton morne. Mais quel choix ai-je ? Aucun. »

Parangon éclata d'un rire singulier. « Comment peux-tu dire ça ? Tu as le choix auquel je n'ai pas droit, le choix que tous les hommes tiennent pour si évident qu'ils ne se rendent même pas compte qu'ils l'ont.

– Et quel est-il ? » demanda Brashen, mal à l'aise. Le navire avait pris un ton surexcité, comme celui d'un adolescent irréfléchi qui se laisse aller à des rêveries échevelées.

« Cesser. » Parangon prononça le mot avec un désir qui lui coupait le souffle. « Cesser, simplement.

– Cesser quoi ?

– Cesser d'être. Tu es une créature si fragile, à la peau plus fine que de la toile, aux os plus délicats que n'importe quelle vergue. Le dedans de ton corps est mouillé comme la mer, salé comme elle, et prêt à se répandre à la moindre entaille dans ton enveloppe. Il est si facile pour toi de cesser d'être ! Ouvre ta peau et laisse couler ton sang salé, laisse les animaux marins emporter ta chair morceau par morceau jusqu'à ce qu'il ne reste de toi qu'une poignée d'os recouverts de vase et retenus ensemble par quelques tendons mâchonnés, et tu ne sauras, tu ne sentiras, tu ne penseras plus rien. Tu auras cessé d'être. Cessé d'être.

– Je n'en ai pas envie, répondit Brashen à mi-voix. Pas comme ça. Personne n'a envie de cesser d'exister ainsi.

– Personne ? » Parangon éclata de rire à nouveau, et sa voix trop aiguë se brisa. « Ah, j'ai pourtant connu quelques hommes qui en avaient envie, et certains qui l'ont fait. Et ça se terminait de la même manière, qu'ils en aient envie ou non. »

*

«L'une des deux présente un petit défaut.

– Vous devez vous tromper, j'en suis sûre, répondit Althéa d'un ton glacé. Elles sont parfaitement appariées, elles ont une teinte profonde et elles sont de la meilleure facture. La monture est en or.» Elle plongea le regard dans celui du joaillier. «Mon père ne m'a jamais rien offert qui ne soit de qualité supérieure.»

L'homme bougea la main et les deux petites boucles d'oreilles roulèrent au creux de sa paume. Sur Althéa, elles paraissaient raffinées et délicates; dans la main du joaillier, elles avaient seulement l'air simple et menu. «Dix-sept, proposa l'homme.

– Il m'en faut vingt-trois.» Elle s'efforça de dissimuler son soulagement: avant d'entrer dans la boutique, elle avait décidé de ne pas accepter en dessous de quinze; néanmoins, elle tirerait autant de pièces que possible du négociant: se séparer de ces bijoux lui était difficile et elle ne disposait guère d'autres ressources.

Il secoua la tête. «Dix-neuf; je peux monter jusqu'à dix-neuf mais pas au-delà.

– A dix-neuf, ce serait possible», fit Althéa en scrutant le visage de l'homme. Quand elle vit son regard s'allumer, elle ajouta: «A condition que vous me mettiez deux simples boucles d'oreilles en or pour remplacer celles-ci.»

Une demi-heure de marchandage plus tard, elle quitta la boutique. Deux boucles d'argent s'étaient substituées à celles que son père lui avait offertes pour son treizième anniversaire et qu'elle voulait considérer uniquement comme de simples biens qu'elle venait de vendre. Elle conservait le souvenir de son père en train de les lui remettre; les bijoux eux-mêmes, elle n'en avait pas besoin: ce n'aurait été qu'une source d'ennuis en plus.

Etrange, tout ce qu'elle tenait comme allant de soi: acheter de la toile de coton épaisse était évident, mais ensuite il fallait aussi se procurer aiguille, fil et paumelle, ainsi que des ciseaux pour couper le tissu. Elle résolut de se fabriquer un petit sac pour y fourrer ces instruments; si elle poursuivait son projet jusqu'au bout, ils représenteraient les premiers objets dont elle aurait fait l'emplette pour sa nouvelle vie.

Déambulant dans le marché animé, elle l'observa d'un œil neuf. Désormais, la question n'était plus de savoir ce qu'elle pouvait acheter comptant et ce qu'elle devait faire porter sur le compte familial: certaines denrées étaient brusquement hors de ses moyens. Il ne s'agissait pas seulement de somptueux tissus ni d'orfèvrerie princière, mais d'articles aussi ordinaires qu'un charmant jeu de peignes. Elle se laissa aller à les examiner un moment, puis à les placer près de ses cheveux tandis qu'elle se regardait dans le miroir public et imaginait l'effet qu'ils auraient eu au bal d'Eté. Avec une robe taillée dans la soie verte et fluide bordée de la dentelle crème qu'elle avait rapportée lors de son dernier voyage... L'espace d'un instant, elle s'y vit presque, retrouva presque l'existence qui était la sienne à peine quelques jours plus tôt.

Puis cela passa; tout à coup, Althéa Vestrit et le bal d'Eté lui semblèrent un personnage et un événement d'une histoire qu'elle avait inventée. Combien de temps avant que les membres de sa famille ouvrent son coffre de marin? Devineraient-ils à qui les divers présents étaient destinés? Elle alla même jusqu'à se demander si sa sœur et sa mère verseraient une larme devant les cadeaux de la petite dernière qu'elles avaient laissée chasser de chez elle. Avec un sourire dur, elle reposa les peignes sur le plateau du marchand; le temps n'était pas à la sensiblerie. Même si son coffre restait fermé, cela n'avait aucune importance, se dit-elle durement; ce qui en avait, en revanche, était de trouver un moyen de survivre, car, contrairement au conseil ridicule de Brashen Trell, elle n'allait pas s'aplatir pour rentrer chez elle comme une enfant gâtée incapable de se débrouiller toute seule. Non: cela ne ferait que démontrer la véracité de ce que Kyle pensait d'elle.

Elle se redressa et reprit ses déambulations dans le marché avec une détermination renouvelée. Elle acheta quelques denrées ordinaires: des pruneaux, un coin de fromage et quelques petits pains, de quoi tenir la journée, pas davantage. Deux bougies bon marché et une boîte d'amadou avec silex et acier achevèrent ses emplettes.

Elle n'avait plus guère à faire en ville ce jour-là, mais elle rechignait à s'en aller; aussi se promena-t-elle quelque temps dans le marché, saluant ceux qui la reconnaissaient et acceptant leurs condoléances pour la mort de son père. Elle n'avait plus mal quand on parlait de lui; ce n'était plus qu'un sujet de conversation, une gêne dont il fallait se débarrasser. Elle n'avait pas envie de penser à lui ni de discuter avec de vagues inconnus du chagrin que sa disparition lui causait; et surtout elle ne voulait pas se laisser entraîner dans un échange qui risquerait de soulever la question de sa rupture avec sa famille. Elle se demanda combien de personnes étaient au courant; Kyle ne tiendrait pas à ce qu'on l'annonce sur la place publique, mais les domestiques parleraient, comme toujours, et la nouvelle se répandrait dans la ville. Althéa préférait ne plus être là quand la rumeur serait connue de tous.

De toute manière, rares étaient les habitants de Terrilville qui la reconnaissaient, et, à l'inverse, elle ne reconnaissait quasiment personne à part les courtiers et les négociants avec lesquels son père traitait. Sans même s'en rendre compte, au cours des années, elle s'était peu à peu retirée de la société de la cité; n'importe quelle jeune fille de son âge aurait participé à six événements sociaux au moins au cours des six mois écoulés: bals, galas et autres festivités; elle-même n'avait pas fait la moindre apparition nulle part depuis... oh, depuis le bal des Moissons. Son programme de voyages ne l'avait pas permis, et puis bals et dîners ne lui paraissaient pas importants à l'époque, puisqu'elle pouvait y revenir quand elle le désirait. C'était fini, à présent, les robes sur mesure avec les pantoufles assorties, le rouge à lèvres et les parfums; tout cela s'était englouti dans la mer avec le corps de son père.

Le chagrin qu'elle croyait assoupi la prit soudain à la gorge. Se détournant de son chemin, elle s'engagea à pas pressés dans une rue, puis dans une autre, en battant furieusement des paupières pour empêcher ses larmes de couler. Quand elle se fut reprise, elle ralentit et promena son regard autour d'elle.

Elle se trouvait devant la boutique d'Ambre.

Comme la première fois, un étrange et mauvais pressentiment la fit frissonner. Elle ne voyait aucune raison de se sentir menacée par une joaillière, mais c'était le cas. Pourtant, cette femme n'était pas une Marchande, ce n'était même pas une véritable orfèvre: elle sculptait le bois, au nom de Sâ! Des morceaux de bois qu'elle vendait sous l'appellation de bijoux! Sur un coup de tête, Althéa décida d'aller examiner les produits qu'elle proposait; avec la même résolution qu'elle aurait mise à saisir une ortie à pleines mains, elle poussa la porte et pénétra d'un pas ferme dans la boutique.

Il y faisait plus frais qu'à l'extérieur, et presque noir par contraste avec l'éclat de la rue baignée de soleil. Comme ses yeux s'accommodaient à la pénombre, Althéa distingua mieux le poli et la simplicité de l'échoppe: le plancher était en pin poncé, les étagères en bois ordinaires elles aussi; les articles à la vente y étaient disposés sur de simples carrés de tissu aux teintes profondes. Certains colliers plus ouvragés étaient accrochés aux murs derrière le comptoir. Il y avait aussi des récipients de grès remplis de perles dans toutes les nuances que pouvait avoir le bois.

En outre, on ne trouvait pas que des bijoux, mais également des saladiers et des assiettes sculptés avec une rare élégance et une grande attention au grain, des coupes de bois qui n'auraient pas déparé la table d'un roi, des peignes taillés dans des bois parfumés. Aucun article n'était constitué d'objets assemblés : dans tous les cas, les formes avaient été découvertes dans le bois, mises à nu d'un seul tenant et dotées de leur éclat par le ciselage et le polissage ; ainsi, un siège provenait d'un énorme tronc d'arbre ; Althéa n'en avait jamais vu de pareil, sans jambes mais creusé d'une dépression lisse dans laquelle une personne mince pouvait se pelotonner. Blottie dedans, les genoux pliés, le bout de ses pieds chaussés de sandales dépassant de l'ourlet de sa robe, se trouvait Ambre.

L'espace d'un instant, Althéa resta saisie d'avoir pu regarder la femme sans même l'apercevoir. Cela tenait à son teint et à la nuance de ses cheveux et de ses yeux, se dit-elle ; Ambre était de la même couleur de la tête aux pieds, ses vêtements compris, et cette couleur était identique à celle, miel, du bois. Elle dévisageait Althéa, les sourcils levés d'un air interrogateur.

« Vous désiriez me voir ? demanda-t-elle à mi-voix.

– Non ! » s'exclama la jeune fille, ce qui était la vérité mais aussi un réflexe. Elle fit un effort pour se reprendre et déclara d'un ton hautain : « J'étais simplement curieuse d'examiner ces bijoux de bois dont on m'a tant parlé.

– Car, bien sûr, vous vous y entendez en bois fins », fit Ambre en hochant la tête.

Elle s'était exprimée d'une voix presque dépourvue d'inflexion. S'agissait-il d'une menace ? D'un sarcasme ? D'une simple remarque ? Althéa n'en savait rien. Et tout à coup elle ne put supporter que cette tailleuse de bois, ce simple artisan, ose s'adresser à elle ainsi : par Sâ, elle était la fille d'un Marchand de Terrilville, Marchande de Terrilville elle-même en toute légitimité, alors que cette femme, cette parvenue, n'était qu'une nouvelle arrivée qui avait eu l'audace de s'approprier une boutique rue du désert des Pluies. Toutes les frustrations et toute la colère qu'Althéa contenait depuis une semaine trouvèrent en elle une cible idéale. « Vous parlez de ma vivenef, répondit la jeune fille d'un ton de défi qui ne laissait pas de doute quant au droit de la femme à mentionner son navire.

– A-t-on légalisé l'esclavage à Terrilville ? » Encore une fois, le visage aux traits fins n'afficha aucune véritable expression. Ambre avait posé la question comme si elle découlait naturellement des dernières paroles d'Althéa.

« Bien sûr que non ! Que les Chalcédiens gardent leurs ignobles coutumes pour eux ! Terrilville ne les reconnaîtra jamais comme légitimes.

– Ah ! Mais pourtant... (un bref silence)... vous désignez la vivenef comme la vôtre. Peut-on être propriétaire d'une créature vivante et intelligente ?

– Vivacia est ma vivenef au même titre que ma sœur est à moi : c'est un membre de ma famille ! » jeta la jeune fille avec violence. Elle n'aurait su dire pourquoi elle éprouvait soudain une telle colère.

« Un membre de votre famille... Je vois. » D'un mouvement fluide, Ambre se leva. Elle était plus grande que ne s'y attendait Althéa, et, si elle n'était pas jolie, encore moins belle, il y avait en elle quelque chose d'attirant. Vêtue sans extravagance, elle avait un port gracieux, et le tissu finement plissé de sa robe faisait écho aux petites ondulations de sa chevelure. Son aspect unissait la simplicité et l'élégance de ses sculptures. Elle planta son regard dans celui d'Althéa. « Vous revendiquez une parenté avec le bois. » Un sourire voleta sur ses lèvres, et sa bouche eut soudain une expression généreuse. « Nous avons peut-être plus de facettes en commun que je n'osais l'espérer. »

Malgré cette déclaration qui indiquait apparemment de bonnes dispositions, la méfiance d'Althéa s'accrut. « Vous l'espériez ? fit-elle d'un ton froid. Pourquoi espérer que nous ayons quoi que ce soit en commun ? »

Le sourire d'Ambre s'élargit imperceptiblement. « Parce que tout en serait facilité pour nous deux. »

Althéa refusa de poser la question qu'impliquait cette réponse.

Au bout d'un moment, Ambre poussa un petit soupir. « Quel entêtement ! Et pourtant, même cela suscite mon admiration pour vous.

– M'avez-vous suivie l'autre jour... le jour où je vous ai vue sur les quais, près de la *Vivacia* ? » Le ton d'Althéa était presque accusateur, mais Ambre ne parut pas froissée.

« J'aurais eu du mal à vous suivre, répliqua-t-elle, étant donné que je m'y trouvais avant vous. En revanche, il m'est venu à l'esprit, je l'avoue, que vous me filiez peut-être...

– Mais votre façon de me regarder... objecta la jeune fille sans réfléchir. Je ne dis pas que vous mentez, mais vous paraissiez me chercher, me guetter. »

Ambre acquiesça lentement de la tête, plus pour elle-même qu'à l'intention d'Althéa. « C'est aussi l'impression que j'ai ressentie. Pourtant, ce n'est pas vous que je cherchais. » Elle joua avec ses boucles d'oreilles, faisant danser d'abord le dragon, puis le serpent. « Croyez-le ou non, je m'étais rendue aux quais dans l'espoir de trouver un petit esclave de neuf ans. » Elle eut un étrange sourire. « Et, au lieu de ça, c'est vous qui m'avez trouvée. Il ne faut pas confondre coïncidence et destin ; je suis toute prête à me dresser contre le hasard, mais les rares fois où j'ai voulu résister au destin, j'ai perdu, et rudement. » Elle secoua la tête, ce qui fit cliqueter ses quatre boucles d'oreilles dépareillées, puis son regard se fit lointain, comme si elle se rappelait d'autres temps, et enfin elle croisa celui, empreint de curiosité, d'Althéa ; un sourire adoucit à nouveau ses traits. « Mais ce n'est pas vrai pour tout le monde. Certains doivent un jour ou l'autre s'opposer au destin – et avoir le dessus. »

Ne voyant pas que répondre, Althéa garda le silence. Au bout de quelques instants, la femme s'approcha d'une étagère et y prit un panier – du moins, ce qui ressemblait à un panier ; cependant, comme Ambre revenait vers elle, Althéa se rendit compte qu'il avait été ciselé dans un bloc de bois, dont toute matière en excès avait été ôtée pour ne laisser qu'un apparent treillis de brins entrelacés. Ambre le secoua et un agréable bruit de petits objets entrechoqués s'en échappa.

« Choisissez-en une, dit-elle à Althéa en lui présentant le panier. J'aimerais vous faire un cadeau. »

C'étaient des perles. Un coup d'œil suffit pour étouffer dans l'œuf la première impulsion de la jeune fille, qui avait été de refuser avec hauteur la générosité d'Ambre. La diversité de couleurs et de formes des petites sculptures attirait le regard et la main, et leur contact était un plaisir. Que de teintes, de grains et de textures ! C'étaient de grosses perles, de la taille du pouce d'Althéa, et chacune était apparemment unique. Certaines possédaient une forme simple et abstraite ; d'autres représentaient des animaux, des fleurs, des feuilles, des oiseaux, des miches de pain, des poissons, des tortues... Althéa s'aperçut soudain qu'elle avait pris le panier et qu'elle fouillait son contenu tandis qu'Ambre l'observait d'un regard étrangement avide. Une araignée, un ver qui se tordait, un navire, un loup, une baie, un œil, un nourrisson rondelet... Chaque perle était désirable, et Althéa comprit tout à coup d'où provenait le charme des produits d'Ambre : c'étaient de petits bijoux de créativité. Un autre artisan était certainement capable de sculpter du bois aussi bien, avec la même finesse de grain, mais jamais jusque-là la jeune fille n'avait vu un tel savoir-faire appliqué à un tel matériau avec une telle précision. Le dauphin bondissant ne pouvait être qu'un dauphin : nulle baie, nul chat, nulle pomme ne se cachait dans ce morceau de bois ; seul le dauphin s'y trouvait, et seule Ambre était en mesure de le découvrir et de le mettre au jour.

Incapable de faire un choix, Althéa continuait pourtant à fouiller parmi les perles, à la recherche de la plus parfaite. « Pourquoi vouloir me faire un cadeau ? » demanda-t-elle soudain. Un coup d'œil vif lui permit de voir l'orgueil d'Ambre devant ses créations, sa fierté devant le profond intérêt d'Althéa pour son travail ; ses joues olivâtres étaient presque rosées et ses yeux dorés brillaient comme ceux d'un chat devant un feu.

Quand elle répondit, ce fut d'un ton où perçait la même chaleur. « J'aimerais vous avoir pour amie.

– Pourquoi ?

– Parce que je sens que vous avancez à contre-courant de l'existence. Vous percevez le flux des événements, vous êtes capable de savoir où vous vous adapteriez le mieux, mais vous avez l'intrépidité de vous y opposer. Et pourquoi ? Simplement parce que vous observez les circonstances et vous dites : "Ce destin ne me convient pas. Je ne le laisserai pas m'advenir." » Ambre secoua la tête, mais son petit sourire fit de ce mouvement une affirmation. « J'ai toujours admiré les gens qui savent prendre cette attitude ; ils sont si rares... Beaucoup, naturellement, pestent et ragent contre l'habit que le destin leur a tissé, mais cela ne les empêche pas de le ramasser et de l'endosser, et la plupart le portent jusqu'à la fin de leurs jours. Vous... vous préférez marcher nue à la rencontre de la tempête. » A nouveau le même sourire, évanoui aussitôt que né. « Comme je ne puis souffrir de vous voir ainsi, je vous offre une perle pour vous en parer.

– On croirait entendre une diseuse de bonne aventure », fit Althéa d'un ton plaintif ; soudain, son doigt rencontra un objet au fond du panier. Elle savait que c'était la perle qu'elle voulait avant même de la saisir entre le pouce et l'index et de la remonter ; pourtant, quand elle la vit, elle n'aurait su dire pourquoi elle l'avait choisie. C'était un œuf, un simple œuf percé d'un trou par lequel passer un cordon afin de le porter au poignet ou au cou. D'un brun chaud, le bois était inconnu d'Althéa et son fil courait autour de l'œuf plutôt que d'une extrémité à l'autre. Sans beauté particulière à côté des trésors que contenait le panier, l'objet se logea pourtant parfaitement dans le creux de la main de la jeune fille quand elle referma les doigts sur lui ; il était agréable à tenir, comme un chaton l'est à caresser. « Pourrais-je avoir celle-ci ? demanda Althéa dans un murmure, en retenant son souffle.

– L'œuf. » Le sourire d'Ambre revint, mais ne disparut pas. « L'œuf du serpent... Oui, vous pouvez le prendre. Je vous en prie, prenez-le.

– Etes-vous sûre de ne rien vouloir en retour ? » demanda carrément Althéa. La question était maladroite, elle le savait, mais un je ne sais quoi chez Ambre l'avertissait qu'il valait mieux, avec elle, se renseigner de façon abrupte que rester sur une supposition erronée et tâtonner au risque de faire des bourdes.

« En retour, répondit doucement Ambre, je vous prie seulement de me laisser vous aider.

– Vous laisser m'aider à quoi faire ? »

Ambre sourit. « A contrarier le destin. »

*

Les mains en coupe, Hiémain prit de l'eau tiède du seau et s'en aspergea le visage. Avec un soupir, il replongea les mains dans le récipient pour en apaiser un instant les douleurs. Les ampoules crevées, lui avait assuré son père, étaient le germe des cals. « En une semaine, tes menottes de prêtre vont s'endurcir, tu verras », avait-il gaiement promis la dernière fois qu'il avait daigné remarquer l'existence de son fils. Hiémain n'avait su que répondre.

Il n'avait pas souvenir d'avoir jamais été aussi épuisé. Sa formation lui disait que les rythmes les plus fondamentaux de son corps étaient détruits : au lieu de se lever à l'aube et de se coucher quand l'obscurité descendait sur la terre, il suivait un nouveau régime, imposé par son père, le second et le lieutenant, cadencé par les quarts et les coups de cloche, alors que ce supplice était inutile puisque le navire était toujours amarré au quai ; néanmoins, ils persévéraient. L'apprentissage qu'ils exigeaient de lui n'aurait pas été si difficile s'ils lui avaient permis de se reposer complètement, au physique comme au mental, entre les leçons ; mais non : ils le réveillaient aux heures les plus inattendues pour le faire grimper aux mâts, en redescendre, faire des nœuds, coudre de la toile, gratter et récurer les ponts – et toujours, toujours, ils avaient ce petit sourire au coin des lèvres et cette ombre de moquerie quand ils lui donnaient un ordre. Il aurait pu exécuter efficacement toutes les tâches qu'on lui confiait, il en était sûr, s'il n'avait pas eu à subir ce mépris de chaque instant. Il retira du seau ses mains endolories et les essuya doucement sur un bout de chiffon.

Il promena son regard sur la soute aux chaînes qui était son nouveau logis. Un hamac en fil à voile grossier était plié dans un coin, ses vêtements suspendus à des chevilles à côté de rouleaux de cordage. Le moindre bout de filin était à présent proprement rangé, et les ampoules crevées des paumes de Hiémain attestaient ses leçons à répétition.

Il décrocha sa chemise la plus propre et l'enfila ; il se demanda s'il allait changer de pantalon et préféra s'en abstenir : il avait soigneusement lavé l'autre le soir précédent, mais dans l'air confiné de la soute le vêtement n'avait pas encore fini de sécher et commençait à prendre une odeur de moisi. Le jeune garçon s'accroupit avec lassitude, car il n'avait nul coin confortable où s'asseoir. Pris de migraine, il enfouit son visage dans ses mains en attendant le coup à la porte qui l'appellerait à la table du capitaine. Depuis qu'il avait essayé de quitter le navire la veille – sans se cacher, en descendant simplement la passerelle –, Torg l'enfermait à clé dans ses quartiers pendant les heures de sommeil qu'on lui allouait.

Par extraordinaire, il s'endormit dans sa position précaire et s'éveilla en sursaut quand la porte s'ouvrit brusquement. « Le cap'taine veut te voir », annonça Torg. Tout en s'éloignant, l'homme aux allures de singe ajouta : « Ce qui me dépasse, c'est que quelqu'un ait envie de te voir. »

Sans prêter attention à la pique du lieutenant ni aux protestations de ses articulations, Hiémain se leva, sortit de la soute et, tout en marchant, s'efforça de décontracter ses épaules. Quel plaisir de pouvoir se tenir enfin droit ! Torg lui jeta un coup d'œil. « Grouille-toi ! Ici, on n'a pas le temps d'attendre que tu aies fini de traînasser ! »

Par réflexe plus que par volonté, Hiémain fit un effort pour adopter une démarche plus énergique. Torg l'avait menacé à plusieurs reprises avec une corde à nœuds mais ne l'avait jamais utilisée ; en outre, qu'il ait employé ce moyen pour l'intimider alors que ni le capitaine ni son second n'étaient à bord laissait Hiémain songer que Torg n'oserait jamais passer à la pratique. Néanmoins, le simple fait de sentir cette envie chez le lieutenant suffisait à donner la chair de poule au jeune garçon quand il le croisait.

Torg l'accompagna jusque devant la porte du capitaine, comme s'il ne se fiait pas à lui pour se présenter tout seul – et il avait sans doute raison, songea Hiémain. Son père avait beau lui seriner que les préceptes de Sâ comprenaient l'obéissance et le respect dus aux parents, Hiémain avait décidé que, si l'occasion lui en était donnée, il quitterait le navire et regagnerait son monastère par tous les moyens. Il avait parfois le sentiment qu'il n'avait plus que cette résolution à quoi se raccrocher. Sous l'œil attentif de Torg, il frappa sèchement à la porte, et son père répondit par un bref : « Entrez ! »

Le capitaine était déjà installé devant une petite table recouverte d'une nappe blanche et de couverts de belle apparence. Elle était dressée pour deux personnes, et l'espace d'un instant, gêné, Hiémain resta immobile dans l'encadrement de la porte en se demandant s'il n'interrompait pas une réunion privée.

« Entre donc, fit son père avec un soupçon d'agacement. Et ferme derrière toi », ajouta-t-il d'un ton plus aimable.

Hiémain obéit mais demeura debout près de la porte, ignorant ce qu'on attendait de lui. L'avait-on convoqué afin qu'il assure le service pour son père et un invité ? Kyle était bien habillé, presque en tenue de cérémonie, avec une culotte bleue moulante et une veste de même teinte par-dessus une chemise crème. Ses cheveux huilés et nattés luisaient comme du vieil or à la lumière de la lampe.

« Hiémain, mon fils, viens donc te joindre à moi. Oublie un moment que je suis le capitaine, faisons un bon repas et bavardons à cœur ouvert. » D'un geste, son père désigna l'assiette et la chaise en face de lui avec un sourire chaleureux qui ne fit qu'accroître la méfiance de Hiémain ; le jeune garçon s'approcha néanmoins et s'assit prudemment. Il sentit une odeur d'agneau rôti, de purée de navets, de compote de pommes et de petits pois à la menthe. Stupéfiant, comme le nez s'affinait au bout de quelques jours de pain dur et de ragoût trop gras ! Cependant, sans perdre son sang-froid, il déplia sa serviette, la posa sur ses genoux et attendit le signe de son père pour se servir. Il dit « S'il vous plaît » quand son père lui offrit du vin et « Merci » chaque fois qu'il lui proposa un plat. Il sentait le regard scrutateur de son père posé sur lui, mais ne fit rien pour le croiser tandis qu'il garnissait, puis vidait son assiette.

S'il cherchait à soudoyer son fils ou à lui proposer la paix par ce repas civilisé et ce moment de calme, il s'était trompé, car à mesure qu'il se remplissait l'estomac et retrouvait une impression de normalité grâce au décor de la cabine, Hiémain éprouvait de plus en plus un sentiment glacé d'indignation. Alors qu'à son entrée il ne savait que dire à cet homme souriant avec affection devant son fils qui dévorait comme un chien affamé, Hiémain devait à présent faire un effort pour se taire ; aussi essaya-t-il de se rappeler ce qu'on lui avait enseigné sur l'attitude à prendre dans les situations défavorables : il devait réserver son jugement et éviter tout passage à l'acte tant qu'il n'avait pas saisi les motivations de l'adversaire. Il mangea et but donc en silence tout en observant discrètement son père. L'objet de son attention finit par se lever pour desservir lui-même la table, puis il offrit à Hiémain des fruits à la crème comme dessert. Prenant sur lui, le jeune garçon murmura « Merci » quand l'assiette fut déposée devant lui. A la façon dont son père se rassit, il comprit que le sujet de leur rencontre n'allait pas tarder à lui être révélé.

« Tu as bon appétit, à présent, fit Kyle d'un ton enjoué. C'est l'effet du labeur et de l'air de la mer.

– Apparemment », répondit Hiémain d'un ton égal.

Son père partit d'un rire sec. « Ah, ça te reste en travers de la gorge, n'est-ce pas ? Ecoute, mon fils, je sais que ta situation doit te paraître dure, et peut-être m'en veux-tu encore. Mais tu dois comprendre enfin que c'est ton destin depuis toujours ; un travail dur mais honnête, la compagnie d'un équipage, la beauté d'un navire toutes voiles dehors... mais tu n'as pas encore pris la pleine mesure de ta nouvelle vie, sans doute. Je veux que tu le saches : ce n'est pas par cruauté ni par dureté que je t'inflige ce traitement, et un jour viendra où tu me remercieras. Je te le promets. Quand nous en aurons terminé avec toi, tu connaîtras le navire comme tout vrai capitaine doit connaître son bâtiment, car tu auras travaillé partout à son bord et il n'y aura pas une tâche que tu n'auras pas exécutée toi-même.» Kyle se tut un instant et sourit amèrement. «Tu ne seras pas comme Althéa, qui ne fait que prétendre posséder ce savoir. Toi, tu en auras eu la pratique, et pas seulement quand ça te plaisait: comme un vrai marin qui a de quoi faire pendant tout son quart et qui accomplit ses corvées à mesure qu'elles se présentent et pas seulement quand on lui en donne l'ordre.»

Il se tut, espérant manifestement une réponse. Hiémain resta muet. Après un long silence, son père s'éclaircit la gorge. «Ce que je te demande est dur, je le sais; je vais donc te dire ce qui t'attend en haut de cette route escarpée. Dans deux ans, je pense nommer Gantri Amsforge capitaine du navire – et dans deux ans je pense te voir prêt à devenir second. Tu seras encore très jeune pour ce poste, ne te fais pas d'illusions, et il ne te tombera pas du ciel tout rôti; tu devras nous prouver, à Gantri et à moi, que tu es mûr pour l'occuper. Et même si nous t'acceptons, tu devras encore faire tes preuves aux yeux de l'équipage chaque jour et à tout instant. Ce ne sera pas facile; néanmoins, c'est une occasion que bien peu se voient proposer. Voilà ce que je voulais t'annoncer.»

Un sourire se dessinant lentement sur ses lèvres, il tira une petite boîte de la poche de sa veste. Il l'ouvrit, puis la tendit à Hiémain. Elle contenait une petite boucle d'oreille qui représentait la figure de proue de la *Vivacia*. Le jeune garçon avait remarqué ce genre de bijou sur les hommes d'équipage qu'il côtoyait, et, plus généralement, les marins portaient une babiole quelconque pour signaler leur appartenance à leur navire, clou d'oreille, foulard, épingle, voire tatouage s'ils étaient certains de se faire réembaucher régulièrement; tous déclaraient ainsi que leur fidélité allait d'abord à tel ou tel bâtiment – affirmation impossible pour un prêtre de Sâ. Son père devait bien se douter de sa réponse, et pourtant c'est avec un sourire chaleureux qu'il dit à son fils: «C'est pour toi. Tu dois l'arborer fièrement.»

La vérité, la vérité toute simple, songea Hiémain, exprimée sans colère ni rancœur. Allons, doucement, poliment. «Je ne veux pas de cette occasion, merci. Vous savez sûrement que jamais je n'accepterai de me mutiler en me perçant une oreille pour porter ce bijou. Je préfère rester prêtre de Sâ, ce qui est, je crois, ma véritable vocation. Je ne l'ignore pas, vous pensez m'offrir une...

– Tais-toi!» Une douleur profonde perçait sous la fureur de son père. «Tais-toi.» Comme le garçon serrait les mâchoires en s'efforçant de garder les yeux fixés sur la table, son père poursuivit : « Dis ce que tu veux, mais épargne-moi tes discours mielleux sur la prêtrise. Dis-moi que tu me détestes, que tu ne supportes pas ton travail, et je saurai que je peux te faire changer d'avis ; mais quand tu te caches derrière ces âneries mystiques... Tu as peur, c'est ça ? Peur de te faire percer l'oreille, peur d'une existence inconnue ? » Il y avait comme du désespoir dans ses questions ; il cherchait éperdument le moyen de persuader Hiémain d'entrer dans son jeu.

« Je n'ai pas peur. Je ne veux pas de cette vie, c'est tout. Pourquoi ne la proposez-vous pas à quelqu'un qui en a le vrai désir ? Pourquoi ne faites-vous pas cette offre à Althéa ? » demanda Hiémain. La douceur de sa voix interrompit net le flot d'interrogations de son père.

Les yeux du capitaine étincelèrent comme des saphirs. Il pointa le doigt sur son fils comme il eût pointé une arme. « C'est simple : c'est une femme. Et toi, par tous les démons, tu vas devenir un homme ! Pendant des années, j'ai dû supporter de voir Ephron Vestrit traîner sa fille partout derrière lui et la traiter comme un garçon ; et puis tu es revenu avec ta robe brune, ta voix douce, tes muscles de fillette, tes manières de mouton et ta timidité de lapin, et je me suis alors demandé : "Ai-je mieux fait que lui ?" car devant moi se trouvait mon propre fils qui ressemblait plus à une femme qu'Althéa elle-même ! C'est alors que je me suis rendu compte qu'il était temps pour notre famille...

– Vous vous exprimez comme un Chalcédien, remarqua Hiémain. Chez eux, paraît-il, être femme ne vaut guère mieux qu'être esclave ; cela provient, je pense, de ce que l'esclavage est pour eux une tradition acceptée de longue date. Si on est prêt à penser qu'on peut posséder un être humain, on n'est pas loin de se déclarer propriétaire de sa propre épouse et de sa propre fille et de les reléguer à des rôles de commodités. En revanche, à Jamaillia et à Terrilville, nous avions coutume de nous enorgueillir des entreprises de nos femmes. J'ai étudié l'histoire ; voyez le cas du Gouverneur Malowda, une femme, qui a régné une vingtaine d'années et a été l'auteur de l'établissement des Droits de la personne et de la propriété, fondement de toutes nos lois ; voyez également notre religion : Sâ, que nous, les hommes, adorons en tant que père de tout et de tous, demeure Sâ quand les femmes lui donnent le titre de mère de tout et de tous. "Dans l'Union seule on trouve la Continuité" : tout est dit dans ce premier précepte de Sâ. C'est seulement depuis quelques générations que nous nous sommes mis à séparer les deux moitiés de l'ensemble que nous formons et à diviser les... »

Kyle le coupa brusquement.

«Je ne t'ai pas fait venir pour entendre tes pieuseries!» Et il recula son siège si violemment en prenant appui sur la table qu'elle se serait renversée si elle n'avait pas été solidement fixée au plancher. Il fit le tour de la cabine à grandes enjambées. «Tu ne te la rappelles peut-être pas, mais ta grand-mère, ma propre mère, était de Chalcède; et, en effet, elle se conduisait comme une femme convenable, et mon père comme un homme. Je n'ai pas souffert du tout de cette éducation. Mais regarde ta mère et ta grand-mère! Te paraissent-elles heureuses, satisfaites de leur sort? Ecrasées par le fardeau de décisions et de devoirs qui les plongent dans la dure réalité de la vie, obligées de traiter avec toutes sortes de personnages de basse caste, forcées de s'inquiéter sans cesse des comptes, des crédits et des dettes? Ce n'est pas l'existence que j'ai fait le serment de donner à ta mère, Hiémain, ni à ta sœur. Je refuse de voir ta mère vieillir comme ta grand-mère Vestrit, ployée sous le poids des responsabilités, tant que je suis un homme et tant que je peux en faire un de toi, pour prendre la relève après moi et accomplir les devoirs de ton sexe dans notre famille!» Kyle Havre revint auprès de la table sur laquelle il tapa du plat de la main tout en hochant sèchement la tête, comme si ses paroles avaient déterminé l'avenir de tous les siens.

Hiémain ne sut que répondre. Dévisageant son père d'un air effaré, il fouilla dans ses pensées dans l'espoir de trouver un terrain commun avec lui où ancrer une discussion raisonnable, mais en vain. Malgré les liens du sang qui les unissaient, cet homme était un étranger aux convictions si radicalement différentes de celles que Hiémain avait faites siennes que tout contact entre eux était impossible. Pour finir, il déclara d'un ton calme : «Sâ nous enseigne que nul ne peut décider du chemin de vie de quelqu'un d'autre. Même si on enferme sa chair, qu'on lui interdit d'exprimer ses pensées, qu'on va jusqu'à lui couper la langue, on ne peut pas faire taire l'âme d'un homme.»

L'espace d'un instant, son père le regarda fixement sans rien dire. *Lui aussi voit un étranger*, songea Hiémain. Enfin, d'une voix étouffée, Kyle dit : «Tu es un lâche. Un sale poltron.» Puis il se dirigea vers son fils à grandes enjambées. Hiémain dut faire appel à tout son sang-froid pour ne pas se recroqueviller sur son siège, mais Kyle passa à côté de lui, ouvrit la porte brutalement et appela Torg d'une voix de stentor. L'homme apparut si rapidement que, comme Hiémain s'en fit la réflexion, il avait dû rester dans les parages de la cabine pendant toute la conversation, peut-être l'oreille collée à la porte. Kyle Havre ne parut rien remarquer, à moins qu'il ne s'en souciât pas.

« Raccompagne le mousse dans ses quartiers, ordonna-t-il sèchement. Garde l'œil sur lui et veille à ce qu'il apprenne tous les devoirs de sa fonction avant notre départ. Et tiens-le hors de ma vue ! » Il prononça cette dernière phrase avec violence, comme s'il en voulait au monde entier.

Torg acquiesça de la tête, et, sans un mot, Hiémain se leva pour le suivre ; le cœur serré, il vit le petit sourire du lieutenant : le capitaine avait livré son fils aux mains de ce scélérat, qui le savait parfaitement.

Pour le moment, l'homme parut se satisfaire de le ramener dans son misérable cachot. Hiémain parvint à baisser la tête à temps quand Torg le poussa sur le seuil de sa soute. Il trébucha mais réussit à conserver son équilibre, plongé dans un désespoir trop profond pour prêter attention au commentaire sarcastique que Torg lui lança avant de claquer la porte. Il entendit l'homme tirer le verrou grossier et comprit qu'il était enfermé pour au moins six heures.

Hiémain n'avait même pas de bougie et il avança à tâtons dans le noir jusqu'à qu'il sente sous ses doigts le treillis du hamac. Maladroitement, les muscles endoloris, il s'y hissa, chercha une position confortable, puis resta immobile. Le navire bougeait doucement sur les eaux du port, et les bruits qui parvenaient au jeune garçon étaient étouffés. Il bâilla à s'en décrocher la mâchoire, colère et désespoir balayés par les effets de son copieux repas et de sa longue journée de travail. Par habitude, il prépara son corps et son esprit au repos. Autant que le lui permettait le hamac, il étira ses muscles, grands et petits, en s'efforçant de les remettre en accord les uns avec les autres avant de dormir.

Les exercices mentaux étaient plus difficiles. A l'époque où il était entré au monastère, on lui avait enseigné un rite très simple nommé « Pardon du jour » ; même les enfants les plus jeunes étaient en mesure de le pratiquer : il exigeait seulement de penser à la journée écoulée et d'en chasser toutes les peines pour ne retenir que les leçons apprises et les instants de grande lucidité. A mesure que l'initié approfondissait sa connaissance de Sâ, on attendait de lui qu'il accomplisse le rite de façon plus fine, qu'il équilibre sa vision du jour, qu'il prenne la responsabilité de ses propres actes et en tire un enseignement sans se laisser aller aux remords ni aux regrets. Hiémain, ce soir-là, ne s'en sentait pas capable.

C'était étrange : au monastère, il n'avait aucun mal à aimer la voie de Sâ ni à maîtriser les méditations dans la structure discrète des journées ; entre les épais murs de pierre, il était facile de discerner l'ordre sous-jacent du monde, de regarder la vie que menaient les fermiers, les bergers et les marchands, et de voir qu'en grande partie ils étaient eux-mêmes les artisans de leurs malheurs. A présent qu'il se trouvait de l'autre côté de la barrière, il distinguait encore plus ou moins cette trame, mais il était trop épuisé pour l'examiner afin de comprendre comment la modifier. Il était emmêlé dans les fils de sa propre tapisserie. « Je ne sais pas comment faire pour que tout ça s'arrête », murmura-t-il dans l'obscurité. Accablé comme un enfant abandonné, il se demanda s'il manquait à un seul de ses professeurs.

Il se rappela sa dernière matinée au monastère, et l'arbre qui lui était apparu dans les morceaux de verre teinté. Il avait toujours tiré secrètement fierté de son aptitude à évoquer la beauté et à la matérialiser ; mais était-ce un talent qui lui était propre, ou bien un savoir-faire inculqué par les enseignants qui l'avaient coupé du monde et lui avaient fourni du temps et de l'espace pour travailler ? Peut-être, dans l'ambiance adéquate, tout le monde était-il capable de faire aussi bien que lui ; peut-être le seul élément exceptionnel chez lui était-il qu'on lui avait donné l'occasion d'exprimer son don. L'espace d'un instant, le sentiment de sa propre banalité l'écrasa. Hiémain n'avait rien de remarquable ; c'était un mousse médiocre, un marin maladroit, qui ne valait même pas qu'on en parle. Il disparaîtrait dans le temps comme s'il n'était jamais né ; déjà, il se sentait presque partir en lambeaux dans l'obscurité.

Non, non ! Pas question de lâcher prise ! Il s'accrocherait à lui-même, il se battrait, et un événement finirait bien par se produire. Un événement... Voyant qu'il ne revenait pas, le monastère enverrait-il quelqu'un s'enquérir de lui ? « Je crois que j'espère être secouru», dit-il avec lassitude. Là. Haute ambition que la sienne: rester en vie et demeurer lui-même en attendant qu'on vienne le sauver! Il ne savait pas si... si... si... Une idée avait commencé à germer en lui, mais la vague noire du sommeil la noya.

*

Dans l'obscurité du port, Vivacia soupira, puis croisa ses bras fins sur sa poitrine et contempla les lumières brillantes du marché de nuit. Elle était si plongée dans ses réflexions qu'elle sursauta en sentant une main toucher doucement son vaigrage. Elle baissa les yeux. «Ronica! s'exclama-t-elle avec une surprise ravie.

– Oui. Chut! Je souhaite te parler discrètement.

– Comme vous voudrez, répondit Vivacia à mi-voix, intriguée.

– Il faut que je sache... Enfin, Althéa m'a fait parvenir un message. Elle craint que tu n'ailles pas bien.» La femme hésita. «La missive était arrivée depuis déjà quelques jours, à vrai dire, mais un domestique l'avait crue sans importance et l'avait déposée dans le bureau d'Ephron; je ne l'ai trouvée qu'aujourd'hui.»

Sa main restait posée sur la coque, et Vivacia percevait une partie de ses émotions. «Il vous est difficile d'entrer dans cette pièce, n'est-ce pas? Autant que de descendre aux quais me voir.

– Ephron... murmura Ronica d'une voix brisée. Est-il... est-il en toi? Peut-il s'adresser à moi à travers toi?»

Vivacia secoua la tête avec regret. Elle avait l'habitude de voir cette femme par les yeux d'Ephron ou d'Althéa, et ils la considéraient comme une nature décidée et pleine d'autorité. Pourtant, ce soir-là, avec sa cape sombre et la tête courbée, elle paraissait si menue! Vivacia avait envie de la consoler, mais elle ne voulait pas mentir. «Non. Cela ne se passe pas ainsi, je suis navrée. J'ai conscience de ce qu'il savait, mais c'est mélangé à beaucoup d'autres éléments; néanmoins, quand je vous regarde, je ressens son amour pour vous comme si c'était le mien. Cela vous réconforte-t-il?

– Non, répondit Ronica sans ambages. C'est une certaine consolation, mais cela ne remplacera jamais les bras forts d'Ephron autour de ma taille ni les conseils qu'il me donnait. Oh, vivenef, que dois-je faire? Que dois-je faire?

– Je l'ignore.» La détresse de Ronica éveillait un écho d'angoisse chez Vivacia, qui s'efforça d'exprimer ce qu'elle éprouvait.

« Je suis effrayée que vous posiez cette question. Vous savez sûrement que faire ; Ephron, en tout cas, en était convaincu. » D'un ton méditatif, elle ajouta : « Il se considérait comme un simple marin, comme quelqu'un qui avait le talent de commander un navire. Vous, vous déteniez la sagesse de la famille, vous voyiez beaucoup plus loin que lui, et c'est là-dessus qu'il comptait.

– Vraiment ?

– Naturellement. Sinon, comment aurait-il pu effectuer ses voyages en vous laissant tout diriger à terre ? »

Ronica se tut, puis elle poussa un grand soupir.

A mi-voix, Vivacia reprit : « Je pense qu'il vous conseillerait de vous fier à votre propre jugement. »

Ronica secoua la tête avec lassitude. « Tu as raison, je le crains. Vivacia, sais-tu où se trouve Althéa ?

– En ce moment ? Non. Et vous ? »

A contrecœur, Ronica répondit : « Je ne l'ai pas vue depuis le jour de la mort d'Ephron.

– Moi, je l'ai vue à plusieurs reprises. La dernière fois qu'elle est venue, Torg est descendu sur le quai et a voulu porter la main sur elle, mais elle l'a repoussé sans ménagement et s'en est allée pendant que les spectateurs de la scène s'esclaffaient.

– Mais elle allait bien ? »

Vivacia secoua la tête. « Aussi bien que vous et moi, c'est-à-dire qu'elle se sentait inquiète, blessée et perdue. Mais elle m'a recommandé la patience, car tout finirait par revenir à la normale, et elle m'a conseillé de ne m'occuper de rien. »

Ronica hocha gravement la tête. « C'est précisément ce que j'étais venue te dire aussi. Penses-tu pouvoir suivre ces conseils ?

– Moi ? » Le navire faillit éclater de rire. « Ronica, je suis trois fois Vestrit ; je crains fort de n'avoir pas plus de patience que mes ancêtres !

– Voilà au moins une réponse franche, concéda Ronica. Je te demande seulement d'essayer – non, autre chose encore : si Althéa repasse par ici avant ton départ, veux-tu lui transmettre un message de ma part ? Je n'ai pas d'autre moyen de la contacter que toi.

– Naturellement ; et je veillerai à ce que nul autre qu'elle ne m'entende.

– Parfait. Tout ce que je désire, c'est qu'elle vienne me voir ; nous ne sommes pas brouillées autant qu'elle le croit. Mais je préfère ne pas entrer dans les détails pour l'instant. Prie-la discrètement d'aller me rencontrer, c'est tout.

– Je le ferai, mais j'ignore si elle ira.

– Moi aussi, vivenef. Moi aussi. »

2
AFFAIRES DE FAMILLE

Kennit n'emmena pas le navire capturé à Partage: ce sabot pataud risquait de s'échouer en négociant les chenaux étroits et les nombreux bancs de sable qu'il fallait franchir pour arriver à destination. Après une conversation tendue, Sorcor et lui convinrent que Guingois était un port mieux adapté; pour Kennit, cette solution était tout à fait appropriée: Guingois n'avait-il pas été fondé quand un transport d'esclaves, chassé par la tempête, avait cherché refuge dans un des chenaux et que la cargaison avait déclenché une révolte réussie contre l'équipage? C'est ce qu'il demanda à Sorcor d'un ton amusé. Oui, c'était exact, mais Sorcor n'avait pas encore été convaincu car il n'y avait à Guingois guère que des rochers, du sable et des huîtres. Quel avenir attendait les esclaves qu'ils venaient de libérer? Un avenir préférable à celui auquel les destinait le marchand qui les avait achetés, avait répondu Kennit. Sorcor s'était renfrogné, mais son commandant avait insisté. Le trajet avait pris six jours, beaucoup moins que s'ils avaient dû rallier Partage, et, du point de vue de Kennit, ce temps n'avait pas été perdu.

Sorcor avait vu un certain nombre de ses affranchis mourir: la maladie et la malnutrition ne disparaissaient pas simplement parce qu'un homme pouvait se dire libre. Rafo et ses aides s'étaient courageusement attelés au nettoyage du navire dont n'émanait plus désormais la pleine puanteur d'un bâtiment esclavagiste, ce qui n'empêcha pas Kennit d'exiger que le *Marietta* navigue toujours au vent par rapport à lui : il refusait de courir le risque que l'air apporte des maladies à son bord. De même, il interdit aux affranchis de mettre le pied sur son pont sous prétexte qu'encombrer son propre navire pour désengorger les cales bondées du *Fortune* n'améliorerait la situation pour personne. Les esclaves avaient dû se satisfaire de se répandre sur les ponts et de s'approprier les quartiers des marins massacrés. Certains parmi les mieux portants furent enrôlés pour étoffer le squelette d'équipage qui manœuvrait le navire. Ce travail auquel ils n'étaient pas formés fut rude pour eux, surtout dans l'état d'affaiblissement où ils se trouvaient.

Malgré tout, et en dépit des décès incessants, le moral paraissait bon sur le navire capturé. C'était pourtant pitié de voir les anciens esclaves se réjouir de pouvoir simplement respirer de l'air frais, savourer les portions de porc salé destinées à l'origine à l'équipage et le poisson qu'ils parvenaient à pêcher pour améliorer l'ordinaire. Sorcor avait réussi à chasser les serpents à l'aide de plusieurs jets de lest de la baliste installée sur le pont du *Marietta*, et les affranchis qui mouraient étaient toujours passés par-dessus bord, mais ils tombaient désormais dans l'eau et non plus dans la gueule avide d'un serpent. Cela paraissait procurer une grande satisfaction aux survivants, bien que, franchement, Kennit ne vît pas ce que cela changeait pour les morts.

Les navires arrivèrent à Guingois avec la marée montante, la lente poussée leur permettant d'emprunter le chenal qui conduisait à la baie aux ondes saumâtres. La carcasse d'un bateau pointait de l'eau peu profonde d'une des extrémités du mouillage. Le village proprement dit était constitué d'une rangée de cabanes et de maisons qui bordaient la grève ; ces habitations avaient été fabriquées à partir de vieux vaigrages, de bois flottés et de pierres. De minces rubans de fumée s'échappaient de quelques cheminées. Deux embarcations de pêche, faites de bric et de broc, étaient amarrées à un ponton délabré, et cinq ou six coracles et yoles reposaient sur la plage. Le hameau n'avait rien de prospère.

Le *Marietta* entra le premier dans le port, et Kennit dut s'avouer qu'il ressentait une certaine fierté à voir que le mélange d'esclaves et de marins qui constituait l'équipage du *Fortune* lui faisait honneur. Dépourvus du savoir-faire de vieux loups de mer, les affranchis s'attachèrent néanmoins avec énergie à manœuvrer le gros navire de façon à l'ancrer convenablement. Il arborait à présent le pavillon au Corbeau, connu dans toutes les Iles des Pirates comme l'emblème de Kennit. Le temps que les deux bâtiments missent leurs canots à la mer, une foule s'était assemblée sur les appontements branlants pour observer les nouveaux venus avec curiosité. La communauté bigarrée d'anciens esclaves et de réfugiés ne possédait pas d'embarcation plus grande qu'un bateau de pêche ; aussi devaient-ils se demander, devant deux marchands ancrés dans leur port, quelles nouvelles ou quelles denrées ils pouvaient apporter.

Kennit envoya Sorcor à terre annoncer que des enchères allaient avoir lieu pour le *Fortune*. Personne, sans doute, dans ce hameau pouilleux ne disposait d'assez d'argent pour rembourser le mal qu'il s'était donné dans cette capture, mais il avait décidé de se contenter d'accepter la meilleure offre et de se débarrasser du navire puant et des esclaves qui avaient rempli ses cales. Il refusait de songer à ce que lui aurait rapporté cette cargaison d'hommes s'il avait contraint Sorcor à partager son point de vue et à faire voile vers Chalcède pour la vendre. L'occasion était perdue ; inutile de s'y attarder.

Des appontements, une petite flottille de barques se mit soudain en route et se dirigea rapidement vers le *Fortune*. Les esclaves se pressaient déjà aux bastingages, impatients de quitter leur prison flottante. Kennit n'avait pas prévu un tel enthousiasme de la part des villageois à ouvrir les bras à sa racaille. Eh bien, tant mieux ! Plus vite le *Fortune* serait déchargé et vendu, plus vite il pourrait revenir à des tâches plus profitables. Il se tourna et donna sèchement ordre au mousse de ne laisser personne le déranger. Pour l'instant, il n'avait aucun désir de visiter Guingois ; que les esclaves s'y rendent d'abord, puis Sorcor : on verrait alors quel accueil leur était réservé.

Il passa plusieurs heures, après que le *Marietta* fut amarré, à étudier les cartes précises trouvées à bord du *Fortune*. Dissimulées en compagnie de divers documents dans un placard secret de la cabine du capitaine, elles étaient passées inaperçues aux yeux de Sorcor, et c'est seulement lorsque Kennit avait décidé d'assouvir sa curiosité et de se rendre personnellement à bord du navire capturé qu'elles avaient été découvertes. Les documents ne présentaient que peu d'intérêt pour lui, car ils n'avaient trait qu'aux propriétés et revenus personnels de feu le capitaine – Kennit nota au passage qu'il avait pris soin que sa femme et son enfant ne manquent de rien. Mais les cartes, c'était une autre affaire, et Kennit avait vu ses espoirs confirmés : elles valaient de l'or. Les renseignements qu'elles fournissaient avaient souvent été acquis à grand prix et ne se partageaient pas avec les marchands ni les marins concurrents. Elles n'indiquaient que le trajet le plus évident pour passer les Iles des Pirates ; des rumeurs sur l'existence d'autres chenaux étaient portées en notes, mais seule une partie très réduite de l'archipel avait été cartographiée. Sept villages pirates étaient portés sur un des documents, deux à des emplacements erronés et un troisième abandonné depuis longtemps car trop exposé aux transports d'esclaves de passage : les capitaines de ces navires n'hésitaient pas à attaquer les hameaux pirates pour gonfler leur cargaison lorsqu'ils croisaient dans leurs eaux ; c'était d'ailleurs un des griefs de Sorcor contre eux. Néanmoins, malgré ces erreurs criantes, c'était une carte très soignée du chenal principal.

Pendant quelque temps, Kennit réfléchit, adossé dans son fauteuil, le regard perdu dans les nuages élevés. Enfin, il parvint à la conclusion qu'il pouvait considérer la carte comme représentant le niveau présent des connaissances des esclavagistes sur les Iles des Pirates et leurs détroits. En conséquence, celui qui tenait le chenal principal pouvait étrangler tout commerce. Les marchands d'esclaves n'avaient pas le temps d'explorer, de chercher de nouvelles routes. Peut-être en allait-il de même pour les vivenefs. Un instant, il se laissa aller à cet espoir, puis il secoua la tête à contrecœur : les vivenefs et leurs familles sillonnaient ces eaux depuis bien plus longtemps que les marchands d'esclaves. Les Chalcédiens et leur commerce de chair humaine étaient en grande partie responsables de l'existence des pirates et de leur installation dans cet archipel ; par conséquent, il fallait partir du principe que la plupart des familles de Marchands qui naviguaient dans cette zone la connaissaient bien mieux que les esclavagistes. Et pourquoi leur savoir n'était-il pas plus répandu ? La réponse était évidente : nul Marchand n'accepterait de faire profiter ses concurrents de son avantage.

Kennit se laissa aller contre le dossier de son fauteuil. Eh bien, qu'avait-il appris, finalement ? Rien qu'il ne sût déjà : une vivenef serait plus difficile à capturer qu'un transport d'esclaves ; mais ce ne serait pas impossible pour autant. Il devrait mieux planifier l'opération, voilà tout.

Ses pensées se portèrent sur le navire capturé. Il abritait des hommes libres depuis trois jours quand Kennit était enfin monté à son bord, et, grâce à leur travail, la puanteur s'était atténuée, mais pas assez pour ne pas heurter l'odorat du capitaine pirate. Il avait confié la responsabilité du navire à Rafo qui, en définitive, se tirait fort bien de ses nouvelles fonctions. Des seaux d'eau de mer avaient été hissés à bord par centaines et les ponts supérieurs témoignaient du résultat ; néanmoins, une odeur fétide continuait à s'échapper des écoutilles ouvertes, et la raison en était simple : il y avait trop de monde entassé dans le navire. Les membres décharnés et les vêtements en lambeaux, les prisonniers libérés s'assemblaient sur le pont en petits groupes ; certains essayaient d'aider aux manœuvres du bâtiment, d'autres de ne pas les gêner, et d'autres encore ne s'intéressaient à rien, plongés dans la tâche absorbante de leur propre agonie. Tandis que Kennit arpentait le pont, un mouchoir plaqué sur la bouche et le nez, les anciens esclaves ne l'avaient pas quitté des yeux. Chacun marmonnait des mots inaudibles sur son passage ; les yeux s'emplissaient de larmes et les têtes se courbaient. Tout d'abord, il avait cru que c'était la terreur qui les faisait s'aplatir devant lui ; et puis, quand il eut enfin compris que leurs murmures étaient des bénédictions et l'expression de leur gratitude, il ne sut s'il devait s'en amuser ou s'en agacer. Il recourut alors à son petit sourire habituel et se fraya un chemin jusqu'aux quartiers des officiers.

Ces derniers avaient joui d'un luxe royal, comparé aux conditions de vie des malheureux qui composaient leur cargaison. Kennit partageait l'avis de Sorcor quant aux goûts vestimentaires du capitaine, et, par caprice, il avait ordonné qu'on distribuât les habits aux anciens esclaves qui pouvaient en faire le meilleur usage. L'homme possédait aussi une abondante réserve d'herbes à fumer, et Kennit s'était demandé s'il ne s'en servait pas pour masquer à ses narines l'odieux fumet de son fret. C'était une drogue à laquelle Kennit n'avait jamais succombé, et elle aussi fut donc remise aux esclaves. Le pirate avait ensuite découvert les cartes et les documents dans l'armoire secrète du capitaine et se les était appropriés. Rien d'autre n'avait particulièrement retenu son attention dans la cabine. La banalité même des affaires de l'officier aurait été une véritable révélation pour Sorcor, s'était dit Kennit : l'homme n'avait rien du monstre qu'avait imaginé le second ; c'était un capitaine et un marchand des plus ordinaires.

Kennit avait prévu de jeter un coup d'œil sous les ponts pour voir si le navire était en bon état et fouiner çà et là, au cas où Sorcor aurait négligé quelque objet de valeur lors de ses recherches. Il était donc descendu dans la cale et l'avait parcourue d'un regard larmoyant. Des hommes, des femmes et même quelques enfants dont les yeux paraissaient immenses dans leurs visages émaciés formaient un amas de corps perdus dans l'obscurité où l'on reconnaissait par endroits un bras ou une jambe. Tous s'étaient tournés vers lui, et la lumière de la lanterne que portait Rafo s'était reflétée dans des dizaines de paires d'yeux. Cette vision avait évoqué à Kennit des rats entr'aperçus de nuit près d'un tas de fumier.

« Pourquoi sont-ils si maigres ? avait-il brusquement demandé à Rafo. Le trajet depuis Jamaillia n'est pas long au point de ne leur laisser que la peau sur les os, à moins qu'on ne leur ait rien donné à manger. »

Il avait alors vu avec étonnement Rafo prendre une expression compatissante. « La plupart étaient en prison pour dettes. Beaucoup viennent du même village ; ils ont fait quelque chose qui a déplu au Gouverneur, et il a augmenté les impôts de leur vallée. Comme aucun d'entre eux ne pouvait les payer, ils se sont tous fait rafler pour être vendus comme esclaves. Presque tout le village y est passé, et ce n'est pas le premier, d'après eux. Ils ont été achetés, puis parqués sans presque rien à manger en attendant que le marchand ait reçu assez d'esclaves pour faire une cargaison. Des gens simples comme eux ne se vendent pas très cher, à ce qu'ils disent, alors les trafiquants essayent d'embarquer des lots complets. Il fallait remplir le navire à bloc pour que le voyage soit rentable. »

Le marin avait levé sa lanterne. Des chaînes pendaient au plafond comme d'étranges toiles d'araignée et sinuaient sur le plancher telles des serpents écrasés. Kennit avait alors pris conscience qu'il n'avait vu qu'une partie des prisonniers ; derrière lui, d'autres s'étendaient en foule aussi loin que le regard portait, accroupis ou assis dans l'obscurité. En dehors d'eux, la cale était vide, le bordage nu ; seuls quelques tas de paille souillée dans les coins évoquaient un couchage au confort tout relatif. L'intérieur du navire avait été lui aussi récuré, mais le bois imprégné d'urine et l'eau de cale croupie des tréfonds du bâtiment conservaient leur puanteur méphitique. L'odeur d'ammoniaque faisait abondamment pleurer Kennit, qui avait néanmoins refusé d'essuyer ses larmes en espérant qu'elles passeraient inaperçues dans la pénombre. Serrant les dents et respirant à petits coups, il avait réussi à ne pas vomir et, alors qu'il souhaitait plus que tout au monde remonter à l'air libre, il s'était contraint à faire le tour de la cale.

La foule dépenaillée s'était refermée sur son passage, parcourue de murmures. Kennit en avait eu la chair de poule mais il s'était interdit de regarder derrière lui pour voir à quelle distance ces épouvantails se tenaient de lui. Une femme, plus audacieuse ou plus stupide que les autres, était venue se placer devant lui et lui avait tendu brusquement le paquet de haillons qu'elle serrait contre elle. Malgré lui, il avait baissé les yeux et vu un nourrisson emmailloté dans les guenilles. « Il est né à bord, avait dit la femme d'une voix rauque. Il est né esclave, mais vous l'avez délivré. » Du doigt, elle avait touché le « X » bleuâtre qu'un employé diligent avait déjà tatoué près du nez de l'enfant. La femme avait relevé les yeux vers Kennit, une expression farouche dans le regard. « Comment pourrai-je jamais vous remercier ? »

Le capitaine pirate avait cru qu'il n'allait pas pouvoir contenir plus longtemps son envie de vomir : à la pensée de la seule façon dont cette femme pouvait lui manifester sa gratitude, il s'était senti parcouru d'un frisson d'horreur. Elle avait une haleine qui trahissait des dents pourries et à demi déchaussées. Il avait découvert les siennes un instant en une parodie de sourire. « Appelez votre enfant Sorcor ; faites-le pour moi », avait-il dit d'une voix étranglée. L'ironie de sa réponse avait dû échapper à la malheureuse, car elle l'avait béni en reculant, rayonnante, son nourrisson chétif serré contre sa poitrine. Aussitôt, la foule puante s'était pressée autour de lui et des cris s'étaient élevés : « Capitaine Kennit ! Capitaine Kennit ! » Par un effort de volonté, il était parvenu à ne pas reculer devant cette marée ; il avait appelé d'un signe le marin qui le précédait avec la lanterne et lui avait chuchoté d'une voix sifflante dans laquelle il n'avait pu empêcher l'angoisse de percer : « Assez ; j'en ai vu assez. » Et, son mouchoir plaqué sur le visage, il avait promptement escaladé l'échelle la plus proche.

Sur le pont, il lui avait fallu un moment pour maîtriser les haut-le-cœur qui le convulsaient : il s'était composé un masque inexpressif et avait contemplé l'horizon en attendant d'être sûr de ne pas s'humilier par une manifestation quelconque de faiblesse. Puis, sans enthousiasme, il avait réfléchi à ce butin que Sorcor lui avait rapporté : le navire lui avait semblé en assez bon état mais il n'en tirerait aucun prix intéressant si l'acheteur avait un sens olfactif un tant soit peu développé. « Du gaspillage ! avait-il grommelé, furieux. Du pur gaspillage ! » Et, sur un ordre sec de sa part, la yole l'avait ramené au *Marietta.* C'est alors qu'il avait décidé de se rendre à Guingois : si le navire devait lui rapporter une somme dérisoire, au moins s'en débarrasserait-il rapidement afin de passer à d'autres affaires plus profitables.

L'après-midi touchait à sa fin quand il se prépara à visiter le hameau, en songeant qu'il serait amusant d'observer la réaction des esclaves libérés devant le village et celle du village devant ce soudain afflux de population. Peut-être alors Sorcor prendrait-il conscience de l'absurdité de sa compassion.

Il annonça son projet au mousse qui fit promptement circuler la nouvelle. Le temps qu'il lisse ses cheveux, mette son chapeau et quitte sa cabine, la yole était prête à être mise à la mer, et les matelots désignés pour manier les avirons impatients comme des chiens invités à une promenade : pour eux, toute ville, tout voyage à terre, était une distraction bienvenue. Malgré le peu de temps dont ils avaient disposé, ils avaient tous enfilé une chemise propre. Il ne leur fallut que quelques minutes pour parcourir à coups de rame diligents le trajet entre leur mouillage et les pontons de Guingois ; Kennit ne prêta pas attention aux sourires complices qu'ils échangèrent pendant la traversée. Ils s'amarrèrent au pied de l'appontement ; leur capitaine grimpa l'échelle branlante puis attendit ses hommes en essuyant avec son mouchoir la vase collée à ses doigts. Comme s'il allait distribuer des bonbons à des enfants, il tira de la poche de son manteau une poignée de piécettes, de quoi payer une petite tournée de bière pour les hommes qui l'avaient accompagné. Il remit la somme au responsable du groupe avec cette instruction nébuleuse : « Soyez prêts à reprendre les rames quand je reviendrai. Ne me faites pas attendre. »

Les matelots formèrent un cercle autour de lui et Gankis se fit leur porte-parole. « C'est pas nécessaire, cap'taine. Après ce que vous avez fait, on ne bougerait pas d'ici même si tous les démons de la mer nous tombaient dessus. »

Cette brusque déclaration de dévotion de la part du vieux

pirate prit Kennit au dépourvu. Qu'avait-il fait récemment qui lui valût cette soudaine affection ? Rien, autant qu'il s'en souvînt ; mais, bizarrement, il se sentit aussi ému qu'amusé. « Quoi qu'il en soit, inutile de rester ici à vous dessécher, garçons. Soyez là quand je reviendrai, c'est tout.

– Non, cap'taine, pas question. On promet tous de pas bouger d'ici. » Le marin qui venait de s'exprimer ainsi eut un sourire qui fit danser le vieux tatouage de son visage. Kennit tourna le dos à ses matelots et remonta l'appontement en direction du centre du village, tandis que ses hommes discutaient du meilleur moyen de savourer leur bière tout en étant de retour à temps pour ramener leur capitaine. Kennit se plaisait à obliger ses subordonnés à tenter de résoudre ce genre de petit dilemme ; peut-être même cela leur affûtait-il la cervelle. En attendant, il se creusait la sienne à tenter de déterminer pourquoi ils paraissaient si contents de lui ; le transport d'esclaves renfermait-il un butin dont Sorcor ne lui avait pas parlé ? Les femmes du *Fortune* avaient-elles promis leurs faveurs aux marins ? La nature soupçonneuse de Kennit, toujours prête à se manifester, prit soudain le dessus. Il se révélerait peut-être très intéressant de savoir où se trouvait Sorcor en ce moment et ce qu'il faisait ; avoir laissé croire aux hommes qu'ils devaient leur bonne fortune, quelle qu'elle fût, à leur capitaine ne l'excusait pas d'en avoir fait bénéficier l'équipage sans en informer son chef.

Il descendit la rue principale du village, lequel ne comptait que deux tavernes ; si Sorcor n'était pas dans l'une, il se trouvait sans doute dans l'autre. Cependant, il s'avéra qu'il n'était dans aucune des deux ; en revanche, la population tout entière du hameau semblait s'être rassemblée dans la rue qui séparait les deux établissements pour organiser une fête pleine d'entrain. On avait sorti des tables et des bancs, on avait tiré des tonneaux de leurs caves et on les avait mis en perce, ce qui ne fit que renforcer les soupçons de Kennit : qui disait réjouissances disait argent dépensé à pleines poignées ; aussi se composa-t-il une expression entendue accompagnée d'un petit sourire figé. Il ignorait ce qui se tramait, mais il devait paraître au courant, sans quoi il passerait pour un niais aux yeux de tous.

« Ne dis rien. Fie-toi à ta chance », pépia une petite voix. L'amulette fixée à son poignet éclata d'un rire mélodieux, effrayant de suavité. « Surtout, ne laisse paraître aucune crainte.

Une chance comme la tienne ne supporte pas la peur. » Et de rire à nouveau.

Le pirate n'osa pas lever le poignet pour regarder la figurine en public, et il n'était plus temps de chercher un lieu discret pour conférer avec elle, car, à cet instant, la foule s'aperçut de sa présence. « Kennit ! s'écria quelqu'un. C'est le capitaine Kennit ! C'est Kennit ! » D'autres voix reprirent le cri et bientôt le nom ébranla l'air estival. Tel un animal dérangé pendant qu'il se lèche, la populace se retourna brusquement, puis se rua sur lui comme une lame de fond.

« Du cran ! Et souris ! » fit le visage de bois-sorcier d'un ton moqueur.

Kennit eut soudain l'impression que le sourire narquois qu'il s'était plaqué sur les lèvres avait été taillé dans la glace ; son cœur se mit à battre la chamade et la sueur à lui couler dans le dos à la vue de la racaille qui se précipitait vers lui, poings et chopes levés. Mais il n'en laisserait rien paraître. Non, au moment de l'engloutir sous leur masse, ces gens le verraient encore sourire, droit et sans peur ; c'était peut-être de l'esbroufe, mais elle resterait efficace tant qu'il y croirait. En vain, il chercha le visage de Sorcor dans la vague humaine qui déferlait vers lui ; il voulait le trouver pour veiller, si nécessaire, à ce qu'il meure avant lui-même.

Mais, au lieu de le broyer, les gens l'encerclèrent, une expression de triomphe sur leurs visages rougis par l'alcool. Nul n'osa porter tout de suite la main sur lui ; tous restèrent à distance respectueuse de ses poings, les yeux fixés sur lui. Kennit balaya la foule du regard à la recherche d'un signe de faiblesse ou d'un indice désignant celui qui frapperait le premier ; à cet instant, une femme de forte carrure se fraya un chemin dans la presse pour venir se camper devant lui, ses poings charnus sur ses hanches généreuses. « Je m'appelle Tayella, déclara-t-elle d'une voix forte. C'est moi qui dirige Guingois. » Et elle planta son regard dans celui de Kennit comme si elle s'attendait qu'il conteste cette affirmation. Puis, à la grande stupéfaction du pirate, ses yeux s'emplirent de larmes qu'elle laissa sans honte rouler sur ses joues ; elle reprit d'une voix soudain fêlée : « Et je vous le dis, tout ici est à vous. Demandez ce que vous voulez, quand vous le voulez, c'est à votre disposition, car vous nous avez ramené nos frères que nous ne pensions jamais revoir ! »

Se fier à la chance... Il rendit son sourire à la femme, puis, en s'inclinant courtoisement et avec un regret sincère quoique muet pour la dentelle ainsi gaspillée, il lui tendit son mouchoir. Elle le saisit comme s'il était brodé d'or. « Comment le saviez-vous ? demanda-t-elle d'une voix brisée par l'émotion. Comment avez-vous pu deviner ? Aucun d'entre nous n'arrivait à y croire.

– J'ai mes procédés personnels », répondit-il, tout en se demandant ce qu'il était censé avoir deviné ; il ne posa cependant pas la question, et ne frémit même pas quand la main de la femme s'abattit lourdement sur son épaule, sans doute en signe de bienvenue.

« Qu'on dresse une nouvelle table et qu'on la garnisse de ce que nous avons de meilleur ! Faites place au capitaine Kennit ! Béni soit celui qui a sauvé nos frères et nos voisins des esclavagistes, et les a amenés chez nous pour y trouver la liberté et une nouvelle vie ! Béni soit-il ! »

La vague triomphante de la foule emporta le pirate pour le déposer sur un siège devant une table au plateau collant sur laquelle apparurent un plat de poisson cuit au four et des sortes de gâteaux farineux confectionnés à partir d'une racine broyée ; un seau de soupe de palourdes épaissie d'algues parachevait le banquet. Tayella s'installa en face de Kennit et lui servit dans un bol en bois un vin tiré d'une baie amère ; c'était le seul cru du village, et par conséquent le meilleur. Kennit le goûta et réussit à ne pas faire la grimace ; apparemment, Tayella, elle, en avait déjà ingurgité une bonne quantité, et le pirate jugea que le plus sage était de l'écouter le régaler de l'histoire du village tout en trempant les lèvres de temps en temps dans le breuvage. Quand Sorcor vint se joindre à eux, Kennit ne lui jeta qu'un bref coup d'œil ; pour une raison inconnue, le vieux loup de mer paraissait penaud, presque mortifié par la stupéfaction. Le capitaine pirate nota avec un amusement mêlé de consternation qu'il tenait dans ses bras le nourrisson au visage marqué d'un « X ». La mère se trouvait non loin dans la foule.

Tayella se leva et monta sur la table pour s'adresser à la foule.

« Il y a douze longues années, entonna-t-elle, nous sommes arrivés ici enchaînés, malades, certains à demi morts. L'océan miséricordieux nous a envoyé une tempête semblable à un ouragan qui a poussé le navire dans ce chenal, que nul transport d'esclaves n'avait jamais suivi et où nul ne s'est aventuré depuis, et l'a drossé à terre. Les coups de boutoir qu'avait reçus le bateau avaient décroché bien des objets à bord, y compris un crampon qui fixait au vaigrage tout un jeu de fers ; et, malgré nos poignets et nos chevilles toujours enchaînés, nous avons tué ces chiens de Chalcédiens, nous avons libéré nos compagnons et nous avons fait de cette baie notre refuge. Notre village n'a rien de luxueux, certes, mais, pour qui a connu les cales d'un navire esclavagiste, toute terre libre est le paradis de Sâ. Nous avons appris à vivre ici, à nous servir des canots du navire pour pêcher, et, le temps passant, nous nous sommes même risqués à révéler à d'autres où nous nous trouvions. Mais nous savions que jamais nous ne pourrions retourner chez nous ; nos familles, notre village étaient irrévocablement perdus pour nous. » Elle se tourna brusquement, le doigt pointé vers Kennit. « Jusqu'à aujourd'hui, où vous nous les avez ramenés. »

Abasourdi, le pirate resta sans réaction tandis que Tayella essuyait de nouveau ses larmes. « Douze ans, reprit-elle enfin, non sans difficulté. Quand ils sont venus s'emparer de nous parce que nous ne pouvions pas payer les impôts du Gouverneur, je les ai combattus. Ils ont tué mon mari et ils m'ont fait prisonnière, mais ma petite fille a pu s'enfuir ; je ne pensais pas la revoir un jour, pas plus que mon petit-fils. » Avec une expression attendrie, elle désigna le nourrisson que tenait Sorcor et qui s'appelait lui aussi Sorcor. De nouvelles larmes montèrent aux yeux de la femme qui se tut, la gorge nouée.

Autour d'elle, on se pressa pour la réconforter et poursuivre le récit à sa place. Par la plus extraordinaire des coïncidences, la plupart des esclaves du *Fortune* étaient originaires du même village que les fondateurs de Guingois ; mais nul parmi les anciens affranchis n'y voyait la main du hasard. Tous, même Sorcor, pourtant terre à terre en général, étaient persuadés que Kennit l'avait deviné et avait décidé de réunir les esclaves nouvellement libérés avec leurs familles. C'était faux, même si, Kennit en était convaincu, il ne s'agissait pas d'une simple coïncidence, en effet, mais du résultat d'une force bien supérieure.

La chance pure. Sa chance, à laquelle il devait toujours se fier sans la mettre jamais en doute. Mine de rien, il passa un doigt sur l'amulette en bois-sorcier fixée à son poignet. Allait-il dédaigner sa chance et laisser passer une telle occasion ? Non, naturellement. Il devait se montrer digne d'elle et se jeter à l'eau.

Affectant la timidité et l'humilité, il demanda à Tayella : « Mes hommes vous ont-ils parlé de la prophétie que m'ont faite les Autres ? »

Les yeux de la femme s'agrandirent : elle sentait l'approche d'une révélation cosmique. Telles les ondes concentriques d'un caillou jeté dans un étang, son silence gagna peu à peu toute la foule. Tous les regards se portèrent sur Kennit. « J'en ai un peu entendu parler », dit Tayella d'un ton circonspect.

Comme écrasé d'émotion, le pirate baissa les yeux et il murmura d'une voix grave : « Tout commence ici. » Puis, prenant une grande inspiration, il alla chercher les mots au plus profond de lui-même et leur insuffla toute la puissance de ses poumons. « Tout commence ici ! » répéta-t-il avec force, en s'efforçant de donner l'impression d'un honneur qu'il faisait aux villageois.

Et ce fut efficace. Tout autour de lui, les yeux s'emplirent de larmes. Tayella secoua lentement la tête, ne parvenant pas à y croire. « Mais qu'avons-nous à vous offrir ? demanda-t-elle d'un ton presque désespéré. Nous sommes démunis de presque tout ; nous n'avons pas de champs à labourer, pas de résidences somptueuses. Est-ce là un départ digne d'un roi ? »

D'une voix empreinte de bonté, Kennit répondit : « Mon départ est votre départ. Vous avez un navire, que j'ai capturé pour vous ; vous avez un équipage, que j'ai formé pour vous. Utilisez-les. Je laisserai Rafo afin qu'il vous enseigne les règles du pavillon au Corbeau. Emparez-vous de ce que vous voulez sur les bâtiments qui passeront et faites-en votre propriété ; n'oubliez pas que le Gouverneur vous a tout pris, et n'ayez aucun scrupule à récupérer votre richesse sur le dos des marchands de Jamaillia qu'il nourrit de votre sang. » Un coup d'œil au regard brillant de son second lui fournit un regain d'inspiration. « Mais je vous préviens : ne laissez jamais passer un transport d'esclaves sans l'attaquer. Jetez les équipages aux serpents qui s'en régaleront, et rassemblez les vaisseaux ici. Je ferai don à Guingois d'une pleine moitié de leur fret. Une pleine moitié ! » Il répéta bien haut ces derniers mots afin de s'assurer que sa générosité serait connue de tous. « Gardez le reste en sûreté ; Sorcor et moi reviendrons avant la fin de l'année établir une liste des marchandises et vous apprendre comment les vendre au meilleur compte. » Avec un sourire forcé mais apparemment confiant, il leva son bol de vin. « Je bois ce breuvage amer au nom de l'avenir de miel qui nous attend ! »

Un rugissement d'adoration monta de la foule. Tayella ne semblait pas se rendre compte que Kennit venait de lui prendre des mains la direction du village : les yeux brillants comme ceux de ses compagnons, elle levait son bol aussi haut qu'eux ; même Sorcor, pourtant peu démonstratif, hurlait le nom de son capitaine à l'unisson de la foule. Un sentiment de triomphe comme il n'en avait jamais connu, à la fois doux et cuisant, envahit l'âme de Kennit. Il croisa le regard idolâtre de son second et comprit qu'il le tenait à nouveau bien en laisse ; il sourit à l'homme et même au nourrisson sur lequel il radotait, et un éclat de rire faillit lui échapper en voyant cette dernière pièce s'emboîter : Sorcor s'imaginait avoir été honoré ! Il croyait que Kennit avait donné son nom au mioche pour le récompenser ! Laissant son sourire s'élargir, le pirate leva de nouveau son bol, attendit le cœur battant que les acclamations s'apaisent autour de lui et dit d'un ton faussement amène : « Faites ce que je vous enseignerai, suivez mes lois et je vous conduirai à la paix et à la prospérité ! »

Une clameur assourdissante accueillit cette déclaration. Kennit baissa les yeux d'un air modeste pour échanger discrètement un sourire complice avec le visage miniature à son poignet. Les réjouissances qui suivirent durèrent longtemps, toute la nuit et une partie de la matinée, et, bien avant qu'elles soient finies, la majorité de la population de Guingois titubait, ivre de vin aigre, tandis que l'estomac de Kennit se nouait à essayer de digérer le peu qu'il en avait bu. Quant à Sorcor, il avait non seulement trouvé un moment pour supplier son capitaine de lui pardonner d'avoir douté de lui, mais encore il lui avait avoué qu'il l'avait cru sans cœur et froid comme un serpent. Kennit n'avait pas eu besoin de lui demander ce qui l'avait fait changer d'avis : il avait déjà appris de plusieurs sources l'émotion qui avait étreint les esclaves en voyant le capitaine – un des plus endurcis des Iles des Pirates, au dire de tout le monde – réduit aux larmes devant le spectacle pitoyable qu'ils offraient dans la cale. Il les avait sauvés, il avait pleuré sur eux, et puis il les avait rendus à la fois à la liberté et à leurs familles. Kennit s'était alors aperçu qu'il aurait pu revendiquer sa position de roi sans même leur faire don du navire, mais ce qui était fait était fait. D'ailleurs, la moitié du butin que ces pouilleux parviendraient à amasser lui reviendrait sans qu'il ait à lever le petit doigt. Ce n'était pas mal, pour un début. Pas mal du tout.

★

« J'aimerais le revoir avant qu'il parte, et maman aussi », dit Keffria avant de saisir vivement sa tasse pour boire une gorgée de tisane. Elle s'efforçait de prendre l'air détaché comme si ce qu'elle demandait à son époux était une faveur négligeable et non une requête de la plus haute importance.

Kyle Havre s'essuya la bouche et reposa sa serviette sur la table du petit déjeuner. « Je sais, ma chère. Ce doit être dur pour toi d'être restée si longtemps sans le voir pour te le faire enlever brutalement à son retour du monastère. Mais dis-toi bien ceci : à la fin de ce voyage, tu retrouveras un jeune homme plein de santé et d'allant, un fils dont tu pourras être fière. Pour le moment, il est assez désorienté, le travail qu'il apprend est rude, il se sent découragé, et il se couche sans doute chaque soir perclus de courbatures. » Il prit sa tasse, la regarda en fronçant les sourcils et la reposa. « Un peu plus de tisane, je te prie. Si je l'amenais en visite ici, auprès de sa mère et de sa grand-mère, il n'y verrait que l'occasion de se plaindre ; il pleurnicherait, il supplierait, vous seriez toutes deux bouleversées et tout serait à recommencer. Non, Keffria, fais-moi confiance : ce ne serait bon ni pour lui ni pour toi – ni pour ta mère. La mort d'Ephron l'a suffisamment éprouvée ; évitons de lui imposer un autre choc. »

Keffria se hâta de remplir la tasse de son époux. Quand elle l'avait vu arriver ce matin-là pour partager avec elle le petit déjeuner, elle avait été ravie, certaine d'obtenir la faveur qu'elle désirait. Depuis une éternité, lui semblait-il, il avait écarté toute idée de passer le moindre instant en compagnie de son épouse : il rentrait chaque soir épuisé et se levait avant l'aube pour regagner son navire ; ce matin-là, le voyant s'attarder au lit, elle avait espéré un assouplissement de son tempérament, et, quand il lui avait annoncé qu'il avait le temps de prendre le petit déjeuner avec elle, ses espérances avaient atteint leur apogée. Mais elle avait reconnu le ton qu'il avait pris pour parler de Hiémain : discuter était hors de question. Mieux valait oublier ses attentes pour préserver la paix du ménage.

Plus de quinze jours s'étaient écoulés depuis que Kyle avait envoyé son fils sur le navire ; durant ce laps de temps, jamais il n'avait parlé de Hiémain de son propre chef et il ne répondait qu'avec laconisme aux questions de sa femme. Keffria se sentait revenue aux premiers temps du séjour de l'enfant au monastère : ignorant quelle vie il menait, elle n'avait rien de tangible sur quoi fonder ses angoisses. Nébuleuses et menaçantes, elles se dressaient néanmoins toujours à l'arrière-plan de ses pensées quand elle n'était pas autrement préoccupée par le silence plein de douleur de sa mère ou la disparition d'Althéa. Au moins, se disait-elle pour se consoler, elle savait où Hiémain se trouvait ; et puis Kyle était son père ; il veillerait sûrement à ce qu'il ne lui arrive pas de mal, et ne cacherait rien à sa femme s'il y avait lieu de s'inquiéter. Il avait raison, sans aucun doute : sa fermeté était peut-être nécessaire. Après tout, que savait-elle des garçons de cet âge ? Elle respira profondément pour se calmer, puis aborda résolument l'autre sujet qui la préoccupait.

« As-tu... » Elle hésita. « Althéa est-elle revenue au bateau ? »

Kyle fronça les sourcils. « Pas depuis le jour où cet imbécile de Torg l'a chassée. J'avais donné l'ordre de lui interdire de monter à bord, pas de lui faire prendre ses jambes à son cou. Je regrette qu'il n'ait pas eu l'intelligence de m'appeler ; crois-moi, j'aurais eu vite fait de ramener cette jeune écervelée ici, dans cette maison où est sa place ! » Au ton qu'il avait employé, il était manifeste que l'opinion d'Althéa sur la question n'aurait pas eu la moindre importance.

A part une domestique, ils étaient seuls dans la pièce, mais Keffria baissa néanmoins la voix. « Elle n'est pas passée voir maman ; je le sais, c'est maman qui me l'a dit ; et elle n'a pas remis les pieds à la maison. Où peut-elle donc être, Kyle ? J'en fais des cauchemars ; je crains qu'elle n'ait été assassinée, ou pire encore. Une idée m'est venue l'autre nuit... Aurait-elle pu s'introduire à bord de la *Vivacia* sans que personne la voie ? Elle a toujours eu un lien très fort avec le navire, et elle est assez têtue pour y être montée et attendre pour sortir de sa cachette que vous soyez en mer, où il sera difficile de faire demi-tour et...

– Elle n'est pas à bord », fit Kyle d'un ton brusque. A l'évidence, il considérait les conjectures de Keffria comme pures balivernes de bonne femme. « Elle a sans doute loué une chambre en ville ; elle rentrera dès qu'elle tombera à court d'argent. Et, à ce moment-là, je veux que tu te montres ferme ; pas question de faire l'empressée avec elle et de lui avouer les inquiétudes qu'elle t'a causées, ni de la réprimander comme une poule en colère : ça lui sera parfaitement indifférent. Non : il faut être dure avec elle. Interdis-lui l'accès à son compte jusqu'à ce qu'elle commence à se conduire comme il faut, et, à partir de là, tiens-la d'une poigne ferme. » Il tendit la main et prit celle de sa femme avec une douceur qui contrastait avec l'âpreté de ses propos. « Puis-je te faire confiance ? Pour agir au mieux des intérêts d'Althéa ?

– Ce ne sera pas facile... fit Keffria d'une voix hésitante. Elle a l'habitude de n'en faire qu'à sa tête. Et maman...

– Je sais ; ta mère commence à éprouver des remords sur toute cette affaire. Mais la douleur affecte son jugement : elle a perdu son mari et craint de perdre aussi sa fille ; or elle ne la perdra pour de bon que si elle baisse les bras et lui laisse faire n'importe quoi. Si elle veut la garder, elle doit la forcer à rentrer chez elle et à mener une vie décente. Cependant, ta mère ne voit pas les choses ainsi actuellement, je le sais. Donne-lui du temps, Keffria ; donne-leur du temps à toutes les deux : elles finiront par se rendre à nos raisons et viendront nous remercier. Qu'y a-t-il ? »

On avait frappé. Malta passa la tête par l'entrebâillement de la porte. « Puis-je entrer ? demanda-t-elle d'un ton craintif.

– Ta mère et moi sommes en train de discuter », dit Kyle. Considérant qu'il avait répondu à la question, il se retourna vers son épouse sans plus prêter attention à sa fille. « J'ai eu le temps d'examiner les comptes des propriétés du Nord. Il y a trois ans que les locataires de la ferme des Atres n'ont pas payé leur loyer complet. Il faut les chasser, ou alors vendre la ferme. L'un ou l'autre. »

Keffria prit sa tasse et la tint fermement entre ses deux mains. Parfois, quand elle devait reprendre son mari, la peur la faisait trembler, et Kyle n'aimait pas cela. « La ferme des Atres appartient à maman, Kyle ; elle faisait partie de sa dot. Et les locataires sont sa vieille nounou et son mari ; ils ne rajeunissent pas et maman a toujours promis à Tetna de subvenir à ses besoins ; c'est pourquoi... »

Kyle reposa sa tasse si brutalement que de la tisane éclaboussa la nappe blanche. Il poussa un soupir d'exaspération. « Voilà exactement le genre de raisonnement qui nous mènera tous à la ruine ! Je n'ai rien contre la charité, Keffria, ni contre la fidélité à la parole donnée ; mais si ta mère doit s'occuper de ces vieux gâteux, qu'elle les fasse venir ici, qu'elle les installe dans les communs et qu'elle leur confie des tâches à leur portée ! Ils rendront certainement plus de services et seront plus à leur aise ici ; inutile de gaspiller toute une propriété agricole pour eux.

– Mais Tetna y a grandi... » Keffria s'interrompit en sursautant alors que la main calleuse de Kyle s'abattait sur la table avec violence.

« Moi, j'ai grandi à Frommeurs mais personne ne m'y donnera de logis quand je serai vieux et que nous n'aurons plus un sou parce que nous aurons mal géré nos biens ! Keffria, tais-toi un moment et laisse-moi finir ce que j'essaye de te dire. Je sais que cette propriété appartient à ta mère et que tu n'as pas voix au chapitre quant à ce qu'elle en fait ; je te demande seulement de lui transmettre mon conseil – et, par la même occasion, cet avertissement : plus un fifrelin ne sortira des biens de ton père pour l'entretien de cette ferme. Si elle n'est pas capable de la diriger de façon qu'elle rapporte assez pour assurer les réparations, elle devra la laisser pourrir. En tout cas, l'argent jeté par les fenêtres, c'est terminé. Ce sera tout. » Il se tourna soudain sur sa chaise et pointa un doigt accusateur vers la porte. « Malta ! Tu écoutes les conversations qui ne te regardent pas ? Si tu tiens à jouer les servantes indiscrètes, je veillerai à ce que tu en effectues aussi les besognes ! »

Malta tendit le cou par la porte entrouverte, l'air intimidé comme il se devait. « Je te demande pardon, papa. J'attendais que vous ayez fini, maman et toi, pour te parler. »

Kyle poussa un long soupir et leva les yeux au ciel. « Il faut apprendre aux enfants à ne pas déranger les gens, Keffria. Entre donc, Malta, puisque tu ne sais pas patienter comme une jeune fille bien élevée. Que veux-tu ? »

Malta pénétra en crabe dans la pièce, puis, voyant son père froncer les sourcils, elle se précipita devant lui. Elle lui fit une rapide révérence et dit en évitant le regard de sa mère : « Le bal de l'Eté est passé ; nous ne pouvions y participer, je le comprends bien. Mais l'Offrande des Moissons est dans soixante-douze jours.

– Et ?

– J'ai envie d'y aller. »

Son père secoua la tête avec agacement. « Tu iras. Tu y vas depuis que tu as six ans ; tous les membres des familles de Marchands s'y rendent – sauf ceux qui, comme moi, doivent prendre la mer. Je ne pense pas être revenu à temps pour m'y joindre, mais toi, tu iras, tu le sais bien. Pourquoi m'ennuyer avec ça ? »

Malta jeta un coup d'œil à l'expression désapprobatrice de sa mère, puis regarda son père d'un air grave. « Maman a dit que nous risquions de ne pas y aller cette année à cause du deuil de grand-père. » Elle reprit son souffle. « Et elle a dit que, même si nous y allions, je n'avais pas encore l'âge de porter une robe de bal. Oh, papa, je ne veux pas arriver à l'Offrande des Moissons habillée en petite fille ! Delo Trell, qui a le même âge que moi, portera une vraie robe de bal, elle !

– Delo Trell a onze mois de plus que toi », intervint Keffria. Elle se sentait les joues brûlantes devant l'audace de sa fille qui venait soumettre ce sujet à son père comme s'il s'agissait d'une doléance. « Et je serais fort surprise qu'elle participe au bal en robe. Moi-même, je n'ai été présentée à l'Offrande qu'à quinze ans, presque seize. Et nous sommes en période de deuil. On n'attend pas de nous voir en fanfreluches cette année ; il ne serait pas convenable...

– Je pourrais mettre une robe noire. Carissa Krev est allée au bal deux mois seulement après la mort de sa mère. »

Keffria prit un ton ferme. « Nous n'irons que si ta grand-mère n'y trouve rien à redire, mais cela m'étonnerait. Et, si nous nous y rendons, tu te vêtiras comme il sied à une fille de ton âge.

– Mais tu m'habilles comme une petite fille ! cria Malta d'une voix aux accents tragiques. Je ne suis plus une petite fille ! Oh, papa, elle m'oblige à porter des jupes qui me tombent à mi-mollet, avec de la dentelle à l'ourlet, comme si elle avait peur que je coure partout et que je joue dans les flaques d'eau ! Et elle me force à me faire des tresses comme si j'avais sept ans, à nouer un ruban autour de mon col, à ne porter que des fleurs, jamais de bijoux, et...

– Assez ! » fit Keffria d'un ton menaçant ; mais, à sa grande surprise, son époux éclata de rire.

« Viens, Malta. Non, essuie tes larmes et viens près de moi. » Malta obéit et il la prit sur ses genoux. « Eh bien, voilà donc que tu te crois assez grande pour t'habiller comme une dame. Bientôt, tu vas vouloir que des jeunes gens viennent te rendre visite.

– Papa, j'aurai treize ans au moment du bal et... »

Kyle la fit taire d'un geste et regarda son épouse par-dessus la tête de sa fille. « Si tout le monde y va, fit-il d'un ton circonspect, y aurait-il grand mal à lui laisser porter une robe de circonstance ?

– Mais ce n'est qu'une enfant ! protesta Keffria, atterrée.

– En es-tu sûre? demanda Kyle d'un ton empreint de fierté. Regarde ta fille, Keffria. Si c'est une enfant, elle a des formes étonnamment généreuses. Ma mère disait toujours: "Un garçon n'est un homme que quand il en a fait la preuve, mais une femme devient une femme quand elle le désire." » Il caressa les cheveux nattés de Malta qui leva vers lui un sourire ravi, puis lança un regard suppliant à sa mère.

Voir son époux soutenir sa fille contre elle bouleversait Keffria, mais elle s'efforça de cacher son émotion. « Voyons, Kyle, Malta... ce n'est pas convenable.

– Qu'y a-t-il d'inconvenant? Quel mal cela fait-il? Cette année, l'année prochaine, quelle importance qu'elle passe aux robes longues, du moment qu'elle les porte bien et qu'elles la mettent en valeur?

– Mais elle n'a que douze ans, fit Keffria d'une voix éteinte.

– Presque treize, corrigea Malta, profitant de son avantage. Oh, je t'en prie, maman, dis oui! Permets-moi d'aller à l'Offrande avec une robe de bal!»

Keffria résolut de ne pas céder de terrain. «Non. Nous n'irons que si ta grand-mère nous accompagne; ce serait choquant autrement. Là-dessus, je resterai ferme.

– Mais si nous y allons?» demanda Malta d'un ton enjôleur. Elle se tourna vers son père. «Oh, papa, promets-moi que j'aurai une robe de bal si maman me permet de participer à l'Offrande!»

Kyle serra sa fille contre sa poitrine. «Cela me paraît un compromis équitable,» dit-il à Keffria. Puis il ajouta à l'adresse de Malta: «Tu n'iras au bal que si ta grand-mère s'y rend elle-même – et il n'est pas question que tu la harcèles là-dessus. Mais si elle y va, tu iras aussi, et tu porteras une robe de dame.

– Oh, merci, papa!» fit Malta dans un souffle, comme s'il venait d'exaucer le vœu le plus important de toute son existence.

Keffria se sentit envahie par une émotion si semblable à la colère qu'elle en fut étourdie. «Maintenant, Malta, tu peux sortir. Je désire m'entretenir avec ton père. Et, puisque tu te crois assez grande pour t'habiller comme une dame, tu vas me montrer que tu en as aussi les qualités; finis donc la broderie qui traîne sur ton tambour depuis trois semaines.

– Mais ça va me prendre toute la journée! protesta Malta, consternée. Je voulais aller chez Carissa voir si elle pouvait m'accompagner rue des Tisserands pour examiner des tissus...»

Elle remarqua l'expression de sa mère et sa voix mourut. Sans un mot de plus, elle tourna les talons et sortit vivement de la pièce.

A peine eut-elle disparu que son père éclata de rire, et Keffria songea qu'il n'aurait pas pu trouver mieux pour la vexer encore davantage ; pourtant, loin de s'excuser, il s'esclaffa de plus belle devant la colère peinte sur le visage de son épouse. « Si tu te voyais ! s'exclama-t-il enfin. Tu es furieuse parce que ta fille est passée par-dessus toi ! Mais qu'y puis-je ? Tu sais qu'elle a toujours été ma préférée. Et puis quel mal y a-t-il à ce qu'elle porte une robe de bal, franchement ?

– Cela peut attirer sur elle une attention à laquelle elle n'a pas encore appris à faire face. Kyle, quand une femme se rend pour la première fois à l'Offrande des Moissons en robe de bal, ce n'est pas seulement qu'on a rallongé ses jupes : on la présente au Tout-Terrilville comme une femme adulte, ce qui signifie qu'elle est en âge de se faire courtiser et que sa famille est prête à étudier toutes les propositions de mariage.

– Et alors ? demanda Kyle, mal à l'aise. Nous ne sommes pas obligés de les accepter.

– Elle sera invitée à danser, poursuivit Keffria implacablement, non par les garçons de son âge avec lesquels elle dansait jusque-là, car ils seront relégués au rang d'enfants et elle aura statut de femme, mais par des hommes, jeunes et vieux. Or, non seulement c'est une danseuse médiocre mais elle n'a pas appris l'art de converser avec les hommes, ni celui de repousser les attentions… indésirables. Elle risque d'inciter à des avances inconvenantes sans même s'en rendre compte ; pis, elle peut paraître les encourager par un sourire nerveux ou un de ces éclats de rire inopportuns propres aux filles de son âge. J'aurais préféré que tu me consultes avant de lui donner ton autorisation. »

En un clin d'œil, Kyle passa de l'embarras à l'irritation. Il se leva brusquement en jetant sa serviette sur la table. « Je vois. Il serait peut-être plus simple que je m'installe définitivement à bord du navire pour éviter de te gêner pendant que tu décides du sort de notre famille ! Tu oublies, dirait-on, que Malta est ma fille autant que la tienne ! Si, à douze ans, elle n'a toujours pas appris à danser et à se comporter en société, c'est peut-être à toi-même que tu dois t'en prendre ! D'abord tu envoies mon fils faire sa prêtrise et maintenant tu te conduis comme si je n'avais pas mon mot à dire sur la façon d'élever ma fille ! »

Keffria s'était levée à son tour et s'agrippait à la manche de son époux. « Kyle ! Je t'en prie, rassieds-toi ! Ce n'est pas ce que je voulais dire ! Je tiens à ce que tu participes à l'éducation de nos enfants, évidemment ; mais il faut faire attention à la réputation de Malta si nous voulons qu'on la considère comme une jeune femme bien élevée. »

Mais Kyle refusa de se laisser adoucir. « Dans ce cas, je te conseille de lui faire donner des leçons de maintien et de danse au lieu de te débarrasser d'elle en l'envoyant dans sa chambre faire de la broderie ! Pour ma part, j'ai la responsabilité d'un navire, ainsi que celle d'un jeune homme à qui je dois apprendre à se tenir droit à cause d'une décision dans laquelle je n'ai pas eu mon mot à dire ! » Il repoussa son épouse comme on chasse une mouche importune et quitta la pièce d'un pas furieux. Keffria resta pétrifiée, les mains crispées devant la bouche.

Au bout d'un moment, elle se laissa lentement retomber sur sa chaise. Elle inspira profondément et massa ses tempes douloureuses du bout des doigts. Des larmes refoulées lui piquaient les yeux. Que de tensions, que de disputes ces derniers temps ! On eût dit que la maison ne connaissait plus un instant de paix. Keffria éprouva soudain une grande nostalgie du temps où son père était bien portant, où Althéa et lui voyageaient pendant que sa mère et elle-même restaient au logis et s'occupaient des enfants et des propriétés.

A l'époque, quand Kyle rentrait au port, elle avait l'impression d'être en vacances. Il commandait alors l'*Audacieux*, et on ne tarissait pas d'éloges sur lui, sur sa beauté et son allant. Ils passaient leurs journées à badiner dans leur chambre jusque tard le soir ou bien à se promener dans Terrilville en se donnant le bras. Son coffre de marin regorgeait toujours de surprises pour elle et les enfants, et elle avait toujours le sentiment d'être une nouvelle mariée. Mais, depuis qu'il avait la charge de la *Vivacia*, il était devenu si sérieux – et si... si... Elle chercha le terme approprié. « Pingre » lui vint à l'esprit, mais elle le repoussa. C'était un homme responsable, voilà tout, et, avec la mort de son beau-père, son sens du devoir s'était étendu à tout ce qui concernait la famille : non seulement le navire, mais aussi la maison, les propriétés, les enfants, et même, songea-t-elle lugubrement, sa belle-sœur et sa belle-mère.

Naguère, ils bavardaient souvent longuement le soir, de tout et de rien. Kyle aimait ouvrir les tentures pour laisser le clair de lune tomber obliquement sur leur lit à baldaquin ; alors il évoquait la fureur des tempêtes qu'il avait connues et la beauté des voiles gonflées sous un bon vent, tout en caressant Keffria avec des mains et des yeux qui exprimaient pour elle une fascination semblable à celle qu'il éprouvait pour la mer. A présent, il ne parlait plus guère que des frets qu'il vendait bien et des marchandises qu'il embarquait ; il répétait que la prospérité ou la ruine de la famille Vestrit reposait désormais sur ses épaules, et aussi qu'un de ces jours il donnerait aux Marchands de Terrilville une ou deux leçons de bonne gestion et de négoce avisé. Les nuits qu'ils passaient ensemble n'apportaient à Keffria ni soulagement ni repos ; quant aux jours, il les occupait sur son navire ; et aujourd'hui, elle se l'avouait avec amertume, elle n'attendait plus avec impatience que son départ en mer ; alors, elle pourrait retrouver au moins la paix des journées et des habitudes régulières.

Des pas lui firent relever la tête dans un mélange d'espoir et de crainte du retour de son époux. Mais ce fut sa mère qui entra ; au regard qu'elle posa sur Keffria, puis sur les reliefs du petit déjeuner, on eût dit qu'elle ne voyait que des ombres ; puis, elle balaya la pièce des yeux comme si elle cherchait quelque chose – ou quelqu'un. « Bonjour, maman, dit Keffria.

– Bonjour, répondit sa mère d'un ton absent. J'ai entendu Kyle s'en aller.

– Alors tu es descendue, fit sa fille d'un ton chagrin. Maman, je suis peinée que tu l'évites ainsi. Il y a des questions à régler, des décisions à prendre… »

Ronica eut un sourire sans chaleur. « Et c'est impossible tant que Kyle est présent. Keffria, je suis trop fatiguée et j'ai le cœur trop lourd pour prendre des gants. Ton mari ne laisse aucune place à la discussion. Je ne vois pas l'intérêt de parler avec lui, car nous ne partageons pas les mêmes points de vue et il ne se rend qu'à sa propre opinion. » Elle secoua la tête. « En ce moment, quand je ne pleure pas ton père, je me reproche la pagaille que j'ai semée dans tout ce qu'il m'a confié ; je n'arrive à penser à rien d'autre. »

Malgré sa récente rancœur contre son mari, Keffria se sentit blessée, et c'est dans un murmure peiné qu'elle répondit : « Il a bon cœur, maman. Il fait seulement ce qu'il considère comme le mieux pour nous.

– Peut-être, mais cela ne me console guère, Keffria. » Ronica prit une expression découragée. « Ton père et moi pensions en effet que c'était quelqu'un de bien, sans quoi nous n'aurions jamais consenti à votre mariage. Mais nous ne pouvions ne serait-ce qu'imaginer à l'époque ce qui s'est passé depuis. Tu aurais peut-être dû épouser le fils d'une famille de Marchands ; nous n'en serions peut-être pas là si tu t'étais mariée avec quelqu'un davantage habitué à nos coutumes. » Lentement et avec raideur, comme une très vieille femme, elle s'approcha de la table et s'assit. Comme si la lumière lui faisait mal aux yeux, elle détourna le visage de l'éclatant soleil matinal qui illuminait la pièce. « Regarde où nous en sommes à cause de Kyle et de sa volonté de faire notre bonheur : Althéa a disparu et Hiémain se trouve à bord du navire contre son gré. Ce n'est pas bon, ni pour le petit ni pour Vivacia. S'il comprenait vraiment ce qu'est une vivenef qui vient de s'éveiller, il n'y cloîtrerait pas son fils alors qu'il est si malheureux et troublé. A ce que je sais, les premiers mois de conscience d'une vivenef sont décisifs ; elle a besoin de se sentir au calme et en confiance avec son capitaine, pas d'être exposée aux émotions violentes de la contrainte et de la dissension. Quant à l'idée de Kyle de se servir d'elle pour transporter des esclaves... j'en suis malade, absolument malade. » Elle releva le visage et son regard cloua Keffria sur place. « J'ai honte de songer que tu vas laisser ton fils supporter les spectacles auxquels il va devoir assister s'il voyage à bord d'un transport d'esclaves. Comment peux-tu permettre qu'il voie cela, et, pire encore, qu'il y participe ? En quoi va-t-il devoir se changer pour y survivre ? »

Ces mots éveillèrent une indicible angoisse chez Keffria, mais elle crispa ses mains l'une sur l'autre sous la table et s'efforça de les empêcher de trembler. « Kyle m'a dit qu'il ne traiterait pas Hiémain durement ; quant aux esclaves, comme il me l'a fait remarquer, les faire souffrir inutilement ne ferait qu'abîmer une cargaison de valeur. Je te le jure, je lui ai parlé de tout ce que j'ai entendu dire sur les transports d'esclaves, et il m'a promis que jamais la *Vivacia* ne deviendrait un mouroir pestilentiel.

– Même si Kyle traitait Hiémain aussi délicatement qu'une petite fille, ton fils souffrirait de ce qu'il verra : les cales bondées, les morts, la violence obligatoire pour maintenir la discipline dans la cargaison... C'est mal. C'est mal, et tu le sais aussi bien que moi. » Le ton de Ronica interdisait toute objection.

« Mais nous avons pourtant une esclave ici même : Rache, que Davad t'a envoyée quand papa était à l'agonie.

– C'est mal, répéta Ronica Vestrit à mi-voix. J'en ai pris conscience et j'ai voulu la renvoyer à Davad, mais elle m'a suppliée à genoux de n'en rien faire. On tirerait d'elle un bon prix en Chalcède, elle le sait, car elle a un peu d'instruction. Son époux y a déjà été vendu pour dettes. Ils étaient originaires de Jamaillia, et, quand ils ont été pris dans l'engrenage de l'endettement sans parvenir à s'en sortir, son époux, son fils et elle se sont retrouvés au marché aux esclaves ; son mari, qui était un homme cultivé, a été acheté pour une forte somme, mais son garçon et elle ont été vendus pour une bouchée de pain à un des agents de Davad. » La voix de Ronica s'assourdit. « Elle m'a raconté son voyage jusque chez nous. Son enfant n'y a pas survécu. Pourtant, je ne pense pas que Davad Restart soit un monstre de cruauté, du moins de propos délibéré, et il n'est pas non plus pauvre au point d'abîmer exprès une cargaison de valeur. » La mère de Keffria avait conservé un ton étrangement monocorde durant tout son discours, et, quand elle répéta les mots de Kyle de cette même voix sans timbre, sa fille en eut la chair de poule.

« Je crois que je m'étais cuirassée contre la mort, reprit Ronica. Depuis que tes frères avaient succombé à la peste sanguine, je l'avais écartée de ma vie comme une épreuve que j'avais traversée et qui ne me regardait plus. A présent, ton père n'est plus, et cela m'a rappelé combien cette fin est soudaine et définitive. Il est déjà difficile de l'affronter quand elle arrive à la suite d'une maladie, mais l'enfant de Rache, lui, est mort parce que son petit estomac ne pouvait pas supporter les bousculades d'une cale bondée et sans air ; il n'arrivait pas à garder le pain noir et l'eau croupie que l'équipage donnait aux esclaves. Rache n'a pu que regarder son petit garçon mourir sans rien faire. »

Ronica leva les yeux vers sa fille ; Keffria avait un regard torturé. « "Pourquoi n'avoir pas averti l'équipage quand on vous apportait à manger ? ai-je demandé à Rache. On vous aurait sûrement autorisés à passer un moment sur le pont, à l'air libre, et on aurait fourni de quoi manger à votre petit." Elle m'a répondu qu'elle l'avait fait, qu'elle avait imploré, supplié chaque fois que les marins venaient distribuer le repas ou tirer les seaux de la cale, mais ils feignaient de ne pas l'entendre. Elle n'était pas la seule à bord à demander pitié. Enchaînés près d'elle, des hommes faits et des jeunes femmes sont morts aussi inutilement que son enfant. Quand des matelots sont descendus enlever son petit, en même temps que son voisin de chaîne, ils ont traîné son corps par terre comme s'il s'agissait d'un sac de farine. Elle savait qu'ils allaient le jeter aux serpents qui suivaient le bateau. Et ça l'a rendue folle.

« Par un sort singulier, c'est sa démence même qui lui a sauvé la vie, car, à force de hurler et de supplier les serpents de crever la coque pour la dévorer elle aussi, à force d'implorer Sâ d'envoyer des vents et des vagues pour précipiter le navire sur les rochers, elle a réussi à ébranler les marins mieux qu'en s'adressant à eux. Ils ne tenaient pas à ce que cette folle qui se souciait si peu de la vie attire la mort sur eux ; ils l'ont battue, mais rien ne pouvait la réduire au silence ; alors, quand le navire a fait relâche à Terrilville, elle a été débarquée, car les matelots juraient qu'elle était responsable de la dernière tempête qu'ils avaient subie et refusaient de reprendre la mer avec elle à bord. C'est Davad qui a dû se charger d'elle, puisqu'elle était son bien ; mais il ne pouvait la déclarer comme esclave à Terrilville et il l'a prise comme servante sous contrat, puis il s'est mis à appréhender ses regards, car elle le rend responsable de la mort de son fils, et il nous l'a envoyée comme domestique. Tu vois donc que ce présent qu'il nous a fait dans le moment difficile que nous traversions procédait davantage de la peur que de la charité. Et c'est ce qu'est devenu Davad lui-même, je le soupçonne : un homme gouverné par la crainte plus que par la bonté. »

Elle se tut, comme si elle réfléchissait. « Et on peut y ajouter une bonne mesure de cupidité. Je ne croyais pas Davad capable d'écouter une histoire comme celle de Rache et de poursuivre néanmoins une activité responsable de tant de malheur. Et pourtant, il continue. Et il presse avec opiniâtreté les gens qu'il connaît de voter la légalisation de son commerce à Terrilville. » Encore une fois, son regard transperça Keffria. « Maintenant que tu as hérité des biens de ton père, tu détiens aussi sa voix au Conseil. Nul doute que Davad va te solliciter pour que ton vote aille dans son sens ; or, si tes propres intérêts économiques coïncident avec ceux des partisans de l'esclavage... que va te demander Kyle, à ton avis ? »

Keffria était comme paralysée. Elle n'osait pas répondre ; elle aurait voulu affirmer que son époux n'approuverait jamais la légalisation de l'esclavage à Terrilville, mais déjà, sans que sa volonté y eût la moindre part, son esprit travaillait à établir les comptes : si la possession d'esclaves était autorisée, certaines propriétés, les champs de céréales et la mine d'étain pourraient soudain redevenir rentables ; en outre, Kyle pourrait s'épargner le long trajet jusqu'en Chalcède pour écouler ses cargaisons, puisqu'il aurait le droit de vendre les esclaves sur place, à Terrilville même. Avec un temps de transport moindre, une plus grande partie du fret arriverait vivante et en bonne santé pour la vente...

Avec un frisson de répulsion, Keffria prit soudain conscience de la teneur de ses pensées. *Une plus grande partie du fret arriverait vivante.* Depuis le début, elle avait accepté l'idée que, si Kyle décidait de transporter des esclaves, certains mourraient inévitablement au cours de ses voyages. De quoi ? De vieillesse ou de mauvaise santé ? Non. Kyle était trop avisé pour acheter des individus que la mort guettait. Elle s'attendait donc à ce que le trajet les tue ; elle l'avait accepté comme un élément inéluctable de ce commerce. Mais pourquoi ? Lors de ses propres déplacements en bateau, elle n'avait jamais craint pour sa santé ni pour sa vie. Par conséquent, seule la façon dont on traitait ces passagers malgré eux expliquait ces décès – et cette façon de traiter les esclaves risquait fort de faire partie des fonctions de Hiémain en tant que matelot. Son fils allait-il apprendre à faire la sourde oreille aux supplications d'une jeune femme qui demande pitié pour son enfant ? Allait-il aider à jeter les corps sans vie aux serpents ?

Ronica avait dû suivre les réflexions de sa fille car elle murmura : « N'oublie pas que cette voix au Conseil t'appartient. Tu peux la céder à ton époux si tu le souhaites ; c'est ce que feraient nombre d'épouses de Marchands à ta place, même si la loi de Terrilville ne l'exige pas. Mais n'oublie pas non plus que la famille Vestrit dispose d'une voix et d'une seule. Une fois que tu l'auras donnée à ton époux, tu ne pourras plus la récupérer, et lui pourra désigner la personne de son choix pour exprimer sa volonté en son absence. »

Keffria se sentit tout à coup glacée et très seule : quoi qu'elle décide, elle en souffrirait. Indiscutablement, Kyle appuierait la légalisation de l'esclavage ; elle entendait d'ici les arguments logiques, rationnels qu'il emploierait tout en affirmant que le sort des esclaves à Terrilville serait plus doux qu'en Chalcède. Il la persuaderait, et alors sa mère perdrait tout respect pour elle. Elle s'entendit répondre d'un ton sans éclat: «Nous n'avons qu'une seule voix au Conseil des Marchands. Une voix sur cinquante-six.

– C'est exact, il reste cinquante-six familles de Marchands», reconnut sa mère. Cependant, elle poursuivit dans le même souffle: «Mais sais-tu combien de nouveaux venus se sont appropriés assez de leffers de terrain pour revendiquer une voix au Conseil? Vingt-sept. Tu as l'air abasourdie? J'ai eu la même réaction. Il y a manifestement des gens qui s'installent au sud de Terrilville, qui accumulent les propriétés grâce à des concessions signées de la main du nouveau Gouverneur, puis qui viennent à Terrilville faire valoir leur droit à un siège au Conseil. Le second Conseil que nous avons créé – par esprit d'équité, afin que les Immigrants aux Trois Bateaux disposent d'un lieu où régler leurs différends entre eux et d'une voix dans le gouvernement de Terrilville – est à présent employé contre nous.

«Et les pressions ne proviennent pas seulement de l'intérieur; les Chalcédiens lorgnent aussi notre prospérité avec convoitise. Ils ont mis en cause notre frontière septentrionale à plusieurs reprises, et ce jeune imbécile de Gouverneur, par son absence de réaction, leur a pratiquement donné raison, tout cela à cause des présents dont Chalcède le couvre, femmes, bijoux et herbes de joie. Il ne prendra pas la défense de Terrilville contre Chalcède, et il ne tiendra même pas la promesse que nous avait faite Esclepius: à ce qu'on dit, il a dilapidé le Trésor de Jamaillia en plaisirs dispendieux et il cherche à se procurer de l'argent frais pour ses distractions en concédant des terrains à qui gagne ses faveurs par des cadeaux ou des promesses de cadeaux; or, ce n'est pas seulement aux nobles jamailliens qu'il fait don de notre territoire, mais à ses sycophantes chalcédiens aussi. Ce que tu t'apprêtais à dire est donc peut-être exact, Keffria: rien ne garantit qu'une seule voix suffira à empêcher les changements dont Terrilville est victime.»

Ronica se leva lentement de table. Elle n'avait rien mangé, elle n'avait même pas bu une gorgée de tisane. Comme elle se dirigeait vers la porte, elle soupira: «Avec le temps, même les cinquante-six voix des Marchands ne parviendront plus à faire barrage à la volonté de cette vague de nouveaux arrivants. Et si

Cosgo, ce jeune Gouverneur, est prêt à violer la promesse que nous a faite Esclepius, considérera-t-il les autres comme sacrées ? Combien de temps faudra-t-il avant que les monopoles qu'on nous avait accordés soient vendus à d'autres ? Je préfère ne pas songer à ce qui risque de se passer ; ce sera bien plus grave que la fin de notre mode de vie. Si des gens aussi cupides et imprudents s'aventurent à remonter le fleuve du désert des Pluies, je n'ose penser à ce qu'ils pourraient éveiller. »

L'espace d'un instant terrifiant, Keffria se remémora la naissance de son troisième enfant – ou plutôt la troisième fois qu'on l'avait menée au lit d'accouchement, car ce n'était pas un enfant qui était né de cette longue grossesse et de ce pénible travail, mais seulement une créature qu'on ne lui avait pas laissé voir ni prendre contre elle, une créature qui grognait, grondait et se débattait violemment dans les bras de Ronica qui l'emportait hors de la pièce. Kyle se trouvait alors en mer, et c'est son père qui avait dû accomplir l'obligation de toute famille de Marchands de Terrilville. Nul n'en avait dit mot par la suite, même lorsque Kyle était rentré de voyage. Il n'avait pas posé de question devant le berceau vide, il avait accepté la situation et s'était montré plein de tendresse pour Keffria. Une seule fois depuis il avait mentionné son « enfant mort-né », et elle se demandait encore si, pour lui, cette expression ne reflétait pas l'exacte vérité. Il n'était pas originaire du monde des Marchands et peut-être n'arrivait-il pas à se convaincre du prix qu'il fallait payer quand on en faisait partie.

Peut-être ne saisissait-il pas tout ce qu'impliquait d'avoir épousé la fille d'un Marchand ; peut-être ne comprenait-il pas que Terrilville se protégeait du fleuve du désert des Pluies et de ce que charriaient ses eaux autant qu'elle en profitait.

L'espace d'une seconde, son mari lui apparut comme un inconnu, voire une menace – non une menace née de la malveillance, mais inhérente à une force naturelle, telle une tempête ou un gigantesque raz de marée qui broie et détruit aveuglément tout ce qui se trouve sur son passage.

« Kyle est un homme bon », dit Keffria à sa mère. Mais Ronica avait quitté la pièce, et les mots de sa fille tombèrent sans vie dans le silence indifférent de la maison.

3
NÉGOCIATIONS

« On se met en route demain matin. » Torg ne chercha pas à cacher le plaisir qu'il prenait à annoncer la nouvelle.

Hiémain ne leva pas les yeux de son ouvrage. L'homme ne lui avait pas posé de question ni donné un ordre ; il n'était donc pas tenu de répondre.

« Ouais, on s'en va d'ici. Tu reverras pas Terrilville avant un moment. On a sept ports à faire d'ici à Jamaillia ; les trois premiers sont en Chalcède, et on va s'y débarrasser de ces noix de comefère. Je savais qu'elles se vendraient pas à Terrilville, mais on m'a rien demandé. » Torg fit rouler ses épaules avec un sourire satisfait ; apparemment, le mauvais calcul de Kyle prouvait à ses yeux qu'il était plus avisé que son capitaine. Hiémain, pour sa part, ne voyait pas le rapport.

« Le cap'taine va se garnir une petite caisse en cours de route, à ce qu'il paraît, comme ça il aura davantage à dépenser pour les esclaves de Jamaillia. On va en embarquer une belle cargaison, mon gars. » Il s'humecta les lèvres. « Je suis impatient d'y être, surtout qu'il sera obligé d'écouter mes conseils, parce que c'est un marché que je connais bien. Ouais, moi, j'ai l'œil pour la bonne chair à esclaves, et je prendrai que le premier choix. Peut-être même que j'achèterai quelques gamines maigrichonnes pour te faire un peu rêver ; qu'est-ce que t'en dis, mon gars ? »

Il valait mieux répondre aux questions si on ne voulait pas recevoir un coup de pied bien placé. « J'en dis que l'esclavage est immoral et illégal, et que nous n'avons pas à discuter les projets du capitaine. » Hiémain n'avait pas quitté son travail des yeux ; on lui avait donné un tas de vieilles élingues à démêler, pour en récupérer ce qui était encore utilisable et réduire le reste en fibres dont on pourrait refaire des cordages ou qu'on emploierait comme étoupe le cas échéant. Ses mains étaient devenues aussi rêches que le chanvre qu'elles manipulaient ; quand il les regardait, il avait du mal à s'imaginer qu'elles aient pu appartenir à un artiste du vitrail. En face de lui, sur le gaillard d'avant, Clément travaillait de son côté sur le tas de cordages. Hiémain enviait au jeune matelot la dextérité de ses mains calleuses : quand Clément prenait un bout d'élingue et la secouait, elle se démêlait comme par magie ; Hiémain, lui, avait beau s'escrimer à enrouler un cordage dans un sens, la ligne voulait toujours se tordre dans le sens inverse.

« Ho ho ! On fait son fier ? » Torg lui donna un coup du bout de la botte, peu violent mais douloureux : Hiémain était encore meurtri d'un coup précédent.

« Non, lieutenant », répondit Hiémain par réflexe. Il était plus simple parfois de courber l'échine. Quand son père l'avait confié à cette brute, le jeune garçon avait essayé de lui parler comme à une personne douée de raison, mais il avait promptement appris que Torg interprétait comme une moquerie tous les mots qu'il ne comprenait pas, et considérait toute tentative d'explication comme une mauvaise excuse. Moins Hiémain en disait, moins il recevait de coups, même s'il devait pour cela approuver des affirmations contre lesquelles il se serait normalement élevé. Il s'efforçait de ne pas regarder sa propre attitude comme une dégradation de sa dignité et de sa morale, mais comme un moyen de survie. Il devait survivre jusqu'au moment où il pourrait s'échapper.

Il risqua une question : « Dans quels ports allons-nous faire relâche ? »

S'il y en avait un sur la péninsule de Moelle, il débarquerait par tous les moyens. Qu'il dût traverser à pied la presqu'île sur toute sa longueur, qu'il dût mendier pour se remplir l'estomac, peu importait : il retournerait à son monastère. Là, il raconterait son histoire et on l'écouterait ; on changerait son nom et on lui trouverait une place ailleurs, où son père ne le retrouverait jamais.

« Nulle part du côté de Moelle, répondit Torg avec une joie méchante. Si tu veux retrouver ta prêtraille, petit, il va falloir que tu nages. » Et le lieutenant éclata de rire ; Hiémain comprit alors qu'il l'avait amené à dessein à poser cette question, et il resta déconcerté que même le lent intellect de l'homme parvînt à percer son désir secret. En rêvait-il trop, cela se voyait-il dans ses gestes ? Pourtant, il avait fini par se persuader que se raccrocher à cet espoir était le seul moyen de garder sa raison ; il passait son temps à imaginer comment quitter le navire ; chaque fois qu'on l'enfermait dans la soute à chaînes pour la nuit, il attendait que l'homme qui l'avait accompagné se fût éloigné, puis il essayait la poignée. Il regrettait de s'être montré si impatient quand on l'avait conduit de force sur la vivenef : ses tentatives maladroites de fuite avaient averti le capitaine et l'équipage de ses intentions, et Kyle avait prévenu ses hommes que celui qui le laisserait s'échapper le paierait cher. Il ne restait jamais seul, et ceux qui travaillaient à ses côtés lui en voulaient, non seulement de ne pouvoir lui faire confiance, mais encore d'être obligés de le surveiller sans pour cela être relevés de leurs corvées.

Torg s'étira en faisant rouler ses muscles ostensiblement. Du bout de la botte, il tapota le dos de Hiémain. « Faut que j'y aille, moussaillons ; j'ai du boulot. Clément, c'est toi qui fais la nounou. Veille à ce que le bébé à sa maman ait toujours les mains occupées. » Il donna un dernier coup de pied à Hiémain et quitta le pont de son pas lourd. Les deux garçons ne levèrent pas les yeux de leur travail ; mais, une fois que le lieutenant fut assez loin pour ne plus les entendre, Clément déclara calmement : « Un de ces jours, quelqu'un va l'assassiner et le jeter discrètement pardessus bord. » Il ne s'arrêta pas un instant de travailler. « Ce sera peut-être moi », ajouta-t-il sur le ton de la plaisanterie.

Cette tranquille apologie du meurtre glaça les sangs de Hiémain. Il n'aimait pas Torg et devait même se faire violence pour ne pas le détester, mais il n'avait jamais envisagé de le tuer ; il était abasourdi que Clément y eût songé, lui. « Ne laisse pas un homme comme Torg te dévier de ta vie et de ta ligne de conduite, répondit-il à mi-voix. Le seul fait de penser à tuer par vengeance fausse l'esprit. Nous ignorons pourquoi Sâ permet à de tels individus d'exercer leur autorité sur les autres, mais nous pouvons les empêcher de déformer notre âme. Obéissons-leur quand nous y sommes obligés, mais ne...

– Je ne t'ai pas demandé de sermon ! » fit Clément d'un ton agacé. D'un geste furieux, il jeta sur le pont le bout d'élingue sur lequel il travaillait. « Pour qui te prends-tu ? Qu'est-ce qui te donne le droit de me dire comment je dois penser et comment je dois vivre ? Il ne t'arrive jamais de parler comme tout le monde ? De bavarder ? Tu devrais essayer. Dis tout haut : "J'aimerais tuer cette saleté d'enfourcheur de chiens !" Tu verras le bien que ça fait ! » Clément se détourna de Hiémain et poursuivit comme s'il s'adressait au mât qui se dressait près de lui : « Fiente ! J'essaye de lui parler comme s'il était humain et, lui, il me répond comme si je mendiais ses conseils à genoux ! »

A ces mots, l'indignation envahit Hiémain, aussitôt remplacée par un sentiment de gêne. « Ce n'est pas ce que je voulais... » Il s'apprêtait à répondre qu'il ne se jugeait pas supérieur à Clément, mais le mensonge mourut sur ses lèvres, et il se contraignit à dire la vérité. « Non. Je ne parle jamais sans réfléchir. On m'a appris à ne pas m'exprimer à la légère. Or, au monastère, quand nous voyons quelqu'un emprunter un chemin destructeur, nous en discutons entre nous – mais pour nous aider mutuellement, pas pour...

– Eh bien, tu n'y es plus, au monastère. Tu es sur un navire ; quand est-ce que tu vas te mettre ça dans la tête et commencer à te conduire en marin ? Tu sais, c'est pénible de te regarder laisser tout le monde te marcher sur les pieds. Un peu de bon sens ! Résiste au lieu de prêcher sans arrêt l'amour de Sâ ! Flanque un bon coup de poing à Torg ! Tu te feras punir, c'est sûr, mais Torg est encore plus trouillard que toi ; s'il croit qu'il y a le moindre risque que tu lui tombes dessus avec un épissoir, il se tiendra à carreau. C'est pourtant évident ! »

Hiémain répondit avec dignité : « S'il m'oblige à me conduire comme lui, c'est qu'il a gagné. C'est pourtant évident.

– Non. Ce qui est évident, pour moi, c'est que tu as tellement peur de te faire rosser que tu refuses d'avouer que tu as peur. C'est comme l'histoire de ta chemise, l'autre jour, quand Torg l'a accrochée en haut du mât pour te faire enrager. Tu aurais dû savoir que tu serais obligé d'aller la chercher toi-même et tu aurais donc dû y aller tout de suite, au lieu d'attendre de ne plus pouvoir faire autrement. Pour Torg, tu as perdu la face deux fois ; tu ne t'en rends pas compte ?

– Je ne vois pas en quoi j'ai perdu la face. C'était une plaisanterie cruelle, indigne d'hommes responsables », répondit Hiémain à mi-voix.

Clément perdit son calme. « Voilà ! Voilà ce que je ne supporte pas chez toi ! Tu sais parfaitement ce que je veux dire, mais tu déformes tout ! Le problème n'est pas de savoir ce qui est digne d'hommes responsables ou non ! Le problème, il est entre Torg et toi, ici, en ce moment ! La seule façon de gagner la partie aurait été de faire semblant que tu t'en fichais, que ça t'était égal de grimper au mât pour récupérer ta chemise ; mais non, il a fallu que tu restes sur le pont à prendre des coups de soleil et à jouer les prêtres trop pieux pour s'abaisser à décrocher une chemise... » Clément finit par se taire, manifestement frustré par l'absence de réaction de Hiémain. Il reprit son souffle et fit une nouvelle tentative. « Tu ne comprends donc pas ? Il t'a obligé à grimper au mât devant lui, c'est ça le pire ; c'est là que tu as perdu. Maintenant, tout l'équipage croit que tu n'as pas de tripes ! Que tu es un trouillard ! » Clément secoua la tête, écœuré. « Tu as déjà l'air d'avoir dix ans ! Il faut vraiment que tu te conduises en plus comme si tu les avais ? »

Il se leva et s'en alla à grandes enjambées, furieux. Hiémain resta accroupi, les yeux fixés sur le tas de cordages. Les paroles de son compagnon l'avaient ébranlé davantage qu'il ne voulait l'admettre ; Clément ne l'avait que trop bien mis en face de la réalité : il vivait désormais dans un monde différent. Clément et lui étaient sans doute du même âge, mais le jeune matelot était entré dans le métier par goût, trois ans plus tôt ; c'était aujourd'hui un marin aguerri, et Hiémain l'avait remplacé comme mousse à bord. Il n'avait plus du tout l'apparence d'un enfant : agile et musclé, il avait une bonne tête de plus que Hiémain et le duvet de ses joues s'assombrissait, annonçant une barbe d'homme. Hiémain, lui, n'était pas responsable de sa carrure frêle et de son aspect enfantin, il le savait, et, même s'il y voyait un défaut, il n'y pourrait rien changer. Cependant, sa jeunesse apparente avait posé moins de problèmes au monastère, où il était entendu que chacun grandissait à son heure et à sa façon.

Sâ'Greb, par exemple, conserverait toujours la taille d'un enfant de dix ans, et ses membres courtauds auraient fait de lui la cible de toutes les plaisanteries s'il était resté dans son village natal, alors qu'au monastère son don pour la poésie lui valait le respect général. Nul ne le considérait comme trop petit : c'était Sâ'Greb, tout simplement, et personne n'aurait jugé normaux ni tolérables les tours cruels qui faisaient l'ordinaire du navire.

Certes, à leur arrivée, les novices se taquinaient et se bousculaient entre eux, mais on renvoyait promptement chez leurs parents ceux qui affichaient un penchant pour la brutalité ou la méchanceté : ces caractères n'avaient pas leur place chez les serviteurs de Sâ.

Le monastère lui manqua soudain douloureusement, et il refoula son chagrin avant que des larmes viennent lui piquer les yeux : pas question de pleurer à bord du navire ; l'équipage n'y verrait qu'une faiblesse de plus. Dans un sens, Clément avait raison : il était coincé sur la *Vivacia* jusqu'à ce qu'il parvienne à s'échapper ou qu'il atteigne ses quinze ans. Que conseillerait Bérandol ? Eh bien, de tirer le plus de profit possible de son expérience. S'il devait jouer les marins, le plus sage était d'apprendre le métier rapidement ; et s'il était obligé de faire partie de l'équipage pendant... pendant le temps que cela durerait, il devait au moins former des alliances.

Si seulement il avait la moindre idée de la façon dont on se lie d'amitié avec quelqu'un de son âge, mais avec qui on n'a presque rien en commun ! Il ramassa un bout d'élingue usé et se mit à démêler les torons tout en réfléchissant. Derrière lui, Vivacia dit à mi-voix : « J'ai trouvé que tes propos étaient justes. »

Merveilleux ! Un bateau en bois sans âme, animé par une force dont nul ne savait si elle procédait de Sâ ou non, s'enthousiasmait pour ses idées ! A peine cette pensée indigne lui fut-elle venue que Hiémain l'étouffa, mais trop tard : il sentit le navire vibrer d'affliction. Ne venait-il pas justement de songer qu'il avait besoin d'alliés ? Et voilà qu'il s'en prenait méchamment au seul qu'il possédait pour l'instant ! « Je regrette, murmura-t-il, sachant qu'il n'était pas nécessaire, en réalité, de formuler tout haut ses pensées. C'est dans notre nature d'humains de chercher à faire partager nos douleurs aux autres, comme si nous pouvions nous en débarrasser en infligeant une souffrance égale à nos semblables.

– J'ai déjà assisté à ce phénomène, répondit Vivacia d'un ton indifférent. Tu n'es pas seul dans ta rancœur : l'équipage tout entier est en ébullition ; presque personne à bord n'est satisfait de son sort. »

Hiémain acquiesça. « Il y a eu trop de changements qui se sont produits trop vite, ces derniers temps ; trop d'hommes congédiés, d'autres qui ont vu leur salaire réduit à cause de leur âge ; trop de nouvelles recrues qui essayent de découvrir leur place dans l'ordre des choses. Il faudra du temps avant que tous ces hommes se sentent faire partie du même équipage.

– Si cela arrive jamais, fit Vivacia d'un ton où ne perçait guère d'espoir. D'un côté, il y a l'ancien équipage d'Ephron Vestrit, et de l'autre celui de Kyle, plus les nouvelles recrues ; c'est du moins ainsi qu'ils se voient les uns les autres, et ils se conduisent en conséquence. Je me sens... divisée. J'ai du mal à faire confiance, à me laisser aller et à laisser la direction au... capitaine. » Elle hésita sur le titre, comme si elle ne reconnaissait pas complètement la position de Kyle.

Hiémain hocha la tête encore une fois. Ces tensions dont elle parlait, il les avait lui-même perçues. Certains des hommes que Kyle avait laissés à quai avaient tenu des propos venimeux sur le nouveau commandant, et deux autres anciens de la *Vivacia* avaient démissionné en signe de protestation ; le plus récent indice de ce malaise datait du jour où Kyle avait exigé qu'un des doyens des marins démissionnaires lui restitue la boucle d'oreille que le capitaine Vestrit lui avait donnée en remerciement de son long service à bord de la *Vivacia* ; le bijou représentait la figure de proue du navire et désignait l'homme comme un membre estimé de l'équipage. Le vieux marin avait préféré le jeter à l'eau plutôt que le remettre à Kyle ; là-dessus, il s'était éloigné sur le quai d'un pas digne, son sac de mer sur sa maigre épaule. Hiémain se doutait bien qu'il n'avait guère d'avenir : il aurait du mal à faire ses preuves à bord d'un nouveau bâtiment en face de matelots plus jeunes et plus agiles que lui.

« Il n'a pas jeté la boucle d'oreille à la mer. » La voix de Vivacia n'était guère qu'un murmure.

La curiosité de Hiémain s'éveilla aussitôt. « Vraiment ? Comment le sais-tu ? » Il se leva et s'approcha du bastingage pour regarder la figure de proue. Elle leva les yeux vers lui et sourit.

« Il est revenu plus tard, ce même soir, et il me l'a donnée. Nous avions vécu si longtemps ensemble, m'a-t-il dit, que, s'il ne pouvait mourir sur mes ponts, il tenait au moins à me laisser un souvenir de son temps avec moi. »

Hiémain se sentit soudain profondément ému. Le vieux marin avait remis au navire un objet qui avait sûrement de la valeur, ne fût-ce que par son poids en or. Il le lui avait donné de son plein gré.

« Qu'en as-tu fait ? »

Elle eut l'air un peu gênée. « J'ignorais qu'en faire, mais il m'a demandé de l'avaler. Beaucoup de vivenefs ont cette coutume, d'après lui ; pas pour n'importe quoi, mais pour des objets chargés de symboles. Elles les avalent et deviennent ainsi dépositaires, pour le restant de leur existence, de la mémoire de ceux qui les leur ont donnés. » Elle sourit devant la mine stupéfaite de Hiémain. « J'ai donc obéi. Ça n'a pas été difficile, bien que ça m'ait fait une impression étrange. Et je... je suis consciente de la présence de cette boucle en moi, d'une façon que je ne saurais décrire. Mais je devais faire ce geste, je le sentais.

– Je le crois aussi », répondit Hiémain, en se demandant d'où lui venait une telle certitude.

★

La brise nocturne était bienvenue après la chaleur du jour. Même les bateaux ordinaires paraissaient murmurer entre eux le long des quais au rythme de leurs légers craquements. Le ciel dégagé annonçait une belle journée pour le lendemain. Althéa se tenait immobile et silencieuse dans l'ombre de Vivacia. Fallait-elle qu'elle soit folle pour se fixer un but impossible et se fonder en plus sur les paroles d'un homme en fureur pour l'atteindre ! Mais que lui restait-il d'autre ? Elle n'avait que la promesse de Kyle, faite sur un coup de tête, et le sens de l'équité de son neveu. Seule une idiote pourrait croire que cela suffirait à lui rendre un avenir. Sa mère avait essayé de la retrouver par le biais de Vivacia ; peut-être cela signifiait-il qu'Althéa avait une alliée chez elle. Peut-être ; mais elle n'y comptait pas.

Elle appliqua la main sur la coque argentée de Vivacia. « Sâ, par pitié », fit-elle, puis les mots lui manquèrent. Elle n'avais jamais beaucoup prié ; il n'était pas dans sa nature de dépendre des autres pour obtenir ce qu'elle désirait ; la grande Mère de tout et de tous entendrait-elle seulement la supplique de quelqu'un qui ne lui prêtait d'ordinaire nulle attention ? Par la paume de sa main, elle sentit soudain une douce chaleur émaner de Vivacia, et elle se demanda si c'était bien à Sâ qu'elle avait adressé sa prière. Comme la plupart des marins qu'elle connaissait, peut-être croyait-elle davantage dans son navire que dans la providence divine.

« Il arrive », la prévint Vivacia dans un murmure.

Althéa recula dans l'ombre de son navire.

Etre obligée de se dissimuler ainsi ! Ces rendez-vous furtifs, clandestins, avec Vivacia lui faisaient horreur, mais c'était son seul espoir de réussite. Si Kyle avait vent de ses projets, il ferait sûrement tout ce qui serait en son pouvoir pour les contrecarrer ; et pourtant, elle était là, prête à tout dire à Hiémain, et cela en se fondant sur un unique regard échangé avec lui, parce que l'espace d'un instant elle avait reconnu dans ses yeux le sens de l'honneur d'Ephron Vestrit. Elle allait maintenant tout jouer sur la confiance qu'elle lui prêtait.

« N'oublie pas que je t'ai à l'œil, morveux ! » La voix hargneuse de Torg éclata dans la nuit sereine comme un coup de tonnerre. Seul le silence accueillit sa déclaration. « Réponds-moi, morveux ! aboya l'homme.

– Vous ne m'avez pas posé de question », fit Hiémain d'un ton calme. En contrebas, sur le quai, Althéa félicita l'enfant pour son courage, sinon pour sa sagesse.

« Si jamais tu essayes de quitter le bord cette nuit, je te botte le cul jusqu'à ce que tu aies de la purée à la place des vertèbres ! reprit Torg. Tu m'as compris ?

– J'ai compris », répondit la voix flûtée de Hiémain avec lassitude. On eût cru un tout jeune enfant fatigué. Althéa entendit le frottement de pieds nus sur le pont, puis le bruit sourd de quelqu'un qui s'assoit lourdement. « Je suis trop épuisé pour réfléchir, et plus encore pour discuter, ajouta l'adolescent.

– Et pour écouter ? » demanda le navire avec douceur.

Althéa perçut un bâillement indistinct. « Si ça ne te dérange pas que je risque de m'endormir au milieu de ce que tu veux me dire.

– Ce n'est pas moi qui souhaite te parler, murmura Vivacia. Althéa Vestrit se trouve sur le quai, en dessous de toi. C'est elle qui a quelque chose à te dire.

– Ma tante Althéa ? » fit Hiémain avec surprise, et la jeune fille vit sa tête apparaître au-dessus du bastingage qui la surplombait. Elle sortit sans bruit de l'ombre pour le regarder, mais son visage restait invisible : elle ne vit qu'une silhouette obscure sur le fond du ciel nocturne. « On prétend partout que vous avez disparu, remarqua-t-il à mi-voix.

– C'est exact. » Prenant une longue inspiration, elle se jeta à l'eau. «Hiémain, si je t'expose franchement mon plan, sauras-tu le garder pour toi?»

En bon prêtre, il répondit par une question: «Projetez-vous quelque chose de... mal?»

Le ton qu'il avait employé faillit la faire éclater de rire. «Non; je n'ai pas l'intention d'assassiner ton père ni de prendre de risque aussi inconsidéré.» Elle hésita, mesurant le peu qu'elle savait de cet enfant; Vivacia l'avait assurée qu'il était digne de confiance, et Althéa espérait qu'elle ne s'était pas trompée. «Je vais essayer de le prendre à son propre jeu, mais ça ne marchera pas s'il est au courant de ce que je mijote. Je devrai donc te demander de conserver le secret.

– Mais pourquoi ne pas le garder pour vous? Un secret est mieux protégé si une seule personne le connaît.»

C'était là, naturellement, le nœud de l'affaire. Althéa s'arma de courage. «Parce que tu es essentiel à mon plan. Sans ta promesse de m'assister, je suis pieds et poings liés.»

Le jeune garçon se tut un moment. «Ce que vous avez vu, le jour où il m'a frappé, vous a peut-être donné à croire que je le déteste ou que je souhaite sa ruine, mais il n'en est rien. Je désire seulement qu'il tienne sa promesse.

– C'est exactement ce que je veux, moi aussi, répondit vivement Althéa. Je ne te demande pas de faire quelque chose de mal, Hiémain, je te le jure. Mais, avant d'en dire davantage, il me faut ta promesse de garder le secret.»

L'adolescent réfléchit pendant ce qui parut une éternité à la jeune fille. Tous les prêtres faisaient-ils toujours preuve d'autant de circonspection en toute circonstance? «Je garderai votre secret», déclara-t-il enfin. Cette réponse plut à Althéa: pas de grands serments mais une parole librement offerte. Sous sa main, elle sentit la *Vivacia* se réjouir de son jugement. Curieux, pour un navire, d'y attacher de l'importance.

«Merci», murmura-t-elle; puis elle prit son courage à deux mains en espérant que Hiémain n'allait pas la croire folle. «Te souviens-tu clairement du jour où il t'a donné un coup de poing dans la salle à manger?

– Pour la plus grande partie, oui, répondit le jeune garçon. Du moins, lorsque j'étais conscient.

– Te rappelles-tu ce qu'a dit ton père? Il a juré sur Sâ que, si un capitaine de bonne réputation se portait garant de mes qualités de marin, il me rendrait mon bateau. Te le rappelles-tu ? » Et elle retint son souffle.

« Oui », fit Hiémain à mi-voix.

Althéa posa les deux mains sur la coque du navire. « Et serais-tu prêt à jurer sur Sâ que tu l'as entendu prononcer ces mots ?

– Non. »

Les fragiles fondations du rêve d'Althéa s'effondrèrent. Elle aurait dû s'en douter : comment avait-elle pu croire que Hiémain se dresserait contre son père dans une affaire de cette importance ? Comment avait-elle pu être stupide à ce point ?

« Je serais prêt à témoigner que je l'ai entendu les prononcer, poursuivit l'adolescent, mais pas à jurer : un prêtre de Sâ ne jure pas sur Sâ. »

Le cœur d'Althéa se gonfla de soulagement : cela suffirait ! Il fallait que cela suffise ! « Tu serais prêt à donner ta parole, ta parole d'homme, qu'il les a prononcés ? insista-t-elle.

– Naturellement. C'est la vérité, rien de plus. Mais, fit-il en secouant la tête, je ne pense pas que ça vous mène très loin : si mon père refuse de tenir la promesse qu'il a faite à Sâ de me rendre à la prêtrise, pourquoi obéirait-il à un serment fait sous le coup de la colère ? Après tout, le navire a beaucoup plus de valeur que moi à ses yeux. Je regrette de vous parler ainsi, Althéa, mais, à mon sens, votre espoir de récupérer votre navire par ce moyen est infondé.

– Laisse-moi m'en préoccuper seule », répondit-elle d'une voix tremblante. Le soulagement l'avait envahie : elle avait un témoin et elle pouvait compter sur lui. Elle ne parlerait pas à son neveu du Conseil des Marchands et du pouvoir qu'il détenait ; elle lui avait déjà confié assez de son plan, elle ne tenait pas à alourdir son fardeau... « Du moment que tu es prêt à attester que ton père a bien prononcé ces paroles, je garde espoir. »

Hiémain ne réagit pas à cette déclaration, et, pendant un moment, Althéa resta immobile, les mains plaquées sur la coque du navire silencieux ; elle avait presque la sensation de percevoir le jeune garçon à travers le bateau, de capter son affliction et sa solitude.

« Nous partons demain, dit-il enfin d'un ton sans joie.

– Je t'envie, répondit Althéa.

– Je sais. J'échangerais volontiers ma place contre la vôtre.

– J'aimerais que ce soit aussi simple. » Althéa s'efforça de faire taire sa jalousie. « Hiémain, aie confiance en Vivacia. Elle te protégera et tu la protégeras ; je compte sur vous deux pour garder l'œil l'un sur l'autre. » Elle s'entendit avec horreur prendre ce qu'elle appelait le ton de « vieille radoteuse » et qu'elle détestait quand elle était plus jeune. Maîtrisant mieux sa voix, elle s'adressa à Hiémain comme à un jeune garçon en partance pour son premier voyage : « Je pense que tu finiras par adorer cette existence et ce navire. C'est dans ton sang. Et si ça se produit » – ces mots-là avaient plus de mal à sortir – « si ça se produit et que tu te montres fidèle à notre navire, il y aura toujours une place pour toi à son bord quand j'en aurai pris le commandement. Je t'en fais la promesse.

– Je doute de vous demander un jour de la tenir. Ce n'est pas que je n'aime pas ce navire, mais je n'arrive pas à imaginer que...

– A qui tu parles, morveux ? » intervint Torg d'un ton mordant. Il traversa le pont de sa démarche pesante tandis qu'Althéa se fondait à nouveau dans les ombres en retenant son souffle. Hiémain ne mentirait pas à Torg, elle savait déjà cela de lui ; et, pas plus qu'elle ne pourrait rester les bras ballants pendant que l'enfant se ferait rosser à cause d'elle, elle ne pouvait pas courir le risque de se faire prendre par Torg et amener devant Kyle.

« C'est mon heure seule en compagnie de Hiémain, il me semble, fit Vivacia d'un ton cassant. A qui croyez-vous donc qu'il pourrait parler ?

– Il y a quelqu'un sur le quai ? » demanda Torg avec insistance. Sa tête hirsute apparut au-dessus du bastingage, mais l'ombre profonde et la courbe de la coque de Vivacia cachaient Althéa. Elle n'osait plus respirer.

« Pourquoi n'allez-vous pas y traîner vos grosses fesses pour vérifier vous-même ? » répondit Vivacia, acerbe. Althéa entendit clairement le hoquet de stupéfaction qu'émit Hiémain ; pour sa part, c'est tout juste si elle n'éclata pas de rire. On aurait cru entendre Clément, le mousse du bord, dans une de ses humeurs les plus effrontées.

« Ah, c'est comme ça ? Eh bien, je vais peut-être bien aller vérifier, en effet !

– Faites attention où vous mettez les pieds dans le noir, l'avertit Vivacia d'un ton mielleux. Ce serait trop triste si vous tombiez par-dessus bord et vous noyiez juste au ras des quais ! » Et le doux balancement de la vivenef s'accrut légèrement ; alors,

Althéa vit soudain les moqueries gamines du navire à l'encontre de Torg sous un aspect plus sinistre qui fit se dresser les poils sur sa nuque.

« Navire du démon ! s'exclama Torg. Tu ne me fais pas peur ! Je descends voir qui est là ! » Althéa entendit le choc de ses pas sur le pont, mais ne parvint pas déterminer s'il se dirigeait vers la passerelle ou s'il s'éloignait simplement de la figure de proue.

« Sauve-toi, vite ! lui murmura Vivacia.

– Je m'en vais. Bonne chance ! Mon cœur t'accompagne ! » La jeune fille avait prononcé ces mots dans un souffle à peine audible, mais elle savait que le navire l'entendait tant que ses mains touchaient sa coque. Elle s'éclipsa en s'efforçant d'emprunter les ombres les plus profondes du quai. « Que Sâ les protège, et surtout d'eux-mêmes », murmura-t-elle, et, cette fois, elle sut qu'elle avait vraiment prié.

*

Ronica Vestrit était seule dans la cuisine. Dehors, la nuit était tombée, les insectes de l'été chantaient et les étoiles scintillaient entre les branches des arbres. Le gong du bord du champ n'allait pas tarder à retentir. Elle avait l'estomac serré à l'idée du rendez-vous qui l'attendait.

Elle avait donné congé aux domestiques pour la nuit et avait dû dire clairement à Rache qu'elle souhaitait rester seule ; l'esclave manifestait à Ronica une telle gratitude, ces derniers temps, qu'il était difficile, devant ces yeux de chien battu, de la forcer à s'éloigner. Sur les ordres de Keffria, elle apprenait à Malta à danser, à tenir un éventail et même à bavarder avec les hommes. Ronica était consternée de voir confier à une relative inconnue l'apprentissage de sa petite-fille dans ces domaines, mais elle savait aussi que Keffria et Malta n'étaient pas dans les meilleurs termes ; elle ne connaissait pas tous les détails de leur différend, et espérait avec ferveur ne jamais les apprendre. Elle avait assez de problèmes de son côté, de vrais, de graves problèmes, sans avoir en plus à intervenir dans les chamailleries entre sa fille et sa petite-fille. Au moins, l'éducation mondaine de Malta tenait Rache occupée, ce qui déchargeait Ronica de sa présence – la plupart du temps.

A deux reprises, dernièrement, Davad avait laissé entendre

qu'il aimerait récupérer l'esclave; à chaque fois, Keffria l'avait remercié avec tant de profusion de l'aide de Rache, en s'exclamant qu'elle ignorait comment elle ferait sans elle, que l'homme s'était retrouvé dans l'impossibilité de demander simplement et avec élégance qu'on la lui rende. Ronica s'interrogeait: combien de temps cette tactique resterait-elle efficace, et que ferait-elle quand elle ne suffirait plus? Achèterait-elle la jeune femme? Deviendrait-elle propriétaire d'esclaves elle aussi? Cette idée lui donnait la nausée; mais le problème était encore aggravé par le fait que la malheureuse s'était excessivement attachée à elle. Dès qu'elle avait un instant de libre, Rache venait rôder non loin de Ronica, à l'affût de la moindre occasion de lui rendre service. Ronica priait le ciel que la jeune femme trouve enfin une existence à part entière – une vie qui remplace celle dont l'asservissement l'avait dépouillée? se demandait-elle amèrement.

Au loin, un gong sonna, doux comme un carillon.

Elle se leva craintivement, fit le tour de la cuisine, puis revint auprès de la table. Elle l'avait dressée et arrangée elle-même, avec deux grandes chandelles blanches de la cire la plus pure en l'honneur de son hôte. Deux couverts de la meilleure porcelaine et de l'argent le plus fin étaient disposés sur une nappe de dentelle couleur crème; sur des plateaux, des tartes délicates côtoyaient des assiettes d'huîtres légèrement fumées et de salade fraîche assaisonnée de sauce aigre. Une bouteille de vin vieux complétait l'ensemble. La qualité du repas avait pour but d'exprimer le respect de Ronica pour son hôte, tandis que le décor de la cuisine et le secret qui entourait le rendez-vous devaient rappeler aux deux convives les anciens accords de protection et de défense mutuelles qui les liaient. Tendue, Ronica revérifia la disposition des cuillers d'argent. C'était stupide, elle le savait: ce n'était pas la première fois qu'elle recevait un délégué des Marchands du désert des Pluies; il en était venu un deux fois par an pendant tout le temps de son mariage avec Ephron. Mais c'était la première fois qu'elle organisait la réception depuis la mort de son époux, et la première fois aussi qu'elle n'avait pas réussi à réunir toute la somme due.

Il manquait deux mesures d'or dans la petite mais pesante cassette. Deux mesures. Ronica avait l'intention de l'avouer dès l'abord, avant que son hôte commence à poser des questions gênantes, puis de proposer une augmentation des intérêts sur le paiement suivant. Que pouvait-elle faire d'autre, en définitive ? Et le délégué, donc ? Un versement partiel valait mieux que rien, et les gens du désert des Pluies avaient besoin de son or bien davantage que de tout ce qu'elle pouvait leur offrir en remplacement. Du moins l'espérait-elle.

Bien qu'elle s'y fût attendue, le coup léger à la porte la fit sursauter. « Bienvenue ! » fit-elle sans faire un mouvement pour aller ouvrir. Vivement, elle souffla les bougies du chandelier qui éclairait la pièce, sauf une qu'elle n'éteignit qu'après s'en être servie pour allumer les deux grandes chandelles de la table, sur chacune desquelles elle enfila un fourreau décoratif en cuivre martelé percé de formes ornementales ; la pièce était désormais éclairée par des taches de lumière en forme de feuilles. Ronica eut un hochement de tête satisfait, puis alla ouvrir la porte.

« Je vous souhaite la bienvenue chez moi. Entrez, et que cette maison soit aussi la vôtre. » La phrase était une vieille formule de politesse, mais Ronica la prononça avec une sincérité non feinte.

« Merci », répondit l'envoyée du désert des Pluies. Elle pénétra dans la cuisine, vérifia d'un coup d'œil l'absence de tiers et hocha la tête d'un air approbateur en voyant les lumières tamisées ; puis elle ôta ses gants de cuir souple, les tendit à Ronica, et repoussa sur sa nuque la capuche qui dissimulait ses traits. Ronica ne broncha pas et rendit son regard à la visiteuse sans changer d'expression.

« Je vous ai préparé une collation pour vous remettre de votre long voyage. Voulez-vous partager ma table ?

– Très volontiers », répondit son hôte.

Les deux femmes se firent la révérence. « Moi, Ronica Vestrit de la famille Vestrit des Marchands de Terrilville, je vous reçois à ma table et dans ma maison. Je n'ai pas oublié les serments anciens qui lient Terrilville au désert des Pluies, ni notre accord particulier concernant la vivenef *Vivacia*, produit de nos deux familles.

– Moi, Caoloun Festrée de la famille Festrée des Marchands du désert des Pluies, j'accepte votre hospitalité, dans votre maison et à votre table. Je n'ai pas oublié les serments anciens qui lient le désert des Pluies à Terrilville, ni notre accord particulier concernant la vivenef *Vivacia*, produit de nos deux familles. »

Elles se redressèrent et Caoloun poussa un soupir, feignant d'être soulagée d'en avoir fini avec les formalités. Ronica, pour sa part, se réjouissait secrètement que la tradition eût été maintenue : sans ce cérémonial, elle n'aurait jamais reconnu Caoloun. « Vous avez préparé une table ravissante, Ronica ; mais il est vrai qu'il en a toujours été ainsi au cours des années passées.

– Merci, Caoloun. » Elle hésita, puis se jeta à l'eau : ne pas poser la question eût été faire preuve d'une discrétion mal placée. « Je pensais recevoir Nelyn, cette année.

– Ma fille n'est plus, répondit Caoloun à mi-voix.

– Je suis navrée de l'apprendre. » La sympathie de Ronica n'était pas feinte.

« La vie dans le désert des Pluies est dure pour les femmes. Elle ne l'est d'ailleurs pas moins pour les hommes.

– Survivre à sa propre fille... quelle douleur !

– En effet. Cependant, Nelyn nous a donné trois enfants avant de s'en aller ; pour cela, son souvenir perdurera et sera longtemps honoré. »

Ronica hocha lentement la tête. Nelyn était fille unique ; la plupart des femmes du désert des Pluies s'estimaient heureuses si elles donnaient naissance à un enfant vivant ; en avoir eu trois assurait en effet à Nelyn de ne pas tomber dans l'oubli. « J'avais sorti le vin pour elle, dit Ronica. Vous, si j'ai bonne mémoire, préférez la tisane. Je vais mettre la bouilloire sur le feu et garder le vin pour que vous l'emportiez en repartant.

– C'est très aimable à vous.

– Non, pas du tout. Quand vous le boirez, demandez à ceux qui le partageront de se rappeler Nelyn et son amour du bon vin. »

Caoloun baissa brusquement la tête, faisant danser les excroissances qui pendaient de son visage, mais Ronica ne vit que les larmes qui scintillaient soudain dans ses yeux violets. La femme poussa un long soupir. « Pour beaucoup, Ronica, les relations s'arrêtent aux formules de politesse ; l'accueil est contraint, l'hospitalité forcée. Mais vous, depuis que vous êtes devenue une Vestrit et que vous assumez les devoirs de la visite, vous nous donnez le sentiment d'être vraiment les bienvenus. Comment puis-je vous en remercier ? »

Une autre que Ronica aurait pu être tentée de saisir l'occasion pour apprendre à Caoloun qu'il manquait deux mesures d'or au versement ; une autre que Ronica aurait pu ne pas croire au caractère sacré des promesses et des pactes anciens. Mais pas elle. « Il est inutile de me remercier, dit-elle. Je ne vous donne que ce qui vous est dû. » Puis, comme sa réponse pouvait paraître froide, elle ajouta : « Mais, avec ou sans cérémonial, avec ou sans accord entre nos familles, je suis persuadée que nous aurions pu être amies, vous et moi.

– Moi aussi.

– Eh bien, je vais mettre l'eau à chauffer, dans ce cas. » Ronica se leva et se sentit aussitôt plus à l'aise en accomplissant cette petite tâche simple et familière. Tout en remplissant la bouilloire et en soufflant sur les braises de l'âtre, elle reprit : « Ne m'attendez pas. Dites-moi ce que vous pensez des huîtres fumées ; je les ai achetées chez Slek, comme toujours, mais il a confié le fumage à son fils, cette année. Il s'est montré très critique à l'égard du travail de son garçon mais, personnellement, je trouve ces huîtres meilleures que d'habitude. »

Caoloun en goûta une et tomba d'accord avec son hôtesse. Ronica prépara la tisane, apporta la bouilloire sur la table et sortit deux tasses ; puis elle se rassit et les deux femmes dînèrent en parlant de généralités, de sujets simples comme leurs jardins et le temps qu'il faisait, de sujets plus douloureux et intimes comme la mort d'Ephron et celle de Nelyn, et encore de sujets qui auguraient d'un avenir sombre pour tout le monde, comme les débauches du Gouverneur et le trafic d'esclaves qui allait se développant, à cause, peut-être, de la taxe par tête qu'il avait imposée sur la vente des asservis. Elles évoquèrent longuement et avec tendresse leurs familles, et discutèrent gravement de la *Vivacia* et de son éveil comme elles eussent parlé d'une petite-fille commune. Elles échangèrent leurs sentiments sur l'afflux de nouveaux habitants à Terrilville, sur les terrains qu'ils s'appropriaient et sur leurs efforts pour obtenir des sièges au Conseil, et elles convinrent que ce dernier point recelait une menace non seulement pour les Marchands de Terrilville, mais aussi pour l'ancien pacte entre Terrilville et le désert des Pluies qui garantissait la sécurité des deux parties.

Ce sujet n'était pas souvent abordé : toujours présent et inévitable comme respirer ou mourir, le pacte n'était pas matière à bavardage. De même, Caoloun ne releva pas les nouvelles rides ni les cheveux blancs de Ronica, marques de son chagrin, pas plus que la chair affaissée de ses joues ni la peau fripée de son cou, marques des années. De son côté, Ronica évitait de regarder trop intensément les excroissances écailleuses qui menaçaient de boucher la vue de Caoloun et la peau grumeleuse visible au niveau de la raie de son épaisse chevelure bronze. La lumière assourdie des chandelles pouvait obscurcir galamment ces cicatrices mais non les faire disparaître; à l'instar du pacte, elles étaient les stigmates visibles que les habitants du désert des Pluies portaient simplement à cause de ce qu'ils étaient.

Les deux femmes partagèrent la tisane, puis le repas savoureux. Les lourds couverts d'argent cliquetaient contre la fine porcelaine tandis qu'au-dehors la brise nocturne de l'été faisait tinter les carillons éoliens de Ronica en un doux contrepoint à la conversation. Le temps du dîner, elles furent comme deux voisines passant une soirée de bon ton où se mêlaient cuisine raffinée et propos intelligents. Cela aussi faisait partie du pacte: malgré les lieues et les différences qui séparaient les deux groupes, les Marchands de Terrilville et ceux du désert des Pluies ne devaient pas oublier qu'ils étaient arrivés ensemble sur les Rivages Maudits, associés, amis et parents tout à la fois, et que la situation n'avait pas changé.

Ce fut donc seulement après la fin du repas, alors que les deux convives partageaient une dernière tasse de tisane tiède et que leur bavardage s'était achevé par un silence naturel et sans contrainte, que le moment vint de parler du but essentiel de la visite de Caoloun. Celle-ci prit son souffle et entonna les formules rituelles de la discussion. Les Marchands de Terrilville avaient découvert depuis bien longtemps que c'était là un bon moyen de séparer les affaires du plaisir. Le changement de langage ne niait pas l'amitié des deux femmes mais signifiait qu'en matière de commerce d'autres règles s'appliquaient, que chacun devait suivre. C'était une sécurité pour une petite société où les agents des deux parties étaient amis et parents. «La vivenef *Vivacia* s'est éveillée. Tient-elle toutes ses promesses?»

Malgré son récent deuil, Ronica sentit un sourire sincère naître sur ses lèvres. «Elle tient toutes ses promesses et c'est librement que nous le déclarons.

– Alors nous sommes heureux d'accepter ce qui fut promis pour elle.

– Et nous sommes heureux de vous le remettre.» Ronica retint sa respiration et regretta soudain de ne pas avoir annoncé plus tôt que le paiement était incomplet; mais il n'aurait pas été correct ni juste de faire intervenir les questions d'amitié dans cette affaire.

C'était maintenant et non plus tôt qu'elle devait évoquer le problème, si dur que ce fût pour elle. Elle chercha les mots pour affronter cette situation inhabituelle. « Nous déclarons aussi que nous vous devons davantage que nous n'avons pu rassembler. » Ronica se contraignit à rester bien droite sur sa chaise et à regarder l'expression de surprise apparaître dans les yeux lavande de Caoloun. « Il nous manque deux pleines mesures. Nous souhaitons demander que cette somme soit reportée à notre prochaine rencontre, auquel moment je vous assure que nous paierons tout ce que nous devons, plus deux mesures supplémentaires et un quart de mesure à titre d'intérêts. »

Un long silence s'ensuivit pendant lequel Caoloun réfléchit. L'une comme l'autre savait que la loi de Terrilville lui laissait une grande liberté quant à ce qu'elle pouvait exiger en réparation du versement insuffisant. Ronica était prête à l'entendre demander encore deux mesures de plus, et elle espérait pouvoir faire descendre le prix à une, voire une demi-mesure ; elle aurait déjà bien assez de mal à réunir cette somme. Mais la réponse que murmura Caoloun la laissa glacée. « Or ou sang, la dette doit être payée », dit la femme en employant une formule ancienne.

Ronica sentit son cœur se serrer. De qui voulait-elle parler ? Aucune des possibilités qui lui vinrent à l'esprit ne lui plut. Faisant un effort sur elle-même, elle se rappela qu'un marché était un marché, mais qu'on pouvait toujours essayer d'en améliorer les termes. Maîtrisant sa voix pour l'empêcher de trembler, elle choisit la réponse la moins probable. « Je suis veuve de fraîche date, dit-elle, et, même si j'avais le temps d'achever mon deuil, je ne conviens pas pour tenir le serment : je suis trop vieille pour porter des enfants sains, Caoloun. Il y a des années que j'ai renoncé à espérer donner un autre fils à Ephron.

– Vous avez des filles, observa Caoloun d'un ton circonspect.

– L'une mariée, l'autre disparue, répondit Ronica. Comment pourrais-je vous promettre ce dont je n'ai pas la propriété ?

– Althéa a disparu ? »

Ronica hocha la tête en ressentant la douleur qu'elle connaissait bien. Ne pas savoir… la plus grande angoisse que toute famille de marins éprouvait envers ses membres ; songer qu'un jour l'un d'eux pouvait disparaître et que nul à terre ne saurait jamais ce qu'il était advenu de lui…

« Je vais vous poser une question, reprit Caoloun, que mon

devoir envers ma famille m'impose : Althéa ne... ne se cacherait pas, ou ne se serait pas enfuie pour éviter d'avoir à tenir les termes de notre marché ?

– Vous deviez poser cette question, et je ne m'en offense donc pas. » Ronica avait eu tout de même du mal à ne pas prendre un ton glacé pour répondre. « Althéa est absolument fidèle à Terrilville, et elle mourrait plutôt que de manquer à la parole de sa famille. Où qu'elle se trouve, si elle est toujours en vie, elle est liée par notre serment et elle le sait. Si vous décidez de récupérer votre dette et qu'elle l'apprenne, elle se présentera pour y répondre.

– Je n'en doutais pas », fit Caoloun avec chaleur. Mais c'est sans pitié qu'elle poursuivit : « Vous avez néanmoins une petite-fille et des petits-fils, et le serment les lie aussi fermement qu'elle. J'ai moi-même trois petits-enfants, deux garçons et une fille, qui seront bientôt en âge de se marier. »

Ronica secoua la tête et partit d'un rire forcé. « Les miens ne sont encore que des enfants, bien loin encore d'être prêts à se marier. Le seul qui en aurait à peu près l'âge est en voyage avec son père, et de plus il est voué à la prêtrise. Je vous l'ai dit : je ne puis vous promettre ce que je ne possède pas.

– Tout à l'heure, vous étiez pourtant prête à me promettre un or que vous ne possédez pas, objecta Caoloun. Or ou sang, avec le temps la dette sera payée, Ronica. Et, si nous acceptons de vous laisser le choix du moment, peut-être devriez-vous accepter de nous laisser décider sous quelle espèce se fera le paiement. »

Ronica voulut boire une gorgée de tisane, mais sa tasse était vide. Elle se leva vivement. « Désirez-vous que je refasse de la tisane ? demanda-t-elle.

– Seulement si l'eau bout rapidement, répondit Caoloun. La nuit n'attendra pas la fin de nos marchandages pour s'achever, Ronica. La question doit être réglée, et vite ; je ne tiens pas à être vue à Terrilville en plein jour. Les rues sont trop pleines d'ignorants indifférents aux anciens serments qui nous lient tous.

– Naturellement. » Ronica se rassit précipitamment. Elle était bouleversée. Une pensée lui vint soudain, pleine de rancœur : c'était Keffria qui aurait dû être à sa place ! De plein droit, le sort de la famille était entre ses mains et non plus entre celles de Ronica. Qu'elle se retrouve dans une telle position et on verrait comment elle s'en tirerait ! A cette idée, un frisson glacé parcourut Ronica : elle craignait de savoir comment Keffria s'en tirerait.

Elle s'en remettrait à Kyle, qui ne savait absolument rien des enjeux de la partie ; il ignorait quelles étaient les anciennes conventions et, même si on les lui apprenait, Ronica doutait fort qu'il y adhère. Non : il n'y verrait qu'un froid échange commercial. Il se conduirait comme ceux qui avaient fini par mépriser les habitants du désert des Pluies et n'entretenaient plus de contacts avec eux que par esprit de lucre, sans se rendre compte de tout ce que Terrilville leur devait. Keffria abandonnerait à Kyle le sort de sa famille, et il se comporterait comme un boutiquier achetant des marchandises.

Dès qu'elle eut pris conscience de ce risque, Ronica franchit une limite – non sans mal, car elle allait devoir sacrifier son honneur; mais que valait l'honneur quand il s'agissait de protéger sa famille et de tenir sa parole ? S'il fallait user de stratagèmes et proférer des mensonges, il en serait ainsi. Jamais jusque-là elle n'avait décidé aussi froidement d'aller à l'encontre de tous ses principes moraux, mais jamais non plus elle ne s'était trouvée confrontée à des choix aussi terribles. L'espace d'un instant, son âme éperdue implora la présence d'Ephron, de l'homme qui s'était toujours tenu à ses côtés, qui avait soutenu ses décisions et qui, par sa confiance dans son jugement, lui avait donné foi en elle-même. Son appui lui manquait cruellement.

Elle leva les yeux et les planta dans ceux de Caoloun. « Acceptez-vous de me laisser un peu de marge ? » demanda-t-elle avec simplicité. Elle hésita, puis choisit de placer les enjeux assez haut pour tenter son interlocutrice. « Le prochain versement est prévu à la mi-hiver, n'est-ce pas ? »

Caoloun acquiesça.

« Je vous devrai douze mesures d'or pour le paiement habituel. »

La femme acquiesça de nouveau. Ronica usait d'une vieille astuce d'Ephron lorsqu'il passait un marché : on noyait la partie adverse sous une pluie de termes avec lesquels elle ne pouvait qu'être d'accord, et parfois on arrivait à la faire convenir d'une clause avant qu'elle ait le temps d'y réfléchir.

« Je vous devrai aussi les deux mesures d'or qui me manquent cette fois-ci, plus deux autres mesures en dédommagement du retard de paiement. » Ronica s'efforça de conserver un ton calme et détaché en annonçant cette somme princière. Elle sourit à Caoloun.

Son hôte lui rendit son sourire. « Et si le montant n'y est pas, nous nous tiendrons au serment original qui nous lie : en or ou en sang, la dette doit être payée. Vous remettrez une de vos filles ou un de vos petits-enfants à ma famille. »

Cette partie-là n'était pas négociable ; la grand-mère d'Ephron s'y était engagée bien des années plus tôt, et nulle famille de Marchands n'imaginerait seulement de revenir sur la parole d'un ancêtre. Ronica hocha raidement la tête, puis répondit avec circonspection en termes qui liaient à leur tour la visiteuse : « Mais si j'ai à votre disposition les seize mesures d'or, vous les accepterez en paiement. »

Caoloun tendit sa main nue en signe d'agrément, et les protubérances et les barbillons qui en pendaient évoquèrent à Ronica du caoutchouc quand elle la serra pour sceller leur nouvel accord. Puis sa visiteuse se leva.

« Encore une fois, Ronica Vestrit de la famille de Marchands Vestrit, je vous remercie de votre commerce et de votre hospitalité.

– Et, encore une fois, Caoloun de la famille Festrée du désert des Pluies, je suis heureuse de vous avoir accueillie et d'avoir négocié avec vous, de famille à famille, de sang à sang. Jusqu'au revoir, portez-vous bien.

– De famille à famille, de sang à sang ; puissiez-vous bien vous porter aussi. »

Les formules de courtoisie mirent un terme à la fois aux transactions et à la visite. Caoloun remit le manteau d'été qu'elle avait ôté en entrant et rabattit le capuchon jusqu'à ce que ne fût plus visible que la pâle lueur lavande de ses yeux, devant lesquels elle laissa tomber un voile de dentelle. Alors qu'elle enfilait ses amples gants sur ses mains difformes, elle rompit avec la tradition et dit, les yeux baissés : « Ce ne serait pas un sort aussi terrible que beaucoup le croient, Ronica. Je prendrais grand soin de tout membre de la famille Vestrit qui entrerait dans notre maison, tout comme j'attache la plus grande importance à notre amitié. Je suis née à Terrilville, vous savez, et si je ne suis désormais plus une femme qu'un homme de votre peuple pourrait regarder sans frémir, sachez que je n'ai pas été malheureuse. J'ai eu un époux qui m'a choyée, qui m'a donné une fille, et elle-même a mis au monde trois enfants en bonne santé. Cette chair, ces difformités… certaines femmes de Terrilville paient peut-être un prix encore plus élevé pour avoir une peau douce, des yeux et des cheveux d'une couleur normale. Si tout ne va pas comme vous le souhaitez, si l'hiver prochain je dois prendre quelqu'un de votre sang… sachez qu'il aura droit à tout notre amour et toutes nos attentions, autant parce qu'il sera issu de l'honorable lignée Vestrit qu'à cause du sang neuf qu'il apportera à notre communauté.

– Merci, Caoloun. » Ronica faillit s'étrangler sur ces mots. Sa visiteuse était sans doute sincère, mais concevait-elle à quel point ses paroles étaient glaçantes ? Peut-être, car ses yeux clignèrent deux fois sous le capuchon avant qu'elle se tourne vers la porte et prenne la lourde caisse de bois pleine d'or qui l'attendait près du seuil. Ronica déverrouilla la porte en se gardant de proposer à Caoloun une bougie ou une lanterne : les gens du désert des Pluies n'avaient nul besoin de lumière par une nuit d'été.

Dans l'encadrement, Ronica regarda sa visiteuse s'éloigner dans l'obscurité. Un homme de son peuple sortit lourdement des ombres pour la rejoindre, prit la cassette d'or et la coinça sans effort sous son bras, puis tous deux firent un dernier adieu de la main à Ronica. Elle leur rendit leur signe. Elle savait qu'une barque les attendait sur la plage, et, plus loin dans le port, un navire éclairé d'une seule lumière. Elle leur souhaita bon vent et bon voyage, et pria Sâ avec ferveur de ne jamais devoir se tenir ainsi à sa porte en regardant un des siens s'éloigner dans l'obscurité.

*

Dans le noir, Keffria répéta : « Kyle ?

– Hmm ? » Rassasié, il avait la voix grave et chaude.

Elle se colla contre lui. Par contraste avec la chaleur du corps de son époux, elle sentait sa peau se couvrir d'une délicieuse chair de poule là où la brise nocturne qui soufflait par la fenêtre passait sur elle. Il sentait bon l'amour et l'homme, et la solide réalité de ses muscles et de sa force formait un rempart contre toutes les terreurs de la nuit. Pourquoi, demanda-t-elle à Sâ en silence, pourquoi tout ne pouvait-il être aussi bon et simple ? Kyle était rentré ce soir-là pour lui faire ses adieux ; ils avaient dîné ensemble, partagé un bon vin, puis la passion et l'amour les avaient amenés dans leur chambre. Demain, il serait parti pour le temps que lui prendrait son circuit commercial. Pourquoi tout gâcher par une nouvelle discussion sur Malta ? Parce que, se dit-elle avec fermeté, la question devait être réglée ; elle devait avoir son accord avant son départ et elle refusait d'agir dans son dos, sous peine d'effriter la confiance qui les avait toujours unis.

Elle prit donc une profonde inspiration et prononça les mots qu'ils étaient tous deux fatigués d'entendre. « En ce qui concerne Malta... » fit-elle.

Il gémit. « Non, je t'en prie, Keffria, non. Je vais devoir me lever pour m'en aller dans quelques heures à peine ; passons ces derniers moments en paix.

– Ce luxe ne nous est pas permis. Malta sait que nous sommes en désaccord à son sujet, et elle va s'en servir à son avantage tout le temps de ton absence ; à chacune de mes interdictions, elle répondra : "Mais papa dit que je suis une femme maintenant..." Ce sera une torture pour moi. »

Avec un soupir d'impatience contenue, Kyle s'écarta de Keffria. Le lit cessa d'être le nid tiède qu'il était et devint inconfortablement froid. « Ainsi, je devrais reprendre la parole que je lui ai donnée uniquement pour t'éviter de te chamailler avec elle ? Allons, Keffria, que penserait-elle de moi ? N'exagères-tu pas la gravité de la situation ? Elle veut aller à cette réception dans une jolie robe, voilà tout.

– Non. » Keffria dut faire appel à tout son courage pour contredire son époux ; mais il ignorait de quoi il parlait, se dit-elle, éperdue. Il ne comprenait pas, et elle-même avait trop attendu : elle n'avait pas le temps de tout lui expliquer cette nuit. Elle devait l'obliger à céder sur ce point. « Il ne s'agit pas seulement de danser avec un homme dans une jolie robe ; ça va beaucoup plus loin. Elle prend déjà des leçons de danse avec Rache, et je veux pouvoir lui dire qu'elle doit s'en contenter pour le moment, qu'elle doit passer au moins une année à apprendre à devenir une femme de la société de Terrilville avant de se présenter comme telle. Et je veux pouvoir lui dire que nous sommes d'accord là-dessus, toi et moi ; que tu as réfléchi et que tu préfères ne pas la laisser sortir.

– Mais ce n'est pas le cas », répondit Kyle avec entêtement. Il était à présent allongé sur le dos, le regard au plafond, les mains derrière la tête. S'il était debout, songea Keffria, il se tiendrait les bras croisés. « Je crois que tu fais une montagne d'une taupinière.

Et puis… je ne dis pas ça pour te froisser, mais parce que je le remarque de plus en plus… je crois que tu refuses de lâcher si peu que ce soit la bride à Malta, que tu souhaites la garder dans tes jupes comme une petite fille. Je sens presque de la jalousie chez toi, ma chérie, du fait qu'elle cherche mon attention aussi bien que celle des jeunes gens. J'ai déjà été témoin de ce phénomène : aucune mère n'a envie de se faire éclipser par sa fille ; une adolescente est pour une femme mûre un constant rappel qu'elle n'est plus dans sa prime jeunesse. Mais je trouve ça indigne de toi, Keffria. Laisse ta fille grandir, qu'elle devienne ton ornement et le témoignage de ton mérite. Tu ne peux pas l'obliger à porter des jupes courtes et des tresses toute sa vie. »

Peut-être se méprit-il sur le silence furieux et humilié de son épouse, car il se tourna légèrement vers elle et poursuivit : « Nous devrions remercier le ciel qu'elle ressemble si peu à Hiémain. Voilà un garçon qui a l'air d'un enfant, qui s'exprime comme un enfant, mais qui en outre n'a qu'une envie : rester un enfant. L'autre jour encore, à bord du navire, je l'ai trouvé en train de travailler torse nu en plein soleil. Il avait le dos rouge comme un homard et il boudait comme un gamin de cinq ans, tout ça parce que certains des hommes, par plaisanterie, étaient allés accrocher sa chemise en haut du gréement et qu'il avait peur de monter la récupérer. Je l'ai convoqué dans mes quartiers pour lui expliquer en privé que, s'il n'allait pas la chercher, il passerait pour un poltron aux yeux de l'équipage ; alors, droit comme un i, avec son air de père la vertu, il a rétorqué que ce n'était pas la peur qui l'empêchait d'aller décrocher sa chemise mais la dignité ! Puis, il a continué par un discours moralisateur sur le fait qu'il ne s'agissait chez lui ni de peur ni de lâcheté, mais du simple refus de risquer sa vie pour l'amusement des matelots. Je lui ai répondu qu'il ne courait guère de danger s'il appliquait ce qu'on lui avait appris, mais j'ai eu de nouveau droit à son boniment : personne ne doit exposer la vie d'autrui, si peu que ce soit, par simple divertissement, etc. J'ai fini par perdre patience ; j'ai appelé Torg et je lui ordonné de le faire grimper en haut du mât pour qu'il récupère sa chemise. Je crains qu'il n'ait perdu une grande partie du respect de l'équipage à cette occasion…

– Pourquoi laisses-tu tes hommes faire des plaisanteries de gamins alors qu'ils devraient être à leur travail ? » demanda Keffria. Elle sentait son cœur se serrer pour Hiémain, tout en regrettant qu'il n'ait pas eu la simplicité d'aller chercher tout seul sa chemise. S'il avait relevé le défi, l'équipage l'aurait considéré comme l'un des siens, mais, désormais, il passerait pour l'intrus qu'on peut tourmenter à merci. Elle le savait instinctivement et s'étonnait que son fils ne l'eût pas compris.

« Tu as pourri ce gosse en l'envoyant chez les prêtres. » Kyle avait pris un ton presque satisfait, et Keffria se rendit soudain compte qu'il avait complètement dévié le sujet de la conversation.

« Nous ne discutions pas de Hiémain, mais de Malta. » Elle entrevit une nouvelle façon d'aborder la question. « Puisque tu affirmes être le seul à pouvoir donner à notre fils une éducation d'homme, peut-être devrais-tu reconnaître que seule une femme est à même de guider Malta sur le chemin de la féminité. »

Malgré la pénombre, elle vit l'expression de surprise qui s'afficha sur le visage de son époux devant la rudesse de son ton, et elle comprit que son approche n'était pas la meilleure si elle voulait le convaincre de la validité de ses arguments ; mais ce qui était dit était dit et elle se sentit tout à coup trop en colère pour revenir sur ses paroles, pour cajoler Kyle et l'amener à partager son point de vue.

« Si tu étais une autre, je te concéderais peut-être ce droit, répondit-il d'un ton glacé. Mais je n'ai pas oublié ce que tu étais avant notre mariage, ni le fait que ta mère te retenait dans ses jupes, exactement comme tu cherches à restreindre Malta. Rappelle-toi le temps qu'il m'a fallu pour t'éveiller à ta sensualité de femme ; tous les hommes n'ont pas cette patience, et je ne tiens pas à voir Malta, une fois adulte, aussi timide et complexée que toi. »

La cruauté de ces mots coupa le souffle à Keffria. La cour circonspecte que lui avait faite Kyle, l'espoir délicieux qui avait peu à peu grandi en elle, puis la certitude de son intérêt pour elle, tout cela faisait partie des souvenirs qu'elle chérissait le plus. Il venait de l'en dépouiller en une phrase par laquelle les mois d'espérance réservée qu'elle avait vécus s'avéraient avoir été pour lui un fastidieux exercice de patience, l'éveil de ses sens un devoir éducatif qu'il avait accompli pour lui rendre service. Elle dévisagea l'inconnu qui se trouvait soudain dans son lit. Elle aurait voulu nier qu'il avait prononcé de telles paroles, se persuader qu'elles n'exprimaient pas ses véritables sentiments mais seulement une sorte de rancœur. Elle se sentit soudain devenir de marbre : rancœur ou vrai fond de sa pensée, le résultat n'était-il pas le même ? Kyle n'était pas l'homme pour lequel elle l'avait toujours pris ; depuis des années, elle était mariée à une illusion. Elle s'était inventé un époux, un homme tendre, affectueux, rieur, qui ne s'absentait des mois durant que par devoir, et elle avait plaqué le visage de Kyle sur cette création. Il n'était pas difficile de négliger ou d'excuser quelques défauts chez lui, voire beaucoup, lors de ses brèves haltes chez lui ; Keffria avait toujours su alors se convaincre qu'il était fatigué, que le voyage avait été long et dur, qu'ils étaient simplement en train de se réadapter l'un à l'autre. Malgré son comportement depuis la mort de son père, elle avait persisté à le traiter et à réagir à lui comme s'il était l'homme qu'elle avait créé dans sa tête, mais elle voyait maintenant la vérité : Kyle n'avait jamais été le personnage romantique qu'elle avait imaginé. Ce n'était qu'un homme comme les autres. Non : plus borné que la plupart.

Borné au point de la croire obligée de lui obéir, même quand elle avait raison et lui tort, même quand il n'était pas là pour se dresser contre elle. Elle eut l'impression d'ouvrir les yeux pour la première fois et de voir le soleil levant. Comment avait-elle pu être aussi aveugle ?

Il sentit peut-être qu'il avait été trop loin, car il se tourna vers elle et tendit la main par-dessus les draps glacés pour lui toucher l'épaule. « Viens, dit-il d'un ton apaisant. Ne boude pas ; c'est ma dernière nuit à la maison. Fais-moi confiance : si ce voyage se déroule comme prévu, je pourrai rester plus longtemps à mon retour ; je serai là et je te déchargerai de toutes ces responsabilités, Malta, Selden, le navire, les propriétés… Je mettrai de l'ordre dans tout ça et je m'en occuperai comme on aurait toujours dû s'en occuper. Toi, tu as toujours été timide, réservée… Ce n'est pas un reproche, tu n'y peux rien. Je tiens seulement à ce que tu le saches : j'ai bien conscience des efforts que tu as faits pour affronter la situation malgré tes défauts. Si quelqu'un est coupable, c'est moi, de t'avoir laissé la charge de ces soucis pendant des années. »

Paralysée, elle le laissa l'attirer et la serrer contre lui pour dormir. Son corps tiède et accueillant n'était plus qu'une masse lourde et encombrante près d'elle, et les promesses qu'il voulait rassurantes éveillaient des échos menaçants dans son esprit.

★

Dans la chambre ténébreuse, Ronica Vestrit ouvrit les yeux. Elle n'avait pas fermé sa fenêtre et la brise nocturne agitait doucement les rideaux diaphanes. *Je dors comme les vieux, maintenant, par à-coups*, se dit-elle. *Ce n'est pas dormir, ce n'est pas être éveillée, et ce n'est pas du repos.* Elle laissa retomber ses paupières. Peut-être était-ce dû aux longs mois passés au chevet d'Ephron, où elle n'osait pas s'assoupir trop profondément, où elle retrouvait toute sa vigilance au moindre de ses mouvements. Peut-être, à mesure que s'écouleraient de nouveaux mois, vides et solitaires ceux-là, perdrait-elle cette habitude et réapprendrait-elle à bien dormir, mais elle en doutait.

« Maman... »

Un murmure plus léger que le soupir d'un spectre. « Oui, mon chéri, maman est là », répondit Ronica d'une voix aussi basse, sans ouvrir les yeux. Elle connaissait ces voix, elle les entendait depuis des années ; ses petits garçons venaient parfois l'appeler dans l'obscurité. Ces illusions ravivaient de vieilles douleurs, mais elle refusait d'ouvrir les yeux pour les chasser ; on se raccroche aux souvenirs qu'on a, même s'ils ont des arêtes tranchantes.

« Maman, j'ai besoin de ton aide. »

Ronica ouvrit lentement les paupières. « Althéa ? » souffla-t-elle dans le noir. Voyait-elle vraiment une silhouette à la fenêtre, derrière les rideaux gonflés, ou bien était-ce le fruit de ses rêveries nocturnes ?

Une main se tendit pour écarter le rideau, et le buste d'Althéa se pencha par-dessus l'appui-fenêtre.

« Oh, Sâ merci, tu vas bien ! »

Ronica se leva précipitamment, mais Althéa recula. « Si tu appelles Kyle, je ne reviendrai plus jamais », dit-elle d'une voix basse et rauque.

Sa mère s'approcha de la fenêtre. « Je n'y songeais même pas, chuchota-t-elle. Entre, il faut que nous parlions. Tout va mal, rien ne se passe comme nous l'avions prévu.

– Ça ne me surprend pas », marmonna la jeune fille d'un ton sombre. Elle revint près de la fenêtre. Ronica croisa son regard et eut un instant l'impression de contempler une plaie à vif avant qu'Althéa détourne les yeux. « Maman... je suis peut-être folle de te demander ça, mais il le faut, je dois savoir avant de me lancer :

te rappelles-tu ce qu'a dit Kyle, quand... enfin, la dernière fois que nous étions tous ensemble?» Elle avait un ton étrangement pressant.

Ronica poussa un long soupir. «Kyle a dit beaucoup de choses, dont je préférerais oublier la plupart, mais qui semblent s'être gravées dans ma mémoire. De laquelle parles-tu?

– Il a juré devant Sâ que, si un capitaine de bonne réputation se portait garant de ma compétence de marin, il me rendrait mon navire. Tu t'en souviens?

– Oui, répondit Ronica; mais il ne le pensait sûrement pas. Il est comme ça; quand il est en colère, il fait des déclarations à l'emporte-pièce, sans réfléchir.

– Mais tu te souviens qu'il a dit ça? insista Althéa.

– Oui, oui, je m'en souviens. Althéa, il y a des questions beaucoup plus graves dont nous devons discuter. Je t'en prie, entre. Reviens à la maison, nous avons besoin de...

– Non. Rien n'est plus important que ce que je viens de te demander. Maman, je ne t'ai jamais entendu mentir sur des sujets sérieux. Un jour viendra où je compterai sur toi pour dire la vérité.» A la stupéfaction de Ronica, Althéa jeta ces derniers mots par-dessus son épaule en s'éloignant dans le jardin, et, l'espace d'un instant effrayant, sa mère crut voir la silhouette de son époux jeune homme; Althéa portait la même chemise rayée et le même pantalon noir, uniforme des marins à terre, la même longue queue de cheval qui lui descendait dans le dos, et elle avait jusqu'à sa démarche chaloupée.

«Attends!» lui cria Ronica. Elle s'assit sur l'appui-fenêtre et passa les jambes côté jardin. «Althéa, attends!» Elle sauta et se reçut douloureusement, pieds nus sur l'allée caillouteuse qui longeait sa chambre. Elle faillit tomber, se rattrapa tant bien que mal et traversa en courant la pelouse jusqu'à l'épaisse haie de laurier qui la bordait. Althéa avait déjà disparu. Ronica tenta de se frayer un chemin à travers la dense barrière feuillue, mais elle parvint à peine à s'y enfoncer et n'y gagna que des égratignures. Les feuilles étaient humides de serein.

Elle recula et balaya du regard le jardin enténébré. Pas un mouvement, pas un bruit. Sa fille avait de nouveau disparu – si elle était jamais revenue.

*

Ce fut Sessuréa que le nœud choisit pour affronter Maulkin. Shriver éprouva de la colère et de la peine en constatant que les autres s'étaient concertés entre eux. Si l'un d'eux nourrissait un doute, pourquoi n'avait-il pas été en parler franchement à Maulkin au lieu de répandre ses idées délétères dans le groupe ? A présent, tous divaguaient comme s'ils avaient mangé de la mauvaise viande, et la folie était la plus forte chez Sessuréa qui se cabrait en position de défi face à Maulkin, sa crinière orange déjà dressée émettant un nuage toxique.

« Tu nous mènes de travers ! trompeta-t-il. Chaque jour, le Plein devient moins profond et plus chaud, et ses sels plus étranges ! Tu nous conduis là où le gibier est rare et tu nous laisses à peine le temps de nous nourrir ! Je ne sens la présence d'aucun autre nœud car aucun ne vient par ici. Tu nous mènes, non à la renaissance, mais à la mort ! »

Shriver s'ébroua pour faire jaillir sa collerette en courbant le cou pour en relâcher le poison : si les autres attaquaient Maulkin, elle se faisait la promesse qu'il ne combattrait pas seul. Mais Maulkin ne dressa même pas sa crinière ; d'un mouvement aussi paresseux que les algues dans la marée, il dessina une lente figure dans le Plein ; ses lents déplacements le firent passer au-dessus, puis en dessous de Sessuréa qui dut se tordre le cou pour ne pas le quitter des yeux. Devant tout le nœud rassemblé, Maulkin transforma le défi de Sessuréa en une danse gracieuse dont il était le meneur.

Et c'est avec une sagesse aussi envoûtante que ses propres mouvements qu'il répondit à Sessuréa : « Si tu ne relèves l'odeur d'aucun autre nœud, c'est parce que je traque celle de ceux qui sont passés ici il y a une éternité. Mais si tu ouvrais grand tes ouïes, toi aussi tu percevrais cette odeur ancienne, et pas très loin devant nous. Tu crains la tiédeur de ce Plein, et pourtant tu faisais partie de ceux qui ont d'abord protesté quand je vous ai conduits de la tiédeur au frais. Tu goûtes l'étrangeté des sels et crois que nous nous sommes trompés de route. Serpent stupide ! Si tout restait familier autour de nous, nous serions en train de nager dans hier. Suis-moi et n'aie plus de doutes, car je vous mène, non dans votre hier familier, mais vers demain, l'hier de vos ancêtres. Ne doute plus et avale ma vérité ! »

Sessuréa se trouvait si près de Maulkin qui exécutait sa danse de vérité que, quand l'ancien hérissa sa crinière et relâcha ses toxines, il ne put que les aspirer. Ses grands yeux verts vacillèrent quand il goûta l'écho de mort et de vérité qui se cache dans le produit ; son long corps en position de défense trembla, puis s'amollit, et il aurait coulé au fond si Maulkin ne s'était pas enroulé autour de lui. Pourtant, alors même que l'ancien le soutenait, le nœud poussa un cri d'angoisse, car au-dessus du Plein et pourtant dedans, sous le Manque et pourtant dedans, une grande ombre se déplaçait. Son obscurité passa sur eux sans autre bruit que celui des tourbillons créés par son corps sans nageoires.

Cependant, alors que le nœud s'apprêtait à fuir dans les profondeurs, Maulkin, tenant toujours Sessuréa dans ses anneaux, se mit à la poursuite de la silhouette. « Venez ! trompeta-t-il à ses compagnons. Suivez-moi ! Suivez-moi sans crainte, et je vous promets nourriture et renaissance quand l'heure du rassemblement aura sonné pour nous ! »

Shriver dut faire appel à toute la fidélité qu'elle ressentait envers Maulkin pour surmonter sa peur. De tout le nœud, elle fut la première à se dérouler pour se lancer dans le Plein et suivre leur chef. Elle vit la conscience revenir dans un frémissement à Sessuréa et remarqua la douceur avec laquelle il se détacha de Maulkin. « J'ai vu ! cria-t-il aux autres serpents qui restaient en arrière, hésitants. C'est vrai, Maulkin a raison ! J'ai vu dans ses souvenirs et ce que nous vivons, nous l'avons déjà vécu ! Venez, venez ! »

Au même instant, de la nourriture sortit de la forme sombre, des proies qui ne nageaient pas ni ne se débattaient mais coulaient lentement, prêtes à se faire saisir et dévorer par tous.

« Nous ne mourrons pas de faim, assura Maulkin avec douceur. Et nous ne serons pas obligés de retarder notre pèlerinage pour pêcher. Rejetez vos doutes et fouillez vos plus anciens souvenirs. Suivez-moi. »

AUTOMNE

4
NOUVEAUX RÔLES

Le navire parvint au sommet de la vague, la proue levée comme s'il voulait monter dans le ciel tourmenté. Sâ le savait, il pleuvait presque assez pour mettre un bâtiment à flot. Pendant un instant qui parut durer une éternité, Althéa ne vit plus que le ciel, puis le navire piqua du nez et se rua dans une longue pente vers un creux profond ; on eût dit qu'il allait plonger dans le mur d'eau qui se dressait devant lui, et il s'y précipita en effet ; l'eau verte s'abattit sur son pont, l'impact ébranla le mât en même temps que la vergue à laquelle Althéa s'accrochait ; ses doigts engourdis glissèrent sur la toile froide et trempée, elle entortilla ses pieds dans la ralingue de voilure sur laquelle elle avait pris appui et assura sa prise. A cet instant, avec un frémissement de toute sa membrure, le navire s'ébroua de l'eau accumulée sur son pont et se lança à l'assaut de la montagne suivante.

« Ath ! Bouge-toi un peu ! » La voix venait d'en dessous d'elle. Debout sur les enfléchures, Reller la regardait d'un air peu engageant, les yeux plissés contre le vent et la pluie. « Tu as des ennuis, petit ?

– Non. J'arrive ! » répondit-elle en criant pour couvrir le bruit de la tempête. Elle dégoulinait d'eau, elle avait froid et elle était complètement épuisée. Les autres marins avaient achevé leurs tâches et fui le gréement ; Althéa, elle, s'était arrêtée un instant afin de prendre des forces avant d'entamer la descente. Au début de son quart, quand on avait signalé l'arrivée de la tempête, le capitaine avait ordonné d'affaler et de carguer les voiles. La pluie s'était mise à tomber, suivie par un vent qui paraissait décidé à arracher les marins du gréement, mais, à peine avaient-ils exécuté l'ordre du capitaine et regagné le pont, qu'instruction avait été donnée de prendre deux ris dans les huniers et de serrer les autres voiles. Comme en réaction aux efforts de l'équipage, la tempête avait empiré. La bordée d'Althéa n'avait cessé d'arpenter le gréage comme des fourmis un débris flottant, carguant, prenant des ris et serrant la voilure en réponse aux ordres qui se succédaient, jusqu'à ce que la jeune fille cessât de penser et se contentât d'obéir aux instructions données à pleine voix depuis le pont. Elle n'avait pas oublié ce qu'elle faisait dans le haubanage mais ses mains avaient serré et fixé la toile trempée comme de leur propre volonté. Il était stupéfiant de constater ce dont le corps était capable même quand la fatigue et la peur paralysaient l'esprit. Ses mains et ses pieds agissaient comme des animaux bien dressés qui s'efforçaient de la maintenir en vie bien qu'elle ne fût plus certaine elle-même d'en avoir encore envie.

Elle descendit lentement et prit pied sur le pont bonne dernière, comme d'habitude. Les autres l'avaient dépassée et se trouvaient sans doute déjà à l'abri dans l'entrepont. Le fait que Reller eût pris la peine de lui demander si elle avait des ennuis indiquait chez lui une prévenance qui ne se retrouvait pas chez ses camarades de bord. Elle ignorait pourquoi il faisait particulièrement attention à elle, mais elle s'en sentait à la fois heureuse et humiliée.

Quand elle était entrée dans l'équipage, elle brûlait de se distinguer et s'était obligée à en faire toujours plus, plus vite et mieux que les autres. Quel plaisir de se trouver à nouveau sur un pont ! Les repas répétitifs, les vivres mal préservés, les quartiers exigus et puants, même la grossièreté de ceux qu'elle devait bien appeler ses camarades de bord, tout cela lui avait paru supportable les premiers jours : elle avait repris la mer, elle ne restait pas inactive, et, à la fin de son voyage, elle aurait un brevet de marin à mettre sous le nez de Kyle ! Il allait voir ce qu'il allait voir ! Elle récupérerait *Vivacia*, elle se l'était promis, et c'est avec une solide résolution qu'elle s'était attelée à apprendre le maniement du navire sur lequel elle s'était engagée.

Mais, malgré tous ses efforts, elle s'était trouvée confrontée à son inexpérience sur ce genre de bâtiment, inexpérience aggravée par sa petite taille ; elle était à bord d'un navire-abattoir, pas d'un marchand ; l'objectif du capitaine n'était pas de se rendre le plus vite possible d'un port à l'autre pour effectuer des livraisons mais de suivre un trajet en zigzag à la recherche de proies. L'équipage était beaucoup plus considérable qu'à bord d'un bateau marchand car, en plus d'assurer les manœuvres, les hommes devaient être assez nombreux pour chasser les proies, les débiter, stocker la viande et fondre la graisse ; le navire était donc beaucoup plus bondé et sale que ce dont Althéa avait l'habitude. Elle s'était tenue à sa résolution d'apprendre vite et bien, mais la volonté seule ne pouvait faire d'elle le meilleur matelot de ce pestilentiel charnier flottant. Tout au fond d'elle-même, elle se rendait vaguement compte qu'elle avait beaucoup gagné en savoir-faire et en vigueur depuis qu'elle s'était enrôlée sur le *Moissonneur*, mais, elle ne l'ignorait pas, ce qu'elle avait acquis jusque-là ne suffisait pas pour faire d'elle ce que son père appelait « un petit gars doué », et sa détermination s'était peu à peu muée en désespoir. Aujourd'hui, même le désespoir avait disparu et elle vivait au jour le jour sans guère penser au lendemain.

Elle faisait partie des trois mousses du navire-abattoir. Les deux autres, jeunes garçons de la famille du capitaine, n'effectuaient que les tâches les moins pénibles : ils servaient à la table du commandant et du second, ce qui leur permettait souvent de profiter des reliefs de bons repas ; ils aidaient aussi fréquemment le coq, qui leur faisait préparer les rations de l'équipage. C'était cette corvée qu'Althéa leur enviait le plus car ils restaient ainsi sous le pont, non seulement à l'abri des grains mais près de la chaleur du fourneau de la coquerie. A elle revenaient les travaux les plus durs d'un mousse : le gros nettoyage, le transport de seaux remplis de graisse et de goudron, et toutes les tâches des marins qui requéraient une paire de mains en plus. Elle n'avait jamais trimé si dur de toute sa vie.

Elle se retint au mât le temps de laisser passer une vague qui balaya le pont, puis elle se dirigea vers le refuge du coqueron avant, courant un instant, puis restant un moment accrochée, haletante, à un cordage ou au bastingage pour éviter de se faire éjecter du navire qui dansait sur les vagues, avant de reprendre la manœuvre. Il y avait trois jours que le mauvais temps durait, et, avant l'arrivée de la tempête, Althéa avait cru, dans sa naïveté, que la situation ne pouvait pas être pire. Les marins expérimentés paraissaient considérer ce violent coup de tabac comme un élément normal d'une saison à l'Extérieur. Ils le maudissaient, demandaient à Sâ d'y mettre fin, mais finissaient toujours par échanger des histoires de tempêtes encore pires qu'ils avaient traversées sur des navires qui tenaient moins bien la mer.

« Dis donc, Ath, tu as intérêt à te magner si tu veux ta ration ce soir, et surtout si tu as envie de manger avant qu'elle soit complètement froide ! »

Reller avait pris un ton menaçant, mais le vieux marin demeura sur le pont jusqu'à ce qu'elle fût arrivée près de lui. Ils descendirent ensemble et refermèrent le panneau derrière eux. Althéa fit une pause sur une marche pour s'essuyer le visage et les bras, puis essorer son épaisse queue de cheval, et enfin elle suivit l'homme dans le ventre du navire.

Quelques mois plus tôt, elle aurait considéré cet espace comme froid, humide et puant ; à présent, elle y voyait, sinon un foyer, du moins un refuge où la pluie, chassée par un vent violent, ne risquait pas de la faire tremper. La lumière jaune des lanternes était presque accueillante. Au claquement d'une louche en bois contre le bord d'une marmite, elle comprit qu'on servait le repas et se dépêcha d'aller chercher sa portion.

A bord du *Moissonneur*, les quartiers d'équipage n'existaient pas ; chacun trouvait un coin pour dormir et se l'appropriait, et les plus enviés devaient périodiquement être défendus à grand renfort de coups de poing et de jurons. Au milieu de la cale où s'entassait la cargaison se trouvait une petite zone dont les hommes s'étaient fait une sorte de tanière ; les mousses y apportaient la marmite et chacun, une fois son quart terminé, venait y prendre sa ration, mesurée en louchées. Il n'y avait pas de table, et rien sur quoi s'asseoir, sauf si on disposait d'un coffre personnel ; on s'installait par terre ou bien on s'appuyait à un tonneau d'huile. En guise d'assiette, des tranchoirs de bois qu'on nettoyait du bout des doigts ou à l'aide d'un morceau de pain quand on en avait ; mais le plus souvent il fallait se contenter de biscuits de mer, et, par une pareille tempête, il ne fallait guère espérer que le coq eût essayé de faire du pain. Althéa se fraya un chemin dans une jungle de vêtements suspendus. Des habits trempés pendaient partout dans la cale, accrochés à des chevilles et à des crochets dans le vain espoir de les faire sécher. Althéa ôta son ciré, qu'elle avait gagné la semaine précédente en jouant avec Oyo, et le suspendit à la cheville qu'elle s'était appropriée.

La menace de Reller n'avait pas été faite en l'air: il était en train de se servir quand Althéa s'approcha de la marmite, et, comme tous les hommes du bord, il prenait une ration aussi copieuse que possible sans se préoccuper des autres. Althéa se saisit d'une assiette vide et attendit impatiemment qu'il lui laissât la place; elle sentit qu'il prenait son temps pour la pousser à se plaindre mais elle avait appris à la dure à s'en garder. N'importe quel marin avait le droit de flanquer une taloche au mousse sans avoir besoin du moindre prétexte pour cela; mieux valait se taire et avoir droit à une demi-louche de soupe que se plaindre et n'obtenir qu'une calotte pour tout dîner. Penché sur la marmite, Reller continuait à emplir son assiette avec le peu qui restait dans le fond.

Voyant qu'Althéa refusait de récriminer, il faillit sourire, puis lui dit: «Tiens, garçon, il te reste quelques morceaux. Nettoie bien la marmite, puis cours la rapporter au coq.»

Dans un sens, c'était une fleur qu'il lui faisait: il aurait pu tout prendre, ne lui laisser que le récipient à racler et nul n'aurait même songé à soulever la moindre protestation. C'est donc avec satisfaction qu'Althéa prit la marmite et se retira dans son coin pour la finir.

Elle s'était trouvé un bon emplacement, tout bien considéré. Ses maigres biens étaient entassés dans un angle formé par la rencontre du pont et de la courbure de la coque, ce qui interdisait de s'y tenir debout; mais elle y avait accroché son hamac, et personne d'autre qu'elle n'aurait été assez petit pour s'y rouler en boule et dormir à l'aise. En outre, l'espace était si exigu que nul ne venait la déranger pendant qu'elle dormait, nul ne la frôlait avec un ciré trempé. Elle emporta donc la marmite dans son réduit et s'installa pour manger.

A l'aide de sa chope, elle récupéra ce qui restait de soupe et l'engloutit. Le liquide n'était plus chaud – à tel point que la graisse s'était figée en petits paquets –, mais il était tout de même moins froid que la pluie qui tombait au-dehors, et la graisse avait bon goût. De plus, Reller n'avait pas menti: il restait bel et bien des morceaux; ce pouvait être de la pomme de terre, du navet ou peut-être simplement des blocs farineux de boulettes de pâte mal cuites; Althéa n'en avait cure. Elle les prit avec les doigts et les porta à sa bouche, puis elle gratta les derniers restes de nourriture accrochés à la paroi de la marmite à l'aide d'un biscuit de mer.

Elle venait d'avaler sa dernière bouchée quand une grande lassitude la prit. Elle était gelée, elle était trempée, elle avait mal partout et n'avait plus qu'une envie : prendre sa couverture, s'y enrouler et fermer les yeux ; mais Reller lui avait dit de rapporter la marmite à la coquerie, et elle était trop avisée pour attendre d'avoir dormi pour exécuter l'ordre : cela aurait été considéré comme un manquement à son devoir. Certes, il n'était pas impossible que Reller ferme les yeux, mais si ce n'était pas le cas, ou bien si le cuisinier se plaignait, elle risquait fort de passer à la garcette, et elle ne pouvait pas se le permettre. Avec un petit bruit de gorge qui aurait pu être un gémissement, elle sortit à croupetons de son coin, la marmite au creux du bras.

Elle dut à nouveau affronter la tempête qui balayait le pont pour atteindre la coquerie ; elle s'y prit en deux fois, courant à chaque reprise d'un abri relatif à un autre, en s'accrochant aussi fermement à la marmite qu'au navire lui-même : si elle laissait passer un tel ustensile par-dessus bord, elle savait qu'on lui ferait regretter de ne pas l'avoir suivi. Quand elle parvint à la cuisine, elle dut cogner du poing et des pieds à la porte que cet imbécile de coq avait verrouillée de l'intérieur, et, quand il ouvrit enfin, c'est la mine mécontente qu'il l'accueillit. Sans un mot, elle lui tendit la marmite en s'efforçant de ne pas laisser ses yeux se porter avec envie sur le feu qui brûlait dans sa boîte derrière l'homme. Si on avait les faveurs du cuisinier, on pouvait rester assez longtemps pour se réchauffer, et, quand on était vraiment privilégié, on était même autorisé à suspendre une chemise ou un pantalon dans la coquerie, où ils séchaient pour de bon. Althéa, elle, n'était dans aucun de ces cas, et le cuisinier lui fit signe de prendre la porte dès qu'elle eut déposé la marmite.

Au retour, elle fut victime de sa mauvaise estimation du temps dont elle disposait, et elle en fit ultérieurement le reproche au cuisinier qui l'avait trop promptement jetée hors de sa cambuse. Elle s'élança pour faire le trajet d'une seule traite, mais à cet instant le navire parut plonger droit dans le flanc d'une montagne d'eau. Eperdue, elle sentit ses doigts frôler le cordage vers lequel elle s'était précipitée mais elle ne put assurer sa prise ; la déferlante lui fit perdre pied et traverser le pont sur le ventre. Elle se débattit violemment en essayant de s'agripper aux planches du bout des ongles, mais l'eau qui pénétrait dans sa bouche et dans son nez l'aveuglait et l'empêchait d'appeler à l'aide. Une éternité plus tard, sa tête heurta brutalement le bastingage à l'oblique ; le choc lui obscurcit momentanément l'esprit et faillit lui arracher l'oreille, et, l'espace d'un instant, par pur réflexe, elle ne put que se raccrocher des deux mains à la lisse, à plat ventre sur le pont inondé. Autour d'elle, l'eau se ruait par-dessus bord. Althéa se maintint agrippée, sentant les vagues passer en trombe sur elle mais incapable de lever la tête assez haut pour reprendre son souffle ; elle savait cependant que, si elle attendait que l'eau se fût complètement écoulée pour se remettre debout, la déferlante suivante s'abattrait sur elle. Si elle ne parvenait pas à se redresser tout de suite, elle ne se relèverait plus jamais. Elle tenta de prendre appui sur le pont mais ses jambes étaient comme du coton.

Une main la saisit par le col de sa chemise et la hissa ; elle se retrouva à genoux, hoquetante. « Tu bouches les dalots ! » s'exclama une voix furieuse. La main la tenait toujours par le col et elle pendait, inerte, comme un chaton noyé. Enfin, elle sentait de l'air sur son visage, un vent mêlé de pluie, mais avant de pouvoir reprendre sa respiration, elle dut recracher l'eau qui avait pénétré dans sa bouche et ses narines. « Accroche-toi ! » cria l'homme ; elle lui entoura aussitôt les mollets des bras et des jambes, puis parvint à inspirer une goulée d'air gargouillante avant que la vague ne les frappe tous deux.

Elle sentit l'homme vaciller sous l'impact et se dit qu'ils allaient sûrement se faire emporter tous les deux, mais l'instant suivant, alors que l'eau se retirait, il lui appliqua une taloche sur la tête qui la força à relâcher sa prise sur lui, puis le pont se mit à se déplacer sous elle : l'homme la traînait derrière lui, l'ayant saisie d'une seule poigne par le col et la queue de cheval. Arrivé au pied d'un mât, il se mit à grimper en forçant Althéa à l'imiter ; dès qu'elle sentit sous ses pieds et ses mains le cordage familier, elle s'y accrocha et s'y hissa de son propre chef, et la déferlante suivante passa sous elle sans la toucher. Prise de haut-le-cœur, elle vomit toute l'eau de mer qu'elle avait ingurgitée, puis elle se moucha dans ses doigts qu'elle agita ensuite sous la pluie pour les nettoyer. Enfin, elle prit une profonde inspiration et dit à son sauveur : « Merci.

– Espèce de petit crétin de rat d'entrepont ! On a bien failli crever tous les deux à cause de toi ! » Dans la voix de l'homme, la colère le disputait à la peur.

« Je sais. Je m'excuse. » Sa réponse fut tout juste audible dans le vacarme de la tempête.

« Tu t'excuses ? Tu vas voir comment je vais t'excuser, moi ! Je vais te botter le cul jusqu'à ce que tu pisses le sang par le nez ! »

Il leva le poing et Althéa se raidit dans l'attente du coup. Elle le savait, d'après les critères du bord, elle l'avait mérité. Mais, le choc ne venant pas, elle finit par rouvrir les yeux.

Dans la pénombre, Brashen la dévisageait. Il paraissait encore plus suffoqué que quand il l'avait tirée de l'eau. « Par tous les démons ! Je ne vous avais même pas reconnue ! »

Elle eut un petit mouvement qui aurait pu être un haussement d'épaules, et elle détourna le regard.

Une vague passa sur le navire qui entama lourdement une nouvelle ascension.

« Eh bien, comment allez-vous ? » Brashen avait baissé le ton, comme s'il craignait qu'on surprît leur conversation. Il était en dessous de la condition d'un lieutenant de bavarder à bâtons rompus avec un mousse et, depuis qu'il avait découvert la présence d'Althéa sur le navire, il avait évité tout contact avec elle.

« Comme vous pouvez vous en rendre compte », répondit-elle à mi-voix. Elle se sentait humiliée, et elle en voulut soudain à Brashen, non à cause d'un geste de sa part, mais parce qu'il la voyait ainsi, réduite à un personnage qui était moins que la poussière sous ses semelles. « Je me débrouille, je survis.

– Je vous aiderais si j'en avais les moyens. » Il paraissait en colère contre elle. « Mais vous savez que c'est impossible. Si je manifeste le moindre intérêt envers vous, ça éveillera des soupçons. J'ai déjà dit clairement à plusieurs membres d'équipage que je n'avais aucune attirance pour… les autres hommes. » Il s'exprimait soudain d'un ton gêné, et une partie de l'esprit d'Althéa savoura l'ironie de la situation : accroché au gréement d'un sabot au milieu d'une tempête, après s'être apprêté à lui botter les fesses, Brashen n'arrivait pas à lui parler de sexualité par peur d'offenser sa dignité ! « Sur un bateau comme celui-ci, on ne verrait qu'une seule façon d'interpréter le moindre signe de gentillesse de ma part envers vous ; alors, quelqu'un d'autre se mettrait à avoir envie de vous, et, une fois qu'on aurait découvert que vous êtes une femme… »

Althéa l'interrompit.

« Inutile de m'expliquer ce qui se passerait ; je ne suis pas idiote ! » Ignorait-il qu'elle aussi vivait à bord de ce rafiot plein de rebuts d'humanité ?

« Ah non ? Alors que faites-vous sur ce navire ? » Et, sur cette question mordante, il se laissa tomber sur le pont. Agile comme un chat, vif comme un singe, il gagna rapidement la proue du bateau en laissant Althéa le regarder s'éloigner, toujours agrippée au gréement.

« La même chose que vous », répondit-elle hargneusement, quoique tardivement, sans se soucier qu'il ne l'entendît plus. Lorsque le pont fut à nouveau temporairement dégagé, elle suivit l'exemple de Brashen, mais avec une grâce et un savoir-faire considérablement moindres ; quelques instants plus tard, elle se trouvait sous le pont et entendait la ruée de l'eau tout autour d'elle. Le *Moissonneur* se déplaçait sur les vagues comme une barrique. Althéa poussa un grand soupir et, une fois de plus, secoua la tête et les bras pour en faire tomber les gouttes qui les couvraient ; elle essora sa queue de cheval et agita ses pieds mouillés comme un chat avant de se rendre dans son coin. Sur sa peau, ses vêtements étaient trempés, et elle tremblait de froid ; elle les changea rapidement contre d'autres qui n'étaient qu'humides, puis les tordit pour en exprimer l'excès d'eau, les déplia, pendit sa chemise et son pantalon à une cheville et tira sa couverture de sa cachette. Elle aussi était humide et elle sentait le moisi, mais c'était de la laine : humide ou non, elle retiendrait la chaleur du corps d'Althéa – la seule dont elle disposât. Elle s'enroula dans la couverture, puis se coucha en chien de fusil dans le noir. Autant pour la gentillesse de Reller : à cause de lui, elle s'était à moitié noyée et avait perdu une demi-heure de sommeil. Elle ferma les yeux et se prépara à s'endormir.

Mais le sommeil la trahit. Elle avait beau être épuisée, l'inconscience refusait de s'emparer d'elle. Elle essaya de se détendre mais ne parvint pas à se rappeler comment relâcher les muscles de son front plissé. C'était à cause de son entretien avec Brashen, se dit-elle, qui lui avait remis toute sa situation en mémoire. Des jours s'écoulaient souvent sans qu'elle aperçoive le lieutenant ; ils n'étaient pas du même quart, leurs vies et leurs tâches se croisaient rarement. Quand rien ne venait lui rappeler son existence précédente, Althéa pouvait simplement vivre au jour le jour et faire son travail pour assurer sa survie ; elle pouvait concentrer son attention à n'être que le mousse du navire sans voir plus loin que le quart suivant.

Le visage de Brashen, ses yeux, étaient le plus cruel des miroirs : il avait pitié d'elle. Il était incapable de la regarder sans trahir par son expression l'horreur que lui inspirait ce qu'elle était devenue et, pire encore, ce qu'elle n'avait jamais été. Le plus affreux, peut-être, était de le voir reconnaître, comme Althéa elle-même, que Kyle avait eu raison : elle avait effectivement été l'enfant gâtée de son père et n'avait jamais rien fait d'autre que jouer au marin. Honteuse, elle se rappelait encore l'orgueil qu'elle tirait de la rapidité avec laquelle elle parcourait le gréement de la *Vivacia* ; mais elle n'y montait en général que par beau temps et, quand les tâches qu'elle y accomplissait la fatiguaient ou l'ennuyaient, elle pouvait toujours descendre sur le pont à la recherche d'une activité plus amusante ; une heure ou deux passées à épisser un cordage ou à recoudre une voile n'avaient aucune commune mesure avec six heures de travail frénétique sur une toile déchirée qu'il fallait réparer le plus vite possible. Qu'aurait dit sa mère, qui se chagrinait déjà de ses mains rêches et calleuses, en voyant ses paumes désormais aussi dures et cornées que la plante de ses pieds, elle-même noire de crasse et craquelée de gerçures !

C'était le pire aspect de son existence : n'être qu'un marin passable. Elle avait beau s'endurcir, elle n'était pas aussi forte que les gaillards du navire. Elle s'était fait passer pour un garçon de quatorze ans pour obtenir son poste à bord du *Moissonneur*, mais, même si elle avait souhaité demeurer sur ce sabot-abattoir, on aurait fini par s'apercevoir au bout d'un an ou deux qu'elle ne grandissait pas et qu'elle ne gagnait pas en force, et on ne l'aurait pas gardée. Elle se serait retrouvée dans un port à l'étranger sans aucune perspective d'avenir.

Elle ouvrit les yeux dans l'obscurité. A la fin du voyage, elle avait eu l'intention de demander son brevet de marin, qu'elle obtiendrait sans doute ; mais serait-ce suffisant ? Oh, bien sûr, elle aurait ainsi l'aval d'un capitaine et elle pourrait peut-être s'en servir pour obliger Kyle à tenir le serment qu'il avait prononcé sans réfléchir ; mais elle craignait qu'il ne s'agît là que d'une victoire sans substance. Ce qu'elle désirait à l'origine, ce n'était pas un morceau de cuir estampé qui témoignerait qu'elle avait survécu au voyage ; elle voulait faire valoir ses aptitudes, prouver à tous et pas seulement à Kyle qu'elle était douée pour la vie qu'elle avait choisie, qu'elle était un bon capitaine, et par conséquent un marin compétent. Aujourd'hui, lors des rares fois où elle y songeait, elle avait l'impression d'avoir démontré le contraire ; son aventure, qui lui avait paru audacieuse et intrépide quand elle l'avait commencée à Terrilville, lui semblait désormais puérile et sotte.

Elle s'était précipitée vers la mer, habillée en garçon, et avait accepté le premier poste qu'on lui avait offert. Pourquoi ? Pourquoi ne s'était-elle pas présentée à une autre vivenef et n'avait-elle pas demandé à y être embarquée comme matelot ? L'aurait-on refusée ainsi que l'avait prédit Brashen ? Ou bien pourrait-elle, en cet instant même, être en train de dormir à bord d'un marchand traversant le Passage Intérieur, assurée d'un salaire et d'une recommandation à la fin de son voyage ? Pourquoi lui avait-il paru si important de se faire engager de façon anonyme, de prouver sa valeur sans compter sur son nom ni sur la réputation de son père ? Cette perspective l'avait enthousiasmée pendant les longues soirées d'été qu'elle avait passées, assise en tailleur, dans l'arrière-salle du magasin d'Ambre à recoudre ses pantalons de marin ; aujourd'hui, ce point de vue lui semblait tout simplement infantile.

Car Ambre l'avait aidée. Sans elle, sans ses travaux de couture et ses repas qu'elle avait volontiers partagés avec Althéa, la jeune fille ne serait arrivée à rien. La soudaine amitié d'Ambre avait toujours laissé Althéa perplexe, mais elle se demandait à présent si cette femme n'avait pas eu pour but de la propulser dans le danger. Lentement, sa main remonta pour caresser l'Œuf de Serpent, la perle qu'elle portait accrochée à une lanière de cuir autour du cou. Son contact lui réchauffa presque le bout des doigts et elle secoua la tête. Non : Ambre était son amie, une des rares qu'elle avait ; elle l'avait hébergée pendant le plein été et lui avait prêté la main pour couper et coudre ses vêtements de garçon. Mieux encore : Ambre elle-même avait enfilé des habits masculins et appris à la jeune fille à se mouvoir, à marcher et à se tenir assise comme un homme. Elle avait été comédienne dans une petite troupe de théâtre, avait-elle expliqué, dans laquelle elle avait tenu de nombreux rôles des deux sexes.

« Poussez votre voix d'ici, lui avait-elle dit en tapant du doigt l'abdomen d'Althéa, juste sous les côtes. Du moins si vous devez absolument parler ; mais abstenez-vous-en le plus possible. Vous aurez ainsi moins de chances de vous trahir et vous serez plus facilement acceptée. Quelqu'un qui sait écouter est une rareté ; si on vous croit de cette espèce, on vous passera tous vos autres défauts. » Ambre lui avait aussi montré comment aplatir sa poitrine de telle façon que le bandage ressemble à un vêtement porté sous la chemise ; elle lui avait appris comment utiliser des chaussettes de couleur foncée comme tissu pour ses règles. « Des chaussettes sales, ça s'explique toujours, avait-elle dit. Cultivez une personnalité méticuleuse ; faites votre lessive deux fois plus que les autres et, au bout d'un moment, personne n'y prêtera plus attention. Astreignez-vous aussi à dormir moins, car vous devrez vous lever avant tout le monde ou vous coucher plus tard afin de préserver le secret de votre anatomie. Et voici mon avertissement le plus important : ne confiez ce secret à personne ; un homme serait incapable de le garder. Si un seul à bord apprend que vous êtes une femme, tous le sauront bientôt. »

C'était l'unique domaine où Ambre s'était peut-être trompée, car Brashen savait qu'Althéa était une femme et il ne l'avait pas trahie. Du moins, pas jusque-là. Une pensée ironique vint soudain à la jeune fille et elle eut un sourire amer. *A ma façon, j'ai suivi votre conseil, Brashen : je me suis débrouillée pour renaître dans la peau d'un garçon, un garçon qui ne s'appelle pas Vestrit.*

⋆

Brashen, étendu sur sa couchette, contemplait la paroi en face de lui ; la distance qui l'en séparait n'était pas grande. Il fut un temps, songea-t-il lugubrement, où je n'aurais même pas voulu de cette cabine pour y ranger mes vêtements. A présent, il se rendait compte du luxe qu'un espace privé, même aussi réduit, pouvait représenter. Certes, il n'avait guère de place pour se retourner, mais il disposait d'une couchette personnelle et nul autre que lui n'y dormait ; il y avait des patères pour ses habits et un coin dans lequel son coffre de marin entrait tout juste. Sur la couchette, il pouvait se coller contre le rebord qui le coinçait et dormir presque sans risque lorsqu'il n'était pas de quart. Les cabines du capitaine et du second étaient nettement plus vastes et mieux équipées, même sur un tel rafiot, mais, d'un autre côté, à bord de bien d'autres navires, le lieutenant n'était pas mieux loti que l'équipage. Aussi Brashen appréciait-il ce petit recoin de tranquillité, même s'il n'y avait accédé qu'à la suite de la mort de trois hommes.

Il s'était embarqué comme simple matelot et avait passé la première partie du voyage à gronder et à jouer des coudes dans le gaillard d'avant en compagnie de ses camarades de quart. Très tôt, il s'était rendu compte qu'il avait non seulement plus d'expérience mais aussi plus de volonté pour faire bien son travail que le reste de ses compagnons. Le *Moissonneur* était un navire-abattoir de Chandelle, loin dans le sud, à la frontière nord de Jamaillia ; lorsqu'il avait quitté le port plusieurs mois plus tôt, au printemps, son équipage était surtout composé de conscrits ; une poignée de marins professionnels en formaient l'épine dorsale et avaient pour charge de faire des nouveaux des matelots, à coups de trique. Parmi les conscrits, certains se trouvaient là pour dettes, enrôlés de force par leurs créanciers qui vendaient leur travail afin de récupérer l'argent prêté ; d'autres étaient de simples criminels achetés dans les prisons du Gouverneur. Les voleurs, à la tire ou non, avaient rapidement cessé leurs activités à bord, ou bien ils étaient morts : la promiscuité sur un navire-abattoir n'encourageait pas à la tolérance envers ce genre de délit. En résumé, l'équipage ne travaillait pas de bon gré, et ses membres avaient peu de chances de survivre aux rigueurs du voyage.

Le temps que le *Moissonneur* arrive à Terrilville, il avait perdu un tiers de ses hommes, que ce soit à cause des maladies, des accidents ou de la violence qui régnait à son bord. Les deux tiers restants avaient envie de vivre ; ils avaient appris à manœuvrer un navire, à pourchasser les lentes tortues et les baleines dites « noires » des îlots et des lagons de la côte méridionale. Leur savoir-faire n'avait naturellement rien à voir avec la technique des chasseurs et des dépeceurs professionnels qui jouissaient à bord du luxe relatif d'une salle commune au sec et de jours entiers d'oisiveté : la dizaine qu'ils étaient ne touchaient jamais à un cordage et ne participaient à aucun quart ; ils se tournaient les pouces en attendant l'heure du massacre et du sang. Alors, ils travaillaient avec fureur et restaient parfois plusieurs jours sans dormir tant que la moisson était bonne. Mais ils n'étaient pas marins et ils ne faisaient pas partie de l'équipage ; ils ne risquaient pas de perdre la vie, sauf si le bateau sombrait ou si une de leurs proies se retournait contre eux.

Le bateau avait suivi la route du Nord par l'extérieur des Iles des Pirates sans cesser de chasser, de massacrer et de fondre la graisse de ses victimes. A Terrilville, le *Moissonneur* avait fait relâche pour se ravitailler en eau et en vivres, et effectuer les réparations qu'il avait les moyens de payer. Le second avait aussi activement recruté de nouveaux hommes en prévision du voyage dans les Iles Mortes; son bâtiment était presque le seul à embaucher dans le port.

Les tempêtes qui sévissaient entre Terrilville et les Mortes-Terres étaient aussi célèbres que la multitude de mammifères marins qui s'ébattaient dans ces eaux, juste avant la migration d'hiver. Ils étaient alors bien gras de leur pacage estival et la fourrure luisante des jeunes était de la bonne taille pour le dépeçage, sans être encore marquée par les cicatrices des combats pour la reproduction ou la nourriture. De telles prises valaient de braver les tempêtes d'automne pour récupérer des fourrures douces, d'épaisses couches de graisse et, en dessous, une chair maigre, d'un rouge sombre, dont le goût évoquait à la fois la mer et la terre. Les barils de sel qui emplissaient la cale au départ de Chandelle seraient bientôt pleins de tranches salées de cette viande si recherchée; les barriques déborderaient d'huile clarifiée alors que les peaux grattées seraient elles aussi salées, puis roulées serré en attendant d'être tannées.

Ce serait une cargaison assez profitable pour faire danser de joie les propriétaires du *Moissonneur*, tandis que les conscrits qui auraient survécu jusqu'à Chandelle sortiraient libres de leur épreuve; les chasseurs et les dépeceurs prendraient leur pourcentage sur la recette totale et commenceraient à lancer les enchères sur leurs services pour la saison suivante, enchères fondées sur leurs récents résultats; quant aux vrais marins qui avaient manœuvré le navire sur tout le trajet et l'avaient ramené à bon port, ils descendraient à quai les poches pleines de pièces sonnantes et trébuchantes, en quantité suffisante pour leur permettre de boire et de s'offrir des femmes jusqu'au moment où il serait temps de reprendre la route des Mortes-Terres.

C'était la belle vie, se disait Brashen avec un sourire forcé. Il s'était trouvé une bonne place, et cela ne lui avait guère coûté : il n'avait eu qu'à obéir promptement aux ordres pour se faire remarquer du second, puis du capitaine; il avait été aidé dans son ascension par la tempête qui avait emporté deux hommes et estropié un troisième, ceux qui constituaient les meilleurs candidats à la fonction de lieutenant.

Ce n'était pourtant pas le remords d'avoir dû passer sur des cadavres pour obtenir son poste et les responsabilités qu'il comportait qui le tourmentait ce soir-là. Non, c'était la pensée d'Althéa Vestrit, la fille de son bienfaiteur, roulée en boule, misérable, dans la cale, au milieu de la lie qui y habitait. « Je n'y peux rien. » Il avait prononcé la phrase tout haut, comme si, en la confiant à l'air, il pouvait apaiser sa conscience. Il n'avait pas vu Althéa monter à bord à Terrilville, et, dans le cas contraire, il aurait eu du mal à la reconnaître : elle avait pris de façon convaincante l'apparence d'un jeune mousse, il devait lui rendre cette justice.

La première fois qu'il avait eu le soupçon de sa présence à bord, ce n'avait pas été en la voyant : il avait aperçu le « mousse » à plusieurs reprises sans se rendre compte de rien ; son déguisement était parfait, avec son bonnet plat rabattu sur son front et ses vêtements de garçon. Mais, le jour où il avait repéré un cordage fixé à un crochet par un double nœud de croc au lieu d'un nœud de cabestan, il avait tiqué ; ce n'était pas un système d'attache très rare, mais le nœud de cabestan était le plus couramment employé, alors que le capitaine Vestrit avait toujours préféré le croc. Brashen n'y avait guère accordé d'attention à l'époque ; cependant, le lendemain dans la journée, au moment où il sortait sur le pont avant son quart, il avait entendu un sifflement familier dans le gréement ; il avait levé les yeux et il l'avait vue agiter le bras en essayant d'attirer l'attention de la vigie pour lui transmettre un message ; il l'avait aussitôt reconnue. « Tiens, Althéa ! » s'était-il dit calmement, puis il avait sursauté un instant plus tard en prenant conscience de la situation. Incrédule, il l'avait regardée, bouche bée : pas d'erreur, c'était bien elle ; on ne pouvait se tromper sur sa façon de courir sur les bordures de voile. Elle avait jeté un coup d'œil vers lui et, à sa façon de détourner vivement le visage, il comprit qu'elle attendait ce moment depuis longtemps tout en le redoutant.

Il avait inventé un prétexte pour demeurer au pied du mât jusqu'à ce qu'elle en redescende, mais elle était passée devant lui, à moins d'une longueur de bras, en lui adressant seulement un regard implorant. Il avait serré les dents sans rien dire et ne lui avait pas parlé jusqu'à ce soir. Une fois qu'il l'avait reconnue, il avait vécu dans les affres d'une certitude : elle ne survivrait pas au voyage. Jour après jour, il s'était attendu à ce qu'elle trahisse sa condition de femme ou à ce qu'elle commette une erreur minime qui permettrait à la mer de l'emporter ; ce n'était qu'une question de temps. Le mieux qu'il avait pu espérer pour elle était une mort rapide.

Il semblait à présent que tel ne devait pas être le cas, et Brashen s'autorisa un petit sourire caustique. Cette fille savait se débrouiller. Naturellement, elle n'avait pas les muscles nécessaires pour accomplir les corvées qu'on lui confiait – du moins pas aussi vite que le désirait le second. Brashen réfléchit : le problème ne venait pas de son manque de force ou de carrure ; elle était capable en réalité de bien exécuter ses tâches, mais elle ne pouvait pas rivaliser avec les hommes aux côtés desquels elle travaillait. Quelques pouces d'envergure en plus, quatre ou cinq livres à rajouter quand il fallait manœuvrer un palan pouvaient faire toute la différence. Elle était comme un cheval attelé avec un bœuf : elle n'était pas incapable de travailler, elle était seulement mal appariée.

En outre, elle était passée d'une vivenef à un bateau en simple bois – la vivenef de sa famille, en plus ! S'était-elle seulement doutée que se mesurer à du bois mort pouvait être tellement plus difficile que piloter un navire qui se prêtait à la manœuvre ? Même si la *Vivacia* ne s'était pas éveillée alors qu'il se trouvait encore à son bord, Brashen avait senti une conscience sous-jacente dès la première fois où il avait touché un de ses cordages. La *Vivacia* était loin de se diriger seule, mais il avait toujours semblé à Brashen que les incidents stupides qui se produisent souvent à bord des autres navires n'arrivaient jamais sur elle. Sur un rafiot comme le *Moissonneur*, le travail était toujours à tiroirs : une tâche simple comme remplacer un gond devenait un labeur éprouvant une fois qu'on s'était rendu compte que le gond défectueux avait été fixé sur un montant à demi pourri et désaligné. Rien, songea-t-il avec un soupir, rien n'était aisé à bord du *Moissonneur*.

Comme en réponse à ses réflexions, on frappa sèchement à sa porte. Ce n'était pas l'heure de son quart, par conséquent c'était qu'il y avait un ennui. « J'arrive ! » répondit-il. En un clin d'œil, il quitta sa couchette et ouvrit la porte. Mais celui qui se tenait là n'était pas le second venu lui confier des tâches supplémentaires à cause de la tempête : c'était Reller, qui entra d'un air hésitant. Ses cheveux et son visage dégoulinaient encore.

« Eh bien ? » demanda Brashen d'un ton peu engageant.

Un pli vertical barra le front large de l'homme. « J'ai mal à l'épaule », répondit-il.

Les devoirs de Brashen comprenaient le soin de la pharmacie du bord. Au début du voyage, il y avait un médecin sur le navire, lui avait-on dit, mais il était tombé à la mer au cours d'un coup de tabac, une nuit. Quand on s'était aperçu que Brashen était en mesure de déchiffrer les pattes-de-mouche des étiquettes sur les bouteilles et les boîtes de médicaments, on lui avait confié la charge de ce qui restait de fournitures médicales. Personnellement, il avait des doutes quant à l'efficacité de beaucoup, mais il les employait selon les instructions des étiquettes.

Il se tourna donc vers la pharmacie qui occupait presque autant de place que son coffre de marin et passa la main sous sa chemise pour prendre la clé accrochée autour de son cou. Il déverrouilla le coffret, en examina un moment le contenu, les sourcils froncés, puis saisit une fiole marron décorée d'une étiquette verte couverte de fioritures. Les yeux plissés, il lut ce qui y était inscrit à la lueur vacillante de la lanterne. « Je crois que je vous ai déjà donné ce produit la dernière fois », dit-il avant de soumettre le flacon à l'inspection de Reller.

Le marin scruta l'objet comme si, à force de les regarder, les lettres lui deviendraient intelligibles. Pour finir, il haussa les épaules. « L'étiquette était verte aussi, fit-il. C'est sans doute la même chose. »

Non sans mal, Brashen extirpa le gros bouchon de l'épais goulot et fit tomber dans le creux de sa main une demi-douzaine de pilules verdâtres ; il songea qu'elles ressemblaient à des déjections de cerf – et il n'aurait été qu'à moitié surpris d'apprendre que c'en était. Il en refit glisser trois dans le flacon et donna les trois autres à Reller. « Prenez-les toutes. Dites au coq que j'ai donné l'ordre de vous remettre une demi-mesure de rhum pour les faire descendre et de vous permettre de rester au chaud dans la coquerie le temps qu'elles agissent. »

Le visage de l'homme s'illumina aussitôt. Le capitaine Sichel n'était pas généreux avec l'alcool, et ce serait sans doute la première fois que Reller goûterait au rhum du bord depuis leur départ de Terrilville. A la perspective d'un coup à boire et d'un coin chaud où s'asseoir un moment, les traits de l'homme prirent une expression de gratitude. Brashen, pour sa part, nourrissait quelques doutes sur l'efficacité des pilules ; mais il était sûr que le rhum de basse qualité qu'on achetait pour l'équipage aiderait l'homme à dormir en attendant que sa douleur passe.

Comme Reller s'apprêtait à sortir, Brashen fit un effort et posa la question qui lui brûlait les lèvres : « Le petit de mon cousin... celui sur lequel je vous ai demandé de garder l'œil. Comment se débrouille-t-il ? »

L'homme haussa les épaules en faisant rouler les pilules dans sa main gauche. « Oh, il s'en tire bien, lieutenant, très bien. Il a de la bonne volonté. » Il posa la main sur la poignée, visiblement pressé de s'en aller. Le rhum promis l'appelait.

« Ainsi, poursuivit Brashen à sa propre surprise, il connaît son travail et le fait intelligemment ?

– Ah, ça, oui, ça, oui, lieutenant ! C'est un bon petit gars, je vous l'ai dit. Je garderai l'œil sur Athel et je veillerai à ce qu'il ne lui arrive pas de mal.

– Très bien. Très bien. Mon cousin sera fier de lui. » Il hésita. « Attention, je ne veux pas que le petit soit au courant qu'on le surveille. Il ne s'agirait pas qu'il s'imagine avoir droit à un traitement particulier.

– Oui, lieutenant. Non, lieutenant. Bonne nuit, lieutenant. » Et Reller sortit en fermant résolument la porte derrière lui.

Paupières closes, Brashen respira profondément. Il ne pouvait faire davantage pour Althéa que de demander à un homme de confiance comme Reller de veiller sur elle. Il s'assura que le verrou de sa porte était en place, puis referma à clé le coffret aux médicaments. Il remonta à quatre pattes sur sa couchette exiguë et poussa un grand soupir. Impossible de faire mieux pour Althéa. Impossible, vraiment.

Enfin, il parvint à s'endormir.

*

Hiémain n'aimait pas monter dans les gréements. Il avait fait de son mieux pour dissimuler le fait à Torg, mais l'homme possédait le flair infaillible des brutes et, une dizaine de fois par jour, il inventait un prétexte pour envoyer le jeune garçon en haut du mât. Quand il s'était aperçu que la répétition émoussait la crainte de Hiémain, il avait compliqué ses tâches en lui donnant des objets à transporter jusqu'au nid-de-pie, que l'enfant devait remonter chercher aussitôt qu'il avait repris contact avec le pont. Selon les derniers ordres de Torg, il devait non seulement grimper dans le gréement, mais aussi se rendre à l'extrémité des espars et y rester suspendu, le cœur au bord des lèvres, jusqu'à ce que le second lui crie de revenir. C'était de la simple brimade, de l'espèce la plus stupide et la plus prévisible qui soit. Hiémain n'en attendait pas moins de Torg; il avait plus de mal à comprendre que le reste de l'équipage accepte comme normal qu'on le tourmente ainsi: quand ils prêtaient attention aux abjections auxquelles le soumettait Torg, les hommes s'en amusaient, en général, et nul ne s'interposait.

Et pourtant, se disait Hiémain accroché à son espar en regardant le pont, si loin en dessous de lui, le second lui avait en réalité rendu service. Le vent le giflait et gonflait la toile, et la tige à laquelle il était agrippé chantait sous la tension. La hauteur du mât exagérait les mouvements du navire sur les vagues et transformait le moindre roulis en un vaste arc de cercle. Hiémain n'appréciait toujours pas de se trouver si haut, mais il ne pouvait nier en ressentir une certaine exaltation qui n'avait rien à voir avec le plaisir: il avait affronté un défi et vaincu l'obstacle. De lui-même, il n'aurait jamais cherché à prendre sa propre mesure de cette façon. Il plissa les yeux face au vent qui lui hurlait aux oreilles, et, l'espace d'un instant, joua avec l'idée que peut-être sa place était là, sur un navire, que tout au fond du prêtre battait peut-être le cœur d'un marin.

Un petit bruit inattendu attira son attention: une vibration métallique. Une garniture était-elle en train de céder? Son cœur se mit à battre un peu plus vite, et il entreprit de suivre lentement la ralingue pour déterminer la source du bruit. Le vent moqueur le lui apportait puis l'emportait brusquement. Hiémain l'entendit à plusieurs reprises avant de remarquer des variations de ton et de rythme dans ce son qui défiait la course du vent. Arrivé au nid-de-pie, il s'accrocha au rebord.

A l'intérieur se trouvait Clément. Le jeune matelot s'était trouvé une position confortable, accroupi, le dos appuyé à la paroi; ses yeux n'étaient que des fentes et il tenait une petite harpe de bouche contre sa joue. Il en jouait d'une seule main, à la façon des marins, en se servant de sa bouche comme caisse de résonance tandis que ses doigts dansaient sur les lamelles de métal qui constituaient les cordes de l'instrument. Ses oreilles n'écoutaient que sa musique tandis que son regard surveillait l'horizon.

Hiémain crut que Clément avait conscience de sa présence jusqu'au moment où le jeune garçon lui jeta un brusque coup d'œil. Ses doigts se figèrent. « Qu'est-ce qu'il y a ? demanda-t-il en gardant l'instrument contre sa joue.

– Rien. Tu es de quart ?

– Si on veut. Il n'y a pas grand-chose à guetter.

– Des pirates, peut-être ? » fit Hiémain.

Clément eut un grognement de mépris. « Ils n'embêtent pas les vivenefs, d'habitude. Ah, bien sûr, j'ai entendu des rumeurs là d'où on vient, en Chalcède, comme quoi une ou deux s'étaient fait pourchasser, mais en général ils nous fichent la paix : la plupart des vivenefs sont capables de distancer n'importe quel bateau en bois, à moins qu'elles n'aient un équipage avec un très mauvais esprit. Et puis les pirates savent que, même s'ils rattrapent une vivenef, ils vont avoir droit au combat de leur vie ; et, même s'ils gagnent, qu'est-ce qu'ils ont obtenu ? Un bateau qui refuse de naviguer pour eux. Tiens, tu crois que Vivacia accepterait à son bord des étrangers qui voudraient la diriger ? Ça m'étonnerait !

– Moi aussi », dit Hiémain. Il était agréablement surpris, à la fois par l'affection et l'orgueil évidents que Clément éprouvait pour le navire et par le fait qu'il consente à bavarder avec lui. Clément paraissait flatté de l'attention captivée de son compagnon. « Pour moi, les pirates sont en train de nous rendre un fier service. »

Hiémain mordit complaisamment à l'hameçon. « Comment ça ?

– Eh bien... comment t'expliquer ? Tu n'es pas descendu à terre en Chalcède, hein ? A ce qu'on nous a dit là-bas, certains pirates se sont mis d'un seul coup à traquer les transports d'esclaves ; ils en ont pris au moins un, et la rumeur parle d'autres qui auraient été menacés. Bon, c'est la fin de l'automne, mais au printemps Chalcède a besoin d'un gros paquet d'esclaves pour les semailles et les plantations ; si les pirates éliminent les transports habituels, le temps qu'on arrive en Chalcède avec une cargaison de premier choix, on n'aura plus qu'à fixer nous-mêmes nos prix. On tirera tellement de notre fret qu'on pourra sans doute rentrer directement à Terrilville ! »

Avec un sourire radieux, Clément hocha la tête comme si le mérite du bon prix que Kyle obtiendrait de ses esclaves allait en partie rejaillir sur lui. Il ne faisait sans doute que répéter les discours des anciens de l'équipage. Sans rien dire, Hiémain contempla l'horizon par-delà la mer houleuse ; il se sentait une profonde envie de vomir qui n'avait rien à voir avec le mal de mer. Chaque fois qu'il pensait à Jamaillia et au fait que son père allait bel et bien y acheter des esclaves, une tristesse effrayante montait en lui, comme s'il éprouvait les remords et la douleur d'un événement honteux avant qu'il ait eu lieu. Au bout d'un moment, Clément reprit son bavardage.

« Alors, comme ça, Torg t'a obligé à monter une fois de plus ?

– Eh oui ! » A sa propre surprise, Hiémain s'étira, puis s'adossa avec insouciance au bord du nid-de-pie. « Ça ne me gêne plus autant qu'avant.

– C'est ce que je vois. C'est bien à ça que ça sert. » Hiémain leva les sourcils, étonné, et Clément lui répondit par un sourire entendu. « Ah, tu croyais que c'était une torture qui t'était réservée ? Non. Torg aime bien te faire endêver, mais, par les couilles de Sâ, il aime faire enrager tout le monde – s'il est sûr que ça ne lui retombe pas sur le nez. Mais faire cavaler le mousse du haut en bas du mât est une tradition. Quand je suis arrivé à bord, j'étais révolté ; c'était Brashen le second, à l'époque, et je le considérais comme le fils d'une truie : le jour où il s'était rendu compte que j'avais la trouille de monter ici, il avait ordonné que tous mes repas y soient servis. “Si tu veux manger, va chercher ta ration”, qu'il me disait, et j'étais obligé de grimper au mât et de tâtonner à quatre pattes jusqu'à ce que je trouve le seau qui contenait mon repas. Ce que je pouvais le détester ! J'avais tellement peur et je montais si lentement que tout était déjà froid quand j'arrivais, et la moitié du temps il avait plu dedans ! Mais, comme toi, j'ai appris à ne plus y faire attention au bout d'un moment. »

Hiémain se tut, songeur. Les doigts de Clément reprirent leur danse sur les cordes, jouant un petit air entraînant. « Ainsi, Torg ne me déteste pas ? Il s'agit simplement d'une forme d'entraînement ? »

Clément cessa de jouer avec un air amusé. « Oh, non ! Torg te déteste, ne t'inquiète pas ; il déteste tous ceux qu'il croit plus intelligents que lui, c'est-à-dire la plupart des hommes à bord. Mais il connaît aussi son boulot, et il sait que, s'il veut le conserver, il doit faire de toi un marin. Alors il t'apprend. Il le fait de la façon la plus dure et la plus désagréable possible, mais il t'apprend.

– Si c'est quelqu'un d'aussi odieux, pourquoi mon… le capitaine le garde-t-il comme lieutenant ? »

Clément haussa les épaules. « Demande à ton papa ! » jeta-t-il cruellement. Puis il eut un sourire complice, qui transforma presque sa réponse en plaisanterie. « Il paraît que Torg est avec lui depuis un bon moment, et qu'il était là pendant un voyage qui s'est très mal passé sur le navire où ils étaient. Alors, quand le capitaine a pris le commandement de la *Vivacia*, il a amené Torg avec lui. Le lieutenant ne trouvait peut-être d'embauche nulle part et ton père se sentait une espèce d'obligation envers lui. Ou bien Torg a un joli petit cul bien serré. »

Hiémain en resta bouche bée. Mais Clément avait retrouvé son sourire complice. « Hé, c'est pour rigoler ! Pas étonnant que tout le monde adore te taquiner : comme cible, on ne fait pas mieux !

– Mais c'est de mon père qu'il s'agit ! protesta Hiémain.

– Non, m'sieur, pas quand tu sers à bord de son bateau ; à ce moment-là, c'est ton capitaine et rien d'autre. Et ce n'est pas un mauvais commandant ; il n'est pas aussi bon qu'Ephron, et certains d'entre nous pensent toujours que c'est Brashen qui aurait dû prendre la suite quand le cap'taine Vestrit a raccroché. Mais celui-ci n'est pas mauvais.

– Alors pourquoi dire… ce que tu as dit sur lui ? » Hiémain n'y comprenait plus rien.

« Parce que c'est le capitaine, expliqua Clément d'un ton patient. C'est une tradition chez les marins, même si on respecte son commandant, parce qu'on sait qu'il peut te caguer dessus quand l'envie lui en prend. Tu veux savoir un truc ? Quand on a appris que le cap'taine Vestrit rendait sa veste et qu'il mettait quelqu'un à sa place, tu sais ce qu'a fait Confret ?

– Non, quoi ?

– Il est allé dans la coquerie prendre la chope à café du capitaine et il a passé sa queue bien partout à l'intérieur ! » Les yeux gris de Clément rayonnaient de ravissement ; il attendait avec impatience la réaction de Hiémain.

« Tu te moques encore de moi ! » Malgré lui, il sentit un sourire horrifié apparaître sur ses lèvres. C'était dégoûtant et dégradant ! C'était trop indigne pour être vrai ! Qu'un homme traite ainsi un autre homme qu'il ne connaissait même pas, simplement parce que ce nouveau venu allait détenir l'autorité… c'était incroyable !

Et pourtant… pourtant… c'était comique ! A cet instant, Hiémain eut un éclair de compréhension : jouer un tel tour à quelqu'un qu'on connaît serait cruel et pervers ; mais infliger cela à un capitaine anonyme, pouvoir regarder un homme qui avait pouvoir de vie et de mort sur soi et l'imaginer en train de boire du café au goût de… Il détourna le regard de Clément en percevant, incrédule, le sourire de connivence qui s'élargissait sur ses propres lèvres. Confret avait fait ça à son père !

« C'est normal que l'équipage fasse deux-trois trucs comme ça au cap'taine et au second ; il ne faudrait tout de même pas qu'ils se prennent pour des dieux et nous pour de la merde.

– Dans ce cas… tu crois qu'ils sont au courant de ce genre de pratique ? »

Clément sourit largement. « Si tu restes assez longtemps dans la marine, tu finis par l'apprendre. » Il joua quelques notes sur son instrument, puis haussa ostensiblement les épaules. « Ils pensent sans doute que ça ne leur arrive jamais, à eux, tout bêtement.

– Donc, personne ne les avertit. » Hiémain avait pensé tout haut pour clarifier sa réflexions

« Bien sûr que non ! Qui irait les prévenir ? » Quelques notes plus tard, Clément cessa brusquement de jouer. « Tu ne nous dénoncerais pas, hein ? Même s'il s'agit de ton père et que… » Il laissa sa phrase en suspens en se rendant compte qu'il en avait peut-être trop dit.

« Non, je ne vous dénoncerais pas », dit Hiémain à sa propre surprise. Et il ajouta malicieusement avec un sourire idiot : « Surtout parce qu'il s'agit de mon père !

– Garçon ? Garçon, ramène tes fesses par ici ! » C'était Torg qui braillait depuis le pont.

Hiémain poussa un soupir. « Je te jure, cet homme a un sens spécial pour savoir quand je ne suis pas malheureux, et il prend alors toujours les mesures nécessaires pour y remédier. »

Il entama la longue descente. Clément se pencha légèrement pour l'observer et lui cria : « Tu fais des phrases trop longues ! Dis simplement qu'il te colle au cul comme une couche de peinture !

– En effet, l'image est aussi bonne, convint Hiémain.

– Grouille-toi, garçon ! » beugla Torg, et le jeune mousse porta toute son attention à la descente du mât.

Beaucoup plus tard, ce soir-là, alors qu'il méditait sur le pardon du jour, il se posa des questions. N'avait-il pas ri d'un acte cruel, n'avait-il pas, par son sourire, été complice de la dégradation d'un être humain ? Que devenait Sâ, dans tout cela ? Le remords l'envahit, mais il le repoussa : le sentiment de culpabilité n'avait guère d'intérêt pour un véritable prêtre de Sâ et ne faisait qu'obscurcir son jugement ; si un homme se sentait indigne, il devait chercher ce qui le troublait et en éliminer la cause. Souffrir les affres du remords n'indiquait pas qu'on s'était amélioré, mais simplement qu'on se soupçonnait de dissimuler une faute. Etendu dans le noir, immobile, il réfléchit à ce qui l'avait fait rire et pour quelle raison ; et, pour la première fois depuis bien des années, il se demanda si sa conscience n'était pas trop sensible, si elle n'était pas devenue un obstacle entre ses semblables et lui-même. « Ce qui sépare ne relève pas de Sâ », se dit-il tout bas ; mais il s'endormit avant de pouvoir retrouver la source de la citation, ou même de savoir si elle provenait d'un texte sacré.

*

Les Mortes-Terres apparurent par un matin froid et clair. Le voyage vers le Nord-Est avait fait passer le navire et son équipage de l'automne à l'hiver, d'un temps doux et clair à un brouillard et une bruine perpétuels. Les Mortes-Terres s'étendaient bas sur l'horizon. On ne voyait pas d'îles, seulement des emplacements où les vagues se brisaient soudain en écume blanche et en embruns. Les terres étaient au ras de l'eau, plates, constituées principalement de grèves rocheuses et de plaines de sable qui se hissaient par hasard au-dessus de la ligne de haute marée. Dans les ports, Althéa avait entendu dire qu'on y trouvait une végétation buissonnante et guère plus, et elle n'avait aucune idée de ce qui poussait les ours de mer à s'y rendre pour se battre, s'accoupler et élever leurs petits, d'autant plus que, chaque année à la même époque, les navires-abattoirs venaient chasser et tuer des centaines d'entre eux. Les yeux plissés à cause des embruns salés, elle se demanda quel instinct de mort les ramenait sur ces îles tous les ans malgré leurs souvenirs de sang et de boucherie.

Vers midi, le *Moissonneur* s'approcha sous le vent d'un groupe d'îles et s'aperçut qu'un de ses rivaux s'était déjà installé dans le meilleur mouillage. Le capitaine Sichel se mit à jurer, comme si c'était la faute de ses hommes et de son navire si le *Karlay* était arrivé sur place avant eux. Les ancres furent jetées et les chasseurs tirés de la stupeur de leur inactivité. Althéa avait entendu dire que, quelques jours plus tôt, ils s'étaient disputés entre eux à propos d'un de leurs paris et qu'ils avaient bien failli tuer l'un des leurs qu'ils soupçonnaient de tricher. Cela l'avait laissée indifférente : ils avaient un langage ordurier et des manières déplaisantes chaque fois qu'obéissant à ses devoirs de mousse elle allait les chercher, et elle ne s'était pas étonnée qu'ils se sautent à la gorge dans leurs quartiers exigus à force d'oisiveté. Les torts qu'ils s'infligeaient entre eux ne la regardaient pas.

C'est du moins ce qu'elle croyait. Ce fut une fois le navire bien ancré, alors qu'elle s'attendait à jouir de sa première journée de calme relatif depuis des semaines, qu'elle découvrit brutalement combien c'était faux. Officiellement, elle n'était pas de service ; la plupart des hommes de sa bordée dormaient, mais elle avait décidé de profiter du jour et du temps comparativement calme pour ravauder certains de ses vêtements. Effectuer des travaux minutieux à la lumière d'une lanterne commençait à lui faire mal aux yeux, et l'air avait une odeur de renfermé sous les ponts. Elle s'était trouvé un coin tranquille sous le vent du rouf ; elle était à l'abri des rafales et, par miracle, le soleil brillait malgré le mordant de l'hiver qu'on sentait dans l'air. Elle venait de commencer à découper des carrés de tissu de ses pantalons les plus usés pour rapiécer les autres quand elle entendit le second crier son nom.

« Athel ! rugit-il, et elle se dressa d'un bond.

– Présent, lieutenant ! répondit-elle sans prêter attention à son ouvrage qui avait glissé de ses genoux.

– Pare à te rendre à terre. Tu vas aider les dépeceurs, il leur manque un homme. Et que ça saute !

– Oui, lieutenant. » Elle ne pouvait répondre autre chose, mais l'accablement la saisit. Cependant, elle réagit avec célérité : elle prit son ouvrage et le descendit dans la cale où elle le mit de côté pour l'achever un jour indéterminé, puis elle enfila des chaussettes feutrées et d'épaisses bottes afin de se protéger des rochers couverts de bernacles. Elle enfonça son bonnet de tricot sur ses oreilles et remonta en vitesse sur le pont ; il n'était que temps, car les bossoirs soulevaient déjà les canots. Elle se jeta dans l'une des embarcations et prit place à une rame.

Les marins en firent autant tandis que les chasseurs courbaient le dos sous les rafales et les embruns glacés en échangeant des sourires ravis de plaisir anticipé. Ils tenaient haut, à l'écart de tout contact avec les vagues, leurs arcs favoris, alors que des sacs huilés remplis de flèches roulaient dans l'eau qui clapotait au fond de l'esquif. Althéa s'escrimait sur son aviron en s'efforçant de soutenir l'allure de ses compagnons. Les canots du *Moissonneur* s'approchaient ensemble des grèves rocailleuses des îles, chacun équipé de chasseurs, de dépeceurs et de marins ; Althéa observa presque sans y faire attention que Brashen tirait l'aviron sur une autre embarcation ; c'est donc lui qui commanderait les marins à terre, songea-t-elle. Elle résolut de ne pas se faire remarquer de lui ; de toute façon, elle travaillerait avec les chasseurs et les dépeceurs ; leurs chemins n'avaient donc pas de raison de se croiser. Un instant, elle se demanda quelle tâche on allait lui attribuer, puis écarta cette question de son esprit : c'était une vaine curiosité, puisqu'on le lui apprendrait bientôt.

Tout comme le bâtiment rival s'était emparé du meilleur mouillage, ses chasseurs avaient pris la plus grande île ; or, par tradition, les uns n'empiétaient pas sur le territoire des autres ; l'expérience avait enseigné qu'on n'y gagnait que des morts et des profits moindres pour tout le monde. L'île où Althéa et ses compagnons mirent le pied était donc vierge d'humains. Les plages caillouteuses étaient désertes, en dehors de quelques vieilles ourses de mer qui se reposaient dans les hauts-fonds ; les mâles adultes étaient déjà partis pour entamer la migration qui les ramenait à leur point d'hivernage. Althéa savait que, sur les plaines sableuses de l'intérieur, on trouverait les jeunes femelles et les petits de l'année, demeurés là pour se nourrir des dernières remontes de poisson, se constituer une couche de graisse et prendre des forces avant leur long voyage.

Les chasseurs et les dépeceurs restèrent à bord des canots pendant que les rameurs sautaient dans l'eau peu profonde, saisissaient les plats-bords et tiraient les embarcations à terre. Ils minutèrent l'opération afin de profiter d'une vague pour les aider à franchir les écueils. Althéa gagna la plage en compagnie des autres marins avec la sensation que ses jambes et ses bottes trempées aspiraient en elles le froid de l'air.

Une fois à terre, elle découvrit promptement en quoi consistaient ses devoirs, qui étaient apparemment d'accomplir toutes les tâches dont les chasseurs et les dépeceurs ne voulaient pas. Elle se retrouva bientôt chargée comme un baudet de tous les arcs, flèches, couteaux et pierres à affûter qu'ils avaient apportés en supplément, et, les bras pleins, elle suivit les chasseurs vers l'intérieur des terres. Elle s'étonna qu'ils marchent à si grands pas et parlent si fort entre eux ; elle s'attendait, pour une chasse, à une attitude plus discrète.

Au sommet de la première côte, l'intérieur doucement vallonné de l'île se révéla devant elle. Les ours de mer dormaient, vautrés en groupes sur le sable et parmi les buissons. Comme les hommes franchissaient la colline, les énormes créatures daignèrent à peine remarquer leur présence ; celles qui ouvrirent les yeux observèrent leur approche avec aussi peu d'intérêt que les activités des oiseaux-bousiers qui partageaient leur territoire.

Les chasseurs choisirent leurs positions ; Althéa se vit rapidement déchargée des sacs de flèches qu'elle avait portés jusque-là, et elle se tint à l'écart tandis qu'ils tendaient la corde de leurs arcs et sélectionnaient leurs cibles ; puis la pluie mortelle des flèches s'abattit. Les animaux touchés se mirent à beugler et certains à tourner maladroitement en rond avant de mourir, mais le troupeau ne parut pas faire le rapprochement entre ces morts et les hommes qui se tenaient sur la colline au-dessus de lui. Le massacre se fit posément, les chasseurs choisissant leurs cibles et les tirant aussitôt. Ils visaient de préférence la gorge, là où les flèches à large tête ouvraient largement veines et artères. Le sang coulait à flots. Saigner les animaux à blanc était la méthode recherchée, car elle laissait les fourrures intactes et permettait de récupérer une viande qui n'était pas trop chargée en sang. La mort des créatures n'était ni rapide ni sans douleur. Althéa n'avait pas souvent été témoin de chasses, encore moins de massacres à une telle échelle ; elle était révulsée, mais elle faisait l'effort de rester et de regarder le spectacle comme l'aurait fait, elle en était sûre, un vrai garçon, et elle s'efforçait de ne pas laisser paraître sa répulsion.

Les chasseurs exécutaient leur métier en professionnels : dès qu'ils avaient épuisé leur stock de flèches, ils descendaient arracher celles qui pointaient des cadavres, tandis que les dépeceurs arrivaient derrière eux comme des corbeaux sur un champ de bataille. Le gros des animaux vivants s'était déplacé, gêné par l'agitation et les meuglements des mourants. Il n'éprouvait encore aucun affolement, apparemment, rien que de la contrariété à cause des bouffonneries étranges de certains des siens qui dérangeaient sa sieste. Le chef des chasseurs jeta un regard agacé à Althéa. «Va voir pourquoi ils n'arrivent pas avec le sel!» lui ordonna-t-il d'un ton cassant, comme si elle avait dû savoir que cette corvée lui incomberait et l'avait négligée. Elle obéit promptement, soulagée de quitter la scène d'horreur: les dépeceurs étaient déjà à l'œuvre, arrachant la peau de chaque bête, récupérant la langue, le cœur et le foie avant de repousser les entrailles de côté et de laisser à la créature sa graisse et sa viande à nu sur sa propre peau. Toujours bien informées, les mouettes arrivaient déjà pour le festin.

Althéa avait à peine dépassé le sommet de la colline qu'elle vit venir vers elle un marin qui roulait un baril de sel devant lui. Il était suivi de toute une file de ses compagnons occupés à la même tâche, et Althéa prit alors conscience de l'envergure du travail. Des tonneaux et des tonneaux de sel étaient acheminés sur le terrain d'abattage, tandis qu'un radeau constitué de barriques vides était amené à terre par une nouvelle équipe de marins. La même activité régnait partout sur l'île; le *Moissonneur* était solidement ancré, occupé par un équipage minimal; tous les autres hommes travaillaient à la vaste tâche du débarquement, puis du transport des tonneaux, tant pleins de sel que vides, jusqu'à terre; il faudrait ensuite rapporter ces mêmes tonneaux, mais remplis de viande ou de peaux salées. Le navire poursuivrait sa moisson tant qu'il resterait des animaux vivants et des barriques vides.

«Ils ont besoin du sel tout de suite», dit Althéa au marin qui poussait le premier baril. Il ne se donna pas la peine de répondre, et elle regagna le groupe des chasseurs au pas de course. Ils semaient déjà la mort dans une nouvelle aile du vaste troupeau, alors que les dépeceurs avaient déjà terminé de traiter une bonne moitié des premiers animaux abattus.

Ce fut le début d'une des journées sanglantes et apparemment sans fin qui suivirent. Althéa écopait des tâches que les autres se jugeaient trop occupés pour exécuter: elle transportait les cœurs et les langues jusqu'à une barrique centrale et salait chaque organe avant de l'ajouter dans le récipient. Peu à peu, ses vêtements devinrent à la fois gluants et raides de sang, d'un brun sombre, en quoi elle ne différait pas de ses voisins: les matelots débutants jetés en prison pour dettes à Jamaillia avaient rapidement appris à se faire bouchers. Les paquets de graisse jaunâtre étaient détachés de la chair et entassés dans des barriques propres en attendant d'être rapportés sur le navire ; les carcasses étaient désossées pour ne pas prendre trop de place dans les tonneaux ; les tranches de viande rouge sombre étaient soigneusement salées avant d'être étendues à plat, puis recouvertes d'une couche de sel avant qu'on ne ferme les barils. On grattait les peaux pour en ôter toutes les traces de graisse ou les lanières de viande que les dépeceurs auraient pu laisser, puis on les étendait et on répandait une épaisse couche de sel sur le côté extérieur ; après une journée de ce séchage, on les secouait pour en faire tomber le sel, on les roulait, les liait et on les emportait en paquets au navire. A mesure que les équipes de bouchers avançaient, elles laissaient derrière elles des os striés de rouge et des tas de viscères, et les oiseaux de mer fondaient sur ce banquet, ajoutant leurs voix à celles des tueurs et des tués.

Althéa avait espéré acquérir une certaine insensibilité à ce travail sanglant mais, à chaque journée qui passait, sa tâche lui paraissait à la fois un peu plus monstrueuse et routinière. Elle s'efforça de concevoir que ce massacre général d'animaux se répétait tous les ans, mais n'y parvint pas ; même les ossements blanchis et emmêlés des terrains de boucherie n'arrivèrent pas à la convaincre que l'année précédente avait connu une tuerie de la même ampleur. Elle finit par renoncer à y songer et se contenta d'exécuter les ordres.

Un camp rudimentaire avait été installé sur l'île, sur le même site que celui de l'année précédente, sous le vent d'une formation rocheuse connue sous le nom de Dragon. La tente n'était guère qu'un carré de toile tendu pour couper le vent et les feux n'étaient là que pour leur chaleur et la cuisine ; cependant on avait tout de même un abri. Les rafales qui assaillaient les hommes transportaient une odeur à la fois douceâtre et épaisse de sang et de boucherie, mais cela changeait au moins de l'air confiné des quartiers du bord. Les marins firent des feux fumeux avec les branches résineuses des buissons qui poussaient sur l'île et les rares bouts de bois que rejetaient les marées ; ils firent griller des foies d'ours de mer, et Althéa se joignit au banquet, aussi soulagée que les autres de ce changement de régime et de cette occasion de manger à nouveau de la viande fraîche.

En un sens, son nouveau statut lui convenait bien : elle travaillait désormais pour les chasseurs et les dépeceurs, et ses devoirs étaient à part de ceux du reste de l'équipage. Elle n'enviait à personne la rude ascension de la colline en poussant devant soi une barrique pleine, puis la traversée de la grève rocheuse, le transport jusqu'au navire, le levage à bord et le rangement dans les cales. C'était une besogne éreintante et qui ne requérait aucune intelligence ; des corvées ingrates comme celle-là n'avaient guère de rapport avec le métier de marin, et pourtant personne, parmi l'équipage du *Moissonneur*, n'y échappait. Les tâches d'Althéa, elles, évoluaient au gré des besoins des chasseurs et des dépeceurs : elle aiguisait les couteaux, récupérait les flèches sur les cadavres, salait et embarillait cœurs et langues, étendait les peaux, les salait, les secouait, les roulait et les rangeait dans des tonneaux ; elle enrobait de sel les tranches de viande et les empilait dans des barils. Le mélange constant de sang et de sel lui aurait gercé les mains si elles n'avaient été constamment enduites de graisse animale.

Le temps s'était montré clément, venteux et froid mais sans aucun signe de ces pluies violentes qui risquaient d'abîmer définitivement les peaux et la viande. Mais, un après-midi, les nuages envahirent soudain le ciel en bouillonnant, apparaissant tout d'abord à l'horizon, puis grignotant rapidement le ciel bleu ; le vent lui-même devint plus mordant. Les chasseurs continuèrent toutefois à tuer en jetant à peine un regard de temps en temps aux nuages qui s'épaississaient au loin, grands et noirs comme des montagnes ; ce ne fut que quand la première bruine commença de tomber qu'ils renoncèrent à leur propre pluie mortelle et se mirent à crier d'un ton mécontent aux dépeceurs et aux embarilleurs de se dépêcher avant que la viande, la graisse et les peaux ne soient perdues. Althéa ne voyait pas bien ce qu'on pouvait faire contre la tempête à venir, mais elle l'apprit rapidement : les peaux furent roulées autour d'une épaisse couche de sel, et tout le monde fut embauché comme dépeceur, boucher et embarilleur. Elle se retrouva un couteau à découper entre les mains, penchée sur une carcasse encore chaude, en train d'ouvrir un ours de mer de l'œsophage jusqu'à l'orifice anal.

Elle avait si souvent assisté à l'opération qu'elle n'en ressentait presque plus de haut-le-cœur ; néanmoins, une sensation de nausée grouilla un instant en elle lorsqu'elle arracha la peau tendre de l'épaisse couche de graisse. La bête était chaude et flasque sous ses mains et, à l'ouverture, le cadavre exhala une odeur de mort et d'entrailles. Althéa se gendarma, et la large lame plate de son couteau à dépecer glissa sans mal sur la graisse, décollant la peau du corps tandis que sa main libre maintenait une traction constante sur la fourrure douce. Elle perfora la peau en deux endroits lors de son premier essai en voulant aller trop vite, mais, quand elle se détendit et s'efforça de penser moins à ce qu'elle faisait qu'à le faire bien, elle dépeça la bête suivante aussi facilement qu'elle aurait pelé une orange de Jamaillia. Il suffisait, se dit-elle, de réfléchir à l'anatomie de l'animal et d'imaginer l'endroit où la peau devait être épaisse ou fine, la graisse présente ou absente.

A son quatrième animal, elle se rendit compte que, non seulement elle trouvait le travail facile, mais aussi qu'elle y était douée. Elle se mit à passer rapidement de cadavre en cadavre, tout à coup insensible au sang et à la puanteur ; le long coup de lame pour ouvrir la bête, le dépeçage rapide, suivi de l'éviscération tout aussi rapide ; le cœur et le foie étaient détachés en deux coups de couteau, le reste des entrailles repoussé à l'écart de la carcasse et de la peau. Le découpage de la langue était à son avis la partie la plus difficile, car il fallait ouvrir la gueule de l'animal, y glisser la main pour attraper l'organe humide et encore chaud, puis le trancher à la base ; s'il ne s'était pas agi d'un mets aussi délicat, elle aurait fort été tentée de passer outre à l'opération.

Au bout d'un moment, elle leva la tête pour jeter un coup d'œil autour d'elle à travers la neige fondue chassée par le vent. La pluie glacée tambourinait sur son dos et dégoulinait dans ses yeux mais, jusqu'à cet instant, elle s'en était à peine rendu compte. Elle s'aperçut que, derrière elle, rien moins que trois équipes de bouchers s'efforçaient de suivre sa cadence. Elle avait laissé une large piste de carcasses dépecées. Au loin, un des chasseurs paraissait parler au second ; il fit un vague geste dans la direction d'Althéa et elle eut alors la conviction qu'elle était le sujet de leur conversation. Elle revint à son travail, son couteau s'agitant plus vite que jamais tandis qu'elle battait des paupières pour chasser la pluie froide qui lui coulait dans les yeux et dégouttait du bout de son nez. Une petite flamme d'orgueil commença de brasiller au fond d'elle : c'était un travail sale, dégoûtant, à une échelle où on ne pouvait même plus parler d'avidité, mais elle y avait du talent. Il y avait si longtemps qu'elle n'avait pu se voir ainsi que la prise de conscience de ce manque la laissa bouleversée.

Puis vint un moment où elle promena son regard autour d'elle et ne découvrit plus d'animaux à écorcher. Elle se redressa lentement en faisant rouler ses épaules endolories, essuya son couteau sur son pantalon couvert de sang, puis tendit ses mains à la pluie glacée et la laissa nettoyer le sang et les petits bouts de graisse qui y étaient collés. Elle les frotta ensuite sur le devant de sa chemise, puis repoussa ses cheveux trempés de son visage. Derrière elle, des hommes se courbaient encore sur les carcasses dépecées qu'elle avait laissées dans son sillage. Un marin faisait rouler un baril de sel dans sa direction, tandis qu'un autre suivait avec un tonneau vide. Quelqu'un s'arrêta près d'elle, redressa sa barrique et leva les yeux vers les siens. C'était Brashen. Elle lui sourit avec fierté. « Bon boulot, hein ? »

Il essuya son visage ruisselant de pluie et répondit à mi-voix : « A votre place, j'en ferais le moins possible pour attirer l'attention sur moi. Votre déguisement ne résistera pas à un examen minutieux. »

Sa rebuffade l'irrita. « Peut-être que, si je deviens vraiment douée pour ce travail, je n'aurai plus besoin de déguisement ! »

Une expression à la fois incrédule et horrifiée passa sur les traits de Brashen. Il défonça le dessus du tonneau de sel, puis se mit à faire des gestes comme s'il ordonnait à Althéa de s'occuper des peaux ; mais son discours fut tout autre. « Si ces animaux dressés sur leurs pattes de derrière que vous côtoyez toute la journée soupçonnaient le moins du monde que vous êtes une femme, ils vous sauteraient tous dessus jusqu'au dernier avec encore moins de scrupules qu'ils n'en ont à participer à cette boucherie. Quelle que soit votre valeur à leurs yeux en tant que dépeceuse, ils ne verraient aucune raison de ne pas se servir de vous comme putain ; et, pour eux, votre simple présence parmi eux signifierait que vous vous y attendiez et y consentiez. »

Sa voix basse et son ton grave glacèrent Althéa davantage que la pluie. Il y avait une telle conviction dans ses paroles que, ne songeant pas un instant à discuter, elle partit d'un pas vif à la rencontre de l'homme au tonneau, les bras chargés de la langue et du cœur de la dernière bête qu'elle avait décarcassée. Elle poursuivit cette tâche en gardant la tête baissée comme pour empêcher la pluie de tomber dans ses yeux et en s'efforçant de vider sa tête de toute pensée. Si elle avait pris un moment pour se rendre compte à quel point cet exercice lui était devenu facile, elle en aurait été effrayée.

Ce soir-là, en retournant au camp, elle comprit enfin d'où venait le surnom du rocher qui l'abritait. Par un jeu de la lumière oblique du soleil à travers les nuages, les détails du Dragon apparaissaient avec une affreuse netteté ; elle ne les avait pas remarqués jusque-là parce qu'elle ne s'attendait pas à le voir écroulé sur le dos, les pattes avant crispées sur son poitrail, ses ailes ouvertes submergées par la terre. La torsion du corps immense laissait pressentir une mort atroce. Althéa s'arrêta, horrifiée, sur la petite colline d'où elle regardait la scène. Qui avait bien pu sculpter une telle statue, et pourquoi diable avait-on installé le camp à ses pieds ? La lumière changea subtilement, et tout à coup le rocher érodé jailli de la mince couche de terre ne fut plus qu'un gros caillou aux formes étranges dont les contours évoquaient vaguement un animal couché. Althéa relâcha son souffle.

« Ça te flanque un coup, la première fois que tu le vois, hein ? » fit Reller juste à côté d'elle.

La surprise la fit sursauter. « Un peu, oui, reconnut-elle avant de hausser les épaules avec la feinte bravoure d'un adolescent. Mais ce n'est quand même qu'un rocher. »

Reller baissa le ton. « Tu en es sûr ? Tu devrais grimper sur sa poitrine un jour, histoire de voir. Cette partie-là, qui ressemble à des pattes de devant… elles sont agrippées à une flèche, ou du moins ce qui en reste. Non, petit gars, c'est la carcasse d'un dragon vrai de vrai, abattu quand le temps était plus jeune qu'un œuf et qu'il pourrit depuis un peu plus chaque jour. »

Althéa s'esclaffa devant ce qu'elle prenait pour une taquinerie.

« Les dragons, ça n'existe pas !

– Ah non ? Ne viens pas me dire ça à moi, ni à aucun autre marin qui se trouvait au large des côtes des Six-Duchés il y a quelques années ! On en a vu, des dragons, et pas seulement un ou deux : des armées entières, qui volaient comme des oies sauvages, et de toutes les formes et toutes les couleurs qu'on peut imaginer ! Et ça s'est produit deux fois ! Pas une : deux fois ! Il y en a qui disent que c'est eux qui ont attiré les serpents, mais ça, c'est pas vrai, parce que, des serpents, j'en avais déjà vu des années avant, loin dans le sud. Evidemment, aujourd'hui, on en voit beaucoup plus, alors les gens croient à leur existence. Mais quand tu auras navigué aussi longtemps et aussi loin que moi, tu sauras qu'il y a plein de choses qui sont vraies mais que peu de gens ont vues. »

Althéa lui adressa un sourire sceptique. « C'est ça, Reller, prends-moi pour une pomme, il y en a encore plein l'arbre !

– Saleté de mioche ! répondit l'homme, apparemment vexé pour de bon. Parce que ça sait se servir d'un couteau d'écorcheur, ça se croit le droit d'être insolent avec ses supérieurs ! » Et il se mit à descendre de la colline d'un air digne.

Althéa le suivit plus lentement. Elle se disait qu'elle aurait dû se montrer plus crédule : après tout, elle jouait le rôle d'un garçon de quatorze ans en route pour son premier long voyage. Mieux valait ne pas gâcher le plaisir de Reller si elle voulait rester dans ses petits papiers ; bon, la prochaine fois qu'il raconterait une histoire de marin, elle l'écouterait et jouerait le jeu. En définitive, Reller était ce qui se rapprochait le plus d'un ami à bord du *Moissonneur.*

*

La *Vivacia* entra dans son quatrième port un soir, en fin d'automne. Le soleil éclairait la ville, tombant en biais à travers un banc de nuages. Hiémain, sur le gaillard d'avant, passait son heure vespérale et obligatoire auprès de Vivacia. Appuyé au bastingage près de la figure de proue, il contemplait la cité aux flèches blanches nichée dans le creux du petit port. Il se taisait comme souvent, mais depuis quelque temps on sentait dans son silence plus d'amitié que de détresse, et Vivacia en remerciait Clément de tout son cœur : depuis qu'il s'était lié avec Hiémain, ce dernier retrouvait le goût de vivre.

Sans se montrer d'une gaieté sans bornes, il acquérait au moins un peu de l'effronterie habituelle des mousses. A l'époque où il occupait cette fonction, Clément était audacieux et plein de vie, toujours à mijoter un mauvais tour quand il ne faisait pas le bouffon pour qui avait un moment de libre à passer en sa compagnie. Quand il avait pris le statut de matelot, son attitude envers le travail s'était assagie, comme il se devait ; mais la comparaison avait largement joué au détriment de Hiémain : il n'était que trop évident qu'il n'accomplissait pas ses devoirs avec tout son cœur, il ne prêtait pas attention aux tentatives des marins de plaisanter avec lui, ou bien il les comprenait de travers, et son humeur sombre rebutait toutes les bonnes volontés qui auraient été prêtes à passer quelque temps avec lui. A présent qu'il commençait à sourire, même si ce n'était que de temps en temps, et à riposter avec bonhomie aux piques, il se faisait peu à peu accepter sur le navire. Les marins étaient plus susceptibles de lui donner un conseil ou un avertissement pour lui éviter de commettre des erreurs et de multiplier sa charge de travail. Il tirait profit de chacune de ses petites réussites et maîtrisait les tâches qu'on lui confiait avec la rapidité d'un esprit formé à bien apprendre. Un compliment ou un mot gentil çà et là commençait à éveiller en lui le sentiment de faire partie de l'équipage, et certains s'apercevaient maintenant que sa nature docile et son caractère méditatif n'étaient pas des faiblesses. Peu à peu, Vivacia se mettait à nourrir des espoirs pour lui.

Elle lui jeta un coup d'œil. Des mèches de ses cheveux noirs s'étaient échappées de sa queue de cheval et lui tombaient dans les yeux, et, avec un coup au cœur, Vivacia vit à sa place un fantôme, un écho d'Ephron Vestrit au même âge. Elle tourna le torse, le bras tendu. « Prends ma main », lui demanda-t-elle à mi-voix, et, à son grand étonnement, il obéit. Il éprouvait toujours à son égard, elle le savait, une méfiance fondamentale, ignorant si elle était une créature de Sâ ou non. Mais quand il posa sa main aux cals récents dans le creux de la sienne et qu'elle referma ses doigts géants sur les siens, ils ne firent soudain plus qu'un.

Il voyait désormais par les yeux de son grand-père. Ephron aimait ce port et les gens de cette île ; les flèches et les dômes d'une blancheur éclatante étaient d'autant plus surprenants que la ville était réduite. Plus loin, sous les frondaisons de la forêt, vivaient la plupart des Caymariens ; leurs habitations étaient petites, vertes et humbles, et eux-mêmes ne labouraient pas, n'éventraient pas le sol : c'étaient tous des chasseurs. Nulle route pavée ne quittait la ville, rien que des pistes sinueuses praticables par les marcheurs et les carrioles à bras. Ces gens auraient pu passer pour primitifs sans la petite cité de l'île de la Griffe ; là, ils donnaient libre cours à leur instinct de constructeurs. L'agglomération ne comptait pas moins de trente édifices, sans parler de la profusion d'échoppes qui bordaient la rue marchande ni des bâtiments en bois brut qui s'alignaient devant le front de mer et servaient à des fins commerciales ; mais chacune des structures qui composaient le cœur blanc de la ville était un prodige d'architecture et de sculpture. Le grand-père de Hiémain s'était toujours accordé le temps de se promener dans le centre de marbre de la ville pour admirer les visages des héros, les frises où se déployaient les légendes et les arches sur lesquelles grimpaient des plantes, aussi bien vivantes que taillées dans la pierre.

« Et la plus grande partie de ce placage de marbre, dit Hiémain, c'est vous qui l'avez apporté. Sans lui et toi... ah, je vois ! C'est presque comme mes vitraux : la lumière les traverse pour illuminer l'œuvre de mes mains. A travers ton travail, la lumière de Sâ brille dans cette beauté... »

Il parlait si bas que Vivacia avait du mal à l'entendre ; pourtant, elle était encore plus déroutée par l'émotion qu'il partageait avec elle : ce qu'il appréciait en ce lieu était un sentiment qu'il plaçait au-dessus de tous les autres, celui d'un mouvement vers l'unité. Pour lui, les façades aux sculptures complexes n'étaient pas des œuvres d'art destinées au plaisir de l'œil : elles étaient l'expression d'un phénomène qu'elle ne comprenait pas bien, la convergence de navires, de marchands et de négociants, dont le résultat était non seulement une beauté physique mais aussi... *arcforia-Sâ.* Elle ne connaissait pas ce terme et ne pouvait qu'essayer d'en saisir le concept : la joie incarnée, le meilleur de l'homme et celui de la nature alliés en une expression permanente, la justification de tout ce que Sâ avait donné avec tant de générosité au monde. Elle sentit monter en Hiémain une euphorie spirituelle qu'elle n'avait jamais perçue chez personne d'autre de son espèce, et elle s'aperçut que c'était cela qui manquait si fort au jeune garçon. Les prêtres lui avaient enseigné à voir le monde par ces yeux-là, avaient délicatement éveillé en lui le besoin d'une beauté et d'une bonté sans mélange. Il était convaincu que son destin était de les chercher, de les trouver et de les exalter sous toutes leurs formes. Il devait croire en elles.

Vivacia avait voulu communier avec lui et se faire son professeur ; au lieu de cela, c'est elle qui avait reçu et appris. A sa propre surprise, elle se retira de Hiémain et rompit le contact parfait qu'elle avait cherché. Elle avait besoin de réfléchir, et peut-être y parviendrait-elle mieux seule.

Dans cette pensée, elle reconnut encore tout l'impact de Hiémain sur elle.

⋆

On lui accorda une virée à terre. Il savait que cette décision ne venait ni de son père ni de Torg : le capitaine était descendu au port des heures plus tôt pour entamer les négociations commerciales, et il avait emmené son lieutenant. Par conséquent, cette autorisation de mettre pied à terre en même temps que les autres devait avoir été donnée par Gantri, le second, et elle laissa Hiémain perplexe. Le second avait la responsabilité de tous les hommes à bord du navire, et seule la parole du commandant avait préséance sur la sienne ; pourtant, il n'avait jamais donné l'impression d'être tout à fait conscient de l'existence de Hiémain et ne lui avait presque jamais adressé la parole directement depuis qu'il se trouvait sur la *Vivacia.* Néanmoins, le jeune garçon entendit son nom dans la liste, annoncée à haute voix, du premier groupe d'hommes autorisés à descendre à terre, et il sentit les battements de son cœur s'accélérer : l'occasion était trop belle ! Chaque fois qu'ils avaient jeté l'ancre ou s'étaient amarrés en Chalcède, il avait regardé la terre avec nostalgie mais il lui avait toujours été défendu de quitter le navire ; à l'idée de fouler un sol stable, de regarder des spectacles qu'il n'avait encore jamais vus, il fut pris d'un vertige extatique. Comme les autres chanceux qui faisaient partie de la première équipe à descendre, il se rua sous le pont pour enfiler ses vêtements de port, se passer un coup de peigne dans les cheveux et retresser sa queue de cheval. Il eut un moment d'indécision quant au choix de ses habits.

C'est Torg qui avait eu pour charge d'acheter le trousseau de Hiémain avant qu'ils quittent Terrilville : son père avait refusé de lui allouer l'argent et le temps nécessaires pour faire l'emplette des vêtements et des fournitures dont il aurait besoin pour le voyage. Hiémain s'était retrouvé avec deux ensembles de toile pour le travail du bord, tous deux de qualité médiocre, et il avait soupçonné Torg d'avoir fait un bon profit sur la marge entre l'argent que son père lui avait remis et ce qu'il avait réellement dépensé. Le lieutenant avait également fourni à Hiémain un habit de port typique : une chemise tissée à larges rayures et un pantalon noir en toile grossière, d'aussi mauvaise façon que ses ensembles de pont. Ils ne lui allaient même pas très bien, car Torg n'avait pas été particulièrement regardant sur la taille ; la chemise, surtout, était trop longue. A la place, il pouvait mettre sa bure marron de prêtre. Aujourd'hui tachée et usée, elle avait été ravaudée en de nombreux endroits, et raccourcie pour résoudre le problème de l'effilochage et fournir du tissu pour des pièces. S'il l'enfilait, il proclamerait à nouveau à tous qu'il restait un prêtre, qu'il n'était pas marin, et il perdrait le peu de terrain gagné auprès de ses camarades de bord.

Tout en mettant la chemise rayée et le pantalon noir, il se dit que, ce faisant, il ne démentait pas son état de prêtre mais prenait une décision d'ordre pratique : s'il s'était présenté aux gens de cette ville inconnue vêtu comme un ministre de Sâ, on l'aurait certainement reçu avec toute la générosité due à un prêtre errant ; or il aurait été malhonnête de sa part de rechercher ou d'accepter une telle hospitalité alors qu'il n'était en réalité qu'un matelot en visite. Il chassa fermement de son esprit l'idée gênante et tenace qu'il faisait un peu trop de compromis ces derniers temps, que sa morale devenait un peu trop élastique, et il se dépêcha de se joindre au groupe qui débarquait.

Ils étaient cinq, y compris Hiémain et Clément ; l'un des trois autres était Confret, et Hiémain s'aperçut qu'il n'arrivait pas à détacher les yeux de lui, mais était aussi incapable de soutenir son regard : devant lui se tenait l'homme qui avait proféré une obscénité sur la chope à café de son père, et le jeune garçon ne parvenait pas à savoir s'il devait en éprouver de l'horreur ou de l'amusement. Confret paraissait d'un naturel enjoué, lançant une plaisanterie après l'autre à ses voisins qui maniaient les rames ; il portait un bonnet rouge et mangé de trous, orné d'amulettes bon marché en bronze, et il manquait une dent à son sourire. Ayant fini par se rendre compte des regards dérobés que Hiémain lui jetait, il lui fit un clin d'œil et lui demanda bien fort s'il aimerait l'accompagner au bordel. « Je parie que les filles te feront payer moitié prix ! Les jeunots comme toi, ça leur titille l'imagination, à ce qu'il paraît ! » Et, malgré son embarras, Hiémain ne put s'empêcher de sourire tandis que les hommes autour de lui éclataient de rire. Il comprit soudain que, derrière beaucoup de taquineries, se cachait de la simple bonhomie.

Ils tirèrent le canot sur la plage bien au-delà de la ligne de marée. Ils n'avaient quartier libre que jusqu'au coucher du soleil, et deux des hommes se plaignaient déjà que c'était seulement après qu'on commençait à trouver du bon vin et des filles convenables. «Les écoute pas, Hiémain, dit Confret d'un ton rassurant. On peut trouver plein de trucs à Cresson à toute heure ; ces deux-là préfèrent le noir pour leurs plaisirs, c'est tout. Faut dire qu'avec des têtes pareilles, il vaut mieux qu'ils restent dans l'ombre même pour convaincre une pute de les prendre ! Viens avec moi, je te promets que tu vas bien t'amuser avant qu'on doive retourner au navire.

– J'ai quelques visites à faire avant le coucher du soleil, s'excusa Hiémain. Je voudrais voir les sculptures du palais Idishi et les frises du Mur des Héros.»

Ses compagnons le regardèrent avec curiosité, mais seul Clément demanda : «Comment tu connais tous ces trucs ? Tu es déjà venu à Cresson ?»

Hiémain secoua la tête avec un mélange d'orgueil et de timidité. «Moi, non, mais le navire, si. C'est Vivacia qui m'a parlé de ces ornements, que mon grand-père trouvait très beaux ; je me suis dit que c'était l'occasion d'aller les voir par moi-même.»

Un silence absolu tomba, et un des marins fit un petit mouvement de l'auriculaire gauche, peut-être pour invoquer la protection de Sâ contre la magie noire. Une fois encore, ce fut Clément qui relança la discussion : «Le navire sait vraiment ce que savait le cap'taine Vestrit ?»

Hiémain haussa vaguement les épaules. «Je l'ignore. Tout ce que je peux te dire, c'est que ce qu'il choisit de partager avec moi est très... réaliste, presque comme s'il s'agissait de mes propres souvenirs.» Il se tut, soudain mal à l'aise : il n'avait pas envie d'évoquer ce sujet ; il venait de découvrir que le lien qui l'unissait à la *Vivacia* était d'une nature privée – non, plus encore : intime. Un silence gêné retomba sur le groupe. Cette fois, ce fut Confret qui vint à la rescousse. «Bon, les gars, je ne sais pas pour vous mais, moi, je n'ai pas souvent droit à une virée à terre. Je vais en ville, dans une certaine rue où les fleurs et les femmes sentent bon.» Il jeta un coup d'œil à Clément. «Veille à ce que Hiémain et toi soyez de retour au canot à l'heure. J'ai pas envie de vous chercher partout.

– Mais je ne vais pas avec Hiémain ! protesta Clément. J'ai beaucoup mieux à faire que de regarder des murs !

– Et je n'ai pas besoin qu'on me surveille», renchérit Hiémain. Il avait décidé d'énoncer tout haut ce qui gênait peut-être les hommes. «Je n'essaierai pas de me sauver. Je vous donne ma parole que je serai de retour au canot bien avant le coucher du soleil.»

L'air surpris de ses compagnons lui apprit que cette idée ne les avait pas effleurés. «Ça, c'est sûr, remarqua sèchement Confret. On est sur une île, pour commencer, et en plus les Caymariens n'aiment pas franchement les étrangers. On ne s'inquiétait pas que tu te sauves, Hiémain, mais ça peut être dangereux à Cresson pour un marin tout seul – et pas seulement pour un mousse: pour n'importe quel marin. Tu devrais l'accompagner, Clément; de toute manière, combien de temps il lui faut pour regarder un mur?»

Clément prit une mine extrêmement mécontente. Confret ne lui avait pas donné d'ordre: il n'en avait pas l'autorité; mais si Clément passait outre à sa suggestion et que Hiémain ait des ennuis...

«Tout ira bien pour moi, insista Hiémain. Ce ne sera pas la première fois que je visiterai une ville que je ne connais pas. Je sais me débrouiller. Ne perdons pas notre temps à discuter; je vous retrouverai tous ici bien avant le coucher du soleil, je vous le promets.

– Tu as intérêt, dit Confret d'un ton menaçant, avant d'ajouter avec un soudain entrain: Rejoins-nous à la Promenade des Marins dès que tu en auras fini avec ton mur, et pas à la dernière minute; maintenant que tu commences à te conduire en vrai matelot à bord, il est temps qu'on voie que tu fais partie de notre équipage.» Confret tapota du doigt le tatouage au dessin complexe qui ornait son bras, et Hiémain secoua la tête avec un sourire d'excuse. Le marin lui fit un pied de nez. «Bon, eh bien, sois quand même à l'heure.»

Le jeune garçon savait que, désormais, s'il lui arrivait quoi que ce soit, tous pourraient jurer qu'il avait exigé de s'en aller de son côté et qu'ils n'avaient rien pu y changer. Les voir l'abandonner si vite le laissa un peu déconcerté; il faisait encore partie du groupe tant qu'ils suivirent la plage mais, en arrivant aux quais commerciaux, ils virèrent comme un vol d'oies sauvages en direction des bars et des bordels du front de mer. Hiémain hésita un instant, les regardant s'éloigner avec un étrange sentiment de regret: ils riaient fort, ces marins en goguette, et ils se bousculaient amicalement en échangeant des gestes évocateurs de leurs projets pour l'après-midi. Clément courait de l'un à l'autre comme un chien amical, et Hiémain comprit soudain qu'il venait tout juste d'être accepté dans cette confrérie, qu'il devait cette récente promotion au seul fait qu'il était venu prendre sa place à l'échelon le plus bas de cette hiérarchie du bord.

Bah, cela ne le dérangeait pas – du moins, pas vraiment. Il en savait assez long sur le caractère humain pour comprendre que l'envie de Clément d'appartenir au groupe et de tout faire pour cela était naturelle. Et, songea Hiémain avec sévérité, il en savait assez sur la nature de Sâ pour savoir qu'en certaines occasions il fallait s'écarter du groupe pour son propre bien. Il était déjà bien assez grave qu'il n'ait pas prononcé le moindre mot à l'encontre de leurs projets pour l'après-midi. Il tenta d'en découvrir les raisons, comprit qu'il ne trouverait que des excuses et mit la question de côté ; il avait fait ce qu'il avait fait, et ce soir il méditerait sur le sujet dans l'espoir d'y voir plus clair. Pour l'instant, il avait toute une ville à visiter en l'espace de quelques heures.

Il avait pour se guider les souvenirs qu'avait gardés son grand-père de la disposition du port. Hiémain avait presque la curieuse sensation que le vieux capitaine déambulait à ses côtés, car il remarquait les changements qui s'étaient produits depuis la dernière visite d'Ephron ; une fois, lorsqu'un boutiquier sortit tendre sa banne au-dessus de ses empilements de paniers de fruits, Hiémain le reconnut et faillit le saluer par son nom ; il se rattrapa à temps et se contenta de le regarder en souriant et en songeant que son ventre s'était un peu arrondi au cours des dernières années. L'homme lui répondit par un regard mauvais et le toisa comme si le jeune garçon l'avait insulté. Hiémain supposa que son sourire était trop familier et se hâta de passer son chemin pour se diriger vers le cœur de la ville.

Arrivé sur la place du Puits, il s'arrêta, le souffle coupé. L'approvisionnement en eau de Cresson se faisait grâce à un puits artésien : le précieux liquide surgissait au milieu d'un vaste bassin de pierre avec une force telle que l'eau formait un monticule en son centre, comme si une énorme bulle d'air s'efforçait de remonter des profondeurs. De la cuvette principale, des canaux l'acheminaient vers d'autres, certains réservés à la lessive, d'autres à la consommation et d'autres encore à l'abreuvage des animaux. Chaque bassin était orné de décorations fantaisistes mais qui ne laissaient pas de doute sur son usage. Le surplus d'eau disparaissait par un système de récupération qui aboutissait probablement dans la baie. L'espace entre les divers bassins était planté de fleurs et de buissons.

De jeunes femmes, certaines accompagnées de petits enfants qui jouaient près d'elles, profitaient de l'après-midi clair et tiède pour laver du linge. Hiémain s'arrêta pour contempler le tableau qu'elles composaient. Certaines des plus jeunes étaient entrées dans le bassin, les jupes retroussées et lacées autour des cuisses, et, avec les pieds, elles tapaient et frottaient les vêtements, puis les essoraient contre leurs jambes, tout en en riant et en échangeant des plaisanteries. Les jeunes mères étaient assises au bord du bassin et faisaient leur lessive tout en gardant un œil sur les bébés à quatre pattes et ceux qui tenaient tout juste debout et qui jouaient près de l'eau. Des paniers étaient posés çà et là, pleins de linge mouillé ou sec selon les cas. Il se dégageait tant de simplicité et néanmoins tant de profondeur de cette scène que Hiémain sentit les larmes lui monter aux yeux: depuis qu'il avait quitté le monastère, il n'avait plus vu de gens si harmonieusement engagés dans le travail et la vie. Le soleil brillait sur l'eau et les cheveux lisses des Caymariennes et luisait sur la peau nue de leurs bras et de leurs jambes; il regardait la scène avec avidité, la sentant comme un baume sur son esprit meurtri.

« Tu es perdu ? »

Il se retourna rapidement. La question aurait pu être aimable, mais ce n'était pas le cas, et l'expression des deux gardiens municipaux ne laissait aucun doute sur leur hostilité. Celui qui avait parlé était un vétéran barbu avec une longue cicatrice qui lui remontait de la joue jusqu'au cuir chevelu, où ses cheveux, par ailleurs sombres, étaient blancs; son compagnon était plus jeune et solidement bâti. Avant de laisser à Hiémain le temps de répondre, il déclara: « Le front de mer, c'est par là. C'est là que tu trouveras ce que tu cherches. » Et, de sa matraque, il indiqua le chemin par lequel le jeune garçon était venu.

« Ce que je cherche... ? » répéta Hiémain d'un air égaré. Il regarda chaque gardien en essayant de déchiffrer l'expression de son visage fermé et de ses yeux froids. Qu'avait-il donc fait de mal? « Je voulais voir la frise des Héros et les sculptures du palais Idishi.

– Et, en chemin, fit le premier gardien avec une lourde ironie, tu t'es dit que tu pourrais t'arrêter pour zyeuter des jeunes femmes mouillées dans une fontaine. »

Que répondre à cela ? « Les fontaines elles-mêmes sont des objets d'art, dit-il.

– Et on sait que les marins s'intéressent beaucoup aux objets d'art. » Le gardien avait insisté sur les trois derniers mots avec un ton sarcastique. « Pourquoi tu ne vas pas te payer un "objet d'art" au Foulard au Vent ? Dis que tu viens de la part de Kentel ; j'aurai peut-être droit à une commission. »

Hiémain baissa les yeux, démonté. « Ce n'est pas ce que je voulais dire. Je désire vraiment prendre le temps d'admirer les frises et les sculptures. » Comme aucun des deux hommes ne répondait, il ajouta, sur la défensive : « Je vous le promets, je ne ferai d'ennuis à personne ; de toute manière, il faut que j'aie regagné mon bateau avant le coucher du soleil. Je souhaitais seulement visiter un peu la ville. »

Le plus âgé des deux gardiens se suçota brièvement une dent creuse, et, l'espace d'un instant, Hiémain crut que ses propos avaient porté. « Eh bien, nous, on pense "vraiment" que tu devrais retourner à ta place, près des quais, là où les marins "visitent notre ville". La rue pour les gars de ton espèce est facile à trouver ; on l'appelle la Promenade des Marins. Il y a tout ce qu'il faut pour t'amuser. Et si tu n'y vas pas tout de suite, petit, je te promets que tu vas avoir des ennuis – avec nous. »

Hiémain entendait son cœur battre la chamade comme un roulement de tonnerre étouffé dans ses oreilles. Il ignorait quelle émotion était la plus forte mais, quand il répondit, ce fut la colère et non la peur qu'il perçut dans son propre ton. « Je m'en vais », dit-il sèchement ; pourtant, même si c'était la colère qui l'emportait en lui, tourner le dos à ces hommes restait difficile. Il sentit un picotement à la nuque, s'attendant à demi à recevoir un coup de matraque à cet endroit. Il tendit l'oreille pour détecter des bruits de pas derrière lui ; ce qu'il entendit fut pire : un éclat de rire moqueur et un commentaire ironique fait à mi-voix par le plus jeune des gardiens. Il ne se retourna pas et ne pressa pas non plus le pas, mais il sentit les muscles de son cou et de ses épaules se nouer sous l'effet de la fureur. Mes vêtements ! se dit-il. Ce n'est pas moi qu'ils ont jugé, mais mes vêtements ! Je dois rester insensible à leurs insultes. Laisse aller, laisse aller, laisse aller, se répéta-t-il tout bas, et, au bout d'un moment, il se calma effectivement. Il tourna au croisement suivant et prit un itinéraire différent pour gagner le sommet de la colline. Il voulait bien ne pas prendre ombrage de leurs paroles mais il ne se laisserait pas vaincre par leur attitude : il verrait le palais Idishi.

Il erra un moment, privé des souvenirs de son grand-père qui n'avait jamais suivi ce trajet. Il fut arrêté deux fois en route, la première par un jeune garçon qui voulait lui vendre des herbes à fumer, et la seconde, plus pénible, par une femme qui proposait de se vendre à lui. Jamais personne n'avait ainsi abordé Hiémain, et cette façon de faire le rebuta plus encore que les ulcères révélateurs d'une maladie de la peau autour de la bouche de la malheureuse. Par un effort de volonté, il refusa poliment les deux premières fois, mais comme elle insistait, baissant ses prix et lui proposant « tout ce qu'il voulait, tous ses rêves les plus fous », il se résolut à parler clairement. « Je n'ai nul désir de partager votre corps ni votre maladie », dit-il, en se rendant compte avec un pincement au cœur à quel point sa sincérité pouvait être cruelle. Il s'apprêtait à s'excuser mais elle ne lui en laissa pas le temps : elle lui cracha au visage et s'en alla brusquement dans un mouvement de dignité blessée. Hiémain, poursuivant sa route, prit conscience que cette rencontre l'avait plus effrayé que celle des deux gardiens.

Enfin, il parvint au cœur de la ville proprement dit. Là, les rues étaient pavées et chaque édifice portait à son fronton quelque décoration ou ornement qui réjouissait l'œil. Il s'agissait manifestement des bâtiments publics de Cresson, où on édictait les lois, où on rendait la justice et où étaient menées les plus hautes affaires municipales. Hiémain marchait lentement, le regard s'attardant sur tous les détails, et s'arrêtait souvent pour reculer afin de voir l'ensemble d'une architecture. Les arches de pierre faisaient partie des ouvrages les plus extraordinaires qu'il lui eût été donné d'admirer.

Il arriva devant un petit temple consacré à Odava, le dieu-serpent, avec les portes et les fenêtres arrondies, formes traditionnelles dans cette religion. Il n'avait jamais particulièrement apprécié cette manifestation de Sâ, et n'avait jamais rencontré d'adorateur d'Odava prêt à reconnaître que le dieu-serpent n'était qu'une des facettes de ce joyau qu'était le visage de Sâ ; cependant, le gracieux édifice évoquait tout de même le divin et les nombreux chemins qu'empruntent ceux qui le cherchent. La pierre en était si finement ouvrée que, quand il la caressa, il sentit à peine les joints. Il resta un moment immobile, l'esprit tendu ainsi qu'on le lui avait enseigné pour percevoir la structure et les forces internes du bâtiment; il découvrit une puissante unité, presque organique dans son harmonie. Il secoua la tête, stupéfait, sans presque remarquer le groupe d'hommes en robes blanches striées de vert et de gris qui étaient sortis par une porte de derrière et passaient près de lui avec des regards agacés.

Il finit par revenir à lui et s'aperçut que l'après-midi s'enfuyait plus vite qu'il ne l'avait prévu. Il n'avait plus de temps à perdre; il arrêta une femme d'âge mûr pour lui demander poliment le chemin du palais Idishi. Elle recula de plusieurs pas avant de répondre, et encore ne fut-ce que d'un mouvement de la main qui indiquait une direction générale; il la remercia néanmoins et reprit sa route à pas pressés.

La circulation piétonnière était plus dense dans cette partie de la ville, et, à plusieurs reprises, il surprit des regards étonnés posés sur lui. Sans doute ses vêtements le désignaient-ils comme un étranger. Il répondit aux curieux par des sourires et des hochements de tête, mais continua de se hâter, trop pressé pour se montrer plus sociable.

Le site où était bâti le palais Idishi faisait comme un écrin à l'édifice, niché dans un creux de la colline comme dans la paume d'une main accueillante. Hiémain avait une vue plongeante sur l'ensemble: la forêt verdoyante en arrière-plan faisait ressortir le blanc luisant des piliers et du dôme, et le contraste entre la folle végétation luxuriante et les lignes précises du palais lui coupa le souffle. Il resta pétrifié: c'était une image qu'il souhaitait conserver en lui-même à jamais. Des gens entraient dans le palais et en sortaient, pour la plupart vêtus de robes gracieusement drapées aux fraîches teintes bleues et vertes. Le spectacle n'aurait pas pu être plus ravissant s'il avait été mis en scène. Hiémain déconcentra son regard et respira profondément à plusieurs reprises, se préparant à absorber le tableau dans le plus complet recueillement.

Une main s'abattit lourdement sur son épaule. «On dirait que le petit marin s'est encore perdu», fit le garde municipal. Alors qu'il tournait la tête vers lui, Hiémain se sentit poussé brutalement et s'étala sur le pavé. Le plus vieux des deux gardiens le regarda de tout son haut et secoua le chef d'un air presque de regret.

« J'ai l'impression qu'on va devoir le reconduire nous-mêmes, cette fois », dit-il tandis que son collègue musclé s'avançait vers Hiémain. Son ton mielleux glaça le cœur du jeune garçon, mais plus glaçant encore fut pour lui de voir trois personnes qui s'étaient arrêtées pour observer l'altercation : aucune d'entre elles ne faisait le plus petit effort pour intervenir. Du regard, Hiémain implora leur aide, mais elles ne manifestèrent pas le moindre remords de conscience, seulement de l'intérêt pour la suite des événements.

Il se redressa précipitamment et se mit à reculer. « Je n'ai rien fait de mal ! protesta-t-il. Je voulais simplement voir le palais Idishi. Mon grand-père l'a vu et...

– On n'aime pas que les rats des quais viennent se balader dans nos rues à reluquer les gens. Ici, à Cresson, on agit avant que les ennuis commencent. » Hiémain n'écoutait pas l'homme ; il pivota sur lui-même pour s'enfuir mais, d'un seul bond, le gardien le plus solide l'attrapa rudement par le col, l'étranglant à demi, et se mit à le secouer. Etourdi, Hiémain se sentit soulevé du sol, puis brusquement propulsé en avant. L'élan le fit bouler sur le sol, et un pavé exhaussé lui heurta les côtes flottantes, mais ne lui brisa heureusement aucun os. Il se releva d'un mouvement presque fluide, mais pas assez vite cependant pour éviter le plus jeune des gardiens, qui se saisit à nouveau de lui, le secoua et le projeta dans la direction générale du front de mer.

Cette fois, il se cogna contre l'angle d'un bâtiment. Il s'écorcha l'épaule mais parvint à rester debout ; il se mit à courir d'un pas vacillant, impitoyablement pourchassé par le gardien qui arborait un sourire méchamment satisfait. Derrière lui, son collègue les suivait tout en continuant son sermon. Hiémain eut l'impression que ses paroles ne s'adressaient pas à lui, mais aux badauds, afin de leur rappeler qu'ils faisaient seulement leur travail. « On n'a rien contre les marins tant qu'ils restent avec leur vermine sur les quais, là où est leur place. On n'a pas voulu être méchants avec toi la première fois, petit, parce que tu n'es qu'un gosse. Si tu étais allé à la Promenade des Marins, tu te serais aperçu que tu y étais bien, j'en suis sûr. Maintenant, tu y vas, mais de force ; tu aurais pu nous épargner beaucoup d'efforts et à toi beaucoup de bleus si tu nous avais écoutés. »

Le ton calme et raisonnable du vieux soldat était presque plus horrifiant que le plaisir efficace de l'autre gardien à exécuter sa tâche. Le plus jeune était aussi vif qu'un serpent ; il avait une fois de plus réussi à saisir Hiémain par le col, et, cette fois, il le projeta de côté comme un chien le fait d'un rat et l'envoya heurter violemment un mur. Hiémain sentit son crâne heurter la pierre et un éclair de ténèbres traversa son esprit. Il perçut le goût du sang dans sa bouche. « Je ne suis pas marin, bredouilla-t-il malgré lui. Je suis prêtre. Prêtre de Sâ. »

Le jeune gardien s'esclaffa tandis que son collègue secouait la tête d'un air de feint regret. « Ho ho ! Alors, te voilà hérétique en plus de rebut des quais. Tu ne sais donc pas que les adorateurs d'Odava n'apprécient pas ceux qui veulent faire du dieu-serpent une simple partie de leur dieu à eux ? J'allais dire à Flav que tu avais eu ton compte, mais je crois qu'un ou deux petits coups en plus pourraient accélérer ton illumination. »

L'autre avait refermé le poing sur le col de Hiémain et s'en servait pour le remettre sur pied. Eperdu, le jeune garçon se laissa glisser de la chemise trop grande pour lui et retomba par terre, torse nu. Aiguillonné par la terreur, il se releva tant bien que mal et s'enfuit à toutes jambes, sous l'éclat de rire général des spectateurs. Il entr'aperçut l'expression de surprise de son tourmenteur et la barbe de son collègue fendue par un large sourire amusé. Avec, dans les oreilles, le rire de l'un et le cri furieux de l'autre, Hiémain se sauvait à toute allure ; les ravissantes maçonneries qui l'avaient laissé béat d'admiration quelques minutes plus tôt n'étaient plus que des éléments d'un décor qu'il devait quitter au plus vite pour retrouver la sécurité du navire. Les larges avenues toutes droites, si ouvertes et accueillantes à l'aller, paraissaient à présent conçues dans le seul but de faciliter sa poursuite ; il zigzaguait entre les piétons qui s'écartaient de lui puis le regardaient avec curiosité s'éloigner ventre à terre. Il tournait dès qu'il le pouvait, trop inquiet de se voir pourchassé pour jeter le moindre coup d'œil en arrière.

Quand les rues s'étrécirent et se mirent à sinuer entre des rangées d'entrepôts en bois, d'auberges et de bordels délabrés, il ralentit sa course à présent titubante et regarda ce qui l'entourait : un atelier de tatouage, une chandellerie qui ne payait pas de mine, une taverne, une autre taverne. Il arriva devant l'entrée d'une ruelle et y pénétra sans prêter attention aux immondices qu'il foulait ; à mi-longueur de la venelle, il s'adossa à un encadrement de porte pour reprendre son souffle. Son dos et son épaule lui cuisaient, là où la pierre les avait écorchés; il palpa ses lèvres avec précaution: elles commençaient déjà à enfler; une grosse bosse se formait sur sa tête. L'espace d'une seconde, il se demanda avec horreur jusqu'où le gardien comptait aller: lui aurait-il fendu le crâne, aurait-il continué à le rouer de coups jusqu'à ce que mort s'ensuive s'il ne s'était pas enfui? Il avait entendu parler de marins et d'étrangers qui s'étaient fait «dresser les côtes» par la garde municipale, même à Terrilville. Etait-ce ce qu'il venait de subir qu'on désignait par là? Mais il croyait que cela n'arrivait qu'aux ivrognes, à ceux qui se tenaient mal ou qui avaient une conduite délictueuse!

Pourtant, cela lui était arrivé, à lui, ce jour même! Pourquoi? «Parce que je portais un costume de marin», se dit-il tout bas, et, pendant un instant effrayant, il songea que c'était peut-être la punition de Sâ pour n'avoir pas mis sa robe de prêtre; il avait renié Sâ et, en retour, Sâ lui avait retiré sa protection. Il repoussa cette pensée indigne: c'étaient les enfants et les superstitieux qui parlaient ainsi de Sâ, comme si ce n'était qu'un homme, plus grand et plus vindicatif que les autres, et non le dieu de tout et de tous. Non; telle n'était pas la leçon à tirer de son aventure. Qu'était-ce donc, alors? A présent que le danger était passé, il cherchait refuge dans cet exercice familier. Il y avait toujours à apprendre de toute expérience, si terrible soit-elle; tant qu'on n'oubliait pas cette vérité, l'esprit pouvait venir à bout de tous les obstacles. C'était seulement lorsqu'on baissait les bras et qu'on se mettait à croire que l'univers n'est qu'un ramassis chaotique d'événements malheureux ou cruels que l'esprit pouvait être vaincu.

Il respirait plus aisément; sa bouche et sa gorge étaient sèches, mais il ne se sentait pas encore prêt à chercher de l'eau. Il repoussa la sensation au fond de sa conscience et se tendit vers le centre serein de son être; il prit quelques profondes inspirations pour s'apaiser et s'ouvrit pour capter la leçon, en interdisant à son esprit et à ses émotions de la modeler. Qu'y avait-il à apprendre de ce qu'il avait vécu? Que devait-il en retenir?

La pensée qui vint flotter dans son esprit le choqua. Avec une grande clarté, il vit sa propre crédulité: il avait vu la beauté de la ville, et il en avait déduit qu'elle était habitée de beaux esprits; il était venu en s'attendant à être accueilli dans la lumière de Sâ. Son préjugé était si fort qu'il n'avait prêté attention à aucun des avertissements à présent si évidents : ses compagnons de bord l'avaient prévenu, l'hostilité des gardiens municipaux était une autre mise en garde, ainsi que les regards noirs des habitants… Il s'était conduit comme un enfant trop confiant qui s'approche d'un chien grondant. C'était sa faute s'il s'était fait mordre.

Une vague d'affliction déferla sur lui, plus puissante que tout ce qu'il avait ressenti jusque-là. Il ne s'y attendait pas et se laissa submerger, perdant son équilibre intérieur. Il n'y avait aucun espoir, aucun ; il ne reverrait jamais son monastère, il ne retrouverait jamais l'existence méditative qui lui manquait tant ! Il allait devenir comme tant de gens qu'il avait croisés, convaincu que tout le monde était son ennemi personnel et que seul l'argent donnait accès à l'amitié ou à l'amour. Combien de fois n'avait-il pas entendu des gens se moquer de l'idéal de Sâ selon lequel les hommes avaient été créés pour devenir des êtres bons et beaux ! Où était, se demanda-t-il avec amertume, la bonté chez ce jeune gardien qui avait tant pris plaisir à le rosser ? Où était la beauté chez cette femme aux lèvres ulcéreuses prête à coucher avec lui pour de l'argent ? Il se sentit soudain très jeune et très bête, prêt à croire n'importe quoi. Quel imbécile ! Quel triste imbécile ! La douleur de son âme était aussi réelle que celle de ses meurtrissures et son cœur était lourd dans sa poitrine. Il ferma les yeux, les paupières plissées, et forma le vœu de se trouver ailleurs, d'être quelqu'un d'autre, quelqu'un qui n'éprouverait pas ce qu'il éprouvait.

Au bout d'un moment, il rouvrit les yeux et se redressa. Le pire était qu'il devait encore regagner le navire. L'expérience aurait déjà été assez rude s'il avait pu se réfugier dans la paix et la sécurité du monastère, mais retrouver les querelles stupides qui faisaient l'ordinaire à bord de la *Vivacia*, la brutalité de Torg et le plaisir pervers qu'il y prenait, l'attitude méprisante de son père, c'était presque plus que n'en pouvait supporter son cœur. Pourtant quel autre choix avait-il ? Se cacher et rester à Cresson pour y devenir un vagabond sans le sou en proie au dédain de tous ? Il poussa un grand soupir, mais son cœur ne fit que s'alourdir. Pataugeant dans les ordures en décomposition, il gagna l'entrée de la ruelle et regarda le soleil dans le ciel occidental. L'après-midi qui lui avait paru si court pour visiter la ville s'allongeait à présent démesurément avant la tombée du soir. Il décida de se mettre à la recherche du reste du groupe de la *Vivacia*. Il ne voyait plus quoi faire d'autre à Cresson.

Torse nu, il se mit à errer à pas lourds dans les rues, sans prêter attention aux regards amusés des passants devant ses bleus et ses écorchures. Il finit par rencontrer une troupe de marins qui faisaient manifestement partie de l'équipage d'un autre bateau et qui étaient eux aussi en permission à terre ; tous avaient le front ceint d'un bandeau qui avait autrefois été blanc et décoré d'un oiseau noir sur le devant. En riant et en échangeant des insultes amicales, ils sortaient d'un bordel et se dirigeaient vers une taverne quand ils aperçurent Hiémain. « Oh, le pauvre petit ! s'exclama l'un d'eux avec une feinte compassion. Elle t'a viré, hein ? Et en plus elle t'a piqué ta chemise ? » Ce trait d'esprit déclencha un éclat de rire général. Hiémain passa son chemin.

Il tourna un coin de rue et sut qu'il avait enfin trouvé la Promenade des Marins : non seulement on y voyait l'enseigne du Foulard au Vent, représentant une femme uniquement vêtue d'un foulard qui flottait dans la brise, mais également d'autres, au fronton d'anciennes tavernes, tout aussi évocatrices. Les images signalaient avec crudité les spécialités de la maison : manifestement, ceux qui les avaient conçues ne se faisaient guère d'illusions sur l'aptitude des marins à lire et à écrire.

D'autres distractions, moins onéreuses, étaient proposées dans la rue : un éventaire vendait des porte-bonheur, des potions et des amulettes : coiffes de nouveau-nés séchées pour protéger de la noyade, morceaux de corne pour assurer la virilité, huiles magiques réputées capables d'apaiser une tempête. Hiémain passa devant l'échoppe avec un regard de pitié pour les crédules qui achetaient ce genre d'articles. Plus loin, sur un carré marqué au sol à la craie, un montreur d'ours offrait aux badauds l'occasion d'un combat contre son animal pour le prix d'une bourse d'or. Muselé et les griffes rognées, l'ours n'en conservait pas moins l'air redoutable ; une courte chaîne lui entravait les pattes arrière tandis qu'une autre, plus grosse, partait de son collier pour s'arrêter dans le poing de son maître. Il ne cessait de s'agiter, semblable à une montagne impatiente et nerveuse, tout en scrutant la foule de ses petits yeux. Hiémain se demanda qui serait assez demeuré pour se laisser convaincre de relever un tel défi ; soudain, son cœur se serra : il venait d'apercevoir Confret qui, appuyé sur un de ses compagnons, discutait avec le dresseur, un sourire béat sur les lèvres. Une petite assemblée de spectateurs, des marins pour la plupart, prenait fiévreusement des paris.

Le jeune garçon s'apprêtait à poursuivre sa route à la recherche de Clément quand il l'entrevit parmi les parieurs. Avec un soupir, il alla le rejoindre. Clément le reconnut et lui lança un sourire ravi. « Hé, arrive, Hiémain, tu as de la chance ! Confret va se battre avec l'ours ! Allonge ta mise, tu vas pouvoir la doubler ! » Il se rapprocha de son ami. « C'est du tout cuit : on vient de voir quelqu'un gagner ; il n'a eu qu'à grimper sur le dos de l'ours et la bestiole a tout de suite flanché. Après ça, le dompteur ne voulait plus laisser personne se battre avec elle, mais Confret a insisté. » Clément ouvrit soudain de grands yeux. « Hé, où est passée ta chemise ?

– Je l'ai perdue en me bagarrant avec des gardiens municipaux. » Hiémain se réjouit de constater qu'il parvenait presque à prendre l'affaire à la plaisanterie, et il commençait à se vexer un peu de la facilité avec laquelle Clément se laissait convaincre de la véracité de ses dires quand il remarqua l'haleine de son interlocuteur ; quelques instants plus tard, il le vit déplacer quelque chose dans sa bouche : de la cindine. Le stimulant faisait vaciller son regard. Hiémain s'inquiéta : c'était une drogue interdite à bord du navire ; s'il mettait seulement le pied sur le pont alors qu'il était encore sous son influence, il aurait des ennuis. L'optimisme irréfléchi qu'elle induisait était incompatible avec la prudence nécessaire au marin. Hiémain songea qu'il devait intervenir, suggérer à son jeune camarade de faire attention, mais les mots lui manquèrent. « Je voulais seulement vous prévenir que je vous attendrai au canot. J'ai fini de visiter la ville et je retourne à la plage.

– Non, non, ne t'en va pas ! » Clément le saisit par le bras. « Reste pour le spectacle ! Tu le regretteras toute ta vie si tu ne vois pas ça ! Tu es sûr que tu ne veux pas miser une pièce ou deux ? La cote ne vaut pas mieux que ça, et l'ours est fatigué, c'est obligé : il s'est déjà battu cinq ou six fois.

– Et le dernier adversaire a remporté le combat ? » Hiémain se sentait gagné par la curiosité.

« Ouais, mon gars. Une fois qu'il a réussi à monter sur le dos de l'ours, la bête s'est repliée comme un chat qui dort. Tu peux me croire, le montreur l'avait mauvaise en remettant la bourse d'or au type. » Clément passa son bras sous le coude de Hiémain. « J'ai parié mes cinq dernières pièces de cuivre. Evidemment, Confret a placé davantage ; il s'est bien débrouillé à la table de jeu, tout à l'heure. » Clément lui jeta de nouveau un regard scrutateur. « Tu es sûr que tu ne veux pas miser sur lui ? Tout l'équipage parie sur lui.

– Je n'ai pas la moindre pièce sur moi – ni même une chemise, répondit Hiémain.

– Ah oui, c'est vrai ! C'est vrai ! Bon, t'inquiète pas, c'est... Ça y est, il y va ! »

Le sourire aux lèvres, en saluant de la main ses compagnons de bord, Confret pénétra dans le carré. A peine eut-il franchi la ligne que l'ours se dressa sur ses pattes de derrière ; ses chaînes l'empêchant de faire de trop grands pas, il se dirigea lourdement vers l'homme qui partit d'un côté, puis de l'autre, pour se faufiler derrière la bête.

Mais il n'y parvint pas. Comme s'il s'était exercé cent fois à exécuter ce mouvement, l'ours pivota et gifla le marin. Ses puissantes pattes avant avaient une portée bien supérieure à ce qu'aurait cru Hiémain, et, sous la force du coup, Confret fut projeté par terre à plat ventre.

« Debout ! Relève-toi ! » hurlèrent ses camarades et, à sa propre surprise, Hiémain les imita. L'ours, retombé à quatre pattes, poursuivit sa danse impatiente. Confret releva le visage de la rue poussiéreuse ; du sang coulait de son nez, mais les acclamations de ses amis parurent lui redonner courage. D'un bond, il se remit sur pied et se précipita pour contourner l'ours.

Mais la bête se dressa de nouveau, haute et inébranlable comme une muraille, et tendit une patte pour cueillir l'homme au passage. Cette fois, le marin fut jeté sur le dos et son crâne rebondit contre la terre dure. Hiémain fit la grimace et détourna les yeux avec un gémissement. « Il est fichu, dit-il à Clément. On ferait mieux de le ramener au navire.

– Non, non ! Il va se relever ! Allez, Confret, ce n'est qu'un gros ours sans cervelle ! Debout, mon gars, debout ! » Les autres marins de la *Vivacia* criaient eux aussi et, tout à coup, Hiémain reconnut parmi les cris la voix rauque de Torg ; manifestement, le capitaine lui avait donné congé afin qu'il s'amuse un peu. Hiémain eut brusquement la certitude que le lieutenant allait trouver quelque saillie devant sa chemise disparue, et il regretta d'avoir quitté le navire. La journée n'avait été décidément qu'une longue série de catastrophes.

« Je retourne au canot, annonça-t-il à nouveau à Clément, mais celui-ci, sans prêter attention à ses propos, resserra sa prise sur son bras.

– Non, regarde, il se relève ! Je te l'avais bien dit ! C'est ça, Confret, vas-y, mon gars, tu peux y arriver ! »

Hiémain doutait que l'homme entendît un seul des mots que criait Clément : il paraissait encore étourdi du coup reçu, comme si seul l'instinct l'obligeait à se redresser et à s'éloigner de l'ours. Mais, à l'instant où il fit mine de bouger, l'animal fut de nouveau sur lui et le prit entre ses pattes avant. Le tableau était comique mais Confret se mit à hurler d'une façon qui laissait à penser que l'étreinte lui brisait les côtes.

« Tu abandonnes ? cria le montreur d'ours au marin, et Confret acquiesça violemment de la tête, incapable d'inspirer pour répondre autrement.

– Lâche-le, Soleil. Lâche-le ! » ordonna le dresseur, sur quoi l'ours laissa tomber Confret et s'éloigna à pas lents. Il s'assit docilement dans un coin du carré et hocha la tête comme pour remercier la foule de ses acclamations.

Sauf qu'il n'y avait pas d'acclamations. « J'avais misé tout mon fric sur lui ! » s'écria un marin, en marmonnant ensuite un commentaire sur la virilité de Confret qui ne semblait pas offrir de rapport étroit avec la lutte contre un ours. « Le combat n'était pas loyal ! » s'exclama un autre qui parut réunir le consensus de tous les parieurs, dont aucun ne présenta cependant d'argument pour fonder cette accusation, comme Hiémain le remarqua ; il avait lui-même des doutes mais ne vit aucun motif de les exprimer, et il préféra aller aider Confret à se remettre debout : Clément et les autres étaient trop occupés à s'apitoyer sur leurs pertes. « Confret, espèce d'imbécile ! cria Torg de l'autre bout du carré. T'es même pas fichu de passer derrière un ours entravé ! » D'autres remarques d'une aigreur égale confirmèrent que c'était l'expression de l'opinion générale. Les hommes de la *Vivacia* n'étaient pas les seuls à avoir perdu leurs mises.

Confret finit de se relever en toussant, puis il se courba pour cracher du sang. Il reconnut enfin Hiémain. « J'ai bien failli l'avoir, fit-il en haletant. Ouais, j'ai bien failli l'avoir ! J'ai perdu tout ce que j'avais gagné dans l'après-midi ; me voilà fauché comme les blés. Zut! Si seulement j'avais été un peu plus rapide... » Il toussa de nouveau, puis émit un rot qui sentait la bière. « J'ai failli gagner.

– Je ne pense pas », dit Hiémain à mi-voix, plus pour lui-même que pour Confret. Mais l'homme l'entendit.

« Si, je te jure, j'ai failli l'avoir, petit. Si j'avais été un peu plus petit et un peu plus vif, on serait tous rentrés au navire les poches pleines. » Du dos de la main, il essuya le sang qui lui maculait la bouche.

« Je ne pense pas », répéta Hiémain. Pour consoler Confret de sa perte, il ajouta : « A mon avis, le combat était truqué ; l'homme qui a remporté le précédent était sans doute de mèche avec le montreur d'ours. On te montre un moyen de gagner, mais en réalité l'ours est dressé, et, quand tu essayes le même moyen, il s'y attend et il te coince. Ne te fais pas de reproches, Confret, ce n'était pas ta faute. C'était une escroquerie. Allons, viens, on va te ramener au bateau. » Et il passa le bras autour de la taille de l'homme.

Mais Confret s'éloigna brusquement de lui. « Eh ! Eh, vous, le montreur d'ours ! Vous avez triché ! Vous nous avez trompés, mes amis et moi ! » Dans le silence choqué qui suivit, Confret s'exclama : « Je veux récupérer mon argent ! »

Le dresseur était en train de réunir ses gains avant de s'en aller. Sans répondre, il prit la chaîne de son animal et, malgré les protestations de Confret, il serait parti si plusieurs matelots d'un autre navire ne s'étaient pas placés sur son chemin. « C'est vrai ? demanda l'un d'eux. Vous avez triché ? Le combat était truqué ? »

L'homme promena son regard sur les spectateurs en colère. « Bien sûr que non ! répondit-il d'un ton moqueur. Comment ce serait possible ? Vous avez vu le type, vous avez vu l'ours, il n'y avait qu'eux deux dans le carré. Il a payé pour avoir la chance de combattre l'ours et il a perdu. Ce n'est pas plus compliqué ! »

En un sens, ce qu'il disait était exact, et Hiémain s'attendit que les marins l'admettent, fût-ce à contrecœur. C'était oublier tout ce qu'ils avaient bu et tout ce qu'ils avaient perdu. Une fois portée l'accusation de tricherie, un simple démenti ne pouvait pas suffire à les calmer. L'un d'eux, un peu plus vif d'esprit que les autres, s'écria soudain : « Hé ! Il est parti où, le gars qui avait gagné avant ? C'est ton copain ? L'ours le connaît ?

– Qu'est-ce que tu veux que j'en sache ? rétorqua le maître de l'animal. Il est sans doute allé dépenser l'argent qu'il m'a pris.» Une fugace expression d'inquiétude était passée sur les traits de l'homme qui se mit à scruter la foule, comme s'il cherchait quelqu'un des yeux.

«Eh bien, moi, je pense que l'ours est dressé», déclara un marin d'un ton furieux. Dans le contexte, Hiémain jugea l'affirmation des plus évidentes et des plus stupides.

«Le combat n'était pas loyal! Je veux qu'on me rende mon fric!» s'exclama un autre, et, presque aussitôt, le cri fut repris par le reste de la foule. Une fois de plus, le montreur d'ours parut chercher quelqu'un des yeux, mais ne trouva aucun allié.

«Hé, on te dit qu'on veut récupérer notre pognon!» lui dit Torg. Il s'avança en carrant les épaules jusqu'à ce que son visage touche presque celui de l'homme. «Confret, l'est du même navire que moi. Tu crois qu'on va rester les bras croisés à le regarder se faire massacrer et nous faire perdre tout l'argent qu'on a trimé pour gagner? Tu t'es foutu de notre copain et, par les couilles de Sâ, on ne va pas se laisser faire!» Comme nombre de brutes, il savait trouver la corde sensible qui lui rallierait les suffrages. Il jeta un coup d'œil sur les hommes qui le regardaient, puis se retourna vers le dresseur d'ours. «Tu crois qu'on arrivera pas à reprendre notre pognon si tu veux pas nous le rendre de bon gré?» Un grondement d'acquiescement monta de la foule.

L'homme comprit qu'il n'aurait pas le dessus. Hiémain eut presque l'impression de le voir chercher un compromis. «Je vais vous dire, fit-il brusquement: je n'ai pas triché, mon ours non plus, et la plupart d'entre vous le savent bien, je pense. Mais je veux me montrer loyal et plus que loyal, même! Je suis prêt à laisser celui d'entre vous qui le voudra se battre contre mon ours gratuitement! S'il gagne, je vous paye toutes vos mises comme si c'était votre copain, là, qui avait gagné; s'il perd, je garde l'argent. C'est assez loyal comme ça? Je vous offre l'occasion de récupérer votre argent pour rien!» Après un bref silence, la foule donna son accord dans un marmonnement général. Hiémain se demanda quel serait le prochain fou à tâter de la force de l'ours.

«Tiens, Hiém, vas-y, toi!» s'exclama Confret. Il poussa le jeune garçon en avant. «Tu es petit et vif; t'as qu'à passer derrière lui et lui monter sur le dos!

– Non. Non, merci.» Aussi vite que Confret l'avait fait

avancer, Hiémain recula, mais certains avaient entendu le marin, et un homme d'un autre navire reprit la proposition.

« Ouais, leur mousse n'a qu'à essayer. Il est petit et rapide. Je parie qu'il est capable de passer derrière l'ours et de nous récupérer nos mises !

– Non ! » répéta Hiémain plus fort, mais sa voix se perdit dans le chœur qui acquiesçait aux paroles du matelot. Ce n'étaient pas seulement ses compagnons de bord qui le pressaient d'accepter, mais la foule dans son ensemble.

Torg s'approcha de lui d'un air digne et le toisa. Il sentait la bière. « Alors, fit-il d'un ton railleur, tu crois que tu peux récupérer notre fric ? Moi, ça m'étonnerait, mais tu peux toujours essayer, petit. » Il saisit Hiémain par le bras et le traîna en direction du carré. « Notre mousse voudrait tenter le coup.

– Non ! C'est faux ! » s'insurgea Hiémain.

Torg lui jeta un regard menaçant. « T'as qu'à passer derrière lui et à lui grimper sur le dos, expliqua-t-il d'un ton patient. Ça devrait pas être difficile pour une petite fouine comme toi !

– Non, je refuse », déclara Hiémain d'une voix nette. Un éclat de rire général accueillit cette déclaration, et Torg rougit de gêne et de rage.

« Que si, tu vas y aller !

– Le gamin veut pas risquer le coup. L'a pas de cran », dit quelqu'un près de Hiémain.

Le dresseur avait ramené son animal dans le carré. « Alors, il essaye ou non, votre mousse ?

– Non ! » répondit Hiémain tandis que Torg déclarait fermement : « Oui. Laissez-lui une minute. » Et il se tourna vers le jeune garçon d'un air mauvais. « Ecoute voir, fit-il d'une voix sifflante. Tu nous fais honte à tous ! Tu fais honte à ton navire ! Rentre là-dedans et récupère notre pognon ! »

Hiémain secoua la tête. « Faites-le vous-même ; moi, je ne suis pas stupide au point de me mesurer à un ours. Même si j'arrivais à le contourner et à lui monter sur le dos, rien ne garantit qu'il abandonne le combat. Ce n'est pas parce que c'est arrivé une fois que...

– Moi, j'y vais ! » s'exclama Clément. Le défi faisait briller ses yeux.

« Non ! dit Hiémain. Ne fais pas ça, Clément ! C'est complètement idiot. Si tu n'étais pas plein de cindine jusqu'aux yeux, tu t'en rendrais compte toi aussi ! Si Torg y tient tant que ça, qu'il le fasse lui-même !

– Je suis trop bourré, répondit l'intéressé sans vergogne. Allez, vas-y, Hiémain ! Montre-nous que t'as du cran ! Prouve que t'es un homme ! »

Le jeune garçon jeta un coup d'œil à l'ours. Il faudrait être fou pour s'attaquer à lui, il le savait parfaitement. Avait-il quoi que ce soit à prouver, et à Torg, par-dessus le marché ? « Non. » Il s'exprimait d'une voix forte et catégorique. « Je refuse d'essayer.

– Bon, votre mousse ne veut pas essayer et, moi, je ne vais pas passer la journée ici. L'argent est à moi, les gars. » Avec un haussement d'épaules marqué, le dresseur lança un sourire à la cantonade.

On entendit dans la foule une remarque peu flatteuse sur l'équipage de la *Vivacia.*

« Hé ! Hé, moi je veux bien ! » C'était Clément, avec un sourire béat.

« Non, Clément ! fit Hiémain d'un ton suppliant.

– Peuh, j'ai pas peur ! Et il faut bien récupérer notre pognon ! » Il ne tenait pas en place. « On peut pas partir d'ici en laissant croire que les gars de la *Vivacia* ont rien dans le ventre !

– Ne fais pas ça, Clément ! Tu vas te faire blesser ! »

Torg secoua violemment Hiémain par le bras. « La ferme ! » Il rota. « La ferme ! répéta-t-il plus clairement. Clément, il a pas peur, lui ! Il peut y arriver s'il veut ! A moins que tu veuilles prendre sa place ? Grouille, décide-toi ! Il faut que l'un de vous deux récupère notre fric. Il est presque l'heure de rentrer ! »

Hiémain baissa la tête, anéanti : comment en était-on arrivé là ? A ce seul choix possible : Clément ou lui qui pénétrait dans un carré pour y affronter un ours, afin de récupérer l'argent perdu par d'autres dans un combat truqué ! C'était ridicule ! Il parcourut la foule des yeux dans l'espoir d'y trouver un visage à l'expression rationnelle, quelqu'un qui pût se rallier à son point de vue. Un homme croisa son regard. « Alors, qui c'est qui y va ? » demanda-t-il d'une voix tendue. Hiémain secoua la tête sans un mot.

« Moi ! » s'exclama Clément en souriant aux anges et en sautillant sur place ; il entra dans le carré et le dresseur lâcha la chaîne de l'ours.

Plus tard, Hiémain devait se demander si l'homme n'avait pas passé son temps, en attendant le combat, à exciter discrètement son animal, car l'ours, loin de s'avancer lentement vers Clément ou, dressé sur ses pattes arrière entravées, de cheminer à petits pas vers lui, se précipita sur lui d'un bond, le heurta en pleine poitrine de sa lourde tête, puis l'étreignit entre ses énormes pattes. Il se dressa sur celles de derrière sans lâcher Clément qui se débattait en hurlant, et, de ses griffes, pourtant rognées, il déchira la chemise du jeune matelot jusqu'à ce qu'un cri de son maître l'oblige à rejeter sa proie. Clément s'écrasa au sol en dehors du carré. « Relève-toi ! » cria quelqu'un, mais Clément ne bougea pas. Même le propriétaire de l'ours paraissait effaré par la violence du combat ; saisissant la chaîne, il la tira brutalement à lui pour convaincre l'animal qu'il le maîtrisait.

« C'est terminé ! déclara-t-il. C'était à la loyale, vous l'avez tous vu ! C'est l'ours qui a gagné, le gosse est hors des limites ! Et l'argent reste à moi ! »

Quelques grommellements accueillirent cette affirmation, mais cette fois nul n'interpella l'homme quand il s'en alla, l'ours sur les talons. Un marin jeta un coup d'œil à Clément qui gisait toujours dans la poussière, puis il cracha. « Rien dans le ventre, tous autant qu'ils sont », déclara-t-il en dévisageant Hiémain avec dégoût. Le jeune garçon soutint un moment son regard, puis alla s'agenouiller près de Clément. Il respirait encore ; il avait la bouche à demi ouverte et il inhalait de la poussière à chaque inspiration. Il avait heurté le sol si durement, la poitrine la première, qu'il serait miraculeux s'il n'avait pas au moins des côtes cassées.

« Il faut le ramener au navire », dit-il en levant les yeux vers Confret.

L'intéressé lui jeta un regard écœuré, puis détourna le visage comme s'il n'existait plus. « Allez, les gars, c'est l'heure de rentrer à bord. » Et, sans égards pour les éventuelles blessures de Clément, il saisit le garçon par le bras et le tira jusqu'à ce qu'il soit debout. Clément commença de retomber, inerte comme une poupée de chiffon, et Confret le prit à bras-le-corps et le jeta sur son épaule. Les deux autres marins de la *Vivacia* lui emboîtèrent le pas sans daigner prêter la moindre attention à Hiémain.

« Ce n'est pas ma faute ! s'exclama le jeune garçon – tout en se demandant si c'était bien le cas.

– Si, rétorqua Torg. Il était bourré à la cindine, et tu le savais.

Il n'aurait pas dû entrer là-dedans, mais il a été obligé parce que t'es qu'un lâche. Eh bien, ajouta-t-il avec un sourire de satisfaction méchante, maintenant tout le monde sait ce que tu vaux. Avant, j'étais le seul à savoir que tu étais qu'un cul-mouillé ! » Torg cracha dans la poussière de la rue et s'éloigna.

Hiémain resta un moment seul à regarder les coins à demi effacés du carré. Il savait avoir fait le bon choix, mais la terrible impression d'avoir laissé passer une occasion commençait à l'envahir : il venait de perdre la chance d'être enfin accepté à part entière à bord de la *Vivacia*, d'être considéré comme un homme parmi d'autres hommes. Il jeta un coup d'œil au soleil couchant, puis se hâta de rattraper les marins qui le méprisaient désormais.

5

LA PUTAIN DE KENNIT

A la suite des pluies d'automne, Partage était presque propre. Le niveau du lagon était plus élevé, les chenaux plus profonds et, alors que la *Marietta* approchait de son port d'attache, le cœur de ses occupants plus léger que jamais. Pourtant, cette humeur n'avait rien à voir avec la cale pleine de fret volé : c'était un butin honorable mais ils avaient bien souvent fait mieux.

« C'est qu'on nous respecte, maintenant, quand on arrive dans un port. Les gens nous reconnaissent et ils viennent nous accueillir. Je vous ai dit qu'à Petitport Mme Rampe nous avait réservé toute sa maison, pendant tout un quart, et gratis ? Et les filles, elles faisaient pas qu'obéir aux ordres de la mère maquerelle : elles y allaient de bon cœur, par Sâ ! Tout ce qu'on voulait... » Sorcor laissa sa phrase en suspens, encore stupéfait de leur bonne fortune.

Kennit retint un soupir. Il n'avait entendu l'anecdote qu'une vingtaine de fois auparavant. « Toutes ces maladies, gratis », fit-il à mi-voix, mais Sorcor prit sa réflexion pour une plaisanterie et sourit avec affection à son capitaine. Kennit détourna la tête et cracha par-dessus bord. En revenant à Sorcor, il parvint à se composer un sourire. « Avertis les hommes : rares sont les prophètes qui sont bien traités dans leur pays. »

Le second plissa le front, perplexe.

Encore une fois, Kennit retint un soupir. « Ecoute : même si certains, ailleurs, considèrent que libérer des esclaves et les équiper pour la piraterie, avec en plus une part de notre territoire, est un acte de philanthropie, d'autres ici n'y verront que la création de nouveaux rivaux – et ils estimeront de leur devoir de mettre un frein à nos ambitions.

– Vous voulez dire qu'ils vont être jaloux et qu'ils vont nous piétiner dès qu'ils en auront l'occasion, c'est ça ?»

Kennit réfléchit un instant. « C'est ça. »

Un sourire apparut lentement sur le visage couturé de cicatrices de Sorcor. «Mais, cap'taine, c'est justement de ça que les hommes ont envie : qu'on essaye de les remettre à leur place.

– Ah !

– Et aussi, cap'taine...

– Oui, Sorcor ?

– Les hommes ont comme qui dirait voté, cap'taine, et ils ont persuadé ceux qu'étaient pas d'accord de changer d'avis : chacun prendra une part d'argent cette fois et ils vous laisseront vendre toute la cargaison. » Sorcor se gratta vigoureusement la joue. « C'est moi qui ai eu l'idée que ce serait peut-être pas mal d'annoncer à Partage qu'ils avaient tous confiance dans leur cap'taine. Attention, ils ont pas tous promis d'accepter à chaque fois ; mais, pour ce coup-ci, c'est à vous de jouer.

– Sorcor ! s'exclama Kennit, et son sourire s'élargit imperceptiblement. Toutes mes félicitations !

– Merci, cap'taine. Je pensais bien que ça vous ferait plaisir. »

Les deux hommes restèrent ensuite un moment sans rien dire, à regarder la côte approcher. La pluie violente de la veille avait arraché les dernière feuilles brunissantes des arbres caducs, qui n'étaient d'ailleurs pas la majorité : l'essence dominante des collines qui entouraient Partage était un persistant aux feuilles larges et sombres ; plus près de la mer, les terres littorales étaient la propriété de la vigne-méduse, de la liane-racine, et d'un immense cèdre qui mettait au défi ses propres drageons envasés de pousser à son pied. Dans la fraîcheur apportée par la pluie, Partage paraissait presque accueillante ; de la fumée montait des cheminées, mêlant son odeur à celle d'iode des algues et de l'eau saumâtre. A la maison... Kennit prononça mentalement l'expression. Non, cela n'allait pas. Au port.

Sorcor s'écarta brusquement en invectivant un matelot qui ne s'activait pas assez à son gré. Tous le savaient, le second se montrait extrêmement tatillon quand le navire entrait dans un port ; il ne lui suffisait pas qu'il soit bien amarré, il fallait en plus que ses voiles soient serrées avec élégance, comme s'il se donnait en spectacle pour les flâneurs de la plage – ce qui était le cas cette fois.

Kennit passa en revue leurs captures depuis leur dernier départ de Partage : sept navires dans la poche, dont quatre esclavagistes ; à cinq reprises, ils avaient pourchassé des vivenefs mais, dans ce domaine, la réussite restait un but très lointain, et Kennit était presque résigné à renoncer à cette partie de son projet. Peut-être parviendrait-il au même résultat simplement en s'appropriant suffisamment de transports d'esclaves. Un soir précédent, Sorcor et lui s'étaient livrés à quelques opérations d'arithmétique accompagnées d'une ou deux chopes de rhum. Ce n'était que spéculation, naturellement, mais le bilan était toujours plaisant : qu'ils se débrouillent bien ou mal, les quatre navires pirates reverseraient la moitié de leurs prises à la *Marietta*. Kennit avait confié le commandement de chaque navire capturé à un de ses hommes les plus amarinés, ce qui s'avérait un coup de génie car, désormais, ceux qui demeuraient à bord de la *Marietta* se démenaient afin de se distinguer assez pour mériter un bateau. Le seul inconvénient était que ce système risquait à long terme de priver son équipage de ses meilleurs éléments, mais il chassa ce souci de son esprit : à ce moment-là, il posséderait une flottille, non, une flotte de navires pirates, tous liés à lui non seulement par l'argent mais aussi par la gratitude.

Sorcor et lui les avaient soigneusement répartis dans l'Intérieur, en passant de longues heures à discuter des emplacements où leurs équipages seraient le mieux acceptés en tant que citoyens et où les prises seraient les plus faciles pour un vaisseau sans expérience. Leurs décisions étaient bonnes, il en était convaincu ; même ceux des esclaves libérés qui avaient choisi de ne pas le suivre dans une existence de piraterie devaient penser à lui avec reconnaissance et n'en dire que du bien autour d'eux, et il ne doutait pas que, lorsque le moment viendrait d'exprimer où allait leur fidélité, ils se rappelleraient qu'il les avait sauvés. Il hocha la tête d'un air avisé. Roi des Iles des Pirates… Oui, c'était réalisable.

Les trois navires marchands dont ils s'étaient emparés n'avaient rien de remarquable. L'un d'eux ne tenait même pas bien la mer et, quand les incendies s'étaient intensifiés à son bord, on l'avait laissé sombrer après avoir récupéré la cargaison facilement revendable. Les deux autres bateaux et leurs équipages avaient fait l'objet d'une rançon, par le biais des agents habituels de Kennit. A ce souvenir, il secoua la tête: prenait-il trop d'assurance? Il devait se déplacer davantage, employer plus de gens, sans quoi, sous peu, des marchands allaient se liguer pour essayer de se venger de lui. Le capitaine du dernier navire était un gaillard hargneux qui avait continué à ruer et à essayer de donner des coups longtemps après avoir été solidement ligoté. Il avait maudit Kennit et l'avait averti que des récompenses étaient à présent offertes pour sa capture, non seulement à Jamaillia mais jusqu'à Terrilville même. Kennit l'avait remercié et l'avait laissé poursuivre son voyage vers la Chalcède assis dans l'eau de sa propre cale, enchaîné comme un esclave; le prisonnier avait retrouvé une certaine politesse quand Kennit l'avait fait finalement hisser sur le pont, et le capitaine pirate avait songé qu'il avait toujours sous-estimé les effets de l'obscurité, de l'humidité et des chaînes sur la vaillance d'un homme; enfin, il n'était jamais trop tard pour apprendre.

Ils pénétrèrent dans le port de Partage en bon ordre, et les hommes débarquèrent comme des personnages royaux en visite, les poches tintant de pièces sonnantes et trébuchantes. Kennit et Sorcor les suivirent peu après en laissant à bord une poignée de marins triés sur le volet, qui obtiendraient une belle prime pour avoir accepté de remettre leurs plaisirs à plus tard. Tandis qu'il longeait les quais sans prêter attention aux propositions criardes des maquereaux, des putains et des vendeurs de drogue, Kennit se dit que, quel que soit l'œil qui les examinerait, Sorcor et lui, l'un d'eux au moins paraîtrait avoir du goût. Comme toujours, son second portait toute sorte de vêtements fins aux couleurs éclatantes; l'écharpe de soie blanche qui lui ceignait la taille drapait autrefois les épaules grasses et blanches d'une aristocrate qu'ils avaient rançonnée; la dague ornée de pierres précieuses qui s'y enfonçait appartenait au fils de cette même femme, jeune homme courageux qui n'avait pas senti quand il fallait se rendre, et la chemise de soie jaune avait été taillée sur mesure en Chalcède. Etant donné la corpulence de Sorcor, ses épaules musclées, son poitrail de taureau, et la vaste surface de tissu flottant qui le couvrait, le second évoquait à Kennit un navire sous pleines voiles. Par contraste, le capitaine avait choisi des couleurs sobres, comptant davantage sur la coupe et la qualité de ses vêtements pour attirer l'œil. Rares à Partage ceux qui sauraient apprécier l'excellence de la dentelle abondante dont débordaient ses poignets et son col, mais, malgré leur ignorance, les passants ne pourraient faire autrement que l'admirer ; ses bottes noires qui lui montaient à mi-cuisses brillaient au soleil, tandis que le pantalon serré, le gilet et la veste bleus mettaient en valeur sa musculature et sa minceur tout à la fois. Le fait que le tailleur de ces vêtements eût été un esclave libéré qui ne lui avait rien demandé en échange du privilège de le servir ne faisait que rendre Kennit encore plus satisfait de son aspect.

Sincure Faldin avait déjà acheté des cargaisons à Kennit, mais jamais il ne lui avait fait autant de platitudes. Comme le capitaine pirate s'en doutait, la rumeur des esclaves affranchis et des navires au pavillon du Corbeau qui naviguaient désormais pour son compte avait atteint Partage des semaines plus tôt. L'homme qui les accueillit à la porte de Faldin les conduisit, non à son bureau, mais à son petit salon, pièce exiguë où régnait une atmosphère étouffante et qui ne devait guère servir, comme le constata Kennit après avoir tâté le tissu raide des fauteuils rembourrés. Ils attendirent un moment, Sorcor tambourinant nerveusement du bout des doigts sur ses cuisses, avant qu'une femme souriante ne leur apporte sur un plateau du vin et de petits biscuits sucrés. Si Kennit ne se trompait pas, il s'agissait de la propre épouse de Faldin ; elle leur fit la révérence sans rien dire et se retira promptement. Quand Faldin lui-même apparut quelques instants après, le parfum trop fort qui l'accompagnait et le lissé de ses cheveux attestaient d'une toilette récente. Comme beaucoup de natifs de Durja, il avait un faible pour les couleurs vives et les broderies extravagantes, et sa considérable circonférence ainsi parée évoqua une tapisserie murale à Kennit ; les boucles d'oreilles qu'il arborait étaient un complexe entrelacs de fils d'or et d'argent. Mentalement, le capitaine ajouta cinq pour cent à ce qu'il comptait tirer de leur fret.

« Vous honorez mon établissement, capitaine Kennit, en venant d'abord faire affaire chez nous, déclara Faldin en guise de formule d'accueil. Et n'est-ce pas là votre second, sincure Sorcor, sur qui j'ai entendu tant de belles histoires ?

– En effet », fit Kennit, coupant la parole à Sorcor qui commençait à bredouiller une réponse. Il sourit pour remercier son hôte de sa courtoisie. Puis, soudain sec, il demanda : « Vous dites que nous honorons votre établissement ; comment se fait-il, sincure Faldin ? N'avons-nous pas déjà fait affaire par le passé ? »

L'homme eut un sourire qui allait au-devant des reproches. « Ah, mais alors, si vous me permettez, vous n'étiez qu'un pirate parmi tant d'autres ! Aujourd'hui, s'il faut en croire ce qui se raconte, vous êtes Kennit le Libérateur – et le copropriétaire, en outre, de quatre navires de plus que la dernière fois que je vous ai vu. »

Kennit inclina gracieusement la tête. Il constatait avec plaisir que Sorcor avait l'intelligence de se taire et d'observer comment se conduisait ce genre d'affaires. Pour sa part, il attendit sans mot dire l'offre qui n'allait sûrement pas tarder – en quoi il ne se trompait pas. Sincure Faldin prit un moment pour s'installer au fond d'un fauteuil en face des deux marins, puis il s'empara de la bouteille de vin, se versa une généreuse rasade et remplit les verres de ses invités. Il inspira longuement, puis déclara :

« Avant que nous n'ouvrions les négociations pour une simple cargaison de plus, je vous propose de réfléchir aux bénéfices que nous retirerions tous deux d'une offre que je vous fais : celle d'être toujours votre premier client pour de nombreux frets.

– Je vois bien le profit pour vous, si vous étiez assuré d'avoir le premier choix de notre butin, mais j'avoue ne voir guère d'intérêt pour nous dans un tel arrangement. »

Sincure Faldin croisa les doigts sur son ventre à la parure extravagante et sourit d'un air bonhomme. « Vous ne voyez pas l'intérêt d'avoir un associé toujours prêt à vous débarrasser de tout ce que vous apporterez ? Vous ne voyez pas l'intérêt d'obtenir toujours le meilleur prix pour vos cargaisons, qu'elles soient considérables ou modestes ? Avec un associé à terre, vous ne seriez plus obligé de tout vendre en l'espace d'un jour ou deux ; il assurerait l'entreposage de vos marchandises, qu'il ne vendrait qu'au moment où le marché serait le plus haut. Voyez-vous, capitaine Kennit, quand vous mouillez dans un port et vendez cent tonnelets de rhum de première qualité d'un seul coup, eh bien, la quantité même du produit en rend la qualité subitement courante ; un associé à terre disposant d'un entrepôt pourrait garder ces mêmes tonnelets de côté et ne les vendre que petit à petit, ce qui augmenterait leur rareté et par là même leur prix. De plus, un associé à terre ne les négocierait pas tous à Partage. Non, avec un petit bateau, il pourrait desservir aussi les îles et les villages proches et vous ouvrir ainsi de nouveaux marchés. Et, une ou deux fois l'an, ce même bateau pourrait se rendre jusqu'à, disons, Terrilville ou Jamaillia pour y vendre les articles les plus raffinés de vos prises à des marchands en mesure de vous les payer au meilleur prix. »

Sorcor paraissait un peu trop impressionné ; mais Kennit se retint de lui donner un petit coup de botte : il aurait eu en plus l'air surpris et perplexe. Le capitaine préféra se laissa aller contre le dossier de son inconfortable fauteuil, comme s'il se détendait. « C'est de l'économie de base, dit-il d'un ton désinvolte. Vos propositions n'ont rien d'exceptionnel, sincure Faldin. »

L'homme hocha la tête sans se démonter. « Comme beaucoup de grandes idées. Elles ne deviennent exceptionnelles que quand leurs auteurs ont les moyens de les appliquer. » Il se tut un instant pour réfléchir à ce qu'il allait dire. « On raconte dans Partage que vous avez des ambitions – ambitions, ajouterais-je, qui n'ont rien d'exceptionnel. Vous désirez prendre le pouvoir parmi nous ; certains prononcent le mot de "roi" en souriant sous cape. Ce n'est pas mon cas. Je n'ai pas employé une seule fois ce terme dans ma proposition d'affaire ; cependant, si nous travaillons avec application, l'un de nous pourrait toucher au pouvoir, à la fortune et à l'autorité que ce terme désigne, avec ou sans le titre de "roi" ; ce genre de mot a tendance à déconcerter les braves gens. Toutefois, je pense que ce n'est pas au titre que vous aspirez mais à l'état. »

Faldin se radossa, son discours achevé. Le regard de Sorcor se braqua aussitôt sur Kennit ; ses yeux écarquillés exprimaient le plus grand effarement. Entendre son capitaine parler de son désir de pouvoir était une chose, découvrir qu'un marchand respecté prenait ses propos au sérieux en était une autre.

Kennit se passa la langue sur les lèvres et, baissant les yeux, vit son amulette lui adresser un regard ironique. Le petit visage malicieux lui fit un clin d'œil, puis plissa la bouche comme pour lui enjoindre de se taire. Kennit dut faire un effort sur lui-même pour s'empêcher de le regarder trop fixement, et s'aperçut à cette occasion qu'il s'était redressé sur son siège. Il se composa une expression impassible et détourna les yeux du bracelet en bois-sorcier pour les porter sur Faldin. « Votre proposition va beaucoup plus loin que de simples négociations commerciales. "Associé", avez-vous dit à plus d'une reprise ; "associé", mon cher sincure Faldin, est un mot pour lequel mon second et moi éprouvons un respect particulier. Jusqu'ici, je ne l'ai étendu qu'à Sorcor et réciproquement, et nous en avons tous deux mesuré la profondeur. L'argent seul ne permet pas d'acheter un associé.» Il espérait que Sorcor ne passerait pas à côté de ce petit rappel à leur fidélité mutuelle. Faldin, lui, paraissait un peu inquiet, et Kennit lui sourit. «Mais nos oreilles vous sont toujours ouvertes», dit-il avant de se laisser aller contre le dossier de son fauteuil.

Le marchand reprit son souffle et son regard passa tour à tour sur les deux hommes, comme s'il essayait de les jauger. «Je saisis votre plan, messieurs. Vous accumulez non seulement l'argent mais aussi l'influence, qui est beaucoup plus puissante que la loyauté des hommes et le pouvoir des navires. Mais ce que je vous offre ne s'amasse pas aussi facilement, et seul le temps permet de l'asseoir.» Il fit une pause théâtrale. «Je parle de la respectabilité.»

Sorcor jeta un regard perplexe à Kennit, qui répondit par un geste infime de la main. *Ne bouge pas*, lui disait-il. *Ne laisse rien paraître.* «La respectabilité?» répéta-t-il avec un soupçon de raillerie dans la voix.

Faldin avala sa salive, puis se jeta à l'eau. «Pour obtenir ce que vous désirez, monsieur, vous devez donner des assurances aux gens; or rien n'assure la considération d'une communauté comme la respectabilité. Si vous me permettez cette audace, je vous ferai remarquer que vous n'avez pas de véritables liens à Partage, ni maisons, ni terres, ni femme, ni famille, aucun lien de sang avec les habitants de cette ville. Autrefois, ces points n'avaient guère d'importance; qu'étions-nous, tous autant que nous étions, sinon des parias, des proscrits, des esclaves en fuite, de petits délinquants cherchant à échapper à la justice, des gibiers de prison pour dettes, insoumission ou vagabondage?» Il attendit que les deux hommes hochent la tête pour marquer leur approbation. «Mais cela se passait il y a une génération ou deux, capitaine Kennit et sincure Sorcor!» Il s'échauffait sur son sujet. «Je suis sûr, messieurs, que vous l'avez constaté aussi bien que moi: le temps nous change. J'habite dans cette ville depuis vingt ans, mon épouse y est née, tout comme mes enfants. Si une société digne de ce nom peut s'élever de la boue et des cahutes de Partage, nous en sommes les pierres angulaires; nous et d'autres comme nous, ainsi que ceux qui se seront ralliés à nos familles.»

S'il avait donné un signal, il avait échappé à Kennit ; cependant, la coïncidence était trop belle pour être vraie : à l'instant où l'homme se tut, sincura Faldin entra, accompagnée de deux jeunes femmes qui portaient des plateaux de fruits, de pain, de viande fumée et de fromage. On distinguait nettement sur leur visage une version féminisée des traits de Faldin : c'étaient ses filles, ses jetons négociables, ses laissez-passer pour la respectabilité. Ce n'étaient pas des putains de Partage, et aucune n'osa regarder Kennit dans les yeux ; mais l'une d'elles adressa un sourire timide à Sorcor, accompagné d'un coup d'œil à travers ses cils baissés. Elles étaient sans doute vierges, songea Kennit, et n'avaient pas le droit de mettre le pied dans les rues de Partage si maman n'était pas là pour veiller sur elles ; ce n'étaient d'ailleurs pas des laiderons : le sang de Durja se retrouvait dans leur peau blanche et leurs cheveux couleur de miel, mais elles avaient les yeux brun clair, en forme d'amandes. Avec leurs bras ronds et laiteux, on eût dit deux fruits mûrs et potelés. Elles disposèrent les mets et les boissons pour chacun des hommes et pour leur mère.

Sorcor regardait son assiette, mais se suçotait la lèvre inférieure d'un air pensif. Soudain, il releva les yeux et dévisagea franchement une des sœurs, qui rougit aussitôt sans soutenir son regard, mais sans non plus se détourner. La plus jeune des deux filles ne devait pas avoir plus de quinze ans et sa sœur dix-sept. Leur peau douce et unie faisait d'elles le rêve de beaucoup d'hommes qui se verraient transportés dans un monde de douceur où les femmes étaient dociles, savaient se taire et répondaient obligeamment aux besoins de leur mari. Sorcor partageait sans doute ce rêve, se dit Kennit : quelle récompense pouvait être plus inaccessible pour le pirate couturé de cicatrices et couvert de tatouages que l'étreinte empressée d'une vierge à la peau laiteuse ? Ce qui était le plus impossible à atteindre était toujours le plus désirable.

Faldin feignit de ne pas remarquer le coup d'œil appuyé du second à sa fille et s'exclama : « Ah, des rafraîchissements ! Laissons un moment de côté nos affaires. Messieurs, je vous offre l'hospitalité de ma maison ; vous connaissez déjà, je crois, sincura Faldin. Ces deux jeunes demoiselles sont mes filles, Alysse et Nérine. » Chacune salua les invités de la tête, puis alla prendre place entre son père et sa mère.

Et ces deux demoiselles, songea Kennit, n'étaient que la première offre que leur faisait Partage – et pas obligatoirement la meilleure ; quant à la « respectabilité », Partage n'était pas seule à pouvoir la fournir. Il existait d'autres villes pirates sur d'autres îles, et des marchands plus riches que Faldin. Inutile de choisir trop vite. Inutile de se presser.

Le soleil avait traversé une grande partie du ciel quand Kennit et Sorcor sortirent de la résidence de sincure Faldin. Le capitaine avait vendu sa cargaison avec profit ; mieux encore, il y était parvenu sans tout à fait s'engager dans une alliance définitive avec Faldin. Après le départ des filles et de l'épouse du financier, Kennit avait adopté comme position que, si on ne pouvait douter de la valeur d'une association commerciale avec Faldin, on ne pouvait pas non plus se montrer insensible au point de précipiter les autres aspects d'une telle « alliance ». Il avait laissé Faldin avec une impression de sécurité relative : le financier aurait le droit de manifester sa bonne volonté en proposant la première enchère sur toutes les marchandises que le *Marietta* rapporterait à Partage. L'homme connaissait assez son métier pour ne pas ignorer qu'il s'agissait là d'une mauvaise offre, mais il était assez avisé pour comprendre qu'il n'obtiendrait pas mieux pour le moment ; il l'avait donc acceptée avec un sourire pincé.

« On aurait cru l'entendre compter sur son abaque : de combien devrait-il surpayer nos trois prochaines cargaisons pour nous assurer de sa bonne volonté ? plaisanta Kennit avec un sourire tors.

– La plus jeune… c'était Alysse ou Nérine ? demanda Sorcor d'un ton circonspect.

– Ne t'en fais pas pour ça, répondit Kennit durement. Si son nom ne te plaît pas, je suis sûr que Faldin t'autorisera à le changer. Tiens. » Il tendit à Sorcor les bâtons à encoche qu'ils avaient négociés si facilement. « Je te les confie ; n'accepte pas moins d'argent que promis avant de donner l'ordre de déchargement. Tu prends le quart ce soir ?

– Bien sûr », fit le second d'un ton distrait.

Kennit se demanda s'il devait sourire ou froncer les sourcils. Avec quelle aisance Sorcor pouvait se laisser acheter par une offre de chair vierge ! Kennit se gratta le menton en regardant l'homme s'éloigner à pas pesants sur les quais, dans le crépuscule automnal, puis il secoua légèrement la tête. « Ah ! les prostituées !

se dit-il à mi-voix en se félicitant intérieurement. Avec elles, tout est tellement plus simple ! » Le vent s'était levé. L'hiver n'était plus qu'à une nouvelle lune de là, ou à quelques jours de voyage en mer vers le Nord. « Je n'ai jamais aimé le froid, fit-il pour lui-même.

– Comme tout le monde, dit une petite voix compatissante. Y compris les putains. »

Lentement, comme si l'amulette était un insecte qui risquait de s'envoler s'il lui faisait peur, Kennit leva son poignet à hauteur de ses yeux. Il jeta un coup d'œil à gauche et à droite dans la rue, puis feignit de renouer un lien de manche. « Pourquoi t'adresser subitement à moi ?

– Pardon. » Le petit visage était aussi moqueur que celui de Kennit. « Je croyais que tu me parlais, et je te faisais part de mon assentiment.

– Il ne faut donc pas chercher de sens particulier à tes paroles ? »

Le masque de bois-sorcier pinça les lèvres comme s'il réfléchissait. « Pas plus que dans les tiennes », dit-il enfin. Il lança à l'homme un regard apitoyé. « Je n'en sais pas plus que toi, mon maître ; la seule différence entre nous, c'est que j'avoue plus facilement que toi mon savoir. Essaye donc ! Dis tout fort : “Mais, à long terme, une putain peut revenir plus cher que l'épouse la plus dépensière.”

– Quoi ?

– Hein ? » Un vieil homme qui passait se retourna. « Vous m'avez parlé ?

– Non. Ce n'est rien. »

Le vieillard l'observa de plus près. « Z'êtes le cap'taine Kennit, non ? De la *Marietta* ? Celui qui libère des esclaves et qui leur dit de devenir pirates ? » Son manteau était élimé aux poignets et la couture d'une de ses bottes avait lâché, mais il se tenait comme un personnage important.

Kennit avait acquiescé aux deux premières questions ; à la troisième, il répondit : « C'est ce que certains racontent sur moi, en effet. »

L'homme fut pris d'une toux sifflante, puis il cracha de côté. « Eh bien, y en a aussi qui disent qu'ils aiment pas ça. Ils disent que vous êtes un prétentieux. Trop de pirates, c'est du butin en moins, et trop de pirates qui s'attaquent aux transports d'esclaves, ça peut agacer le Gouverneur, qui risquerait bien de nous envoyer ses galères. Retourner les gros marchands, c'est une chose, mon gars, mais le Gouverneur touche sur les ventes d'esclaves. On n'a pas intérêt à gratter au fond des poches d'un type qui place son fric dans des navires de guerre, si vous voyez ce que je veux dire.

– Je vois», répondit Kennit d'un ton guindé. Allait-il le tuer ou non ?

Le vieux prit une inspiration sifflante et cracha de nouveau. «Mais, moi, ce que j'en pense, reprit-il d'une voix encore plus fêlée, c'est que ça vous fait du pouvoir en plus. Continuez à le titiller, mon gars, et rajoutez-y un ou deux coups pour moi. L'est temps qu'on lui montre qu'un homme avec de l'encre bleue sur la figure reste un homme. Je dirais pas ça à n'importe qui dans le coin, hein ? Y en a qui penseraient qu'il faut me fermer le clapet, si jamais ils m'entendaient parler comme ça. Mais, comme c'est vous, j'ai eu envie de vous le dire : tous ceux qui se taisent sont pas contre vous. C'est tout. C'est tout.» Il fut repris d'une quinte de toux. A l'évidence, c'était douloureux.

Avec amusement, Kennit se surprit à fouiller dans sa poche. Il en sortit une pièce d'argent qu'il remit à l'homme. «Essayez de faire passer cette toux avec un peu d'eau-de-vie, monsieur. Et bonne soirée.»

Le vieillard regarda la pièce avec stupéfaction, puis il la leva et l'agita derrière Kennit qui s'en allait à grandes enjambées. «Je vais boire à votre santé, monsieur, promis !

– A ma santé», répéta Kennit à mi-voix. A présent qu'il avait commencé à se parler à lui-même, il n'avait plus moyen de s'arrêter, apparemment ; peut-être était-ce un effet secondaire de la philanthropie à la sauvette. Les crises de folie ne se produisaient-elles pas par paires ? Il repoussa cette idée : abuser de la réflexion ne débouchait que sur la mélancolie et le désespoir. Mieux valait ne pas réfléchir, ressembler à Sorcor qui rêvait sans doute en cet instant même d'une vierge rougissante dans son lit. Il ferait mieux de se payer une femme capable de rougir et de pousser de petits cris gênés de façon convaincante, si c'était tout ce qui l'intéressait !

Ainsi songeant, c'est d'un pas distrait qu'il arriva au bordel de Bettel. Il remarqua pourtant le nombre, inattendu pour une soirée aussi froide, de flâneurs devant la porte. Deux d'entre eux étaient les videurs habituels de l'établissement, l'air crâne, un sourire méprisant aux lèvres ; un jour, il se le promit, il ferait de ces sourires des rictus, définitivement. L'un des deux hommes poussa la hardiesse jusqu'à lui adresser un « 'Soir, cap'taine Kennit » d'un ton mou.

« Bonsoir. » Il mit dans sa réponse un sens très différent qui fit s'esclaffer un des flâneurs, d'un rire qui puait l'alcool et qui déclencha les ricanements des autres traînards. Tas de crétins ! Kennit monta les marches d'un pas vif en notant que la musique paraissait plus forte que d'habitude, et comme plus sèche aussi. A l'intérieur, il supporta les attentions du garçon de service et lui fit négligemment signe qu'il était satisfait avant de pénétrer dans la salle principale.

Là, enfin, la quantité de détails sortant de l'ordinaire le poussa à poser une main légère sur la garde de son épée. Il y avait trop de monde : les clients ne s'attardaient pas dans cette salle, en général ; Bettel ne le permettait pas. Si un homme venait s'offrir une prostituée, il pouvait l'emmener dans une chambre privée pour en profiter à loisir. On n'était pas dans un lupanar à matelots ; on ne pouvait pas tripoter la marchandise à titre d'essai avant de l'acheter. Bettel dirigeait une maison convenable, discrète et digne.

Pourtant, ce soir-là, l'odeur de la cindine imprégnait l'air et des hommes se vautraient avec insolence dans les fauteuils où les putains exhibaient d'habitude leurs charmes ; celles qui se trouvaient là étaient debout, ou assises sur des genoux masculins ; leurs sourires paraissaient plus fragiles que d'ordinaire, leurs rires plus forcés, et Kennit observa que leurs regards se tournaient promptement vers Bettel. Cette fois, la tenancière portait ses cheveux noirs tressés d'anneaux métalliques qui raidissaient sa chevelure et la faisaient scintiller sous les lampes. Malgré les couches de poudre que portait son visage, une buée de transpiration était visible sur son front et sa lèvre supérieure, et son haleine sentait la cindine plus fort que de coutume.

« Capitaine Kennit, mon cher ! » s'exclama-t-elle avec sa feinte affection habituelle. Elle se dirigea vers lui, les bras ouverts comme pour le serrer contre elle, mais, au dernier moment, elle les baissa pour joindre les mains devant elle d'un air joyeux. Ses ongles étaient dorés. « Attendez donc de voir ce que j'ai pour vous !

– J'aimerais autant ne pas attendre », répliqua-t-il d'un ton irrité. Il parcourut la salle des yeux.

« Car je savais que vous veniez, voyez-vous ? poursuivit-elle comme s'il n'avait rien dit. Ah, quand la *Marietta* s'amarre à quai, nous sommes tout de suite au courant ! Et ici, à Partage, nous avons entendu tous les récits de vos aventures – mais nous serions naturellement ravies si vous nous faisiez la faveur de nous les raconter vous-même ! » Elle le regarda en battant de ses cils surchargés et ses seins tendirent le tissu de sa robe en dansant.

« Vous connaissez mes dispositions habituelles », dit Kennit, mais elle s'était déjà saisie de sa main et menaçait de l'engloutir dans les profondeurs de sa poitrine en la serrant affectueusement contre elle.

« Ah, vos dispositions habituelles ! s'exclama-t-elle gaiement. Faisons fi de l'habituel, mon cher capitaine Kennit ! Ce n'est pas pour l'habituel qu'un homme entre chez Bettel. Non, accompagnez-moi plutôt et voyez ce que je vous ai gardé en réserve ! »

Trois hommes au moins dans la salle prêtaient à leur conversation une attention plus soutenue que ne le permettait la bonne éducation. Kennit remarqua qu'aucun d'entre eux ne paraissait particulièrement réjoui de voir Bettel l'entraîner vers une alcôve éclairée à la bougie, à l'écart de la pièce principale. Prudent mais curieux, il jeta un coup d'œil à l'intérieur.

Ou bien c'était une nouvelle venue, ou bien elle était occupée lors de ses précédentes visites ; en tout cas, extrêmement attirante, si l'on aimait les femmes menues et à la peau blanche, avec ses grands yeux bleus dans un visage en forme de cœur et aux joues maquillées de rose, sa petite bouche pulpeuse peinte en rouge et ses courts cheveux blonds tout bouclés. Bettel l'avait vêtue de bleu pastel et parée de bijoux dorés. La jeune fille se leva des coussins à glands sur lesquels elle était assise et adressa au capitaine un sourire exquis – inquiet mais exquis. On lui avait peint les mamelons en rose pour les faire mieux ressortir sous la gaze de sa robe.

« Pour vous, capitaine Kennit, ronronna Bettel. Douce comme le miel et jolie comme une poupée. Et notre plus grande chambre, aussi. Voulez-vous qu'on vous serve d'abord votre repas, comme d'habitude ? »

Il sourit à la tenancière. « Oui, s'il vous plaît. Et dans ma chambre habituelle, avec ma fille habituelle. Je ne joue pas à la poupée ; cela ne m'amuse pas. »

Il tourna les talons et se dirigea vers l'escalier. Par-dessus son épaule, il jeta : « Qu'Etta prenne d'abord un bain ; et n'oubliez pas, Bettel : je veux un vin de qualité !

– Mais, capitaine Kennit ! » protesta la femme. Sa voix jusque-là inquiète avait pris la stridence de l'effroi. « Je vous en prie ! Essayez au moins Avoretta ! Si elle ne vous plaît pas, vous n'aurez rien à payer ! »

Kennit s'était engagé sur les marches. « Elle ne me plaît pas, je n'ai donc rien à payer. » Il se sentait une tension douloureuse dans les reins. Il avait vu une lueur réjouie s'allumer dans l'œil des hommes quand il avait commencé à gravir les degrés. Il atteignit le palier et ouvrit la porte qui donnait sur une nouvelle volée d'escalier, plus étroite ; il la franchit et la referma derrière lui, puis, en quelques longues enjambées, parvint au deuxième palier où brûlait une lanterne solitaire. Là, l'escalier montait en colimaçon. Kennit resta quelques instants immobile, l'oreille tendue, puis, sans bruit, il dégaina son épée et son poignard. Il entendit la porte du bas s'ouvrir et se refermer discrètement ; au son des pas prudents, il compta au moins trois hommes qui s'étaient engagés à sa suite dans les marches. Il eut un sourire sinistre. Mieux valait que cela se passe ici, dans un espace exigu où il se trouverait en position surélevée, que dans la noirceur des rues. Avec un peu de chance, il en éliminerait au moins un par surprise.

Il n'eut pas longtemps à attendre. Ils étaient trop pressés. A l'instant où le premier passa l'angle de l'escalier, le bout de l'épée de Kennit virevolta sur sa gorge. Ce n'était pas plus compliqué que cela. Kennit le poussa énergiquement en arrière et l'homme s'effondra en gargouillant sur ses acolytes ; alors qu'ils reculaient en trébuchant dans les marches, Kennit les suivit, éteignit la lanterne au passage et la projeta sur eux, les criblant de gouttes d'huile et de bouts de verre brûlants. Ils se mirent à jurer dans le noir, obligés de reculer sous le poids de leur camarade agonisant. Kennit porta plusieurs coups d'épée au petit bonheur pour encourager leur retraite, en espérant que le mourant se trouvait au sol, au niveau de leurs jambes : le toucher une deuxième fois serait du gaspillage ; aussi frappa-t-il plus haut, ce qui lui valut la satisfaction d'entendre deux cris de douleur. Il espéra que la cage d'escalier et la porte close les étoufferaient : d'autres hommes l'attendaient dans la chambre, il en était sûr, et il ne voulait pas gâcher leur plaisir. Il entendit ses trois adversaires heurter la porte du bas et il bondit alors sur eux, enfonçant sa dague et son épée dans tout ce qu'elles rencontraient. Il avait l'avantage, car tout autre que lui-même était un ennemi, alors que ses opposants avaient autant de chances, dans l'espace restreint et sombre des marches, de le frapper que de toucher un allié. Un des hommes, éperdu, cherchait la poignée à tâtons en poussant force jurons. Il finit par la trouver, ouvrit la porte et ses deux camarades agonisants et lui-même s'effondrèrent sur le palier. Au bas des degrés, dans le salon, Bettel levait des yeux horrifiés vers le spectacle.

« Des rats ! » lui dit Kennit. D'un coup vif du bout de l'épée, il s'assura que le dernier homme resterait définitivement à terre. « Il y a de sales petites bêtes dans vos escaliers ; vous devriez y mettre bon ordre, Bettel.

– Ils m'ont forcée ! Ils m'ont forcée ! J'ai essayé de vous empêcher de monter, vous le comprenez, maintenant ! » Il retourna vers les marches, suivi par la voix plaintive de la femme, et ferma la porte derrière lui en espérant qu'elle n'avait pas été audible de la chambre du haut. A pas légers, tel un félin, il remonta les degrés obscurs, l'épée tendue devant lui, et s'arrêta au deuxième palier. Si ceux qui l'attendaient étaient un tant soit peu alarmés – non, s'ils étaient un tant soit peu rusés –, ils avaient posté un homme devant la chambre. Il souleva doucement le loquet, reprit ses armes bien en main, puis ouvrit la porte de l'épaule et entra aussi discrètement et en se tenant aussi ramassé que possible. Personne.

La porte de sa chambre habituelle était fermée, et on entendait derrière des voix murmurantes, des voix d'hommes. Ils étaient donc au moins deux. L'impatience perçait dans leur ton ; ils avaient sans doute vu Kennit entrer chez Bettel. Pourquoi ne lui avaient-ils pas tendu un piège en haut des escaliers ? Parce qu'ils s'attendaient à ce que leurs acolytes le maîtrisent et le leur apportent sur un plateau ?

Il resta songeur un moment, puis frappa du poing à la porte. « On l'a eu ! » cria-t-il d'une voix rauque ; sans réfléchir, un des hommes lui ouvrit. Kennit lui enfonça son poignard dans le ventre, puis tira l'arme vers le haut de toutes ses forces. Elle n'occasionna pas autant de dégâts qu'il l'avait espéré ; pire, elle se prit dans l'ample chemise de sa victime, et Kennit dut la laisser où elle était. Il poussa l'homme en arrière, puis bondit à sa suite pour affronter l'épée de son complice. L'homme engagea le fer sans hésiter, détourna la botte de Kennit, puis porta un coup d'estoc. Il se bat comme un gentilhomme, se dit Kennit en écartant l'arme de sa gorge. A voir le style de son adversaire, il éprouvait l'impression d'un sens du maintien et de la mise en scène, tout à fait inopportun en l'occurrence.

Le pirate jeta un coup d'œil sur le reste de la pièce. Un troisième homme était assis, avec une pose étudiée, dans son fauteuil devant le feu. D'une main, il tenait un verre de vin rouge, mais avait conservé assez de prudence pour garder l'autre sur son épée posée sur ses genoux. Etta gisait nue sur le lit. La femme et la literie étaient éclaboussées de sang. « Ah ! Le roi Kennit est venu rendre visite à sa dame », fit l'homme assis d'un ton languide. De son verre, il désigna la prostituée. « Je ne crois pas qu'elle pourra vous recevoir tout de suite. Nos divertissements l'ont laissée un peu... indisposée. »

Le discours avait pour but de distraire Kennit et faillit y réussir. Le capitaine se sentit pénétré de douleur... Non : il était furieux ! Cette chambre propre et accueillante, la sécurité relative de l'établissement de Bettel, tout cela lui avait été arraché ! Plus jamais il ne pourrait se détendre dans cette pièce ! Les salauds !

Une partie de son esprit enregistrait des cris qui montaient de la rue, toujours plus nombreux. Il lui fallait en terminer rapidement avec son adversaire et engager le combat avec le troisième ; mais, alors qu'il s'apprêtait à utiliser l'avantage que lui conférait sa meilleure allonge, le railleur quitta le fauteuil et se dirigea vers Kennit, l'épée au clair. Celui-là, au moins, n'avait pas la stupidité de mélanger assassinat et belle escrime, et Kennit, lui, n'avait pas la stupidité de se croire la moindre chance contre deux épées. Il regretta le poignard qu'il avait laissé planté dans le premier homme.

C'est trop bête de mourir maintenant ! se dit-il en repoussant une lame du fer de son arme et en parant l'autre du bras, tout en remerciant le ciel de l'épais tissu de sa manche qui absorba la plus grande partie de l'impact. Voyant qu'il ne pouvait plus que se défendre, ses assaillants se mirent à lui porter des coups de taille plutôt que d'estoc, et Kennit battit en retraite, sans cesse harcelé par les deux épées, sans avoir le temps de faire d'autres mouvements que de parade et d'esquive. Les deux hommes échangeaient en riant des plaisanteries où il était question de rois, d'esclaves et de putains, mais Kennit ne les écoutait pas. Il n'en avait pas le loisir: à la moindre distraction, il était mort. Toute son attention était concentrée sur les deux lames et les deux hommes qui les maniaient. L'heure est venue de choisir, se dit-il lugubrement: vais-je les obliger à me tuer sur-le-champ, ou bien combattre jusqu'à ce que je sois incapable de me défendre efficacement, et les laisser alors jouer au chat et à la souris avec moi?

Tout comme ses adversaires, il demeura saisi quand le couvre-pieds du lit se souleva brusquement et retomba sur un des deux hommes. Tandis qu'il se débattait, le reste de la literie suivit rapidement, épais oreillers pleins de duvet, draps ondoyants qui se prirent dans les lames des assaillants et leur entravèrent les jambes; l'un d'eux recouvrit un des hommes comme un suaire. Très opportun, se dit Kennit en souriant; il enfonça son épée dans la toile de lin, la retira, et une grande fleur rouge s'épanouit sur le tissu. Etta, jurant et hurlant à tue-tête, prit à pleins bras le matelas de plume et, ainsi munie, se jeta sur le dernier homme. Kennit acheva rapidement l'adversaire qu'il venait de poindre et se retourna; Etta avait attrapé l'autre par les cheveux et lui cognait la tête sur le plancher. Les cris de sa victime étaient étouffés par les couvertures et les draps dont elle tentait en vain de se dégager. Désinvolte, Kennit lui passa son épée à travers le corps à plusieurs reprises, puis, à court de souffle, il la planta là où il estimait que le cœur devait se trouver. Le paquet tressautant sous les couvertures cessa de bouger, mais Etta continua de marteler le plancher avec sa tête.

«Je pense que tu peux cesser, maintenant», fit Kennit. Elle obéit aussitôt, mais le bruit de coups persista.

Tous deux se tournèrent vers les escaliers où l'on entendait des pas précipités. Etta, nue comme la main, accroupie au-dessus de sa victime, avait l'air d'un chat sauvage avec ses dents inconsciemment dénudées. Kennit franchit literie et cadavres mélangés pour aller fermer la porte; il voulut la claquer mais le corps du premier homme l'en empêcha. Il se pencha pour le tirer, mais, avant qu'il pût repousser la porte, elle s'ouvrit si violemment qu'elle rebondit contre le mur. Kennit la retint avant qu'elle ne heurte Sorcor en plein visage. Le second était rouge d'avoir couru, tout comme les hommes qui se ruèrent dans la chambre à sa suite. « Un vieux... fit-il en haletant. Venu à bord... Disait que vous risquiez des ennuis ici.

– Un bon placement, que tu as fait avec cette pièce d'argent », fit une petite voix. Sorcor se tourna vers Etta, croyant que c'était elle qui avait parlé, puis, gêné, il baissa les yeux devant la femme nue et meurtrie. Elle se redressa en titubant, jeta un coup d'œil aux hommes qui la dévisageaient, puis se courba et, à gestes maladroits, saisit le coin d'une couverture pour s'en vêtir. Elle révéla ainsi la main et le bras inertes d'un des assaillants.

« Des ennuis, oui, fit Kennit d'un ton sec. Quelques-uns. » Il rengaina son arme et indiqua un corps à terre. « Passe-moi mon poignard, je te prie. »

Sorcor s'accroupit pour retirer la dague du cadavre. « Vous aviez raison, observa-t-il, bien que ce fût évident. Certains disent du mal de nous dans la ville, et il y en a même qui n'aiment pas du tout ce que nous faisons. Ce n'est pas Rey, de la *Renarde des Mers* ?

– Je l'ignore, répondit Kennit. Il n'a pas eu le temps de se présenter. » Il se baissa et dévoila les autres morts.

« Si, c'était Rey, intervint Etta ; sa voix n'était qu'un murmure entre ses lèvres meurtries. Je le connaissais assez bien. » Elle reprit son souffle. « C'étaient tous des hommes de la *Renarde des Mers.* » Du doigt, elle désigna celui dont elle avait cogné la tête sur le plancher. « Ça, c'était leur capitaine, Skelt. » Dans un chuchotement, elle ajouta : « Ils répétaient qu'ils allaient te montrer qu'un pirate est son propre roi, qu'ils n'avaient pas besoin de toi et que jamais tu ne les dirigerais.

– Ça fait six cadavres en tout, dit un des marins de Kennit. Le cap'taine a liquidé six hommes à lui tout seul !

– Combien y en avait-il dehors ? demanda Kennit en rengainant le poignard que lui avait remis Sorcor.

– Quatre. Ils étaient à dix contre un. Courageux, les bougres, non ? » fit le second avec une lourde ironie.

Kennit haussa les épaules. « Si je voulais être sûr de la mort de quelqu'un, je ferais la même chose. » Il adressa un petit sourire à Sorcor. « Ça ne les a pas empêchés de rater leur coup. Dix hommes... Faut-il que je fasse peur pour qu'on emploie de tels moyens contre moi ! » Son sourire s'élargit. « Le pouvoir, Sorcor ! On nous voit l'accumuler, et cette tentative d'assassinat est simplement la preuve que nous approchons du but ! » Il prit conscience du regard de ses hommes posé sur lui. « Et notre équipage avec nous ! », ajouta-t-il d'un ton rassurant en hochant la tête dans leur direction. Les cinq pirates qui accompagnaient Sorcor lui rendirent son sourire.

Le second rengaina son arme à son tour. « Bon, et maintenant ? » demanda-t-il.

Kennit réfléchit un instant, puis désigna deux hommes. « Toi et toi, faites ensemble le tour des tavernes et des bordels, trouvez nos compagnons de bord et prévenez-les de ce qui s'est passé – mais discrètement. Je pense plus sage que tous dorment sur le *Marietta* cette nuit, avec une veille solide ; c'est en tout cas ce que nous ferons, Sorcor et moi, mais seulement après nous être montrés en ville, vivants et en bonne santé. Et je vous avertis tous : je ne veux pas entendre une seule fanfaronnade sur cette histoire. Ce n'était rien, compris ? Pas de quoi fouetter un chat. Que d'autres se chargent de raconter l'anecdote ; elle grossira plus vite ainsi. » Les hommes hochèrent la tête en échangeant des sourires appréciateurs. « Toi et toi, vous nous suivrez, Sorcor et moi, pendant que nous nous montrerons en public, mais de loin. C'est clair ? Vous surveillerez nos arrières et vous prêterez l'oreille à ce qu'on dira sur nous aux tables voisines. Ecoutez et n'oubliez rien, car je vous demanderai un compte rendu complet. »

Les deux hommes acquiescèrent. Kennit parcourut la chambre du regard : il lui semblait oublier un détail, une question qu'il avait eu l'intention de régler, mais quoi ? Ses yeux tombèrent sur Etta qui le regardait sans rien dire. Un petit rubis scintillait à son oreille. « Ah ! Et toi, dit-il en désignant le dernier matelot, occupe-toi de ma compagne. »

L'homme rougit, puis pâlit. « Oui, cap'taine. Euh... comment, cap'taine ? »

Kennit secoua la tête, agacé. Il avait à faire, et on le tracassait avec des riens ! « Eh bien, emmène-la au navire et installe-la dans ma cabine pour plus tard. » Si en ville on considérait Etta comme sa compagne, il fallait la mettre en lieu sûr ; Kennit devait apparaître invulnérable. Il fronça les sourcils : était-ce tout ? Oui.

Etta dégagea le drap du dernier cadavre et, droite comme une reine, elle s'entoura les épaules du tissu ensanglanté. Une dernière fois, Kennit parcourut la pièce du regard et remarqua les sourires à la fois fiers et incrédules de ses hommes. Même Sorcor avait l'air réjoui. Pourquoi ? Ah ! La femme ! Ils s'attendaient à ce qu'un tel carnage coupe les appétits charnels de leur capitaine, bien que cela n'eût en rien amoindri sa virilité à leurs yeux. Ce n'était pas la concupiscence qui le poussait à la protéger : une femme couverte d'ecchymoses ne l'excitait pas ; pourtant, c'était cette insatiabilité qu'ils admiraient en lui. Eh bien, qu'ils croient ce qu'ils veulent. Il reporta son regard sur le matelot toujours pâlissant. « Veille à ce qu'on lui fournisse de l'eau chaude pour se baigner, ainsi que de quoi manger. Et de quoi se vêtir aussi. » Il devrait sans doute la garder enfermée dans ses quartiers ; dans ce cas, qu'elle soit propre, au moins.

Il se tourna vers Sorcor. « Bon, vous avez vos ordres, dit le second d'un ton bourru aux marins égayés. Alors, exécution ! »

Il y eut une série de « Oui, lieutenant ! », et les deux coursiers dégringolèrent les escaliers. L'homme à qui Etta avait été confiée traversa la chambre, hésita, l'air embarrassé, puis la prit dans ses bras comme un enfant ; à la grande surprise de Kennit, elle se laissa aller contre sa poitrine avec soulagement. Le capitaine, Sorcor et leurs deux gardes s'engagèrent dans les marches, avec sur leurs talons le marin portant Etta. Bettel les attendait sur le palier ; les mains virevoltant devant elle, elle s'écria : « Ah, vous êtes vivant !

– Oui », répondit Kennit.

Son souffle à peine repris, elle s'exclama d'un ton furieux : « Vous ne comptez tout de même pas m'enlever Etta ?

– Si, lança Kennit par-dessus son épaule.

– Et tous ces cadavres ? lui cria-t-elle d'une voix stridente alors que les hommes s'apprêtaient à sortir dans la rue.

– Eux, vous pouvez les garder », répliqua Kennit.

Etta saisit la poignée au passage et claqua bruyamment la porte derrière elle.

6

MALTA

Tout se serait parfaitement bien passé sans ce gros imbécile de Davad Restart.

Malta avait trouvé l'argent sous son oreiller le matin où son père avait repris la mer. Elle avait reconnu les pattes-de-mouche des missives que sa mère recevait de temps en temps quand il était en voyage. «*Pour ma fille qui n'est plus si petite que cela,* avait écrit papa. *De la soie verte lui irait à merveille.*» Il y avait quatre pièces d'or dans la petite bourse; Malta ignorait ce qu'elles valaient exactement, car c'étaient des monnaies étrangères venues d'un des pays qu'il avait visités pendant ses expéditions commerciales; en revanche, ce dont elle avait été aussitôt certaine, c'est qu'elles suffiraient pour la robe la plus somptueuse qu'on eût jamais vue à Terrilville.

Les jours suivants, dès que le doute la saisissait, elle relisait le petit mot pour s'assurer qu'elle avait bien la permission de son père – non seulement la permission mais le soutien aussi: l'argent en était la preuve tangible. Plus tard, d'un ton lugubre, sa mère devait parler de connivence.

Qu'elle était prévisible, sa mère! Comme sa grand-mère, qui avait refusé de participer à l'Offrande des Moissons sous prétexte qu'elle portait le deuil de grand-père; sa mère avait évidemment sauté sur l'occasion pour lui annoncer qu'aucun membre de la famille Vestrit n'irait au bal cette année et qu'en conséquence il n'y avait plus à discuter de toilettes ni de robes, qu'elles soient d'enfant ou de femme. Elle lui faisait donner des cours de danse par Rache, et on lui cherchait un bon professeur de maintien ; en attendant, Rache s'occuperait de ce domaine aussi, et c'était plus que suffisant pour une jeune fille de son âge.

Le ton sévère de sa mère avait étonné Malta. Quand elle avait trouvé le courage de répondre : « Mais papa a dit... », Keffria s'était avancée vers elle avec dans les yeux comme de la fureur.

« Ton père n'est pas ici, avait-elle déclaré d'un ton glacial ; moi, si ; je sais ce qui convient à une jeune fille de Terrilville, et tu devrais le savoir aussi. Malta, tu as tout le temps de devenir une femme. Il est naturel que tu sois curieuse de ces choses et que tu rêves de superbes robes, de merveilleuses soirées passées à danser avec de beaux jeunes gens. Mais par excès de curiosité ou de hâte... tu pourrais bien te retrouver sur la même pente que ta tante Althéa. Alors fais-moi confiance. Quand le temps sera venu, je te le dirai. De plus, le bal des Moissons, ce ne sont pas seulement de jolies robes et des jeunes hommes aux yeux brillants. Je suis une habitante de Terrilville, je fais partie des Marchands de Terrilville, et je connais le dessous des cartes. Pas ton père. Aussi, reste calme à ce sujet ou tu risques de perdre tout ce que tu as acquis. »

Là-dessus, sa mère était sortie à grands pas de la salle du petit déjeuner sans même laisser à Malta le temps de discuter ; la jeune fille s'en serait d'ailleurs bien gardée : cela aurait été inutile et n'aurait servi qu'à éveiller chez sa mère suspicion et vigilance. Pas la peine de se compliquer la tâche.

Son père avait suggéré de la soie verte ; or, par bonheur, il y en avait toute une réserve dans le coffre de marin de tante Althéa. Malta mourait d'envie de savoir ce qui s'y cachait depuis qu'on l'avait livré à la maison, mais sa mère lui avait dit d'un ton las que cela ne la regardait pas. Cependant, le coffre n'était pas fermé à clé – tante Althéa oubliait toujours de tout verrouiller – et, comme elle ne s'en servirait sûrement jamais, Malta ne voyait pas l'intérêt de laisser ce tissu se faner dans sa boîte. Et puis, en l'utilisant, elle aurait davantage d'argent pour s'offrir une meilleure couturière. Elle se montrait économe, tout simplement ; son père ne lui avait-il pas répété que c'était une qualité chez une femme ?

Auprès de Delo Trell, elle avait obtenu le nom d'une bonne faiseuse. Elle avait eu un peu honte de devoir s'adresser à son amie, mais, même dans un domaine aussi important, sa mère et sa grand-mère étaient d'un démodé ! Leurs robes étaient presque toutes faites à la maison par Nounou, qui s'occupait des mesures, des essayages et de la couture, avec parfois même l'aide de maman et de grand-mère qui cousaient et ourlaient de leurs propres mains ! Evidemment, rien de ce qu'elles portaient n'étaient du dernier cri à Jamaillia, ça non ! Ah, bien sûr, quand elles voyaient une robe qui leur plaisait au bal ou à la Présentation, elles la copiaient, mais cela ne restait toujours qu'une imitation. Nul n'était jamais surpris par ce que portaient les femmes de la famille Vestrit lors d'une réception, nul ne ragotait sur elles, nul ne se penchait vers sa voisine pour échanger à leur propos des commentaires envieux derrière un éventail. Elle étaient trop respectables, et surtout trop ternes.

Eh bien, Malta n'avait pas l'intention de devenir rassise comme sa mère vieillie avant l'âge, ni hommasse comme ce cheval échappé de tante Althéa. Non, elle se voulait mystérieuse, magique, farouche, réservée, énigmatique, et néanmoins audacieuse et extravagante. Il n'avait pas été simple d'expliquer tout cela à Fayla, la couturière, femme malheureusement âgée qui avait émis un claquement de langue désapprobateur devant la soie verte que lui apportait Malta. « Ça va vous donner un teint plombé, avait-elle déclaré en secouant sa tête aux cheveux gris. Rose, rouge et orange, voilà vos couleurs. » Avec son fort accent de Durja, on eût dit qu'elle venait de rendre un jugement définitif. Malta avait pincé les lèvres sans répondre. Son père était un marchand qui avait vu le vaste monde ; il savait sûrement quelles teintes allaient le mieux à une femme !

Ensuite, Fayla avait passé un temps interminable à prendre ses mesures tout en marmonnant, la bouche pleine d'épingles. Elle avait découpé des patrons qu'elle avait piqués partout sur Malta, sans prêter la moindre attention aux protestations de la jeune fille qui trouvait le col trop montant et le bas trop court. La troisième fois que Malta s'était plainte, Fayla Carriole avait craché ses épingles dans le creux de sa main et l'avait foudroyée du regard. « Vous voulez avoir l'air d'une catin ? D'une catin à la peau jaunâtre ? » avait-elle fait d'un ton sec.

Malta avait secoué la tête : une catin ? C'était une plante, non ? Elle essaya en vain de se rappeler à quoi ressemblaient ses fleurs.

« Alors, écoutez-moi. Je vais vous fabriquer une jolie robe, une robe que votre maman et votre papa me paieront avec plaisir. D'accord ?

– Mais… j'ai apporté l'argent. C'est mon argent à moi ! Et je veux une robe de femme, pas un sarrau pour les enfants ! » Malta gagnait en hardiesse à chaque mot qu'elle prononçait.

Fayla Carriole s'était lentement redressée en se massant le dos. « Une robe de femme ? Et qui va la porter ? Vous ou une femme ?

– Moi. » Malta avait fait un effort pour conserver un ton ferme.

Fayla s'était gratté le menton ; un poil y poussait sur un grain de beauté qui ressemblait à une verrue. Elle avait secoué la tête : « Non. Vous êtes trop jeune. Vous aurez l'air ridicule, là-dedans. Si vous m'écoutez, je vous ferai une jolie robe comme aucune autre petite fille n'en aura ; elles n'auront d'yeux que pour vous et elles parleront de vous à l'oreille de leurs mamans. »

Sans prévenir, Malta avait arraché le patron de papier épinglé sur elle. « Ce n'est pas le regard des petites filles que je veux attirer ! avait-elle dit d'un ton hautain. Je vous souhaite le bonjour. »

Et elle avait quitté la boutique, sa soie verte sous le bras ; elle avait descendu la rue à la recherche d'une autre couturière, qui l'écouterait, celle-là. A contrecœur, elle se demanda si Delo Trell avait fait exprès de l'envoyer chez cette affreuse vieille, si Delo ne pensait pas qu'elle était trop gamine pour porter autre chose que des jupes d'enfant. Ces derniers temps, son amie s'était mise à prendre de grands airs, à sous-entendre avec condescendance qu'il y avait bien des aspects de son existence que Malta, la petite Malta, n'était pas en mesure de comprendre ; alors qu'elles jouaient ensemble depuis qu'elles avaient l'âge de marcher !

Territel, la jeune faiseuse choisie par Malta, créait ses propres jupes et les portait comme s'il s'agissait de voiles de soie qui collaient à ses jambes tout en les dénudant. Sans chipoter sur la couleur du tissu ni chercher à étouffer la jeune fille sous des patrons en papier, elle avait rapidement pris ses mesures tout en parlant de manches papillon et de l'effet flatteur de volants de dentelle sur une gorge encore juvénile. Malta avait su alors qu'elle avait tiré le bon numéro, et c'est d'un pas presque bondissant qu'elle était rentrée chez elle, où, pour excuser son retard, elle avait prétendu ne pas avoir trouvé de cabriolet libre.

De cette seule décision de dénicher une couturière par ses propres moyens avait découlé toute sa bonne fortune. Territel avait un cousin qui fabriquait des escarpins; elle avait envoyé Malta chez lui quand la jeune fille était venue la voir pour le second essayage. Puis elle lui avait fait remarquer qu'elle aurait aussi besoin de bijoux, tout en soulignant que leur authenticité comptait moins que leur scintillement et leur éclat: du verre taillé ferait aussi bien l'affaire que de véritables pierres précieuses, et la somme dont elle disposait lui permettrait de s'offrir des pièces plus grosses et plus brillantes. Elle avait également une cousine dans cette branche, qui avait présenté sa marchandise à Malta lors du troisième essayage, et, quand la jeune fille était venue essayer sa robe une dernière fois, escarpins et bijoux étaient là, prêts à être emportés eux aussi. Enfin, Territel lui avait aimablement appris à se maquiller à la dernière mode, et lui avait même vendu certains de ses fards et poudres personnels. On n'aurait pas pu se montrer plus serviable. «Je ne regrette pas mon argent: vous m'avez permis de réaliser mon rêve point par point», lui avait déclaré Malta avec gratitude en lui remettant la bourse d'or que son père lui avait laissée. Cela se passait deux jours à peine avant le bal des Moissons.

Accomplissant un exploit de hardiesse et d'invention, elle avait réussi à rentrer chez elle avec la robe empaquetée sans se faire voir ni de sa mère ni de Nounou. La vieille femme n'avait plus assez à faire: depuis que Selden était en âge d'avoir des précepteurs et n'avait plus besoin qu'on le surveille constamment, Malta avait l'impression que Nounou passait son temps à la tenir à l'œil. Quand elle prétendait «ranger» sa chambre, c'était en réalité pour fouiller ses affaires; et elle lui posait sans cesse des questions sur des sujets qui ne regardaient pas une vieille domestique: «Où avez-vous trouvé ce parfum? Votre mère sait-elle que vous portez ces boucles d'oreilles en ville?»

Pour finir, Malta avait trouvé une solution toute simple: elle avait ordonné à Rache de cacher robe, bijoux et escarpins chez elle. Sa grand-mère venait de l'installer dans une petite maison qui donnait sur le jardin aux bassins. Malta ignorait ce que Rache avait fait pour mériter cet espace privé, mais cela lui était bien utile. Nul ne voyait rien à redire à ce qu'elle passât du temps en sa compagnie: après tout, Rache ne lui enseignait-elle pas la danse et le maintien? Naturellement, il était comique qu'une esclave connût ces choses, et Delo et Malta en riaient souvent lors de leurs brèves rencontres – du moins, avant que Delo se crût trop grande pour perdre son temps avec une petite comme Malta. Eh bien, cela changerait dès que Malta se présenterait au bal de l'Offrande des Moissons !

C'était aussi Rache qui l'avait aidée à s'habiller le soir du bal. Malta ne l'avait pas prévenue à l'avance, de peur que l'esclave ne réfléchisse, puis coure tout raconter à sa mère ou sa grand-mère. Non, elle s'était simplement rendue chez elle, avait demandé son paquet, puis ordonné à Rache de lui donner la main pour se vêtir, et la femme avait obéi, un étrange sourire sur les lèvres. C'est alors que Malta avait pris la pleine mesure de l'utilité d'une esclave docile. Une fois bien serrée dans sa robe, elle s'était assise devant le petit miroir de Rache pour fixer ses bijoux l'un après l'autre, puis se maquiller avec soin les yeux et les lèvres ; comme la couturière le lui avait montré, elle avait souligné le contour de ses oreilles d'un trait de la même couleur que celui de ses yeux. L'effet était à la fois spectaculaire et séduisant. L'esclave avait paru complètement sidérée : elle était sans doute stupéfaite que Malta possédât les talents d'une femme adulte.

Quand le cabriolet commandé par Malta un peu plus tôt dans la journée était arrivé à sa porte, Rache avait paru à peine troublée. Où se rendait donc sa jeune dame ? A une soirée chez Harette Shuyev, avait répondu Malta ; son père et sa mère avaient fait venir un montreur de marionnettes pour les divertir, son petit frère et elle, pendant qu'ils seraient au bal des Moissons. Tout le monde savait qu'Harette souffrait encore de la cheville à la suite de sa chute de poney, et Malta s'en allait lui remonter le moral. Si elles devaient toutes deux manquer le bal, autant le faire ensemble.

Malta avait menti avec une désinvolture et une assurance absolues, et Rache l'avait crue ; elle avait hoché la tête en souriant et répondu que, sans nul doute, Harette se divertirait fort. Le seul point noir avait été la sombre cape d'hiver que Malta avait dû porter par-dessus sa robe pour se rendre au bal : elle n'allait pas avec une tenue aussi raffinée ; mais la jeune fille ne voulait pas salir sa robe en chemin, et elle ne souhaitait pas qu'on la vît avant qu'elle n'arrivât à la réception. Un cabriolet n'était pas le moyen de transport traditionnel pour se rendre au bal ; chacun aurait pris sa voiture personnelle ou se présenterait sur sa plus belle monture ; mais elle n'y pouvait rien : sa plus belle monture était le gros poney qu'elle partageait avec Selden. En vain avait-elle supplié d'avoir un cheval à elle : comme d'habitude, sa mère avait refusé en prétextant que, si elle tenait à monter convenablement, elle n'avait qu'à apprendre sur la jument de sa grand-mère – laquelle jument était plus vieille que Malta ! Et même si elle avait accepté de se servir de cette haridelle hors d'âge, il n'aurait pas été possible de la sortir de l'écurie à une heure aussi tardive sans que sa mère soit mise au courant ; en outre, il n'aurait sans doute pas été bienséant de chevaucher avec une robe aussi légère.

Mais, malgré tout, malgré la lourde cape qui, par cette nuit douce, faisait perler la transpiration sur son front, malgré la chansonnette grossière que le cocher paraissait trouver comique, malgré la fureur à venir de sa mère, elle exultait. « J'y suis ! se répétait-elle tout bas. J'y suis ! » Avec une enivrante impression de pouvoir, elle avait senti qu'elle avait enfin pris en main les rênes de son existence. Elle ne s'était pas rendu compte jusque-là combien il lui pesait de rester à la maison et de jouer les petites filles modèles. Sa mère était si réfléchie, si encroûtée, si pleine d'habitudes ! Elle ne faisait jamais rien d'inattendu.

Tout au long de l'année passée, pendant l'agonie de grand-père, la maison avait été d'un ennuyeux ! Elle n'avait d'ailleurs jamais rien eu de passionnant. Ce n'était pas comme chez d'autres : certains Marchands donnaient des réceptions, où ils ne recevaient pas que des Marchands : quelques-uns accueillaient les nouveaux venus et leurs familles. Une fois, les Beckert avaient passé une soirée à s'amuser comme des fous grâce à une troupe de jongleurs invitée par un nouveau venu. Polia Beckert avait tout raconté à Malta le lendemain : les jeunes hommes vêtus d'un simple bout de tissu autour des reins, leurs jongleries avec des bâtons enflammés, des couteaux et des boules de verre. Rien de tel n'arrivait jamais chez les Vestrit. Naguère, grand-mère invitait de temps en temps quelques vieilles Marchandes, mais elles s'asseyaient simplement dans le salon pour broder toutes ensemble en buvant du vin à petites gorgées et en évoquant un temps où tout allait mieux. Aujourd'hui, même ces vieilles dames ne venaient plus : quand la maladie de grand-père s'était aggravée, grand-mère avait cessé d'inviter quiconque à la maison, et, pendant presque un an, il n'y avait plus eu le moindre bruit, le moindre mouvement, dans les pièces aux volets mi-clos. Maman avait même renoncé à jouer de la harpe le soir – ce qui ne manquait guère à Malta : chaque fois, elle essayait d'enseigner la musique à sa fille, alors que rester assise à pincer des cordes n'était pas l'idée que Malta se faisait d'une soirée réussie.

« Arrêtez-vous ici ! avait-elle chuchoté au cocher, puis plus fort : Non ! Ici ! Arrêtez-vous ici ! J'irai à pied jusqu'à la porte. A pied, crétin ! »

Il avait presque atteint le cercle de lumière que projetaient les torches quand il avait freiné le cabriolet, et il avait eu en plus l'effronterie de rire de la colère de Malta. Elle lui avait donné ce qu'elle lui devait pour le trajet et pas un sou de plus. Voilà qui devrait rabattre son caquet ! Il s'était alors vengé en ne lui présentant pas sa main pour l'aider à descendre. Bah, elle n'en avait pas besoin : elle était jeune et vive, elle n'avait rien d'une vieille dame infirme. Elle avait marché sur l'ourlet de sa robe, mais n'avait ni trébuché ni déchiré le tissu. « Revenez me prendre à minuit », avait-elle ordonné au cocher d'un ton impérieux. C'était tôt pour le bal des Moissons, mais, même si elle ne se l'avouait qu'à contrecœur, elle ne tenait pas à pousser le bouchon trop loin, au risque d'encourir les foudres de sa grand-mère en plus de celles de sa mère. En outre, la présentation avait toujours lieu peu après minuit ; or Malta n'avait jamais aimé cette partie de la soirée : elle lui donnait la chair de poule. Une fois, alors que Malta n'avait que sept ans, le représentant du désert des Pluies avait ôté son masque à cette occasion, et la petite fille était restée abasourdie devant son aspect. On eût dit un homme qui aurait commencé par être un enfant comme les autres, puis qui, en grandissant, aurait dépassé les proportions habituelles du corps humain en acquérant des os en plus, une taille supérieure à la normale et des poches de chair qui auraient pu contenir des organes inconnus. Béante d'effroi, elle avait vu son grand-père lui toucher la main en l'appelant « frère », puis lui confier la présentation de la famille Vestrit. Par la suite, lors des nombreuses nuits où l'image du représentant du désert des Pluies lui avait donné des cauchemars, elle s'était rassurée en songeant au courage de son grand-père. Elle n'avait rien à redouter de tels monstres. Néanmoins… « Minuit sonnant », avait-elle répété.

Le cocher avait jeté un coup d'œil plein de sous-entendus aux quelques pièces qu'il tenait au creux de sa main. « Oh, certainement, jeune maîtresse ! » avait-il fait d'un ton ironique en faisant avancer son cheval. Comme le claquement des sabots s'éloignait dans la nuit, Malta s'était sentie un instant inquiète : et s'il ne revenait pas ? Elle ne se voyait pas rentrer chez elle à pied, en pleine nuit, surtout en robe longue et en escarpins. Mais elle avait repoussé fermement cette idée : rien ne ferait obstacle au plaisir de cette soirée !

Des voitures s'arrêtaient devant la Salle des Marchands. Malta y était déjà entrée, mais cette fois l'édifice lui paraissait plus vaste et plus imposant. A la lueur des torches, le marbre luisait d'une teinte presque ambrée. De chaque véhicule sortaient des Marchands, en couple ou en famille, tous sur leur trente et un. Les robes somptueuses des femmes balayaient le pavé, les jeunes filles avaient paré leurs cheveux des dernières fleurs de l'année et les petits garçons avaient été toilettés et s'étaient sans doute fait dûment sermonner, car ils faisaient preuve d'une politesse bien improbable à leur âge. Quant aux hommes... Malta était restée un moment dans l'ombre à les guetter d'un regard presque avide alors qu'ils descendaient de voiture ou de cheval. Elle avait promptement écarté les pères et les grands-pères pour suivre des yeux les jeunes mariés et les hommes qui étalaient leur statut de célibataires de façon flamboyante.

Elle les avait observés en se demandant comment une femme savait lequel choisir. Il y en avait de toutes sortes, mais, dans toute une existence, on ne pouvait en posséder qu'un, ou deux à la rigueur, si le mari mourait jeune et qu'on se retrouvait veuve à l'âge où on peut encore concevoir. Cependant, s'était dit Malta, si on aimait vraiment son époux, c'était là un espoir qu'on ne devait pas nourrir, quelle que fût la curiosité qu'on éprouvait. N'empêche, ce n'était pas juste. Là, sur le cheval noir, tirant si brusquement sur les rênes que les sabots de la bête avaient claqué sur le pavé, c'était Roed Caern. Ses cheveux tombaient sur son dos en un torrent obscur, aussi luisants et libres que la crinière de sa monture. Ses épaules gonflaient le tissu de son manteau taillé sur mesure. Il avait le nez aquilin, des lèvres minces, et Delo frissonnait en parlant de lui : « C'est un homme cruel », avait-elle dit un jour d'un air entendu, et puis elle avait levé les yeux au ciel quand Malta lui avait demandé ce que cela signifiait.

Malta s'était sentie rongée de jalousie : Delo savait tant de choses, et elle rien ! Le frère de Delo invitait souvent ses amis à dîner chez lui, et Roed en faisait partie. Ah, pourquoi n'avait-elle pas un frère comme Cerwin, qui montait à cheval, allait à la chasse et avait de beaux amis, au lieu de cette niquedouille de Hiémain, avec ses robes marron et sans forme et son menton sans poils ? Elle avait suivi des yeux Roed qui se dirigeait à grands pas vers l'entrée et avait remarqué la façon dont il s'était brusquement écarté de son chemin en s'inclinant profondément pour laisser une jeune femme le précéder dans la salle. Le mari n'avait pas eu l'air de beaucoup apprécier cette galanterie.

Cependant, une nouvelle voiture s'était arrêtée, celle des Trentor, comme le proclamaient les armoiries sur la portière. Les chevaux blancs portaient de grandes plumes sur la têtière. Malta avait regardé la famille descendre, les parents sagement vêtus de gris gorge-de-pigeon, suivis de leurs trois filles encore à marier, toutes habillées dans les tons gerbe d'or et se tenant la main, comme si elles craignaient qu'un homme vînt essayer de les séparer. Malta émit tout bas un grognement de mépris devant cette attitude timorée. Krion apparut le dernier ; il était vêtu de gris comme son père, mais le foulard qui lui ceignait la gorge était d'un or plus profond que les robes de ses sœurs, et il portait des gants blancs. Krion allait toujours ganté pour dissimuler les affreuses cicatrices qu'il gardait d'une chute dans un feu alors qu'il était enfant. Il avait honte de ses mains et, de même, il restait modeste quant aux poèmes qu'il écrivait ; il n'en lisait jamais en public et laissait cette tâche à ses sœurs dévouées. Il avait les cheveux châtain cuivré et, quand il était petit, son visage était couvert de taches de rousseur comme un œuf ; ses yeux étaient verts. Delo avait confié à Malta qu'elle pensait être amoureuse de lui ; un jour, avait-elle dit, elle espérait se tenir devant son petit cercle d'initiés pour lire tout haut ses derniers poèmes. Il avait l'âme si noble ! avait-elle murmuré avant de pousser un grand soupir.

Malta avait regardé le jeune homme gravir les marches et poussé elle-même un soupir : elle aurait tant voulu être amoureuse elle aussi ! Elle mourait d'envie d'en savoir davantage sur les hommes, d'être capable de parler en connaissance de cause de celui-ci ou de celui-là, de rougir à la mention d'un nom ou de froncer les sourcils d'un air sévère devant le regard d'une paire d'yeux noirs. Sa mère avait tort quand elle prétendait qu'elle avait le temps, qu'elle devait attendre d'être une femme : les années où une femme avait le choix étaient bien trop courtes. Bien assez vite, elle se mariait et devenait grosse des œuvres de son mari.

Malta, elle, ne rêvait pas d'un époux solide ni d'un berceau rempli. C'était de ceci qu'elle avait envie, de ces soirées dans les ombres, de ces faims de l'âme, et de l'attention d'hommes qui ne pouvaient prétendre la posséder.

Eh bien, rien de tout cela ne lui arriverait si elle restait dissimulée ! D'un geste résolu, elle avait ôté sa cape, l'avait roulée en boule et fourrée sous un buisson pour la reprendre en fin de soirée. Elle avait presque souhaité que sa mère et sa grand-mère fussent là, qu'elles arrivent en voiture à cet instant : elle était certaine que sa coiffure n'avait pas été dérangée, que son rouge à lèvres était toujours impeccable. Pendant un petit moment, elle avait vu toute sa famille présente, et son père, séduisant comme toujours, lui donnant le bras pour l'escorter dans la salle ; mais dans cette image était apparu Hiémain, le petit Hiémain aux pieds en dedans, qui trottait derrière tout le monde dans sa robe marron de prêtre, et maman, vêtue d'une robe si chaste qu'elle devait l'étouffer. Malta avait fait la grimace : elle n'avait pas honte des gens de sa famille et elle aurait été ravie de les avoir auprès d'elle s'ils avaient su se tenir et s'habiller convenablement. N'avait-elle pas demandé à plusieurs reprises à sa mère de l'accompagner au bal ? Cela lui avait été refusé. Par conséquent, si elle voulait commencer sa vie de femme, elle devait s'en occuper seule – et elle affronterait cette vie avec courage, en ne laissant transparaître dans son expression qu'une ombre de la tragédie et de la solitude qui étaient les siennes. Oh, certes, elle se montrerait gaie, ce soir, rieuse et charmante ; mais, lors d'un instant de relâchement, peut-être un œil avisé la regarderait-il et percevrait-il le manque d'attention dont elle était victime chez elle, la négligence de sa famille à son égard. Elle prit une grande inspiration et se dirigea vers les torches et les portes grandes ouvertes, prêtes à l'accueillir.

La voiture des Trentor s'était éloignée et une autre avait pris sa place. Malta s'était aperçue, avec un mélange de ravissement et d'effroi, que c'était celle des Trell. Delo devait s'y trouver, ainsi que, malheureusement, ses parents et son grand frère, Cerwin. Si Malta les saluait à leur descente, le père et la mère de Delo ne manqueraient pas de lui demander où étaient maman et grand-mère, et elle ne se sentait pas prête à faire face à des questions gênantes. Pourtant, quel plaisir cela aurait été d'arriver bras dessus bras dessous avec Delo, deux jeunes femmes éblouissantes des

Marchands de Terrilville faisant ensemble leur entrée dans la société ! Elle avait avancé d'un pas ; si ses parents et son frère précédaient Delo, Malta aurait peut-être la possibilité de l'appeler d'un sifflement pour lui faire signe de l'attendre.

Comme elle l'avait espéré, les parents de Delo étaient descendus les premiers. Sa mère était splendide : elle portait une robe bleu marine très simple dont la découpe laissait à nu son cou et ses épaules, seulement ornés d'une chaînette d'argent d'où pendaient des pierres à parfum. Ah, que Malta aurait aimé voir sa propre mère apparaître aussi élégamment vêtue, ne serait-ce qu'une fois ! Elle sentait la fragrance entêtante des pierres depuis les ombres où elle se dissimulait. La mère de Delo avait pris son époux par le bras. Il était grand et mince, et le bleu de sa veste et de son pantalon de lin rehaussait la beauté de la robe de sa femme. Ils avaient gravi les degrés qui menaient à la salle de bal comme des personnages sortis d'une légende. Derrière eux, Cerwin attendait avec impatience que Delo eût fini de s'extirper de la voiture. Comme son père, il était vêtu d'une veste et d'un pantalon bleus, avec des bottes d'un noir lustré. Il portait un clou d'oreille en or et ses cheveux pendaient en longues boucles provocantes. Malta, qui le connaissait depuis toujours, avait éprouvé un curieux petit frisson dans le ventre. Jamais elle ne l'avait trouvé aussi beau, et elle mourait soudain d'envie de l'éblouir par son apparence.

Mais c'est elle qui était restée stupéfaite en voyant Delo : la robe de son amie reprenait la couleur de celle de sa mère, mais là s'arrêtait la ressemblance. Ses cheveux tressés étaient montés en couronne piquée de fleurs fraîches, et un volant de dentelle parait sa jupe courte pour l'amener presque jusqu'à mi-mollet. Une dentelle semblable bordait son col montant et ses poignets. Elle ne portait aucun bijou.

Malta n'avait pu se retenir : elle s'était précipitée vers Delo tel un esprit vengeur. « Tu disais que tu allais mettre une robe de grande cette année ! Tu disais que ta mère te l'avait promis ! s'était-elle exclamée. Que s'est-il passé ? »

Delo avait levé son regard vers Malta d'un air pitoyable, puis elle avait écarquillé les yeux et était demeurée bouche bée, muette d'effarement.

Cerwin s'était interposé. « Je ne crois pas que vous puissiez connaître ma sœur, avait-il dit d'un ton hautain.

– Cerwin ! » s'était écriée Malta, agacée. Par-dessus l'épaule du jeune homme, elle s'était adressée à Delo. « Que s'est-il passé ? »

Les yeux de Delo s'étaient encore agrandis. « Malta ? C'est toi ?

– Bien sûr que c'est moi ! Ta maman a changé d'avis ? » Un méchant soupçon était né soudain dans son esprit. « Tu as dû passer à l'essayage, pour ta robe ; tu savais donc que tu n'aurais pas le droit de porter une robe de soirée !

– Je ne pensais pas que tu viendrais ! » avait fait Delo d'une voix plaintive, tandis que Cerwin Trell demandait, incrédule : « Malta ? Malta Vestrit ? » Il l'avait parcourue d'un regard qu'on ne pouvait qualifier que de discourtois. Pourtant, elle avait ressenti le même frisson que précédemment.

« Trell ? » Shukor Kev descendait de son cheval. « Trell, c'est toi ? Ça fait plaisir de te revoir. Et qui est cette personne ? » Ses yeux ébahis étaient allés de Malta à Cerwin. « Tu ne peux pas l'amener au bal des Moissons, mon vieux. Tu sais bien que c'est réservé aux Marchands. » Le ton qu'il avait employé avait mis Malta mal à l'aise.

Une nouvelle voiture s'était arrêtée devant le groupe, et le valet avait du mal à ouvrir la portière dont le loquet s'était manifestement coincé. Malta s'était efforcée de ne pas le regarder s'acharner : cela n'aurait pas été digne d'une grande dame. Mais le valet l'avait aperçue et avait apparemment été si frappé par son aspect qu'il en avait complètement oublié sa tâche. A l'intérieur de la voiture, un homme corpulent avait alors donné un coup d'épaule dans la portière qui s'était brutalement ouverte, manquant Malta de peu ; et Davad Restart, dans sa splendeur bien en chair, avait failli s'écrouler sur le trottoir.

Le valet avait saisi Malta par le bras pour l'empêcher de tomber au moment où elle reculait vivement pour éviter la portière ; s'il ne l'avait pas ainsi tenue, elle aurait pu aisément s'éclipser, et la catastrophe ne se serait pas produite ; mais elle était toujours là quand Davad s'était rattrapé à la portière, et il avait carrément marché sur l'ourlet de sa robe. « Oh, je vous demande pardon ! » avait-il fait d'un ton désolé, et puis les mots lui avaient manqué quand il avait regardé Malta de la tête aux pieds. Transformée comme elle l'était, elle avait eu la certitude qu'il ne la reconnaissait pas ; elle n'avait alors pas pu résister à l'envie de lui sourire.

« Bonsoir, marchand Restart, lui avait-elle dit, et elle lui avait fait la révérence, mouvement que sa robe longue avait rendu plus difficile à réaliser qu'elle ne l'aurait cru. J'espère que vous n'avez pas de mal. »

Mais il avait continué à la dévisager sans répondre, les yeux exorbités. Enfin, il avait ouvert la bouche et réussi à couiner : « Malta ? Malta Vestrit ? »

Une nouvelle voiture avait pris la place de celle des Trell, d'un vert resplendissant mêlé de dorures, couleurs du désert des Pluies. Il devait s'agir des représentants des familles de là-bas. Le bal commencerait dès qu'ils seraient installés.

Derrière Malta, comme un écho, Shukor avait répété d'un ton incrédule : « Malta Vestrit ? Non, je ne peux pas le croire !

– Et pourtant c'est vrai. » Elle avait souri de nouveau à Davad, ravie de l'air abasourdi avec lequel il regardait son collier, puis la dentelle qui moussait sur sa gorge. Ses yeux s'étaient braqués soudain derrière elle, et elle s'était retournée : il n'y avait plus personne. Zut ! Delo était allée au bal sans elle ! Elle avait reporté son attention sur Davad, mais il jetait des coups d'œil éperdus dans toutes les directions. Alors que la portière de la voiture du désert des Pluies s'ouvrait, il avait brusquement pris Malta par les épaules et l'avait placée sans ménagement derrière lui, la faisant presque tomber à la renverse dans sa propre voiture. « Silence ! avait-il murmuré d'un ton pressant. Ne dites pas un mot ! »

Puis il s'était retourné pour s'incliner profondément devant les représentants du désert des Pluies qui sortaient de leur véhicule. Malta avait jeté un regard par-dessus son épaule : ils étaient trois cette année, deux grands et un petit ; leurs manteaux et leurs capuchons empêchaient d'en voir davantage. Le tissu sombre de leurs manteau lui était inconnu : noir quand ils restaient immobiles, il se mettait tout à coup à chatoyer dès qu'ils bougeaient ; l'étoffe prenait alors de lumineuses teintes vertes, bleues et rouges dans la pénombre.

« Marchand Restart, lui avait dit en guise de salut un des mystérieux personnages – une femme, à en juger par sa voix flûtée.

– Marchande Vintagli, avait-il répondu en s'inclinant encore davantage. Je vous souhaite la bienvenue à Terrilville et au bal des Moissons.

– Eh bien, merci, Davad. Puis-je compter vous retrouver à l'intérieur ?

– Très certainement – dès que j'aurai mis la main sur mes gants. J'ai dû les laisser tomber dans ma voiture.

– Quelle incurie ! » La voix de la femme caressait curieusement les mots. Elle avait poursuivi son chemin à la suite de ses compagnons.

L'odeur de sueur qui avait tout à coup émané de Restart avait empuanti l'air immobile de l'automne. A l'instant où les portes de la salle de bal s'étaient refermées sur la famille du désert des Pluies, il avait pivoté sur lui-même pour faire face à Malta. Il l'avait saisie par un bras et l'avait secouée comme un prunier.

« Où est votre grand-mère ? » avait-il demandé d'une voix blanche. Puis, avant même qu'elle pût répondre, il avait ajouté sur le même ton : « Où est votre mère ? »

Elle aurait dû mentir ; elle aurait dû répondre qu'elles venaient d'entrer dans la salle, ou bien qu'elle venait elle-même d'en sortir pour prendre l'air. Mais elle avait simplement déclaré : « Je suis venue seule. » Elle avait détourné le regard et, plus bas, d'adulte à adulte, elle avait poursuivi : « Depuis la mort de grand-père, elles sont plus casanières que jamais. C'est d'un triste ! J'ai compris que, si je ne sortais pas, j'allais devenir folle. Vous ne pouvez pas savoir combien la vie est lugubre depuis... »

Elle s'était interrompue avec un hoquet de surprise : il avait resserré sa prise sur son bras et la poussait vers la voiture. « Vite ! Avant que quelqu'un d'autre vous voie... Vous n'avez parlé à personne d'autre, j'espère ?

– Je... non. Rien qu'à Delo et son frère. Je viens seulement d'arriver, et... Mais lâchez-moi donc ! Vous froissez ma robe ! »

La façon dont il l'avait contrainte à monter dans la voiture, puis suivie d'un air résolu, l'avait choquée et terrifiée tout à la fois. Qu'avait-il derrière la tête ? Elle avait entendu des histoires sur certains hommes que la passion et la concupiscence conduisaient à des actes irréfléchis, mais Davad Restart ? C'était un vieux ! Non, c'était trop dégoûtant ! Il avait claqué la portière mais, cette fois, le pêne avait refusé de s'enclencher ; il l'avait tenue fermée d'une main, et il avait crié : « Cocher ! A la résidence des Vestrit, vite ! » Puis il avait dit à Malta : « Asseyez-vous. Je vous ramène chez vous.

– Non ! Laissez-moi descendre ! Je veux aller au bal ! Vous n'avez pas le droit ! Vous n'êtes pas mon père ! »

Haletant, le Marchand Restart s'accrochait à la poignée de la portière ; la voiture avait démarré brutalement, obligeant Malta à s'asseoir sans douceur.

« Non, je ne suis pas votre père, avait répondu le gros homme d'un ton sec. Et, ce soir, j'en sais gré à Sâ, car je vous jure que j'ignore ce que je ferais de vous ! Pauvre Ronica ! Après tout ce qu'elle a déjà subi cette année ! Votre tante disparaît, et voilà que vous vous présentez au bal des Moissons vêtue comme une catin de Jamaillia ! Que va dire votre père ? » Il avait tiré un grand mouchoir de sa manche et en avait tapoté son visage couvert de transpiration. Malta avait remarqué qu'il portait la même veste et le même pantalon bleus que les deux années précédentes, et qu'ils le serraient à la taille ; d'après l'odeur de cèdre qui flottait dans la voiture, il n'avait pas dû les sortir de son coffre avant ce soir – et il osait lui parler de vêtements et de mode !

« J'ai fait faire cette robe sur mesure pour cette soirée, et avec de l'argent que papa m'a donné, dois-je ajouter ; je serais donc fort étonnée qu'il me reproche d'avoir employé cette somme comme il me l'a suggéré. Ce qu'il voudra peut-être savoir, en revanche, c'est dans quel but vous avez enlevé sa fille dans la rue et l'avez emmenée dans votre voiture contre sa volonté. Je ne pense pas qu'il en sera ravi ! »

Elle connaissait Davad Restart depuis des années, et savait qu'il s'aplatissait facilement quand sa grand-mère s'adressait à lui d'un ton cassant ; elle s'était attendue à ce qu'il manifeste, toutes proportions gardées, la même déférence à son égard. Mais, à sa grande surprise, il avait eu un grognement méprisant. « Qu'il vienne donc me poser la question quand il rentrera au port, et je lui répondrai que j'essayais de sauver votre réputation. Malta, vous devriez avoir honte ! Vous, une petite fille, vêtue comme la dernière des… enfin, passons. Mais oser vous montrer ainsi au bal des Moissons ! Je prie Sâ que personne ne vous ait reconnue. Et vous ne me ferez pas croire que votre mère ou votre grand-mère étaient au courant de l'existence de cette robe ou de votre venue au bal, alors qu'une jeune fille convenable porterait encore le deuil de son grand-père. »

Elle aurait pu trouver dix réponses à cette affirmation – et, de fait, une semaine plus tard, elle les avait toutes imaginées, ainsi que le ton sur lequel elle les aurait faites. Mais, sur le moment, rien ne lui était venu à l'esprit, et elle avait gardé le silence, bouillant d'une colère impuissante tandis que la voiture la ramenait chez elle en tanguant.

Quand ils étaient arrivés à destination, elle était passée en trombe devant Davad Restart afin de descendre et d'atteindre la porte de la maison avant lui ; malheureusement, un gland de sa robe s'était pris dans l'encadrement de la portière. Elle avait entendu un bruit de toile qui se déchire et s'était retournée avec une exclamation de désespoir, mais le mal était fait : le gland et un empan de soie vert pastel pendaient au chambranle de la voiture. Davad y avait jeté un coup d'œil, puis avait claqué la portière sur le bout de tissu et dépassé Malta à grandes enjambées pour aller sonner violemment la cloche d'entrée.

C'est Nounou qui avait répondu. Pourquoi avait-il fallu que ce soit elle ? Elle avait posé un œil revêche sur Davad, puis derrière lui sur Malta, qui lui avait rendu son regard d'un air hautain. L'espace d'un instant, Nounou avait eu l'air de quelqu'un qu'on vient d'insulter, puis elle avait eu un hoquet d'horreur et s'était mise à hurler : « Malta ! Non, ce n'est pas vous, ce n'est pas vrai ! Mais qu'avez-vous fait ? Qu'avez-vous fait ? »

Ses cris avaient attiré toute la maisonnée. La mère de Malta était apparue la première, et elle avait mitraillé Davad de questions auxquelles il était incapable de répondre ; puis sa grand-mère, en chemise de nuit et en robe de chambre, les cheveux relevés et tenus par un foulard de nuit, était arrivée pour reprocher à sa fille de susciter un tel remue-ménage à cette heure de la nuit. A la vue de Malta, elle avait subitement blêmi, puis elle avait congédié tous les domestiques, sauf Nounou qu'elle avait envoyée préparer de la tisane. Elle avait saisi fermement Malta par le poignet et l'avait emmenée dans l'ancien bureau de grand-père, puis elle avait attendu que Davad et Keffria les eussent rejoints et que la porte fût fermée pour se tourner vers elle.

« Explique-toi », avait-elle ordonné.

Malta s'était redressée. « Je souhaitais me rendre au bal des Moissons. Papa avait dit que je pouvais y aller, et aussi porter une robe de soirée, comme il sied à une jeune femme. Je n'ai rien fait de répréhensible. » Elle était d'une dignité irréprochable.

Sa grand-mère avait plissé ses lèvres pâles, puis elle avait déclaré d'un ton glacial : « Alors, tu es aussi bête que tu en as l'air. » Elle s'était ensuite détournée de Malta, se désintéressant complètement d'elle. « Ah, Davad, comment pourrai-je jamais vous remercier de l'avoir ramenée discrètement? J'espère que vous n'avez pas mis votre propre réputation en péril en sauvant la nôtre! Beaucoup de gens l'ont-ils vue dans cet état?»

Le Marchand Restart avait eu l'air nettement mal à l'aise. «Pas trop, du moins je le souhaite: Cerwin Trell et sa petite sœur, quelques-uns de ses amis. Je forme le vœu qu'il n'y ait eu personne d'autre.» Il s'était interrompu, comme s'il se demandait s'il devait mentir ou non. «Les Vintagli sont arrivés pour représenter le désert des Pluies pendant qu'elle était là, mais je ne crois qu'ils l'aient vue. Pour une fois, ma corpulence aura peut-être été utile.» Il s'était passé la main sur le ventre d'un air mi-figue mi-raisin. «Je l'ai cachée derrière moi, puis je l'ai fourrée dans ma voiture dès qu'ils ont tourné le dos. Mon valet m'accompagnait, naturellement.» A contrecœur, il avait ajouté: «D'autres familles de Marchands allaient et venaient, mais je pense avoir évité qu'on nous remarque trop.» Une expression troublée était apparue sur ses traits et il avait demandé d'un ton hésitant: «Vous n'étiez au courant de rien, je suppose?

– A mon grand soulagement ainsi qu'à ma grande honte, je dois avouer que j'ignorais tout de cette affaire», avait répondu Ronica, la mine sévère. Elle avait braqué un regard accusateur sur la mère de Malta. «Keffria, savais-tu ce que manigançait ta fille?» Puis, sans même attendre de réponse, elle avait poursuivi: «Et, si ce n'était pas le cas, comment se fait-il que tu l'aies ignoré?»

Malta s'était attendue à ce que sa mère éclate en larmes; elle pleurait toujours dans ces cas-là. Mais non: Keffria s'en était prise à elle. «Comment as-tu pu me faire ça? avait-elle demandé. Et pourquoi? Oh, Malta, pourquoi?» Un chagrin effrayant perçait dans sa voix. «Ne t'avais-je pas dit qu'il te suffisait d'attendre? Que, le moment venu, tu aurais droit à une présentation dans les formes? Mais qu'est-ce qui t'est donc passé par la tête pour... pour faire ça?» Sa mère avait l'air anéantie.

Un instant, Malta s'était sentie ébranlée. «Je voulais aller au bal des Moissons, je te l'avais dit. Je t'ai suppliée je ne sais combien de fois de m'autoriser à m'y rendre, mais tu ne m'as pas écoutée, même après que papa m'a donné la permission en me promettant de me laisser porter une vraie robe.» Elle s'était interrompue en attendant que sa mère reconnaisse avoir souscrit à cette promesse, mais Keffria s'était contentée de la dévisager d'un air atterré. Alors Malta s'était mise à crier: « Eh bien, si tu es aussi étonnée, ne t'en prends qu'à toi-même! Je n'ai fait que suivre la promesse de papa! »

L'expression de sa mère s'était subtilement durcie. « Si tu savais l'envie que j'ai de te gifler, tu me parlerais sur un autre ton, ma fille. »

Jamais sa mère ne s'était adressée à elle ainsi. « Ma fille », avait-elle dit, comme à une domestique! « Eh bien, qu'est-ce que tu attends? avait jeté Malta, furieuse. De toute manière, ma sortie est fichue! Alors, vas-y, frappe-moi devant tout le monde, ce sera le clou de la soirée! » Elle avait soudain pris la mesure du drame: tous ses projets étaient à l'eau! Elle en suffoquait.

Davad Restart avait l'air atterré. « Je dois m'en aller, avait-il dit en se levant précipitamment.

– Oh, Davad, rasseyez-vous, avait répondu grand-mère d'un ton las. La tisane arrive; nous vous devons au moins cela pour le secours que vous nous avez porté ce soir. Ne vous laissez pas démonter par les talents de tragédienne de ma petite-fille. La battre nous ferait peut-être à tous le plus grand bien, mais nous n'avons jamais eu recours à ce genre d'expédient – jusqu'ici. » Elle avait adressé un sourire triste au Marchand Restart et avait même pris la main du petit homme bedonnant pour le ramener à son fauteuil, où il s'était rassis comme elle le lui demandait. Malta en avait eu la nausée. Ne se rendaient-elles pas compte du personnage répugnant que c'était, avec sa figure et son crâne déplumé tout luisants de sueur et ses vêtements démodés qui ne lui allaient plus? Pourquoi le remerciaient-elles donc de l'avoir humiliée?

A cet instant, Nounou était entrée avec la tisane et des tasses sur un plateau; une bouteille de vin cuit était coincée sous son bras et une serviette drapée sur le même bras. Elle avait déposé plateau et bouteille sur la table, puis avait tendu la serviette à Malta. Le tissu était humide. « Nettoyez-vous le visage », lui avait ordonné la vieille domestique d'un ton brusque. Les adultes avaient tous regardé Malta, puis détourné les yeux; ils lui accordaient un semblant d'intimité pour obéir, et Malta leur en avait été reconnaissante. Puis, tout à coup, elle avait pris conscience de ce qu'ils étaient en train de faire: ils la sommaient de s'essuyer la figure comme un enfant malpropre!

« Non! » avait-elle alors crié en jetant la serviette par terre.

Un long silence s'en était suivi, et puis sa grand-mère lui avait demandé sur le ton de la conversation : « Tu rends-tu compte que tu as l'air d'une prostituée ?

– Ce n'est pas vrai ! » avait protesté Malta. Le doute l'avait à nouveau saisie, mais elle l'avait promptement chassé de son esprit. « Cerwin Trell n'avait pas l'air de me trouver repoussante, tout à l'heure ! Ma robe et mon maquillage sont à la dernière mode de Jamaillia !

– Chez les putains, peut-être, avait répondu grand-mère, implacable. Et je n'ai pas dit que tu étais repoussante. Simplement, tu n'es pas séduisante à la façon dont une femme convenable peut l'être. »

Davad Restart, mal à l'aise, avait essayé de placer un mot. « A la vérité... »

Grand-mère avait poursuivi sans lui prêter attention : « Nous ne sommes pas à Jamaillia, et tu n'es pas une putain. Tu es la fille d'une respectable famille de Marchands, où l'on ne s'affiche pas en public à demi nue et le visage peinturluré ; apparemment, ce point t'avait échappé.

– Alors, je voudrais être une putain de Jamaillia ! avait déclaré Malta avec chaleur. Tout plutôt que de continuer à étouffer ici ! Tout plutôt que d'être obligée de m'habiller et de me conduire comme une petite fille alors que je suis une femme presque faite, obligée de toujours me taire, me montrer polie, rester... rester invisible ! Je ne veux pas de cet avenir, je ne veux pas devenir comme toi et maman ! Je veux être... être belle, je veux qu'on me remarque, je veux m'amuser, je veux que les hommes aient envie de m'approcher, qu'ils m'envoient des fleurs et des cadeaux ! Je n'en peux plus de m'habiller à la mode de l'année passée, de rester calme et posée en toute circonstance ! Je veux...

– A la vérité, avait répété Davad d'un ton gêné, une telle, euh... mode existe en effet à Jamaillia, depuis l'année dernière. Une des, euh... Compagnes du Gouverneur est apparue ainsi parée, euh... déguisée en, euh... femme des rues. Ce n'était pas lors d'une cérémonie publique, mais au cours d'une réunion très considérable néanmoins. Elle voulait proclamer par là sa... disons sa dévotion absolue au Gouverneur et à ses désirs ; elle se déclarait prête à, euh... être considérée et traitée comme sa... eh bien... » Davad prit une profonde inspiration. « C'est là un sujet que je n'aborderais jamais avec aucune d'entre vous en d'autres circonstances, précisa-t-il avec embarras, mais les faits se sont produits, et on en a vu, disons, l'écho dans la mode durant le mois suivant; le maquillage des oreilles, les volants, euh... dégrafables des jupes... » Il avait rougi violemment et s'était tu.

Grand-mère avait secoué la tête avec colère. « Voilà donc où en est arrivé notre Gouverneur ! Il rompt les serments de son grand-père et de son père et réduit les Compagnes de son Cœur au rôle de prostituées consacrées à l'assouvissement de ses appétits charnels ! Il fut un temps où c'était une fierté pour une famille d'avoir une de ses filles nommée Compagne, car c'était une fonction qui exigeait de la sagesse et de la diplomatie. A quoi servent ces femmes, aujourd'hui ? De harem au Gouverneur ? Cela me dégoûte ! Et je refuse que ma petite-fille se pare comme elles, si populaire que soit cette mode !

– Tu veux que je devienne une rombière mal fagotée comme maman et toi ! s'était exclamée Malta. Tu veux que je sois vieille sans même avoir eu le temps d'être jeune ! Eh bien, non ! Ce n'est pas ce que je veux, moi !

– Jamais je ne me suis adressée ainsi à ma mère ! avait fait soudain Keffria. Et je ne tolérerai pas que tu emploies ce ton avec ta grand-mère ! Si...

– Si tu avais haussé la voix devant elle, tu aurais peut-être vécu ! l'avait interrompue Malta. Mais non ! Je parie que tu lui as toujours obéi docilement, sans jamais répondre ! Comme une vache de concours : montrée une année, mariée la suivante, comme une belle vache bien grasse vendue aux enchères ! Une saison pour danser et s'amuser, et puis on te marie pour donner des enfants au premier qui offre la plus grosse somme à tes parents ! » Elle avait promené son regard sur ses auditeurs choqués. « Ce n'est pas ça que je veux, maman. Je veux vivre pour moi-même ; je veux porter de jolies toilettes, voir des endroits merveilleux. Je ne veux pas épouser un gentil petit Marchand que tu auras choisi à ma place. Je veux aller à Jamaillia un jour, je veux aller à la cour du Gouverneur, et pas comme une femme mariée qui traîne derrière elle un chapelet de gosses. Je veux être libre. Je veux...

– Tu veux notre ruine », avait dit grand-mère d'une voix posée. Tout en servant la tisane à gestes calmes et efficaces, elle avait accablé Malta. « Tu veux, répètes-tu, sans accorder la moindre pensée à ce dont nous avons besoin. » Elle avait levé les yeux de sur la bouilloire pour demander : « Tisane ou vin cuit, Davad ?

– Tisane, avait-il répondu, soulagé de changer de sujet. Mais je ne pourrai pas rester longtemps : je dois retourner à la soirée au moins pour la présentation des Offrandes ; vous le savez, je n'ai personne à qui déléguer ma présentation. Et la Marchande Vintagli paraissait désireuse de me parler. On ne vous attendra pas, naturellement, cette année, à cause de votre deuil... » Il avait laissé sa phrase en suspens, embarrassé.

« Tisane ? Très bien », avait fait grand-mère, rompant élégamment le silence gêné. Son regard s'était porté vers la vieille domestique. « Nounou, je m'en veux de vous demander cela, mais pourriez-vous mettre Malta au lit ? Veillez à ce qu'elle se nettoie bien le visage d'abord. Je regrette de vous imposer cette tâche...

– Je vous en prie, maîtresse. C'est ma fonction. »

Et Nounou avait fait son devoir. Grande et implacable comme à l'époque où Malta était enfant, elle avait pris la jeune fille par le poignet et l'avait entraînée dans sa chambre. Malta n'avait pas protesté, non par esprit d'obéissance mais afin de préserver sa propre dignité. Elle n'avait pas résisté quand Nounou l'avait déshabillée, et elle s'était plongée de son plein gré dans le bain fumant que la vieille servante avait fait préparer à son intention ; de fait, elle n'avait pas dit un mot à l'impérieuse bonne d'enfants, pas même pour interrompre son ennuyeux monologue sur la honte qu'elle aurait dû ressentir.

Car Malta n'éprouvait aucune honte, et leur tentative d'intimidation n'avait pas eu prise sur elle : quand son père rentrerait, ils auraient tous à répondre de la façon dont ils l'avaient traitée. Pour l'instant, elle se contenterait de cette perspective.

Et aussi du frémissement que le regard de Cerwin Trell avait suscité en elle. Elle revit les yeux du jeune homme posés sur elle et la même sensation l'envahit. Au moins, Cerwin savait, lui, qu'elle n'était plus une petite fille.

7

TÉMOIGNAGE

« Cela fait-il mal ?

– Tu es capable d'éprouver la douleur ?

– Pas comme les humains, non, mais je comprends le sentiment que vous devez...

– Alors pourquoi me poser la question ? Ce que je répondrais resterait lettre morte pour toi. »

Un long silence suivit ces paroles. Vivacia croisa ses bras lisses sur sa poitrine et braqua le regard droit devant elle, en luttant contre la marée de chagrin et de désespoir qu'elle sentait monter en elle. La situation ne s'arrangeait pas entre Hiémain et elle ; chaque jour qui passait depuis leur départ de Cresson voyait grandir la rancœur du jeune garçon contre elle, et les moments agréables qu'ils auraient pu connaître ensemble n'étaient que de longues heures de torture.

Le vent qui soufflait du Nord les poussait vers des climats plus chauds. Le temps était clément, mais tout le reste allait mal : l'équipage était brouillé avec Hiémain et, par conséquent, avec Vivacia ; en écoutant les conversations, elle avait reconstitué les événements qui s'étaient déroulés à terre, et, à sa façon limitée, elle en avait saisi la portée. Hiémain, elle l'avait lu en lui, pensait toujours que sa décision avait été la bonne, et les mémoires dont elle était dépositaire lui disaient que son grand-père aurait été d'accord avec lui ; mais le fait de savoir que l'équipage le considérait comme un lâche et que son père partageait apparemment cette opinion suffisait à le rendre profondément malheureux, et il n'en fallait pas plus pour qu'elle-même se sente tout aussi misérable.

Pourtant, malgré sa détresse, il n'avait pas baissé les bras, ce qui, selon Vivacia, forçait le respect pour l'esprit qui l'habitait. Repoussé par ses camarades de bord, contraint à une existence qu'il ne pouvait aimer, il persistait néanmoins à travailler dur et à apprendre ; il obéissait aux ordres aussi promptement que les autres marins et s'efforçait d'effectuer chaque jour sa pleine part de corvées. Il était à présent aussi compétent que n'importe quel mousse et il était en passe de maîtriser toutes les tâches d'un matelot expérimenté. Utilisant son cerveau autant que ses muscles, il comparait la façon dont son père manœuvrait les voiles avec la manière de commander de son grand-père. Une partie de son ardeur provenait de sa formation, qui suscitait en lui le besoin constant de profiter de toutes les occasions d'apprendre ; privé de livres et de manuscrits, il s'imprégnait des leçons du vent et des vagues, et il acceptait les durs travaux du bord comme il acceptait naguère au monastère les basses corvées du verger : ces devoirs faisaient partie intégrante de l'existence du matelot et du moine, il fallait les accomplir, et les accomplir bien. Mais, Vivacia le savait, il y avait un autre motif à sa volonté d'apprendre à fond le métier de marin : par ses actes, il s'efforçait de montrer à l'équipage qu'il ne craignait pas de prendre des risques quand ils étaient nécessaires, et qu'il ne méprisait pas le travail du bord. C'était le sang Vestrit qui lui raidissait la nuque et lui permettait de garder la tête droite malgré le dédain de Torg et de ses compagnons. Il ne pouvait pas s'excuser de la décision qu'il avait prise à Cresson puisqu'il ne la voyait pas comme une erreur, mais cela ne l'empêchait pas de souffrir de la déconsidération de l'équipage.

Mais cela, c'était avant l'accident.

Il était assis sur le pont, sa main blessée posée sur ses genoux. Vivacia n'avait pas besoin de le regarder pour savoir que lui aussi contemplait l'horizon lointain. Les îlots devant lesquels ils passaient ne l'intéressaient pas. Par une journée pareille, Althéa aurait été appuyée au bastingage, les yeux avides : il avait plu la veille, et les nombreux ruisseaux des îlets, grossis, roulaient comme des torrents ; certains sinuaient sur des terrains faiblement pentus ; d'autres, sur des îles plus escarpées, formaient des cascades d'argent, et tous déversaient de l'eau douce qui formait une couche moins dense sur les flots salés et changeait la couleur de la mer sous l'étrave du navire. Ces îles grouillaient d'oiseaux, espèces marines, littorales ou habitantes des hautes falaises, et tous participaient au chœur général. C'était l'hiver, mais, dans ces îles, c'était un hiver de pluie et de luxuriance végétale. Plus à l'Ouest, les Rivages Maudits se perdaient dans leur manteau de brouillard, habituel en cette saison. Les eaux fumantes des nombreuses rivières issues de cette côte adoucissaient le climat de la région et environnaient de brume les Iles des Pirates, où les chutes de neige restaient inconnues grâce à la tiédeur du Passage Intérieur qui tenait toujours l'hiver en respect. Pourtant, malgré la verdure attirante de ces îles, Hiémain n'avait de pensée que pour un port plus lointain, dans le Sud, et pour le monastère qui ne s'en trouvait qu'à un jour de marche. Peut-être aurait-il supporté plus facilement sa situation s'il avait eu le moindre espoir d'y faire escale ; mais il n'en était pas question : son père n'était pas assez stupide pour lui offrir la plus petite occasion de s'esquiver. Le voyage les mènerait dans bien des ports, mais Moelle n'en faisait pas partie.

Comme si le jeune garçon percevait les réflexions de Vivacia aussi clairement qu'Althéa naguère, il posa brusquement le front sur ses genoux pliés. Il ne se mit pas à pleurer : il était au-delà des larmes, et il en avait assez, à juste titre, des moqueries cruelles de Torg à la moindre manifestation de faiblesse ; Vivacia et lui se voyaient donc refuser même cet exutoire au désespoir qui grandissait en lui et menaçait de l'anéantir. Au bout d'un moment, il poussa un grand soupir et ouvrit les yeux. Il regarda sa main aux doigts recourbés posée sur ses genoux.

L'accident avait eu lieu trois jours plus tôt. C'était une mésaventure stupide, comme on s'en rendait presque toujours compte rétrospectivement, et très courante à bord d'un navire : quelqu'un avait lâché un cordage alors que Hiémain ne s'y attendait pas. Vivacia ne pensait pas qu'il s'agissait d'un acte volontaire ; l'équipage ne pouvait pas lui en vouloir à ce point ! Non, ce n'était qu'un accident. Le cordage de chanvre avait entraîné la main de Hiémain dans la gorge d'une poulie. Avec une profonde colère, Vivacia se rappelait les paroles de Torg au jeune garçon roulé en boule sur le pont, sa main sanglante serrée contre sa poitrine : « Ça t'apprendra à faire attention, espèce de sale petit trouillard ! T'as de la chance de n'avoir qu'un doigt d'écrasé et pas toute la main ! Allez, debout et remets-toi au boulot ! Personne viendra te moucher le nez ni t'essuyer les yeux ! » Et il s'était éloigné pendant que Clément, muet de remords, était venu pour panser la blessure de Hiémain avec son mouchoir presque propre et la bander pour maintenir le doigt attaché à la main – Clément, qui avait laissé filer le cordage que tenait Hiémain ; Clément, qui portait toujours un pansement autour de la poitrine en attendant que ses côtes se ressoudent.

« Je regrette », dit à voix basse Hiémain à Vivacia. Le silence durait depuis un long moment. « Je ne devrais pas te parler sur ce ton ; tu fais preuve de plus de compréhension envers moi que quiconque à bord... en tout cas, tu essayes de comprendre ce que je ressens. Ce n'est pas ta faute si je suis aussi malheureux ; c'est seulement que je voudrais être ailleurs. Je sais que, si tu étais un autre genre de navire, mon père ne m'obligerait pas à rester ici ; c'est donc toi que j'en rends responsable, alors que tu es ce que tu es et que tu ne peux rien y changer.

– Je sais », répondit Vivacia d'un ton sans énergie. Elle ignorait ce qui était le pire : qu'il lui parle ou qu'il se taise. Il passait une heure avec elle le matin et l'après-midi sur ordre de son père. Pourquoi Kyle le forçait-il à cette proximité avec elle ? Espérait-il qu'un lien allait naître par miracle entre eux ? Non, il n'était sûrement pas stupide à ce point-là ! Du moins, pas au point de croire qu'il pouvait contraindre le jeune garçon à aimer la vivenef. Elle, de son côté, ne pouvait que se sentir unie à lui. Elle se remémora cette nuit qui paraissait si lointaine aujourd'hui, cette nuit de plein été où il était resté à bord avec elle pour la première fois ; ils s'étaient si bien entendus ! Si seulement cette relation avait pu grandir naturellement... Mais ses regrets étaient vains, tout comme ses pensées quand elle les tournait vers Althéa. Comme elle aurait aimé qu'elle fût là ! Son absence lui pesait, et bien plus encore sa disparition et les questions constantes qu'elle se posait sur ce qu'elle était devenue. Vivacia soupira.

« Ne sois pas triste », lui dit Hiémain ; et puis il prit conscience de la stupidité de son conseil et il soupira lui-même. « C'est sans doute aussi dur pour toi que pour moi », dit-il.

Une foule excessive de réponses se pressa dans l'esprit de Vivacia, et elle préféra n'en choisir aucune. L'eau se fendait en murmurant sous sa proue et la brise régulière la poussait en avant. L'homme de barre pilotait avec compétence, ce qui n'avait rien d'étonnant : c'était un des anciens du capitaine Vestrit et il servait à bord depuis près de vingt ans. La soirée était agréable, à faire ainsi voile au Sud en sentant la mer se réchauffer peu à peu ; par contraste, la détresse de Vivacia n'en était que plus douloureuse.

Au cours des jours écoulés, Hiémain lui avait tenu des propos nés de la colère, de la frustration et de la peine, des propos qu'une partie d'elle-même jugeait avec objectivité : c'était contre son sort qu'il se répandait en reproches, pas contre elle. Pourtant, elle n'arrivait pas à les oublier, et ils la fouaillaient comme des harpons chaque fois qu'elle se laissait aller à se les rappeler. La veille au matin, à la suite d'un quart de nuit particulièrement pénible, il l'avait invectivée, lui affirmant que Sâ n'avait rien à voir avec ce qu'elle était, qu'elle ne participait pas de sa force divine et ne possédait qu'un simulacre de vie et d'esprit créé par les hommes afin de servir leur soif de gain. Ce discours l'avait choquée, horrifiée, mais elle avait été encore bien plus bouleversée quand Kyle, surgissant derrière le jeune garçon, l'avait jeté sur le pont d'un coup de poing, furieux de l'entendre ainsi injurier la vivenef ; après cela, même les hommes les plus bienveillants parmi l'équipage avaient dénigré Hiémain, soutenant qu'il allait leur porter malheur par ses discours funestes. Kyle n'avait pas eu l'air de se rendre compte que Vivacia ressentirait le coup qu'il avait donné à Hiémain aussi douloureusement que l'enfant lui-même, et il n'avait pas davantage songé que ce n'était peut-être pas le meilleur moyen d'encourager son fils à tisser des liens affectifs avec elle. Non, Kyle avait envoyé le jeune garçon dans la cale exécuter les corvées qu'il détestait le plus, et Vivacia était restée seule à ruminer les propos venimeux de Hiémain en se demandant si, tout compte fait, ils ne reflétaient pas la réalité.

Il l'obligeait à penser. Il la poussait à songer à des choses auxquelles aucun autre Vestrit n'avait jamais accordé la moindre attention sur ses ponts. Il consacrait apparemment la moitié de son temps à réfléchir à la façon dont sa vie s'articulait avec l'existence d'autrui. Elle avait entendu parler de Sâ car tous les Vestrit précédents le révéraient eux aussi, mais d'une manière superficielle ; aucun d'entre eux n'avait médité sur la présence du divin ni cherché à voir son reflet dans la vie de tous les jours ;

aucun d'entre eux n'avait cru aussi fermement qu'il existait un honneur et une bonté inhérents à chaque homme, ni nourri l'idée que chacun avait une destinée particulière à accomplir, que chaque vie correctement vécue comblait dans le monde un besoin correspondant qu'elle seule pouvait combler. De ce fait, aucun d'entre eux n'avait connu de déception aussi cruelle que Hiémain dans ses relations quotidiennes avec ses semblables.

« Je crois qu'on va devoir m'amputer le doigt. » Il avait parlé à mi-voix, d'un ton hésitant, comme s'il craignait de donner de la substance à sa peur en l'énonçant tout haut.

Vivacia garda le silence. C'était la première fois depuis son accident qu'il prenait l'initiative d'une conversation. Elle comprit soudain la profonde angoisse qui se cachait derrière la dureté des mots qu'il avait eus pour elle. Elle décida d'écouter afin de lui permettre de partager avec elle ce qu'il parviendrait à exprimer.

« Il n'est pas seulement cassé ; je pense que l'articulation a été broyée. » Il employait des termes simples, mais la vivenef percevait la peur glacée qui se lovait en dessous d'eux. Il prit son souffle et affronta la réalité qu'il niait jusque-là. « Je le sais depuis que c'est arrivé, je crois ; pourtant j'espérais toujours... Mais je sens ma main qui enfle depuis ce matin, et j'ai une impression d'humidité à l'intérieur du pansement. » Il baissa encore la voix. « Quel imbécile je fais ! Je me suis occupé de blessures chez les autres, non comme guérisseur, bien sûr, mais je sais nettoyer une plaie et changer un bandage. Mais là, dans le cas de ma propre main... je n'ai pas eu le courage de l'examiner depuis hier soir. » Il se tut et Vivacia l'entendit avaler sa salive.

« N'est-ce pas étrange ? reprit-il d'une voix tendue et plus aiguë. J'étais là quand Sâ'Garit a amputé quelqu'un d'une jambe. Il fallait le faire, c'était évident pour tout le monde ; pourtant l'homme répétait : “Non, non, attendons encore un peu, ça va peut-être s'arranger”, alors que son état empirait d'heure en heure. Finalement, sa femme l'a convaincu de nous laisser faire le nécessaire. Je m'étais demandé alors pourquoi il avait tant tergiversé au lieu d'en terminer une bonne fois. Pourquoi s'accrocher à un morceau de chair et d'os pourrissant, simplement parce qu'il a constitué naguère une partie utile de son corps ? »

Sa voix mourut soudain, et il se replia de nouveau sur sa main. Alors, Vivacia perçut la pulsation de sa douleur, le battement qui répercutait le rythme de son cœur.

« Ai-je jamais regardé vraiment mes mains, pensé vraiment à elles ? Des mains de prêtre… on parle toujours des mains des prêtres. Toute ma vie, j'ai eu des mains parfaites. Dix doigts, tous en état de marche, habiles… Je créais des vitraux. Le savais-tu, Vivacia ? Je m'asseyais et je m'absorbais si profondément dans mon œuvre… que mes mains travaillaient de leur propre volonté, aurait-on dit. Et maintenant… »

Il se tut à nouveau. Vivacia prit le risque de parler. « Beaucoup de marins perdent des doigts ; des membres entiers parfois ; cela ne les empêche pas de…

– Je ne suis pas un marin. Je suis un prêtre. Je devais devenir prêtre ! Avant que mon père me condamne à ce sort ! Il me détruit. Il cherche à m'anéantir. Ses hommes et lui tournent ma foi en dérision, ils retournent mes idéaux contre moi quand je tente de m'y tenir ! Je ne peux pas résister contre lui, contre eux tous ! Ils sont en train de détruire…

– Cela n'empêche pas ces marins de rester ce qu'ils sont, amputés ou non, poursuivit Vivacia implacablement. Tu n'es pas un doigt, Hiémain, tu es un homme. Tu te coupes les cheveux, tu te tailles les ongles, et tu demeures quand même Hiémain, un homme. Et, si tu es un prêtre, tu le resteras, que tu aies dix ou neuf doigts. Si tu dois en perdre un, tu le perdras ; mais n'en tire pas prétexte pour renoncer à être ce que tu es. » Elle s'interrompit, savourant presque le silence stupéfait du garçon. « Je ne sais pas grand-chose de ton Sâ, Hiémain, mais je connais bien les Vestrit. Ce que tu dois être, tu le deviendras, que ce soit prêtre ou marin, alors reprends-toi et en avant ! Ne laisse pas les autres prendre en main ce que tu es. Façonne-toi toi-même ! Sois ce que tu es et, bon gré, mal gré, les autres finiront par l'accepter. Et si ta volonté est de te façonner à l'image de Sâ, fais-le, et sans pleurnicher.

– Vivenef… » Il avait prononcé le mot à mi-voix, mais on eût dit une bénédiction. Il plaça sa main valide à plat sur le vaigrage du navire, puis, après un instant d'hésitation, sa main blessée. Pour la première fois depuis le départ d'Althéa, Vivacia sentit l'un des siens tendre délibérément son esprit vers elle. Hiémain ne s'en rendait sans doute pas compte ; peut-être, la tête courbée, murmurant tout bas, croyait-il prier Sâ ; mais, quel que fût celui ou celle à qui il demandait sa force, ce fut la vivenef qui répondit.

« Hiémain, fit-elle doucement quand il eut fini de chuchoter, va voir ton père et dis-lui qu'il faut t'amputer. Exige que l'opération soit exécutée ici, près de moi – et demande-le en mon nom, si on refuse d'accéder à ton désir. »

Elle craignait qu'il hésite, mais non : il se leva d'un mouvement gracieux et, sans un mot, il se rendit aux quartiers du capitaine, à la porte desquels il frappa trois coups vifs de sa main valide.

« Entrez ! » fit Kyle.

Vivacia ne pouvait pas voir tout ce qui se passait à l'intérieur d'elle-même, mais elle en avait conscience d'une façon pour laquelle les humains ne lui avaient pas fourni de terme. Elle percevait le bruit de tonnerre que faisait le cœur de Hiémain, et capta aussi le petit sentiment de triomphe qu'il éprouva quand son père leva les yeux de ses factures et sursauta en le voyant devant lui, l'air digne.

« Qu'est-ce que tu fais ici ? demanda Kyle d'un ton brusque. Tu es le mousse du bord, rien de plus ! Ne viens pas pleurnicher dans ma cabine. »

Hiémain attendit que son père eût terminé sa réprimande, puis il dit d'un ton posé : « Il faut m'amputer de ce doigt. Il a été écrasé, et maintenant l'infection s'installe. Il est évident qu'il ne guérira pas. » Il reprit rapidement son souffle. « J'aimerais qu'on m'opère avant que toute la main soit atteinte. »

La voix de Kyle était voilée et son ton hésitant quand il répondit après un long silence : « Tu en es sûr ? C'est le second qui te l'a dit ? C'est lui qui s'occupe des questions médicales à bord.

– L'avis d'un médecin est inutile. Voyez vous-même. » Et, avec une désinvolture qu'il était loin de ressentir, Vivacia en était sûre, il se mit à défaire le pansement encroûté de sang. Son père émit un son étranglé. « Oui, ça ne sent pas bon, continua Hiémain du même ton détaché. Plus vite vous me le couperez, mieux ça vaudra. »

Kyle se leva et les pieds de son fauteuil raclèrent le bois du pont. « Je vais chercher le second. Assieds-toi, fiston.

– Je préférerais que vous vous en occupiez vous-même, capitaine, si vous n'y voyez pas d'inconvénient. Et sur le pont, près de la figure de proue. » Vivacia perçut presque le regard calculateur que Hiémain promena dans la cabine. « Ce n'est pas la peine de mettre du sang partout dans vos quartiers, ajouta-t-il comme s'il venait seulement d'y penser.

– Je ne peux pas… Je n'ai jamais…

– Je peux vous montrer où trancher, capitaine. C'est un peu comme découper une volaille pour la marmite : il suffit de trouver l'articulation. On m'a enseigné à le faire au monastère. Je m'étonnais parfois des points communs qui existent entre la cuisine et la médecine : les herbes, la connaissance de… la viande, les couteaux… »

Vivacia comprit que Hiémain lançait une sorte de défi à son père ; elle n'en saisissait pas complètement le sens, et se demandait si le garçon lui-même en avait pleinement conscience. Elle s'efforça d'en suivre la logique : si Kyle refusait d'amputer le doigt infecté de son fils, il perdait. Mais il perdait quoi ? Elle n'avait pas de certitude, mais il devait y avoir un rapport avec le fait de savoir qui dirigeait l'existence de Hiémain. Le jeune garçon essayait peut-être d'obliger son père à endosser la responsabilité de la vie qu'il lui avait imposée, de le forcer à ouvrir les yeux sur sa dureté. Il y avait aussi dans l'attitude de Hiémain l'écho du défi stupide qu'il avait refusé de relever à Cresson, où il aurait été physiquement en danger. Depuis, on le traitait de lâche et on le jugeait incapable d'affronter la douleur ; il allait montrer à tous que ce n'était pas la souffrance qu'il redoutait. Un frisson de fierté le traversa et se transmit à la vivenef. Il était vraiment très différent des autres Vestrit qu'elle avait transportés.

« Je vais appeler le second, déclara Kyle d'un ton ferme.

– Ce n'est pas lui qui doit m'opérer », répondit Hiémain à mi-voix.

Sans l'écouter, Kyle ouvrit la porte et cria : « GANTRI ! » Puis, se retournant vers son fils, il dit : « Je suis le capitaine de ce navire, et c'est moi qui décide qui doit faire quoi. C'est le second qui se charge de ce genre de soins, pas moi.

– J'aurais cru que mon père préférerait s'en occuper lui-même, rétorqua Hiémain. Mais je constate que vous n'en avez pas le courage. Très bien, j'attendrai le second sur le gaillard d'avant.

– Ce n'est pas une question de courage ! s'emporta Kyle, et, à cet instant, Vivacia entrevit la manœuvre de Hiémain : d'une affaire entre le mousse et le capitaine, il avait fait un affrontement entre père et fils.

– Alors venez assister à l'opération, père, pour me donner de la force. » Ce n'était pas une supplique, mais une simple prière. Il sortit de la cabine sans attendre que son père le congédie, ni même qu'il lui réponde. Comme il s'éloignait, il croisa Gantri qui répondait à l'appel et entendit Kyle lui ordonner sèchement d'aller chercher sa trousse de chirurgie et de se présenter sur le gaillard d'avant. Sans s'arrêter, Hiémain alla d'un pas mesuré au lieu de rendez-vous.

« Ils arrivent, murmura-t-il à Vivacia ; mon père et le second, pour me couper le doigt. J'espère que j'arriverai à ne pas crier.

– Tu as la volonté nécessaire, assura la vivenef. Pose ta main à plat sur mon pont pendant l'opération. Je serai avec toi. »

Le jeune garçon ne répondit pas. La brise légère qui gonflait les voiles de Vivacia apportait aussi à la nef l'odeur de la transpiration et de la peur de Hiémain. Il s'assit et retira les derniers bouts de pansement de sa main blessée. « Non, dit-il, et on sentait que son jugement était irrévocable. On ne peut pas le sauver ; mieux vaut m'en débarrasser avant qu'il infecte tout mon organisme. » La vivenef le sentit se séparer de son doigt, l'éliminer de la perception de son propre corps. Dans son esprit, l'amputation était déjà effective.

« Les voici, fit doucement Vivacia.

– Je sais. » Il eut un rire inquiet, glaçant à entendre. « Je les sens à travers toi. »

C'était la première fois qu'il reconnaissait le phénomène. Vivacia regretta qu'il ne l'eût pas fait à un autre moment, où ils auraient pu en parler en privé ou simplement être seuls pour explorer ce lien. Mais les deux hommes avaient atteint le gaillard d'avant, et, par réflexe, Hiémain s'était dressé d'un bond face à eux. Il tenait sa main blessée dans le creux de l'autre, comme une offrande.

Kyle le désigna du menton. « Le mousse croit qu'il faut l'amputer du doigt. Qu'en pensez-vous ? »

Hiémain eut la sensation que son cœur cessait un instant de battre. Sans un mot, il tendit la main au second. Gantri la regarda et un rictus de dégoût lui découvrit les dents. « Il a raison. » Il s'était adressé au capitaine, non à Hiémain. Il saisit fermement le poignet droit du garçon et le retourna pour examiner la blessure sous tous les angles, puis il émit un grognement écœuré. « J'aurai deux mots à dire à Torg. Il aurait dû me faire voir cette blessure beaucoup plus tôt. Même si on l'ampute maintenant, le petit va devoir se reposer un jour ou deux : j'ai l'impression que l'infection a gagné le reste de la main.

– Torg connaît son affaire, répondit Kyle. On ne peut pas tout prévoir. »

Gantri soutint le regard de son capitaine et, d'un ton posé, il observa : « Mais Torg a un côté vicieux, qui ressort d'autant plus qu'il croit tenir à sa merci quelqu'un de supérieur à lui. C'est pour ça que Brashen est parti ; c'était un bon matelot, sauf quand Torg le tourmentait. Lorsque Torg choisit un souffre-douleur, il ne sait jamais quand il doit s'arrêter. » Gantri poursuivit avec circonspection : « Je ne fais pas de favoritisme, ne vous inquiétez pas. Je me fiche du nom de ce gosse, capitaine ; pour moi, c'est un membre d'équipage comme les autres, et un navire marche mieux quand tout l'équipage est en état de travailler. » Il s'interrompit, puis répéta : « J'aurai deux mots à dire à Torg. » Cette fois, Kyle ne réagit pas. Gantri se tourna vers Hiémain.

« Tu es prêt. » Ce n'était pas vraiment une question, plutôt l'affirmation que le jeune garçon avait reconnu la nécessité d'intervenir.

« Oui. » La voix de Hiémain était à présent basse et grave. Il mit un genou en terre, comme s'il jurait obéissance à quelqu'un, et posa sa main blessée à plat sur le pont de Vivacia. Elle ferma les yeux et se concentra sur le contact, sur les doigts écartés qui appuyaient sur le planchéiage du gaillard d'avant ; elle était heureuse qu'il fût en bois-sorcier : il était extrêmement rare qu'on employât un matériau aussi onéreux pour cette partie d'une vivenef, et aujourd'hui Vivacia comptait veiller à ce que cette dépense supplémentaire trouve toute son utilité. Elle ajouta sa volonté à celle de Hiémain pour l'empêcher de déplacer sa main.

Le second s'était accroupi à côté de lui et déroulait une trousse de chirurgie en tissu. Les scalpels et les sondes étaient rangés dans des poches, tandis que les aiguilles étaient piquées dans la toile même, certaines déjà pourvues d'un mince filament en boyau de poisson. Comme la trousse achevait de s'ouvrir, les scies apparurent, à voie large ou étroite. Hiémain avala sa salive. Gantri disposa la charpie et les bandages de lin à côté des instruments.

« Il va te falloir de l'eau-de-vie », dit l'homme avec rudesse. Vivacia perçut au fond de lui un tremblement et se réjouit de constater qu'il ne restait pas complètement insensible à la scène.

« Non », répondit Hiémain à mi-voix.

Vivacia prit le risque de le contredire : « Tu en auras peut-être besoin, après. »

Il ne protesta pas.

« Je vais en chercher, fit Kyle d'un ton âpre.

– Non. » Vivacia et Hiémain avaient parlé en même temps. « Je souhaite que vous restiez », continua la vivenef. C'était son droit ; mais, au cas où Kyle ne l'aurait pas su, elle expliqua : « Quand vous entaillez la chair de Hiémain, je saigne. C'est une façon de parler », ajouta-t-elle. Elle maîtrisa sa propre inquiétude avant de poursuivre : « J'ai le droit d'exiger que vous soyez présent, à mes côtés, quand il se produit un événement aussi dérangeant sur mon pont.

– On pourrait descendre le mousse dans la cale, proposa Kyle, bourru.

– Non, répéta-t-elle. Si cette mutilation doit avoir lieu, je souhaite qu'elle se passe ici, où je peux en être témoin. » Elle ne vit pas l'intérêt de lui faire remarquer qu'elle aurait conscience de l'opération où qu'on la pratique, du moment que ce serait à son bord. S'il connaissait si mal sa nature, qu'il continue à croupir dans son ignorance. « Envoyez un de ceux-là. »

Kyle suivit son regard, se retourna et faillit sursauter : la rumeur de l'opération à venir s'était vite répandue et tous les hommes qui n'étaient pas occupés avaient trouvé un prétexte pour s'approcher du gaillard d'avant. Blême, Clément donna l'impression d'être sur le point de s'évanouir quand Kyle le désigna du doigt. « Toi, va chercher l'eau-de-vie et un verre. Vite ! »

Le jeune garçon obéit avec empressement, ses talons nus claquant sur le pont. Les autres marins ne firent pas un geste, et Kyle ne leur prêta pas la moindre attention.

Hiémain prit une profonde inspiration et, sans manifester qu'il eût remarqué l'attroupement, il s'adressa au second en montrant du doigt sa main droite blessée : « Il y a un interstice, là, dans l'articulation… c'est là qu'il faut couper. Vous devrez y insérer… la pointe d'un scalpel… et trancher à tâtons, si je puis dire. Si vous palpez votre propre articulation, vous sentirez le point dont je parle ; de cette façon, vous ne laisserez pas d'esquille… Ensuite, je vous demanderai de rabattre la peau sur le… l'espace libéré, puis de la suturer. » Il s'éclaircit la gorge et parla sans détour. « Mieux vaut être prudent que trop pressé. Je préfère une coupure propre à un coup de tranchoir. »

Entre chaque phrase, Hiémain avait repris son souffle pour calmer sa peur. Sa voix ne tremblait qu'imperceptiblement, de même que le doigt qu'il pointait sur l'index de sa main droite – l'index qui, s'il avait pu le conserver, aurait peut-être porté un jour son anneau votif de prêtre. *Sâ, dans ta miséricorde, empêche-moi de crier. Empêche-moi de m'évanouir et de détourner le regard. Si je dois en passer par là, que ce soit avec dignité.*

Le courant des pensées du jeune garçon était si puissant que Vivacia se retrouva liée à lui. Il prit une dernière inspiration, profonde et apaisante, tandis que Gantri choisissait un scalpel et le lui montrait; c'était un bon instrument, brillant, propre et affûté. Hiémain hocha lentement la tête. Derrière lui, il entendit le bruit des pas de Clément qui revenait en annonçant: «Voilà l'eau-de-vie, cap'taine»; mais les mots semblaient venir de très loin, aussi ténus et dépourvus de sens que les cris des oiseaux de mer. Vivacia s'aperçut que quelque chose se passait en Hiémain: à chacune de ses inspirations, les muscles de son corps se relâchaient un peu plus; il s'amenuisait en lui-même, ses pensées se figeaient peu à peu, comme s'il était en train de mourir. Il va perdre connaissance, se dit la vivenef, et elle se sentit prise de compassion pour lui.

Ce qui se produisit ensuite lui fut incompréhensible: il se sépara de lui-même. Il n'avait pas quitté son corps, et pourtant, d'une manière étrange, il s'en était mis à part. Vivacia eut presque l'impression qu'il s'était uni à elle et regardait par ses yeux le mince garçon agenouillé sur le pont, immobile comme une statue. Sa queue de cheval s'était défaite et des mèches de cheveux dansaient sur son front, tandis que d'autres y restaient collées par la transpiration; mais ses yeux noirs étaient calmes et sa bouche détendue alors que le scalpel étincelant descendait vers sa main.

Quelque part naquit une grande douleur, mais Hiémain et Vivacia continuèrent à observer le second qui forçait sur la lame pour l'enfoncer dans la chair du jeune garçon. Du sang jaillit, rouge vif. *Il est sain*, songea Hiémain quelque part. *Un beau rouge profond: la couleur est bonne.* Mais il ne prononça pas un mot, et le bruit que fit le second en avalant sa salive fut presque aussi audible que la respiration hachée de Kyle devant le spectacle du scalpel s'introduisant dans l'articulation. Gantri travaillait bien; la pointe effilée de l'instrument s'insinua dans le ligament de la phalange et Hiémain sentit physiquement le son qu'elle fit en le tranchant. Ce fut une douleur blanche qui partit de son doigt et remonta, rapide et brûlante, le long de son bras jusqu'à son épine dorsale. Hiémain se donna un ordre farouche : *Ne t'en occupe pas !* Et, par un effort de volonté comme Vivacia n'en avait jamais vu, il obligea les muscles de son bras à demeurer détendus, sans tressaillir ni chercher à s'éloigner de la souffrance. Sa seule concession au terrible élancement fut de saisir son poignet droit de la main gauche et de serrer, comme s'il pouvait ainsi empêcher la sensation de se propager. Le sang coulait à profusion entre son pouce et son majeur, tiède sur le pont de Vivacia ; le bois-sorcier l'absorba et la vivenef savoura son goût de sel et de cuivre, et l'impression d'intimité qu'elle en retira.

Fidèle aux souhaits de Hiémain, le second trancha le reste du cartilage qui céda avec un petit bruit de craquement, puis il coupa soigneusement le dernier bout de peau. Le doigt gisait désormais sur le pont, séparé de son corps, simple morceau de viande. Avec précaution, Hiémain le ramassa et le mit de côté, puis, entre le pouce et l'index de sa main gauche, il referma la peau par-dessus la plaie laissée par l'amputation.

« Suturez, maintenant, dit-il calmement au second tandis que le sang ruisselait entre ses doigts. Pas trop serré : juste assez pour tenir la peau fermée sans que le fil la déchire. Employez votre aiguille la plus petite et votre boyau le plus fin. »

Le père de Hiémain toussota, puis se détourna. Il se dirigea d'un pas raide vers le bastingage où il se perdit dans la contemplation des îles, comme si elles exerçaient soudain une profonde fascination sur lui. Le jeune garçon parut ne s'apercevoir de rien, mais Gantri jeta un coup d'œil à son capitaine ; puis il pinça les lèvres, avala bruyamment sa salive et prit une aiguille. Hiémain tint lui-même sa propre peau tandis que le second la cousait, puis nouait les fils ; ensuite, le jeune garçon prit appui sur le pont de sa main gauche couverte de sang cependant que Gantri fixait un pansement à la place de l'index manquant. Pas un instant il n'eut le moindre mot ni le moindre geste indiquant qu'il ressentait la plus petite douleur. On aurait pu le croire occupé à ravauder de la toile, se dit Vivacia. Et pourtant, non : quelque part, il était conscient de la souffrance. Son corps la sentait, car la sueur avait ruisselé le long de son dos et sa chemise trempée lui collait à la peau. Il éprouvait de la douleur quelque part, mais son esprit s'en était détaché ; ce n'était plus qu'un signal insistant de son organisme lui signalant une anomalie, comme la soif ou la faim, un signal qu'on pouvait négliger quand il le fallait.

Ah, je vois ! Ce n'était pas tout à fait exact, mais elle réagissait à ce qu'elle partageait avec lui. Une fois le pansement terminé, Hiémain se redressa, toujours accroupi, sans chercher à se mettre debout : inutile de tenter le sort. Il avait fait trop de chemin pour tout gâcher en s'évanouissant maintenant. Il accepta le gobelet d'eau-de-vie que Clément lui servit, les mains tremblantes, et l'avala, non d'un trait, mais en trois longues gorgées, comme on boit de l'eau quand on a très soif. Le gobelet était maculé d'empreintes sanglantes quand il le rendit à Clément.

Hiémain promena son regard sur ce qui l'entourait et, lentement, ramena sa conscience dans son corps. Il serra les dents pour résister à la vague blanche de souffrance qui montait de sa main. Des points noirs dansèrent un instant devant ses yeux, et il les chassa en battant des paupières, puis en se concentrant sur les deux traces de main sanglantes qu'il avait laissées sur le pont de la *Vivacia*. Le sang avait imprégné profondément le bois-sorcier, et il comprit, comme la vivenef, qu'aucun ponçage ne ferait jamais disparaître ces marques. Sans hâte, il leva les yeux et regarda autour de lui. Gantri essuyait le scalpel sur un bout de chiffon ; il rendit son regard au jeune garçon, les sourcils froncés mais un petit sourire aux lèvres, et il lui adressa un hochement de tête imperceptible. Clément, toujours livide, écarquillait les yeux. Kyle, debout près du bastingage, contemplait l'horizon.

« Je ne suis pas un lâche. » Hiémain n'avait pas parlé fort, mais sa voix portait. Son père se retourna lentement. « Je ne suis pas un lâche, répéta le garçon en haussant le ton. Je ne suis pas grand, je ne prétends pas être fort, mais je ne suis pas non plus un faible ni un lâche. Je peux supporter la douleur – quand c'est nécessaire. »

Une lueur étrange s'était allumée dans les yeux de Kyle, et les prémisses d'un sourire flottaient aux coins de sa bouche. « Tu es un Havre », fit-il avec un orgueil sobre.

Hiémain soutint son regard. Sa réponse fut claire, bien qu'on n'y sentît ni provocation ni volonté de blesser. « Je suis un Vestrit. » Il baissa les yeux sur les empreintes de main sanglantes et sur l'index coupé. « Vous avez fait de moi un Vestrit. » Il eut un sourire sans joie ni moquerie. « Qu'a dit ma grand-mère ? "C'est le sang qui parle." En effet. » Il se baissa et ramassa son propre doigt. Il l'examina soigneusement un moment, puis le tendit à son père. « Cet index ne portera jamais l'anneau de prêtre », dit-il. A l'entendre, on aurait pu le croire ivre, mais Vivacia savait, elle, que c'était le chagrin qui lui brisait la voix. « Le voulez-vous, capitaine ? Comme symbole de votre victoire ? »

Le visage clair de Kyle fonça sous l'effet de la fureur, et Vivacia songea qu'en cet instant il était tout près de haïr sa propre chair et son propre sang. Hiémain s'approcha de lui d'un pas léger, les yeux brillants d'une lumière très étrange. Vivacia tenta de comprendre ce qui se passait : elle sentait un changement chez lui, une force qui s'ouvrait et l'emplissait. Il plongea le regard dans celui de son père, et c'est sans colère ni même affliction qu'il alla se placer hardiment là où le capitaine pouvait le frapper – ou le serrer contre son cœur.

Mais Kyle Havre ne fit pas un geste. Par son immobilité, il refusait tout ce qu'était le jeune garçon, tout ce qu'il faisait, et Hiémain comprit alors que jamais il ne plairait à son père, que Kyle n'avait jamais désiré être fier de lui, mais seulement se montrer plus fort que lui. Et il savait désormais qu'il n'y parviendrait pas.

« Non, capitaine ? Ah, tant pis. » Et, avec une désinvolture qui ne pouvait pas être feinte, Hiémain se rendit à la proue du navire. Pendant un moment, il examina ostensiblement le doigt qu'il tenait, l'ongle cassé, sali par le travail, la chair écrasée, l'os broyé. Puis il jeta l'index par-dessus bord comme si ce n'était rien, comme s'il ne lui avait jamais appartenu, et resta là, non pas appuyé au bastingage, mais debout, bien droit, à côté de Vivacia, les yeux braqués vers un horizon lointain, un avenir qu'on lui avait promis et dont bien davantage que les jours ou la distance le séparaient à présent. Il vacillait imperceptiblement. Nul ne bougeait ni ne parlait. Même le capitaine se taisait, les yeux vrillés sur son fils comme s'ils pouvaient le transpercer. Les muscles de son cou saillaient comme des cordes.

Ce fut Gantri qui rompit le silence. « Clément, emmène-le sous le pont et conduis-le à son cadre. Jette un coup d'œil sur lui à chaque heure, et viens me chercher s'il a de la fièvre ou s'il délire. » Il enroula sa trousse et l'agrafa, puis il ouvrit un coffre et fouilla parmi les fioles et les paquets qu'il renfermait. Sans même lever les yeux, il ajouta d'une voix égale : « Les autres, trouvez de quoi faire, sans quoi c'est moi qui vais vous donner du boulot. »

Il n'eut pas besoin de répéter la menace deux fois : les hommes se dispersèrent aussitôt. L'ordre qu'il avait donné était simple et entrait dans ses attributions de second, mais il n'avait échappé à personne que Gantri, sans avoir l'air de rien, s'était interposé entre le capitaine et son fils. Il s'y était pris avec autant de diplomatie que pour n'importe quel autre homme qui aurait trop brutalement attiré l'attention de son commandant. Ce n'était pas la première fois que cela se produisait : le second avait adopté assez souvent cette attitude lors des débuts de Kyle en tant que capitaine de la *Vivacia* ; mais jamais encore il ne s'était immiscé entre le maître du navire et son fils. Il manifestait par là qu'il acceptait Hiémain comme un membre à part entière de l'équipage et plus seulement comme l'enfant gâté du capitaine, enrôlé pour lui enseigner la discipline.

Clément attendit en se faisant le plus petit possible ; au bout d'un moment, le capitaine Havre s'écarta sans un mot du bastingage et se dirigea vers l'arrière à grandes enjambées. Le jeune marin le regarda s'éloigner, puis détourna brusquement les yeux, comme humilié de voir son commandant battre en retraite dans ses quartiers.

« Hé, Clément, reprit soudain Gantri comme si de rien n'était, aide Hiémain à déménager son barda et ses affaires de couchage dans le poste d'équipage. Il dormira avec les autres. Une fois qu'il sera installé, donne-lui de ceci : pas plus d'une cuillerée, et rapporte-moi le flacon tout de suite après. C'est du laudanum, ajouta-t-il en haussant la voix à l'intention de Hiémain. Je veux qu'il dorme. Ça accélérera sa guérison. » Il remit la grosse fiole marron à Clément, puis se redressa en coinçant son nécessaire médical sous son bras, et, sans un mot de plus, il s'en alla.

« Oui, lieutenant », fit Clément. Timidement, il s'approcha de Hiémain. Comme l'autre ne faisait pas mine de le remarquer, il rassembla son courage et tira sur sa manche. « Tu as entendu le second, lui dit-il d'un ton embarrassé.

– J'aimerais mieux rester ici. » Hiémain avait pris une voix rêveuse, et Vivacia comprit : tôt ou tard, il fallait payer la douleur. Sur le moment, il avait empêché son corps d'y réagir, mais le prix en était à présent un complet épuisement.

« Je m'en doute, répondit Clément presque avec bienveillance, mais c'est un ordre. »

Hiémain poussa un profond soupir et se tourna vers lui. « Je sais. » Et, avec la docilité qu'induit la fatigue, il suivit l'autre garçon sous le pont.

Peu après, Vivacia s'aperçut que Gantri s'était mis à la barre. En général, il faisait cela quand il était troublé et souhaitait avoir le temps de réfléchir. La vivenef songea que ce n'était pas un mauvais second. Brashen était meilleur, mais il avait navigué sur elle plus longtemps. La main de Gantri sur le gouvernail était confiante et ferme, et Vivacia la sentait rassurante, sans méfiance envers elle.

Elle ouvrit sa propre main et y jeta un coup d'œil furtif. Le doigt gisait au creux de sa paume. Elle ne pensait pas que quiconque l'ait vue l'attraper au vol. Elle aurait été bien en peine d'expliquer son geste, sinon pour dire que ce bout de chair avait appartenu à Hiémain et qu'elle répugnait à perdre fût-ce un petit fragment de sa personne. L'index était ridiculement petit à côté de ses propres doigts, plus grands que nature ; c'était un bâtonnet d'os enrobé de chair et de peau, avec, à une extrémité, un ongle finement cannelé. Broyé, couvert de sang, sa délicatesse et ses détails n'en faisaient pas moins pour elle un objet de fascination. Elle le compara avec ses propres doigts et le reste de sa main : son sculpteur avait fait du bon travail et bien rendu les articulations, les ongles et même les tendons, mais on ne voyait pas de fin réseau de follicules sur la peau, pas de petits poils, pas d'empreinte en forme de spirale sur la pulpe des doigts. Elle n'avait, songea-t-elle avec regret, qu'une ressemblance superficielle avec une véritable créature de chair et de sang.

Elle contempla son trésor encore un moment, puis, après un coup d'œil discret vers l'arrière, elle le porta à ses lèvres. Elle ne pouvait pas le jeter à la mer ni le cacher sur elle ; elle le plaça donc dans sa bouche et l'avala. Au goût, elle retrouva l'odeur du sang répandu sur son pont : sel et cuivre, ainsi que, curieusement, une saveur marine. Le doigt faisait désormais partie d'elle, et elle se demanda ce qu'il allait devenir, tout au fond de son œsophage ; à cet instant, elle sentit le bois-sorcier absorber le doigt, de la même façon que les planches du pont s'étaient imprégnées du sang de Hiémain.

Elle n'avait jamais rien ingéré d'organique jusque-là, ne connaissant ni la faim ni la soif ; pourtant, en avalant la chair amputée de Hiémain, elle sentit qu'elle satisfaisait un besoin pour lequel elle ne connaissait pas de nom. « Nous ne sommes plus qu'un, désormais », murmura-t-elle pour elle-même.

Sur sa couchette du quartier d'équipage, Hiémain se tournait et se retournait. Le laudanum atténuait les élancements de sa main, mais ne les calmait pas complètement. Sa chair lui semblait brûlante et sèche, tendue sur les os de son visage et de son bras. «Ne faire qu'un avec Sâ», dit-il d'une petite voix fêlée. Le but suprême d'un prêtre. «Je ne ferai qu'un avec Sâ, fit-il d'un ton plus ferme. Tel est mon destin.»

Vivacia n'eut pas le cœur de le contredire.

*

La pluie tombait, cette pluie battante et sans rémission typique de l'hiver à Terrilville. Elle coulait sur ses boucles sculptées et dégoulinait de sa barbe sur sa poitrine nue. Parangon croisa les bras, puis secoua la tête, faisant voler de grosses gouttes en tous sens. Il faisait froid. Mais, il le savait, c'était une sensation surgie des souvenirs humains qu'il avait engrangés. *Le bois ne peut pas ressentir le froid*, se dit-il. *Je n'ai pas froid.* Non; ce n'était pas une question de température, seulement l'agaçante impression de l'eau qui dégoulinait sur lui. D'une main, il essuya son front ruisselant.

«Je croyais que vous m'aviez dit qu'il était mort», fit une voix rauque de contralto non loin de lui, le prenant par surprise. C'était encore un des inconvénients de la pluie: son crépitement lui emplissait les oreilles et assourdissait les autres bruits, plus importants, comme celui de pas sur le sable humide.

«Qui est là?» demanda-t-il d'un ton irrité. Mieux valait paraître en colère qu'inquiet aux yeux des humains: manifester de la peur excitait en général leur audace.

Il n'y eut pas de réponse. Il n'en attendait pas vraiment: le voyant aveugle, l'intruse allait sans doute le contourner discrètement et il ne saurait où elle se trouvait qu'à l'instant où une pierre le frapperait. Il tendit l'oreille pour capter le bruit de ses pas sournois, mais, quand une seconde voix s'éleva, elle était proche de l'emplacement de la première. Il reconnut aussitôt son accent jamaillien: c'était Mingslai.

«Je pensais qu'il l'était. Il n'a pas dit un mot ni fait un geste la dernière fois que je suis venu. Dav… enfin, mon intermédiaire m'avait assuré qu'il était toujours vivant mais j'en doutais. Eh bien, voici qui donne un nouveau tour à l'affaire.» Il s'éclaircit la gorge. «Je comprends maintenant pourquoi les Ludchance mettaient tant de mauvaise volonté à traiter. Je croyais faire une offre sur du bois mort, et elle était beaucoup trop basse. Il va falloir que je leur propose un marché plus alléchant.

– Je crois que j'ai changé d'avis», dit la femme à mi-voix. Parangon n'arrivait pas déterminer quelle émotion elle s'efforçait de contenir: le dégoût? la peur? Il n'en savait rien. «Je ne tiens pas à être mêlée à tout cela.

– Mais vous aviez l'air intéressée, tout à l'heure, objecta Mingslai. Ne faites pas la fine bouche. La figure de proue est vivante, et alors? Ça ne fait qu'augmenter nos possibilités.

– Le bois-sorcier m'intéresse, c'est vrai, reconnut-elle à contrecœur. On m'en a fourni un petit morceau à sculpter, un jour. Le client voulait que je lui donne la forme d'un oiseau; je lui ai répondu, comme je vous le dis aujourd'hui, que mon œuvre est fonction du bois qu'on me procure, pas de mes caprices ni de ceux du client. Il a insisté, mais quand j'ai pris le bout de bois, j'ai ressenti... de la méchanceté. S'il était possible d'imprégner du bois avec une émotion, je dirais que celui-là avait macéré dans de la pure malveillance. Je ne supportais pas de le toucher, encore moins de le sculpter. J'ai demandé au client de le reprendre.»

Mingslai eut un petit rire, comme si la femme venait de lui raconter une histoire drôle. «Je me suis aperçu, dit-il d'un ton condescendant, que le bruit charmant des pièces qu'on empile est le meilleur moyen d'apaiser la sensibilité exacerbée d'un artiste. Je suis sûr que nous trouverons un moyen de contourner vos réticences; et je vous promets que vous retireriez une somme fabuleuse de ce bateau. Songez à ce que votre travail vous rapporte déjà, alors que vous n'employez que des essences ordinaires. Si vous fabriquiez des perles en bois-sorcier, nous pourrions en demander... ce que nous voudrions. Et je pèse mes mots! Nous proposerions aux acheteurs des articles qu'on n'a jamais vus ailleurs. Nous formerions à nous deux un cercle unique sur ce marché, nous les étrangers qui aurions su voir ce à côté de quoi les gens du cru sont passés!

– Un cercle unique, à nous deux? Alors que nous n'arrivons même pas à nous comprendre!» Le ton de la femme ne laissait pas de place à la discussion, mais Mingslai parut ne pas y prêter attention.

«Regardez-moi ce bois! fit-il. Ce grain fin et régulier, cette teinte argentée ! Je n'ai pas repéré le moindre nœud sur les planches, pas le moindre ! On peut faire ce qu'on veut d'un bois pareil ! Même si nous détachons la figure de proue et que vous la restauriez pour la vendre à part, il restera suffisamment de bois-sorcier sur cette carcasse pour fonder une industrie, et pas seulement de perles et d'amulettes, comme aujourd'hui : il nous faut voir plus grand. Fauteuils, châlits, tables, magnifiquement sculptés ! Tenez, des berceaux ! Imaginez le succès : endormir son premier-né dans un berceau tout en bois-sorcier ! Ou bien (l'enthousiasme monta encore dans la voix de l'homme) vous pourriez sculpter un visage de femme sur la tête du berceau ; nous découvririons comment l'éveiller, puis nous lui apprendrions à chanter des berceuses, et nous aurions un berceau qui chanterait pour endormir les enfants !

– Rien que d'y penser, j'en ai le sang qui se glace, dit la femme.

– Vous avez donc peur de ce bois ?» Mingslai éclata d'un rire qui évoquait un aboiement. «Ne succombez pas aux superstitions de Terrilville !

– Ce n'est pas du bois que j'ai peur, rétorqua sèchement la femme, mais des gens comme vous. Vous foncez droit devant vous sans regarder où vous allez. Prenez donc le temps de réfléchir ! Les Marchands de Terrilville sont les négociants les plus astucieux que cette partie du monde ait jamais connus ; il doit bien y avoir une raison pour qu'ils ne fassent pas le commerce de ce bois. Vous l'avez vu de vos propres yeux : cette figure de proue est vivante, mais vous ne vous demandez pas comment ni pourquoi ! Tout ce qui vous vient à l'esprit, c'est de fabriquer des fauteuils et des tables du même matériau ! Et, par-dessus le marché, vous vous trouvez devant une créature vivante et vous parlez joyeusement de la débiter pour en faire des meubles ! »

Mingslai poussa un grognement incongru. «Nous n'avons aucune certitude qu'il s'agisse d'un être vivant, dit-il d'un ton patient. Soit, il a bougé et il a parlé, mais une seule fois. Les pantins s'agitent sur leur bout de bois, les marionnettes suspendues à leurs fils aussi, et les perroquets parlent. Faut-il leur accorder à tous le statut d'humain ? demanda-t-il avec amusement.

– Et vous voici prêt à user de n'importe quel argument, aussi stupide soit-il, pour obtenir ce que vous désirez de moi. Je me suis rendue à la muraille nord, là où s'amarrent les vivenefs, et je parie que vous en avez fait autant. Les navires que j'y ai vus sont manifestement vivants ; ce sont de vrais individus, Mingslai. Vous pouvez vous mentir, vous pouvez vous persuader de ce que vous voulez, mais n'espérez pas me voir accepter vos mauvais prétextes et vos demi-vérités comme excuses pour travailler avec vous. Non, j'ai été intéressée quand vous m'avez dit qu'il y avait ici une vivenef morte dont on pouvait récupérer le bois, mais c'était un mensonge. Je ne vois pas d'intérêt à rester plus longtemps en votre compagnie sous la pluie. Ce que vous proposez est mal, et je n'y prêterai pas la main. »

Parangon entendit la femme s'éloigner à grands pas et Mingslai lui crier : « Vous êtes une sotte ! Vous passez à côté d'une fortune plus grande que vous ne pouvez l'imaginer ! »

Les pas s'arrêtèrent. Parangon tendit l'oreille. Allait-elle rebrousser chemin ? Non : seule sa voix lui parvint, audible sans pourtant être forcée. « Vous faites la confusion entre ce qui est profitable et ce qui est bien. Moi pas. »

Puis elle repartit. Elle marchait comme un homme en colère. La pluie se mit à tomber encore plus dru ; l'impact des gouttes devait être douloureux sur la peau humaine. Parangon entendit Mingslai pousser un grognement mécontent.

« Ah, le tempérament artiste ! s'esclaffa-t-il. Elle va revenir. » Il se tut, puis reprit : « Vivenef ! Eh, vivenef ! Tu es vraiment vivante ? »

Parangon préféra ne pas répondre.

« Ce n'est pas très malin de faire la fière. Tu m'appartiendras un de ces jours ; ce n'est qu'une question de temps. Alors, il serait dans ton intérêt de me dire ce que je veux savoir. Es-tu une pièce rapportée de ce navire ou bien en fais-tu partie intégrante ? »

Parangon, le visage battu par la pluie, se tut.

« Est-ce que tu mourrais si je te détachais de ta coque ? demanda Mingslai d'une voix basse. Parce que c'est mon intention. »

Parangon ignorait la réponse à cette question ; aussi dit-il : « Pourquoi ne t'approches-tu pas pour essayer ? »

Peu après, il entendit l'homme s'en aller.

Il demeura là, sous les bourrasques de pluie, et cette fois, quand il entendit la voix de la femme, il ne fut pas surpris. Il tourna lentement la tête pour mieux percevoir ses paroles.

« Vivenef ! Vivenef, puis-je m'approcher ?

– Je m'appelle Parangon.

– Parangon, puis-je m'approcher ? »

Il réfléchit à la demande. « Ne veux-tu pas me dire ton nom ? » répondit-il enfin.

Il sentit une brève hésitation, puis la femme déclara : « Je m'appelle Ambre.

– Mais ce n'est pas ton nom.

– J'ai ai porté beaucoup, fit-elle au bout d'un moment. C'est celui qui me convient le mieux, ici et maintenant. »

Elle songea qu'elle aurait pu mentir au navire et lui affirmer que c'était bien son nom, mais elle n'en avait rien fait. Il tendit sa main ouverte dans la direction d'où venait la voix de la femme. « Ambre », dit-il. C'était une forme d'acceptation de sa présence, mais aussi un défi : il savait combien sa main paraissait énorme à côté de celle d'un humain. Une fois qu'il aurait refermé les doigts sur ceux d'Ambre, il pourrait lui arracher le bras d'une simple traction – s'il en décidait ainsi.

Il écouta sa respiration mêlée au bruit de la pluie qui grêlait le sable de la grève. Tout à coup, elle fit deux pas dans sa direction et posa sa main gantée dans la sienne. Ses doigts gigantesques emprisonnèrent ceux, minuscules, d'Ambre. « Parangon, dit-elle, le souffle court.

– Pourquoi es-tu revenue ? »

Elle eut un rire où perçait de la peur. « Comme l'a expliqué Mingslai, je m'intéresse à toi. » Il ne répondit pas et elle poursuivit : « J'ai toujours été plus curieuse qu'avisée ; cependant, ce que j'ai de sagesse, je l'ai acquis grâce à ma curiosité. Je n'ai donc jamais appris à me défaire de ce travers.

– Je comprends. Veux-tu me parler de toi ? Comme tu le vois, je suis aveugle.

– Je ne le vois que trop bien. » Il y avait de la compassion et du regret dans sa voix. « Mingslai t'a qualifié de laid, mais celui qui a sculpté ton front, ta mâchoire, tes lèvres et ton nez était un maître. J'aurais aimé contempler tes yeux. Quel infâme individu a bien pu détruire une telle œuvre d'art ? »

Les paroles d'Ambre émurent Parangon, mais le poussèrent aussi à se rappeler un épisode qu'il ne pouvait pas et ne voulait pas évoquer. D'un ton bourru, il répliqua : « Que de compliments ! Sont-ils destinés à me distraire du fait que tu n'as pas accédé à ma prière ? » Il lâcha la main de la femme.

« Non, pas du tout. Je m'appelle... Ambre. Je sculpte le bois ; j'en fais des bijoux, des perles, des garnitures pour les vêtements, des peignes et des bagues ; parfois de plus grandes pièces aussi, comme des saladiers ou des coupes, voire des fauteuils et des berceaux, mais c'est rare. Mon talent me porte apparemment à fabriquer des objets de petite taille. Puis-je toucher ton visage ? »

La question était venue si abruptement qu'il acquiesça avant d'avoir eu le temps de réfléchir. « Pourquoi ? » demanda-t-il un peu tardivement.

Il la sentit se rapprocher de lui. La faible chaleur de son corps fit écran au froid de la pluie, et ses doigts effleurèrent le bout de sa barbe. Le contact avait été très léger, mais il déclencha un frisson en lui. C'était une réaction trop humaine ; s'il en avait été capable, il se serait écarté.

« Je n'atteins pas ton visage. Peux-tu... aurais-tu la gentillesse de me hisser ? »

La confiance absolue dont elle faisait preuve fit oublier à Parangon qu'elle n'avait pas répondu à sa première question. « Je pourrais t'écraser dans ma paume, lui rappela-t-il.

– Mais tu n'en feras rien, fit-elle avec assurance. Je t'en prie. »

Le ton pressant de sa prière l'effraya. « Pourquoi crois-tu que je n'en ferais rien ? J'ai déjà tué, tu sais ! Des équipages entiers ! Tout Terrilville est au courant. Qui es-tu pour ne pas me redouter ? »

En guise de réponse, elle posa sa main nue et humide sur son bras et il sentit sa chaleur comme un éclair dans le grain de son bois, de même que la chaleur d'une main féminine sur la cuisse d'un homme peut enflammer le corps tout entier. Et il comprit soudain que la sensation se produisait dans les deux sens : il était dans sa chair autant qu'elle était dans son vaigrage. L'humanité d'Ambre chantait en lui et il baignait dans ses sens. La pluie avait trempé les cheveux et les vêtements de la femme et ils lui collaient au corps ; sa peau était froide, mais son organisme la réchauffait de l'intérieur. Parangon sentait l'air qui entrait dans ses poumons comme autrefois le vent dans ses voiles, le flot du sang dans ses veines presque comme l'eau de la mer qui passait en sifflant le long de sa coque.

« Tu es plus que du bois ! » s'exclama la femme. Parangon sentit la curiosité dans sa voix et il connut soudain la terreur de la trahison : elle était en lui, elle en voyait trop, en apprenait trop ; elle réveillait tout ce qu'il avait chassé de sa conscience. Il l'écarta de lui un peu trop vivement, et elle poussa un cri en atterrissant sur le sable humide de la grève. Il l'entendit reprendre son souffle en haletant tandis que la pluie continuait à tomber sur eux.

«Tu es blessée ?» demanda-t-il d'un ton bourru au bout d'un moment. Le calme revenait en lui.

«Non», répondit-elle à mi-voix. Puis, avant qu'il eût le temps de s'excuser, elle continua : «Je regrette. Je m'attendais malgré tout à ce que tu ne sois que... que du bois. J'ai un don pour le bois : quand je le touche, je le connais, je sais où son fil se tord, où le grain est fin ou grossier. Je pensais qu'en te touchant je sentirais à quoi ressemblaient tes yeux ; je croyais ne trouver que du bois. Je n'aurais pas dû me montrer aussi... Pardonne-moi, je t'en prie.

– Ce n'est pas grave, répondit-il d'un ton posé. Je ne voulais pas te repousser aussi brutalement. Je n'avais pas l'intention de te faire tomber.

– Non, c'était ma faute ; tu as eu raison de me repousser. Je... » Elle s'interrompit et, l'espace de quelques instants, on n'entendit plus que le crépitement de la pluie. Le ressac était plus fort : la marée avait tourné et la mer montait. «Pouvons-nous recommencer, s'il te plaît ? demanda-t-elle tout à coup.

– Si tu veux», répondit-il d'un ton embarrassé. Cette femme... il ne la comprenait pas du tout. Elle lui avait fait confiance si promptement, et voici qu'elle était déjà en train de transformer leur relation en amitié ! Il n'était pas habitué à ce genre de situations, surtout quand elles se produisaient aussi rapidement. Cela l'effrayait – mais l'idée qu'Ambre pût s'en aller pour ne jamais revenir l'effrayait plus encore. Il chercha en lui-même quelque bribe de confiance à lui offrir en échange. «Aimerais-tu entrer te mettre à l'abri de la pluie ? demanda-t-il. Je donne épouvantablement de la bande et il ne fait pas plus chaud à l'intérieur qu'au-dehors, mais au moins tu seras au sec.

– Oui, merci, répondit-elle à mi-voix. Ça me plairait. Ça me plairait beaucoup.»

HIVER

8
LES ENRÔLEURS

Il existait peu de mouillages dans le Passage Extérieur qui méritent le qualificatif de sûrs, mais Recoin en faisait partie. L'abri était difficile d'accès par marée descendante, mais, une fois qu'on y était parvenu, c'était un des rares emplacements de la région où les navires comme les matelots pouvaient se reposer sans crainte une nuit ou deux. La plupart des ports de l'Extérieur étaient régulièrement balayés par les tempêtes hivernales qui soufflaient de la mer Agitée et martelaient les côtes sans merci, parfois des semaines durant. Le capitaine avisé restait au large de la terre quand il faisait route au Sud, car plus son navire se rapprochait des hauts-fonds avancés, plus il avait de chances de se faire drosser et mettre en pièces sur les écueils. En conséquence, si les provisions d'eau n'avaient pas croupi au point que même les marins n'en voulaient plus pour boire, le *Moissonneur* n'aurait jamais pris le risque de se rendre à Recoin.

Mais il y avait fait halte, et l'équipage jouissait d'une soirée de liberté à terre avec des femmes, de la nourriture qui ne nageait pas dans la saumure et de l'eau que ne recouvrait pas une écume verdâtre. Les cales du *Moissonneur* étaient pleines de barils remplis de viande salée, de rouleaux de peaux et de cuves d'huile et de graisse. C'était une belle cargaison, durement gagnée, que l'équipage pouvait s'enorgueillir d'avoir amassée si rapidement, car le navire n'avait quitté son port d'attache de Chandelle que quinze mois plus tôt. Le voyage de retour se faisait beaucoup plus vite que celui d'aller ; les marins professionnels savaient avoir bien mérité les primes qui les attendaient au bout de la route, et chasseurs et dépeceurs avaient déjà fait leurs comptes pour calculer quelles seraient leurs parts respectives ; quant aux enrôlés de force, il leur suffisait de survivre jusqu'à la fin du trajet pour débarquer libres.

Athel, le mousse, s'était distingué en se voyant octroyer une prime de dépeçage en plus de son salaire normal ; du coup, il avait acquis une certaine popularité auprès de ceux qui s'adonnaient aux dés, mais l'enfant, farouche, avait décliné toutes les propositions d'échanger sa prime à venir contre un certificat nominatif ; à la surprise générale, il avait aussi refusé d'emménager chez les chasseurs et les dépeceurs et de devenir l'un d'eux, préférant rester simple membre d'équipage. Quand on le poussait dans ses retranchements, le jeune garçon se contentait de sourire en disant : « J'aime mieux être matelot ; un matelot, ça peut naviguer sur n'importe quel genre de navire, tandis que les chasseurs et les dépeceurs, ils sont obligés de monter au Nord au moins une fois l'an. Moi, c'est la première fois que j'y vais, et ça ne m'a pas beaucoup plu. »

C'était de toute façon la meilleure réponse qu'Althéa pouvait donner à l'offre qu'on lui avait faite. Les chasseurs et les dépeceurs étaient donc restés entre eux, à s'admirer de leur dureté au travail, tandis que les marins avaient approuvé le choix avisé du mousse. Brashen, lui, se demandait si Althéa avait vraiment tenu compte de ces éléments ou bien si elle avait simplement eu la main heureuse en prenant sa décision. Il l'observait à l'autre bout de la taverne ; elle était assise à l'extrémité d'un banc et tenait contre elle une chope de bière sombre, la même depuis son arrivée dans l'établissement. Elle répondait par des hochements de tête aux bavardages de sa tablée, éclatait de rire quand il le fallait et prenait l'air timide de façon convaincante quand les putains l'approchaient. Elle était enfin devenue un membre à part entière de l'équipage, se disait Brashen.

Ce fameux après-midi sur la plage où le massacre avait eu lieu l'avait changée. Elle s'était prouvé à elle-même qu'elle pouvait faire du bon travail quand la tâche n'exigeait ni de la force brute ni une trop grande taille. Tant qu'ils étaient restés mouillés là-bas, son premier devoir avait été le dépeçage, et, les jours passant, elle n'avait fait que gagner en rapidité ; cette confiance en elle retrouvée, elle l'avait conservée à bord, où elle s'était chargée des corvées pour lesquelles l'agilité et la vivacité comptaient davantage que la puissance. Elle devait encore forcer quand elle travaillait avec les hommes, mais cela ne les étonnait pas chez un enfant; le fait qu'il eût excellé dans un domaine leur laissait espérer qu'il finirait par se débrouiller dans les autres.

Brashen avala ses deux dernières gorgées de bière et leva sa chope pour qu'on la lui remplisse, tout en observant avec plaisir qu'Althéa avait assez de bon sens pour ne pas s'enivrer avec ses compagnons de bord. Il hocha la tête : il l'avait sous-estimée. Elle survivrait au voyage tant qu'elle s'en tiendrait à cette attitude. Il ne lui restait guère d'années pendant lesquelles se faire passer pour un garçon, mais, pour la présente campagne, elle y arriverait.

Une servante vint remplir sa chope. Il la remercia d'un signe de tête et fit glisser une pièce dans sa direction. La jeune fille lui fit une rapide révérence, puis se précipita vers la table voisine. Jolie brin de fille, se dit-il en s'étonnant que son père l'autorise à travailler dans la salle commune. A voir son allure, elle ne faisait manifestement pas partie des prostituées, mais tous les marins s'en apercevraient-ils ? Il la suivit des yeux à travers la pièce et constata que la plupart des matelots la traitaient avec respect. Un homme tenta d'agripper sa manche après qu'elle l'eut servi, mais elle lui échappa d'un mouvement leste. Arrivée près d'Athel, toutefois, elle s'arrêta et interrogea le mousse, un sourire aux lèvres. Althéa regarda ostensiblement au fond de sa chope, puis laissa la jeune fille la remplir. Le sourire que la servante avait adressé au soi-disant garçon était beaucoup plus avenant que ceux qu'elle réservait aux autres clients. Brashen se mit à rire sous cape : Althéa faisait un joli adolescent, et la timidité qu'elle affichait la rendait sans doute plus attirante que bien des hommes faits. Brashen se demanda si les signes d'embarras qu'elle montrait étaient entièrement feints.

Il posa sa chope sur le comptoir devant lui, puis ouvrit son manteau. Il avait trop chaud. Il sourit, envahi de bien-être. Il était au sec dans la salle tiède, le pont restait immobile sous ses pieds, et l'inquiétude, cette compagne constante du marin, pouvait s'apaiser un moment. Le temps qu'ils atteignent Chandelle avec leur cargaison, il aurait gagné assez d'argent pour souffler un peu. Naturellement, il ne ferait pas la bêtise de le claquer d'un coup ; non, cette fois, au moins, il suivrait le conseil du capitaine

Vestrit et en mettrait une partie de côté. Il avait même le choix, désormais : il pouvait sans doute rester à bord du *Moissonneur* aussi longtemps qu'il le voudrait, car le commandant désirait le garder dans son équipage, ou bien il pouvait retirer son certificat de bord à Chandelle et séjourner quelque temps dans la ville. Il finirait peut-être par trouver un autre navire un peu supérieur au *Moissonneur*, un peu plus propre et un peu plus rapide, comme un marchand qui naviguerait de port en port sous bonne voilure. Oui...

A l'intérieur de sa lèvre inférieure, il ressentit une brûlure dont il avait perdu l'habitude et il déplaça promptement la chique de cindine. Il fallait qu'elle fût aussi concentrée que l'avait promis le vendeur pour attaquer si vite la muqueuse. Il prit une gorgée de bière pour apaiser la sensation. Il y avait des années qu'il ne s'était pas laissé aller à prendre de la cindine ; le capitaine Vestrit se comportait en véritable tyran sur ce point : s'il soupçonnait le moins du monde un homme d'en faire usage, à terre ou à bord, il lui inspectait l'intérieur de la bouche et, au plus petit signe de brûlure, il débarquait le fautif au port suivant, sans un sou en poche. Brashen avait gagné la petite chique un peu plus tôt à une table de jeu, autre distraction qu'il ne s'était pas autorisée depuis un certain temps. Mais, crénom, il fallait savoir se détendre, et l'instant présent était aussi propice qu'un autre ! Il ne s'était pas montré téméraire, il n'avait rien parié qu'il ne pût se permettre de perdre. Il avait commencé par miser des dents d'ours de mer qu'il avait sculptées en forme de poisson et d'autres animaux pendant son temps libre, et, presque dès le début du jeu, il avait gagné régulièrement. Certes, il avait bien failli perdre son couteau de pont, ce qui aurait été un rude coup, mais la chance avait tourné et il avait raflé non seulement la chique de cindine mais encore assez d'argent pour se payer de la bière toute la soirée.

Il en éprouvait presque des scrupules : les gars dont il avait pris l'argent et la cindine étaient le second et le cambusier de la *Joyeuse*, un autre navire-abattoir ancré dans le port. Seulement, les cales de la *Joyeuse* étaient vides de toute cargaison et ses barils encore pleins de sel : son équipage était en route pour les territoires de chasse, et, aussi tard dans la saison, il allait avoir du mal à la remplir. Brash n'aurait pas été surpris si elle restait sur place jusqu'à la fin de la saison à courir d'ours de mer en petites baleines. Ça, c'était du travail dangereux et moche, et il était bien content de ne pas en être. Ses gains de ce soir étaient un signe, il en était sûr : sa chance revenait et son existence allait prendre un cours plus droit. Ah, bien sûr, la *Vivacia* lui manquait toujours, et le vieux capitaine Vestrit aussi, que Sâ le tienne au creux de ses bras, mais il allait se bâtir une nouvelle vie.

Il termina sa chope de bière, puis se frotta les yeux. Il devait être plus fatigué qu'il ne le croyait pour se sentir soudain aussi ensommeillé. D'ordinaire, la cindine lui donnait plutôt un coup de fouet ; c'était même la signature de cette drogue : on se sentait envahi d'un doux bien-être accompagné d'une forte envie de faire la fête. Mais, cette fois, il avait l'impression que son rêve le plus cher était de s'écrouler dans un lit tiède, moelleux et sec qui ne sentait ni la sueur, ni le moisi, ni l'huile, ni l'étoupe. Et sans punaises.

Il était si absorbé par l'élaboration de cette image paradisiaque qu'il sursauta en découvrant la servante devant lui. Avec un sourire espiègle, elle désigna sa chope du doigt. Elle avait raison : elle était à nouveau vide ; mais il la couvrit de sa main et secoua la tête d'un air de regret. « Désolé, je suis à court d'argent. Et tant mieux, finalement : je veux avoir l'esprit clair quand nous quitterons le port demain.

– Demain ? Avec un coup de tabac pareil ? » fit-elle d'un ton compatissant.

Il hocha la tête, partageant son avis. « Tempête ou non, il faut l'affronter. Le temps et la marée n'attendent personne, du moins c'est ce qu'on dit ; et plus vite nous nous en irons, plus vite nous serons à la maison.

– "A la maison", répéta-t-elle avec un nouveau sourire. Alors c'est moi qui régale : à un rapide voyage qui vous ramène tous à la maison, votre équipage et vous. »

Lentement, Brashen retira sa main et laissa la servante remplir sa chope. Ah oui, sa chance avait vraiment tourné !

« Vous êtes du même navire que ces hommes-là, n'est-ce pas ? demanda la jeune fille. Le *Moissonneur* ?

– C'est ça, oui », répondit-il. Il déplaça encore une fois la chique dans sa bouche.

« Alors, vous, vous êtes le second du *Moissonneur*.

– Pas exactement. Je ne suis que deuxième lieutenant.

– Ah ! donc, Brashen, c'est vous ? »

Il acquiesça sans pouvoir empêcher un sourire ravi d'apparaître sur ses lèvres. Qu'une femme connût son nom avant même qu'il se fût présenté, c'était plutôt flatteur.

« Il paraît que le *Moissonneur* a fait le plein de ses cales et qu'il rentre au port. L'équipage doit être bon, non ? » Elle haussait un seul sourcil quand elle posait une question.

« Assez, oui. » La conversation commençait à plaire à Brashen. Mais la servante trahit la véritable raison de sa générosité lorsqu'elle demanda :

« C'est votre mousse, là-bas, à l'autre bout de la salle ? Il ne boit pas beaucoup.

– En effet. Il ne parle pas beaucoup non plus.

– J'avais remarqué », fit-elle avec regret. Elle se tut un instant, puis s'enquit tout à coup : « C'est vrai, ce qu'on raconte sur lui ? Qu'il est capable de dépecer les ours de mer presque aussi vite qu'on les abat ? »

Elle trouvait donc Althéa, ou plutôt Athel, à son goût. Brashen sourit à part lui. « Non, c'est complètement faux, répondit-il d'un ton solennel. Athel est beaucoup plus rapide que les chasseurs. Ça nous a d'ailleurs posé un gros problème, parce qu'il commençait à dépecer les bêtes avant qu'on les ait tuées. Les chasseurs ont passé leur temps à courir après des ours tout nus qu'il avait déjà écorchés. »

Il prit une gorgée de bière. L'espace d'un instant, la servante le dévisagea, les yeux écarquillés. Puis elle le gourmanda : « Vous vous fichez de moi ! » fit-elle en éclatant de rire, et elle lui donna une bourrade enjouée. Détendu comme il l'était, Brashen dut se rattraper au comptoir pour éviter de tomber. « Oh, pardon ! s'exclama la jeune fille en l'agrippant par la manche pour l'aider à se redresser.

– Ce n'est pas grave. Je suis plus fatigué que je ne le croyais, c'est tout.

– Vraiment ? » demanda-t-elle doucement. Elle attendit que le regard de Brashen croise le sien. Elle avait les yeux bleus, plus profonds que la mer. « Il y a une chambre à l'arrière, avec un lit. C'est la mienne. Vous pouvez vous y reposer un moment, si vous avez envie de vous allonger. »

Avant qu'il pût avoir une certitude sur ce qu'elle sous-entendait, elle baissa les yeux et s'éloigna. Il reprit sa chope et, à l'instant où il buvait une gorgée, la servante ajouta par-dessus son épaule : « Prévenez-moi si vous avez envie. » Elle s'immobilisa un moment, la tête tournée vers lui, un sourcil levé d'un air interrogateur – ou bien aguichant ?

Quand la chance tourne, c'est comme quand la marée devient favorable : il faut en profiter tant que ça dure. Brashen termina sa chope et se leva. « Ça me plairait », dit-il à mi-voix, et c'était vrai ; que la jeune fille fût comprise dans la proposition ou non, l'idée de coucher dans un vrai lit était plus que tentante. Qu'avait-il à y perdre ? Il déplaça de nouveau la cindine dans sa bouche. Tout allait vraiment très bien.

*

« Encore une tournée, déclara Reller, et ensuite on ferait bien de retourner au navire.

– Ne nous attends pas, rétorqua un matelot avec un petit rire. Vas-y, Reller ; on te rejoindra après. » Et sa tête commença à tomber sur ses bras croisés.

Reller tendit la main en travers de la table et secoua l'homme. « Pas de ça, Jord ! Ne t'endors pas ici ! Une fois qu'on sera revenus au navire, tu pourras t'écrouler sur le pont et ronfler comme un porc autant que tu voudras ; mais pas ici ! »

Le ton qu'il avait employé réveilla l'attention de Jord. Il leva des yeux troubles. « Pourquoi ? »

Reller se pencha vers lui. « Un gars de la *Sterne* m'a prévenu. Tu sais, la *Joyeuse*, qui est amarrée près de nous ? Eh bien, l'équipage a attrapé la nausée rouge, et sept hommes y sont restés. Il y a trois jours que le commandant se balade en ville en essayant de recruter de nouveaux hommes, mais il n'y arrive pas. Il paraît qu'il est prêt à tout : il faut qu'ils aillent sur les territoires de chasse, et, chaque jour qu'ils passent ici, c'est une semaine en plus qu'ils devront rester là-bas. Digit, de la *Sterne*, m'a dit que notre équipage ferait bien de pas se séparer et de dormir à bord ce soir. Un de leurs chasseurs a disparu depuis deux jours, et tu te doutes de ce qui a pu lui arriver. Alors, si on rentre au navire, on y rentre tous ensemble, à moins que t'aies envie de te réveiller sur la *Joyeuse*, en train de cingler vers le Nord.

– Des enrôleurs de force ? fit Jord avec une sorte d'horreur dans la voix. Qui travaillent ici, à Recoin ?

– Tu connais un meilleur endroit ? rétorqua Reller d'un ton grave. Si un homme ne regagne pas son navire à temps, personne n'a envie de rester amarré ici pour le rechercher. C'est pas difficile de se planquer dans une ruelle et de choisir quelques mathurins d'un navire qui rentre à son port d'attache ; quand les pauvres couillons se réveillent, ils sont revenus sur les territoires de chasse. Crois-moi, ici, c'est pas une ville où il fait bon se promener tout seul quand on est marin. »

Jord se leva brusquement. « J'en ai ras le bonnet de ces eaux du Nord ; pas question que je coure le risque d'y retourner ! Allez, les gars, on rembarque ! »

Reller balaya la salle du regard. « Hé, où est passé Brash ? Il était pas assis là-bas ?

– Il est parti avec une fille, je crois. » C'était Althéa qui avait répondu ; elle s'aperçut du ton désapprobateur qu'elle avait pris et vit ses compagnons se tourner vers elle, l'air étonné. « Cette fille, je pensais que c'était moi qu'elle regardait », ajouta-t-elle d'une voix lugubre. Elle saisit sa chope, en but une gorgée, puis la reposa. « Allons-y ; la bière d'ici, on dirait de la pisse, de toute façon.

– Ah, parce que tu sais quel goût ça a, la pisse ? fit Jord d'un ton moqueur.

– Pas la peine. Ce que je sais, c'est que cette lavasse a la même odeur que ta couchette, Jord.

– Allons, bon, on a un renifleur de couchettes à bord, les gars ! » répondit Jord en éclatant d'un rire d'ivrogne. Les autres l'imitèrent et Althéa secoua la tête. A terre ou sur mer, l'humour et les traits d'esprit ne changeaient pas ; pourtant, elle était pressée de retourner au navire : plus vite ils quitteraient ce trou perdu, plus vite ils atteindraient Chandelle. Elle s'écarta de la table, et Jord se pencha en avant pour examiner le contenu de sa chope. « Tu la termines pas ? demanda-t-il.

– Fais comme chez toi », répondit Althéa en se détournant pour sortir de la taverne à la suite des autres. Du coin de l'œil, elle vit Jord vider la chope d'une lampée, puis faire la grimace. « Pouah ! T'as dû avoir le fond du tonneau ! » Il s'essuya la bouche de sa manche et emboîta le pas au groupe.

A l'extérieur, la tempête faisait rage. Distraite par la fatigue, Althéa se demanda s'il n'en était pas toujours ainsi dans ce port loin de tout. Elle plissa les yeux pour affronter le vent qui chassait la pluie et faisait flotter ses vêtements et ses cheveux, et, en deux pas, elle oublia qu'elle avait été au chaud et au sec. Elle reprenait son existence de mousse.

Elle n'entendit pas le patron de la taverne l'appeler ; c'est seulement quand Reller se retourna et qu'elle suivit son regard qu'elle vit l'homme à la porte de son établissement. « C'est toi, Athel ? » cria-t-il dans le rugissement de la tempête.

Reller secoua la tête et désigna Althéa.

« Brashen te demande ! Il a bu un coup de trop ! Viens l'aider à sortir d'ici !

– Merveilleux ! » fit Althéa d'un ton caustique, tout en se demandant pourquoi Brashen l'avait choisie. Reller lui fit signe de retourner à la taverne.

« Retrouve-nous au navire ! » cria-t-il pour se faire entendre dans le vent, et Althéa hocha la tête. Elle repartit d'un pas fatigué, peu réjouie à l'idée d'affronter la tempête avec Brashen appuyé sur elle de tout son poids ; mais enfin, c'était le genre de corvée qui incombait à un mousse. S'il vomissait en arrivant sur le pont, ce serait aussi à elle de nettoyer derrière lui.

En grommelant, elle monta les marches et entra dans l'établissement. Le patron lui indiqua une porte au fond de la taverne. « Il est là, dit-il d'un air mécontent. Il s'est presque évanoui sur une des filles.

– Je vais l'emmener », promit Althéa, et, dégoulinante de pluie, elle se faufila entre les clients attablés jusqu'à la porte qu'elle ouvrit. Elle se trouva devant une chambre mal éclairée où elle distingua un lit, ainsi que la servante, le corsage défait. A l'entrée d'Althéa, la fille, penchée sur Brashen, leva les yeux et eut un sourire d'impuissance. « Je ne sais pas quoi faire, dit-elle sans cesser de sourire. Vous voulez bien m'aider ? »

Si Althéa avait été un vrai garçon, elle aurait peut-être été distraite par la poitrine dénudée de la servante et serait entrée sans réfléchir davantage ; elle n'aurait sans doute pas contemplé Brashen comme elle le fit, en songeant qu'il n'avait pas l'air évanoui mais évoquait plutôt un homme qui s'est fait assommer et qu'on a étendu sur un lit. Durant cet instant de réflexion, elle perçut du coin de l'œil un mouvement sur sa gauche ; elle recula et le coup tomba, non sur le sommet de son crâne, mais sur le côté, puis le gourdin poursuivit sa course et s'abattit sur son épaule, lui engourdissant le bras jusqu'au bout des doigts. Elle poussa un cri et, sous le choc, elle rentra dans la chambre en trébuchant, tandis que l'homme qui l'avait frappée claquait la porte derrière elle.

La servante faisait partie du complot. Althéa le comprit aussitôt, et, aiguillonnée par la souffrance, elle lui envoya son poing gauche en plein visage, aussi fort qu'elle le put. L'impact ne fut pas très violent, mais la fille parut en ressentir autant de douleur que de surprise ; elle poussa un cri et, les mains sur la figure, elle recula en chancelant alors qu'Althéa se retournait rapidement vers l'homme près de l'entrée. « Espèce de petit salaud ! » fit-il d'une voix sifflante, et il lui décocha un coup de poing. Althéa se baissa pour l'éviter, puis bondit vers la porte qu'elle réussit à entrouvrir. « Des enrôleurs ! » hurla-t-elle à pleins poumons, puis un éclair blanc la jeta par terre.

★

Elle entendit d'abord des voix. « Un de la *Sterne*, celui qu'ils cherchent partout. Il était ligoté dans la cave à bière. Un autre du *Carlil*, et ces deux-ci, du *Moissonneur*. A part ça, on dirait qu'il y en a quelques autres derrière la maison, recouverts de terre. On a dû les frapper trop fort. Sale façon de crever, pour un marin. »

Une seconde voix répondit d'un ton fataliste : « Ouais, c'est vrai, mais on n'arrête pas d'en trouver. »

Althéa ouvrit les yeux et vit des tables et des bancs renversés. Sa joue baignait dans une flaque de liquide ; elle souhaita qu'il ne s'agît que de bière. Des jambes bottées passaient devant elle, assez près pour l'écraser. Elle leva la tête et vit des hommes vêtus d'épaisses culottes de cuir pour se protéger du froid. Prenant appui sur le sol, elle se souleva, et, à sa seconde tentative, elle réussit à s'asseoir. Le mouvement fit danser la pièce devant ses yeux.

« Hé, le gamin revient à lui ! fit une voix. Pourquoi t'as frappé la fille à Pag, petit poivrot ?

– C'était l'appât. Elle fait partie de la combine », répondit Althéa en articulant soigneusement. C'était pourtant évident, non ?

« Peut-être bien que oui, peut-être bien que non, dit l'homme d'un ton avisé. Tu peux te mettre debout ?

– Je crois. » S'agrippant à une chaise retournée, elle se leva tant bien que mal. La tête lui tournait et elle avait envie de vomir. Elle se palpa prudemment l'arrière du crâne, puis examina ses doigts rouges de sang. « Je saigne, dit-elle, mais cela ne parut guère intéresser ceux qui l'entouraient.

– Ton copain est encore dans la chambre, lui annonça l'homme aux bottes. Tu ferais bien de l'embarquer et de le ramener à ton navire. Pag est dans une rogne noire que tu aies tapé sur sa fille. On t'a jamais appris à te tenir avec les dames ?

– Pag trempe dans la combine, lui aussi, si ça se passe dans sa chambre et dans sa cave, fit Althéa d'un ton morne.

– Pag ? Ça fait dix ans que je le vois tenir cette taverne ! A ta place, j'éviterais de raconter n'importe quoi. C'est ta faute si toute la salle est sens dessus dessous. On ne veut plus de toi ici. »

Althéa ferma étroitement les paupières, puis les rouvrit. Le plancher s'était apparemment calmé. « Je vois, dit-elle à l'homme. Je vais aller chercher Brashen. » Manifestement, les enrôleurs tenaient la ville et la dirigeaient à leur guise. Elle avait eu de la chance que la taverne eût été pleine de matelots qui ne portaient pas cette engeance dans leur cœur : les deux hommes ne paraissaient guère se soucier de la façon dont Pag gagnait son argent. Elle s'interrogea : si un groupe de marins en colère ne se tenait pas en cet instant même près de la cheminée, Brashen et elle auraient-ils la possibilité de s'en aller librement ? Mieux valait filer tant qu'ils en avaient le loisir.

Elle se dirigea d'un pas chancelant vers la porte du fond et jeta un coup d'œil dans la chambre. Brashen était assis sur le lit, les épaules voûtées, le visage dans les mains. « Brash ? fit-elle d'une voix croassante.

– Althéa ? » répondit-il, l'esprit visiblement embrumé. Il se tourna dans sa direction.

« Je m'appelle Athel ! rétorqua-t-elle d'un ton revêche. Je commence à en avoir marre qu'on se moque de mon prénom ! » Elle s'approcha de lui et le tira en vain par le bras. « Allez, venez ! Il faut retourner au navire !

– Je ne me sens pas bien. Quelque chose dans ma bière », gémit-il. Il se toucha l'arrière du crâne. « Et je me suis fait assommer, en plus, je crois.

– Moi aussi. » Althéa se pencha vers lui et baissa la voix. « Mais il faut nous en aller d'ici tant que c'est encore possible. Les hommes dans la salle d'à côté n'ont pas l'air trop regardants sur la façon dont Pag gagne son argent. Plus vite nous nous en irons, mieux ça vaudra. »

Malgré son état d'hébétude, il comprit rapidement ce qu'elle voulait dire. « Laisse-moi m'appuyer sur ton épaule », ordonna-t-il à voix haute, et il se redressa en titubant. Althéa lui prit le bras et se le passa autour du cou, mais Brashen était trop grand, ou bien elle trop petite, et elle avait du mal à l'aider à se déplacer: elle avait constamment l'impression qu'il s'efforçait de la faire tomber sous son poids. Néanmoins, tout chancelants, ils parvinrent à sortir de la chambre et à traverser la salle commune jusqu'à la porte. Un des marins près de la cheminée leur adressa un hochement de tête d'un air grave, et les deux autochtones les regardèrent s'en aller sans réagir. Brashen manqua une marche alors qu'ils descendaient l'escalier et ils faillirent s'écrouler tous deux dans la fange glacée de la rue.

L'officier leva les yeux vers le ciel d'où tombait la pluie chassée par le vent. «Le temps se refroidit.

– Oui, on aura de la neige fondue cette nuit, prédit Althéa d'un ton lugubre.

– Zut! Une soirée qui avait si bien commencé!»

La jeune fille s'engagea dans la rue, Brashen lourdement appuyé sur son épaule. A l'angle d'une boutique aux volets clos, elle s'arrêta pour se repérer. La ville était plongée dans l'obscurité, et la pluie qui ruisselait dans ses yeux n'arrangeait rien.

«Une minute, Althéa. Il faut que je pisse.

– "Athel"», lui rappela-t-elle d'un ton las. Par un reste de pudeur, Brashen s'éloigna en titubant d'un ou deux pas tout en déboutonnant son pantalon.

«Excusez-moi, fit-il d'un ton bourru un moment plus tard.

– De rien, répondit-elle, tolérante. Vous êtes encore ivre.

– Je ne suis pas ivre», rétorqua-t-il. Il posa la main sur son épaule. «On avait drogué ma bière, je pense. Non, j'en suis certain. Sans la cindine, j'aurais sans doute décelé le goût.

– Vous prenez de la cindine? demanda Althéa, stupéfaite. Vous?

– De temps en temps, répondit Brashen, sur la défensive. Pas souvent. Et il y avait longtemps que ça ne m'était pas arrivé.

– Mon père affirmait que la cindine tuait davantage de marins que le mauvais temps», dit Althéa d'un ton aigre. La migraine lui martelait la tête.

«Sans doute», acquiesça Brashen. Comme ils arrivaient sur les quais, il reprit: «Vous devriez quand même essayer un jour. Rien ne vaut la cindine pour oublier un moment ses problèmes.

– C'est ça.» Il paraissait tituber davantage; Althéa passa son bras autour de sa taille. «Ce n'est plus très loin.

– Je sais. Hé, que s'est-il passé tout à l'heure, dans la taverne ? »

Elle aurait voulu se mettre en colère contre lui, mais elle n'en avait plus l'énergie. Et puis c'était presque comique. « Vous avez failli vous faire enrôler de force. Je vous raconterai tout demain.

– Ah ! » Un long silence suivit. Le vent se calma quelques instants. « Dites donc, je pensais à vous un peu plus tôt, et à votre avenir : vous devriez monter au Nord. »

Elle secoua la tête dans l'obscurité. « Les navires-abattoirs, c'est fini pour moi, si je peux l'éviter.

– Non, non, ce n'est pas ce que je voulais dire. Je parlais de vous rendre beaucoup plus loin au Nord-Ouest, au-delà des Etats Chalcèdes, dans les Duchés. Là-bas, les navires sont plus petits qu'ici, et on se fiche que vous soyez un homme ou une femme, du moment que vous mettez du cœur à l'ouvrage. C'est en tout cas ce que j'ai entendu raconter. Là-bas, il y a des femmes capitaines, et parfois même les équipages ne sont composés que de femmes.

– Oui, mais ce sont des barbares, répondit Althéa. Ces gens sont plus proches des Outrîliens que de nous et, d'après ce que je sais, ils passent le plus clair de leur temps à essayer de s'exterminer mutuellement. La plupart d'entre eux ne savent même pas lire, Brashen ! Et, Sâ nous garde, ils se marient devant des pierres dressées !

– Des pierres-témoins, corrigea-t-il.

– Mon père commerçait là-bas avant que la guerre n'éclate chez eux », poursuivit Althéa sans prêter attention à sa remarque. Ils étaient à présent sur les quais, et le vent forcit brusquement, avec une violence qui faillit jeter la jeune fille à terre. « Il disait, grogna-t-elle en aidant Brashen à rester debout, qu'ils étaient encore plus barbares que les Chalcédiens, et que la moitié de leurs constructions ne possédaient même pas de vitres.

– Il n'avait vu que la côte, rétorqua Brashen, entêté. Il paraît qu'à l'intérieur des terres certaines de leurs villes sont magnifiques.

– Oui, mais moi je vivrais sur la côte, répondit-elle d'un ton maussade. Tenez, voici le *Moissonneur*. Attention où vous mettez les pieds. »

Le navire amarré au quai cognait constamment contre les chameaux de chanvre au rythme du vent et des vagues, et Althéa s'attendait à des difficultés pour faire franchir la passerelle à

Brashen, mais il la passa d'un pas étonnamment sûr ; une fois sur le pont, il s'écarta de la jeune fille. « Allons, va dormir un peu, petit. On lève l'ancre tôt demain matin.

– Oui, lieutenant », répondit-elle, soulagée ; elle se sentait toujours nauséeuse et la tête lui tournait encore. A présent qu'elle était revenue à bord, tout près de son lit, sa fatigue s'accrut brusquement. Elle se dirigea d'un pas lourd vers le panneau de cale. Sous le pont, elle trouva certains membres de l'équipage encore éveillés, assis en rond autour d'une lanterne sourde.

Reller l'accueillit en lui demandant : « Qu'est-ce qui t'est arrivé ?

– Des enrôleurs, répondit-elle succinctement. Ils ont essayé de nous embarquer, Brashen et moi, mais on a réussi à leur filer entre les doigts. On a aussi retrouvé le chasseur de la *Sterne*, plus quelques autres, je crois.

– Par les couilles de Sâ ! s'exclama l'homme. Le capitaine de la *Joyeuse* était dans le coup ?

– Je n'en sais rien, répondit la jeune fille avec lassitude. Mais, pour Pag, c'est sûr, et pour sa fille aussi. La bière avait été droguée. Je ne remettrai plus jamais les pieds dans cette taverne.

– Tonnerre ! Pas étonnant que Jord ronfle comme un sonneur : il a bu la dose qui t'était destinée. Bon, moi, je vais à bord de la *Sterne* pour entendre ce que le chasseur raconte.

– Moi aussi. »

Et, comme par magie, même les hommes aux trois quarts endormis se réveillèrent et quittèrent la cale pour écouter l'histoire. Althéa leur souhaita qu'elle l'eût enjolivée entre-temps ; pour sa part, elle n'avait qu'une envie : retrouver son hamac en attendant que le navire reprenne la mer.

⋆

Il dut s'y reprendre à quatre fois pour allumer la lanterne. Quand la mèche brûla enfin, il rabaissa délicatement le verre et s'assit sur sa couchette. Il se releva peu après et s'approcha du petit miroir fixé au mur. Il tira sur sa lèvre inférieure pour en examiner l'intérieur. Zut ! Il aurait de la chance si les brûlures ne s'ulcéraient pas ; cet aspect de la cindine lui était sorti de l'esprit. Il se rassit lourdement sur sa couchette et entreprit d'ôter son manteau ; c'est alors qu'il se rendit compte que la manche gauche était trempée non seulement d'eau de pluie mais aussi de sang. Il la regarda fixement un moment, puis, prudemment, se tâta l'arrière du crâne. Non. Il y avait une bosse, mais pas de plaie. Il tapota sa manche du bout des doigts : il les retira humides et rouges de sang encore frais. Althéa ? se demanda-t-il, hébété. Le produit qu'on avait mélangé à sa bière lui embrumait encore les idées. Oui, Althéa. Ne lui avait-elle pas dit qu'elle avait reçu un coup à la tête ? Mais enfin, pourquoi ne pas lui avoir signalé qu'elle saignait ? Avec le soupir d'un homme victime d'une profonde injustice, il remit son manteau et ressortit dans la tempête.

Le poste de l'équipage était aussi obscur et puant qu'il se le rappelait. Il réveilla deux hommes avant d'en trouver un à l'esprit assez clair pour lui indiquer le hamac d'Althéa, dans un coin où un rat n'aurait pas eu la place de se retourner. Il s'y rendit à la lueur d'un tronçon de bougie, puis secoua la jeune fille qui, jurant et protestant, finit par ouvrir les yeux. « Viens dans ma cabine que je te suture la tête, garçon, et arrête de pleurnicher, ordonna-t-il. Je n'ai pas envie que tu restes couché une semaine sans pouvoir travailler à cause de la fièvre. Allons, dépêche ! Je n'ai pas toute la nuit ! »

Pour cacher son anxiété, il s'efforça de prendre l'air mécontent tandis qu'il précédait Althéa hors de la cale : malgré la faible clarté dispensée par la bougie, il avait vu la pâleur de son visage et ses cheveux encroûtés de sang. Comme elle entrait derrière lui dans sa petite cabine, il dit d'un ton hargneux : « Repousse la porte ! Je ne tiens pas à ce que la tempête s'installe chez moi ! » Elle obéit avec une docilité pesante. A l'instant où elle fermait le battant, il se précipita pour le verrouiller, puis il se retourna, saisit Althéa par les épaules et, résistant à l'envie de la secouer comme un prunier, il la contraignit à s'asseoir sur sa couchette. « Vous êtes folle ou quoi ? demanda-t-il en accrochant son manteau à la patère. Pourquoi ne m'avez-vous pas prévenu que vous étiez blessée ? »

Il savait parfaitement qu'elle le lui avait dit et s'attendait à ce qu'elle le souligne, mais elle porta seulement la main à son crâne et répondit d'un ton incertain : « J'étais si fatiguée... »

En maudissant l'exiguïté de sa cabine, il enjamba les pieds d'Althéa pour atteindre son coffre de soins. Il l'ouvrit, y choisit quelques articles et les déposa sur la couchette près de la jeune fille. Il rapprocha la lanterne, mais la lumière resta encore trop faible pour y voir distinctement. Althéa fit une grimace quand il lui palpa le crâne en essayant d'écarter ses cheveux épais et de trouver l'origine de l'hémorragie. Il avait les doigts poisseux: la blessure n'était pas refermée. Bah, les plaies au cuir chevelu saignaient toujours abondamment, il le savait bien; il n'aurait pas dû s'en inquiéter, mais il ne pouvait s'en empêcher, surtout en voyant le regard vague d'Althéa.

«Je vais devoir vous couper des cheveux, dit-il en s'attendant à de vigoureuses protestations.

– S'il le faut...»

Il l'observa de plus près. «Combien de coups avez-vous reçus?

– Deux, je crois.

– Dites-m'en davantage. Racontez-moi tout ce que vous vous rappelez de cette soirée.»

Et elle se mit à parler en phrases décousues tandis qu'à l'aide de ciseaux il lui coupait les cheveux ras autour de la blessure. En écoutant l'histoire qu'elle lui narra, il ne se félicita pas de sa présence d'esprit; ajoutés à ceux qu'il connaissait, les détails apportés par Althéa indiquaient sans erreur possible que la jeune fille et lui avaient été pris pour cibles afin de compléter l'équipage de la *Joyeuse*. C'était pure chance s'il n'était pas actuellement enchaîné dans sa cale.

L'entaille qu'il mit à nu était longue comme son petit doigt et le poids de la queue de cheval la faisait bâiller. Même après qu'il l'eut dégagée et eut coupé les mèches encroûtées qui l'entouraient, du sang continua d'en sourdre. Il prit un chiffon pour l'éponger. «Je vais devoir suturer la plaie», déclara-t-il, en s'efforçant de chasser à la fois les brumes de la drogue et la nausée qui le prenait à l'idée de planter une aiguille dans le cuir chevelu d'Althéa. Heureusement, la jeune fille paraissait encore plus hébétée que lui. Il ignorait ce que les enrôleurs avaient mis dans sa bière, mais c'était efficace.

A la lueur vacillante de la lanterne, il fit passer un mince filament de boyau par le chas d'une aiguille courbe; l'instrument paraissait minuscule et glissant entre ses doigts. Allons, ce ne devait pas être très différent de ravauder des vêtements ou de réparer une voile! Il effectuait ce genre de travaux depuis des années! «Ne bougez pas», dit-il à la jeune fille, bien que ce ne fût guère nécessaire. Prudemment, il appuya la pointe de l'aiguille sur sa peau: il allait devoir la pousser à l'oblique pour qu'elle ressorte un peu plus loin. Il exerça une légère pression sur l'ustensile, mais, au lieu de percer la peau, il fit glisser le cuir chevelu sur le crâne. L'aiguille n'arrivait pas à s'enfoncer.

Il appuya un peu plus fort. « Aïe ! s'écria la jeune fille, et elle lui écarta brusquement la main. Mais qu'est-ce que vous fabriquez ? demanda-t-elle d'un ton furieux en le regardant d'un air mauvais.

– Je vous l'ai dit : je dois recoudre votre blessure.

– Ah ! » Un silence. « Je n'écoutais pas. » Elle se frotta les yeux, puis leva la main pour se palper le crâne à gestes précautionneux. « Si vous y êtes obligé... » fit-elle d'un ton lugubre. Elle ferma les yeux, puis les rouvrit. « Je voudrais bien m'évanouir ou me réveiller complètement, mais je n'y arrive pas. J'ai seulement les idées confuses. J'ai horreur de ça.

– Je vais jeter un coup d'œil là-dedans, répondit Brashen en s'agenouillant pour fouiller dans le coffre aux médicaments. Il y a des années qu'on n'a pas refait cette réserve, grommela-t-il tandis qu'Althéa regardait par-dessus son épaule. La moitié des flacons sont vides, les herbes qui devraient être vertes ou brunes sont grisâtres, et certains produits sentent le moisi.

– C'est peut-être leur odeur normale ? fit Althéa.

– Peut-être ; je n'en sais rien, marmonna-t-il.

– Laissez-moi voir. C'est moi qui me chargeais de racheter les médicaments de la *Vivacia* quand nous rentrions au port. » Et elle s'appuya sur Brashen pour se rapprocher du petit coffre coincé entre la cloison et la couchette. Elle examina quelques flacons à la lueur de la lampe, puis les mit de côté ; elle ouvrit un petit pot, plissa le nez d'un air de dégoût en humant l'odeur forte qui s'en dégageait et le referma. « Il n'y a rien d'utile là-dedans, dit-elle finalement en se rasseyant. Je tiendrai les lèvres de la plaie fermées pendant que vous la recoudrez, et j'essaierai de ne pas bouger.

– Une seconde », répondit Brashen à contrecœur. Il avait gardé un bout de la chique de cindine ; ce n'était pas un gros morceau, juste de quoi se remonter le moral à l'avance pendant une journée pénible. Il le sortit de la poche de son manteau et le débarrassa de la peluche qui s'y était collée. Il le montra à la jeune fille, puis le rompit en deux. « De la cindine. Ça devrait vous réveiller et vous remettre un peu d'aplomb. On fait comme ça. » Il plaça la chique dans sa bouche et, du bout de la langue, l'enfonça contre sa lèvre inférieure. Il sentit l'âcreté familière envahir ses papilles. Sans ce goût, se dit-il, lugubre, il aurait peut-être décelé la drogue introduite dans sa bière ; mais il écarta ce vain regret et déplaça la chique qui s'était appliquée sur une de ses précédentes brûlures.

Il prévint Althéa : « C'est très amer au début, à cause de l'armoise, mais ça donne un sacré coup de fouet. »

L'air dubitatif, Althéa fourra la chique entre sa gencive et sa lèvre inférieures. Elle fit une grimace, puis attendit l'effet de la drogue sans quitter Brashen des yeux. Au bout d'un moment, elle demanda : « C'est normal que ça brûle ?

– C'est de la forte, répondit Brashen. Déplacez-la souvent, ne la laissez pas trop longtemps au même endroit. » Il observa que les traits d'Althéa se détendaient lentement, et il sentit un sourire étirer ses propres lèvres. « C'est bon, non ? »

Elle eut un petit rire. « Et rapide aussi.

– Ça part vite et ça s'arrête vite. Personnellement, je n'y ai jamais vu de mal, du moment que l'effet avait cessé quand on prenait son quart. »

Althéa déplaça maladroitement la chique dans sa bouche. « Mon père disait que les hommes s'y adonnaient alors qu'ils auraient dû dormir, et qu'ils arrivaient pour leur quart déjà fatigués. Et, s'ils étaient encore sous l'influence de la drogue en se mettant au travail, ils avaient trop confiance en eux et prenaient des risques inutiles. » Elle se tut un instant. « "Les téméraires mettent la vie des autres en danger", répétait-il toujours.

– Oui, je m'en souviens, acquiesça gravement Brashen. Je n'ai jamais consommé de cindine à bord de la *Vivacia*, Althéa. J'avais trop de respect pour votre père. »

Le silence régna quelque temps entre eux, puis la jeune fille soupira. « Allons-y, dit-elle.

– D'accord. » Il reprit l'aiguille et Althéa suivit son geste des yeux. Peut-être la cindine l'avait-elle un peu trop réveillée. « On n'a pas la place de travailler ici, fit-il d'un ton agacé. Tenez, allongez-vous sur la couchette, la tête tournée. Oui, comme ça. » Il s'accroupit près d'elle. Oui, c'était mieux ainsi : il arrivait presque à voir ce qu'il faisait. A l'aide de son chiffon, il épongea le sang qui coulait lentement de la plaie, puis il arracha quelques cheveux qui restaient dans la zone où il devait opérer. « A présent, maintenez l'entaille fermée. Non, là, vos doigts me gênent.

Là, comme ceci. » Il lui déplaça les mains et ce ne fut pas un accident si elle se retrouva les yeux cachés par un de ses poignets. « Je vais tâcher de faire vite.

– Tâchez plutôt de travailler soigneusement, répliqua-t-elle. Ne cousez pas trop serré : rapprochez les lèvres autant que vous le pourrez sans que la suture forme un bourrelet.

– J'essaierai. Je n'ai jamais pratiqué ce genre d'opération, vous savez ; mais j'y ai assisté plus d'une fois. »

Il la vit déplacer sa chique, ce qui lui rappela d'en faire autant. Il fit la grimace quand le morceau de cindine passa sur une brûlure qu'il s'était faite plus tôt dans la soirée, puis il observa qu'Althéa serrait les dents et il se mit à l'œuvre. S'efforçant de ne pas songer à la douleur qu'il infligeait et de ne penser qu'à faire du bon ouvrage, il réussit à transpercer le cuir chevelu. Il dut maintenir fermement la peau en place pendant qu'il tirait la pointe de l'aiguille incurvée jusqu'à l'autre bord de l'entaille. Le pire fut de tirer le fil à travers la peau : il émit un petit bruit de tissu déchiré qui faillit faire perdre son sang-froid à Brashen. A chaque point, Althéa serra les dents et fut prise d'un frisson convulsif, mais elle ne cria pas une fois.

Quand il eut fini, il fit un dernier nœud et coupa le fil en surplus.

« Et voilà, fit-il en posant son aiguille. Enlevez vos mains que je voie comment je m'en suis tiré. »

Les bras de la jeune fille retombèrent sur la couchette. Son visage était emperlé de sueur. Brashen examina la suture d'un œil critique : ce n'était pas du très joli travail, mais la blessure resterait fermée. Althéa le regardait, et il lui manifesta sa satisfaction d'un hochement de tête.

« Merci, murmura-t-elle.

– Non, c'est moi qui vous remercie. » Il avait enfin trouvé l'occasion. « J'ai une dette envers vous : sans vous, je serais en ce moment à bord de la *Joyeuse*, à fond de cale. » Il se pencha et déposa un baiser sur la joue de la jeune fille. Alors elle leva les bras, lui enserra le cou et tourna ses lèvres vers les siennes. Il perdit l'équilibre et se rattrapa tant bien que mal au cadre de la couchette en réussissant à ne pas interrompre le baiser. La bouche d'Althéa avait le goût de la cindine qu'ils partageaient. Elle lui prit doucement la nuque, et ce contact fut aussi vivifiant que celui de ses lèvres ; il y avait si longtemps que personne ne l'avait touché avec tendresse !

Elle détourna enfin le visage. Il se redressa. «Bon, fit-il d'un ton embarrassé, eh bien, je vais vous mettre un pansement.»

Elle hocha lentement la tête.

Il prit une bande de toile et se pencha de nouveau vers elle. «C'est la cindine, vous savez», dit-il brusquement.

Elle déplaça la chique dans sa bouche. «Sans doute. Et, si c'est vrai, ça m'est égal.» Malgré l'étroitesse de la couchette, elle parvint quand même à se décaler pour y faire de la place. Elle posa sur le flanc de Brashen une main qui lui parut irradier de la chaleur; il sentit sa peau se couvrir de chair de poule. Pressante, la main l'invitait.

Il émit comme un petit gémissement et fit un dernier effort. «Il ne vaudrait mieux pas. C'est risqué.

– Comme tout en ce bas monde», répondit-elle presque avec tristesse.

Il essaya maladroitement de défaire le laçage de la chemise d'Althéa et, après qu'elle s'en fut débarrassée à force de mouvements d'épaule, il restait encore la barrière de la bande qui lui aplatissait la poitrine. Il la déroula, libérant ses petits seins qu'il embrassa. Qu'elle était maigre! Et sa peau avait un goût d'eau salée, d'étoupe, et même d'huile animale; mais elle était tiède, consentante et femme. Il se serra contre elle sur la couchette trop étroite et trop courte. Il essaya de se répéter que c'était sans doute la cindine qui donnait à ses yeux l'aspect d'abîmes sans fond. Curieux qu'une jeune fille à la langue aussi acérée possède des lèvres aussi douces; même quand elle planta ses dents dans son épaule pour étouffer ses cris inarticulés, la douleur fut exquise. «Althéa... murmura-t-il, la bouche dans ses cheveux, entre la seconde et la troisième fois. Althéa Vestrit...» Il ne désignait pas ainsi seulement la jeune fille mais aussi tout le royaume de sensations qu'elle avait éveillées en lui.

*

Brash... Brashen Trell... Une petite part d'elle-même n'arrivait pas à se convaincre de ce qu'elle était en train de faire avec lui. Non, pas ça! Un observateur minuscule et ironique la regardait, incrédule, se laisser aller à toutes les envies de son corps. Elle n'aurait pu choisir pire partenaire pour cela. Et puis elle se dit: *Trop tard pour les regrets*, et elle l'attira plus profondément en elle tandis qu'elle s'arc-boutait contre lui. C'était bizarre, mais elle était incapable de déterminer quelle part d'elle-même tendait à critiquer ses actes. En dehors de la première fois, elle avait toujours eu le bon sens de maintenir ce genre d'affaire à un niveau impersonnel ; or voici que, non seulement elle cédait à ses propres impulsions et à celles de Brashen avec un abandon qui la laissait pantois, mais encore elle y cédait avec un homme qu'elle connaissait depuis des années ! Et pas qu'une seule fois, au surplus : il s'était à peine écroulé sur elle la première fois qu'elle le pressait de recommencer. Elle était comme une affamée soudain en présence d'un festin. Une grande chaleur brûlait en elle, peut-être due à la cindine ; mais elle éprouvait brusquement un besoin, tout aussi grand et qu'elle reconnaissait enfin, de contact étroit avec un humain, un besoin de toucher, de partager, de retenir. A un moment, elle sentit des larmes lui piquer les yeux et un sanglot lui échappa ; elle l'étouffa contre l'épaule de Brashen, presque effrayée par la démesure de la solitude et des peurs que cet accouplement semblait effacer. Elle s'était montrée forte trop longtemps ; elle ne supportait pas d'étaler sa faiblesse devant quiconque, et surtout pas devant quelqu'un qui la connaissait. Elle s'agrippa farouchement à lui et lui laissa croire que sa réaction provenait de son ardeur.

Elle n'avait pas envie de penser. Pas maintenant : pour l'instant, elle voulait seulement profiter de ce qui s'offrait à elle, égoïstement. Elle caressa les muscles durs des bras et du dos de Brashen. Au niveau de son sternum se trouvait une zone couverte de poils épais et bouclés ; partout ailleurs sur sa poitrine et son ventre, ce n'était qu'un chaume noir, abrasé par le tissu rêche de ses vêtements et le mouvement constant du navire. Il ne cessait de l'embrasser, comme s'il ne pouvait se rassasier d'elle. Sa bouche avait goût de cindine et, quand il posait ses lèvres sur ses mamelons, elle en sentait la piqûre brûlante. Elle glissa la main entre leurs deux corps et toucha doucement sa raideur mouillée alors qu'il allait et venait en elle. Un instant plus tard, elle lui appliqua brutalement la même main sur la bouche pour étouffer son cri tandis qu'il se poussait en elle et les faisait vaciller ensemble au bord de l'éternité.

Pendant quelque temps, son esprit resta vide. Et puis, revenant d'elle ne savait où, elle se retrouva brutalement sur l'étroite couchette trempée de sueur, écrasée par la masse de Brashen, les cheveux coincés sous sa main aux doigts écartés. Elle se rendit compte qu'elle avait froid aux pieds et qu'elle avait une crampe dans le bas du dos. Elle se souleva sous lui. « Laissez-moi me redresser, fit-elle à mi-voix ; puis, comme il ne réagissait pas, elle reprit : Brashen, vous m'empêchez de respirer ! Ecartez-vous ! »

Il obéit enfin et elle parvint à s'asseoir tant bien que mal. Il replia les jambes de façon qu'elle se trouve au creux de son corps et leva les yeux vers elle sans tout à fait lui sourire. Du bout du doigt, il traça un cercle autour d'un de ses seins. Un frisson la parcourut. Avec une tendresse qui l'horrifia, il tira la seule couverture de la couchette pour lui en couvrir les épaules. « Althéa... » fit-il.

Elle l'interrompit d'un ton suppliant.

« Ne parlez pas ; ne dites rien. » Elle ignorait pourquoi et comment, mais, s'il évoquait ce qu'ils venaient de faire, cela gagnerait en substance et deviendrait une partie de son existence qu'elle ne pourrait nier plus tard. A présent qu'elle était rassasiée, sa prudence lui revenait. « Ça ne doit pas se reproduire, dit-elle brusquement.

– Je sais. Je sais. » Néanmoins, ses yeux ne quittaient pas ses doigts qui descendaient lentement le long de la gorge d'Althéa jusqu'à son ventre. Il tapota la bague-amulette fixée à son nombril. « C'est... inhabituel, comme bijou. »

A la douce lueur vacillante de la lanterne, la petite tête de mort parut leur faire un clin d'œil. « C'est un cadeau de ma sœur chérie, dit Althéa d'un ton aigre.

– Je... » Il hésita. « Je croyais que c'était réservé aux prostituées, fit-il, embarrassé.

– C'est aussi l'opinion de ma sœur », répondit Althéa, glaciale. Sans prévenir, la vieille blessure se rouvrit en elle.

Elle se roula en boule à côté de Brashen, qui l'enserra dans la courbe de son corps. Sa chaleur était agréable, aussi agréable que le chatouillis léger de son doigt sur son sein. Elle aurait dû repousser sa main, elle le savait ; l'affaire devait en rester là. Le plus sage serait qu'elle se lève, s'habille et regagne les quartiers de l'équipage. Qu'elle se lève dans la cabine glacée et renfile ses vêtements froids et humides... Avec un frisson d'horreur, elle se mussa contre la chaleur de Brashen ; il se déplaça un peu pour passer les deux bras autour de son corps et la serrer contre lui, bien en sécurité.

«Pourquoi vous offrir une amulette en bois-sorcier?» Elle sentit la répugnance que lui inspirait sa propre curiosité.

«Pour que je ne tombe pas enceinte et que je ne jette pas la honte sur ma famille; ou bien que je n'attrape pas une maladie qui me laisserait défigurée et me dénoncerait devant tout Terrilville comme la catin que je suis.» Elle avait choisi exprès des mots durs pour se les lancer elle-même à la figure.

Brashen resta un instant figé, puis sa main descendit le long du dos d'Althéa. Il la caressa, puis lui massa doucement les épaules et la nuque jusqu'à ce qu'avec un soupir elle se détende et se laisse aller contre lui. «C'était de ma faute, reprit-elle sans l'avoir voulu. Je n'aurais jamais dû lui en parler. Mais je n'avais que quatorze ans et j'avais l'impression qu'il fallait absolument que je l'annonce à quelqu'un. Je ne pouvais rien dire à mon père, puisqu'il venait de débarquer Devon.

– Devon.» Brashen répéta le nom en lui donnant une intonation presque interrogatrice.

Althéa soupira. «C'était avant votre arrivée. Devon était matelot à bord; il était très beau, et il avait toujours le sourire ou la plaisanterie aux lèvres, même quand tout allait mal. Il n'avait peur de rien; il était prêt à courir n'importe quel risque.» Sa voix mourut et, pendant un moment, Althéa ne pensa qu'à la main de Brashen qui se déplaçait doucement sur son dos, dénouant ses muscles comme s'il démêlait un cordage.

«C'est là que nous étions d'opinions divergentes, mon père et moi, naturellement. “Ce serait le meilleur élément du navire s'il avait un peu de bon sens, m'avait-il dit un jour. Et il ferait un bon second s'il savait seulement quand il faut avoir peur.” Mais ce n'était pas dans la nature de Devon; à l'écouter, on pouvait mettre toujours plus de voile, et, quand il travaillait dans le gréement, il se montrait toujours le plus rapide. Je comprenais ce que mon père voulait dire: quand, par orgueil, les autres essayaient de soutenir son allure, ils abattaient l'ouvrage plus vite mais moins soigneusement; ils commettaient des erreurs, et certains se blessaient. Ce n'était jamais rien de grave, mais vous connaissiez mon père: il répétait que les accidents et les morts sont néfastes à une vivenef, parce que les émotions suscitées sont trop fortes.

– Je pense qu'il avait raison», fit Brashen à mi-voix. Il déposa un baiser sur sa nuque.

«Je le sais bien», répondit Althéa, vaguement agacée. Elle

poussa un brusque soupir. «Mais j'avais quatorze ans, et Devon était beau comme un dieu, avec ses yeux gris. Après son quart, il s'asseyait sur le pont et me taillait de petits objets en bois en me racontant des anecdotes de ses voyages. J'avais l'impression qu'il avait été partout, qu'il avait tout fait. Il ne critiquait jamais vraiment papa, ni devant moi ni devant le reste de l'équipage, mais son petit sourire dédaigneux au coin des lèvres, quand il pensait que nous naviguions trop prudemment, le disait sans équivoque. Parfois, cette expression mettait mon père en fureur, mais, j'ose à peine l'avouer, je la trouvais adorable : je n'y voyais qu'audace et mépris du danger.» Elle soupira de nouveau. «Je le croyais incapable de faire le moindre mal. Eh oui, j'étais amoureuse !

– Et il en a profité, alors que vous n'aviez que quatorze ans ? fit Brashen d'un ton réprobateur. Sur le navire de votre père ? Ce n'est plus de l'audace, c'est de la stupidité !

– Non, ça ne s'est pas passé ainsi.» Althéa parlait à contrecœur : elle n'avait aucune envie de raconter cet épisode de sa vie à Brashen, mais, elle ignorait pourquoi, elle était incapable de s'arrêter. «Je crois qu'il sentait la passion que je lui portais, et il me faisait parfois la cour, mais en manière de plaisanterie ; j'adorais ce qu'il me disait alors, tout en sachant qu'il n'en pensait pas un mot.» Elle secoua la tête. «Mais un soir l'occasion s'est présentée. Nous étions au port de Lie ; la nuit était calme ; mon père s'était rendu en ville pour affaires et la plupart de l'équipage était en permission de sortie C'est moi qui tenais le quart. J'étais descendue à terre un peu plus tôt dans la journée et je m'étais acheté, voyons... des boucles d'oreilles, du parfum, un corsage et une longue jupe de soie. Je m'étais parée de tous mes achats pour attirer le regard de Devon quand il rentrerait de sa tournée des tavernes. Et quand je l'ai vu revenir avant tout le monde, seul, mon cœur s'est mis à battre si fort que j'en avais du mal à respirer. J'ai compris que je tenais ma chance.

«Il est monté à bord d'un bond, selon son habitude, il s'est reçu comme un chat sur le pont et il s'est dressé devant moi.» Elle eut un petit rire de dérision. «Vous connaissez la chanson : nous avons dû parler, il a dû dire quelque chose et j'ai dû répondre ; mais je n'en ai aucun souvenir, sinon celui du bonheur que je ressentais à pouvoir enfin lui avouer mon amour, à pouvoir m'exprimer sans contrainte, car nul ne pouvait nous entendre. Et lui, il souriait jusqu'aux oreilles, comme s'il n'arrivait pas à croire en sa bonne fortune. Et puis... il m'a saisie par le bras et il m'a entraînée jusque devant un panneau de cale ; là, il m'a fait me pencher en avant, il a relevé mes jupes, baissé ma culotte... et il m'a prise là, comme ça. Penchée sur un panneau de cale comme un garçon.

– Il vous a violée ? » Brashen était pâle comme la mort.

Althéa ravala un éclat de rire nerveux. « Non. Non, ce n'était pas un viol. Il ne m'a pas forcée. Je n'y connaissais rien, mais j'étais sûre d'être amoureuse. C'est de mon plein gré que je l'ai suivi et que je me suis prêtée à ses envies. Il n'a pas été brutal, mais il m'a tout fait. Tout. Et moi, comme j'ignorais à quoi m'attendre, je ne crois pas avoir été déçue. Après, il m'a regardée avec son adorable sourire et il m'a dit : "J'espère que tu te souviendras de ce soir toute ta vie, Althéa. Moi, je ne l'oublierai pas, je te le promets." Elle prit une profonde inspiration. « Ensuite, il est descendu aux quartiers de l'équipage, il en est ressorti avec son sac de marin et il a quitté le navire. Je ne l'ai jamais revu. » Elle se tut un long moment. « J'ai guetté son retour, je l'ai attendu jusqu'à ce que nous appareillions deux jours plus tard et que j'apprenne alors que papa lui avait donné son congé à l'instant où nous nous étions amarrés. »

Brashen émit un gémissement sourd. « Oh non ! » Il secoua la tête. « Il s'était vengé de votre père en vous possédant. »

Avec lenteur, Althéa répondit : « Je n'ai jamais considéré l'affaire sous cet angle. Pour moi, c'était un défi qu'il s'était lancé, celui de ne pas se faire attraper. » Elle dut faire un effort pour demander : « Vous croyez vraiment qu'il cherchait à se venger ?

– Ça m'en a tout l'air. C'est une histoire affreuse qui vous est arrivée, ajouta-t-il à mi-voix. Devon... Si jamais je le rencontre, je le tuerai. » La sincérité qu'il mit dans cette promesse effraya la jeune fille.

« Le plus affreux, c'est ce qui s'est passé ensuite, dit-elle. Nous sommes arrivés à Terrilville quelques semaines plus tard, et j'étais sûre d'être enceinte. J'en étais absolument certaine. Je n'osais pas parler à mon père, et m'adresser à maman n'était guère plus imaginable ; je suis donc allée trouver ma sœur mariée, Keffria, convaincue qu'elle pourrait me donner un conseil. Je lui ai fait jurer de garder le secret, puis je lui ai tout raconté. » Althéa secoua la tête et déplaça de nouveau la cindine dans sa bouche ; la chique avait laissé une brûlure et n'avait presque plus de goût.

« Eh bien, Keffria ? » fit Brashen. Il donnait l'impression de vouloir vraiment connaître la fin de l'histoire.

« Elle s'est montrée horrifiée. Elle s'est mise à pleurer, et elle m'a déclaré que je n'avais plus d'avenir, que j'étais une prostituée, une traînée, que j'avais jeté l'opprobre sur la famille. Puis elle a refusé de me parler. Quatre ou cinq jours plus tard, mes règles sont arrivées comme d'habitude ; alors j'ai pris ma sœur à part, je lui ai annoncé la nouvelle, et je l'ai avertie que, si elle touchait un seul mot de cette affaire à papa ou maman, je l'accuserais de mensonge. J'étais terrifiée, vous comprenez : après tout ce qu'elle m'avait dit, j'étais persuadée qu'ils me retireraient leur affection et me jetteraient à la rue.

– Mais n'avait-elle pas promis de se taire ?

– Je ne me fiais pas à sa parole. J'avais déjà la quasi-certitude qu'elle avait tout raconté à son mari, à en juger par le changement d'attitude de Kyle envers moi. Mais elle n'a pas protesté, elle n'a pas hurlé, elle n'a même presque rien dit en me remettant l'anneau ombilical ; elle a simplement déclaré que, tant que je le porterais, je ne tomberais pas enceinte, je n'attraperais pas de maladie, et que c'était bien le moins que je pouvais faire pour ma famille. » Althéa se gratta la nuque, puis fit la grimace. « Les relations n'ont plus jamais été les mêmes entre nous. Nous avons appris à nous montrer polies l'une avec l'autre, principalement pour empêcher nos parents de poser des questions gênantes. Mais je crois que j'ai vécu le pire été de ma vie ; j'ai l'impression d'avoir été trahie par tout le monde.

– Et, à la suite de ça, je suppose que vous avez fait ce que vous vouliez avec les hommes ? »

Elle aurait dû se douter qu'il poserait cette question. Les mâles voulaient toujours savoir ce genre de détail. Elle haussa les épaules, résignée à révéler toute la vérité. « De temps en temps, mais pas souvent. Deux fois, à vrai dire. J'avais l'impression que cette première expérience n'avait pas été... menée convenablement. A entendre parler les marins de la *Vivacia*, il me semblait que ça aurait dû être au moins vaguement amusant, alors que je n'en gardais qu'un souvenir de... d'écartèlement, d'un peu de douleur, et d'humidité, rien d'autre. Alors, j'ai fini par prendre mon courage à deux mains et j'ai essayé deux autres fois, avec des hommes différents. Et c'était... bien. »

Brashen leva le visage pour la regarder dans les yeux. « Ce

qui s'est passé entre nous, vous qualifiez ça seulement de "bien" ?»

Encore une vérité qu'elle n'aurait pas voulu dévoiler. Elle avait l'impression de perdre une arme. «Non, ce n'était pas seulement "bien". C'est ainsi que ça devrait toujours se passer. Jamais je n'avais connu ça.» Et puis, incapable de supporter l'expression attendrie des yeux de Brashen, elle ne put s'empêcher d'ajouter : «C'est peut-être la cindine.» Entre le pouce et l'index, elle prit la petite chique dans sa bouche. «J'ai l'intérieur de la lèvre plein de brûlures, se plaignit-elle en détournant le regard de l'expression peinée de Brashen.

– Oui, c'est sans doute la cindine, fit-il. J'ai entendu dire qu'elle avait parfois cet effet-là sur les femmes. Rares sont celles qui en prennent, vous savez, parce que ça peut, euh... les faire saigner, même quand ce n'est pas le moment.» Il eut l'air soudain gêné.

«Et c'est maintenant qu'il me le dit !» marmonna-t-elle. Les bras de l'homme s'étaient desserrés autour d'elle. L'influence de la drogue s'atténuait ; Althéa se sentait soudain épuisée et sa plaie à la tête l'élançait douloureusement. Elle devait se lever. La cabine glacée, les vêtements humides... Encore une minute. Encore une minute et il lui faudrait se lever pour retourner à la solitude. «Je dois m'en aller. Si on nous surprend comme ça...

– Je sais, dit-il, mais son seul mouvement fut de parcourir son corps en une longue caresse qui éveilla un frisson dans son sillage.

– Brashen, vous savez que ça ne doit pas se reproduire.

– Je sais, je sais», souffla-t-il, la bouche contre sa peau. Il déposa doucement un baiser sur sa nuque. «Ça ne se reproduira plus jamais. Plus jamais après cette dernière fois.»

9

LES VISITEURS

Avec un soupir, Ronica leva les yeux de ses livres de comptes. « Oui ? Qu'y a-t-il ? »

Rache paraissait embarrassée. « Delo Trell est au salon. »

Ronica haussa les sourcils. « Que fait-elle là ? » D'habitude, Delo entrait et sortait comme bon lui semblait : Malta et elle étaient les meilleures amies du monde depuis deux ans au moins, et les formalités de l'étiquette avaient disparu depuis bien longtemps entre elles.

Rache baissa les yeux et dit d'un ton hésitant : « Son frère aîné l'accompagne. Cerwin Trell. »

Ronica fronça les sourcils. « Eh bien, je peux le recevoir, certes. Mais pas ici ; installez-le au salon du matin. A-t-il précisé l'objet de sa visite ? »

Rache se mordit la lèvre. « Excusez-moi, madame ; il a dit qu'il venait voir Malta avec sa sœur.

– Comment ? » Comme sous l'effet d'une piqûre, Ronica s'était dressée d'un bond.

« Je connais mal vos traditions à cet égard, mais cela ne m'a pas paru… convenable. C'est pourquoi je leur ai demandé d'attendre dans le salon. » Rache avait l'air très mal à l'aise. « J'espère n'avoir mis personne dans l'embarras.

– Ne vous inquiétez pas, répondit Ronica d'un ton tranchant. C'est Malta qui s'y est mise toute seule. Mais ce jeune Trell devrait aussi avoir de meilleures manières. Ils sont au salon, dites-vous ?

– Oui. Dois-je... apporter des rafraîchissements ?» Les deux femmes se regardèrent. Devant cette situation délicate, la limite entre maîtresse et servante devenait presque invisible.

«Je... oui. Merci, Rache. Vous avez raison : mieux vaut suivre les règles de bienséance que réprimander ce garçon comme un grossier personnage – même si c'est ainsi qu'il se conduit.» Ronica se mordilla la lèvre un moment. «Avertissez Keffria et demandez-lui de nous rejoindre. Apportez des rafraîchissements, servez-les, puis attendez un peu et allez prévenir Malta que des visiteurs l'attendent. Elle est à l'origine de cette affaire, il faut qu'elle voie comment on la règle.»

Rache prit son souffle comme un soldat qui se prépare au combat. «Très bien, madame.»

Elle sortit. Ronica se frotta les yeux, qui lui piquaient à force d'examiner les livres de comptes qu'elle venait de délaisser, et secoua la tête. Elle avait attrapé la migraine, et n'avait toujours pas trouvé le moyen de réduire les dettes et d'augmenter l'avoir. Au moins, cette visite la distrairait. Une confrontation déplaisante pour la distraire d'un problème insoluble... Bah, qu'y faire ? Elle vérifia sa coiffure à petits attouchements, se redressa et se dirigea résolument vers le salon. Si elle hésitait, elle perdrait tout courage : Cerwin Trell avait beau être jeune, ce n'en était pas moins l'héritier d'une puissante famille de Marchands, et il fallait le remettre à sa place tout en évitant de l'insulter. L'exercice allait être délicat.

A la porte du salon, elle s'arrêta pour reprendre son souffle, puis posa la main sur la poignée.

«Maman !»

Ronica se tourna et vit Keffria arriver sur elle tel un cheval emballé ; de petites étincelles de colère brillaient dans son regard ordinairement docile et le dessin de ses lèvres était ferme. Jamais Ronica n'avait vu sa fille avec une telle expression. Elle leva la main pour la calmer. «Il ne faut pas offenser la famille Trell», la prévint-elle en parlant le plus bas possible. Keffria jaugea cette recommandation, et la rejeta visiblement.

«On n'offense pas non plus les Vestrit», répliqua-t-elle sèchement. Son inflexion était si semblable à celle qu'aurait eue son père que Ronica en resta pétrifiée. Keffria ouvrit la porte et la précéda dans le salon.

Assis au bord d'un divan, Cerwin sursauta et leva un regard

surpris vers les deux femmes ; même Delo parut saisie. Elle pencha la tête pour jeter un coup d'œil derrière Keffria et Ronica.

Cette dernière ne laissa pas le temps à sa fille de parler. « Malta va nous rejoindre dans un instant, Delo. Je suis sûre que votre amie sera très heureuse de vous voir. Et quel plaisir d'avoir votre visite, Cerwin ! Il y a au moins... voyons... Eh bien, ça, je ne me rappelle même plus quand vous êtes venu chez nous pour la dernière fois ! »

Cerwin se leva d'un bond et s'inclina. Quand il se redressa, son sourire était gêné. « Je crois que mes parents m'avaient amené au mariage de Keffria. C'était il y a quelques années, en effet.

– Près de quinze, fit Keffria. Si j'ai bonne mémoire, vous étiez un petit garçon d'une curiosité insatiable. Ne vous ai-je pas surpris alors que vous essayiez d'attraper les poissons rouges des fontaines du jardin ? »

Le jeune homme était resté debout. Ronica s'efforça de se rappeler son âge. Dix-huit ans ? Dix-neuf ? « C'est fort possible, répondit-il. Oui, j'ai un vague souvenir de cet incident. Naturellement, comme vous l'avez dit, je n'étais qu'un enfant.

– En effet, répliqua Keffria avant que Ronica pût intervenir. Et il ne me viendrait pas à l'esprit de reprocher à un enfant qui voit un bel objet brillant de vouloir le posséder. » Elle sourit à Cerwin et ajouta : « Voici Rache qui nous apporte une petite collation. Asseyez-vous, je vous en prie, et mettez-vous à l'aise. »

Rache était entrée avec un plateau garni de café, de petits gâteaux, de crème et d'épices. Elle le posa sur une petite table et quitta le salon. Keffria se chargea du service, et, pendant un moment, la conversation se limita au choix entre épices et crème dans le café. Ensuite, Keffria prit place dans un fauteuil et sourit à ses visiteurs. Mal à l'aise, Delo restait assise au bord de son siège et jetait sans cesse des coups d'œil vers la porte : elle attendait manifestement l'arrivée de Malta pour quitter cette réunion d'adultes ; elle allait sans doute être déçue, se dit Ronica.

Keffria reprit aussitôt son attaque. « Eh bien, que nous vaut votre venue, Cerwin ? »

Il soutint vaillamment son regard, mais c'est d'une voix assourdie qu'il répondit : « C'est Malta qui m'a... qui nous a invités. J'avais emmené Delo faire des emplettes au marché, un après-midi, et nous sommes tombés sur Malta ; nous avons pris des rafraîchissements, et Malta nous a invités chez elle.

– Tiens donc», fit Keffria, et son ton était tout sauf ironique. Ronica forma le vœu que sa consternation ne fût pas aussi visible que chez sa fille. «Eh bien, cette jeune étourdie ne nous a pas prévenues. Mais toutes les petites filles sont ainsi, j'imagine, et Malta plus que les autres. Elle a l'esprit farci de chimères ridicules, où le bon sens et la courtoisie n'ont pas leur place.»

Ronica ne prêtait qu'une attention distraite aux propos de Keffria: elle se demandait combien de fois Malta avait discrètement quitté la maison pour se rendre au marché, et si la rencontre des jeunes gens avait été aussi fortuite que Trell le laissait entendre. Elle posa un regard pensif sur Delo: se pouvait-il que les deux enfants eussent projeté cette entrevue «accidentelle»?

Comme en réponse à ses interrogations, Malta entra dans la pièce et regarda d'un air atterré ses amis occupés à prendre le café avec sa mère et sa grand-mère. Une expression de prudence sournoise apparut sur ses traits, très déplaisante aux yeux de Ronica: depuis quand cette enfant avait-elle cet esprit rebelle? Manifestement, elle avait espéré accueillir seule Delo et Cerwin; cependant, elle ne paraissait pas avoir attendu leur venue ce jour-là: elle venait de se brosser les cheveux et elle s'était légèrement peint les lèvres, mais au moins sa robe, simple fourreau de laine brodé au col et à l'ourlet du bas, convenait à une fillette de son âge. Néanmoins, sa façon de la porter, très cintrée afin de mettre sa taille en valeur et de tendre le tissu sur sa poitrine naissante, laissait comprendre qu'il y avait une femme dans ce vêtement d'enfant. Et Cerwin Trell s'était levé à son entrée comme s'il avait eu affaire à une jeune femme plutôt qu'à une gamine.

La situation était pire que Ronica ne l'avait craint.

«Ah, Malta!» fit Keffria. Elle sourit à sa fille. «Delo est venue te rendre visite; mais ne veux-tu pas prendre un peu de café et manger quelques gâteaux en notre compagnie, d'abord?»

Les deux fillettes échangèrent un regard. Delo avala sa salive, s'humecta les lèvres et dit: «Et ensuite, tu pourras peut-être me montrer ce jasmin trompette en boutons dont tu m'as parlé.» Elle s'éclaircit la gorge et, d'une voix plus forte que nécessaire, elle ajouta en s'adressant à Keffria: «Lors de notre dernière rencontre, Malta nous a dit que vous aviez une serre. Mon frère s'intéresse beaucoup aux fleurs.»

Keffria eut un mince sourire. «Vraiment? Eh bien, il pourra visiter notre serre. Malta passant si peu de temps dans les salles aux fleurs, je m'étonne qu'elle se soit souvenue que nous avons un jasmin trompette. Je le montrerai moi-même à Cerwin. Après tout, poursuivit-elle en souriant au jeune homme, il serait imprudent de ma part de le laisser seul en compagnie de mon poisson rouge, après ce qu'il a fait lors de sa dernière visite chez nous ! »

Ronica éprouva presque de la peine pour Cerwin qui grimaça un sourire en s'efforçant de ne pas montrer qu'il avait compris le sous-entendu.

« Cela me ferait très plaisir, Keffria », dit-il.

Ronica s'était attendue à devoir prendre les choses en main, mais, au moins dans ce domaine, Keffria avait apparemment décidé de jouer son rôle jusqu'au bout. En dehors de quelques interventions de pure forme alors qu'ils finissaient le café et les petits gâteaux, Ronica ne disait rien mais ouvrait l'œil. Elle fut bientôt convaincue que Delo et Malta étaient de mèche dans cette affaire, mais que la petite Trell éprouvait beaucoup plus d'inquiétude et de remords que son amie. Malta paraissait, sinon à l'aise, du moins résolue : son attention et sa conversation étaient concentrées sur Cerwin à un point tel qu'il ne pouvait feindre de ne s'apercevoir de rien ; il semblait bien se rendre compte de l'inconvenance de la situation, mais, telle une souris fascinée par un serpent, il n'arrivait pas à prendre le dessus et s'évertuait en vain à ne s'intéresser qu'à la conversation de Keffria sans répondre aux sourires que Malta lui lançait derrière sa tasse de café. Intérieurement, Ronica secoua la tête ; Keffria craignait que Malta ne soit encore trop ingénue pour entrer dans la société de Terrilville et que certains hommes ne cherchent à en profiter, mais c'était apparemment tout le contraire : Malta regardait Cerwin avec l'avidité d'un félin en chasse. Au fond d'elle-même, Ronica se demanda ce qui comptait le plus pour elle : la proie ou la traque ? Cerwin était jeune et, à en juger par le peu que Ronica avait pu voir de lui, inexpérimenté dans ce genre de jeu. S'il succombait trop facilement – et il ne faisait guère mine de résister à ses avances –, Malta risquait de le rejeter pour chercher un cœur plus difficile à séduire.

Ronica portait un regard nouveau sur sa petite-fille, et ce qu'elle voyait ne lui paraissait pas plus admirable chez une femme que chez un homme. Un petit prédateur, voilà ce qu'elle était. Etait-il déjà trop tard pour y remédier ? Quand la jolie fillette s'était-elle métamorphosée, non en jeune femme, mais en femelle avide et conquérante ? Elle se surprit à songer que, finalement, il n'était peut-être pas si mauvais que Kyle eût retiré Hiémain de la prêtrise : si l'un de ses enfants devait recevoir l'héritage des Marchands Vestrit, mieux valait que ce fût lui plutôt que Malta telle qu'elle apparaissait à présent.

Les pensées de Ronica se tournèrent vers Hiémain. Elle espérait qu'il s'adaptait bien à sa nouvelle vie, bien qu'il eût été sans doute plus réaliste, elle le savait, d'espérer qu'il y survivait. Un message était arrivé du monastère : un certain Bérandol demandait des nouvelles du jeune garçon et la date de son retour. Ronica avait transmis la missive à Keffria : qu'elle réponde comme bon lui semblait.

Par moments, prise de fureur, Ronica avait envie de châtier Keffria de n'avoir pas le courage de résister à Kyle. Elle aurait voulu lui faire toucher du doigt toute la souffrance que cet homme avait réussi à susciter au cours des quelques mois qui s'étaient écoulés depuis la mort d'Ephron : il avait pour ainsi dire enlevé Hiémain et l'avait réduit en esclavage à bord du bateau familial, et seul Sâ pouvait savoir ce qu'il était advenu d'Althéa. C'était parfois le plus dur pour Ronica : ne pas réussir à fermer l'œil la nuit parce qu'elle se demandait ce qu'était devenue sa rebelle de fille. Son corps pourrissait-il dans quelque tombe creusée à la hâte ? Vivotait-elle quelque part à Terrilville dans d'affreuses conditions, obligée de recourir à des moyens extrêmes pour subvenir à ses besoins ? Ronica ne croyait pas à cette dernière hypothèse : elle s'était livrée à trop de recherches sans entendre la moindre rumeur à propos de sa fille. Si Althéa était vivante, elle avait quitté Terrilville. Mais dans quelles circonstances ?

La ville n'était plus aussi civilisée qu'elle l'était cinq ans plus tôt seulement. Les Nouveaux Marchands y avaient introduit toutes sortes de vices et des attitudes très contagieuses envers les domestiques et les femmes. C'étaient des hommes pour la plupart. Ronica ignorait comment ils traitaient les femmes dans leurs pays d'origine, mais à Terrilville c'étaient des servantes qui ne différaient des esclaves que par la dénomination ; quant aux esclaves, ils étaient souvent considérés comme moins que des animaux. La première fois que Ronica avait vu un Nouveau Marchand frapper un de ses serviteurs au visage en plein marché, elle était restée choquée, non pas à cause du geste de l'homme : on trouvait des tyrans domestiques parmi les Marchands autant que partout ailleurs, des gens qui se mettaient en fureur contre ceux qui les servaient ou contre leur famille et qui les battaient. En général, le résultat ne se faisait pas attendre : leurs serviteurs devenaient voleurs, menteurs et paresseux. Mais celui du marché s'était contenté de se recroqueviller devant son maître, sans protester, sans menacer de le quitter ni même se plaindre de l'injustice dont il était victime ; du coup, en ne se défendant pas, il rendait impossible toute intervention des spectateurs : chacun hésitait en se demandant s'il n'avait pas mérité ce châtiment, en fin de compte. En l'acceptant, ne reconnaissait-il pas sa propre faute ? Et c'est ainsi que nul ne s'était interposé.

C'en était désormais arrivé au point qu'il existait deux classes de domestiques à Terrilville : les serviteurs proprement dits, comme Nounou qui recevait un salaire et jouissait d'une dignité et d'une vie personnelles – car servir les Vestrit n'était que son travail et elle n'y passait pas toute son existence ; et puis les serviteurs des nouveaux arrivants, dont chaque instant était consacré à satisfaire les caprices de leurs propriétaires. C'était illégal, mais comment prouver qu'un homme était un esclave et non un domestique ? Quand on les interrogeait, ils affirmaient aussitôt, d'un air terrifié, qu'ils étaient bien des serviteurs dont les salaires étaient envoyés chez eux, à leur famille. Beaucoup se déclaraient contents de leur sort, selon eux librement choisi. Ronica éprouvait toujours une vague nausée en se demandant par quelles menaces on les maintenait dans une peur aussi abjecte ; à l'évidence, elles avaient dû être mises à exécution à plusieurs reprises pour que les esclaves les redoutent tant.

« Au revoir, Ronica Vestrit. »

Son sang-froid naturel lui permit de ne pas sursauter. Cerwin Trell se tenait devant elle, inclinant la tête à la façon d'un gentilhomme. Elle lui rendit gravement son salut. « Au revoir, Cerwin Trell. J'espère que vous apprécierez notre serre ; et, si le jasmin trompette vous plaît, peut-être Keffria vous en donnera-t-elle une bouture. Cela peut paraître brutal, mais nous sommes obligées de rabattre durement cette plante pour l'inciter à fleurir et à prendre une forme gracieuse.

– Je comprends », dit-il, ce dont Ronica ne douta pas. Il la remercia, puis quitta le salon à la suite de Keffria. Malta et Delo, penchées l'une vers l'autre, leur emboîtèrent le pas. Les narines dilatées, les lèvres pincées, Malta cachait difficilement sa fureur. Manifestement, elle avait compté rencontrer Cerwin seule, ou du moins sans personne d'autre que sa sœur. Dans quel but? Elle n'en savait sans doute rien elle-même.

C'était peut-être le plus inquiétant dans toute cette affaire : le fait que Malta fonçât ainsi tête baissée, sans connaître les conséquences de son attitude.

Et qui en portait la responsabilité? La question s'imposa à Ronica tandis qu'elle regardait sa fille et les jeunes gens sortir. Les enfants avaient grandi chez elle ; elle les avait souvent vus à table, dans les jardins ou bien dans les jambes des grandes personnes, et ils n'avaient jamais cessé d'être « les enfants » ; non les adultes de demain, non des individus qui prenaient peu à peu leur identité, mais « les enfants ». Selden, par exemple ; où était-il en ce moment, que faisait-il? Sans doute avec Nounou, ou bien avec son précepteur, en tout cas surveillé, en sécurité. Mais Ronica ne savait rien d'autre de lui. L'affolement la saisit un instant : le temps passait trop vite ! Il était peut-être déjà trop tard pour les former convenablement. Elle songea à ses deux filles, Keffria, qui avait passé sa vie à attendre que quelqu'un lui dise ce qu'elle devait faire, et Althéa, qui n'avait toujours désiré qu'en faire à sa tête.

Elle songea aussi aux chiffres des livres de comptes, qu'aucun effort de volonté ne pouvait modifier, et à la dette qu'elle avait envers les Festrée du désert des Pluies. En or ou en sang, elle devait être payée. Soudain, sa perception s'inversa et elle ne se sentit plus concernée par cette dette ; les responsables en étaient désormais Selden et Malta, car n'était-ce pas leur sang qui la rembourserait peut-être un jour?

Mais elle ne leur avait rien appris, rien !

« Maîtresse ? Allez-vous bien ? »

Elle tourna les yeux et vit Rache. La femme était entrée dans le salon, avait rangé les tasses et les couverts sur le plateau, puis s'était approchée de sa maîtresse dont le regard noir se perdait au loin. C'était à elle, à cette servante-esclave qui vivait chez elle, qu'elle avait confié l'éducation de sa petite-fille ! A une femme qu'elle connaissait à peine ! Qu'enseignait à Malta la simple présence de Rache dans la maison ? Que l'esclavage était admissible. Etait-ce une préfiguration de l'avenir? Quelle leçon Malta pouvait-elle en tirer sur la place de la femme dans la future société de Terrilville ?

A son propre étonnement, elle dit à Rache : « Asseyez-vous. Il faut que nous parlions de ma petite-fille, et de vous aussi. »

*

« Jamaillia », murmura Vivacia.

Sa voix réveilla Hiémain qui leva la tête du pont sur lequel il s'était endormi, sous le soleil hivernal. Le temps était clair, ni trop frais ni trop chaud, et le vent paresseux. C'était l'heure de l'après-midi où le jeune garçon devait « s'occuper du navire », comme disait son père dans son ignorance. Assis sur le gaillard d'avant, il avait raccommodé ses pantalons tout en bavardant à mi-voix avec la figure de proue. Il ne se rappelait pas s'être allongé pour dormir.

« Excuse-moi, fit-il en se frottant les yeux.

– De rien, répondit le navire avec simplicité. J'aimerais pouvoir dormir comme les humains, échapper au quotidien et aux soucis qui l'accompagnent. Que l'un de nous en soit capable est une chance pour tous les deux. Si je t'ai réveillé, c'est seulement parce que je pensais que le spectacle te plairait. Ton grand-père disait toujours que c'est vue d'ici que la cité est la plus jolie : on n'en distingue pas les défauts. Voici les fameuses flèches blanches de Jamaillia. »

Hiémain se leva, s'étira, puis regarda la ville par-delà l'eau azurée. Ses deux promontoires s'avançaient pour entourer le navire comme des bras accueillants, et la cité bordait la côte entre l'embouchure fumante de la Chaude et le haut sommet du mont du Gouverneur. Des ceintures d'arbres séparaient de fastueuses propriétés aux demeures et aux jardins ravissants. Sur une crête derrière la ville s'érigeaient les tours et les flèches du palais du Gouverneur ; couramment appelé « cité du haut », l'ensemble architectural constituait le cœur de Jamaillia. La capitale, qui donnait son nom à tout le gouvernorat, centre de civilisation, berceau du savoir et des arts, brillait de feux verts, or et blancs sous le soleil de l'après-midi comme un diamant dans son écrin. Ses flèches s'élevaient plus haut que les arbres et elles étaient d'un blanc si éclatant que Hiémain ne pouvait les regarder sans plisser les yeux. Elles étaient cerclées de bandes d'or, et la base des bâtiments avait été taillée dans le marbre de Saden, d'un vert somptueux. Hiémain buvait des yeux le spectacle de cette ville dont il avait si souvent entendu parler.

Quelque cinq siècles auparavant, elle avait été presque entièrement rasée par un incendie ; le Gouverneur de l'époque avait décrété la reconstruction d'une cité royale encore plus magnifique, avec la pierre pour seul matériau afin d'éviter la répétition d'une telle catastrophe. Il avait rassemblé ses meilleurs architectes, artistes et maçons, et, avec leur aide et trois décennies de labeur, le palais du Gouverneur avait vu le jour. La flèche blanche la plus haute indiquait la résidence du monarque ; la seule qui la dépassât en taille était celle du temple du Gouverneur où le potentat et ses Compagnes rendaient un culte à Sâ. Pendant un moment, Hiémain la contempla, béat de ferveur : être envoyé comme résident au monastère qui servait ce temple représentait le plus grand honneur qui pouvait échoir à un prêtre. A elle seule, sa bibliothèque remplissait dix-sept pièces, et, dans trois salles d'écriture, vingt prêtres se relayaient pour rénover ou copier manuscrits et grimoires. En songeant à tout le savoir accumulé dans le temple, Hiémain se sentit envahi d'un respect émerveillé.

Puis l'amertume obscurcit son âme : Cresson aussi lui avait paru belle et scintillante, alors que c'était une ville aux habitants pleins de convoitise et d'avidité. Il tourna le dos à Jamaillia et, se laissant glisser contre le bastingage, s'assit sur le pont. « Ce n'est qu'une illusion, dit-il, un tour ignoble des hommes : ils se réunissent pour créer ensemble une cité magnifique, et puis ils se reculent en disant : "Voyez quelle belle âme et quelle belle intelligence nous avons ! Voyez notre joie et notre piété ! Nous avons mis tout cela dans ces édifices et maintenant nous n'avons plus besoin de nous en préoccuper dans notre existence quotidienne ! Nous pouvons désormais vivre comme des brutes stupides et réprimer chez nous et chez nos voisins tout penchant pour la spiritualité ou le mysticisme. A présent que c'est inscrit dans la pierre, plus la peine de nous casser la tête avec ces bêtises !" C'est une ruse des hommes pour se leurrer eux-mêmes, un moyen de plus pour se mentir ! »

S'il avait été debout, il n'aurait peut-être pas entendu le murmure de Vivacia ; mais il était assis, les paumes à plat sur le pont, et la réponse de la vivenef résonna dans son âme comme une volée de cloches. « L'existence des hommes en ce monde est peut-être une ruse de Sâ. “Je ferai toutes choses vastes, belles et fidèles à elles-mêmes, a-t-il peut-être déclaré. Les hommes seuls seront capables de mesquinerie, de méchanceté et d’autodestruction. Et, afin de rendre ma ruse plus cruelle encore, je placerai parmi eux des hommes qui sauront voir ces traits en eux-mêmes.” Crois-tu que ce soit ce qu’a fait Sâ ?

– Ce serait un blasphème ! répondit Hiémain avec une pieuse chaleur.

– Ah ? Alors quelle est ton explication ? Cette laideur, cette méchanceté qui sont le propre de l’homme, d’où viennent-elles ?

– Pas de Sâ, mais de l’ignorance de Sâ, de la séparation d’avec lui. J’ai vu des enfants qu’on amenait au monastère, des petits garçons et des petites filles qui n’avaient aucune idée de ce qu’ils faisaient là et que le fait d’être éloignés de chez eux si jeunes emplissait souvent de colère et de peur. En l’espace de quelques semaines, ils s’épanouissaient, ils s’ouvraient à la lumière et à la splendeur de Sâ. Dans chaque enfant, il y a au moins une étincelle de cet éclat. Tous ne restaient pas ; certains étaient renvoyés chez eux, car ils n’étaient pas faits pour une vie oblative. Mais tous étaient faits pour être des créatures de lumière, de réflexion et d’amour. Tous.

– Hmm, fit le navire d’un ton pensif. Hiémain, j’ai plaisir à t’entendre de nouveau t’exprimer comme toi-même. »

Le garçon eut un petit sourire amer et frotta le bourrelet de chair blanche qui s’était formé à l’emplacement de son index amputé. C’était devenu une habitude, sans gravité mais qui l’agaçait quand il s’en rendait compte – comme maintenant. Il replia vivement les doigts et demanda : « J’ai donc tellement tendance à m’apitoyer sur mon sort ? Et c’est donc tellement visible ?

– J’y suis sans doute plus sensible que quiconque ; néanmoins, cela m’amuse de te mettre le nez dedans de temps à autre. » Vivacia se tut un instant. « Vas-tu te rendre à terre ?

– Ça m’étonnerait. » Hiémain s’efforça de ne pas prendre un ton boudeur. « Je n’ai pas débarqué depuis que j’ai “humilié” mon père à Cresson.

– Je sais, répondit le navire. Mais, si tu y vas quand même, Hiémain, sois prudent.

– Pourquoi ?

– Je ne sais pas exactement. Je pense qu’il s’agit de ce que ta trisaïeule aurait appelé une prémonition. »

La vivenef avait employé un ton qui lui ressemblait si peu que Hiémain se leva pour regarder la figure de proue par-dessus le bastingage. Elle avait les yeux levés vers lui. Chaque fois qu'il croyait avoir appris à la connaître, elle le surprenait. L'air était exceptionnellement limpide et possédait une clarté que Hiémain désignait toujours sous le terme de « lumière d'artiste » ; peut-être cela expliquait-il l'aspect lumineux de Vivacia. Le vert de ses yeux, le lustre de ses cheveux noirs, même le grain fin de sa peau présentaient le plus bel aspect à la fois d'une bois supérieurement ouvragé et d'un organisme en bonne santé. Ses joues rosirent sous l'examen de Hiémain et, en réaction, il sentit de nouveau se heurter en lui l'affection qu'il lui portait et son ignorance absolue de ce qu'elle était. Il en fut ébranlé, comme toujours : comment pouvait-il ressentir cette... passion, s'il lui était permis d'employer ce terme à l'égard d'une créature née du bois et de la magie ? Il ne voyait pas de base logique à son amour pour elle : nulle perspective de mariage ni d'enfants à partager, nul besoin de satisfaction physique l'un avec l'autre, nul passé commun, rien ne pouvait expliquer le bien-être ni le sentiment d'intimité qu'il éprouvait en sa compagnie. C'était incompréhensible.

« Cela t'est-il si odieux ? demanda-t-elle à mi-voix.

– Tu n'es pas en cause, répondit-il, essayant d'expliquer ses émotions. Ce sont les sentiments que j'ai pour toi qui sont anormaux. J'ai l'impression qu'on me les impose, non que je les éprouve réellement... On dirait le résultat d'un sortilège », ajouta-t-il à contrecœur. Les adorateurs de Sâ ne niaient pas l'existence de la magie. En de rares occasions, Hiémain l'avait vue pratiquer sous forme de petits charmes destinés à nettoyer une plaie ou allumer un feu ; mais c'étaient là les actes d'une volonté qui se servait d'un don naturel pour obtenir un effet physique ; en revanche, cette brutale poussée d'émotion qu'il vivait, uniquement déclenchée, lui semblait-il, par un contact prolongé, relevait d'un domaine tout à fait différent. Il appréciait la *Vivacia*, il le savait, et il le comprenait, car il avait de nombreuses raisons pour cela : elle était belle, douce et elle faisait preuve de compassion envers lui ; en outre, elle était intelligente, et la voir employer sa raison pour élaborer des enchaînements d'arguments était un véritable plaisir. On eût dit un acolyte encore novice, à l'esprit ouvert et plein d'ardeur à apprendre. Qui pourrait rester indifférent à une telle créature ? En toute logique, il devait aimer le navire, et c'était bien le cas. Mais cette sympathie était sans rapport avec la vague d'émotion presque douloureuse qui le balayait aux moments les plus inattendus, comme aujourd'hui ; dans ces occasions, Vivacia prenait plus d'importance que sa maison natale, sa famille, et même sa vie au monastère ; il aurait voulu mourir là, à plat ventre sur ses ponts, absorbé en elle.

Mais non : le but d'une existence bien vécue était de ne faire qu'un avec Sâ.

« Tu crains que je ne prenne la place de ton dieu dans ton cœur.

– C'est très possible, acquiesça-t-il à regret. Mais je ne pense pas que ce soit toi, Vivacia, qui m'imposes ces sentiments ; à mon avis, cela tient simplement à ta nature de vivenef. » Il soupira. « S'il faut trouver un responsable à ma situation, je dois chercher du côté de ma famille, de ma trisaïeule qui a jugé bon de commander la construction d'une vivenef. Toi et moi, nous sommes comme des bourgeons greffés sur un arbre : nous pouvons nous efforcer de rester fidèles à notre nature en nous développant, mais seulement dans la mesure où nos racines nous le permettent. »

Le vent forcit brusquement comme pour souhaiter la bienvenue au navire qui entrait dans le port. Hiémain se leva et s'étira. Ces derniers temps, il sentait les changements qui s'effectuaient dans son corps : il ne pensait pas avoir grandi mais ses muscles s'étaient nettement endurcis, et un coup d'œil dans un miroir lui avait révélé que les rondeurs enfantines de son visage avaient disparu. Oui, il avait changé : il était plus mince, plus solide, et il n'avait plus que neuf doigts. Cependant, cela ne suffisait pas encore à son père : quand la fièvre était enfin tombée et que sa main avait paru en bonne voie de guérison, Kyle l'avait convoqué, mais pas pour le féliciter de son courage ni pour lui demander des nouvelles de sa santé, ni même pour lui annoncer qu'il avait remarqué ses progrès de marin. Non : il l'avait fait venir pour lui reprocher sa stupidité ; il avait eu la possibilité, à Cresson, de se faire apprécier de l'équipage et d'y être enfin accepté, et il avait laissé passer l'occasion !

« Mais c'était une escroquerie, avait-il répondu à son père. Le combat entre l'ours et l'homme qui avait gagné n'était qu'un leurre ; c'était évident.

– Je le sais bien ! avait déclaré Kyle d'un ton impatient. Mais ce n'est pas la question. Tu n'étais pas obligé de gagner, espèce d'idiot ! Il te suffisait de montrer que tu avais du cran ! Tu as cru prouver ton courage en restant impassible pendant que Gantri t'amputait le doigt – non, ne nie pas, j'en suis sûr ! Mais tout ce que tu as obtenu, c'est de passer aux yeux de tous pour… pour un monstre de foire. Quand les hommes attendaient des tripes, tu t'es montré lâche, et là où quelqu'un de normal aurait poussé des jurons et hurlé de douleur, tu t'es conduit comme un fanatique. Avec une telle attitude, tu te feras toujours rejeter par l'équipage ; tu n'en feras jamais partie et tu n'en deviendras jamais le commandant respecté. Bien sûr, les hommes feront peut-être semblant de t'accueillir parmi eux, mais ce ne sera que de la comédie ; ils attendront seulement que tu baisses ta garde pour te rentrer dedans. Et je vais te dire une bonne chose : tu l'auras bien mérité ! Et j'espère que c'est ce qui va t'arriver ! »

Les paroles de son père résonnaient encore dans son esprit. Au cours des longues journées qui s'étaient écoulées depuis, il lui avait pourtant semblé sentir l'équipage l'accepter peu à peu, à contrecœur. Clément, aussi prompt à pardonner qu'à se vexer, avait été le premier à reprendre une attitude tolérante ; mais Hiémain n'était plus capable de supporter la situation avec sérénité. Parfois, la nuit, alors qu'il tentait de retrouver comme naguère ses états de méditation, il arrivait à se convaincre qu'il était tombé dans un piège : son père avait empoisonné ses relations avec les autres membres d'équipage parce qu'il ne voulait pas qu'ils l'acceptent, et il ferait tout pour que Hiémain demeure un paria. Il en résultait, se disait-il en suivant péniblement les méandres de cette logique démente, qu'il ne devait jamais se croire complètement intégré à l'équipage ni se fier à l'amitié de ses membres, sans quoi son père trouverait le moyen de les retourner contre lui.

« Chaque jour, dit-il à mi-voix, j'ai un peu plus de mal à savoir qui je suis. Mon père sème en moi le doute et le soupçon ; la dureté de la vie à bord m'habitue à la cruauté quotidienne entre mes semblables, et même toi, même les heures que je passe en ta compagnie me déforment et m'entraînent loin de la prêtrise, vers un autre état, un état dont je ne veux pas. »

C'étaient des paroles difficiles à prononcer, aussi douloureuses pour lui que pour la vivenef, et c'est pour cette seule raison qu'elle garda le silence.

« Je n'en peux plus, reprit-il. Il va se produire une fracture, et je crains que ce ne soit moi qui cède.» Sans ciller, il soutint le regard de Vivacia. «Je ne fais que vivre au jour le jour, en attendant que quelqu'un ou quelque chose modifie la situation.» Il scruta les traits de la figure de proue, en quête d'une réaction à ses paroles suivantes. «Je dois prendre une décision, je crois. Il faut que j'agisse de mon propre chef.»

Il attendit une réponse mais Vivacia ne vit pas quoi dire. De quelle décision parlait-il? Que pouvait-il faire contre la domination de son père?

«Hé, Hiémain! Viens donner un coup de main!» cria une voix depuis le pont.

Il devait reprendre son collier de misère. «Il faut que j'y aille», dit-il à Vivacia. Il prit une longue inspiration. «Je ne sais pas si c'est bien ou mal, mais je t'aime. Pourtant...» Il secoua la tête, soudain à court de mots.

«Hiémain! Ici, tout de suite!»

Comme un chien bien dressé, il se précipita pour répondre à l'ordre. Vivacia le regarda grimper avec aisance dans le gréement; cette facilité était aussi parlante que sa déclaration d'amour: il continuait à se plaindre souvent, il souffrait toujours des déchirements de son cœur, mais, quand il exprimait sa détresse, ils pouvaient en discuter et ils en tiraient tous deux des leçons. Pour l'instant, il croyait ne plus en pouvoir mais elle savait la vérité: il était fort, tout au fond de lui, et, bien que malheureux, il parviendrait à résister. Ils finiraient par trouver leur équilibre, l'un comme l'autre; il leur fallait seulement du temps. Depuis la première nuit qu'il avait passée en sa compagnie, elle savait qu'il était destiné à vivre à son bord. Il avait du mal à l'accepter, il se battait bec et ongles contre cette idée, mais, même dans les propos provocateurs qu'il venait de tenir, elle sentait un affaiblissement de son refus.

Elle jeta un regard nouveau sur le port: à plus d'un titre, Hiémain avait raison quant à la corruption sous-jacente de la cité. Mais, bien sûr, elle n'irait pas le dire devant lui: il était d'humeur assez lugubre ainsi. Mieux valait qu'il s'intéresse aux aspects positifs de Jamaillia. La ville offrait un spectacle ravissant sous le soleil d'hiver.

Elle se rappelait le port, mais n'en avait en même temps aucun souvenir: ceux d'Ephron correspondaient au point de vue d'un homme, pas à celui d'un navire. Son attention s'était portée sur les quais, sur les négociants qui attendaient ses marchandises et sur les merveilles architecturales de la cité ; il n'avait jamais remarqué l'eau sale issue des égouts qui s'écoulait en volutes dans le port, pas plus qu'il n'avait pu sentir par tous les pores de sa coque la pestilence des serpents. La vivenef balaya du regard l'onde paisible mais ne détecta nul signe de ces créatures maléfiques et rusées : elles se tortillaient lentement dans la vase douceâtre du fond du bassin. Un mauvais pressentiment lui fit porter les yeux vers la section des quais où étaient amarrés les transports d'esclaves, dont le vent lui apportait la puanteur par bouffées. L'odeur des serpents s'y mêlait à celle de la mort et des excréments. C'était là que ces créatures se regroupaient en nœuds grouillants, en dessous de ces sinistres navires. Une fois déchargée puis réarmée pour sa nouvelle fonction, Vivacia s'ancrerait auprès d'eux et embarquerait sa propre cargaison de malheur et de désespoir. Elle croisa les bras et se redressa. Malgré le soleil, elle frissonna. Des serpents !

⋆

Ronica était installée dans le bureau qui était naguère celui d'Ephron et devenait peu à peu le sien. C'était dans cette pièce qu'elle se sentait encore le plus proche de lui, et qu'il lui manquait le plus. Au cours des mois écoulés depuis sa mort, elle avait progressivement nettoyé sa pagaille pour la remplacer par la sienne, bouts de papier et autres vétilles ; pourtant, Ephron demeurait là, dans l'essence même de la pièce. Son bureau massif était beaucoup trop grand pour Ronica, et elle se sentait comme une petite fille quand elle s'asseyait dans son fauteuil. Des objets exotiques rapportés de ses voyages décoraient les murs, curiosités ou articles d'ornement ; l'énorme vertèbre d'un gigantesque animal marin, délavée par l'eau de mer, servait de tabouret, tandis que sur une étagère s'alignaient des statuettes, des coquillages et de curieuses parures venues d'un peuple lointain. Ronica ressentait une étrange impression d'intimité avec son époux à voir ses livres de comptes ouverts sur le plateau poli de son bureau, sa tasse de thé et son tricot posés sur le bras de son fauteuil, près de sa cheminée.

Comme souvent quand elle était indécise, elle s'était rendue dans cette pièce afin de réfléchir et de tenter d'imaginer ce qu'Ephron lui aurait conseillé. Elle s'était assise sur le divan près du feu, les jambes repliées sous elle, en laissant tomber ses chaussons par terre ; elle portait une robe de chambre de laine que deux années d'usage avaient rendue aussi moelleuse et confortable que le canapé. Elle avait préparé le feu elle-même, l'avait allumé puis regardé brûler jusqu'à ce qu'il ne fût plus que braises rougeoyantes ; elle s'en était sentie détendue et réchauffée, mais elle n'avait toujours pas de réponse à ses questions.

Elle venait de songer qu'Ephron aurait haussé les épaules et lui aurait confié le soin de régler elle-même le problème quand on frappa à la lourde porte à panneaux.

« Oui ? »

Elle s'attendait à voir Rache, mais ce fut Keffria qui entra. Elle était en chemise de nuit et ses lourdes tresses étaient enroulées en macarons comme si elle s'apprêtait à se coucher, mais elle portait un plateau sur lequel étaient posées une carafe fumante et de grosses chopes. Ronica sentit un parfum de café mêlé de cannelle.

« J'avais renoncé à te voir venir. »

Keffria ne répondit pas directement à la remarque. « Comme je n'arrivais pas à m'endormir, j'ai jugé préférable d'être bien réveillée. Du café ?

– Avec plaisir. »

Depuis quelques heures, mère et fille avaient conclu une sorte de trêve tacite : elles se parlaient sans se parler, ne se posaient pas d'autres questions que celles qui concernaient les repas ou quelque autre détail sans importance ; l'une comme l'autre évitait tout sujet qui pût déboucher sur une confrontation. Plus tôt, Ronica avait proposé à sa fille de la rejoindre dans le bureau, et, constatant que Keffria ne répondait pas à son invitation, Ronica avait supposé que la raison en était cette tension qu'elles cherchaient à dissimuler ; elle s'était alors fait la réflexion amère que Kyle avait réussi à la priver de ses deux filles, en chassant l'une et en emmurant l'autre. Mais Keffria se trouvait à présent devant elle, et Ronica résolut soudain de la reconquérir au moins en partie. Tout en prenant la chope fumante que sa fille lui tendait, elle déclara : « Tu m'as impressionnée aujourd'hui ; j'étais fière de toi. »

Keffria eut un sourire amer. « Oh, moi aussi. J'ai réussi toute seule à déjouer les sinistres complots d'une gamine de treize ans. Quelle victoire ! » Elle s'assit dans le fauteuil de son père, se débarrassa de ses pantoufles et replia les jambes sous elle. « Une victoire bien vaine, maman.

– J'ai élevé deux filles, fit Ronica d'une voix douce. Je sais combien la victoire peut être pénible parfois.

– Tu n'as pas dû avoir trop de mal avec moi », répondit Keffria d'un ton morne. Elle ajouta d'une voix où l'on sentait le mépris qu'elle s'inspirait : « Je ne crois pas vous avoir jamais fait passer une nuit blanche, à papa et toi. J'étais une enfant modèle, je ne me rebellais jamais contre vos décisions, j'obéissais à toutes les règles et je devais récolter plus tard les fruits de ma vertu. Du moins je le pensais.

– Tu étais la plus docile des deux, reconnut Ronica. Peut-être, à cause de cela, t'ai-je sous-estimée, voire négligée. » Elle secoua la tête. « Mais, à cette époque, Althéa me causait tant de souci que je n'avais guère le temps de constater ce qui allait bien... »

Keffria soupira sèchement. « Et tu ne sais pas la moitié de ce qu'elle faisait ! J'étais sa sœur et je... Mais rien n'a changé malgré les années. Elle continue à nous causer du souci à toutes les deux. Quand elle était petite, elle était la préférée de papa à cause de son entêtement et de son indiscipline ; aujourd'hui, il est mort, elle est partie et, par sa seule absence, elle t'a détournée de moi.

– Keffria ! » Ronica était choquée par l'insensibilité de sa fille. Sa sœur avait disparu, et tout ce que cela lui inspirait, c'était de la jalousie parce que sa mère s'inquiétait ? Mais, au bout d'un moment, elle demanda d'un ton hésitant : « Tu es vraiment persuadée que je ne m'intéresse plus à toi parce que ta sœur a disparu ?

– Tu m'adresses à peine la parole, répondit Keffria. Quand je me suis emmêlée dans les comptes de mon héritage, tu m'as pris les livres des mains et tu as tout calculé toi-même. Tu diriges la maison comme si je n'existais pas. Quand Cerwin est venu tout à l'heure, tu as foncé seule dans la mêlée, et tu n'as envoyé Rache me prévenir qu'ensuite, comme si tu y avais pensé après coup. Maman, si je devais disparaître comme Althéa, j'ai l'impression que les affaires courantes seraient mieux traitées, tellement tu es douée pour tout mener. » Elle se tut, puis reprit d'une voix étranglée : « Tu ne me laisses pas prendre ma place dans la maison. »

Et elle leva vivement sa chope pour boire une longue gorgée de café, le regard perdu dans les braises du feu.

Ronica en resta sans voix. Elle porta sa propre chope à ses lèvres, puis déclara tout en sachant qu'elle se cherchait seulement des excuses : « Mais je ne faisais qu'attendre que tu prennes le relais.

– Tu étais trop occupée à tenir fermement les rênes pour trouver le temps de m'enseigner comment faire. "Tiens, donne-moi ça, ce sera plus facile si je le fais moi-même." Combien de fois ne m'as-tu pas dit ces mots ? Te rends-tu compte à quel point j'ai toujours eu l'impression d'être stupide et bonne à rien ? » C'était une vieille rancœur qui perçait dans ses paroles.

« Non, murmura Ronica. Je ne m'en rendais pas compte. Mais j'aurais dû, c'est vrai. Et je le regrette, Keffria. Je le regrette profondément. »

Keffria eut un soupir amer. « Ça n'a plus grande importance désormais. N'y pense plus. » Elle secoua la tête, l'air songeuse, comme si elle cherchait les meilleurs termes à employer. Enfin, elle dit à mi-voix : « C'est moi qui m'occuperai de Malta désormais. » Elle jeta un coup d'œil à sa mère comme si elle s'attendait à une objection, mais Ronica continua de la regarder et se tut. Keffria inspira profondément. « Tu doutes peut-être que j'y parvienne ; moi-même, j'en doute. Mais je vais essayer ; voilà ce que je sais. Et je voulais te demander... Pardon, mais je dois te le dire : ne t'en mêle pas. Même si tu penses que je ne récolte que la pagaïe, que je ne maîtrise plus rien, ne cherche pas à prendre la situation en main sous prétexte que tu t'en tireras mieux que moi. »

Ronica était atterrée. « Mais, Keffria, ce n'est pas mon genre ! »

Sa fille s'absorba dans la contemplation des braises. « Oh si, c'est ton genre, maman ! Et tu ne t'en rendrais même pas compte, comme aujourd'hui. J'ai pris ta suite en me débrouillant avec la scène telle que tu l'avais établie, alors que, si j'avais eu mon mot à dire, j'aurais commencé par ne pas faire appeler Malta. J'aurais raconté à Cerwin et Delo qu'elle était sortie, occupée ou malade, puis je les aurais éconduits poliment, sans laisser à Malta l'occasion de faire sa coquette.

– Cela aurait peut-être été préférable, en effet », concéda Ronica d'une voix basse. Le discours de sa fille l'avait touchée douloureusement ; elle avait seulement tenté de réfléchir rapidement et de régler l'affaire pour éviter une catastrophe. Cependant, aussi cuisants qu'ils fussent, les propos de Keffria étaient exacts. Elle se tut donc et prit une gorgée de café. « Puis-je connaître tes intentions ? demanda-t-elle au bout d'un moment.

– Je n'en sais encore rien, avoua Keffria. Malta en a déjà tant fait, et elle a si peu de respect pour moi... Je n'arriverai peut-être à rien. Mais j'ai quelques idées sur la façon de m'y prendre pour commencer. Je vais d'abord l'éloigner de Rache : plus de leçons de danse ni de maintien tant qu'elle ne les aura pas méritées. Quand elle les reprendra, si cela se produit un jour, elle devra traiter Rache avec la même courtoisie que Selden son précepteur ; et les leçons auront lieu à une heure donnée, non quand elle s'ennuie et souhaite se distraire. Si elle en manque une, elle devra rattraper le temps perdu par des corvées. » Keffria reprit son souffle. « Mon objectif est qu'elle acquière les privilèges d'une femme en accomplissant le travail d'une femme. Aussi (elle croisa le regard de sa mère et le soutint), je te reprends mes livres de comptes. Je ne veux pas que Malta reste aussi ignorante que moi une fois adulte ; elle devra passer quelque temps chaque semaine à établir les bilans. Je sais qu'elle va faire des ratures, gaspiller des pages, commettre des erreurs et devoir recopier des colonnes entières de chiffres. Nous devrons le supporter, toi et moi, tout comme elle. Elle devra inscrire les recettes et les dettes, et en calculer la différence. Et elle devra... ou plutôt nous devrons t'accompagner quand tu iras voir les courtiers, les négociants et les surveillants. Il faut qu'elle apprenne comment on gère les propriétés et la comptabilité. »

Keffria sa tut de nouveau comme si elle s'attendait à une objection, mais Ronica ne dit rien.

« Elle devra naturellement savoir se tenir en toute occasion, et porter des toilettes qui conviennent à une jeune fille en train de devenir adulte : ni indécentes ni suggestives, mais pas non plus enfantines. Il lui faudra de nouveaux vêtements, et je participerai à leur fabrication. En outre, elle apprendra la cuisine et la direction des domestiques. »

Ronica hochait gravement la tête à chaque nouvelle tâche que Keffria projetait d'enseigner à Malta. Quand sa fille eut fini sa liste, elle déclara : « Je pense que tu agis sagement, et Malta ne peut que retirer un grand bénéfice de ce que tu te proposes de lui apprendre. Mais elle n'y viendra pas de son plein gré. Il n'est pas du tout à la mode que les femmes acquièrent ce genre de connaissances, et encore moins qu'elles les mettent en pratique ; pour Terrilville, un tel comportement est bon pour la plèbe. Sa fierté va en souffrir ; ce ne sera pas une élève complaisante.

– Non, certainement, acquiesça Keffria. Et c'est pourquoi j'ai une autre demande à te faire, maman ; je sais que tu ne seras pas d'accord, mais je pense que c'est le seul moyen de plier Malta à ma volonté : elle ne doit plus recevoir le moindre sou à dépenser comme bon lui semble, sauf de moi. Je vais avertir les boutiquiers et les marchands qu'ils ne doivent plus lui accorder le crédit familial. Ce sera une humiliation pour nous tous mais… » Elle s'interrompit, l'air pensif. « Oui. Je vais élargir cette mesure à Selden également. Je pense qu'il n'est pas trop tôt pour commencer avec lui aussi. Je n'aurais peut-être jamais dû laisser Malta s'habituer à obtenir trop facilement tout ce qu'elle désirait. »

Ronica hocha la tête en réprimant un grand soupir de soulagement. Sur le bureau gisaient déjà une poignée de factures signées par Malta pour des friandises, des colifichets et des parfums au prix exorbitant. Déduire les dépenses inconsidérées de la jeune fille avait été un crève-cœur, mais c'était un des sujets sur lesquels Ronica avait jusque-là renâclé à mentionner à Keffria ; à présent, elle se demandait pourquoi. « C'est ta fille, dit-elle, mais je crains que ce ne soit dur pour tout le monde. » Non sans réticence, elle ajouta : « Il y a autre chose dont elle doit être mise au courant : notre contrat avec la famille Festrée. »

Keffria haussa les sourcils. « Mais je suis mariée », répondit-elle.

Ronica éprouva un soudain élan de compassion pour la jeune femme : elle se rappelait ses propres sentiments le jour où elle s'était rendu compte que ses filles grandissantes étaient désormais vulnérables à un marché conclu des générations plus tôt. « C'est exact, acquiesça-t-elle à mi-voix. Et Althéa reste introuvable, tandis que nos dettes augmentent plus vite que nos recettes. Keffria, tu n'as sûrement pas oublié les termes du pacte des Vestrit : or ou sang. Une fois que Malta aura été présentée en tant que femme à la société de Terrilville, sa personne appartiendra aux Festrée si nous ne disposons pas de l'or pour le versement. » Avec répugnance, elle poursuivit : « Et, à la mi-été, je n'ai pas pu tout payer. J'ai promis le versement complet pour la mi-hiver, augmenté d'une pénalité. » Elle n'eut pas le courage d'avouer à sa fille l'énormité des intérêts qu'elle avait consentis. « Si je n'y parviens pas, poursuivit-elle avec difficulté, Caoloun Festrée sera en droit d'invoquer son droit à s'approprier notre sang : Althéa, si on l'a retrouvée d'ici là ; Malta, dans le cas contraire. »

Ronica se tut, à court de mots. Elle vit la compréhension et l'horreur apparaître dans les yeux de Keffria, suivies, c'était inévitable, de la révolte. « Ce n'est pas juste ! Je n'ai jamais donné mon accord à ce marché ! Comment Malta pourrait-elle être tenue par les clauses d'un contrat signé des générations avant sa naissance ? C'est absurde ! C'est injuste ! »

Ronica lui laissa un moment pour se calmer, puis elle prononça les paroles que tout enfant de Marchand connaissait par cœur : « C'est la tradition Marchande. Elle n'est jamais juste, elle n'est parfois même pas compréhensible, mais c'est la tradition Marchande. Que possédions-nous en arrivant sur les Rivages Maudits ? Rien que nous-mêmes et la valeur que pouvait avoir la parole d'un homme ou d'une femme. Nous nous sommes juré fidélité les uns aux autres, non pour une journée ni pour une année, mais pour toutes les générations à venir. Et c'est ainsi que nous avons pu survivre là où nul n'y était parvenu. Nous avons juré allégeance à la terre aussi, et à ses exigences. C'est, j'imagine, un autre sujet dont tu n'as pas discuté avec Malta. Tu dois le faire, et vite, car tu sais qu'elle a sûrement entendu des rumeurs.

– Mais… ce n'est qu'une enfant, fit Keffria d'une voix suppliante, comme si, en abondant dans son sens, sa mère pouvait modifier ce que leur histoire familiale leur avait imposé.

– Oui, répondit Ronica avec circonspection, mais pour peu de temps encore. Il faut la préparer. »

10

COMPLOTS ET PÉRILS

« Ainsi, tout ne s'est pas passé comme l'avait prévu Kennit, le roi des pirates, hein ?

– La ferme », répondit le capitaine d'un ton où l'on sentait plus de lassitude que d'agacement. La journée avait été aussi infructueuse qu'épuisante. Ils avaient repéré une vivenef, un navire marchand ventru à l'ancienne mode qui se vautrait dans les vagues comme une truie. Il naviguait bien en avant d'eux, se frayant soigneusement un chemin parmi les hauts-fonds du chenal Encore-Trompé, et enfonçait profondément dans l'eau, lourd d'une riche cargaison. Les pirates auraient dû être en mesure, à tout le moins, de l'obliger à s'échouer. La *Marietta* avait hissé les voiles et fondu sur lui, assez près pour entendre la figure de proue annoncer les fonds et les changements de direction à l'homme de barre, pour voir le visage des hommes qui composaient son équipage, pour percevoir leurs cris lorsqu'ils avaient reconnu le pavillon au corbeau et les exhortations à manœuvrer le plus vite possible qu'ils avaient alors échangées. Sorcor avait fait projeter dans leur gréement ses boulets garnis de chaînes, mais le navire avait fait un écart et les avait évités au dernier instant. Furieux, Kennit avait demandé des boules de feu, et Sorcor avait obéi de mauvais gré ; l'une d'elles avait fait mouche, explosant sur une voile qui s'était obligeamment enflammée ; mais, presque aussi vite que le feu s'était propagé sur la toile, la voile s'était effondrée sur elle-même et avait chu sur le pont où l'équipage l'avait éteinte à coups de pied frénétiques et noyée sous des baquets d'eau. Et, à chaque moment qui passait, la vivenef, de façon incompréhensible, impossible, s'éloignait un peu plus du bateau pirate.

Comme pris de folie, Kennit s'était alors mis à invectiver ses hommes, à ordonner qu'on hisse davantage de voile, qu'on sorte les rames, bref qu'on fasse tout pour augmenter la vitesse de la *Marietta.* Mais, comme si les dieux eux-mêmes s'étaient opposés à lui, un coup de tabac s'était levé, un de ces épouvantables grains typiques des îles, qui font tourner le vent dans toutes les directions, puis la pluie s'était mise à tomber en nappes grises qui les avaient aveuglés. En jurant, Kennit était monté lui-même en haut du mât pour essayer de garder un contact visuel avec sa proie. Il l'avait cherchée, tous ses sens tendus à l'extrême, et, de temps en temps, il l'avait aperçue, chaque fois un peu plus loin. Puis elle avait contourné un cap, et, quand la *Marietta* l'avait passé à son tour, la vivenef avait tout bonnement disparu.

Le soir était à présent tombé; la brise nocturne gonflait les voiles de la *Marietta* et la pluie monotone avait cessé. Les hommes se faisaient le plus discrets possible autour de leur capitaine, sans savoir que la rage bouillonnante qu'il avait ressentie contre eux avait fini par se calmer. Debout sur le gaillard d'arrière, il observait les feux de sorcière qui dansaient dans leur sillage, et il cherchait la paix intérieure.

« Ça veut dire que tu dois un autre transport d'esclaves à Sorcor, non ? fit aimablement l'amulette.

– Je me pose une question : si je te détachais de mon poignet et que je te jette à l'eau, flotterais-tu ?

– Essayons pour voir », suggéra le petit visage de bois.

Kennit soupira. « Si je supporte ta présence, c'est uniquement à cause du prix exorbitant que je t'ai payé. »

Son minuscule sosie fit la moue. « Vas-tu dire la même chose de la putain au cours des jours à venir ? »

Kennit ferma les yeux. « Ne peux-tu te taire et me laisser tranquille, ne serait-ce qu'un petit moment ? »

Il entendit un pas doux et un bruissement de tissu sur le pont derrière lui. « Tu m'as parlé ? demanda Etta.

– Non.

– Je croyais que tu avais dit quelque chose... Que tu souhaitais qu'on te laisse tranquille. Je peux retourner à la cabine, si tu le désires. » Elle se tut, puis ajouta d'une voix plus basse : « Mais je préférerais me joindre à toi, si tu le permets. »

Kennit sentait son parfum à présent : lavande. L'indécision l'assaillit et il tourna le regard vers elle. Elle lui fit une profonde révérence, telle une dame saluant son seigneur.

« Oh, je t'en prie ! grogna-t-il en levant les yeux au ciel.

– Mais de rien », répondit-elle avec chaleur. Ses pantoufles étouffèrent ses pas sur le pont et elle se trouva soudain à côté de lui. Elle ne le toucha pas : malgré sa situation, elle savait se garder de ce genre de familiarités. Elle ne s'appuya pas non plus avec désinvolture sur le bastingage près de lui, mais resta debout, bien droite, une main posée sur la lisse, et elle regarda Kennit. Au bout d'un moment, n'en pouvant plus, il se tourna vers elle.

Alors elle lui sourit, radieuse, lumineuse.

« Charmante », fit une petite voix au poignet du capitaine, et Kennit ne put qu'être d'accord. Etta baissa les yeux, puis les détourna, comme prise d'un accès de timidité ou de confusion. Elle portait une nouvelle tenue. Le matelot qui l'avait amenée à bord avait suivi les instructions de son capitaine et avait fourni à Etta un baquet rempli d'eau chaude, mais n'avait su que lui donner comme habits : à l'évidence, le costume grossier des marins ne pouvait convenir à la dame de son commandant. Non sans trembler, il lui avait sorti la chemise de nuit du capitaine, puis, en hésitant, il lui avait offert plusieurs coupons de splendides tissus prélevés sur leur dernier butin. Kennit avait d'abord tordu le nez devant tant de largesse, puis il s'était résigné. Il y avait toujours des aiguilles et du fil à bord d'un navire, et Etta s'était lancée avec ardeur dans ses travaux de couture. Kennit avait fini par conclure que l'idée de l'homme avait été géniale : pendant que la femme était occupée à coudre, au moins elle n'était pas dans ses jambes. Les habits qu'Etta s'était fabriqués étaient d'un style que Kennit n'avait jamais vu sur aucune autre femme, et en outre très pratique pour la vie à bord d'un navire.

Ce n'était pas pour autant qu'il comptait la laisser habiter indéfiniment sur le *Marietta* ; mais il n'avait pas encore trouvé d'endroit convenable où la confiner. Heureusement pour lui, elle était très adaptable : pas une fois elle ne s'était plainte depuis qu'il l'avait prise à bord, si l'on exceptait le deuxième jour où elle avait pénétré comme une furie dans la cambuse en reprochant au coq d'avoir trop salé le ragoût de la table du commandant ; depuis, elle supervisait souvent la préparation des repas qu'on leur servait dans leur cabine, et, de fait, il n'était pas impossible que la qualité de la cuisine s'en fût améliorée.

Mais elle n'en restait pas moins une putain, comme se le rappela Kennit. Malgré ses cheveux courts et lisses qui paraissaient lustrés sous les lumières du navire, malgré la soie vert émeraude de son corsage à manches bouffantes et le pantalon broché dans lequel elle l'avait enfoncé, malgré la ceinture en drap d'or qui affinait sa taille déjà étroite, elle restait sa putain et rien d'autre, même si un petit rubis scintillait à son oreille et qu'un superbe manteau bordé de fourrure la protégeait du vent nocturne.

« J'ai réfléchi à la vivenef qui t'a échappé aujourd'hui », dit-elle avec témérité. Elle leva les yeux vers lui, des yeux trop sombres pour son goût. Elle parut s'en rendre compte car elle les baissa aussitôt, avant même qu'il répondît avec violence : « Ne me parle pas de ça !

– Promis », fit-elle d'une voix douce. Mais, au bout d'un moment, comme toutes les femmes, elle ne put s'empêcher d'enfreindre sa promesse. « La rapidité d'un navire vivant est légendaire », dit-elle à mi-voix. Elle contemplait le sillage et paraissait s'adresser à la nuit. « Je ne connais pour ainsi dire rien au métier de pirate », avoua-t-elle. Comme si c'était une surprise pour lui ! « Mais je me demande si on ne pourrait pas tourner à notre avantage la promptitude de la vivenef à s'enfuir.

– Je ne vois pas comment », fit Kennit d'une voix grinçante.

Elle s'humecta les lèvres avant de répondre et, pendant une fraction de seconde, toute l'attention de Kennit se fixa sur ce petit bout de langue rose qui s'agitait ; une poussée irrationnelle de désir l'enflamma. Maudite ! Côtoyer constamment une femme n'était pas bon pour un homme. Il relâcha son souffle avec un son étouffé.

Etta lui lança un regard de biais. S'il avait eu la certitude que c'était de la moquerie qui faisait danser un léger sourire sur ses lèvres, il l'aurait giflée ; mais elle ne parla que de piraterie. « Un lapin s'étrangle en se jetant la tête la première dans un collet, dit-elle. En connaissant l'itinéraire prévu d'une vivenef et en disposant de plus d'un navire... eh bien, un seul bateau suffirait à prendre la cible en chasse et à la pousser à se jeter la tête la première dans une embuscade. » Elle se tut et regarda les vagues. « Je crois savoir qu'un navire est très difficile à freiner même si on a vu le danger à l'avance; et il me semble qu'il ne manque pas dans la région de chenaux étroits où une vivenef n'aurait d'autre choix que de s'échouer pour éviter une collision.

– Ce serait peut-être réalisable, encore que je trouve les conditionnels bien nombreux dans cette proposition. Il faudrait que toutes les circonstances nécessaires soient réunies.

– Oui, sans doute», murmura Etta. Elle secoua légèrement la tête pour écarter une mèche de ses yeux. Ses cheveux courts et luisants étaient d'un noir absolu, du noir qui règne entre les étoiles la nuit. Kennit pouvait l'embrasser sans crainte: elle n'avait pas d'autre homme que lui. Elle vit qu'il la regardait; ses yeux s'agrandirent et, soudain, sa respiration se fit plus rapide et plus profonde. Il se colla brusquement contre elle et la plaqua contre le bastingage, dominateur. Il força ses lèvres à s'ouvrir sous les siennes, sentit ses mamelons, petits mais durs, à travers la soie fine de son corsage tiède de chaleur animale. Il écarta sa bouche de celle d'Etta.

«Ne te crois plus jamais le droit de me dire ce que je dois faire, dit-il d'un ton brusque. Je n'ai pas besoin des conseils d'une femme. Je sais parfaitement comment obtenir ce qui me plaît.»

Les yeux d'Etta étaient noirs comme la nuit. «C'est vrai, tu le sais très bien», répondit-elle d'une voix rauque.

*

Parangon les entendit longtemps avant qu'ils parviennent jusqu'à lui. Il savait que la nuit était tombée car les cris des oiseaux du soir avaient cessé depuis longtemps, et, d'après l'humidité qui perlait sur lui, il devait baigner dans un épais brouillard; aussi attendit-il avec une certaine agitation de savoir pourquoi des humains se risquaient sur la grève semée de rochers, dans le noir et dans la brume. Ils venaient le voir, il en était sûr: en dehors de lui, la plage était déserte. Comme ils approchaient, il perçut l'odeur d'huile chaude d'une lanterne allumée, qui ne paraissait pourtant pas très efficace, car les visiteurs juraient fréquemment en trébuchant. Il savait déjà qui était l'un d'eux: Mingslai. Sa voix commençait à ne lui être que trop connue.

Ils avaient peut-être l'intention de l'incendier. Il s'était moqué de Mingslai lors de sa dernière visite ; peut-être l'homme allait-il projeter la lanterne contre lui. Le verre se briserait, l'huile enflammée l'éclabousserait et il mourrait là, hurlant, impuissant, lentement consumé par le feu.

« Ce n'est plus très loin, dit Mingslai à son compagnon.

– C'est la troisième fois que vous me le répétez », répondit l'autre d'une voix plaintive. Son accent trahissait ses origines chalcédiennes davantage encore que celui de Mingslai la lointaine Jamaillia « Je suis déjà tombé à deux reprises et je crois que j'ai un genou qui saigne. Cette expédition a intérêt à en valoir la peine, Mingslai.

– Elle en vaut la peine, ne vous inquiétez pas. Attendez seulement de le voir.

– Avec ce brouillard, nous ne distinguerons rien du tout. Pourquoi ne sommes-nous pas venus de jour ? »

Mingslai hésita-t-il avait de répondre ? « Il y a du mécontentement en ville ; les Premiers Marchands ne voient pas d'un bon œil que quelqu'un qui ne fait pas partie de leur caste achète une vivenef. S'ils vous savaient intéressé... Ma foi, on m'a laissé entendre, sans grande subtilité, qu'il valait mieux que je reste à l'écart de cette carcasse. J'ai demandé pourquoi mais je n'ai eu droit qu'à des mensonges et de mauvais prétextes, comme quoi seul un Marchand de Terrilville pourrait posséder une vivenef. Et si vous insistez, les mensonges ne font que croître et embellir : ça va contre toutes les traditions, voilà ce qu'on essaye de vous faire croire. Mais, en réalité, ce que cache cette attitude est beaucoup plus important, bien plus que je ne l'imaginais quand j'ai entamé les négociations pour cette affaire. Ah, nous y voici ! Malgré les dégâts, on voit encore à quel point il était magnifique ! »

Les voix s'étaient rapprochées, et un mauvais pressentiment avait peu à peu envahi Parangon ; cependant, c'est d'une voix ferme qu'il tonna : « "Magnifique" ? Il me semblait que tu m'avais qualifié de "laid" la dernière fois ! »

Avec satisfaction, il entendit le hoquet de surprise des deux hommes.

La voix un peu tremblante, Mingslai répondit d'un ton qui se voulait pourtant fanfaron : « Ça, il fallait s'y attendre : après tout, une vivenef est vivante. » Parangon entendit un crissement métallique et supposa qu'on avait ôté le capuchon de la lanterne pour donner davantage de lumière. L'odeur d'huile chaude se fit plus forte. Parangon s'agita, mal à l'aise, puis croisa les bras sur sa poitrine. «Alors, Fjord, qu'en dites-vous? demanda Mingslai.

– Je suis... impressionné», marmonna l'autre avec une révérence non feinte. Puis il toussota et reprit: «Mais je ne comprends toujours pas ce que nous faisons ici en pleine nuit. Ou plutôt, je le sais en partie: vous avez besoin de mon appui financier. Mais pourquoi vous aiderais-je à trouver trois fois le prix d'un navire de cette taille pour une épave échouée avec une figure de proue massacrée à coups de hache? Même si elle est capable de parler?

– Parce que ce bateau est en bois-sorcier.» Mingslai avait prononcé cette dernière phrase comme s'il révélait un grand secret.

«Et alors? C'est le cas de toutes les vivenefs, répliqua Fjord.

– Et pourquoi? demanda Mingslai d'un ton mystérieux. Pourquoi construire un navire en bois-sorcier, un matériau si épouvantablement onéreux qu'il faut plusieurs générations pour rembourser le prix d'une vivenef? Pourquoi?

– Tout le monde le sait, grommela Fjord: elles deviennent vivantes et elles se pilotent plus facilement.

– Alors dites-moi: sachant cela, vous précipiteriez-vous pour engager la fortune de votre famille sur trois ou quatre générations uniquement pour posséder un tel navire?

– Non. Mais les Marchands de Terrilville sont fous, c'est de notoriété publique.

– Tellement fous que chacune de leur famille roule sur l'or, fit observer Mingslai. Et qu'est-ce qui fait leur fortune?

– Leur fichu monopole sur les produits les plus extraordinaires du monde. Mingslai, nous aurions pu discuter d'économie à l'auberge, devant une chope de cidre chaud. J'ai froid, le brouillard me trempe jusqu'aux os et le genou m'élance comme si j'avais été piqué par une bête venimeuse. Venez-en au fait!»

Parangon intervint d'une voix tonnante:

«Si vous êtes tombé sur des bernacles, vous êtes sans doute empoisonné. Votre genou va probablement enfler et votre blessure s'infecter. La promenade que Mingslai vous a obligé à faire va vous valoir au moins une semaine de souffrance.

– Tais-toi! fit Mingslai d'une voix sifflante.

– Et pourquoi donc? rétorqua Parangon d'un ton moqueur. As-tu donc si peur qu'on te surprenne ici, à t'occuper de ce qui ne te regarde pas? A discuter de ce que tu ne pourras jamais posséder?

– Je sais pourquoi tu ne veux pas te taire ! s'exclama soudain Mingslai. Tu ne veux pas le mettre au courant, c'est ça ? Tu refuses de partager le précieux secret du bois-sorcier, hein ? Parce qu'alors tout s'écroulerait pour les Marchands de Terrilville. Réfléchissez, Fjord ; sur quoi est fondée Terrilville, au fond ? Pas sur une concession accordée autrefois par le Gouverneur, mais sur les articles arrivés par le fleuve du désert des Pluies, les objets étranges et merveilleux venus du désert.

– Il vous entraîne sur un terrain dangereux, déclara Parangon à l'adresse de Fjord. Il est certains secrets qu'il vaut mieux ne pas connaître, parce que le prix à payer est excessif.

– Le fleuve du désert des Pluies, qui roule des eaux froides, puis brûlantes, marron puis blanches... D'où viennent-elles, ces eaux ? Vous avez entendu comme moi les légendes, celles d'un immense lac bouillant, lieu de nidification des oiseaux de feu. On dit que, là-bas, la terre tremble sans arrêt et que la brume ne se lève jamais. C'est là que le fleuve prend sa source... et quand la terre tremble violemment, ses eaux deviennent blanches et brûlantes. Elles peuvent alors ronger la coque d'un bateau presque aussi vite que la chair et les os d'un homme ; voilà pourquoi nul ne peut remonter le fleuve pour commercer ; et impossible aussi d'emprunter ses berges : ce ne sont que des vasières traîtresses que surplombent des plantes volubiles dont dégoutte un acide puissant ; là poussent aussi des plantes dont la sève provoque des enflures qui brûlent et suppurent pendant des jours.

– Au fait ! » dit Fjord d'un ton agacé à l'instant où Parangon criait : « Tais-toi ! Ferme ton sale clapet ! Et va-t'en de ma plage ! Ne t'approche plus de moi ! Ou alors viens plus près, que je puisse te tuer ! Oui, c'est ça, viens, petit homme. Viens près de moi ! » Il agitait vainement les bras, les mains prêtes à saisir ce qu'elles toucheraient.

« Il faut une vivenef, dit enfin Mingslai. Une vivenef à la coque en bois-sorcier, invulnérable à l'eau blanche qui brûle ; une vivenef qui connaît dès l'instant de son éveil le seul chenal permettant de remonter le fleuve. Telle est la véritable origine du monopole de Terrilville sur le commerce. Il faut une vivenef pour entrer dans ce commerce. » Il fit une pause théâtrale. « Et je vous donne l'occasion de vous en procurer une.

– Il ment ! cria Parangon, éperdu. Il ment ! C'est loin d'être aussi simple ! Et, même si vous m'achetiez, je refuserais de naviguer pour vous ! Je chavirerais et je vous tuerais tous ! Je l'ai déjà fait, vous en avez entendu parler ! Sinon, allez dans n'importe quelle taverne, demandez qu'on vous raconte l'histoire du *Parangon*, du *Paria*, le navire de la mort ! Allez-y, renseignez-vous, on vous répondra ! On vous répondra que je vous tuerai !

– On peut l'obliger à obéir, dit Mingslai avec une tranquille assurance, ou bien l'enlever carrément. Seule compte la coque ; un bon navigateur saurait trouver un chenal à l'aide de sa sonde. Songez à tout ce que nous pourrions faire avec un bateau en bois-sorcier. Il y a une tribu en amont avec laquelle commercent les Marchands de Terrilville ; il suffirait d'un seul voyage chez elle, Fjord ; nous pourrions lui payer le double de ce qu'elle touche des Premiers Marchands et nous serions encore bénéficiaires. C'est l'occasion de nous faire une place dans un commerce fermé aux étrangers depuis la fondation de Terrilville. J'ai les contacts nécessaires et les propriétaires sont tout prêts à écouter les propositions intéressantes. Tout ce qui me manque, c'est l'appui financier, et vous, vous pouvez me le procurer.

– Il vous ment ! mugit Parangon dans la nuit. Il vous mène à votre mort ! Et à pire, bien pire ! Il y a des sorts plus affreux que la mort, rebut chalcédien que vous êtes ! Mais seul un Marchand de Terrilville peut le savoir ! Seul un Marchand de Terrilville pourrait vous le faire comprendre !

– Je suis intéressé, je crois, dit Fjord à mi-voix. Mais il y a des endroits plus confortables pour en discuter.

– Non ! hurla Parangon. Vous ignorez ce qu'il vous vend, vous ignorez les souffrances que vous achetez ! Vous n'en savez rien, rien ! » Sa voix se brisa tout à coup. « Je refuse de vous accompagner, je refuse, je refuse ! Je ne veux pas et vous ne pouvez pas m'y obliger, vous ne pouvez pas ! Je vous tuerai ! Je vous tuerai tous ! »

Il se remit à battre follement des bras. S'il avait pu atteindre le sol, il aurait jeté aux deux hommes du sable, des rochers, des algues, tout ce qui lui serait tombé sous les mains ; mais elles ne rencontrèrent que le vide. Il s'immobilisa soudain, l'oreille tendue : les pas s'éloignaient.

« ... parler à quelqu'un ?

– Il n'y a pas à s'inquiéter, répondit Mingslai d'un ton assuré. Vous l'avez entendu : il est fou ; il a complètement perdu la raison. Personne ne l'écoute ; d'ailleurs, personne ne vient par ici. Et même s'il trouvait quelqu'un à qui en parler, on ne le croirait pas. C'est toute la beauté de l'affaire, mon ami : le projet sort tellement des sentiers battus que nul n'y a jamais songé. Ce navire gît sur cette plage depuis des années. Des années ! Et personne n'a jamais eu cette idée... »

La voix se perdit, étouffée par le brouillard et couverte par le ressac.

« NON ! » cria Parangon d'un ton suraigu dans la nuit. Il ramena les bras en arrière pour tambouriner violemment sur son propre vaigrage. « Non ! » cria-t-il encore en exprimant à la fois son refus, son défi et son impuissance. Ils ne l'avaient pas écouté. Nul ne l'écoutait jamais. C'était toute sa tragédie : sans prêter attention à ses mises en garde, ils allaient le remettre à flot et il devrait les tuer une fois encore.

*

« Serpent ! »

La voix d'Althéa sonna, claire et glacée, dans la nuit qui l'environnait. Les doigts presque paralysés par le froid, les pieds appuyés sur la plate-forme du nid-de-pie, elle s'efforça de suivre des yeux la créature tandis que montait vers elle le tonnerre des pas de l'équipage qui se précipitait sur le pont en reprenant son cri. Sortant des panneaux de cale ouverts à toute volée, les hommes s'apprêtaient à opposer une résistance opiniâtre à cette nouvelle attaque.

« Où ça ?

– A trois quarts sur tribord, capitaine ! Un gros ! »

Mais ils étaient tous gros, se dit-elle avec amertume tout en s'efforçant de surmonter sa fatigue et d'assurer sa prise. Elle avait froid, elle était trempée, à bout de forces, et sa plaie en train de guérir ne cessait de l'élancer. Par une nuit glacée comme celle-ci, la peau de son crâne se resserrait et la pulsation se transformait en douleur sourde. La fièvre était tombée plusieurs jours plus tôt et Reller avait ôté les points de suture quand les démangeaisons étaient devenues insupportables. La maladresse de Reller et ses plaisanteries balourdes sur sa sensibilité excessive étaient infiniment préférables à la tendresse dissimulée qu'elle lisait dans les yeux de Brashen quand il leur arrivait de se croiser. Ah, qu'il aille au diable ! Et doublement, car voici qu'elle pensait à lui alors qu'elle ferait mieux de se consacrer à sa tâche si elle tenait à la vie. Où était passé ce serpent ? Elle l'avait entrevu un instant, et maintenant il avait disparu.

En réponse à ses interrogations, le navire fit une soudaine embardée sur tribord. Les pieds d'Althéa dérapèrent sur leur appui couvert de glace et sa vie ne dépendit plus que de la force de ses doigts engourdis. Sans prendre le temps de réfléchir, elle enroula son bras autour d'un cordage et s'y accrocha. Sur le pont, loin en dessous, elle entendit le capitaine Sichel demander en jurant que les chasseurs réagissent, qu'ils abattent cette saleté de créature avant qu'elle les entraîne tous au fond. Mais, alors que les intéressés, l'arc bandé, se précipitaient d'un côté du navire, le serpent fit demi-tour et s'en prit à l'autre bord. Ce ne fut pas l'impact violent d'un coup de bélier, mais une puissante poussée verticale, semblable à celle d'un requin qui soulève du museau une carcasse flottante.

« Où est-il ? » cria le capitaine d'une voix furieuse tandis qu'Althéa et les autres vigies s'efforçaient de percer les ténèbres du regard. Des rafales de vent glacé la balayaient, les vagues montaient et descendaient, et elle voyait des serpents dans le creux de chacune d'elles, des serpents qui se dissolvaient en créations de sa peur et de son imagination dès qu'elle se concentrait sur eux.

« Il est parti », cria une vigie, et Althéa forma le vœu qu'elle eût raison. Il y avait trop longtemps que cela durait, toutes ces journées et toutes ces nuits où les serpents attaquaient subitement, sans raison apparente, puis se retiraient et observaient une trêve inquiétante. Parfois, ils apparaissaient au sommet des vagues où ils suivaient la course du navire en tordant leur long corps sinueux, toujours hors de portée des flèches ; on pouvait en voir jusqu'à une demi-douzaine, la peau scintillant au soleil d'hiver, avec des reflets bleus, rouges vifs, or et verts ; à d'autres moments, comme cette nuit-là, on ne distinguait qu'une seule de ces créatures monstrueuses, venue se moquer des hommes en jouant sans effort avec leurs vies. Apercevoir des serpents n'avait plus rien de nouveau pour Althéa ; autrefois, ils étaient rares au point d'en être presque légendaires mais, à présent, ils infestaient certaines zones de l'Extérieur et suivaient les transports d'esclaves dans le Passage Intérieur. Elle en avait vu naguère, à l'époque où elle naviguait sur la *Vivacia*, mais toujours de loin et leur attitude n'était jamais menaçante. Leur audace et leur violence en faisaient presque une nouvelle espèce.

Le temps qu'Althéa reprenne son souffle, le navire se coucha brusquement sur le flanc. L'horizon bascula et les pieds de la jeune fille ne trouvèrent soudain plus aucun appui. L'espace d'un instant, elle resta suspendue à son espar comme un pavillon en berne. Sur le pont incliné, des marins glissaient en hurlant et en battant follement des bras. Althéa bloqua les abdominaux, jeta sa jambe par-dessus une enfléchure et assura fermement sa prise alors que la gîte s'accentuait. Le serpent était passé en dessous du navire et le soulevait pour le faire chavirer sur tribord. « Accrochez-vous ! » rugit quelqu'un, puis un cri aigu retentit avant de s'interrompre brusquement. « Il l'a eu ! » hurla une voix, et il se fit un grand tumulte, où chacun demandait à son voisin : « Tu as vu ça ? Qui c'est qu'il a attrapé ? Il l'a cueilli comme une prune sur un arbre ! C'est ça qu'elle veut, cette saleté ! » Le navire se redressa et, parmi le mélange des voix, Althéa reconnut celle de Brashen qui jurait. Puis il cria : « Capitaine ! » Il y avait une note de désespoir dans son ton. « Est-ce qu'on ne pourrait pas placer quelques chasseurs à la poupe pour empêcher la bête de s'attaquer au gouvernail ? Si elle nous l'arrache...

– Allez-y ! » répondit le commandant d'un ton sec.

On entendit un bruit de course précipitée. Etourdie, Althéa s'accrochait à son perchoir, prise de nausées non à cause des embardées du navire mais de la brutalité avec laquelle la mort s'était abattue. Le serpent allait revenir, elle en était sûre, et secouer le bateau comme un enfant secoue un cerisier pour en faire tomber les fruits. Elle ne pensait pas la créature assez puissante pour retourner le bâtiment, mais elle n'en était pas certaine. La terre ne lui avait jamais paru aussi éloignée, la terre stable, inébranlable, qui ne pouvait se dérober sous elle, qui ne dissimulait pas des monstres avides susceptibles d'apparaître à tout instant.

Elle garda son poste, frustrée de ne pouvoir distinguer ce qui se passait sur le pont, juste en dessous d'elle. Mais elle n'avait pas à s'en occuper, après tout ; son travail consistait à ouvrir l'œil et à pousser un cri d'avertissement le cas échéant, afin de sauver des vies. Ses yeux étaient fatigués à force de scruter la pénombre, ses mains n'étaient plus que des serres gelées et le vent dérobait la chaleur de son corps ; cependant, ce même vent gonflait les voiles et faisait avancer le navire. Bientôt, ils auraient quitté ces eaux infestées de serpents. Bientôt...

La nuit s'épaissit autour du bâtiment ; des nuages obscurcirent la lune et les étoiles, et seule subsista dans le monde la lumière du navire lui-même. Sur le pont, des hommes travaillaient à fabriquer quelque chose. Althéa se mit à se déplacer le plus vite et le plus souvent possible, petite araignée dans la toile du gréement, afin de se réchauffer tout en poursuivant sa veille futile : elle aurait de la chance si elle apercevait la moindre perturbation dans la faible luminescence de la surface de l'océan.

Enfin, la cloche sonna et son remplaçant vint la relever. Elle dégringola le gréage, qu'elle connaissait désormais comme sa poche, avec des mouvements gracieux malgré le froid et la fatigue. Puis elle se laissa tomber sur le pont avec la légèreté d'un chat et resta un moment à frictionner ses mains engourdies.

On lui donna une timbale remplie d'une mesure de rhum coupé d'eau chaude. Elle la tint entre ses mains à demi paralysées de froid dans l'espoir de les réchauffer. Son quart était fini. En toute autre circonstance, elle serait allée rejoindre ses couvertures, mais pas ce soir-là : dans les cales, on resserrait l'arrimage de la cargaison pour l'empêcher de se déplacer si le serpent attaquait de nouveau. Sur le pont, des chasseurs bricolaient un appareil constitué, entre autres, de nombreux morceaux de viande salée et d'environ cinquante brasses de ligne. Les deux hommes riaient et sacraient à la fois tout en fixant l'ensemble, et juraient que le serpent allait regretter d'avoir croisé la route de leur navire. La victime du monstre était un de leurs camarades ; Althéa le connaissait, elle avait même travaillé à ses côtés dans les Terres-Mortes, mais elle avait du mal à se représenter qu'il avait définitivement disparu. Sa mort avait été trop rapide.

Les jurons et les menaces des chasseurs lui évoquaient la rage futile et impuissante d'un enfant confronté à l'inéluctable. Dans le froid et l'obscurité, leur colère avait quelque chose de pathétique. Ils ne sortiraient pas vainqueurs du combat, et Althéa se demanda ce qui était le pire, de finir noyé ou de se faire dévorer. Puis, elle chassa ces pensées pour s'atteler aux tâches les plus pressantes ; le pont était un méli-mélo d'objets que l'assaut du serpent avait décrochés et qu'il fallait remettre en place et arrimer soigneusement. Sous les ponts, on actionnait les pompes :

le navire ne prenait pas l'eau, mais il en avait embarquée. Le travail ne manquait pas.

La nuit s'écoula, lente comme un fleuve de bitume. D'abord vigilant et vif, l'équipage sombra peu à peu dans un état d'angoisse nerveuse. Lorsque tout fut attaché fermement, lorsque l'appât fut prêt et le piège mis en place, chacun attendit la suite. Cependant, songeait Althéa, seuls les chasseurs, sans doute, espéraient le retour des serpents pour en tirer vengeance ; toute leur existence était axée sur le fait de réussir à tuer leurs proies. Qu'une créature les prenne en chasse et dévore un de leurs compagnons représentait un renversement des rôles qu'ils étaient incapables de tolérer : le monstre devait revenir se faire tuer. C'était la loi naturelle du monde. Au contraire, les marins vivaient constamment avec la conscience que, tôt ou tard, l'océan les prendrait, et leur plus grande victoire sur la mort consistait à lui dire « Demain ». Ceux qui manœuvraient le navire n'avaient qu'un but : mettre autant d'océan que possible entre eux et les serpents ; ceux que ne retenait aucune tâche somnolaient où ils le pouvaient sur le pont, dans des recoins et des renfoncements dont un mouvement brusque du bâtiment ne pourrait les déloger ; quant à ceux que le sommeil fuyait, ils restaient auprès du bastingage, préférant se fier à leurs propres yeux qu'à ceux des vigies, en haut des mâts, pour surveiller les eaux ténébreuses.

Althéa était ainsi appuyée sur la lisse, s'efforçant de percer l'obscurité de la nuit, quand elle sentit Brashen s'installer près d'elle. Elle avait su que c'était lui sans même avoir à se tourner vers lui ; peut-être avait-elle reconnu sa façon de se déplacer, à moins qu'elle n'eût inconsciemment capté une trace de son odeur. « Nous allons nous en sortir, dit-il d'un ton rassurant, les yeux au loin.

– Bien sûr », répondit-elle sans conviction. Malgré le danger mortel qu'ils affrontaient tous, elle se sentait gênée en présence de Brashen. Elle aurait beaucoup donné pour se rappeler, sans que l'émotion s'en mêle, tout ce qu'ils avaient dit et fait ensemble cette fameuse nuit. Elle ignorait à quoi l'attribuer – la bière droguée, le coup sur la tête ou la cindine –, mais elle n'était pas sûre de l'exactitude de ses souvenirs. Elle était absolument incapable de comprendre ce qui lui avait pris d'embrasser Brashen. Peut-être, songea-t-elle sombrement, parce qu'elle refusait de se rappeler que cela s'était réellement produit.

« Vous allez bien ? demanda-t-il d'une voix basse qui ne fit qu'ajouter des sous-entendus à sa question.

– Très bien, merci. Et vous-même ? » répondit-elle avec une politesse sans faille.

Il eut un sourire de connivence. Dans le noir, elle ne le vit pas, mais elle le perçut dans sa voix. « Ça va. Quand nous serons arrivés à Chandelle, cette nuit ne nous apparaîtra plus que comme un mauvais rêve. Nous en rirons en buvant un verre.

– Peut-être, dit-elle d'un ton neutre.

– Althéa... » fit-il ; au même instant, un choc ébranla la coque et le navire commença de se soulever hors des flots. La jeune fille tendit frénétiquement les mains vers le bastingage et s'y accrocha fermement. Le bateau se mit à donner de la gîte et la mer parut monter vers elle. « Eloignez-vous du bastingage ! » lui ordonna Brashen d'un ton sec, puis il se précipita vers l'arrière en criant : « Jetez-lui la ligne ! Passez-la par-dessus bord ! Jetez-la-lui ! »

Le pont continuait à se dresser vers la verticale. Partout, des marins hurlaient de terreur et de colère. Le navire criait lui aussi, dans l'effrayant craquement du bois habitué à être soutenu par l'eau et maintenant poussé hors de son élément. Sa flexibilité qui lui permettait de résister aux coups de marteau des vagues jouait à présent contre lui. Althéa sentait presque dans sa chair la souffrance des planches dont les membrures se tordaient d'avant en arrière. Le gréement gémissait et les voiles battaient. Althéa se retrouva accroupie sur le bastingage presque horizontal, accrochée des deux mains à la lisse. Elle leva les yeux vers le pont incliné : bien poncé, il ne lui offrait aucune prise pour s'éloigner de sa position précaire ; en dessous d'elle, l'onde obscure se mit à bouillonner sous les coups de queue du serpent.

Au-dessus d'elle, un homme poussa un soudain rugissement de désespoir : il avait lâché prise et glissait dans sa direction. Il allait passer à côté d'elle ; si elle ne bougeait pas, elle ne risquerait rien : il heurterait le bastingage et passerait sans doute par-dessus bord, mais elle ne risquerait rien – si elle ne bougeait pas.

Mais, à sa propre surprise, elle tendit une main vers lui. Il se cogna contre la lisse, elle saisit son manteau et ils se retrouvèrent suspendus dans le vide, retenus au bateau seulement par la main d'Althéa toujours accrochée au bastingage et une de ses jambes repliée sur la lisse. « Non ! » fit-elle dans un hoquet en sentant ses muscles craquer sous la tension. Les mains de l'homme étaient si serrées sur la sienne qu'elle avait l'impression qu'il allait lui broyer les os ; instinctivement, elle tenta de se hisser par-dessus la lisse. En contrebas, l'eau s'agitait.

A l'arrière, elle entendit un cri poussé à l'unisson et les hommes jetèrent à la mer un immense filet bourré de morceaux de viande huileuse. Du coin de l'œil, Althéa vit une longueur de chaîne suivre le filet, puis un cordage se dérouler. L'appât avait à peine touché la surface de l'eau qu'une gigantesque gueule ouverte émergea pour l'engloutir ; Althéa n'aurait eu qu'à tendre la main pour toucher la courbe écailleuse du cou de la bête quand elle replongea. Elle entrevit des rangées de dents et de grands yeux, puis il n'y eut plus que la bosse que formait le dos du monstre alors qu'il sondait.

Un cri de triomphe jaillit de toutes les gorges, puis Brashen donna l'ordre d'arrêter la ligne en prenant un tour mort. Aussi brusquement qu'il s'était dressé, le navire retomba tandis que le cordage filait sur le planchéiage comme s'ils venaient de larguer une amarre. Althéa et son compagnon se retrouvèrent à cheval sur le bastingage au lieu d'y être suspendus, et ils se dépêchèrent de redescendre sur le pont. La ligne de l'appât se raidit brutalement, et le bâtiment tout entier frémit sous la tension du crochet qui mordait. Le taquet disparut par-dessus bord, puis le chapelet de tonneaux arrimés ensemble suivit, emportant une partie du bastingage en se précipitant dans l'eau. Dans une succession de claquements secs, les barils vides s'enfoncèrent sous la surface comme s'ils étaient en pierre et non en bois. Comme le navire retrouvait son assiette, les hommes se ruèrent vers le bastingage et scrutèrent les eaux ténébreuses à la recherche d'un signe du serpent disparu. Sans bouger, muets, ils regardaient la mer et tendaient l'oreille. Dans le silence, un chasseur dit à mi-voix : « Il ne pourra pas rester éternellement en plongée avec tous ces tonneaux accrochés à la chaîne. »

Sans rien dire, Althéa s'interrogea : que pouvait-on savoir de ce dont un serpent était capable ou non ? Ses dents tranchantes n'étaient-elles pas en mesure de couper la chaîne qui liait la viande à son cortège de barriques ? Peut-être était-il si puissant qu'il pouvait entraîner les tonneaux jusqu'au fond sans ressentir la moindre résistance ?

Comme en réponse à ses réflexions, un cri monta soudain de l'autre bout du navire. « Là ? Vous les voyez ? Ils viennent de remonter ! Regardez, ils s'éloignent ! Et elle plonge encore !

– Ah bon ! Maintenant c'est "elle" », marmonna Althéa.

Elle s'apprêtait à traverser le pont quand un cri du second l'arrêta. « Arrêtez de bayer aux corneilles, tous autant que vous êtes ! Tirons-nous d'ici pendant que cette saleté est occupée !

– On ne la poursuit pas pour la tuer une bonne fois ? demanda un des chasseurs, stupéfait. Vous ne voulez pas que votre navire soit le premier à rapporter la tête et la peau d'un serpent au port ? On nous offrirait à boire pendant des années rien que pour entendre notre histoire !

– Je tiens à rester vivant pour rentrer au port, répliqua le second d'un ton aigre. Allez, mettez de la voile !

– Cap'taine ! » protesta le chasseur.

Le capitaine Sichel observait la mer, là où on avait aperçu le serpent pour la dernière fois. Tout son corps était tendu par la haine, et Althéa sentit qu'il n'avait qu'une envie : poursuivre la créature avec l'opiniâtreté aveugle d'un molosse sur une piste fraîche. Elle ne fit pas un geste, ne dit pas un mot, respira à peine, tout en répétant intérieurement *non, non, non, non, non.*

Puis, alors que les chasseurs commençaient à discuter joyeusement entre eux de harpons, de canots et d'équipes, le capitaine s'ébroua comme s'il s'éveillait d'un rêve. « Non, dit-il à mi-voix, d'un ton de regret. Non, répéta-t-il plus fermement et plus fort. Ce serait courir un risque stupide. Nous avons de pleines cales de cargaison à livrer, il n'est pas question de les mettre en danger. De plus, il paraît que le simple fait de toucher la peau d'un serpent paralyse les muscles et entraîne la mort. Laissons partir cette engeance de l'enfer ; le crochet planté dans sa gorge et la bourre de viande qui l'accompagne finiront bien par le tuer. S'il revient à la charge, eh bien, nous le combattrons de toutes nos forces. Mais, pour l'instant, allons-nous-en. Qu'il entraîne ces tonneaux jusqu'au fond si ça lui chante, moi, ça m'est égal. »

Althéa s'attendait à ce que les hommes obéissent promptement, mais ils réagirent à contrecœur, en lançant de fréquents coups d'œil à la tache d'eau noire où le serpent avait sondé. Les chasseurs, eux, ne cachèrent pas leur colère ni leur frustration : certains jetèrent bruyamment leur arc sur le pont tandis que d'autres, une flèche ostensiblement encochée, continuaient à scruter la mer, les yeux plissés: si le serpent se manifestait à nouveau, ils le décoreraient de leurs empennages. Tout en se hissant de nouveau dans le gréement, Althéa forma le vœu que la créature se tienne au large du navire. Au bord lointain du monde, le soleil remontait lentement des profondeurs de l'océan; elle apercevait une lueur grise là où il ne tarderait pas à émerger. Aussi illogique que ce fût, elle était presque convaincue que, si le soleil se levait avant le retour du serpent, ils survivraient tous. Un instinct profondément enfoui en elle appelait la lumière et le jour pour mettre un terme à ce long cauchemar.

A ce moment, sur le flanc du navire, le serpent apparut brusquement, dressé comme un morceau de bois maintenu à la verticale par la vitesse d'un tourbillon. La créature secoua la tête, les mâchoires grandes ouvertes dans l'espoir de déloger le crochet planté dans sa gorge. Comme elle agitait frénétiquement sa crinière de droite et de gauche, de petits bouts de mucus sanglant volèrent de sa gueule, et des gouttelettes de salive acide touchèrent les voiles. L'une d'elles atterrit sur la joue d'Althéa, provoquant une vive brûlure; la jeune fille poussa un cri et s'essuya le visage à l'aide de sa manche. Une effrayante insensibilité se répandit à partir de la lésion. Les cris d'autres marins lui apprirent qu'elle n'était pas la seule à avoir été touchée. Elle affermit sa prise, ne bougea plus et tenta de se calmer. La substance allait-elle la tuer?

Sur le pont, en contrebas, les chasseurs poussèrent des hurlements de victoire et se précipitèrent du côté où le serpent, debout sur sa queue, s'efforçait de se débarrasser de l'appât barbelé qu'il avait avalé. La chaîne sonnait sur ses dents et les tonneaux flottaient non loin de lui. Des flèches chantèrent et des harpons volèrent. Certains tombèrent avant de toucher leur cible ou passèrent à côté d'elle, mais quelques-uns atteignirent leur but. Avec un son aigu de trompe, le serpent hurla de souffrance et se laissa retomber dans l'eau; son cri avait été strident, plus proche de celui d'une femme que du mugissement d'une bête. La créature plongea de nouveau et les tonneaux s'enfoncèrent sous l'eau les uns après les autres.

Au-dessus d'Althéa, un homme poussa lui aussi un cri, incompréhensible, inarticulé, puis il tomba en heurtant un espar non loin de la jeune fille. Il y resta suspendu un instant, et Althéa le saisit par la manche de sa chemise. Mais l'équilibre précaire de l'homme se rompit et le tissu se déchira dans la main de la jeune fille. Elle entendit le corps heurter le pont, et elle resta à regarder stupidement le bout d'étoffe décomposée qu'elle tenait toujours. La bave du serpent avait rongé l'épais coton comme des mites une écharpe de laine.

Elle se demanda quel effet la salive de la bête avait sur son propre visage, puis une pensée plus pressante lui vint et elle s'écria : « La bave du serpent est en train de ronger les voiles ! »

D'autres cris confirmèrent son observation. Un homme, les mains brûlées et paralysées, soutenu par deux de ses camarades, regagnait maladroitement le pont. Sa tête roulait sur ses épaules et du mucus s'échappait de son nez et de sa bouche. Il ne paraissait plus tout à fait conscient. C'était un spectacle effrayant à voir, mais plus effrayantes encore étaient les petites déchirures qui apparaissaient dans les voiles. Sous la pression du vent, le tissu commençait par se percer, puis s'ouvrait de haut en bas. Le capitaine observait le phénomène d'un œil inquisiteur, mesurant la vitesse du navire par rapport au temps qu'il allait falloir pour fixer les voiles de rechange et les hisser. Il espérait apparemment s'éloigner le plus possible du territoire des serpents avant de procéder à l'échange de toile. Althéa partageait son point de vue.

Un cri venu de l'arrière lui fit tourner la tête. Elle n'y voyait pas grand-chose, mais les exclamations qui montaient du pont lui apprirent qu'on avait de nouveau aperçu le serpent. « Ce salaud nous poursuit ! » glapit quelqu'un, puis le capitaine, d'une voix tonnante, ordonna aux chasseurs de se rendre à la proue et de se tenir prêts à repousser la bête. Althéa, bien accrochée, distingua clairement le serpent qui se précipitait vers eux, la gueule toujours grande ouverte ; la chaîne pendait au coin de sa bouche, mais il avait réussi à trancher l'épais cordage de chanvre auquel étaient attachés les tonneaux. Les flèches et les harpons saillaient de son cou. Son œil énorme capta la lueur de l'aube et la réfléchit avec une teinte d'un rouge furieux. Jamais Althéa n'avait vu une expression aussi féroce chez un animal. Il se dressait hors de l'eau, toujours plus haut, incroyablement grand, beaucoup trop long pour une créature vivante.

Il s'abattit sur le navire avec toute l'énergie qu'il put rassembler. La tête monstrueuse tomba d'un bloc sur le gaillard d'arrière comme le poing d'un géant sur une table. La poupe du navire se cabra et Althéa faillit lâcher prise et se faire projeter dans les airs. Elle s'accrocha de toutes ses forces en exprimant sa terreur par un cri auquel firent écho une multitude de gorges. Elle entendit le chant frénétique des cordes d'arc qui propulsaient leurs flèches. Plus tard, on devait lui raconter que les chasseurs s'étaient précipités avec intrépidité sur la créature pour lui enfoncer et lui enfoncer encore leurs harpons dans le corps. Mais leur témérité avait été sans objet : la bête était à l'agonie quand elle s'était jetée sur le bateau. Elle gisait à présent sur le pont, ses yeux immenses grands ouverts, et de sa gueule dégouttait un liquide laiteux qui fumait en tombant sur le bois. Peu à peu, le poids de son corps gigantesque l'entraîna et elle retomba dans les eaux sombres d'où elle avait émergé, emportant avec elle la moitié du bastingage arrière et laissant dans le pont une auge de bois rongé qui fumait encore. D'une voix rauque, le capitaine ordonna qu'on nettoie les ponts à l'eau de mer.

« Ce n'était pas un simple animal », dit une voix qu'Althéa reconnut comme celle de Brashen. On y sentait à la fois de la peur et du respect. « Il voulait se venger avant de mourir. Et il a bien failli réussir.

– Allons-nous-en d'ici », fit le second.

Partout sur le navire, les hommes se mirent à la tâche avec énergie tandis que le soleil, émergeant à contrecœur de l'océan, les illuminait de ses premiers rayons.

*

Hiémain se présenta sur le gaillard d'avant en pleine nuit, le quatrième jour de leur arrivée à Jamaillia. Vivacia sentit sa présence comme elle la sentait partout à son bord. « Qu'y a-t-il ? » chuchota-t-elle. Rien d'autre ne bougeait sur le navire. Le seul marin en quart de rade fredonnait une vieille chanson d'amour tout en contemplant les lumières éparses de la ville. A un jet de pierre de là, un transport d'esclaves se balançait au bout de son ancre. La sérénité du tableau n'était gâtée que par la puanteur du bateau esclavagiste et le bas murmure de détresse de sa cargaison enchaînée.

« Je m'en vais, répondit-il à mi-voix. Je voulais te dire adieu. »

Elle entendit et ressentit à la fois ses paroles, mais elle ne leur trouva aucun sens. Il devait y avoir une erreur. Affolée, elle tendit son esprit vers le sien pour chercher une signification en lui, mais elle découvrit qu'il l'empêchait d'y accéder. Ils étaient séparés.

« Je t'aime, tu le sais, dit-il. Et, c'est peut-être plus important, tu sais aussi que j'apprécie ce que tu es. Nous aurions été amis, je pense, même sans être ce que nous sommes, même si tu avais été une vraie personne, ou un matelot...

– C'est faux ! » s'exclama-t-elle à voix basse. Alors même qu'elle sentait l'atmosphère qui les entourait alourdie par sa décision de l'abandonner, elle n'arrivait pas à se résoudre à le dénoncer. Ce n'était pas vrai, ça ne pouvait pas être vrai. Inutile de pousser de hauts cris et de mêler Kyle à l'affaire. Cela ne regardait que Hiémain et elle, et cela se passerait entre eux deux. « Hiémain, oui, sous n'importe quelle forme nous aurions été amis, même si tu me touches au vif quand tu dis que je ne suis pas une vraie personne. Mais ce qui existe entre nous, d'homme à navire, cela n'aurait pu exister entre nuls autres ! Ne te fais pas d'illusions sur ce point ; n'essaye pas d'apaiser ta conscience en songeant que, si tu pars, je pourrai me tourner vers Clément pour bavarder ou partager mes opinions avec Gantri. Ce sont de braves hommes, mais ils ne sont pas toi. J'ai besoin de toi, Hiémain. Hiémain ? Hiémain ? »

Elle s'était tournée pour le regarder, mais il se tenait trop en retrait pour qu'elle le vît. Quand il s'avança vers elle, il était en sous-vêtements ; il portait un tout petit paquet, un objet réduit roulé serré dans une toile huilée. Sans doute sa robe de prêtre, se dit-elle, irritée.

« Tu as raison, murmura-t-il. J'emporte ma robe et rien d'autre. C'est le seul bien que j'aie apporté à bord. Vivacia, je ne sais que te dire de plus. Je dois m'en aller, il le faut avant que je sois incapable de te quitter, avant que mon père m'ait tellement changé que je ne me reconnaisse pas moi-même. »

Elle s'efforça de se montrer rationnelle, de l'ébranler par la logique. « Mais où vas-tu aller ? Que vas-tu faire ? Ton monastère se trouve loin d'ici. Tu n'as pas d'argent, pas d'amis. Hiémain, c'est de la folie. Si tu tiens à partir, ne te lance pas à l'aveuglette. Attends que nous soyons plus proches de Moelle, joue la comédie pour faire croire que tu as renoncé à t'échapper, puis...

– Si je n'agis pas tout de suite, je crois que je ne le ferai jamais. » On sentait une calme détermination dans sa voix.

«Je peux t'en empêcher, le prévint-elle dans un murmure rauque. Il me suffit de donner l'alarme. Un cri de ma part et tous les hommes du bord se mettront à ta recherche. Ne le sais-tu pas ?

– Si, je le sais.» Il ferma les yeux un moment, puis tendit la main. Il effleura une boucle de cheveux de Vivacia du bout des doigts. «Mais je crois que tu n'en feras rien. Tu ne me trahirais pas.»

Il se redressa soudain, attacha son paquet à sa taille à l'aide d'une longue ficelle, puis enjamba maladroitement le bastingage et se laissa descendre le long de la chaîne d'ancre.

«Hiémain, non ! Il y a des serpents dans le port ; ils risquent...

– Tu ne m'as jamais menti, fit-il d'un ton de reproche. Ne commence pas dans le seul but de me garder près de toi.»

Saisie, elle ouvrit la bouche mais aucun son n'en sortit. Hiémain atteignit le niveau de l'eau glacée, y trempa un pied nu, puis la jambe tout entière. «Que Sâ me préserve», fit-il avec un hoquet avant de se laisser glisser résolument dans l'eau. Il prit plusieurs inspirations rauques pour résister à son étreinte froide, puis il lâcha la chaîne et s'éloigna sans grâce. Il nageait comme un chien, son paquet à la traîne.

Hiémain ! hurla-t-elle. Hiémain, Hiémain, Hiémain ! Des cris dépourvus de son, des larmes dépourvues d'humidité. Elle garda le silence, et pas seulement parce qu'elle redoutait que ses appels n'éveillent les serpents : une terrible fidélité envers lui et envers elle-même l'y obligeait. Cela ne pouvait pas être la volonté de Hiémain, c'était impossible : c'était un Vestrit, et elle son navire familial ! Il ne pouvait pas l'abandonner, pas pour longtemps. Il irait à terre et se rendrait dans la ville plongée dans l'obscurité. Il y séjournerait une heure, un jour, une semaine, comme le faisaient parfois les hommes : ils débarquaient, mais ils revenaient toujours. De son propre gré, il reviendrait auprès d'elle, convaincu que tel était son destin. Elle entoura son torse de ses bras et serra les dents. Elle ne pleurerait pas. Elle attendrait qu'il comprenne et revienne de lui-même. Elle espérait bien connaître le fond de son cœur.

*

« L'aube est presque là. »

La voix de Kennit était si basse qu'Etta n'était pas sûre de l'avoir entendue. « Oui », répondit-elle dans un murmure imperceptible. Il était allongé dos à elle et elle ne le touchait pas tout à fait. S'il parlait dans son sommeil, elle ne tenait pas à le réveiller. Il était rare qu'il s'endorme tant qu'elle était encore au lit, rare qu'elle eût le droit de partager plus d'une heure ou deux ses draps, ses oreillers et la chaleur de son corps élancé.

Il se remit à parler d'une voix à peine audible. « Connais-tu ceci ? "Quand je suis loin de toi, La lumière de l'aube touche mon visage du bout de tes doigts."

– Je ne crois pas, fit Etta d'un ton hésitant. On dirait un poème, peut-être... Je n'ai jamais eu guère de temps pour apprendre la poésie.

– Tu n'as pas besoin d'apprendre ce que tu es déjà », chuchota-t-il sans essayer de dissimuler son affection. Etta crut que son cœur allait s'arrêter de battre et elle n'osa plus respirer. « Le poème s'intitule *De la part de Kytris pour sa maîtresse.* Il est plus ancien que Jamaillia ; il date de l'ancien Empire. » Il y eut un nouveau silence. « Depuis que je te connais, tu me rappelles ce poème. Surtout le passage qui dit : "Les mots ne sont pas assez profonds pour contenir mon amour. Je me tais et repousse mon adoration, de peur que la passion ne m'enchaîne." » Un silence. « Les mots d'un autre, issus de la bouche d'un autre. Je regrette qu'ils ne soient pas de moi. »

Etta se tut pour savourer ces propos en les gravant dans sa mémoire. Maintenant que le murmure s'était éteint, elle entendait la respiration profonde de Kennit, en harmonie avec le clapotis des vagues contre l'étrave du navire. C'était une musique qui jouait en elle au rythme de son pouls. Elle prit son souffle et rassembla son courage.

« Tes mots sont doux, mais ils ne sont pas nécessaires. Je n'en ai jamais eu besoin.

– Alors demeurons silencieux. Reste près de moi sans bouger jusqu'à ce que le matin nous chasse.

– Oui », fit-elle dans un souffle. Légère comme une plume, sa main se posa sur la hanche de l'homme. Il se réagit pas, ne se tourna pas vers elle. Peu importait. C'était inutile. Elle avait vécu si longtemps en se contentant de si peu que les mots qu'il venait de lui adresser lui suffiraient pour toute une existence. Quand elle ferma les yeux, une larme solitaire roula de sous ses cils.

Dans la pénombre de la cabine du capitaine, un petit visage de bois souriait.

III

La Conquête de la liberté

HIVER

1

LES ESCLAVES DE JAMAILLIA

Enfant, Hiémain avait appris une chanson sur les blanches rues de Jamaillia qui brillaient sous le soleil, et il se surprit à la fredonner en avançant à pas pressés dans une venelle jonchée de débris ; de part et d'autre se dressaient de hauts bâtiments en bois qui cachaient le soleil et canalisaient le vent marin. Il avait eu beau la protéger, sa robe de prêtre avait pris l'humidité et la bure mouillée lui irritait les jambes à chaque pas. La journée d'hiver était d'une douceur inhabituelle, même pour Jamaillia, et il n'avait pas vraiment froid : dès que sa robe aurait séché, tout irait bien. Une telle couche de corne s'était formée sous ses pieds à bord du navire que même les tessons de vaisselle et les éclats de bois qui traînaient dans la ruelle ne le gênaient pas. C'étaient là des détails dont il devait tirer la leçon : ne pas penser aux grondements de son ventre vide et se réjouir de ne pas avoir trop froid.

Et songer qu'il était libre.

Il n'avait pris conscience du poids de son enfermement qu'au moment où il avait mis le pied sur la grève. Avant même qu'il se fût essuyé tant bien que mal et eût enfilé sa robe, il avait senti son cœur s'alléger. Libre ! Il se trouvait à bien des jours de trajet de son monastère et il ignorait par quel moyen s'y rendre, mais il était décidé à y parvenir. Avoir relevé le défi faisait chanter son âme ; même s'il échouait, même s'il se faisait reprendre ou qu'il lui arrivât quelque autre malheur en chemin, il avait accepté la force de Sâ et il avait agi. Peu importait son sort après cela, il avait acquis cette certitude : il n'était pas un lâche.

Il se l'était enfin prouvé.

Jamaillia était de très loin la plus grande ville qu'il eût jamais visitée, et cela l'intimidait. Sur le navire, il s'était intéressé aux tours, aux flèches et aux dômes blancs du palais du Gouverneur, dans les hauteurs de la cité, merveilles auxquelles les vapeurs de la Chaude formaient un arrière-plan de soie ondoyante ; mais il se trouvait pour l'instant dans la basse ville, et le front de mer était aussi défraîchi et miséreux que celui de Cresson, en plus vaste. Tout ce qui l'entourait était plus sale et plus décrépit que ce qu'il avait pu voir à Terrilville ; sur les quais se dressaient les entrepôts et les boutiques d'armement des navires, mais au-dessus s'étendait un quartier qui paraissait exclusivement composé de bordels, de tavernes, d'échoppes où l'on vendait de la drogue, et de pensions délabrées. Les seuls résidents permanents étaient les mendiants qui dormaient, roulés en boule, sur le seuil des maisons et dans des cahutes de bric et de broc entre deux bâtiments. Les avenues étaient presque aussi malpropres que les ruelles. Peut-être, autrefois, des caniveaux et des égouts avaient-ils évacué les eaux usées, mais ils étaient aujourd'hui engorgés et formaient des mares stagnantes d'un liquide gris marron où le pied dérapait. Il n'était que trop évident que le contenu des pots de chambre aboutissait là le matin. S'il avait fait plus chaud, l'odeur aurait sans doute été plus forte et les mouches plus abondantes. C'était là, se dit Hiémain en contournant une vaste flaque, un autre élément dont il fallait se réjouir.

L'aube pointait à peine et le quartier dormait encore. Peut-être les gens de cette partie de la ville n'avaient-ils rien qui valût la peine de se lever. Hiémain se doutait que l'ambiance devait être très différente la nuit ; mais, pour le moment, les rues étaient désertes et mortes, les volets clos et les portes barrées. Il jeta un coup d'œil au ciel qui s'éclaircissait et pressa le pas. On n'allait pas tarder à remarquer son absence à bord, et il tenait à s'éloigner le plus possible du front de mer avant ce moment-là. Quelle énergie son père allait-il déployer à le retrouver ? Guère, sans doute, pour son fils lui-même ; Hiémain n'avait d'intérêt à ses yeux que dans la mesure où il garantissait la satisfaction du navire.

Vivacia…

Le seul fait de penser à son nom lui donnait un coup au cœur. Comment avait-il pu l'abandonner ? Il ne l'avait pas choisi, il ne lui était plus possible de continuer à vivre ainsi ; mais comment avait-il pu l'abandonner ? Il se sentait divisé contre lui-même. Tout en savourant sa liberté, il sentait le goût amer de la solitude, de la solitude extrême, sans être capable de déterminer s'il s'agissait de la sienne ou de celle de Vivacia. S'il avait existé un moyen de s'enfuir avec le navire, il n'aurait pas hésité. C'était peut-être ridicule, mais c'était vrai. Il avait besoin de sa liberté, elle le savait bien. Elle devait comprendre qu'il était obligé de se sauver.

Mais il l'avait abandonnée, prise au piège.

Il continua de marcher, déchiré. Vivacia n'était pas son épouse, ni son enfant ni sa bien-aimée ; elle n'était même pas humaine. Le lien qui les unissait leur avait été imposé par les circonstances et par la volonté de son père, rien de plus. Elle comprendrait et elle lui pardonnerait.

Au même instant, il se rendit compte qu'il avait l'intention de retourner un jour auprès d'elle – ni aujourd'hui, ni demain, mais un jour. Un moment viendrait, dans quelque avenir encore indécis, peut-être lorsque son père aurait baissé les bras et rendu le navire à Althéa, où il pourrait revenir sans risque. Lui serait prêtre et elle serait comblée par un autre Vestrit, Althéa ou peut-être Selden, ou encore Malta ; ils vivraient chacun une existence bien remplie et, quand ils se retrouveraient, obéissant chacun à sa volonté propre, leur réunion serait parfaitement heureuse. Elle reconnaîtrait alors qu'il avait fait le bon choix. Ils auraient tous deux grandi en sagesse.

Sa conscience le tarauda soudain : ne se raccrochait-il pas à cette intention de la revoir uniquement dans le but d'apaiser ses remords ? Cela signifiait-il qu'à ses yeux sa décision n'était peut-être pas la bonne ? Mais comment cela se pourrait-il ? Il retournait à la prêtrise, afin de tenir les serments qu'il avait prêtés des années plus tôt ! Comment cela pouvait-il être mal ? Il secoua la tête, perplexe, et continua d'avancer d'un pas lourd.

Il décida de ne pas s'aventurer dans la ville haute. Son père prévoirait qu'il s'y rendrait afin de trouver refuge et aide auprès des prêtres de Sâ, dans le temple du Gouverneur, et c'est là qu'il commencerait ses recherches. Hiémain lui-même mourait d'envie de s'y diriger, car il était certain que les prêtres ne lui refuseraient pas leur asile ; peut-être même seraient-ils en mesure de l'aider à regagner son propre monastère, bien que ce fût beaucoup demander. Mais il ne s'adresserait pas à eux, il n'attirerait pas son père chez eux pour qu'il martèle leur porte en exigeant qu'on lui rende son fils. Autrefois, même un assassin aurait trouvé refuge dans l'enceinte du temple de Sâ ; mais, puisque les quartiers extérieurs de Jamaillia s'étaient dégradés, comme il avait pu le constater, il y avait des chances pour que la nature sacrée du temple de Sâ ne fût plus aussi respectée que jadis. Mieux valait éviter de créer des ennuis aux prêtres ; d'ailleurs, il n'avait aucun intérêt à rester dans la ville : il allait entamer tout de suite le long chemin qui le ramènerait à travers le gouvernorat jusqu'à son monastère, jusque chez lui.

La perspective d'un tel voyage aurait dû le décourager, mais non : il ressentait au contraire de l'exaltation à l'idée de l'avoir enfin entamé.

Il n'aurait jamais pensé que Jamaillia pût renfermer des taudis, encore moins qu'ils formassent une si grande partie de la capitale. Il traversa une zone détruite par un incendie : une quinzaine d'édifices avaient été complètement anéantis, et bien d'autres, voisins, avaient été noircis par les flammes ou la fumée. On avait laissé les débris en l'état et des cendres humides montait une odeur âcre. La rue s'était changée en sentier qui serpentait entre décombres et amas de cendre. Le spectacle était rebutant, et Hiémain, bien malgré lui, commença peu à peu à donner crédit aux histoires qui couraient sur le Gouverneur ; s'il était aussi décadent qu'on le disait, si ses goûts pour l'oisiveté, le luxe et l'hédonisme étaient aussi prononcés qu'on le prétendait, il n'y avait peut-être rien de surprenant à ce que les égouts débordent et que les rues soient encombrées d'immondices. On ne pouvait dépenser l'argent qu'une seule fois, et peut-être les impôts qui auraient dû permettre de réparer les égouts et d'engager des surveillants de rue avaient-ils été investis dans les plaisirs du Gouverneur. Cela expliquerait les immenses terrains vagues piquetés d'édifices branlants et le manque d'entretien général qu'il avait constaté sur le port. Les galères et les galéasses de la patrouille maritime de Jamaillia y étaient amarrées ; des algues et des moules s'accrochaient à leurs coques, et la peinture d'un blanc éclatant, qui proclamait autrefois leur rôle de protection des intérêts du Gouverneur, s'écaillait sur leur bordage. Pas étonnant que les pirates sillonnent librement les passes intérieures.

Jamaillia, la plus prestigieuse cité du monde, cœur et lumière de toute civilisation, se décomposait par ses franges. Toute sa vie, Hiémain avait entendu des légendes sur cette ville, sur son architecture et ses jardins extraordinaires, sur ses superbes promenades, ses temples et ses thermes. Le palais du Gouverneur, mais aussi nombre d'édifices publics avaient été équipés de l'eau courante et de bains. Hiémain secoua la tête en pataugeant dans un caniveau débordant. Si l'eau restait croupissante dans la basse ville, la situation pouvait-elle être meilleure en haut ? L'évacuation était peut-être mieux organisée le long des grandes avenues, c'était possible, mais il n'en saurait jamais rien s'il tenait à échapper à son père et aux hommes qu'il avait envoyés à sa recherche.

Peu à peu, l'aspect de la ville s'améliora. Il vit des boutiquiers commencer à proposer des pains au lait, du poisson fumé et du fromage, dont l'odeur lui fit venir l'eau à la bouche ; des portes s'ouvrirent, des gens sortirent pour ôter les volets des vitrines et laisser voir leurs articles aux passants. Alors que la circulation des carrioles et des piétons augmentait, Hiémain se sentit plus à son aise : assurément, dans une ville de cette taille, au milieu d'une telle foule, son père ne le retrouverait jamais.

*

Par-delà les eaux étincelantes, Vivacia contemplait les murailles et les tours blanches de Jamaillia. Hiémain n'était parti que depuis quelques heures, mais elle avait l'impression qu'une éternité s'était écoulée depuis qu'il s'était laissé descendre le long de la chaîne d'ancre puis s'était éloigné à la nage. Les navires voisins l'avaient empêchée de voir où il se dirigeait ; elle n'était même pas absolument sûre qu'il eût atteint la grève en toute sécurité. La veille, elle aurait soutenu que, s'il lui arrivait un accident, elle le sentirait ; mais, la veille, elle aurait aussi juré le connaître mieux qu'il ne se connaissait lui-même et assuré qu'il ne pourrait jamais la quitter. Quelle pauvre sotte !

« Tu as bien dû le sentir quand il est parti ! Pourquoi n'avoir pas donné l'alarme ? Où s'en est-il allé ? »

Du bois, se dit-elle, *je ne suis que du bois. Le bois n'entend pas, le bois ne répond pas.*

Le bois n'éprouvait rien non plus, normalement. Elle continua de regarder la cité. Quelque part dans ses rues, Hiémain marchait, délivré de son père, délivré d'elle. Comment avait-il pu trancher ce lien si facilement? Un sourire amer tordit les lèvres de la figure de proue: c'était peut-être un trait typiquement Vestrit. Althéa ne l'avait-elle pas quittée, elle aussi, dans des conditions très similaires?

« Réponds-moi ! » ordonna Kyle.

A mi-voix, Torg s'adressa à son capitaine. «Je m'excuse, cap'taine; j'aurais dû mieux surveiller le gosse. Mais qui aurait pu prévoir ça? Pourquoi est-ce qu'il s'est sauvé après tout ce que vous avez fait pour lui, avec tout ce que vous vouliez lui donner? Ça n'a pas de sens! Une ingratitude pareille, il y a de quoi vous briser le cœur ! » Malgré le réconfort apparent de ces mots, Vivacia sentait bien que chaque mot de commisération de Torg ne faisait qu'accroître la fureur de Kyle à l'encontre de Hiémain – et envers elle.

« Où est-il parti et quand? Sacré nom, réponds-moi ! » tempêta Kyle. Il se pencha par-dessus le bastingage et osa tirer une des lourdes boucles de cheveux de Vivacia.

Vive comme un serpent, elle tourna le buste et le balaya d'un revers de la main comme on chasse un chat agaçant. Kyle s'étala sur le pont, les yeux agrandis de peur et de saisissement. Torg s'enfuit, terrorisé, trébucha, puis poursuivit sa course à quatre pattes. « Gantri ! cria-t-il, éperdu. Gantri, viens ici, vite ! » Il disparut à la recherche du second.

« Maudit sois-tu, Kyle Havre », dit Vivacia d'une voix basse et pleine de haine, sans savoir d'où lui venaient ce ton et ces mots. « Maudit sois-tu jusqu'au fond de l'onde amère. Les uns après les autres, tu les as fait partir; tu as pris la place de mon capitaine, tu as chassé de mes ponts sa fille, la compagne de mes jours de sommeil, et maintenant ton propre fils a fui ta tyrannie et rompu notre amitié. Maudit sois-tu ! »

Il se releva lentement, tous les muscles tendus. D'une voix que la peur et la rage faisaient trembler, Kyle déclara: « Tu vas regretter... », mais elle l'interrompit d'un rire qui sonnait trop fort.

« Regretter? Comment pourrais-tu me donner plus de regrets que je n'en ai déjà? Quel plus grand malheur peux-tu m'infliger que de chasser ceux de mon sang? Tu es faux, Kyle Havre; je ne te dois rien, et tu n'auras rien de moi !

– Capitaine... » Le ton de Gantri était empreint de déférence. Il se tenait sur le pont principal, à bonne distance à la fois de l'homme et de la figure de proue. Torg se trouvait derrière lui, savourant le conflit sans oser trop s'approcher. Gantri avait adopté une attitude rigide mais son visage hâlé avait pris une teinte jaunâtre. « Je vous suggère respectueusement de vous éloigner. Vous ne pouvez rien faire de bon, mais, je le crains, vous risquez de faire beaucoup de mal. Pour l'instant, nous devons nous efforcer de retrouver le gosse avant qu'il aille trop loin ou se terre trop profondément dans la ville. Il n'a ni argent ni ami, autant qu'on le sache. Nous devrions nous trouver à Jamaillia en ce moment même à faire courir la nouvelle que nous le recherchons. Avec quelques pièces bien placées, nous l'aurons sans doute ramené à bord avant le coucher du soleil. »

Kyle fit semblant de réfléchir aux conseils de Gantri. Vivacia savait que c'était par pure témérité qu'il se tenait presque à sa portée ; elle se rendait compte aussi du regard avide de Torg posé sur eux, et elle éprouvait une sensation d'écœurement à le voir ainsi se délecter de leur querelle. Et puis, tout à coup, tout cela lui fut égal : Kyle n'était pas Hiémain, il n'était pas de sa famille. Il n'était rien.

Kyle hocha la tête à l'adresse de Gantri mais sans quitter Vivacia des yeux. « Votre suggestion n'est pas mauvaise. Ordonnez à tous les membres d'équipage qui bénéficient d'une permission à terre d'annoncer une pièce d'or pour le retour du mousse sain et sauf. Sinon, une demi-pièce d'or, et une pièce d'argent pour tout renseignement sur l'endroit où il se cache, si ça nous permet de l'attraper. » Kyle s'interrompit un instant. « J'emmène Torg au marché aux esclaves. Je voulais m'y rendre plus tôt mais la désertion de ce maudit gosse m'a retenu : les meilleures marchandises seront sans doute déjà parties. J'aurais pu acheter toute une troupe de chanteurs et de musiciens si j'y avais été de bonne heure le matin de notre arrivée. Avez-vous la moindre idée du prix que nous aurions pu tirer d'artistes jamailliens en Chalcède ? » Il s'était adressé à Gantri d'un ton hargneux comme s'il rendait le second responsable de ses malheurs. Il secoua la tête d'un air révolté. « Restez ici pour vous occuper des modifications qu'il faut apporter à la cale ; tout doit être prêt le plus vite possible, car j'ai l'intention de repartir dès que la cargaison et le gosse seront à bord. »

Gantri acquiesçait aux ordres de son capitaine mais Vivacia sentit à plusieurs reprises ses yeux se poser sur elle. Elle se tourna autant qu'elle le put pour contempler les trois hommes d'un air froid. Kyle fit mine de ne rien voir, mais le second croisa son regard, gêné, et il fit un petit mouvement de la main qui lui était destiné, elle en était sûre, quoiqu'elle ne pût en déchiffrer le sens. Les deux hommes abandonnèrent le gaillard d'avant et descendirent dans la cale ; quelque temps plus tard, elle sentit que Torg et Kyle quittaient le navire. Bon débarras, se dit-elle. A nouveau, elle parcourut du regard la ville blanche enveloppée dans la légère brume de la Chaude. Une cité voilée par un nuage... Souhaitait-elle qu'on rattrape Hiémain et le lui ramène de force, ou bien qu'il parvienne à s'échapper et à trouver le bonheur ? Elle l'ignorait. Elle se souvint d'avoir espéré qu'il reviendrait de son plein gré ; cette idée lui paraissait désormais puérile et ridicule.

« Vivenef ? Vivacia ? » Gantri ne s'était pas aventuré sur le gaillard d'avant ; debout sur la courte échelle, il l'appelait à mi-voix.

« Tu n'as pas à craindre de t'approcher de moi », répondit-elle d'un ton boudeur. C'était un des hommes de Kyle mais c'était un bon marin. Elle éprouvait une honte étrange à lui inspirer de la peur.

« Je voulais seulement savoir : puis-je faire quelque chose pour toi ? Pour... pour ton bien-être ? »

Il essayait de l'apaiser. « Non, répondit-elle d'un ton sec. Non, rien. A moins que tu n'acceptes de prendre la tête d'une mutinerie. » Elle étira ses lèvres en un semblant de sourire pour lui montrer qu'elle plaisantait. Ou presque.

« Non, ça, je ne peux pas, fit-il avec le plus grand sérieux. Mais si tu as besoin de quoi que ce soit, avertis-moi.

– Besoin... Le bois n'a pas de besoin. »

Il repartit aussi vite qu'il était venu mais, peu après, Findo apparut, s'assit au bord du gaillard d'avant et se mit à jouer de son violon. Au lieu des airs entraînants qui lui servaient à donner la cadence quand l'équipage manœuvrait le cabestan, il joua des mélodies apaisantes, entremêlées d'un soupçon de tristesse. Elles s'accordaient à l'humeur de Vivacia, et pourtant le son tout simple des cordes qui faisait écho à sa mélancolie lui remonta le moral et atténua son accablement. Des larmes salées roulèrent sur ses joues tandis qu'elle contemplait Jamaillia. Jamais elle n'avait pleuré jusque-là, et elle croyait que les larmes elles-mêmes seraient douloureuses, mais, au contraire, elles semblaient défaire le nœud terrible qu'elle sentait au fond d'elle-même.

Dans ses entrailles, elle percevait le travail des hommes. Des forets s'enfonçaient dans ses membrures, remplacés par de gros tire-fond ; on mesurait des chaînes sur toute sa longueur, puis on les fixait à des épontilles ou à l'aide d'épais crampons. Les approvisionnements qui arrivaient à bord étaient surtout composés de biscuit de mer et de chaînes. Pour les esclaves... Les esclaves... Elle essaya de prononcer le mot. Pour Hiémain, l'esclavage était un des pires maux qui puissent exister dans le monde mais, quand il avait tenté de lui en expliquer la raison, elle n'avait pas vu grande différence entre l'existence d'un esclave et celle d'un marin. Tous deux appartenaient à un maître et devaient travailler aussi longtemps et aussi dur que le maître le jugeait bon. Les marins n'avaient guère leur mot à dire sur leur sort. En quoi être esclave pouvait-il être pire ? Elle n'avait pas réussi à le comprendre. C'était peut-être pour cela que Hiémain avait pu la quitter si facilement : parce qu'elle était stupide ; parce qu'elle n'était pas, tout compte fait, un être humain. De nouvelles larmes lui montèrent aux yeux et la *Vivacia*, transport d'esclaves, pleura.

⋆

Avant même de voir le bâtiment tout entier, Sorcor déclara savoir qu'il s'agissait d'un navire esclavagiste rien qu'à la taille de ses mâts. Ils étaient visibles à travers les arbres alors que le bateau contournait l'île.

« Ils mettent plus de toile pour aller plus vite et livrer de la marchandise "fraîche" », fit-il avec ironie. Puis il adressa un sourire ravi à Kennit. « Ou alors ils commencent à se méfier. Mais, bah, qu'ils naviguent aussi vite qu'ils veulent, ils ne peuvent pas nous semer. Si on hisse de la voile maintenant, on peut leur tomber dessus dès qu'ils auront contourné le cap. »

Kennit secoua la tête. « Les hauts-fonds sont rocheux par ici. » Il réfléchit un instant. « Hisse le pavillon de Marchand et laisse filer de la ligne pour nous donner l'air plus lourd. Nous allons jouer les petits navires de commerce, nous aussi. Reste à l'écart et ne te rapproche que quand ils entreront dans le chenal de Riquert. Juste après, il y a un haut-fond sableux très pratique. Si nous devons les obliger à s'échouer, je ne veux pas crever la coque.

– Bien, cap'taine.» Sorcor s'éclaircit la gorge, puis reprit sans qu'on sût très bien à qui il s'adressait. «Quand on attaque un transport d'esclaves, c'est une vraie boucherie, en général. Des serpents qui coupent en deux des cadavres, c'est pas un spectacle pour une dame, et ces bateaux-là sont toujours suivis par une ou deux de ces bestioles. Il vaudrait peut-être mieux que la dame se retire dans sa cabine en attendant que tout soit fini.»

Par-dessus son épaule, Kennit jeta un coup d'œil à Etta. Il ne pouvait apparemment pas faire un pas sur le pont sans la trouver derrière lui. C'était un peu déconcertant, mais il estimait qu'il valait mieux traiter cette attitude par le mépris. Et puis il trouvait assez amusant d'entendre Sorcor parler d'une putain avec tant de déférence et prétendre qu'il fallait la tenir à l'abri des dures réalités de la vie. Etta, en revanche, ne paraissait ni amusée ni flattée. Des étincelles dansaient au fond de ses yeux noirs et ses pommettes avaient rosi. Elle portait des habits mieux adaptés aujourd'hui, une chemise en coton azur, un pantalon en laine sombre et une courte veste de laine de la même couleur; ses bottes qui lui montaient aux genoux luisaient à force d'avoir été huilées. Kennit ignorait où elle les avait dénichées mais, quelques nuits plus tôt, lors d'un de ses interminables bavardages, elle avait évoqué des paris avec l'équipage. Un foulard de couleur vive retenait ses cheveux noirs et n'en laissait que quelques mèches lustrées balayer ses joues rougies par le vent. S'il ne l'avait pas connue, il aurait pu la prendre pour une petite gouape. Les propos de Sorcor l'avaient en tout cas assez hérissée pour lui en donner l'air.

«J'estime la dame apte à juger elle-même ce qui est trop sanglant ou cruel pour son goût et se retirer à ce moment-là», fit Kennit d'un ton sec.

Un sourire de chat joua sur les lèvres d'Etta et elle renchérit impudemment: «Si je suis capable d'affronter le capitaine Kennit la nuit, je ne dois pas avoir grand-chose à craindre le jour.»

Sorcor rougit, ce qui fit blanchir ses cicatrices par contraste, mais Etta se contenta de jeter un coup d'œil en biais à Kennit pour voir s'il réagissait à sa flatterie. Il s'efforça de rester de marbre, mais le spectacle de Sorcor déconfit par une femme qui vantait ses prouesses était par trop plaisant: il adressa un petit sourire en coin à Etta. C'était suffisant: elle le vit, ses narines se dilatèrent et elle détourna la tête, sa tigresse en laisse.

Sorcor se reprit. « Allons, les gars, en avant pour la mascarade ! » cria-t-il, et les hommes se précipitèrent pour lui obéir. On descendit le pavillon au corbeau de Kennit, on hissa celui des Marchands, dérobé bien longtemps auparavant sur un navire de commerce, et on laissa traîner les cordages lestés par-dessus bord ; enfin, tout l'équipage à part un petit groupe se rendit sous le pont. A présent, la *Marietta* progressait lentement comme un navire marchand sous pleine charge, et les marins qui travaillaient sur son pont ne portaient pas d'arme. Alors que le transport d'esclaves passait le cap et apparaissait tout entier, Kennit vit que son navire n'aurait pas de mal à le rattraper.

Il observa sa proie à loisir. Comme l'avait noté Sorcor, ses trois mâts étaient plus grands que la normale afin d'agrandir la surface de voile. Une tente de toile, abri temporaire de l'équipage, battait au vent sur le pont : manifestement, les marins du navire ne supportaient plus la puanteur de leur cargaison serrée comme harengs en caque, et avaient abandonné leurs quartiers pour un habitat mieux aéré. Le *Sicerne*, puisque tel était le nom inscrit à sa proue, pratiquait manifestement le trafic d'esclaves depuis plusieurs années : la dorure s'était écaillée sur ses parties sculptées, et les traînées le long de ses flancs indiquaient avec quelle désinvolture on jetait les excréments humains par-dessus bord.

Comme prévu, un gros serpent jaune verdâtre suivait dans le sillage du navire comme une mascotte repue. Si on pouvait tirer quelque conclusion de la corpulence de la créature, le transporteur avait déjà jeté à la mer une bonne partie de sa cargaison. Plissant les yeux, Kennit observa le pont du bateau : il s'y trouvait une foule beaucoup plus considérable qu'il ne s'y serait attendu. Les marchands d'esclaves avaient-ils décidé de prendre à leur bord une force armée pour les protéger ? Cette idée lui fit froncer les sourcils, mais, à mesure qu'avec lenteur la *Marietta* rattrapait le *Sicerne,* Kennit comprit que les gens attroupés n'étaient autres que des esclaves. Leurs haillons battaient dans le vent vif de l'hiver et, malgré quelques petits déplacements individuels, nul ne paraissait jouir de sa complète liberté de mouvement ; le capitaine avait sans doute fait monter un groupe pour lui faire prendre l'air. Cela indiquait-il une épidémie dans les cales ? Kennit n'avait jamais connu de capitaine qui se souciât du confort de sa marchandise.

Sous la conduite de Sorcor, le pirate réduisait la distance qui séparait les deux navires, et l'odeur du transport d'esclaves empuantissait le vent. Kennit tira de sa poche un mouchoir parfumé à la lavande et le porta délicatement à son nez pour masquer les effluves pestilentiels. « Sorcor ! Un mot, je te prie ! » cria-t-il.

Presque aussitôt, le second apparut près de lui. « Cap'taine ?

– Je vais prendre la tête de l'abordage, cette fois, je crois. Fais passer ce message parmi les hommes, et précise que c'est un ordre : je veux au moins trois membres de l'équipage d'en face vivants, et des officiers, de préférence. J'aimerais avoir la réponse à une ou deux questions avant que nous ne nourrissions les serpents.

– Je vais transmettre vos instructions, cap'taine, mais ça ne va pas être facile de retenir les hommes.

– Je te fais confiance pour y parvenir, fit Kennit d'un ton qui ne laissait guère de doute sur les périls inhérents à la désobéissance.

– Oui, cap'taine », répondit Sorcor, et il alla remplir sa mission auprès des hommes sur le pont et des marins armés qui se cachaient dans les cales.

Etta attendit que Sorcor ne pût plus l'entendre pour demander d'une voix basse : « Pourquoi mettre ta vie en danger ?

– En danger ? » Il réfléchit un instant, puis rétorqua : « Pourquoi cette question ? Redoutes-tu ce qui t'arriverait si je me faisais tuer ? »

La bouche d'Etta perdit toute expression et la jeune femme se détourna. « Oui, dit-elle à mi-voix. Mais pas dans le sens où tu l'entends. »

*

Ils étaient lentement arrivés à portée de voix quand le commandant du *Sicerne* leur cria : « Au large ! Nous savons qui vous êtes, malgré le pavillon que vous arborez ! »

Kennit et Sorcor échangèrent un regard, puis le capitaine pirate haussa les épaules. « La mascarade n'aura pas duré longtemps.

– Tout le monde sur le pont ! brailla joyeusement Sorcor. Et remontez-moi ces cordages ! »

Le tillac de la *Marietta* se mit à résonner du martèlement de pas pressés. Les pirates s'ameutèrent contre le bastingage, grappins et arcs prêts. Kennit mit ses mains en porte-voix autour de sa bouche. « Nous vous offrons la possibilité de vous rendre ! » cria-t-il au capitaine alors que la *Marietta*, allégée, se rapprochait de sa proie.

Pour toute réponse, l'homme aboya un ordre, et six marins vigoureux s'emparèrent d'une ancre qui traînait sur le pont. Des hurlements s'élevèrent quand ils la jetèrent par-dessus bord ; enchaîné à elle, un groupe d'hommes partit à sa suite, aussi rapidement que s'il avait sauté volontairement. Les malheureux disparurent aussitôt et leurs cris s'éteignirent dans un bouillonnement de bulles. Sorcor avait l'air effaré, et même Kennit dut s'avouer qu'il ressentait une sorte d'admiration effrayée devant l'inflexibilité du capitaine.

« Ce n'étaient que cinq esclaves ! rugit le commandant du *Sicerne*. Il y en a vingt autres attachés à la chaîne suivante ! Au large !

– Sans doute des malades qui n'auraient pas survécu au voyage, de toute manière », dit Kennit, réfléchissant tout haut. Du pont de l'autre navire, il entendait des voix s'élever, certaines suppliantes, d'autres terrorisées ou rageuses.

« Au nom de Sâ, qu'est-ce qu'on fait ? demanda Sorcor à mi-voix. Les pauvres diables !

– Nous ne nous écarterons pas », répondit Kennit. Puis il cria au *Sicerne* : « Si ces esclaves passent par-dessus bord, vous le payerez de vos vies ! »

L'autre capitaine rejeta la tête en arrière en éclatant d'un rire si sonore qu'on l'entendit clairement du navire pirate. « Comme si vous aviez l'intention de laisser la vie sauve à un seul d'entre nous ! Ecartez-vous, bande de rats, si vous ne voulez pas que ces vingt autres meurent aussi ! »

Kennit observa l'expression torturée de son second, puis il haussa les épaules. « Approchez le navire ! Lancez les grappins ! » cria-t-il. Ses hommes obéirent. Ils ne virent pas l'indécision peinte sur les traits de Sorcor, mais tous entendirent les hurlements des vingt hommes qu'une deuxième ancre entraîna dans l'abîme.

« Kennit... » gémit Sorcor d'un ton incrédule. Son visage avait blêmi sous le choc et l'horreur.

« De combien d'ancres de rechange dispose-t-il, à ton avis ? » fit Kennit en s'élançant pour prendre la tête du groupe d'abordage. Il jeta encore par-dessus son épaule : « C'est toi qui m'as dit que tu aurais préféré la mort à la servitude. Espérons qu'ils partageaient ton opinion ! »

Ses hommes tiraient déjà sur les cordages des grappins, rapprochant les deux bâtiments, tandis que ses archers envoyaient une pluie de flèches sur les défenseurs qui tentaient de décrocher les grappins. L'équipage de la *Marietta* jouissait d'une supériorité numérique d'au moins trois contre un sur celui du *Sicerne*. Les marins du transport d'esclaves, en ordre de bataille, disposaient de nombreuses armes mais ils n'étaient manifestement pas habitués à les manier. Kennit dégaina son épée, puis franchit d'un bond l'étroit espace entre les deux vaisseaux. Il atterrit sur le pont ennemi, écarta d'un coup de pied dans le ventre un matelot qui, une flèche plantée dans l'épaule, essayait de tendre son arc. L'homme s'écroula et un de ceux de Kennit l'égorgea au passage. Le capitaine se retourna d'un bloc. « Laissez-en trois vivants ! » cracha-t-il, furieux. Personne d'autre ne chercha à lui barrer le passage, et, l'épée au clair, il se mit en quête du capitaine.

Il le trouva sur l'autre bord du navire. Le second, deux marins et lui-même avaient hâtivement entrepris de mettre le canot à la mer. L'embarcation se balançait au-dessus de l'eau, accrochée à ses bossoirs, mais un des cordages de dévidement restait coincé. Kennit secoua la tête. Le navire tout entier était mal entretenu : pas étonnant qu'une de leurs poulies se bloque s'ils n'étaient même pas capables de nettoyer leur pont !

« Tenez bon, j'arrive ! cria-t-il avec un grand sourire.

– N'avance plus ! » répliqua le capitaine du *Sicerne* en dirigeant sur lui une arbalète à main.

Kennit perdit alors tout respect pour lui : il avait été beaucoup plus impressionné quand l'homme avait commencé par agir avant de menacer. Soudain, se dressant hors des vagues, apparut le cou sinueux du serpent. L'homme hésita, préférant peut-être attendre de savoir quel danger était le plus pressant avant de lâcher son carreau. Comme la tête du serpent émergeait de l'eau, Kennit vit entre ses mâchoires le corps d'un esclave ; deux sections de chaîne restaient attachées à ses poignets, et au bout de l'une d'elles pendaient encore une main et un bras menottés. Le monstre secoua brutalement le cadavre, puis le jeta légèrement en l'air. La vaste gueule se referma plus étroitement sur sa prise, lui tranchant les bras au niveau des coudes. Les chaînes retombèrent dans un jaillissement d'eau. Le serpent rejeta la tête en arrière et engloutit ce qui restait de l'homme ; alors que les pieds nus disparaissaient dans son gosier, il s'ébroua de nouveau, puis il observa les hommes du canot avec intérêt. Un des matelots poussa un cri d'horreur et le capitaine pointa son arme sur les énormes yeux du monstre.

A l'instant où l'arbalète cessa de viser sa poitrine, Kennit bondit et tint son épée prête à trancher un des cordages de bossoir qui retenaient l'embarcation. « Jetez vos armes et revenez sur le pont, ordonna Kennit, ou je vous livre en pâture au serpent ! »

L'autre capitaine cracha dans sa direction, puis, d'une main qui ne tremblait pas, il lâcha son carreau qui alla se planter droit dans l'œil chatoyant de la créature. Le trait disparut en s'enfonçant dans le cerveau du monstre. Kennit songea que ce ne devait pas être le premier sur lequel l'homme tirait. Comme le serpent se tordait violemment dans l'eau en hurlant, le capitaine sortit son poignard et se mit à couper le cordage juste au-dessus du crochet qui la retenait au canot. « Nous allons tenter notre chance avec les serpents, espèce de chien ! cria-t-il à Kennit alors que l'animal ondulant sombrait dans les flots. Rodel, tranche le cordage de ton côté ! »

Le nommé Rodel, cependant, ne paraissait pas partager l'optimisme de son capitaine face aux serpents. Terrorisé, le marin poussa un cri et bondit sur le pont du navire. Kennit l'arrêta dans sa course d'un coup d'épée dans la jambe, puis ramena son attention sur le canot sans écouter les cris du matelot qui se tordait en essayant en vain d'arrêter l'écoulement de sang.

D'une seule enjambée, Kennit monta dans le canot qui se balançait, puis il appliqua la pointe de son épée sur la gorge du capitaine. « Recule, dit-il en souriant, ou bien meurs sur place. »

La poulie bloquée se décoinça brusquement. L'embarcation tomba d'un côté, projetant ses occupants à l'eau alors que le serpent émergeait de nouveau. Kennit, avec la souplesse et la chance d'un chat, sauta du canot, s'accrocha au bastingage du *Sicerne* d'une main, puis de l'autre. Il était en train de se hisser quand le serpent haussa la tête hors de l'eau pour le regarder. De son œil crevé sourdaient du sang et de la lymphe. Il ouvrit la gueule et poussa un rugissement de rage et de désespoir à la fois. Son œil aveugle était tourné vers les hommes qui se débattaient dans l'eau, tandis que Kennit pendait devant l'autre comme un appât à poisson. Eperdu, le pirate jeta une jambe par-dessus la lisse et la replia pour raffermir sa prise. Aussi délicatement qu'un chien bien dressé saisit un morceau de viande entre les doigts de son maître, le serpent referma ses mâchoires sur l'autre jambe.

La douleur fut atroce, comme celle d'un fer porté au rouge, et Kennit hurla ; puis la souffrance reflua brusquement ; un grand froid, délicieusement insensibilisant, chassa la brûlure comme de l'eau tiède réchauffe une peau glacée. Il sentit le froid remonter dans son corps. Quel soulagement ! La douleur avait disparu ! Sa jambe se détendit, et l'insensibilité continua de monter. Son hurlement se mua en grognement.

« NON ! » cria Etta en traversant le pont au pas de course. Elle avait dû observer la scène depuis la *Marietta*. Nul ne lui barra le passage : à part des cadavres, il n'y avait presque plus personne sur le pont. Les hommes avaient dû se cacher en voyant le serpent réapparaître. Une arme improvisée, hache d'abordage ou tranchoir de cuisine, étincelait dans sa main. Elle hurlait un chapelet d'injures et de menaces au monstre qui avait entrepris d'emporter Kennit. Par réflexe, le capitaine pirate s'agrippa de toutes ses forces au bastingage. Il n'avait plus d'énergie ; le venin que le serpent avait instillé dans sa blessure commençait déjà à l'affaiblir. Quand Etta les saisit, le bastingage et lui, dans une étreinte éperdue, c'est à peine s'il sentit son contact. « Lâche-le ! ordonna-t-elle au serpent. Lâche-le, espèce de saleté, anguille visqueuse, cul de putain ! Lâche-le ! »

Le serpent mal en point continua néanmoins de tirer sur la jambe du pirate tandis qu'Etta tirait dans l'autre sens avec opiniâtreté. Elle était plus forte que Kennit ne le pensait. Il vit plus qu'il ne sentit le monstre affermir sa prise sur sa jambe, et, comme un couteau chauffé tranche du beurre, les dents du serpent s'enfoncèrent dans sa chair. Kennit aperçut un segment d'os mis à nu, étrangement grêlé de trous là où la bave du serpent avait commencé à le ronger. La créature tourna son immense tête comme un poisson ferré, se préparant à donner une secousse qui décrocherait Kennit du bastingage ou bien lui arracherait la jambe. En sanglotant, Etta leva son arme. « Saloperie ! cria-t-elle. Saloperie, saloperie, saloperie ! » Sa lame bien peu impressionnante s'abattit, mais pas là où Kennit s'y attendait. Au lieu de gaspiller ses forces sur le mufle aux écailles épaisses, l'arme tomba sur l'os à demi rongé de Kennit avec un craquement sonore. Elle coupa la jambe au ras des dents du serpent, ce qui en faisait tout de même un bon morceau. Kennit vit le sang jaillir du moignon déchiqueté alors qu'Etta le hissait rapidement et le remorquait en crabe sur le pont. Il entendit vaguement les cris d'horreur de ses hommes tandis que la tête du serpent s'élevait au-dessus du navire, puis retombait dans la mer, son cou aussi mou qu'un morceau de ficelle. Il ne remonterait plus; il était mort. Et Etta lui a donné ma jambe à manger, se dit Kennit.

«Pourquoi as-tu fait ça? lui demanda-t-il d'une voix faible. Qu'ai-je bien pu te faire pour que tu me coupes la jambe?

– Oh, mon chéri, mon amour!» Elle continuait de jacasser bruyamment quand l'obscurité se mit à tournoyer autour de lui et l'emporta.

*

Le marché aux esclaves empestait. Jamais Hiémain n'avait senti pareille puanteur, et il se demanda si la nature avait prévu que l'odeur de la maladie et de la mort d'un membre de sa propre espèce fût plus répulsive qu'une autre. Tous ses instincts lui criaient de s'en aller et il éprouvait une révulsion de tout son être. Malgré le spectacle de la détresse qu'il avait sous les yeux, sa compassion et son indignation ne suffisaient pas à contenir son dégoût. Il avait beau presser le pas, il n'arrivait pas à trouver la sortie de ce quartier de la ville.

Il avait déjà vu des animaux enfermés en grand nombre, parfois même des bêtes rassemblées pour l'abattoir, mais elles ne manifestaient qu'hébétude et incompréhension, ruminant et agitant la queue pour chasser les mouches en attendant leur destin. On pouvait parquer des animaux dans des enclos ou des cours; il n'était pas nécessaire de les assujettir avec des fers aux poignets ni aux chevilles, et ils ne criaient pas leur détresse et leur colère en sanglotant.

«Je ne peux rien pour vous, je ne peux rien pour vous.» Hiémain se surprit à répéter ces mots à mi-voix et se mordit la langue. Pourtant, c'était vrai, du moins tenta-t-il de s'en convaincre: il ne pouvait pas les aider; il n'était pas plus capable qu'eux de briser leurs chaînes. Et, même s'il avait réussi à détacher leurs fers, qu'aurait-il fait ensuite? Il ne pouvait effacer les tatouages de leurs visages, il ne pouvait les aider à s'enfuir. Aussi affreux que fût leur destin, mieux valait qu'il laisse chacun affronter le sien et s'en tirer le mieux possible. Certains trouveraient sûrement plus tard le bonheur et la liberté. Un état de malheur aussi extrême ne pouvait durer éternellement.

Comme en écho à ses réflexions, un homme le croisa, poussant une brouette. Trois corps y gisaient et, malgré leur maigreur, l'homme avait du mal à faire rouler son engin. Une femme le suivait en pleurant d'un air désespéré. «Je vous en supplie, par pitié! s'écria-t-elle en passant devant Hiémain. Laissez-moi au moins son corps. A quoi vous sert-il? Laissez-moi ramener mon fils chez moi pour l'enterrer. Je vous en supplie!» Mais l'homme ne l'écoutait pas, ni personne d'autre dans la rue bondée. Hiémain suivit la femme des yeux en s'interrogeant: peut-être était-elle folle, peut-être son fils ne se trouvait-il pas dans la brouette, et l'homme le savait parfaitement. Ou bien, songea-t-il encore, c'étaient tous les passants qui étaient fous, qui avaient vu une mère désolée supplier de récupérer le cadavre de son fils et qui n'avaient pas réagi, lui compris. S'était-il donc si vite immunisé contre la souffrance humaine? Il leva le regard et s'efforça de voir la rue d'un œil neuf.

Il fut accablé. La plus grande partie de l'avenue était occupée par des gens qui se promenaient bras dessus, bras dessous et musardaient devant les échoppes, comme ils l'auraient fait dans n'importe quel marché, en discutant couleur, taille, âge et sexe. Mais le bétail et les marchandises qu'ils examinaient étaient humains. Des chaînes d'esclaves se tenaient dans des cours, chapelet d'individus enchaînés les uns aux autres, proposés par lots ou à l'unité pour les corvées de base à la ferme ou en ville. Dans un coin d'une cour, un tatoueur exerçait son métier, confortablement assis sur une chaise près d'un étau rembourré de cuir et d'un énorme bloc de pierre dans lequel était enfoncé un tire-fond. Une litanie se dévidait inlassablement: pour un prix modique, il tatouait sur tout esclave nouvellement acquis l'emblème du propriétaire. Le garçon qui répétait ces mots était attaché à la pierre; il ne portait qu'un pagne, bien qu'on fût en hiver, et tout son corps avait été orné de tatouages qui servaient de publicité pour le savoir-faire de son maître. Pour un prix modique, pour un prix modique...

Des bâtiments abritaient des esclaves et leurs enseignes

annonçaient leurs spécialités. Hiémain reconnut le signe des charpentiers et des maçons, celui des couturières, et un autre qui désignait des musiciens et des danseurs. On pouvait faire faillite dans n'importe quel corps de métier, et les acheteurs n'avaient que l'embarras du choix. Colporteurs, tailleurs, soldats, marins, se dit Hiémain ; précepteurs, nourrices, scribes et commis... Pourquoi louer ce qu'on pouvait carrément acheter ? Cela semblait être la philosophie générale du marché, bien que Hiémain se demandât comment les acquéreurs pouvaient ne pas se reconnaître, eux-mêmes ou leurs voisins, dans les esclaves qu'ils achetaient. Pourtant nul ne paraissait s'en soucier ; certains se plaquaient d'un air élégant un mouchoir de dentelle devant le nez, gênés par l'odeur, mais ils n'hésitaient pas à exiger d'un esclave qu'il se lève, marche ou trotte en rond afin de mieux l'examiner. Des zones isolées par des treillis permettaient une inspection plus intime des femmes à vendre. Apparemment, aux yeux des acheteurs, la banqueroute transformait instantanément l'ami ou le voisin en marchandise.

Certains, semblait-il, n'étaient pas trop mal logés ni traités : c'étaient les esclaves de valeur, ceux qui possédaient de l'instruction, un talent ou un savoir-faire. Quelques-uns d'entre eux, paraissant tirer une fierté tranquille de leur qualité, arboraient une attitude orgueilleuse et assurée malgré le tatouage qui les défigurait ; d'autres étaient surnommés, comme l'entendit Hiémain, « faces-de-carte », c'est-à-dire qu'on pouvait suivre leur transfert d'un propriétaire à l'autre grâce à leurs différents tatouages. Alors qu'en général les esclaves dociles trouvaient souvent une place définitive, ceux-là avaient un caractère hargneux et difficile ; plus de cinq tatouages sur le visage marquait un esclave comme indésirable ; on le vendait à bas prix et on le traitait avec brutalité, comme un animal.

Le tatouage facial des esclaves, autrefois considéré comme une pratique barbare des Chalcédiens, était devenu la norme à Jamaillia, et Hiémain constatait que la ville avait non seulement adopté cette coutume mais l'avait aussi adaptée : ceux que l'on proposait comme danseurs et amuseurs ne portaient souvent que des tatouages réduits et de couleur pâle, facilement masqués par le maquillage, afin que leur statut ne gâche pas le plaisir des spectateurs ; et, s'il restait illégal d'acheter des esclaves dans le but de les prostituer, les tatouages exotiques qui marquaient certains ne laissaient aucun doute dans l'esprit de Hiémain quant au métier auquel on les avait formés.

C'est alors qu'il passait devant une chaîne d'esclaves, à un coin de rue, qu'on l'appela. « Je t'en prie, prêtre ! Le réconfort de Sâ pour les mourants ! »

Hiémain s'arrêta, incertain d'être bien celui à qui on s'adressait. L'esclave qui avait parlé s'était écarté de son groupe autant que le lui permettaient ses chaînes ; il n'était pas du genre à rechercher le réconfort de Sâ : les tatouages recouvraient tout son visage et jusqu'à son cou ; il ne paraissait pas non plus à l'agonie : ses côtes pointaient sur son torse nu et le frottement des fers sur ses chevilles avait provoqué des escarres suppurantes, mais, en dehors de cela, il avait l'air solide et plein d'énergie. D'âge moyen, il était nettement plus grand que Hiémain, et les cicatrices qui couvraient son corps évoquaient des labeurs épuisants. Son maintien était celui d'un homme qui refuse de se laisser abattre. Hiémain coula un regard derrière lui et vit son propriétaire un peu plus loin en train de marchander avec un acheteur éventuel. Le petit homme, qui faisait tournoyer une matraque tout en discutant, surprit le coup d'œil de Hiémain et fronça les sourcils, mais poursuivit néanmoins son maquignonnage.

« Tu es bien prêtre, non ? demanda l'esclave avec insistance.

– J'ai été formé à la prêtrise, reconnut Hiémain, mais je ne peux prétendre complètement au titre. » D'un ton plus assuré, il ajouta : « Mais je suis prêt à donner le réconfort que je puis. » Il promena son regard sur les esclaves enchaînés et demanda en s'efforçant d'éliminer toute trace de soupçon de sa voix : « Qui en a besoin ?

– Elle. » L'homme s'écarta. Une femme était accroupie derrière lui, l'air pitoyable. Hiémain s'aperçut alors que les autres esclaves s'étaient assemblés autour d'elle pour lui offrir leur chaleur et la maigre protection de leurs corps serrés. Jeune, elle n'avait sûrement pas plus de vingt ans et ne portait pas de blessure apparente. C'était la seule femme du groupe. Elle se tenait les bras croisés sur le ventre, la tête penchée sur la poitrine ; quand elle leva le visage vers le garçon, il vit que ses yeux bleus étaient aussi ternes que des galets secs. Elle avait la peau très blanche et ses cheveux taillés à la va-vite formaient une courte brosse sur sa tête. La robe droite qu'elle portait était rapiécée et tachée, et la chemise qui lui couvrait les épaules appartenait sans doute à l'homme qui avait appelé Hiémain. Comme tous les autres esclaves de sa chaîne, son visage était couvert de tatouages. Elle ne présentait pas de blessure visible et elle ne paraissait pas frêle, au contraire: c'était une femme bien musclée, aux épaules larges. Seuls les traits tirés de son visage indiquaient qu'elle souffrait.

« Où as-tu mal? » demanda Hiémain en s'approchant d'elle. Dans un coin de son esprit, il soupçonnait les esclaves d'essayer de l'attirer pour s'emparer de lui. Afin de se servir de lui comme otage, peut-être? Mais nul ne fit de geste menaçant; au contraire, les esclaves les plus proches de la femme lui tournèrent le dos comme pour lui offrir un semblant d'intimité.

« Je saigne, répondit-elle à mi-voix. Je saigne sans arrêt depuis que j'ai perdu mon enfant. »

Hiémain s'accroupit devant elle et lui toucha le dessous du bras. Elle n'avait pas de fièvre; sa peau était même froide malgré le soleil d'hiver. Il la pinça doucement et observa la lenteur avec laquelle la peau se retendit: elle avait besoin d'eau ou de bouillon; de liquide, en tout cas. Il ne perçut en elle que détresse et résignation, comme si elle avait accepté la mort. « Saigner après un accouchement est normal, tu sais, lui dit-il. Et après une fausse couche aussi. Cela devrait s'arrêter bientôt. »

Elle secoua la tête. « Non. Il m'a donné une dose trop forte pour me faire avorter. Une femme enceinte ne peut pas travailler très dur, tu sais; son ventre la gêne. Alors on m'a obligée à boire le produit et j'ai perdu l'enfant. C'était il y a une semaine, mais je saigne toujours, et le sang est rouge vif.

– Un écoulement de sang n'indique pas obligatoirement qu'on va mourir. Tu peux te remettre. Avec des soins appropriés, une femme peut... »

Le rire amer de son interlocutrice lui coupa la parole. Jamais il n'avait entendu un rire qui ressemblât autant à un hurlement.

« Tu parles d'une femme, mais je suis une esclave. C'est vrai, une femme peut ne pas en mourir, mais moi si. » Elle reprit son souffle. « Le réconfort de Sâ, c'est tout ce que je te demande. Par pitié. » Et elle baissa la tête.

C'est peut-être à cet instant que Hiémain comprit ce qu'était l'esclavage. Il savait que c'était un mal, on le lui avait appris dès ses premiers jours au monastère; mais à présent il le touchait du doigt, il entendait la résignation et le désespoir dans la voix de cette jeune femme. Elle n'adressait pas de reproches au maître qui avait volé la vie de son enfant ; elle parlait de son acte comme s'il s'agissait de l'œuvre d'une force naturelle, une tempête ou une inondation. Sa cruauté, sa méchanceté ne paraissaient pas la concerner. Elle n'évoquait que le résultat, le saignement qui ne s'arrêtait pas et auquel elle s'attendait à succomber. Hiémain la dévisagea. Elle n'était pas obligée de mourir, et il pensait qu'elle le savait aussi bien que lui : si on lui donnait un bouillon chaud, un lit, un abri, de quoi manger et du temps pour se reposer, et les herbes aux vertus connues pour revitaliser les organes féminins, elle guérirait sans doute pour vivre encore de nombreuses années et porter d'autres enfants. Mais elle ne guérirait pas. Elle le savait, les autres esclaves aussi, et lui aussi, presque. Ce « presque » évoquait le moment où il avait plaqué sa main sur le pont en attendant le scalpel : une fois que la réalité tomberait, il ne pourrait plus jamais être le même. Accepter le fait reviendrait à perdre une partie de lui-même.

Il se releva, plein d'une solide résolution, mais c'est d'une voix douce qu'il dit : « Attends ici et ne perds pas espoir. Je vais aller chercher de l'aide au temple de Sâ ; on doit pouvoir raisonner ton maître, lui expliquer que tu vas mourir si tu restes sans soin. » Il eut un sourire amer. « Et, s'il fait la sourde oreille, on pourra peut-être le persuader qu'une esclave a plus de valeur vivante que morte. »

L'homme qui l'avait interpellé avait pris une expression incrédule. « Le temple ? Il ne faut pas en espérer d'aide. Un chien est un chien, et un esclave est un esclave. Au temple, on ne donne le réconfort de Sâ ni à l'un ni à l'autre. Les prêtres d'ici chantent les louanges de Sâ, mais ils dansent au rythme du Gouverneur. Quant au courtier, l'homme qui vend notre travail, ce n'est même pas notre propriétaire. Tout ce qu'il sait, c'est qu'il touche un pourcentage sur ce que nous gagnons chaque jour ; sur cette somme, il nous donne le gîte et le couvert et il nous drogue ; le reste va à notre propriétaire. Notre courtier ne va pas réduire sa part en essayant de sauver Cala. A quoi bon ? Si elle meurt, il n'y perd rien. » L'homme scruta le visage empreint d'incompréhension et d'incrédulité de Hiémain. « Je suis un imbécile de t'avoir appelé. » Sa voix se mêla d'amertume. « C'est ta jeunesse qui m'a trompé. J'aurais dû me douter, à voir ta robe de prêtre, que je ne trouverais aucune aide auprès de toi. » Il saisit brusquement

Hiémain par l'épaule et la serra violemment. « Donne-lui le réconfort de Sâ, ou je te jure que je te brise la nuque ! »

La puissance de sa poigne assurait à Hiémain qu'il en était capable. « Inutile de me menacer », dit-il dans un hoquet. Il savait qu'il donnait une impression de lâcheté. « Je suis le serviteur de Sâ. »

D'un geste méprisant, l'homme le jeta aux pieds de la femme. « Alors vas-y ! Et dépêche-toi ! » Son regard dur se porta derrière Hiémain. Le courtier et le client marchandaient toujours ; l'acheteur tournait le dos aux esclaves, mais l'autre leur faisait face. Il sourit à une plaisanterie de son interlocuteur, puis éclata d'un rire mécanique, ha, ha, ha, mais son poing serré et ses yeux méchants posés sur les esclaves promettaient une punition sévère si on interrompait ses tractations. Il tenait à la main une petite matraque dont il tapait sur sa cuisse avec impatience.

« Je... Ça ne se fait pas à la va-vite », protesta Hiémain tout en s'agenouillant devant la femme et en s'efforçant de composer son esprit.

En réponse à son mouvement, elle se leva en chancelant. Il vit alors que ses jambes étaient striées de sang, que le sol en dessous d'elle en était imbibé et qu'il avait coagulé en couche épaisse sur ses fers. « Lem ? » fit-elle d'un ton pitoyable.

L'autre esclave s'avança aussitôt. Elle s'appuya lourdement sur lui et elle eut un soupir gémissant.

« Il faudra le faire à la va-vite », dit l'homme d'un ton brutal.

Hiémain sauta les prières, les préparations, les mots apaisants destinés à mettre l'esprit et l'âme du mourant en condition. Il se redressa simplement et posa ses mains sur la femme. Il disposa ses doigts de part et d'autre de son cou, les écartant jusqu'à ce que chacun trouve le point qui lui était propre. « Tu ne meurs pas, déclara-t-il d'un ton assuré. Je te libère seulement des distractions de ce monde afin que ton âme se prépare pour le suivant. Acquiesces-tu à cela ? »

Elle hocha lentement la tête.

Il accepta son assentiment. Il inspira longuement, profondément, pour s'accorder avec elle, et se tendit en lui-même vers le bourgeon négligé de sa prêtrise. Il n'avait jamais pratiqué cet exercice seul, il n'avait jamais été complètement initié à ses mystères, mais il en connaissait les gestes, et cela, au moins, il pouvait le donner à la femme. Il observa, sans y prêter attention, que l'homme se tenait de façon à bloquer la vue du courtier et surveillait les alentours. Les autres esclaves s'agglutinaient autour de Hiémain et de la femme pour dissimuler aux passants ce qu'ils faisaient. « Dépêche-toi », fit Lem d'une voix pressante.

Il appuya légèrement sur les points que ses doigts avaient choisis sans se tromper. La pression allait évacuer la peur et interrompre la douleur pendant qu'il lui parlerait. Tant qu'il appuierait, elle serait obligée de l'écouter et de croire à la vérité de ses paroles. Il lui rendit d'abord son corps. « A toi, maintenant, le battement de ton cœur, l'air qui entre dans tes poumons, à toi la vue par tes yeux, l'ouïe par tes oreilles, le goût par ta bouche, la sensation par toute ta chair. Toutes ces choses, je te les confie afin que tu leur commandes d'être ou de ne pas être. Toutes ces choses, je te les rends afin que tu puisses te préparer à la mort l'esprit clair. Je t'offre le réconfort de Sâ pour que tu puisses l'offrir à d'autres. » Il perçut une ombre de doute dans les yeux de la femme. Il l'aida à prendre conscience de son propre pouvoir. « Dis-moi : "Je ne sens pas le froid."

– Je ne sens pas le froid, répéta-t-elle d'une voix faible.

– Dis-moi : "La douleur n'est plus."

– La douleur n'est plus. » Ce n'était qu'un murmure, mais, comme elle prononçait ces mots, les rides s'effacèrent de son visage. Elle était encore plus jeune qu'il ne l'avait cru. Elle regarda Lem et lui sourit. « La douleur est partie », fit-elle sans que Hiémain eût besoin de l'encourager.

Il retira ses mains de son cou mais demeura près d'elle. Elle posa la tête contre la poitrine de Lem. « Je t'aime, dit-elle avec simplicité. C'est uniquement grâce à toi que ma vie a été supportable. Merci. » Elle reprit son souffle et soupira. « Remercie les autres pour moi, pour m'avoir réchauffée de leurs corps, pour avoir travaillé davantage afin qu'on ne remarque pas ma faiblesse. Remercie-les... »

Sa voix s'éteignit et Hiémain vit Sâ s'épanouir sur son visage. Les tourments de ce monde disparaissaient déjà de son esprit. Elle eut un sourire de nouveau-né. « Vois comme les nuages sont beaux aujourd'hui, mon amour. Ce blanc sur ce gris... Les vois-tu ? »

Ce n'était pas plus compliqué. Libérée de la souffrance physique, son âme se tournait vers la contemplation de la beauté. Hiémain avait déjà assisté à ce phénomène mais il s'en étonnait toujours : une fois qu'une personne avait pris conscience de la mort, si elle pouvait se détacher de la douleur, elle se tournait aussitôt vers l'émerveillement, vers Sâ. Ces deux étapes étaient nécessaires, Hiémain le savait. Si on n'avait pas accepté la réalité de la mort, on pouvait refuser le contact ; certains acceptaient la mort et le contact mais n'arrivaient pas à se départir de la douleur et s'y raccrochaient comme à un ultime vestige de vie. Mais Cala avait lâché prise facilement, si facilement qu'elle devait attendre cet instant depuis longtemps.

Hiémain resta immobile, sans parler et sans écouter non plus les mots exacts que la femme disait à Lem. Les larmes ruisselaient sur les joues de l'homme, sur les cicatrices d'une existence d'épreuves et sur l'encre de ses tatouages d'esclave ; elles dégouttaient de son menton mal rasé. Il se taisait, et Hiémain ferma ses oreilles aux propos de Cala ; il en écouta la musique, en revanche, et sut qu'elle parlait d'amour, de vie et de lumière. Le sang coulait toujours lentement le long de ses jambes nues. Elle s'affaiblissait et Hiémain vit sa tête tomber sur son épaule, mais son sourire ne quitta pas ses lèvres. Elle était plus proche de la mort qu'il ne l'avait pensé : c'était son attitude stoïque qui l'avait abusé. Elle serait bientôt morte ; il se réjouit d'avoir pu leur offrir, à Lem et elle, une séparation paisible.

« Hé ! » Il sentit un choc dans le bas du dos. « Qu'est-ce que tu fabriques ? »

Sans laisser à Hiémain le temps de répondre, le courtier l'écarta d'un coup de matraque dans les côtes. Le jeune garçon en eut le souffle coupé, et, pendant quelques instants, il ne put que rester plié en deux en hoquetant. L'homme s'avança sans hésiter au milieu de ses esclaves et se planta devant Lem et Cala avec un rictus sur le visage. « Eloigne-toi d'elle ! cracha-t-il à Lem. A quoi tu joues ? Tu essayes de l'engrosser encore une fois, et en pleine rue ? Je viens juste de me débarrasser de son dernier môme ! » Il saisit Cala par l'épaule et l'attira brutalement à lui ; mais Lem la retint en poussant un rugissement de dignité outragée. Hiémain aurait reculé devant son seul regard mais le courtier frappa l'esclave en plein visage de sa petite matraque, dans un geste visiblement souvent répété et qui ne lui demandait aucun effort. La peau de la pommette de Lem éclata et le sang se mit à ruisseler sur sa joue. « Lâche-la ! » ordonna le courtier en même temps. L'esclave avait beau être solide, le coup inattendu et la douleur l'avaient à demi assommé. Le courtier arracha Cala à son étreinte et la laissa s'écrouler sur le sol couvert de sang. Elle tomba comme une masse, sans un mot, et resta étendue là où elle avait saigné, les yeux levés vers le ciel d'un air béat. L'œil expérimenté de Hiémain lui dit qu'en réalité elle ne voyait plus rien : elle avait décidé de cesser de vivre. Sa respiration se faisait de moins en moins profonde. « La paix de Sâ soit avec toi », réussit-il à murmurer d'une voix tendue.

Le courtier se tourna vers lui d'un bloc. « Tu l'as tuée, pauvre crétin ! Elle pouvait encore travailler au moins une journée ! » Et il donna un coup de matraque à Hiémain, un coup cuisant à l'épaule qui lui meurtrit les chairs sans briser d'os ; une douleur fulgurante lui parcourut le bras, suivie d'une insensibilité partielle. C'était un mouvement parfaitement étudié, estima une partie de lui-même alors même qu'il bondissait en arrière avec un glapissement. Il heurta un des esclaves enchaînés qui le repoussa d'un geste négligent ; ils refermaient leur cercle autour du courtier dont la méchante petite matraque parut soudain une arme inefficace et ridicule. Hiémain sentit sa gorge se serrer : ils allaient le tuer de coups, réduire ses os en bouillie.

Mais le courtier en esclaves était un petit homme agile qui aimait son métier et y excellait. Vif comme un chiot folâtre, il se mit à tourner sur lui-même, la matraque tendue, et sous ses coups, les esclaves s'effondraient en arrière les uns après les autres. L'homme savait s'y prendre pour faire mal et handicaper l'adversaire sans l'abîmer. Dans le cas de Lem, cependant, il prit moins de gants : à l'instant où le grand gaillard s'avança, il le frappa de nouveau d'un coup sec au ventre. Lem se plia en deux, les yeux exorbités.

Et, entre-temps, dans le marché, les gens continuaient à déambuler comme si de rien n'était ; certains levaient bien les sourcils devant cette chaîne indisciplinée, mais qu'attendre d'autre de faces-de-carte et de ceux qui en faisaient le trafic ? On s'écartait prudemment et on poursuivait ses occupations. Il était inutile que Hiémain appelle à l'aide en protestant qu'il n'était pas esclave : nul n'y prêterait attention.

Pendant que Lem vomissait de la bile, le courtier détacha les fers encroûtés de sang des chevilles de Cala. Il les secoua d'un geste désinvolte pour les dégager des pieds de la morte ; puis jeta un regard noir à Hiémain. « J'aurais le droit de te les attacher !

gronda-t-il. Tu m'as fait perdre une esclave et le salaire d'une journée, si je ne me trompe pas. Et je ne me trompe pas : voilà mon client qui s'en va ! Il ne voudra plus jamais avoir affaire à une chaîne qui a si mauvais caractère ! » De sa matraque, il désigna son acheteur qui s'éloignait. « Très bien : pas de travail, pas de repas, mes mignons. »

Le petit homme s'exprimait avec une feinte affabilité si mordante que Hiémain n'en crut pas ses oreilles. « Une femme est morte et c'est votre faute ! s'exclama-t-il. Vous l'avez empoisonnée pour la faire avorter, mais vous l'avez tuée en même temps ! Vous êtes responsable d'un double assassinat ! » Il voulut se lever mais son bras était encore paralysé du coup reçu, de même que ses abdominaux. Il se mit à genoux afin d'essayer de se redresser. De la botte, le petit homme le rejeta par terre.

« Quels propos dans la bouche d'un enfant au visage intact ! Je suis vraiment choqué. Je vais te demander tout l'argent que tu as sur toi, petit, à titre de dédommagements. Allons, donne-moi tout, et vite ! Ne m'oblige pas à te secouer la tête en bas !

– Je n'ai pas un sou, répondit Hiémain d'un ton furieux. Et, même dans le cas contraire, je ne vous donnerais rien ! »

L'homme s'approcha, le dominant de sa taille, et le poussa du bout de sa matraque. « C'est qui, ton père, alors ? Il faut que quelqu'un paye.

– Je suis seul, dit Hiémain d'un ton cassant. Personne ne vous payera, votre maître ou vous, à cause de ce que j'ai fait. J'ai accompli l'œuvre de Sâ. J'ai fait ce qu'il fallait. » Il jeta un coup d'œil au groupe d'esclaves derrière l'homme : ceux qui pouvaient tenir debout se redressaient, et Lem s'était approché à quatre pattes du corps de Cala. Il regardait intensément ses yeux révulsés, comme s'il pouvait voir lui aussi ce qu'elle contemplait désormais.

« Bien, bien. Ce qu'il lui fallait à elle, ce n'est peut-être pas ce qu'il te fallait à toi », fit le petit homme d'un ton insidieux. Il parlait rapidement et sa voix évoquait une chute de cailloux. « Vois-tu, à Jamaillia, les esclaves n'ont pas droit au réconfort de Sâ. C'est le Gouverneur qui l'a décrété. Si un esclave possédait vraiment une âme d'homme, eh bien, cet homme ne finirait pas esclave ; en tout cas, c'est ce qu'on m'a expliqué. Alors, me voici avec une esclave morte et pas de travail pour la journée. Ça ne va pas plaire au Gouverneur. Tu es non seulement un assassin d'esclave mais aussi un vagabond. Si tu avais la carrure pour exécuter convenablement une journée de travail, je t'attacherais des fers et je te ferais tatouer sur-le-champ; ça nous ferait gagner du temps. Mais il faut obéir à la loi. Hé, garde!» Le petit homme leva sa matraque et l'agita joyeusement pour attirer l'attention d'un garde municipal qui passait. «J'ai un gaillard pour vous! Un jeune garçon sans famille, sans le sou et qui me doit de l'argent pour les dégâts qu'il a occasionnés sur une esclave du Gouverneur. Enfermez-le, voulez-vous? Hé là! Arrête-toi! Reviens ici!»

Ces dernières exclamations s'adressaient à Hiémain qui s'était relevé tant bien que mal et avait commencé à s'enfuir. Un cri d'avertissement de Lem lui fit tourner la tête en arrière; il aurait mieux fait de la baisser: la matraque tournoyante, lancée avec adresse, lui frappa le côté du crâne et il s'écroula dans la rue crasseuse du marché aux esclaves.

2

LES MARCHANDS DU DÉSERT DES PLUIES

« Tout ce qui sort de l'ordinaire me dérange, voilà pourquoi ! fit grand-mère d'un ton sec.

– Excuse-moi, répondit la mère de Malta d'un ton neutre. Ce n'était qu'une question. »

Debout derrière grand-mère qui était elle-même assise devant sa coiffeuse, elle lui faisait un chignon. Elle n'avait pas l'air repentante, mais lasse de l'irritabilité constante de sa mère. Malta ne lui jetait pas la pierre : elle aussi en avait assez de leur caractère acariâtre, à toutes les deux. Elle avait l'impression qu'elles ne se préoccupaient que du côté triste, que des soucis de l'existence. Ce soir-là, une grande assemblée de Premiers Marchands se tenait et elles y emmenaient Malta, qui avait passé la plus grande partie de l'après-midi à se coiffer et à essayer sa nouvelle robe ; mais voici que sa mère et sa grand-mère s'habillaient à la dernière minute, la mine sombre comme si la soirée était une corvée ennuyeuse au lieu d'une occasion de sortir, de voir des gens et de bavarder. Elle ne les comprenait vraiment pas.

« Alors, vous êtes prêtes ? » les pressa-t-elle. Elle ne voulait pas arriver la dernière à la réunion. On palabrerait beaucoup ce soir, et on discuterait d'affaires entre Marchands de Terrilville et Marchands du désert des Pluies, avait dit sa mère. Malta ne voyait pas en quoi cela inquiétait tant sa mère et sa grand-mère ; elle aurait sans doute droit à la fameuse réplique : « Assieds-toi sans bouger et ne nous dérange pas. » C'est pourquoi elle tenait à se présenter tant que les gens bavarderaient encore entre eux, échangeraient des saluts en prenant des rafraîchissements ; elle rencontrerait peut-être Delo et pourrait s'asseoir à côté d'elle. C'était ridicule de mettre aussi longtemps à se préparer ! Elles auraient dû avoir chacune une servante pour les aider à se coiffer, sortir leurs vêtements et tout le reste. Toutes les autres familles de Marchands en avaient ! Mais non : grand-mère prétendait que les Vestrit n'en avaient plus les moyens et maman la soutenait ; et, quand Malta avait voulu discuter, elles l'avaient obligée à s'asseoir devant un gros tas de baguettes à encoches et de récépissés, et à essayer de les reporter dans un des livres de comptes. Elle s'était trompée dans ses calculs et grand-mère l'avait obligée à réécrire toute la page ; ensuite, elles avaient tenu à parler de ce que signifiaient les bilans et de la raison pour laquelle ils indiquaient qu'il n'était plus possible de garder des domestiques, à part Nounou et Rache. Comme Malta serait soulagée quand papa serait de retour ! Elles devaient omettre quelque chose, elle en était sûre ! Comment pouvaient-elles être subitement devenues pauvres ? Rien n'avait changé ! Et pourtant, elles étaient là, à porter des robes vieilles de deux ans et à se coiffer mutuellement tout en se querellant ! « On y va bientôt ? » demanda Malta encore une fois. Elle ne comprenait pas pourquoi elles ne répondaient pas.

« Est-ce que nous te donnons l'impression d'être prêtes à partir ? répliqua sa mère. Malta, essaye de te rendre utile au lieu de me faire tourner en bourrique, s'il te plaît : va voir si la voiture du Marchand Restart est arrivée.

– Oh non, pas lui ! protesta Malta. Je t'en prie, dis-moi que nous n'allons pas voyager avec lui dans cette vieille voiture puante ! Maman, les portières ne ferment même pas bien ! Quelle humiliation si je dois aller avec...

– Malta, va voir si la voiture est arrivée », ordonna grand-mère d'un ton sévère, comme si sa mère ne l'avait pas déjà demandé.

Avec un soupir, Malta sortit. Le temps qu'elles arrivent, il ne resterait plus rien à boire ni à manger et tout le monde aurait pris place sur les bancs du conseil. Si elle devait assister à une réunion de bout en bout, elle voulait au moins profiter de la partie amusante de la soirée. En suivant le couloir, elle se demanda si Delo serait là. Cerwin y participerait, lui : sa famille le traitait en adulte depuis des années ; Delo l'accompagnerait peut-être, et

Malta trouverait un moyen d'obtenir la permission de s'asseoir près d'elle; après cela, elle n'aurait pas de mal à persuader Delo de s'installer à côté de son frère. Elle n'avait plus vu Cerwin depuis le jour où maman avait insisté pour lui faire visiter la serre, mais cela ne signifiait pas qu'elle ne l'intéressait plus.

A cette pensée, elle fit un crochet par les cabinets; un petit miroir y était accroché au mur. La lumière n'était pas bonne mais Malta sourit devant son reflet: elle avait dégagé son visage en tressant ses cheveux sombres et en les fixant au sommet de sa tête. Des mèches dansaient librement sur son front et frôlaient ses pommettes. On ne lui permettait encore que des fleurs comme ornements, mais elle avait choisi les dernières roses, toutes petites, qui s'épanouissaient dans la serre; elles étaient d'un rouge sombre, et elles dégageaient un parfum capiteux. Sa robe était très simple, mais au moins ce n'était pas un sarrau de petite fille: c'était une robe de Marchand, comme en portaient tous les Marchands lors du genre de réunion de ce soir. La sienne était d'un magenta profond, presque de la même teinte que les roses qui paraient sa chevelure. C'était la couleur traditionnelle des Vestrit. Malta aurait préféré du bleu mais le magenta lui allait bien aussi. Et, au moins, la robe était neuve.

Elle n'avait encore jamais porté de robe de Marchand. C'était un vêtement assez strict, au col rond, qui descendait jusqu'aux chevilles et serré à la taille comme une bure de moine. Elle admira le cuir noir et luisant de la large ceinture, l'initiale stylisée qui en formait la boucle; elle l'avait bien serrée afin de mettre en valeur l'arrondi de ses hanches et tendre le tissu sur sa poitrine. Papa avait raison: elle avait déjà les formes d'une femme; pourquoi n'en disposerait-elle pas aussi des vêtements et des privilèges? Bah, il suffisait d'attendre qu'il rentre, et alors la situation allait changer à la maison. Son commerce se porterait bien, il reviendrait les poches pleines d'argent, et il apprendrait la façon dont on avait maltraité sa fille, dont on lui avait confisqué sa robe, et...

« Malta! » Sa mère ouvrit brusquement la porte. « Que fais-tu là-dedans? Tout le monde t'attend! Prends ta cape et viens!

– La voiture est là? demanda-t-elle en suivant sa mère.

– Oui, répondit Keffria d'un ton âpre. Et le Marchand Restart est à côté, en train de nous attendre!

– Mais pourquoi n'a-t-il pas frappé ou sonné la cloche, ou...

– Il a frappé, l'interrompit sa mère d'un ton sec. Mais, comme d'habitude, tu avais la tête ailleurs.

– Est-ce que je suis obligée de mettre ma vieille cape ? Nous allons en voiture, ensuite nous serons dans la salle, et elle fait ridicule sur ma nouvelle robe.

– Il fait froid dehors ; mets-la. Et tâche de ne pas oublier tes manières ce soir, s'il te plaît. Fais attention à ce qui se dit : les familles du désert des Pluies ne demandent pas la réunion de tous les Premiers Marchands sans raison valable. Je ne doute pas que les propos tenus à l'audience affecteront notre sort à tous. Et rappelle-toi que les gens du désert des Pluies nous sont apparentés ; ne les dévisage pas, conduis-toi le mieux possible et…

– Oui, maman. » C'était au moins la sixième fois de la journée que sa mère lui infligeait le même sermon. Croyait-elle Malta sourde ou stupide ? Ne lui serinait-on pas depuis sa naissance que sa famille était apparentée à celles du désert des Pluies ? Cela lui remit un détail en mémoire et elle dit, alors qu'elles sortaient sous l'œil sévère de Nounou : « Il paraît que les gens du désert des Pluies ont un nouveau produit : les bijoux de feu. A ce qu'on m'a raconté, ce sont des perles limpides comme des gouttes d'eau mais de petites langues de flammes dansent à l'intérieur de chacune d'elles. »

Sa mère ne prit même pas la peine de répondre. « Grand merci d'avoir patienté, Davad, et d'avoir fait un tel détour pour nous », dit-elle au petit homme replet.

Le visage rayonnant de plaisir et luisant de graisse, il aida Keffria à monter dans la voiture ; Malta, elle, ne lui adressa pas la parole et réussit à grimper d'un bond avant qu'il pût toucher son bras. Elle n'avait pas oublié ni pardonné le dernier voyage qu'il lui avait imposé. Sa mère s'était installée à côté de sa grand-mère. Elles ne s'imaginaient tout de même pas qu'elle allait s'asseoir près du Marchand Restart ! C'était trop dégoûtant ! « Puis-je me mettre au milieu ? demanda-t-elle, et elle se glissa entre les deux femmes. Maman, tu sais, ces bijoux de feu… » reprit-elle, pleine d'espoir, mais le Marchand lui coupa la parole comme si elle n'existait pas.

« Vous êtes prêtes ? Eh bien, allons-y alors. Je regrette, mais je vais devoir m'asseoir près de la portière pour la tenir fermée : j'avais dit à mon valet de la faire réparer mais, quand j'ai demandé qu'on sorte la voiture ce soir, je me suis aperçu que le travail n'avait pas été effectué. C'est exaspérant : à quoi bon avoir des domestiques s'ils n'obéissent pas lorsqu'on leur donne un ordre ? C'est à vous faire regretter que l'esclavage soit interdit à Terrilville ; un esclave sait que son confort et son bien-être dépendent uniquement de la bonne volonté de son maître, et ça l'oblige à faire attention à ce qu'on lui dit. »

Et patati, et patata, comme ça jusqu'au Rassemblement. Le Marchand Restart parlait, maman et grand-mère écoutaient ; tout au plus émettaient-elles, de temps en temps et avec politesse, un avis divergent, alors que Malta avait entendu sa grand-mère répéter cent fois que l'esclavage amènerait la ruine de Terrilville – opinion qu'elle ne partageait d'ailleurs pas : papa ne se serait pas lancé dans ce commerce s'il n'était pas profitable. Cependant, elle trouvait peu courageux, de la part de son aïeule, de tenir un certain discours à la maison et de s'aplatir devant Restart. L'argument le plus fort qu'elle employa fut : « Davad, je n'ai qu'à m'imaginer dans la peau d'un esclave pour savoir que c'est mal. » Comme si c'était un argument décisif ! La discussion ennuyait profondément Malta bien avant que la voiture ne s'arrête ; et elle n'avait toujours pas réussi à parler à sa mère des bijoux de feu.

Mais au moins elles ne furent pas les dernières arrivées – pas tout à fait. Malta dut faire appel à toute sa patience pour rester à sa place pendant que Restart se bagarrait avec le loquet défectueux, puis descendait lourdement de voiture. Elle le suivit de près, s'esquivant adroitement avant qu'il pût prendre sa main dans sa paume épaisse et moite. Cet homme lui donnait constamment envie de se laver.

« Malta ! » fit sèchement sa mère alors qu'elle s'engageait dans l'allée. Sans même baisser le ton, elle ajouta : « Attends-nous. Nous entrerons tous ensemble. »

Malta pinça les lèvres en poussant un soupir exaspéré. Elle le fit sciemment : sa mère adorait s'adresser à elle en public comme si elle était encore une enfant. Elle s'arrêta mais, quand les deux femmes et l'homme la rattrapèrent, elle se laissa distancer et resta derrière eux, pas trop loin, de façon que sa mère ne dût pas la rappeler à l'ordre, mais pas trop près non plus afin de ne pas tout à fait paraître faire partie de leur groupe.

La Salle des Marchands était plongée dans l'obscurité. Enfin, pas tout à fait, mais elle n'était assurément pas illuminée comme pour le Bal des Moissons : deux torches, pas davantage, éclairaient l'allée, et la lueur pâle des fenêtres filtrait par les interstices des volets fermés. Cela tenait sans doute à ce que la réunion avait été demandée par les familles du désert des Pluies : ces gens n'aimaient pas la lumière – c'est du moins ce qu'on prétendait. D'après Delo, elle leur faisait mal aux yeux, mais Malta soupçonnait plus simplement que, s'ils étaient tous aussi laids que le représentant qu'elle avait vu, ils n'avaient pas envie que tout le monde les regarde.

A l'instant où le cocher de Davad faisait avancer ses chevaux, une nouvelle voiture s'arrêta. Elle était de style ancien, les fenêtres obstruées par d'épais rabats de dentelle. Malta ralentit le pas pour voir qui allait en descendre et scruta la pénombre pour distinguer le blason peint sur la portière ; elle ne le connaissait pas ; ce n'était pas les armoiries d'une famille de Premiers Marchands : les nouveaux venus étaient donc sans doute du désert des Pluies. Personne d'autre n'aurait l'audace de se présenter à la réunion. Elle continua d'avancer, mais ne put s'empêcher de jeter un coup d'œil par-dessus son épaule pour voir les occupants de la voiture : six personnes apparurent, vêtues de capes et de capuches de couleur sombre ; mais, à mesure que chacune descendait du marchepied, le contact d'une main gantée sur un col ou une manchette produisait des lueurs ambre, rouges et orangées. Malta sentit ses cheveux se dresser sur sa nuque lorsqu'elle comprit ce qu'elle observait : c'étaient des bijoux de feu ! Elle s'arrêta, pétrifiée. Ah, la rumeur ne leur rendait pas justice ! Retenant son souffle, elle regarda les pierres de tous ses yeux ; plus elles s'approchaient, plus elles semblaient magnifiques.

« Malta ? » Elle perçut l'avertissement dans le ton de sa mère.

« Bonsoir. » Une voix rauque de femme était issue des profondeurs ténébreuses du capuchon, dont Malta s'aperçut qu'il était voilé par un rideau de dentelle. Quel visage pouvait être hideux au point de devoir le dissimuler même dans l'obscurité ? Les bijoux de feu que portait la femme étaient écarlates et tiraient les coins inférieurs de son voile. Malta entendit vaguement des pas pressés derrière elle, accompagnés d'un doux bruissement de tissu, et elle sursauta quand sa mère prit la parole juste à côté d'elle. « Bonsoir. Je suis Keffria, de la famille de Marchands Vestrit.

– Jani, des Khuprus du désert des Pluies, vous salue, répondit la femme encapuchonnée.

– Puis-je vous présenter ma fille, Malta Havre de la famille Vestrit ?

– Certainement. » La voix était un ronronnement cultivé. Avec retard, Malta se ressaisit et fit une révérence. La femme eut un petit rire approbateur, puis reprit en s'adressant à la mère de Malta : « Je ne crois pas l'avoir déjà vue à un Rassemblement. Viendrait-elle seulement d'entrer en société ?

– En vérité, c'est son premier Rassemblement ; elle n'a pas encore été présentée. Sa grand-mère et moi-même sommes d'avis qu'elle doit apprendre les devoirs et les responsabilités d'une femme Marchande avant d'être introduite comme telle. » Contrastant avec le ton de Jani, celui de la mère de Malta était courtois et pressé, comme si elle s'efforçait d'effacer une mauvaise impression.

« Ah ! Cela ressemble bien à Ronica Vestrit. J'approuve cette attitude, qui se raréfie à Terrilville, de nos jours, je le crains. » La voix avait pris des intonations douces et chaudes.

Malta ne put se retenir : « Vos bijoux sont magnifiques, dit-elle. Est-ce qu'ils coûtent cher ? » Elle-même trouva son propre ton puéril.

« Malta ! » s'exclama sa mère.

Mais la femme du désert des Pluies eut un petit rire rauque. « A vrai dire, les écarlates sont les plus courants et les plus faciles à éveiller, mais ce sont ceux que je préfère. Le rouge est une couleur si chaude ! Les verts et les bleus sont beaucoup plus rares et difficiles à animer ; par conséquent, ce sont ceux pour lesquels nous demandons le prix le plus élevé. Les bijoux de feu sont le monopole exclusif des Khuprus, naturellement.

– Naturellement, dit Keffria. Cet article qui s'ajoute aux produits des Khuprus est fascinant ; la rumeur ne lui rend pas justice. » Elle jeta un coup d'œil par-dessus son épaule. « Oh, par Sâ ! Nous vous avons retardée ! Mieux vaut entrer, sans quoi la réunion risque de commencer sans nous.

– Oh, on m'attendra, n'ayez crainte, répondit Jani Khuprus avec assurance. C'est à ma demande qu'elle a lieu. Mais vous avez raison, il est discourtois de faire patienter indûment les gens. Keffria, jeune Malta, ce fut un plaisir de parler avec vous.

– Tout le plaisir est pour nous », fit Keffria en s'écartant avec déférence pour laisser passer la femme au capuchon. Puis elle saisit sa fille par le bras en serrant juste un peu trop fort. « Oh,

Malta ! » soupira-t-elle, sur quoi elle l'emmena sans la lâcher. Grand-mère les attendait aux portes de la Salle des Marchands, les lèvres pincées. Elle s'inclina profondément devant Jani Khuprus, puis se tourna vers Malta et sa mère, l'air interrogateur.

Keffria laissa s'écouler quelques instants pour être sûre que Jani Khuprus ne pouvait plus l'entendre, puis elle déclara d'une voix sifflante : « Malta s'est présentée toute seule à elle !

– Oh, Malta ! » fit sa grand-mère d'un ton gémissant. La jeune fille avait parfois l'impression que son prénom faisait office de gourdin : chaque fois ou presque qu'une des deux femmes le prononçait, c'était pour exprimer la colère, le mécontentement ou l'impatience que leur inspirait le monde. Elle suspendit son manteau à une patère, se retourna en haussant les épaules et voulut expliquer : « J'avais seulement envie de voir ses bijoux de feu... », mais, comme d'habitude, sa mère et sa grand-mère ne l'écoutèrent pas et la firent entrer. De grands chandeliers dispensaient un faible éclairage dans la grande salle, dont un tiers était occupé par une estrade ; le plancher, que Malta n'avait jamais vu que dégagé pour former une piste de danse, était ce soir-là occupé par des rangées de chaises. Et, comme elle l'avait craint, ses parentes et elle arrivaient en retard : on était en train d'enlever les tables du buffet, et les invités étaient déjà assis ou cherchaient leurs places. « Puis-je aller m'installer à côté de Delo ? demanda Malta avant qu'il ne fût trop tard.

– Delo Trell n'est pas là, répondit grand-mère avec aigreur. Ses parents ont eu le bon sens de la laisser chez eux, et je regrette que nous n'en ayons pas fait autant.

– Je n'ai pas demandé à venir », répliqua Malta tandis que sa mère lançait un « maman ! » plein de reproches. Quelques instants après, Malta se retrouva assise entre les deux femmes à l'extrémité d'une longue rangée de chaises rembourrées, Davad Restart occupant le dernier siège. Un couple âgé était installé devant eux, un homme au visage grêlé par la varicelle et son épouse enceinte, et, à côté de maman, deux frères aux bajoues pendantes. Tous ces gens n'étaient même pas intéressants à regarder. En s'asseyant bien droit et en se dévissant le cou, Malta parvint à repérer Cerwin Trell, six rangées devant eux et de l'autre côté de la salle. Il y avait des sièges libres derrière les Trell : maman avait certainement fait exprès de s'asseoir si loin d'eux.

« Tiens-toi tranquille et écoute ! » fit grand-mère d'une voix sifflante.

Avec un soupir, Malta se laissa aller contre le dossier de sa chaise. Sur l'estrade, le Marchand Trentor psalmodiait une longue invocation à Sâ ; c'était apparemment la liste de tous les malheurs des familles de Marchands. Pourtant, au lieu de reprocher à Sâ de les avoir laissés se produire, il s'abaissait avec abjection à le remercier d'être toujours venu à leur aide. Si c'était Krion et non son oncle qui avait parlé, la litanie aurait peut-être été plus passionnante. Sur les chaises réservées aux Marchands du désert des Pluies, plusieurs personnages encapuchonnés avaient la tête baissée, et Malta se demanda s'ils s'étaient déjà endormis.

Après l'invocation, le Marchand Drur entama le discours d'accueil, toujours la même antienne : tous Marchands, tous parents, serments et liens anciens, fidélité, unité, sang, parenté, et ainsi de suite. Malta remarqua un défaut dans le tissu de sa nouvelle robe, au niveau du genou ; quand elle voulut le faire observer à sa mère, celle-ci prit l'air agacé et lui fit signe de se taire. Drur regagna enfin son siège, Jani Khuprus se leva pour le remplacer, et Malta, se redressant sur sa chaise, se pencha en avant.

La représentante du désert des Pluies avait ôté son lourd manteau à capuche mais ses traits restaient indiscernables. Elle portait une légère pèlerine couleur ivoire dont faisait partie le voile de dentelle qui cachait son visage. Les bijoux de feu brillaient toujours vivement et n'avaient rien perdu de leur éclat dans la pénombre de la salle. En parlant, elle tournait souvent la tête pour s'adresser à toute l'assemblée ; alors son voile s'agitait et les bijoux flamboyaient plus intensément. Il y en avait quinze, tous d'un rouge luisant comme des noyaux de grenade, mais de la taille d'une amande. Malta était impatiente de raconter à Delo qu'elle les avait vus de près et qu'elle en avait même parlé avec Jani Khuprus.

La matriarche leva soudain les mains et haussa la voix, et Malta prêta l'oreille à ses propos. « Nous ne pouvons plus nous contenter d'attendre en espérant ; aucun d'entre nous ne peut plus se le permettre, car sinon nos secrets ne seront plus des secrets. Si le fleuve ne nous avait pas protégés en rongeant leurs navires et en les réduisant en petits bouts de bois alors qu'ils fuyaient, nous aurions été obligés de les tuer de nos propres mains.

Marchands de Terrilville ! Comment cela a-t-il pu nous advenir ? Qu'avez-vous fait de vos serments ? Ce soir vous écoutez Jani Khuprus, mais je parle au nom de tous les Marchands du désert des Pluies, soyez-en assurés ! Ce que nous avons affronté était plus qu'une simple menace ! »

Elle se tut ; un long silence tomba sur le Rassemblement, puis des murmures s'élevèrent peu à peu. Malta, supposant que la femme en avait fini, se pencha vers sa mère et lui chuchota : « Je vais chercher quelque chose à boire.

– Restez à vos places et taisez-vous ! » fit à mi-voix Ronica à sa fille et à sa petite-fille. Des plis inquiets barraient son front et encadraient sa bouche. Keffria ne dit rien, et Malta se rassit avec un soupir.

Sur leur gauche, un des frères mafflus se dressa soudain. « Marchande Khuprus ! » lança-t-il. Quand tous les regards se furent portés sur lui, il demanda simplement : « Qu'attendez-vous de nous ?

– Que vous teniez vos promesses ! » répliqua-t-elle sèchement. Puis, d'un ton radouci, comme si sa propre réponse l'avait étonnée, elle poursuivit : « Il faut demeurer unis. Nous devons envoyer des représentants au Gouverneur ; pour des raisons évidentes, on ne peut pas les choisir parmi les familles du désert des Pluies, mais nous ferons front commun avec vous pour le message.

– Et quel serait-il ? fit quelqu'un dans le public.

– Je meurs de soif », murmura Malta. Sa mère la fit taire d'un froncement de sourcils.

« Il faut exiger du Gouverneur qu'il honore notre pacte originel ; il faut exiger qu'il rappelle ces soi-disant Nouveaux Marchands et qu'il nous rétrocède les terres qu'il leur a données.

– Et s'il refuse ? » s'enquit une Marchande au fond de la salle.

Jani Khuprus se déplaça sur l'estrade, l'air mal à l'aise. Elle n'avait pas envie de répondre à la question. « Demandons-lui d'abord de tenir la parole de ses ancêtres. Il faut commencer par là ; nous nous plaignons, nous grommelons entre nous, nous présentons des revendications individuelles, mais jamais nous ne nous sommes dressés comme un seul homme pour déclarer : "Honorez votre engagement si vous voulez que nous honorions le nôtre."

– Et s'il refuse ? » répéta la femme, inébranlable.

Jani Khuprus leva ses mains gantées puis les laissa retomber. « Alors c'est qu'il n'a pas d'honneur, dit-elle d'une voix basse qui porta néanmoins dans toute la salle. Qu'ont les Marchands à faire de ceux qui n'ont pas d'honneur ? S'il manque à sa parole, nous devons reprendre la nôtre, cesser de lui payer tribut, et faire commerce de nos produits où il nous plaît au lieu de faire transiter les meilleurs par Jamaillia. » Un ton encore en dessous, elle ajouta : « Chasser les Nouveaux Marchands. Nous gouverner nous-mêmes. »

Ce fut un tollé général, cris d'indignation, glapissements de peur et rugissements d'approbation mélangés. Davad Restart se dressa brusquement. « Ecoutez-moi ! » brailla-t-il. Personne ne lui prêtant attention, il monta sur sa chaise en tanguant lourdement. « ECOUTEZ-MOI ! » mugit-il d'une voix étonnamment forte pour un homme d'aspect si avachi. Tous les regards se tournèrent vers lui et le brouhaha se calma.

« C'est de la folie ! poursuivit-il. Réfléchissez à la suite ! Le Gouverneur ne lâchera pas si facilement Terrilville. Il enverra des bateaux entiers de soldats, il confisquera nos propriétés, il les transférera aux Nouveaux Marchands et il réduira nos familles en esclavage. Non, nous devons travailler main dans la main avec les Nouveaux Marchands, leur donner, non pas tout, mais assez pour les satisfaire, les intégrer à notre communauté comme nous l'avons fait pour les immigrants des Trois-Navires. Je ne dis pas qu'il faut leur apprendre tout ce que nous savons, ni leur permettre de commercer avec les Marchands du désert des Pluies, mais...

– Que dites-vous, dans ce cas, Restart ? fit une voix furieuse du fond de la salle. Puisque vous parlez de vos amis les Nouveaux Marchands, que veulent-ils de nous, au juste ?

– Si envoyer des navires remonter le Passage intérieur intéressait le Gouverneur, renchérit quelqu'un d'autre, il y a belle lurette qu'il aurait éliminé les pirates. Il paraît que les vieilles galères de patrouille pourrissent à quai par manque d'argent pour les garnir en hommes et les réparer : tous les impôts passent aux divertissements du Gouverneur. Il se préoccupe comme d'une guigne des serpents et des pirates qui anéantissent notre gagne-pain ; il ne pense qu'à s'amuser. Il ne représente pas une menace pour nous ; pourquoi nous fatiguer à lui soumettre des requêtes ? Chassons nous-mêmes ces Nouveaux Marchands ! Nous n'avons pas besoin de Jamaillia !

– Où vendrions-nous nos produits alors ? Le meilleur commerce se fait au sud, à moins que vous ne soyez prêt à négocier avec les barbares du nord.

– Voici un autre point à soulever : les pirates. Le pacte prévoit que le Gouverneur doit nous protéger contre les maraudeurs des mers. Tant que nous en sommes à présenter des exigences, il faut expliquer au Gouverneur que...

– Nous avons besoin de Jamaillia ! Que sommes-nous sans elle ? Jamaillia, c'est la poésie, l'art, la musique, c'est notre culture mère. On ne peut pas rompre tout échange avec elle et maintenir...

– Et les serpents ! Ces satanés transports d'esclaves les attirent ; il faut réclamer l'interdiction de leur transit par le Passage intérieur...

– Nous sommes des gens d'honneur. Même si le Gouverneur oublie de tenir sa promesse, nous n'en restons pas moins liés par...

– ... prendra nos maisons et nos terres et il nous asservira tous. Nous nous retrouverons dans la situation de nos ancêtres, exilés et criminels sans espoir de grâce.

– Nous devrions commencer par organiser une flotte de patrouille, non seulement pour tenir les Nouveaux Marchands à l'écart de l'accès au désert des Pluies, mais aussi pour chasser les pirates et les serpents. Il faut également expliquer une fois pour toutes aux Etats chalcèdes que la frontière ne se situe pas sur le fleuve du désert des Pluies, mais que leur autorité s'arrête au Goulet du Plan. Ils essayent toujours de repousser...

– Nous aurions alors deux guerres sur les bras, avec Chalcède d'un côté et Jamaillia de l'autre ! C'est stupide ! N'oubliez pas que, sans Jamaillia et le Gouverneur, Chalcède aurait tenté de nous envahir il y a des années ; c'est ce qui nous pend au nez si nous rompons les ponts avec Jamaillia : la guerre avec les Etats chalcèdes !

– La guerre ? Qui parle de guerre ? Il suffit d'exiger que le gouverneur Cosgo tienne les promesses que le gouverneur Esclepius nous a faites ! »

Une fois de plus, toute la salle éclata en cris furieux ; debout, voire sur leurs chaises, les Marchands vociféraient. Malta ne comprenait rien à ce qu'ils disaient, comme la plupart des personnes présentes, sans doute. « Maman, chuchota-t-elle d'une voix suppliante, je meurs de soif! Il fait étouffant ici. Puis-je sortir prendre un peu l'air?

– Pas maintenant! répondit sa mère d'un ton cassant.

– Malta, tais-toi», renchérit sa grand-mère sans même la regarder: elle paraissait essayer de suivre la conversation entre deux hommes, trois rangées devant elles.

«S'il vous plaît! criait Jani Khuprus depuis l'estrade. Ecoutez-moi, je vous en prie! Je vous en prie!» Le tumulte s'apaisant, elle baissa la voix pour obliger les auditeurs à se taire pour l'entendre. «Voici le plus grand danger qui nous menace: les querelles intestines. Nous parlons avec de trop nombreuses voix, si bien que le Gouverneur n'en perçoit aucune. Il nous faut une délégation importante pour porter nos propos au Gouverneur, et nous devons nous montrer unis et sincères dans nos paroles. Il doit entendre une voix forte, mais tant que nous nous entre-déchirerons comme...

– J'ai besoin d'aller aux cabinets», murmura Malta. Là: on ne discutait jamais sur ce point. Sa grand-mère secoua la tête d'un air mécontent, mais on la laissa aller. Davad Restart était si concentré sur le discours de Jani Khuprus qu'il la remarqua à peine quand elle se faufila devant lui.

Elle fit une halte au buffet pour se servir un verre de vin. Elle n'était pas seule à avoir quitté son siège: dans toute la salle, des gens formaient de petits groupes et discutaient sans prêter guère d'attention à la Marchande du désert des Pluies sur l'estrade; certains argumentaient entre eux, d'autres échangeaient des hochements de tête approbateurs aux propos de l'oratrice. Presque tout le monde était nettement plus âgé que Malta. Elle chercha des yeux Cerwin Trell, mais il était toujours assis avec sa famille et paraissait vivement intéressé par les échanges entre les Marchands. La politique! En son for intérieur, Malta était convaincue que, si personne ne s'en occupait, la vie continuerait comme d'habitude. Les discussions allaient sans doute durer tout le reste de la soirée et gâcher la fête. Elle soupira et, emportant son verre, elle sortit dans l'air vif de la nuit d'hiver.

Les torches en bordure de l'allée s'étaient consumées et il faisait très sombre. Dans le ciel, les étoiles scintillaient d'un éclat glacé. En les regardant, Malta pensa aux bijoux de feu. Les bleus et les verts étaient les plus rares... Elle mourait d'impatience de le dire à Delo. Elle savait déjà quel ton elle prendrait, comme s'il s'agissait d'un fait de notoriété publique. Delo était la personne idéale à qui faire part de son savoir, parce que c'était une commère incorrigible : elle le répéterait à qui voudrait l'entendre. N'avait-elle pas parlé à toutes les filles de Malta et de sa robe verte ? Naturellement, elle leur avait dit aussi que Davad Restart l'avait obligée à rentrer chez elle. Malta avait été stupide de lui raconter toute la vérité, mais elle était si furieuse à ce moment-là qu'elle avait eu besoin de s'épancher. Et la présente soirée allait réparer la gêne qu'elle avait éprouvée. Sans dire à Delo à quel point elle s'était ennuyée, elle évoquerait la conversation qu'elle avait eue avec Jani Khuprus à propos des bijoux de feu. D'un pas flânant, elle longea les voitures tout en buvant son vin à petites gorgées. Certains cochers s'abritaient du froid dans les véhicules tandis que d'autres étaient restés sur leurs sièges, la tête rentrée dans les épaules. Quelques-uns s'étaient réunis au coin de l'allée pour bavarder et, sans doute, partager une lampée ou deux d'une flasque.

Presque au bout de l'allée, elle dépassa la voiture de Davad et parvint à la hauteur de celle des représentants du désert des Pluies. Elle avait laissé son affreuse vieille cape dans la salle et commençait à ressentir les effets du froid nocturne ; elle croisa les bras sur la poitrine en faisant attention de ne pas faire tomber de vin sur le devant de sa robe et poursuivit sa promenade. Elle s'arrêta pour examiner le blason d'une portière : ridicule, il représentait un coq couronné. « Khuprus », murmura-t-elle en suivant le dessin d'un doigt léger afin de le garder en mémoire ; une brève lueur apparut dans le sillage de son index, et elle comprit que les armoiries avaient été réalisées en jidzine, métal qui avait autrefois connu son heure de popularité ; d'ailleurs, certains vieux musiciens des rues en faisaient encore leurs cymbales et leurs clochettes à doigts à cause du chatoiement qu'il émettait lorsqu'on le frappait ; c'était une fête merveilleuse pour l'œil mais en réalité le cuivre sonnait mieux à l'oreille. Cependant, c'était un détail de plus à rapporter à Delo. Elle continua de marcher lentement en songeant à la manière dont elle présenterait ses découvertes. « Il est curieux de penser que le contact humain puisse éveiller à la fois le jidzine et les bijoux de feu », fit-elle tout haut. Non, ce n'était pas tout à fait ça ; il fallait trouver une phrase plus théâtrale.

Tout près d'elle, un œil bleu clignota et s'ouvrit. Elle s'écarta précipitamment, puis observa le phénomène : quelqu'un se tenait là, appuyé à la voiture des Khuprus ; la lueur bleue était celle d'un bijou attaché à la gorge de l'inconnu ; la silhouette svelte, il portait le lourd manteau à capuche des habitants du désert des Pluies, une écharpe autour du cou et un voile sur le visage, comme une femme. C'était sans doute le cocher. « Bonsoir, fit-elle d'un ton assuré afin de dissimuler sa surprise passagère, et elle s'apprêta à continuer son chemin.

– Vous savez, fit-il d'un ton tranquille, le contact humain n'est pas obligatoire : n'importe quel mouvement les fait briller, une fois qu'ils sont éveillés. Voyez plutôt. » Il tendit une main gantée et l'agita brièvement. Deux petites pierres bleues s'allumèrent sur sa manche ; Malta ne put s'empêcher de s'arrêter pour les regarder, fascinée. Les bijoux, d'un azur profond de saphir, évoquaient des danseurs étincelants dans le noir.

« Je croyais que les bleus et les verts étaient les plus rares et les plus chers », remarqua-t-elle avant de boire une petite gorgée de son vin. Il lui paraissait moins désobligeant d'exprimer ainsi son étonnement que de demander comment un simple cocher pouvait être en possession de tels joyaux.

« C'est exact, reconnut l'homme sans fausse modestie. Mais ceux-ci sont de très petite taille, et ils ont malheureusement un léger défaut : ils se sont fêlés lors du processus d'extraction. » Il haussa les épaules : Malta vit le bijou à sa gorge monter et descendre. « Ils ne brûleront pas longtemps, sans doute ; guère plus d'un an ou deux ; mais je ne supportais pas l'idée de les voir jetés au rebut.

– Evidemment ! » s'exclama la jeune fille, presque scandalisée. Jeter des bijoux de feu ? C'était honteux ! « Vous dites qu'ils brûlent ; ils sont chauds, alors ? »

Il eut un petit rire. « Oh, pas au sens où on l'entend ordinairement. Tenez, touchez-en un. » Et il tendit à nouveau la main vers elle.

Elle décroisa les bras pour approcher un index timide et tapota prudemment une des pierres. Non, ce n'était pas brûlant ; enhardie, elle posa encore une fois le doigt : la surface était lisse et froide comme du verre, encore que Malta sentît une infime entaille en un endroit ; elle caressa l'autre bijou, puis recroisa les bras. « Ils sont merveilleux, dit-elle en frissonnant. L'air est glacé, ce soir. Mieux vaut que je rentre.

– Non, ne... Je veux dire... vous avez froid?

– Un peu. J'ai laissé ma cape à l'intérieur.» Et elle se détourna pour remonter l'allée.

«Tenez, prenez la mienne.» Il s'était redressé pour dégrafer son vêtement.

«Oh, je vous remercie, mais je suis très bien ainsi. Je ne veux pas vous priver de votre cape; je vais rentrer, c'est aussi simple.» La seule idée que ce tissu qui avait été en contact avec un corps verruqueux pût toucher sa peau la glaçait davantage que la brise nocturne. Elle s'éloigna d'un pas pressé, mais l'homme la suivit.

«Tenez, essayez mon écharpe, dans ce cas; elle n'en a pas l'air, mais elle est étonnamment chaude. Je vous en prie, essayez-la.» Il avait ôté la bande de tissu de sa gorge et, quand Malta se retourna, il la drapa sur son bras. Elle dégageait en effet une chaleur surprenante, mais ce fut le clignotement du bijou de feu bleu qui empêcha la jeune fille de la renvoyer au visage de l'homme.

«Oh...», fit-elle. Porter une de ces fameuses pierres, ne serait-ce que quelques instants... L'occasion était trop belle. Elle pourrait toujours prendre un bain en rentrant à la maison. «Voulez-vous me tenir ceci, s'il vous plaît», demanda-t-elle en tendant à l'homme son verre de vin. Il le prit et, rapidement, elle se passa l'écharpe sur les épaules; son interlocuteur la portait comme un cache-nez, mais on pouvait en étirer la maille lâche jusqu'à obtenir une sorte de châle; et elle était chaude, très chaude. Malta l'arrangea de façon que le bijou bleu repose entre ses seins. Elle baissa les yeux sur lui. «C'est splendide. On dirait... Je ne sais pas ce qu'on dirait.

– Certaines choses ne ressemblent qu'à elles-mêmes; certaines beautés sont incomparables, fit l'homme à mi-voix.

– Oui», acquiesça-t-elle, les yeux perdus dans les profondeurs de la pierre.

Au bout d'un moment, il la ramena à la réalité. «Votre vin?

– Ah!» Elle fronça les sourcils. «Je n'en veux plus. Je vous autorise à le terminer, si vous en avez envie.

– Vous m'autorisez?» Il y avait une note à la fois d'amusement et de surprise dans la voix de l'homme, comme si un délicat équilibre entre eux venait d'être perturbé en sa faveur.

Malta en resta un instant décontenancée. «Je veux dire, si vous avez envie...

– Oh, j'en ai envie», assura-t-il. Le voile qui dissimulait son visage s'entrouvrit; adroitement, il fit passer le verre par la fente et le vida d'un mouvement expert; puis il le leva et l'examina un moment à la lumière des étoiles; enfin, il le glissa dans sa manche après avoir jeté un coup d'œil à Malta à la dérobée – du moins en eut-elle l'impression. «Un petit souvenir», expliqua-t-il, et, tout à coup, Malta se rendit compte qu'il était plus âgé qu'elle et qu'il était peut-être inconvenant pour elle de s'entretenir avec lui, qu'on pouvait prêter un sens dont elle n'avait pas conscience à leurs propos à bâtons rompus. Une jeune fille comme il faut ne bavarde pas dans le noir avec des cochers inconnus.

«Il vaut mieux que je rentre; ma mère va se demander où je suis, dit-elle pour s'excuser.

– Certainement», murmura-t-il. Malta perçut de nouveau de l'amusement dans sa voix et se sentit un peu inquiète. Non, pas inquiète: méfiante. L'homme dut s'en apercevoir, car, quand elle voulut s'éloigner, il la suivit, et vint même marcher à côté d'elle, comme s'il l'escortait. Elle craignait à demi qu'il ne l'accompagnât à l'intérieur, mais il s'arrêta devant la porte.

«Je souhaiterais vous demander quelque chose avant que vous ne vous en alliez, fit-il soudain.

– Oh, bien sûr! répondit Malta en portant la main vers l'écharpe.

– Votre nom.»

Elle se pétrifia. Avait-il oublié qu'elle portait son écharpe ornée du bijou de feu? Si oui, pas question de le lui rappeler. Naturellement, elle ne la garderait pas, en tout cas pas éternellement: rien que le temps de la montrer à Delo.

«Malta», dit-elle. C'était assez pour qu'il découvre chez qui chercher l'écharpe quand il se souviendrait de l'avoir prêtée, mais insuffisant pour qu'il la retrouve trop vite.

«Malta...» Il laissa le prénom en suspens, espérant encourager son interlocutrice à lui révéler son nom, mais elle fit mine de ne pas comprendre. «Je vois, reprit-il au bout d'un moment. Malta. Eh bien, bonne soirée, Malta.

– Bonsoir.» Elle se détourna et franchit les grandes portes d'un pas pressé. Une fois à l'intérieur, elle se hâta d'ôter l'écharpe au bijou; elle ignorait de quelle matière elle était faite, mais le tissage était arachnéen et, quand elle la froissa entre ses mains, elle forma une boule assez compacte pour tenir dans une des poches cousues sur la doublure de sa cape. Alors, avec un petit sourire satisfait, Malta regagna la salle. Les discours s'y poursuivaient bon train : pactes, compromis, révoltes, esclavage, guerre, embargos… elle en avait par-dessus la tête. Elle aurait voulu que les orateurs se taisent afin que sa mère la ramène à la maison, où elle pourrait admirer le bijou de feu dans la solitude de sa chambre.

*

Nul dans le nœud ne paraissait s'apercevoir qu'il y eut le moindre tracas, à part Sessuréa, peut-être, qui semblait un peu nerveux ; les autres avaient l'air satisfait : la nourriture était abondante et facilement accessible, l'atmosphère de ce Plein était tiède, et les sels inconnus éveillaient d'étonnantes couleurs sur les nouvelles peaux révélées par les mues fréquentes, dues à une alimentation riche qui favorisait la croissance. Peut-être était-ce là tout ce que désiraient les autres, se dit Shriver amèrement ; peut-être croyaient-ils que c'était cela, la renaissance : une existence indolente de ripaille et de mue. Elle ne partageait pas ce point de vue.

Elle le savait, la quête de Maulkin ne s'arrêtait pas là. Il fallait que le reste du Nœud ne vît pas plus loin que le bout de son nez pour ne pas percevoir son angoisse et sa détresse. Il avait guidé les siens vers le nord à la suite de l'ombre du pourvoyeur. A plusieurs reprises, il s'était arrêté devant des courants chauds d'eau non salée pour goûter et goûter encore ces étranges atmosphères. Les autres avaient à chaque fois voulu se hâter derrière le pourvoyeur, et, en une occasion, Sessuréa les avait tous décontenancés en déployant sa crinière et en leur bloquant le passage afin d'empêcher leur absurde poursuite ; mais, quelques instants plus tard, Maulkin avait refermé les mâchoires, l'air perplexe, et quitté le courant chaud pour reprendre sa place dans l'ombre du pourvoyeur.

Shriver ne s'était pas trop fait de souci quand le pourvoyeur avait fait halte, et Maulkin n'avait pas renâclé à rester auprès de lui. Qui était-elle pour douter du bien-fondé des actions de celui qui détenait les souvenirs des anciens ? Mais quand le pourvoyeur avait fait demi-tour pour repartir vers le sud et que Maulkin avait ordonné de le suivre, elle avait été prise d'inquiétude : quelque chose n'était pas normal. Sessuréa avait paru partager son malaise.

Ils avaient aperçu d'autres nœuds dans le sillage d'autres pourvoyeurs ; tous semblaient satisfaits et bien nourris. A ces moments-là, Shriver s'était demandé si ce n'était pas elle qui se trompait : peut-être avait-elle trop rêvé, peut-être avait-elle pris la tradition sacrée trop au pied de la lettre ; mais alors elle remarquait l'attitude distraite de Maulkin, même pendant qu'il mangeait. Tandis que les autres se gavaient en claquant des mâchoires, il s'immobilisait soudain et restait inerte, la gueule ouverte et les ouïes battantes pour capter une insaisissable odeur. Souvent aussi, lorsque le pourvoyeur s'était arrêté quelque temps et que le nœud se reposait, il s'élevait presque jusqu'au Manque pour se lancer dans une danse sinueuse, les yeux mi-clos ; en ces occasions, Sessuréa l'observait aussi intensément que Shriver. D'innombrables fois de suite, leur chef formait une boucle de son corps par laquelle il glissait sur toute sa longueur afin de sensibiliser la surface entière de sa peau à tout ce que pouvait lui apprendre l'atmosphère ; par intermittence, d'une voix aiguë de trompe, il débitait des propos incompréhensibles émaillés de bribes de sentences sacrées. Parfois, il haussait la tête hors du Plein, dans le Manque, puis se laissait retomber en marmonnant des phrases où il était question de « lumières ».

Shriver n'en pouvait plus. Elle le laissa danser jusqu'à ce que l'épuisement obscurcisse le regard de Maulkin et que, dans un vacillement las, il commence à descendre vers le fond. La crinière détendue en signe de paix, elle s'approcha et le suivit dans sa lente chute. « Maulkin, fit-elle à mi-voix, la vision t'a-t-elle fait défaut ? Sommes-nous perdus ? »

Il ouvrit les yeux et la regarda fixement ; puis, de façon presque léthargique, il enroula une boucle de son corps autour d'elle et l'entraîna vers la vase douceâtre pour s'emmêler avec elle. « Ce n'est pas seulement un lieu, lui dit-il d'une voix rêveuse, c'est aussi un temps ; et ce n'est pas seulement un temps et un lieu, mais aussi un nœud, un nœud comme il ne s'en est pas réuni depuis les époques anciennes. Je sens presque la présence d'Un Qui Se Souvient. »

Shriver fit frissonner ses anneaux dans l'espoir de lire les souvenirs de son guide. « Maulkin, n'es-tu pas Celui Qui Se Souvient ?

– Moi ?» Ses yeux étaient de nouveau mi-clos. « Non. Pas complètement. Je me rappelle presque ; je sais qu'il existe un lieu, un temps et un nœud. Quand je les percevrai, je les reconnaîtrai sans hésitation. Nous en sommes proches, très proches, Shriver. Il faut persévérer et ne pas douter ; si souvent le moment est venu et reparti, et nous l'avons manqué ! Je crains que, si nous le laissons échapper encore une fois, tous nos souvenirs des temps anciens ne s'effacent et que nous ne redevenions plus jamais ce que nous étions.

– Et qu'étions-nous ? demanda-t-elle, simplement pour l'entendre confirmer ce qu'elle savait déjà.

– Nous étions les maîtres et nous nous déplacions librement aussi bien dans le Manque que dans le Plein ; ce que l'un savait, tous le savaient, et nous partagions les souvenirs du temps entier, depuis le commencement. Nous étions puissants et sages, respectés et révérés par les créatures intelligentes inférieures. »

Shriver posa la question habituelle : « Et que s'est-il passé ?

– Le temps est venu de nous refaçonner, de confondre les essences de nos corps afin de créer de nouveaux êtres qui jouissent d'une vitalité et d'une force nouvelles ; le temps est venu d'accomplir le cycle ancien de l'union et de la séparation, puis de la croissance. Le temps est venu de renouveler notre corps. »

Shriver connaissait le répons. « Et que va-t-il se produire, maintenant ? récita-t-elle.

– Tous se réuniront au temps et au lieu du rassemblement ; tous les souvenirs seront à nouveau partagés, tout ce que chacun gardait précieusement dans sa mémoire sera donné à tous ; le voyage vers la renaissance touchera à son terme et nous nous élèverons encore une fois, triomphants.

– Il en sera ainsi, fit Sessuréa non loin de là, dans le nœud. Il en sera ainsi. »

3

CHANDELLE

Chandelle était un petit port de commerce actif de la péninsule de Moelle. Althéa y était déjà passée en compagnie de son père. Sur le pont du *Moissonneur*, en train de contempler les quais animés, elle eut soudain l'impression que, si elle sautait du bord et courait le long des appontements, elle allait sûrement découvrir la *Vivacia* amarrée et son père aux commandes, comme toujours. Il serait installé dans le salon du capitaine où il recevrait les marchands de la ville ; on aurait sorti de l'eau-de-vie de qualité, du poisson fumé et du fromage affiné, et, négociant dans une ambiance conviviale, il proposerait son fret en échange d'argent ou d'autres produits. La pièce serait à la fois propre et accueillante, et la cabine d'Althéa serait, comme autrefois, son refuge personnel.

La poignante nostalgie qu'elle ressentit tout à coup fut comme une douleur physique dans sa poitrine ; elle se demanda où se trouvait son navire et comment il supportait le traitement de Kyle. Elle espérait que Hiémain était devenu pour lui un bon compagnon, bien que sa jalousie lui assurât que nul ne connaîtrait jamais la *Vivacia* aussi intimement qu'elle. Bientôt, se jura-t-elle en s'adressant autant à elle-même qu'à la lointaine vivenef. Bientôt.

« Garçon ! »

L'interpellation claqua sèchement dans son dos, et Althéa sursauta avant de reconnaître la voix de Brashen et la note taquine qu'elle celait. Néanmoins, elle répondit : « Lieutenant ? » en se retournant précipitamment.

« Le capitaine veut te voir.

– Oui, lieutenant, fit-elle en s'apprêtant à obéir.

– Attends. Un instant. »

Avec exaspération, elle le vit jeter des coups d'œil furtifs alentour pour s'assurer qu'il n'y avait personne près d'eux et que nul ne les observait. Ne se rendait-il pas compte que, pour n'importe qui, son attitude constituait un signal évident d'une relation clandestine entre eux ? Pire encore, il se rapprocha d'elle pour pouvoir parler plus bas !

« Dîner à terre ce soir ? » Il tapota sa bourse afin de faire tinter les pièces qu'elle contenait. A côté, une étiquette du bateau nouvellement tamponnée pendait à sa ceinture.

Althéa haussa les épaules. « Si j'ai une permission, peut-être », répondit-elle en faisant semblant de n'avoir pas perçu l'invitation contenue dans la question.

Brashen scruta son visage. « La brûlure de serpent a presque disparu ; j'ai craint un moment que vous n'en gardiez une trace. »

Elle haussa de nouveau les épaules, refusant la tendresse qu'elle lisait dans ses yeux. « Quelle importance, une cicatrice de plus ou de moins pour un marin ? Ça m'étonnerait que quiconque à bord ait seulement remarqué ma blessure ou y fasse attention à l'avenir.

– Vous avez donc décidé de rester sur ce navire ?

– J'y travaillerai tant que nous serons à quai, mais je pense avoir plus de chances de me faire engager ici sur un bateau qui rallie Terrilville que dans les petits ports où le *Moissonneur* fera relâche après celui-ci. » Elle aurait dû abandonner là le sujet, elle le savait, mais une soudaine curiosité lui fit s'enquérir : « Et vous ?

– Je ne sais pas encore. » Un grand sourire détendit brusquement ses traits et il dit d'une voix de conspirateur : « On m'a proposé la place de second lieutenant ; la paye est deux fois supérieure à celle que je touchais en commençant, et le titre fait mieux sur une étiquette que troisième lieutenant. Rien que pour ça, je vais peut-être rester. J'ai donné mon accord, mais je n'ai pas encore signé le contrat. » Il ajouta en observant attentivement l'expression d'Althéa : « D'un autre côté, si nous trouvions un bon navire qui retourne à Terrilville, il ne serait pas désagréable de revoir le pays. »

La jeune fille sentit son cœur se serrer. Non, ça ne pouvait pas durer ! Par un effort de volonté, elle plaqua un sourire sur ses lèvres et eut un petit rire. « Allons, quelles sont les chances que nous soyons de nouveau embauchés sur le même bateau ? Bien minces, à mon avis ! »

Il continua de la dévisager. « Tout dépend de l'énergie que nous y consacrons », fit-il. Il reprit son souffle. « J'ai glissé un mot pour vous au capitaine du *Moissonneur*, en disant qu'à mon sens vous abattiez davantage le travail d'un vrai matelot que celui d'un simple mousse, et le second a été d'accord avec moi. C'est sans doute à ce propos que le capitaine désire vous voir, pour vous faire une meilleure offre si vous restez à bord.

– Merci », répondit-elle, mal à l'aise, non à cause d'un quelconque sentiment de reconnaissance, mais au contraire parce qu'elle éprouvait les premiers symptômes de la colère. Brashen croyait-il qu'elle avait besoin de sa recommandation pour être considérée comme un marin de deuxième classe ? Elle valait bien le salaire qu'on versait à un homme d'équipage, d'autant plus qu'elle savait dépecer le gibier ! Elle avait l'impression que Brashen l'avait dépouillée de sa dignité et de sa valeur. Elle aurait dû laisser l'affaire s'arrêter là, mais ne put s'empêcher d'ajouter : « Je crois qu'il s'était déjà rendu compte de mes capacités. »

Malheureusement, Brashen la connaissait trop bien et il s'excusa hâtivement : « Ce n'est pas ce que je voulais dire ; chacun sait que vous ne volez pas votre paye. Vous avez toujours été bon marin, Althéa, et votre service à bord du *Moissonneur* n'a fait que vous améliorer. Si je devais manœuvrer le gréement en pleine tempête, c'est vous que je choisirais pour m'accompagner. On peut compter sur vous, dans la mâture ou sur le pont.

– Merci », répéta-t-elle, encore plus mal à l'aise parce qu'elle était sincère. Brashen ne distribuait pas les compliments à la légère. « Je ferais bien de me présenter au capitaine si je veux qu'il garde bonne opinion de moi », ajouta-t-elle afin de prendre rapidement le large.

Elle commença de s'éloigner de lui, mais il lui lança : « J'ai une permission ; je me rends aux Chéneaux Rouges. La cuisine y est bonne, la bière encore meilleure et pas chère. On se retrouve à terre ! »

Elle pressa le pas en souhaitant pouvoir effacer le regard étonné de Reller en faisant semblant de ne pas le voir. Quel idiot ! Elle avait espéré rester sur le navire pour prêter la main au déchargement et au réapprovisionnement en attendant d'avoir trouvé une place sur un autre bâtiment, mais, si Brashen rendait sa position trop embarrassante, elle devrait débarquer et louer une chambre. C'est donc les lèvres pincées qu'elle frappa à la porte du capitaine Sichel, et elle s'efforça de se composer une expression plus présentable en l'entendant répondre : « Entrez ! »

Elle n'avait entraperçu le carré des officiers qu'une ou deux fois au cours de son voyage ; en y pénétrant, elle le trouva encore moins impressionnant que dans son souvenir. Certes, elle était sur un navire où l'on trimait dur, et l'huile et la viande faisaient une cargaison salissante, mais jamais son père n'aurait toléré pareille pagaille. Le capitaine Sichel était assis à la table, son second debout à ses côtés, un coffre renforcé posé devant lui, ainsi qu'un livre de paye, une pile d'étiquettes en cuir et le tampon du navire. Althéa savait qu'un certain nombre d'hommes avaient reçu leur salaire plus tôt dans la journée, et, quant à ceux qui avaient embarqué pour dettes ou comme prisonniers, ils s'en étaient allés de nouveau libres, mais sans un sou en rétribution de la longue année passée sur le bateau : on ne leur avait remis que l'étiquette tamponnée prouvant qu'ils avaient fait leur temps ou l'acquit attestant qu'ils étaient quittes de leur dette. Althéa se surprit à se demander vers quel genre de foyer ces hommes retournaient, et si ces foyers existaient encore ; puis elle sentit le regard du capitaine posé sur elle et revint à la réalité.

« A vos ordres, capitaine », annonça-t-elle en hâte.

L'homme examina le grand livre ouvert devant lui. « Athel, mousse ; une note m'apprend que tu as gagné une prime pour t'être en plus occupé du dépeçage. Exact, garçon ?

– Oui, cap'taine. » Il le savait et elle le savait. Elle attendit qu'il poursuive.

Il feuilleta un autre livre sur la table et fit courir son doigt le long d'une page. « Une autre note du journal de bord dit que, grâce à ton action rapide, tu as empêché le troisième lieutenant de se faire enrôler de force sur un autre navire, ainsi que toi-même, sans parler de plusieurs hommes d'autres bâtiments. » Il passa plusieurs feuilles et s'arrêta sur une autre entrée. « Le second a aussi marqué que, le jour où nous avons croché le serpent, ta vivacité a permis à un homme de ne pas passer par-dessus bord. Exact, garçon ? »

Althéa, ravie, fit un grand effort pour se retenir de sourire fièrement, mais ne put rien faire contre la rougeur qui envahit ses joues. « Oui, cap'taine, répondit-elle, et elle ajouta : Je ne pensais pas qu'on avait remarqué tout ça. »

La chaise du capitaine craqua quand il s'y adossa. « Nous faisons plus attention à la plupart des détails que ne le croient les hommes. Avec un équipage aussi considérable, dont la moitié constituée de gibier de prison, je m'en remets à mes officiers pour ouvrir l'œil et me signaler qui vaut ou ne vaut pas le pain qu'il mange. » Il pencha la tête. « Tu as embarqué à Terrilville comme mousse ; nous aimerions te garder avec nous, Athel.

– Merci, cap'taine. » Et pas question de promotion ni d'augmentation de la paye ? Autant pour la recommandation de Brashen !

« Ça te convient, alors ? »

Elle prit son souffle. Son père avait toujours préféré que ses hommes se montrent francs avec lui ; elle allait essayer avec Sichel. « Je ne sais pas, cap'taine. Le *Moissonneur* est un bon bateau et je n'ai pas à m'en plaindre, mais je crois que j'aimerais retourner à Terrilville et y arriver plus vite que le *Moissonneur* ne peut m'y ramener ; l'idéal, cap'taine, serait que je prenne ma paye et mon étiquette tout de suite, mais que je puisse rester et travailler à bord tant qu'il est au port ; et, si je ne trouve pas d'autre place avant votre départ, y conserver mon poste. »

Manifestement, la franchise ne payait pas : le regard du capitaine s'était assombri ; à l'évidence, il pensait avoir fait à Althéa une belle proposition, et il n'appréciait pas qu'elle songe à en chercher une meilleure. « Ma foi, tu as droit à ta paye et à ton étiquette, naturellement ; mais, pour ce qui est de ton... attitude, disons, nous accordons une grande importance à la fidélité de nos hommes au navire ; or tu crois trouver mieux ailleurs.

– Pas mieux, non, cap'taine. Le *Moissonneur* est un bon bateau, cap'taine, très bon ; j'espérais seulement me faire embaucher sur un autre qui me ramène chez moi plus rapidement.

– C'est sur son navire qu'un marin est chez lui, fit le capitaine Sichel d'un ton sentencieux.

– Je parlais de mon port de départ, cap'taine », se reprit Althéa, découragée. Visiblement, elle ne s'y prenait pas comme il fallait.

« Très bien, faisons nos comptes et payons ce qui t'est dû ; je vais aussi te remettre ton étiquette, car je n'ai rien à redire sur ton travail ; mais il n'est pas question que tu restes à traîner sur mes ponts en espérant obtenir un meilleur poste. Le *Moissonneur* doit reprendre la mer dans le courant du mois ; si tu reviens avant que nous ayons levé l'ancre et que tu veuilles reprendre ton poste, eh bien, nous verrons. Il n'est pas difficile à pourvoir, tu sais.

– Oui, cap'taine. » Elle se mordit la lèvre pour s'empêcher d'en dire davantage. L'homme additionna sa paye à sa prime et sortit l'argent correspondant, et Althéa rendit intérieurement hommage à son honnêteté : malgré sa brusquerie et son inflexibilité, il ne lui en versait pas moins la somme correcte, exacte jusqu'à la dernière piécette de cuivre. Il la poussa vers elle et, pendant qu'elle l'empochait, il prit une étiquette et, à l'aide d'un poinçon et d'un maillet, la marqua de l'emblème du *Moissonneur* sur lequel il passa de l'encre afin de le faire ressortir ; enfin, il prit l'instrument spécial qui servait à écrire sur le cuir. « Nom complet ? » demanda-t-il.

Etrange comme on peut se faire rattraper par la réalité là où on s'y attend le moins. Sâ sait pourquoi, Althéa n'avait jamais prévu ce moment. Elle rassembla son courage : il fallait que ce fût son vrai nom, sans quoi l'étiquette n'aurait aucune valeur. « Althéa Vestrit, dit-elle à mi-voix.

– C'est un prénom de fille, ça, fit l'homme en se mettant à graver les lettres dans le cuir.

– Oui, cap'taine.

– Qu'est-ce qui a pris tes parents de te coller un prénom de fille ? s'enquit-il distraitement tout en s'attaquant au « Vestrit ».

– Il leur plaisait, je suppose, cap'taine », répondit-elle sans quitter des yeux les mains qui incisaient soigneusement le cuir. Une étiquette de cuir, la seule preuve qu'il lui fallait pour obliger Kyle à tenir parole et à lui rendre la vivenef ! Les mouvements de la main ralentirent, puis cessèrent. Le capitaine leva le visage et la regarda dans les yeux ; les plis de son front se creusèrent. « Vestrit... c'est un nom de Marchand, non ? »

Althéa se sentit soudain la gorge sèche. « Oui, mais... »

Il l'interrompit d'un geste et se tourna vers le second. « Comment s'appelait le navire de Vestrit, la vivenef ? »

Le second haussa les épaules, et le capitaine Sichel reporta vivement son attention sur Althéa. « Comment s'appelait-il ?

– La *Vivacia*, répondit Althéa à voix basse, mais non sans une fierté bien involontaire.

– Et la fille du capitaine travaillait sur les ponts aux côtés de l'équipage », reprit Sichel en s'exprimant lentement. Il scruta le visage d'Althéa. « Et cette fille, c'est toi, n'est-ce pas ? » Il parlait à présent d'un ton dur et accusateur.

Elle se redressa et se tint très droite. « Oui, cap'taine. »

D'un air révolté, il jeta son graveur sur la table. « Fais-la-moi descendre de ce navire ! ordonna-t-il sèchement à son second.

– Je m'en vais, cap'taine. Mais il me faut cette étiquette », dit Althéa alors que le second s'avançait vers elle. Elle ne bougea pas d'un pouce : pas question qu'elle s'humilie en s'enfuyant devant lui.

Le capitaine émit un grognement hargneux. « Si tu t'imagines que je vais te donner une étiquette avec le poinçon de mon bateau dessus, tu te fais des illusions ! Tu crois que j'ai envie de devenir la risée de tous les navires-abattoirs ? Qu'on sache que j'ai embarqué une femme pendant toute une saison sans même m'en rendre compte ? Tout le monde se ficherait de moi ! Je devrais t'obliger à me rendre l'argent que je t'ai donné ! Pas étonnant que nous ayons eu tant d'ennuis avec les serpents, bien plus que d'habitude ! Chacun sait qu'une femme à bord les attire ; nous avons eu une sacrée chance d'arriver ici vivants, et ce n'est pas grâce à toi ! Flanque-la dehors ! hurla-t-il à son second, dont l'expression montrait clairement qu'il partageait l'opinion de son capitaine.

– Mon étiquette ! » fit Althéa, éperdue. Elle se précipita pour la saisir, mais le capitaine s'en empara le premier. Elle aurait dû se battre avec lui pour la lui prendre. « Je vous en supplie ! s'exclama-t-elle d'une voix implorante alors que le second lui agrippait le bras.

– Sors de cette pièce et fiche le camp de mon navire ! gronda le commandant. Estime-toi heureuse que je te laisse le temps de récupérer tes affaires ; mais si tu ne débarrasses pas le plancher sur-le-champ, je te fais jeter sur le quai avec ce que tu as sur le dos et rien d'autre ! Sale putain ! Avec combien d'hommes de l'équipage as-tu couché pour garder ton petit secret ? » demanda-t-il cependant que le second la poussait sans ménagement vers la porte.

Pas un seul, aurait-elle voulu répliquer, furieuse. Pas un seul !

Mais elle avait passé une nuit avec Brashen, et, même si cela ne regardait qu'elle, cela suffisait à faire un mensonge de sa dénégation. Elle ne put que répondre d'une voix étranglée : « Ce n'est pas juste !

– Toujours plus que tes menteries ! » rugit le capitaine Sichel.

Le second la propulsa hors du carré des officiers. « Va chercher tes affaires ! fit-il à mi-voix mais d'un ton féroce. Et, si j'entends le moindre mot de cette histoire à Chandelle, je remuerai ciel et terre pour te retrouver et je te montrerai comment on s'occupe des menteuses et des putains, nous autres ! » Là-dessus, il lui donna une violente poussée et Althéa traversa le pont en trébuchant. Elle reprit son équilibre au moment où l'homme claquait la porte derrière elle. Prise d'une sorte d'étourdissement sous le coup de la colère et du désespoir, elle regarda le panneau de bois qui s'était refermé sur son étiquette. Elle avait l'impression de vivre un cauchemar. Tous ces mois de labeur, et pour quoi ? Pour une poignée de pièces, misérable paye d'un simple mousse ! Elle l'aurait donnée avec joie, ainsi que tout ce qu'elle possédait, en échange du morceau de cuir que le capitaine était sans doute en train de détruire en ce moment même. Comme elle se détournait lentement, elle vit Reller qui la dévisageait ; il leva les sourcils d'un air interrogateur.

« On m'a virée du navire », dit-elle sans s'étendre sur le sujet. C'était la vérité et l'explication la plus simple.

« A cause de quoi ? » demanda le marin en lui emboîtant le pas alors qu'elle se dirigeait vers le gaillard d'avant pour empaqueter ses maigres effets.

Elle haussa les épaules, puis secoua la tête. « Je n'ai pas envie de discuter », répondit-elle d'un ton revêche en espérant avoir pris le ton d'un adolescent en colère et non celui d'une femme sur le point d'éclater en sanglots incontrôlables. Maîtrise-toi, maîtrise-toi, maîtrise-toi, se répéta-t-elle à mi-voix en descendant une dernière fois dans la cale exiguë à l'atmosphère croupie qui avait été son foyer durant tout l'hiver. Il ne lui fallut que quelques instants pour rassembler ses objets personnels et les fourrer dans son sac de marin ; elle le jeta sur son épaule et quitta le navire. Elle posa le pied sur le quai et regarda ce qui l'entourait d'un œil neuf. Chandelle ! Si elle avait eu le choix, ce n'est certainement pas là qu'elle aurait voulu être débarquée sans rien d'autre qu'une poignée de pièces et un sac de vêtements !

CHANDELLE

★

Un homme posa sur Brashen un regard empreint de curiosité. L'officier lui jeta un coup d'œil, puis se détourna : il venait de prendre conscience qu'il marchait à grandes enjambées dans la rue, un sourire idiot sur le visage. Il haussa les épaules ; il avait de bonnes raisons de sourire : il était fier d'Althéa. Elle ressemblait vraiment à une petite gouape de mousse, sur le pont du *Moissonneur* ; sa façon désinvolte d'accepter son invitation, son bonnet crânement incliné sur sa tête, tout était parfait. En y repensant, ce voyage, dont il croyait qu'il allait la tuer, lui avait au contraire fait le plus grand bien ; elle avait retrouvé un trait de caractère dont il craignait que Kyle ne l'eût dépouillée en prenant le commandement de la *Vivacia*, et dont l'absence l'avait rendue insupportable au cours des deux derniers périples sur la vivenef. Son effronterie s'était muée en agressivité, son sens de la lutte à la loyale en esprit rancunier. Le jour de la mort de son père, il avait cru éteinte cette étincelle de l'ancienne Althéa, et cela jusqu'au jour où elle avait été affectée au dépeçage des ours de mer dans les Mortes-Terres ; un déclic s'était alors produit en elle, et ce changement n'avait ensuite fait que s'affirmer, tout comme elle-même avait gagné en force et en endurance. La nuit où elle était venue le chercher à Recoin, il s'était soudain aperçu qu'elle était redevenue l'Althéa qu'il avait connue naguère ; il avait également pris conscience qu'elle lui avait manqué terriblement.

Il inspira une grande bouffée d'air de la terre et de liberté. Il avait sa paye en poche, il était libre comme un oiseau, et une soirée en excellente compagnie l'attendait. Que demander de mieux ? Il se mit à chercher des yeux l'enseigne des Chéneaux Rouges. Le second lui avait recommandé l'auberge avec un sourire complice : c'était l'établissement idéal pour un marin lesté d'argent, avait-il déclaré quand Brashen avait mentionné qu'il risquait de passer la nuit à terre. Son expression indiquait clairement qu'il ne s'attendait pas à ce que Brashen passe la nuit seul. Brashen non plus, d'ailleurs. Il aperçut les chéneaux rouges de l'auberge bien avant de repérer sa modeste enseigne.

L'intérieur lui parut propre et presque austère : il n'y avait que deux tables et quatre bancs, tous poncés au net comme le pont d'un bon navire ; le sol était recouvert de sable blanc étendu au râteau, du bois flotté brûlait dans l'âtre en produisant des flammes multicolores. La salle était vide et Brashen attendit un moment avant qu'un homme affligé d'une claudication apparût en s'essuyant les mains sur son tablier. Il toisa Brashen d'un air presque soupçonneux, puis dit enfin : « Bonjour.

– On m'a recommandé votre maison. Combien pour une chambre et un bain ? »

Il eut de nouveau droit au même regard scrutateur, comme si l'aubergiste cherchait à jauger les moyens dont il disposait. L'homme, d'âge moyen, portait les marques d'une vie de marin et boitait à cause d'une jambe vilainement contournée, résultat d'un accident qui avait sans doute mis fin à son existence maritime. « Trois », répondit-il d'un ton sans réplique. Puis il ajouta : « Vous n'êtes pas du genre à rentrer soûl et à tout casser, n'est-ce pas ? Parce que, dans ce cas, vous n'avez rien à faire aux Chéneaux Rouges.

– Je vais rentrer soûl, en effet, mais je ne fais pas de dégâts : je dors.

– Hum ! Enfin, vous êtes franc, c'est un bon point pour vous. » Il tendit la main et il empocha l'argent que Brashen y déposa. « Prenez la chambre à gauche en arrivant sur le palier. Si vous voulez un bain, il y a une pompe, un baquet et une cheminée dans la remise, derrière. Le feu est couvert mais vous n'aurez pas de mal à le faire repartir. Faites votre toilette et restez aussi longtemps qu'il vous plaira, mais n'oubliez pas : laissez tout aussi propre que vous l'avez trouvé. Mon établissement est une maison bien tenue ; il y en a qui n'aiment pas ça, qui veulent boire, manger, crier et se battre jusqu'à pas d'heure ; si c'est ce que vous cherchez, il faudra vous loger ailleurs. Chez moi, quand un honnête homme paye pour un lit propre, il l'a ; pour un repas bien préparé, il l'a. Ce n'est pas de la haute cuisine, mais les aliments sont sains, cuits du jour, et ils sont accompagnés d'une chope de bonne bière. Ce n'est pas une taverne, ici, ni un lupanar, ni un tripot, non, mon gars. C'est une maison bien tenue. Bien tenue. »

Brashen se surprit à hocher raidement la tête à l'interminable discours, et il commença de se demander si le second ne l'avait pas envoyé là pour se moquer de lui. Néanmoins, il s'y trouvait à présent, et l'établissement, propre et calme, offrait très certainement un meilleur cadre pour inviter Althéa qu'une taverne bruyante et bondée. « Eh bien, je vais aller prendre un bain, déclara-t-il quand le propriétaire s'interrompit pour reprendre son souffle. Ah ! Un de mes camarades de bord viendra peut-être me rejoindre chez vous. Il demandera Brashen ; c'est moi ; lui, il s'appelle Athel. Voudriez-vous le prier de m'attendre ?

– D'accord, je lui dirai que vous êtes là. » L'aubergiste se tut un instant. « Ce n'est pas un fêtard, au moins ? Le genre à entrer soûl comme une bourrique, à vomir sur mon sol propre et à renverser mes bancs, hein ?

– Athel ? Non, pas lui, vraiment pas. » Et Brashen battit précipitamment en retraite vers la porte du fond. Dans une remise dressée dans une cour pavée, il trouva une pompe à eau, un baquet et un âtre, comme l'avait promis le propriétaire. A l'instar du corps de logement, le petit bâtiment était immaculé presque à l'excès, les serviettes rugueuses accrochées à des patères paraissaient propres, bien qu'usées, et on ne voyait dans le baquet nul anneau de crasse. C'est l'avantage, se dit Brashen, de loger dans une maison bien tenue. Il tira plusieurs seaux d'eau qu'il mit à chauffer. Ses vêtements de terre étaient au fond de son sac, propres bien qu'ils sentissent un peu le moisi ; il étendit sa chemise à rayures, des chaussettes et un épais pantalon de laine près du feu pour les aérer. Un pot de savon mou était à la disposition des clients et il s'en servit généreusement, s'enlevant plusieurs couches de crasse, de sel, et peut-être même de peau morte avant d'en avoir terminé. Pour la première fois depuis des semaines, il défit sa queue de cheval, lava ses cheveux à fond et les renoua. Il aurait aimé rester dans l'eau à se détendre, mais il ne voulait pas faire attendre Althéa, aussi quitta-t-il le baquet pour se sécher, après quoi il tailla sa barbe et enfila sa tenue de terre. Quel plaisir de se sentir des vêtements propres, chauds et secs sur une peau propre, chaude et sèche ! Son bain l'avait laissé presque léthargique, mais un bon repas et une chope glacée y mettraient bon ordre. Il fourra ses habits sales dans son sac et nettoya rapidement la pièce. Il chercherait le lendemain une blanchisserie où faire laver tous ses effets, sauf ceux qui étaient trop souillés de goudron pour être récupérables. Avec le sentiment d'être un homme neuf, il regagna le bâtiment principal pour y prendre un repas et attendre Althéa.

*

Jamais elle ne s'était trouvée seule dans un port étranger ; elle avait toujours eu des compagnons de bord avec elle et un navire qui l'attendait quand la nuit tombait. L'après-midi n'était pas encore achevé mais l'air paraissait soudain s'être refroidi et la lumière avoir pris une teinte grise. Althéa parcourut de nouveau les alentours du regard ; le monde lui semblait tout à coup amorphe et sans limites précises : plus de bateau, plus de devoirs, plus de liens familiaux, rien qu'un peu d'argent dans la poche et un sac sur le dos. Un étrange mélange d'émotions l'envahit brusquement : elle se vit à la fois abandonnée et superbement seule, anéantie par le refus du capitaine de lui remettre une étiquette et curieusement forte et indépendante – prête à l'aventure, oui, c'était cela : elle avait l'impression que rien de ce qu'elle pourrait faire n'aggraverait sa situation ni n'engagerait sa responsabilité, car nul ne s'en soucierait. Elle pouvait s'enivrer abominablement ou dépenser jusqu'à son dernier sou en une seule nuit dans une taverne exotique, à goûter des mets, des vins et des musiques inconnus. Naturellement, il fallait penser au lendemain, mais c'était là un souci permanent, et, si elle décidait de se laisser aller à un coup de tête, nul n'était là pour le lui interdire ni la sermonner le jour suivant ; et puis essayer de planifier l'avenir ne lui avait guère rapporté jusque-là.

Elle remonta une dernière fois son sac d'un coup d'épaule, renfonça crânement son bonnet sur sa tête et s'engagea d'un pas décidé dans une rue en observant chaque détail des commerces ; si près du front de mer, on trouvait surtout des officines de courtiers maritimes, des boutiques de fournitures pour navires et des pensions bon marché pour les marins entre lesquelles s'intercalaient des tavernes, des bordels, des tripots et des débits de drogue. C'était un quartier brutal fait pour des gens brutaux ; et elle en faisait désormais partie.

Elle choisit une taverne au hasard et entra. L'établissement ne paraissait pas différent de ceux de Terrilville : le sol était jonché de roseaux à la fraîcheur lointaine, les tables à tréteaux portaient les traces en anneaux d'innombrables chopes, les bancs avaient subi de nombreuses réparations, le plafond et les murs étaient noircis par la fumée huileuse de la cuisine et des lampes. A une extrémité de la salle trônait une grande cheminée autour de laquelle les marins s'agglutinaient afin de profiter de la chaleur et de l'odeur de ragoût qui en émanaient ; il y avait aussi le patron de la maison, gaillard efflanqué à la mine lugubre, et une troupe de servantes, certaines renfrognées, d'autres gloussantes. Au fond, un escalier menait aux chambres de l'étage. Le brouhaha des conversations frappa Althéa comme une bourrasque.

Elle trouva place à une table presque inoccupée; elle n'était pas aussi proche du feu qu'elle l'eût souhaité, mais il y faisait beaucoup plus chaud que dans la rue ou sous le gaillard d'avant du navire. S'installant dos au mur, elle se fit servir une chope de bière qu'elle jugea très bonne, à son grand étonnement, et un bol de ragoût mal assaisonné mais bien supérieur à l'ordinaire du *Moissonneur*, aidé grandement en cela par le morceau de pain qui l'accompagnait: manifestement sorti du four depuis quelques heures à peine, il avait une mie dense et sombre, très agréable à mâcher. Althéa mangea lentement, savourant la chaleur de la salle, le ragoût et la bière, et refusant de penser à autre chose. Elle envisagea de prendre une chambre, mais les bruits, chocs, cris aigus et rires, qui provenaient de l'étage lui firent comprendre que, dans cet établissement, les lits ne servaient pas à dormir. Une des servantes s'approcha d'elle sans enthousiasme, mais Althéa fit semblant de ne pas comprendre ce qu'elle voulait et la fille parut ravie de passer son chemin.

Elle se demanda combien de temps il fallait rester prostituée avant de s'en lasser – ou de s'y habituer, puis elle s'aperçut qu'elle avait involontairement porté la main à son ventre pour toucher l'anneau à travers sa chemise. Le capitaine l'avait traitée de putain en l'accusant d'avoir attiré les serpents sur son navire. C'était ridicule, mais c'était ainsi qu'il la voyait. Elle prit une bouchée de pain et parcourut la salle des yeux en tentant de s'imaginer ce qu'elle ressentirait à s'offrir aux hommes présents contre de l'argent. Ils n'avaient rien d'attirant: la mer endurcissait peut-être le marin, mais surtout elle l'enlaidissait. Dents manquantes, membres amputés, mains et visages noircis autant par le goudron et l'huile que par le vent et le soleil: rares étaient les clients qui auraient pu lui faire envie, et ceux qui étaient encore jeunes, avenants et bien musclés étaient crasseux et dépourvus de manières. Peut-être, songea-t-elle, cela tenait-il à leur travail: ils passaient leurs journées à chasser, à tuer, à clarifier la graisse, dans le sang et dans l'huile; les matelots des navires marchands étaient plus propres – ou du moins ceux de la *Vivacia*.

Son père exigeait une certaine hygiène chez ses hommes afin d'empêcher la propagation de la vermine à bord.

Il lui était moins pénible qu'autrefois de penser à la vivenef et à son père ; le chagrin avait laissé place au désespoir. Elle rassembla son courage et affronta l'idée à laquelle elle avait jusque-là refusé de réfléchir : il allait lui être pratiquement impossible d'obtenir une étiquette à son nom, et ce uniquement parce qu'elle était une femme. Le sentiment de défaite qui s'abattit alors sur elle lui donna presque la nausée, et le repas qu'elle avait mangé s'appesantit douloureusement dans son estomac. Elle s'aperçut qu'elle tremblait comme si elle avait froid. Elle posa les pieds bien à plat sur le sol et agrippa le bord de la table des deux mains pour les calmer. *Je veux rentrer chez moi*, songea-t-elle, accablée, *là où je suis en sécurité, au chaud et où des gens me connaissent.* Mais rien de tout cela n'existait plus que dans le passé, à l'époque où son père était vivant et qu'elle était chez elle sur la *Vivacia.* Elle voulut évoquer ce temps, mais ses souvenirs renâclaient à venir : ils étaient trop lointains, elle-même s'en était trop coupée, et elle ne faisait qu'accroître sa solitude et son désespoir en s'efforçant de les ressusciter. Brashen ! se dit-elle tout à coup. Dans cette ville crasseuse, il était le seul lien qu'elle eût avec des jours plus heureux. Elle n'avait pas l'intention de chercher sa compagnie, mais, elle en prit soudain conscience, elle en avait la possibilité ; elle pouvait se mettre en quête de lui si elle en avait envie, si elle désirait vraiment aller à l'aventure sans se préoccuper du lendemain ; elle pouvait le retrouver et passer quelques heures avec lui, bien au chaud, en sécurité. Cette idée lui faisait la même impression qu'à un affamé l'odeur d'une table bien garnie.

Mais elle n'en ferait rien. Non, chercher Brashen serait une erreur : si elle allait à sa rencontre, il croirait qu'elle voulait coucher à nouveau avec lui. Elle réfléchit néanmoins à cette éventualité et sentit un vague intérêt s'éveiller en elle. Elle émit un grognement mécontent et fit un effort pour songer sérieusement à la question. Les bruits qui provenaient de l'étage lui parurent brusquement ridicules et dégradants ; non, elle n'avait pas vraiment envie de faire ça avec quiconque, et surtout pas avec Brashen : tôt ou tard, lui, elle ou tous les deux regagneraient Terrilville. Elle avait eu tort de coucher avec lui sur le *Moissonneur*, mais ils étaient fatigués, à moitié soûls et sous l'influence de la cindine, et cela seul expliquait leur comportement. Mais si elle allait le retrouver ce soir et que cela se reproduise, il risquait d'y attacher une importance qui n'existerait que dans son imagination; et s'ils se rencontraient ensuite à Terrilville... eh bien, ce qui se passait à bord d'un navire et ce qui se passait à terre étaient deux choses différentes, et Terrilville, c'était chez elle. Par conséquent, elle n'irait pas rejoindre Brashen et elle ne coucherait pas avec lui. Voilà qui était réglé.

Restait à savoir ce qu'elle allait faire de sa soirée et de sa nuit. Elle leva sa chope pour attirer l'attention d'une servante, puis, alors que la fille lui versait une nouvelle rasade de bière, elle se plaqua un sourire sur les lèvres. «Je suis plus fatiguée que je ne croyais, dit-elle d'un ton ingénu. Vous pouvez me recommander une pension ou une auberge calme? Où je puisse aussi prendre un bain?

– Il y a des chambres ici, mais ce n'est pas calme. Par contre, vous trouverez une maison de bains plus loin dans la rue», répondit la fille en se grattant vigoureusement la nuque.

La voyant faire, Althéa songea que, même si les chambres de la taverne étaient aussi tranquilles que des tombes, jamais elle ne dormirait dans leurs lits: elle espérait se débarrasser de la vermine qu'elle avait attrapée sur le navire, pas en attirer davantage. «Un établissement calme, vous en connaissez un?» demanda-t-elle.

La fille haussa les épaules. «Le Cheval Doré, si ça ne vous dérange pas de payer le prix fort. Ils ont des musiciens et une chanteuse, et de petites cheminées dans les meilleures chambres, il paraît. Et certaines ont des fenêtres, aussi.»

Ah oui, le Cheval Doré! Elle y avait dîné avec son père: rôti de porc et petits pois. Elle lui avait fait cadeau d'un amusant petit singe en cire qu'elle avait acheté dans une boutique, et il lui avait parlé des vingt tonneaux d'huile raffinée qu'il comptait acheter. C'était une autre vie, celle d'Althéa et non celle d'Athel.

«Non, ça m'a l'air trop cher. Vous n'avez pas autre chose de calme, mais bon marché?»

La fille de salle fronça les sourcils. «Je ne vois pas. Dans ce quartier, il n'y a pas beaucoup d'auberges tranquilles; en général, ce n'est pas ce que cherchent les marins, vous savez.» Elle dévisagea Althéa comme si elle la trouvait bizarre. «Si, il reste les Chéneaux Rouges. Je ne sais pas si on peut y prendre un bain, mais c'est calme; un vrai cimetière, à ce qu'on m'a dit.

– J'en ai entendu parler, coupa Althéa. Et ailleurs ?

– C'est tout. Je vous l'ai dit, ce n'est pas pour le calme que les marins viennent en ville. » Elle jeta un coup d'œil curieux à la jeune fille. « Il vous faut combien d'adresses avant de vous décider ? » fit-elle avant de prendre le prix de la bière et de s'en aller d'un air désœuvré.

« Bonne question », reconnut Althéa. Sans se presser, elle but une lampée de sa chope. Un homme qui empestait le vomi s'assit lourdement à côté d'elle. Le soir tombait et la taverne commençait à se remplir. Le nouveau venu émit un rot puissant dont l'odeur fit grimacer la jeune fille ; il eut un sourire jovial devant son expression et se pencha vers elle comme pour lui glisser un secret à l'oreille. « Tu la vois, celle-là ? demanda-t-il en désignant une femme au teint jaunâtre qui nettoyait une table. Je me la suis envoyée trois fois ; trois fois, et elle m'a fait payer que le prix d'une. » Il se radossa au mur et sourit amicalement à sa voisine. Deux de ses incisives, brisées, étaient plantées de guingois. « Tu devrais l'essayer, petit. Je parie qu'elle t'apprendrait deux ou trois trucs. » Et il lui fit un clin d'œil appuyé.

« Vous gagneriez sûrement votre pari », répondit Althéa d'un ton affable. Elle termina sa bière, se leva et reprit son sac. Dehors, la pluie avait commencé à tomber, accompagnée de rafales qui promettaient des ondées plus abondantes. La jeune fille décida d'aller au plus simple : elle se trouverait une chambre qui lui conviendrait, payerait la somme demandée et s'offrirait une bonne nuit de sommeil. Il serait bien assez tôt le lendemain pour songer à prendre des résolutions plus importantes, comme chercher un travail à bord d'un navire qui rallierait Terrilville le plus rapidement possible.

Terrilville... Là, elle serait chez elle ; là, aussi, prendrait fin son rêve de récupérer la *Vivacia.* Elle chassa cette pensée de son esprit.

A la nuit tombée, elle avait essayé six établissements qui louaient des chambres ; la quasi-totalité se trouvait à l'étage de tavernes et d'autres débits de boissons, toutes étaient bruyantes et enfumées, et certaines étaient situées dans des locaux qui abritaient aussi des prostituées à la disposition des pensionnaires. La maison qu'Althéa choisit n'était pas différente des autres en dehors du fait qu'une rixe venait d'y avoir lieu et que la garde municipale en avait temporairement chassé les clients les plus excités ; ceux qui restaient étaient épuisés ou abrutis par la boisson. Dans un coin, trois musiciens jouaient pour eux-mêmes à présent que les clients payants étaient partis ; ils bavardaient et riaient à mi-voix entre eux, et interrompaient parfois un morceau pour le reprendre d'une autre manière. Althéa s'installa assez près d'eux pour entendre leurs conversations, mais pas trop afin de ne pas donner l'impression qu'elle les épiait ; elle les enviait : comme eux, aurait-elle un jour des amis ? Elle avait été heureuse durant les années où elle avait voyagé sur la *Vivacia*, mais il y avait eu un prix à payer : son père avait été son seul ami ; il était impossible au capitaine et à la fille du propriétaire de partager complètement la profonde camaraderie du gaillard d'avant. Et la situation était presque identique à la maison, car elle avait perdu de vue depuis longtemps les petites filles avec lesquelles elle jouait enfant. Elles devaient être mariées, à présent, sans doute aux mêmes petits garçons qu'elles observaient discrètement autrefois en riant sous cape ; quant à elle, elle se retrouvait en frusques de marin dans un port étranger, attablée dans une taverne de bas étage, seule au monde, sans autre perspective d'avenir que rentrer chez elle la queue entre les jambes.

Et de plus en plus pleurnicharde. Il était temps de se mettre au lit. Une fois achevée sa chope, elle monterait à la chambre qu'elle avait retenue pour la nuit.

Brashen passa la porte d'entrée. Son regard balaya la salle et s'arrêta aussitôt sur Althéa. Le temps parut s'arrêter alors qu'il s'immobilisait, les yeux fixés sur elle. A sa façon de se tenir, elle sut qu'il était en colère ; il avait aussi participé à une bagarre : la rougeur sous son œil gauche aurait viré au noir avant le matin. Althéa aurait cependant été étonnée que ce fût la cause de sa mauvaise humeur, visible dans la tension de ses larges épaules sous sa chemise rayée et dans le brasillement de ses yeux sombres. Elle n'avait aucune raison d'éprouver des remords ni de la honte ; elle n'avait pas promis de venir à son rendez-vous, elle avait seulement déclaré qu'elle irait peut-être ; alors pourquoi ce mouvement de recul ? Brashen traversa la taverne à grands pas et chercha des yeux une chaise intacte ; il n'en trouva pas et dut s'asseoir à l'extrémité du banc d'Althéa. Il se pencha vers elle et dit d'un ton sec : « Vous auriez pu simplement dire non. Vous n'étiez pas obligée de me laisser attendre en me rongeant d'inquiétude. »

Elle se mit à tambouriner sur la table du bout de ses doigts qu'elle observa l'espace de quelques secondes, puis elle tourna le visage vers Brashen. « Excusez-moi, lieutenant, répondit-elle pour le rappeler au sens des réalités. Je ne pensais pas que vous vous inquiéteriez pour un simple mousse. »

Le regard de Brashen se porta rapidement sur les musiciens qui ne leur prêtaient aucune attention. « Je comprends », fit-il d'une voix atone, mais ses yeux en disaient long : elle l'avait blessé. Ce n'était pas son intention, et elle n'avait même pas envisagé cet aspect de la situation. Il se leva et s'éloigna. Elle s'attendait à le voir sortir, mais il aborda le propriétaire occupé à balayer de la vaisselle brisée, puis revint avec une chope pleine, se rassit et reprit sans laisser à la jeune fille l'occasion de placer un mot : « J'ai fini par me faire du souci, alors je suis rentré au navire et j'ai demandé au second s'il savait où vous étiez.

– Ah !

– Oui : ah ! Ce qu'il a dit sur vous n'était pas... » Il s'interrompit et tâta du bout des doigts l'ecchymose de plus en plus sombre qui ornait son visage. « Je ne remettrai pas les pieds sur le *Moissonneur* », fit-il brusquement. Il jeta un regard noir à sa compagne de table comme si tout était de sa faute. « Quelle mouche vous a piquée de leur donner votre vrai nom ? C'était stupide !

– Le second vous en a parlé ? » fit-elle, et, alors qu'elle pensait avoir touché le fond, son moral tomba encore d'un cran. Si l'homme criait l'histoire sur tous les toits, elle allait voir diminuer ses chances de trouver une place de mousse à bord d'un autre navire. Le désespoir s'abattit sur elle comme une vague boueuse.

« Non, seulement le capitaine, après que le second m'a escorté chez lui. Tous deux m'ont demandé alors si je savais que vous étiez une femme.

– Et vous leur avez répondu par l'affirmative ? » Cela allait de mal en pis : à présent, ils auraient la conviction qu'elle avait payé de son corps pour acheter le silence de Brashen.

« Je n'ai guère vu l'utilité de mentir. »

Althéa n'avait nulle envie d'entendre la suite, de savoir qui avait frappé qui le premier ni à quel moment ; rien de tout cela n'avait plus d'importance à ses yeux. Elle secoua la tête.

Mais Brashen n'avait manifestement pas l'intention de s'en

tenir là ; il avala une gorge de bière puis demanda d'un ton tranchant : « Pourquoi leur avoir dévoilé votre identité ? Comment pouviez-vous espérer retrouver du travail sur un bateau avec une étiquette à votre véritable nom ? » Tant de bêtise le laissait visiblement pantois.

« Sur la *Vivacia*, répondit-elle d'une voix défaillante. J'espérais m'en servir pour remonter sur la *Vivacia*, comme capitaine et propriétaire.

– Comment ça ? » fit-il avec méfiance.

Alors elle lui raconta toute l'histoire, et, tandis qu'elle évoquait la promesse irréfléchie de Kyle, son propre espoir de la retourner contre lui, alors que Brashen écarquillait les yeux à mesure qu'elle lui exposait son projet fou, elle s'interrogeait : pourquoi s'ouvrait-elle ainsi à lui ? Qu'avait-il de spécial pour qu'elle s'épanche devant lui, qu'elle lui confie des secrets qui ne le regardaient nullement ?

Quand elle en eut terminé, il resta un moment silencieux, puis secoua la tête et dit : « Kyle ne tiendrait jamais une promesse en l'air comme celle-là ; il vous faudrait porter l'affaire devant le Conseil des Marchands, et, même si votre mère et votre sœur se mettaient dans votre camp, je doute qu'on vous prenne au sérieux. Vous savez, ce qu'on dit sous le coup de la colère… Si le Conseil décidait d'obliger à tenir parole tous ceux qui, dans un moment d'énervement, font des serments à tort et à travers, la moitié de Terrilville se ferait assassiner. » Il haussa les épaules. « D'un autre côté, je ne suis pas surpris que vous tentiez votre chance ; j'ai toujours pensé qu'un jour ou l'autre vous essayeriez de reprendre la *Vivacia* à Kyle. Mais pas comme ça.

– Eh bien, comment alors ? répliqua-t-elle d'un ton acerbe. En m'introduisant discrètement à bord pour lui trancher la gorge ?

– Ah, vous y avez pensé, vous aussi ? » fit-il avec une ironie contenue.

Althéa ne put s'empêcher de sourire, amusée. « Presque dès le début », avoua-t-elle. Puis son sourire s'effaça. « Je dois récupérer la *Vivacia*, même si je sais aujourd'hui que je ne suis pas tout à fait prête à la commander. Non, ne riez pas ; j'ai peut-être la tête dure, mais ça ne m'empêche pas d'apprendre. Elle m'appartient comme aucun autre navire ne pourra jamais m'appartenir, mais la loi et ma famille sont contre moi ; séparément, je pourrais les combattre, mais ainsi unies… » Elle laissa sa phrase en suspens et se tut quelque temps, accablée. « Je fais de grands efforts pour ne pas penser à elle, Brashen.

– Moi aussi», répondit-il. Il voulait sans doute se montrer compatissant, mais sa réponse hérissa la jeune fille : comment pouvait-il dire cela ? Vivacia n'était pas le navire de sa famille ! Comment aurait-il pu savoir ce qu'éprouvait Althéa ? Le silence tomba entre eux. Un groupe de matelots entra et s'installa à la table voisine. La jeune fille regarda Brashen mais les mots lui firent défaut. La porte s'ouvrit à nouveau et trois débardeurs pénétrèrent dans la taverne, réclamant avant même de s'asseoir de la bière dans un chœur de voix tonitruantes. Les musiciens jetèrent des coups d'œil autour d'eux comme s'ils venaient de se réveiller, puis se lancèrent dans une chanson paillarde sur laquelle ils travaillaient. La salle n'allait pas tarder à redevenir bruyante et bondée comme d'habitude.

Du bout du doigt, Brashen se mit à dessiner des cercles sur la table avec la condensation laissée par sa chope. « Alors, qu'allez-vous faire maintenant ? »

On y était. C'était la question qui l'avait tourmentée toute la journée. « Rentrer, sans doute, fit-elle à mi-voix, comme vous me l'avez conseillé il y a déjà plusieurs mois.

– Pourquoi ?

– Parce qu'il n'est pas impossible que vous ayez eu raison ; peut-être vaut-il mieux que j'essaye d'arranger la situation pour reprendre une vie normale.

– Rien ne vous oblige à la vivre là-bas, murmura Brashen. Le port est rempli de bateaux à bien d'autres destinations. » Et il ajouta d'un ton exagérément détaché : « Nous pourrions aller vers le nord, comme je vous l'ai dit ; dans les Six-Duchés, peu importe qu'on soit homme ou femme du moment qu'on est apte au travail. D'accord, le pays n'est pas très civilisé, mais l'existence ne doit pas y être pire qu'à bord du *Moissonneur.* »

Elle secoua la tête sans répondre : parler du sujet qui lui tenait le plus à cœur ne faisait que l'accabler davantage ; pourtant, elle dit enfin : « Terrilville est le port d'attache de la *Vivacia.* Je pourrais au moins la voir de temps en temps. » Elle eut un sourire qui ressemblait à un rictus. « Et puis, Kyle est plus âgé que moi ; je vivrai sans doute plus longtemps que lui, et, si je suis en bons termes avec mon neveu, il permettra peut-être à sa vieille folle de tante de naviguer quelquefois avec lui. »

Brashen la dévisagea, horrifié. « Vous plaisantez, j'espère ! s'exclama-t-il. Passer votre vie à attendre la mort de quelqu'un !

– Bien sûr que je plaisante. » Mais c'était faux. « J'ai eu une journée épouvantable, fit-elle brusquement. Il est temps qu'elle s'achève. Bonne nuit ; je vais me coucher.

– Pourquoi ? demanda-t-il à mi-voix.

– Parce que je suis fatiguée, tiens ! » Et elle s'aperçut qu'en effet elle était fatiguée comme jamais elle ne l'avait été de sa vie, lasse jusqu'au plus profond d'elle-même. Lasse de tout.

Brashen était manifestement à bout de patience quand il dit : « Non, je ne parle pas de ça. Pourquoi n'êtes-vous pas venue à mon rendez-vous ?

– Parce que je n'avais pas envie de coucher avec vous », répondit-elle carrément. Elle était même trop épuisée pour prendre des gants.

Brashen réussit à paraître insulté. « Je vous avais seulement invitée à partager ma table.

– Mais c'était à votre lit que vous pensiez. »

Il faillit répondre par un mensonge, mais sa sincérité prit le dessus. « J'y avais songé, c'est vrai. Vous n'aviez pas l'air de trouver que ça s'était si mal passé la dernière fois... »

Althéa ne tenait pas à se rappeler l'épisode ; elle se sentait gênée d'y avoir pris plaisir – à l'époque –, et d'autant plus que Brashen s'en était rendu compte. « Et, la dernière fois, je vous ai également assuré que ça ne se reproduirait plus.

– Je pensais que vous vouliez dire sur le navire.

– Je voulais dire partout. Brashen... nous avions froid, nous étions fatigués, nous avions bu et il y avait la cindine. » Elle s'interrompit, à la recherche d'une façon délicate de s'exprimer, mais elle n'en trouva pas. « Il n'y avait rien d'autre entre nous. »

Les doigts de Brashen se déplacèrent sur la table, et Althéa comprit alors à quel point il désirait la toucher, lui prendre les mains. Elle les glissa sur ses genoux, les joignit et les serra fort.

« Vous en êtes sûre ? demanda-t-il, retournant le couteau dans la plaie.

– Pas vous ? » Elle soutint son regard en s'efforçant de résister à la tendresse qu'elle y lisait.

Il détourna les yeux le premier. « Enfin... » Il prit une profonde inspiration, puis une longue gorgée de sa chope. Il s'appuya sur un coude, se pencha vers Althéa et lui fit un sourire qui se voulait aguichant. « Je suis prêt à payer la cindine si vous fournissez la bière. »

Elle lui rendit son sourire. « Non merci », répondit-elle à mi-voix.

Il haussa les épaules. « Et si je paye aussi la bière ? » Son visage se fermait.

« Brashen... » Elle secoua la tête. « Si on y réfléchit, fit-elle d'un ton mesuré, nous nous connaissons à peine ; nous n'avons rien en commun, nous ne sommes...

– D'accord, coupa-t-il sèchement, d'accord, vous m'avez convaincu. C'était une erreur. Mais on a bien le droit d'essayer. » Il vida sa chope et se leva. « Je m'en vais. Puis-je vous donner un dernier conseil ?

– Je vous en prie », répondit-elle, résignée à entendre quelque tendre admonestation l'enjoignant à faire attention à elle ou à être prudente.

Mais non ; Brashen déclara : « Prenez un bain ; vous puez. » Là-dessus, il s'éloigna, traversa tranquillement la salle et sortit sans un regard en arrière. S'il s'était arrêté à la porte pour lui faire un sourire et un signe de la main, l'insulte en aurait été balayée ; mais il n'avait rien fait et l'affront demeurait, uniquement parce qu'Althéa s'était refusée à lui. Comme s'il voulait lui faire croire qu'il n'avait pas envie d'elle parce qu'elle n'était pas pomponnée ni parfumée ! Cela n'avait pas eu l'air de le gêner, pourtant, la dernière fois ; et, si la mémoire d'Althéa était bonne, lui-même ne sentait pas la rose non plus. Quel toupet ! Elle leva sa chope. « A boire ! » cria-t-elle au patron.

★

Courbant les épaules, Brashen s'engagea sous la pluie sale qui battait la ville, et, tout en se dirigeant vers les Chéneaux Rouges, il s'efforça de garder l'esprit vide. Il s'arrêta une fois, le temps d'acheter un bâton de cindine brute à un camelot pitoyable sous l'averse, puis il reprit sa marche. Quand il parvint aux portes de son auberge, il les trouva barrées pour la nuit et il se mit à les marteler du poing, pris d'une colère hors de toute proportion à l'idée qu'on l'empêche d'entrer alors qu'il pleuvait.

Au-dessus de lui, une fenêtre s'ouvrit et la tête du propriétaire apparut. « Qui est là ? demanda-t-il d'un ton mécontent.

– Moi, Brashen ! Laissez-moi entrer !

– Vous n'avez pas rangé la salle de bains, vous avez mal nettoyé le baquet et vous n'avez pas étendu les serviettes ! »

Brashen dévisagea l'homme, sidéré. « Laissez-moi entrer ! répéta-t-il. Il pleut !

– Vous n'êtes pas soigneux ! lui cria l'aubergiste.

– Mais j'ai payé ma chambre ! »

Pour toute réponse, Brashen vit son sac passer par la fenêtre et tomber dans la rue boueuse en l'éclaboussant au passage. « Hé là ! » s'exclama-t-il, mais, inflexible, l'homme referma sa fenêtre. Brashen tapa du poing puis du pied sur la porte, et lança des insultes à l'aubergiste ; il jetait de grosses poignées de boue grasse contre la fenêtre quand des gardes municipaux firent leur apparition et lui ordonnèrent en riant de déguerpir. Manifestement, ils avaient déjà eu à traiter ce genre de situation, et plus d'une fois.

Brashen accrocha son sac couvert de boue à son épaule et s'en alla dans la nuit à la recherche d'une taverne.

4

DONS

« Dans la nuit d'hiver, la lune brille d'un éclat vif et projette des ombres nettes et noires. Les rochers de la grève baignent dans des flaques d'encre et ta coque est plongée dans une obscurité absolue. Et puis, à cause de mon feu, il y a aussi d'autres sortes d'ombres, dansantes, changeantes ; ainsi, quand je te regarde, certaines parties de toi sont noires et durement découpées dans le clair de lune et d'autres paraissent plus douces à la lumière des flammes. »

La voix d'Ambre était presque hypnotique. Il sentait, vaguement à cause de la distance, la chaleur du feu qu'elle avait bâti avec des morceaux de bois rejetés par la mer et allumé un peu plus tôt non sans difficulté. Le chaud et le froid étaient des sensations qu'il avait appris à décrire auprès des hommes, l'une agréable, l'autre désagréable ; mais l'idée elle-même que le chaud valût mieux que le froid était un concept acquis, car, pour du bois, c'était égal. Pourtant, par une telle nuit, avoir chaud lui paraissait plaisant, en effet.

Ambre était assise – en tailleur, lui avait-elle dit – sur une couverture pliée pour l'isoler du sable humide, et elle s'adossait à sa coque. La texture de sa chevelure qui tombait librement sur ses épaules était plus fine que celle de l'algue la plus douce ; ses cheveux s'accrochaient au grain du bois-sorcier, et, quand elle bougeait, des mèches caressaient le vaigrage avant de s'en détacher.

«Tu parviens presque à me rappeler le temps où j'y voyais encore; pas seulement l'époque où la vue était un outil qui servait à distinguer formes et couleurs, mais celle où c'était un plaisir auquel j'aimais à me laisser aller.»

Sans répondre, Ambre leva la main et la posa à plat sur ses planches; c'était un geste coutumier chez elle qui évoquait à Parangon, par certains aspects, un contact visuel, comme un échange de regards plein de sous-entendus mais sans les yeux. Il sourit.

«Je t'ai apporté quelque chose, dit Ambre, interrompant le silence amical.

– Tu m'as apporté quelque chose? répéta-t-il, étonné. C'est vrai?» Il s'efforça de conserver un ton calme. «Personne, je crois, ne m'a jamais apporté quoi que ce soit.»

Elle se redressa. «Comment, jamais? Nul ne t'a jamais fait de cadeau?»

Il haussa les épaules. «Où le mettrais-je?

– Ah... j'y ai pensé. C'est un présent que tu peux porter sur toi. Tiens, tends ta main. Je suis très fière de cet objet, alors je veux te le montrer pièce par pièce. Il m'a fallu du temps pour le fabriquer; j'ai dû agrandir chaque partie pour la mettre à l'échelle, tu comprends. Voici la première. Reconnais-tu ce que c'est?»

Et, de sa main minuscule, elle lui écarta les doigts et déposa un objet dans sa paume, un objet en bois. Il était percé d'un trou dans lequel passait un cordon épais. Le bois était poncé, lissé, et il avait une forme particulière. Parangon le fit tourner délicatement entre son pouce et son index; la sculpture était courbe, mais il y avait une saillie là, et l'extrémité était aplatie et déployée. «C'est un dauphin», dit-il. Du bout des doigts, il suivit à nouveau l'échine incurvée et l'éventail de la nageoire caudale. «C'est extraordinaire!» fit-il en éclatant de rire.

Ambre répondit d'un ton ravi: «Ce n'est pas fini. Passe au suivant sur le cordon.

– Il y en a plusieurs?

– Naturellement. C'est un collier. Arrives-tu à savoir ce qu'est le suivant?

– Je veux le mettre», déclara-t-il. Ses mains tremblaient. Un collier, un cadeau pour lui! Sans attendre la réponse d'Ambre, il saisit le cordon et se le passa par-dessus la tête; le fil se prit dans les éclisses de ses yeux, mais il le dégagea et le laissa tomber sur sa poitrine. Ses doigts coururent rapidement sur les petites sculptures : il y en avait cinq. Cinq ! Il les palpa de nouveau, plus lentement. « Un dauphin, une mouette, une étoile de mer, et... ah, un crabe ! Et un poisson, un flétan : je sens ses écailles et la bosse de ses yeux ; ceux du crabe se trouvent au bout de leurs pédoncules, l'étoile de mer est rugueuse et voici les alignements de ventouses en dessous. Ah, Ambre, c'est prodigieux ! Est-ce beau sur moi ? Est-ce que ça me va bien ?

– Ma parole, mais te voilà bien vaniteux ! Je n'aurais jamais cru ça de toi, Parangon. » Jamais il n'avait perçu un tel ravissement dans la voix de la femme. « Oui, c'est très beau, on dirait que ça fait partie de toi ; je dois avouer que ça m'inquiétait : tu es manifestement l'œuvre d'un maître sculpteur et je craignais que mes créations ne paraissent maladroites à côté de tant de raffinement. Mais je dois me féliciter, même si ce n'est pas à moi de me jeter des fleurs. Chaque animal est fait d'un bois différent ; le sens-tu ? L'étoile de mer est en chêne, et j'ai découvert le crabe dans un gros nœud de pin ; le dauphin, lui, se trouvait dans l'arrondi d'une branche de saule. Touche-le et suis-en le grain du doigt. De fil et de couleur, aucun n'est semblable aux autres ; je n'aime pas peindre le bois ; il a ses teintes propres, et, à mon avis, c'est ainsi, naturel et posé sur ta peau halée, qu'il est mis le mieux en valeur. »

Elle partageait avec lui ses idées d'un ton vif et passionné, presque intime, comme si nul au monde ne pouvait la comprendre mieux que lui, et Parangon se sentit merveilleusement flatté lorsqu'elle effleura sa poitrine du bout des doigts. « Puis-je te poser une question ? demanda-t-elle.

– Naturellement. » Il palpait chaque sculpture l'une après l'autre en y découvrant sans cesse de nouveaux détails de texture et de forme.

« D'après ce que j'ai entendu dire, la figure de proue d'une vivenef est peinte ; mais quand elle s'éveille, elle prend une teinte qui lui est propre. C'est ce qui s'est passé pour toi ; mais... comment cela se fait-il ? Pourquoi ? Et pourquoi seulement la figure de proue, pourquoi pas toutes les parties du navire qui sont en bois-sorcier ?

– Je l'ignore », répondit-il avec gêne. Il arrivait à Ambre de poser de ces questions incongrues, et il n'aimait pas cela : elles lui rappelaient trop vivement leur différence ; en outre, ses interrogations tombaient toujours aux moments où il se sentait le plus proche d'elle. « Pourquoi ton teint a-t-il la couleur qu'il a ? Comment ta peau, tes yeux te sont-ils venus ?

– Ah, je comprends. » Elle se tut un instant. « Je pensais que la volonté entrait peut-être dans le processus. Tu représentes un tel prodige pour moi ! Tu parles, tu penses, tu bouges... Peux-tu bouger tout entier ? Pas seulement les parties sculptées, comme tes mains et tes lèvres, mais ton planchéiage et tes membrures aussi ? »

Cela lui était possible ; un bateau flexible résistait mieux aux coups de bélier du vent et des vagues qu'un bâtiment trop rigide ; les planches pouvaient plier légèrement pour amortir la pression de la mer, voire s'écarter les unes des autres pour laisser pénétrer sans bruit une nappe d'eau qui s'étendait et s'accumulait dans le navire, noire, glacée comme la nuit même. Mais cela serait impardonnable, ce serait une trahison de sang-froid, impardonnable, inexpiable. Parangon rejeta brusquement le souvenir torturant et demanda, soudain soupçonneux : « Pourquoi cette question ? » Que cherchait-elle ? Pourquoi lui apportait-elle des cadeaux ? Nul ne pouvait éprouver de réelle affection pour lui, il le savait bien, il l'avait toujours su. Peut-être n'était-ce qu'une ruse, peut-être Ambre était-elle en cheville avec Restart et Mingslai, et s'efforçait-elle de percer tous ses secrets, de tout apprendre sur le bois-sorcier avant d'aller le répéter à ses acolytes.

« Je ne voulais pas t'assombrir, dit Ambre à mi-voix.

– Ah non ? Que voulais-tu alors ? demanda-t-il d'un ton sarcastique.

– Te comprendre. » Il n'y avait aucune agressivité dans sa réponse, aucune colère, seulement de la douceur. « A ma façon, je suis aussi différente des habitants de Terrilville que de toi ; je suis une étrangère et je pourrai vivre aussi longtemps que je le veux dans cette cité, y exercer mon métier le plus honnêtement du monde, je resterai toujours une nouvelle venue. Les immigrants ne sont pas les bienvenus à Terrilville, et la solitude me pèse. » Elle baissa le ton. « C'est pourquoi je recherche ton amitié : parce que je te sens aussi seul que moi. »

Seul... donc pitoyable ! Elle avait pitié de lui ! Et le croyait idiot, assez, en tout cas, pour s'imaginer qu'elle avait de l'affection pour lui, alors qu'elle cherchait seulement à percer ses mystères. « Et parce que tu aimerais connaître les secrets du bois-sorcier », dit-il pour voir quelle serait sa réaction.

Elle se laissa prendre au piège de son ton mesuré ; elle eut un petit rire. « Je mentirais si je prétendais ne pas être curieuse. D'où vient ce bois capable de s'animer ? Quel genre d'arbre le produit et où pousse-t-il ? Cette essence est-elle rare ? Oui, certainement, puisque des familles s'endettent pour plusieurs générations afin d'en posséder quelques morceaux. Pourquoi ? »

Ses propos faisaient trop fidèlement écho à ceux de Mingslai. Parangon éclata d'un rire sec et tonnant qui éveilla les oiseaux de la falaise et les fit s'envoler en criaillant dans l'obscurité. « Comme si tu ne le savais pas ! se moqua-t-il. Pourquoi Mingslai t'a-t-il envoyée ? Croit-il que je vais t'accorder mon amitié ? Que je vais naviguer par affection pour toi ? Je connais ses projets : il s'imagine qu'en me possédant il pourra remonter sans crainte le fleuve du désert des Pluies et faire main basse sur un commerce qui n'appartient de droit qu'aux Marchands de Terrilville et du désert des Pluies. » Parangon prit un ton méditatif. « Il pense qu'étant fou je vais trahir ma famille, que, parce qu'elle me hait, me maudit et m'abandonne, je vais me retourner contre elle. » Il tira brutalement sur le cordon du collier qui se rompit et le jeta sur le sable. « Mais je suis fidèle ! J'ai toujours été fidèle et loyal, quoi qu'on ait pu en dire ou en croire ! J'ai toujours été fidèle et je le reste ! » D'une voix forte et rauque, il déclara : « Ecoutez-moi, membres de la famille Ludchance ! Je vous suis fidèle ! Je ne navigue que pour les miens ! Que pour vous ! » Il sentit sa coque vibrer à l'unisson de sa voix.

Sa poitrine se soulevant et s'abaissant, il haletait dans la nuit d'hiver. Il tendit l'oreille, mais ne perçut aucune réaction de la part d'Ambre ; il n'entendait que le crépitement du feu, les cris querelleurs des oiseaux qui se réinstallaient dans leurs nids, et le clapotis éternel des vagues. Rien d'Ambre. Peut-être s'était-elle sauvée pendant qu'il protestait de sa loyauté ; peut-être s'était-elle éloignée dans la nuit, honteusement, lâchement. Il avala sa salive en se massant le front. Cela n'avait pas d'importance. Elle n'avait pas d'importance. Rien n'avait d'importance, non, rien. Il se frotta la nuque là où le cordon avait cassé. Il écouta les vagues qui progressaient peu à peu sur la grève à mesure que la marée montait, il perçut le bruit des bouts de bois qui s'effondraient sur les braises et sentit la bouffée de fumée qui s'en échappa. Il sursauta quand Ambre parla.

«Ce n'est pas Mingslai qui m'envoie.» A l'oreille, il comprit qu'elle se dressait brusquement; elle s'approcha du feu et se mit à réarranger les morceaux de bois, puis poursuivit d'une voix calme et maîtrisée: «Tu as raison: la première fois que je suis venue, c'est lui qui m'a amenée. Il proposait de te débiter pour récupérer ton bois-sorcier, mais, dès l'instant où je t'ai vu, mon cœur s'est élevé contre cette idée. Parangon, je souhaiterais vraiment gagner ton amitié; à mes yeux, tu es un prodige et une énigme, et ma curiosité a toujours été plus grande que ma sagesse; mais ma solitude les bat toutes les deux, parce que je suis loin de chez moi et des miens, dans le temps autant que dans l'espace.»

Elle parlait vite et ses mots tombaient comme une grêle de pierres. Elle se déplaçait sur la grève: Parangon entendait le froissement de ses jupes. Son oreille fine capta le bruit de deux bouts de bois entrechoqués. Mon collier! se dit-il, consterné. Elle était en train d'en ramasser les morceaux. Elle allait reprendre son cadeau!

«Ambre?» fit-il d'un ton implorant, d'une voix aiguë qui se brisa en fin de mot, comme cela lui arrivait parfois quand il avait peur. «Tu remportes mon collier?»

Un long silence; puis elle répondit, presque revêche: «Je pensais que tu n'en voulais plus.

– Si, je le veux. J'y tiens beaucoup.» Comme elle ne disait rien, il rassembla son courage. «Tu me méprises à présent, n'est-ce pas?» demanda-t-il. Il s'exprimait avec grand calme, bien que d'une voix anormalement haute.

«Parangon, je...» Elle laissa la phrase en suspens, puis reprit soudain avec douceur: «Je ne te méprise pas. Mais je ne te comprends pas non plus, ajouta-t-elle tristement. Parfois, j'entends dans tes propos la sagesse de plusieurs générations, et, en d'autres occasions, tu te transformes sans crier gare en enfant gâté.»

Tu as douze ans! Tu es presque adulte, sacré nom, et si tu n'apprends pas à te comporter en conséquence pendant ce voyage, tu ne deviendras jamais un homme, espèce de petite larve pleurnicharde! Il se couvrit les yeux – ou du moins leur emplacement – pour cacher les larmes qui auraient dû en couler, puis il plaça une de ses mains sur sa bouche pour étouffer le sanglot qu'il sentait monter. *Pourvu qu'elle ne me regarde pas!* se dit-il. *Pourvu qu'elle ne me voie pas!*

Ambre continuait son discours. «Je ne sais pas comment te prendre, quelquefois. Ah, voici le crabe! Je les ai tous maintenant. Tu devrais avoir honte de les avoir jetés ainsi, comme un bébé qui jette ses jouets. Il faut que je répare le cordon à présent, alors un peu de patience, s'il te plaît.»

Il écarta sa main de sa bouche et inspira profondément pour se calmer, puis réussit à exprimer ce qu'il redoutait: «Est-ce que j'ai… Est-ce qu'ils sont cassés?

– Non. Je suis bonne ouvrière, heureusement.» Elle avait regagné sa couverture étendue près du feu et il entendait les petits bruits qu'elle faisait en travaillant, les infimes chocs des sculptures les unes contre les autres. «Quand je les ai fabriqués, je n'ai pas oublié qu'ils allaient rester exposés au vent et à la pluie, et je les ai longuement huilés et cirés. En outre, ils sont tombés sur le sable; mais, contre des rochers, ils ne résisteraient pas, aussi, à ta place, je ne recommencerais pas.

– C'est promis.» Puis il demanda d'un ton circonspect: «Tu es en colère contre moi?

– Je l'étais, mais c'est passé.

– Tu n'as pas crié. J'ai même cru que tu étais partie.

– J'ai bien failli m'en aller, en effet. Je n'aime pas les hurlements, j'ai horreur de me faire invectiver et je ne crie jamais contre personne – ce qui ne veut pas dire que je ne me mets jamais en colère.» Elle se tut un instant, puis ajouta: «Ni que je suis insensible. "Seule ma douleur est plus muette que ma colère." C'est une citation de Tinni, le poète, ou plutôt une paraphrase, une traduction.

– Récite-moi ce poème», fit Parangon, sautant sur l'occasion de passer à un sujet de conversation moins délicat. Il ne voulait plus entendre parler de colère, de mépris ni d'enfants gâtés. Au cours de sa déclamation, peut-être oublierait-elle qu'il ne s'était pas excusé: il ne voulait pas qu'elle sût qu'il en était incapable.

*

«Nounou dit qu'elle préférerait rester chez nous à demi-salaire, si nous en avons encore les moyens», dit Ronica. Il n'y avait pas un bruit dans la pièce ; Keffria était installée dans un fauteuil de l'autre côté de la cheminée, à la place qu'occupait son père lors de ses séjours à terre ; elle tenait entre ses mains un petit canevas, et des pelotes de fils de couleur étaient posées sur un de ses accoudoirs, mais elle ne cherchait plus à faire semblant de travailler. Les mains de Ronica étaient également inactives.

« Eh bien, en avons-nous les moyens ? demanda Keffria.

– Tout juste, à condition que nous acceptions une cuisine et une existence frugales. Je suis presque gênée d'avouer quel soulagement et quelle reconnaissance m'inspire sa proposition ; j'avais des remords de l'obliger à partir. La plupart des familles cherchent de jeunes femmes pour s'occuper de leurs enfants et elle aurait eu du mal à trouver une autre place.

– Je sais ; et puis ça aurait été un choc terrible pour Selden. » Keffria s'éclaircit la gorge. « Bien ; et qu'en est-il de Rache ?

– Pareil », répondit Ronica laconiquement.

Avec prudence, Keffria dit : « Si nos finances sont mauvaises à ce point, peut-être n'est-il pas aussi essentiel de verser un salaire à Rache que... »

Ronica l'interrompit d'un ton cassant : « Ce n'est pas mon point de vue. »

Keffria se tut sans la quitter des yeux.

Au bout d'un moment, Ronica détourna le regard. « Pardon. Je suis trop sèche avec tout le monde ces temps-ci, je sais. » Elle fit un effort pour prendre un ton plus aimable. « Je tiens à ce que Rache touche quelque chose ; c'est important pour nous toutes. Pas au point de jouer l'existence de Malta, mais davantage que de nouvelles robes et des rubans pour les cheveux.

– A vrai dire, je suis d'accord, répondit Keffria à mi-voix. Je voulais seulement en discuter avec toi. Eh bien, maintenant que nous sommes convenues des dépenses nécessaires, reste-t-il de quoi payer les Festrée ? »

Sa mère hocha la tête. « Nous avons la somme en or, Keffria ; je l'ai mise de côté, tout entière, y compris le dédit. Nous pouvons payer les Festrée. D'ici là, en revanche, nous ne pouvons rembourser personne d'autre, et il y aura sûrement des créanciers pour venir chercher leur dû.

– Que feras-tu alors ? » demanda Keffria. Puis elle se reprit : « Que devons-nous faire, à ton avis ? »

Ronica poussa un soupir. « Attendre de voir ceux qui se

présentent et jusqu'à quel point ils insistent. La *Vivacia* ne doit plus tarder ; certains accepteront peut-être de remettre leur créance jusqu'à son arrivée, d'autres risquent de demander des intérêts ; au pire, quelques-uns exigeront un payement immédiat. Nous devrons alors vendre une partie des propriétés.

– Mais, selon toi, il ne faudrait y avoir recours qu'en désespoir de cause ?

– En effet. » Ronica s'exprimait d'un ton ferme. « Les voitures, les chevaux, même les bijoux, tout cela va et vient, et je n'ai pas l'impression que ce que nous avons vendu nous ait manqué vraiment ; oh, je sais bien que Malta a mal pris de ne pas avoir de nouvelles toilettes cet hiver, mais je ne crois pas que sa souffrance ait été à la hauteur de sa méchante humeur. Il n'est pas mauvais qu'elle apprenne à se montrer un peu économe ; elle n'a guère eu l'occasion jusqu'ici de s'y exercer. »

Keffria tint sa langue. Le sujet de sa fille était devenu sensible et elle préférait l'éviter autant que possible. « Mais les terres ? » fit-elle pour relancer sa mère. Elles avaient déjà eu cette discussion, et elle ne savait pas vraiment pourquoi elle ramenait la question sur le tapis.

« Les propriétés, c'est une autre affaire. De plus en plus de gens s'installent à Terrilville et le prix des terrains les plus recherchés augmente en conséquence. Si nous vendions aujourd'hui, ce seraient les nouveaux arrivants qui nous feraient les meilleures offres, et, si nous les acceptions, nous nous ferions mal voir des autres Premiers Marchands parce que nous donnerions davantage de pouvoir aux étrangers. En outre, et c'est pour moi l'argument le plus important, nous perdrions quelque chose d'irremplaçable ; on peut toujours racheter une nouvelle calèche ou des boucles d'oreilles, mais il ne reste plus de terrains alluviaux disponibles à proximité de Terrilville. Une fois que nous aurions cédé les nôtres, nous ne pourrions jamais les récupérer.

– Tu as raison, je pense. Et tu crois que nous pouvons tenir jusqu'au retour de la *Vivacia* ?

– Oui. Nous avons appris qu'elle a croisé le *Paroch* dans le détroit de Markham, ce qui signifie qu'elle suivait les prévisions pour sa date d'arrivée à Jamaillia ; le trajet vers le sud est toujours délicat à cette époque de l'année. » Ronica ne faisait que répéter ce que sa fille et elle savaient pertinemment. Qu'y avait-il donc de si rassurant à échanger des vues déjà connues ? Peut-être la croyance qu'à force de les ressasser le destin les entendrait et prêterait attention à leurs espoirs? «Si Kyle vend aussi bien les esclaves qu'il le pensait, nous devrions avoir de quoi nous libérer de nos dettes à son retour.» Ronica avait pris un ton parfaitement neutre pour parler des esclaves: elle n'approuvait toujours pas ce commerce. Keffria non plus, certes, mais quelle autre solution avaient-elles?

«Oui, s'il vend bien les esclaves, nous aurons assez, répéta-t-elle à la suite de sa mère. Mais tout juste. Maman, combien de temps pourrons-nous tenir à rester à peine quittes envers nos créanciers? Si le prix des céréales chute encore un peu, nous tomberons avec lui. Que se passera-t-il alors?

– Nous ne serons pas seuls», dit sa mère d'un ton sinistre.

Keffria prit son souffle. Elles parlaient souvent de leurs espérances déçues; à présent, rassemblant son courage, elle s'apprêtait à exprimer la crainte qu'elles n'osaient pas dire. «Crois-tu vraiment à un soulèvement contre le Gouverneur? A une guerre?» Le seul fait d'évoquer un conflit avec la capitale était difficile. Keffria avait beau être née à Terrilville, Jamaillia restait la mère patrie, la source, l'orgueil des habitants de Terrilville, le siège de toute civilisation, de toute science, Jamaillia la blanche qui scintillait au sud comme un joyau.

Ronica se tut un long moment avant de déclarer: «Cela dépendra en grande partie de la réponse du Gouverneur à nos ambassadeurs. Il circule une autre rumeur inquiétante sur lui: il aurait l'intention d'engager des mercenaires chalcèdes pour escorter les navires marchands et les corsaires jamailliens afin de débarrasser le Passage Intérieur des pirates, et déjà les discussions vont bon train: les gens disent qu'on ne doit pas autoriser des vaisseaux armés chalcèdes dans nos eaux et nos ports. Mais je ne pense pas que nous nous dirigions vers un conflit déclaré: nous ne sommes pas des guerriers mais des marchands. Le Gouverneur doit savoir que nous lui demandons seulement de tenir sa parole envers nous. Nos ambassadeurs ont emporté la charte d'origine de notre assemblée; elle sera lue devant le Gouverneur et ses Compagnes, ainsi, nul ne pourra démentir ce qui nous a été promis; il sera obligé de rappeler les Nouveaux Marchands.»

Toujours la même rengaine, se dit Keffria: sa mère parlait de leurs espoirs, essayait de créer une réalité à partir de simples paroles. « Certains pensaient qu'il pourrait offrir de nous dédommager en espèces, fit-elle d'un ton hésitant.

– Nous refuserions, répliqua vivement sa mère. Franchement, j'ai été choquée quand Davad Restart a proposé que nous nous mettions d'accord sur une somme et que nous allions la réclamer. On ne rachète pas une promesse ! » Elle ajouta d'un ton amer : « Parfois, je crains que Davad n'ait oublié son propre statut. Il passe beaucoup de temps en compagnie des Nouveaux Marchands et prend trop souvent leur défense. Nous sommes le lien entre le monde extérieur et nos parents du désert des Pluies ; devons-nous préférer l'argent à notre famille ?

– Il m'est pénible de penser à elle en ce moment ; à chaque fois, je la ressens comme une menace envers Malta.

– Une menace ? » Ronica parut presque froissée. « Keffria, il ne faut pas oublier qu'elle nous oblige à respecter notre ancien accord et rien de plus ; nous avons exactement la même attitude avec le Gouverneur.

– Alors tu n'aurais pas l'impression de vendre Malta comme une esclave s'il venait un temps où nous n'aurions pas d'or à verser et qu'on nous réclame du sang à la place ? »

Ronica se tut un moment. « Non », répondit-elle enfin. Puis elle soupira. « Je ne me réjouirais certes pas de la voir partir, mais, tu sais, Keffria, je n'ai jamais entendu dire qu'un homme ou une femme de Terrilville ait été retenu contre son gré chez les Marchands du désert des Pluies. Ce sont des épouses et des époux qu'ils veulent, pas des domestiques. Qui souhaiterait se marier avec quelqu'un qui n'est pas consentant ? Certains d'entre nous se rendent là-bas de leur propre chef, et d'autres, qui y sont obligés par contrat, reviennent quand cela leur convient. Tu te rappelles Scilla Malubie ? On l'a emmenée dans le désert des Pluies lorsque sa famille n'a pas pu respecter un contrat ; eh bien, huit mois plus tard, ils l'ont ramenée chez nous parce qu'elle était malheureuse là-bas, mais au bout de deux mois elle leur a dit qu'elle avait commis une erreur et ils sont revenus la chercher. Tu vois, ce ne doit pas être aussi affreux.

– Pour ma part, j'ai entendu dire que sa famille l'avait forcée à y retourner en lui faisant honte ; son grand-père et sa mère auraient considéré qu'elle avait déshonoré les Malubie et rompu son serment en rentrant à Terrilville.

– C'est possible, concéda Ronica d'un ton dubitatif.

– Je refuse que Malta s'en aille là-bas contre son gré, dit Keffria sans ambages, pour une question de devoir ou de fierté, ou même pour notre réputation. Si ça devait arriver, je crois que je l'aiderais moi-même à se sauver.

– Que Sâ me garde, moi aussi, je le crains.» Sa mère avait attendu quelques minutes avant de prononcer ces mots d'un ton qui semblait contraint.

Keffria resta pantoise, non seulement de l'aveu de sa mère, mais aussi de la profonde émotion que sa voix trahissait.

Ronica reprit: «Il m'est parfois arrivé de détester ce navire. Comment un simple objet peut-il valoir autant? Ceux qui l'ont acheté ne se sont pas contentés de promettre de l'or, ils ont aussi lié leurs descendants!

– Si papa avait continué à commercer avec le désert des Pluies, la *Vivacia* serait sans doute déjà remboursée, observa Keffria.

– C'est très probable; mais à quel prix?

– C'était la réponse classique de papa, dit Keffria d'une voix lente, mais je ne l'ai jamais comprise. Il ne s'expliquait jamais et ne parlait jamais de ce sujet devant nous, les filles. La seule fois où je l'ai interrogé, il m'a seulement répondu que ce serait un choix néfaste; pourtant, toutes les autres familles qui possèdent une vivenef commercent avec les gens du désert des Pluies. Les Vestrit en possèdent une, ils ont donc ce droit aussi; pourtant, papa a toujours refusé.» Elle s'avanca avec la plus grande prudence: «Nous devrions peut-être reconsidérer sa décision. Kyle serait prêt à essayer, je l'ai compris lorsqu'il a voulu savoir où étaient les cartes du fleuve du désert des Pluies; nous n'en avions jamais discuté jusque-là. Je pensais que papa lui avait peut-être déjà expliqué sa position. Avant ce jour-là il ne m'avait jamais demandé pourquoi nous avions cessé tout trafic sur le fleuve; le sujet ne s'était jamais présenté entre nous.

– Et, si tu te débrouilles intelligemment, il ne se présentera plus jamais, répondit Ronica d'un ton sec. Kyle sur le fleuve du désert des Pluies, ce serait une catastrophe.»

Kyle... autre sujet sensible. Keffria poussa un soupir. «Je me souviens que, quand j'étais petite, grand-père remontait le fleuve sur la *Vivacia*; je revois encore les cadeaux qu'il nous rapportait; une fois, j'avais eu une boîte à musique qui scintillait quand elle jouait.» Elle secoua la tête. «Je ne sais même pas ce qu'elle est devenue.» Un ton plus bas, elle ajouta: «Et je n'ai jamais vraiment compris le refus de papa de commercer sur le fleuve. »

Les yeux perdus dans le feu comme si elle narrait quelque vieille histoire, Ronica répondit : « Ton père... éprouvait du ressentiment à l'égard du contrat avec les Festrée. Certes, il adorait le bateau et il ne s'en serait séparé pour rien au monde, mais il aimait ses filles encore davantage. Et, à ton instar, il considérait le contrat comme une menace qui pesait sur ses enfants. L'idée d'être lié par un accord dans lequel il n'avait pas eu son mot à dire lui déplaisait. » Ronica baissa la voix. « Dans un certain sens, il en voulait aux Festrée de le tenir par les termes d'un marché aussi cruel. Peut-être voyait-on les choses autrement autrefois ; peut-être... » Elle hésita un instant, puis reprit : « Non, je te mens ; je m'exprime comme le devoir m'y oblige : un marché est un marché, un contrat un contrat. Mais ce contrat a été passé en d'autres temps, à une époque plus dure que la nôtre. Néanmoins, il nous lie toujours.

– Mais papa l'acceptait mal, fit Keffria pour ramener sa mère au sujet d'origine.

– Il en contestait les conditions. Il disait souvent qu'on ne remboursait jamais une dette aux gens du désert des Pluies : de nouvelles créances venaient s'ajouter aux anciennes, si bien que les chaînes d'obligations entre familles contractantes ne faisaient que se renforcer d'année en année. Cette idée lui faisait horreur. Il attendait le jour où le navire serait à nous, où nous ne devrions plus rien, et où, si nous le souhaitions, nous pourrions faire nos bagages et quitter Terrilville. »

Cette idée ébranla Keffria jusqu'aux tréfonds. Quitter Terrilville ? Son père avait vraiment songé à emmener sa famille loin de Terrilville ?

Mais sa mère poursuivait : « Et, bien que son père et sa grand-mère eussent fait le commerce des produits du désert des Pluies, il a toujours regardé ces articles comme impurs – c'est le terme qu'il employait : impurs. Imprégnés de trop de magie. Il pensait que, tôt ou tard, il faudrait en payer le prix. En outre, il ne jugeait pas... honorable, dans un sens, d'importer chez nous la magie d'un autre monde et d'un autre temps, magie qui, peut-être, avait causé la perte d'un autre peuple, voire la chute des Rivages Maudits tout entiers. Il en parlait parfois, tard le soir, et il disait craindre que nous ne nous détruisions nous-mêmes, ainsi que notre civilisation, comme l'avaient fait les Anciens. »

Ronica se tut, et les deux femmes demeurèrent sans bouger, perdues dans leurs pensées. Leur conversation portait sur des sujets rarement abordés, en général. De même que les cartes des chenaux délicats à franchir représentaient un avantage commercial de première importance, les connaissances durement gagnées des Marchands de Terrilville et du désert des Pluies avaient une valeur inestimable ; leur fortune reposait autant sur les secrets qu'ils partageaient que sur les produits qu'ils échangeaient.

Ronica s'éclaircit la gorge. « Alors il a pris une décision à la fois courageuse et difficile : il a cessé tout trafic sur le fleuve. En conséquence, il a dû travailler deux fois plus dur et rester absent trois fois plus longtemps pour un profit égal. Au lieu du désert des Pluies, il est allé prospecter les petits ports perdus des canaux de l'intérieur des terres, au sud de Jamaillia, et il a commercé avec les indigènes pour rapporter des articles exotiques et rares, mais dénués de magie. Il jurait que cela ferait notre fortune, et, s'il avait vécu plus longtemps, ça aurait sans doute été vrai.

– Papa pensait-il que la Peste sanguine était d'origine magique ? demanda Keffria, gênée.

– Où as-tu pris une telle idée ? répliqua Ronica d'une voix tendue.

– J'étais très petite ; c'était juste après la mort des garçons. Davad se trouvait chez nous, je m'en souviens, papa pleurait, et moi je me cachais derrière la porte. Vous étiez réunis dans une pièce ; j'avais envie de vous rejoindre mais j'avais peur, parce que je n'avais jamais vu papa pleurer. Et j'ai entendu Davad Restart maudire les Marchands du désert des Pluies, en disant qu'ils avaient réveillé la maladie en creusant dans leur ville. Sa femme et ses enfants étaient morts eux aussi. Et il a ajouté…

– Je m'en souviens, coupa soudain Ronica. Je me rappelle ce qu'a dit Davad ; mais tu étais trop petite pour comprendre qu'il vivait les affres d'une terrible douleur. Une terrible douleur… » Ronica secoua la tête, les yeux dans le lointain, pleins de souvenirs. « En ces circonstances, on prononce des paroles qu'on ne pense pas, auxquelles on ne croit même pas. Il fallait à Davad quelqu'un ou quelque chose à qui reprocher ce drame, et, pendant quelque temps, il en a rendu responsables les gens du désert des Pluies ; mais il s'est ressaisi depuis longtemps. »

Keffria demanda d'un ton hésitant: «Est-il vrai que le fils de Davad... »

Mais l'exclamation de sa mère l'interrompit: «Qu'est-ce que c'était?» Elles se redressèrent toutes deux dans leurs fauteuils et tendirent l'oreille. Les yeux de Ronica étaient si agrandis que le blanc apparaissait tout autour de l'iris.

«On aurait dit un gong», murmura Keffria dans le lourd silence. Entendre un gong du désert des Pluies à l'instant où elles parlaient de leurs habitants lui donnait la chair de poule. Il lui sembla percevoir des pas étouffés dans le couloir, et, lançant un regard effrayé à sa mère, elle se leva d'un bond; quand elle parvint à la porte et l'ouvrit, Ronica se tenait sur ses talons. Mais elle ne vit, ou plutôt n'entrevit, que Malta qui passait l'angle à l'autre bout du couloir.

«Malta! fit-elle sèchement.

– Oui, maman?» La jeune fille réapparut. Elle était en robe de chambre, une tasse et sa soucoupe à la main.

«Que fais-tu debout à une heure aussi tardive?» demanda Keffria d'un ton sans aménité.

Malta leva sa tasse. «Je n'arrivais pas à dormir, alors je me suis préparé une infusion de camomille.

– As-tu entendu un bruit étrange à l'instant?»

Sa fille haussa les épaules. «Je ne crois pas. C'est peut-être le chat qui a fait tomber un objet.

– Ou bien il s'agit d'autre chose», marmotta Ronica d'un ton soucieux. Elle dépassa Keffria et se dirigea vers la cuisine; sa fille la suivit, Malta dans son sillage, sa tasse à la main, le regard empreint de curiosité.

L'obscurité régnait dans la pièce en dehors de la lueur des feux couchés. Dans l'air flottaient les odeurs familières et bizarrement rassurantes de l'endroit: feu, levure de la pâte à pain mise à reposer pour la cuisson du matin, repas du soir. Ronica avait pris une bougie dans le cabinet où elle parlait avec Keffria; elle traversa la cuisine et ouvrit la porte qui donnait sur l'extérieur. L'air froid de l'hiver s'engouffra, créant des fantômes de brume dans la pièce.

«Il y a quelqu'un dehors? demanda Keffria tandis que la bougie coulait dans le vent.

– Non, plus personne», répondit sa mère d'un ton sombre. Elle s'avança sous le porche glacé, scruta les ténèbres alentour puis se baissa pour ramasser un objet. Elle rentra et ferma la porte derrière elle.

« Qu'est-ce que c'est ? » firent Keffria et sa fille à l'unisson.

Ronica posa la bougie sur la table, puis, à côté, un petit coffre en bois. Elle l'examina un moment, puis se tourna vers Malta, les yeux étrécis.

« Ça t'est adressé.

– C'est vrai ? s'exclama la jeune fille, ravie. Qu'est-ce que c'est ? Qui l'envoie ? » Elle se précipita vers la table, rayonnante de plaisir anticipé ; elle avait toujours adoré les surprises.

D'un geste sans équivoque, sa grand-mère plaqua fermement la main sur le couvercle de la boîte au moment où Malta allait s'en saisir. « Ce que c'est, dit-elle d'une voix glacée, c'est, je crois, un coffre à rêve. Il s'agit d'un présent traditionnel dans le désert des Pluies lorsqu'un homme désire faire la cour à une femme. »

Keffria sentit son cœur cesser de battre et le souffle lui manquer, mais Malta tenta seulement de s'emparer de la boîte que sa grand-mère tenait inébranlablement. « Qu'y a-t-il à l'intérieur ? demanda-t-elle. Donne-le-moi !

– Non, répondit Ronica d'un ton autoritaire. Tu vas nous accompagner, ta mère et moi, au cabinet de ton grand-père ; tu as des explications à fournir, ma petite ! »

Là-dessus, elle prit le coffret et sortit à grands pas.

« Maman, ce n'est pas juste ! C'est à moi que c'est adressé ! Dis à grand-mère de me le rendre ! Maman ? Maman ? »

Keffria prit conscience qu'elle s'était laissée aller à s'appuyer contre le bord de la table. Elle se redressa lentement. « Malta, n'as-tu pas entendu ta grand-mère ? Il s'agit du présent d'un homme qui veut te faire la cour ! Comment est-ce possible ? »

Malta haussa les épaules. « Je l'ignore ! Je ne sais même pas de qui ça vient ni ce qu'il y a dedans ! Comment veux-tu que je t'en dise quoi que ce soit si grand-mère refuse que j'y jette le moindre coup d'œil ?

– Viens au cabinet », ordonna Keffria en soupirant. Malta partit aussitôt en courant et, le temps que sa mère parvînt dans la pièce, elle se disputait déjà avec sa grand-mère.

« Est-ce que je ne peux pas au moins l'ouvrir ? C'est pour moi, non ?

– Non, tu ne peux pas. Malta, cette affaire est grave, beaucoup plus que tu ne parais t'en rendre compte. C'est un coffre à rêve que tu as reçu, et il est frappé de l'emblème des Khuprus : c'est peut-être la famille la plus prestigieuse du désert des Pluies, et ce n'est pas une coïncidence si elle représentait toutes les autres à la dernière réunion. On ne traite pas des gens comme eux par-dessus la jambe et on ne se risque pas à les insulter. Sachant cela, veux-tu toujours de ce coffret ? » Ronica tendit l'objet à la jeune fille.

« Oui ! » répondit Malta d'un ton indigné en essayant de s'en emparer, mais Ronica le ramena contre elle au dernier instant.

« Malta ! s'exclama Keffria. Ne sois pas stupide ! Il s'agit d'un présent de cour ! Il faut le renvoyer le plus poliment possible, en faisant comprendre aux Khuprus que tu es trop jeune pour te laisser courtiser par un homme, mais de façon très gracieuse.

– Ce n'est pas vrai ! protesta Malta. Je suis encore trop jeune pour être promise à un homme, mais pourquoi est-ce que je ne pourrais pas le laisser me faire la cour ? S'il te plaît, grand-mère, fais-moi au moins voir ce qu'il contient !

– C'est un coffre à rêve, répondit sèchement Ronica, donc il contient un rêve. On ne l'ouvre pas pour voir ce qu'il y a dedans mais pour faire le songe qu'il renferme.

– Comment peut-on mettre un rêve en boîte ? demanda Keffria.

– Par magie, dit Ronica d'un ton brusque. La magie du désert des Pluies. »

Malta eut un hoquet d'excitation. « Est-ce que je pourrai le faire ce soir ?

– Non ! explosa Ronica. Malta, tu n'écoutes rien ! Tu ne feras rien du tout. Il faut renvoyer ce coffret intact, en expliquant avec la plus grande politesse qu'il a dû y avoir méprise. Si tu ouvres cette boîte et fais ce rêve, tu consens à la demande de cet homme ; tu lui donnes la permission de te courtiser.

– Eh bien, en quoi est-ce si terrible ? Ce n'est pas comme si je promettais de l'épouser !

– Si nous te laissons ouvrir ce présent, nous acceptons également qu'il te fasse la cour. Cela revient à dire que nous te considérons comme une femme en âge d'avoir des soupirants, ce qui n'est certes pas le cas », dit Ronica d'un ton ferme.

Malta croisa les bras et se jeta dans un fauteuil, puis elle releva le menton d'un air de défi. « Je serai bien contente quand mon père sera de retour ! déclara-t-elle d'un ton boudeur.

– En es-tu sûre ?» répliqua Ronica, acide.

Pendant cette scène, Keffria avait l'impression d'être invisible, et inutile de surcroît. Le spectacle de ces deux volontés qui se heurtaient lui évoquait l'image de jeunes taureaux au printemps en train de se pousser front contre front, de s'ébrouer et de se défier. C'était un combat qui se déroulait devant elle, une lutte pour la domination, destinée à décider laquelle des deux femmes allait imposer sa loi dans la maison pendant l'absence de Kyle. Puis Keffria se reprit dans une subite intuition : Kyle n'était qu'un pion que Malta avait jeté dans la partie. Elle avait déjà découvert qu'elle pouvait manipuler son père, impuissant devant son caractère retors, et, à mesure qu'elle grandirait, elle le considérerait de moins en moins comme une gêne. Manifestement, seule sa grand-mère représentait un obstacle à ses yeux ; elle avait écarté sa propre mère comme quantité négligeable.

Mais, après tout, n'était-ce pas la réalité ? Depuis des années elle se laissait ballotter au gré des flux et reflux de la vie de la maison. Autrefois, son père naviguait, sa mère gérait les propriétés, et elle-même habitait sous le toit paternel ; quand Kyle était entré dans son existence, ils avaient dépensé son salaire surtout en distractions. Aujourd'hui que son père était mort, Kyle et Ronica luttaient pour tenir le gouvernail, pendant que Malta et sa grand-mère se battaient pour savoir qui édicterait les règles domestiques. Peu importait qui serait la gagnante, Keffria passerait inaperçue, invisible comme toujours. Malta ne prêtait nulle attention à ses tentatives maladroites pour faire preuve d'autorité – comme tout le monde.

Keffria se raidit et se dirigea brusquement vers sa mère. « Maman, donne-moi cette boîte, fit-elle d'un ton péremptoire. C'est ma fille qui est à l'origine de ce regrettable malentendu, c'est donc à moi, je pense, de rétablir la situation. »

L'espace d'un instant, elle crut que sa mère allait refuser ; mais, avec un coup d'œil à Malta, Ronica lui remit le coffret. Il ne pesait guère, et Keffria prit conscience qu'il s'en dégageait un doux parfum, plus épicé que celui du bois de santal. Malta le regardait avec l'avidité d'un chien affamé devant un morceau de viande crue. « J'écrirai aux Khuprus dès demain matin ; je pense pouvoir demander au *Kendri* de leur rapporter leur présent. »

Sa mère hochait la tête. « Mais songe à l'emballer soigneusement : il ne faut pas que quiconque sache que nous le renvoyons.

Refuser une proposition de cour, quelle qu'en soit la raison, est délicat; mieux vaudrait que l'affaire reste entre les deux parties.» Comme Keffria acquiesçait, Ronica s'adressa soudain à Malta: «Tu as bien compris, Malta? Il ne faut en parler à personne, ni à tes petites amies, ni aux domestiques. Ce malentendu doit être résolu rapidement et sans équivoque.»

L'intéressée la regarda d'un air maussade sans rien dire.

«Malta! fit Keffria d'un ton sec, et sa fille sursauta. As-tu compris? Réponds!

– J'ai compris», marmotta-t-elle, puis, avec un regard de défi à sa mère, elle se renfonça dans son fauteuil.

«Parfait; c'est donc réglé.» Keffria avait décidé de mettre fin à l'affrontement tant qu'elle avait la haute main. «A présent, je vais me coucher.

– Attends, intervint Ronica d'un ton grave. Il reste une chose que tu dois savoir sur les coffres à rêve, Keffria: ce ne sont pas des articles courants. Chacun est fabriqué séparément et accordé à une personne précise.

– Comment cela? demanda Keffria sans l'avoir voulu.

– Ah, ça, je l'ignore, naturellement. Mais voici ce que je sais: pour en créer un, le fabricant doit d'abord posséder un objet personnel du destinataire.» Ronica soupira en se radossant dans son fauteuil. «Ce coffre n'est pas arrivé devant notre porte par hasard: il a été spécifiquement adressé à Malta.» Elle secoua la tête d'un air peiné. «Elle a dû donner quelque chose qui lui appartenait à un homme du désert des Pluies, un objet personnel dans lequel il a vu un présent.

– Oh, Malta, non! s'exclama sa mère, atterrée.

– Je n'ai rien fait!» La jeune fille se redressa, indignée. «Je n'ai rien fait!» Elle avait crié ces derniers mots.

Keffria se leva pour vérifier la porte. Une fois assurée qu'elle était verrouillée, elle alla se planter devant sa fille. «Je veux la vérité, dit-elle d'un ton calme, avec simplicité. Que s'est-il passé et quand était-ce? Comment as-tu fait la connaissance de ce jeune homme? Qu'as-tu fait pour lui donner à croire que tu accepterais un présent de cour?»

Le regard de Malta passa de sa mère à sa grand-mère. «C'est à la réunion des Marchands, avoua-t-elle, boudeuse. Je suis sortie prendre l'air et j'ai dit bonsoir à un cocher que j'ai croisé. Je crois qu'il se tenait appuyé à la voiture des Khuprus. C'est tout.

– A quoi ressemblait-il ? demanda Ronica d'une voix tendue.

– Je l'ignore, répondit Malta, et elle prit un ton ironique pour ajouter : Il était du désert des Pluies ; ces gens portent des voiles et des capuches quand ils viennent chez nous, tu sais.

– Je le sais, en effet, répliqua Ronica. Mais pas leurs cochers. Crois-tu qu'ils ont descendu le fleuve en calèche, jeune sotte ? Chaque famille du désert des Pluies a une voiture à demeure à Terrilville et ne n'en sert que lorsqu'elle vient ici ; par conséquent, ils louent les services de cochers locaux. Si tu as parlé à un homme portant voile, c'est que tu avais affaire à un Marchand du désert des Pluies. Que lui as-tu dit et que lui as-tu donné ?

– Rien ! s'emporta Malta. Je lui ai dit bonsoir en passant devant lui et il a répondu la même chose, c'est tout !

– Alors comment se fait-il qu'il connaisse ton nom ? Comment a-t-il pu créer un rêve pour toi ? insista Ronica.

– Je n'en sais rien, répliqua Malta. Il a peut-être deviné de quelle famille j'étais grâce à la couleur de ma robe et il s'est renseigné ensuite pour apprendre mon prénom. » Brusquement, à la complète stupéfaction de Keffria, elle éclata en larmes. « Pourquoi est-ce que vous me traitez toujours ainsi ? Vous n'avez jamais un mot gentil pour moi ! Vous n'avez qu'accusations et reproches à m'adresser ! Vous me prenez pour une prostituée, une menteuse ou que sais-je ! Quelqu'un m'envoie un cadeau, vous ne me laissez même pas l'ouvrir et c'est moi qui suis en faute ! Je ne sais plus comment me comporter avec vous ; vous voulez que je reste une petite fille, mais en même temps vous attendez de moi que je sache tout et que je sois responsable en tout ! Ce n'est pas juste ! » Elle se cacha le visage dans les mains, secouée de sanglots.

« Oh, Malta ! » dit involontairement Keffria d'un ton las. Elle s'approcha vivement de sa fille et posa les mains sur ses épaules tremblantes. « Nous ne te prenons ni pour une prostituée ni pour une menteuse ; nous nous faisons simplement beaucoup de souci pour toi. Tu essayes de grandir trop vite alors qu'il y a de nombreux périls que tu ne comprends pas.

– Je regrette, fit Malta en hoquetant. Je n'aurais pas dû sortir ce soir-là ; mais il faisait étouffant dans la salle et tous ces gens qui s'invectivaient me faisaient peur.

– Je sais, je sais, c'était effrayant. » Keffria tapota affectueusement l'épaule de sa fille. Elle s'en voulait de voir Malta pleurer ainsi, de l'avoir poussée, avec l'aide de sa mère, jusqu'au point de rupture, et pourtant elle éprouvait en même temps un sentiment de soulagement : la jeune fille insolente et acerbe était une inconnue, alors que la Malta qu'elle avait à présent devant elle était sa petite fille, en pleurs et qui avait besoin d'être consolée. Peut-être avaient-elles réussi à fissurer sa carapace, peut-être pouvaient-elles enfin raisonner avec cette Malta-ci. Elle se pencha pour serrer contre elle sa fille, qui lui rendit son étreinte brièvement et avec maladresse.

« Malta, dit-elle doucement, tiens, regarde, voici la boîte. Tu ne peux ni la garder ni l'ouvrir : il faut la renvoyer intacte ; mais tu peux l'examiner. »

En reniflant, Malta se redressa dans son fauteuil. Ses yeux se portèrent sur le coffret que tenait sa mère, mais elle ne tenta pas de le prendre. « Oh, fit-elle au bout d'un moment, ce n'est qu'une boîte sculptée. J'espérais qu'elle était incrustée de pierres précieuses, je ne sais pas. » Elle détourna les yeux de l'objet. « Puis-je aller me coucher maintenant ? demanda-t-elle d'un ton las.

– Bien sûr. Va dormir ; nous reparlerons demain quand nous nous serons toutes reposées. »

Soumise, Malta acquiesça en reniflant. Keffria la regarda sortir à pas lents, puis se tourna vers sa mère avec un soupir. « C'est dur, parfois, de la voir grandir. »

Ronica hocha la tête d'un air compréhensif, mais déclara : « Enferme ce coffret à double tour pour la nuit. Demain matin, j'enverrai un coursier aux quais le porter avec ta lettre au *Kendri.* »

*

C'est quelques heures avant l'aube que Malta rapporta le petit coffre dans sa chambre. Il se trouvait exactement là où elle l'avait prévu : dans le placard « secret » de sa mère, au fond de la penderie de son cabinet de toilette. Elle y cachait toujours les cadeaux d'anniversaire et ses huiles corporelles les plus onéreuses. Malta avait craint qu'elle ne le garde sous son oreiller, voire qu'elle ne l'ouvre elle-même pour profiter du rêve, mais elle n'en avait rien fait.

Malta referma la porte derrière elle et s'assit sur son lit, le coffret sur les genoux. Faire tant d'histoires pour un si petit présent ! Elle approcha la boîte de son nez pour la humer : oui, il lui avait bien semblé qu'elle dégageait un parfum sucré. Elle se leva et se dirigea sans bruit, pieds nus, vers sa propre garde-robe : sur l'étagère du haut, dans une cassette dissimulée sous de vieilles poupées, se trouvaient le châle et le bijou de feu. Dans l'obscurité, il paraissait flamboyer d'un éclat encore plus vif, et Malta resta un moment à le contempler, avant de se rappeler pourquoi elle l'avait sorti de sa cachette : elle posa son nez sur le châle qu'elle emporta ensuite pour comparer son parfum avec celui du coffret. Les fragrances étaient différentes bien qu'exotiques toutes deux ; agréables mais différentes.

Par conséquent, le coffret n'était peut-être même pas un cadeau du personnage voilé ; l'emblème qui l'ornait était semblable à celui de la voiture, certes, mais peut-être la boîte avait-elle été simplement achetée aux Khuprus. Et si le véritable expéditeur n'était autre que Cerwin ? Depuis des années qu'elle connaissait Delo, elle avait laissé quantité d'objets personnels chez elle ; dès lors, Cerwin n'aurait eu aucun mal à faire fabriquer le coffret. Oui, maintenant qu'elle y songeait, c'était le plus vraisemblable : après tout, pourquoi un inconnu rencontré par hasard enverrait-il un présent aussi onéreux ? Non, c'était sans doute un cadeau de Cerwin. Et soudain, elle tint la clé de voûte de ses supputations : si l'homme au voile avait réussi à connaître son identité et à lui faire parvenir un présent, n'en aurait-il pas profité pour lui demander de lui retourner son châle et son bijou de feu ? Mais si, naturellement ! Donc, il était hors de cause ; le coffret venait de Cerwin.

Elle fourra écharpe et bijou sous son oreiller, puis se coucha en chien de fusil, la boîte serrée contre elle. De l'index, elle suivit le contour de ses lèvres. Cerwin... Son doigt descendit le long de son menton, traça une ligne entre ses seins. Quel genre de rêve avait-il pu lui choisir ? Elle eut un petit sourire : elle pensait le savoir. Son cœur se mit à battre un peu plus vite.

Elle ferma les yeux et souleva le couvercle – sans succès. Elle rouvrit les yeux pour l'examiner : ce qu'elle avait pris pour un système de fermeture n'en était pas un. Le temps qu'elle comprenne le principe d'ouverture, l'agacement l'avait saisie, et, quand elle ouvrit enfin le coffret, elle découvrit qu'il était vide. Complètement vide. Elle avait imaginé un scintillement de poussière de rêve, un éclair de lumière, une bouffée de musique ou de parfum, mais elle eut beau scruter les coins de la boîte, puis passer la main à l'intérieur par acquit de conscience, elle ne trouva rien : le petit coffre était vide. Qu'est-ce que cela voulait dire ? Etait-ce une plaisanterie ? Ou bien la boîte, avec ses sculptures habiles et son bois agréablement parfumé, constituait-elle en elle-même un présent ? Peut-être ne s'agissait-il même pas d'un coffre à rêve ; peut-être avait-elle été victime de l'imagination et des idées vieillottes de sa grand-mère. Un coffre à rêve ! Elle n'en avait jamais entendu parler avant ce soir ! Dans une grande vague d'irritation, tout devint clair : sa grand-mère avait inventé cette fable afin que sa mère ne lui remît pas le cadeau – à moins que l'une d'elles ne l'eût ouvert et ne se fût approprié ce qu'il contenait.

« Je les déteste ! » murmura Malta avec violence. Elle projeta la boîte sur la descente de lit et se rallongea brutalement sur ses oreillers. Elle aurait mieux fait, elle le savait, de se lever pour remettre le coffret dans la penderie de sa mère, mais une partie d'elle-même se moquait des conséquences. Qu'elles s'aperçoivent donc qu'elle l'avait pris : ainsi, elles comprendraient que Malta avait découvert leur vol. Sans le moindre regret, elle croisa les bras sur sa poitrine et ferma les yeux.

*

Immobilité. Vide. Seule, une voix, un murmure. *Ainsi, Malta Vestrit, tu as reçu mon présent. Nous sommes maintenant confondus, toi et moi. Allons-nous faire un beau rêve ensemble ? Voyons cela.* L'infime étincelle de conscience qui savait qu'il s'agissait d'un songe disparut.

*

Un sac de toile l'enveloppait de la tête jusqu'aux genoux ; il sentait la poussière et la pomme de terre ; il avait certainement servi pour la moisson. Quelqu'un la portait sur l'épaule, rapidement, d'un pas victorieux : elle avait été enlevée. L'homme avait des compagnons qui poussaient des cris et des éclats de rire triomphants, mais lui-même éprouvait une satisfaction trop intense pour se laisser aller à un comportement aussi infantile. Elle sentait sur ses mollets le froid et l'humidité du brouillard nocturne. Elle était bâillonnée et ses mains liées dans son dos. Elle aurait voulu se débattre mais elle craignait que l'homme ne la laisse tomber; en outre, elle ignorait où elle se trouvait et ce qui risquait de lui arriver si elle échappait à son ravisseur. Pour effrayante qu'elle fût, sa situation actuelle restait encore la plus sûre. Elle ne savait rien de l'homme qui la portait, sinon qu'il était prêt à se battre jusqu'à la mort pour la garder.

Ils finirent par s'arrêter et elle sentit qu'on la remettait sur pied, tout en continuant à la tenir d'une poigne solide. Elle entendit une conversation étouffée, un bref échange à voix basse dans une langue inconnue; apparemment, les compagnons de l'homme le pressaient en riant de faire quelque chose et il refusait aimablement mais avec fermeté. Au bout d'un moment, elle entendit des bruits de pas qui allaient décroissant et elle comprit qu'elle était à présent seule avec l'homme, qui ne l'avait toujours pas lâchée.

Elle sentit le baiser glacé du métal contre ses poignets et ses mains furent soudain libres. Aussitôt, à gestes violents, elle se dégagea du sac et ôta le bâillon humide de sa bouche. La poussière et les fibres de la toile la faisaient larmoyer; elle se passa les mains sur le visage et rejeta ses cheveux en arrière avant de se tourner vers son ravisseur.

Ils étaient seuls dans la nuit brumeuse; elle distingua une ville et un carrefour, rien de plus. L'homme l'observait comme s'il attendait de voir sa réaction. Elle ne put discerner ses traits: sa capuche sombre était tirée trop en avant et son visage se perdait dans ses profondeurs. L'air était lourd et il y flottait une odeur de marécage; la seule lumière provenait de torches dont le brouillard atténuait l'éclat, très loin dans la rue. Si elle tentait de s'enfuir, se jetterait-il sur elle? Jouait-il au chat et à la souris? Si elle parvenait à s'échapper, ne se précipiterait-elle pas dans un danger plus grand encore? Le temps passant, elle eut le sentiment qu'il attendait une décision de sa part.

Pourtant, au bout d'un moment, il lui fit signe de le suivre, puis il s'engagea d'un pas rapide dans une rue et elle l'accompagna. Il s'orientait avec assurance dans le dédale de la cité et, après quelque temps, il prit la main de Malta. Elle ne la retira pas. Le brouillard, dense, humide et presque suffocant, et la nuit ténébreuse l'empêchaient de voir ce qui l'entourait; des trouées dans la brume lui révélaient parfois de hauts bâtiments le long de la rue qu'ils arpentaient, mais le silence et l'obscurité étaient complets. Son compagnon paraissait savoir où il allait. Sa grande main sèche réchauffait celle, glacée, de Malta.

Il finit par tourner, descendit quelques marches et poussa une porte. Une vague sonore jaillit de l'ouverture, mélange de musique, de rire et de brouhaha de conversations, le tout dans un style et une langue que Malta ne connaissait pas ; ce n'était effectivement que du bruit pour elle, et un bruit assourdissant, si bien que, même si elle avait été en mesure de comprendre son compagnon, elle n'eût pas entendu ce qu'il disait. Elle supposa qu'ils se trouvaient dans une sorte d'auberge ou de taverne : de nombreuses petites tables étaient disposées dans toute la salle, et au centre de chacune d'elles brûlait une bougie. L'homme conduisit Malta vers une table inoccupée et lui fit signe de prendre place ; il s'assit de l'autre côté puis rabattit son capuchon sur sa nuque.

Pendant un long moment ils restèrent immobiles l'un en face de l'autre. Peut-être écoutait-il la musique, mais, pour sa part, elle n'entendait qu'un vacarme assourdissant. A la lumière de la bougie, elle put enfin distinguer les traits de son compagnon : d'une beauté pâle, glabre, il avait les cheveux blonds et les yeux d'un brun chaleureux ; il portait une petite moustache. Ses épaules étaient larges, ses bras musclés. Tout d'abord, il se contenta de dévisager Malta, puis il tendit la main vers elle, et elle y posa la sienne. Il sourit. Malta eut soudain l'impression qu'ils avaient atteint une si grande compréhension mutuelle que la barrière du langage en devenait un bienfait ; les mots n'auraient été que des intrus dans cet état de grâce. Un long moment parut s'écouler, puis l'homme ouvrit une bourse et en sortit une bague sertie d'une simple pierre. Malta regarda l'objet, puis secoua la tête ; elle ne refusait pas le bijou, elle essayait seulement de dire à son compagnon qu'elle n'avait pas besoin de symbole extérieur : inutile de compliquer l'accord parfait auquel ils étaient parvenus. Il remit la bague dans sa poche, puis il se pencha vers la jeune fille. Le cœur battant, elle en fit autant vers lui, et leurs lèvres se joignirent. Malta n'avait jamais embrassé d'homme et elle sentit son corps se couvrir de chair de poule au contact de la moustache sur sa peau, du léger effleurement de la langue de l'homme qui demandait qu'elle entrouvre les lèvres. Le temps s'arrêta, suspendu comme un oiseau à nectar dans ce moment extatique où elle devait se décider, écarter les lèvres ou les garder closes.

Quelque part, elle perçut un amusement masculin, lointain mais approbateur. *Tu as une nature spontanée, Malta, très spontanée – même si tes idées sur la cour d'un homme remontent à la très ancienne coutume de l'enlèvement.* Tout s'effaçait autour d'elle dans un tourbillon, ne laissant que le chatouillement de la moustache sur sa bouche. *Je crois que nous allons bien danser ensemble, toi et moi.*

5

PRISONNIERS

Hiémain se trouvait dans un vaste abri ouvert d'un côté, sans rien pour empêcher le froid de l'hiver d'entrer. Le toit était de bonne qualité mais les murs n'étaient constitués que de blocs de bois tout juste équarris, empilés contre un cadre de poutres. Le box dans lequel il était assis donnait sur une allée et faisait face à un long alignement de boxes identiques au sien ; les lattes qui le séparaient de ses voisins lui fournissaient une intimité quasiment nulle. Le peu de paille éparpillée au sol était censé lui servir de matelas, et dans un coin trônait un seau d'une saleté répugnante, destiné à recueillir ses excréments. Il aurait pu s'échapper sans peine s'il n'avait eu des fers aux chevilles, attachés par une chaîne à un gros crampon de métal profondément enfoncé dans une poutre en bois dur. Il s'était écorché les chevilles jusqu'au sang à vérifier que sa seule force ne suffirait pas à déloger le crampon. C'était son quatrième jour dans l'abri.

Encore une journée et, si personne ne venait le racheter, on pourrait le vendre comme esclave.

Un gardien enjoué le lui avait soigneusement expliqué à deux reprises, le premier et le deuxième jour de son enfermement. Il passait tous les matins avec une panière de pain, accompagné de son fils faible d'esprit qui poussait une carriole avec un baquet d'eau dont il donnait une ration à chaque prisonnier. La première fois, Hiémain l'avait supplié de prévenir les prêtres du temple de Sâ de sa situation : ils viendraient sûrement le chercher ; mais le gardien avait refusé de perdre son temps. Les prêtres, avait-il dit, ne se mêlaient plus des affaires laïques ; or les prisonniers du Gouverneur relevaient du domaine laïque et n'avaient rien à voir avec Sâ ni avec son culte. Si personne ne les rachetait, ils devenaient esclaves du Gouverneur et on les vendait au profit du Trésor. Triste fin pour une si courte vie ! Le petit n'avait-il donc aucune famille que le gardien pût contacter ? Au ton patelin de l'homme, il était clair qu'il se serait fait un plaisir de transmettre n'importe quel message du moment qu'il avait une chance de toucher un pot-de-vin ou une récompense. La mère de Hiémain devait certainement se ronger les sangs, non ? N'avait-il pas de frères prêts à payer son amende pour le faire relâcher ?

A chaque question, le jeune garçon s'était mordu la langue. Il avait le temps, se disait-il, de résoudre seul son problème. Demander à l'homme de prévenir son père ne ferait que le ramener à sa captivité première ; ce n'était pas une solution. Une idée finirait bien par lui venir s'il réfléchissait assez.

De fait, sa situation se révélait propice à la réflexion : il n'avait guère d'autre activité possible, à part s'asseoir, se tenir debout, s'allonger ou s'accroupir sur la paille. Dormir ne lui apportait aucun repos, car les bruits des boxes voisins envahissaient ses rêves et les peuplaient de dragons et de serpents qui se disputaient et imploraient dans la langue des hommes, et, quand il était éveillé, il n'avait personne à qui parler. Son enclos était adossé au mur de l'abri, et, dans les boxes de part et d'autre du sien, les prisonniers se succédaient : un ivrogne, arrêté pour tapage sur la voie publique, que sa femme en pleurs était venue chercher, une prostituée qui avait donné un coup de couteau à son client et qu'en punition on avait marquée au fer rouge, un voleur de chevaux qu'on avait emmené à la potence... La justice, ou du moins la sanction, était expéditive dans les cellules du Gouverneur.

Le box de Hiémain donnait sur une allée jonchée de paille, et d'autres enclos s'alignaient de l'autre côté, semblables au sien en dehors du fait qu'ils renfermaient des esclaves et non des prisonniers ; indisciplinés et indésirables, faces-de-carte au dos et aux jambes zébrés de cicatrices, ils ne faisaient que passer ; on les vendait à bas prix et on les utilisait sans ménagement, d'après ce que Hiémain voyait. Ils parlaient peu, même entre eux : ils ne devaient guère leur rester de sujets de conversation. L'homme dépouillé de sa liberté n'a plus comme exutoire que l'apitoiement sur soi-même, et ces esclaves le pratiquaient, mais avec un abattement qui indiquait qu'ils n'espéraient nul changement. Ils évoquaient à Hiémain des chiens enchaînés qui passent leur temps à aboyer. Les faces-de-carte de l'autre côté de l'allée centrale pouvaient rendre service pour les travaux de force ou les tâches qui n'exigeaient pas de minutie, dans les vergers ou les champs, par exemple, mais guère plus ; c'est du moins ce que le jeune garçon avait déduit de leurs conversations. La plupart des hommes et des femmes enchaînés en face de lui étaient esclaves depuis des années et ils étaient résignés à conserver ce statut jusqu'à la fin de leurs jours. Malgré l'horreur que l'esclavage inspirait à Hiémain, il avait du mal à compatir au sort de certains d'entre eux, qui avaient manifestement accepté leur état de bêtes de somme, gémissaient sur leur triste destin mais n'avaient plus la volonté d'essayer de le modifier. Les ayant observés quelques jours, il comprenait que certains fidèles de Sâ considèrent que c'était la divinité elle-même qui avait décidé de leur position : il était difficile en effet de les imaginer libres, mariés, avec des enfants, un toit et un métier. Certes, Hiémain ne croyait pas qu'ils fussent nés sans âme et prédestinés à devenir esclaves, mais jamais il n'avait eu sous les yeux d'individus à ce point dépourvus de l'étincelle spirituelle propre à l'humanité. Chaque fois qu'il les regardait, il sentait une terreur glacée l'envahir. Combien de temps faudrait-il avant qu'il leur ressemble ?

Il lui restait une journée pour trouver une solution. Le lendemain matin, on l'emmènerait au bloc de tatouage, on lui attacherait poignets et chevilles aux solides crampons, et on lui coincerait la tête dans l'étau à bourrelets de cuir, puis on apposerait sur son visage la petite marque qui le désignerait comme esclave du Gouverneur, et, si celui-ci décidait de le garder, ce serait le seul tatouage qu'il arborerait jamais. Mais le Gouverneur ne le conserverait pas : Hiémain ne possédait pas de talents qui pussent l'intéresser. Il serait immédiatement mis à la vente, et, dès qu'il serait acheté, une nouvelle marque, l'emblème de son propriétaire, serait dessinée à coups d'aiguille sur son visage.

Il réfléchissait depuis plusieurs heures, ne sachant que choisir. S'il appelait le gardien et que l'homme envoyât un coursier au port, son père viendrait le chercher – ou plutôt le ferait chercher ; alors il regagnerait le bateau et s'y retrouverait prisonnier, mais au moins son visage demeurerait intact. S'il ne demandait pas l'aide de son père, on allait le tatouer, le vendre, et le tatouer à nouveau ; s'il ne s'évadait pas ou ne gagnait pas sa liberté en travaillant comme esclave, il resterait pour toujours la propriété d'un autre, en tout cas sur le plan légal. Quoi qu'il advienne, il ne deviendrait jamais prêtre de Sâ ; or, comme il était résolu à répondre à sa vocation et à retourner à son monastère, tout le problème se réduisait à déterminer quelle option offrait les meilleures chances d'évasion.

Et, sur cette belle conclusion, ses pensées butaient en vacillant : il n'en avait aucune idée.

Il s'assit dans le coin de son enclos et tua le temps à regarder les acheteurs venus examiner les esclaves indésirables et bon marché en face de lui. Il avait faim, il avait froid, il était mal à son aise, mais c'était sa propre indécision qui le tourmentait le plus, et ce fut ce qui l'empêcha de céder à la mélancolie, de se rouler en boule et de s'endormir.

Il mit plusieurs minutes avant de reconnaître Torg qui s'avançait lentement dans l'allée, puis ce fut presque avec horreur qu'il sentit son cœur bondir de joie. C'est le soulagement, se dit-il ; Torg allait le voir et rapporter sa situation à son père, lui évitant de prendre une décision qu'il considérait comme honteuse ; et, quand son père viendrait le chercher, il ne pourrait pas se moquer de lui sous prétexte qu'il l'avait appelé à l'aide.

L'examen de cette réaction en aurait beaucoup appris à Hiémain sur lui-même, mais il écarta fermement son esprit de cette voie, peut-être parce qu'il n'avait pas envie de se connaître aussi intimement. Il se redressa vivement, s'adossa d'un air crâne contre le mur de son box et, les bras croisés, attendit que Torg le remarque.

A sa propre surprise, il éprouva les plus grandes difficultés à patienter ainsi sans rien faire. Torg suivait à pas lents l'alignement des enclos ; il observait chaque esclave, discutait avec le gardien et concluait le marchandage par un signe d'acquiescement ou de dénégation. Le gardien cochait un rôle qu'il tenait à la main. Au bout d'un moment, Hiémain commença de s'étonner : apparemment, Torg achetait quantité d'hommes et de femmes, mais ce n'étaient pas les artisans ni les esclaves instruits dont avait parlé son père.

Il se déplaçait d'un air avantageux, manifestement gonflé de son importance en tant qu'acheteur de chair humaine; il se pavanait devant le gardien comme s'il s'agissait d'un personnage sur lequel il devait faire impression et inspectait les esclaves avec une superbe absence d'égards pour leur dignité ou leur bien-être. Plus Hiémain l'observait, plus son mépris grandissait. Il avait devant les yeux le contrepoint du manque d'énergie et de volonté des asservis : la suffisance d'un homme qui se nourrissait de l'humiliation et de la dégradation d'autres hommes.

Cependant, au cœur de l'espoir retrouvé du jeune garçon se cachait un terrible noyau de peur. Et si Torg ne le remarquait pas ? Que ferait-il alors ? S'abaisserait-il à l'appeler, ou bien le laisserait-il passer pour affronter un avenir plein d'autres Torg ? A l'instant où il s'apprêtait à attirer son attention, à l'instant où il se mordait la langue pour s'empêcher de se trahir, le lieutenant lui jeta un coup d'œil, porta son regard sur l'esclave suivant et le ramena brusquement sur Hiémain, comme s'il n'arrivait pas à croire ce qu'il avait vu. Il écarquilla les yeux, puis un sourire ironique apparut sur ses lèvres. Laissant là ses marchandages, il s'approcha de Hiémain.

« Tiens, tiens ! s'exclama-t-il avec satisfaction. J'ai bien l'impression que je viens de gagner une jolie prime ! Une jolie prime ! » Il examina Hiémain de la tête aux pieds, depuis les brins de paille accrochés à sa robe effrangée jusqu'aux fers qui enserraient ses chevilles écorchées, en passant par son visage blême de froid. « Tiens, tiens ! répéta-t-il. On dirait que ta liberté n'a pas duré longtemps, le petit prêtre !

– Vous connaissez ce prisonnier ? demanda le gardien qui avait rejoint Torg.

– Que oui ! Son père est... mon associé. Il se demandait où était passé son fils.

– Ah ! Eh bien, vous avez de la chance de l'avoir retrouvé aujourd'hui ; demain, il aurait payé son amende de sa liberté. On l'aurait tatoué comme esclave du Gouverneur et mis en vente.

– Esclave du Gouverneur ? » Le sourire ironique était réapparu sur le visage de Torg et il haussa ses sourcils blonds. « Ça, c'est amusant, comme idée. » Hiémain avait l'impression d'entendre tourner les lents rouages de son esprit. « A combien s'élève l'amende du petit ? » demanda soudain le lieutenant au gardien.

Le vieil homme consulta les nœuds d'une cordelette attachée

à sa taille. « Douze piécettes d'argent. Il a tué un autre esclave du Gouverneur.

– Quoi ? » L'espace d'un instant, l'incrédulité se peignit sur les traits de Torg, puis il éclata de rire. « Alors ça, ça m'étonnerait, mais je serais curieux d'entendre l'histoire ! Donc, si je reviens ce soir avec douze piécettes d'argent, je rachète sa liberté. Et si je ne reviens pas ? » Ses yeux et son sourire s'étrécirent et il demanda, plus à Hiémain qu'au gardien : « Quel prix est-ce qu'il vaudrait demain ? »

Son interlocuteur haussa les épaules. « Ce qu'il rapporterait. Les nouveaux sont en général vendus à l'encan ; parfois, ils ont de la famille ou des amis prêts à racheter leur liberté, ou bien des ennemis qui tiennent à les avoir comme esclaves. Les enchères peuvent être féroces, et amusantes aussi, quelquefois. » Le gardien avait bien remarqué le petit jeu de Torg et il s'y prêtait. « Vous pouvez attendre demain pour le racheter ; vous y gagnerez peut-être une pièce ou deux, ou bien vous devrez débourser davantage qu'aujourd'hui, mais le gosse sera marqué du sceau du Gouverneur. Son père ou vous pourrez l'affranchir ensuite, naturellement ; mais il devra porter un tatouage à votre emblème, et un document ou un anneau prouvant qu'il est libre.

– Est-ce qu'on ne pourrait pas simplement effacer le tatouage au fer rouge ? » demanda Torg sans ciller. Il scrutait Hiémain, espérant voir s'afficher de la peur sur ses traits, mais le jeune garçon resta impassible. Torg n'oserait jamais aller aussi loin ; cette conversation n'était qu'un nouvel exemple des moqueries cruelles dont il raffolait. Si sa victime manifestait la moindre crainte, le lieutenant continuerait de plus belle ; aussi Hiémain détourna-t-il le regard comme s'il ne s'intéressait plus à lui ni à ses propos.

« Il est illégal d'effacer un tatouage d'asservissement, déclara le gardien d'un ton grave. Toute personne portant une trace de cautère sur la pommette gauche est considérée comme un esclave en fuite et dangereux. S'il se faisait prendre, le gamin serait ramené ici, et on lui retatouerait le sceau du Gouverneur sur la figure. »

Torg secoua la tête d'un air apitoyé, mais il avait un sourire mauvais. « Quel dommage d'abîmer un si joli minois ! Bon, on continue ? » fit-il en se désintéressant brusquement de Hiémain et en indiquant les esclaves qu'il n'avait pas encore examinés.

Le gardien fronça les sourcils. « Vous voulez que j'envoie chercher un coursier pour annoncer à votre associé où est son fils ?

– Non, ne vous dérangez pas. Je m'occuperai de mettre son père au courant ; il ne va pas être content. Et maintenant parlons de cette femme. Est-ce qu'elle a un talent ou une formation particulière ? » Il avait posé la question d'une voix pateline qui en faisait une plaisanterie cruelle aux dépens de la vieille accroupie devant lui.

Hiémain resta tremblant dans son box : la colère qu'il sentait bouillonner en lui menaçait de le faire éclater. Torg allait le laisser moisir dans cet abri, dans le froid et la crasse, aussi longtemps qu'il le pourrait, puis il préviendrait son père et l'accompagnerait pour assister à la confrontation. Le cœur soudain glacé, Hiémain songea que la colère de son père serait à la mesure de l'humiliation qu'il ressentirait ; or Kyle Havre n'aimait pas être humilié, et il trouverait toute sorte de moyens d'exprimer son déplaisir à son fils. Accablé, Hiémain s'adossa au mur. Il aurait mieux fait de demeurer sur le bateau et de supporter son sort : il restait moins d'un an d'ici à son quinzième anniversaire. Ce jour-là, il se déclarerait indépendant de la volonté de son père et quitterait le navire au premier port venu. Sa stupide tentative de fuite n'aurait d'autre résultat que de lui faire paraître les mois plus longs. Pourquoi donc n'avait-il pas pris patience ? Lentement, il se laissa glisser le long de la paroi jusqu'à se retrouver assis dans la paille, puis il ferma les yeux. Il préférait infiniment dormir que de songer à la future colère de son père.

*

« Sors d'ici », gronda Kennit encore une fois. Etta ne bougea pas, pâle, la bouche ferme. Elle tenait une cuvette pleine d'eau dans une main, et des bandes de tissu étaient drapées sur son avant-bras.

« Je pensais qu'un nouveau pansement serait plus agréable, dit-elle sans faiblir. Celui que tu as est raidi de sang séché, et...

– Dehors ! » rugit-il. Elle tourna les talons et s'enfuit, renversant de l'eau dans sa course. La porte de la cabine se referma derrière elle.

Il était réveillé depuis le petit matin et il avait l'esprit clair, mais il n'avait parlé à personne jusque-là. Il avait passé la plus grande partie de son temps à contempler la cloison en face de son lit, incapable de comprendre que sa chance ait pu lui faire faux bond. Comment cela avait-il pu lui arriver ? Comment était-il possible que le capitaine Kennit subisse un tel coup du sort ? Mais baste, il était temps, temps d'examiner ce que cette garce lui avait infligé, temps de reprendre le commandement. Oui, il était temps. Prenant appui sur ses poings, il se redressa en position assise ; sa jambe blessée frotta sur le drap et la souffrance fut si forte qu'il faillit s'évanouir. Il se remit à transpirer abondamment et la sueur plaqua sur son dos sa chemise de nuit d'où montait une odeur aigre. Il était temps. Saisissant le drap de dessus, il le rejeta sur le côté et baissa le regard sur le bas de sa jambe endommagé par la putain.

Il avait disparu.

On avait soigneusement plié et épinglé le bas de sa chemise de nuit. Ses cuisses étaient toujours là, aussi hâlées et poilues qu'avant, mais l'une d'elles s'arrêtait net juste en dessous du genou, le moignon recouvert d'un pansement brun sale. C'était impossible ! Il tendit la main mais ne put se résoudre à toucher le bandage ; au lieu de cela, il posa stupidement la main sur le tissu qui s'aplatit là où il aurait dû se tendre sur sa jambe, comme s'il avait espéré une illusion d'optique.

Il poussa un petit geignement aigu, puis retint sa respiration. Il ne laisserait plus échapper une seule plainte, pas le moindre gémissement. Il s'efforça de se rappeler l'enchaînement d'événements qui l'avait amené à cette situation. Pourquoi avait-il fait monter à bord cette démente de garce ? Et d'abord pourquoi attaquer des transports d'esclaves ? C'était dans les marchands qu'on trouvait de l'argent ! Et eux, au moins, ne traînaient pas des troupeaux de serpents dans leur sillage, prêts à happer les jambes des gens ! C'était la faute de Sorcor et d'Etta : sans eux, il serait encore entier.

Du calme, du calme. Il fallait réfléchir sérieusement. Il était coincé là, dans sa cabine, incapable de marcher ou de se battre, et Sorcor et Etta étaient contre lui. Maintenant, restait à déterminer s'ils étaient de mèche, et pourquoi ils l'avaient mutilé. Oui, pourquoi ? Espéraient-ils lui voler le navire ? Il reprit son souffle et tenta d'organiser ses pensées. « Pourquoi m'a-t-elle fait ça ? » Une autre question lui vint aussitôt : « Pourquoi ne pas m'avoir tué, tout simplement ? Craignait-il que mon équipage ne s'en prenne à elle ?» Si c'était le cas, peut-être Sorcor et elle ne conspiraient-ils pas ensemble...

« Elle l'a fait pour te sauver la vie. » Le petit visage à son poignet exprimait l'incrédulité. « Qu'est-ce qui te prend ? Tu ne te souviens donc de rien ? Un serpent t'avait saisi par la jambe et il essayait de te jeter en l'air pour t'engloutir ; Etta a dû te couper la jambe ; c'était le seul moyen d'empêcher le monstre de t'avaler tout entier.

– J'ai quelques difficultés à croire à cette histoire, répondit Kennit d'un ton ironique.

– Pourquoi ?

– Parce que je connais Etta, voilà pourquoi.

– Moi aussi, et voilà pourquoi ta réponse est absurde, fit le petit visage d'un ton enjoué.

– Tais-toi. »

Faisant un effort sur lui-même, Kennit regarda le moignon bandé. « Comment cela se présente-t-il ? demanda-t-il à mi-voix.

– Eh bien, pour commencer, il te manque le bas de la jambe, fit l'amulette sans la moindre compassion. C'est le coup de hache d'Etta qui a fait le travail le plus propre ; le serpent, lui, t'avait à la fois mâché et rongé les muscles et les os comme un acide. Ta chair ressemblait à du suif fondu. Ce qui brunit ton pansement est en partie du sang, mais surtout du pus.

– Ah, tais-toi », fit Kennit d'une voix défaillante. Il observa le bandage maculé et raidi de sanie séchée en se demandant ce qu'il cachait. On avait glissé en dessous un linge plié, ce qui n'avait pas empêché une tache ocre de s'étendre sur le drap fin et propre. C'était répugnant.

Le petit démon lui adressa un sourire sarcastique. « C'est toi qui as demandé à savoir. »

Kennit inspira profondément et cria : « Sorcor ! »

Presque aussitôt, la porte s'ouvrit à la volée, mais ce fut Etta qui apparut, en larmes et l'air affolé. Elle se précipita vers lui. « Oh, Kennit, tu as mal ?

– Je veux Sorcor ! » fit-il, et il eut lui-même l'impression d'entendre un enfant trop gâté. La vaste carrure du lieutenant s'encadra dans la porte. A la grande consternation de Kennit, c'est d'un ton aussi empreint de sollicitude que celui d'Etta qu'il demanda : « Je peux faire quelque chose pour vous, cap'taine ? » Ses cheveux indisciplinés étaient dressés en l'air comme s'il les avait tirés à pleines mains, et son teint était jaunâtre sous ses cicatrices et son hâle.

Kennit essaya de se rappeler pourquoi il l'avait appelé ; il baissa les yeux sur les taches immondes qui maculaient son lit. « Je veux qu'on me nettoie ça. » Il s'efforça de prendre un ton ferme, comme s'il parlait d'un pont mal tenu. « Qu'un homme mette de l'eau à chauffer pour un bain ; et qu'on me sorte une chemise propre. » Il regarda Sorcor, vit l'expression incrédule peinte sur ses traits et se rendit compte qu'il le traitait davantage comme un valet que comme son second. « Tu comprends qu'il est important que je soigne mon aspect quand j'interrogerai les prisonniers ; il n'est pas question qu'ils voient une épave mutilée au milieu de draps sales et froissés.

– Les prisonniers ? fit Sorcor, hébété.

– Les prisonniers, répéta Kennit d'un ton ferme. J'avais ordonné qu'on épargne trois hommes, n'est-ce pas ?

– Oui, commandant, mais c'était…

– Et trois hommes ont bien été épargnés pour que je les interroge, n'est-ce pas ?

– J'en ai gardé un, avoua Sorcor, gêné. Ou du moins ce qu'il en reste. Votre dame ne lui a pas fait de cadeau.

– Comment ?

– C'est sa faute, gronda tout bas Etta comme un fauve furieux. C'est sa faute si tu es blessé. » Ses yeux n'étaient plus que deux fentes inquiétantes.

« Bon ; un seul, dis-tu », fit Kennit en s'efforçant de se ressaisir. Quelle créature avait-il introduite à bord de son navire ? *Ne pense pas à ça pour le moment. Reprends le commandement.* « Donne mes ordres. Quand je me serai rendu présentable, je veux qu'on m'amène le prisonnier ici, dans ma cabine ; je n'ai pas envie de voir l'équipage pour l'instant. Comment s'est passé le reste de la capture ?

– Comme sur une mer d'huile, cap'taine. Et ce coup-ci nous rapporte une petite prime, en plus. » Malgré l'angoisse gravée dans ses traits, Sorcor eut un grand sourire. « Ce transport-ci était un peu spécial ; il y avait le paquet habituel d'esclaves, mais à l'avant on en a trouvé un groupe qui était un cadeau du Gouverneur de Jamaillia lui-même à un gros bonnet de Chalcède : une troupe de danseurs et de musiciens avec leurs instruments, leurs fanfreluches et leur attirail de maquillage ; et puis aussi des bijoux, plusieurs jolis petits tonnelets de brillants... Je les ai rangés sous votre couchette, cap'taine. Et aussi toute une garde-robe de beaux vêtements, de la dentelle, quelques statuettes en argent et des eaux-de-vie en bouteille. Un chouette butin; pas très important, mais de la meilleure qualité. » Il jeta un rapide coup d'œil au moignon de Kennit. « Vous n'aimeriez pas goûter un peu de cette eau-de-vie ?

– Un peu plus tard. Ces danseurs et ces musiciens... se montrent-ils dociles ? Comment prennent-ils cette interruption de leur voyage ? » Pourquoi ne les avait-on pas jetés par-dessus bord avec le reste de l'équipage ?

« Ils sont ravis, commandant. Ils ont été asservis parce que leur compagnie était endettée et que les propriétaires ont fait faillite ; alors le Gouverneur a ordonné qu'on saisisse aussi la troupe. C'est pas très légal mais, comme c'est le Gouverneur, j'imagine que ça n'a pas dû trop le tracasser. Non, ils sont heureux comme des palourdes d'avoir été capturés par des pirates ; leur chef les a déjà mis au boulot, à faire des chansons et à inventer des danses pour raconter toute l'histoire, et c'est vous le héros, naturellement.

– Naturellement. » Des chansons et des danses... Kennit se sentit soudain pris d'une lassitude inexplicable. « Nous sommes... à l'ancre. Où ? Et pourquoi ?

– Je ne connais pas le nom de la baie, mais il n'y a pas trop de fond, et le *Sicerne* prend l'eau depuis pas mal de temps déjà ; ça faisait un moment que les esclaves du bas de cale baignaient dedans. J'ai pensé qu'il valait mieux le mouiller là où il ne pourrait pas trop s'enfoncer, le temps qu'on lui bricole des pompes en plus. Ensuite, je me suis dit qu'on pourrait aller à Anse-au-Taureau ; c'est pas les bras qui nous manquent pour actionner les pompes pendant le trajet.

– Pourquoi Anse-au-Taureau ? » demanda Kennit.

Sorcor haussa les épaules. « Il y a une bonne grève en pente douce pour tirer le navire au sec. » Il secoua la tête. « Il va falloir pas mal de travail avant qu'il puisse reprendre la mer. Et puis le coin a déjà été attaqué deux fois par des chasseurs d'esclaves cette année, alors je pense qu'on nous y fera bon accueil.

– Là, tu vois », dit Kennit d'une voix faible, et il sourit à part lui. Sorcor avait raison ; il avait bien retenu ses leçons. Un navire laissé sur place, quelques mots persuasifs, et il pouvait gagner une nouvelle bourgade à sa cause. Que pourrait-il déclarer aux autochtones ? « Si les îles des Pirates obéissaient à un chef unique... que les chasseurs d'esclaves craindraient... les gens pourraient vivre... » Il fut pris d'un tremblement.

Etta se précipita. « Rallonge-toi, rallonge-toi ; tu es blanc comme un linge. Sorcor, occupez-vous de ce qu'il a demandé, le bain et le reste. Ah, et puis apportez-moi la cuvette et les bandages que j'ai laissés sur le pont, dehors. Je vais en avoir besoin. » Atterré, Kennit l'écoutait donner des ordres à son second sans le moindre égard pour le protocole.

« Sorcor sait faire les pansements, fit-il, méfiant.

– Je suis plus douée que lui pour ça, répliqua-t-elle avec assurance.

– Sorcor... », fit-il, mais le second eut l'audace de l'interrompre : « C'est vrai, commandant, elle sait bien y faire. Elle a soigné nos gars après la dernière bagarre et elle a fait du beau boulot. Je vais m'occuper du bain. » Et il sortit, laissant Kennit seul et impuissant face à la gueuse assoiffée de sang.

« Et maintenant ne bouge pas, lui dit-elle – comme s'il était en état de s'enfuir ! Je vais glisser du rembourrage sous ta jambe pour éviter de tremper tout ton lit ; ensuite, quand nous aurons fini, nous te mettrons des draps propres. » Il serra les dents, plissa les yeux et réussit à ne pas laisser échapper la moindre plainte quand elle souleva son moignon et le reposa sur un tas de chiffons pliés. « Je vais mouiller ton vieux pansement avant de le défaire ; il collera moins à la plaie ainsi.

– Tu as l'air de bien t'y connaître, fit-il, les dents serrées.

– Les putains se font souvent battre par les clients, répondit-elle d'un ton prosaïque. Si les femmes d'un bordel ne s'entraident pas, qui va s'occuper d'elles ?

– Et je dois confier le soin de ma blessure à celle qui m'a coupé la jambe ? » demanda-t-il d'une voix glacée.

Elle se pétrifia, puis, telle une fleur qui se fane, elle se laissa tomber à genoux près du lit et, livide, elle se pencha jusqu'à ce que son front repose sur le bord du matelas. « Je n'avais pas d'autre moyen de te sauver. S'il l'avait fallu, ce sont mes deux mains que j'aurais tranchées au lieu de ta jambe. »

Kennit trouva cette déclaration tellement absurde qu'il resta un instant sans voix – au contraire de l'amulette. « Le capitaine Kennit peut être un malotru sans cœur, mais, je te l'assure, je sais que tu as agi au mieux pour préserver ma vie. Je te remercie de ton geste. »

En Kennit, l'effarement le disputait à la fureur : l'amulette s'était trahie ! Il plaqua aussitôt la paume sur le bracelet, mais sentit des dents minuscules lui mordre méchamment la peau. Il retira vivement sa main avec un hoquet de douleur à l'instant où Etta levait vers lui un visage baigné de larmes. « Je comprends, dit-elle d'une voix enrouée. Un homme doit jouer de nombreux rôles, et il est sans doute nécessaire que le capitaine Kennit se montre malotru et sans cœur. » Elle haussa les épaules avec un sourire défaillant. « Je n'en veux pas au Kennit qui est à moi. »

Le spectacle de son nez rouge et de ses yeux larmoyants était pénible à regarder, mais le pire était qu'elle le crût capable de la remercier parce qu'elle lui avait tranché la jambe ! Il maudit intérieurement la sournoiserie et la malveillance de son porte-bonheur qui l'avait placé dans une telle situation, tout en se raccrochant à l'espoir ténu qu'aux oreilles d'Etta ces propos étaient sortis de ses lèvres. « N'en parlons plus, fit-il précipitamment. Arrange du mieux possible les dégâts que ma jambe a subis. »

L'eau dont elle se servit pour mouiller le pansement était tiède comme du sang et il ne sentit quasiment rien tant qu'elle n'eût pas entrepris de retirer à gestes précautionneux les couches de toile et de charpie ; alors il tourna la tête vers la cloison jusqu'à ce que la périphérie de son champ de vision se brouille et qu'il se couvre de transpiration. Il ne s'aperçut du retour de Sorcor qu'au moment où le second lui tendit une bouteille d'eau-de-vie débouchée.

« Un verre, peut-être ? » fit Kennit avec hauteur.

Sorcor avala sa salive. « Vu l'état de votre jambe, je pensais que ça irait plus vite au goulot. »

Si l'homme n'avait pas prononcé ces paroles, Kennit eût peut-être été capable de se retenir de jeter un coup d'œil à son moignon. Mais, alors que le marin fouillait maladroitement dans un buffet à la recherche d'un récipient convenable, Kennit ne put que tourner lentement la tête vers l'emplacement où se trouvait d'habitude sa jambe musclée.

Le pansement souillé avait atténué le choc. Voir sa jambe s'achever par un paquet de tissu maculé était une chose, la découvrir tranchée, les chairs mâchées et rongées, en était une autre. On eût dit que le moignon avait été en partie cuit. Kennit sentit son estomac se soulever et une bile amère lui brûler la gorge ; il la ravala, refusant de s'humilier devant la femme et l'homme. Sorcor lui tendit un verre d'une main tremblante. C'était ridicule ! Le second avait eu affaire à des blessures autrement plus graves que celle qu'il avait aujourd'hui sous les yeux. Kennit prit le verre et engloutit l'alcool d'une seule lampée, puis il prit une inspiration hachée ; après tout, peut-être sa chance avait-elle tenu, dans un sens étrangement contourné : au moins, la putain savait comment le soigner.

A cet instant, Etta le dépouilla de ce maigre réconfort en déclarant à mi-voix à Sorcor : « C'est un vrai massacre. Il faut lui trouver un guérisseur, et vite. »

Kennit attendit le temps de trois respirations, puis il agita son verre à l'attention de Sorcor, mais, quand l'homme voulut le remplir, le capitaine pirate s'empara de la bouteille. Une goulée, trois respirations ; une autre goulée, trois nouvelles respirations. Non, il était temps, il fallait s'y mettre sans plus attendre.

Il se redressa de nouveau en position assise, regarda la chose qui avait été sa jambe, puis défit le nœud qui maintenait sa chemise de nuit fermée au niveau de sa gorge. « Où est l'eau pour mon bain ? fit-il avec brusquerie. Je n'ai nulle envie de macérer dans ma propre puanteur. Etta, tu t'occuperas de ma blessure quand j'aurai fait ma toilette. Sors-moi des habits propres, et des draps pour le lit. Je tiens à être lavé et vêtu convenablement pour interroger mon prisonnier. »

Sorcor lança un regard en biais à Etta avant de répondre à mi-voix : « Je vous demande pardon, commandant, mais un aveugle ne verra pas comment vous êtes habillé. »

Kennit ne cilla pas. « Qui est notre prisonnier ?

– Le capitaine Reft du *Sicerne*. Etta nous a demandé de le repêcher.

– Il n'a pas perdu la vue pendant le combat ; il était indemne quand il est tombé à la mer.

– Oui, cap'taine. » Et Sorcor jeta un nouveau coup d'œil oblique à Etta. De là venait donc l'attitude à la fois méfiante et déférente du second à l'égard de sa putain ; c'était presque amusant : le second traçait une nette frontière entre démembrer un homme au combat et voir ce même homme torturé par la prostituée. Kennit ignorait que Sorcor fût sensible à de telles subtilités.

« Un aveugle ne verrait peut-être pas comment je suis vêtu, mais moi, si, fit Kennit. Exécute tes ordres. »

A cet instant, on frappa à la porte ; Sorcor l'ouvrit et Opale entra, portant deux seaux d'eau fumante. Il les posa sur le plancher sans oser lever les yeux vers Kennit et encore moins lui adresser la parole. « Maître Sorcor, lieutenant, les musiciens, ils veulent faire de la musique sur notre pont pour le cap'taine. Ils ont dit que je devais, euh... "faire appel à votre bonne faveur", et... » Le jeune garçon plissa le front, s'efforçant de se rappeler les termes inhabituels. « Hum, ils veulent, euh... "exprimer leur extrême gratitude"... enfin, quelque chose comme ça. »

Kennit sentit un mouvement infime sur son poignet et il baissa le regard sur le porte-bonheur niché au creux de ses bras croisés ; le visage miniature faisait de frénétiques grimaces d'assentiment et d'enthousiasme. Cette sale petite traîtresse d'amulette paraissait croire que Kennit allait prêter attention à ses conseils ! Kennit vit aussi ses lèvres former des mots.

« Commandant ? » fit Sorcor d'un ton déférent.

L'intéressé feignit de se gratter le crâne afin d'amener le porte-bonheur à hauteur de son oreille. « Un roi doit se montrer gracieux envers ses sujets reconnaissants, alors qu'un présent refusé peut endurcir le cœur de celui qui l'offre. »

Kennit estima le conseil valable, malgré qu'il en eût.

« Réponds-leur que ce serait un grand plaisir pour moi, dit Kennit en s'adressant directement à Opale. Aussi rude que soit mon existence, je ne suis pas homme à dédaigner les satisfactions raffinées des arts.

– Sar ! » s'exclama le mousse, blasphémant d'admiration, puis il acquiesça, rouge d'orgueil devant l'attitude de son commandant : un serpent venait de lui arracher la jambe, mais il trouvait encore le temps de s'intéresser à la culture. « Je vais leur dire, cap'taine. » Et il sortit vivement en répétant : « Rude existence, satisfactions raffinées. »

Dès que le garçon eut quitté la cabine, Kennit se tourna vers Sorcor. « Rends-toi auprès du prisonnier et donne-lui à boire et à manger pour le remettre sur pied. Etta, mon bain, je te prie. »

Une fois le second sorti, la femme aida Kennit à ôter sa chemise de nuit, puis elle le lava à l'aide d'une éponge, à la manière chalcédienne. Il avait toujours méprisé cette façon de faire sa toilette, qui, selon lui, n'avait d'autre résultat que d'étaler la sueur et la crasse sur le corps au lieu de le nettoyer, mais Etta fit si bien qu'il finit par se sentir vraiment propre, et, tandis qu'elle s'occupait des aspects intimes de sa toilette, il songea que, peut-être, une femme pouvait se montrer utile à un homme de plus d'une façon. Le nettoyage et le bandage de sa blessure restèrent néanmoins assez pénibles pour qu'elle dût ensuite essuyer à nouveau son front, sa poitrine et son dos couverts de transpiration. Une douce musique commença de se faire entendre, mélange léger de cordes, de clochettes et de voix de femmes. C'était, de fait, très agréable.

Pragmatique, Etta déchira la couture extérieure de la jambe d'un pantalon afin de pouvoir l'enfiler à Kennit presque sans douleur, après quoi elle ragrafa le tissu. Elle boutonna sa chemise, puis le peigna et lui tailla la barbe aussi efficacement qu'un valet; enfin, supportant plus de la moitié de son poids, elle l'aida à s'asseoir dans son fauteuil avant de changer sa literie. Kennit n'avait jamais soupçonné qu'elle possédât tant de talents; à l'évidence, il avait sous-estimé son utilité.

Quand il fut convenablement vêtu et installé, elle disparut un instant pour revenir avec un plateau garni. Ce n'est qu'en sentant l'odeur de soupe chaude et de pain léger qu'il prit conscience de la faim qui le tenaillait. Une fois apaisés les tiraillements les plus violents de son estomac, il reposa sa cuiller et demanda à mi-voix: «Qu'est-ce qui t'a inspirée de t'en prendre à mon prisonnier?»

Elle poussa un petit soupir. «J'étais folle de rage, répondit-elle en secouant la tête, folle qu'ils t'aient fait du mal, qu'ils m'aient obligée à te faire du mal. Je me suis juré de t'obtenir une vivenef, même si je devais y laisser la vie. C'était manifestement à ce sujet que tu voulais interroger les prisonniers, aussi, pendant les moments où j'étais épuisée d'être restée à ton chevet mais incapable de trouver le sommeil, j'allais les voir.

– Ils étaient plusieurs?

– Il y en avait trois, à l'origine.» Elle haussa les épaules avec désinvolture. «Je crois avoir les renseignements que tu désirais; je les ai vérifiés et revérifiés avec le plus grand soin, mais j'ai tout de même gardé un des prisonniers vivant, car j'étais sûre que tu voudrais avoir confirmation de ces informations de vive voix.»

Une femme aux nombreux talents, et intelligente de surcroît. Kennit devrait sans doute la tuer sans tarder. «Et qu'as-tu appris?

– Ils n'ont connaissance que de deux vivenefs. La première est un navire marchand, l'*Ophélie*; elle a quitté Jamaillia avant eux, mais il lui restait du fret de Terrilville à vendre, donc elle effectuera probablement des haltes sur son trajet vers le Nord.» Etta haussa les épaules. «Elle était peut-être devant eux, peut-être derrière, il est impossible de le savoir. La seule autre vivenef qu'ils aient vue dernièrement était ancrée à Jamaillia; elle est entrée au port la veille de leur départ. Manifestement, il n'était pas prévu qu'elle reste longtemps: on avait déchargé ses cales et on les réaménageait pour embarquer une cargaison d'esclaves à destination du nord, en Chalcède.

– Employer une vivenef pour ce genre de trafic ne rime à rien! s'exclama Kennit, furieux. Ils t'ont menti!»

Encore une fois, Etta haussa les épaules. «Ce n'est sans doute pas impossible, mais alors ils m'ont très bien menti, séparément et à des moments différents.» Avec le drap taché du lit, elle tamponna la chemise trempée de sueur du pirate. «Moi, ils m'ont convaincue.

– Il n'y a rien de difficile à convaincre une femme. Et c'est tout ce qu'ils t'ont dit?»

L'effrontée eut l'audace de lui adresser un regard glacial. «Le reste n'était aussi que mensonges, probablement.

– J'aimerais tout de même l'entendre.»

Elle soupira. «Ils ne savaient pas grand-chose, surtout des rumeurs. Leur navire et la vivenef ne sont restés ensemble au port qu'une journée. La *Vivacia* appartient à une famille de Marchands de Terrilville du nom de Havre; elle va gagner la Chalcède aussi vite que possible par le Passage Intérieur. Le commandant espérait acheter principalement des artisans et des ouvriers qualifiés, mais il embarquera peut-être aussi de la simple main-d'œuvre pour faire son lest. C'est un homme appelé Torg qui s'occupait de tout, mais ce n'était apparemment pas le capitaine. Le navire vient de s'éveiller. C'est son premier voyage conscient.»

Kennit secoua la tête. «Havre n'est pas un nom de Marchand.»

Etta eut un geste d'impuissance ironique. «Tu avais raison; ils m'ont menti.» Elle détourna le regard et contempla fixement la cloison, les traits de marbre. «Je m'excuse d'avoir gâché ton interrogatoire.»

Elle devenait rebelle. Si Kennit avait eu ses deux jambes, il l'aurait saisie et jetée à plat dos sur le lit pour lui rappeler sa place ; en l'occurrence, il allait devoir la flatter. Il s'efforça de trouver une gentillesse à lui dire afin de la dérider, mais le lancinement ininterrompu de sa blessure s'était soudain mué en une violente souffrance. Il n'avait plus qu'une envie : s'allonger, se rendormir et tout oublier – et, pour cela, il allait devoir demander à Etta de l'aider.

« Je suis impotent ; je ne peux même pas regagner mon lit tout seul », fit-il d'un ton amer. Dans un éclair de franchise, rare chez lui, il ajouta : « Je déteste que tu me voies ainsi. » Dehors, la musique changea ; une puissante voix d'homme entonna un chant à la fois énergique et tendre. Kennit pencha la tête pour mieux entendre les paroles, étrangement familières. « Ah ! fit-il tout bas. Ça me revient : *De Kytris, à sa maîtresse*. Un morceau charmant. » Il chercha de nouveau un compliment à faire à Etta, mais rien ne lui vint. « Tu peux te rendre sur le pont pour écouter la musique, si tu le souhaites, dit-il. Il s'agit d'un poème très ancien, tu sais. » Sous l'effet de la douleur, les bords de son champ de vision se mirent à trembler et ses yeux à larmoyer. « L'as-tu déjà entendu ? demanda-t-il en s'efforçant de conserver une voix ferme.

– Oh, Kennit ! » Elle secoua la tête, soudain et inexplicablement repentante. Elle s'approcha de lui, les larmes aux yeux. « Ce chant me paraît plus beau ici que partout ailleurs. Pardonne-moi ; je me montre parfois garce et sans cœur. Et te voilà blanc comme un linge ; allons, laisse-moi t'aider à te recoucher. »

Et elle joignit le geste à la parole, aussi doucement qu'elle le put, après quoi elle bassina le visage de Kennit à l'aide d'une éponge imprégnée d'eau fraîche. « Non, protesta-t-il faiblement. J'ai froid. Trop froid. »

Elle tira délicatement une couverture sur lui, puis s'allongea près de lui, du côté de sa jambe valide. La chaleur de son corps était agréable, mais la dentelle de son jabot lui grattait la joue. « Déshabille-toi, fit-il. Tu me tiens plus chaud quand tu es nue. »

Elle eut un rire bref, à la fois ravie et surprise. « Qui m'a fichu un homme pareil ! » s'exclama-t-elle d'un ton de reproche, mais elle se leva.

On frappa à la porte. « Qu'y a-t-il ? » répondit Kennit, revêche.

Le ton de Sorcor parut étonné. « Je vous amène le prisonnier, cap'taine. »

C'était trop de fatigue. «Je n'en veux pas, fit Kennit d'une voix faible. Etta l'a déjà interrogé; je n'ai plus besoin de lui.»

La jeune femme laissa tomber ses habits, puis elle s'introduisit délicatement dans le lit, se glissant, toute chaude, contre le pirate. Il se sentit épuisé tout à coup. Elle avait la peau douce et tiède comme un baume.

«Cap'taine Kennit?» Le ton de Sorcor était à la fois insistant et inquiet.

«Oui?»

Le second ouvrit brusquement la porte. Derrière lui, deux matelots soutenaient ce qui restait du commandant du *Sicerne.* Ils regardèrent leur capitaine, puis demeurèrent bouche bée. Kennit se tourna pour voir ce qui les stupéfiait à ce point: à ses côtés, Etta tenait fermement la couverture remontée au-dessus de la légère courbure de sa poitrine. La musique était plus forte maintenant que la porte était ouverte. Kennit observa le prisonnier; Etta ne s'était pas contentée de lui crever les yeux: elle l'avait mutilé morceau par morceau. C'était répugnant, et ce n'était pas le genre de tableau que Kennit avait envie de contempler pour l'instant, mais il devait maintenir les apparences. Il s'éclaircit la gorge. Autant en finir tout de suite.

«Prisonnier, avez-vous dit la vérité à mon amie?»

L'épave qui se tenait entre les deux matelots leva un visage ravagé et le tourna en direction de la voix. «Je le jure! Je l'ai répété cent fois! Pourquoi mentirais-je?» L'homme se mit à sangloter bruyamment, et ses narines tranchées rendirent un son étrange quand il renifla. «Je vous en supplie, noble sire, ne la laissez plus s'en prendre à moi! Je lui ai dit la vérité, je lui ai dit tout ce que je savais!»

Kennit n'eut pas envie de se tracasser davantage. A l'évidence, l'homme avait menti à Etta, et il continuait à mentir. Il ne servait à rien. La douleur faisait comme une volée de marteaux dans le crâne de Kennit. «Je suis... occupé.» Il ne voulait pas avouer que le simple fait de prendre un bain et de s'habiller l'avait épuisé. «Charge-toi de lui, Sorcor – comme bon te semblera.» Le sens de son ordre était sans équivoque et le prisonnier se mit à hurler. «Ah, et puis ferme la porte en sortant», termina Kennit.

Alors que la porte se rabattait sur les marins et le prisonnier gémissant, il entendit un de ses hommes déclarer: «Sar! Il s'envoie déjà la fille ! Y a rien qui arrête le cap'taine Kennit, c't'à croire ! »

Le pirate se rapprocha légèrement de la chaleur du corps d'Etta, ses yeux se fermèrent et il sombra dans un profond sommeil.

6

VICISSITUDES

C'est seulement quand on se saisit de lui que la réalité de ce qui l'attendait le frappa. Il aurait sans doute pu repousser le vieux gardien sans difficulté, mais il avait affaire là à des hommes encore jeunes, impassibles, musclés et qui connaissaient leur travail. « Lâchez-moi ! cria Hiémain d'une voix furieuse. Mon père va venir me chercher ! Lâchez-moi ! » C'était stupide, comme il s'en rendit compte plus tard ; comme s'ils allaient obéir simplement parce qu'il leur avait donné un ordre ! C'était un fait parmi tant d'autres qu'il devait apprendre : les mots qui sortent de la bouche d'un esclave n'ont pas de sens ; ses cris rageurs n'étaient pas plus intelligibles pour ces hommes que les braiments d'un âne.

Ils lui tordirent les bras si bien qu'il dut aller, contraint et forcé, et d'un pas chancelant, dans la direction qu'ils souhaitaient, et il n'était pas encore tout à fait revenu de sa surprise de s'être senti ainsi empoigné qu'il se retrouvait déjà fermement appuyé au bloc de tatouage. « Du calme », lui ordonna un des hommes d'un ton bourru tout en approchant d'une saccade les menottes de Hiémain d'un crampon ; le jeune garçon tira en sens inverse dans l'espoir de s'échapper avant que l'homme eût le temps de l'attacher, mais il ne parvint qu'à s'arracher la peau des poignets : la cheville était déjà en place. En un clin d'œil, ils avaient réussi à l'obliger à se tenir plié en deux, les poignets enchaînés près de ses chevilles. Un des hommes le poussa légèrement et Hiémain passa comme de son propre gré la tête dans un collier de cuir fixé verticalement sur le bloc; d'un geste vif, l'autre homme le resserra sur son cou, à un cheveu de la strangulation. Tant qu'il ne se débattrait pas, il arriverait tout juste à respirer: ses halètements exigeaient déjà une certaine attention, et il aurait eu le plus grand mal à inspirer profondément. L'esprit embrumé, il songea que les deux hommes avaient opéré comme des ouvriers agricoles se préparant à castrer un veau, avec la même efficacité, la même insensibilité et le même emploi précis de la force. Ils ne devaient même pas transpirer. «Sceau du Gouverneur», dit l'un d'eux au tatoueur qui hocha la tête en déplaçant du bout de la langue une chique de cindine dans sa bouche.

«Ce n'est pas moi qui ai créé ma chair. Je ne la percerai pas pour la parer de bijoux, ni ne marquerai ma peau, ni n'incrusterai d'ornement sur mon visage, car je suis une créature de Sâ, faite telle qu'il l'a voulue. Je n'ai pas le droit d'écrire sur ma chair.» Il avait tout juste assez de souffle pour citer les saintes écritures, mais il prononça les mots sacrés en espérant que le tatoueur l'entendrait.

L'homme cracha de côté; sa salive était rougie de sang. Il avait acquis une telle dépendance à la drogue qu'il continuait à en prendre alors que sa bouche devait être pleine d'aphtes. «T'affole pas, c'est pas sur ta chair que j'écris, répondit-il avec un humour douteux, puisqu'elle appartient au Gouverneur. Son sceau, je pourrais le dessiner les yeux fermés. Si tu bouges pas, ça ira plus vite et ça fera moins mal.

– Mon père… vient payer… mon amende.» Il prononça ces mots essentiels en respirant laborieusement.

«Ton père, il est en retard. Bouge pas.»

Hiémain n'eut pas le temps de se demander si se tenir tranquille pourrait être considéré comme un consentement au blasphème qui allait avoir lieu. Le premier coup d'aiguille manqua sa joue et lui perça la narine. Il rua en poussant un glapissement. Le tatoueur lui appliqua une taloche sur l'arrière du crâne. «Bouge pas!» répéta-t-il d'un ton sec.

Hiémain ferma étroitement les yeux et serra les dents.

«Ah, j'aime pas ça quand ils plissent la figure!» marmonna l'homme, mécontent, avant de se mettre au travail: une dizaine de coups d'aiguille, un coup de chiffon pour essuyer le sang, puis la piqûre de la teinture verte; de nouveau une dizaine de coups d'aiguille, un coup de chiffon, la piqûre. Hiémain avait l'impression qu'à chaque inspiration un peu moins d'air pénétrait dans ses poumons ; il se sentait pris d'étourdissements, craignait de s'évanouir et s'en voulait d'en avoir honte. En quoi s'évanouir l'humilierait-il ? C'était lui la victime ! Et où était son père ? Comment se pouvait-il qu'il fût en retard ? Ignorait-il le sort réservé à son fils s'il n'arrivait pas à temps ?

« Maintenant, n'y touche pas, ne te gratte pas, sinon t'auras encore plus mal. » Une voix lointaine lui parlait à travers le rugissement qui avait envahi ses oreilles. « Celui-là est terminé ; emmenez-le et apportez-m'en un autre. »

Des mains le saisirent par les fers et le col et on l'entraîna sans ménagement vers une destination inconnue. Il avança en trébuchant, à demi étourdi, savourant de grandes goulées d'air, et se retrouva dans un nouveau box, dans un nouvel abri. C'est impossible, se répétait-il. Cela ne pouvait pas lui arriver à lui, son père n'aurait jamais permis qu'on le tatoue puis qu'on le vende. Ses gardiens le firent entrer dans un enclos réservé aux nouveaux esclaves ; ses cinq codétenus portaient tous un tatouage vert encore suintant.

Les hommes attachèrent ses chaînes à une cheville plantée dans le sol, puis quittèrent le box. Dès qu'ils lui lâchèrent les bras, son premier réflexe fut de se palper délicatement le visage, et il sentit sous ses doigts l'enflure et la suppuration de sa chair violentée ; un liquide rosé coulait lentement le long de sa joue et dégouttait de son menton. Il n'avait rien pour arrêter l'écoulement.

Il regarda les autres esclaves de l'enclos et prit conscience qu'il n'avait plus ouvert la bouche depuis qu'il avait parlé avec le tatoueur. « Que va-t-il se passer maintenant ? » demanda-t-il, l'esprit encore embrumé.

Un grand jeune homme maigre se cura le nez d'un doigt sale. « On nous vend, répondit-il d'un ton caustique, et on reste esclaves toute notre vie. A moins de tuer quelqu'un et de s'enfuir », ajouta-t-il d'un air à la fois sombre et crâne, mais Hiémain comprit que ce n'étaient que des mots. Le jeune homme n'avait plus qu'eux pour exprimer sa résistance. Ses compagnons, eux, paraissaient ne même plus disposer de cet exutoire : debout, assis ou adossés à la paroi du box, ils attendaient avec résignation la suite des événements. Hiémain reconnut cet état d'hébétude : il était fréquent chez ceux qui avaient subi une blessure grave ; laissés à eux-mêmes, ils restaient sans bouger, le regard fixe, pris parfois d'un frisson.

« Je n'arrive pas y croire, dit Hiémain, étonné lui-même de ses propres paroles. Pourquoi Torg n'a-t-il pas prévenu mon père ? » Et puis il se demanda pourquoi il avait entretenu cet espoir ; qu'est-ce qui lui avait donc pris ? Pourquoi tant de stupidité ? Il avait remis son sort entre les mains d'un imbécile brutal et vicieux ! Pourquoi n'avait-il pas fait avertir son père ? Pourquoi n'en avait-il pas chargé le gardien dès le premier jour ? Et, en y réfléchissant, pourquoi avait-il fui le navire ? S'y trouvait-il vraiment si mal ? A l'époque, au moins, il savait que, dans un délai de deux ans, il serait délivré de son père ; maintenant il n'y avait plus de terme à sa servitude. Et la *Vivacia* ne serait plus là pour le soutenir. A cette idée, un terrible sentiment de solitude l'envahit : il l'avait trahie, et il s'était mis lui-même dans les fers. Telle était la réalité : il était désormais et pour toujours esclave. Il se roula en boule dans la paille sale, les bras autour de ses genoux remontés contre sa poitrine. Au loin, il crut entendre le rugissement du vent.

⋆

La *Vivacia* se balançait tristement sur les eaux paisibles du port. Il faisait un temps merveilleux ; le soleil se reflétait sur la blanche et légendaire Jamaillia ; le vent soufflait du sud, adoucissant la température de ce jour d'hiver et atténuant la puanteur des autres transports d'esclaves mouillés auprès d'elle. Le printemps n'était plus loin. Plus au sud, là où Ephron la conduisait habituellement, les arbres fruitiers devaient se cacher sous des cascades de fleurs blanches ou roses ; plus au sud, il faisait beau et chaud. Mais elle allait remonter vers le nord, jusqu'en Chalcède.

Les marteaux et les scies s'étaient enfin tus en elle ; toutes les modifications exigées par son nouveau statut de transport d'esclaves étaient achevées. La journée se passerait à embarquer les derniers approvisionnements, le lendemain sa cargaison humaine serait transbordée dans ses cales et elle quitterait Jamaillia, seule. Hiémain était parti. Dès qu'elle lèverait l'ancre, un ou plusieurs des serpents assoupis dans la boue du port dérouleraient leurs anneaux pour la suivre, et ils seraient désormais ses compagnons. La nuit précédente, alors que rien ne bougeait autour d'elle, un petit était monté à la surface pour rôder parmi les esclavagistes mouillés dans la baie ; arrivé près d'elle, il avait haussé la tête hors de l'eau et lui avait jeté un regard prudent, et Vivacia avait senti sa gorge se serrer de terreur. Elle n'avait même pas trouvé la force d'appeler les hommes de quart. Si Hiémain avait été à bord, lui au moins aurait perçu son effroi et serait accouru. Elle s'efforça de le chasser de ses pensées ; elle allait devoir s'occuper seule d'elle-même L'accablement de leur séparation lui rongeait le cœur, mais elle le repoussa. La journée était superbe ; elle écouta le clapotis des vagues contre sa coque tandis qu'elle se balançait à l'ancre. Quelle paix !

« Navire ? Vivacia ? »

Elle tourna la tête lentement et regarda par-dessus son épaule : c'était Gantri, sur le gaillard d'avant, penché sur le bastingage pour lui parler.

« Vivacia ? Tu peux arrêter, s'il te plaît ? Ça flanque la trouille à tout l'équipage ; il nous manque déjà deux matelots aujourd'hui, qui ne sont pas rentrés de permission, et je crois que c'est parce que tu les as effrayés. »

Effrayés ? Qu'y avait-il de si effrayant à se retrouver seule et à sentir la présence de serpents que nul ne voyait jamais ?

« Vivacia ? Je vais t'envoyer Findo pour qu'il te joue quelques airs de violon. Et puis j'ai moi-même une permission de quelques heures aujourd'hui, et je te promets de la passer à chercher Hiémain. Je te le jure. »

Croyaient-ils que cela lui rendrait le bonheur ? S'ils trouvaient Hiémain, le ramenaient de force à bord et l'obligeaient à la servir, s'imaginaient-ils que, satisfaite, elle se montrerait plus docile ? Oui, ce serait bien de Kyle ; c'était dans ce but qu'il avait embarqué Hiémain. L'idée que certaines choses ne pouvaient être accomplies que librement lui était complètement étrangère.

« Vivacia, reprit Gantri avec une note de désespoir dans la voix, je t'en prie, je t'en supplie, est-ce que tu pourrais cesser de te balancer ? La mer est lisse comme un miroir, et aucun autre bateau ne bouge dans le port. Je t'en prie ! »

Elle éprouva de la peine pour lui ; c'était un bon second et un marin très compétent ; il n'était pas responsable de la situation et il n'avait pas à en souffrir.

Mais elle non plus.

Elle rassembla ses forces. C'était un bon matelot; elle lui devait une petite explication. «Je me perds moi-même», fit-elle, puis elle perçut la bizarrerie de son expression. Elle se reprit: «C'est moins dur à supporter quand je sais que quelqu'un va revenir; mais, dans le cas présent, j'ai du mal à m'accrocher à mon identité. Je me mets à réfléchir… non, pas à réfléchir. C'est plutôt comme si je rêvais, bien que nous autres, les vivenefs, ne dormions pas. Mais on dirait un rêve, et alors je suis quelqu'un d'autre, une autre créature, et les serpents me touchent, et c'est encore pire.»

L'homme paraissait inquiet. «Des serpents? répéta-t-il d'un ton dubitatif.

– Gantri, dit-elle d'une voix à peine audible, Gantri, il y a des serpents ici même, dans le port, cachés dans la vase du fond.»

Il poussa un profond soupir. «Tu me l'as déjà dit; mais, Vivacia, personne d'autre n'en a vu le moindre signe. Tu es sûre de ne pas te tromper?» Il se tut, espérant une réponse.

Elle détourna le regard. «Si Hiémain était ici, il les sentirait; il saurait que ce n'est pas un tour de mon imagination.

– Oui, fit Gantri à contrecœur, mais il n'est pas ici. Je sais que ça te rend malheureuse, et peut-être aussi inquiète pour des riens.» Il s'interrompit, puis reprit d'un ton cajoleur, comme s'il s'adressait à un enfant effrayé: «Peut-être bien qu'il y a des serpents ici, mais, dans ce cas, qu'est-ce qu'on peut y faire? Ils ne nous font pas de mal. Faisons comme s'ils n'existaient pas, d'accord?»

Elle tourna la tête pour le dévisager, mais il refusa de croiser son regard. Que croyait-il donc? Que les serpents étaient le fruit de son invention? Que le chagrin du départ de Hiémain l'avait rendue folle? «Je ne suis pas démente, Gantri, dit-elle d'une voix calme. C'est… dur pour moi de me retrouver seule, c'est vrai, mais je ne perds pas la raison; peut-être même suis-je plus lucide qu'avant; je perçois ce qui m'entoure à ma façon, et non plus à la façon… Vestrit.»

Ses efforts pour expliquer ce qu'elle ressentait ne firent qu'embrouiller Gantri un peu plus. «Ah, oui, bien sûr… Euh…, fit-il en contemplant le port.

– Gantri, tu es un homme honnête, et je t'aime bien.» Elle faillit se taire, mais elle poursuivit pourtant: «Tu devrais t'enrôler sur un autre navire.»

Elle sentit l'odeur de peur qui se dégagea soudain de lui quand il répondit. « Allons, quel autre navire t'arrive à la cheville ? demanda-t-il vivement. Après avoir navigué à ton bord, pourquoi est-ce que je voudrais travailler sur un autre ? » Elle perçut la cordialité forcée qui se cachait sous ses propos.

« Parce que tu n'as pas envie de mourir, peut-être, fit-elle d'une voix très basse. J'ai un très mauvais pressentiment sur cette traversée ; un très mauvais pressentiment. Surtout si je dois l'effectuer seule.

– Ne parle pas comme ça ! » s'exclama-t-il avec violence, comme s'il s'adressait à un matelot indiscipliné. Puis, plus calmement, il reprit : « Tu ne seras pas seule. Je serai là, moi. Je vais aller dire à Findo de te jouer du violon, d'accord ? »

Elle haussa les épaules : au moins, elle avait essayé. Elle braqua ses yeux sur la flèche lointaine du palais du Gouverneur.

Au bout d'un moment, Gantri s'éloigna.

*

Elle avait craint que le capitaine Tenira ne la reconnaisse : elle avait dansé avec son fils au rassemblement d'Hiver, trois ans plus tôt. Mais, si le Marchand de Terrilville perçut la moindre ressemblance entre Athel, le matelot, et Althéa, la fille d'Ephron Vestrit, il n'en manifesta rien. Il la toisa d'un œil critique, puis secoua la tête. « Tu as l'air d'un bon marin, garçon, mais je te l'ai dit : je n'ai besoin de personne. Mon équipage est plein. » Au ton qu'il avait employé, la question était réglée.

Althéa garda les yeux baissés. Elle avait repéré l'*Ophélie* deux jours plus tôt dans le port, et la vue de la coque argentée et de la figure de proue souriante de la vieille vivenef avait suscité en elle une émotion d'une force extraordinaire. Quelques questions dans les tavernes du front de mer lui avaient permis d'obtenir le renseignement désiré : la vivenef rentrait dans quelques jours à Terrilville. A l'instant où elle avait entendu cette réponse, Althéa avait décidé que, d'une façon ou d'une autre, elle se trouverait à son bord. Elle s'était alors mise à traîner sur les quais, l'œil aux aguets, attendant l'occasion de parler au capitaine seul à seul. Son plan était simple : elle essaierait tout d'abord de se faire embaucher comme mousse ; si cela ne marchait pas, elle révélerait son identité au commandant et le supplierait de l'embarquer comme passagère. C'est pourtant en tremblant qu'elle avait suivi Tenira jusqu'à sa taverne du port et patienté, debout dans un coin de la salle, jusqu'à la fin de son dîner. Quand enfin il avait reposé sa fourchette et s'était laissé aller contre le dossier de sa chaise, elle était venue se planter devant lui. A présent, elle devait faire appel à tout son courage. « Cap'taine, je vous demande pardon, mais je suis prêt à travailler pour rien, juste pour que vous me rameniez à Terrilville. »

L'homme se tourna vers elle et croisa les bras. « Pourquoi ? » demanda-t-il d'un ton soupçonneux.

Althéa contempla le carrelage de la taverne entre ses pieds et se mordit la lèvre, puis elle leva les yeux vers le commandant de l'*Ophélie*. « J'ai mon salaire du *Moissonneur*... enfin, ce qu'il en reste. Je voudrais rentrer chez moi pour le donner à ma mère. » Althéa avala sa salive, mal à l'aise. « Avant de l'avoir tout dépensé. J'ai promis à ma mère de rapporter de l'argent, cap'taine, parce que papa est dans une mauvaise passe. J'ai beau faire, plus j'attends qu'un bateau me ramène à Terrilville, plus je dépense. » Elle baissa de nouveau les yeux. « Même si vous ne me payez rien, en partant tout de suite j'aurai sans doute plus d'argent sur moi à l'arrivée qu'en restant ici à essayer de trouver une place qui me rapporte.

– Je vois. » Le capitaine Tenira regarda l'assiette sur la table devant lui et l'écarta d'un geste désinvolte. Il se nettoya une dent du bout de la langue. « Ma foi, c'est admirable ; mais je serais tout de même obligé de te nourrir, j'imagine. Et le travail à bord d'une vivenef n'est pas exactement le même que sur un autre bateau ; une vivenef, ça réagit d'une façon qui n'a rien à voir avec le vent ni avec le temps. Et Ophélie est une dame qui peut avoir son caractère. »

Althéa se mordit la lèvre pour ne pas sourire : l'*Ophélie* était une des plus anciennes vivenefs qui existaient, et elle appartenait même à la première génération ; c'était un vieux rafiot ventru, qui pouvait apparaître aussi bien paillard et ordurier qu'aristocratique et imposant selon son humeur. « Une dame qui peut avoir son caractère » était une des descriptions les plus aimables qu'Althéa eût entendues sur la vivenef.

« Les matelots ne doivent pas seulement se montrer vifs et intelligents, pérorait le capitaine Tenira ; ils doivent aussi avoir un tempérament égal. Il n'est pas question qu'ils aient peur d'elle ni qu'ils nourrissent des superstitions à son sujet; cependant, il ne s'agit pas non plus qu'ils la laissent leur marcher sur les pieds. Tu es déjà monté à bord d'une vivenef, garçon?

– Quelquefois, répondit Althéa; avant de naviguer, j'allais sur la digue nord, à Terrilville, et je parlais avec elles de temps en temps. Je les aime bien, cap'taine; elles ne me font pas peur.»

Le commandant s'éclaircit la gorge, et c'est d'une voix changée qu'il déclara: «Un marchand est très différent d'un navire-abattoir. Nous voyageons beaucoup plus vite et nous sommes beaucoup plus propres. Quand le second te donne un ordre, tu obéis aussitôt. T'en crois-tu capable?

– Oui, cap'taine, j'en suis capable. Et je me lave tous les jours, et je sais tenir mon coin.» Althéa hochait la tête comme un pantin.

– Très bien.» L'homme réfléchit. «Je n'ai toujours pas besoin de toi, tu sais, et il y a beaucoup de matelots qui donneraient n'importe quoi pour servir à bord d'une vivenef. Tu prends une place pour laquelle je n'aurais aucun mal à trouver un marin plus vieux et plus expérimenté.

– Je sais, cap'taine, et je vous remercie.

– Tu peux, oui. Je suis dur, comme maître à bord, Athel; tu risques de regretter ta décision avant notre arrivée à Terrilville.

– Pardon, cap'taine, mais c'est ce que j'ai entendu dire sur vous: que vous êtes dur mais juste.» Elle leva les yeux vers le commandant. «J'ai pas peur de travailler pour un homme juste.»

C'était assez de miel pour adoucir le capitaine, qui faillit sourire. «Dans ce cas, va te présenter au second. Il s'appelle Grag Tenira. Dis-lui que je t'ai enrôlé et que tu dois dérouiller la chaîne d'ancre.

– Oui, cap'taine», répondit Althéa avec une petite grimace. Dérouiller la chaîne d'ancre était une tâche sans fin; mais elle songea qu'exécuter cette besogne sur une vivenef valait mieux que tout ce qu'elle avait pu faire à bord du *Moissonneur.* «Merci, cap'taine.

– Eh bien, vas-y», fit Tenira d'un ton cordial. Il se pencha pour prendre sa chope et l'agiter en l'air afin d'attirer un serveur.

Dès qu'elle eut mis le pied sur le trottoir en planches devant la taverne, Althéa poussa un grand soupir de soulagement. C'est à peine si elle sentait le vent glacé qui soufflait dans la rue; Tenira ne l'avait pas reconnue, et il était peu probable que cela n'arrive jamais : en tant que mousse, elle avait peu de chances de croiser fréquemment le capitaine ; en outre, maintenant qu'il l'avait vue sous l'identité d'Athel, il continuerait sans doute à la percevoir ainsi. Elle ne doutait pas de parvenir tout aussi facilement à jeter de la poudre aux yeux de Grag Tenira ; Athel le mousse n'évoquait en rien Althéa la partenaire de danse. Son cœur se gonfla soudain de joie : elle était arrivée à ses fins ! Elle avait trouvé le moyen de retourner à Terrilville ! Et, si ce qu'on disait du capitaine Tenira était exact, elle gagnerait quelques pièces au cours du voyage. C'était un homme juste, et, s'il la voyait travailler dur, il l'en récompenserait. Il ne lui restait plus qu'à récupérer son sac, embarquer sur le navire et trouver un coin où accrocher un hamac. Le lendemain, elle serait sur le chemin du retour.

Et de nouveau à bord d'une vivenef. Sur ce sujet, ses sentiments étaient plus mitigés. L'*Ophélie* n'était pas la *Vivacia*, et elle n'aurait aucun lien avec elle ; d'un autre côté, Ophélie n'était pas non plus un simple bout de bois mort soumis aux seules forces du vent et des vagues, et Althéa aurait plaisir à remettre le pied sur un navire qui réagissait à son environnement. En outre, elle serait soulagée de quitter ce petit port crasseux.

Elle dirigea ses pas vers l'auberge fatiguée où elle logeait. Elle allait embarquer sur l'*Ophélie* le soir même et commencer son voyage le lendemain ; elle n'avait donc pas le temps de chercher Brashen pour lui dire au revoir ; elle ignorait où il se trouvait, et d'ailleurs, qui sait ? peut-être avait-il déjà repris la mer. Et puis quel intérêt ? Rien ne la rattachait vraiment à lui, rien du tout. Elle ne savait même pas pourquoi elle avait pensé à lui ; elle n'avait en tout cas rien à lui dire, et le revoir ne ferait que susciter des échanges gênants sur des sujets délicats.

⋆

Le bureau de l'agent maritime était exigu et l'atmosphère étouffante. Le feu qui grondait dans la cheminée était excessif pour une si petite pièce, qui paraissait enfumée par contraste avec la rue où soufflait un vent frais. Brashen tirailla son col, puis reposa ses mains sur ses genoux et s'efforça de les y maintenir.

« J'embauche pour le *Veille du Printemps* ; c'est vous dire la confiance que le capitaine place en moi, et je la prends très au sérieux. Si je lui envoie des hommes négligents ou des ivrognes, cela peut coûter au navire du temps, de l'argent et des vies. Je fais donc très attention à qui j'enrôle. »

Le petit homme au crâne dégarni s'interrompit pour tirer sur sa pipe. Il paraissait attendre une réponse et Brashen se creusa la cervelle. « C'est une lourde responsabilité », fit-il enfin.

L'homme exhala une bouffée de fumée jaunâtre. Son âcreté piqua les yeux et la gorge de Brashen, qui s'efforça de n'en rien laisser voir. Il voulait la place de second que le placard en devanture annonçait vacante. Le *Veille du Printemps* était un petit marchand à faible tirant d'eau qui cabotait entre Chandelle et Terrilville, et dont les cargaisons qu'il embarquait à chaque port déterminaient la destination suivante. Telle était du moins la façon dont l'agent avait exposé la chose ; pour Brashen, cela revenait à dire que le navire trafiquait avec les pirates, achetant et revendant du fret volé à d'autres bateaux, et il n'était pas sûr de vouloir se retrouver impliqué dans ce genre d'affaire. De fait, il n'avait aucune envie de travailler dans quelque branche que ce fût, mais il était à court d'argent et n'avait presque plus de cindine, donc il devait trouver une place, et celle qu'on lui proposait ce jour-là en valait bien une autre. L'homme avait repris son discours et Brashen fit semblant de ne pas avoir manqué une seule de ses paroles.

« ... et c'est ainsi que nous l'avons perdu. C'est dommage, parce qu'il travaillait pour nous depuis des années ; mais, comme vous ne l'ignorez sans doute pas (il tira de nouveau une longue bouffée de sa pipe et la souffla par le nez), le temps et la marée n'attendent pas, non plus que les cargaisons périssables. Le *Veille du Printemps* doit reprendre la mer et il nous faut un nouveau second, or vous paraissez bien connaître les eaux dont nous avons parlé. Cependant, nous risquons de ne pas pouvoir vous payer ce que vous pensez valoir.

– Combien ? » demanda Brashen, avant de sourire dans l'espoir d'adoucir la brusquerie de sa question. La migraine l'avait repris, et, si l'homme lui soufflait encore une fois sa fumée au visage, il avait l'impression qu'il allait vomir.

– Ma foi... » Le ton de Brashen avait manifestement pris l'agent un peu à rebrousse-poil. « Ça dépend, évidemment ; vous possédez une étiquette du *Moissonneur*, mais rien d'autre qui prouve l'autre expérience que vous prétendez avoir. Il faut que j'y réfléchisse. »

Traduction : il espérait que quelqu'un d'autre postulerait avec davantage d'étiquettes à présenter. « Je vois. Quand saurez-vous si vous avez besoin de moi ? » Encore une question mal formulée, Brashen s'en rendit compte, mais trop tard ; il était apparemment incapable de surveiller ses paroles. Il sourit de nouveau en souhaitant que son expression ne trahît pas trop son accablement.

« Tôt demain matin, peut-être. »

Quand l'homme tira sur sa pipe, Brashen se pencha en faisant semblant de rajuster le bas de son pantalon, et il resta ainsi jusqu'à ce que l'agent eût soufflé sa bouffée ; alors il se redressa. Néanmoins, un nuage jaunâtre l'attendait, et il toussa, puis s'éclaircit la gorge. « Dans ce cas, je reviendrai demain matin, d'accord ? » Brashen sentait l'angoisse commencer à lui nouer l'estomac : il allait devoir à nouveau affronter une journée sans rien à manger, une nouvelle nuit à la belle étoile. A ce régime, chaque jour qui passait voyait diminuer ses chances de trouver une place convenable : on n'embauchait pas comme second un homme affamé, crasseux et mal rasé.

« C'est ça », répondit l'agent d'un air absent, occupé à trier des documents sur son bureau, Brashen déjà chassé de ses pensées. « Et venez prêt à embarquer, parce que, si nous avons besoin de vous, ce sera sans délai. Bonne journée. »

Brashen se leva lentement. « C'est inacceptable. Vous refusez de me dire si vous avez besoin de moi ni ce que serait ma paye, mais je dois me tenir prêt à répondre si vous claquez des doigts. Je ne marche pas. » *Tu es fou !* lui cria une partie rationnelle de son esprit. *Tais-toi ! Tais-toi ! Tais-toi !* Mais il était trop tard, et il savait qu'il aurait l'air non seulement stupide mais grossier s'il essayait de rattraper ses paroles ; il s'efforça de prendre un ton à la fois espiègle et moqueur en ajoutant : « Bonne journée à vous, monsieur. Je regrette que nous n'ayons pas pu faire affaire. »

L'agent maritime parut en même temps vexé et inquiet. « Attendez ! s'exclama-t-il presque avec colère. Attendez. »

Brashen s'arrêta et se retourna, les sourcils levés.

« Pas de précipitation. » L'indécision se lisait dans les yeux de l'homme. « Je vais vous dire ce que nous pouvons faire : je vais parler au second du *Moissonneur* dans la journée ; s'il m'assure que vous êtes franc du collier, nous vous verserons le salaire que vous touchiez sur le navire-abattoir. C'est équitable.

– Non, pas du tout. » Ayant adopté une attitude intransigeante, Brashen ne pouvait plus reculer ; en outre, il ne tenait pas à ce que l'agent s'entretienne avec un homme du *Moissonneur*. « Sur ce bateau, j'étais troisième lieutenant ; si je m'enrôle sur le *Veille du Printemps*, je serai second ; ni capitaine, ni simple matelot : second, responsable de tout ce qui va de travers à bord. Le *Veille du Printemps* est peut-être plus petit que le *Moissonneur*, mais ma fonction y est plus importante. Il faut mener l'équipage d'un marchand plus durement et plus efficacement que celui d'un abattoir ; et je parie que le *Veille du Printemps* rapporte bien plus d'argent que le *Moissonneur*, s'il fait bien son travail. Si j'embarque comme second, je veux le même salaire que mon prédécesseur.

– Mais il avait des années d'expérience sur ce navire ! glapit l'agent.

– J'ai des années d'expérience comme second à bord de la *Vivacia*, qui est un bateau sensiblement plus grand. Allons, versez-moi ce que vous payiez à l'ancien second. S'il vous faisait gagner de l'argent, je vous garantis que vous en toucherez autant avec moi. »

L'agent s'affala dans son fauteuil. « Vous avez l'impudence d'un bon second, concéda-t-il à contrecœur. Très bien. Présentez-vous prêt à embarquer, au salaire que vous demandez. Mais je vous avertis : si vous ne faites pas votre travail, le capitaine vous débarquera au port le plus proche, si petit soit-il.

– Je vais faire mieux, parce que je suis honnête et travailleur, répondit Brashen : je vais me présenter dès maintenant sur le bateau. S'il doit mettre à la voile après-demain, il me faudra bien tout ce temps pour vérifier que tout est bien arrimé à bord et faire en sorte que l'équipage sache que je suis le nouveau second ; en outre, cela donnera l'occasion au capitaine de voir de quel bois je suis fait. S'il n'apprécie pas ma manière d'opérer, il pourra toujours m'ordonner de débarquer. Ça vous convient-il ? »

Cette concession tombait à pic ; elle permettait à l'agent de conserver un peu de sa fierté. L'homme plissa les yeux, réfléchit, puis acquiesça de la tête. « Ça me convient. Vous savez où est amarré le *Veille du Printemps* ? »

Brashen eut un sourire entendu. « Est-ce que j'ai l'air d'un homme qui postulerait pour une place sur un navire qu'il n'aurait jamais vu ? Oui, je sais où le trouver. Je serai à son bord avec mon sac, si jamais vous changez d'avis ; mais ça m'étonnerait.

– Eh bien, parfait. Bonne journée, donc.

– Bonne journée.»

Brashen quitta le bureau et referma la porte derrière lui, puis il suivit la rue d'un pas vif et décidé. Il constata avec soulagement que son sac de marin n'avait pas bougé du tas de paille, derrière l'écurie de chevaux de louage dans laquelle il avait dormi la nuit précédente: si on le lui avait volé, cela n'aurait pas arrangé sa situation. Il l'ouvrit et jeta un rapide coup d'œil au contenu pour s'assurer qu'on ne lui avait rien chapardé; il n'y conservait rien de valeur, mais il avait le sens de la propriété. Il fouilla ses affaires: sa réserve de cindine était toujours là, en baisse, mais suffisante; de toute façon, il n'y toucherait pas tant qu'il serait de service. Il n'en prenait jamais en dehors de ses moments de liberté. D'ailleurs, en toute probabilité, il n'en userait pas à bord du *Veille du Printemps*; après tout, au cours de toutes les années qu'il avait passées sur la *Vivacia*, il n'avait jamais fait usage de la cindine, même lors de ses bordées à terre.

Il éprouva une douleur sourde en repensant à la *Vivacia*. Il avait perdu gros en se faisant déposséder de sa place de second. Comment la situation aurait-elle évolué si Ephron Vestrit n'était pas tombé malade? Il naviguerait encore à bord de la vivenef, et Althéa aussi. Il ressentit un pincement au cœur en songeant à la jeune fille: il ne savait même pas où elle se trouvait dans cette ville crasseuse. Il s'était montré stupide et borné, comme d'habitude, alors qu'il n'avait aucun motif réel de la planter là comme il l'avait fait l'autre soir: elle avait simplement prétendu qu'ils ne se connaissaient pas vraiment, mais ce n'étaient que des mots, et il le savait aussi bien qu'elle.

En réalité, elle le connaissait si bien qu'elle n'avait pas voulu prolonger sa relation avec lui.

Il s'arrêta en pleine rue, posa son sac à terre et prit ce qui lui restait de cindine; il rompit un petit morceau de la barrette et le fourra dans sa joue. Il ne désirait pas en prendre trop, juste de quoi lui donner l'air gaillard en attendant d'avaler un repas digne de ce nom à bord. Etrange comme quelques nuits passées le ventre vide pouvaient rendre appétissants même les biscuits de marin et le bœuf salé. L'espace d'un instant, il sentit la brûlure de la cindine, puis il déplaça la chique du bout de la langue et la sensation s'apaisa. La bouche amère, il prit une profonde inspiration et le décor qui l'entourait parut acquérir une plus grande netteté ; il jeta de nouveau son sac sur son épaule et reprit la route des quais.

Quel plaisir ce serait de retrouver une place définie dans le monde ! Et puis, le *Veille du Printemps* paraissait un navire intéressant. Brashen avait souvent fait l'aller-retour par le Passage Intérieur sur la *Vivacia*, mais s'y était rarement arrêté, car le capitaine Vestrit achetait la plupart de son fret au sud de Jamaillia, et Brashen avait visité une centaine de petits ports exotiques de ces mers lointaines. Il serait amusant de refaire connaissance avec les îles des Pirates. Quelqu'un se souviendrait-il de lui là-bas ?

*

Midi était passé, autant que Hiémain pût s'en rendre compte ; c'était du moins ce que lui assurait son estomac. Il se tâta de nouveau la pommette, puis examina le bout de ses doigts ; la lymphe qui sourdait de son tatouage était visqueuse. Il se demanda de quoi il avait l'air ; il voyait le sceau vert sur la joue de ses compagnons de réclusion, mais il n'arrivait pas à l'imaginer sur son propre visage. C'étaient des esclaves, et, d'une certaine façon, les voir tatoués n'avait rien de choquant ; mais lui-même n'était pas asservi, non, c'était une erreur ; son père aurait dû venir le tirer de cette situation. Tout à coup, avec la soudaineté d'une bulle qui éclate, il se rendit compte de la complète absence de logique de ses réflexions. La veille, ces visages qui l'entouraient étaient aussi intacts que le sien ; comme lui, ces gens découvraient leur nouveau statut. Pourtant, il n'arrivait toujours pas à se considérer comme un esclave. Ce n'était qu'un terrible malentendu.

Il percevait des bruits, le brouhaha assourdi d'une foule, des voix qui s'élevaient pour se faire entendre, mais nul ne venait les voir, à l'exception d'un garde qui faisait sa tournée d'un air léthargique.

Il s'éclaircit la gorge. Personne n'y fit attention, mais il prit tout de même la parole. « Pourquoi ne voit-on pas d'acheteurs ? Aux autres enclos, il en passait sans cesse pour emmener des esclaves. »

L'adolescent crasseux répondit d'un ton las : « Tu devais être enfermé dans les boxes aux faces-de-carte ; là, les vendeurs acceptent à peu près n'importe quel prix. Les esclaves qualifiés sont achetés par des sociétés qui louent leurs services; on les vend à l'encan pour obliger les sociétés à renchérir les unes sur les autres. Les nouveaux esclaves... » Il se tut soudain, puis s'éclaircit la gorge à son tour: « Les nouveaux esclaves sont vendus aux enchères eux aussi. Ça s'appelle la règle de miséricorde, parce que, parfois, la famille ou les amis rachètent quelqu'un et lui rendent sa liberté. Avant, je trouvais ça drôle; j'allais aux enchères avec des copains et on faisait des offres sur les nouveaux esclaves, rien que pour faire monter leur prix et voir leurs frères ou leurs pères commencer à transpirer. » Il toussota brusquement et se retourna vers l'angle de l'enclos. « Je n'aurais jamais cru me retrouver de l'autre côté de la barrière.

– Peut-être que tes amis te rachèteront? fit Hiémain à mi-voix.

– Et si tu la fermais avant que je te fasse sauter toutes les dents? » répliqua le jeune garçon d'un air mauvais. Hiémain comprit que personne, ni parent ni ami, ne viendrait le racheter, pas plus qu'aucun de ses voisins, d'après leur mine. L'un d'eux était une femme d'âge mûr dont le visage indiquait qu'elle était habituellement souriante, mais ses traits étaient avachis à présent; assise dans la paille, elle se balançait doucement d'avant en arrière. Il y avait aussi deux jeunes hommes d'un peu plus de vingt ans, à l'air timide, vêtus comme des fermiers; ils étaient assis côte à côte, muets, l'œil vide. Peut-être étaient-ils amis, voire frères. L'autre femme de l'enclos était de cet âge indécis où l'on oscille entre la désillusion et la dureté; elle se tenait repliée sur elle-même, les bras serrés autour des genoux; ses lèvres formaient une fine ligne sans expression et elle gardait les yeux plissés; des taches d'aspect malsain parsemaient le pourtour de sa bouche.

La brève journée d'hiver tirait à sa fin quand deux hommes vinrent chercher les esclaves. Hiémain ne les avait jamais vus. Ils portaient de courtes matraques et un rouleau de lourde chaîne auquel ils attachèrent les prisonniers à mesure qu'on les délivrait de leurs fers. « Par ici », dit l'un d'eux; l'autre, sans s'embarrasser de paroles, poussa brutalement Hiémain de sa matraque pour lui faire accélérer le pas.

La répugnance que le jeune garçon éprouvait à se voir vendu à l'encan comme une vache le disputait à la fatigue née de l'incertitude dans laquelle il avait vécu ces derniers jours. Au moins, il lui arrivait maintenant quelque chose de concret, même s'il n'avait pas son mot à dire. Sa portion de chaîne entre les mains, il suivit gauchement ses compagnons d'un pas malaisé, tout en jetant des regards sur ce qui l'entourait ; il n'y avait guère à voir : la plupart des enclos devant lesquels ils passaient étaient vides à présent. Le brouhaha devint plus fort et ils débouchèrent soudain dans une cour ; elle était bordée d'abris à esclaves, et en son milieu se dressait une estrade munie de marches qui n'était pas sans rappeler un échafaud. Une foule de gens l'entourait, examinant les marchandises, riant, buvant, échangeant des plaisanteries et des commentaires, et achetant des êtres humains. Hiémain perçut soudain une odeur de bière et, supplice suprême, celle de viande fumée : çà et là dans la cour, des étals proposaient aux passants de quoi se restaurer. De l'autre côté de l'estrade, Hiémain aperçut une rangée de boutiques de tatouage en plein air qui ne paraissaient pas chômer.

C'était un beau jour de marché, plein d'animation ; sans doute, songea Hiémain, des gens s'étaient levés tôt en se réjouissant à l'avance de passer la journée en ville à rencontrer des amis, à marchander et à se promener aux enchères pour voir ce qu'on proposait comme esclaves aujourd'hui.

On les tint un moment groupés au bas des marches pendant que le crieur en finissait avec le lot précédent, et quelques acquéreurs sérieux fendirent la foule pour les inspecter de plus près ; certains posèrent des questions aux gardiens, en haussant la voix pour se faire entendre, sur l'âge, l'état des dents ou l'expérience de leurs prisonniers ; les gardiens répétèrent les questions à leurs esclaves comme si ceux-ci étaient incapables d'entendre ou de comprendre ce que disaient les acheteurs. L'un d'eux s'enquit de l'âge de Hiémain. « Quatorze ans », répondit le jeune garçon.

L'homme émit un grognement méprisant. « Je lui en aurais donné douze. Remontez-lui la manche, que je voie son bras. » Le gardien obéit. « Ah, il y a un peu de muscle. Quel genre de travail est-ce que tu connais, petit ? La cuisine ? La basse-cour ? »

Hiémain s'éclaircit la gorge. Qu'était-il ? Un esclave avec de bonnes qualifications recevait un meilleur traitement, c'était du moins ce qu'on lui avait dit. Autant profiter des quelques atouts qu'il possédait. « Je suivais une formation de prêtre ; j'ai travaillé dans les vergers, je sais fabriquer des vitraux, écrire, lire et calculer. Et j'ai aussi été mousse sur un bateau, ajouta-t-il à contrecœur.

– Il est trop plein de lui-même», fit l'acquéreur avec un ricanement ironique. Il se détourna en secouant la tête à l'intention de son collègue. «Il sera difficile à dresser; il croit déjà en savoir trop.»

Alors que Hiémain cherchait une réponse adéquate, une saccade sur sa chaîne le ramena à la réalité: ses compagnons commençaient à gravir les marches, et il les suivit d'un pas vacillant. Pendant quelques instants, il dut faire attention de ne pas tomber dans les degrés tant la chaîne qui lui entravait les chevilles était courte, puis il prit sa place auprès des autres esclaves sur l'estrade que des torches éclairaient.

«De nouveaux esclaves, tout frais, sans mauvaises habitudes, il faudra les dresser vous-même!» Le crieur avait entamé son boniment, et la foule réagit par de petits rires sans entrain. «Voilà tout ce que j'ai; regardez-les bien et décidez lequel mènera les enchères. J'ai deux solides gaillards, faits pour le travail à la ferme, une grand-mère gentille comme tout, parfaite pour surveiller vos enfants; j'ai aussi une femme qui a été traitée un peu à la dure mais qui a encore quelques bonnes années devant elle, et deux garçons, vifs et en bonne santé, assez jeunes pour les dresser à ce que vous voulez. Allons, qui ouvre les enchères? Ne faites pas les timides! Gueulez un grand coup et dites-moi qui vous avez choisi!» Le crieur eut un geste enjôleur en direction de la mer de visages qui regardaient avec intérêt la marchandise présentée sur l'estrade.

«Maiverne! La vieille femme! Trois pièces d'argent!» Hiémain repéra la jeune femme éperdue dans la foule; une fille, peut-être, ou une amie. La vieille esclave à côté de lui se couvrit le visage des mains comme si elle avait honte ou craignait d'espérer. Hiémain crut que son cœur allait se briser; ce qu'il vit ensuite le fit au contraire bondir dans sa poitrine. La haute stature et la chevelure blonde de son père ressortait de la foule comme un drapeau lui faisant signe de rentrer chez lui et de retrouver la sécurité. Il discutait avec un homme derrière lui.

«Père!» cria-t-il, et il vit Kyle Havre se tourner vers la plateforme, l'air effaré. Il vit aussi Torg, près de lui, porter les mains à sa bouche comme sous le coup de la stupeur, simulant parfaitement l'étonnement. Un des gardiens donna un coup de matraque à Hiémain dans les côtes.

«Du calme. Attends ton tour», dit-il d'un ton sec.

C'est à peine si Hiémain sentit le choc ou entendit les paroles : il ne voyait que le visage de son père qui le regardait, si petit et si lointain dans la marée humaine. A la lumière indécise du crépuscule, Hiémain n'arrivait pas à distinguer clairement son expression. Sans le quitter des yeux, Hiémain adressa une prière à Sâ, une simple supplique sans forme précise et qui ne fit pas bouger ses lèvres. Il vit son père se tourner vers Torg et s'entretenir véhémentement avec lui, et il se demanda si, en cette fin de journée, il lui restait quelque argent ; oui, sans doute, sans quoi il aurait déjà regagné le navire avec ses achats. Hiémain essaya d'esquisser un sourire d'espoir, mais n'y parvint pas : quelles émotions son père ressentait-il en cet instant ? Colère, soulagement, humiliation, pitié ? Cela n'avait pas d'importance : il était impossible que son père ne le rachetât pas. Que dirait sa mère, autrement ?

Hiémain songea tout à coup qu'elle ne dirait rien si on la laissait dans l'ignorance de ce qui s'était passé, si on lui faisait croire que son fils s'était simplement enfui à Jamaillia.

Le fouet du crieur s'abattit sur la table devant lui. « Adjugée ! brailla-t-il. Pour dix pièces d'argent, et grand bien vous fasse, ma belle dame ! Allons, qui veut ouvrir les enchères pour le suivant ? Voyons, nous avons quelques bons esclaves aujourd'hui ! Regardez les muscles de ces paysans ; les semailles de printemps ne sont que dans quelques semaines, amis fermiers ! Mieux vaut être prêts !

– Père ! Je vous en prie ! » cria Hiémain avant de battre en retraite, plié en deux par un nouveau coup de matraque.

Lentement, Kyle Havre leva la main. « Cinq piécettes pour le jeune garçon ! »

La foule éclata de rire en entendant cette offre injurieuse : avec cinq piécettes de cuivre, on achetait un bol de soupe, pas un esclave. Le crieur recula à pas lents, la main sur le cœur. « Cinq piécettes ? répéta-t-il, feignant la consternation. Mon petit gars, qu'est-ce que tu as donc fait pour mécontenter ton papa à ce point ? On m'offre cinq piécettes ; les enchères sont ouvertes à ce prix. Quelqu'un d'autre veut de cet esclave à cinq piécettes ? »

Une voix monta de la foule. « Lequel est le garçon qui sait lire, écrire et calculer ? »

Hiémain se tut, mais un des gardiens répondit : « Celui-ci. Il se formait à la prêtrise ; il dit aussi qu'il sait fabriquer des vitraux. »

Cette prétention chez un garçon aussi jeune parut semer le doute parmi les acheteurs. « Une pièce de cuivre ! offrit quelqu'un en riant.

– Deux !

– Tiens-toi droit », ordonna le gardien à Hiémain en appuyant ses paroles d'un petit coup de matraque.

« Trois ! fit son père d'un air maussade.

– Quatre ! » Cette dernière offre venait d'un jeune homme à la mine réjouie qui se tenait derrière la foule ; ses compagnons et lui échangeaient des coups de coude en regardant tour à tour Hiémain et Kyle. Le jeune prêtre sentit son cœur se serrer : si son père s'apercevait de leur petit jeu, il était impossible de prévoir sa réaction.

« Deux pièces d'argent ! » cria quelqu'un qui pensait apparemment mettre un terme aux enchères en augmentant l'offre de façon substantielle. Hiémain devait apprendre par la suite que c'était encore une piètre proposition pour un nouvel esclave qui ne promettait guère, mais qu'elle entrait dans les limites de l'acceptable.

« Deux pièces d'argent ! répéta le crieur avec enthousiasme. Enfin, amis et bons voisins, on commence à prendre ce jeune homme au sérieux ! Il sait lire, écrire et calculer ! Il prétend aussi savoir fabriquer des vitraux, mais on ne peut pas dire que ça serve à grand-chose, hein ? Un petit gars bien utile, qui grandira encore sûrement, vu qu'il ne peut pas rapetisser ! Un garçon docile, facile à former ! Est-ce que j'ai entendu trois pièces ? »

Il avait bien entendu, et l'offre ne venait pas du père de Hiémain ni des jeunes chahuteurs ; les enchères atteignirent cinq pièces d'argent avant que les acheteurs sérieux commencent à secouer la tête et à examiner les autres marchandises en attente. Les jeunes plaisantins continuèrent à surenchérir jusqu'au moment où Kyle Havre envoya Torg se placer près d'eux ; le lieutenant les aborda d'un air mauvais, mais Hiémain le vit clairement leur remettre une poignée de piécettes pour qu'ils cessent leur manège. Ah ! Tel était donc le but du jeu !

Quelques instants plus tard, son père l'achetait pour sept pièces d'argent et cinq de cuivre. On détacha Hiémain de la chaîne d'esclaves, on l'emmena en le tenant par les menottes comme on fait avancer une vache en la tirant par son licol, et, au bas des marches, on le remit à Torg ; son père ne s'était même pas déplacé pour le recevoir. Le jeune garçon sentit une vague d'inquiétude monter en lui. Il tendit ses poignets à Torg pour qu'il lui ôte ses chaînes, mais le lieutenant feignit de ne rien remarquer et se mit à l'examiner comme un simple esclave que son maître venait d'acheter. « Des vitraux, hein ? » jeta-t-il d'un ton moqueur, déclenchant l'hilarité des gardiens et des badauds au pied de l'estrade ; puis il saisit la chaîne qui reliait les poignets de Hiémain et se mit route en le tirant derrière lui. L'adolescent ne put que le suivre d'un pas trébuchant, les chevilles toujours entravées.

« Détache-moi, dit-il au lieutenant dès qu'ils furent sortis de la foule.

– Afin que tu en profites pour mettre les voiles encore une fois ? Sûrement pas ! répliqua Torg avec un sourire ravi.

– Tu n'as pas averti mon père que j'étais ici, n'est-ce pas ? Tu as attendu qu'on me marque comme esclave et qu'il soit forcé de me racheter.

– Tu racontes n'importe quoi », répondit Torg d'un ton enjoué. Il était manifestement de très bonne humeur. « A ta place, je m'estimerais heureux que ton père soit resté aussi longtemps aux enchères, qu'il t'ait vu et t'ait racheté. On repart demain, tu sais, et on a notre pleine cargaison ; il est juste passé ici faire quelques achats de dernière minute, et il est tombé sur toi. »

Hiémain se tut. Serait-il judicieux de mettre son père au courant de l'attitude de Torg ? Ne donnerait-il pas l'impression d'un petit garçon qui se plaint à son papa ? Et son père le croirait-il seulement ? Dans le crépuscule tombant, il scruta les visages qu'ils croisaient à la recherche de celui du commandant de la *Vivacia* ; quelle expression arborerait-il ? Colère, soulagement ? Hiémain lui-même se sentait tiraillé entre l'angoisse et l'euphorie.

Soudain il l'aperçut ; il se trouvait loin et ne regardait même pas dans sa direction, apparemment occupé à enchérir sur les deux journaliers agricoles vendus en lot. Il n'eut pas le moindre coup d'œil pour son fils enchaîné.

« Mon père est là-bas, dit Hiémain à Torg, en s'arrêtant. Je veux lui parler avant que nous ne regagnions le navire.

– Voyons, grogna le lieutenant avec entrain, ça m'étonnerait qu'il ait envie de t'écouter. » Il eut un sourire entendu. « Et même, ça m'étonnerait qu'il te croie encore capable de faire un bon second quand il donnera le commandement à Gantri ; à mon avis, c'est moi qu'il voit pour le boulot, maintenant. » Il avait pris un ton suffisant, comme s'il pensait que la nouvelle allait assommer Hiémain.

Le jeune garçon s'arrêta de nouveau. « Je veux parler à mon père immédiatement.

– Non », répliqua Torg d'un ton catégorique. Sa masse et sa musculature pouvaient venir aisément à bout de la résistance de Hiémain. « Tu marches ou je te traîne par terre, pour moi c'est du pareil au même », affirma-t-il tandis qu'il balayait la foule du regard. « Ah ! » fit-il soudain, et il se remit en marche, le jeune garçon à la remorque.

Ils parvinrent devant le billot d'un tatoueur occupé à libérer une femme encore étourdie du collier de maintien tandis que le propriétaire tirait impatiemment sur les fers de sa nouvelle esclave pour l'obliger à le suivre. Le tatoueur leva les yeux vers Torg et hocha la tête. « Ah, la marque de Kyle Havre », fit-il d'un ton affable en désignant Hiémain ; manifestement, les deux hommes avaient souvent fait affaire.

« Non, pas sur celui-ci », répondit Torg au grand soulagement du jeune adolescent. Le lieutenant venait sans doute acheter une babiole, signe de sa liberté et dépense supplémentaire qui ne réjouirait sûrement pas son père. Hiémain se demandait déjà s'il existait un moyen, par abrasion ou décoloration, d'effacer le tatouage qui le défigurait ; ce serait douloureux, mais cela vaudrait mieux que conserver cette marque toute sa vie : plus vite il reléguerait sa mésaventure au passé, mieux il s'en porterait. Il avait déjà décidé que, lorsque son père daignerait lui adresser la parole, il lui ferait la promesse sincère de rester à bord du bateau et de le servir fidèlement jusqu'à sa quinzième année révolue ; peut-être était-il temps d'accepter le rôle que Sâ lui avait imposé, et peut-être lui donnait-on là l'occasion de se réconcilier avec son père. Après tout, être prêtre n'était pas une fonction mais une attitude ; il trouverait bien le moyen de poursuivre ses études sur la *Vivacia*. D'ailleurs, il s'apercevait que la vivenef lui manquait, et, songeant à elle, il sentit un petit sourire naître sur ses lèvres. Il tâcherait de réparer sa désertion, de la convaincre que...

Torg le saisit par les cheveux et lui engagea brutalement la gorge dans le collier que le tatoueur referma aussitôt. Affolé, Hiémain se débattit, mais ne parvint qu'à s'étrangler. C'était trop serré ! Ils l'avaient trop serré ! Même en s'efforçant de se tenir tranquille, il allait perdre conscience ; il n'arrivait pas à respirer assez et il n'était même pas en mesure d'en prévenir les deux hommes. Il entendit vaguement la voix de Torg : « Dessine-lui le même signe que sur cette boucle d'oreille ; comme ça, il appartiendra au bateau. Je parie que c'est la première fois dans l'histoire de Jamaillia qu'une vivenef achète un esclave ! »

7
RÊVES ET RÉALITÉ

« Le coffre à rêve a disparu. »

Malta regarda tour à tour sa mère et sa grand-mère qui la dévisageaient, les traits graves, et elle écarquilla les yeux. « Comment est-ce possible ? Tu es sûre ? »

Sa mère répondit d'un ton calme : « J'en suis tout à fait certaine. »

Malta finit d'entrer dans la salle et s'assit à sa place habituelle à la table du petit déjeuner, puis elle souleva le couvercle du plat posé devant elle. « Oh non, encore du gruau ! Nous ne sommes quand même pas pauvres à ce point ! Comment le coffret pourrait-il avoir disparu ? »

Elle leva le regard et rencontra celui des deux femmes toujours braqué sur elle. Sa grand-mère plissa les yeux et dit : « Je pensais que tu aurais peut-être une idée.

– C'est maman qui l'avait ; elle ne me l'a pas donné, c'est même à peine si elle m'a permis de le toucher, répliqua Malta. Est-ce qu'il y a des fruits ou de la confiture pour accompagner cette bouillie ?

– Non. Si nous voulons payer nos dettes à leurs échéances, nous allons devoir vivre de façon frugale pendant un certain temps ; on te l'a déjà expliqué. »

Malta poussa un soupir. « Pardon, fit-elle d'un air contrit. J'oublie quelquefois notre situation. J'espère que papa ne tardera plus à rentrer ; quel plaisir quand tout sera normal comme avant ! »

Elle regarda de nouveau sa mère et sa grand-mère en essayant de sourire. « En attendant, nous devons nous estimer heureuses de ce qui nous reste, j'imagine. » Elle se redressa sur sa chaise, se composa une expression satisfaite et prit une cuillerée de gruau.

« Ainsi, tu ne vois pas où pourrait être passé ce coffret ? » demanda sa grand-mère.

La jeune fille fit un signe négatif de la tête en avalant sa bouchée. « Non. A moins que... Avez-vous demandé aux domestiques si elles l'ont déplacé en faisant le ménage ? Nounou ou Rache sait peut-être quelque chose.

– Il était bien rangé ; je ne l'avais pas laissé là où on aurait risqué de le déplacer. Il a fallu que quelqu'un s'introduise dans ma chambre et la fouille pour trouver la boîte.

– Est-ce qu'il manque autre chose ? demanda vivement Malta.

– Non, rien. »

La jeune fille avala une nouvelle cuillerée de gruau, l'air pensif. « Est-ce qu'il aurait pu... disparaître, tout simplement ? fit-elle avec un sourire incertain. Je sais, ça paraît ridicule, mais on entend tellement d'histoires extravagantes sur les produits du désert des Pluies qu'on finit par croire tout possible, au bout d'un moment.

– Non, il ne peut pas avoir disparu, répondit sa grand-mère d'une voix lente. Même si on l'avait ouvert, il ne se serait pas évanoui en fumée.

– Comment en sais-tu aussi long sur les coffres à rêve ? » demanda Malta avec curiosité. Elle se versa une tasse de tisane qu'elle sucra avec du miel en attendant une réponse.

« Une de mes amies en a reçu un autrefois. Elle l'a ouvert et a fait le rêve contenu, puis elle a accepté la cour du jeune homme ; mais il est mort avant leur mariage, et je crois qu'elle a épousé son frère quelques années plus tard.

– Pouah ! » fit Malta. Elle prit une cuillerée de gruau et poursuivit : « Je ne me vois vraiment pas épouser quelqu'un du désert des Pluies, même s'ils nous sont apparentés, à ce qu'on dit. Tu imagines embrasser un homme tout couvert de verrues ? Ou partager ton petit déjeuner avec lui ?

– Il n'y a pas que l'apparence qui compte chez les hommes, fit sa grand-mère d'un ton glacé. Quand tu auras compris cela, peut-être commencerai-je à te traiter en adulte. » Et son regard désapprobateur se porta sur sa fille. « Eh bien, qu'allons-nous faire ? »

La mère de Malta secoua la tête. « Avons-nous le choix ? Nous allons expliquer, le plus poliment du monde, que le cadeau s'est égaré avant que nous puissions le rendre, mais que nous ne pouvons pas accepter la cour proposée parce que Malta est beaucoup trop jeune.

– Nous ne pouvons pas leur dire que nous avons égaré leur cadeau ! C'est impossible ! s'exclama Ronica.

– Quoi d'autre, alors ? Leur mentir ? Répondre que nous l'acceptons mais que nous refusons la cour ? Prétendre que nous ne l'avons pas reçu et nous désintéresser de la question ? » A chaque suggestion, le ton de Keffria devenait plus ironique. « Non, nous n'en aurions l'air que plus ridicules encore. Comme je suis responsable, c'est moi qui me chargerai de rédiger la lettre et qui porterai le poids de la faute ; j'expliquerai que j'avais rangé le coffret dans un lieu que j'estimais sûr, mais qu'il avait disparu le lendemain matin, et je présenterai mes plus plates excuses en proposant de réparer ; mais je refuserai aussi la demande de cour en soulignant avec toute la délicatesse possible qu'elle n'est guère séante pour une enfant aussi jeune...

– Elle n'a rien d'inconvenant selon les critères du désert des Pluies, objecta Ronica, et surtout selon ceux des Khuprus. Leur fortune est légendaire, et, pour l'auteur de l'envoi, le coffret ne devait pas avoir plus de valeur qu'une simple babiole.

– Hmm... peut-être devrions-nous le marier à Malta, dans ce cas, fit Keffria d'un air facétieux. Un jeune homme qui roule sur l'or, voilà qui ne ferait pas de mal à notre famille en ce moment.

– Maman ! » s'exclama sa fille, agacée. Ce genre de plaisanterie n'était pas du tout de son goût.

« Je ne parlais pas sérieusement, Malta. Ne prends pas la mouche pour si peu. » Keffria se leva de table. « Bien ; rédiger cette lettre ne va pas être une mince affaire, et il me reste peu de temps si je veux la remettre au *Kendri* avant son départ. Il faut que je me mette au travail.

– Assure-les que, si nous retrouvons le coffret, nous le rendrons, dit sa mère.

– Naturellement ; j'ai d'ailleurs l'intention de passer à nouveau ma chambre au peigne fin. Mais je dois d'abord m'atteler à cette lettre avant que le *Kendri* lève l'ancre. » Et elle sortit à pas pressés.

Sa fille voulut porter à sa bouche l'ultime cuillerée de gruau de son bol, mais elle ne fut pas assez rapide.

« Malta, fit sa grand-mère d'un ton posé mais ferme, je tiens à te demander une dernière fois si tu as pris le coffre dans la chambre de ta mère. Non, réfléchis avant de répondre ; réfléchis aux conséquences sur l'honneur de notre famille, sur ta réputation. Réponds sincèrement et je te promets de ne pas te réprimander de ton mensonge précédent. » Elle se tut et retint sa respiration en observant Malta avec le regard fixe d'un serpent.

Sa petite-fille reposa sa cuiller. « Je n'ai rien pris du tout, déclara-t-elle d'une voix tremblante. Comment peux-tu me croire capable d'une chose pareille ? Que t'ai-je fait pour que tu m'accuses sans cesse ? Ah, que je voudrais que papa soit là, qu'il voie comment on me traite en son absence ! Ce n'est sûrement pas l'existence qu'il aurait voulue pour son unique fille !

– Non ; il t'aurait déjà vendue aux enchères comme un veau gras, répondit sèchement sa grand-mère. Ne joue pas les enfants martyrs avec moi ; ton père s'y laisse peut-être prendre mais pas moi. Je te le dis sans détours : si tu as pris le coffre à rêve et que tu l'aies ouvert, tu nous mets déjà dans une situation dont nous allons avoir du mal à nous tirer ; mais si tu persistes à mentir et à conserver cet objet... Ah, Malta, tu ne peux pas te moquer d'une demande de cour déposée par une des plus puissantes familles de Marchands du désert des Pluies ! L'heure n'est plus à tes petites gamineries ; nous sommes financièrement au bord du gouffre, et tout ce qui empêche notre chute jusqu'ici, c'est la réputation que nous avons de toujours tenir parole. Nous ne mentons pas, nous ne trichons pas, nous ne volons pas, et nous payons nos dettes sans nous défiler ; mais si cette confiance disparaît, si on commence à dire que nous ne respectons pas nos promesses, nous sommes perdus, Malta. Perdus ! Et, malgré ta jeunesse, tu devras toi aussi participer au règlement des dommages. »

Malta se leva lentement et jeta sa cuiller afin qu'elle tinte violemment sur son assiette. « Mon père va bientôt rentrer, la bourse pleine d'un argent durement acquis, et il remboursera tes dettes, il nous évitera la ruine à laquelle ton entêtement nous a menés ! Nous n'aurions pas de problèmes si grand-père avait commercé sur le fleuve du désert des Pluies comme n'importe quel propriétaire de vivenef ! Si tu avais écouté Davad, si tu avais vendu les terres alluviales, ou si tu les lui avais au moins louées pour qu'il y fasse travailler ses esclaves, nous ne nous trouverions pas dans la situation dont tu parles ! Ce n'est pas mon obstination qui met notre famille en danger, c'est la tienne ! »

D'abord sévères, les traits de Ronica avaient peu à peu pris une expression choquée, et ses lèvres serrées avaient blanchi sous l'effet de la colère. « Ecouterais-tu aux portes, ma chère petite-fille, pour connaître les derniers mots d'un mourant à son épouse ? Je pensais bien des choses sur toi, Malta, tant en bien qu'en mal, mais je n'aurais jamais cru que l'indiscrétion faisait partie de tes défauts ! »

Malta hocha la tête d'un air glacial, puis répondit d'un ton suave : « On m'a pourtant expliqué que c'est ainsi qu'on devient une femme dans cette maison : en se tenant au courant des finances et des placements de la famille, en guettant à la fois les risques et les occasions ; mais j'ai l'impression que tu préfères sauter sur n'importe quelle occasion de tenir mon père à l'écart. Tu ne le considères pas vraiment comme un membre de notre famille, n'est-ce pas ? Oh, bien sûr, pour te donner des petits-enfants et satisfaire maman, il est parfait, mais tu ne veux rien de lui à part ça, parce qu'alors il risquerait de mettre en péril tes propres projets : garder tout le pouvoir pour toi toute seule, quitte à ruiner la famille ! » Malta ignorait l'intensité de sa rancœur avant de s'entendre la cracher comme du venin.

D'une voix vibrante de colère, sa grand-mère riposta : « Si ton père ignore nos coutumes, c'est parce qu'il n'a jamais pris le temps de s'y intéresser ! Sinon, je ne serais pas aussi inquiète du pouvoir qu'il détient déjà, Malta ! » Elle reprit son souffle. « Tu viens de me démontrer que tu comprends bien plus de choses que je ne m'en doutais ; si tu nous l'avais laissé voir plus tôt, peut-être ta mère et moi t'aurions-nous considérée plus comme une adulte que comme une enfant. Maintenant, écoute-moi bien : quand Ephron… quand ton grand-père est mort, j'aurais pu assurer ma mainmise sur la direction de la famille bien davantage que je ne l'ai fait. Il souhaitait que le navire revienne à Althéa, non à Keffria et ton père, et c'est moi qui l'ai convaincu que Kyle ferait un bien meilleur commandant. Aurais-je agi de cette façon si je désirais garder le pouvoir pour moi seule, si je refusais ton père comme un membre à part entière de la famille ? Non, je croyais en sa fermeté et en son discernement. Mais hériter ne lui a pas suffi ; il s'est mis en tête de tout bouleverser, sans comprendre vraiment ce qu'il modifiait ni en quoi les changements qu'il opérait étaient malvenus, et sans jamais nous consulter : seule comptait désormais sa volonté, et ses idées étaient obligatoirement les meilleures. Je ne le tiens pas dans l'ignorance de ce que nous sommes, Malta ; son ignorance est une forteresse qu'il a bâtie lui-même et qu'il défend bec et ongles. »

Malta écoutait, mais presque malgré elle : sa grand-mère était trop rouée pour elle ; elle savait que son discours était émaillé de mensonges, qu'elle faussait la vérité sur son père, ce héros vaillant et intrépide, mais elle n'avait pas assez d'expérience pour mettre le doigt sur la duperie ; aussi, elle se força à sourire. « Dans ce cas, tu ne verras pas d'inconvénient à ce que je lui fasse part de ce que je sais pour combler cette ignorance qui te déplaît tant ; tu ne verras pas d'inconvénient à ce que je lui révèle qu'il n'existe aucune carte du fleuve du désert des Pluies, sur lequel la vivenef, une fois éveillée, se repère sans l'aide de personne. Il est de mon devoir de le tirer de son ignorance, n'est-ce pas ? »

Malta surveillait l'expression de sa grand-mère afin de voir comment elle allait réagir en s'apercevant que sa petite-fille était au courant de ces secrets, mais la vieille femme demeura impassible et secoua la tête. « Tu profères des menaces, ma petite, sans te rendre compte que tu te mets toi-même en danger. Il y a un prix à payer et des risques à encourir quand on veut traiter avec les Marchands du désert des Pluies. Ce sont nos parents, je ne dis pas de mal d'eux, et je respecte les termes des marchés que nous avons passés avec eux ; mais, il y a bien longtemps, Ephron et moi avons décidé de ne pas en conclure de nouveaux, de ne plus nous engager auprès d'eux, parce que nous voulions que nos enfants et nos petits-enfants – oui, même toi – restent libres de leurs décisions. A cause de cela, nous avons vécu plus difficilement que nous n'y étions obligés, et nous n'avons pas remboursé nos dettes aussi rapidement que nous l'aurions pu, mais ce sacrifice ne nous pesait pas. » La voix de Ronica se mit à trembler légèrement. « Ce sacrifice, nous l'avons fait pour toi, petit chat qui crache et feule, et, quand je te regarde, je me demande pourquoi. C'est l'eau saumâtre de Chalcède qui coule dans tes veines, pas le sang de Terrilville ! »

Là-dessus, elle se détourna et s'enfuit de la salle. Sa retraite n'avait ni dignité ni force, et Malta comprit qu'elle avait gagné : elle avait obligé sa grand-mère à baisser les yeux devant elle une fois pour toutes, et sa mère et elle devraient désormais la traiter différemment. Elle avait remporté la partie, elle avait prouvé que sa volonté était aussi forte que celle de sa grand-mère, et elle se moquait bien de ses histoires de sacrifices qu'elle aurait faits pour elle ; ce n'étaient que des mensonges, rien que des mensonges !

Des mensonges... C'était de là que tout était parti : elle n'avait pas eu l'intention de mentir à propos du coffret, et elle se serait tenue à sa décision si sa grand-mère n'avait pas affirmé avec tant de certitude que Malta avait volé le présent. Si Ronica Vestrit avait exprimé le moindre doute sur sa culpabilité, Malta lui aurait avoué la vérité ; mais à quoi bon, quand on a affaire à des gens convaincus d'avance qu'on a un mauvais fond, quand la vérité ne peut que les en persuader davantage ? Autant mentir doublement et endosser le rôle de la menteuse et de la voleuse que sa grand-mère non seulement l'accusait d'être, mais espérait qu'elle était. Oui, telle était la réalité : pour sa grand-mère, il fallait que Malta eût une nature dépravée afin de justifier la façon ignoble dont elle-même traitait son beau-fils ! Tout était de la faute de sa grand-mère ; quand on traite mal les gens, ça vous retombe sur le nez.

« Malta ? » fit une voix très douce, très délicate. Une main vint se poser tendrement sur son épaule. « Allez-vous bien, ma chérie ? »

Malta se retourna brutalement, s'empara de son bol de gruau et le jeta violemment aux pieds de Rache. « J'ai horreur du gruau ! Ne m'en servez plus jamais ! Je me fiche de ce que vous me préparez d'autre, mais je ne veux plus de gruau ! Et ne me touchez pas ! Vous n'en avez pas le droit ! Nettoyez le sol et laissez-moi tranquille ! »

Elle écarta la femme abasourdie de son chemin et sortit de la salle comme une furie. Ces esclaves ! Quels abrutis ! Ils ne comprenaient rien à rien !

*

« Parangon, il faut que nous parlions. »

Ambre avait passé l'après-midi en sa compagnie ; une lanterne à la main, elle avait exploré l'intérieur de sa coque, traversé lentement ses cales, la cabine du capitaine, la chambre de navigation, tous ses compartiments les uns après les autres, tout en posant d'innombrables questions, certaines auxquelles il répondait, d'autres auxquelles il ne voulait ou ne pouvait pas répondre. Elle était tombée sur les affaires qu'avait laissées Brashen et, sans gêne, les avait arrangées à sa propre convenance. « Un de ces soirs, je viendrai passer la nuit avec toi, d'accord ? avait-elle proposé. Nous ne nous coucherons pas et nous échangerons des histoires jusqu'à l'aube. » La moindre découverte la passionnait : une bourse contenant deux dés, encore enfoncée dans une fente du bois, là où un marin l'avait cachée afin de pouvoir jouer pendant son quart sans se faire prendre, un message gravé dans une cloison : « Trois jours, que Sâ nous garde » ; elle avait voulu savoir qui l'avait écrit et pourquoi ; de même, sa curiosité avait été fort éveillée par les grandes taches de sang. Allant de l'une à l'autre, elle en avait compté dix-sept sur le pont et dans diverses cales ; il y en avait six autres qu'elle n'avait pas repérées, mais Parangon n'avait rien dit et il avait refusé, malgré l'insistance d'Ambre, de se rappeler le jour où ce sang avait été versé et le nom de ceux qui étaient tombés. Dans la cabine du capitaine, elle avait trouvé le placard fermant à clé qui aurait dû contenir ses journaux de bord, mais qui était vide ; il y avait beau temps que le verrou avait été fracassé et la porte de bois défoncée et tordue, et les journaux de bord qui auraient dû constituer la mémoire de Parangon avaient disparu, tous volés. Ambre s'était accrochée à cette découverte comme une mouette à un cadavre : était-ce pour cela qu'il ne répondait pas à toutes ses questions ? Avait-il besoin de ces documents pour se souvenir ? Oui ? Mais alors comment faisait-il pour se rappeler les visites d'Ambre ou de Mingslai ? Il n'y en avait aucune note dans aucun journal de bord.

Il avait haussé les épaules. « D'ici une dizaine d'années, quand tu ne t'intéresseras plus à moi et que tu auras cessé de venir me voir, je t'aurai moi aussi oubliée, sans doute. Tu ne te rends pas compte que tu m'interroges sur des événements qui ont eu lieu probablement avant ta naissance ; tiens, parle-moi de ton enfance ; quels souvenirs as-tu de tes premières années ?

– Je n'en ai guère. » Elle changea brusquement de sujet. « Sais-tu ce que j'ai fait hier ? Je suis allée chez Davad Restart pour lui proposer de te racheter. »

A ces mots, Parangon se tut, puis il répondit d'un ton glacial : « Davad Restart ne peut pas me vendre parce que je ne lui appartiens pas. D'ailleurs, on ne vend pas et on n'achète pas une vivenef, sauf entre membres d'une même famille, et seulement dans les plus extrêmes des circonstances. »

Ce fut au tour d'Ambre de garder un moment le silence. «Quoi qu'il en soit, je pensais que tu voudrais être au courant; et, si ce n'est pas le cas, tu devrais, parce que tu es concerné au premier chef. Parangon, il circule depuis des mois chez les Nouveaux Marchands une rumeur selon laquelle tu serais à vendre, et Davad joue les intermédiaires dans l'affaire. Au début, ta famille stipulait que tu ne devais plus servir en tant que navire parce qu'elle... elle ne voulait pas être responsable de nouvelles morts...» La voix d'Ambre mourut. «Parangon... puis-je te parler franchement? Parfois tu parais si réfléchi et plein de discernement, tandis qu'à d'autres moments...

– Ainsi, tu as proposé de m'acheter? Pourquoi? Que veux-tu faire de mon corps? Des perles? Des meubles?» Il se maîtrisait à grand-peine et ses questions avaient le tranchant de l'ironie. Comment osait-elle?

«Non», répondit-elle avec un gros soupir. Presque en aparté, elle murmura: «Je le craignais.» Elle prit une grande inspiration. «Je te laisserais tel que tu es, là où tu es. Telles étaient les conditions de mon offre.

– Enchaîné ici? Echoué pour toujours, bombardé de fiente de mouettes, le sable sapé sous moi par les crabes? Gisant ici jusqu'à ce que tout ce qui n'est pas en bois-sorcier en moi se décompose et que je m'effondre en hurlant?

– Parangon! cria Ambre d'une voix où la douleur le disputait à la colère. Cesse! Cesse tout de suite! Jamais je ne te laisserais exposé à un tel sort, tu devrais le savoir! Ecoute-moi, laisse-moi parler jusqu'au bout, parce que je crois avoir besoin de ton aide! Mais si tu nourris dès maintenant des soupçons infondés et que tu lances des accusations échevelées, je ne pourrai pas t'aider; or j'y tiens plus que tout.» Sa voix s'était radoucie sur ces derniers mots, et elle reprit son souffle. «Alors, vas-tu m'écouter? Vas-tu me laisser au moins une chance de m'expliquer?

– Explique-toi», dit-il d'un ton froid. Qu'elle mente, qu'elle trouve des prétextes, qu'elle trompe et trahisse; il écouterait ses discours et y glanerait de quoi se défendre contre elle, contre tout le monde.

«Oh, Parangon!» fit-elle d'une voix rauque, en plaquant la main sur sa coque. Il s'efforça de ne pas prêter attention à son contact, de ne pas vibrer à l'unisson de la grande émotion qu'il sentait en elle. «Les Ludchance, ta famille, sont dans une mauvaise passe, dans une très mauvaise passe, comme c'est le cas pour beaucoup de familles de Premiers Marchands ; les facteurs en cause sont nombreux : l'esclavage, les guerres du nord... mais cela ne nous intéresse pas. Ce qui compte, c'est que ta famille a un besoin pressant d'argent, que les Nouveaux Marchands le savent et qu'ils cherchent à t'acheter. N'en veuille pas aux Ludchance ; ils ont résisté à bien des offres d'achat, mais quand les sommes proposées ont dépassé un certain seuil, ils ont spécifié qu'ils ne pouvaient te vendre à personne qui désirait se servir de toi comme moyen de navigation. » Il eut l'impression de la voir secouer la tête. « Pour les Nouveaux Marchands, cela signifiait seulement qu'ils voulaient plus d'argent, beaucoup plus, avant d'accepter de te vendre comme navire. »

Elle reprit son souffle et s'efforça de poursuivre sur un ton plus calme. « C'est à ce moment-là que j'ai entendu une rumeur selon laquelle seule une vivenef est capable de remonter le fleuve du désert des Pluies et d'en revenir intacte grâce au bois-sorcier, inattaquable par les flux blancs et caustiques qui descendent parfois le fleuve, ce qui ne paraît pas incroyable si on considère le temps que tu as passé sur cette plage sans pourrir, et qui permet de comprendre pourquoi des familles s'endettent pour plusieurs générations afin de posséder un navire tel que toi. C'est le seul moyen de participer aux affaires qui se traitent le long du fleuve. Aussi, maintenant que la rumeur s'est répandue, les offres d'achats ont encore augmenté, et les Nouveaux Marchands qui font des propositions sur toi promettent de ne s'en prendre à personne si tu chavires à nouveau, et surenchérissent les uns sur les autres. » Elle se tut un instant. « Parangon, tu m'entends ? demanda-t-elle à mi-voix.

– Oui, répondit-il, contemplant l'océan de ses yeux aveugles, et il ajouta d'un ton monocorde : Continue.

– Oui, je vais continuer, mais parce qu'il faut que tu sois au courant, non parce que j'y prends plaisir. Jusqu'ici, les Ludchance ont refusé toutes les offres ; peut-être ont-ils peur d'être mal vus par les autres Premiers Marchands s'ils te vendent, ouvrant ainsi la voie du commerce du fleuve aux nouveaux venus ; les produits de ce commerce sont le dernier bastion encore intact des Marchands de Terrilville ; peut-être aussi, bien qu'ils t'aient laissé à l'abandon, éprouvent-ils encore envers toi le sentiment d'un lien familial. Je leur ai donc fait une offre, pas aussi élevée que celles des autres acheteurs potentiels parce que je ne possède pas leur fortune; mais, jointe à ma proposition, il y avait la promesse de ne pas te réarmer et de ne pas te refaire naviguer, car je pense que les Ludchance tiennent encore à toi, et que, aussi curieux que cela puisse paraître, ils te laissent échoué ici afin de te protéger.

– Ah, c'est vrai! Depuis longtemps, Terrilville a sa façon à elle de traiter ses fous et ses difformes: on couvre de chaînes ses parents excentriques et on les enferme dans un galetas, une cave, enfin là où ils ne dérangent pas!» Il eut un rire amer. «Songe aux Marchands du désert des Pluies, par exemple.

– Qui ça?

– Eh oui: qui ça? Nul ne les connaît, nul ne sait rien d'eux, nul ne respecte les anciens serments qui nous lient à eux, toi et moi encore moins que les autres. Mais poursuis donc, je t'en prie. Après m'avoir acheté, ne pas m'avoir accastillé ni remis à la mer, que me réserverais-tu d'autre?

– Oh, Parangon! s'exclama-t-elle d'un ton soudain accablé. Si cela ne tenait qu'à moi, si je pouvais rêver comme un enfant, en étant sûre que mes rêves se réaliseraient, je ferais venir des artisans qui te redresseraient et te bâtiraient un berceau pour te maintenir droit, puis je viendrais moi-même habiter à ton bord; sur les falaises qui te surplombent, je créerais un jardin odorant et coloré, un jardin plein d'oiseaux et de papillons, avec de grandes plantes grimpantes qui retomberaient jusqu'à la plage, avec des fleurs aux parfums suaves; tout autour de toi, je sculpterais les rochers, j'aménagerais des bassins qu'emplirait la marée et je les peuplerais d'étoiles et d'anémones de mer, et aussi de petits crabes rouge vif.» Elle se laissait emporter par sa vision et sa voix s'enflammait peu à peu. «Je vivrais en toi, j'y travaillerais, et le soir je dînerais sur le pont et nous échangerions nos impressions sur la journée. Et, si je me laissais aller encore davantage, je rêverais de trouver un jour du bois-sorcier, que je saurais travailler avec assez d'habileté pour te rendre tes yeux et la vue; le matin, tu regarderais le soleil se lever sur la mer, et, le soir, nous contemplerions son coucher derrière notre jardin de la falaise. Je dirais au reste du monde: Faites ce qui vous chante, car j'en ai fini avec vous. Détruisez-vous mutuellement ou prospérez, ça m'est égal tant que vous me laissez tranquille. Alors nous serions heureux, tous les deux ensemble.»

Pendant un moment, Parangon ne sut que dire. Cette rêverie enfantine s'était emparée de lui, l'avait transporté et, tout à coup, il n'avait plus été un navire mais un petit garçon qui aurait joué dans sa coque et sur la plage, les poches pleines de cailloux brillants, de coquillages, de plumes de mouette et de...

« Tu n'es pas ma famille et tu ne le seras jamais. » Ces mots s'abattirent sur le rêve comme une lourde botte sur un papillon.

« Je le sais bien, répondit-elle à mi-voix. Ce n'est qu'un rêve, je te l'ai dit; c'est ce dont j'ai envie mais, en vérité, j'ignore combien de temps je puis demeurer à Terrilville et auprès de toi. Pourtant, Parangon, c'est le seul espoir que je vois de te sauver; si j'allais trouver en personne les Ludchance et que je puisse leur affirmer t'avoir entendu dire que ma solution te satisferait, peut-être accepteraient-ils mon offre, si peu mirifique soit-elle, à cause de leur lien avec toi... » Sa voix mourut alors que la figure de proue croisait les bras sur la cicatrice en forme d'étoile qui s'étalait sur sa large poitrine.

« Me sauver de quoi? demanda Parangon d'un ton dédaigneux. C'est une belle histoire pour enfants que tu m'as racontée, Ambre, et je reconnais que l'image est charmante, mais je suis un navire; je suis fait pour naviguer. Crois-tu que c'est par choix que je repose sur cette plage, à ne rien faire sinon vaciller au bord de la folie à cause de mon désœuvrement? Non, si ma famille décide de me vendre comme esclave, qu'au moins ce soit pour un travail qui m'est familier. Je n'ai aucune envie de te servir de maison de poupée. » D'autant moins qu'elle venait de l'avouer: elle finirait par le quitter; son amitié avec lui existait seulement parce qu'elle était retenue à Terrilville par autre chose. Tôt ou tard, elle l'abandonnerait, comme tout le monde; tôt ou tard, tous les humains le désertaient.

« Tu ferais mieux de retourner chez Davad Restart pour retirer ton offre, reprit-il après un silence interminable.

– Non.

– Si tu m'achètes et que tu me laisses ici, je t'abominerai à jamais et je t'attirerai une malchance que tu ne peux même pas imaginer. »

Ambre répondit calmement: « Je ne crois pas en la chance, Parangon; en revanche, je crois au destin, et je pense que le mien a des aspects plus terrifiants et déchirants que tu ne peux, toi, l'imaginer. Tu es l'un d'eux, je le sais. C'est pourquoi, pour l'amour de l'enfant qui tempête et profère des menaces, enfermé dans la carcasse de bois d'un navire, je vais t'acheter et te protéger, du moins autant que le destin me le permettra. » Tout en parlant, elle avait plaqué sa main sur le vaigrage de la vivenef, et on ne sentait nulle frayeur dans sa voix, mais plutôt une tendresse étrange.

*

« Contente-toi de faire un pansement, dit Kennit d'un ton brusque. Ça va guérir. »

Etta secoua la tête, puis elle répondit d'une voix très douce : « Kennit, ça ne guérit pas. » Elle posa délicatement la main au-dessus de la blessure. « Ta cuisse est brûlante et sensible ; je te vois faire la grimace dès que je la touche. Ces liquides qui suintent ne m'évoquent pas les fluides de la guérison mais plutôt...

– Tais-toi ! Je suis fort, je ne suis pas une putain pleurnicharde confiée à tes soins ! La plaie va se cicatriser et tout ira bien. Panse-la ou non, ça m'est égal ; je peux m'en occuper tout seul, ou demander à Sorcor de s'en charger ; en tout cas, je n'ai pas de temps à perdre à écouter tes propos de mauvais augure. » Comme une violente rage de dents, une douleur fulgurante traversa sa jambe ; un hoquet de souffrance lui échappa et il agrippa les bords de sa couchette pour s'empêcher de crier.

« Kennit, il n'y a qu'une chose à faire, et tu le sais bien ! » Etta avait pris un ton implorant.

Il ne put répondre qu'après avoir retrouvé son souffle. « La seule chose à faire, c'est de te jeter aux serpents afin que je retrouve un peu de tranquillité dans mon existence ! Va-t'en, sors d'ici et envoie-moi Sorcor ! Nous avons des plans à mettre au point, et tes jérémiades ne m'intéressent pas ! »

Elle fourra les bandages détrempés dans un panier et quitta la cabine sans un mot. Bon débarras ! Kennit tendit la main pour saisir la solide béquille appuyée contre le montant de son lit. Il l'avait fait fabriquer par Sorcor ; sa vue lui faisait horreur et elle était pratiquement inutilisable si le pont gitait un tant soit peu, mais, par une journée calme, avec le navire à l'ancre comme il l'était à présent, il parvenait à se rendre de sa couchette jusqu'à la table aux cartes. Il la gagna à sautillements douloureux dont chaque saccade était comme un cautère appliqué sur son moignon de jambe, et, arrivé à la table, il transpirait à grosses gouttes. Il se pencha sur ses cartes en prenant appui sur le bord du plateau.

On frappa à la porte.

« Sorcor ? Entre ! »

Le second passa la tête par l'entrebâillement ; il paraissait inquiet, mais, à la vue de son commandant debout devant sa table, il eut le sourire ravi d'un enfant à qui on offre une friandise, et il s'avança un peu. Kennit observa qu'il portait une nouvelle veste, encore plus surchargée de broderie que la précédente. « Alors, ce guérisseur vous a fait du bien, dit Sorcor en fermant la porte derrière lui. C'est bien ce que j'espérais ; les deux autres ne me disaient pas grand-chose. Si on doit se faire remettre en état, il faut trouver un vieux, quelqu'un qui a un peu vécu, et qui...

– Tais-toi, Sorcor, fit Kennit sans y mettre la moindre agressivité. Il ne m'a pas été plus utile que les autres ; apparemment, la coutume d'Anse-au-Taureau veut que, quand un guérisseur est incapable de traiter une blessure, il en inflige une autre ailleurs pour détourner l'attention de sa victime de son incompétence. Je lui ai demandé pourquoi il pensait pouvoir me guérir d'une nouvelle amputation alors qu'il n'arrivait à rien sur la première, et il n'a pas su me répondre. » Kennit haussa les épaules. « J'en ai assez de ces charlatans de campagne ; en outre, je guérirais sans doute aussi vite sans toutes leurs sangsues et leurs potions. »

Le sourire de Sorcor s'effaça lentement alors qu'il s'approchait de la table. « Sans doute, acquiesça-t-il d'un ton lugubre.

– Le dernier me l'a d'ailleurs laissé entendre, affirma Kennit.

– Oui, parce que tu l'as menacé jusqu'à ce qu'il tombe d'accord avec toi, intervint Etta d'un ton aigre en s'encadrant dans l'entrée de la cabine. Luttez donc, Sorcor ! Dites-lui de laisser les guérisseurs l'amputer plus haut, au-dessus de la gangrène. Il vous respecte, il vous écoutera.

– Etta, sors d'ici.

– Je n'ai rien à faire dehors.

– Eh bien, va t'acheter quelque chose en ville. Sorcor, donne-lui de l'argent.

– Je n'en ai pas besoin. A Anse-au-Taureau, tout le monde sait que je suis ta compagne, et je ne peux pas poser les yeux sur le moindre objet sans qu'on me le fourre aussitôt entre les mains en me suppliant de l'accepter. Mais je n'ai envie de rien, sinon de te voir recouvrer la santé. »

Kennit poussa un grand soupir. « Sorcor, s'il te plaît, fais sortir cette femme et ferme la porte.

– Non, Kennit, je vais me taire, je t'en prie ! Laisse-moi rester ! Ou alors parlez-lui, Sorcor, raisonnez-le, vous, il vous écoutera… »

Pendant qu'elle gémissait comme un chien malade, le second la poussa sans brutalité hors de la cabine et verrouilla la porte sur elle. Kennit n'aurait pas fait preuve d'autant de douceur s'il avait été en mesure de s'en charger lui-même, mais, évidemment, tout le problème était là : elle le considérait comme faible désormais et s'efforçait d'imposer sa volonté en tout ; depuis qu'elle avait torturé ses prisonniers, il la soupçonnait de prendre plaisir à découper en morceaux un homme réduit à l'impuissance, et il se demanda s'il n'y aurait pas moyen de l'abandonner à Anse-au-Taureau.

« Et quelle est la situation en ville ? » fit-il sur le ton de la conversation, comme si Sorcor venait d'entrer.

Le second le regarda fixement un moment sans répondre, puis, apparemment, il décida de ne pas contrarier son commandant. « Ça ne pourrait mieux aller, sauf si vous descendiez en personne à terre pour parler aux commerçants ; c'est tout juste s'ils ne nous supplient pas de vous prier d'être leur hôte. Je vous l'ai déjà raconté : quand ils ont vu notre pavillon au corbeau entrer dans le port, ils nous ont ouvert la ville ; il y avait des petits garçons qui criaient votre nom sur le quai : “Cap'taine Kennit ! Cap'taine Kennit !” J'en ai entendu un dire à son copain que, comme pirate, vous étiez encore meilleur qu'Igrot le Terrible. »

Kennit tressaillit, puis se renfrogna. « J'ai connu Igrot quand j'étais adolescent. Sa réputation est exagérée, fit-il à mi-voix.

– N'empêche, c'est quelque chose d'être comparé à l'homme qui a incendié vingt villes et… »

Kennit l'interrompit : « Assez parlé de ma renommée. Comment vont nos affaires ?

– Les habitants nous ont largement réapprovisionnés, et le *Sicerne* est déjà caréné pour réparations. » Le robuste pirate secoua la tête. « Sa coque est pleine de pourriture ; c'est d'ailleurs bizarre que le Gouverneur confie un cadeau à un rafiot dans un état pareil.

– A mon avis, il ne l'a pas inspecté personnellement, rétorqua Kennit d'un ton sec. Et les gens d'ici ont bien accueilli la nouvelle population que nous avons amenée ?

– A bras ouverts. A la dernière razzia des trafiquants d'esclaves, ils ont perdu le meilleur forgeron de la ville, mais on leur en a apporté deux nouveaux. Quant aux musiciens et compagnie, on ne parle que d'eux ; ils ont déjà joué trois fois *La Libération du « Sicerne »*, avec un chouette jeune homme qui tient votre rôle et un grand serpent, fait avec du papier, de la soie et des douves de tonneau, qui sort tout droit... » Sorcor s'interrompit brusquement. « La pièce fait un tabac, cap'taine ; je crois bien qu'il n'y a pas une personne en ville qui ne l'ait pas vue.

– Tu me vois ravi que la perte de ma jambe divertisse tant de monde.

– Non, c'est pas ça, cap'taine... », répondit Sorcor précipitamment, mais Kennit l'interrompit d'un signe.

« Ma vivenef, dit-il.

– Oh, Sar ! gémit le second.

– N'avions-nous pas un accord ? lui demanda Kennit. Nous venons de capturer un transport d'esclaves et d'en libérer les passagers, il me semble ; par conséquent, si ma mémoire est bonne, c'est mon tour de partir à la chasse à la vivenef. »

Sorcor se gratta le crâne. « Ce n'était pas exactement ça, le marché, cap'taine : si on voyait un transport d'esclaves, on lui tombait dessus, et, ensuite, on poursuivait une vivenef si on en croisait une. Là, vous parlez d'en chasser une exprès, ou de lui tendre un piège. »

Kennit repoussa l'objection d'un geste négligent. « Ça revient au même.

– Non, sauf votre respect, cap'taine, ça revient pas au même. J'y ai un peu réfléchi, et peut-être qu'on devrait jeter l'ancre un moment, recommencer la piraterie comme avant, courir après les gros marchands, se remplir les poches, s'amuser, et oublier les esclaves et les serpents. » Tout en tripotant de ses gros doigts les boutons dorés de sa veste, Sorcor ajouta : « Vous m'avez montré que la vie peut être différente de ce que je croyais, pour nous deux. Vous avez une chouette femme, et ça change pas mal de choses à bord ; je me rends compte maintenant de ce que vous essayiez de me faire comprendre. Si on retournait à Partage avec une belle calée de marchandises, eh bien, comme disait Sincure Faldin quand il parlait d'avoir l'air respectable, avec pignon sur rue et tout...

– Une fois que nous serons en possession d'une vivenef, tu

n'auras que l'embarras du choix pour les vierges, Sorcor, promit Kennit; tu pourras en avoir une nouvelle chaque semaine, si c'est ce qui te tente. Mais d'abord, ma vivenef, et tout de suite. Si nous tenons pour exact ce que nous a appris l'équipage du *Sicerne*, il nous en reste probablement une au sud. Viens examiner les cartes; j'ai l'impression que la chance nous a placés en excellente position. Au sud, là, c'est le chenal de l'Aussière; c'est un passage difficile en toute occasion, mais surtout au changement de marée, et un navire qui remonte vers le nord est obligé de le franchir. Tu vois?

– Oui», répondit Sorcor à contrecœur.

Sans prêter attention au ton contraint de son second, Kennit poursuivit: «Là, au milieu du chenal, nous avons l'île Tordue, et il faut prendre par l'est pour la contourner dans les meilleures conditions; il y a quelques hauts-fonds, mais ils ne se déplacent pas trop. Par l'ouest, c'est une autre paire de manches; le courant y est fort, surtout au changement de marée, et, près de l'île, les bancs de sable apparaissent et disparaissent constamment; c'est aussi à l'ouest de ce passage que se trouvent les Récifs Maudits, qui portent bien leur nom.» Il se tut un instant. «Tu te les rappelles?»

Sorcor fronça les sourcils. «Je ne suis pas près de les oublier. C'est par là que vous nous avez conduits le jour où la galère du Gouverneur nous a pris en chasse; on a été embarqués par le courant et le bateau a passé les récifs comme une flèche. Il m'a fallu trois jours pour arriver à me convaincre que j'en étais sorti vivant.

– En effet; nous avons été beaucoup plus vite que si nous avions emprunté le passage de l'est.

– Et alors? demanda Sorcor, méfiant.

– Alors? Eh bien, nous nous ancrons ici, d'où nous avons une vue imprenable sur l'entrée du chenal de l'Aussière; dès que nous repérons la vivenef en train d'y pénétrer, nous empruntons le passage ouest et, quand la vivenef sort de celui de l'est, elle tombe nez à nez avec nous, ancrés au milieu du chenal. Le courant est fort, même dans le passage est, et notre proie n'aura pas d'autre solution que d'aller s'échouer là, sur ces hauts-fonds.» Il leva les yeux de la carte et croisa le regard grave de Sorcor avec un large sourire. «Et elle sera à nous, à peine abîmée, si même elle a subi des avaries.

– Sauf si elle nous éperonne d'abord, observa Sorcor d'un ton lugubre.

– Elle ne nous éperonnera pas, répondit Kennit avec assurance ; et, même si c'était le cas, il nous suffirait de monter à son bord et de partir avec elle.

– En perdant la *Marietta* ? » Sorcor était horrifié.

« En gagnant une vivenef !

– Ça ne me plaît pas ; ça pourrait tourner mal de cent façons, objecta Sorcor. On pourrait bien se faire mettre en pièces sur les Récifs Maudits ; je n'ai vraiment pas envie de retourner dans ce coin-là. Et, si le tirant d'eau de la vivenef est plus faible que le nôtre, on aura pris tous ces risques pour la voir nous filer sous le nez sans avoir même le temps de lever l'ancre ; et puis... »

Kennit n'en croyait pas ses oreilles : il était sérieux ! Il croyait à ce qu'il disait, il rejetait son plan ! Comment osait-il ? Sans Kennit, il ne serait rien, rien du tout ! Un instant plus tôt, il proclamait qu'il devait tout à son commandant, et maintenant il lui refusait l'occasion de s'approprier une vivenef ?

Le capitaine pirate entrevit soudain une autre tactique.

Il leva la main pour interrompre le flot de paroles de son second. « Sorcor, m'aimes-tu un peu ? » demanda-t-il avec une franchise désarmante.

La question réduisit Sorcor au silence, comme il l'avait prévu, et le second faillit rougir. Il ouvrit la bouche comme un poisson hors de l'eau, puis bredouilla : « Ben, cap'taine, ça commence à faire un moment qu'on navigue ensemble, et je connais personne d'autre qui se soit montré plus équitable avec moi, ni qui... »

Kennit secoua la tête, puis détourna les yeux comme s'il était ému. « Eh bien, personne d'autre que toi n'acceptera de m'aider à réaliser ce projet, Sorcor, et je n'ai confiance en nul autre autant qu'en toi. Depuis mon enfance, je rêve de posséder une vivenef, et j'ai toujours cru qu'un jour je me tiendrais sur le pont de l'une d'elles, et qu'elle m'appartiendrait. Et puis... » Il baissa les yeux et prit une voix plus rauque. « Parfois, on craint que la fin ne soit plus proche qu'on ne l'avait escompté. Ma jambe... si ce qu'on dit est vrai... » Il releva le visage et ouvrit grand ses yeux bleus pour les planter dans le regard sombre de Sorcor. « C'est peut-être ma dernière chance, fit-il simplement.

– Ne parlez pas comme ça, cap'taine ! » Et des larmes jaillirent des yeux du vieux loup de mer. Kennit se mordit durement la lèvre pour réprimer un sourire triomphant et se pencha sur la table pour dissimuler son visage. Geste imprudent : sa béquille glissa ; il se rattrapa au bord de la table, mais l'extrémité de son moignon gangrené heurta le plancher. Il poussa un cri de souffrance et il serait tombé si Sorcor ne l'avait pas saisi à bras le corps.

« Du calme, je vous tiens. Du calme.

– Sorcor... », fit Kennit d'une voix défaillante ; il agrippa la table aux cartes et prit lourdement appui sur les bras de son second pour éviter de s'effondrer. « Peux-tu m'aider ? » Il leva la tête. Il se sentait tremblant, sans doute à cause de l'effort qu'il avait dû fournir pour rester debout : il n'y était pas habitué, voilà tout ; en tout cas, il n'allait certainement pas mourir de sa blessure. Il allait guérir comme il guérissait toujours, quelle que soit la gravité de son état. Il n'était pas en mesure d'empêcher le rictus de souffrance qui tordait ses traits ni la sueur qui emperlait son visage, mais il pouvait les tourner à son avantage. « Veux-tu me donner cette dernière chance ?

– Oui, cap'taine. » Dans le regard de Sorcor, la foi aveugle le disputait à la peine. « Je vais vous la capturer, cette vivenef, et vous monterez dessus. Faites-moi confiance », ajouta-t-il d'un ton implorant.

Malgré la douleur, Kennit ne put contenir un éclat de rire, qu'il déguisa aussitôt en quinte de toux. Lui faire confiance ! « Ai-je le choix ? » se demanda-t-il avec amertume, et, sans le faire exprès, il prononça ces mots tout hauts. Il porta vivement le regard vers Sorcor qui le contemplait d'un air inquiet, puis il plaqua un sourire maladif sur ses lèvres et s'efforça de mettre de la chaleur dans sa voix. Il secoua la tête. « Depuis le temps que nous nous connaissons, Sorcor, à qui d'autre que toi ai-je jamais fait confiance ? Non, je n'ai pas le choix : je dois encore une fois t'imposer le fardeau de notre amitié. »

Il tendit la main, saisit sa béquille, puis s'aperçut qu'il était incapable de la tenir fermement : le processus de guérison de son moignon épuisait toute son énergie. Il cligna les yeux, les paupières lourdes. « Je dois aussi te demander ton aide pour regagner mon lit. Les forces m'abandonnent.

– Cap'taine... », fit Sorcor, et il y avait dans sa voix toute l'abjecte affection d'un chien pour son maître. Kennit emmagasina cette pensée dans un coin de son esprit pour y réfléchir quand il se sentirait mieux ; curieusement, en demandant l'aide de Sorcor, il avait rendu le second plus dépendant de son opinion que jamais. Il avait bien choisi l'homme ; à sa place, il aurait sauté instinctivement sur l'occasion de s'emparer du pouvoir. Heureusement pour Kennit, Sorcor n'avait pas l'esprit aussi vif que lui.

Gêné, le second se courba et prit carrément son capitaine dans ses bras pour le transporter jusqu'à son lit ; sous l'effet du mouvement inattendu, la douleur monta encore d'un cran, et Kennit s'agrippa aux épaules de Sorcor tandis qu'une vague de vertige déferlait sur son esprit. L'espace d'un instant, il revécut un souvenir ancien où son père, les favoris noirs, l'haleine alcoolisée, empestant le marin, dansait en tournoyant follement avec le petit Kennit dans les bras ; c'était une époque à la fois terrifiante et heureuse. Sorcor le déposa délicatement sur sa couchette. « Je vais chercher Etta, d'accord ? »

Kennit acquiesça d'un faible hochement de tête, tout en cherchant à retenir la vision de son père ; mais la chimère de son enfance voilée continua de danser en se moquant de lui, et un autre visage se pencha sur lui, élégant, avec un sourire ironique. « Voici un gamin qui promet ; on arrivera peut-être à en faire quelque chose. » Il rejeta la tête contre son oreiller et chassa le souvenir de son esprit. La porte se referma sur le second.

« Tu ne mérites pas d'être entouré de gens pareils, fit une petite voix. Je ne comprends pas qu'ils t'aiment à ce point. Je dirais volontiers que je me réjouirai de ta chute le jour où ils découvriront la vérité sur ton compte, mais, malheureusement, ce jour-là, eux, ils auront le cœur brisé. Quelle chance te vaut d'avoir de tels fidèles ? »

D'un geste las, il leva son poignet à hauteur de ses yeux. Le visage miniature du bracelet serré sur son pouls le regardait sans aménité, et Kennit ne put retenir un bref éclat de rire devant son expression indignée. « La mienne, celle qui réside dans mon nom et court dans mon sang, voilà la chance qui me vaut leur fidélité. » Il se remit à rire, d'un rire plein de dérision. « La fidélité d'une putain et d'un brigand ! La belle affaire !

– Ta jambe est en train de pourrir, de se décomposer jusqu'à l'os, fit le petit visage avec une méchanceté brutale. Elle va puer, suinter et dévorer la vie de ta chair, tout ça parce que tu n'as pas le courage d'amputer la partie corrompue de ton corps. » Il eut un sourire sardonique. « Saisis-tu ma parabole, Kennit ?

– La ferme », répondit l'intéressé. Il s'était mis à transpirer, à suer dans sa belle chemise propre, dans son beau lit propre, à suer comme un vieil ivrogne puant. « Si je suis mauvais, que dire de toi ? Car tu fais partie intégrante de moi.

– Le bois dont je suis issue avait un cœur noble autrefois, repartit l'amulette. Tu y as plaqué tes traits et c'est ta voix qui sort de ma bouche, mais le bois n'oublie pas. Je ne suis pas toi, Kennit, et je fais le serment de ne jamais le devenir.

– Personne… ne te l'a… demandé. » Le souffle lui manquait ; il ferma les yeux et sombra dans l'inconscience.

8

MÉFIANCE ET ALLIANCE

Son premier décès d'esclave eut lieu en début d'après-midi. Le chargement se déroulait lentement et avec difficulté ; le vent d'est soulevait un méchant clapot tandis que les nuages qui s'amoncelaient sur l'horizon annonçaient une nouvelle tempête d'hiver le lendemain matin. Des barques faisaient la navette entre le quai et le mouillage de la *Vivacia* et transportaient les chaînes d'esclaves qu'il fallait stimuler à coups de verge pour les obliger à grimper l'échelle de cordage pendue au bastingage de la vivenef. L'opération était délicate : certains des prisonniers étaient en piètre état physique, d'autres reculaient devant l'escalade, d'autres encore avaient simplement du mal à passer d'une embarcation instable à une échelle accrochée à un navire tout aussi instable. Mais l'homme qui mourut décida lui-même de son sort ; à mi-hauteur, grimpant maladroitement à cause des fers qui enserraient ses chevilles, il éclata soudain de rire. « Je crois que je vais prendre le plus court chemin, finalement ! » s'exclama-t-il, puis il se suspendit à l'échelle, les jambes dans le vide, et lâcha prise. Il tomba comme une pierre dans la mer et le poids de ses chaînes l'entraîna au fond ; il n'aurait pas pu se sauver même s'il avait changé d'avis.

Dans les ténèbres, loin en dessous de la coque de la *Vivacia*, un nœud de serpents se désenchevêtra soudain, et la vivenef perçut les disputes qui les opposaient pour une part de viande ; elle sentit également le goût salé du sang humain quand les courants en apportèrent une bouffée jusqu'à elle, et l'horreur qu'elle éprouvait s'accrut encore lorsqu'elle constata que l'équipage ne se doutait de rien. « Il y a des serpents au fond ! » leur cria-t-elle, mais ils ne lui prêtèrent pas plus d'attention qu'aux supplications des esclaves.

Après cet incident, Torg, furieux, fit encorder les prisonniers ; ils n'en avaient que plus de difficulté à monter à bord, mais le lieutenant paraissait prendre un plaisir qui le vengeait à leur répéter que celui qui sauterait à l'eau serait responsable de la mort de toute sa cordée ; nul ne s'y risqua, et Torg se félicita de son astuce.

Dans les cales, c'était encore pire : les esclaves exhalaient un tel accablement qu'un miasme de malheur emplissait peu à peu Vivacia de l'intérieur ; ils étaient serrés comme harengs en caque et enchaînés les uns aux autres, si bien qu'il leur était impossible de bouger le petit doigt sans la coopération de leurs compagnons d'attache. Leur peur enténébrait les soutes, elle coulait dans leur urine, roulait dans leurs larmes, et Vivacia se sentait suffoquée de détresse humaine.

Dans la soute aux chaînes, Hiémain vibrait en harmonie avec elle et ajoutait sa note particulière de misère, Hiémain qui l'avait abandonnée et qui se trouvait de nouveau à son bord. Etendu par terre dans le noir, les poignets et les chevilles encore enchaînés, le visage souillé, marqué de l'image de Vivacia, il ne pleurait pas, ne se plaignait pas, et ne dormait pas non plus. Les yeux grands ouverts dans l'obscurité, il était à l'écoute des sensations qui lui parvenaient et il partageait avec la vivenef sa claire perception des esclaves et de leur désespoir.

Tel le cœur qu'elle ne possédait pas, Hiémain résonnait au rythme de la désolation des esclaves. Il sentait tout le spectre de leur affliction, depuis celle du simple d'esprit incapable de comprendre le brutal changement qui s'était produit dans son existence jusqu'à celle du sculpteur vieillissant dont les œuvres de jeunesse ornaient encore les appartements privés du Gouverneur. Au plus bas et au plus noir de ses cales, à peine au-dessus de la sentine, se trouvaient ceux qui avaient le moins de valeur : faces-de-carte, ils n'avaient guère comme statut que celui de lest humain, et les survivants seraient vendus au premier prix en Chalcède ; les artisans étaient regroupés dans une soute sèche qui servait parfois au transport de balles de soie ou des tonneaux de vin ; ils avaient droit au confort d'une litière de paille et d'une longueur de chaîne suffisante pour se tenir debout à tour de rôle. Kyle n'avait pas réussi à s'en procurer autant qu'il l'aurait souhaité : le gros de sa cargaison était composé de simples manœuvres et marchands, de compagnons tombés dans une mauvaise passe, de forgerons, de vignerons, de dentelliers plongés dans les dettes par la maladie, le démon du jeu ou de l'alcool, ou un jugement mal pesé, et qui les remboursaient à présent de leur propre chair.

C'était une autre sorte d'affliction qui frappait les occupants du gaillard d'avant : certains hommes de l'équipage avaient émis des réserves sur le plan du capitaine dès son origine, d'autres avaient participé sans états d'âme à la mise en place des chaînes et des tire-fond, comme s'ils installaient simplement un nouveau système d'arrimage pour la cargaison ; mais, au cours des deux jours passés, la réalité s'était imposée à eux. Des esclaves montaient à bord, des hommes, des femmes et quelques adolescents, et tous étaient tatoués ; quelques-uns portaient leurs fers avec l'aisance que donne l'expérience, d'autres regardaient encore d'un air incrédule les chaînes qui les entravaient et regimbaient sous leur poids. Aucun n'avait jamais voyagé dans les cales d'un bateau ; les esclaves en partance de Jamaillia allaient en Chalcède et n'en revenaient jamais. Les membres d'équipage apprenaient eux aussi, certains avec difficulté, à ne pas voir les yeux ni les visages, et à ne pas écouter les voix qui suppliaient, maudissaient ou vociféraient : fret, marchandises, moutons bêlants poussés dans des enclos bondés, chacun affrontait la situation à sa manière, inventait une façon de considérer ces humains tatoués, trouvait de nouvelles associations de mots. L'humeur blagueuse de Confret s'était évaporée dès le premier jour ; Clément, cherchant le soulagement dans la badinerie, faisait des plaisanteries qui n'étaient pas drôles et retournaient au contraire le couteau dans la plaie d'une conscience blessée ; Gantri se taisait et accomplissait son devoir, mais il savait qu'une fois le voyage achevé jamais il ne remettrait les pieds sur un transport d'esclaves. Seul Torg paraissait satisfait ; dans les tréfonds de sa petite âme crasseuse, il vivait enfin le rêve de sa jeunesse ; il arpentait les rangées d'hommes et de femmes soumis grâce au fouet et il savourait la vision de cette cargaison enchaînée qui lui donnait le sentiment d'être enfin libre. Il avait déjà pris note mentalement de ceux auxquels il devait porter une attention particulière, qui bénéficieraient d'un supplément de sa «discipline». Torg, se disait Vivacia, était une charogne qui, retournée, laissait voir les vers grouillants jusque-là dissimulés.

Hiémain et elle faisaient mutuellement écho à leur détresse intime, et tout au fond de son désespoir, la vivenef avait la conviction que rien ne serait arrivé si sa famille ne l'avait pas trompée; si quelqu'un de son sang l'avait commandée, il n'aurait pu que partager ce qu'elle ressentait; elle savait qu'Ephron Vestrit ne l'aurait jamais exposée à une telle situation, et qu'Althéa en aurait été elle aussi incapable. Mais Kyle Havre ne lui prêtait nulle attention, et, s'il avait le moindre remords, il n'en avait fait part à personne. La seule émotion que Hiémain percevait chez son père était une colère d'un froid brûlant, proche de la haine, envers sa propre chair et son propre sang, et Vivacia soupçonnait Kyle de les considérer l'un et l'autre comme les deux faces d'un même problème: un navire qui ne se pliait pas à ses désirs à cause d'un garçon qui rejetait la personnalité que son père lui ordonnait d'endosser. Elle craignait qu'il ne fût résolu à briser l'un ou l'autre, voire les deux si possible.

Elle n'en avait rien dit à Hiémain; Kyle ne l'avait pas amené auprès d'elle la veille au soir, lorsqu'il l'avait rembarqué de force. Il l'avait jeté dans son ancien cachot, puis était venu se vanter devant la figure de proue de la capture de son fils; d'une voix assez forte pour être audible de tous les hommes qui travaillaient sur le pont, il lui avait raconté qu'il avait trouvé Hiémain réduit en esclavage et qu'il l'avait acheté au nom de Vivacia; une fois qu'ils auraient pris la mer, il ferait conduire le garçon jusqu'à elle et elle pourrait lui donner tous les ordres qu'elle voudrait, car son père, lui, par les yeux de Sâ, son père ne voulait plus entendre parler de lui.

Son monologue s'était prolongé à la mesure du silence obstiné de Vivacia, qui avait gardé le regard tourné vers l'horizon, et la péroraison de Kyle, la fureur aidant, s'était achevée en vociférations incohérentes. Une saute de vent avait apporté à la vivenef l'odeur de l'alcool; tiens donc, c'était un nouveau vice à l'actif de Kyle Havre, de monter à bord pris de boisson! Elle avait refusé de lui répondre; aux yeux de Kyle, Hiémain et elle n'étaient que les pièces d'une machine, les éléments d'une poulie qui, montés d'une certaine façon, devaient obligatoirement fonctionner d'une certaine façon. S'ils avaient été un violon et son archet, avait songé Vivacia, ils les auraient frappés l'un contre l'autre en exigeant qu'ils fassent de la musique.

« Je t'ai acheté cette sale petite vermine ! avait-il hurlé en conclusion. Tu la voulais, tu l'as ! Elle porte ta marque et elle est à toi pour le restant de sa pitoyable existence de parasite ! » Il avait commencé à s'éloigner à grands pas, puis s'était arrêté brusquement pour lancer à la figure de proue d'une voix grondante : « Et tu as intérêt à t'en satisfaire, parce que c'est la dernière fois que je me tue à te faire plaisir ! »

C'est seulement à cet instant qu'elle avait enfin pris conscience de la jalousie qui sous-tendait ses paroles. Il avait naguère convoité Vivacia, ce navire magnifique, inestimable, de l'espèce la plus rare ; un homme qui possédait un tel bateau entrait dans la confrérie fermée de ceux qui commandaient une vivenef et faisaient commerce des produits exotiques du fleuve du désert des Pluies, et il suscitait l'envie de ceux qui n'avaient qu'un navire classique sous leurs ordres. Il connaissait sa valeur, il l'avait désirée, courtisée, et, quand il avait éliminé Althéa, il avait cru avoir vaincu tous ses rivaux ; mais toutes ses attentions n'avaient pas suffi à conquérir Vivacia, et elle s'était détournée de lui pour un petit maigrichon qui n'avait aucune idée de ce qu'elle représentait. Comme un amoureux éconduit, Kyle avait vu s'écrouler son rêve de la posséder un jour, et les fragments qui en restaient ne contenaient plus que la lie aigre de la haine.

Eh bien, le sentiment est réciproque, s'était-elle dit.

Elle avait plus de mal à définir l'émotion qu'elle éprouvait à l'endroit de Hiémain ; peut-être n'était-elle pas très différente de celle que Kyle ressentait envers elle.

La nuit avait passé et le matin était là. Clément vint s'accouder à son bastingage tout en se fourrant subrepticement une petite chique de cindine entre la gencive et la lèvre. Vivacia fronça les sourcils : elle n'aimait pas qu'il fît usage de cette drogue car elle brouillait la perception qu'il avait d'elle ; d'un autre côté, elle comprenait parfaitement qu'il en ressentît le besoin, étant donné les circonstances. Elle attendit donc qu'il eût caché le restant de la barrette dans la manchette retroussée de sa chemise pour demander à mi-voix :

« Clément, va dire au capitaine que je souhaite voir Hiémain immédiatement. »

Le jeune garçon blasphéma tout bas : « Oh, Sar ! Vivacia, pourquoi tu me mets dans une situation pareille ? Et si je lui disais simplement que tu veux lui parler ?

– Non, parce que je n'en ai pas envie. Je préfère ne pas lui parler du tout. Je veux seulement qu'on m'amène Hiémain sans plus tarder.

– Je t'en prie, pas ça ! fit le jeune marin d'un ton implorant. Le vieux est déjà à cran parce que des faces-de-carte disent qu'ils sont malades ; d'après Torg, ils jouent la comédie, mais ils répondent que, si on ne les loge pas mieux, ils vont tous mourir.

– Clément..., dit Vivacia d'un ton menaçant.

– Oui, m'dame. »

L'attente ne fut pas longue : Kyle traversa le pont d'un pas furieux et se campa sur le gaillard d'avant. « Qu'est-ce que tu veux encore ? » demanda-t-il d'un ton sec.

Vivacia envisagea de garder un silence hautain, mais préféra répondre : « Hiémain, comme on a dû vous le dire, je pense.

– Plus tard, quand nous serons au large et que ce petit corniaud ne pourra plus se sauver.

– Non, immédiatement. »

Kyle s'en alla sans un mot.

Elle n'avait pas encore débrouillé les sentiments que lui inspirait Hiémain : elle était heureuse de le savoir de nouveau à bord, mais elle devait affronter en même temps l'égoïsme inhérent à cette satisfaction, et aussi l'humiliation de savoir que, bien qu'il l'eût repoussée puis abandonnée, elle l'accueillerait à bras ouverts. Où était donc sa fierté ? Dès l'instant où il avait remis le pied à bord, crasseux, recru de fatigue et malade de désespoir, elle avait renoué le lien avec lui, elle s'était agrippée à lui et à tout ce qui faisait de lui un Vestrit pour affermir sa propre identité, et, presque aussitôt, elle s'était sentie mieux, davantage elle-même, comme si elle avait puisé en lui une certitude, une affirmation de sa personnalité. Elle n'avait jamais eu conscience de ce phénomène jusque-là ; elle se savait unie à lui, mais n'y avait vu que « l'amour » si cher aux humains. A présent, le doute s'était insinué en elle, et, troublée, elle se demandait s'il n'y avait pas un élément malsain dans sa façon de se raccrocher à lui et de fonder sur lui sa perception d'elle-même. Peut-être était-ce à cause de cet aspect de leur lien qu'il avait tenté de lui échapper.

C'était un terrible déchirement que d'avoir besoin d'une

personne et d'éprouver en même temps de la colère à cause de ce besoin. Elle refusait de dépendre de quelqu'un pour établir son identité ; elle allait parler franchement à Hiémain, lui demander s'il la considérait comme un parasite et si c'était la raison de sa fuite. Elle redoutait de l'entendre répondre par l'affirmative, déclarer qu'en effet elle prenait sans rien donner en retour ; pourtant, malgré sa crainte, elle lui poserait la question parce qu'il lui fallait une certitude : sa vie et son esprit lui appartenaient-ils, ou bien n'était-elle qu'une ombre des Vestrit ?

Elle laissa quelques minutes encore à Havre, mais, ce délai passé, nul n'avait été envoyé à la porte de Hiémain.

C'était intolérable.

Plus tôt, elle avait noté que la cargaison était mal répartie : l'équipage n'était pas habitué à charger de la marchandise humaine. Le déséquilibre n'était pas grave, mais pouvait le devenir. Elle poussa un soupir, puis déplaça légèrement son centre de gravité, et se mit à donner de la bande sur tribord ; la gîte était presque imperceptible, mais, par certains côtés, Kyle était un bon capitaine, et Gantri un second encore meilleur, et ils la remarqueraient.

Ils réarrangeraient le fret avant de prendre la mer, et, à ce moment-là, elle se mettrait à pencher sur bâbord, et peut-être aussi à tirer sur son ancre. Le regard glacé, elle contemplait la terre ; sous le ciel où s'amoncelaient les nuages, les tours immaculées de Jamaillia paraissaient ternes, du blanc éteint des coquilles vides. Patiente, Vivacia se balançait au rythme des vagues et en accentuait le mouvement.

*

Elles étaient assises ensemble dans la grande cuisine, et Keffria songeait qu'elle adorait cette pièce autrefois. Enfant, elle aimait à s'y rendre en compagnie de sa mère ; à l'époque, Ronica Vestrit organisait souvent de petites réceptions et son péché mignon était de préparer elle-même les plats qu'elle allait servir à ses hôtes ; la cuisine était vivante alors, car les garçons jouaient avec leurs cubes sous la vaste table en bois tandis qu'elle-même, Keffria, perchée sur un tabouret, regardait sa mère hacher menu les herbes aromatiques destinées à l'assaisonnement des petits friands à la viande ; elle l'aidait à écaler les œufs durs ou à émonder les amandes légèrement étuvées.

La Peste sanguine avait mis fin à ces jours heureux. Parfois, Keffria avait l'impression que toute joie, tout enjouement, tout bonheur simple avaient péri dans la maison en même temps que ses frères ; en tout cas, les petites fêtes pleines de gaieté avaient cessé. Elle n'avait plus aucun souvenir de sa mère préparant des friandises comme avant, ni même passant du temps dans la cuisine. A présent qu'elles avaient réduit leur domesticité, Keffria prêtait elle-même la main à la confection des plats lorsque les circonstances l'exigeaient, mais pas Ronica.

Sauf ce soir-là : elles s'étaient rendues à la cuisine alors que les ombres commençaient à s'allonger, et, dans une triste parodie d'un temps révolu, elles avaient travaillé côte à côte, tranché, pelé, mitonné, touillé, tout en discutant du choix des vins et des tisanes, du café qu'il fallait faire plus ou moins fort, de la nappe à étendre sur la table ; en revanche, elles n'avaient guère parlé du motif pour lequel les Festrée les avaient contactées pour annoncer leur visite. L'échéance du remboursement ne tombait que quelques jours plus tard, mais la somme se trouvait déjà dans un coffre renforcé près de la porte ; néanmoins, elles n'oubliaient pas, sans jamais l'évoquer mais en partageant la même inquiétude, qu'il n'avait pas été donné suite à la lettre de Keffria. Cependant, les Festrée n'étaient pas les Khuprus, et il n'y avait probablement aucun lien entre les deux affaires. Probablement.

Depuis qu'elle était devenue femme, Keffria savait que les Marchands du désert des Pluies venaient deux fois l'an percevoir le remboursement de la vivenef ; elle savait aussi que, lorsque le navire s'éveillait à la conscience, le montant des versements augmentait, comme le voulait la coutume : le calcul se fondait sur la supposition que les vivenefs serviraient au commerce des articles exotiques et lucratifs qui se pratiquait sur le fleuve du désert des Pluies. La plupart des propriétaires faisaient rapidement fortune dès l'éveil de leur bateau, ce qui n'était pas le cas des Vestrit, naturellement. Parfois, Keffria se laissait aller à se demander si la décision de son père concernant les marchandises magiques avait été judicieuse ; oui, parfois, comme ce soir...

Une fois la cuisine achevée et la table mise, les deux femmes s'assirent en silence près de la cheminée. Keffria prépara de la tisane et la servit.

« Je persiste à penser que nous devrions inviter Malta à se joindre à nous, dit-elle. Elle doit apprendre à...

– Elle en a déjà appris bien plus que nous ne nous en doutions, coupa sa mère d'un ton las. Non, Keffria, fais-moi plaisir. Ecoutons, toi et moi, ce que les Festrée ont à dire, et discutons ensemble de ce qu'il convient de faire. Je crains que les décisions que nous prendrons ce soir ne modifient radicalement le cap des Vestrit. » Elle soutint le regard de sa fille. « Je ne veux pas te faire de peine, mais je ne sais pas comment tourner ça de façon agréable : nous sommes les deux dernières femmes de la famille Vestrit, j'en ai peur, car Malta est Havre jusqu'au bout des ongles ; je ne prétends pas que Kyle soit un mauvais homme, mais uniquement que ce qui se complote ici ce soir est du seul ressort des Marchands de Terrilville ; or les Havre n'en font pas partie.

– Fais comme tu l'entends », répondit Keffria d'un air fatigué. Un jour, se disait-elle sans la moindre aigreur, tu vas mourir et je cesserai de me trouver prise entre le marteau et l'enclume ; peut-être laisserai-je alors toutes les responsabilités à Kyle pour ne m'occuper que de mes jardins, sans autre souci que la taille de mes rosiers ou l'éclatement des pieds d'iris, pour me reposer enfin ! Kyle ne lui demanderait rien, elle en était sûre. Aujourd'hui, lorsqu'elle songeait à son époux, elle avait l'impression d'ébranler une cloche fêlée : elle n'avait pas oublié l'écho merveilleux que son nom éveillait autrefois dans son cœur, mais elle ne l'entendait plus et n'arrivait plus à le faire résonner à nouveau en elle. L'amour, songea-t-elle avec abattement, plonge ses racines dans la possession : l'amour de sa famille, l'amour qui régnait dans son couple, même l'amour de sa fille pour elle, tout naît des objets et du pouvoir que l'on a sur eux ; si on remet ce pouvoir aux autres, on s'assure leur amour. Quelle dérision ! Depuis cette découverte, l'affection qu'on lui portait ou non ne lui importait plus guère.

Tout en buvant sa tisane à petites gorgées, elle contemplait le feu auquel elle ajoutait du bois de temps en temps. On pouvait encore éprouver du plaisir à certaines choses simples : la chaleur de la cheminée, une bonne tasse de tisane. Keffria se promit de savourer le peu qui lui restait.

Un gong retentit, lointain, et Ronica se leva brusquement pour une ultime vérification des préparatifs ; les lumières de la pièce étaient assourdies depuis longtemps, mais elle enfila sur les chandelles les fourreaux à motif de feuilles pour atténuer encore leur éclat. « Refais de la tisane, dit-elle à mi-voix. Caoloun en est friande. » Puis elle eut une conduite étrange : elle s'approcha de la porte intérieure de la cuisine, l'ouvrit brutalement et la franchit vivement pour scruter le couloir à gauche et à droite comme si elle espérait y surprendre quelqu'un.

Elle rentra, et Keffria lui demanda : « Selden s'est encore levé ? Cet enfant est un véritable oiseau de nuit !

– Non, il n'y avait personne », répondit sa mère d'un ton distrait. Elle referma la porte et retourna auprès de la table. « Tu n'as pas oublié le cérémonial de salutation ? demanda-t-elle tout à coup à sa fille.

– Bien sûr que non. Ne t'inquiète pas, je ne te ferai pas honte.

– Tu ne m'as jamais fait honte », fit Ronica, l'air absente, et Keffria n'aurait su dire pourquoi ces mots faisaient bondir son cœur de joie.

On frappa à la porte et Ronica alla ouvrir, Keffria sur ses talons. Deux silhouettes encapuchonnées apparurent dans l'ouverture ; la voilette de l'une d'elle s'ornait d'un semis de bijoux de feu écarlates dont l'effet était à la fois magnifique et d'une étrangeté un peu inquiétante. Jani Khuprus ! Keffria sentit une terreur glacée naître au fond d'elle. Le coffre à rêve ! L'espace d'un instant, l'épouvante lui donna le tournis ; éperdue, elle attendit que sa mère dise quelque chose, n'importe quoi, pour les tirer de cette situation, mais Ronica restait bouche close, atterrée elle aussi, incapable du moindre salut ; alors Keffria prit une grande inspiration en formant le vœu de ne pas se tromper. « Je vous souhaite la bienvenue sous notre toit. Entrez, et que ce toit soit aussi le vôtre. »

Mère et fille reculèrent afin de laisser le passage aux deux Marchandes du désert des Pluies. Keffria s'arma de tout son courage quand les visiteuses ôtèrent leurs gants, leurs capuches et leurs voiles. Les yeux violets de l'une d'elles disparaissaient presque sous les excroissances de ses paupières, et Keffria eut le plus grand mal à soutenir son regard et à lui sourire, mais elle y parvint ; cependant, Jani Khuprus, la femme aux bijoux de feu, avait un visage étonnamment lisse et intact pour une Marchande du désert des Pluies ; elle aurait presque pu se promener en plein jour dans une rue de Terrilville sans attirer les regards tant les marques de ses origines étaient légères : une ligne grumeleuse qui suivait le contour de ses lèvres et de ses paupières, le blanc de ses yeux qui luisait d'un éclat bleuté dans la pièce assombrie, tout comme ses cheveux, ses dents et ses ongles ; l'ensemble ne manquait d'ailleurs pas d'une séduction vaguement effrayante. Ronica gardant toujours le silence, Keffria reprit, comme en plein rêve : « Nous vous avons préparé une collation pour vous remettre de votre long voyage. Voulez-vous prendre place à notre table ?

– Très volontiers », répondirent-elles presque à l'unisson.

Visiteuses et hôtesses échangèrent des révérences, puis, de nouveau, Keffria dut prendre la parole à la place de sa mère, toujours muette. « Moi, Keffria Vestrit de la famille Vestrit des Marchands de Terrilville, je vous reçois à notre table et dans notre maison. Nous n'avons pas oublié les serments anciens qui lient Terrilville au désert des Pluies, ni notre accord particulier concernant la vivenef *Vivacia*, produit de nos deux familles.

– Moi, Caoloun Festrée de la famille Festrée des Marchands du désert des Pluies, j'accepte votre hospitalité, dans votre maison et à votre table. Je n'ai pas oublié les serments anciens qui lient le désert des Pluies à Terrilville, ni notre accord particulier concernant la vivenef *Vivacia*, produit de nos deux familles. » La femme s'interrompit, puis désigna soudain sa compagne. « J'amène dans votre maison et à votre table mon hôte qui sera donc la vôtre. Vous est-il possible d'étendre votre hospitalité à Jani Khuprus, notre parente ? » Elle regardait Keffria ; c'était donc à Keffria de répondre.

« J'ignore le rituel pour une telle requête, avoua-t-elle franchement ; je me contenterai donc de déclarer que l'hôte de Caoloun, notre amie de longue date, est plus que bienvenue chez nous. Permettez que je prenne un moment pour sortir un nouveau couvert. » Elle espérait de tout son cœur qu'une personnalité aussi auguste que le chef de la famille Khuprus ne s'offenserait pas de son manque de cérémonie.

Jani sourit et jeta un coup d'œil à Caoloun comme pour lui demander l'autorisation de prendre la parole ; l'autre femme lui fit un petit sourire. « Pour ma part, je serais très heureuse de laisser de côté tout formalisme ; je tiens à vous dire que cette visite impromptue est plus de mon fait que de celui de Caoloun. Je l'ai priée de l'arranger et de me permettre de l'accompagner, afin qu'elle puisse m'introduire chez vous. Si cela a pu occasionner quelque gêne, je souhaite m'en excuser dès maintenant.

– Nullement, répondit Keffria. S'il vous plaît, soyons à l'aise les unes avec les autres comme il sied à des voisines, des amies et des parentes. » Sa déclaration englobait les trois femmes présentes dans la pièce ; comme par accident, elle effleura la main de sa mère pour l'implorer silencieusement de sortir de son silence choqué.

Caoloun s'était tournée vers Ronica avec une expression curieuse. « Ma vieille amie, vous voici bien taciturne ce soir. L'hôte que je vous amène vous met-elle mal à l'aise ?

– Comment serait-ce possible ? » fit Ronica d'une voix défaillante. Elle se reprit et poursuivit d'un ton plus assuré : « Je ne fais que m'en remettre à ma fille ce soir ; elle est entrée dans son héritage, il convient donc mieux que ce soit elle plutôt que moi qui vous accueille et parle au nom des Vestrit.

– Et de façon ô combien éloquente », dit Jani Khuprus avec une chaleur non feinte. Elle sourit à la cantonade. « Je crains de n'avoir pas fait preuve de la même délicatesse ; je pensais que venir en personne faciliterait ma démarche, mais peut-être aurait-il mieux valu que j'envoie une lettre.

– C'est parfait, je vous assure, répondit Keffria en posant un quatrième verre sur la table et en approchant une chaise supplémentaire. Asseyons-nous toutes et restaurons-nous ensemble ; j'ai du café, si quelqu'un le préfère à la tisane. » Elle se sentait prise du soudain et curieux désir de mieux connaître Jani Khuprus avant d'aborder le sujet qui l'amenait chez elle. Lentement, lentement : s'il fallait démêler cette énigme, elle voulait que cela se passe lentement, afin d'être sûre d'en comprendre les tenants et les aboutissants.

« C'est une table charmante que vous avez préparée là », fit Jani Khuprus en prenant place. Il n'échappa pas à Keffria qu'elle s'asseyait la première, ni que Caoloun paraissait attendre ses ordres, et elle se réjouit soudain que les olives servies soient les plus fines, que sa mère ait exigé de la pâte d'amandes préparée du jour, que seuls les plats les plus raffinés composent le repas ; c'était en effet une table charmante garnie de mets somptueux et délicats tels que Keffria n'en avait plus vu depuis des mois. Ronica avait refusé de ternir ce banquet à cause de leurs difficultés financières, et Keffria en était soulagée.

Pendant quelque temps, on parla de tout et de rien, et, peu à peu, Ronica retrouva son calme et sa grâce habituels ; elle conduisit les échanges par des chenaux sans risque, et le repas fut accompagné de compliments sur les plats, le vin, le café, et d'autres généralités. Cependant, Keffria remarqua que, chaque fois que Jani menait la conversation, c'est-à-dire fréquemment, elle racontait des historiettes et des anecdotes qui illustraient la fortune et l'influence de sa famille ; pourtant, on n'y percevait nulle vantardise ; leur but n'était pas d'humilier les Vestrit ni leur table. Au contraire, elle comparait toujours favorablement leur cuisine à celle de quelque grande réception, leur société à celle de quelque grand personnage, et Keffria finit par conclure qu'elle faisait exprès de leur livrer des détails sur elle-même : son époux était toujours vivant, elle avait trois fils et deux filles en vie, ce qui constituait une très grande famille selon les critères du désert des Pluies. Leur nouvelle fortune née de la découverte des bijoux de feu leur laissait plus de temps pour voyager et organiser des fêtes, pour rapporter des objets d'art et en apprendre davantage sur le monde. N'était-ce pas là véritablement le plus grand avantage de la richesse que de permettre d'entretenir sa famille et ses amis comme ils le méritaient ? S'il prenait un jour l'envie aux Vestrit de remonter le fleuve, ils seraient les bienvenus chez elle.

Keffria songea qu'on eût dit la parade nuptiale d'un oiseau, et, à nouveau, elle sentit son cœur se glacer. Jani se tourna brusquement vers elle, comme si elle avait émis un petit bruit qui avait attiré son attention. De façon inattendue, elle eut un sourire éblouissant et déclara : « J'ai bien reçu votre message l'autre jour, ma chère, mais, je l'avoue, je ne l'ai pas compris. C'est d'ailleurs une des raisons pour lesquelles j'ai prié Caoloun d'arranger notre visite.

– C'est ce que je supposais », répondit Keffria d'une voix défaillante. Elle jeta un coup d'œil à sa mère, qui croisa son regard et eut un petit hochement de tête. Keffria puisa quelque force dans le calme revenu de Ronica. « A franchement parler, j'étais dans une position très embarrassante, et j'ai considéré que le mieux était de vous mettre au courant, simplement et avec sincérité, de ce qui s'était passé. Je vous assure que le coffre à rêve vous sera rendu dans les plus brefs délais si on le retrouve. »

La phrase n'était pas aussi bien tournée qu'elle l'aurait souhaité, et elle se mordit la lèvre. Jani pencha la tête d'un air perplexe.

« J'ai été surprise moi aussi, et j'ai appelé mon fils pour l'interroger à ce sujet ; un acte aussi impulsif et passionné ne pouvait être que le fait de mon cadet. Reyn a un peu bégayé et beaucoup rougi, car, jusque-là, il n'avait manifesté aucun intérêt pour le beau sexe, mais il a fini par avouer avoir envoyé le coffre à rêve, et aussi donné le châle au bijou de feu. » Elle hocha la tête avec une expression d'affection maternelle. « Je l'ai réprimandé, mais il ne regrette pas son geste, je le crains ; il est très amoureux de votre Malta. Il ne m'a pas parlé, naturellement, du rêve qu'ils ont partagé ; cela aurait été fort, euh... indélicat de la part d'un garçon bien élevé ; en revanche, il m'a dit avoir la conviction que Malta voyait sa cour d'un bon œil. » Elle sourit à la cantonade. « Je présume donc que la jeune demoiselle a trouvé le coffre et en a apprécié le contenu.

– C'est ce que nous devons présumer nous aussi », fit Ronica sans laisser à Keffria le temps de répondre. Les deux Vestrit échangèrent un regard dont la signification ne pouvait échapper à personne.

« Oh, Sâ ! soupira Jani d'un ton d'excuse. Dois-je comprendre que vous ne partagez pas l'enthousiasme de votre jeune demoiselle pour la cour de mon fils ? »

Keffria se sentit la bouche subitement sèche, et elle prit une gorgée de vin qui n'arrangea rien : elle avala de travers, s'étrangla et se mit à tousser. Sa quinte était passée et elle retrouvait son souffle quand sa mère reprit la parole.

« Notre petite Malta est une enfant espiègle qui passe son temps à faire des tours et des plaisanteries. » Le ton de Ronica était badin, mais son expression compatissante. « Non, Jani, ce n'est pas la cour de votre fils qui nous fait froncer le sourcil, mais l'attitude puérile de Malta ; quand elle aura l'âge de se faire courtiser, il sera naturellement le bienvenu, et, s'il gagne ses faveurs, nous ne pourrons que nous sentir honorées d'une telle alliance. Cependant, Malta, même si elle a l'apparence d'une jeune femme, n'est encore qu'une enfant et, malheureusement, elle en a aussi l'amour du mensonge et des mauvais tours. Elle n'a que treize ans et n'a pas encore été présentée officiellement en société. Votre fils a dû la voir vêtue de sa robe de Marchande, lors de l'assemblée à laquelle vous avez participé ; je suis sûre que, s'il l'avait rencontrée telle qu'elle s'habille tous les jours, dans sa tenue de petite fille, il se serait rendu compte de son... erreur. »

Le silence tomba dans la pièce. Jani regarda tour à tour les deux femmes assises en face d'elle. « Je vois », dit-elle enfin. Elle paraissait à présent mal à l'aise. « Voilà donc pourquoi la jeune fille n'est pas présente ce soir. »

Ronica lui sourit. « Elle est au lit depuis longtemps, comme la plupart des enfants de son âge. » Elle but une gorgée de vin.

« Me voici dans une position embarrassante, fit Jani d'une voix lente.

– La nôtre est bien plus inconfortable encore, malheureusement, répondit doucement Keffria. Je veux être parfaitement sincère : vous nous avez abasourdies, ma mère et moi, en parlant à l'instant d'un châle orné d'un bijou de feu ; je vous assure que nous ignorions tout d'un tel présent ; quant au coffre à rêve, s'il a été ouvert... non, il est évident qu'il l'a été, puisque votre fils en a partagé le rêve... eh bien, Malta est là aussi la coupable. » Elle poussa un grand soupir. « Je dois vous présenter mes plus humbles excuses pour ses manières déplorables. » Malgré tous ses efforts pour se maîtriser, Keffria sentit sa gorge se serrer. « Je ne sais plus que faire. » Elle entendit un chevrotement naître dans sa voix. « Je ne la croyais pas capable de tant de duplicité.

– Mon fils va être déçu, dit Jani. Il est très naïf ; il approche des vingt ans mais il n'a jamais témoigné jusque-là du moindre intérêt à chercher femme, et je crains qu'il n'ait fait preuve de précipitation. Ah, Sâ ! » Elle secoua la tête. « Voilà qui change la perspective de bien des choses. » Elle jeta un coup d'œil à Caoloun qui lui rendit son regard avec un sourire gêné.

« La famille Festrée, expliqua-t-elle à mi-voix, a cédé aux Khuprus le contrat de la vivenef *Vivacia*. Ils en détiennent désormais tous les droits et toutes les dettes. »

Keffria eut l'impression de tituber, puis de tomber dans un silence opaque, et c'est à peine si elle entendit Jani reprendre : « C'est mon fils qui a mené les négociations avec les Festrée, et je venais ce soir parler en son nom, mais, à l'évidence, la proposition que j'avais à faire n'est pas à l'ordre du jour. »

Elle n'avait pas besoin d'en dire davantage : les Khuprus avaient prévu de remettre la dette de la *Vivacia* en tant que présent de mariage. C'était un cadeau d'un coût extravagant, un geste typique des habitants du désert des Pluies mais d'une démesure qui laissait Keffria pantoise : annuler la dette d'une vivenef contre le consentement d'une femme ? C'était ridicule !

« Ça a dû être un fameux rêve », murmura Ronica d'une voix sèche.

La réflexion était déplacée et presque grossière dans ses implications, et, plus tard, Keffria devait toujours se demander si sa mère savait quel en serait l'effet : les quatre femmes éclatèrent soudain de rire et la tension se dissipa. Que les hommes étaient donc influençables ! Et il n'y eut plus autour de la table que quatre mères aux prises avec les amourettes maladroites de leurs enfants et les incidents qui en naissaient.

Jani Khuprus reprit son souffle. « Il me semble, dit-elle d'un ton mi-figue mi-raisin, que notre problème trouvera sa solution avec le temps. Mon fils va devoir attendre, et ça ne lui fera pas de mal. » Elle sourit à Ronica et Keffria avec la tolérance d'une mère pour une autre. « Je vais lui parler très sérieusement, et lui expliquer que sa cour ne pourra débuter qu'après la présentation officielle de Malta en tant qu'adulte. » Elle s'interrompit pour calculer mentalement. « Si elle a lieu au printemps, nous pouvons prévoir les épousailles pour l'été. »

Keffria n'en croyait pas ses oreilles. « Les épousailles ! Mais elle a quatorze ans à peine ! s'écria-t-elle.

– Certes, elle serait jeune, convint Caoloun, mais d'autant plus adaptable, et, pour une femme de Terrilville qui entre dans une famille du désert des Pluies, c'est un avantage. » Elle sourit à Keffria et les protubérances charnues de son visage s'agitèrent hideusement. « Moi-même, je n'avais que quinze ans. »

Keffria inspira profondément, incapable de savoir si elle allait se mettre à hurler ou simplement jeter les deux visiteuses à la porte. Sa mère serra son bras, et Keffria réussit à fermer la bouche.

« Il est beaucoup trop tôt pour parler de mariage, déclara Ronica sans ambages. Je vous l'ai dit, Malta adore les gamineries ; je crains que, de son point de vue, cette affaire n'en soit qu'une de plus, et qu'elle n'ait pas pris la proposition de cour de votre fils avec tout le sérieux qu'elle mérite. » Son regard passa lentement de Caoloun à Jani. « Il n'est pas nécessaire de précipiter les choses.

– Vous parlez en Marchande de Terrilville, répondit Jani ; vous jouissez de longues existences et portez de nombreux enfants, mais le temps est un luxe dont nous ne disposons pas. Mon fils aura bientôt vingt ans, il a enfin trouvé une femme qu'il désire, et vous nous demandez de le faire attendre ? Plus d'une année ? »

Elle se laissa aller contre le dossier de sa chaise. « C'est impossible, fit-elle à mi-voix.

– Je refuse de contraindre mon enfant », dit Keffria avec force.

Jani eut un sourire avisé. « Mon fils n'a pas l'impression qu'il soit question de contraindre quiconque, et j'ai confiance en lui. » Son regard se posa tour à tour sur la mère et la fille. « Allons, nous sommes entre femmes ; si Malta était aussi immature que vous le prétendez, le rêve le lui aurait révélé. » Nul ne répondit et elle poursuivit d'une voix d'une douceur inquiétante : « Notre offre est généreuse ; n'espérez pas trouver mieux ailleurs.

– Elle est plus que généreuse, elle est renversante, dit Ronica. Mais, vous l'avez fait remarquer, nous sommes entre femmes, et, en tant que telles, nous savons que le cœur d'une femme ne s'achète pas. Nous vous demandons seulement d'attendre un peu que Malta mûrisse et soit capable de prendre elle-même ses décisions.

– Si elle a ouvert le coffre et partagé le rêve qu'il contenait, je pense qu'on peut la considérer comme apte à prendre elle-même ses décisions, surtout si, pour ce faire, elle a dû défier sa mère et sa grand-mère, comme cela paraît être le cas. » La voix de Jani Khuprus commençait à perdre sa courtoisie veloutée.

« Il ne faut pas confondre le geste d'une enfant qui n'en fait qu'à sa tête et le choix pondéré d'une femme. Je vous le répète, vous devez attendre. » Le ton de Ronica était ferme.

Jani Khuprus se leva. « Sang ou or, la dette doit être payée, dit-elle. La prochaine échéance est dans peu de temps, Ronica Vestrit, et vous avez déjà manqué un versement complet. Par contrat, j'ai le droit de décider de la nature du payement. »

Ronica se dressa elle aussi et se tint face à Jani. « Votre or est là, dans la cassette près de la porte. Je vous le donne librement, en juste règlement d'une partie de notre dette. » Elle secoua lentement la tête. « Je refuse et je refuserai toujours de vous donner ma fille ou ma petite-fille, sauf si elle vous suit de son plein gré. C'est tout ce que j'ai à déclarer, Jani Khuprus, et devoir le dire tout haut ne nous grandit ni l'une ni l'autre.

– Voulez-vous me faire comprendre que vous n'honorerez pas votre contrat ? demanda sèchement Jani.

– Je vous en prie ! s'exclama soudain Caoloun d'une voix stridente. Je vous en prie ! répéta-t-elle plus calmement quand tous les regards se furent tournés vers elle. N'oublions pas qui nous sommes, et n'oublions pas non plus que nous avons du temps ;

pas aussi peu que certains le croient, pas autant que d'autres le souhaiteraient, mais nous en avons. Et nous devons surtout penser aux sentiments de deux jeunes gens. » Ses yeux violets en forme d'amande passaient d'une femme à l'autre, quêtant la bonne volonté. « Je propose, reprit-elle à mi-voix, un compromis, qui nous épargnera peut-être à toutes bien des tensions. Jani Khuprus doit accepter l'or cette fois-ci, car, vous en serez d'accord, Jani, vous êtes tout autant tenue par ce que nous avons convenu, Ronica et moi, dans cette même cuisine, que Ronica elle-même par les termes du contrat. Nous sommes toutes du même avis sur cette question, n'est-ce pas ? »

Keffria retint son souffle et demeura parfaitement immobile, mais personne ne la regardait. La première, Jani Khuprus acquiesça raidement de la tête ; quand elle l'imita, Ronica évoqua plutôt une femme vaincue qui courbe le cou.

Caoloun poussa un soupir de soulagement. « Voici donc le compromis que je propose. Ronica, je vous parle en femme qui connaît Reyn, le fils de Jani, depuis toujours : c'est un jeune homme parfaitement honorable et digne de confiance, et vous n'avez pas à craindre qu'il profite de la naïveté de Malta, qu'elle soit encore une enfant ou déjà femme ; pour cette raison, je pense que vous pourriez l'autoriser à commencer sa cour dès maintenant, sous l'égide d'un chaperon, naturellement, et en lui interdisant tout nouveau cadeau qui risquerait d'éveiller davantage chez une jeune fille l'esprit de lucre que l'amour. Permettez simplement à Reyn de la voir régulièrement ; si elle n'est pas encore mûre, il s'en rendra compte rapidement et sera plus confus que nous ne pouvons l'imaginer d'avoir commis une telle erreur ; mais si elle est vraiment adulte, laissez à ce jeune homme la possibilité, avant tous les autres, de conquérir son cœur. Est-il excessif de vous demander qu'il soit le premier à courtiser Malta ? »

La proposition permettait d'apaiser tant de tensions entre les deux familles que Ronica préféra laisser Keffria décider elle-même. Sa fille s'humecta les lèvres. « Je pense pouvoir accepter, à condition qu'ils soient bien chaperonnés et qu'il n'y ait plus de présents onéreux qui puissent tourner la tête de Malta. » Elle soupira. « En vérité, c'est elle-même qui a ouvert cette porte, et peut-être doit-elle apprendre sa première leçon de femme adulte : il ne faut pas prendre à la légère l'affection d'un homme. »

Les trois autres femmes acquiescèrent à ces paroles.

9

NAVIRES ET SERPENTS

Le tatouage était grossier, exécuté à la va-vite et exclusivement à l'encre bleue, mais c'était tout de même à son image que le garçon était marqué. Elle le regarda, épouvantée. « C'est ma faute, dit-elle. Sans moi, rien ne te serait arrivé.

– C'est vrai, répondit-il d'un ton las ; mais ce n'est pas ta faute pour autant. »

Et il se détourna pour s'asseoir lourdement sur le pont. Se doutait-il seulement de la douleur que lui causaient ces mots ? Elle tenta de partager ses émotions, mais le jeune adolescent qui vibrait de détresse la veille était aujourd'hui parfaitement immobile. Il appuya sa tête contre le bastingage, inspira profondément le vent pur qui balayait les ponts de la vivenef et le relâcha dans un soupir.

L'homme de barre s'efforçait de ramener Vivacia dans le chenal principal ; avec une malice presque indolente, elle s'y opposa en se faisant toujours plus lourde à manœuvrer. Ça, c'était pour Kyle Havre qui croyait pouvoir la plier à sa volonté.

« Je ne sais pas quoi te dire, avoua Hiémain à mi-voix. Quand je pense à toi, j'éprouve de la honte, comme si je t'avais trahie en m'enfuyant ; d'un autre côté, quand je songe à moi-même, je ressens de la déception car j'ai failli réussir à retrouver ma liberté. Je ne veux pas t'abandonner, mais je ne tiens pas non plus à rester enfermé ici. » Il secoua la tête, puis se radossa à la lisse. Il était couvert de crasse, ses vêtements étaient en lambeaux, et

Torg, en l'amenant à Vivacia, n'avait pas ôté les chaînes qui lui entravaient les pieds et les poignets. Dos à elle, le regard levé vers les voiles, Hiémain poursuivit: «J'ai parfois l'impression d'être deux individus en un, dont chacun aspire à une existence différente de l'autre; ou, plus exactement, quand je me joins à toi, je ne suis pas le même que quand je suis seul. Lorsque nous sommes ensemble, je perds... quelque chose; j'ignore quel nom lui donner: ma capacité à n'être que moi-même, peut-être?»

Une vague angoisse s'empara de Vivacia: les réflexions de Hiémain se rapprochaient trop de ce qu'elle comptait lui dire. Elle avait quitté le port de Jamaillia la veille au matin, mais Torg avait attendu le lendemain pour lui amener le jeune garçon, et elle avait observé pour la première fois ce qu'on lui avait infligé; son plus grand choc avait été de voir le dessin grossier à l'encre bleue sur sa joue. Plus rien ne le désignait désormais comme matelot, et encore moins comme le fils du capitaine: il ressemblait à un esclave; pourtant, malgré tous ses malheurs, il conservait apparemment son calme.

Comme en réponse à ses pensées, il déclara: «Je n'ai plus de place pour les émotions. Par ton biais, je suis tous les esclaves à la fois, et, quand je me laisse aller à partager ce que tu ressens, j'ai l'impression que je vais devenir fou; je m'en abstiens donc et je m'efforce de ne rien éprouver du tout.

– C'est vrai, ces émotions sont trop puissantes, dit Vivacia à voix basse. La souffrance de ces hommes et de ces femmes est trop grande et elle s'empare de moi au point que je ne peux plus m'en échapper.» Elle s'interrompit, puis reprit d'un ton hésitant: «C'était encore pire quand tu n'étais pas là: ton absence me donnait le sentiment d'être à la dérive; je pense que tu es l'ancre qui me permet de conserver mon identité; c'est pourquoi, je crois, une vivenef a besoin d'un membre de sa famille à son bord.»

Hiémain ne répondit pas mais, comme il ne bougeait pas, elle espéra qu'il l'écoutait. «Je puise en toi, fit-elle, je prends tout sans rien te donner en échange.»

Il remua légèrement, et répondit d'un ton étrangement monocorde: «Tu m'as donné de la force, et plus d'une fois.

– Mais seulement dans le but de te conserver auprès de moi. Je te raffermis pour te conserver, afin de savoir toujours qui je suis.» Elle rassembla son courage. «Hiémain, qu'étais-je avant de devenir une vivenef?»

Il agita ses chaînes et frotta distraitement ses chevilles irritées ; il ne paraissait pas avoir conscience de l'importance de la question. « Un arbre, je suppose, ou plutôt plusieurs arbres, si le bois-sorcier grandit comme les autres essences. Pourquoi me demandes-tu ça ?

– Pendant ton absence, il m'a semblé me rappeler… les détails d'une autre vie, comme le fait de sentir le vent dans mon visage, mais en plus puissant, me déplacer très vite, de mon propre chef. Je me souvenais presque d'avoir été… quelqu'un… qui n'avait rien à voir avec les Vestrit, quelqu'un qui n'avait aucun rapport avec ce que je connais de ma vie présente. C'était très effrayant, mais… » Elle s'interrompit au bord d'une pensée qu'elle rejetait.

Après un long silence, elle reprit : « Je crois que j'aimais cette existence, alors. Aujourd'hui… je pense que j'ai fait de ces rêves que les hommes appellent cauchemars. Mais une vivenef ne dort pas, et je ne suis donc pas parvenue à m'en extraire complètement. Les serpents du port, Hiémain ! » Elle parlait à présent d'un ton pressant, à mi-voix, en s'efforçant de tout lui faire comprendre d'un seul coup. « Personne d'autre que moi ne les a vus ; tout le monde reconnaît maintenant l'existence du blanc qui me suit, mais il y en avait d'autres, beaucoup d'autres, dans la vase du fond du port ! J'ai bien essayé d'avertir Gantri, et il m'a répondu de ne pas leur prêter attention ; mais c'était impossible parce que, je ne sais comment, c'étaient eux les responsables des rêves que… Hiémain ? »

Il s'était assoupi sous le chaud soleil, réaction prévisible après les épreuves qu'il avait endurées.

Vivacia n'en fut pas moins déçue : elle avait besoin de partager ce qu'elle savait, sans quoi elle avait l'impression qu'elle allait sombrer dans la folie, mais nul ne semblait désirer l'écouter. Malgré le retour de Hiémain à bord, elle se sentait toujours aussi seule, et elle se demandait s'il ne restait pas sur son quant-à-soi ; elle ne pouvait le lui reprocher, mais elle était incapable de ne pas lui en vouloir ; elle éprouvait aussi une colère sans objet défini : la famille Vestrit avait fait d'elle ce qu'elle était, suscité des besoins en elle, mais, depuis son éveil, elle n'avait pas connu une seule journée en compagnie de quelqu'un qui restât auprès d'elle sans contrainte. Et Kyle qui espérait la voir naviguer docilement et avec entrain alors que son ventre était plein de misère et qu'elle n'avait pas de compagnon ! Ce n'était pas juste !

Le bruit de pas rapides sur le pont rompit le fil de ses pensées. « Hiémain ! fit-elle d'un ton pressant. Ton père vient par ici ! »

*

« Tu es loin du chenal ! Tu n'es donc pas capable de tenir un cap ? » aboya Kyle à l'adresse de Confret.

L'intéressé le regarda de sous ses paupières lourdes. « Non, commandant, répondit-il d'un ton égal, comme s'il ne faisait pas preuve d'insolence, je ne peux pas. Chaque fois que je redresse la barre, le navire s'écarte de la route.

– N'accuse pas le navire ! J'en ai assez d'entendre tous les hommes d'équipage s'en prendre à lui pour dissimuler leur incompétence !

– Bien, commandant. » Confret tourna les yeux vers l'étrave et orienta de nouveau la barre pour corriger le cap ; la *Vivacia* réagit aussi lentement que si elle traînait une ancre flottante. Comme en réponse à cette idée, Kyle vit un serpent apparaître dans son sillage et battre l'eau, et il eut l'impression que le regard de l'horrible bête se posait droit sur lui.

Il sentit le brasier dormant de sa colère commencer à s'éveiller. C'en était trop ! Cette fois, c'en était vraiment trop ! Il n'avait rien d'une femelette, il était capable de faire front à tous les coups du sort, temps défavorable, cargaisons délicates, et même simple malchance ; rien de tout cela ne lui faisait perdre son calme. Mais là, c'était différent : il se heurtait à l'opposition brute de ceux-là mêmes pour lesquels il se tuait au travail ! Il ignorait combien de temps encore il supporterait cette attitude.

Pourtant, Sâ le savait, il avait fait des efforts avec le petit ! Qu'est-ce que son fils aurait pu vouloir de plus ? Il lui avait offert ce satané bateau à la simple condition qu'il devienne un homme ; eh bien non : ce morveux s'était sauvé et il s'était fait tatouer comme un esclave à Jamaillia !

Alors Kyle avait baissé les bras ; il l'avait ramené à bord et remis à l'entière disposition de la vivenef. Ne répétait-elle pas sur tous les tons qu'elle avait besoin de lui ? Il avait fait conduire le gosse sur le gaillard d'avant ce matin même, dès qu'ils étaient sortis du port, et Vivacia aurait dû être satisfaite. Eh bien non, encore une fois : elle se vautrait dans l'eau comme une truie, penchait d'un côté puis de l'autre, et s'écartait constamment du meilleur chenal! A naviguer n'importe comment, elle l'humiliait autant que son propre fils!

Tout aurait pu être si simple, pourtant! Il se rendait à Jamaillia, embarquait une cargaison d'esclaves, les emmenait en Chalcède et les vendait avantageusement pour le plus grand profit de la famille et l'orgueil de son nom. Il tenait bien son équipage et entretenait le navire; en toute justice, il aurait dû naviguer parfaitement; quant à Hiémain, il aurait dû devenir un solide gaillard apte à prendre sa suite, un fils fier de saisir un jour la barre de sa propre vivenef. Mais non; à quatorze ans, il était déjà défiguré par deux tatouages d'esclave, dont le plus grand était dû à sa propre réaction impulsive, sous le coup de la colère, à une suggestion facétieuse de Torg. Sâ, qu'il regrettait que Gantri ne l'ait pas accompagné ce jour-là au lieu du lieutenant! Le second aurait su le dissuader, lui, alors que Torg avait obéi sur-le-champ, au grand remords de Kyle. S'il devait recommencer...

Un mouvement sur tribord attira son attention. Toujours ce fichu serpent qui fendait l'eau, l'œil rivé sur lui! D'un blanc encore plus répugnant que le ventre d'un crapaud, il suivait le navire; il n'avait pas l'air très dangereux: lors des brefs coups d'œil qu'il avait pu lui jeter, Kyle avait eu l'impression d'une créature vieille et grasse, mais elle inquiétait l'équipage et la vivenef, et lui-même s'apercevait soudain qu'il n'appréciait pas non plus sa présence. Elle soutenait son regard, contrairement aux animaux habituels, et il avait l'impression de se trouver face à un homme qui cherchait à lire ses pensées.

Il quitta la barre pour s'éloigner d'elle et se dirigea vers la proue à grands pas, la tête toujours pleine de réflexions troublées.

Le bateau puait bien plus que ne l'avait promis Torg, il puait plus que des latrines, il puait comme un charnier. On avait déjà passé trois morts par-dessus bord, dont une femme qui s'était apparemment suicidée: on l'avait trouvée inerte au milieu de ses chaînes après qu'elle s'était étouffée en se bourrant la bouche et la gorge avec des lambeaux de tissu arrachés à ses vêtements. Comment pouvait-on s'infliger un traitement aussi stupide? Pourtant, plusieurs hommes en avaient été ébranlés, même si aucun ne s'en était ouvert directement à lui.

Il jeta un coup d'œil vers tribord: ce fichu serpent était toujours là, progressant à la même allure que le navire, sans le quitter des yeux. Kyle détourna le regard.

Le monstre lui faisait penser, sans qu'il sût trop pourquoi, au tatouage de la joue du gosse, peut-être parce qu'il ne pouvait pas plus échapper à l'un qu'à l'autre. Il regrettait son geste envers Hiémain, mais il était impossible de revenir en arrière ; il savait aussi qu'on ne le lui pardonnerait jamais : inutile donc de présenter des excuses, que ce fût au gamin ou à sa mère ; ils lui en voudraient jusqu'à la fin de ses jours. Pourtant, il ne lui avait pas vraiment fait de mal, il ne lui avait pas fait crever les yeux ni couper une main ; il l'avait simplement fait tatouer. Nombre de marins portaient ainsi sur la peau la représentation de leur navire ou de sa figure de proue ; pas sur le visage, certes, mais cela revenait au même. Cela n'empêcherait pas Keffria de piquer une crise quand elle verrait Hiémain ; lui-même voyait l'expression horrifiée de sa femme chaque fois que son regard tombait sur son fils. Ainsi, même le plaisir de rentrer chez soi lui était désormais interdit : il pourrait bien rapporter tout l'or du monde, sa famille ne verrait que le tatouage sur la figure du gosse.

A côté du navire, le serpent dressa la tête hors de l'eau et le regarda d'un air entendu.

Kyle s'aperçut que, dans sa colère, il avait parcouru le bateau sur toute sa longueur jusqu'au gaillard d'avant ; Hiémain y était assis, recroquevillé sur lui-même. Il se sentit humilié à la vue de la créature abjecte qu'était son fils aîné. Ça, son héritier ? Le garçon qu'il avait imaginé prenant un jour la barre à sa place ? Quel dommage que Malta fût une fille ! Elle aurait fait un bien meilleur héritier que Hiémain.

Un brusque éclair de fureur le parcourut et il se sentit les idées plus claires. Tout était de la faute de Hiémain, il s'en rendait compte à présent ; il l'avait amené à bord pour satisfaire la vivenef et l'obliger à naviguer correctement, et ce prêtraillon n'avait réussi qu'à en faire une garce rétive. Eh bien, si elle refusait de se comporter comme il fallait malgré la présence du morveux à bord, il n'avait aucune raison de supporter davantage ce petit pleurnichard ! Deux enjambées et, saisissant Hiémain par le col de sa chemise, il le hissa à sa hauteur. « Je devrais te balancer à ce foutu serpent ! » cria-t-il au garçon stupéfait dont les pieds ne touchaient même plus le pont.

Hiémain leva vers son père un regard horrifié, mais il serra les dents et ne dit rien.

Kyle leva une main et, voyant que le garçon ne tressaillait

même pas, il lui assena un revers avec toute la force dont il était capable; il sentit une douleur aiguë dans les doigts quand ils frappèrent le visage tatoué du garçon, qui fut projeté en arrière dans un cliquètement de chaînes et retomba durement sur les planches. Il n'essaya pas de se relever, défiant son père par son absence même de résistance.

« Espèce de petit salaud! Espèce de petit salaud! » hurla Kyle, et il se précipita sur le garçon avec l'intention de le jeter par-dessus bord et de le laisser couler. C'était non seulement la solution parfaite, mais aussi le seul geste digne d'un homme. Personne ne lui ferait de reproche: ce morveux n'était qu'un poids mort, une gêne, et il portait malheur en plus. Il fallait qu'il se débarrasse de ce geignard doucereux avant qu'il ne l'humilie davantage.

Près du navire, une tête blanche comme la mort se dressa soudain hors de l'eau, les mâchoires béantes. Kyle resta paralysé devant la gueule écarlate et les yeux rouges et pleins d'espoir. La créature était très grande, beaucoup plus que Kyle ne l'avait imaginé à partir des brefs aperçus qu'il en avait eu, et elle parvenait sans effort à rester à la hauteur de la *Vivacia* malgré toute la longueur émergée de son corps. Elle attendait son repas.

*

Le nœud avait suivi sa pourvoyeuse jusque dans un de ses lieux de repos, comme Shriver venait de s'en rendre compte, lorsque Maulkin fit brusquement une boucle de son corps et changea de cap pour filer à travers le Plein comme s'il chassait une proie; pourtant, Shriver ne voyait rien qui méritât une telle poursuite.

« Suivons-le! » trompeta-t-elle à l'intention du reste du nœud, et elle se précipita derrière lui, Sessuréa non loin d'elle. Quelques instants plus tard, elle se rendit compte que les autres ne l'avaient pas écoutée: ils étaient restés près de la pourvoyeuse, uniquement préoccupés de leur ventre, du plaisir de grandir, de muer et de grandir encore. Elle chassa leur infidélité de ses pensées et redoubla d'efforts pour rattraper Maulkin.

Elle y parvint, mais seulement parce qu'il s'était arrêté tout à coup dans une attitude de profonde fascination, la gueule béante, les ouïes grandes ouvertes et battantes.

« Qu'y a-t-il? » demanda Shriver, avant de percevoir la trace infime d'un goût inattendu dans l'eau ; elle était incapable d'en déterminer la nature, mais il évoquait un retour bienvenu et l'accomplissement d'une promesse. Sessuréa la rejoignit et elle vit ses yeux s'agrandir quand il sentit à son tour la même saveur.

« Qu'est-ce que c'est ? fit-il.

– C'est Celle-Qui-Se-Souvient, répondit Maulkin d'une voix empreinte de révérence. Venez, nous devons la trouver. » Il ne parut pas remarquer que, de son nœud, seuls deux membres l'avaient accompagné ; il ne s'intéressait qu'au goût diffus qui menaçait de s'évanouir avant qu'il ait pu remonter à sa source. Il se remit en route avec une puissance et une vitesse dont Shriver et Sessuréa étaient incapables ; ils le suivirent pourtant avec acharnement en s'efforçant de repérer l'éclat de ses faux yeux dorés qui apparaissait par intermittence dans la vase en suspension. La saveur devint de plus en plus forte, presque au point de brouiller tous leurs autres sens.

Quand ils rattrapèrent Maulkin à nouveau, il se tenait à distance respectueuse d'une pourvoyeuse aux reflets argentés dans le plein ténébreux. Son parfum imprégnait les eaux et sa douceur rassasiait les trois nouveaux venus ; on y sentait l'espoir et la joie, mais surtout la promesse de souvenirs, de souvenirs à partager entre tous, de savoir et de sagesse à la disposition de chacun. Pourtant Maulkin ne s'approchait pas et ne demandait rien.

« Quelque chose ne va pas », trompeta-t-il doucement, le regard profond et pensif. Un léger éclair coloré parcourut son corps, puis disparut. « Ce n'est pas normal. Celle-Qui-Se-Souvient nous ressemble, toutes les traditions sacrées l'affirment, mais je ne vois que la pourvoyeuse au ventre d'argent ; pourtant, tous mes sens me disent qu'Elle est proche. Je ne comprends pas. »

Intimidés et troublés, ils regardèrent la pourvoyeuse argentée se déplacer lentement devant eux ; elle n'avait qu'un seul suivant, un gros serpent blanc qui ne s'écartait pas d'elle. Il planait tout en haut du Plein, la tête dressée dans le Manque.

« Il lui parle, dit Maulkin, pensant à mi-voix. Il lui présente une requête.

– Pour retrouver des souvenirs ? demanda Sessuréa, et sa crinière se dressa, frissonnante d'espoir.

– Non ! » Maulkin avait pris soudain un ton incrédule, presque furieux. « Pour avoir à manger ! Il la supplie seulement de lui donner à manger, de lui donner ce dont elle ne veut pas ! »

Sa queue fouetta l'air avec tant de brusquerie et de violence qu'elle souleva la vase du fond. « Ce n'est pas normal ! s'écria-t-il. C'est une illusion, une duperie ! Elle dégage le parfum de Celle-Qui-Se-Souvient, et pourtant elle n'est pas de notre race ! Et celui-ci lui parle, et pourtant il ne lui parle pas car elle ne répond pas, or il est promis de toute éternité qu'elle répondrait à toutes les suppliques ! Ce n'est pas normal ! »

On sentait une vaste douleur dans les profondeurs de sa colère ; sa crinière s'évasa, lâchant un nuage suffocant de toxines, et Shriver s'en écarta. « Maulkin, fit-elle d'une voix douce, Maulkin, que devons-nous faire ?

– Je n'en sais rien, répondit-il avec amertume. Il n'y a rien dans les traditions sacrées, rien dans mes souvenirs effilochés pour me guider. Je ne sais pas. Pour ma part, je vais la suivre, simplement pour essayer de comprendre. » Il poursuivit plus bas : « Si vous décidez de retourner auprès du nœud, je ne vous en ferai pas le reproche ; peut-être vous ai-je induits en erreur ; peut-être mes souvenirs ne sont-ils tous que des mensonges nés de mes poisons. » Sous le coup de la déception, sa crinière retomba soudain, inerte, et, sans même regarder si ses deux compagnons le suivaient, il se lança sur les traces de la pourvoyeuse d'argent et de son parasite blanc.

*

« Kyle ! Lâchez-le ! » s'exclama Vivacia ; ce n'était pas un ordre mais l'expression de sa terreur. Eperdue, elle se pencha en battant des bras pour chasser le serpent blanc. « Va-t'en, immonde créature ! Eloigne-toi de moi ! Tu ne l'auras pas, tu ne l'auras jamais ! »

Ses mouvements firent danser tout le bâtiment qui, déséquilibré, se mit à tanguer follement. Ses puissants bras de bois battaient l'air sans autre résultat que de secouer violemment le bateau. « Va-t'en ! Va-t'en ! cria-t-elle au serpent, puis : Hiémain ! Kyle ! »

Mais Kyle continua de traîner son fils vers le bastingage et la créature ; alors Vivacia rejeta la tête en arrière et hurla : « Gantri ! Au nom de Sâ, venez ici ! GANTRI ! »

Partout dans le navire, des voix s'élevaient dans un brouhaha assourdissant ; les matelots s'interpellaient pour savoir ce qui se passait tandis que, dans les cales, les esclaves poussaient des cris inarticulés, terrifiés à l'idée de se trouver pris au piège dans le noir, sous la ligne de flottaison, par un accident, un incendie, un naufrage ou une tempête. La peur et la détresse qui régnaient dans la vivenef devinrent soudain palpables, miasme épais qui empestait la sueur et les excréments ; il laissa un goût cuivré dans la bouche de Kyle et une pellicule graisseuse de désespoir sur sa peau.

« Arrêtez ! Arrêtez ! » s'écria-t-il d'une voix rauque sans savoir à qui il s'adressait. Il saisit Hiémain par le devant de sa robe en haillons et le secoua violemment, mais ce n'était pas contre le garçon qu'il se battait.

Gantri apparut sur le pont, pieds et torse nus, le visage pâle et l'air égaré, visiblement tiré de son sommeil. « Qu'est-ce qui se passe ? » demanda-t-il d'une voix tendue, puis, à la vue de la tête du serpent dressée à hauteur du bastingage, il émit un cri, et, plus près de l'affolement que Kyle ne l'avait jamais vu, il s'empara d'une meule qui traînait sur le pont, la leva à deux mains et la projeta sur le serpent avec une telle force que Kyle entendit ses muscles craquer. La bête évita négligemment le projectile d'un léger écart du cou, puis se renfonça lentement dans l'eau, et seule une perturbation du rythme des vagues indiqua où elle s'était trouvée.

Comme au sortir d'un cauchemar, Kyle perdit soudain toute compréhension de ce qu'il était en train de faire ; il regarda l'enfant qu'il tenait dans sa poigne et se demanda quel sort il lui réservait. Ses forces l'abandonnèrent brusquement et il laissa tomber Hiémain sur le pont, à ses pieds.

Respirant à grandes goulées, Gantri se tourna vers son commandant. « Qu'est-ce qui se passe ? fit-il d'une voix tendue. Qu'est-ce qui l'a mise dans cet état ? »

Haletante, Vivacia poussait des cris aigus de terreur auxquels répondaient les hurlements incohérents des esclaves des cales. Hiémain, étendu sur le pont, ne bougeait pas ; Gantri s'approcha de lui en deux enjambées, l'examina, puis se tourna vers Kyle avec une expression effarée. « C'est vous qui avez fait ça ? demanda-t-il. Mais pourquoi ? Vous l'avez frappé si durement qu'il est inconscient ! »

Kyle ne put que regarder son second en silence, incapable de répondre. Gantri secoua la tête, puis leva les yeux au ciel comme s'il implorait une aide d'en haut. « Reprends-toi ! ordonna-t-il sèchement à la figure de proue. Je vais m'occuper de lui, mais ressaisis-toi, tu mets tout le monde sur les dents ! Clément ! Clément, il me faut le coffre à pharmacie ; et dis à Torg que je veux la clé de ces foutues chaînes ! Du calme, du calme, ma jolie, on va reprendre la situation bien en main ; du calme, je t'en prie ; le serpent est parti, et je vais soigner le petit. » A un matelot qui observait la scène bouche bée, il cria : « Evans, va sous le pont, réveille mon quart et dis-leur d'aller tranquilliser les esclaves ! Qu'ils leur expliquent qu'il n'y a rien à craindre ! »

Kyle entendit Vivacia déclarer à Gantri d'une voix hachée : « J'ai touché le serpent ; je l'ai frappé, et à cet instant il m'a reconnue. Mais ce n'était pas moi !

– Ne t'inquiète pas, ça va aller », répondit le second d'un ton obstinément apaisant.

Le navire fit une nouvelle embardée quand Vivacia se pencha en avant pour se laver les mains dans la mer ; elle continuait à émettre de petits cris effrayés.

Faisant un effort sur lui-même, Kyle baissa les yeux sur son fils. Hiémain était bel et bien assommé. Il massa les phalanges gonflées de sa main droite et prit alors conscience de la violence avec laquelle il avait frappé le garçon, une violence suffisante pour lui déchausser des dents, voire lui briser un ou plusieurs os du visage. Incroyable : il avait été sur le point de jeter le gosse au serpent ! Son propre fils ! Il savait qu'il avait giflé Hiémain, il s'en souvenait parfaitement ; mais pourquoi ? Qu'est-ce qui l'y avait poussé ? « Il va bien, dit-il d'un ton brusque à Gantri. Il joue sans doute la comédie, tout simplement.

– C'est très probable, en effet », répondit le second d'un ton caustique. Il parut vouloir ajouter un commentaire, puis il se ravisa, resta un instant silencieux et déclara enfin : « Capitaine, nous devrions fabriquer une arme, comme une pique ou une lance, je ne sais pas, pour nous défendre contre ce monstre.

– Ça ne servirait vraisemblablement qu'à l'enrager, répondit Kyle, mal à l'aise. Les serpents suivent toujours les transports d'esclaves, et jamais aucun n'a attaqué le navire lui-même. Celui-ci se satisfera des cadavres d'esclaves que nous jetterons par-dessus bord. »

Gantri le regarda d'un air abasourdi, comme s'il n'était pas sûr d'avoir bien entendu. « Et si nous n'en jetons pas ? demanda-t-il en articulant avec soin. Si nous sommes aussi doués et efficaces que vous le prétendez, et que nous ne tuions pas la moitié de la cargaison en route ? Si le serpent commence à crever de faim ? Et si Vivacia ne supporte pas sa présence, tout simplement ? Est-ce qu'il ne faudrait pas se débarrasser de lui, dans ces conditions ? » Un peu tardivement, il s'aperçut que les marins s'étaient attroupés sur le pont pour écouter l'échange entre le second et le capitaine. « Retournez au travail ! leur cria-t-il sèchement. Si quelqu'un n'a rien à faire, qu'il vienne me le dire, je lui trouverai une occupation ! » Les hommes se dispersèrent et il reporta son attention sur Hiémain. « Il m'a l'air juste sonné », marmonna-t-il. « Clément ! » brailla-t-il à nouveau, à l'instant où le jeune matelot apparaissait avec un trousseau de clés à la main et le coffre à pharmacie sous le bras.

Hiémain commençait à se réveiller, et Gantri l'aida à se redresser. Assis sur le pont, prenant appui sur ses mains derrière lui, le garçon balaya le navire d'un regard vague pendant que le second lui ôtait ses chaînes. « C'est de la démence ! » fit Gantri d'un ton furieux en examinant d'un œil noir les chevilles éraflées et suintantes, puis il lança par-dessus son épaule : « Clément, tire un seau d'eau de mer ! » Il s'adressa ensuite à Hiémain : « Nettoie bien ces plaies à l'eau salée et fais-toi un pansement. Rien de tel pour soigner ça ; ça te laisse une belle cicatrice bien solide, tu peux me croire ; j'en ai eu ma part. » Il fronça le nez d'un air dégoûté. « Et lave-toi par la même occasion ; les enchaînés dans les cales ne sentent pas bon, mais ils ont une excuse ; pas toi. »

Il leva les yeux vers Kyle, toujours debout près d'eux, soutint le regard de son capitaine et poussa l'audace jusqu'à secouer la tête en signe de désapprobation ; Kyle serra les dents mais ne dit mot. Gantri se leva et s'approcha de Vivacia. Elle tordait le cou en arrière pour voir ce qui se passait sur le pont, les yeux démesurément agrandis et les mains crispées sur la poitrine. « Bon, fit le second d'un ton uni, maintenant ça suffit. Dis-moi exactement ce que tu veux pour te conduire correctement. »

Prise ainsi au débotté, Vivacia esquissa un mouvement de recul, mais elle se tut.

« Alors ? reprit Gantri, et l'agacement perçait dans sa voix. Tu pousses tout le monde à bout ; au nom de Sâ, qu'est-ce qu'il te faut pour être heureuse ? De la musique ? De la compagnie ? Quoi ?

– Il me faut… » Elle s'interrompit et parut perdre le fil de sa pensée. « Je l'ai touché, Gantri ! Je l'ai touché, et il m'a reconnue ! Il a dit que je n'étais pas Vivacia et que je n'étais pas une Vestrit ! Il a dit que j'étais l'un d'eux ! » Voilà qu'elle délire, songea Kyle, furieux ; elle raconte n'importe quoi, comme un idiot de village !

« Vivacia, fit Gantri d'un ton sévère, les serpents ne parlent pas. Il n'a rien dit, il t'a seulement effrayée. Nous avons tous eu peur, mais c'est fini, et personne n'est gravement blessé ; mais tu aurais pu nous faire du mal à t'agiter comme une folle et… »

Elle ne l'écoutait pas ; elle plissa son front de bois, fronça les sourcils, puis parut se rappeler sa première question. « Je veux que tout redevienne comme avant ! » Ce n'était pas un souhait mais une supplique désespérée.

« Comme avant quoi ? » demanda Gantri, à bout de ressources. Il avait déjà perdu la partie, Kyle le savait ; à quoi bon s'enquérir de ce que voulait la vivenef ? Elle voulait toujours l'impossible. Elle était gâtée, voilà tout ; c'était une femelle gâtée qui avait une idée disproportionnée de sa propre importance, et chercher à lui faire plaisir n'était pas la bonne méthode. Plus Gantri la cajolerait, plus elle ferait tourner ceux qui l'entouraient en bourrique : c'était dans la nature des femmes. Pourquoi n'avait-on pas sculpté un homme à sa place ? Un homme aurait su entendre raison.

« Comme avant Kyle », dit lentement Vivacia. Elle jeta un regard noir à l'intéressé. « Je veux qu'Ephron Vestrit reprenne la barre, et qu'Althéa revienne à bord, et Brashen aussi. » Elle se cacha le visage dans les mains et se détourna. « Je veux savoir qui je suis à nouveau. » Sa voix tremblait comme celle d'un enfant.

« Je ne peux pas les faire revenir ; personne ne peut les faire revenir. » Gantri secoua la tête. « Allons, Vivacia, nous faisons ce que nous pouvons ; Hiémain est débarrassé de ses chaînes, mais je ne peux pas l'obliger à être heureux ; je ne peux pas obliger les esclaves à être heureux. Je fais ce que je peux. » Il avait un ton presque implorant.

Vivacia courba le cou. « Je n'en peux plus, dit-elle, et il y avait des larmes dans sa voix étouffée. Je sens tout ce qui se passe à mon bord, tu sais. Je sens tout.

– Foutaises ! » gronda Kyle. Il en avait assez ; il domina l'horreur que lui inspirait son déchaînement de fureur : oui, il s'était mis en colère, mais Sâ était témoin que sa patience avait été mise à rude épreuve. Il était temps de faire savoir à tout un chacun qu'il ne supporterait plus la moindre incartade. Il s'approcha du bastingage, près de son second. « Gantri, ne l'encouragez pas à pleurnicher ; ne l'incitez pas à jouer les enfants gâtés. » Il regarda Vivacia dans les yeux. « Vivenef, tu vas naviguer, un point c'est tout ; comme il faut ou comme un radeau en rondins, mais tu vas naviguer. Je me fous de tes états d'âme : nous avons un travail à effectuer et nous allons le mener à bien, et, si ça ne te plaît pas d'avoir des cales pleines d'esclaves, eh bien avance plus vite ! Plus tôt nous arriverons en Chalcède, plus tôt nous en serons débarrassés ! Quant à Hiémain, il se complaît dans le malheur ; il a refusé de se comporter comme mon fils, il a refusé son poste de mousse à bord, il s'est mis lui-même dans la peau d'un esclave, et c'est ce qu'il est maintenant. C'est ton image qu'il porte sur la figure ; il est à toi et tu peux en faire ce que tu veux, je n'interviendrai pas. S'il ne te convient pas, tu peux bien le jeter par-dessus bord, ça m'est parfaitement égal. »

Kyle se tut, le souffle court. Tous les yeux étaient braqués sur lui, et il n'aimait pas l'expression de Gantri : le second le regardait comme s'il était fou, avec un profond malaise. Kyle se rembrunit encore. « Gantri, allez prendre votre quart ! » ordonna-t-il d'un ton sec. Il leva les yeux vers la voilure. « Faites déferler toute la toile, et que les hommes se remuent ! Faites-moi avancer ce sabot ! Si une mouette pète près de nous, je veux qu'elle gonfle les voiles ! » Là-dessus, il regagna sa cabine à grands pas. Sur les conseils d'un capitaine expérimenté de transport d'esclaves, il avait acheté de l'encens à Jamaillia ; il allait en faire brûler pour échapper un moment à la puanteur des esclaves, pour échapper un moment à tous les incapables qui l'entouraient.

*

La paix était presque entièrement revenue sur le navire ; le calme absolu ne régnait jamais à bord d'un transport d'esclaves : des cris montaient toujours des cales pour demander de l'eau, de l'air, des voix suppliantes s'élevaient pour implorer de voir simplement la lumière du jour, des bagarres éclataient entre les esclaves. Il était étonnant de constater les blessures que pouvaient s'infliger des hommes enchaînés ; la promiscuité, la puanteur, les maigres rations de pain et d'eau les poussaient à s'attaquer les uns aux autres comme des rats enfermés dans une barrique.

Hiémain songeait que leur situation, à Vivacia et lui, n'était guère différente. A leur façon, ils partageaient le sort des esclaves attachés coude à coude dans les cales, en ce qu'ils ne disposaient d'aucun espace pour se couper l'un de l'autre, pas même dans leurs pensées ni dans leurs rêves. Aucune amitié ne pouvait survivre à un tel confinement, surtout si les remords venaient subrepticement se glisser entre eux : Hiémain avait abandonné Vivacia, l'avait laissée seule face à son destin ; quant à la vivenef, sa première réaction en voyant son visage tatoué avait été de murmurer : « C'est ma faute ; sans moi, rien ne te serait arrivé.

– C'est vrai, avait-il répondu ; mais ce n'est pas ta faute pour autant. »

A l'expression bouleversée qu'elle avait eue, il avait compris que ses paroles lui avaient fait mal, mais il était trop épuisé et trop accablé par son propre malheur pour essayer de les adoucir par d'autres paroles probablement inutiles.

Cela s'était passé plusieurs heures plus tôt, avant que son père se jette sur lui dans une explosion de rage. La vivenef n'avait plus prononcé le moindre mot depuis le départ de Gantri. Hiémain s'était pelotonné dans l'angle de sa proue en se demandant quelle folie s'était emparée de son père ; allait-il de nouveau s'en prendre à lui sans crier gare ? Il se sentait trop abattu pour parler ; il ignorait pourquoi Vivacia se taisait elle aussi, mais il était presque soulagé de son silence.

Quand elle parla enfin, ce fut pour demander tout banalement : « Qu'allons-nous faire ? »

La futilité de la question l'agaça. Il déplia le linge humide pour le rafraîchir, le replia et l'appliqua de nouveau sur sa pommette enflée, puis, sans réfléchir, il répondit d'un ton mordant : « Ce que nous allons faire ? Pourquoi t'adresser à moi ? Je n'ai plus le libre choix de mes actes ; donne-moi plutôt tes ordres, puisque je suis ton esclave !

– Je n'ai pas d'esclave », répliqua Vivacia avec une raideur glaciale. Elle poursuivit d'une voix où l'on sentait monter l'indignation : « Si tu tiens à faire plaisir à ton père en te prenant pour un esclave, dis que c'est à lui que tu appartiens, pas à moi. »

La colère longtemps contenue de Hiémain trouva sa cible. « Dis plutôt que mon père tient à te faire plaisir sans se préoccuper de mon avis ! Sans toi et ta nature anormale, il ne m'aurait jamais forcé à servir à ton bord.

– Ma nature anormale ? Et d'où vient-elle, cette nature anormale ? Je ne l'ai pas voulue ; je suis ce que ta famille m'a faite ! Tu parlais de libre choix tout à l'heure, en prétendant ne plus en avoir, mais je suis plus esclave que tu ne le seras jamais, même si tu devais te faire tatouer toute la figure ! »

Hiémain poussa un grognement ; il n'en croyait pas ses oreilles. Sa colère grandit encore pour s'accorder à celle de Vivacia. « Toi, une esclave ? Fais-moi voir tes tatouages au visage, les fers à tes poignets ! Tu as beau jeu de parler d'asservissement ! Vivacia, je ne joue pas la comédie ; cette marque que je porte sur la joue, je la garderai toute ma vie ! » Et, avec un effort, il termina : « Je suis un esclave.

– Tiens donc ! » La voix de Vivacia était dure. « Naguère, tu te prétendais prêtre et tu affirmais que nul n'y pourrait rien changer ; mais c'était avant ta fuite, naturellement ; depuis qu'on t'a ramené pieds et poings liés, tu ne cesses de démentir tes propos. Je te croyais plus courageux, Hiémain Vestrit, plus résolu à façonner toi-même ta propre vie. »

L'indignation s'empara de lui. Il se redressa pour regarder la figure de proue par-dessus son épaule. « Que sais-tu du courage, vivenef ? Que sais-tu de ce qui est exclusivement humain ? Quoi de plus dégradant que de se voir soumis à quelqu'un qui prend les décisions à ta place, qui t'affirme que tu es un "objet" qui lui "appartient" ? Que de ne plus avoir ton mot à dire sur tes propres déplacements, sur tes propres actes ? Comment conserver sa dignité, sa foi, sa confiance dans le lendemain, dans ces conditions ? Tu me parles de courage...

– Que sais-je du courage ? Que sais-je de ces choses-là ? » Le regard qu'elle jeta à Hiémain était effrayant. « Que sais-je, sinon que je suis un "objet", une propriété ? » Ses yeux flamboyèrent. « Comment oses-tu proférer de telles obscénités devant moi ? »

Hiémain resta bouche bée, sidéré, puis il tenta de se reprendre. « Ce n'est pas pareil ! C'est plus difficile pour moi ! Je suis né humain et...

– Silence ! » Le mot claqua comme un coup de fouet. « Je n'ai pas demandé qu'on te tatoue le visage, mais ta famille a passé trois générations à graver sa marque sur mon âme. Oui, mon âme ! L'objet que je suis a l'audace d'en revendiquer une ! » Elle toisa Hiémain, s'apprêtant à poursuivre, puis elle retint soudain sa respiration ; une expression étrange passa sur ses traits, si bien que le garçon eut l'impression fugitive de se trouver face à une inconnue.

«Nous nous disputons, fit-elle d'un ton étonné. Nous ne sommes pas d'accord.» Elle hocha la tête d'un air presque satisfait. «Si je puis m'opposer à toi, c'est que je ne suis pas toi.

– Naturellement.» L'espace d'un instant, Hiémain resta interdit: pourquoi tant de surprise devant une telle évidence? Puis son irritation reprit le dessus. «Je ne suis pas toi et tu n'es pas moi. Nous sommes chacun un être unique, avec des désirs et des besoins uniques; si tu ne t'en étais pas encore aperçue, il est grand temps que tu en prennes conscience; il faut que tu commences à être toi-même, Vivacia, que tu découvres tes propres ambitions, tes propres envies, tes propres idées. As-tu jamais songé à ce dont tu pourrais vraiment avoir besoin, en dehors de me posséder?»

Avec une soudaineté qui le laissa pantois, Vivacia se coupa de lui. Elle détourna le regard, certes, mais la séparation fut beaucoup plus profonde; Hiémain eut un hoquet comme s'il avait reçu une douche d'eau glacée, puis il fut pris de frissons et la tête lui tourna. S'il n'avait pas été assis, il aurait été bien près de tomber. Se recroquevillant contre le vent brusquement devenu plus froid, il avoua, abasourdi: «Je ne me rendais pas compte de l'énergie que je mettais à me tenir à l'écart de toi.

– Ah?» répondit-elle presque avec douceur. Sa récente colère avait disparu, du moins en apparence: Hiémain ne percevait plus rien de ce qu'elle éprouvait. Il se leva, se pencha par-dessus le bastingage pour la regarder et s'aperçut qu'il essayait de déchiffrer les émotions de la figure de proue d'après la position de ses épaules. Elle ne se retourna pas vers lui.

«Mieux vaut que nous restions séparés, dit-elle d'un ton sans réplique.

– Mais…, fit Hiémain en bégayant, je croyais qu'une vivenef avait besoin d'un compagnon, de quelqu'un de sa famille.

– Cela n'avait pas l'air de te préoccuper quand tu t'es sauvé. Ne t'en inquiète pas plus aujourd'hui.

– Je ne voulais pas te faire de mal», dit-il d'un ton hésitant. Sa propre colère s'était évaporée; peut-être n'était-elle en réalité que l'écho de celle de la vivenef? «Vivacia, je suis là, que je le veuille ou non; dans ces conditions, il n'y a pas de raison pour que…

– La raison, c'est que tu t'es toujours tenu à l'écart de moi;

tu viens de le reconnaître toi-même. En outre, il est peut-être temps que j'apprenne qui je suis sans toi.

– Je ne comprends pas.

– Oui, parce que, quand j'essayais de te dire quelque chose d'important tout à l'heure, tu n'écoutais pas. » Elle ne paraissait pas vexée ; elle affichait même un calme étudié qui rappela soudain à Hiémain Bérandol quand son précepteur cherchait à lui faire toucher du doigt un point évident.

« Sans doute, reconnut-il humblement. Je t'écoute, maintenant, si tu veux me parler.

– C'est trop tard », répondit-elle sèchement. Puis elle adoucit sa repartie : « Je préfère ne pas t'en faire part tout de suite ; je vais d'abord tenter de m'y retrouver toute seule. Il est peut-être temps que j'apprenne l'introspection au lieu d'attendre les explications d'un Vestrit. »

Ce fut au tour de Hiémain de se sentir abandonné et exclu. « Mais... que vais-je faire ? »

Elle se tourna vers lui, et c'est presque avec bonté qu'elle le regarda de ses yeux verts. « Un esclave pose ce genre de question et attend qu'on lui réponde ; un prêtre trouve la réponse en lui-même. » Elle eut un demi-sourire. « A moins que tu ne saches plus qui tu es sans moi ? » Et, avant même qu'il pût ouvrir la bouche, elle lui présenta de nouveau son dos, la tête haute, les yeux braqués sur l'horizon ; elle s'était coupée de lui.

Au bout d'un moment, il se leva péniblement, prit un seau que Clément avait apporté un peu plus tôt et le fit descendre au bout d'un cordage le long du bord. La ligne lui scia les mains quand il le remonta plein, puis il s'empara du linge qu'il avait appliqué sur sa pommette et descendit dans les cales aux esclaves. Vivacia ne lui avait pas accordé le moindre coup d'œil.

*

Je ne sais pas si j'y arriverai, songeait-elle, effrayée. *Je ne sais pas comment être moi-même sans aide. Et si je devenais folle ?* Le regard sur l'horizon, au-delà des îles et des écueils qui parsemaient le large chenal, elle déploya ses sens pour goûter le vent et l'eau, et perçut aussitôt la présence de serpents, non plus seulement le gros blanc qui la suivait dans son sillage comme un chien obèse en laisse, mais d'autres aussi qui la filaient à distance. Elle les chassa résolument de ses pensées, et regretta de ne pouvoir en faire autant de la détresse des esclaves et de l'incompréhension de l'équipage ; mais les humains étaient trop près d'elle, ils étaient trop souvent en contact avec son bois-sorcier. Malgré elle, elle sentait Hiémain qui passait d'esclave en esclave, lavait visages et mains avec son linge humide et frais, donnait les maigres réconforts dont il était capable. *A la fois prêtre et Vestrit*, se dit-elle, et elle éprouva une étrange fierté, comme si le jeune garçon était une partie d'elle-même. Mais c'était faux, et elle en prenait conscience un peu plus à chaque instant qui passait : elle était pleine des humains et de leurs émotions, mais tout cela n'était pas elle-même. Elle s'efforça de les accepter, de les isoler dans un coin et de trouver sa propre identité, une identité séparée d'eux, mais elle n'y parvint pas, ou bien sa personnalité ne représentait pas grand-chose.

Au bout d'un moment, elle redressa le menton et serra les mâchoires. *Si je ne suis rien de plus qu'un navire, je serai un navire fier et digne.* Elle repéra le courant principal du chenal et s'y dirigea ; grâce à d'infimes mouvements qu'elle-même percevait à peine, elle ajusta son vaigrage pour lisser sa coque, et elle perçut le plaisir soudain qu'éprouva Gantri, à la barre, à la sentir courir allégrement au vent. Elle pouvait lui faire confiance ; le visage caressé par la brise, elle ferma les yeux et s'ouvrit à ses propres rêves. *Qu'est-ce que j'espère de ma vie ?* leur demanda-t-elle.

*

« Tu as menti à mon capitaine. » L'*Ophélie* avait la voix doucement rauque d'une courtisane, suave comme du miel sombre. « Mon garçon », ajouta-t-elle avec retard. Elle jeta un coup d'œil en biais à Althéa ; à l'image de nombreuses autres figures de proue de son époque, elle avait été fixée au coltis du navire et non sous le beaupré. Le regard qu'elle adressa à Althéa par-dessus son ample épaule nue était rédhibitoire : répondre par un mensonge était hors de question.

Mais Althéa n'osa même pas ouvrir la bouche. Elle était assise en tailleur sur une petite passerelle construite, lui avait-on dit, dans le seul but de faciliter les échanges entre Ophélie et ses visiteurs. Elle secoua le cornet entre ses deux mains ; il était disproportionné, tout comme les dés qu'il contenait, car ils appartenaient à l'*Ophélie*. En apprenant qu'il y avait un matelot supplémentaire à bord, la figure de proue avait aussitôt exigé qu'Althéa passe une partie de ses quarts à la divertir ; elle adorait les jeux de hasard, surtout parce que, comme Althéa le soupçonnait, ils lui fournissaient l'occasion de bavarder ; la jeune fille la soupçonnait aussi de tricher de façon systématique, mais elle avait décidé de fermer les yeux. Ophélie tenait à jour, par un système de bâtons à encoches, les sommes que lui devait chaque membre de l'équipage, et certains bâtons portaient les encoches de nombreuses années ; celui d'Althéa en possédait déjà une quantité respectable. Elle ouvrit le cornet, regarda à l'intérieur et se renfrogna. « Trois mouettes, deux poissons, annonça-t-elle en inclinant le récipient afin que la figure de proue en examine le contenu. Tu gagnes encore.

– En effet », répondit Ophélie. Elle eut un sourire torve. « On augmente les mises, cette fois ?

– Je te dois déjà davantage que je n'ai d'argent, répondit Althéa.

– Précisément ; par conséquent, si on ne modifie pas les gages, je n'ai aucune chance de me faire payer. Que dirais-tu de jouer pour ton petit secret ?

– Pourquoi prendre cette peine ? Tu le connais déjà, il me semble. » En son for intérieur, Althéa forma le vœu qu'il ne s'agît que de son sexe ; si là s'arrêtait ce que savait Ophélie et ce qu'elle risquait de révéler, la jeune fille restait relativement en sécurité. La violence n'était pas un phénomène inconnu sur une vivenef, mais il était rare : les émotions dégagées étaient trop perturbantes pour le navire. D'ailleurs, la plupart des vivenefs réprouvaient la brutalité, bien qu'il se racontât que le *Taillis* avait des tendances vicieuses et qu'il avait été jusqu'à exiger le fouet pour un matelot maladroit qui avait renversé de la peinture sur son pont. Mais l'*Ophélie*, malgré ses airs de harengère, était une grande dame qui avait bon cœur, et Althéa se savait à l'abri d'un viol à son bord, même si la cour rustique d'un marin cherchant à se montrer galant pouvait s'avérer tout aussi furieuse et source de contusions. *Rappelle-toi Brashen, par exemple*, se dit-elle, et elle regretta aussitôt cette pensée : en ce moment, dès qu'elle n'y prenait pas garde, il surgissait brusquement dans son esprit ; elle aurait peut-être dû le chercher à Chandelle pour lui faire ses adieux et mettre un point final à leurs relations, car c'était sans doute ce qui la taraudait. En tout cas, elle n'aurait pas dû lui permettre d'avoir le dernier mot.

« Tu as raison, je connais au moins une partie de ton secret. » L'*Ophélie* eut un petit rire guttural. A sa propre demande, ses lèvres étaient peintes en rouge, ce qui accentuait la blancheur de ses dents quand elle riait. Baissant à la fois les cils et la voix, elle poursuivit : « Et, pour l'instant, je suis la seule à être informée ; tu n'aimerais pas que ça change, j'en suis sûre.

– Mais ça ne changera pas, j'en suis sûre, répondit Althéa d'un ton doucereux en secouant énergiquement le cornet. Une aussi grande dame que toi ne s'abaisserait pas à dévoiler le secret d'une autre.

– Ah non ? » Ophélie eut un sourire en coin. « Tu ne crois pas de mon devoir d'avertir mon capitaine qu'un de ses matelots n'est pas ce qu'il pense ?

– Hmm. » Le voyage risquait de devenir très inconfortable si Tenira décidait d'enfermer Althéa jusqu'à l'arrivée. « Eh bien, que proposes-tu ?

– Trois manches ; chaque fois que j'en gagne une, j'ai le droit de te poser une question à laquelle tu dois répondre avec franchise.

– Et si c'est moi qui gagne ?

– Je garde ton secret pour moi. »

Althéa secoua la tête. « Tes gages ne sont pas aussi élevés que les miens.

– Alors, tu peux me poser une question.

– Non, ce n'est pas encore suffisant.

– Eh bien, que veux-tu, dans ce cas ? »

Althéa agita le cornet en réfléchissant.

Malgré la saison, il faisait presque bon au soleil, résultat de la chaleur émise par les marécages littoraux qu'ils longeaient, à l'ouest. Toute cette zone côtière n'était qu'un méli-mélo de marais, d'îlots herbus et de bancs de sable qui se déplaçaient tout au long de l'année. Les eaux chaudes venues de la terre qui se mêlaient à celles de la mer avaient un effet destructeur sur les navires ordinaires, car les vers foreurs et autres animaux nuisibles y pullulaient, mais elles laissaient insensible la coque en bois-sorcier de l'*Ophélie*, et le seul inconvénient que l'équipage voyait à ce passage était l'odeur de soufre que la brise apportait de temps en temps. Le vent soulevait les petites mèches de cheveux qui s'étaient échappées de la queue de cheval d'Althéa et réveillait ses courbatures ; malgré son titre de matelot en surplus, elle avait largement de quoi s'occuper grâce aux bons soins de Tenira ; cependant, c'était un homme juste et Ophélie un navire magnifique au tempérament agréable. Althéa se rendit compte soudain qu'elle était heureuse depuis une semaine.

« Tu sais bien ce que je veux, dit-elle à mi-voix, mais je ne suis pas sûre que même toi puisses me le donner.

– Tu penses très fort ; on ne te l'a jamais dit ? Je crois que je t'apprécie deux fois plus que tu ne m'apprécies, moi. » La voix d'Ophélie était empreinte d'affection. « Tu aimerais que je demande à Tenira de te garder à bord, n'est-ce pas ?

– Pas seulement ; j'aimerais qu'il connaisse mon identité et qu'il accepte quand même de me laisser travailler sous ses ordres.

– Ouille ! fit Ophélie avec dérision. Ça, c'est du gage ! Naturellement, je ne pourrais rien promettre, sinon de faire mon possible. » Elle cligna de l'œil. « Secoue le cornet, petite. »

La vivenef gagna la première manche haut la main.

« Bon, eh bien, pose ta question, murmura Althéa.

– Pas tout de suite ; je tiens à savoir de combien de questions je dispose avant de commencer. »

Elle remporta les deux manches suivantes tout aussi rapidement. Althéa ne parvenait pas à voir comment elle s'y prenait pour tricher, car ses vastes mains cachaient presque entièrement le cornet.

« Eh bien, ronronna la figure de proue en tendant la boîte à Althéa pour lui montrer le dernier tirage, j'ai trois questions. Voyons voir... » Elle réfléchit un instant. « Quel est ton vrai nom ? »

La jeune fille soupira. « Althéa Vestrit. » Elle avait parlé très bas, en sachant que le navire l'entendrait tout de même.

« Oh non ! fit Ophélie dans un murmure d'indignation ravie. Tu es une Vestrit ? La fille du Premier Marchand qui s'est enfuie en abandonnant sa propre vivenef ? Mais comment as-tu pu, monstre sans cœur que tu es ? Te rends-tu compte de ce que tu as fait subir à la *Vivacia* ? Ce petit bout de bateau venait à peine de s'éveiller et tu le laisses pour ainsi dire seul face au vaste monde ! Comment peut-on se montrer aussi égoïste et méchante... Allons, raconte-moi vite, vite, ou je vais mourir d'impatience !

– Je n'ai pas eu le choix. » Althéa prit son souffle. « On m'a chassée du navire familial », fit-elle tout bas, et soudain tout lui revint, la douleur de la disparition de son père, l'outrage de son déshéritement, sa haine de Kyle. Sans y penser, elle posa la paume sur la grande main compatissante qu'Ophélie lui tendait. Comme si des vannes s'ouvraient en elle, elle se sentit submergée de pensées et d'émotions jusque-là contenues, et sa respiration devint hachée ; elle avait oublié combien il lui manquait de partager simplement ses sentiments avec quelqu'un ; un torrent de paroles lui échappa, et, à mesure qu'elle évoquait le mal qu'on lui avait fait, l'expression d'Ophélie passa de l'attente fébrile à la pitié.

« Oh, mon enfant, ma chère enfant, quelle tragédie ! Mais pourquoi n'être pas venue nous voir ? Pourquoi avoir accepté qu'on vous sépare, Vivacia et toi ?

– Venue voir qui ? demanda Althéa, égarée.

– Mais les vivenefs, pardi ! Quand tu t'es évanouie dans la nature et que Havre a pris le commandement de Vivacia, on ne parlait que de ça dans le port de Terrilville, et nous étions nombreuses à être bouleversées ; nous avions toujours supposé que c'était toi qui piloterais la *Vivacia* quand ton père aurait fait son temps. Elle aussi, elle était dans tous ses états, la pauvre ! C'est à peine si nous arrivions à lui faire dire deux mots de suite. Et puis ce garçon, ce, euh... Hiémain est monté à son bord, et nous en avons été heureuses pour elle ; pourtant, elle ne paraissait toujours pas satisfaite, et, si tu m'affirmes qu'on l'a embarqué contre son gré, ça explique beaucoup de choses. Mais je ne vois toujours pas pourquoi tu n'es pas venue nous trouver.

– Je n'y ai pas pensé, reconnut Althéa ; pour moi, c'était une affaire purement familiale ; d'ailleurs, je ne comprends pas : en quoi les autres vivenefs auraient-elles pu intervenir ?

– Tu ne nous accordes guère de crédit, petite. Nous aurions pu intervenir de bien des façons, mais notre menace suprême aurait été de refuser de naviguer, toutes autant que nous sommes, tant qu'on n'aurait pas donné à la *Vivacia* un compagnon volontaire, membre de sa famille. »

Althéa en resta pantoise. Au bout d'un moment, elle réussit à bredouiller : « Vous auriez fait ça pour nous ?

– Ma mignonne, ça aurait été pour nous toutes. Tu es peut-être trop jeune pour t'en souvenir, mais, autrefois, une vivenef du nom de *Parangon* a été maltraitée de la même façon et elle en est devenue folle. » Ophélie ferma les yeux et secoua la tête. « A l'époque, nous n'avons pas réagi, et, à cause de notre inaction, l'une des nôtres a subi des dommages irréparables. Nulle vivenef n'entre dans le port de Terrilville ni n'en sort sans voir Parangon, tiré hors de l'eau, enchaîné à terre, abandonné à sa folie... Les navires parlent entre eux, Althéa ; nous bavardons autant que les marins, et il n'y a pas plus bavard qu'un marin. Nous avons conclu un pacte il y a bien longtemps ; si nous avions su, nous aurions parlé en ta faveur, et, si cela n'avait pas suffi, oui, nous aurions refusé de naviguer. Nous ne sommes guère nombreuses et nous ne pouvons nous permettre de laisser l'une d'entre nous à l'écart.

– J'ignorais tout ça, murmura Althéa.

– Et moi j'ai peut-être eu la langue trop bien pendue. Tu te rends compte que, si la nouvelle de l'existence d'un tel pacte venait à se répandre, elle risquerait d'être... mal comprise. Nous ne sommes pas insoumises par nature, et nous ne déclencherions pas une telle rébellion sans nécessité ; mais nous ne supporterions pas non plus de rester les bras croisés à regarder l'une des nôtres se faire maltraiter. » L'accent traînant de la harengère avait quitté la voix d'Ophélie, et Althéa avait à présent l'impression d'entendre une matriarche de Terrilville.

« Est-il trop tard pour demander votre aide ?

– Ma foi, nous sommes loin de chez nous ; il va falloir du temps ; mais, fais-moi confiance, je ferai passer le mot à toutes les vivenefs que nous croiserons. En attendant, n'essaye surtout pas de parler pour toi-même. Nous ne pouvons pas grand-chose tant que la *Vivacia* elle-même n'a pas regagné Terrilville. Ah, j'espère que je serai là ! Je ne voudrais manquer ça pour rien au monde. L'une d'entre nous, et je souhaite ardemment être celle-là, lui demandera sa version de l'histoire ; si elle se juge aussi lésée que toi, ce dont je ne doute pas, car je déchiffre tes émotions presque aussi facilement que celles d'un membre de ma famille, nous agirons. Il y a en permanence une ou deux vivenefs dans le port de Terrilville ; nous parlerons à nos familles respectives et, à mesure que d'autres vivenefs arriveront, elles se joindront à nous pour demander aux leurs de parler aux Vestrit. L'idée, comprends-tu, est de faire pression sur nos familles afin qu'elles fassent pression à leur tour sur la tienne, l'ultime recours étant naturellement la grève de la navigation ; c'est une position que nous n'aurons pas à adopter, je l'espère, mais qui reste envisageable si nous y sommes obligées. »

Althéa garda le silence un long moment.

«A quoi penses-tu? demanda enfin Ophélie.

– Au fait que j'ai perdu la plus grande partie d'une année loin de mon bateau. J'ai beaucoup appris et je pense être meilleur marin qu'avant, mais je n'ai pas été témoin du prodige des premiers mois de sa vie, et, cela, rien ne peut le compenser. Tu as raison, Ophélie, je suis un monstre d'égoïsme, ou peut-être de bêtise et de lâcheté. Comment ai-je pu la laisser entre les griffes de Kyle?

– Tout le monde commet des erreurs, mon enfant, répondit Ophélie avec douceur, et j'aimerais que toutes soient aussi faciles à réparer. Ne t'inquiète pas, nous te rétablirons à ta place sur ton bateau. Ne t'en fais pas.

– Je ne sais comment te remercier.» C'était comme pouvoir respirer à nouveau ou se redresser après avoir longtemps porté une lourde charge; jamais elle ne s'était doutée que les vivenefs pussent vivre dans une telle communauté de sentiments; elle ne percevait que le lien exclusif qui l'unissait à Vivacia et n'avait jamais pensé qu'avec le temps son navire pourrait nouer des amitiés avec ses semblables, que Vivacia et elles pouvaient avoir des alliés en dehors d'elles-mêmes.

Ophélie gloussa et dit en reprenant son accent populaire: «Bon, eh bien, tu dois encore répondre à une question.»

Althéa secoua la tête en souriant. «Tu m'as posé bien plus de trois questions!

– Que nenni! déclara Ophélie d'un ton hautain. Je ne me rappelle t'avoir demandé que ton nom, et la suite, c'est toi qui me l'as racontée de ton propre chef. Tu as vidé ton sac toute seule, petite.

– Possible... Non, attends; tu m'as demandé pourquoi je n'étais pas venue chercher de l'aide auprès des vivenefs, je m'en souviens.

– Ce n'était pas une question, mais un moyen d'entretenir la conversation; cependant, même si je t'accorde ce point, tu me dois encore une réponse.»

Se sentant d'humeur généreuse, Althéa dit: «Eh bien, vas-y, dans ce cas.»

Ophélie sourit et une lueur malicieuse joua dans son regard. L'espace d'un instant, elle se mordilla le bout de la langue, puis elle demanda rapidement: «Qui est cet homme aux yeux sombres qui te donne des rêves aussi... stimulants?»

10
TEMPÊTE

« Essayons ceci », dit Hiémain. Il remonta le plus possible l'anneau de métal le long de la jambe décharnée de la jeune fille, prit une bande de linge mouillé et l'enroula sans serrer autour de la cheville à vif ; puis il la recouvrit de la bague de fer. « C'est mieux ? »

Sa patiente ne répondit pas, mais, dès qu'il écarta les mains, elle se remit à frotter sa cheville contre son entrave.

« Non, non », fit-il à mi-voix. Il posa les doigts sur sa jambe et elle cessa son mouvement, mais elle ne dit rien et ne le regarda pas, comme d'habitude. Encore une journée comme celle-là et elle serait infirme à vie. Il n'avait à sa disposition ni herbes ni huiles, aucun médicament ni pansement digne de ce nom, rien que de l'eau de mer et des chiffons. La jeune fille limait peu à peu ses propres tendons, apparemment incapable de s'empêcher de frotter sa cheville contre le métal.

« Laisse tomber, dit dans le noir une voix d'un ton amer. Elle est folle. Elle ne sait plus ce qu'elle fait, et elle va crever avant d'arriver en Chalcède, de toute façon. Tu fais durer le plaisir avec tes nettoyages et tes pansements, c'est tout ; laisse-la partir, si c'est le seul moyen qu'elle a trouvé de s'en aller. »

Hiémain leva sa bougie et scruta les ténèbres, mais ne parvint pas à savoir qui s'était exprimé. Dans cette partie de la cale, il n'arrivait même pas à se tenir debout, et les esclaves enchaînés avaient une liberté de mouvement encore inférieure, malgré la mer grosse et le roulis de la *Vivacia* qui les entrechoquaient sans cesse, chair contre chair, chair contre bois. Ils détournèrent les yeux de la flamme en battant des paupières comme si c'était le soleil qui brillait dans l'obscurité. Il poursuivit son chemin le long de la chaînée en s'efforçant d'éviter de marcher dans les immondices. La plupart des esclaves restaient silencieux et impassibles sur son passage, réservant leur énergie pour survivre. Il vit un homme assis qui clignait les yeux en s'efforçant d'attirer son attention. « Puis-je vous aider ? demanda-t-il à mi-voix.

– Oui : est-ce que tu as la clé de ces chaînes ? fit d'un ton sarcastique quelqu'un près de lui tandis qu'un autre lançait : comment ça se fait que tu te balades librement ?

– Pour vous maintenir en vie », répondit Hiémain évasivement. Quel lâche il faisait ! Il craignait que ces gens ne le tuent s'ils apprenaient qu'il était le fils du capitaine. « J'ai un seau d'eau de mer et un linge, si vous voulez vous laver.

– Passe-moi le tissu », fit le premier d'un ton bourru. Hiémain plongea le linge dans l'eau et le lui tendit en s'attendant à ce qu'il se nettoie le visage et les mains : nombre d'esclaves paraissaient puiser un certain réconfort dans ces rites d'ablution ; mais non : l'homme rampa aussi loin qu'il le put pour placer le chiffon sur l'épaule nue d'un de ses voisins inertes. « Tiens, bouffe-à-rat », dit-il, presque sur le ton de la plaisanterie, et il frotta doucement une grosseur sanguinolente qui saillait sur l'épaule de l'homme. L'intéressé ne réagit pas.

« Bouffe-à-rat s'est fait mordre méchamment il y a quelques nuits ; j'ai attrapé le rat et on l'a partagé, mais il ne se sent pas dans son assiette depuis. » Il soutint le regard de Hiémain avec des yeux à l'éclat soudain brillant, mais c'est d'un ton doux qu'il demanda : « Tu crois que tu pourrais le faire sortir d'ici ? S'il doit mourir dans les fers, que ce soit à la lumière, en plein air, sur le pont.

– C'est la nuit, en ce moment, répondit stupidement Hiémain.

– Ah bon ? fit l'homme, étonné. Bon, eh bien, qu'il meure à l'air pur, au moins.

– Je vais me renseigner », dit Hiémain, mal à l'aise : était-ce la vérité ? L'équipage ne s'occupait pas de lui, il mangeait à part, dormait à part ; certains des hommes qu'il avait connus au départ de Terrilville le regardaient parfois avec un mélange de pitié et d'horreur devant ce qu'il était devenu, et les nouveaux matelots embarqués à Jamaillia le traitaient comme un esclave : s'il s'approchait d'eux, ils se plaignaient de sa puanteur et le repoussaient, à coups de pied le cas échéant. Moins il attirait l'attention, mieux cela valait. Il en était venu à désigner le pont et le gréement sous le vocable général d'« extérieur » ; son nouveau monde, c'était l'« intérieur », univers d'odeurs suffocantes, de chaînes encroûtées de crasse, et d'humains qui s'en trouvaient prisonniers. Quand il montait sur le pont afin de remplir son seau, il avait l'impression de s'aventurer en pays étranger : les hommes s'y déplaçaient librement, ils criaient, riaient parfois, le vent, la pluie et le soleil touchaient leur visage et leurs bras nus ; jamais de tels plaisirs, qui lui paraissaient autrefois aller de soi, n'avaient paru plus extraordinaires à Hiémain. Il aurait pu rester à l'air libre, il aurait pu rentrer peu à peu dans le quotidien d'un simple mousse, mais non : il était descendu dans les cales et ne pouvait plus désormais oublier ni se cacher ce qui s'y passait. Aussi, chaque jour, il se levait au soleil couchant, emplissait son seau, prenait ses chiffons soigneusement nettoyés et se rendait dans les cales pour offrir aux esclaves le maigre confort d'une toilette à l'eau de mer. L'eau douce aurait été bien préférable, mais il n'y en avait qu'une quantité limitée à bord ; Hiémain devait donc se contenter de ce qu'il avait, et il s'en servait pour nettoyer les plaies que les esclaves ne pouvaient soigner seuls. Il ne passait pas voir chaque homme et chaque femme tous les jours : ils étaient trop nombreux ; mais il faisait ce qu'il pouvait, et, quand il se roulait en boule au matin, il dormait à poings fermés.

Il toucha la jambe immobile de l'homme. Elle était brûlante. Il n'en avait plus pour longtemps.

« Tu pourrais mouiller le linge à nouveau, s'il te plaît ? »

La voix et l'accent de celui qui avait parlé étaient étrangement familiers aux oreilles de Hiémain. Il essaya de se rappeler où il les avait entendus tout en trempant le chiffon dans l'eau qui restait au fond du seau, non pour le nettoyer, car il y avait beau temps que l'eau n'était plus propre, mais pour le rafraîchir. L'homme le lui prit des mains pour essuyer le front et le visage de son voisin, après quoi il replia le linge et le passa sur son propre visage et ses mains. « Je te remercie », dit-il en rendant le tissu à Hiémain.

Avec un brusque frisson, la mémoire revint au jeune garçon. « Vous êtes de Moelle, n'est-ce pas ? Près du monastère de Kelpiton ? »

L'homme eut un sourire bizarre, comme si ces paroles le peinaient et lui réchauffaient le cœur à la fois. « Oui, répondit-il à mi-voix, oui, c'est exact. » Plus bas encore, il se reprit : « Ou plutôt, c'était exact avant qu'on m'envoie à Jamaillia.

– J'habitais à Kelpiton ! fit Hiémain dans un murmure qui résonna comme un cri à ses propres oreilles. Je vivais au monastère, je devais devenir prêtre. Je travaillais parfois aux vergers. » Il mouilla le linge et le tendit de nouveau à son interlocuteur.

« Ah, les vergers... » La voix de l'homme s'éloigna comme il se penchait pour baigner doucement les mains de son compagnon. « Au printemps, quand les arbres fleurissaient, on aurait dit des cascades blanches et roses, et leur parfum était un vrai bonheur.

– On entendait les abeilles, mais c'était comme si les arbres eux-mêmes bourdonnaient ; et puis, une semaine plus tard, quand les fleurs tombaient, le sol en était tout blanc et rose...

– Et un brouillard vert apparaissait sur les branches quand les premières feuilles poussaient, chuchota l'homme. Sâ me sauve, gémit-il soudain, es-tu un démon venu me tourmenter ou un esprit messager ?

– Ni l'un ni l'autre », répondit Hiémain. Il se sentit soudain honteux. « Je ne suis qu'un garçon avec un seau et un bout de chiffon.

– Tu n'es pas prêtre de Sâ ?

– Plus maintenant.

– Le chemin qui mène à la prêtrise peut être sinueux mais, une fois qu'on l'a emprunté, on ne le quitte plus. » La voix de l'homme avait pris une cadence particulière, et Hiémain comprit qu'il récitait un extrait d'anciennes écritures.

« Mais on m'a retiré du séminaire.

– On ne peut en retirer personne et nul ne peut le quitter. Toutes les vies mènent à Sâ, et chacun est appelé à la prêtrise. »

Au bout d'un moment, Hiémain s'aperçut qu'il était assis dans le noir, sans autre mouvement que celui de sa poitrine qui montait et descendait au rythme de sa respiration. La bougie s'était consumée sans qu'il s'en rendît compte : son esprit avait suivi la voie tracée par les mots de l'homme, s'étonnant, s'interrogeant. Tous les hommes étaient appelés à la prêtrise... Même Torg, même Kyle Havre ? Non, tous les appels n'étaient pas entendus, toutes les portes n'étaient pas ouvertes.

Il n'eut pas besoin de signaler à son interlocuteur qu'il était revenu à la réalité : l'homme le perçut. « Va, prêtre de Sâ, dit-il à mi-voix dans l'obscurité. Apporte les petits réconforts dont tu es capable, plaide notre cause, implore un peu de bien-être pour nous ; et, quand l'occasion se présentera de faire davantage, Sâ t'en donnera le courage, j'en suis sûr. » Hiémain sentit qu'on lui fourrait le chiffon dans la main.

« Vous aussi, vous étiez prêtre de Sâ ? demanda Hiémain à voix basse.

– Je suis et reste prêtre, un prêtre qui refuse de se soumettre à une fausse doctrine. Nul ne naît pour être esclave ; cela, je crois, Sâ ne le permettrait pas. » Il s'éclaircit la gorge. « Le crois-tu aussi ?

– Naturellement. »

L'homme prit un ton de conspirateur. « Un marin nous apporte à manger et à boire une fois par jour ; à part lui et toi, nul ne s'approche de nous. Si je disposais d'un objet métallique, je pourrais m'attaquer à ces chaînes ; pas un outil dont la disparition ne passerait pas inaperçue, mais n'importe quoi qui soit en métal et dont tu puisses t'emparer alors qu'on ne te regarde pas.

– Mais... même si vous vous libériez, à quoi bon ? Que peut un homme seul contre tout un équipage ?

– Si j'arrive à couper la longue chaîne, nous serons nombreux.

– Mais que pourriez-vous faire ? demanda Hiémain avec une sorte d'horreur.

– Je l'ignore. Je m'en remettrais à Sâ. Après tout, il t'a envoyé à moi, non ? » Il parut sentir l'indécision du jeune garçon. « Ne réfléchis pas, ne fais pas de projet, ne t'inquiète pas ; Sâ te fournira l'occasion, tu la reconnaîtras et tu agiras. » Il s'interrompit. « Tout ce que je te demande, c'est de t'entremettre pour que Kelo ait le droit de mourir sur le pont – si tu l'oses.

– J'oserai », répondit Hiémain malgré lui. En dépit de l'obscurité et de la puanteur ambiantes, il eut l'impression qu'une petite lumière s'était rallumée en lui. Il aurait le courage de porter la supplique des esclaves ; que pouvait-il lui en coûter ? Rien de pire que ce qui lui était déjà arrivé. Son courage ! se dit-il avec étonnement. Il avait retrouvé son courage !

A tâtons dans le noir, il chercha son seau et son chiffon. « Je dois y aller ; mais je reviendrai.

– Je sais », répondit l'homme à mi-voix.

*

« Tu voulais me voir ?

– Ce n'est pas naturel, ce n'est pas naturel du tout.

– Quoi donc ? demanda Gantri d'un ton las. Ce sont encore les serpents ? J'ai fait ce que j'ai pu, Vivacia ; Sâ le sait, j'ai essayé de les chasser, mais leur lancer des cailloux le matin ne sert à rien si je largue des cadavres par-dessus bord l'après-midi. Je ne peux pas les forcer à s'en aller ; fais comme s'ils n'étaient pas là, voilà tout.

– Ils me parlent tout bas, dit Vivacia, mal à l'aise.

– Les serpents te parlent ?

– Non, pas tous ; seulement le blanc. » Elle tourna un regard tourmenté vers le second. « Pas avec des mots, pas avec la voix, mais il s'adresse à moi, et il me pousse à... à des actes indicibles. »

Gantri dut faire un effort pour ne pas éclater de rire. Des actes indicibles énoncés sans mots ! Il chassa son hilarité : ce n'était vraiment pas drôle. D'ailleurs, il avait parfois le sentiment de n'avoir jamais rien connu d'amusant dans toute son existence.

« Je n'y peux rien, dit-il. J'ai essayé, mais sans succès.

– Je sais, je sais. Je dois me débrouiller toute seule ; j'en suis capable et j'y arriverai. Mais ce soir, il ne s'agit pas des serpents.

– De quoi, alors ? » demanda Gantri en se contraignant à la patience. Elle était folle, il en était presque sûr ; elle était folle, et il avait contribué à la pousser dans la folie. Quelquefois, il se disait qu'il ferait mieux de faire la sourde oreille quand elle parlait, comme si elle n'était qu'un esclave qui implorait un peu de miséricorde ; à d'autres moments, il se sentait le devoir d'écouter ses divagations et ses peurs sans fondement, parce que ce qu'il appelait sa folie n'était rien d'autre que son incapacité à se fermer à la détresse des prisonniers détenus dans ses cales, et qu'il avait participé à créer cette masse de désespoir. Il avait installé les chaînes, il avait embarqué les esclaves, de ses propres mains il avait attaché des hommes et des femmes dans le noir, sous le pont sur lequel il marchait ; il sentait la puanteur de leur confinement, il entendait leurs cris. Peut-être était-ce lui qui était fou, car une clé pendait à sa ceinture et il ne faisait rien.

« J'ignore ce que c'est, dit Vivacia, mais c'est quelque chose de dangereux. » On aurait cru entendre un enfant en proie à la fièvre et qui peuple l'obscurité de créatures effrayantes. Il y avait une supplique muette dans sa voix : fais-les partir !

« Ce n'est que la tempête qui se lève, répondit Gantri. On le sent tous, et la mer grossit; mais tu t'en tireras bien, tu es un bon navire. Ce n'est pas un petit coup de tabac qui va te gêner, ajouta-t-il d'un ton encourageant.

– Non. J'accueillerais même avec plaisir une tempête qui chasserait un peu de ma puanteur; non, ce n'est pas le gros temps que je redoute.

– Alors, je ne sais pas quoi faire pour toi.» Il hésita, puis posa la question traditionnelle: «Veux-tu que j'aille chercher Hiémain et que je te l'envoie?

– Non. Non, laisse-le où il est.» Elle parlait de lui d'un air lointain, comme si c'était pour elle un sujet douloureux sur lequel elle ne souhaitait pas s'attarder.

«Bon, eh bien, si tu as besoin de moi, avertis-moi.» Et il s'apprêta à s'éloigner.

«Gantri! fit-elle d'un ton pressant. Gantri, attends!

– Oui, quoi?

– Je t'ai conseillé de trouver une place sur un autre navire, tu t'en souviens, n'est-ce pas? Je t'ai dit d'aller travailler sur un autre bateau

– Je m'en souviens, répondit-il à contrecœur. Oui, je m'en souviens.»

Et il se détourna de nouveau pour s'en aller; à cet instant, une silhouette indistincte apparut devant lui, et il fit un bond en arrière en retenant un cri. Cependant il reconnut aussitôt Hiémain; la nuit l'avait rendu presque insubstantiel dans ses haillons, au point de lui donner l'aspect d'un spectre. Il était décharné et il avait le visage aussi pâle que celui d'un esclave, en dehors du tatouage qui couvrait sa joue. Il empestait la cale, et Gantri recula involontairement; il n'aimait pas croiser Hiémain, et surtout pas seul dans le noir: le garçon était devenu pour lui une accusation vivante, le rappel de tout ce que Gantri préférait passer sous silence. «Qu'est-ce que tu veux?» demanda-t-il d'un ton bourru; mais il entendit comme une plainte dans sa propre voix.

Hiémain répondit avec simplicité: «Un des esclaves est mourant; j'aimerais l'amener sur le pont.

– A quoi bon, s'il est mourant?» Gantri s'exprimait avec brutalité pour éviter de laisser libre cours à son désespoir.

«Pourquoi l'interdire, dans ce cas? répliqua Hiémain. Une fois qu'il sera mort, il faudra le tirer sur le pont pour se débarrasser de son corps, de toute façon. Pourquoi pas tout de suite, et lui permettre de mourir là où l'air est frais et pur ?

– Pur ? Tu as le nez bouché ? Ce navire pue de la poupe à la proue !

– Pour vous, peut-être ; mais il respirerait plus à l'aise sur le pont.

– Je ne peux pas faire monter un esclave et le laisser là ; je n'ai personne pour le surveiller.

– Moi, je veux bien le surveiller, proposa Hiémain d'une voix douce. Il n'est pas dangereux ; sa fièvre est si forte qu'il finira par mourir sans avoir bougé d'un pouce.

– Sa fièvre ? répéta Gantri d'un ton sec. C'est une face-de-carte, alors ?

– Non, il est dans la cale avant.

– Mais comment a-t-il pu attraper la fièvre ? Les seuls cas se sont toujours produits chez les faces-de-carte ! » Il avait pris un ton furieux comme si c'était la faute de Hiémain.

« C'est un rat qui l'a mordu ; son voisin de chaîne pense que c'est la cause. » Le garçon hésita. « Il faudrait peut-être le mettre à l'écart des autres, au cas où. »

Gantri grogna. « Tu joues sur mes inquiétudes pour parvenir à tes fins. »

Hiémain le regarda sans ciller. « Pouvez-vous me fournir une seule bonne raison de ne pas transporter ce malheureux sur le pont pour y mourir ?

– Je n'ai pas les hommes nécessaires pour ça en ce moment ; la mer est grosse et une tempête s'annonce. Je veux avoir tout mon quart sous la main au cas où j'aurais besoin de lui. La partie du chenal qui nous attend est difficile à négocier et, avec une tempête, mieux vaut se tenir prêt à réagir.

– Si vous me donnez la clé, je me chargerai de l'amener moi-même sur le pont.

– Tu ne serais pas capable de transporter un homme adulte depuis la cale avant.

– Je demanderai à un autre esclave de m'aider.

– Hiémain…, fit Gantri d'un ton impatient.

– Je t'en prie, intervint Vivacia d'une voix douce. Je t'en prie, fais monter cet homme. »

Sans pouvoir se l'expliquer, Gantri refusait de baisser les bras ; ce n'était qu'un petit geste de charité, et pourtant il ne voulait pas l'accomplir. Pourquoi ? Parce que, si montrer un peu de pitié pour un mourant allait dans le sens du bien, alors… Il chassa cette idée. Il était second, il avait un travail à effectuer, et il consistait à mener le navire comme le capitaine l'entendait ; ce n'était pas à lui de décider ce qui était bien ou mal. D'ailleurs, même s'il avait regardé ses pensées en face, s'il avait dit tout haut : « C'est mal », qu'aurait-il pu y changer à lui tout seul ?

« Tu as dit que, si j'avais besoin de toi, je devais t'en avertir », lui rappela le navire.

Gantri jeta un coup d'œil au ciel nocturne qu'obscurcissaient les nuages de plus en plus épais. Si Vivacia se mettait à faire son entêtée, elle risquait de doubler le travail de l'équipage durant la tempête ; mieux valait ne pas la contrarier.

« Si la mer grossit encore, des vagues balaieront peut-être le pont, déclara-t-il à Vivacia et Hiémain d'un ton d'avertissement.

– Je ne pense pas que ça dérangera beaucoup un homme à l'agonie, répondit le jeune garçon.

– Sar ! s'exclama Gantri, exaspéré. Je ne peux pas te donner ma clé, garçon, ni la permission d'amener un esclave en bonne santé sur le pont. Allons, viens ! Si je dois en passer par là pour satisfaire le bateau, je vais m'en occuper moi-même. Mais dépêchons-nous, qu'on en finisse vite. »

Il haussa la voix. « Confret ! Je te confie le bateau ! Je descends ! Appelle-moi si tu as besoin de moi !

– Bien, lieutenant !

– Montre-moi le chemin, dit Gantri à Hiémain d'un ton brusque. S'il y a la fièvre dans la cale avant, il faut que je voie ça moi-même. »

*

Hiémain garda le silence tandis qu'ils se rendaient auprès du mourant. Il avait exposé sa requête à Gantri et ne voyait pas que lui dire d'autre. Il avait douloureusement conscience du fossé qui les séparait désormais l'un et l'autre : Gantri, bras droit et conseiller écouté de son père, était à l'extrême opposé de lui, esclave et fils indigne. En se frayant un chemin dans la cale bondée, il avait l'impression de faire pénétrer un étranger dans son cauchemar personnel.

Gantri lui avait donné une lanterne qui éclairait bien mieux que les bougies dont il avait l'habitude, et elle agrandissait le cercle visible de la détresse, faisait mieux ressortir la crasse et l'avilissement qui régnaient dans la cale. Il respirait à petits coups, par la bouche, technique qu'il avait mise au point au cours de ses visites. Derrière lui, il entendait Gantri tousser par intermittence, et, une fois, il eut l'impression que le second avait un haut-le-cœur, mais il ne se retourna pas pour vérifier. Etant donné sa fonction, l'homme n'avait pas dû avoir l'occasion de s'aventurer dans les profondeurs des cales depuis quelque temps ; il avait des subordonnés pour cela. Quant au capitaine, Hiémain pensait qu'il n'était pas descendu sous le pont depuis leur départ de Jamaillia.

A l'approche du mourant, ils durent se courber de plus en plus pour ne pas se cogner au plafond. Les esclaves étaient si serrés qu'il était difficile d'éviter de marcher sur eux ; ils s'agitaient nerveusement dans la lumière et la présence de la lanterne suscitait des murmures. « Le voilà », annonça Hiémain, bien que ce fût inutile. Au prêtre, voisin du mourant, il dit : « C'est Gantri, le second. Il m'a permis de transporter votre ami sur le pont. »

L'intéressé se redressa en clignant les yeux dans l'éclat de la lanterne. « La miséricorde de Sâ soit sur vous, dit-il à mi-voix. Je m'appelle Sâ'Adar. »

Gantri ne réagit ni à la présentation de l'homme ni à sa revendication de l'état de prêtre ; il paraissait, c'est du moins l'impression qu'eut Hiémain, gêné par le fait de saluer un esclave. Il s'accroupit et palpa prudemment la jambe brûlante du mourant. « Il a la fièvre, fit-il comme si personne ne s'en doutait. Il faut le sortir d'ici avant qu'il contamine les autres. »

Il se pencha de côté pour atteindre un des gros crampons plantés dans les membrures de la *Vivacia* : c'était là qu'était accrochée la chaîne principale. L'air salé et l'humidité dégagée par la transpiration des esclaves entassés avaient bloqué le cadenas qui la fixait au crampon, et Gantri dut batailler avant de parvenir à faire tourner la clé, après quoi il dut tirer sur le cadenas jusqu'à ce qu'il s'ouvre. La longue chaîne tomba parmi les ordures. « Détache-le de ses voisins, ordonna Gantri à Hiémain avec brusquerie, puis rattache les autres et transportons celui-là sur le pont. Allons, dépêche-toi ! Je n'aime pas la façon dont la *Vivacia* affronte ces vagues. »

Hiémain comprit que Gantri n'avait nulle envie de toucher la chaîne encroûtée d'immondices qui passait à travers l'anneau que chaque esclave portait à la cheville; depuis longtemps, les excréments humains et le sang séché ne gênaient plus beaucoup le garçon, et il suivit la rangée d'hommes et de femmes, la lanterne à la main, en tirant la chaîne derrière lui jusqu'à ce qu'il arrivât au mourant, qu'il libéra.

« Un instant, avant que tu l'emmènes », fit le prêtre esclave. Il se pencha vers son ami. « Que Sâ te bénisse, toi son instrument. La paix soit avec toi. »

Soudain, vif comme un serpent, Sâ'Adar s'empara de la lanterne et la jeta avec une violence et une précision extraordinaires. Hiémain vit les yeux de Gantri s'agrandir d'horreur juste avant que la lampe de métal ne le heurte en plein front; le verre explosa sous l'impact et Gantri s'effondra en gémissant; la lanterne tomba près de lui et se mit à rouler de-ci de-là, au gré des mouvements du bateau, laissant derrière elle une traînée sinueuse de pétrole. Sa flamme brûlait toujours.

« Va chercher la lampe! ordonna sèchement l'esclave à Hiémain tout en lui arrachant la chaîne des mains. Vite, avant qu'un incendie se déclenche! »

Empêcher le feu de prendre était le plus urgent, Hiémain en était convaincu; mais, alors qu'il se dirigeait, courbé en deux, vers la lanterne, il sentit les esclaves qui s'agitaient autour de lui, et il entendit le raclement métallique de la longue chaîne qu'on retirait des anneaux. Il saisit la lampe et l'écarta du pétrole répandu par terre, puis il poussa un cri: il s'était entaillé le pied sur un morceau de verre; mais son exclamation de douleur se transforma en hurlement d'horreur quand il vit un des esclaves libérés refermer calmement les mains autour de la gorge de Gantri toujours inconscient.

« Non! » s'écria-t-il, mais, au même instant, l'esclave abattit violemment le crâne de Gantri sur le crampon auquel était fixée la longue chaîne. A la façon dont la tête rebondit, Hiémain comprit qu'il était trop tard: le second était mort, et les esclaves se libéraient à mesure que la chaîne quittait leurs anneaux de cheville. « Bon travail, mon garçon », dit un esclave à Hiémain qui contemplait fixement le cadavre du second. L'homme s'empara de la clé accrochée à la ceinture de Gantri. Les événements se déroulaient trop vite pour Hiémain; il y participait, mais, en même temps, il ignorait quelle y était sa place, et, en tout cas, il ne voulait prendre aucune responsabilité dans la mort du second.

« Ce n'était pas un mauvais homme ! s'exclama-t-il brusquement. Il ne fallait pas le tuer !

– Silence ! fit sèchement Sâ'Adar. Tu vas alerter les autres avant que nous ne soyons prêts. » Il jeta un regard à Gantri. « Tu ne peux pas prétendre qu'il était bon alors qu'il se prêtait à ce qui se passait à bord de ce navire ; de plus, il faut savoir se montrer cruel pour réparer des cruautés pires encore », ajouta-t-il à mi-voix. Si c'était un dit de Sâ, Hiémain ne l'avait jamais entendu. Les yeux du prêtre se reportèrent sur lui. « Songes-y, fit-il d'un ton autoritaire ; aurais-tu rattaché les chaînes qui nous tenaient prisonniers ? Toi qui portes comme nous un tatouage sur le visage ? »

Et il s'éloigna sans attendre de réponse, ce dont Hiémain, non sans remords, se réjouit, car il n'aurait su quoi dire. Si, en rattachant la chaîne, il avait pu sauver la vie de Gantri, l'aurait-il fait ? Si, en rattachant la chaîne, il avait condamné tous ces hommes à une vie d'asservissement, l'aurait-il fait ? Il ignorait les réponses à ces questions. Il regarda le visage inerte de Gantri en songeant que le second ne devait pas les connaître non plus.

Le prêtre se déplaçait rapidement dans la cale pour détacher d'autres chaînes courantes. Les murmures des esclaves libérés semblaient ne faire qu'un avec le bruit de la tempête qui montait au-dehors. « Fouille les poches de ce salaud ; essaye de trouver les clés de ces fers », dit quelqu'un dans un chuchotement rauque, mais Hiémain ne réagit pas. Incapable de bouger, il regarda avec un détachement hébété deux esclaves examiner les vêtements du second ; Gantri ne portait pas d'autre clé, mais les hommes s'approprièrent vivement son couteau et d'autres menus objets, et l'un d'eux cracha sur son cadavre. Hiémain restait pétrifié, la lanterne à la main.

A mi-voix, le prêtre s'adressa à ceux qui se trouvaient le plus près de lui : « Nous sommes encore loin de la liberté, mais nous pouvons l'atteindre si nous nous y prenons comme il faut. Tout d'abord, pas un bruit ; gardez le silence ; il faut libérer autant des nôtres que possible sans que personne se rende compte de rien sur le pont. Nous sommes plus nombreux, mais nos chaînes et notre état physique jouent contre nous ; cependant, la tempête peut peser en notre faveur dans la balance : elle occupera peut-être les hommes d'équipage jusqu'au moment où il sera trop tard pour eux. »

Il jeta un coup d'œil à Hiémain avec un sourire dur. « Viens, mon garçon, et apporte ta lanterne ; nous devons accomplir l'œuvre de Sâ. » Aux esclaves libérés, il dit : « Nous devons vous laisser dans le noir pendant que nous allons délivrer les autres. Soyez patients, soyez braves et priez. N'oubliez pas que, si vous agissez trop tôt, vous nous condamnez tous, et que ce courageux enfant aura travaillé en vain. » Puis il s'adressa de nouveau à Hiémain : « Passe devant ; il faut libérer tout le monde, cale après cale, après quoi nous prendrons l'équipage par surprise. C'est notre seule chance. »

Toujours en pleine stupeur, Hiémain se mit en route. Au-dessus de sa tête, il entendit les premières gouttes d'une violente averse s'écraser sur les ponts de Vivacia. De l'intérieur comme de l'extérieur, la tempête qui couvait depuis longtemps s'abattait sur le navire.

*

« Je me fous du temps qu'il fait ! Je veux ce navire !

– Oui, commandant. » Sorcor ouvrit la bouche comme pour ajouter un commentaire, puis il se ravisa.

« Prenons-le en chasse », reprit Kennit. Il se tenait dans le passavant et regardait la mer, agrippé des deux mains au bastingage comme un simple terrien. Devant lui, la coque argentée de la vivenef tranchait les vagues de plus en plus hautes, en luisant par intermittence comme pour l'attirer à sa suite dans la nuit. Sans la quitter du regard, il dit : « J'ai un bon pressentiment pour celle-ci ; je crois que nous allons la capturer. »

La proue de la *Marietta* plongea dans une lame et une explosion d'embruns inonda le pirate et son second ; l'impact de l'eau glacée fit presque du bien au corps enfiévré de Kennit, mais il faillit lui faire perdre l'équilibre. Le capitaine parvint néanmoins à rester sur place et à garder sa jambe valide appuyée sur le pont. Le navire bascula en franchissant la crête d'une vague et Kennit dut s'accrocher de toutes ses forces à la lisse pour ne pas tomber ; sa béquille lui échappa et fut emportée loin de lui par une vague dont l'eau s'évacua par les dalots. C'est à peine s'il arrivait à tenir sur sa jambe en s'accrochant au bastingage. « Nom de Sâ, Sorcor, donne de l'assiette à ce bateau ! » rugit-il pour cacher son humiliation.

Le second n'avait pas dû l'entendre : il était déjà parti vers la timonerie en criant des ordres aux matelots sur son passage.

« Je vais te ramener à la cabine », dit la putain, toujours présente, derrière lui. Comme c'était précisément ce qu'il s'apprêtait à lui demander, cela lui était naturellement impossible, à présent ; il allait devoir patienter jusqu'à ce qu'elle croie que l'idée venait de lui, ou bien qu'il invente une bonne raison de descendre chez lui. Fichue femelle ! Sa jambe valide commençait à se fatiguer, et l'autre pendait, inutile, poids mort et douloureux.

« Va chercher ma béquille », ordonna-t-il à la femme, et il se réjouit de la voir courir de-ci de-là sur le pont noyé par les vagues ; en même temps, il remarqua qu'elle avait acquis le pied marin et qu'elle se déplaçait à présent sans maladresse. Si elle avait été homme, il aurait jugé qu'elle avait les qualités d'un bon matelot.

Le coup de tabac s'était déchaîné avec la brutalité caractéristique des eaux où ils se trouvaient. Des cataractes se mirent à tomber sur le navire, tandis que le vent paraissait changer constamment de direction, et Kennit entendit Sorcor hurler des ordres à l'équipage : le petit grain qu'ils semblaient devoir affronter à l'origine gagnait en puissance et en violence. Il y avait toujours du courant dans le chenal de l'Aussière, et il pouvait être difficile à négocier à certaines marées, mais à présent la tempête s'y joignait pour emporter le bateau à toute allure. La vivenef courait devant eux ; Kennit s'attendait à la voir ferler ses voiles ; Sorcor, lui, avait envoyé des hommes prendre des ris : le vent et le courant poussaient déjà la *Marietta* assez vite sans qu'on offre aux rafales des prises supplémentaires. Un peu plus loin en avant s'étendait l'île Tordue, et le meilleur passage se trouvait à l'est : la vivenef l'emprunterait sûrement. En conséquence, les pirates prendraient par l'ouest, en profitant de la tempête et du courant pour la doubler, puis lui couper la route. Le coup était audacieux et Kennit ignorait si son navire et lui-même s'en tireraient vivants ; mais, bah ! ses jours étaient comptés, de toute façon, et, s'il ne pouvait pas mourir sur le pont d'une vivenef, autant périr sur celui de la *Marietta*.

Sorcor avait pris la barre ; Kennit s'en rendit compte à l'entrain que mettait le navire à affronter chaque vague. Il plissa les yeux pour les protéger de la pluie battante et chercha leur proie du regard. Trois vagues passèrent sans qu'il la vît, puis il la repéra en même temps qu'il l'entendit hurler.

Elle tenait mal la tempête; ses voiles déferlées la poussaient constamment de biais contre les vagues; à la grande horreur de Kennit, elle plongea brutalement dans un creux, disparut, puis réapparut, durement ballottée. Des silhouettes indistinctes couraient en tous sens sur ses ponts, nombreuses, mais nul ne paraissait s'occuper d'essayer de sauver le bâtiment, et Kennit poussa un gémissement: être à deux doigts de capturer une vivenef et la voir sombrer corps et biens à cause de l'incompétence de son équipage! Non, c'était trop injuste!

«Sorcor!» cria-t-il pour couvrir le vacarme de la tempête. Il n'allait pas être possible d'attendre de lui couper la route: telle qu'elle était partie, elle allait bientôt s'éventrer sur les rochers. «Sorcor! Rattrape-la et prépare un bon groupe d'abordage!» Le vent et la pluie emportèrent ses paroles, et il essaya de se rendre à l'arrière en se tenant au bastingage et en sautant sur sa jambe valide. A chaque bond, il avait l'impression de plonger son moignon dans de l'huile bouillante. Tout à coup, le froid le saisit et il se mit à trembler. Les vagues devenaient de plus en plus hautes et, chaque fois qu'elles déferlaient, il ne pouvait que s'agripper de toutes ses forces à la lisse; l'une d'elles finit par faire glisser sa jambe fatiguée, et, pendant un moment qui lui parut interminable, il se retint avec la dernière énergie au bastingage pendant que l'eau s'écoulait violemment sur lui avant de s'évacuer par les dalots; puis Etta le saisit sans se soucier de sa jambe blessée, l'obligea à passer un bras par-dessus son épaule et le releva en le tenant par la taille.

«Laisse-moi te ramener à l'intérieur! dit-elle d'un ton implorant.

– Non! Aide-moi à me rendre à la barre; je m'en occuperai; je veux que Sorcor mène en personne un groupe d'abordage.

– Mais on ne peut pas arraisonner un navire par un temps pareil!

– Conduis-moi à l'arrière, c'est tout.»

– Kennit, tu ne devrais même pas te trouver dehors ce soir; je sens la fièvre qui brûle en toi. Je t'en prie!»

Une violente fureur s'empara aussitôt de lui. «Est-ce que je n'ai donc plus statut d'homme? Ma vivenef est là, sa capture est imminente, et tu voudrais que j'aille me reposer dans ma cabine comme un invalide ? Maudite sois-tu, femelle ! Accompagne-moi à la barre ou bien écarte-toi de mon chemin ! »

Elle choisit de l'aider, et ce fut un trajet de cauchemar sur le pont qui penchait d'un côté et de l'autre sous les assauts de la tempête ; elle hissa Kennit le long de la petite échelle de la timonerie comme s'il n'était rien d'autre qu'un sac de pommes de terre ; il y avait de la colère dans sa force, et, quand Kennit heurta du moignon un échelon et que la souffrance faillit lui faire perdre connaissance, elle ne lui présenta aucune excuse. En haut de l'échelle, elle prit son bras comme si c'était un bout de tissu mouillé, le passa autour de ses épaules, puis souleva Kennit et le traîna jusqu'à la barre. Sorcor, n'en croyant pas ses yeux, chassa l'eau qui brouillait sa vue et regarda son capitaine bouche bée.

« Je prends le gouvernail ; notre vivenef est en difficulté. Organise un groupe d'abordage, mi-matelots, mi-pirates. Il faut nous en emparer rapidement, avant qu'elle s'engage trop loin dans le chenal de l'Aussière. »

Loin devant eux, ils aperçurent leur proie alors qu'elle se trouvait au sommet d'une vague. Elle réagissait comme une épave, poussée çà et là au gré du vent et des lames ; une rafale apporta aux pirates son hurlement désespéré quand elle plongea brusquement dans un creux de mer.

Elle se dirigeait vers l'ouest de l'île Tordue.

Sorcor secoua la tête et cria pour se faire entendre malgré la tempête : « Impossible de l'atteindre, vu sa façon de naviguer ! Et, même si on avait les hommes nécessaires, on ne pourrait pas l'aborder par un temps pareil ! Laissez tomber, commandant ! Il y en aura d'autres. Laissez celle-ci à son sort !

– Son sort, c'est moi ! » rugit Kennit. Une colère démesurée montait en lui : le monde entier conspirait contre son but. « Je prends la barre ! Je connais ce chenal, je l'ai déjà franchi avec la *Marietta* ! Toi, désigne quelques hommes pour donner un peu de toile afin que nous rattrapions la vivenef ! Aide-moi simplement à nous porter à sa hauteur et à essayer de la drosser sur les hauts-fonds ! Si nous n'arrivons à rien, alors j'abandonnerai ! »

Ils entendirent à nouveau la figure de proue pousser un cri, un long hurlement de désespoir qui leur glaça les sangs et qui résonna longtemps à leurs oreilles. « Oh, Sâ ! s'exclama Etta en frissonnant alors que le cri s'éteignait. Il faut la sauver ! » On eût dit une supplication. Elle regarda les deux hommes tour à tour ;

la pluie avait aplati sa chevelure sur son crâne et dégoulinait comme des larmes sur son visage. « Je suis assez forte pour tenir la barre, déclara-t-elle. Si Kennit se tient derrière moi et guide mes mains, nous arriverons à maintenir la *Marietta* sur son cap.

– D'accord. » Sorcor avait répondu si promptement que Kennit comprit que c'était là sa seule objection : il ne pensait pas son capitaine capable de manier la barre en se tenant sur une seule jambe.

A contrecœur, il reconnut que son second avait sans doute raison. « Exactement », dit-il comme s'il n'avait jamais eu d'autre projet en tête. Sorcor s'écarta pour les laisser passer. La mise en place fut délicate, mais Etta finit par poser les mains sur le gouvernail, Kennit derrière elle ; il saisit la roue d'une main pour aider la jeune femme et, de l'autre bras, agrippa Etta par la taille pour conserver son équilibre. Il sentit en elle une grande tension, mais aussi une exaltation contenue. L'espace d'un instant, serré contre elle, il eut l'impression d'embrasser son navire lui-même.

« Dis-moi quoi faire ! cria-t-elle par-dessus son épaule.

– Tiens ton cap, c'est tout, répondit-il. Je t'avertirai quand il y aura une manœuvre à effectuer ! » Des yeux, il suivit la vivenef argentée qui fuyait devant la tempête.

*

Il se tenait appuyé sur elle, et elle sentait son poids, non comme un fardeau, mais comme un abri contre le vent et la pluie. Son bras gauche l'enveloppait et il s'accrochait de la main à son épaule ; pourtant, elle avait peur : pourquoi s'était-elle lancée dans une telle aventure ? Etta serrait si fort les rayons de la barre que ses phalanges commençaient à devenir douloureuses, et elle raidissait les bras pour s'opposer aux mouvements brusques du navire. Autour d'elle, tout n'était que ténèbres, rafales de pluie et de vent, et mer bouillonnante. En avant du bateau, elle aperçut soudain des éclats d'eau d'un blanc argenté, là où les vagues se précipitaient sur des rochers couverts de bernacles. Elle ignorait que faire ; elle risquait de diriger le bateau droit sur un écueil sans en avoir la moindre idée avant le choc ; elle risquait de tuer tout le monde à bord.

Alors elle entendit Kennit lui parler à l'oreille. Malgré la tempête, il ne criait pas ; sa voix n'était guère qu'un murmure.

« C'est facile, tu vas voir. Lève les yeux, regarde devant toi ; maintenant, essaye de sentir le bateau à travers la barre. Là... Desserre les doigts ; tu n'arriveras jamais à réagir si tu étrangles le bois ainsi. Comme ça, tu peux le sentir ; il te parle, n'est-ce pas ? Qui est-ce, se demande-t-il, quel est ce contact léger sur la barre ? Tiens-le avec fermeté et rassure-le ; allons, encore, donne-lui un peu de mou, pas trop, et maintiens-le ainsi. »

Il parlait avec les accents qu'il prenait quand il était amoureux, d'une voix basse et murmurante, chaude et encourageante. Elle ne s'était jamais sentie aussi proche de lui, à partager son amour pour le navire qu'il guidait dans la tempête ; elle ne s'était jamais sentie plus forte, les mains serrées sur les rayons de bois de la roue, à diriger l'étrave de la *Marietta* droit dans les vagues. Sur le pont, elle entendait Sorcor crier des ordres aux matelots, qui prenaient des ris dans certaines voiles selon un schéma qui lui échappait encore, mais qu'elle se découvrait soudain l'envie de comprendre ; elle en était capable, et elle y parviendrait ; c'était ce que le bras de Kennit qui l'enserrait, ce que son poids contre son dos, ce que sa voix douce à son oreille lui assuraient. Elle plissa les yeux contre la pluie battante et, tout à coup, le froid et l'humidité trouvèrent leur place dans cette nouvelle existence ; ils n'avaient rien d'agréable, non, mais ce n'étaient plus des éléments à craindre ni à éviter ; à l'instar du vent, ils faisaient partie de la nouvelle vie d'Etta, une vie qui l'emportait aussi rapidement que le courant entraînait le bateau et qui faisait d'elle chaque jour un individu nouveau, un individu à qui elle pouvait accorder son respect.

« Pourquoi ne peut-il toujours en être ainsi ? » demanda-t-elle.

Il feignit la surprise et répondit plus fort. « Quoi ? Tu préfères la tempête qui nous pousse vers les Récifs Maudits à une navigation paisible sur des eaux calmes ? »

Elle éclata de rire, et le serra contre elle en même temps que la bourrasque et la nouvelle vie dans laquelle il l'avait plongée. « Kennit, la tempête, c'est toi », dit-elle. Plus bas, elle ajouta en aparté : « Et je me préfère quand je cours devant tes rafales. »

11

JOURS D'EXPIATION

Certaines religions, Hiémain le savait, affirment qu'il existe des royaumes où les démons règnent et détiennent le pouvoir de torturer les hommes pour l'éternité. Le navire, battu par la violence du vent et de la pluie, peuplé de créatures bipèdes qui hurlaient et se battaient entre elles, ressemblait à un de ces mondes souterrains. Les saintes écritures de Sâ n'évoquaient aucune croyance en de tels lieux; ce sont les hommes eux-mêmes qui créent leurs propres tourments, songeait Hiémain, non le bienveillant Parent de Tous, qui regarde seulement ses enfants avec douleur. Cette nuit-là, le jeune garçon avait embrassé l'entière vérité des enseignements de Sâ: tous les occupants du navire étaient humains, tous étaient des créatures de Sâ, et pourtant ce n'était pas le vent rageur ni la pluie battante qui parcourait le bateau en versant le sang et en laissant derrière eux des corps sans vie. Non; les seuls responsables en étaient les hommes du bord qui s'entre-tuaient. Sâ n'avait rien à y voir. Sâ n'était pour rien dans cette horreur.

Dès l'instant où Sâ'Adar avait assommé Gantri avec la lanterne, la situation avait complètement échappé à Hiémain; ce n'était pas lui qui avait entamé ce carnage, il n'était pas responsable de ce massacre. Il ne se rappelait même pas avoir essayé de peser le pour et le contre; il avait simplement suivi Sâ'Adar pour l'aider à détacher les esclaves, car ce geste lui avait paru juste. Plus juste qu'avertir son père et son équipage? Non, il ne fallait pas poser cette question, il ne fallait même pas lui permettre d'exister. Toutes ces morts n'étaient pas de sa faute, il se le répétait sans cesse. Ce n'était pas sa faute ; ce torrent de haine une fois déchaîné, comment un garçon tout seul aurait-il pu l'endiguer ? Il était pareil à une feuille emportée par un vent de tempête.

Il se demandait si Gantri avait partagé cette impression.

En compagnie de Sâ'Adar, il libérait les faces-de-carte, au plus profond des cales de la *Vivacia*, quand des hurlements avaient retenti au-dessus d'eux. Dans leur hâte de se précipiter dans la mêlée, les faces-de-carte l'avaient littéralement piétiné, Sâ'Adar à leur tête, la lanterne à la main. Hiémain s'était retrouvé seul dans le noir complet, effrayé, désorienté, et à présent il avançait à tâtons dans les cales crasseuses en enjambant les esclaves trop faibles ou trop terrifiés pour prendre part à la révolte ; d'autres erraient sans but, égarés, en s'appelant les uns les autres et en demandant ce qui se passait. Hiémain se fraya un passage parmi eux, les contournant quand il ne pouvait faire autrement, mais ne parvint pas à trouver l'escalier qui menait au panneau de cale ; il était sûr de connaître chaque pouce du navire, mais l'intérieur de la *Vivacia* s'était transformé en un labyrinthe ténébreux de mort et de puanteur plein de gens terrorisés. Au-dessus de lui, sur le pont, il entendait des pas précipités et des cris de colère et de peur à la fois, ainsi que des hurlements d'agonie.

Soudain, un nouveau cri éclata, suraigu, résonnant dans la cale et suscitant en écho des cris de terreur parmi la masse des esclaves. « Vivacia ! » fit Hiémain dans un hoquet. Puis : « Vivacia ! » cria-t-il en espérant qu'elle l'entendrait et comprendrait qu'il venait la rejoindre. Ses mains rencontrèrent soudain l'escalier et il le grimpa quatre à quatre.

A peine sorti sur le pont, sous une pluie battante, il trébucha sur le corps d'un matelot : le cadavre de Clément émergeait d'un panneau de cale à demi fermé. Dans l'obscurité, Hiémain ne vit pas comment il s'était fait tuer, mais il était bel et bien mort ; il s'agenouilla près de lui, au milieu du fracas des combats qui se poursuivaient sur le navire, toute son attention concentrée sur le jeune matelot sans vie. La poitrine de Clément était encore tiède ; les flots de pluie et les embruns avaient déjà refroidi son visage et ses mains, mais le reste de son corps perdait sa chaleur plus lentement.

Hiémain se rappela soudain que d'autres mouraient au même instant, esclaves et hommes d'équipage mélangés, et que Vivacia partageait leur agonie à tous ; elle la ressentait toute seule.

Il se retrouva debout, en train de courir tant bien que mal vers elle, avant d'avoir compris ce qu'il faisait. Quelques hommes d'équipage avaient trouvé refuge dans le passavant pour dormir sous de grossiers abris de toile, préférant le vent et la pluie à la puanteur suffocante des ponts inférieurs ; à présent, les tentes improvisées étaient effondrées, déchiquetées par les éléments tandis que les hommes se déchiraient entre eux, les chaînes des fers soudain transformées en armes mortelles. Hiémain se faufila entre les combattants saisis par la frénésie du sang en hurlant : « Non ! Non ! Arrêtez ! Le navire ne pourra pas le supporter ! Il faut arrêter tout de suite ! » Mais nul ne l'écoutait. Des corps jonchaient le pont, certains agités de soubresauts, d'autres inertes ; il les enjamba d'un bond : il ne pouvait rien pour eux. Le seul à qui il pouvait peut-être apporter son aide était le navire qui criait à présent son nom dans la nuit. Hiémain se prit les pieds dans un objet, un cadavre, peut-être, et tomba sur le pont ; il se releva, évita un homme qui cherchait à l'attraper et avança à tâtons dans la pluie et l'obscurité jusqu'à ce que ses mains touchent l'échelle qui menait au gaillard d'avant.

« Vivacia ! » cria-t-il d'une voix qui lui parut ténue et pitoyable dans la tempête croissante ; pourtant, elle l'entendit.

« Hiémain ! Hiémain ! » hurla-t-elle à tue-tête, comme un enfant en proie à un cauchemar appelle sa mère. Il grimpa sur le gaillard d'avant, mais retomba en arrière alors que la *Vivacia* se cabrait follement sur une vague ; l'espace d'un instant, il ne put que se retenir à un barreau de l'échelle en essayant de ne pas se noyer. La vague passée, il se redressa et courut sans réfléchir jusqu'au bastingage avant auquel il s'agrippa. Il ne percevait rien de la figure de proue et ne voyait d'elle qu'une ombre.

« Vivacia ! » cria-t-il.

Elle ne répondit pas. Il serra la lisse à s'en faire mal aux mains, tendit son esprit vers elle de toutes ses forces, et, soudain, comme deux mains qui se joignent avec bonheur dans une nuit froide, sa conscience entra en contact avec la sienne. Puis l'horreur et le bouleversement de la vivenef se déversèrent dans l'esprit de Hiémain.

« Ils ont tué Confret ! Il n'y a plus personne à la barre ! »

La figure de proue et le garçon plongèrent dans l'eau froide et salée, et le pont de bois-sorcier devint glissant sous les doigts de Hiémain. Dans les ténèbres, il partagea la conscience et le désespoir de la vivenef tout en s'efforçant de survivre ; il sentit la mort omniprésente en elle et perçut aussi sa course erratique alors que les vents de la tempête la poussaient dans les vagues de plus en plus hautes. Son équipage avait été chassé de ses tâches ; retranchés dans la dunette, certains vendaient chèrement leur peau ; d'autres agonisaient lentement sur le pont qu'ils avaient si souvent parcouru pour répondre à leurs devoirs ; à mesure que les vies s'éteignaient, on eût dit que Vivacia perdait des parties d'elle-même. Jamais Hiémain n'avait eu autant conscience de la vastitude de la mer et de la petitesse du navire qui protégeait son existence. Malgré les vagues qui déferlaient sur ses ponts, il réussit à rester debout. « Que dois-je faire ? cria-t-il.

– Va à la barre ! lui répondit-elle à travers le mugissement du vent. Reprends le contrôle du gouvernail ! » Sa voix s'enfla soudain en un puissant rugissement. « Et dis-leur de cesser de s'entre-tuer, ou ils mourront tous ! Tous, j'en fais le serment ! »

Hiémain se retourna vers le passavant, prit une inspiration la plus profonde possible et hurla aux hommes aux prises les uns avec les autres : « Vous l'avez entendue ! Elle va tous nous tuer si vous ne cessez pas tout de suite de vous battre ! Arrêtez vos combats ! Occupez-vous des voiles, ceux qui savent, ou personne ne survivra à cette nuit ! Et laissez-moi me rendre à la barre ! »

La vivenef fonça de nouveau dans une vague, la muraille liquide attrapa le jeune garçon par-derrière et l'emporta ; il n'y avait plus de pont, plus de gréement, plus rien que de l'eau qui ne donnait aucune prise à ses mains. Peut-être était-il déjà passé par-dessus bord sans même s'en rendre compte. Il ouvrit la bouche pour crier, mais c'est de l'eau saumâtre qui s'y engouffra ; et puis, brutalement, il se trouva plaqué contre le bastingage de bâbord. Il s'y agrippa et résista à la puissance du flot qui cherchait à le pousser à la mer. A côté de lui, un esclave eut moins de chance : il heurta la lisse, vacilla puis tomba à l'eau.

La vague enfin s'écoula par les dalots. Sur le pont, des hommes se convulsaient comme des poissons échoués, suffoquant et recrachant de l'eau. Dès qu'il en fut capable, Hiémain se redressa et se dirigea tant bien que mal vers l'arrière, comme un insecte dans une mare, se dit-il, luttant aveuglément parce que ce qui vit essaye toujours de rester vivant. La plupart des hommes qui occupaient le pont n'étaient manifestement pas des marins, vue la façon éperdue dont ils se jetaient sur les bastingages et les cordages pour s'y accrocher, et ils parurent aussi surpris par la déferlante suivante que par la précédente. On avait dû trouver une clé de fers, car certains esclaves n'arboraient plus aucune chaîne, tandis que d'autres portaient les leurs sans y prêter plus d'attention que si c'était leur chemise. Des visages apeurés apparaissaient dans les panneaux de cale ouverts et criaient des conseils et des questions aux groupes du pont ; au passage de chaque vague géante, ils reculaient pour éviter de se faire tremper, mais ils ne paraissaient pas se préoccuper de l'eau qui inondait l'intérieur du navire. Des cadavres d'esclaves et d'hommes d'équipage flottaient dans le passavant, allant et venant au gré des soubresauts du navire. Il les contempla, effaré : s'étaient-ils battus pour leur liberté seulement pour périr noyés ? Avaient-ils tué tout l'équipage pour rien ?

Il entendit soudain s'élever la voix de Sâ'Adar. « Le voici, c'est notre petit gars ! Hiémain, mon garçon, viens par ici ! Ils se sont barricadés là-dedans ! Y a-t-il un moyen d'enfumer ces rats pour les obliger à sortir ? » Il commandait un groupe de faces-de-carte à l'expression triomphante qui se tenaient devant la porte du quartier des officiers dans la dunette ; malgré la tempête et les mouvements désordonnés du bateau, ils voulaient leur curée.

« Nous allons sombrer si je n'arrive pas à la barre ! » leur cria-t-il. Cherchant au plus profond de lui-même, il s'efforça de prendre un ton autoritaire, comme un homme. « Cessez de vous entre-tuer, ou c'est la mer qui nous achèvera tous ! Laissez sortir l'équipage pour qu'il reprenne le navire en main aussi bien qu'il le pourra, je vous en conjure ! Nous embarquons de l'eau à chaque vague ! » Il se rattrapa à l'échelle de la dunette au moment où un nouveau paquet de mer s'abattait, et il vit avec horreur l'eau s'engouffrer dans les cales comme de la bière dans des chopes. « Refermez solidement ces panneaux ! hurla-t-il. Et mettez des hommes aux pompes, sinon tous les malades et ceux qui se cachent sous les ponts vont finir noyés avant nous ! » Il leva les yeux vers les mâts. « Il faut aussi ferler les voiles pour donner moins de prise au vent !

– Pas question que je grimpe là-haut ! déclara un esclave

d'une voix forte. Je ne me suis pas libéré de mes chaînes pour crever d'une autre façon !

– Alors tu mourras quand nous coulerons ! » rétorqua Hiémain, et sa voix se fêla, prenant le timbre aigu d'un enfant. Certains esclaves essayaient sans grande conviction de refermer les panneaux, mais aucun n'osait lâcher la prise qu'il avait trouvée pour effectuer efficacement le travail.

« Des écueils ! hurla Vivacia. Des écueils ! Hiémain, la barre, la barre !

– Laissez sortir les hommes d'équipage ; promettez-leur de les épargner s'ils vous sauvent la vie ! » rugit le jeune garçon à Sâ'Adar, et puis il grimpa l'échelle aussi vite qu'il le put.

Confret était mort à la barre, frappé par-derrière. Celui qui l'avait tué l'avait laissé sur place, à demi enchevêtré dans les poignées, et seul le poids de son corps avait empêché le gouvernail de claquer de droite et de gauche sous l'assaut des vagues. « Je regrette, pardonne-moi, si tu savais comme je regrette... » Hiémain tenait des propos sans queue ni tête tout en écartant le corps élancé de son dernier poste. Il s'approcha de la barre et la saisit, interrompant violemment son roulement erratique. Il inspira profondément et cria : « DIS-MOI QUE FAIRE ! » Il forma le vœu que sa voix porterait jusqu'à l'autre bout du navire malgré la tempête.

« A BABORD TOUTE ! » lui répondit Vivacia, et sa voix parut venir non seulement portée par le vent mais aussi en vibrant à travers ses mains ; il s'aperçut que les poignées de la barre étaient elles aussi en bois-sorcier. Il s'y accrocha mieux, et, ignorant s'il péchait ou non, il tendit son esprit, non pas vers Sâ, mais vers l'unicité avec le navire, en abandonnant toute crainte de se perdre en lui.

« Du calme », murmura-t-il, et il sentit la vivenef s'accorder avec lui presque avec frénésie ; il y avait de la peur en elle, mais aussi du courage. Il partageait à présent sa perception de la tempête et du courant, et la coque de bois-sorcier était devenue une extension de lui-même.

La barre avait été conçue pour un adulte bien musclé ; Hiémain avait observé comment on pilotait, il avait même pris la place du timonier une fois ou deux par temps calme, mais jamais lors d'un grain pareil, et jamais sans personne près de lui pour lui donner des instructions et rattraper la barre si elle menaçait de lui échapper. Hiémain usa de tout le poids de son corps frêle pour la faire tourner, et chaque quart qu'il gagna était une petite victoire, mais le navire était-il capable de réagir à temps aux mouvements du gouvernail ? Il lui sembla qu'ils plongeaient plus droit dans la vague suivante, qu'ils la tranchaient au lieu d'être déportés par la masse liquide. Sous la pluie battante, il plissa les yeux, mais ne vit que l'obscurité ; ils auraient aussi bien pu se trouver en plein milieu de la mer Sauvage, sans rien que de l'eau à l'infini autour d'eux. Le ridicule de sa situation le frappa soudain : la vivenef et lui luttaient pour sauver les passagers du bateau alors que tous les autres étaient occupés à s'entre-tuer.

« Il faut que tu m'aides, dit-il calmement, en prononçant tout haut des mots qu'elle percevrait de toute façon. Il faut que tu joues le rôle de ta propre vigie à l'affût des vagues et des écueils. Donne-moi tout ce que tu sais. »

Dans le passavant, des hommes criaient ; certaines voix paraissaient étouffées, et Hiémain supposa que les esclaves négociaient avec l'équipage pris au piège ; mais, à la fureur qui transparaissait dans leur ton, il y avait peu de chance qu'ils trouvent un terrain d'entente à temps pour sauver le navire. Ne pense plus à eux, se dit-il. « Il n'y a plus que toi et moi, ma dame, fit-il à mi-voix, toi et moi seuls. Tâchons de garder la vie sauve. » Et il resserra les mains sur la barre.

Entendit-il la réponse de la vivenef ? Fut-ce sa propre résolution qui lui donna une vigueur nouvelle ? Toujours est-il qu'il se dressa dans une attitude de défi face à la pluie et à l'obscurité qui brouillaient sa vue. Il ne capta aucun appel de Vivacia, mais sa perception du navire lui parut changer. Les voiles contrariaient ses manœuvres, cependant il n'y pouvait rien ; la pluie se modifia, toujours aussi insistante, mais comme plus légère ; néanmoins, alors que la tempête commençait à se calmer et que les premières lueurs grises de l'aube pointaient, la barre devint plus lourde et difficile à manier. « Nous sommes pris dans le courant ! » Le cri de Vivacia porta jusqu'à Hiémain. « Il y a des rochers droits devant ! Je connais ce chenal depuis des années ! Il n'aurait pas fallu passer par ici ! Je suis incapable de m'écarter toute seule des écueils ! »

Hiémain entendit un bruit de chaînes, puis le choc d'un corps lourd sur le pont. Il jeta un coup d'œil et vit un groupe d'hommes qui avançaient dans sa direction en poussant entre eux plusieurs prisonniers porteurs de fers aux pieds et aux poignets.

Lorsqu'ils furent arrivés près du jeune garçon, quelqu'un poussa durement le captif de tête, qui tomba à genoux sur le pont détrempé. D'une voix tonnante, Sâ'Adar déclara : « Il prétend nous piloter en lieu sûr si nous lui laissons la vie sauve ! » Plus bas, il ajouta : « Il affirme que nous ne passerons pas ces rochers sans son aide, et que lui seul connaît le chenal. »

Alors l'homme se redressa péniblement, et, malgré la maigre lumière de l'aurore, Hiémain reconnut Torg. Sa chemise était déchirée dans le dos et des lambeaux flottaient dans le vent. « C'est toi ? » fit Torg. Il rit tout bas, incrédule. « C'est toi qui nous as fait ça ? Toi ? » Il secoua la tête. « Non, c'est impossible ; tu es faux jeton, mais tu n'as pas de tripes. Tu t'accroches à la barre comme si le navire t'appartenait, mais tu ne le commandes pas en réalité. » Malgré ses chaînes et les visages haineux qui l'entouraient, il cracha par terre. « Tu n'as même pas eu le cran de le prendre alors qu'on te l'offrait sur un plateau d'argent. » Il parlait vite et avec violence, comme si les vannes de sa rage avaient soudain lâché. « Oh, je savais tout du petit marché entre ton père et toi ; je l'avais entendu en parler un jour. Il devait te nommer second le jour de tes quinze ans ! Moi, j'avais trimé pour lui comme un chien pendant sept, mais il s'en fichait bien ! Il pouvait bien crever, le vieux Torg ! Le commandement reviendrait à Gantri et le poste de second à un gamin avec des joues comme des fesses de bébé ! Et moi je serais à tes ordres ! »

Il éclata de rire. « Eh ben, il est mort, le Gantri, il paraît ! Et ton père ne vaut pas beaucoup mieux. » Il croisa les bras sur sa poitrine. « Tu vois cette terre sur tribord ? C'est l'île Tordue ; il aurait fallu passer de l'autre côté, parce que, devant nous, il n'y a que des rochers et du courant. Alors, si tu veux un marin à la barre de ce rafiot, tu aurais peut-être intérêt à ne pas faire le méchant avec Torg ; tu devrais peut-être même lui proposer mieux que la vie sauve pour vous tirer le cul de ce piège à rats ! » Et il eut un sourire de crapaud, soudain certain que les révoltés avaient besoin de lui, qu'il était en mesure de retourner la situation à son profit. « Et tu ferais peut-être bien de te magner, parce que les écueils ne sont plus très loin. » Derrière lui, les nouveaux matelots embauchés à Jamaillia jetèrent des coups d'œil inquiets vers l'avant malgré l'obscurité.

« Que devons-nous faire ? demanda Sâ'Adar à Hiémain. Peut-on lui faire confiance ? »

Les circonstances étaient tellement horribles qu'elles en devenaient risibles : on lui demandait son avis, à lui, Hiémain ! On remettait la survie du navire tout entier entre ses mains ! Il leva les yeux vers le ciel qui s'éclairait ; dans le gréement, deux esclaves s'évertuaient à ferler des voiles. Que Sâ les prenne tous en pitié ! Il resserra les mains sur la barre et se tourna vers Torg, qui arborait une expression suffisante. Le lieutenant était-il capable de jeter le bateau sur les rochers par pure vengeance ? Pouvait-on pousser si loin l'esprit de revanche, au point d'y laisser la vie ? Hiémain sentit son tatouage le picoter. « Non, dit-il enfin. Je ne lui fais pas confiance, et je préférerais le tuer plutôt que lui remettre la barre de mon navire. »

Une face-de-carte haussa les épaules. « Les inutiles meurent, dit-il d'un ton froid.

– Attendez ! » s'écria Hiémain, mais il était trop tard. D'un geste aussi efficace que celui d'un débardeur déplaçant des balles de marchandises, la face-de-carte souleva le marin corpulent au-dessus de sa tête, puis le projeta par-dessus l'étrave avec une force telle qu'il tomba à genoux. Torg avait disparu et tout s'était passé en un clin d'œil, sans fioritures ; il n'avait même pas eu le temps de pousser un cri. Hiémain avait simplement conseillé de ne pas lui faire confiance et Torg était mort. Les autres marins s'étaient agenouillés et suppliaient en pleurant qu'on les épargne.

Un affreux dégoût envahit Hiémain, et ce n'étaient pas les marins implorants qui le lui inspiraient. « Enlevez-leur ces chaînes et envoyez-les dans la mâture, ordonna-t-il d'un ton cassant à Sâ'Adar. Qu'ils prennent autant de ris que possible et qu'ils m'avertissent s'ils aperçoivent des écueils. » C'était un ordre stupide et inutile : trois hommes n'étaient pas en mesure de manœuvrer à eux seuls un navire de cette taille. Alors que Sâ'Adar déverrouillait les fers, Hiémain demanda presque malgré lui : « Où est mon père ? Est-il vivant ? »

Les trois hommes le regardèrent d'un air égaré, et ils comprirent qu'aucun d'entre eux ne savait la vérité : son père avait dû interdire à l'équipage tout bavardage à propos de son fils. « Où est le capitaine Havre ? demanda-t-il d'une voix tendue.

– Il est sous le pont, la tête et les côtes amochées », répondit un des marins.

Hiémain réfléchit mûrement et décida en faveur du navire. S'adressant à Sâ'Adar, il déclara : « J'ai besoin du capitaine.

Qu'on me l'amène avec ménagement ; il ne me servirait à rien inconscient. » Et les inutiles meurent, ajouta-t-il *in petto* tandis que le prêtre envoyait des hommes chercher le commandant. La menace d'un garde-chiourme devenait la règle de conduite d'un esclave ; pour sauver l'équipage, il allait devoir démontrer aux asservis libérés qu'ils étaient utiles. « Otez leurs chaînes à ces deux-là aussi, ordonna-t-il ; que tous les marins en état de se déplacer montent dans la mâture. »

Une face-de-carte haussa les épaules. « Il ne reste que ces deux-là. »

Deux survivants seulement, et son père ! Que Sâ lui pardonne ! Il se tourna vers l'homme qui avait jeté Torg par-dessus bord. « Toi ! Tu as tué un marin qui aurait pu nous être utile, alors tu vas prendre sa place. Monte au nid-de-pie et crie-moi ce que tu vois. » Il promena sur ceux qui l'entouraient un regard mauvais ; les voir rester les bras ballants le mettait soudain dans une fureur noire. « Vous autres, assurez-vous que les panneaux de cale sont bien fermés, et occupez-vous aussi des pompes ! Le navire enfonce trop, je le sens ! Combien d'eau nous avons embarquée, Sâ seul le sait ! » Et c'est d'une voix plus calme mais tout aussi sèche qu'il ajouta : « Débarrassez le pont de tous les corps, et faites-moi disparaître ces tentes effondrées. »

Les yeux du premier homme se portèrent vers la minuscule plate-forme au sommet du grand mât. « Là-haut ? Mais je ne peux pas grimper là-haut ! »

Le courant se comportait à présent comme une créature vivante, et la marée fonçait dans l'étroit chenal comme dans un bief. Aux prises avec la barre, Hiémain répondit brutalement : « Remue-toi si tu tiens à la vie ! Tes peurs ne m'intéressent pas ! Seul compte le navire, à présent ! Sauve-le si tu veux te sauver toi-même !

– C'est bien la première fois que je t'entends parler comme un vrai fils. »

Du sang coagulé noircissait tout un côté du visage de Kyle Havre ; il se déplaçait avec une étrange contorsion du corps afin de ménager ses côtes brisées, et il avait le teint plus blême que le ciel gris qui surplombait la mer. Il regarda son fils qui tenait la barre du navire, les faces-de-carte qui se hâtaient lourdement d'aller exécuter ses ordres, les débris qui jonchaient le pont, résultat de l'insurrection, et il secoua lentement la tête. « Il te fallait ça pour trouver ta virilité ?

– Je l'ai toujours possédée, répondit Hiémain du tac au tac; mais vous refusiez de la reconnaître parce que je n'étais pas vous; je n'étais pas fort, je n'étais pas grand, je n'étais pas brutal. J'étais moi.

– Tu n'as jamais fait le moindre effort; tu ne t'es jamais intéressé à ce que je pouvais te donner. » Kyle secoua de nouveau la tête. « Ce bateau et toi, vous n'êtes que des enfants gâtés. »

Hiémain resserra sa prise sur la barre. « Ce n'est pas le moment de discuter de ça. La *Vivacia* ne peut pas se piloter toute seule; elle m'aide, mais j'ai besoin de vos yeux aussi; j'ai besoin de votre savoir. » Il ne pouvait dissimuler l'amertume qui perçait dans sa voix. « Conseillez-moi, père.

– C'est vraiment ton père? demanda Sâ'Adar, abasourdi. Il a réduit son propre fils en esclavage? »

Ni Hiémain ni Kyle ne lui répondirent, le regard fixé droit devant eux dans la tempête, et, au bout d'un moment, le prêtre les quitta pour se retirer à l'arrière du navire.

« Que comptes-tu faire? demanda soudain Kyle. Même si tu franchis sans casse ce chenal, tu n'as pas à bord assez d'hommes expérimentés pour manœuvrer ce bateau; les eaux sont traîtresses, par ici, même pour un équipage entraîné. » Il eut un grognement méprisant. « Tu vas perdre ta vivenef avant même de l'avoir conquise.

– Je ne puis faire que mon possible, dit Hiémain à mi-voix. Je n'ai pas choisi de me retrouver dans cette situation; mais je crois que Sâ viendra à mon secours.

– Sâ! » Kyle haussa les épaules d'un air écœuré. Puis il reprit: « Maintiens-la au milieu du chenal. Non, quelques quarts un peu plus à bâbord... là. Maintenant, tiens le cap. Où est Torg? Tu devrais l'envoyer en haut nous annoncer ce qu'il voit. »

Hiémain réfléchit un instant, mêlant l'opinion de son père aux émotions de Vivacia, puis il effectua la correction nécessaire. « Torg est mort, dit-il enfin. Il s'est fait jeter par-dessus bord parce qu'un esclave l'a considéré comme inutile. » Du menton, il désigna l'homme qui s'accrochait, pétrifié de terreur, à mi-hauteur du mât. « Normalement, il devrait être de vigie. »

Un silence épouvanté suivit ces paroles, puis, avec un effort, son père dit: « Tu as fait tout ça... » Il parlait à voix basse afin de n'être entendu que de Hiémain. « Tu as fait tout ça uniquement pour t'emparer du navire aujourd'hui au lieu d'attendre quelques années? »

Aux oreilles de Hiémain, la question en elle-même donnait la mesure de la distance qui les séparait. L'abîme entre eux était immense et infranchissable.

« Ce qui s'est produit à bord de ce navire n'avait rien à voir avec ce que vous croyez. » C'était une déclaration stupide, mais il aurait pu user sa salive jusqu'à la fin de ses jours sans réussir à faire comprendre ses motivations à son père. Tout ce qui les unissait vraiment, c'était le navire. « Essayons de lui faire franchir ces écueils, proposa-t-il. Ne parlons que de ça : c'est le seul sujet sur lequel nous sommes d'accord. »

Après un très long silence, son père vint se placer derrière lui et posa sur la barre une main légère à côté de celle de son fils ; puis il leva les yeux vers le gréement et repéra un de ses hommes. « Calt ! Laisse tomber ce que tu fais et grimpe au nid-de-pie ! »

Puis il balaya du regard toute l'eau qui s'étendait devant le bateau. « On y va », dit-il doucement à Hiémain tandis que la vivenef prenait soudain de la vitesse.

*

« Vous m'avez vendue, dit Malta d'une voix faible. Vous m'avez vendue à un monstre pour rembourser un bateau, pour qu'on m'emmène dans un bivouac au milieu des marécages où il me poussera des verrues partout et où je ferai des enfants pendant que vous autres vous vous enrichirez grâce à de nouveaux contrats avec la famille Khuprus. Si vous vous imaginez que je ne sais pas comme ça marche, vous vous trompez ! En général, quand on donne une femme de Terrilville à un homme du désert des Pluies, sa famille y gagne plus que sa part de profit ! »

On l'avait tirée de bonne heure de son lit et amenée dans la cuisine pour lui annoncer la nouvelle. Le petit-déjeuner n'était même pas encore prêt.

« Malta, tu te trompes », dit sa mère de son ton le plus raisonnable.

Au moins, sa grand-mère affichait franchement ce qu'elle éprouvait. Elle termina d'emplir la bouilloire et la posa sur le fourneau, puis se pencha pour tisonner le feu. « En réalité, tu t'es vendue toute seule, fit-elle d'un ton faussement affable, contre une écharpe, un bijou de feu et un coffre à rêve ; et ne prétends pas que tu ignorais ce que tu faisais : tu en sais bien plus long sur beaucoup de choses que tu ne le laisses paraître ! »

Malta se tut un moment, puis déclara d'un ton maussade : « Tous ces objets sont dans ma chambre ; je peux les rendre. » Le bijou de feu... elle renâclait à l'idée de s'en séparer ; mais cela valait mieux que se retrouver promise à un habitant pustuleux du désert des Pluies. Elle se revit l'embrassant dans son rêve et un frisson d'horreur la parcourut : derrière son voile, ses lèvres devaient être couvertes de verrues, et la seule idée de ce baiser lui donna envie de cracher. Ce n'était pas juste d'envoyer un songe où il était si beau alors qu'il ressemblait en vérité à un crapaud !

« C'est un peu tard, dit sa mère avec sévérité. Si tu ne nous avais pas menti à propos du coffre à rêve, la situation aurait peut-être pu s'arranger... Non, c'est faux : tu avais déjà accepté une écharpe et un bijou de ce garçon, et tu lui avais fait don d'une coupe dans laquelle tu avais bu. » Elle s'interrompit, puis reprit d'un ton radouci : « Malta, personne ne t'oblige à te marier ; nous avons seulement consenti à ce que le jeune homme te rencontre, et tu ne resteras jamais seule avec lui : il y aura toujours grand-mère, Rache, Nounou ou moi-même lors de vos rendez-vous. Tu n'auras rien à craindre. » Elle s'éclaircit la gorge et poursuivit d'un ton nettement plus froid : « D'un autre côté, je ne tolérerai aucune impolitesse : je ne veux aucun retard, ni aucune grossièreté envers ce jeune homme ; tu le traiteras comme n'importe quel visiteur honorable de notre maison. Par conséquent, je ne veux pas entendre parler de verrues, de marécages ni d'enfants. »

Malta se leva de table pour aller se couper une tranche du pain de la veille. « Parfait ; il me suffira de me taire », fit-elle. Comment pourraient-elles l'en empêcher ? Comment pourraient-elles l'obliger à faire la conversation à son invité ou à se montrer aimable avec lui ? Elle ne ferait pas semblant de le trouver à son goût, il s'apercevrait rapidement qu'il la dégoûtait et il ne reviendrait plus, voilà tout. Elle s'interrogea : aurait-elle l'autorisation de garder l'écharpe au bijou si elle lui annonçait qu'elle refusait de l'épouser ? Le moment était sans doute mal choisi pour poser la question à sa mère et à sa grand-mère. Mais Reyn pouvait reprendre le coffre à rêve quand il voulait : une fois ouvert, il avait pris une affreuse teinte gris terne, comme de la cendre de cheminée. Il dégageait encore un parfum agréable, mais ce n'était pas un motif suffisant pour le conserver.

« Malta, nous ne pouvons pas nous permettre de faire affront à ces gens », dit sa mère.

Elle avait l'air très fatiguée, voire épuisée, ces temps-ci ; de nouvelles rides étaient apparues sur son visage et elle soignait encore moins sa coiffure que d'habitude ; elle aurait bientôt la mine aussi rébarbative que grand-mère, qui fronçait d'ailleurs les sourcils à présent. « La question n'est pas de savoir si nous pouvons ou non nous permettre de leur faire affront. Il existe de nombreuses façons de se débarrasser d'un visiteur malvenu ; la grossièreté en est une, mais pas chez nous.

– Quand mon père va-t-il rentrer ? demanda Malta, sautant du coq à l'âne. Est-ce qu'il nous reste des conserves de pêches ?

– On ne l'attend pas avant la fin du printemps, répondit sa mère avec lassitude. Pourquoi ?

– Parce qu'à mon avis il ne me forcerait pas à faire semblant d'aimer quelqu'un que je ne connais même pas... Il n'y a donc rien de bon à manger dans cette maison ?

– Mets du beurre sur ta tartine ! Et personne ne te demande d'aimer ce garçon ! éclata grand-mère. Tu n'es pas une prostituée, il ne te paye pas pour lui faire des grâces pendant qu'il te reluque ! Je dis simplement que tu dois le traiter avec courtoisie. Je suis sûre que c'est un véritable gentilhomme ; Caoloun me l'a assuré, or je la connais depuis très longtemps. Tout ce qu'on te demande, c'est de te montrer respectueuse avec lui. » Elle poursuivit un ton plus bas : « Il jugera très vite que tu ne lui conviens pas, j'en suis sûre, et alors il cessera de te courtiser. » La façon dont elle avait tourné sa phrase en faisait une insulte, comme si Malta n'était pas digne du jeune homme.

« Je ferai mon possible », dit Malta à contrecœur. Elle jeta le morceau de pain rassis sur la table. Cela lui ferait au moins quelque chose à raconter à Delo, qui se vantait toujours, mine de rien, du nombre de jeunes hommes reçus chez elle. C'étaient tous des amis de Cerwin, Malta le savait, mais Delo les connaissait par leur prénom, ils la taquinaient, et ils lui offraient parfois des douceurs et des colifichets ; une fois, Malta avait reçu l'autorisation d'accompagner Delo avec Rache au marché aux épices ; un des amis de Cerwin avait reconnu la compagne de Malta, et il s'était incliné très bas devant elle, sa cape flottant au vent. Il avait proposé de leur offrir de la tisane aux épices, mais Rache avait répondu qu'elles devaient rentrer. Malta avait eu l'impression de n'être qu'une gamine. Rien qu'une fois, il serait agréable de pouvoir dire à Delo qu'un jeune homme était venu la voir chez elle ; il n'était pas utile de préciser qu'il était sans doute couvert de verrues. Elle pourrait peut-être en faire un personnage mystérieux, dangereux... Elle sourit et ses yeux se firent lointains et rêveurs, comme ils le seraient lorsqu'elle parlerait du jeune homme à son amie. Sa mère déposa sans douceur un pot de miel devant elle.

« Merci », dit Malta en se servant d'un air absent.

Peut-être même que Cerwin serait jaloux.

*

« Vas-tu me laisser la vie sauve ? » demanda Kyle Havre à mi-voix, alors que le matin grisaillait le ciel. Il s'était efforcé de s'exprimer posément, mais une violence mêlée de peur avait percé sous ses mots, et Hiémain y avait aussi décelé de la fatigue. La longue nuit s'était achevée, et il avait fallu leur force à tous deux à la barre, toute l'acuité visuelle de Calt et tous les avertissements de Vivacia pour leur faire franchir le chenal. Hiémain n'avait pu s'empêcher d'admirer la ténacité de son père qui n'avait pas cessé la lutte un instant. Il se tenait toujours déjeté sur son flanc gauche à cause de ses côtes brisées, mais il avait contribué à sauver le navire ; et voilà qu'il demandait à son fils de lui laisser la vie. Ces paroles avaient dû lui arracher la gorge.

« Je ferai tout ce qui est en mon pouvoir pour ça, dit Hiémain ; je vous en donne ma parole. » Son regard passa de son père à Sâ'Adar, toujours accoudé à la poupe, et il se demanda quel poids aurait sa voix dans la décision à venir. « Vous ne me croyez pas, mais votre mort me peinerait. J'ai pleuré toutes les morts qui ont eu lieu sur ce bateau. »

Les yeux de Kyle Havre restèrent braqués vers l'avant, et il répondit simplement : « Un quart de plus à tribord. »

Tout à coup, ils débouchèrent dans une vaste zone aux eaux calmes. L'île Tordue s'éloignait par l'arrière et ils arrivaient au débouché du chenal de l'Aussière.

Hiémain corrigea le cap. Dans la mâture, il entendait des hommes qui se disputaient à grands cris sur ce qu'il fallait faire et comment s'y prendre. Son père avait raison : il était impossible qu'ils parviennent à manœuvrer le navire avec pour tout équipage deux marins expérimentés et valides. Il resserra les doigts sur la barre : il devait bien exister un moyen ! « Aide-moi, vivenef, murmura-t-il. Aide-moi à décider que faire. » Il sentit sa réaction, mais il n'y perçut nulle assurance, seulement de la confiance en lui.

« Il y a un autre bateau derrière nous, cria Sâ'Adar, et il se rapproche très vite. » Il l'observa à travers la pluie grise et persistante. « C'est le pavillon au corbeau ! s'exclama-t-il d'un ton ravi. Sâ est vraiment venu à notre secours ! » L'homme arracha sa chemise en haillons et se mit à l'agiter à l'attention de l'autre navire.

*

« C'est un enfant qui tient la barre ! » cria Sorcor. La tempête s'était apaisée, et la pluie elle-même commençait à cesser, mais il devait encore hausser la voix pour se faire entendre. « Et leurs ponts sont sens dessus dessous. Il a dû y avoir une mutinerie à bord.

– Tant mieux... pour nous ! » répondit péniblement Kennit. Tout lui coûtait, tout était un effort. Il reprit son souffle. « Prépare un groupe d'abordage ! Nous l'attaquerons dès qu'elle atteindra le chenal principal !

– Le petit a l'air de bien tenir la barre, même avec les voiles de travers. Attendez ! » Au ton de sa voix, Sorcor n'en croyait pas ses yeux. « Cap'taine, ils nous hèlent ! On dirait que l'homme de poupe nous fait signe d'approcher !

– Eh bien, faisons-lui plaisir. Groupe d'abordage, paré ! Non, attendez ! » Il prit une inspiration et tenta de se lever. « Je vais le mener moi-même. Gankis, viens prendre la barre ! Etta, où est ma béquille ? »

C'était vrai : la vivenef lui était apportée sur un plateau d'argent, sa chance avait donc tenu ! Il avait cru en elle, il avait persévéré, et voilà, sa magnifique dame des mers était là ! Alors qu'ils s'en approchaient, il songea qu'il n'avait jamais rien vu de plus beau. De la dunette de la *Marietta*, il avait une vue plongeante sur elle ; des cadavres avaient été entassés sur des morceaux de toile, et ses voiles étaient troussées comme les jupes d'une radasse, mais sa coque argentée luisait et ses lignes parfaites étaient un enchantement pour l'œil.

Il vacilla et Etta le retint aussitôt par le bras. Gankis l'avait remplacé à la barre, et le vieux matelot lui adressa un regard étrange où se mêlaient la compassion et la peur.

« Je ne trouve pas ta béquille ; tiens, appuie-toi sur moi, je vais te conduire au bastingage. » En grognant sous l'effort, elle l'entraîna, et il l'accompagna à petits bonds mal assurés jusqu'à ce qu'il pût s'accrocher des deux mains à la lisse. « Mon amour, dit-elle tout bas, je crois que tu ferais mieux de descendre te reposer un moment. Que Sorcor s'occupe de capturer la vivenef !

– Non ! » répondit-il avec violence. Il avait déjà du mal à tenir sur une seule jambe, et voilà qu'elle venait l'épuiser en discussions ridicules ! « Non. Elle est à moi et je serai parmi les premiers sur ses ponts. C'est ma chance qui me l'a donnée.

– Je t'en prie, fit Etta d'une voix brisée. Mon chéri, mon amour, si tu pouvais te voir en ce moment...

– Sar ! » Sorcor les avait rejoints et il poussa le juron dans un souffle. « Oh, Kennit, oh, cap'taine...

– C'est moi qui mènerai le groupe d'abordage », dit son commandant d'un ton sans réplique. L'homme ne discuterait pas ; après tout, Kennit avait bien réussi à faire taire cette satanée femelle.

« Bien, commandant, fit Sorcor d'une voix très basse.

– Vous êtes fou ? cria Etta au second. Mais regardez-le donc ! Il est épuisé ! Je ne l'aurais jamais laissé rester sur le pont si j'avais su ce que ça lui coûterait...

– Laissez-le faire », coupa Sorcor à mi-voix. Il avait apporté la béquille de Kennit, mais il la déposa doucement sur le pont. « Je vais vous bricoler une chaise de gabier, commandant, et je veillerai à ce que vous montiez sans risque à bord de votre vivenef.

– Mais... », fit Etta.

Sorcor l'interrompit encore une fois. « Je lui donne ma parole, dit-il sèchement. Regardez-le ! Laissez-moi tenir parole envers mon capitaine. » Plus bas, il ajouta : « Je ne crois pas qu'on puisse faire beaucoup plus, maintenant.

– Mais... », répéta-t-elle. Elle regarda Kennit et, quand il la regarda à son tour, elle eut l'impression que quelque chose se figeait en elle. La respiration bloquée, elle l'observa longuement. Enfin, elle s'adressa à Sorcor qui se tenait derrière Kennit. « Dans ce cas, je l'accompagne, dit-elle calmement.

– Nous serons deux, alors », répondit Sorcor.

12

RESTAURATIONS

Le second arracha Althéa de son profond sommeil en tirant délicatement sur sa manche. « Hé ! fit à mi-voix Grag Tenira. Le capitaine veut te voir tout de suite. Il est de quart de rade, tu le trouveras sur le pont. Allez, debout ! » Et il s'en alla sans même vérifier si elle obéissait.

A peine une seconde plus tard, les pieds nus d'Althéa se posaient sur le plancher. Autour d'elle, le gaillard d'avant baignait dans le silence et l'obscurité ; l'équipage avait quartier libre ce soir-là, et, sans exception, tous ses membres s'étaient rendus à terre pour faire la fête. Althéa, qui avait plus envie de solitude que de bière, avait prétexté qu'elle n'avait pas assez d'argent et elle était restée à bord pour dormir et fainéanter.

L'*Ophélie* avait fait relâche dans un petit port insulaire nommé Rincétain, une des rares colonies parfaitement légales des îles du Passage Intérieur. Prospère, fondée à l'origine près d'un gisement stannifère et bénéficiant d'eau douce en abondance, la ville minière commençait à se transformer en centre de commerce, et les habitants pouvaient s'offrir certains produits du désert des Pluies que le capitaine Tenira avait à proposer. Il tirerait aussi un joli profit en vendant les barils de viande salée qu'il avait embarqués à Jamaillia, et il repartirait pour Terrilville avec une cargaison d'articles en étain. C'était un commerçant avisé, et, malgré le peu de temps qu'elle avait passé à son bord, Althéa s'était prise peu à peu d'admiration pour lui.

Alors qu'elle émergeait sur le pont et cherchait des yeux le commandant, la singularité de la situation lui apparut soudain : le capitaine, de quart de rade, au port ? Et qui envoyait le second la chercher ? Un horrible soupçon naquit en elle : Ophélie avait livré son secret ! Quand Althéa repéra le commandant en train de fumer sa bouffarde près de la figure de proue, le soupçon devint certitude. Le jeune matelot perché sur le bastingage, non loin de là, devait être Grag, qui ne voulait pas manquer de voir Althéa démasquée. Elle sentit son cœur se serrer.

Elle s'arrêta un instant dans les ombres pour refaire sa queue de cheval et se passer les mains sur le visage afin d'en effacer les traces du sommeil, puis elle rajusta du mieux possible ses vêtements usés. Se faire jeter hors du *Moissonneur* avait été éprouvant, mais cette fois ce serait pire : ces hommes connaissaient sa famille et ils rapporteraient toute l'histoire à Terrilville. Eh bien, puisqu'il en était ainsi… Le menton levé, l'œil sec, le ton calme, se promit-elle. Courage et dignité. Elle aurait quand même apprécié que son estomac cesse de faire des nœuds. Elle aurait aussi apprécié de disposer d'un peu plus de temps pour se préparer.

Comme elle se dirigeait vers l'avant, elle entendit s'élever dans l'air nocturne la voix au timbre riche d'Ophélie, comme si la vivenef souhaitait qu'Althéa surprît ses paroles. « Et toi, Tomie Tenira, tu es en train de devenir un vieux grippe-sou maniaque, sans plus aucun sens de l'aventure !

– Ophélie…, fit le capitaine d'un ton menaçant.

– Il n'a plus aucun sens de l'humour non plus », fit Ophélie à Grag en aparté. La lumière de la lanterne de pont laissait le visage du second dans l'ombre, et Althéa n'entendit aucune réponse de sa part. Elle sentit un sourire ironique se dessiner sur ses lèvres ; que pensait aujourd'hui Grag Tenira de sa cavalière d'autrefois ?

Puis elle effaça son sourire et c'est les traits lisses qu'elle salua Tenira : « A vos ordres, commandant.

– En effet », dit le capitaine Tenira d'un ton appuyé. Il ôta sa bouffarde d'entre ses lèvres. « Tu sais pourquoi nous t'avons fait venir, n'est-ce pas ? »

Althéa s'efforça de ne pas faire la grimace. « J'ai bien peur que oui, commandant. »

Tenira se radossa au bastingage avec un grand soupir. « Nous en avons parlé, Grag et moi ; Ophélie a eu son mot à dire aussi, et davantage, comme d'habitude. Je te dis ceci pour ton propre bien, jeune fille : emballe tes affaires ; Grag te donnera un peu d'argent et t'accompagnera à terre. Il y a une pension bien tenue rue de la Palourde ; il t'y conduira.

– Bien, commandant », fit-elle, désespérée. Au moins, il n'était pas furieux et ne lui jetait pas des accusations à la figure ; en conservant sa dignité, il permettait à la jeune fille de garder la sienne, et elle l'en remerciait. Mais la trahison d'Ophélie lui restait en travers de la gorge. Elle tourna son regard vers la figure de proue qui l'observait d'un air contrit par-dessus une épaule confortable. « Je t'avais demandé de ne pas me dénoncer », lui dit Althéa avec un doux reproche. Elle scruta le visage de bois. « Je n'arrive pas à croire que tu m'aies vendue.

– Oh, tu es injuste, ma chérie, très injuste ! protesta Ophélie avec énergie. Je t'avais prévenue que je ne pouvais pas cacher un tel secret à mon capitaine ; j'ai dit aussi que j'essayerais de trouver un moyen pour que tu restes à bord, si tu le souhaitais, sous ta véritable identité ; mais comment aurais-je pu m'y prendre sans révéler ton vrai nom ? » Ophélia s'adressa au commandant. « Tomie, tu joues au chat et à la souris avec elle ! Ce n'est pas bien ! Dis-lui le reste, et tout de suite ! Cette pauvre enfant s'imagine que tu as l'intention de l'abandonner ici !

– L'idée vient d'Ophélie, pas de moi, répondit le capitaine à contrecœur. Elle s'est entichée de toi. » Il tira une bouffée de sa pipe pendant qu'Althéa attendait la suite, suspendue à ses lèvres. « Grag va te donner de quoi t'arranger, prendre un bain, acheter des vêtements convenables et tout le tremblement. Demain après-midi, tu remonteras à bord sous l'identité d'Althéa Vestrit, et nous te ramènerons à Terrilville.

– Et encore, intervint Ophélie, tu ne sais pas le plus beau ; tu n'imagines pas le mal que j'ai eu à convaincre Tomie. Grag n'a pas posé de problème, naturellement ; il a un caractère facile, n'est-ce pas, mon agneau ? » Elle poursuivit sans attendre le murmure d'assentiment du jeune homme : « Tu feras fonction de second pour le restant du voyage ! annonça-t-elle d'un air de triomphe ; un jour, à peu près, après notre départ de Rincétain, le pauvre Grag va être pris d'une telle rage de dents qu'il devra rester alité, et Tomie te demandera de prendre sa place, parce qu'il sait que tu naviguais avec ton père. »

Grag se pencha pour examiner l'expression d'Althéa ; la voyant éberluée, il éclata de rire, et ses yeux bleus se tournèrent vers Ophélie pour partager son ravissement.

Althéa n'en croyait pas ses oreilles. « C'est vrai ? demanda-t-elle. Mais comment pourrais-je vous remercier ? »

Le capitaine Tenira retira sa pipe de sa bouche. « En faisant parfaitement ton travail, de façon qu'on ne raconte pas ensuite que j'étais complètement fêlé de t'employer ; tu peux aussi me remercier en gardant secret le fait que tu as navigué sur l'*Ophélie* sous l'identité d'un garçon sans que j'en sache rien. » Il se tourna brusquement vers la figure de proue. « Et j'espère que tu sauras tenir ta langue là-dessus aussi, espèce de vieille commère. Pas un mot à quiconque, homme ou bateau.

– Voyons, Tomie, comment peux-tu douter de moi ? » se récria Ophélie, en levant les yeux au ciel et en portant une main à son cœur dans un geste théâtral de douleur ; puis elle fit un grand clin d'œil à la jeune fille.

On entendit Grag s'étrangler, et son père se tourna brusquement vers lui. « Cesse de ricaner bêtement, mon gars ! On se moquera autant de toi que de moi si cette histoire se répand !

– Je ne ricane pas, cap'taine, mentit gaiement Grag. Je me réjouis simplement à l'avance de pouvoir bouquiner et fainéanter jusqu'à Terrilville. » Il jeta un coup d'œil à Althéa pour partager sa plaisanterie ; son regard s'attarda sur son visage, et elle songea qu'il cherchait à reconnaître sous ses vêtements douteux de mousse la jeune fille qu'il avait rencontrée autrefois. Elle baissa les yeux, gênée, tandis que le commandant déclarait à son fils : « Ça, je te fais confiance ! Mais tiens-toi prêt à retrouver la santé en vitesse si jamais j'estime avoir besoin de toi sur le pont. » Le capitaine Tenira se tourna vers Althéa et c'est presque d'un ton d'excuse qu'il ajouta : « Je ne dis pas que ça se produira, attention ; il paraît que tu obéis prestement et que tu es aussi vive que les meilleurs matelots. Bon, eh bien, vois-tu un problème à... euh, repasser de l'état de garçon à celui de fille ? »

Althéa secoua la tête en réfléchissant. « Je peux descendre à la pension sous mon identité de mousse, y faire ma toilette, et, demain matin, faire des courses en ville pour trouver des “cadeaux” destinés à ma sœur ; ensuite, je regagne ma chambre, je me change, j'arrange ma coiffure et je m'éclipse par la porte de derrière, sans me faire remarquer, j'espère.

– Eh bien, souhaitons que tout se passera aussi simplement.

– Je ne sais vraiment pas comment vous remercier, commandant, comment vous remercier tous. » Althéa engloba Ophélie dans son regard chaleureux.

– Il y a quand même une chose que j'aimerais te demander », dit le capitaine Tenira.

Au ton embarrassé qu'il avait employé, Althéa se raidit. « Quoi donc, commandant ?

– Ophélie nous a parlé de ta situation vis-à-vis de ton bateau. Si tu me passes cette audace, jeune fille, je te conseille de t'arranger pour que cette affaire ne sorte pas de votre famille. Bien sûr, je me porterai garant pour toi si tu me prouves ta valeur ; je te remettrai une étiquette avec le tampon de second si tu exécutes bien ton travail ; je te soutiendrai au Conseil des Marchands et je parlerai pour toi le cas échéant. Mais j'aimerais autant qu'on n'en arrive pas là. Les affaires de la famille Vestrit doivent se régler sous le toit des Vestrit. Je connaissais ton père, pas très bien, mais assez pour savoir que c'est ce qu'il préférerait.

– Je vous le promets, si c'est possible, capitaine, répondit Althéa d'un ton grave. C'est ce que je préférerais moi aussi ; mais, si j'y suis obligée, je recourrai à tous les moyens pour récupérer mon bateau.

– J'étais sûr qu'elle dirait ça ! » fit Grag d'un ton victorieux. Il échangea un regard triomphant avec Ophélie.

« J'ai connu ton arrière-grand-mère, dit Ophélie, et tu lui ressembles beaucoup, physiquement et moralement. Elle souhaiterait que tu commandes son bateau ; ça, c'était une femme qui savait naviguer. Je me rappelle le jour où elle a fait entrer pour la première fois la *Vivacia* dans le port de Terrilville ; il y a même une note sur l'événement dans mon journal de bord, si tu veux la voir. Il y avait une belle brise et… »

Le capitaine Tenira l'interrompit.

« Pas maintenant. » Il regarda la jeune fille dans les yeux. « J'ai des raisons de te demander de régler les affaires des Vestrit au sein de la famille Vestrit, des raisons égoïstes : je ne tiens pas à ce qu'on me voie prendre parti pour un Marchand contre un autre. » Devant la mine perplexe d'Althéa, il secoua la tête. « Tu es partie de Terrilville depuis longtemps, et la situation devient tumultueuse là-bas ; ce n'est pas le moment de dresser les Marchands les uns contre les autres.

– Je sais, répondit la jeune fille à mi-voix ; nous avons assez de problèmes comme ça avec les Nouveaux Marchands.

– J'aimerais que nous n'ayons que ceux-là ! s'exclama Tenira avec ferveur. Mais je crains que nous ne devions nous attendre à pire encore. J'ai appris la nouvelle à Jamaillia ; sais-tu ce que ce petit imbécile de Gouverneur a fait ? Il a engagé des mercenaires chalcédiens comme corsaires pour patrouiller dans le Passage Intérieur ! Il paraît qu'il leur a octroyé le droit de faire relâche à Terrilville pour embarquer de l'eau et des vivres, et gratuitement, s'il te plaît ! D'après lui, c'est le moins que Terrilville puisse faire pour aider à chasser les pirates. Quand nous avons quitté Jamaillia, son bateau messager était parti depuis deux jours, avec des documents autorisant l'officier des douanes du Gouverneur à faire en sorte que ses mercenaires chalcédiens soient bien traités. "A recueillir des contributions pour leur approvisionnement", selon sa jolie tournure de phrase.

– Nous n'avons jamais autorisé des navires chalcédiens armés à entrer dans le port de Terrilville ; seulement des marchands, observa Althéa à mi-voix.

– Tu comprends vite, fillette. A mon avis, Terrilville leur refusera l'autorisation ; il sera d'ailleurs intéressant de voir dans quel camp les Nouveaux Marchands se regrouperont. Je crains qu'il n'y en ait davantage pour soutenir le Gouverneur et ses chiens chalcédiens que… »

Ophélie l'interrompit.

« Tomie, garde tes histoires de politique pour plus tard ; tu auras le temps de l'assommer avec ça lors de tous les repas d'ici à Terrilville. Le plus urgent, c'est qu'Athel redevienne Althéa. » Son regard rencontra celui de l'intéressée. « Allez, fillette, va chercher tes affaires. Grag t'accompagnera à terre jusqu'à la porte de la pension. » Elle eut un sourire égrillard et elle fit soudain un clin d'œil au second. « Et fais attention à bien te tenir, Grag, car sinon Althéa viendra tout me raconter. Allons, vas-y, mais veille à ne pas dépasser le pas de la porte. »

L'humour de la vivenef parut démonter Althéa davantage que Grag ; il devait y être habitué. « Merci, commandant, dit-elle au capitaine Tenira en bredouillant. Je vous suis infiniment reconnaissante. » Et elle s'éloigna en hâte dans les ombres pour dissimuler son visage.

Quand elle reparut sur le pont, Grag l'attendait près du panneau de cale. Elle jeta son sac de marin sur son épaule en appréciant que le jeune homme ne propose pas de le porter à sa place. Elle le suivit le long de la passerelle, puis par les venelles qui montaient vers la ville. Il marchait à bonne allure. Althéa ne trouvait rien à dire, et il paraissait aussi mal à l'aise qu'elle. La nuit était douce, et la lumière des tavernes à matelots devant lesquelles ils passaient éclairait les rues. Quand ils arrivèrent à la porte de la pension, Grag s'arrêta.

« Voilà, nous y sommes », fit-il d'un air gêné. Il hésita, comme s'il voulait ajouter un mot.

Althéa décida de le mettre à l'aise. « Puis-je vous offrir une bière ? » demanda-t-elle en indiquant la taverne d'en face.

Il jeta un coup d'œil à l'établissement, et ses yeux bleus étaient écarquillés quand il les ramena sur Althéa. « Je ne crois pas que je m'y sentirais bien, dit-il avec franchise. Et puis mon père m'écorcherait vif si j'emmenais une dame dans un endroit pareil. » Au bout d'un moment, il ajouta : « Mais merci quand même. » Pourtant, il ne fit pas mine de s'éloigner.

Althéa baissa la tête pour dissimuler son sourire. « Eh bien, bonne nuit, dans ce cas.

– Oui. » Il agita les pieds, embarrassé, puis remonta son pantalon d'un coup sec. « Euh..., je dois vous retrouver demain pour vous ramener au navire, et il faut que ça se passe "comme par hasard", selon ce qu'a dit Ophélie. » Il baissa les yeux. « Je n'ai pas envie de vous chercher dans toute la ville ; voulez-vous que nous nous donnions rendez-vous quelque part ? » Il releva les yeux vers elle.

« Ce serait une bonne idée, dit-elle à mi-voix. Que proposez-vous ? »

Il détourna le regard. « Il y a un établissement au bout de la rue, là-bas. » Il pointa le doigt dans l'obscurité. « Ça s'appelle *Chez Eldoi* ; on y sert de la soupe de poisson et du pain frais ; c'est très bon. On pourrait s'y retrouver ; je vous offrirais à déjeuner et vous pourriez me raconter vos aventures depuis votre départ de Terrilville. » Ses yeux rencontrèrent ceux d'Althéa et il parvint à sourire. « Ou bien depuis la dernière fois que nous avons dansé ensemble. »

Ainsi, il n'avait pas oublié. Elle lui rendit son sourire.

Il avait un visage honnête, ouvert et franc. Elle songea à ce qu'elle avait vu de lui, en particulier la relation qu'il partageait avec son père et Ophélie ; l'affection et l'absence de retenue qui existaient entre eux suscitèrent soudain en elle la soif de plaisanteries simples et de moments de pure convivialité. Quand elle sourit au jeune homme, il se mit à rayonner avant de détourner les yeux. « A demain midi, donc, dit-elle d'un ton amène.

– Parfait. Parfait, c'est entendu. Eh bien, bonne nuit. » Et c'est presque avec précipitation qu'il prit congé. Il remonta son pantalon une nouvelle fois, puis repoussa sa coiffe sur l'arrière de son crâne. Althéa sourit en le regardant s'éloigner. Il avait la démarche vive et chaloupée d'un marin, et il revint à la jeune fille qu'elle l'avait trouvé très bon danseur.

★

« Tu sais quoi ? demanda Tarloc d'une voix d'ivrogne. J'te connais ; j'suis sûr que j'te connais.

– Pas étonnant : je suis le second de ton bateau », répondit Brashen avec dégoût. Il pivota sur son siège pour ne pas être obligé de faire face au matelot, mais Tarloc ne saisit pas le sens de son geste.

« Non ! Non, j'veux dire, ouais, c'est vrai, t'es le second du *Veille du Printemps* ; mais j't'ai connu avant. Bien avant. » Avec des mouvements exagérément précautionneux, il s'installa près de Brashen. Un peu de bière déborda de sa chope quand il s'assit.

Son voisin, sans se tourner vers lui, prit sa propre chope et but comme s'il n'avait pas remarqué sa présence. Dans la taverne, Brashen était seul à sa table avant que le vieux poivrot grisonnant vînt le rejoindre ; il avait envie de solitude. C'était le premier port où le *Veille du Printemps* faisait relâche depuis leur départ de Chandelle, et Brashen avait besoin de temps pour réfléchir.

Son poste était à peu près tel qu'il se l'était imaginé et ses responsabilités à bord d'un bâtiment à faible tirant d'eau étaient loin d'excéder ses capacités ; la plupart des hommes travaillaient sur le navire depuis un certain temps et connaissaient assez bien leurs tâches. Il avait dû appuyer ses ordres de quelques coups de poing, surtout lors de sa prise de fonction, mais cela n'avait pas été une surprise : les matelots défiaient toujours un nouveau second, qu'il vînt de l'extérieur ou qu'il sortît de leurs rangs. Les marins étaient comme ça. Posséder des connaissances et du savoir-faire ne suffisait pas ; un second devait savoir se servir de ses poings pour se faire obéir. Brashen en était capable ; ce n'était pas le problème.

C'étaient ses missions à terre qui le gênaient. A l'origine, le navire suivait la côte de Jamaillia vers le nord en cabotant le long d'un littoral de plus en plus découpé ; à présent, il s'aventurait d'île en île et frôlait ce qui, de notoriété publique, était territoire pirate, jusqu'à y pousser des incursions. La petite ville où il était mouillé était typique de la région : on n'y trouvait guère qu'un quai et une poignée d'entrepôts bâtis sur des fondrières malsaines ; deux ou trois tavernes abritaient quelques prostituées fatiguées, et des cabanes à l'air miséreux défiguraient la colline derrière les établissements. Brashen ne voyait aucun motif à l'existence de ce hameau.

Pourtant, il avait passé tout l'après-midi une épée suspendue à la ceinture et un gourdin à la main, surveillant les arrières de son capitaine et restant debout auprès de lui alors qu'il était assis à une table dans un des entrepôts. Entre les pieds de son commandant, il avait vu un coffre rempli d'argent. Trois des loups de mer les plus inquiétants que Brashen eût jamais vus avaient apporté des échantillons de marchandise, et on avait négocié les prix. L'état et la diversité des produits trahissaient leur source. Brashen avait éprouvé un brusque sentiment de dégoût envers lui-même quand son capitaine s'était tourné pour lui demander son avis sur des manuscrits éclaboussés de sang mais amplement enluminés. « Que valent-ils ? » avait demandé le capitaine Finny.

Brashen avait repoussé un affreux souvenir. « Pas qu'on se fasse tuer à cause d'eux », avait-il répondu sèchement. Finny avait éclaté de rire, puis proposé un chiffre. Brashen ayant acquiescé de la tête, les pirates qui vendaient leur butin s'étaient brièvement concertés, puis avaient accepté la somme. Brashen s'était senti souillé par cette transaction ; dès le début, il avait soupçonné le *Veille du Printemps* de faire le trafic de ce genre de produits, mais jamais il ne s'était imaginé en train d'examiner de la marchandise couverte de sang humain.

« Tiens, v'là c'que j'te propose, fit Tarloc d'un air matois. J'prononce un nom ; si tu te le rappelles, tu m'fais un clin d'œil et on n'en parle plus. Plus jamais. »

Par-dessus son épaule, Brashen répondit à mi-voix : « Et si tu la fermais tout de suite, que tu arrêtes de m'énerver, et que je ne te colle pas deux yeux au beurre noir ?

– C'est pas une façon de parler à un ancien compagnon de bord ! » fit Tarloc d'un ton geignard.

L'homme était trop soûl pour son propre bien : trop ivre pour comprendre le sens d'une menace, mais pas assez pour rouler sous la table. Néanmoins, Brashen pouvait remédier à cette dernière possibilité. Il changea de tactique et se retourna vers Tarloc en se forçant à sourire. « Tu as raison, tu sais ! Je ne me rappelle pas avoir navigué avec toi, mais qu'est-ce que ça change ? Puisqu'on est compagnons de bord aujourd'hui, buvons ensemble ! Garçon ! Du rhum par ici, et du bien sombre, pas la bière pisseuse que tu nous as servie jusqu'ici ! »

L'expression de Tarloc s'illumina considérablement. « Ah, ben, j'aime mieux ça ! » fit-il d'un ton approbateur. Il prit sa chope et avala rapidement la bière qu'elle contenait afin d'être prêt pour l'arrivée du rhum. Il s'essuya la bouche du revers de la main et fit à Brashen un sourire rayonnant qui laissa voir ses chicots. « Il m'semblait bien t'avoir reconnu dès que t'es monté à bord, j'te jure. Mais c'est que ça fait un bout de temps ; voyons, combien ? Dix ans ? Il y a dix ans, à bord de l'*Espoir* ? »

Le *Désespoir*. Brashen avala une lampée de sa propre chope et fit semblant de réfléchir. « Moi, tu veux dire ? Il y a dix ans ? Tu te trompes, mon gars ; il y a dix ans, je n'étais qu'un gosse, rien qu'un gosse.

– C'est vrai, t'étais qu'un gamin. C'est pour ça que j'étais pas sûr, au début. T'avais pas un poil au menton, à l'époque.

– Non, en effet », acquiesça son interlocuteur d'un ton affable. Le garçon se présenta, porteur d'une bouteille et de deux verres ; Brashen serra les dents et paya l'alcool, puis, avec un sourire complice à Tarloc, il poussa de côté un des deux verres et déversa le rhum, qui émit un gargouillis joyeux, dans la chope vide du matelot. Tarloc était aux anges. Brashen se servit de façon beaucoup plus modérée, puis leva son verre. « Aux compagnons de bord d'hier et d'aujourd'hui ! »

Puis ils burent. Tarloc avala une solide rasade de rhum, eut un hoquet, puis se radossa avec un soupir. Il se grattait avec énergie le nez et la barbe. Soudain, il pointa le doigt sur Brashen. « L'*Enfant du Vent* ! s'exclama-t-il avec un grand sourire ébréché. C'est ça, non ?

– Quoi donc ? » demanda Brashen d'un air détaché. Les yeux plissés, il observa l'homme tout en buvant lentement une gorgée de rhum. Tarloc suivit son exemple et avala une lampée de sa chope.

« Allons, voyons ! fit-il au bout d'un moment d'une voix sifflante. T'étais sur l'*Enfant du Vent* quand on l'a abordé. T'étais un petit gamin tout sec et nerveux, qui s'est mis à cracher et à griffer quand on a voulu le faire descendre de la mâture. T'avais tout juste un couteau pour te défendre, mais tu t'es battu jusqu'à ce que t'en puisses plus !

– L'*Enfant du Vent*… Non, ça ne me dit rien, Tarloc. » Brashen mit une note de menace dans sa voix. « Tu ne vas pas me raconter que tu étais pirate, si ? »

L'homme était trop stupide ou trop soûl pour nier. Il éclata d'un rire d'ivrogne dans sa chope en faisant gicler le rhum, puis se laissa aller contre le dossier de sa chaise pour s'essuyer le menton avec sa manche. « Hé, comme nous tous ici ! Tu crois qu'y a un seul gars dans toute cette pièce qui ait jamais fait un peu le pirate ? Non, m'sieur ! » Il se pencha de nouveau et prit un ton confidentiel. « T'as pas été trop lent à signer le rôle, quand tu t'es retrouvé avec une lame contre les côtes. » Il se radossa. « Mais, si j'me souviens bien, tu t'faisais pas appeler "Brashen Trell de Terrilville", en c'temps-là. » Il frotta son nez rougeaud en réfléchissant. « J'essaye de m'rappeler », dit-il d'une voix bredouillante. Il s'appuya lourdement sur la table, puis posa sa tête sur ses bras. « Me rappelle pas c'que c'était ; mais j'me souviens de ton surnom. » Il leva un gros doigt et le pointa vaguement vers Brashen. « La Fouine, à cause que t'étais tout maigre et vif comme pas deux. » Les paupières de l'homme se fermaient petit à petit. Il prit une longue inspiration et se mit à ronfler.

Sans bruit, Brashen quitta sa place. Les marchandises devaient être presque toutes chargées, à présent. Il n'en faudrait pas beaucoup pour hâter un peu le départ du bateau ; peut-être, en se réveillant, Tarloc s'apercevrait-il que son navire était parti sans lui : ce ne serait pas le premier matelot à s'enivrer et à se retrouver abandonné à terre. Brashen baissa les yeux sur l'homme qui ronflait. Les années n'avaient pas été tendres avec lui depuis l'époque de l'*Enfant du Vent* ; Brashen ne l'aurait pas reconnu s'il n'avait pas dévoilé son identité. Il prit la bouteille de rhum, puis, dans un accès de générosité, il la reboucha et la nicha au creux du bras du vieux pirate ; si Tarloc se réveillait trop tôt, il y avait des chances qu'il retarde son retour au bateau pour avaler une lampée ou deux ; et, s'il reprenait conscience trop tard, peut-être le rhum lui apporterait-il quelque consolation. Brashen n'avait rien contre lui, sauf qu'il lui remettait en mémoire un temps qu'il aurait préféré oublier.

La Fouine, se dit-il en quittant la taverne pour affronter le brouillard glacé du début de soirée. *Je ne suis plus la Fouine.* Comme pour s'en convaincre, il prit une barrette de cindine dans sa poche et en trancha un bout d'un coup de dents. Alors qu'il se fourrait la chique dans la joue, l'âcreté de la drogue lui fit monter les larmes aux yeux. Il n'en avait sans doute jamais eu d'aussi bonne qualité, et c'était un cadeau de séparation que lui avaient fait les pirates avec lesquels le capitaine et lui avaient négocié plus tôt dans la journée. Une barrette de cindine gratuite !

Non, il n'était plus la Fouine, songea-t-il avec un sourire forcé, en dirigeant ses pas vers le quai où l'attendait le *Veille du Printemps.* La pauvre Fouine n'avait jamais goûté à pareille cindine.

13

PIRATES ET PRISONNIERS

« Ce sont des pirates, espèce d'imbécile ! lança Kyle à Sâ'Adar. Rassemblez vos hommes pour les repousser ! Nous avons encore une chance de leur échapper : avec Hiémain à la barre, Vivacia va...

– En effet, ce sont des pirates, répondit le prêtre d'un air triomphant, et ils arborent le pavillon au corbeau ; ce sont les pirates qu'espèrent tous les esclaves de Jamaillia : ils capturent les transports de chair humaine et libèrent les prisonniers. Et ils jettent les équipages aux serpents puants qui les suivent partout. » Il prononça cette dernière phrase dans un grondement féroce qui détonnait avec son sourire ravi. « En vérité, Sâ est venu à notre aide », ajouta-t-il, puis il s'éloigna à grands pas vers le passavant, où les esclaves montraient du doigt le pavillon au corbeau en poussant des cris de joie.

La nouvelle s'était répandue dans tout le bateau comme une traînée de poudre. Alors que la *Marietta* se plaçait bord à bord avec la vivenef, des grappins jaillirent, et Hiémain perçut l'inquiétude de Vivacia lorsque les crocs acérés raclèrent ses ponts pour se prendre dans son bastingage. « Du calme, ma dame », fit-il à mi-voix ; l'appréhension du navire se mêlait à celle qu'il éprouvait aussi. Il ne restait plus d'équipage pour résister à la capture, même si lui-même avait encore eu le courage de se battre et de voir couler le sang. L'épuisement pesait sur lui comme un manteau lourd et glacé. Il demeura devant la barre, les mains sur les poignées, tandis que l'autre bateau se rapprochait, halé par les grappins. Comme des fourmis surgissant d'un nid dérangé, des matelots aux vêtements criards se déversèrent par-dessus ses bordages. Dans le passavant, quelqu'un criait des ordres aussi bien aux pirates qu'aux esclaves ; avec une obéissance et une rapidité quasi magiques, des hommes commencèrent à envahir la mâture et à prendre les ris, prompts et efficaces. Hiémain entendit descendre la chaîne d'ancre. Une voix autoritaire donnait des ordres auxquels les esclaves se prêtaient, tout en évitant de gêner les pirates.

Hiémain restait immobile et, il l'espérait, invisible parmi les autres esclaves. Il ressentait presque du soulagement : ces pirates étaient en train de s'emparer de son bateau, mais au moins ils œuvraient avec compétence. La vivenef se trouvait aux mains de vrais marins.

Malheureusement, son soulagement ne dura pas : un peu plus tard, des cadavres furent jetés par-dessus bord. Le serpent blanc, que Hiémain croyait loin derrière, arrêté par la tempête, creva soudain la surface de l'eau, la gueule béante ; plus loin, d'autres aux teintes plus vives hissèrent la tête hors de l'eau pour observer le navire avec prudence et curiosité. L'un d'eux déploya soudain une vaste crête et tendit le cou pour émettre un mugissement de défi.

Vivacia poussa un cri à leur vue. « Non ! Faites-les partir ! » s'exclama-t-elle. Puis elle ajouta : « Pas Gantri, non ! Ne le donnez pas à ces bêtes immondes ! Hiémain ! Dis-leur d'arrêter, dis-leur d'arrêter ! »

On entendit pour toute réponse un éclat de rire effrayant.

Hiémain jeta un regard à son père, dont les yeux paraissaient morts. « Il faut que j'aille auprès d'elle, dit-il d'un ton d'excuse. Restez ici. »

Kyle eut un grognement méprisant. « A quoi bon te fatiguer ? Tu l'as déjà perdue ! Tu as prêté l'oreille à ce prêtre et laissé les pirates monter à bord. Tu n'as pas levé le petit doigt, tout comme la nuit dernière, où tu n'as rien fait pour nous prévenir de la rébellion des esclaves. » Il secoua la tête. « Un moment, cette nuit, j'ai cru t'avoir mal jugé, mais je me trompais.

– De même, je n'ai pas levé le petit doigt pour vous empêcher de transformer mon navire en transport d'esclaves », dit Hiémain d'un ton amer. Il toisa lentement son père. « Je ne me trompais pas non plus, j'en ai peur», dit-il. Il bloqua la barre à l'aide d'une boucle de cordage et s'en alla vers l'étrave sans un regard en arrière. *Pour le bateau*, songea-t-il. *C'est pour le bateau que je le fais.* Il n'avait pas laissé son père seul et blessé parce qu'il le haïssait; il ne l'avait pas abandonné en espérant plus ou moins qu'il se ferait tuer: la vivenef avait besoin de lui et il se rendait auprès d'elle, voilà tout. Il se dirigeait vers le gaillard d'avant; arrivé au passavant, il se fraya discrètement un chemin parmi les esclaves attroupés.

A la lumière du jour, les anciens prisonniers offraient un spectacle encore plus affreux que dans la quasi-obscurité des cales. Ecorchée par les chaînes et les mouvements du navire, leur peau couverte de haillons apparaissait croûteuse et blême. Les privations en avaient presque réduit certains à l'état de squelettes ambulants; quelques-uns portaient de meilleurs vêtements que leurs camarades, ayant dépouillé les morts ou récupéré les affaires des hommes d'équipage. Les faces-de-carte s'étaient apparemment approprié la garde-robe du capitaine et semblaient plus à l'aise que nombre de leurs compagnons: beaucoup avaient le regard clignotant, égaré, d'animaux restés en cage dans le noir et qu'on vient de libérer. On avait découvert les réserves du navire; des barriques de biscuits avaient été hissées sur le pont et leur couvercle défoncé. Certains esclaves restaient figés, avec entre leurs mains de pleines poignées de biscuits comme pour se convaincre qu'ils avaient de quoi manger quand ils le voulaient. Délivrés de leurs chaînes, ils paraissaient ne pas encore se rappeler comment on se déplace librement ni comment on agit à son gré; la plupart traînaient encore les pieds, et les regards qu'ils échangeaient évoquaient ceux de bœufs entre eux. On leur avait volé leur humanité, et il faudrait du temps avant qu'ils la regagnent.

Hiémain s'efforçait de les imiter, se faufilant d'un groupe à un autre. Sâ'Adar et ses faces-de-carte se tenaient au milieu du passavant et paraissaient souhaiter la bienvenue aux pirates. Le prêtre s'adressait à trois d'entre eux; aux rares mots que Hiémain surprit, il leur tenait un discours fleuri de salut et de remerciement. Aucun des trois hommes ne semblait particulièrement impressionné; le plus grand avait même l'air dégoûté. Hiémain partageait son sentiment.

Cependant, tout cela ne le regardait pas. Seule comptait

Vivacia. Ses vaines supplications s'étaient muées en petits cris inarticulés. Hiémain repéra deux faces-de-carte sur le côté sous le vent du navire, occupés à jeter par-dessus bord, à gestes mécaniques, les cadavres entassés de matelots et d'esclaves. L'air détaché, ils ne parlaient que de la gloutonnerie du serpent blanc qui attrapait les corps. Hiémain aperçut Clément lorsqu'il passa le bastingage, et jamais il ne devait oublier l'image de ses pieds nus émergeant de son pantalon en haillons quand le serpent saisit la dépouille de son ami dans sa vaste gueule. « Sâ nous pardonne », murmura-t-il. Il se détourna du macabre spectacle et s'accrocha à l'échelle qui menait sur le gaillard d'avant. Il venait de commencer à monter quand il entendit Sâ'Adar ordonner à une face-de-carte : « Va chercher le capitaine Havre. » Hiémain s'arrêta un instant, puis grimpa l'échelle quatre à quatre et se précipita vers l'étrave. « Vivacia ! Je suis là ! Je suis là ! » fit-il à voix basse.

« Hiémain ! » s'exclama-t-elle dans un hoquet. Elle se tourna vers lui en tendant la main, et il se pencha pour la toucher. L'hébétude et la terreur ravageaient les traits de la figure de proue. « Il y a eu tant de morts ! chuchota-t-elle ; il y a eu tant de morts cette nuit ! Et qu'allons-nous devenir à présent ?

– Je l'ignore, répondit-il, refusant de mentir. Mais je te promets que, de mon seul gré, je ne te quitterai plus jamais. Je ferai aussi tout ce qui est en mon pouvoir pour éviter de nouvelles morts ; mais il faut que tu m'aides. Il le faut.

– Mais comment ? Personne ne m'écoute ; je ne suis rien pour ces gens.

– Pour moi, tu es tout. Sois forte, sois courageuse. »

Il y eut une soudaine animation dans le passavant, un murmure général qui se transforma en rugissement bestial. Hiémain n'eut pas besoin de regarder ce qui se passait. « Ils ont amené mon père ! Il faut les empêcher de le tuer !

– Pourquoi ? » La soudaine dureté de sa voix glaça le sang de Hiémain.

« Parce que je lui ai promis que j'essayerais. Il a passé la nuit entière avec moi, à me donner des conseils ; malgré tout ce qui nous sépare, il m'a aidé à ne pas t'éventrer sur les rochers. » Hiémain reprit son souffle. « Et aussi parce que je ne pourrais pas les laisser abattre mon père sans réagir ; je deviendrais un monstre.

– Nous ne pouvons rien faire, dit-elle avec amertume. Je n'ai pas réussi à sauver Gantri, je n'ai pas réussi à sauver Clément ; même Findo, avec son violon, je n'ai pas pu le sauver. Malgré tout ce que ces esclaves ont enduré, ils ont seulement appris à ne pas faire attention à la souffrance d'autrui. Aujourd'hui, c'est la douleur qui leur sert de monnaie dans toutes leurs transactions ; rien d'autre ne les affecte, rien d'autre ne les satisfait. » La vivenef commençait à ne plus maîtriser sa voix. « Et c'est de ça qu'ils m'emplissent, de leur souffrance, de leur soif de faire mal, de...

– Vivacia, fit doucement Hiémain, puis, plus fermement : Vivenef ! Ecoute-moi ! Tu m'as envoyé dans les cales soigner les esclaves pour me rappeler qui je suis, et tu as eu raison. Tu as eu parfaitement raison. Maintenant, rappelle-toi qui tu es à ton tour, et ce qui te guide ; souviens-toi de tout ce que tu sais du courage. Nous allons en avoir besoin. »

Comme en réponse à ses propos, il entendit Sâ'Adar crier d'une voix autoritaire : « Hiémain ! Descends ! Ton père prétend que tu vas prendre sa défense ! »

Une respiration, deux, trois. Se trouver soi-même au centre de tout, découvrir Sâ au centre de soi-même. Ne pas oublier que Sâ est tout et que tout est Sâ.

« Ne crois pas pouvoir te cacher ! tonna Sâ'Adar. Viens ici ! C'est le capitaine Kennit qui te l'ordonne ! »

Hiémain ramena ses cheveux en arrière, se leva, puis, en se tenant le plus droit possible, il gagna l'extrémité du gaillard d'avant et baissa les yeux sur le groupe d'hommes. « Nul ne me donne d'ordre sur le pont de mon propre navire ! » jeta-t-il, puis il attendit la réaction de ses auditeurs.

– Ton navire ? Toi, que ton père lui-même a réduit en esclavage, tu prétends posséder ce navire ? » Hiémain reprit espoir : c'était Sâ'Adar qui avait répondu, pas un des pirates.

Pendant que le prêtre parlait, il les regarda qui le dévisageaient, bouche bée. « Ce bateau m'appartient comme j'appartiens à ce bateau : par droit du sang. Et, si vous croyez pouvoir remettre mes revendications en question, demandez à mon père comment il s'est débrouillé avec ce navire. » Il inspira profondément et s'efforça de prendre un ton de commandement. « La vivenef *Vivacia* est à moi.

– Emparez-vous de lui et amenez-le ici ! ordonna Sâ'Adar à ses faces-de-carte, d'un air mécontent.

– Posez la main sur lui et vous êtes tous morts ! » Le ton de Vivacia n'était plus celui d'un enfant effrayé, mais celui d'une matriarche outragée. Malgré l'ancre et les grappins qui la maintenaient, elle parvint à faire rouler sa coque. « N'en doutez pas ! rugit-elle soudain. Vous m'avez souillée de vos excréments, et je ne me suis pas plainte ! Vous avez versé le sang sur mes ponts, et je devrai éternellement supporter toutes ces morts, mais je n'ai pas réagi. Cependant, faites du mal à Hiémain et ma vengeance n'aura de fin qu'avec votre mort à tous ! »

Le balancement s'accentua sans que le *Marietta* pût l'imiter ; le cordage d'ancre gémit, et, spectacle plus effrayant pour Hiémain, les serpents au loin se mirent à battre l'eau de leur queue en trompetant d'un air interrogateur. Leurs affreuses têtes s'avançaient et se reculaient, la gueule ouverte comme si elles attendaient à manger. Une des créatures, plus petite que les autres, se propulsa soudain en avant pour attaquer le serpent blanc, qui se mit à crier et à mordre son agresseur à l'aide de ses myriades de crocs. Des hurlements d'effroi s'élevèrent des ponts de Vivacia et les esclaves s'écartèrent du bastingage et descendirent du gaillard d'avant pour former un groupe serré. D'après le ton de certains cris, Hiémain comprit que peu d'entre eux avaient la moindre idée de ce qu'était une vivenef.

Tout à coup, une femme se détacha de la troupe des pirates, traversa le pont en courant et grimpa sur le gaillard d'avant. Hiémain n'avait jamais vu sa pareille : grande et mince, elle portait les cheveux très courts, et le tissu de bonne qualité de ses jupes et de son ample chemise, trempé, collait à son corps comme si elle avait été de quart toute la nuit ; pourtant, elle ne paraissait pas plus dépenaillée qu'une tigresse qui sort de l'eau. Elle atterrit devant Hiémain avec un choc sourd. « Descends, dit-elle, et c'est son regard plus que sa voix qui en faisait un ordre. Descends le voir tout de suite ; ne le fais pas attendre. »

Sans lui répondre, il s'adressa au navire : « Ne crains rien.

– Ce n'est pas nous qui avons quelque chose à craindre », répliqua Vivacia. Avec plaisir, Hiémain vit la femme pâlir de stupéfaction ; entendre parler la vivenef était une chose, c'en était une autre de se trouver assez près pour distinguer l'éclat furieux de ses yeux. La figure de proue jeta un regard de mépris à la femme, puis elle secoua la tête pour écarter de son visage ses boucles sculptées. C'était un geste typiquement féminin, le défi lancé à une rivale. Le pirate repoussa les courtes mèches noires de son front et rendit son regard à la vivenef. L'espace d'un instant, Hiémain fut frappé de les trouver à la fois si différentes et si semblables.

Sans attendre davantage, il bondit avec légèreté du gaillard d'avant et atterrit dans le passavant. La tête droite, il s'avança d'un pas assuré vers les pirates. Il n'eut pas un coup d'œil pour Sâ'Adar : plus il le voyait, moins il l'imaginait en prêtre.

Le chef des pirates était un homme de grande taille, bien musclé ; ses yeux noirs brillaient au-dessus de la trace de cautère qu'il portait à la joue. C'était donc lui-même un ancien esclave. Sa chevelure indisciplinée était ramenée en queue de cheval et retenue par un mouchoir couleur or. Comme chez la femme, sa tenue opulente était trempée et lui collait à la peau ; il n'hésitait donc pas à mettre la main à la pâte, songea Hiémain, qui en éprouva malgré lui un certain respect.

Il soutint son regard. « Je m'appelle Hiémain Vestrit, des Vestrit, Marchands de Terrilville. Vous foulez les ponts de la vivenef *Vivacia*, qui appartient elle aussi à la famille Vestrit. »

Mais c'est un personnage de haute taille, au teint pâle, qui répondit à la place de l'homme à la cicatrice. « Je suis le capitaine Kennit. Tu t'adresses à mon estimé second, Sorcor ; et ce navire qui était à toi est désormais à moi. »

Hiémain le parcourut du regard, effaré au point de ne savoir que dire. Il s'était habitué à la puanteur des humains, mais cet homme empestait la maladie. Il jeta un coup d'œil au moignon de jambe et nota la béquille sur laquelle Kennit s'appuyait, la cuisse enflée qui tirait sur le tissu de son pantalon comme la chair à saucisse gonfle le boyau. Quand il croisa ses yeux pâles, il observa qu'ils étaient grands et brillants de fièvre, que sa peau était tendue sur les os de son visage. Lorsqu'enfin il parla, il déclara d'une voix douce au mourant : « Ce navire ne pourra jamais vous appartenir. Il ne peut appartenir qu'à un membre de la famille Vestrit. »

D'un petit geste de la main, Kennit désigna Kyle. « Pourtant, celui-ci affirme en être propriétaire. » Le père de Hiémain réussit tant bien que mal à se redresser, et même à se tenir presque droit ; il ne se laissa aller à manifester nulle peur ni douleur. C'était à présent un homme qui attendait son verdict. Il n'adressa pas la moindre parole à son fils.

Hiémain formula sa réponse avec soin. « Il en est "propriétaire", en effet, au sens où on peut posséder un bien. Mais la vivenef est à moi ; je ne prétends pas en être propriétaire, pas plus qu'un homme ne peut se dire propriétaire de son fils. »

Le capitaine le toisa d'un air dédaigneux. « Tu m'as l'air un peu jeune pour te prétendre père ; et, d'après la marque sur ta joue, j'ai l'impression que c'est le navire ton propriétaire. Si je comprends bien, ton père est entré par mariage dans une famille de Marchands, mais c'est toi qui es du sang de cette famille.

– Je suis Vestrit par le sang, oui. » Hiémain s'était exprimé d'un ton posé.

« Ah ! » Nouveau petit geste en direction de Kyle. « Alors nous n'avons pas besoin de ton père ; seulement de toi. » Kennit s'adressa à Sâ'Adar. « Vous pouvez en disposer, comme vous le demandiez ; et de ces deux-là aussi. »

Il y eut un bruit d'éclaboussures suivi d'un coup de trompe d'un des serpents. Hiémain se tourna sur tribord juste à temps pour voir deux faces-de-carte faire basculer le deuxième matelot jamaillien par-dessus bord. Il tomba en hurlant jusqu'à ce que le serpent blanc interrompe son cri d'un claquement des mâchoires. « Attendez ! » s'exclama Hiémain, mais nul n'y prêta attention. Vivacia poussa un cri d'horreur et voulut frapper les serpents à coups de poing, mais ils se trouvaient trop loin. Des faces-de-carte étaient en train de s'emparer du père de Hiémain. Le garçon se jeta, non sur eux, mais sur Sâ'Adar et l'agrippa par le devant de sa chemise. « Vous aviez promis de leur laisser la vie sauve ! S'ils aidaient à manœuvrer le bateau pendant la tempête, vous leur aviez promis la vie sauve ! »

Sâ'Adar haussa les épaules en souriant. « Ce n'est pas moi qui décide, mon garçon, mais le capitaine Kennit. Il n'est pas tenu par ma parole.

– Votre parole a si peu de valeur qu'on ne pourrait obliger personne à la respecter ! » cria furieusement Hiémain. Il pivota vers les hommes qui avaient saisi son père. « Relâchez-le ! »

Sans l'écouter, ils entraînèrent son père, malgré sa résistance, vers le bastingage. Physiquement, Hiémain ne pouvait rien contre eux ; aussi s'adressa-t-il encore une fois au capitaine Kennit, disant à mots précipités : « Relâchez-le ! Vous avez vu la réaction de la vivenef face aux serpents ? Si vous leur jetez quelqu'un de sa famille, sa colère sera terrible !

– Je n'en doute pas, acquiesça le capitaine pirate d'un ton languide; mais il ne fait pas vraiment partie de sa famille; elle s'en remettra donc.

– Pas moi! déclara Hiémain avec rage. Et vous apprendrez vite que, si on blesse l'un de nous, nous saignons tous les deux.» Son père se débattait toujours, mais sans un mot et sans beaucoup d'énergie. Près du bateau, le serpent blanc trompeta avec impatience. Hiémain se savait trop chétif pour l'emporter sur les deux faces-de-carte, sans parler de tous les hommes dont disposait le pirate.

Kennit, en revanche, c'était une autre affaire. Vif comme un serpent, Hiémain le saisit par le devant de sa chemise et lui donna une secousse, de façon à faire tomber sa béquille et à l'obliger à dépendre de lui pour rester debout. Le brusque mouvement arracha un cri de douleur au mourant. Son second s'avança avec un grondement.

«Arrière! fit Hiémain. Et ordonnez à ces hommes d'arrêter! Sinon, je flanque un coup de pied dans son moignon et j'éclabousse le pont avec sa chair pourrie!

– Attendez! Lâchez-le!» L'ordre émanait, non de Sorcor, mais de la femme. Les hommes se figèrent, indécis, regardant tour à tour Sâ'Adar et la femme. Hiémain ne perdit pas son temps à leur parler. Entre ses poings, Kennit était au bord de l'évanouissement; le jeune garçon lui imprima une nouvelle secousse et dit d'une voix menaçante: «Vous brûlez de fièvre et vous puez la pourriture. En ce moment, même avec une seule jambe valide, vous avez le pouvoir de nous tuer tous les deux, mon père et moi; mais, dans ce cas, vous ne posséderez pas mon bateau plus de quelques jours avant de nous suivre au fond. Et tous ceux que vous laisserez sur le pont de la *Vivacia* mourront eux aussi; le navire s'en chargera. Alors je vous propose de trouver un terrain d'entente.»

Le capitaine Kennit leva lentement les mains et agrippa les poignets de Hiémain. Le jeune garçon n'en avait cure: pour le moment, il avait le pouvoir de causer à l'homme une souffrance effroyable, dont le choc suffirait peut-être à le tuer. Les rides profondes qui creusaient le visage du pirate disaient à Hiémain qu'il le savait aussi. La sueur perlait au front de l'homme. L'espace d'un bref instant, l'œil de Hiémain fut accroché par une curieuse broche de poignet que le pirate portait: un visage minuscule, semblable à celui de Kennit, lui souriait d'un air de jubilation méchante. Hiémain en fut troublé. Il reporta son regard sur le visage de l'homme et le plongea dans les profondeurs glacées de ses yeux bleus. Ils le lui rendirent et parurent lire au plus profond de lui. Hiémain refusa de se laisser intimider.

« Eh bien ? Qu'en dites-vous ? demanda-t-il sèchement avec une infime saccade. Acceptez-vous de négocier ? »

Sans voir les lèvres du pirate remuer, Hiémain l'entendit répondre dans un murmure tout juste audible : « Voici un gamin qui promet ; on arrivera peut-être à en faire quelque chose.

– Quoi ? » fit Hiémain d'un ton furieux. L'ironie de l'homme suscitait en lui une violente colère.

Une étrange expression était apparue sur les traits du pirate. Il regardait Hiémain avec une sorte de fascination ; un instant, il parut l'avoir déjà vu auparavant, et Hiémain, lui aussi, ressentit la singulière impression d'avoir déjà vécu la même scène, d'avoir effectué les mêmes gestes et prononcé les mêmes paroles. Il y avait dans le regard de Kennit quelque chose d'irrésistiblement attirant, quelque chose qui exigeait qu'on reconnût son existence. Le silence qui régnait entre eux paraissait les lier l'un à l'autre.

Hiémain sentit soudain un objet pointu contre ses côtes. Le poignard à la main, la femme dit : « Emmenez doucement Kennit, Sorcor. Petit, tu viens de manquer l'occasion d'une mort rapide ; tout ce que tu as gagné, c'est de périr en même temps que ton père, et chacun d'entre vous priera le ciel pour être le premier à y passer.

– Non. Non, Etta, écarte-toi. » Le pirate maîtrisait bien sa souffrance et avait conservé sa diction d'homme instruit ; il dut néanmoins reprendre son souffle avant de poursuivre : « Quel est ton marché, garçon ? Que te reste-t-il à proposer ? Ton navire, donné de ton plein gré ? » Kennit secoua lentement la tête. « Il m'appartient déjà, de quelque manière que tu voies la situation ; je suis donc perplexe : que crois-tu pouvoir échanger ?

– Une vie contre une autre », répondit Hiémain d'une voix lente. Il savait que ce qu'il proposait dépassait sans doute ses compétences. « J'ai été formé à l'art de guérir, car j'étais autrefois promis à la prêtrise de Sâ. » Il jeta un coup d'œil au moignon du pirate. « Vous avez besoin de mon savoir-faire, vous ne l'ignorez pas. Je vous sauverai la vie si vous ne tuez pas mon père.

– Tu vas probablement vouloir me couper la jambe encore plus haut pour tenir ton pari. » Le ton du pirate était plein de mépris.

Hiémain leva les yeux pour chercher une trace d'assentiment dans le regard de l'homme. « Vous savez déjà que c'est nécessaire, répondit-il. Vous attendiez seulement que la douleur de la gangrène devienne telle que celle de l'amputation soit un soulagement. » Il baissa de nouveau les yeux sur la jambe. « Vous avez attendu presque trop longtemps ; mais je reste prêt à honorer notre marché : votre vie contre celle de mon père. »

Kennit vacilla entre les poings de Hiémain, qui dut le raffermir sur son pied. Tout autour d'eux, figés comme dans un tableau, des hommes les observaient ; les faces-de-carte tenaient son père contre le bastingage afin qu'il vît bien le serpent qui attendait sa proie avec impatience.

« Voilà un bien piètre marché, dit Kennit d'une voix défaillante. Augmente la mise. Ajoute aussi ta vie. » Il eut un rictus qui se voulait sourire. « De cette façon, si je gagne en mourant, nous perdons tous ensemble.

– Vous avez une curieuse conception de la victoire, fit Hiémain.

– Dans ce cas, vous pouvez inclure votre équipage dans le pari, intervint soudain Vivacia, parce que, si vous me volez la vie de Hiémain, je vous promets de vous envoyer tous par le fond. » Elle s'interrompit. « Et c'est le seul marché que j'aie à proposer.

– L'enjeu est de taille, observa Hiémain à mi-voix. Néanmoins, si vous êtes d'accord, je l'accepte aussi.

– Vu ma position actuelle, j'aurais du mal à toper », fit le pirate. Il s'exprimait toujours d'un ton calme et charmeur, mais Hiémain le sentait s'affaiblir. Un petit sourire tordit les lèvres de Kennit. « Tu n'essayes pas d'obtenir la promesse que, si je survis, je te rendrai ton navire ? »

Hiémain secoua lentement la tête avec un sourire aussi mince que celui du pirate. « Vous ne pouvez pas m'en dépouiller, pas plus que je ne puis vous le donner ; vous devrez le comprendre par vous-même, je pense. Mais votre parole suffira à m'engager pour le reste du marché – ainsi que celle de votre second et de la femme. » Il regarda l'intéressée derrière Kennit et ajouta : « Et si les esclaves font du mal à mon père à bord de ce navire, je considérerai le marché comme nul et non avenu.

– Il n'y a pas d'esclave à bord de ce navire ! » déclara Sâ'Adar avec emphase.

Hiémain ne lui prêta nulle attention et attendit que la femme accepte sa proposition d'un petit hochement de tête.

« Si tu as la parole de mon capitaine, t'as la mienne aussi, fit Sorcor d'un ton bourru.

– Parfait », dit Hiémain. Il tourna la tête et s'adressa à Sâ'Adar : « Dégagez le chemin jusqu'aux quartiers de mon père ; je veux qu'on y mette le capitaine pirate au lit. Et que mon père prenne la cabine de Gantri pour se reposer. Je m'occuperai de ses côtes plus tard. »

Une fraction de seconde, Sâ'Adar rendit son regard à Hiémain en plissant les yeux. Le jeune garçon ignorait ce que pensait l'homme, mais il savait que le prêtre ne respecterait aucune parole, pas même la sienne propre ; il faudrait le surveiller de près.

La foule des esclaves s'ouvrit pour laisser un passage jusqu'à la dunette ; certains s'écartèrent en maugréant, d'autres restèrent impassibles. Quelques-uns regardèrent Hiémain et parurent se souvenir d'un garçon porteur d'un seau d'eau et d'un chiffon humide et frais. Hiémain vit son père emmené vers la cabine de Gantri ; il ne jeta pas le moindre coup d'œil à son fils et ne prononça pas un mot.

Hiémain décida de pousser son avantage pour situer les limites de son pouvoir. Il lança un regard aux faces-de-carte qui flanquaient Sâ'Adar. « Il règne un désordre intolérable sur ce pont, dit-il calmement. Je veux qu'on le débarrasse de la toile et des cordages qui l'encombrent, et qu'on nettoie le bois à fond. Ensuite, attaquez-vous aux cales. Des hommes libres n'ont pas d'excuse pour vivre dans la crasse. »

Les faces-de-carte se tournèrent vers Sâ'Adar, puis de nouveau vers Hiémain.

Ce fut Sorcor qui résolut le dilemme. « Vous pouvez obéir au gamin, ou vous pouvez m'obéir à moi. Ce qui compte, c'est que ce soit fait, et en vitesse. » Là-dessus, il s'en alla donner des ordres à son propre équipage. Les faces-de-carte s'écartèrent lentement de Sâ'Adar pour effectuer les tâches qu'on leur avait désignées ; le prêtre ne bougea pas d'un pouce. Sorcor continuait à donner ses instructions. « ... et Cori à la barre, avec Brig pour commander le pont. Je veux qu'on remonte l'ancre et qu'on mette à la voile dès que la *Marietta* s'écartera. On se rend tous à Anse-au-Taureau. Allez, vivement, maintenant ! Montrez-leur comment travaille un vrai matelot ! » Il jeta de nouveau un coup d'œil aux faces-de-carte qui s'éloignaient lentement et inclut dans son regard le prêtre qui restait immobile, les bras croisés. « Vivement, j'ai dit ! Il y a du boulot pour tout le monde ! N'obligez pas Brig à en trouver à votre place ! »

En deux enjambées, il se plaça près de Hiémain, qui soutenait plus le capitaine pirate qu'il ne le menaçait à présent, et, avec autant de douceur que s'il portait un nourrisson endormi, le robuste second passa les bras autour de Kennit. Il adressa un sourire de loup à Hiémain. « Tu as osé toucher une fois le capitaine. Ça n'arrivera plus.

– En effet, je pense que ce ne sera plus nécessaire, répondit le jeune garçon, mais le regard noir et froid de la femme qu'il sentait dans son dos lui glaçait les entrailles.

– Je vais vous accompagner jusqu'à votre cabine, commandant, proposa Sorcor.

– Après que je me serai présenté au navire », répondit Kennit, et, au grand étonnement de Hiémain, il s'efforça de rajuster sa chemise.

Le jeune garçon sourit. « Je me ferai un plaisir de vous faire faire la connaissance de Vivacia. »

La lenteur méthodique avec laquelle Kennit traversa le pont serra le cœur de Hiémain ; cet homme ne survivait que par sa seule force de volonté et sa conscience de soi ; si l'une ou l'autre venait à lui manquer, il mourrait aussitôt. Tant qu'il était résolu à vivre, Hiémain disposait d'un puissant allié pour le guérir ; mais, s'il baissait les bras, tout le savoir-faire du monde serait impuissant devant l'infection qui le gagnait

Monter l'échelle qui menait au gaillard d'avant fut une tâche ardue. Sorcor fit de son mieux pour préserver la dignité de son maître tout en l'aidant, alors qu'Etta, qui les avait précédés, s'était retournée pour lancer un regard furieux aux esclaves béants. « Vous n'avez rien de mieux à faire que de jouer les badauds ? leur lança-t-elle, puis, s'adressant à Brig, elle suggéra : Il y a sans doute des esclaves malades dans les cales ; on pourrait employer ceux-ci pour les amener à l'air libre. » Quelques instants plus tard, Kennit prenait pied sur le gaillard d'avant. Etta voulut saisir son bras, mais il l'écarta d'un geste. Le temps que Hiémain parvienne à son tour en haut de l'échelle, Kennit s'était servi de sa béquille pour gagner péniblement l'étrave.

Vivacia leva les yeux par-dessus son épaule, et elle toisa

son visiteur avant de dire d'un ton doux et réservé : « Capitaine Kennit.

– Ma dame Vivacia. » Et il s'inclina, pas autant qu'un homme en bonne santé, mais ce fut davantage qu'un simple hochement de tête. Quand il se redressa, il rendit son regard scrutateur à la vivenef. Hiémain éprouvait un sentiment de malaise, car les narines de l'homme s'évasèrent et on lisait dans le sourire qui lui étira les lèvres à la fois de l'approbation et de la convoitise. Son évidente appréciation troubla Vivacia, et, dans un geste d'adolescente, elle se recula en couvrant sa poitrine de ses mains. Le sourire de Kennit ne s'en fit que plus large. Les yeux de Vivacia s'agrandirent, mais elle paraissait incapable de retenir le sourire qui montait à ses lèvres.

Elle fut la première à prendre la parole. « J'ignore ce que vous attendez de moi. Pourquoi avez-vous tenté de vous emparer ainsi de moi ? »

Kennit s'approcha d'un pas. « Ah, ma dame de bois et de vent, ma beauté vive ! Ce que j'attends de vous ne saurait être plus simple : je vous désire pour moi. Par conséquent, ma question ne peut être que celle-ci : que voulez-vous de moi ? Que dois-je faire pour vous conquérir ?

– Je ne... Personne ne m'a jamais... » Manifestement déconcertée, elle se tourna vers Hiémain. « Ce garçon est mien et je suis sienne ; nous nous sommes rendus compte que rien jamais ne changerait cela. Vous ne pouvez assurément pas vous interposer entre nous.

– Non ? C'est avec la même affection qu'une sœur parle de son frère, jusqu'à ce qu'un amant vole son cœur. »

Hiémain restait pantois. La seule autre personne aussi abasourdie que lui, peut-être, par cet échange était la femme qui était montée à bord avec Kennit. Ses yeux s'étaient rétrécis, comme ceux d'un chat lorsqu'il observe un chien agressif. Elle est jalouse, se dit Hiémain, elle est jalouse des mots doux qu'il adresse au navire – tout comme moi, il dut se l'avouer, du trouble et du plaisir manifestes de Vivacia.

Le grain fin des joues de la figure de proue avait rosi, et la respiration qui soulevait ses seins qu'elle dissimulait s'était accélérée. « Je suis un navire, non une femme, fit-elle. Vous ne pouvez devenir mon amant.

– Croyez-vous ? Ne vous conduirai-je pas sur des mers où nul autre n'oserait s'aventurer, ne verrons-nous pas ensemble des terres où naissent les légendes ? Ne nous risquerons-nous pas sous des cieux dont les étoiles n'ont pas encore reçu de nom ? Notre aventure, à nous deux, ne formera-t-elle pas une histoire telle que le monde entier nous vénérera ? Ah, Vivacia, je te le dis sans détour : je te conquerrai. Et tu n'auras rien à craindre, je te l'assure. »

De Kennit, le regard de la vivenef passa à Hiémain. La confusion la rendait jolie, tout comme le doux plaisir que lui procuraient les propos du pirate. « Jamais vous ne prendrez la place de Hiémain auprès de moi, quoi que vous en disiez, répondit-elle non sans mal. Il est de ma famille.

– Naturellement ! s'exclama Kennit avec chaleur. Tel n'est pas mon souhait ; si tu te sens en sécurité avec lui, nous le garderons à bord pour toujours. » Il sourit de nouveau à Vivacia, d'un sourire à la fois malicieux et entendu. « C'est avec moi que je ne veux pas que tu te sentes en sécurité, ma dame. » Il croisa les bras et, malgré sa béquille et sa jambe tronquée, il parvint à prendre l'allure d'un bel homme effronté. « Je n'ai nulle envie d'être ton petit frère. »

Durant sa cour, la douleur de son moignon avait dû s'accentuer, car il vacilla soudain et son sourire se mua en grimace de souffrance. Il courba la tête avec un hoquet, et, aussitôt, Sorcor apparut à côté de lui.

« Vous êtes blessé ! Il faut vous reposer ! s'exclama la *Vivacia* avant que quiconque pût dire un mot.

– Je le crains », reconnut Kennit avec tant d'humilité que Hiémain comprit soudain : le pirate était ravi de la réaction du navire. Il alla jusqu'à se demander si l'homme ne l'avait pas cherchée. « Je dois donc te quitter ; mais je reviendrai te voir, si tu le veux bien, dès que j'en serai capable.

– Oh oui, je vous en prie ! » Elle laissa tomber ses mains qui cachaient sa poitrine et en tendit une au pirate, comme pour l'inviter à toucher sa paume.

Il réussit encore une fois à s'incliner, mais ne fit pas mine de répondre à son geste. « Jusqu'au revoir », dit-il avec une nuance de cajolerie. Il se détourna pour déclarer d'une voix plus rauque : « Sorcor, je vais encore avoir besoin de ton assistance. »

Alors que Kennit s'appuyait sur le solide marin et se mettait en route pour l'arrière, Hiémain surprit le regard que la femme posait sur la figure de proue. Il n'avait rien d'amène.

« Sorcor ! » Tous se retournèrent au ton impérieux de la *Vivacia.* « Prenez soin de lui ; et, quand vous en aurez fini, je voudrais emprunter quelques-uns de vos archers. J'aimerais qu'au moins on décourage ces serpents.

– Cap'taine ? » demanda Sorcor, dubitatif.

Kennit s'appuyait lourdement sur lui, son visage était couvert de transpiration, mais il sourit quand même. « Donne à ma dame ce qu'elle désire. Je marche sur une vivenef ! Courtise-la à ma place, mon ami, en attendant que je puisse la charmer moi-même. » Avec un soupir qui évoquait un râle d'agonie, il bascula soudain dans les bras du second ; alors que Sorcor l'empoignait et l'emportait vers l'ancienne cabine de son père, Hiémain s'interrogeait sur l'étrange sourire qu'arborait toujours le pirate. La femme suivait les deux hommes, sans quitter des yeux le visage du capitaine Kennit.

Hiémain fit demi-tour et se dirigea lentement vers l'étrave jusqu'au point où s'était tenu Kennit. Il remarqua que nul ne faisait le moindre geste pour l'en empêcher ; il était plus libre à bord du navire qu'il ne l'avait jamais été.

« Vivacia », fit-il doucement.

Elle regardait Kennit s'éloigner. Elle sortit de sa rêverie pour lever les yeux vers Hiémain ; ils étaient agrandis d'étonnement, et des étincelles y dansaient.

Elle tendit une main et il se pencha pour lui toucher la paume. Les mots étaient inutiles, pourtant il les prononça : « Sois prudente.

– Oui, c'est un homme dangereux, convint-elle. Kennit... » ajouta-t-elle d'une voix caressante.

*

Quand il ouvrit les yeux, il se trouva dans une cabine bien installée. On avait choisi avec soin le grain du bois des panneaux afin qu'ils s'harmonisent entre eux. Les appliques étaient en cuivre et retrouveraient tout leur éclat une fois bien astiquées ; des cartes roulées emplissaient les casiers qui leur étaient réservés comme de grosses gelines dans leurs cages ; elles devaient constituer un véritable trésor de renseignements, toute la fortune réunie d'une famille de Marchands de Terrilville. La cabine comptait d'autres détails délicats : la table de toilette avec sa cuvette et son pot à eau en porcelaine assortis, les tableaux encadrés solidement fixés aux parois, les volets méticuleusement sculptés qui se refermaient sur les fenêtres aux vitres épaisses, bref, une chambre élégante et de bon goût. Certes, elle avait été récemment pillée et les biens du commandant éparpillés, mais Etta s'occupait en silence de tout remettre en place. Il régnait une forte fragrance d'encens à bon marché qui ne parvenait pas à dissimuler la puanteur sous-jacente propre à un transport d'esclaves. Pourtant, il paraissait évident aux yeux de Kennit que la *Vivacia* n'était employée à cet usage que depuis peu ; à force de nettoyage, on devrait pouvoir faire disparaître l'odeur, et elle redeviendrait un vaisseau propre et brillant. Quant à la cabine, c'était celle qui convenait à un vrai capitaine.

Kennit baissa les yeux sur lui-même. On l'avait déshabillé et un drap recouvrait ses jambes.

« Et où est notre capitaine en herbe ? » demanda-t-il à Etta.

Elle pivota d'un bloc au son de sa voix et se précipita à son chevet. « Il est allé soigner les côtes et la tête de son père. Il a dit qu'il n'en aurait pas pour longtemps, et qu'il désirait que la cabine ait été rangée avant d'essayer de te guérir. » Elle le regarda en secouant la tête. « Je ne comprends pas que tu lui fasses confiance. Il sait sûrement que, toi vivant, le navire ne lui appartiendra jamais ; et je ne comprends pas non plus que tu laisses un simple adolescent pratiquer sur toi ce que tu as interdit à trois guérisseurs compétents à Anse-au-Taureau.

– Parce qu'il fait partie de ma chance, répondit-il doucement, cette même chance qui m'a donné si facilement ce navire. Il était écrit que je m'approprierais le bateau, et le petit en est inséparable. »

Il aurait voulu lui faire comprendre, mais nul ne devait savoir ce qu'avait dit l'amulette quand le garçon avait plongé son regard si profondément dans le sien ; nul ne devait être au courant du lien qui s'était forgé entre eux en cet instant, un lien qui effrayait autant qu'il intriguait Kennit. Il reprit la parole pour empêcher Etta de poser de nouvelles questions. « Eh bien, sommes-nous déjà en route ?

– Sorcor nous ramène à Anse-au-Taureau ; il a placé Cori à la barre et Brig sur le pont. Nous suivons la *Marietta.*

– Je vois. » Il sourit à part lui. « Et que penses-tu de ma vivenef ? »

Etta lui répondit en faisant une moue mi-figue mi-raisin. « Elle est très jolie, et je suis jalouse d'elle déjà. » Elle croisa les bras et adressa un regard oblique à Kennit. « Ça m'étonnerait que nous

nous entendions très bien; elle est trop étrange, ni femme, ni bois, ni bateau. Je n'aime pas les discours charmeurs que tu lui tiens, et je n'aime pas non plus ce petit Hiémain.

– Et moi, comme toujours, je reste indifférent à ce qui te plaît ou ne te plaît pas», rétorqua Kennit avec impatience. «Que puis-je donner à un navire pour conquérir son cœur, sinon des paroles? Elle est femme, mais pas dans le même sens que toi.» Voyant que la prostituée gardait la mine maussade, il ajouta d'un ton violent: «Et, si je n'avais pas si mal à la jambe, je te jetterais sur le dos pour te rappeler ce que tu es pour moi!»

De glacés, les yeux noirs d'Etta devinrent brûlants. «J'aimerais que tu en sois capable», dit-elle doucement, et, avec écœurement, Kennit vit apparaître sur ses lèvres un sourire chaleureux en réponse à sa rebuffade.

*

Kyle Havre gisait sur la couchette nue de Gantri, tourné vers la cloison. Tout ce que les esclaves, dans leur pillage, avaient laissé des affaires du second jonchait le sol; il ne restait que peu de choses. Hiémain enjamba une chaîne en bois sculpté et une chaussette dépareillée. Tout ce qui avait appartenu à Gantri, ses livres, ses vêtements, ses outils de sculpture, tout avait été volé ou fracassé, par les esclaves lors de leur mise à sac, ou plus tard par les pirates durant leur récupération beaucoup mieux organisée du butin.

«C'est Hiémain, père», annonça-t-il en fermant la porte derrière lui. La clenche ne fonctionnait plus: pendant l'insurrection, quelqu'un avait préféré donner un coup de pied dans le battant plutôt que d'essayer le bouton; néanmoins, elle demeura fermée, et les deux faces-de-carte que Sâ'Adar avait postées comme sentinelle ne cherchèrent pas à la rouvrir.

L'homme couché ne bougea pas.

Hiémain posa la cuvette et les linges qu'il avait récupérés dans le bureau saccagé de Gantri et se tourna vers l'homme. Vivement, il appuya les doigts sur le pouls de la gorge, et il sentit son père se réveiller en sursaut à son contact. Kyle s'écarta du garçon avec un frisson d'horreur et un cri incohérent, puis il se redressa précipitamment sur son séant.

«Tout va bien, dit Hiémain d'un ton rassurant. Ce n'est que moi.»

Son père eut un rictus moqueur qui lui découvrit les dents. « Ce n'est que toi, c'est vrai, reconnut-il, mais je te fiche mon billet que tout ne va pas bien ! »

Il avait une expression épouvantable, encore pire qu'au moment où les esclaves essayaient de le jeter aux serpents. *Vieux*, se dit Hiémain. *Il a l'air vieux tout à coup.* Une barbe de plusieurs jours couvrait ses joues, encroûtée du sang qui avait coulé de sa blessure à la tête ; Hiémain était venu dans l'intention de nettoyer les plaies de son père et de les panser ; à présent, il éprouvait une étrange répugnance à le toucher. Ce n'était pas la vue du sang, et ce n'était pas l'orgueil face à une tâche aussi humble : le temps qu'il avait passé dans les cales à soigner les esclaves l'avait débarrassé depuis belle lurette de telles réticences. Il répugnait à toucher l'homme parce que c'était son père, et qu'un contact risquait de renforcer ce lien.

Hiémain n'essaya pas de fuir ses propres sentiments : il aurait tout donné pour ne pas avoir d'attache avec cet homme.

« J'ai apporté un peu d'eau pour votre toilette, dit-il ; il n'y en a guère, parce que les réserves d'eau douce sont très basses en ce moment. Avez-vous faim ? Voulez-vous que j'aille vous chercher des biscuits de mer ? C'est à peu près tout ce qui reste.

– Ça va », dit son père d'un ton sans réplique, sans répondre à ses questions. « Ne te fatigue pas pour moi. Tu as des amis autrement importants auprès desquels faire l'empressé. »

Hiémain ne releva pas l'expression. « Kennit dort. Si je veux avoir une chance de le sauver, il va avoir besoin de tout le repos qu'il pourra prendre pour se fortifier.

– Tu ne plaisantais donc pas ; tu vas guérir l'homme qui t'a volé ton bateau.

– Pour empêcher votre exécution, oui. »

Son père eut un grognement méprisant. « Foutaises ! Tu l'opérerais même s'ils m'avaient jeté au serpent. C'est ta morale : courber l'échine devant celui qui a le pouvoir. »

Hiémain tenta d'envisager la question avec impartialité. « Vous avez sans doute raison ; mais ce n'est pas parce qu'il a le pouvoir ; cela n'a aucun rapport avec celui qu'il est. C'est la vie, père. Sâ est la vie. Tant que la vie existe, il y a toujours possibilité d'amélioration. Par conséquent, en tant que prêtre de Sâ, je me dois de le préserver de la mort. Même lui. »

Son père éclata d'un rire amer. « Même moi, tu veux dire ! »

Hiémain répondit d'un simple hochement de tête.

Kyle présenta à son fils l'entaille qu'il portait à la tête. « Autant nous y mettre tout de suite, prêtre, puisque tu n'es bon qu'à ça. »

Hiémain ne mordit pas à l'hameçon. « Voyons d'abord vos côtes.

– Comme tu voudras. » A gestes raides, son père ôta ce qui restait de sa chemise. Son flanc gauche était bleu et noir ; Hiémain fit la grimace en repérant l'empreinte nette d'une botte dans la chair. Le coup avait manifestement été infligé alors que son père était déjà au sol. Le jeune garçon ne disposait que de bouts de tissus et d'eau ; le coffre à pharmacie du bateau avait disparu. Obstiné, il décida de bander au moins les côtes assez pour les maintenir à peu près en place. Sous ses mains, son père poussa un hoquet de souffrance, mais n'essaya pas de s'écarter. Quand Hiémain eut fait le dernier nœud, Kyle Havre demanda :

« Tu me hais, n'est-ce pas ?

– Je n'en sais rien. » Hiémain plongea un linge dans la cuvette d'eau et entreprit de nettoyer le sang du visage de son père.

« Moi, je le sais, reprit Kyle au bout d'un moment. C'est inscrit sur tes traits. C'est à peine si tu supportes de te trouver dans la même pièce que moi, et encore moins de me toucher.

– Vous avez tenté de me tuer, répondit Hiémain d'un ton calme, sans avoir prévu une telle réplique.

– C'est vrai ; c'est vrai, je l'ai fait. » Kyle eut un rire où perçait la perplexité. « Mais je suis incapable de comprendre pourquoi. Ça me paraissait sensé sur le moment. »

Hiémain sentit qu'il n'obtiendrait pas davantage d'explications, et peut-être n'en voulait-il pas. Il en avait assez d'essayer de comprendre son père. Il n'avait pas envie de le haïr : il avait envie de ne rien ressentir du tout pour lui. Il s'aperçut tout à coup qu'il regrettait la présence de son père dans sa vie. « Pourquoi fallait-il qu'il en soit ainsi ? se demanda-t-il tout haut.

– C'est toi qui l'as décidé, affirma Kyle Havre. Nous n'étions pas obligés d'en arriver là. Si tu avais seulement voulu suivre ma façon de faire… si tu t'étais contenté d'obéir, sans poser de questions, nous n'en serions pas où nous en sommes. N'aurais-tu pas pu, une seule fois dans ta vie, faire confiance à quelqu'un pour savoir ce qui est bon pour toi ? »

Hiémain promena son regard dans la cabine comme s'il observait le navire tout entier. « Je crois que rien de ce qui se passait ici n'était bon pour quiconque.

– Parce que tu as tout gâché ! Toi et le bateau ! Si vous aviez coopéré, nous serions à mi-chemin de Chalcède à l'heure qu'il est ; et Gantri, Clément... et tous les autres seraient encore en vie. C'est toi le responsable, pas moi ! C'est toi qui l'as voulu ! »

Hiémain chercha une réponse, mais n'en trouva pas. Il se mit à panser la tête de son père du mieux qu'il put.

*

Ils travaillaient bien, ces pirates aux habits colorés. Depuis Ephron, elle n'avait jamais joui d'un équipage si prompt à l'obéissance et, en retour, elle acceptait leur maîtrise compétente de sa voilure et de son gréement avec une sorte de soulagement. Sous la direction de Brig, les anciens esclaves formaient une procession ordonnée, tirant des seaux d'eau et les portant sous le pont pour nettoyer les cales ; d'autres pompaient l'eau de cale infecte tandis que d'autres encore s'activaient sur le pont, armés de pierres à poncer. Ils pourraient frotter les taches de sang tant qu'ils voudraient, son bois ne les rendrait plus, elle le savait, mais elle n'en dit rien. Avec le temps, les humains constateraient l'inanité de leurs efforts et renonceraient. Les vivres éparpillés avaient été rassemblés et réarrimés. Quelques hommes œuvraient à retirer les chaînes et les fers qui festonnaient ses cales. Lentement, ils lui rendaient sa véritable identité. Elle était presque aussi satisfaite que le jour de son éveil.

Satisfaite... Elle ressentait aussi une autre émotion, une émotion dérangeante. Quelque chose de beaucoup plus attirant que la satisfaction.

Elle étendit sa conscience. Dans la cabine du second, Kyle Havre était assis au bord de l'étroite couchette tandis que son fils nettoyait sans un mot sa blessure à la tête. Ses côtes étaient déjà bandées. Il régnait un silence dans la pièce qui allait au-delà de la simple absence de bruit, comme si les deux personnes présentes ne partageaient même pas un langage commun. C'était douloureux et elle s'éloigna.

Dans la cabine du capitaine, le pirate s'agitait dans sa somnolence. Elle n'avait pas conscience de lui aussi nettement que de Hiémain, mais elle sentait la fièvre dans son foie, le rythme irrégulier de sa respiration. Comme un papillon attiré par une flamme, elle s'approcha de lui. Kennit... Elle prononça son nom pour en goûter la saveur. Un homme mauvais, et dangereux. Un homme charmant, mauvais et dangereux. Elle n'aimait pas sa compagne, *a priori*; mais Kennit lui-même… Il avait dit qu'il la conquerrait. C'était impossible, naturellement : il n'était pas de la famille. Mais elle s'aperçut qu'elle attendait ses tentatives avec grand plaisir. Ma dame de bois et de vent, l'avait-il nommée. Ma beauté vive. Quelles bêtises à dire à un navire ! Elle repoussa ses cheveux de son visage et prit une profonde inspiration.

Peut-être Hiémain avait-il raison. Peut-être était-il temps qu'elle découvre ce qu'elle voulait pour elle-même.

14

CELLE-QUI-SE-SOUVIENT

« Je me suis trompé. Ce n'était pas Celle-Qui-Se-Souvient. Allons-nous-en.

– Mais... je ne comprends pas », dit Shriver d'un ton implorant. Une grande entaille courait sur son épaule, là où le serpent blanc l'avait mordue, mordue avec ses dents, comme s'il était un requin et non un serpent. Une épaisse suppuration verte commençait déjà à refermer la blessure, mais la douleur restait vive alors que Shriver s'efforçait de suivre Maulkin. Sessuréa demeurait à la traîne, aussi perplexe qu'eux.

« Je ne comprends pas non plus. » La crinière de Maulkin flottait derrière lui, repoussée par la vitesse de sa nage. Derrière eux, le serpent blanc trompetait de façon insouciante et se gorgeait insatiablement. Léger comme de vieux souvenirs, un goût de sang parfumait l'atmosphère. « Je me rappelle son odeur ; je n'ai aucun doute là-dessus. Mais cette... cette créature... n'est pas Celle-Qui-Se-Souvient. »

Sessuréa battit soudain de la queue pour les rattraper. « Ce serpent blanc, demanda-t-il brusquement d'une voix où perçait la crainte, qu'est-ce qui n'allait pas chez lui ?

– Rien, répondit Maulkin d'un ton que la douceur rendait plus effrayant encore. J'ai peur qu'il n'ait rien d'anormal, sinon qu'il est plus engagé que nous dans le passage que nous empruntons tous à présent. Bientôt, malheureusement, nous serons tous comme lui.

– Je ne comprends pas», répéta Shriver. Mais une angoisse glacée montait en elle, l'impression que tout deviendrait clair si elle le voulait.

«Il a oublié, rien de plus.» La voix de Maulkin ne laissait paraître aucune émotion.

– Oublié... quoi? demanda Sessuréa.

– Tout», répondit Maulkin. Sa crinière se rabattit brusquement et perdit ses couleurs. «Tout sauf la nourriture, la mue et la croissance. Tout le reste, tout ce qui est vrai et important, il l'a oublié, et je crains le même sort pour nous si Celle-Qui-Se-Souvient ne se manifeste pas bientôt à nous.» Il se retourna soudain et enveloppa ses deux compagnons dans ses anneaux. Loin de se débattre, ils en tirèrent du réconfort; son contact aiguisait leurs souvenirs et leur savoir. Ensemble, ils tombèrent lentement dans la vase molle et s'y enfoncèrent, toujours entremêlés.

Ils s'apaisèrent dans l'étreinte de leur chef. Bientôt, seules leurs têtes émergèrent encore du limon. Ils se détendirent, leurs branchies palpitant à l'unisson. Lentement, d'un ton rassurant, Maulkin leur rapporta la tradition sacrée.

«Après la première naissance, nous étions Maîtres. Nous grandîmes, nous apprîmes, nous expérimentâmes. Et, tout ce que nous apprenions, nous le partagions les uns avec les autres, afin que la sagesse augmente toujours. Mais nul organisme n'est conçu pour durer éternellement. Le temps de l'accouplement vint, les essences furent échangées, mêlées et déposées. Nous nous débarrassâmes pour toujours de nos anciennes dépouilles, sachant que nous en prendrions de nouvelles, sous la forme de nouveaux êtres. Et c'est ce que nous fîmes. Nous apparûmes petits et neufs, nous mangeâmes, nous muâmes et nous grandîmes. Mais nous ne nous souvenions pas tous. Certains seulement n'avaient pas oublié, et ils étaient les gardiens de nos souvenirs communs. Quand l'heure fut propice, ceux qui se souvenaient nous appelèrent au moyen de leurs parfums; ils nous ramenèrent d'où nous venions et nous rendirent notre mémoire; nous émergeâmes alors à nouveau Maîtres, libres de sillonner à la fois le Plein et le Manque, pour amasser encore plus de savoir et d'expérience, afin de les partager à nouveau à l'époque de l'accouplement.»

Il s'interrompit dans son récit familier. «Je ne me rappelle plus aujourd'hui combien de fois cela se produisit, avoua-t-il. D'un cycle à l'autre, nous avons survécu; mais cette dernière époque de mue et de croissance… n'est-elle pas la plus longue de toutes? Ne sont-ils pas toujours plus nombreux ceux qui, chez nous, oublient que nous sommes destinés à devenir Maîtres? Je crains que nous ne déclinions, mes fidèles. Autrefois, ne me rappelais-je pas bien davantage qu'aujourd'hui? Et vous?»

Ses questions touchaient un point sensible dans le cœur de Shriver. Elle plaqua sa crinière contre celle de Maulkin, risquant l'empoisonnement afin de sentir le picotement des souvenirs et des êtres. Ses pensées devinrent plus claires. «Autrefois, j'avais beaucoup plus à me rappeler, reconnut-elle. Aujourd'hui, parfois, il me semble ne plus avoir en mémoire qu'un fait clair: c'est toi qu'il nous faut suivre, toi qui détiens les vrais souvenirs.»

La voix de trompe de Maulkin était grave et douce. «Si Celle-Qui-Se-Souvient ne nous rejoint pas rapidement, même moi je risque de l'oublier.

– Alors rappelle-toi ceci par-dessus tout: nous devons continuer à chercher Celle-Qui-Se-Souvient.»

À paraître, chez le même éditeur, la suite de L'Arche des Ombres.

REMERCIEMENTS

L'auteur aimerait remercier Gale Zimmermann de Software Alternatives, Tacoma, Washington, dont l'aide rapide et compatissante a permis d'éliminer le virus informatique qui a failli dévorer cet ouvrage.

TABLE

I. Le Vaisseau magique

Prologue : Le nœud 17

Plein été

1. Prêtres et pirates 21
2. Vivenefs 53
3. Ephron Vestrit 81
4. Partage 107
5. Terrilville 131
6. L'éveil de la *Vivacia* 155
7. Loyautés 175
8. Conversations nocturnes 195
9. Changement de fortune 215
10. Confrontations 233

11. Conséquences et réflexions 257
12. Épaves et navires esclavagistes 277

II. Le Navire aux esclaves

Plein été
1. Changements 301
2. Affaires de famille 325
3. Négociations 355

Automne
4. Nouveaux rôles 389
5. La putain de Kennit 449
6. Malta 471
7. Témoignage 493

Hiver
8. Les enrôleurs 521
9. Les visiteurs 549
10. Complots et périls 571

III. La Conquête de la liberté

Hiver
1. Les esclaves de Jamaillia 599
2. Les Marchands du désert des Pluies 627
3. Chandelle 647
4. Dons 671
5. Prisonniers 697
6. Vicissitudes 717

TABLE

7. Rêves et réalité 741
8. Méfiance et alliance 763
9. Navires et serpents 781
10. Tempête 807
11. Jours d'expiation 825
12. Restaurations 843
13. Pirates et prisonniers 855
14. Celle-Qui-Se-Souvient 877

Remerciements 881

CHEZ LE MÊME ÉDITEUR

L'Assassin royal
par Robin Hobb

L'APPRENTI ASSASSIN (t. 1)
L'ASSASSIN DU ROI (t. 2)
LA NEF DU CRÉPUSCULE (t. 3)
LE POISON DE LA VENGEANCE (t. 4)
LA VOIE MAGIQUE (t. 5)
LA REINE SOLITAIRE (t. 6)
LE PROPHÈTE BLANC (t. 7)
LA SECTE MAUDITE (t. 8)
LES SECRETS DE CASTELCERF (t. 9)
SERMENTS ET DEUILS (t. 10)
LE DRAGON DES GLACES (t. 11)

Les neuf premiers titres
ont été regroupés en trois volumes :
LA CITADELLE
DES OMBRES *, ** et ***

•

Les Aventuriers de la Mer
par Robin Hobb

LE VAISSEAU MAGIQUE (t. 1)
LE NAVIRE AUX ESCLAVES (t. 2)
LA CONQUÊTE DE LA LIBERTÉ (t. 3)
BRUMES ET TEMPÊTES (t. 4)
PRISONS D'EAU ET DE BOIS (t. 5)

Les trois premiers titres ont été regroupés en un volume :
L'ARCHE DES OMBRES *

•

Le Royaume de Tobin
par Lynn Flewelling

LES JUMEAUX (t. 1)
LES ANNÉES D'APPRENTISSAGE (t. 2)
L'ÉVEIL DU SANG (t. 3)
LA RÉVÉLATION (t. 4)

CHEZ LE MÊME ÉDITEUR

La Couronne des 7 royaumes
par David B. Coe

LE COMPLOT DES MAGICIENS (t. 1)

LE PRINCE TAVIS (t. 2)

LES GRAINES DE LA DISCORDE (t. 3)

LE COMBAT DES INNOCENTS (t. 4)

•

Le Trône de Fer
par George R.R. Martin

LE TRÔNE DE FER (t. 1)
Prix Locus 1997

LE DONJON ROUGE (t. 2)

LA BATAILLE DES ROIS (t. 3)

L'OMBRE MALÉFIQUE (t. 4)

L'INVINCIBLE FORTERESSE (t. 5)

LES BRIGANDS (t. 6)

L'ÉPÉE DE FEU (t. 7)

LES NOCES POURPRES (t. 8)

LA LOI DU RÉGICIDE (t. 9)

•

La Tapisserie de Fionavar
par Guy Gavriel Kay
Une trilogie couronnée dans le monde entier
par de nombreux prix littéraires.

L'ARBRE DE L'ÉTÉ (t. 1)

LE FEU VAGABOND (t. 2)

LA VOIE OBSCURE (t. 3)

•

LES DAMES DU LAC *
LES BRUMES D'AVALON **
par Marion Zimmer Bradley
Prix du grand roman d'évasion 1986.

CET OUVRAGE
A ÉTÉ ACHEVÉ D'IMPRIMER
SUR CAMERON
PAR L'IMPRIMERIE NIIAG
À BERGAME (ITALIE) EN SEPTEMBRE 2005